国家出版基金项目
NATIONAL PUBLICATION FOUNDATION

宁夏文学史

郑承平题

杨梓 主编

黄河出版传媒集团
阳光出版社

图书在版编目（CIP）数据

宁夏文学史 / 杨梓主编. -- 银川 : 阳光出版社,
2020.12
　　ISBN 978-7-5525-5715-2

Ⅰ.①宁… Ⅱ.①杨… Ⅲ.①地方文学史－宁夏
Ⅳ.①I209.943

中国版本图书馆CIP数据核字(2020)第245219号

宁夏文学史

杨 梓 主编

选题策划　薛文斌　闫智红　唐 晴　那大庆
责任编辑　徐文佳　王佐红　谢 瑞　申 佳　赵维娟
责任印制　岳建宁

黄河出版传媒集团
阳 光 出 版 社　出版发行

出 版 人　薛文斌
地　　址　宁夏银川市北京东路139号出版大厦（750001）
网　　址　http://www.ygchbs.com
网上书店　http://shop129132959.taobao.com
电子信箱　yangguangchubanshe@163.com
邮购电话　0951-5047283
经　　销　全国新华书店
印刷装订　宁夏凤鸣彩印广告有限公司
印刷委托书号　（宁）0019326

开　　本　787 mm×1092 mm　　1/16
印　　张　38.75
字　　数　700千字
版　　次　2020年12月第1版
印　　次　2020年12月第1次印刷
书　　号　ISBN 978-7-5525-5715-2
定　　价　368.00元

20 世纪 70 年代的《宁夏文艺》编辑部
（左起：高奋、哈宽贵、虞期湘、杨韧、林楠、吴淮生、冯剑华、魏宜玲）

1981 年筹拍电影《牧马人》
（左起：吴淮生、石天、谢晋、李准、张贤亮）

《朔方》青年小说家座谈会
（左二起：杨继国、冯剑华、张贤亮、虞期湘）

1982 年，张贤亮（后排左四）与《牧马人》剧组在北京

中国电影从这里走向世界
CHINESE MOVIES MARCH TOWARDS THE WORLD FROM HERE
LE FILM CHINOIS VA D'ICI AU MONDE
DIE CHINESISCHEN FILME GEHEN VON HIER AUS AUF DIE WELT
DE AQUÍ EL CINE CHINO AVANZA HACIA EL MUNDO

2001 年 9 月，中国作家协会代表团到宁夏采风

2006 年 7 月，宁夏青年作家作品研讨会在北京召开

宁夏作家协会第六次会员代表大会合影 2004. 3. 30.

2004 年 3 月, 宁夏作家协会第六次会员代表大会在银川召开

2005年8月，中国作家协会党组书记金炳华（前排左四）、高洪波（前排左三）在银川与宁夏作家代表合影

2006 年 8 月，"文学宁夏"座谈会暨第四届西部笔会在银川召开

2007 年，宁夏文联举办"百花迎春"宁夏文艺界迎春联欢会

2007 年，张贤亮在轮船上

2007 年 7 月，"金骆驼丛书"首发式

2008 年 3 月，参加全国青年作家创作会议的宁夏作家代表
（左起：金瓯、牛学智、了一容、张九鹏）

2009 年 2 月，宁夏文联举办"送欢乐下基层"文艺活动

2011 年 6 月，中国·宁夏"首届黄河金岸诗歌节"嘉宾在黄河坛采风

宁夏文学艺术界联合会

《朔方》创刊55周年座谈会暨首届《朔方》文学奖揭晓

2014年8月，《朔方》创刊五十五周年座谈会合影

2014 年 8 月，首届《朔方》文学奖评选现场
（左起：了一容、张学东、杜娟、曹海英、哈若蕙、梦也、漠月、王军、火会亮）

2015 年 6 月，宁夏文学艺术院组织第三期文艺（诗歌）研修班学员采风

2016 年 5 月，中国作家协会主席铁凝在宁夏西吉

2016 年 5 月，中国作家协会调研"文学之乡"暨基层作家西吉座谈会

2016 年 5 月，中国作家协会在宁夏西吉举办"文学照亮生活"全民公益大讲堂

2017 年 3 月，宁夏文学艺术院创办第一期文艺（同心）培训班

2017 年 5 月，宁夏文学艺术院创办第一期文艺高研班

2018 年 1 月，宁夏回族自治区文学艺术界联合会第八次代表大会在银川召开

2018 年 1 月，宁夏回族自治区文学艺术界联合会第八次代表大会主席团合影
（左起：田裕民、范晋国、郎伟、雷忠、樊虹、杨洪涛、 崔晓华、庾君、王雪峰、
刘京、郭文斌、张春荣）

2018 年 9 月，全国青年作家创作会宁夏作家代表
（左起：田鑫、赵磊、雷忠、马金莲、刘汉斌、马骥文）

2018 年 12 月，中国文学的宁夏现象研讨会在北京召开

历届《朔方》

历届《朔方》及相关报道

总序：千树写意，百花逐梦

崔晓华

盛世修史，以史励志，是中华民族的优良传统。地方史书、志书中蕴含的深厚历史积淀、浓郁家国情怀、崇高精神追求，对激发每一位中华儿女的民族自信心、自豪感，使他们积极投身于中华民族伟大复兴的征程，有着重要的历史意义和现实意义。宁夏自古以来就是一个多民族聚居区，历史悠久，地貌多样，人文景观多姿多彩。在六盘山与贺兰山之间的大地上，黄河浩荡，奔流不息，各民族文化相互交流、相互融合，形成既有塞上之雄浑厚重，又有江南之清秀柔美的鲜明特色，成为中华文化的重要组成部分。

古代宁夏，文学体裁主要有诗歌和散文，内容具有一定的地域特色。宁夏艺术作品最早出现在贺兰山岩画之中，在那里可以寻找到美术、书法、舞蹈、民间文艺的源头；唐代诗人李益在灵州写下"不知何处吹芦管"，这大概是对宁夏音乐的最早记载；宁夏戏剧活动始于明代，秦腔约在明万历年间传入宁夏。

近现代宁夏，文学创作仍以诗歌和散文为主。在艺术方面，以秦腔为主流的戏剧活动兴盛于宁夏各地；宁夏音乐、舞蹈以"花儿"和民间歌舞为主；西方造型艺术传入宁夏，美术家们进行了种种尝试和探索；银川市达官显贵的私宅里出现了电影放映活动；宁夏第一家照相馆在银川开业；在银川设立的"中山俱乐部"，揭开了宁夏曲艺反映革命现实、斗争生活的新篇章。

新中国成立，宁夏文学艺术注重题材的时代性，描绘新中国的崭新面貌，抒发对党的热爱之情，叙述人民当家做主的自豪感，表现出昂扬的战斗精神。1958年宁夏回族自治区成立前后，一批批文艺工作者响应国家号召，从五湖四海来到宁夏，扎下根来，无私奉献，如秦腔界"四块金砖"丁醒民、杨觉民、赵守中、钱森，"秦腔四梅"屈效梅、王素梅、孙玉梅、赵友梅，京剧界"四大头牌"李鸣盛、李丽芳、王吟秋、郭元汾，等等。他们长期活跃在区内外的演艺舞台，服务于人民群众。宁夏文艺家在艰苦的条件下，辛勤耕耘，努力实践，创作了一大批优秀文艺作品，生动抒写了各族人民真诚善良的美好情愫，浓墨重彩地描绘了宁夏人民奋斗拼搏、勇于奉献的心灵图景。同时，他们甘为人梯，愿做嫁衣，大力培养文艺人才，使一批有朝气、有潜力、有情怀的优秀文艺人才得以涌现，并逐步成为宁夏文艺创作的中坚力量。

改革开放，文艺的春天阳光普照。宁夏和其他兄弟省区一起，步入文艺事业繁荣发展的快车道。1980年5月，宁夏文联正式成立了中国作协、剧协、音协、舞协、美协、摄协、书协宁夏分会，以及宁夏民间文艺研究会和宁夏杂技曲艺工作者协会筹备组。历届文联班子不断努力，团结宁夏广大文艺工作者，抒写伟大时代的崭新篇章，描绘波澜壮阔的改革历程，坚定人们对美好生活的憧憬和信心。宁夏文联主办的《朔方》于1979年先后四次推出张贤亮的小说，1980年第9期推出其短篇小说《灵与肉》。这篇作品荣获当年全国优秀短篇小说奖，随后被改编为电影《牧马人》，成为家喻户晓的经典之作。《肖尔布拉克》《绿化树》又先后荣获全国优秀小说奖，奠定了他在中国文坛的地位，著名评论家阎纲曾说"宁夏出了个张贤亮"。这位饱经风霜、历经沧桑的作家，正是从《朔方》起步，从宁夏腾飞，因而享誉世界。同时，路展的儿童文学作品三次荣获全国奖项。王世兴、高深、那守箴等作家的作品荣获全国少数民族文学创作骏马奖。"儿歌大王"潘振声词曲作品三次荣获全国奖项，享誉全国。宁夏影视业奠基人李庆跃的《精心哺育》荣获全国广电系统摄影大赛金奖，电影《这女人这辈子》《滑板梦之队》《英雄无语》和电视《苦泉纪事》等荣获中宣部"五个一工程"奖。这些文艺成就为宁夏文艺事业赢得了荣誉，也为宁夏文化发展繁荣作出了积极贡献。

从新世纪到新时代，宁夏文学继续前行，从《绿化树》到"三棵树""新三棵树"，再到郁郁葱葱的"文学林"，形成独具特色的宁夏文学现象。继石舒清、郭文斌之后，马金莲又荣获鲁迅文学奖；赵华荣获全国优秀儿童文学奖；马金莲、季栋梁、马知遥、金瓯、石舒清、郎伟、了一容、李进祥等荣获中宣部"五个一工程"奖以及全国少数民族文学创作骏马奖。宁夏文学成为中国文坛独具特色、生机勃勃的有生力量。在艺术领域，柳萍（两次）、张晓琴、李小雄、侯艳、屈连英、刘京、韦小兵等七人八次荣获中国戏剧梅花奖；"露"乐队荣获中国音乐金钟奖乐队金奖；《剪花花》《花儿漫漫》《花儿与少年随想》等荣获中国舞蹈荷花奖；尹旭《中国书法与传统文化》荣获中国书法兰亭奖；王征荣获香港电影金像奖；李树江、屈文焜、杨继国、何克俭、武宇林的专著，伏兆娥、郑飞雁的剪纸，李五奎的黑陶等荣获中国民间文艺山花奖；徐明智、渠爱君的宁夏坐唱《鱼奶奶回家来》和张爽的《宁夏曲艺简史》等荣获中国曲艺牡丹奖；根据石舒清小说改编的电影《红花绿叶》荣获第三十二届中国电影金鸡奖最佳中小成本故事片奖；话剧《梅家小院》《铁杆庄稼》和秦腔《花儿声声》《王贵与李香香》等荣获中宣部"五个一工程"奖。

宁夏地处祖国西北，具有鲜明的地域和文化特征。宁夏作家将文学之根深深扎入这片大地和生活之中，用责任和激情反映着社会生产的巨大变化，用热血和汗水抒写着人民的生活和命运。他们得益于这片土地的孕育、滋养，以朴实的生活经历和历史记忆、独特的生命感悟和言说方式，形成了宁夏文学继承传统、坚守质朴的文学品格，在全国文学版图上独具一格。

党的十八大以来，宁夏文艺工作者以习近平新时代中国特色社会主义思想为指导，扎实开展"深入生活、扎根人民"主题实践活动。深入企业、农村、社区、军营、学校，开展"送欢乐下基层""新春走基层，欢乐进万家""六个一心连心"文艺惠民工程等活动；送春联、送书画、拍全家福，举办志愿慰问演出、文艺知识讲座、文艺人才培训，把更好地满足人民精神文化生活新期待作为重要使命；在以人民为中心的创作实践中不断磨砺意志、提升品格、汲取力量，将"送文化"与"种文化"两种服务形式结合起来，初步形成了面向基层的文艺服务长效机制。宁夏文联认真履行"团结引导、联络协调、服务管理、自律维权"职能，进一步增强文联的组织活力、向心力、吸引力和行业影响力，努力把文联建设成为广大文艺工作者的温馨和谐之家。

为深入学习贯彻落实习近平新时代中国特色社会主义思想，紧紧围绕实现中华民族伟大复兴中国梦，铭记历史、把握现在、创造未来，打造宁夏特色文化品牌，促进宁夏文学艺术事业发展繁荣，宁夏文联于2016年启动《宁夏文学史》《宁夏艺术史》的编撰工程，成立了编撰委员会和审读委员会。宁夏文学艺术院组织二十多位专家、教授、评论家分章节撰写。宁夏文联两届党组高度重视，多次召开专题会议研究并解决编撰过程中遇到的问题，多次听取相关工作汇报。两部著作历时三年完成初稿，又经各文艺家协会主席和专家审读，最后由杨梓进行统稿。撰写宁夏文学艺术发展史是一项地区文化建设工程，也是一项披沙拣金的挑战性工作，需要坐得住冷板凳，耐得住寂寞，守得住初心，更需要一种不畏艰难的奉献精神。在此，我谨代表宁夏文联，对撰写、审读、编校两部书稿的各位文艺家表示衷心的感谢！

今年是具有里程碑意义的一年，是全面建成小康社会的收官之年，是实现第一个百年奋斗目标的关键之年，也是脱贫攻坚决战决胜之年。七十多年砥砺奋进，我国发生了天翻地覆的变化，中华民族迎来了从站起来、富起来到强起来的伟大飞跃。无论是在中华民族历史上还是在世界历史上，都是一部感天动地的奋斗史诗。《宁夏文学史》《宁夏艺术史》均被列入 2019 年度国家出版基金项目，这其中蕴含着宁夏一代代文艺工作者百折不挠的精神历程和心灵轨迹，记载着宁夏各族人民与祖国同呼吸共命运的奋斗足迹和辉煌成就，是献给宁夏文化建设工程的一份厚礼。

为中国人民谋幸福，为中华民族谋复兴。进入新时代，宁夏广大文艺工作者要认真学习贯彻落实习近平新时代中国特色社会主义思想，铭记习近平总书记的谆谆教导，坚持与时代同步伐，坚持以人民为中心，坚持以精品奉献人民，坚持用明德引领风尚。希望宁夏广大文艺工作者肩负神圣使命，走进塞上山川，深入火热生活，反映人民心声，创作出无愧于时代、无愧于历史、无愧于人民，思想精深、艺术精湛、制作精良的文艺精品，为筑就新时代宁夏文艺高峰贡献智慧和力量！

是为序。

2020 年 4 月 16 日于银川

崔晓华，1961 年生，陕西彬州人。中共党员，历任中国工商银行宁夏分行办公室副主任，自治区政府办公厅秘书四处处长、副巡视员，督查室主任，办公厅副主任，副秘书长等。现任宁夏文联党组书记、副主席，中国文联委员。中国书法家协会会员。

序：从实际出发的文学史叙述

贺绍俊

这是一部与众不同的文学史！当我坐在电脑前来阅读这部文学史的电子文稿时，才发现我还没有作好阅读的准备。我被它标新立异的结构和别具一格的叙述打了一个措手不及。我以为天下所有的文学史都应该是一个较为统一的模式，但当我读了这部文稿后，我有了一种豁然开朗的感觉。我要感谢宁夏的同仁们以他们不落俗套的智慧写作，击穿了我的固定思维。我意识到文学史应该就有多种写法，最好的写法就是从实际出发，这也正是《宁夏文学史》最大的优点。

我的专业是中国现当代文学，答应主编为这部文学史写序时，我以为是一部宁夏当代文学史的新著。但看了书稿后，我感到了疑惑：这是一部宁夏的当代文学史吗？虽然该书全面系统地叙述了宁夏自新中国成立以来的小说、诗歌、散文、纪实文学、儿童文学以及文学研究与批评的发展轨迹，但不仅如此，还有对宁夏自唐代以来一千多年诗歌创作脉络的梳理，这分明是古代文学史的内容和体例。当然我也发现了，它并不是严格意义上的古代文学史，也许应该称之为一部宁夏专门的文学史。也只有宁夏的文学史，才会形成这样的体例！难能可贵的是，编撰者不受已有的文学史体例所约束，而是写一部从文学实际出发的文学史。

宁夏文学具有独特之处。该书在绪论中就将宁夏文学的独特之处论述得非常清楚："宁夏文学在总体发展形态上呈现出不均衡的特点，倘若梳理从古至今的文学状况，古代文学部分文体上相对要显得单一。""宁夏的古代文学除了少量散文，其实就是一部诗歌史。"该书正是紧扣宁夏文学的不均衡特点,也选择了不均衡的结构,才将诗歌部分从唐代写起,散文是将古代、近现代融为一章,其他文体基本上是从1949年写起。为什么不写一部纯粹的宁夏当代文学史,诗歌也从1949年写起呢?我以为编撰者一定对这个问题作了认真的思考。他们宁愿不符合体例也要从实际出发,反映宁夏的文学实际,充分阐释宁夏当代诗歌乃至文学的来龙去脉。宁夏诗歌的传统资源事实上也会反馈到当代小说、散文等其他文体之中。说到底,这是一部贯穿古今的完整的《宁夏文学史》。

本书的叙述也是别具一格的。很多文学史为了追求学术的严谨而在叙述上显得死板,可这部著作的叙述显得灵动、活泼。编撰者可能从一开始就确定了这样一种强调文学的感性和体悟性的文学史叙述,以此挑战或有别于学院派的文学史叙述。我一直认为,当代文学研究不同于古代文学和现当代文学研究,就在于当代文学是一个仍在发展的文学,具有动态性和不确定性,是具有生命力的活生生的文学。因此当代文学研究应该从当代文学的动态性和不确定性入手去调整研究思路和方法。其中很重要的一点就是应该把文学研究与文学批评有机结合起来,在文学研究中吸收文学批评的成果,引入文学批评的方法。本书可以说就是一个将文学研究与文学批评结合起来的成功范例。编撰者在考察文学史中的现象和文本时,发挥了作为文学批评家的敏锐力、洞察力,在动态性和不确定性中寻找到文学的创造精神。本书将宁夏文学的品格概括为"纯正、质朴、安静",这是非常准确也非常传神的概括。

宁夏文学是中国文学大家庭中的一员,有着自己的优长和特色。我一直很关注宁夏文学的消息,因为我始终认为,宁夏当代文学对全国当代文学整体而言,具有特别重要的意义。我分析过宁夏文学的独特性。宁夏地处祖国西北,以经济的发展来衡量,属于我国的欠发达地区。我们习惯于以进化理论来描述历史,人类社会总要迈向现代化的进程,而现代化之前的社会就被称作前现代社会。我国进行现代化建设相对要晚,前现代、现代和后现代共存于一体,前现代社会形态和文化形态还很强大,大量的农村和许多欠发达地区的城市,都应该说是尚处于前现代。大西北则是前现代的大本营,但这恰恰是中国走一条更具独特性的、更为健康的现代化道路的重要条件。中国的前现代不仅构成历史,而且仍是强大的现实存在,直接嵌入了中国的现代化进程。宁夏的这种独特性,使得宁夏作家能够以一种正面而积极的心态,吸收前现代文化的精华,延续文学传统,创作具有现代性的文学作品。宁夏的文学相当精准地表达出建立在前现代社会基础上的人类积累的精神价值，它是由伦理道德、信念、理想、人与自然之间的生态关系、人与人之间的情感交流等构成的。从宏观方面讲，是中国现代化建设不可缺少的精神资源；从文学方面说，则是提升和丰富当下文学的精神内涵。因此，我们不能小看宁夏文学的意义，也不能小看对宁夏文学发展进行全面梳理的这部著作。

2019 年 9 月 1 日于北京

贺绍俊，1951 生，湖南长沙人。毕业于北京大学中文系。历任《文艺报》常务副总编辑，《小说选刊》主编，沈阳师范大学中国文化与文学研究所副所长、教授等，中国作家协会会员。主要从事当代小说研究和批评、中国现当代文学史研究。在《文学评论》《文艺理论与研究》《当代作家评论》《小说评论》等发表理论评论文章百万字。出版著作《文学的尊严》《建设性姿态下的精神重建》《重构宏大叙述》《当代文学新空间》《文学批评学》《中国当代文学图志》《铁凝评传》等。曾获鲁迅文学奖等。

目　录

绪论

培根筑魂高峰梦，栉风沐雨文学林

一

　　宁夏文学在总体发展态势上呈现出不均衡的特点，倘若梳理从古至今的文学状况，古代文学部分文体上则显得相对单一。论述宁夏古代文学，主要以诗歌作为对象，甚至可以说，宁夏的古代文学除了少量散文，其实就是一部诗歌史。"宁夏古代诗歌的发展是渐趋兴盛的，无论是质量上还是数量上都呈上升趋势，从秦汉时期寥寥几首到唐代的大量涌现，尤其是边塞诗蔚为壮观；经过宋夏元战乱的过渡时期，直接开启了宁夏明清诗歌的繁荣发展。宁夏古代诗歌既带有深厚的地域文化特征，又有古典传统的美学范式。"①2011年出版的五卷本《宁夏历代诗词集》②是一项意义重大的文学工程，它从卷帙浩繁的历代文献典籍、新旧地方志书以及存世碑碣文字中，辑录、整理了上至远古、下迄清代的诗词，共计一千五百多首，大体上反映了宁夏古代诗歌的整体面貌。

　　宁夏古代诗歌在内涵及风格方面，表现出鲜明的地域特色，大漠长河，苍凉浑朴，而它在美学追求上又与中国古典文学相一致，是其有机组成部分。

　　宁夏近代文学基本上延续了古典诗词的创作形式，而且处于一个过渡期。因时期短、创作者少，作品数量并不是很多，但毕竟是进入了一个新的时代，

---

①杨梓.宁夏诗歌史［M］.银川：阳光出版社，2015：3.
②杨继国，胡迅雷.宁夏历代诗词集［M］.银川：宁夏人民出版社，2011.

形式上看似与古代文学并无二致，但内容及精神要广阔得多，体现了对国家、民族前景的关怀以及隐约传达出对现代化的诉求，近现代文学在整体风貌上又与古代文学拉开了距离。

相比较而言，宁夏当代文学的实绩要远超宁夏古代文学和近现代文学。1949年后，宁夏文学艺术逐渐开展起来。一批来自五湖四海、大江南北的文学工作者，扎根塞上，像贺兰山一样坚定不移，像黄河水一样奔流不息，像马兰花一样迎风怒放，像园丁们一样无私奉献，他们有智慧、有才情，敢担当、勇创新，经过六十年的风雨洗礼，成为党和人民可以信赖、能够依靠的文艺力量。宁夏文联成立后，创办了《群众文艺》，后改名为《宁夏文艺》，是《朔方》的前身，它直接推动了宁夏当代文学的发展。与此同时，《宁夏日报》开辟文学副刊，也为本地作者发表作品提供了园地。

《宁夏文艺》改名《朔方》后，致力于培养宁夏本土作者，发表本土作者的文学作品。20世纪五六十年代，宁夏当代文学创作尚处于空白状态，是《群众文艺》的编辑们尽心尽力地培养作家，他们洒下的汗水在宁夏文学的荒漠上开出了星星点点的小花。"苔花如米小，也学牡丹开"，宁夏文学显示出了一丝生机。老一辈作家哈宽贵、路展等公开发表了带有示范性的小说和儿童文学作品；戈悟觉、张武等人频频亮相，发表短篇小说，他们的名字当时已为人所熟知；朱红兵、王世兴、姚以壮等诗人发表诗作；批评家汪宗元公开发表了与"山水诗"讨论相关的美学文章《自然美与美感的同一性》，令人眼前一亮。《宁夏文艺》1961年5月号首次推出了《工人创作》专辑，成为后来诸多名目的专辑、小辑的先声。虽地处偏远，但《宁夏文艺》的内在精神决定了它不满于、亦不甘于自处边缘，它时时感受到文学中心的变化及风向，对"题材问题"的讨论和对"山水诗"的讨论等作出积极回应，仿佛涟漪之于中心波动，遥为呼应。

在一个文学性一度被忽视的时代，模式化的形式容易造成流行风尚。以小说而言，有限度的风俗描写、清新质朴的景物抒写与概念化的内涵相结合，再设置矛盾冲突以强化人物性格，印证一个顺从大环境的意义，是一部作品的基本配方，鲜有例外。无论是刊物，还是作者，都无人能够超出时代。当一个时代结束，寻求变化，则必将趋向新声与新路。对戈悟觉、张武这些很早就出道的作家们来说，当技术和观念上的影响内化为某种限制，倘若在新时期文学伊始未能及时破执以求得转变，则会被后起作家所超越。

新时期宁夏文学的开端，始于张贤亮。张贤亮认为："在中国，个人的命运与祖国的命运紧密相连，不可分割。"1978年冬，张贤亮发表了第一个短篇小说《四封信》，从此一发而不可收，创作出了十几个短篇、系列中篇《唯物论者的启示录》、数部长篇，以及文学性政论随笔《小说中国》，以异乎寻常的热情加入了20世纪70年代末开始的思想解放运动，为改革开放既鼓且呼。张贤亮称，自有权发表作品以来，他从未满足于只做一个为艺术而艺术的小说家，而是把文学当成参与社会变革的一项活动。他以自己的创作实绩证明了不改革便没有新时期中国文学的繁荣。张贤亮后来多次充满深情地说，在过去的艰难岁月里，正是依靠劳动人民的温情和中华优秀传统文化的支撑，才使得自己保持了生的希望。在1979年发表的短篇小说《霜重色愈浓》里，他即借饱受磨难的主人公周原之口说："就是我们中华民族传统的美德在支持我们。"张贤亮是宁夏文学的领军人物，被誉为宁夏文学的一棵大树。"宁夏出了个张贤亮。"正是从《朔方》开始，这位饱经风霜、历经沧桑的作家，从塞上大地腾飞而起。

《朔方》有着自己的个性与风格。在六十年的发展历程中，它已经形成了一种温和而坚定的理念：作品须修改，作家要推介。青年作家的稚嫩、青涩之作，要耐心和细心地指点；即便是成熟作家的作品，亦不同程度存在着作家本人难以认识到的不足和缺陷，此时即当发挥编辑特有的作用，而经完善后的作品，或许连作家都忍不住惊叹它所"达到的高度"[1]。突出地域特色和文化特点，扶持本区文学人才，是《朔方》一贯的办刊方针。

继《朔方》之后，《六盘山》《女作家》先后创刊，《宁夏日报》《宁夏青年报》《石嘴山矿报》《石炭井矿工报》《固原报》《银川晚报》《银南报》《石嘴山报》等在副刊经常刊发文学作品。除了以文学期刊和报纸副刊为中心推动文学发展之外，宁夏文联、作协和五市各地文联、作协举办文学活动，各级各类文学研讨会的召开，使文学的传播方式更加多样化。宁夏区内各级文学奖项的设置、区外文学奖项对宁夏作家的关注等，都对新时期宁夏文学的发展起到了积极的推动作用。

二

强烈的家国情怀，对优秀传统文化的信念和对苦难审美化的书写，是张贤亮贡献给新时期宁夏文学的一笔珍宝。1996年，南台出版长篇小说《一朝县令》，延续了张贤亮作品中的改革主题。小说讲述了苦泉县，宁夏南部地

---

①路展.要想着二十一世纪——《朔方》出刊200期谨代祝词［J］.朔方，1990（03）.

区一个闭塞、落后、沉闷的小县城，依稀感受到了源自京华的改革大潮，死水微澜，其下是改革与保守势力的较劲。"作者曾亲口对我说，小说原名为《在铲除了玫瑰花的土地上》，此刻虽春寒料峭，瑟瑟发抖的嫩叶毕竟感应了无可阻挡的春的气息。"张贤亮评价道："南台质朴、传统的叙事形式中是注入了新的生命力的，并且内含着一种批判锋芒。"与此同时，油画专业出身，亦具文学天赋的马知遥还在一家电影放映公司当美工。他默默无闻，是张贤亮发现了他的才华并迅速帮助他转型成为专业作家。在查舜的中篇小说《月照梨花湾》中，留城还是回乡，两种观念交织在那个即将毕业的农村大学生胸间，最终他迈出艰难而坚定的一步，在月光明明、梨花如雪的夜晚走向默默支持了他四年的乡间女友，这无意中印证了传统美德的力量。

从改革开放到20世纪90年代初期，宁夏的文学事业迅猛发展。张贤亮从宁夏出发，走向中国文坛。随后，张武、戈悟觉、路展、高深、高嵩、吴淮生、肖川、罗飞、秦中吟、郑正、李唯、马知遥、南台、杨少青、杨继国、冯剑华、余光慧、荆竹、查舜等作家也先后创作出一批精品力作，形成宁夏文学的第一次高峰。

1998年开始，自治区党委宣传部和宁夏文联共同实施了长篇小说"金骆驼丛书"和"新绿丛书"的创作与出版工程，激发了宁夏作家的创作热情，促进了宁夏文学的创作和发展。中国作协两次在北京举办"宁夏青年作家作品研讨会"。宁夏文联、宁夏作协、《朔方》编辑部先后举办四届"西部笔会"。宁夏作协推荐石舒清、马宇桢、陈继明、张学东等人的作品入选"21世纪文学之星丛书"，宁夏青年作家集体亮相中国文坛。

从"绿化树"到"三棵树""新三棵树"，宁夏文学继续前行，并形成郁郁葱葱的"文学林"。石舒清、郭文斌、马金莲获得鲁迅文学奖；季栋梁、马金莲获得中宣部"五个一工程"奖；查舜、马知遥、金瓯、郎伟、了一容、李进祥、马金莲等二十位作家获得全国少数民族文学创作骏马奖；赵华获得全国优秀儿童文学奖；陈继明、石舒清、漠月、张学东、李进祥、阿舍、了一容等作家获得庄重文文学奖、人民文学奖、民族文学奖、《小说选刊》奖、十月文学奖、中国作家奖、北京文学奖等重要奖项，多人次荣登中国小说学会年度排行榜；牛学智、刘汉斌、田鑫等青年作家的作品集入选"21世纪文学之星丛书"；杨梓、单永珍、马占祥、马骥文、马泽平五位诗人参加诗刊社"青春诗会"；四十多部作品入选中国作协重点作品扶持项目。

可以说，是张贤亮、南台、马知遥等老作家们，共同构建了新时期宁夏文学的格局，年轻一代的作家们因此而受惠并且能够顺利成长。与老一辈作家们稍显急切的现实关怀、忧患意识等有所区别的是，年轻一代的作家更加从容，个体生命、现实状况与独具风貌的宁夏人文地理——古老的黄河文明、独特的历史文化以及多民族相亲共融的中华民族共同体意识，凡此种种，皆为他们文学取材的对象，蕴涵其中，表现于外。

石舒清以描写西海固地区民间生活而为人称道，但这仅是一个方面。他的视野更为宽广，深厚的传统文化修养和对文学的那种如生命般的分外珍惜，形成了他对短篇小说的审美追求：形制要短，意味需深。《逝水》《清水里的刀子》《清洁的日子》《果院》《低保》等，即为其小说美学观念的体现。2011年，石舒清发表了短篇小说《借人头》，是一部取材于现代历史文献资料的作品。自20世纪90年代后期开始，石舒清除继续写作西海固题材的小说外，亦逐渐拓宽取材领域，如《列车上》《凉咖啡》《小米媳妇》等。2006年发表的《底片》是他的第一部长篇小说。这既是一部村史，又是一部家史，亦是作者童年及少年的生活史。作者熟知的许多亲人和村民，他们或卑微地活着，一如草芥；或顽强地抗争着，想抓住自己的命运。

郭文斌的小说始终都有一种暖色调，总体风格上呈现出抒情色彩，充溢着一种深入人心的温情：一是在叙事视角上，多用儿童和少年视角；二是对传统中国风俗的抒情化描写。散文《忧伤的驿站》用抒情化手法描写"年"在人们心中的印象；小说《大年》则以故事情节尽情地表现过年的风俗。郭文斌善于抓住一个主题，然后有意识地、系列地、综合地集中描写、表现。

陈继明则呈现出另一种创作面貌。相对于北京、上海等中心城市，银川不仅在地域上，而且在文化上均属于边缘地带，但对陈继明这个写作者来说，这种边缘性却提供了一种观察视角，即可以冷静地观察、发现。无论社会的、文化的还是心理的诸种变化，当它们进入他的视野时，就有可能呈现出整体的形式。冷眼观察，潜心思考，用心表达，于表现世态人情中寄寓自己强烈的悲悯意识和人文情怀，这大体能够代表陈继明创作上的一个特点。与石舒清略有不同，石舒清作品的深广度源于其个人体验的深广度，陈继明作品的深广度则源于他个人认识的深广度。陈继明的小说总是与当前中国社会的现实变化及各种思潮同步，尤其对人们在某一阶段的普遍性精神状态有着准确地把握和描述，能及时把握某种涌动的社会心理。他的长篇小说《途中的爱情》《一人一个天堂》《堕落诗》《七步镇》以及中短篇小说，均体现了这种特点。

三

苦难意识是宁夏新时期、新世纪文学的一个普遍性主题。然而，描写苦难并不是目的，激发内在生命和追求理想才是最终的美学追求。张贤亮描写"苦难的历程"，把苦难写尽、写透，写到力透纸背的地步，以达到"本然的真实"，即美丽和光明，为宁夏现代文学又开辟了一条途径。沿着这条小说的美学之路，李进祥注视着各类小人物，把他们写进短篇小说集《换水》《清水河人物》以及长篇小说《孤独成双》《拯救者》《六指》中。这些苦人儿，一如《女人的河》中坐在清水河边流泪的妇人。她的泪水融进河水中，在哭累了、哭够了之后，毅然起身，面对生活。千年如斯的清水河知悉他们的心声和秘密，那是一种向上的力，生生不息。李进祥小说多写乡村生活艰辛的一面，叙事风格颇为别致，犹如将诸般苦难一件件加在那些苦难者身上，考验他们的忍耐力，亦拷问他们的灵魂。当这些苦难者踉踉跄跄地似乎立刻要跌倒并陷入绝境之际，叙事者犹疑了，拿掉了最后那根稻草，反而用自己的肩膀去承受人物的苦楚，脸上闪着泪光。以中篇新作《二手房》为例，这部小说显示了李进祥艺术上的功力，他把一种微妙的感觉表达了出来，而且是那样贴切。那种感觉不仅女主人公拥有，作为读者，我们的心间也溢满了说不出的感动。

同样是书写苦难，季栋梁则更多地关注着那些进城务工的乡民，尤其是留守家乡的妇女和老人。他们有时被生活压得喘不过气来，便独自跑到高高的山塬上，要么沉默地坐上一整天，要么放开嗓门吼上几声秦腔，长歌当哭，远望当归，然后再重新打理生活。恰如长篇小说《上庄记》改写了过去程式化的"苦难"形象，这是一种至关重要的视点上的转变。西海固在地理环境上是独一无二的，但它所遇到的问题又是社会性的。在那里生存着的一群人，和北上广等发达城市的人皆为中国人并无二致，只是他们遭遇了更复杂、更严重的困难。不管是历史还是现实，贫穷不是他们的过错，苦难亦非他们的专利。上庄人不怨天、不尤人，把"隐秘的苦难"藏于心中。《上庄记》令人难忘之处还在于，它似乎写尽了贫穷和苦难，但他们和我们一样，也在为改变自身命运而努力挣扎。农民们看见了实惠，才开始转变某些观念，这仅是事情的一个方面；甚为关键的是，年轻一代起来了，他们与父辈不一样，带着一种勃勃生机，眼光亦更深远。

马金莲小说中饥饿、贫穷、苦难的主题被大幅渲染，可她笔下时时闪现的"1980 年"这一关键词却往往被忽略了——日子依旧焦苦，改革终究惠及了乡民，他们的笑声显示出发自心底的欢快和明朗。长篇小说《马兰花开》塑造了一个因其父嗜赌致使自己辍学的女孩马兰，她慢慢化解痛苦，从人生低谷一步步攀爬而上，在生活改变她的同时，她也改变着生活。小说集《父亲的雪》《碎媳妇》《难肠》以及长篇小说《数星星的孩子》，不倦地截取、描画着人生诸相。值得注意的是，马金莲小说中多用儿童视角。这些孩子不仅担负着"看"的功能，他们同样也在成长。就像《尕师兄》中的孩子，他旁白式地说道："师兄来到我们家里'和我们一起成长'。"收入小说集《长河》中的《河边》，以顺儿的眼光看其母亲与叔叔之间的关系，于"看"别人的同时，顺儿也看自己的内心，他渐渐明白了一点世事人情，他痴痴地望着河水，也望着自己的内心世界。再如《长河》中，以叙事者的眼光串联起四起白发人送黑发人的事件，以儿童的视角观察了死亡。

漠月几十年来只写他记忆中美丽的草原。他小心翼翼地守护着那里的一草一木，哪怕城市化进程带来了化解不开的苦涩，也难以掩盖一种清新的香气。漠月的小说有一个贯穿始终的主题，即对草原文化、生活的深情描写，尤其对城市化进程影响了草原文化和生活形态，表现出深深的忧虑。从他的第一本小说集《放羊的女人》开始，他的绝大部分小说作品都围绕着这个主题。漠月的小说表达了他的隐忧，但他只尽情地表达、畅意地抒写，他记忆中保存着那么多美好的草原故事和牧区风情，需要变成文字、变成画面。未来的草原会是什么样子，向何处发展，作家大约不会比读者更清楚，但就一个作家心中的道德和职责来说，漠月已经写出来了。

张学东以书写儿童世界而知名，渐次将目光转向广阔的社会生活。了一容早年四处流浪，小说多取材于自身放牧、淘金、打工等经历，他自述描写苦难就是为了突显真善美。

在这个小说美学谱系里，还可以加上一些女性作家的姓名，如韩银梅、阿舍、平原、曹海英、许艺等。

韩银梅的小说，吸引人的地方是叙事风格上的从容悠然，又在不经意间峰回路转，比如颇具影响的中篇《雁去鱼来》，作者不仅自信于讲出的故事会为读者提供一份经验，而且自信于讲述本身即是艺术。于是，一件看起来平淡不足道的事情，在她的讲述中，被讲出了意义、意境、趣味。一群退休了的老人，他们的生活通常被认为是刻板的孤寂寡淡的，但在韩银梅笔下，恰如楼房前面的围墙被推倒一般，展现出陌生的另一面，那样一个生命渐现黯淡的群体，他们过往的经历、现在的感受、对有限时光的疑惧等，呈现出了别样的丰富。

阿舍的小说叙事一下子能抓住人的注意力——虽然不单单依靠比喻,但比喻的新颖、稀见、穿透力等特点,初读之时,会让人眼前一亮,不自觉地跟随叙事者进入现场。比喻是叙事艺术一项重要的手法和技巧,用得好,会给整个文本增色。擅用比喻的作者,实际上艺术感觉特别敏锐,还有可能是作者智慧的一种表现。词语、句子一旦涌现,连作者自己亦无法控制,甚至以词语、句子本身为描写对象。阿舍的小说中还存在着一种内在的力量。

张贤亮说过,他描写苦难,内含着一种理想主义的光辉和色彩,最终目的是要写出"生活的壮丽和丰富多彩"。宁夏的作家们将后一点作为自觉的美学追求,展现了不同的面貌和风格。

与小说实绩相比,宁夏诗歌创作于低调、沉静之中追求汉语的纯美精粹,摇曳多姿中亦有其楚楚可怜。李震杰、朱红兵、吴淮生、高深、罗飞、秦中吟、肖川、杨少青、刘国尧、李云峰、骆英等诗人为宁夏诗歌的繁荣作出了重要贡献。尤其是一批 60 后诗人,在新世纪前后崛起于诗坛。

杨梓早期创作了许多抒情诗,20 世纪 90 年代中后期将主要精力用于史诗的创作。该诗诸章节写得才情横溢、豪气弥漫,于史诗中构建了一个广大而丰富的世界。其中活动着的人物,一方面他们的所想、所做确乎不同于现代人,尤其是那种喷涌而出的生命力,照得我们现代人不堪;另一方面,他们会哭会笑,会高调,会抑郁,更会爱得发昏。比如《石头里的爱情》一节"阿妹啊 / 你是风雪里的一朵紫莲",这便是好的爱情诗了。这种片段镶嵌于诗的整体结构中,抒情与叙事交织,应该就是史诗的基本模式。2006 年《西夏史诗》由文化艺术出版社出版,标志着这一宏大工程的完成。2018 年,修订本由阳光出版社再版发行。荆竹在《序:高标逸韵说史诗》中写道,《西夏史诗》是中国当代经典诗歌作品,已形成多样性的文化格局,是灵魂与意志精神之体现,是充满美学生命的宏厚之作。

杨森君的诗歌多写平常事物,那些人、物、事再平常不过了,皆为人目见耳闻、熟视以至于无睹的。这些人、物或事一旦进入杨森君笔中,经过艺术的处理,都变成了一个个全新的意象和形象,让人感受到一种说不清楚又难以忘怀的意味。杨森君的诗语言上灵巧、精致、耐咀嚼、意味丰富,带给人一种期待、一种满足。他的诗歌作品在艺术成色及水准上是均衡的,保持在同一诗艺水平线上。这是非常难能可贵的,表明诗人在创作上严肃认真的态度是一以贯之的。他在诗艺上的自我锤炼也达到一种境界。

梦也的诗歌多为抒情诗,但内涵上显得元气浑茫而又丰茂多义。他的诗歌多思考生命及死亡这类主题。除此之外，更多的则是这样一些关键词，如寂静、柔和、大地、忧郁、月亮、黑暗、神秘、虚幻、星辰、黄昏、梦想等，尤以"秘密"一词出现频繁。接近一种秘密，似乎是梦也诗歌创作的一个总的方向，但这种接近与顿悟无关，因为顿悟是基于禅宗文化对日常生活的认识态度。梦也善于将日常生活诗意化，以达到某种境界，诗集《祖厉河谷的风》《大豆开花》充分显示了他在抒情诗创作方面的成绩。

王怀凌出版的四部诗集，均以散漫而准确的朴素语言传递心音，以形散而神聚的抒写方式弥散情绪，以一草一木的荣枯映射天地广阔。蕴含于他诗作之中的，是农耕文明向城市文明过渡的大背景，是对西部苍凉大地上倔强生命的由衷敬畏，是回家路上具有文化意义的别样乡愁，是对万物胸怀悲悯以及对人与自然关系的思索结晶。一方面，他"决绝地将车马的喧嚣、流派的影响以及全球化的同化拒之门外，确立了自己的民间情怀和地域文化立场，从而使他的诗作道法自然地彰显了特色，张扬了个性，袒露了傲骨"（杨梓《风吹西海固·序》）；另一方面，他以诗的形式诉说着西海固地区的苦难现实，一种是环境施加在人身上的浅层次的苦难，另一种是深层次的心灵上的苦难。

单永珍诗歌中对内心深处"伤及心灵的骨髓的剧痛"的表现，令人印象深刻。他在去了一趟甘南后，创作上出现了一次质的飞跃。由西海固到甘南，隐藏在油菜花、青稞、经幡之后的感情，通过种种繁复的意象，让心灵抵达远方。单永珍的诗歌创作具有民族性和地域性双重倾向。地域性就像单永珍的胎记，而在此之后隐藏的是其诗的超越性。他把诗歌视为自己的信仰和生命，为诗歌快乐而痛苦、忧郁而迷狂。

马占祥不仅用诗歌的方式表达了对本土现状的"焦虑"，而且表现出"一种真正来自民间的质感，其形态、光泽、底色、纹理、质地等，使我们对民间有了另一种认识"。"只有像马占祥这样把诗写在龟裂大地上的诗人才是自然之子，是守护精神家园的风灯，是捍卫灵魂的真正勇士。"（杨梓《半个城·序》）从诗集《半个城》到《去山阿者歌》，马占祥朴素而又华丽地完成了诗歌的立体化造型，从凡间烟火迈向神圣雪山。

李春俊、虎西山、洪立、冯雄、杨云才、张联、雪舟、张不狂、郭静、安奇、阿尔、杨建虎、孙志强、谢瑞、刘乐牛、泾河、杨春礼、西野、刘岳、王西平、马骥文等，他们的诗作均呈现出不同的倾向和特点。陈晓燕、李壮萍、唐晴、羽萱、瓦楞草、胡琴、常越、林一木、查文瑾是活跃的女诗人代表，她们被称为"塞上九朵梅"。她们的笔下不乏优秀之作，为宁夏诗歌注入了新的活力。她们是盛开于塞上大地的梅花，因为能思敢想，所以具有傲视冰雪的品格、尊严和力量；她们写诗，也被诗所写，缘于诗歌提升了她们的人生境界。

四

"在谈宁夏诗歌时，首先要对宁夏文学有所认识，现从以下几点予以界定：一是从年龄上来讲，出生于 20 世纪六七十年代的作家、诗人是宁夏文学创作的中坚力量；二是从地域上来讲，西海固籍作家、诗人的成就占据宁夏文学的半壁江山；三是从体裁上来讲，小说和诗歌是宁夏文学创作的两个翅膀；四是从风格上来讲，宁夏作家、诗人具有传统化、本土化等创作倾向，日益显示出沉静、淡泊、内向的潜质；五是从影响上来讲，宁夏新时期以来的文学在全国占有一席之地。"①简言之，小说和诗歌创作是宁夏文学腾飞的一双翅膀，散文、评论、儿童文学、纪实文学也取得了一定的成就。

丁一波、江汗青、张涧、吴淮生、高耀山、冯剑华、许乐江、于秀兰、杨森翔、冯立、朱正安、莫叹等作家的作品体现出散文真实与真诚的基本品格，他们散文的审美以借古抒怀为主。1992 年，宁夏杂文学会成立，为宁夏本地杂文作家及文学爱好者提供了交流展示的平台，主要成员有牛撇捺、马河、季栋梁、闵生裕、张不狂、邢魁学等。一批出生于 20 世纪 60 年代的作家在散文创作方面也有了一定的建树，如杨天林、梦也、韩聆、朱世忠、拜学英、彦妮等。宁夏散文存在带有共性话语的倾向：侧重学识、思想与智慧的自主表达；侧重意象营造的诗情与诗意外化；呈现出个性化的生活叙事和客观传神的描写，以及思想张力与精神的极致追慕。值得关注的是，70 后作家阿舍、唐荣尧、程耀东、哑弦、李义、高丽君、林混、陈莉莉、史振亚、李振娟等，80 后作家王正儒、刘汉斌、田鑫等的散文创作继承了传统散文闲适、独抒性灵的风格，他们的文字雅洁少雕饰，行云流水般诠释着文人审美化的生存方式，呈现出对社会、对人和自然万物兴衰荣枯的思索。

冯剑华和阿舍是宁夏散文新时期及新世纪的领军人物。冯剑华在《人民文学》发表了《遥远的泸沽湖》《鹊雀为邻》，其中《遥远的泸沽湖》被收入《中国散文精品》和《千花集》等。冯剑华的散文以抒情为主，又把叙事、议论熔为一炉，从细节处落笔，小中见大，行文自由，结构灵活。在人物性格塑造上，不同性格的人物有自己独特的语言习惯，因此她笔下的人物形象显得十分突出，既具有独特而鲜明的个性，又能反映社会的某些本质。阿舍的散文先

①杨梓.诗歌峰会·宁夏地域诗歌创作的特点和发展［J］.黄河文学，2011（12）.

锋性比较强烈。创造性、试验性特点使其散文在国内有着相当高的知名度。思辨色彩重，深度探究历史与现实的个体命运，善于将内容与形式紧密结合是她散文的特点。阿舍有着强烈的探寻意识，她关心现代人的精神世界与心灵状态，关心人性与灵魂的轻与重。散文《我不知道我是谁》，坦率地"晒"出了自己长久以来内心扭作一团的结。作者辛苦地穿梭于不同民族、不同文化、不同习俗之间，不断为外力所推动，变换身份，再确立身份。进入一种身份，必然要压抑一份自我意识，更何况需时时进入几种身份之中，这是阿舍颇感苦痛的地方，也是她作品中充满纠结之力的原因。

在宁夏儿童文学的发展历程中，涌现出不少从事或兼及儿童文学创作的作家，有路展、吴音、王宝三、王晨、周玲、汪有权、吴善珍、笑穆、陈寒露、都沛、高耀山、姚承秀等中老年作家，还有刘岳华、李银泮、赵华、刘汉斌等后起之秀。路展的创作为宁夏儿童文学奠定了基础。他的作品，一方面以童话的形式呈现，幻想性与游戏性兼具；另一方面也具有教育惩戒的意味。他的作品里多有对荒瘠的地理风貌和热忱的草原人民的真切描写，具有伤痕、反思的色彩。赵华的科幻文学作品《大漠寻星人》荣获第十届全国优秀儿童文学奖。他善于将民族性与西方化的叙事相融合，创作出思想性与艺术性兼具的作品。他的作品中流露出对中国优秀传统文化、道德价值观念的认同。同时，他非常重视对儿童的爱国情怀和民族意识的教育。

在宁夏纪实文学领域，主要代表人物有江汗青、张贤亮、戈悟觉、杨兆兴、余光慧、李德明、严光星等。

回顾宁夏文学现代性嬗变的批评历程，既要了解宁夏早年的贫瘠和荒寒，又要看到新时期以来的耕耘、发展、提升和积累。从事高校人文学科教育的学者从学术研究出发，对文学的繁荣和发展亦多贡献，如王十仪、李增林、袁伯诚、刘绍智、张廷杰、张迎胜、崔宝国、孟悦朴、哈若蕙、郎伟、黄学军、钟正平、武淑莲、李生滨等，尤其是文联、作协系统的作家型评论家及时跟进，重视实践、肯定成绩，直接促进了宁夏文学的健康发展，如吴淮生、高嵩、杨森翔、杨继国、荆竹、高耀山、杨梓等。除了这两个方面的力量之外，还有不少文学评论和研究的专家、学者，他们构成宁夏文学批评的第三个方面，如李树江、王枝忠、秦中吟、丁朝君、布鲁南、何克俭、何光汉、张铎、张嵩、白军胜、赵炳鑫、王武军、白草、牛学智、沈秀英、王佐红、许峰等。他们从各自的阅读视角，加强了宁夏文学在场的批评建构。特别是新世纪以来，郎伟在宁夏地域文学批评方面用力颇多，贡献有目共睹。杨慧娟、马梅萍、许峰等，是专门研讨民族文化和地域文学的后起之秀。钟正平、武淑莲、倪万军、王兴文等以宁夏师范学院为核心力量的西海固文学批评群体，也形成了各自的批评风格，在文学研究和地域文学批评中不可小觑。当然，在诗歌评论方面，张铎和杨梓引领了不同的风格。张铎是从刘绍智的文学课堂上感受到文学批评魅力的。吟诵朝夕只爱诗，他与张嵩、王武军等成为白话新诗和古体诗词批评双栖的批评群体。杨梓在新世纪宁夏诗歌发展的地位，除了其创作的影响，还有其对宁夏诗歌的整体批评。他以传统的诗学范畴，试图建构现代诗歌批评的维度。白军胜在集中阅读宁夏诗人的作品后逐一品读批评，为宁夏文学批评作出了积极的努力。瓦楞草注重诗歌美学的分析与探究，认为诗歌美学关系到诗歌的优劣。白草选择性地关注中国现当代作家和宁夏作家的作品并进行文本细读，他的评论是一种近乎苛刻的文字校勘式的考量。牛学智的强势介入使宁夏地域文学批评风生水起，有了许多批评的锋芒和前沿理论的探索。这方面的接续，是赵炳鑫具有哲学背景的作家对作品的阐述，以及张富宝吸纳文艺美学新理论的批评实践。李生滨因参与"宁夏青年作家群研究"课题而进入宁夏地域文学研究领域。他以学院派的资料建设和个案研究形成了总体的研究概述。沈秀英用真诚的批评文字为宁夏文学研究添砖加瓦。

批评需要耐得住寂寞、经得起诱惑、守得住清贫，更需要精神追求、审美情怀和人格魅力。纵观宁夏现代文学批评与研究七十年，正因为有这样一批批热爱文学和文学批评的耕耘者，才获得宁夏文学审美批评和学术研究的诸多成果。这是宁夏文艺繁荣和文化建设不可分割的一部分，也是宁夏文学在艰难而辉煌发展中收获的丰硕果实。

当代宁夏作家队伍的形成及现代宁夏文学总体格局的定型，主要是由《朔方》推动并最终发展而成。2001年，《朔方》以第5期、第6期合刊的形式推出《宁夏青年作家作品专号》，集中展示了当时活跃的作家石舒清、陈继明、季栋梁、漠月、郭文斌、杨梓、杨森君、梦也、洪立、导夫、了一容、单永珍、火会亮、韩银梅、马占祥、杨建虎、王怀凌、金瓯、张学东等的作品。这次合刊是《朔方》办刊史上的首例。2001年至2013年（其中2005年、2008年两年未编辑），共计出版十一期合刊，陆续推出了一批作家，有李进祥、马金莲、平原、彦妮、阿舍、曹海英、林一木、吟泠、冶进海、许艺、刘汉斌、田鑫、马慧娟等。同时自2013年开始，《朔方》开辟了《每期一家》专栏，后改为《本期一家》，至2019年年底，共刊发作家作品小辑八十四次，基本囊括了宁夏区内有影响的新老作家，其中有的作家不止一次，而是数次刊发。这种做法接续了过去的思路，但相比于以往，这种思路变得更为宽阔。目前，合刊与《本期一家》已成为《朔方》两个自成特色的品牌。此外，根据年龄、性别、职业、地域等，《朔方》相应开设过 60 后作家专辑、70 后作家专辑、农民作家专辑、女作家专辑等，每辑都给人以面目一新之感。《朔方》采用各种方法，确立不同形式，不倦地推出作家作品，其热情是不竭的。六十年来，《朔方》真正实现了前辈编辑们的希望，使几代人的努力有了结果——宁夏终于形成了一个规模不小的文学创作群体，这片看上去令人喜悦的文学树林，充满无限生机。《朔方》见证了宁夏文学不断繁荣兴盛、作家不断涌现的辉煌成就，可以说，《朔方》的办刊史也是宁夏当代文学的发展史。《朔方》为宁夏文学走向全国乃至世界，发挥了不可替代的作用。

《六盘山》为西海固文学占据宁夏半壁江山作出了积极努力。2007 年，《黄河文学》由双月刊改为月刊，在推动宁夏文学的发展中作出了一定的成绩。市级内刊《贺兰山》《文苑》《沙波头》，县级内刊《灵州文苑》《塞上回乡》《古峡文学》《同心》《盐池文苑》《红枸杞》《原州》《葫芦河》《六盘人家》《老龙潭》《彭阳文学》等，在为宁夏文坛源源不断输送新鲜血液方面功不可没。《夏风》《平罗诗苑》《宁夏日报》《宁夏青年报》和《新消息报》的文艺副刊，以及银川、石嘴山、吴忠、固原、中卫五市的晚报或日报副刊，也对宁夏文学的繁荣起到了积极的作用。

深沉的家国情怀、对优秀传统文化的坚守、苦难中积极向上的力量，标示出宁夏文学的基本风格。由于身处偏僻辽远的地理空间，宁夏作家更亲近包括人性在内的自然，那种不期而至的对内在生命的倾诉，不吐不快，无暇修饰，沛然而出。文学与生命一体，这是宁夏文学的另一面。宁夏文学始终与时代同行，与人民同心，涌现出一批优秀的作家，创作出一批优秀的文学作品，形成引人注目的"宁夏文学现象"，丰富了中国文学的内涵。宁夏作家朴实的生活经历和历史记忆，独特的生命感悟和言说方式，形成了纯正、质朴、安静的文学品格，让宁夏文学在中国的文学版图上独具一格。

诗歌

导论

抒写地域而歌咏民族的宁夏诗歌

  宁夏历史上就是一个多民族聚居地区，也是一个多元文化形态相通共融的区域。水洞沟古人类文化遗址位于灵武市，是三万年前人类繁衍生息的圣地，被誉为"中国史前考古的发祥地"。秦汉时期，被称为德水的黄河，经过秦渠流入宁夏平原，将荒地旱原变成"塞上江南"。"天下黄河富宁夏"，不仅是黄河开辟的巨大工程，也是塞上人民创造的光辉诗篇。从此，以儒家文化为核心的中原农耕文化就在这片土地上扎根。宁夏之名始于元代，取"夏地安宁"之意。明清时期的宁夏，是中央政府用心经营的地方，大批中原人和江南人或移民、或谪戍、或流寓此地，带来了中原文化的深厚和江南文化的秀丽。

  地理环境和历史进程的特殊性，致使古代的塞上社会以农耕、放牧、通商、战争为主，表现在文化上则是具有从相互了解到相互认同的多元多姿的特点，这也是移民地区的特点。以农耕文化与游牧文化交融的多元文化异彩纷呈，形成了南北认同、东西交融，既有北方之雄浑厚重，又有江南之清秀柔美的鲜明文化特色。这为宁夏的发展奠定了基本的精神底色，也为宁夏的文学艺术创作提供了极其深厚的精神资源。毋庸讳言，宁夏虽然是远离政治经济中心的偏远之地，但一个历史时期的苦难历程和物质生活的相对贫乏，反倒催生了文学无边的想象与真情流淌的抒写。

  "陇头流水，鸣声呜咽"（北朝乐府民歌），"回中道路险，萧关烽候多"（卢照邻），"蝉鸣高树间，八月萧关道"（王昌龄），"大漠孤烟直，长河落日圆"（王维），"贺兰山下果园成，塞北江南旧有名"（韦蟾），"回乐峰前沙似雪，受降城下月如霜"（李益），"灵州城下千株柳，总被官军斫作薪"（张舜民），"贺兰山下河西地，女郎十八梳高髻"（马祖常）……诗人们在塞上大地留下诸多名篇佳句。唐时的李益出生在甘肃，但他北游河朔，在塞上的幕府度过约二十年的时光，写下了大量的边塞诗。北宋的张元是永兴军路华州华阴县人，现只留下两首诗和两个残句。元代诗歌主要以马祖常与贡师泰为代表。明太祖朱元璋的第十六子朱栴被册封为庆王后，他在韦州城居住了九年，后负责镇守塞上疆土，在宁夏城居住了三十六年，直至病逝。其间，他创作了大量的诗作，编纂了《宣德宁夏志》。此外，还有代表诗人承广、冯清、杨守礼、罗凤翱、石茂华等。清代的代表诗人有黄图安、刘芳猷、朱亨衍、黄恩锡、顾光旭、黄璟、陈日新、朱美燮等。

宁夏古代文学除了少数散文外都是诗歌，所以宁夏古代诗歌史就是一部宁夏古代文学史。宁夏古代诗歌的发展，无论在质量上还是在数量上都呈上升趋势。从秦汉时期的寥寥几首到唐代的大量涌现，尤其是边塞诗蔚为壮观；经过宋夏元战乱的过渡时期，开启了宁夏明清诗歌繁荣发展的模式。

近代诗歌创作是从传统的古典诗歌向现代新诗的过渡，在中国诗歌史上占有不容忽视的地位。处于中国西北的宁夏，相对来说依然比较保守，诗人创作的依然是古体诗词，几乎没有反映大的社会变革。这一阶段的诗人，他们富有才华和能力，他们所创作的诗歌展现出了他们的梦想和力量。与古代相似，一些受过良好教育的青年才俊被选派到宁夏为官，其中有吴复安、杨巨川、叶超、张维翰、徐庭芝、段云、贾朴堂等诗人，他们无论是在造福一方百姓，还是在诗歌创作上，都为宁夏作出了不可磨灭的贡献。近代以来，宁夏诗人为数不多，诗作传世也较为稀少，但这一血脉并未断流，因而宁夏的当代诗歌得到了空前繁荣。

宁夏新诗的发展与全国诗坛大格局的发展一致，经历了白话诗、朦胧诗和现代诗的发展历程，但由于受地域文化的影响，又汲取信天游、"花儿"、民歌等形式的营养，因而呈现出不同的特色。宁夏的新诗有政治抒情诗，有以工农业为题材的诗，有歌咏西部自然风光的诗，也有描写生活的现代诗。宁夏不同时期的诗人，其共同点在于以生活在其中的西部为背景，表现了西部特有的苍凉和辽阔，既有饱含深情的吟咏，又有直抒胸臆的豪迈，更有出其不意的洇染和意象万千的泼墨。可以说，宁夏新诗在内容和表达方式上都呈现出丰富多彩的景象。历代诗人所推崇的高尚的诗歌理念、继承传统文化的意义、保存诗歌活跃的氛围，为宁夏诗歌的发展注入了一股无形的力量，使宁夏诗歌在发展历程中始终坚守着传统古典诗词的本质，始终行进在中国诗歌主流的发展历程之中。宁夏诗人将塞上大地的地域特色和民族特点融入创作，为西部和中国诗歌的繁荣作出了独特的贡献。

新中国成立后，《宁夏日报》开办副刊《宁夏川》，宁夏文联创办《群众文艺》，催生了新诗的萌芽。这一时期，宁夏地区新诗的创作人员较少，以朱红兵、王世兴、姚以壮等为代表，主要从事信天游、"花儿"、民歌体诗歌的创作，诗风单纯质朴，易被大众接受。

宁夏属陕甘宁边区之一，一些在全国较有影响的进步诗人，如李季、郭小川等先后来宁夏深入生活，并从事诗歌创作，极大地带动了宁夏地区新诗的发展。1957年，张贤亮的长诗《大风歌》在《延河》发表，在全国引起强烈反响。1958年，宁夏回族自治区成立前后，陆续从全国各地迁来了一批支宁的知识分子，其中有诗人李震杰、罗飞、高深、吴淮生等。

1968年，宁夏回族自治区成立十周年之际，宁夏第一本诗歌集《飘香的沙枣花》诞生，悉数收录当时优秀的诗歌作品。

20世纪70年代，肖川、吴淮生、蔡锦启的诗作荣获宁夏第一届文艺评奖一等奖。宁夏诗人作品选《光辉永照宁夏川》于1978年由宁夏人民出版社出版。随后，肖川逐渐成长为中国诗坛的一员骁将，并发表了大量的诗作，出版诗集《塞上春潮》，被誉为"塞上诗人"。

20世纪80年代，肖川、刘国尧、罗飞等诗人的创作量多质优，少了些政治因素，多了些诗歌本质的成分。王世兴、高深、马乐群、杨少青等表现出诗人坚忍顽强的性格和正气凛然的风骨，充满了浓郁的乡土气息。他们与其他诗人一起并肩开拓塞上大地的现代诗。此外，马钰、何克俭、马忠骥、杨云才、陈晓燕、王慧等诗人纷纷活跃，使宁夏少数民族诗歌创作逐渐走向成熟，形成了一个诗歌创作群体。导夫、薛刚、权锦虎、刘中等以《宁夏青年报》为阵地，为宁夏60后诗人集体亮相起到了表率作用。荆竹曾说："《宁夏青年报》在领导宁夏诗歌新潮流。"以刘秀凡、陈幼京、范一风等为代表的女诗人开始在报刊发表作品。她们的诗歌大胆地呈现女性生命的体验，以其自我意识的觉醒和对女性心理的深层挖掘，而引人注目。

20世纪90年代，60后诗人集体亮相。他们可以分为两个群体，即西海固诗群和川区诗群。西海固诗群是围绕六盘山和黄土高原这一区域进行创作的诗人群体，其诗歌呈现出鲜明的地域特色；川区诗群是围绕贺兰山和河套平原这一区域进行创作的诗人群体，他们的诗歌具有探索性、现代性和口语化倾向。这一时期，杨梓开始创作史诗，邱新荣以历史为题材进行创作，他们的抒情史诗和历史抒情诗，与这两个地域性诗群有所不同。1999年，杨梓发表的系列史诗受到《诗刊》的关注，并应邀参加诗刊社第十五届"青春诗会"，是宁夏第一个参加该会的诗人，自此由地方走向全国。唐晴、莲子、李壮萍、陈晓燕、王慧、羽萱等也成为女诗人中活跃的代表。她们笔下不乏优秀之作，为宁夏的诗歌创作注入了新的活力。

进入 21 世纪，60 后诗人全面崛起，70 后诗人紧随其后。首先是《诗刊》于 2001 年第 8 期在头条位置《每月诗星》栏目推出杨梓的个人作品专辑；《十月》推出《西海固的诗》，《诗潮》《星星》《绿风》《中国诗人》《西部》《扬子江》《诗歌月刊》等先后推出"宁夏诗人作品专辑"。《朔方》大力推举本地作家、诗人，在《本期一家》栏目先后推出王怀凌、梦也、虎西山、杨森君、洪立、泾河、杨建虎、林一木、单永珍、冯雄、安奇、马占祥、李壮萍、张不狂等诗人的作品专辑。他们的作品纷纷亮相于《诗刊》《星星》《诗歌月刊》《十月》《绿风》等，并入选多种选刊、选本，他们分别出版一部或多部诗集，数次荣获宁夏文艺评奖诗歌奖。杨梓的《西夏史诗》、杨森君的《西域诗篇》先后列入中国作家协会重点作品项目。2006 年，单永珍应邀参加第二十二届"青春诗会"。2012 年，马占祥应邀参加诗刊社第二十八届"青春诗会"。宁夏60 后诗人形成了鲜明的特色，极大地丰富了宁夏诗歌。但一度缺乏突破和创新，造成了自我重复的现象，尤其在语言和语境上有模式化的倾向。这或许与宁夏的地域性有关。

70 后诗人以其丰硕的战果成为宁夏诗坛不可或缺的力量。他们风格迥异，不仅壮大了宁夏诗人的阵容，而且丰富了宁夏诗歌的创作。一批女诗人的诗歌重视生活题材，面向词语本身，挖掘了诗歌语言潜在的魅力。

80 后诗人刘岳、王西平、李兴民、张虎强、屈子信等，90 后诗人马骥文、石杰林等较为优秀，并一直在坚持创作，让我们看到了宁夏诗歌的希望。

新世纪以来，宁夏 60 后诗人集体崛起，70 后诗人冲出重围，80 后诗人勇于革新，形成了宁夏诗歌史上最为强大的力量，这一"塞上集团军"走向全国诗坛，部分诗作被译为外文，成绩卓然。但这离不开一大批促进宁夏诗歌繁荣的幕后英雄，他们或评论或编辑或出版或组织，是宁夏当代诗歌较之于古代、近代最为不同而特殊的一面，也是众多而且是最为有力的推手。诗评家、编辑家、活动组织者辛劳于幕后，任劳任怨，无私奉献。他们用一双双有力的大手，把市县诗人推到宁夏诗坛，再把宁夏诗人推向全国诗坛，为宁夏当代诗歌事业默默无闻地贡献着自己的力量。

诗歌创作从来都是关乎灵魂的事业。诗歌可以是照亮人类精神的灯火，可以是对人类命运的深刻关注，也可以是人类美好情怀的诗意表达。在宁夏诗人的心目中，诗歌是一个圣洁的词，他们对诗歌往往怀有神圣的虔诚，抱着一种神圣感从事创作，态度严肃而认真，天然地具有社会责任感和人生使命感。他们将自己的生命融入诗歌，把自己的心血和智慧奉献给诗歌。正因为对诗歌事业的认真坚守和痴情奉献，宁夏的诗人在较短时间内取得了不凡的成就，并赢得了读者对他们发自内心的尊重。

梳理从塞上到宁夏、古体到当代的诗歌发展脉络，宁夏诗人继承和发扬中华民族优秀传统文化，学习和借鉴世界各国优秀文化成果，尊重诗歌规律，敢于探索和创新，担负起讴歌人民、鼓舞人心、憧憬未来的光荣职责，创作了大量思想性、艺术性和可读性俱佳的优秀作品。这些作品生动抒写了宁夏各族人民的生活和命运，充分展示了人民生活当中真善美的情愫，深情描绘了宁夏人民奋斗拼搏的历史画卷、心灵图景和精神世界。他们的创作不仅集中体现了诗人的良知、才华和品格，他们的审美把握了宁夏各族人民的生存状态、生活情景和命运轨迹，而且成为宁夏文学中与小说一样有力腾飞的一只翅翼，成为备受外界关注的一张亮丽名片，成为宁夏文化建设和发展的一个重要组成部分。

第一章

古代：雄浑与秀丽并存的创作风格

　　宁夏古代诗歌是中国古代诗歌的重要组成部分，在宁夏文学发展史上具有独特的地位。宁夏古代诗歌既带有浓厚的地域文化特征，又有古典传统的美学范式，具有言微旨远、短小精悍、以小见大、寄托深远的特征，它将宁夏文化的精髓最大限度地展示在人们面前。无论是主题内容，还是句法形式，抑或艺术风格，宁夏古代诗歌都呈现出一种多样化的倾向，给人以景的可视、情的陶冶和美的享受。

　　宁夏古代诗歌的发展，无论是质量上还是数量上都呈逐代上升的趋势。先秦两汉、魏晋南北朝时期仅有寥寥几首；隋唐五代时期诗歌大量涌现，尤其是边塞诗蔚为壮观；宋元时期，宁夏诗歌相对较少，呈现出由描述战争到自然风光的一个过渡时期，其所反映出的理性思维与艺术特质，直接开启了宁夏明清诗歌的繁荣发展。宁夏古代诗歌具有悠久的历史文化传统与鲜明的地域民族特征，《周易·系辞》云："仰以观于天文，俯以察于地理。"将《周易》这个思维理念运用于宁夏诗歌史的研究，意义深远。纵观宁夏古代诗歌的发展，大体上可以分为唐前、唐宋元和明清三个时期。

　　唐前时期，除《诗经·小雅》中的作品在一定程度上反映了周代礼乐文化精神对塞上地区的渗透外，其他阶段的作品多为诗人对塞上的想象之词。《诗经》中的《采薇》《出车》《六月》《采芑》，主要记述了周朝与猃狁之间的矛盾冲突。汉代以后的乐府民歌、文人诗词，涉及塞上及宁夏内容的多为描写民族之间的战争，也有部分描写六盘山地区的地理风物。

　　唐宋元时期，诗词数量迅速增加，质量亦尤为可观。处于诗歌发展黄金期的唐代，为宁夏诗歌打上了时代的烙印，众多诗人亲历塞上，饱受大风起兮的苍凉和烽火硝烟的残酷，诉说战乱之痛和思乡之苦，为宁夏诗歌史增添了璀璨的光辉。卢照邻、沈佺期、王昌龄、高适、岑参、朱庆馀、曹松、卢汝弼、韦蟾等诗人都写了大量有关塞上的诗。这些诗人虽不能称为塞上诗人或宁夏诗人，但他们抒写塞上或宁夏的诗作，亦可视为宁夏古代诗歌的重要组成部分，在宁夏诗歌史上占有举足轻重的地位。

明清时期，宁夏诗歌发展较为辉煌，诗歌数量甚多，诗人辈出，他们多为镇守宁夏的官员、将领，他们亲眼看到宁夏的山川地貌、风土人情，所咏诗词题材丰富，歌功颂德比比皆是，感悟吟咏鱼贯而出。

第一节　唐宋元：边地诗词相对单薄

唐代的边塞诗数量可观，并且成就很高，这是因为当时的文人士大夫普遍渴望建功立业，而建功立业的重要途径就是奔赴沙场、守家卫国。地处西北的宁夏正是帝国的边疆地区，便有万千将士们驻守在此。宁夏又因贺兰山的屹立挡住风沙，黄河的潺湲流水润泽大地，成就了这一地区独特的自然风光，被称为"塞北江南"，因而描写宁夏自然地理环境的诗歌也不计其数。宁夏诗歌在隋唐时代有所发展，尽管缺乏宁夏本土诗人，但表现塞上的作品数量增加，内容更加广泛，形式更加多样，具有明显的地域特色。

唐代时期，有关塞上诗歌多是表现立功边塞的志向和慷慨激昂的情怀，宁夏诗歌因其独特的地域特色而呈现出特有的文化内涵与风采情韵，具有如下几个方面的特点。

第一，表现领域的开阔性。诗歌在表现地域方面逐渐从宫廷台阁走向关山塞漠，完全打破了六朝以来的浮靡诗风，呈现出别样的精神气质。

第二，诗歌形式的多样性。除了在内容方面的广泛性以外，塞上诗歌在体裁方面也是诸体兼备，有古风、五言律诗、五言绝句、七言律诗、七言绝句、歌行体、排律以及组诗等样式，形式的多样性使诗歌既有程序的约束又有广阔的创造空间。

第三，情思格调的复杂性。由于诗歌描写内容的多样性，表现出来的情感也是多样的，有杀敌报国的豪情壮志，有对塞上风光的歌颂，有对战争的厌恶，也有对守边将士的同情，等等。诗歌表达情感的方式更加丰富，风格亦多姿多彩。

殷璠所说的"神来""气来""情来"，是盛唐诗风形成的标志。王维的《使至塞上》"大漠孤烟直，长河落日圆"正是宁夏中卫沙漠与黄河的真实写照。

这首诗以豪迈飘逸之气融贯于景物描写中，形成雄浑壮阔的诗境，透露出盛唐诗人的豪迈气概，但更多的是伤感和惋惜。

晚唐诗人李益（748—829），字君虞，姑臧人。"大历十才子"之一，与李贺齐名。编入《全唐诗》二卷。曾在塞上幕府度过二十个春秋。其诗风豪放明快，因其军旅生涯，边塞诗写得极好，尤其是七绝，常常是壮烈、慷慨之中带一点伤感和悲凉。如《夜上受降城闻笛》："回乐峰前沙似雪，受降城下月如霜。不知何处吹芦管，一夜征人尽望乡。"这首诗中的受降城就是古宁夏灵州，"一夜征人尽望乡"一句虽是夸张之词，但又准确地表现了边关将士久戌思归的心境。再如《暮过回乐峰》："烽火高飞百尺台，黄昏遥自碛西来。昔时征战回应乐，今日从军乐未回。"表现了将士们为国守边，以从军为乐的豪迈之情。总的来说，李益的诗带着盛唐的慷慨激昂，也夹杂着感伤悲凉的情绪。

宋代，由于战乱频仍、政局动荡、民族融合加剧、传统文化发展等，致使此阶段的诗词作品自然呈现出奇异的色彩与闪耀的光芒，其字里行间所渗透的内涵情志、思维理念和文化精魂远逾前代，直启后世。

宋代诗词发展浸盛，理趣和意趣并呈。有关塞上及宁夏宋代诗词虽寥寥几首，却别有一番艺术魅力。范仲淹在延州时，写出著名的《渔家傲·秋思》和《清凉漫兴》等诗词。"塞下秋来风景异，衡阳雁去无留意。四面边声连角起，千嶂里，长烟落日孤城闭。浊酒一杯家万里，燕然未勒归无计。羌管悠悠霜满地。人不寐，将军白发征夫泪。"此词意境苍凉壮阔，格调慷慨豪放。上阕写景，将塞下荒凉的秋景描绘得淋漓尽致；下阕抒情，将戍边将士思乡之情渲染得悲怆凄凉。此词情景浑融，曲婉悲壮，艺术成就极高，对后世苏东坡、辛弃疾的豪放词影响颇深。

抒写塞上的诗还有张舜民《西征回途中二绝》："灵州城下千株柳，总被官军斫作薪。他日玉关归去路，将何攀折赠行人。""青铜峡里韦州路，十去从军九不回。白骨似沙沙似雪，将军休上望乡台。"苏轼《枸杞》是一首对宁夏特产枸杞描摹赞颂的五言古体诗："灵庬或夜吠，可见不可索。仙人倘许我，借杖扶衰疾。"全诗朴实无华，别具韵味。陆游《陇头水》是一首借乐府古题而抒发情志的诗，表现了爱国情怀与赤子丹心，借景抒情，直抒胸臆。"陇头十月天雨霜，壮士夜挽绿沈枪。卧闻陇水思故乡，三更起坐泪数行。"

宋代塞上尚未发现代表性诗人，不难窥见其诗歌的特点：寻根探源、抒描风情、反映历史、想象奇特等。诗歌有五言和七言，多为杂言，在形式上深受汉诗的影响，成为中国古典诗歌园圃中一朵奇葩。现知的诗人有张元、乾顺和嵬名瓦等。目前出土的诗歌作品有《忍教搜寻颂》，五言诗《新集金碎掌直文》，四言诗《四言纪事文》，杂言诗《月月乐诗》《颂师典》《新修太学歌》，诗体类书《圣立义海》，《夏圣根赞》等，但都流落异国，深锁冷宫。

张元写过一首《雪》："五丁仗剑决云霓，直取银河下帝畿。战死玉龙三十万，败鳞风卷满天飞。"这首诗可以说是塞上诗歌浪漫主义的代表之作，既写景又抒情，表面上描述战争，实质上是写飞雪，用"五丁"之典，颇得中国古典诗歌之神韵。

元代诗歌主要以马祖常与贡师泰为代表。马祖常的《灵州》云："乍入西河地，归心见梦余。葡萄怜美酒，苜蓿趁田居。少妇能骑马，高年未识书。清明重农谷，稍稍把犁锄。"此诗通过流畅舒缓的语言，将自己在西河之地的见闻描述得生动形象，展现了灵州地区的人粗犷、豪迈的习性和亦农亦牧的生产生活情况。其《河西歌效长吉体》："贺兰山下河西地，女郎十八梳高髻。茜根染衣光如霞，却召瞿昙作夫婿。……"前面书写的是塞上女子的装扮。"瞿昙"，释迦牟尼的姓，这里借指和尚。诗的后半部分则主要反映的却是当地人民的生活习俗和商贾经商情况。贡师泰的《黄河行》是一首歌行。他效法李白的歌行诗，全诗气势雄浑，跌宕起伏，极尽铺陈之能事，将洪涛巨浪、悬崖飞沙、断岸决石，描摹得生动形象，多姿多彩。其《题杨得章监宪贺兰山图》："太阴为峰雪为瀑，万里西来一方玉。使君坐对贺兰图，不数江南众山绿。"是一首题画诗，大有"一览众山小"之意。

能称为宁夏古代诗人的恐怕只有李益和张元，其他诗人抒写塞上诗人或宁夏的诗作，也可视为宁夏古代诗歌的重要组成部分。宁夏唐宋元诗歌主体多元，风格多样，借景抒情，咏物抒怀，或含蓄深沉，或质朴纯真。上承五代，下启明清，呈现出蓬勃向上的风采情韵，取得了很高的艺术成就，是宁夏诗歌发展的源头活水，在宁夏诗歌发展史中占有重要的一席。

第二节　明代：从想象到亲历的逐渐丰富

在元代文学的基础上，明代文学的发展历程有曲折也有突进，呈现一种波浪的态势，地处西北的宁夏在这一背景下也呈现出兴盛的状态，故诗歌的发展、流变及特点自然呈现出不同的风貌。

总体说来，宁夏明代诗歌的发展历程大体上可以分为前期、中期、后期三个阶段。宁夏明代诗歌的成就有以下三点：首先，题材内容较为丰富。几乎涵盖了社会生活的各个方面，有写景状物、写人叙事、抒情言志、议论说理等几大类。写景状物类有山水风景诗、边塞诗、咏物诗等；写人叙事类有纪事诗、叙事诗、家庭生活诗等；抒情言志类主要有爱国思乡、怀古感伤、羁旅闲适、游览登临等；议论说理类则有讽喻政论、咏史题咏等诗篇。其次，艺术风格较为多彩。诗人在充分继承传统诗词艺术技法的基础上进行创新，又融合了地域文化的因素，因此宁夏明代诗歌形成了各具特色的艺术风格。既典雅平正，又含蓄深沉；既豪放旷达，又质朴洒脱；既个性鲜明，又丰富多样。最后，诗歌体裁形式多样。古体诗方面有四言、五言、七言、杂言、乐府、歌行等几种体式，近体诗主要有五言和七言绝句、律诗以及排律等。

从明朝建立到明宣德年间这一时期，随着经济的复苏，百姓生活相对稳定，因而弱化了士人的忧患意识，而在思想文化上的专制又平添了创作上的不安全感。精神上贫乏的知识分子在追求仕途进取和自我平衡的心态中欣赏一种平稳和谐的美，故诗歌多歌功颂德，诗风多雍容典雅。

宁夏明代的诗人主要有朱㮵、陈德武、承广、释静明、王琼、冯清、杨守礼、齐之鸾、萧如熏、孟霦、罗凤翔、李汶、石茂华等。

朱㮵（1378—1438），号凝真，明太祖朱元璋第十六子。洪武二十四年（1391）册封为庆王，在韦州城居住了九年。主理庆阳、宁夏、延安、绥德诸卫军务，负责镇守塞上疆土。在宁夏城居住三十六年，直至病逝。其诗以七律见长，常用白描手法刻画景物，抒写情怀，语言朴素畅达，意境开阔，具有一定的地方色彩。如《黄沙古渡》："黄沙漠漠浩无垠，古渡年来客问津。万里边夷朝帝阙，一方冠盖接咸秦。风生滩渚波光渺，雨打汀州草色新。西望河源天际远，浊流滚滚自昆仑。"整个塞上一片承平景象，衬托"万里边夷朝帝阙"的主题。《贺兰大雪》："北风吹沙天际吼，雪花纷纷大如手。青山顷刻头尽白，平地须臾盈尺厚。……丈夫志在立功名，青海西头擒赞普。"诗人借壮阔的雪景表现的是建功立业的情怀，颇具气势，富有感染力。《夏日游丽园景》："鸣鸠频唤雨，布谷苦催耕。麦浪因风起，戎葵向日明。"将仲夏游园的过程写得清新自然，所写的鸣鸠、布谷的叫声，麦浪、戎葵的姿态呈现出一片祥和，透露出诗人夏日游园的闲适心情，语言质朴，意境清新。朱㮵还有表达思乡的诗作。"楼头怅望久踌躇，目送征鸿向南去。黄沙漫漫日将倾，总是江南客愁处。"秋风起，鸿雁飞，游子思乡之情难以言表。《似古边城情思》："东风起边城，堤柳叶尽吐。尤怜塞下见，乡心此时苦。"语言朴素畅达，感情真挚直露。除此之外，在《夜宿鸳鸯湖闻雁声作》一诗中，诗人先是叙述在月朗星稀的夜里听见南归的雁声，以"感我穷边久住情"作结，一语道破题旨，一位久住边塞、思乡心切的诗人形象跃然纸上。因长期镇守宁夏，不能回京师，一种无名的愁苦和随遇而安的情感时时在作品中流出。《青杏儿·秋》："午枕梦初残，高楼上，独凭栏杆。清商应律金风至，砧声断续，笳音幽怨，雁阵惊寒。景物不堪看，凝眸处愁有千般。秋光淡薄人情似，迢迢野水，茫茫衰草，隐隐青山。""凝眸处愁有千般"为点睛之笔，野水、衰草、青山都装满了诗人的愁绪。纵观朱栴的诗，或借景抒情，或融情于景，或歌颂圣恩，或思乡怀远，语言朴素畅达，感情真挚，诗风平正典丽。

陈德武，三山人。明洪武初流寓宁夏。所作诗歌以描写宁夏风光的作品值得称道，他的《贺兰晴雪》与《黄沙古渡》着重景观的直接描写。《贺兰晴雪》："六花飞罢净尘寰，贵富家翁做意悭。满眼但知银世界，举头都是玉江山。严凝藉雪风威里，眩曜争光日色间。独有诗人怜短景，贺兰容易又青还。"用银、玉喻雪，晶莹剔透，雪与日色争辉，遍布贺兰山，平添几分威武和庄严。最后两句透出诗人对贺兰雪后美景的喜爱，不愿意它快速消融，爱景怜景之情溢于言表。《黄沙古渡》："贺兰设险金城固，护此汤池壮塞滨。"通过对古渡壮阔景象的描写，最后赞美宁夏城池在贺兰山的佑护下、在古渡的环卫下坚不可摧，十分壮观。

承广，江苏延陵人。洪武初为南昌知事，后谪戍宁夏。其七律诗情景交融、气势豪迈，抒写自己壮志未酬的情怀。如《寒垣秋兴》："江山如画几兴亡，天际秋云自夕阳。栗里陶潜书甲子，长沙贾谊爱文章。雁将南去惊寒意，菊为谁开作晚香。不有醉狂书烂漫，老怀何处问时光。"由天边的夕阳晚景感慨江山的兴亡，接着借用陶渊明和贾谊的典故，暗指自己壮志未酬的处境。南飞的鸿雁和晚开的菊花不禁让人感叹时光的流逝，也抒发了自己年已老、志未酬的无奈。他的《睡足轩》一诗中同样也表露出功业难成的情感。"幽人心境出尘寰，一笑惊开梦觉关。慨我独醒非是醉，怜渠多事不如闲。落花啼鸟春风处，逝水浮云夕照间。借问槁梧谁复据，谩夸勋业等丘山。"诗人开篇写自己的旷达洒脱，笑对尘世，达到一种众人皆醉唯我独醒的状态，又通过落花、啼鸟、春风、逝水、浮云、夕照等意象景致的描绘，流露出一种时光流逝的人生感慨。作者最后借丘山的典故吐露了知音难觅、功业难成的思想感情。另一首咏物诗《梅所》也借物抒情，表达自己身处闲适仍壮志未酬的情感："客以梅为所，移梅取次栽。花枝向南发，山色自西来。清影孤窗月，黄昏一酒杯。扬州有何逊，东阁待谁开。"梅所之景闲适静谧，作者却按捺不住内心壮志满怀的豪情，以"扬州有何逊，东阁待谁开"作结，借用典故抒发豪情。承广的诗，诗笔豪迈洒脱。其七律诗多借景抒情，寄情于景，抒写自己壮志未酬的情怀，语言雄豪。

郭原、王逊、刘昉等诗人的作品亦各具特色，且取得了一定的艺术成就。郭原的诗工于吟咏，多流露思乡的情绪，其思乡之情真挚感人，具有代表性的作品为《重九》。王逊的诗同样是感情真切，如《重阳》抒发的是投荒万里的孤独之感，让人动容；《喜见贺兰山》表达了诗人对贺兰山由衷的赞美之情。刘昉的诗多以写景状物为主，其诗浅显，语言质朴平实，《蠡山叠翠》为其代表性作品。此外，林季芳、唐鉴、胡官升、李守中、潘元凯、周澄、朱孟德等诗人的作品也各有特色。

宁夏明代前期的诗歌，题材或歌功颂德，或描写个人的生活。但宁夏的自然风光和地域特色无不渗透其间，不管是写景状物，还是抒情言志，都与宁夏有着千丝万缕的联系。

明代中期指明英宗正统年间，英宗被俘，代宗继位。明朝社会矛盾日益激化，开始出现统治危机。在此阶段，明代诗歌领域内经历了一次新的变革。这一变革的一个重要特征便是文学复古思潮日趋活跃。以李梦阳、王世贞为代表的"前后七子"重新审视文学现状，寻求文学的出路。尤其是针对明初以来受理学风气及台阁体创作影响所形成的萎靡不振的局面，他们重新构筑文学的主情理论。这一时期的宁夏诗歌也受到文学复古思潮的影响，重视时政题材成为一个重要特点。在这些作品中，诗人或描写个人的生活遭遇，或直言政治弊端与民生疾苦，有较为强烈的社会危机感，同时也有拯救危机的决心和愿望。还有一些曾到过宁夏却没有久住的诗人，如李梦阳。明弘治十六年（1503）深秋，李梦阳曾奉朝廷之命到宁夏犒赏驻兵，他所作的《秋望》："黄河水绕汉边墙，河上秋风雁几行。客子过壕追野马，将军夜箭射天狼。黄尘古渡迷飞挽，白月横空冷战场。闻道朔方多勇略，只今谁是郭汾阳。"从黄河远上，秋雁凌飞，古渡黄尘，战场白月，联想起戍边的战士，诗人急切希望有郭子仪那样的名将率军来抵御敌人，抒发了诗人的爱国情思。王维桢认为："七言律自杜甫以后，善用顿挫倒插之法，唯梦阳一人。"洞悉了李梦阳七律的艺术特点。

此时期活跃在宁夏诗坛的诗人主要有马文升、释静明、王用宾、朱秩炅、夏景芳、王珣、杨一清、朱平斋、王琼、胡汝砺、杨志学、胡琏、唐龙、骆用卿、保勋、冯清、杨守礼、罗凤翔、李汶、石茂华等。

释静明，宁夏僧人。其诗清新淡雅，寓有禅意。其诗《丽景园八咏·鹤汀夜月》："高人无寐坐深更，可爱凄清皓月明。寥唳一声空廓外，恍如仙约赴蓬瀛。"将佛道思想与诗歌融合。此外，还有《丽景园八咏·桃蹊晓日》：

"大造无私发育齐，万花开处日迟迟。游人只为寻芳去，苔藓斑斓已作蹊。"说游人只顾观赏美丽的鲜花，却忽视了脚下的苔藓，已将其踩踏成小路，表现了诗人普爱众生的思想，读来余味无穷。

朱秩炅（1427—1473），号樗斋，庆靖王朱栴第六子。正统九年（1444）封为安塞王。著有《沧州愚隐录》六卷、《樗斋随笔录》二十卷等。其诗《秋晓过长湖》："浩荡烟波玉一湾，孤村相映绿杨间。数行沙鸟冲人起，一叶渔舟舣岸闲。天际远山横翠霭，堤旁野潦沁红萱。客怀吟思殊无极，征骑匆匆又促还。"把银川长湖美景描绘得生动形象。《兰山怀古》："风前临眺豁吟眸，万马腾骧势转悠。戈甲气销山色在，绮罗人去辇痕留。文殊有殿存遗址，拜寺无僧话旧游。紫塞正怜同罨画，可堪回首暮云稠。"描写贺兰山自古为战火硝烟之地，如今一切归于平静，寺庙也已殿在人空，引起诗人无尽的遐想。

王琼（1459—1532），字德华，号晋溪，山西太原人。明成化二十年（1484）进士。嘉靖八年（1529）以兵部尚书总制军务至宁夏。其诗以边塞军旅为主要描写内容，抒发立志报国、攘除边患的决心和壮志，诗风豪迈，意境开阔。如《宁夏阅边》："仗钺褰帷入夏州，塞垣风景豁双眸。田开沃野千渠润，屯列平原万井稠。西北蜿蜒崇陵峙，东南缥缈大河流。深沟划断通胡路，不用穷兵瀚海头。"以塞外风光为描写内容，抒发豪情，语言飘逸洒脱。

冯清，浙江余姚人。明弘治六年（1493）进士。明正德七年（1512）以右佥都御史巡抚宁夏，明正德九年（1514）升户部侍郎兼都察院左佥都御史，总督三边军务。其诗或反映边塞人民生活的疾苦，或直言政治弊端，或劝谏统治者改良政策，透露出忧国忧民的情怀，感情直露，语言质朴。《边人苦》通过抒写现实生活状况来展现边塞人民生活的疾苦，表达了作者对边疆人民的同情和怜悯，也流露出自己为国效力的决心，即"安边慰明主"。同时，也隐含着劝谏上层统治者的内容，即"储富足边氓，强兵雪边侮"。语言朴素简洁，感情自然真切。如《盐池》："盐池方几许，经始不知年。天地自然利，军民无种田。征输宜减薄，奸弊贵穷研。调鼎任凭籍，谁云祇实边。"诗中劝谏统治者应该合理地减轻百姓的负担，最后借用"调鼎"一词的典故喻指治理天下不能缺乏良好的政策。《花马池》一诗也充满劝谏的内容："南藩全陕北防胡，百稚崇墉万里孤。荒草望穷天远接，流沙踏遍地深铺。除凶每切平生恨，雪耻应先治内图。以逸待劳兵略在，从来攻守不殊途。"表达了朝廷应该先进行内部的整治去除奸佞，这样才能很好地抵御外侵，而抵御外侵应采用以逸待劳的兵略，从这些劝谏的内容可以看出诗人非凡的政治眼光和深切的爱国之情。《灵州道中》写道："路入灵州界，风光迥不同。河流清匝地，禾稼碧连空。部伍兵威肃，忠贞士气雄。尘消时雨后，西顾慰宸衷。""宸衷"指帝王的心意。诗人在赞美灵州美好风光的同时，更表明自己不负帝王重托的衷心。冯清写景状物，技法巧妙，景中含情，富有韵味。如《莲池雅集》："井梧叶下报新秋，十里东郊作胜游。筒酒数茎敦古俗，莲舟一叶泛中流。一人有庆三边靖，四序惟康百谷收。后乐也知明训在，应思蟋蟀咏休休。"由景物的美好、环境的优雅想到了国家的安定。

王用宾，宁夏人。明景泰时中举，历任河南府同知等职。其《出塞曲》："青草湖边春月明，黄榆塞口暮云平。健儿跃马横金戟，直破天骄第一营。"苍劲豪迈，富有气势。胡汝砺《别夏城》写景状物，表现自己闲适的生活和心境，语言清丽，诗风绮丽。杨志学《行台除夕》、胡琏《过田州城》、唐龙《豫望城次晋溪翁韵》、骆用卿《题宁夏》等诗描写塞上风光，抒发自己的雄心，语言刚劲有力，诗风慷慨。

这一时期的宁夏诗人受到明中期文学复古思潮的影响，诗歌中或描述社会现实生活和人民生活的疾苦，或抒发立志报国、建功立业的爱国情怀，或劝谏统治者采取一些有力的措施，体现出这一时期诗人一种积极进取的精神。此时期的诗风多慷慨豪迈，艺术成就显著。一方面得益于此时期的诗人转益多师，师法唐宋诗歌，并结合宁夏的自然环境，从而形成一种新的艺术风貌；另一方面，得益于明代中期文学复古的兴起和发展。此时期是一个过渡阶段，既是对上一阶段诗歌艺术成就的继承，又开启了宁夏明代后期诗歌的创作帷幕。

嘉靖以后，明朝步入后期，这一时期的社会矛盾不断加深，阶级矛盾日益尖锐，明王朝的统治出现严重的危机。诗歌领域无论是文学观念还是创作倾向上都体现出了新的特点。当时激进的思想家、文学家李贽接受了王阳明的理论，其文学观念与创作带有抨击道学与重视个性的色彩，对明后期文坛具有启蒙作用。以袁宏道为代表的"公安派"在接受李贽学说的同时，提出了以"性灵说"为内核的文学主张，肯定了文学真实表现人的个性化情感的重要性，并力图矫正"前后七子"文学复古的弊病。在这样的时代背景下，宁夏诗歌也受到了一定的影响，诗歌的内容开始倾向表现日常生活、个人的情感，也有对边疆军事形势的描述。这一时期的主要代表诗人有郭凤翱、陶希皋、杨守礼、吴铠、齐之鸾、孟霖、王崇古、石茂华、罗凤翔、李汶、郜光先、李若素、萧如薰、黄嘉善、苍岩道人等。

杨守礼（？—1555），字秉节，山西蒲州人。明正德六年（1511）进士。历任湖广佥事、徐州通判、河南参政等职。嘉靖十八年（1539）任宁夏巡抚，次年以功升右都御史总督陕西三边军务。主修《嘉靖宁夏新志》。其诗多以边塞风情为描写内容，抒发立志报国、安定家国的雄心壮志和愿望。风骨遒劲，意境苍茫，诗风豪迈。如《入口》一诗："打硙古塞黄尘合，匹马登临亦壮哉。云匝旌旗春草侵，风情鼓吹野烟开。山川设险何年废？文武提兵今日来。收拾边疆归一统，惭无韩范济时才。"黄尘古塞、匹马登临是何等的雄壮，旌旗猎猎，伴着淡淡春草，昂扬的鼓吹随风飘扬。山川中设险的关隘并没有荒废，文官武将今日提兵而来。从中可以感受到诗人的意气风发、雄心勃勃。最后以"收拾边疆归一统"表露自己希望立功边疆、稳固国防的壮志雄心。即使在一些写景状物的诗作中，也表达了诗人对边塞军事形势的忧虑。如《晚入平虏城》："黄风吹远塞，暝色下荒城。门掩钟初度，入喧鸡乱鸣。胡笳如在耳，军饷倍关情。惆怅浑无寐，隔帘山月明。"塞外暮色下的荒城被夹杂着黄沙的风吹拂，钟声和人声掺杂在一起，如胡笳在耳，战情紧迫，无法安睡，只能隔帘望月，抒发对边塞军情战况的忧虑之情。杨守礼另外的一些写景诗，表现了诗人的闲情雅趣，别有韵味。如《游南塘》："小艇容宾主，乘间半日游。隔帘人唤酒，泊岸柳迎舟。垂钓双鱼出，随波一雁浮。夕阳催去马，清兴转悠悠。"《再游南塘得鱼字韵》："罢舞征新曲，传觞索馔鱼。南风催棹急，细雨入帘疏。映酒花偏媚，藏莺柳任舒。相逢俱是客，烂醉意何如。"南塘为湖区园林名，故址在今银川南门外红花渠南。诗人乘兴游湖，悠然自得。由此可以看出，诗人当时的生活境况是安定祥和的。

罗凤翔（？—1580），字高翰，山西蒲州人。举人。明万历元年（1573）四月任宁夏巡抚，明万历八年（1580）九月卒于巡抚任上。其诗以写景状物为主，语言质朴平实，直抒胸臆，诗风清逸。《巡边望白寺口》："午夏翻旌盖，阅关到水西。沙城连塞草，龙刹映晴霓。亘地层峦障，参天乔木齐。从来形胜具，胡马望中迷。"以质朴的语言描绘了巡边时望白寺口之景，沙城连着塞草，在晴霓的映照下显得别具特色，层峦叠嶂的山脉遍地都是高大的乔木，远处可以望见放牧的马群。这首诗借日常生活之景抒发了诗人因军事形势有所缓和的慰藉之情。还有借景抒情的《游承天寺》："萧寺开坛数百秋，松门寂静地偏幽。层楼缥缈灵光护，宝塔峥嵘霞气浮。天外钟声来四座，灯前偈语涤千愁。真机自叹何时悟，去往牵肠雪满头。"寺院已有几百年历史，松树立于门前，一片寂静清幽，层层楼阁似有神异灵光，宝塔也浮泛着峥嵘霞气，远处传来天籁般的钟声，在古卷青灯中涤除千般愁绪，感叹何时才能悟出真机。诗人通过写景直抒胸臆，抒发一种获得顿悟、远离名利、获得自在的愿望。罗凤翔还有一些表现长城修筑的重要作用的诗作。如《横城石马头》，开篇说长城西行至黄河，河水平静流淌，接着描述地势险要、地处偏远，黄河白浪经过时岿然不动。而在敌人的铁骑可以如履平地之处，如今雄伟的关隘坚如铁壁。狡猾的敌人知道后因此打消了越边游猎的念头，军事形势有所缓和。诗人直抒胸臆，赞颂长城修筑带来的巨大军事作用。总体说来，其诗歌语言质朴平实，诗风清新飘逸。

李汶（1535—1609），字次溪，河北任丘人。曾任三边总督。其诗多写景抒情，情景交融，语言自然流畅，意蕴深厚。如《长城关远眺》："驱车直上傍烟霞，到处羊肠石径斜。远岫透迤抱雪谷，翠微陡绝搏风沙。三春不解毡裘服，五月始开桃杏花。狼望龙城近在掬，惊心别是一天涯。"全诗用白描手法描述诗人在长城远眺之景。此地地势崎岖，即"到处羊肠石径斜"；自然环境也较为恶劣，气候寒冷，"三春不解毡裘服，五月始开桃杏花"。诗中的景象和意蕴表明诗人对烽火未熄有清醒认识，诗人将自己对边防的忧虑融入长城关外之景中，意境开阔。他也有表现宁夏地区边防安定、边疆军事形势有所缓和的诗作，同时也表达了自己未能建功立业、破敌取胜的遗憾。如《九日饮长城关》："倚剑危楼强作欢，河南疆场汉衣冠……穷荒久没燕然石，垒嶂惟余山色寒。"倚剑登楼只能强作欢乐，想一展抱负但不能如愿，最后借用"燕然石"的典故，抒写自己暂不能破敌取胜的遗憾，同时也从侧面反映出边防形势有所缓和。李汶还有表现日常生活情趣的诗，如《盐川中秋对月独酌有感》："东来皓魄壮清眸，景物凋残已蓐收。一点寒光徐透榻，十分彩色正当楼。婆娑欲问槎回渚，婉转难停杞报忧。月是主人身是客，仰看河汉又西流。"中秋之时，诗人对月独酌，明亮的月光下，景物凋残的情状清晰可见，清寒的月光缓缓照在卧榻上。诗人因此感慨"月是主人身是客，仰看河汉又西流"，借以抒发自己身居边塞的漂泊感，流露出眷恋故乡的离愁别绪。令人过目难忘，是为佳句。

石茂华，山东益都人。由进士历官兵部左侍郎。明万历二年（1574）任三边总督，明万历五年升兵部尚书，任总督。明万历十一年（1583），再起兵部尚书兼左都御史总督。在宁夏期间，于固原州城创建尊经阁、城南书院，置学田。设昭威台于东城，以望边烽。其诗或写登临城关，借景抒情，或写防秋经历，表明抵御外侵的决心，语言雄丽，诗风豪迈俊爽。如《九月九日登长城关》："朔风万里入衣多，嘹呖寒空一雁过。鱼泽滩头嘶猎马，省嵬城畔看黄河。香醪欲醉茱萸节，壮志还为出塞歌。骋望因高云外尽，乡关回首愧烟萝。"朔风万里、嘹呖寒空，传神地刻画出塞外的苍茫。在这种苍茫的塞外嘶猎马、看黄河是何等的豪迈；重阳节饮酒欲醉，满怀壮志地唱着出塞歌是何等的洒脱；放眼望去，家乡却是被山阻隔，虚无缥缈，难得一见，思家不得归又是何等的惆怅和无奈。一位久行塞外、慷慨游历各处的游子形象跃然纸上，语言雄豪，意境沉雄开阔。其慷慨豪迈之作还有《中秋登长城关楼》："戍楼危处一雄关，大漠遥通北溟看。月色初添沙碛冷，秋风直透铁衣寒。虽非文酒陪嘉夕，剩有清晖共暮欢。且喜休屠今款塞，长歌不觉露溥溥。"登临戍楼远望，雄壮的景观映入眼帘，苍茫的大漠广阔无垠，月色下夹杂风沙的秋风吹透铁衣，令人生寒。虽然没有诗文酒会，不能饮酒赋诗，但有清冷的月光和暮色下的苍穹共与欢乐，表现出诗人内心的豁达与洒脱。他写防秋经历的诗作也别具特色。《提兵防秋宿平虏所》："城名预望自何时，莅率戎行暂驻斯。莫计旋期歌暮止，肯缘塞意动凄其。边烽直接渠搜野，戍道遥通瀚海涯。颉利已收南牧马，穷荒日日猎狐麋。"写诗人自己提兵行使防秋任务，行至平虏所暂驻，看到边防城所与戍道绵延相接，意在说明边防的稳固，流露出抵御外侵的信心，最后借用唐朝东突厥可汗颉利的典故来表明自己抵御外侵并取得胜利的决心。

宁夏明代后期具有一定艺术成就的诗人还有郜光先、李若素、萧如薰等。郜光先的诗有五律、七律，多以塞外风光为描写对象，抒发制虏安边的愿望和雄心。语言铿锵有力，意境壮阔，诗风沉雄。《赋出塞》和《登长城关望阙》都是其代表作。李若素的诗多写景状物，融情入景，咏物抒怀，或感叹时光易逝，或流露思乡情结，语言清丽，诗风纤丽淡雅。《莲花池诗》和《隆邑岁感》较为典型。萧如薰以五言律诗为主，内容多写景咏怀，或怀古思贤，或抒发平虏安边的抱负，或流露烽火未熄的惆怅，或表达对禅境的向往，语言平实，诗风深沉。《岳武穆祠》《秋征》《登南门楼》《登牛首山·之二》是其代表作品。

明代后期宁夏诗歌的总体风格与前中期大相径庭，诗风也由慷慨雄壮转向深沉内敛。虽然也有表现立志报国的爱国情怀，但没有中期那样浓烈，题材方面也由关注时政题材转向关注日常生活与关注边防军情题材并存，揭露时弊，反映民生疾苦；力图复兴的内容减少，更多地倾向直抒胸臆，表达个性化的情感内容。这与明后期崇尚个性精神的文化思潮和真实表现人的个性化影响有关。同时，这一时期仍有描写塞外风光与边防军情之作。

宁夏明代诗歌作为一种美学文化形态，有其自身的成就和特色，在明代诗坛上展现出独特的光芒。与以往各代相比，宁夏明代的诗人和作品的数量都明显增多，题材内容广阔，艺术风格多样，体裁范式丰富，艺术成就独具特色。宁夏诗人主要受塞上独特的自然人文地理环境的影响，逐渐形成与之相应的审美情趣和精神特质，开拓了自己的境界。明代宁夏诗歌呈现出的地域风格，是宁夏诗歌独具的特色。

第三节　清代：多样化的风情面貌与艺术特质

清代学术浸盛，宋学与汉学交相辉映，今学与古学分庭抗礼，与此相应的是，文学的发展亦相当繁荣。此时期，传统的诗词在继承前代文学成就的基础上，又有了新的开拓创新，诗人众多，诗词可观，可谓集历代之大成。处于西北地区的宁夏，在大的时代背景与文学氛围的熏染下，诗词亦得到了一定程度的发展，并取得了较大的成就。超越时间与空间的局限，综合动态与静态的考察，寻绎宁夏清代诗歌发展演变的内部动因与外部规律，可较大限度地窥探其美学特质、地域特色和情韵气质。

刘勰《文心雕龙·时序》云："文变染乎世情，兴废系乎时序。"清代诗歌宁夏的发展历程大体上可以分为前期、中期、晚期三个阶段。前期是1644年明朝灭亡、清军入关至康熙一朝；中期主要是乾嘉时期；后期则是道光至清朝灭亡。这三个时期的宁夏诗歌既有共性又有个性，从总体上来看，宁夏清代诗歌的风情面貌是一个发展变化的过程，每个时期所呈现出的风格特色均不相同。比如前期诗歌，显示出帝国一统、天下初定的高亢情怀与超诣格调，自然清新，淡雅清丽；中期诗歌则体现出乾嘉盛世的气骨风韵与壮志豪情，遒劲华丽，慷慨多情；后期则展现出一种迥异于前中期的逸致情调，以一种沧桑悲怆、深婉秀丽的风情格调展现于世人面前。

宁夏清代诗歌的成就与特色有以下三点：首先是较为广阔的题材内容。由于诗人属于社会各个阶层，而且诗人和诗作数量远远超过以往各代，因此宁夏清代诗歌的题材内容较为广阔，涉及社会生活的各个方面。值得注意的是，抒情言志类诗中没有爱情闺怨诗，足见宁夏诗歌的刚健气骨。其次是多姿多彩的艺术风格。由于广泛地继承了前代诗词的艺术技法并加以改造创新，又加上地域文化的因素，因此清代宁夏诗词呈现出百花齐放的艺术风格。诗风可谓个性鲜明、刚柔相济、雅俗互补。最后是丰富多样的诗歌体裁。宁夏清代诗歌不仅仅是题材内容的广阔与艺术风格的多样，还体现在诗歌体裁的运用层面上，可谓众体兼备、丰富多样。这一时期，宁夏诗人认真研习作诗技法，在创作中广泛运用各种诗歌体式，举凡诗歌的主要体式，皆囊括罄尽，从而使得宁夏清代诗歌色彩纷呈、音调互殊，集历代诗歌体式之大成。需要指出的是，清词的成就远不及诗，宁夏清代的词现存较少，目前所见仅有三首，而所用词牌仅两个，其中两首是《渔家傲》，另一首是《浪淘沙》。

清代前期，程朱理学炽盛，成为官学。清代诗坛上既有易代文人，亦有遗民学者；既有江左三大家，又有国朝六家；浙派诗渐趋形成，王士禛提出"神韵说"这个重要的诗学理论。这一时期宁夏的诗歌，内容大多是写景状物，以吟咏山水景致来抒发内心情志，意象壮阔，意境悠远，大抵呈现出气势雄浑、高古典雅的风格特色，亦展示出清帝国初期的勃勃生机与豪壮气派。此时期的代表诗人主要有黄图安、刘芳猷、常星景、俞益谟、岳咨等。

　　黄图安（？—1659），字四维，山东聊城人。明崇祯十年（1637）进士。历任保定府推官、庐江知县，迁吏部主事、吏部员外郎。清顺治二年（1645）任甘肃巡抚，旋改调宁夏巡抚。后清廷以"故意规避罪"将其革职。清顺治九年（1652）因范文程力请，以佥都御史再任宁夏巡抚。清顺治十五年（1658），疏浚唐徕渠和汉延渠。其诗清丽典雅，淳朴自然，既有记述政绩事功之音，又存吟咏闲暇逸趣之调。如《汉渠春涨》："朔塞井疆自古闻，渠成时雨锸成云。源开星宿天边至，浪泛桃花陇亩分。千里荒边饶灌溉，万家渴壤尽氤氲。分来河润成肥沃，疏浚春工莫惮勤。"此诗质朴无华，直抒胸臆，通过对宁夏历史上八景之一的"汉渠春涨"的描绘和对民工疏浚河道、灌溉荒地的叙述，一位不辞劳苦、兢兢业业的贤臣形象便跃然纸上。《黑宝浮屠》先是刻画黑宝塔的壮丽景观，卒章显志，以"盛世清平多暇日，闲听法鼓演宗风"作结，一语道破写诗的题旨玄机，表明其在歌颂盛世清平之余，亦渐趋向自己的心灵复归。最能反映其诗歌特色的则是追求闲情逸致，不为功名利禄所羁绊的作品。如《泛舟》："舫阁乘凉一棹通，青山佳色落湖中。霞光倒映荷花水，云气低连杨柳风。歌动游鱼闻近楫，舞回征雁见浮空。清时游览襟怀阔，晚景酣呼兴不穷。"青山、霞光、荷花、杨柳倒映水中，湖天一色，渔歌唱晚，诗人情浓兴高，陶醉于山水之中，有唐诗韵味。《闲咏二绝》之一："落花天气半晴阴，好去寻芳傍碧林。是物含情知爱惜，莺声声里唤春深。"《闲咏二绝》之二："桃花水到报平渠，喜动新流见跃鱼。一枕羲皇午梦后，数行小试右军书。"此两首绝句，清新自然，极富情韵，深得陶潜、王维诗歌之妙。落花、莺声、桃花、跃鱼构成了一幅意境深远、幽静娴雅的图景；而羲皇午梦之后，临摹王羲之的法帖，引发读者的低回遐想，余音袅袅，不绝如缕，何等闲情，何等雅趣！总之，黄图安的诗歌既有积极入世的壮志豪情，又有超然出世的闲情逸致，这主要是由其人格精神的二元性以及时代思潮的多维性决定的。儒释道三家的思想品格在黄图安的身上都有体现，其以儒家思想为主，兼容释道二家精神为主的人格精神自然会展现在其诗歌风貌之中。

　　刘芳猷，字巨卿，宁夏中卫人。曾任山西潞安县丞，被诬罢归。著有《澄安集》《归田诗草》。其诗或五律或七律,写景状物雄奇阔大,直率自然,构建出清幽萧瑟的深沉意境,体现出诗人的铮铮傲骨与归隐情怀。如《野望》:"秋色到边城,萧萧牧马鸣。长空看鸟尽,远水逼沙明。风雨疑天意,江山矫世情。河流归目下,遥瞩海云生。"再如《过普济庵赠石屏上人》:"渠转招提出,重台趁柳湾。地幽藏别境,云暗傲深山。小座尘嚣远,清言俗虑删。漫言车马地,静者自能闲。"通过对秋风细雨、长空远水、暗云深山、喧嚣车马等景致的描绘,渲染出一种远奥萧瑟、尘世繁杂的意境,但诗的结尾表明了诗人的出世情怀——眼前的世态人情不过是过眼云烟,因而"河流归目下,遥瞩海云生"。诗人本来积极入世,以儒家"修齐治平"的理念以及"三不朽"的壮志豪情出仕做官,却惨遭小人暗算,被诬陷罢官,因此惆怅抑郁,悲愤傲岸的心情与壮志未酬的心结便通过诗歌展现出来。他的七律更能体现出他的心志,如《边城》《雨余登无量台》两首诗:"边城郁郁只风霾,对此安能好放怀?斋马于今成款段,敝貂畴昔易茅柴。热肠到处因痴误,傲骨何能与世偕。遥望贺兰山色好,几回选胜鲜同侪。""一天雨气逼秋来,六月凉生亦快哉!缓步科头寻古寺,振衣长啸上高台。湖光潋滟杯中落,山色横披画里开。不是闲人谁到此,磬音寂处少尘埃。"诗人在此两首诗中均极力渲染"秋风秋雨愁煞人"这种令人倍感压抑的情状,援引古文笔法入诗,熔描写、叙事、议论、抒情于一炉,畅尽深婉,议论精辟。展现出诗人不与世俗同流、睥睨群小的铮铮傲骨,从而心向自然,获取宁静的幽寂情趣,大有韩、柳、欧、苏等大家的余韵,在清代前期诗人中堪称翘楚。概而言之,"诗穷而后工",由于自身的不幸境遇,因而刘芳猷的诗作深谙唐音宋调,通过苍茫的景物意象以及萧瑟绵邈的意境,构建出自己孤寂虚空的心灵图景,这是在入世无望时,退而求其次的出世心态的自然流露。

常星景,山西翼城人,清初举人。清顺治十三年(1656)任隆德县知县。清康熙二年(1663)主持修纂《隆德县志》。后升验封司主事、稽勋司员外郎。其诗皆以自然山水为题材,赞美宁夏壮美秀丽的风景,疏野劲健,清奇高邈。如《美高山》和《六盘》为咏山之作,均借景抒情,情景交融,通过对高山景致的描绘表达出诗人对故乡的热爱与赞美。如《莲花池诗》:"莲香何代歇,寂历只双池。藻影寒浮面,柳丝弱作眉。登临容率尔,觞咏未参差。雅志癖泉石,一官觉此宜。"融情于景,表明自己在此为官,甚为适宜。

俞益谟(1653—1713),字嘉言,号澹庵,别号青铜,祖籍明代北直隶河间府。曾祖父时迁居宁夏西路中卫广武营,入籍宁夏。清康熙十三年(1674)进士。清康熙五十二年(1713)三月,康熙六十大寿时受到召见,被加封为荣禄大夫一品散官荣衔。俞益谟作为"一代名将，千古诗人"，其诗多为七律，大抵歌颂太平，抒发建功立业的积极心态，气势雄浑、典雅瑰奇、意象壮阔，并引佛法入诗，意旨深远，超脱凡尘。如《过大清闸》："唐汉平分万里流，中添一道入青畴。沿堤柳浪村村密，刺水秧针处处稠。长笕涛翻桥闸外，虚亭额映塞垣秋。春风策马频来往，几度低回去复留。"唐徕渠、汉渠间的大清渠，使塞垣处处柳浪莺啼，秧苗泛绿，让诗人流连忘返。《紫金晓雾》："重峦咫尺斗牛通，碧色连天接远空。夜月常收千叠秀，曙星摇落万峰雄。丹岩积翠迷烟树，环岭飞云逐晓风。欲较晦明频兆此，三农景仰意何穷。"《青铜锁秀》："临渊空羡几人渔，信步高楼目极初。淡淡云光浮水泊，青青草色映山墟。岭头苍翠千峰秀，峡内烟波一派舒。月上扁舟寻钓侣，鸥夷佳趣娱闲诸。"写景状物，意蕴深远。

岳咨，宁夏人。清康熙三十五年（1696）中武解元，官至梧州都司。著有《袜线诗稿》。其诗清奇自然，苍凉飘逸，视野开阔，具有杜甫诗之韵味，如《金塔登高》抒发出"心胸眼界一起宽"的精神境界。《贺兰秋兴》："木落天空爽气浮，萧条景物贺兰秋。云连远塞迷荒径，日暮边城暗戍楼。红叶不知邀客醉，黄花唯解伴人愁。阴符误我头颅白，潦倒风尘促未休。"诗中的"木落""潦倒"等词语则深得杜甫《登高》用语之妙。

还有栗尔璋、张灿、俞汝钦、李若越、润光、幻闻等诗人的作品亦是各具特色，取得了一定的艺术成就。清代前期关于宁夏的诗歌创作虽存世不多、屈指可数，却独具风格、别有成就。如娄东诗派的开创者、"江左三大家"之一的吴伟业《送朱遂初同年宪副固原》，体现了其以唐诗为宗，声律妍秀、慷慨多奇的风格特色，因而得到后世学者的极力赞扬。如赵翼在《瓯北诗话》中评价颈联"荒祠黑水龙湫暗，绝坂丹崖鸟道盘"云："此联，虽无言外意味，而雄丽华赡，自是佳句。"又如继钱谦益而主盟诗坛、首创诗歌"神韵说"的大诗人王士禛，亦有三首关于宁夏的诗，即《漫兴》一首与《秦中凯歌》两首，皆含蓄蕴藉、声情悲壮、富有神韵，对推动宁夏诗歌发展起到了促进作用。

纵观清代前期的宁夏诗歌，风格大抵雄奇苍劲，气势多属磅礴豪迈，不同的诗人，相异的题材，展现出迥异的气骨风貌与格调韵致。此阶段的诗歌虽取得了一定的文学成就与艺术效果，但是与东部诗歌相比，仍有很大的差距。主要表现在诗歌内容上不够开阔，意境不够浑然天成，诗歌体式缺乏生气，近体诗斧凿之迹明显等。

清代中叶，即雍正、乾隆、嘉庆时期，文学蓬勃发展，诗词尤为突出。格调、性灵、机理等诗派各树旗帜，分庭抗礼，浙西、阳羡、常州等词派驰骋词坛，逞才竞骛。在诗歌繁盛的大背景下，宁夏清代中叶的诗歌亦是异常兴盛，远逾前代，其中一个重要标志就是词的出现。此时期的代表诗人主要是朱亨衍、黄恩锡、顾光旭等。

朱亨衍，广西临桂人。清康熙五十年（1711）举人。任直隶甘肃知县、宁夏盐捕通判、宁夏府盐茶厅同知。乾隆十三年（1748）奉文移驻海城，修城池，建衙署，开水利。在任期间，政绩卓著，受民爱戴。纂修《乾隆盐茶厅志》。后引病归隐，在田心村后山脚下教书育人，著书立说。著有诗集三卷、《退耕轩杂》四卷、《海喇都初志》一卷。其诗或写景状物、摹山刻水，或即事言情、咏物抒怀。语言清丽自然，章法整饬谨严，既豪放飘逸，又高古深沉。其写景记游诗采用移步换形、游目写生的手法，按照一定的时空顺序，或由近及远，或由远及近，或自上而下，或自下而上，将景物之神韵与游人之情趣展现无遗。将画法移植入诗法，诗境与画境相交融。七律《海城八景》按照方位顺序，依次描绘了"华山积翠""古寺天花""五泉竞冽""清池皓月""双涧分甘""西山积雪""古寺疏钟""龙岗夕照"八种壮美的景致，经过诗人的一番精心摹画，一幅幅形象鲜明生动的自然与人文交织的绚丽画卷就展现在读者面前，读者仿佛也依次进入这幅美景画卷之中。其抒情诗，大多触景生情，情景交融，含蓄但不晦涩，深婉而又低沉，是其内心情志的体现。七律《十五夜无月》《九日旧城即事》淋漓尽致地表达了诗人的心曲。"已负春光不负秋，良宵辨作少年游。谁施覆雨翻云手，扰乱嫦娥不出头。镜分圆月几春秋，老向关山作倦游。此夜清光应遍照，不堪浅睡尚迥头。""篱菊含风喷异香，枫林柳岸杂丹黄。佳辰睨遇晴明好，高兴何辞道路长。狡兔已知离旧穴，南鸿何日到新疆。茱萸插处羞双鬓，触忤乡心下望乡。"第一首诗是作者有感于中秋之夜因云不见月亮，是故赋诗言之，主要表达了诗人老来对世事沧桑的慨叹以及疲于官场的心境；第二首诗是作者重阳节旧城（海城）登高之作。这几首诗诗境幽婉深沉、凄清酸楚，通过篱菊、枫林、柳岸、狡兔、南鸿、茱萸、双鬓等一系列意象，表达了诗人的思乡之情与羁旅之苦。朱亨衍的诗歌景中含情，情中含景，有时按内容题材并不容易分割开。如《重游灵光寺》《春日游西山寺》《望石城有感》《爱山堂即事》等诗篇皆将描写、抒情、议论相结合，构建了一幕幕有我之境，大多卒章显志、富有理趣。好似谢灵运的山水诗，但比谢诗的玄理自然通脱；又如宋诗，但似乎比宋诗的意境更加老成浑融。因此，朱亨衍的诗歌取得了很高的艺术成就。

黄恩锡，字素庵，云南永胜人。清乾隆十七年（1752）进士。曾任甘肃碾伯知县、宁夏中卫知县，后升礼部主事，充乙酉科乡试同考官。擅文善赋，著述施说，著有《忆山诗草》《中卫竹枝词》《素庵时文》，纂修《乾隆中卫县志》。其诗或写景抒情，或咏物怀古，流动圆美，清新活泼，具有空明冷艳之美，将自然景观与人文景观交相映衬，扩大了意境，增添了韵味，提高了格调，富有生活情趣。如《石空道中》："策骑日欲斜，巢树噪双鹊。前林柳色中，参差见城郭。"全诗寥寥几笔即为读者勾勒出一幅斜阳之下策马驰骋柳树林中的图景，一骑、斜日、双鹊、柳树、城郭等蕴含情调韵致的景象交融在一起，体现出较高的品位格调，增强了诗歌的艺术魅力。另如《登石空寺》《河南道中》《朝发白马诗》等，清新自然，活泼生动，恬淡舒缓。《永兴道中》："春水欲平堤，堤杨叶未齐。人家烟树外，流水小桥西。"春水粼粼，春杨泛绿，小桥流水，农舍依依，一幅美丽的春景图，透出诗人恬淡闲适的心境。值得注意的是，黄恩锡有《中卫竹枝词》十二首。竹枝词是一种源自古代巴渝民歌的诗体。唐代刘禹锡将其变为文人的诗体，遂对后世产生极大影响。黄恩锡的十二首竹枝词不但语言清新、别具风韵、淡雅婉转、潇洒神妙，而且记录了宁夏清代地方的民俗风物，历来为史家所重视。试看其中两首："参差林外几人家，土屋依山日半斜。禾稼满场秋草足，老牛饱卧嚼残霞。""独酌窗前酒满樽，停杯窗外月黄昏。谁家纸火因风起，邻妇声声夜叫魂。"这两首竹枝词，均体现了平淡清新的风格倾向，质朴自然，饶有谐趣，且以情韵见长，带有一种沉稳老健的色彩。诗人将主观情感投射到客观事物之上，使笔下的物态都具备了生机与灵性，深得杨万里"诚斋体"的艺术奥妙。如《之七》中的土屋、秋草、老牛、残霞等意象本来都是司空见惯的景致，但是一经作者巧妙整合，颇具一番情韵。"之十"中"独"和"满"二字衬托出诗人的闲情逸致，但并未将诗人写入诗中，这是一大妙处；后两句通过邻妇的叫魂声，展现出一幅凄清哀婉的画卷，这亦是一幕民俗风情图景。可以说，黄恩锡的诗词几乎步入化境，他在继承了古典诗词优秀传统的前提下，结合宁夏特有的风土人情，形成了自己独特的诗词风格，直逼诚斋，远超同侪。

顾光旭（1731—1797），字华阳，号晴沙，江苏无锡人。清乾隆十八年（1753）进士，授户部主事，晋员外郎。清乾隆三十三年（1768）任宁夏知府。著有《响泉集》《梁溪诗钞》。其诗既有雄浑豪放之作，亦有含蓄蕴藉之作，深得唐诗之技法与神韵。如《送五尉并序》是一首咏物送别诗，诗人借为友人送行大肆铺排渲染边塞之壮丽景观，充溢着浪漫理想和壮逸情怀。诗中景物色彩瑰丽，声色具备，大气磅礴，意境浑厚，具有艺术感染力，与岑参的《白雪歌送武判官归京》类似。他的怀古之作值得称道，如《胜金关》："古戍入云标，天寒马不骄。山形如卧虎，风声欲盘雕。比户归耕凿，长河自暮朝。从来征战地，残照话渔樵。"胜金关位于今中卫市，系贺兰山南端的主要道口，自古就是兵家扼守的雄关要隘。古戍入天，山如卧虎，风如雕鸣，黄河奔涌，这是古往今来的征战之地，现在是百姓渔樵的乐园。如《凯歌墩》："撞金伐鼓出关门，古木寒鸦又一村。多少沙场征戍骨，行人独上凯歌墩。"凯歌墩在今中卫市境内。此诗更进一步刻画出诗人对古战场的怀想和对今日人们生活的赞美，和平的生活令人愉悦，但这也是经过多少次战争过后换来的美好生活，值得今人珍惜，怀乡思归之情溢于言表。"驻马银川云满身，贺兰山外净无尘。寄声父老休相讶，我亦江南蓑笠人。"（《将至郡城小憩沈氏村楼》）写出了诗人初来宁夏时的风趣幽默。"今夕复何夕，萧寥广武间。河声犹撼郭，云气半藏山。律管回春梦，灯花笑客颜。乡心鸿雁外，片月独临关。"（《至夜宿广武》）表达了诗人来宁夏后的思乡之情。"离心如落叶，飘散忽无端。剩月孤吟夜，空堂独树寒。杜陵思广厦，韩子揖峨冠。驱马且东去，予襟良未殚。"（《大雅堂夜坐留别诸文士》）抒发了诗人欲归去时却依依不舍之情。三首诗用朴实无华的语言，真切地吐露出自己的内心感受，景语情语巧妙融合，令人回味。

还有杨士美、许体元、胡秉正、宋维孜、方张登、王赐节、魏殿元、王家瑞、张映梓、王三杰、朱适然、任景昉、王绥、孙氏等诗人。他们的诗风或凄寒，或纤丽，或淡雅，多以山水风光为题材，咏物抒怀，语言朴素清丽，动静结合，疏密相间，饶有情趣。

值得注意的是，清代中叶仅存的三首词虽艺术价值一般，却具有一定的史料价值，可以作为文史互证的文学材料，兹录于下。

> 凿口导河吞泄利，大渠膏泽浓如醴。闸敞薰风波错绮。东渡水，交流穿过蟠龙尾。
> 灌沃原田三百里，边氓乐业如归市。上下命官分抚字。舆图启，银疆奏绩天颜喜。（沈鸿俊《渔家傲·大渠工竣调》）

> 盛世嘉猷因亦创，旁分九曲河流畅。白石层层千尺浪。相摩荡，门如剑括波涛壮。

> 两岸膏腴新水涨，农耕妇馌还携饟。村落参差相倚傍。堪眺望，新禾嫩绿平原旷。（陈世琦《渔家傲·昌润渠工竣恭纪》）

两岸绿杨齐，渠水泠泠。熏风吹彻泛涟漪。流到石桥声更急，似吸虹霓。

浸润及田畦，曲港回溪。西成指日早耕犁。岁岁逢年人意乐，世享雍熙。（闵廷枢《浪淘沙·昌润渠工竣恭纪调寄》）

此三首词均是对水渠工程竣工的吟咏兴赞，对水渠景观进行了描摹，具有流动之美，表达了词人的喜悦之情。不同的是，三首词的风格略有不同。前两首《渔家傲》，夸饰铺陈，语境壮阔，气势雄浑；后一首《浪淘沙》兴象玲珑，清新飘逸，自然旷达。总体看来，由于均是针对水渠工程竣工的应制之作，事功性与导向性较强，因而在一定层面上削弱了词作的艺术表现力。

宁夏清代中叶的诗歌创作取得了较大的成就，主要表现在古体诗与近体诗艺术技巧的进一步完善，诗境的开拓、内容的扩展以及词首次出现等方面。此阶段诗词的艺术成就与东部主流诗词的差距大大缩小，在某些程度与层面上甚至与东部诗歌不分轩轾。此期诗人的转益多师，师法唐宋诗词，并结合宁夏的自然环境，从而形成一种新的艺术风貌范式。这主要得益于乾嘉时期兴盛的学术与文学背景。

道咸以降直至清朝灭亡是为清代后期，此阶段战乱频仍，内忧外患。学术上主要是今古文经学之争，文学流派亦色彩纷呈。宁夏诗歌也得到了一定程度的发展，只是没有清代中叶那股雄壮的气势风格，不过还是涌现出了一批优秀的诗人。他们的作品作为宁夏清代诗歌的压轴之作，依然绽放出瑰丽的色彩。此时期的代表诗人有黄璟、徐保字、陈日新、朱美燮等。

黄璟，山西平定人。举人。清道光三年任隆德知县。主持道光《隆德县志》的纂辑工作，并捐俸银设立义学、修建临泉书院等。其诗古近二体兼善，虽着眼于宁夏的壮丽景观，但缺乏雄豪之气，更多的是沧桑沉郁之感。如《题县署》："曾经到处为羁客，来此深山作县官。药拣一囊堪疗病，米储五斗足供餐。空阶鹤步闲中领，长日文书静里看。地僻人稀庭鲜讼，掩藏鸠拙可偷安。"《隆署道怀》："冷官风味县官尝，镇日疏闲坐草堂。沙土无棉宜夏暖，山城多雨未秋凉……静对闲云冷宦情，愧无片策问前程。回头只恐行无岸，舒足宁愁踏破城……"两首诗都描写了衙内无事、闲散舒适的情感，却又暗含着抱负无法施展的哀愁。通过"羁客""深山""采药""冷官""疏闲""寒毡""闲云""冷宦"情等一系列蕴含清冷凄婉、寒气逼人的冷色调词语，表达出诗人对官场生活的厌弃与仕进之途的绝望，并产生了怀旧的情思。如果说前两首诗是借助山水景物来抒发作者的心灵畅想，那么下面这两首诗则融入日常生活场景，在淳朴自然的田园风光之中，骑行闲游，聆听农歌，充满了生活情趣，展现出一位关心民生的贤官形象。如七律《春日刑洛城处纪事》："春日骑马出山城，遍听秧歌四起声。民事真时便家事，宦情淡处即诗情。农桑养命何劳劝，孙子为邻自息争。赐火家家薪作饭，炊烟和雨正清明。"《隆德秋日杂咏》之三："辘辘驱车偶驻辕，迢遥野景望平原。断桥流水白苹港，冷雨疏烟黄叶村……喜听四面农歌起，趁得秋耕去草根。"此两首七律语言质朴无华，意境清新隽永。诗人善于捕捉百姓生活中的细节，内容俨然是百姓生活的真实景象，描摹了农家恬静闲适、平淡雅趣的生活情景，表现出作者对这种淡雅生活的追求向往，对仕宦生活的冷漠清淡，从而触发了诗情的萌动与倾泻，此诚所谓诗穷而后工。黄璟为官清廉，心系人民，人品与诗品俱佳，格调与风情并茂。其诗虽无壮志雄心、雄浑气势，但清新婉丽，自然淳朴，出语洒落，浑然省净，大有孟浩然山水田园诗风，亦是时代风气使然。所以，黄璟在宁夏清代后期的诗人中属于佼佼者。

徐保字，浙江归安人。清道光四年（1824）和道光八年（1828）两次出任平罗知县。纂修《平罗纪略》。其诗大部分是五言律诗，写景状物，抒情言志，意境淡远，萧然尘外。代表作有《沿河闸》《通润桥散步》《由灵沙村至庙台堡》等。《通润桥散步》："公暇揽幽胜，渠流跨土梁。水田飞白鸟，野庙蠹青杨。小市人声散，空街夜色凉。萧然尘外意，一曲在沧浪。"《沿河闸》："万绿翳无际，沿堤客跨鞍。平沙千顷阔，野水一渠宽。老树拦危彴，孤禽没远滩。耕氓方待泽，何以抚躬安。"诗风平淡自然，展现的是塞上江南的美丽景象，其中又表现出诗人对百姓的关心。

陈日新，字焕斋，监生，湖北蕲春人。因"明干耐劳，操守素好"而于清同治十三年（1874）被任命为平远第一任知县，时属甘肃省平庆泾固化道固原直隶州管辖。陈日新到任时平远县刚刚经历过一场历时十年的残酷战争，人口"稽合丁口，不及千户"，县治内仅有十七户居民，郊外野兽纵横，饿狼出没，日间要持棍械出门以防身。陈日新用诗歌记下了初到平远县城下马关时的情景："抱簿稽丁口，疲癃十七家。老鳏悲失妇，茕独哭无爷。补缀毡衣重，栖迟土穴斜。苍生如此困，徒愧俸钱赊。"在任六年间，他召集战乱中流散的民众安置垦荒，修建县城和公署，政绩显著。其诗富有边塞诗歌的气象，从选材上来讲，大多选择朔方边地的景物为意象，如北荒、马、陇云、强酋、三尺剑等具有鲜明的边地风貌的意象；从思想情感上来讲，具有浓郁的汉唐情结，呼唤英雄精神，渴望建功立业。如《重游蠡山》："重作蠡山游，峰峦为我秋。人倚东岭望，河入北荒流。烟火曾驱马，风波莫问鸥。半林黄叶老，但见陇云浮。"诗人登上蠡山，放眼远眺，重峦入眼，皆为秋色；黄河远流天际，进入北方荒野；放马猎山，烟火熊熊。一个人一生的经历正如一只飘摇的沙鸥，在征战、追逐中实现着自己的梦想或是面对着自己的失望，一生在戎马倥偬中度过，回首往事只见林叶焜黄，陇云飘然。陈日新以政治家的眼光来观察、分析边塞的现状，把战争和国家的安危、人民的苦乐联系在一起考虑，思想比较深刻。他的某些诗作"读之使人感慨"，既突出了雄浑悲壮的精神意绪，又表现出无畏无惧的英雄气概，因而有气魄有境界。陈日新的诗歌也有继承汉魏古诗的刚毅遒劲的一面，直抒胸臆，带着强烈的感情色彩。

朱美燮，湖北通山人，举孝廉方正。清光绪四年（1878）任海城县知县。清初，官府收海喇都堡一带前明藩王、官宦牧场，招民垦牧，平凉府责成驻固原州盐茶厅同知代司赋租业务。乾隆十二年（1747）盐茶厅同知移驻海喇都，遂为厅城，俗称海城。整体来说，朱美燮的诗歌艺术水准较高，美学意味浓郁，无论是写景还是抒情，都带有明显的山水田园诗歌的风格，有些诗歌还有浓郁的禅味。《寻东岳庙故址》："古庙寻东岳，山前一片荒。残龛苔绣石，断壁草穿墙。钟篆铭雍正，碑文纪道光。昔年香火地，唯剩暮烟苍。"时光流逝，岁月不再，多么繁盛的世界也会消散，一缕暮烟融入苍茫夜空。凭吊古迹，物非人非，悲伤的情绪油然而生。《花山寻灵寺故址》："花山寻胜迹，古寺访灵光。境僻烟霞古，林幽草木香。泉声和佩玉，云色湿衣裳。峭壁能骑马，禅关径未荒。到此无尘滤，山空寺亦空。珠林消劫火，室相化祥风。钟卧残花里，碑摩乱棘中。灵光终自在，归路夕阳红。"此诗颇显诗人的悠闲，灵光寺虽已破败，但灵光仍在，这是为官者的慰藉。朱美燮的文人修行悟道的诗，主要特色是表现空澄静寂的禅境和心境，因而从某种意义上说，禅宗的"见性"理论势必会影响到诗人的创作。朱美燮是政府官员，其作品中也不乏关注民生的作品，《入海城》这首诗为光绪四年（1878）作者走马上任海城时所作。"日落荒墟鸦阵散，云横绝塞雁声哀。穷檐幸有遗民在，老弱郊迎杂汉回。"清同治年间在宁夏地区发生了以金积堡为中心的反清起义，后被镇压。此诗描写的是起义被镇压以后的情形，真切地反映了当时的社会现实，满目萧条，景象荒凉。从中可以看到被清王朝屠掠后海城一带满目疮痍、人烟稀少的惨相。《过西安州》描写田园生活的不堪以及对美好田园生活的向往之情。"万顷田荒稼穑功，尘扬紫陌起凄风。渔樵不到山溪寂，鸡犬无闻里巷空。谁惜柳非前度碧，可怜花似旧时红。何当再睹蕃昌会，扑地闾阎乐利同。"这首诗歌写出了西安州的荒凉之景，碧柳无人折，红花无人看。什么时候才能将这个世界重新安排整治呢？一种理想的风貌跃然纸上，诗歌的境界自然高出一筹。

朱美燮主要写格律诗，题材多样，或描摹景致，或写人叙事，或咏怀古迹，纤秾沉着，洗练自然，平淡中见绮丽，悲慨中见逸致。尤其是其五言排律《海城下车书感二十四韵》，对仗工整，音韵和谐，跌宕起伏，摇曳多姿，达到了形式技巧与思想境界的高度统一。他反映民生的诗作古朴悲怆，写景的诗作别具特色。

此时期的诗人还有张梯、郭鸿熙、范灏、王德荣、赵惟熙、徐步升、锡麒、韩国栋、韩庆文、王文熙、张维岳、吴复安等，其中很多诗人也可归入近代，此处不作详细介绍。

宁夏清代后期诗歌的总体风格与前中期大相径庭，但这一时期的诗歌表现出前所未有的沧桑悲怆、深沉抑郁、尽削浮靡、返璞归真，有种深沉的历史感和人生感。此时期也有气势雄浑之作，但与之前的诗歌所表现的皇清天声、康乾盛世的豪壮情怀已迥然有别，更多展示的是对国运衰弱之愁苦与愤恨。可以说，国势的衰微，民生的凋敝，在很大程度上促成了宁夏清代后期诗歌风格的最终形成。

宁夏清代诗歌作为一种美学文化形态，以其自身特有的成就在清代诗坛上绽放出璀璨的光芒。与以往各代相比，宁夏清代诗人和诗作的数量都明显增多，因其较为广阔的题材内容、多姿多彩的艺术风格以及丰富多样的体裁范式，宁夏清代诗歌展现出一种集大成的风情面貌与艺术特质。宁夏清代诗歌的艺术成就亦具有多样化特征，主要表现在风骨的昂扬激越，意象的灵动多奇，意境的韵味深远，声律的和谐优美，技法的老成圆润。一定的独特性、鲜明性、稳定性、文化性构成了一代地域诗歌风格，可以说，宁夏清代诗歌是在中国主流诗歌之外拓展了新境域，建构了新营垒。

宁夏古代诗歌主要体现的是一种地域风格，其基于宁夏独特的人文环境、地理情状、传统风俗而产生的审美情趣及古典诗词理念潜移默化、悄然无息地浸润着诗人的思想感情和精神气质。上起先秦两汉，下迄宋元明清，无论是数量的多寡，抑或是风格的迥异，宁夏古代诗歌均呈现出异彩纷呈的文化特质与独具格调的风采情韵。如果把整个中国古代诗歌比作一条波涛汹涌、波澜起伏的大河，那么宁夏古代诗歌就是这条大河之中一条生生不息的支流，在漫长幽邃的时空之中，这条支流作为大河的一部分，为大河激起了浪花、增添了光彩。

第二章

近现代：一条纤细而未断流的诗歌血脉

中国近现代诗歌创作是从传统的古典诗歌到现代新诗的过渡，在中国诗歌史上具有不容忽视的地位。揭示封建专制的危机、倡导"诗之中有人""诗界革命"等，将中国近代诗歌进一步推向新领域。诗歌形式上也有一些变化，尤以长篇诗歌增多，出现大规模组诗，且突破了格调声律的束缚，出现了通俗化的趋势，为向新诗过渡准备了条件，是近代进步诗歌潮流的主要特点。

在这样的背景下，处于中国西北的宁夏，相对来说依然比较平静、比较保守，无论是在文化、政治，还是经济、社会生活等方面都没有大的变化，依然在迟缓的节奏中行进，所以宁夏这一时期的诗歌几乎看不到大的社会变革。但是，在某个相应的历史时期，有不少的仁人志士也投身到了剧烈的社会洪流之中，这一批人后来也就成为历史的先驱或者是新中国的缔造者。1840年至1949年，从在宁夏生活过的一些诗人的作品中，可以领略到他们的才华和能力以及他们所展现出来的梦想和力量。

锡麟、韩庆文、张维岳、杨巨川、叶超、张维翰、徐庭芝、段云、贾朴堂等诗人，由当时的政府选派到宁夏为官，无论是学识还是诗歌创作，抑或是为官一任造福一方，他们都为宁夏作出了贡献。赵惟熙、吴复安、罗雪樵、马筠青、贾朴堂、李希贤等，为宁夏的教育、文化的发展和思想的进步奉献了自己的才华，在诗歌界亦赢得了较高的声誉。受庆龙、韩练成等将军的影响，他们的诗歌既能写出壮烈的情怀，又能品味生活的意义。岳钟仙、张吉等隐居者，他们的诗作有较强的个人意识和较高的境界。

赵惟熙（1859—1917），字芝珊，江西南丰人。清光绪十六年（1890）进士。授翰林院编修，后任会试同考官、国史馆总纂、陕西学政、贵州学政等。

1900年以后，任甘肃省宁夏知府、甘肃省巡警道、代理甘肃布政使。他自幼随父入蜀，求学于璧山名儒郭兰塘。长于书画，所写书法碑帖融合，气韵旷达，于沉雄洒脱中寓凝重、老辣、生涩，给人情思隽永、意境清新之感（《明清进士题名碑录索引》等）。清光绪二十一年（1895），时任陕西学政的赵惟熙接受刘光蕡提出的"崇实学""预教训""习测算""广艺术"的十二字革新教育的建议，于清光绪二十三年（1897），支持创办崇实书院，以讲求实学、培养实用人才为宗旨。他很器重在此求学的于右任。清光绪二十一年（1895），时任陕西学政的赵惟熙接受刘光蕡提出的"崇实学""预教训""习测算""广艺术"十二字革新教育建议，清光绪二十三年（1897），支持创办崇实书院，以讲求实学、培养实用人才为宗旨。清光绪三十二年（1906），在废除科举、举办新学运动的推动下，时任宁夏知府的赵惟熙，与举人吴复安将原银川书院改为宁夏府中学堂，地址在文庙。赵惟熙亲任学堂监督，吴复安任副监督。学堂于同年招收了第一期学生，共四十人，分甲乙两班，甲班收秀才，乙班收童生，奠定了银川一中的基础。赵惟熙的诗歌多呈现出一种闲情偶记的特点，这与他一生极其复杂的经历有关。他在繁忙的公务之余，趁着闲暇，或者说有意识地忙中偷闲，放松自己，释放压力。《憩园》："边地无甘棠，小园聊可憩。坐此心迹清，天空新雨霁。"写他在雨后的小园中闲坐，看看天空，呼吸新鲜的空气，表现得潇洒自在。《柳边桥》："柳外一桥横，春来众绿舒。凭栏偶垂钓，昨夜梦维鱼。"写的是水边垂钓，梦见濠梁庄子与惠子的鱼之辩论，他试图忘我，试图解脱，但又不能真的解脱。《旧雨轩》："旧雨客不来，开轩徒延伫。造像西壁悬，如对须眉古。"写的是约友不来，颇有唐诗中潇洒闲适的风采。总体来讲，这些诗歌普遍都显现出一种自我解脱后的潇洒与闲适，写得比较清淡娴雅，没有太多的修饰，却有较为辽远的意境。赵惟熙的诗歌均是绝句，写景咏物，清新自然，不事雕琢，不拘格律。

徐步升（1869—1938），字云阶，宁夏固原人。著名教育家，清末民国时期地方名流。出身书香之家，好学博闻。清光绪二十九年（1903）中副举，次年任五原书院山长。参加宣统《固原州志》编修，任采访。民国三年（1914），选任国民党固原县参议会副议长。民国五年（1916），任文庙祭祀官。是时，固原中学堂因未获准，改为高等小学，徐步升遂兼提署街高等小学校长。此后为提署街小学的兴旺鞠躬尽瘁，为拯救山区教育而勤奋矢志，为固原中学的成立奠基石之力。徐步升以乐育英才为己任，言传身教，提署小学为国家培养了许多有用之才，其门下出了中国工农红军二十四军军长赫光。徐步升一生清贫自持，意趣超群。民国二十六年（1937），固原县首次修《固原县志》，他任总纂。征采耕耘年余，负志而陨。徐步升的《原城八咏之城垣》："长安西上此城雄，千里金汤对峙中。控制北门称锁钥，藩篱东道扼崆峒。曾遭地震嗟全堕，谁念天灾赐赈工。寄语筹边休玩视，夏灵秦蜀赖交通。"此诗写的是固原城的古城垣，诗人交代了固原的地理位置及其在历史中的作用，从长安往北到固原，从固原往西到兰州，固原的意义非同凡响，东西之间的交通无疑就是固原这把锁钥，牢牢地控制着中原与西域之间的交往；南北之间，控制着秦地与蜀国之间的要道。从本诗可以看出徐步升的诗歌颇有力度，能够从较高的角度掌握全局，是一位胸中怀有块垒之人，大气，豪放，虽咏边塞，但着眼较高，不是一般的悲凉之作。这也与他作为一个有着家国天下的儒者情怀有关。①

锡麟，字仁山，满洲镶红旗人。清朝政治人物，进士出身。清光绪二十年（1894），参加光绪甲午科殿试，登进士三甲第一百五十六名。同年五月，以主事分部学习。任固原知县。锡麟的《东山秋月》："萧关万里净无尘，秀耸东峰倚凤闉。漫把防秋谈战争，且邀新月作诗邻。莲花似滴平峦翠，杨柳犹怀旧苑春。南望络盘北海刺，年年照彻远行人。"大气豪放，虽有漂泊流离之苦、羁旅行役之难，但诗人都不把困境放于心中，而是以达观之情放眼观赏萧关之境。

韩国栋，字伯隆，甘肃抚彝厅人。廪贡生。清光绪三十四年（1908）任固原州学正，兼充固原中学堂校长。史载其"劝学不倦，和蔼可风"。曾参加编修《（宣统）固原州志》的襄校工作。韩国栋的《瓦亭烟岚》一诗写道："六盘俯瞰接三关，斗大孤城万仞山。不断云根横雁齿，每当雨霁拥螺鬟。画图犹待倪迂写，旌斾常逢汉使还。试向萧关一回首，依依杨柳水潺潺。"史书记载，"瓦亭烟岚"是清代固原州十景之一。瓦亭，位于固原市南四十五里什字一侧，依山傍水，古有"铁瓦亭"之称。历史上，瓦亭是西北重要的关隘之一，群峰环拱，四达交驰，是用兵扼要之地。古瓦亭关城筑在蜿蜒的金佛峡山谷中，在瓦亭关城"南门外有暖泉，有大渠，足资耕牧"。由于历代驻有军队，因此这里得到了开发，特别是清代，瓦亭周围荒地进一步被开垦，并植以杨柳。雨后，烟云笼罩，登楼远眺，俨然一幅南唐画家徐熙的《烟雨图》。"瓦亭烟岚"即由此景而名之。此诗豪放大气，却又婉转深沉，从六盘山顶眺望瓦亭关，斗大的小城被群山环绕，常年云雾缭绕，湿气重重，在这个锁钥之地，咽喉之关，常年都在遇见出使及回归的行客。此诗多写固原之景，

———————————
①黄刚.论清代西域边塞诗之特色［J］.上海师范大学学报，1996（1）.

而且多以固原一带的山水入诗、历史故事入诗，描写大气豪放，不乏细腻情感的表达，可见诗人对固原的热爱。

韩庆文，字筱三，咸宁人。清光绪三十四年（1908）任固原州吏目。其诗《禹塔牧羊》："浮屠七级峙郊原，遗迹都从劫后存。半岭寒云横断堠，一湾流水绕孤村。苔花莫辨明臣碣，苜蓿犹肥汉将屯。最是池阿歌上下，鞭声遥送月黄昏。""禹塔牧羊"是清代固原州十景之一。禹塔全名为禹王庙铁塔，是一座全部用生铁铸造叠垒而成的塔。此铁塔构思别致，铸造精美，气势雄宏，"塔势凌虚，矗立莲花峰侧，有摇风千云之致"，是固原辉煌历史的见证。《宣统固原州志》载："禹塔，城东三里禹王宫铁塔也，创建于前明总制唐龙，至乾隆戊寅邑人高义补葺之。"禹王庙铁塔耸立在固原城东的清水河岸，与东岳山遥相呼应。古人建造高塔，一定会考虑空间布局以及塔与自然之间的和谐，所以禹塔是与东岳山为一个整体的建筑物。诗人描绘了在东岳山与清水河之间的原野上，不知经历了多少劫难，最后只留下了这座静矗的铁塔，静静地看着固原的山山水水。山岭之上，寒云飘浮，山塬间流水绕过孤村，前朝忠臣的墓碑残存，已经辨认不出。那一茬一茬的苜蓿依然茂密地生长着，汉家大将的兵屯之地依然还在，牧归之时池上有人高歌，一轮明月悬垂天际，不言不语。这首诗，对"禹塔牧羊"作了最好的诠释。诗人写边塞风光，水准较高，颇为耐读。从郊原之景至辽远之处，悲从中来，有凭吊伤怀之意。

王文熙，宁夏隆德人。清宣统元年（1909）拔贡，授四川州判。其诗《杂咏》："细草低垂覆绿苔，豆花引蔓墙上开。小园寂静多蝴蝶，一对才飞一对来。南山烟锁寺门秋，冉冉赤云挂树头。清磬一声归路远，抱青门外月如钩。"该诗生动形象，在宁夏诗歌当中水准之高实属罕见。诗歌从静景写起，细草细密地生长，静静地遮蔽了绿苔。在这寂静之中，诗人的目光由细草延至远处，一处豆花盛开，豆蔓生长，攀缘小墙而上。静矗的小墙成为一道绿色的矮墙，一切都是那么寂静，时光流逝，岁月荏苒。在这寂静之中。一对蝴蝶飞走，又有一对蝴蝶飞来，飘飘摇摇，多姿多彩，让宁静的世界充满了动态的感觉、温馨的感受。就这样，时光流逝，不知不觉秋意升起，暮色到来，诗人将目光从小园之中向南山望去，暮霭已锁南山寺门，红云依树。这时一声轻轻的钟磬音，悠远轻扬，一钩新月的光辉清淡，如在心怀。此诗有山水田园的静谧之感，写景细致入微，颇有意境，读之使人有飘然出世之意，可归类为山水田园一派，且水准较高，可惜其存世诗歌不多。

张维岳，字仲武，号若谷，宁夏隆德人。清宣统时拔贡，曾任化平知县、民国二年（1913）省议员。其诗颇为入禅，有意趣。《雨后咏》："雨后别开新天地，山光云影齐献媚。云如有心山无意，稳抱山腰不肯去。"在写景状物之中发现颇有意趣的禅境。《漫兴》："年来学佛更多情，涤尽烦疴总不成。偶得园亭消夏好，荷花欲放雨初晴。"从学佛到发现生活的细小乐趣，颇得禅诗的意蕴。《赠受庆龙》："破晓上六盘，大雪满征鞍。诗客多豪兴，风劲不知寒。"有豪情，有气势。

岳钟仙，字明经，宁夏平罗人，贡生，一生未仕。其诗歌颇有生活情趣，显现其潇洒自在之处。如《登文昌阁》："边城画阁最称雄，渠向西流客向东。乍扫松花开酒瓮，还翻麦浪索诗筒。檐牙鸟度双声曲，殿有铃敲四面风。乘兴归来情不尽，一鞍斜趁夕阳红。"诗人有才华却一生未仕，但又不沉溺于自我，依然胸中有块垒，当属疏狂放达之人。

张吉，甘肃静宁人。廪生，后移居宁夏隆德沙塘。精通方术，隐逸山林。他的诗歌有道家风范。其《咏雪》："十二琼楼地，三千银界天。中多仙子醉，常伴玉妃眠。贪看明月冷，细嚼梅花香。鹤宿松梢白，琴声出草堂。"使用"琼楼""银界""玉妃""明月""梅花""草堂"等意象营造出一种出世的氛围。诗人有飘逸之情、闲逸之怀，有道家的浪漫主义情怀。作为隐士，张吉当是对道家意趣情怀了解颇深之人，这在宁夏诗歌当中，其风格及内容都不多见。

吴复安（1872—1920），字心斋，号静安，宁夏宁朔人。清光绪十九年（1893）举人。清光绪二十九年（1903）赴京会试不第，回乡后积极倡导新学。清光绪三十二年（1906）参与创办宁夏府中学堂，担任学堂监督（银川一中第一任校长）。民国二年（1913），宁夏临时议会组成，被推举为议长，后因意见不合，居家赋闲。民国六年（1917）秋，应宁夏护军使马福祥聘请，主修《朔方道志》。民国九年（1920）因病殁于志馆魁星楼。吴复安一生淡泊名利，潜心经史，长于诗文，著述甚多。有手稿《集虚斋草编》传世。吴复安的诗作，颇有筋骨，多抒发情怀志趣，以托物言志之诗较多，借物抒怀，表达自己的人生理想、人生追求。如《老松》："落落孤木节不磨，终冬冰雪自婆娑。莫嫌骨格苍质老，独秀空山阅历多。"借老松"节不磨"的特点，"终冬冰雪"的耐寒节气比喻自己老而志气不减，品格坚忍。《秋菊》："秋气萧条万木摧，篱边残菊数枝开。莫嫌色淡无人赏，独傲风霜节不回。"亦是借助秋菊耐寒傲秋的气节来表现自己的高洁情怀。《书斋有感》："自叹我生何所缘，穷年矻矻事丹铅。只因性疑难谐俗，到老还耕一砚田。伏案披吟数十年，难将知遇问青天。撑肠富有书千卷，也胜腰缠万贯钱。"抒怀直指，表达出自己一生蹉跎、难讨世俗之好的磊落情怀。他的这一类诗歌大多采用托物言志、直抒胸臆的写作手法，在意象的选择上大多选取古典诗歌当中具有特殊意义指向的意象。吴复安的诗有着和陶渊明一脉相承的意趣，应当归为山水田园诗派。因为其诗无论是《春日书怀》的"茅庐常扫静尘缘，理乱无关只独眠。门外一渠春水绿，年年流润到田间"，还是《柳絮》的"烟铺绮陌草铺茵，柳絮纷纷扑水滨。日暖风清飞上苑，休同桃李逐红尘"，甚至是《归田》的"饮有清泉食有鲜，晨炊早出看芸田。归来小憩柳荫下，共话桑麻到晚天"，都带有典型的田园风格，也都非常明确地指向山水田园诗派。吴复安的诗歌呈现出隐逸的田园风貌，他不为名利，依然积极地投身到社会活动之中。他另外一种类型的诗，境界颇为高古，诗风潇洒，带有典型的儒家知识分子的情怀。如《贺兰怀古》："欲揽朔方胜，先来上贺兰。蜿蜒五百里，塞北涌伟观。飞泉碧峰挂，积雪浮云端。笔架形奇特，宛若龙虎蟠。中有滚钟口，古刹依层峦。夕阳时反照，处处障流丹。俯瞰黄河水，河水弥漫漫。南入青铜峡，直向里山湍。长渠资灌溉，居民庆安澜。水光与山色，一幅图画看。我来游此地，怀古百爱攒。或为赫连城，今见沙草寒。或为元昊宫，今只余荒坛。雄图今何在，苍苍雾霭团。浮生真若梦，感此堪浩叹。"内容丰盈，写景状物颇有力量，所写到的贺兰山的飞泉、碧峰、积雪、浮云、笔架、滚钟、古刹等景物，在状景之时走笔如龙，速绘奇景。在贺兰山上俯瞰大地，黄河浩荡，民生安居，山野之间，富庶而美好，读来浩浩荡荡。吴复安的诗兼纳众长，转益多师。既研习魏晋古诗风韵，又追步唐宋诗词技法，亦融赋法入诗，所以既有雄健豪迈之气，又有清丽淡远之旨，深得陶渊明田园诗之神韵。诗人将日常生活诗意化，平淡无奇，质朴无华，反映了作者安贫乐道、心向自然的闲情逸致。吴复安的诗歌虽脱胎于古诗，但风格多元，体式多样，飘逸闲适，俊爽流利，雄浑雅健，深沉低回，取得了较高的艺术成就，堪称宁夏近代诗歌承前启后的关键诗人。吴复安的诗歌风貌自是其个人性格的流露，亦是时代环境的玉成。世事的沧桑、人情的冷暖、国运的衰落都牵荡着诗人敏感憔悴的心灵。

杨巨川（1873—1954），字揖舟，号松岩，又号青城外史，甘肃金县人。清光绪三十年（1904）进士，殿试二甲第一百零七名，授刑部主事。次年赴日本考察，加入同盟会。清光绪三十三年（1907）回国，出任湖南新田县、麻阳县知县。民国年间返乡，当选甘肃省议会议员，1921年至1924年任敦煌县县长，其间力主禁烟，终因得罪地方权贵绅士，并遭上级官僚排挤，愤而辞官。1925年任固原县知事。1949年后任甘肃省人民政府文教委员会委员，甘肃省文史馆馆长。著有《学诗萃言》《五朝近体诗选》等。其诗《六盘山》："驱车上六盘，绝顶见天宽。赐秦怜鹬首，拒汉忆牛邯。绕树晴岚密，窥山晓日寒。

陇坂分流水，东西各有阑。"读来有山水之意，有边塞之风。"绕树晴岚密，窥山晓日寒"一联，颇有唐朝山水诗歌的风貌。

赵生新（1873—1954），字铭三，甘肃固原人。清宣统六年（1914）考取拔贡，著名塾师。《登东山》："原州自古号雄关，一览登临到极巅。四面云山常作抱，清河流水绕城湾。"从中可看出，他胸中有波澜。

张维翰，甘肃固原人。1925年任丰黎社仓社副，先后共十余年。其《过固原》："山经纡萦绕六盘，寒风凛冽怯衣单。苍茫暮色三关口，回首葱茏望翠峦。"为羁旅行役之诗的典型代表。

受庆龙（1882—1952），字云亭，甘肃静宁人。清末秀才。幼时家境贫寒，后游学于平凉柳湖书院。清光绪三十二年（1906），受庆龙随长庚出师值新疆迪化藩署，任陆军督练处测绘科长，代办将弁学堂监督兼陆军小学堂测绘教授。清宣统三年（1911），武昌起义，加入革命队伍。后参加陕军北伐，见军阀割据，内战愈烈，人民处于水深火热之中，受庆龙愤然而去南海普陀山为僧。高桂滋任国民革命军第十七军军长之后，亲自请受庆龙下山任第十七军少将参谋。受庆龙的诗只有《博达游记》二十八首、《固原县志》所录杂诗四首以及《赠刘君子安》绝句四首，计三十六首。后人在这些残编断简面前，读之心灵为之震撼，心旌为之摇荡。《咏萧关诗社》等四首，是随高桂滋部驻固原时所作。固原县县长叶超，喜好吟咏，与受庆龙等组织萧关诗社，相与唱和，为一时之盛。其《咏萧关诗社》："萧关诗社破天荒，空谷足音喜欲狂。漫把圣仙评杜李，肯将星月赞苏黄。性灵学说根言志，文化新裁变旧章。雅集读骚研国粹，穷搜我亦馨枯肠。"从此诗中可以感受到诗人才思敏捷，一挥而就。一介书生，却戎马一生，能达此境界，谈何容易！《元旦感怀》："生平不任酒杯空，宦海浮沉两袖风。世界三千何乐土，年华六十愿从戎。轻狂纵酒师山简，野战吟哦效放翁。一笑人间今古事，白云苍狗有无中。"抒怀明志，沧桑之感，跃然纸上。诗人历经几番宦海浮沉，虽说仍有"年华六十愿从戎"的报国之志，但就全诗而言，昔日"我今临此，振精神拔剑舞"的锋芒已然黯淡，"千古兴亡事，都付笑谈中"，何其悲哉！受庆龙的诗词功力深厚精湛，《壶中天》一词上阕写景清丽，有着英雄意气，挥斥方遒的豪情壮志；下阕陡然一转，慨叹胜境消散，年华易逝，不禁悲从中来，痛哭不已，情绪跌宕，起伏不已。深究他的情感变化，皆因国势衰微，壮志难酬而起，让热血男儿为之扼腕叹息。他的《一萼红》一词则昂扬奋进，有着胜券在握、自信满满的情怀，其势足以气壮河山、震撼人心。

叶超（1898—？），字逸凡，福建闽侯人。1939年任固原县县长，在任三年，后任《民国固原县志》总纂。1949年后回闽定居。其《萧关即事》："六盘山势欲摩天，朔气回春景物饶。奚必重栽花满县，一门桃李赛仙僚。"感悟伤怀，却颇富热情。

罗雪樵（1903—1986），号书禅，甘肃会宁人。曾任教于宁夏县立二小、宁夏女子中学、宁夏师范学校、银川一中等，后任宁夏文史研究馆馆员。他出生于一个中医世家，早年就读于甘肃省立第一中学，毕业后考入交通部立兰州电报传习所。1926年在宁夏电报局当电务员，1930年赴北平求学。1933年任宁夏县立第二小学教员、教务主任。1938年罗雪樵从宁夏速记训练班结业后，分配到省政府秘书处工作。1949年任《宁夏民国日报》总编。民国时期，他被称为宁夏省城四大才子之一。富有爱国思想的罗雪樵共撰写散文、诗歌、随笔等三十多篇，以宣传反帝反封建思想，揭示民生苦难。罗雪樵致力于古文字研究，他是宁夏最早研究古文字的学者。其诗《望月》："今夜月儿分外圆，举头遥望思联翩。姮娥早有回乡意，借得光明照大千。"《沙坡头》："黄河岸上沙坡头，莽莽荒沙不计秋。大漠而今成沃野，欣看遍地大丰收。"以写实抒情为主。

马笃青（1905—1963），甘肃固原人。民国时任教于固原中学。其诗《陟东岳山》："遨游东郊外，涉足到山巅。晴岚晖拂地，瑞霭遍诸天。风送驼鸣驿，烟含马饮泉。嘈杂人声远，坐看鸟往还。"有山水田园的意趣，也有边塞风光的描绘，技巧娴熟，诗意浓厚。

韩练成（1909—1984），甘肃固原人。1920年海原大地震，家园被毁，所幸韩练成一家三口活了下来，后迁到固原县城边上，在第五道城墙下的一个窑洞里开始了"城市"贫民的生活。韩练成是四大传奇将军之一。其诗《春日别金陵》："高柳参差云影低，几家楼阁望中迷。房蜂分户成新蜜，檐燕营巢堕旧泥。有恨风飘花艳艳，无言人去草萋萋。春情如此谁关得，箫鼓才停日又西。"显现出良好的古诗功底。诗风具有浓郁的尚实、尚俗、务尽的白居易式的风格特点，语言平易，淡然悠闲，表明韩练成在戎马一生之中依然有着相应的诗情。

贾朴堂（1909—2007），曾用名克俭，山西临猗人。1932年毕业于山西大学教育学院中国文学系。先后任山西乡宁县和阳城县教育局局长、考试院山西绥远考铨处秘书等职务。1941年到宁夏，在贺兰中学任教。新中国成立后，历任惠农中学教导主任、宁夏中学副教导主任、宁夏女中副校长。曾任民盟宁夏区委会主委、自治区政协常委、宁夏诗词学会顾问等。著有诗词集《和声集》《心声集》等，诗歌造诣较高。其诗《九日》："载酒登高去，惊寒雁阵飞。遥怜故园菊，时待远人归。"有田园诗歌的味道。《惊秋》："一夜秋风起，萧萧叩耳旁。砧鸣千户月，雁叫一天霜。潦水时看尽，疏林叶堕黄。行人惊岁晚，坐起独彷徨。"有羁旅行役的味道，当属对往年生活的回顾。综合其所选取的意象，有古典诗歌的意蕴。

徐庭芝（1911—1984），甘肃固原人。1946年任甘肃省永登县县长。有题为《赵逸民印谱》一诗："一笔一刀一度量，云烟满纸费铺张。刻成篆体阴阳字，旋看石头旋配章。"赵逸民是民国固原县人，是当地知名的篆刻家。此诗赞扬友人治印水准之高。

段云（1912—1997），祖籍甘肃固原。后迁至山西蒲县。曾任国家计委副主任等职。著有诗集《旅踪咏拾》。其《六盘山》："盘道登六盘，秋日固原南。攀行四十里，峰高米三千。千山群俯首，万壑出岚烟。清水北向去，南流是泾川。"行文简练，诗意浓厚，颇有力道，且诗境比较高远，对固原山水的描绘引人入胜。

李希贤（1914—1964），字晓谷，甘肃固原人。1935年任固原提署街小学校长，1947年任固原师范教员。其《北海记游》："倒影青山水一泓，熏风不起此心清。放怀碧落无纤芥，纵眼红尘尽利名。逸兴堪同沧海约，闲情爱共野鸥盟。穷通世路何须问，大好川原任我行。"抒怀坦荡，表达了不与红尘争功名利禄，有儒家的"穷则独善其身，达则兼济天下"的通达，志趣高雅，直抒胸臆。

孙寿名（1916—1949），甘肃固原人。民主革命烈士，曾任民盟甘肃省部委员。其词《鹧鸪天》："果使书生莅将位，挥毫能叫阵云寒。恨无李广封侯相，才让他人著祖鞭。　憧故国，念家山，满腔孤愤对谁言。心非铁石难缄口，慷慨悲歌托管弦。"正是一代英豪、壮怀激烈、气贯长虹，心中满怀报国之志的豪情之作，令人心绪难平、追思恒久。

郑佩福（1917—1948），甘肃固原人。民国时为固原萧关诗社主要成员。有《元宵雅集》一诗："晴空云敛月侵轩，把酒题灯过上元。禁启星桥停玉漏，光腾火树映金樽。长街处处霓裳舞，良夜迢迢镈鼓喧。宝马香车归去后，余情留与梦婵媛。"此诗颇有古典意味。

五四运动对梁启超的"诗界革命"有所继承和突破，新诗因而诞生，经历了初期白话诗、自由诗、小诗、新格律诗、象征诗等几个阶段。然而，宁夏的诗歌创作依然沉浸在古典诗歌的氛围之中。西部的风景与情怀，使宁夏诗歌的状态得以延续，外界对宁夏的冲击依然显得软弱无力。因此，宁夏近代诗歌呈现出的是中国传统的理念、传统的意趣、传统的技巧，既保存了中国古典传统诗词的风貌，又不至于使宁夏诗歌的传承出现断裂。这为宁夏诗歌的发展注入了一股无形的力量，从而使宁夏诗歌在发展中，不为潮流所惑，不为名利所诱，始终坚守着传统古典诗词的本分，行进在中国诗歌主流的行伍中。

第三章

当代：贺兰与六盘间的潺湲歌吟

第一节　政治与生活、民歌加古典的共同影响

20 世纪 50 年代以来，宁夏新诗的发展与全国诗坛相比，也经历了"建设的歌"、政治抒情诗、民歌体新诗、自由诗的发展过程。既有政治抒情诗，又有以工业和农业为题材的诗，而较多的是歌咏西部自然和乡村的诗。宁夏不同时期的诗人，其共同点在于均以生活的西部为背景，表现了西部特有的苍凉和辽阔。他们在对家乡乃至西部的描写中，既有对故乡深情的咏叹，又有直抒胸臆的旷达，给当时的宁夏诗坛带来了一股与众不同的清新气息。

1958 年宁夏回族自治区成立前后，《宁夏日报》开辟的文艺副刊《六盘山》和宁夏文联创办的文艺刊物《群众文艺》，推动了宁夏新诗的发展。这一时期宁夏新诗处于萌芽期，创作人员仅有朱红兵、王世兴、李震杰、姚以壮、秦中吟等十二人，主要从事信天游、"花儿"、民歌体诗歌的创作。作品大多以歌颂新中国成立后呈现出的崭新面貌以及翻身得解放的普通劳动大众对党和领袖的热爱之情。1960 年，朱红兵创作的长篇叙事诗《沙原牧歌》，填补了宁夏诗坛长篇叙事诗的空白。后李季、郭小川等一些在全国较有影响的诗人先后到宁夏深入生活，并从事诗歌创作，留下了《阿拉善组诗》、长诗《银川曲》等作品，极大地促进了宁夏新诗的发展。

1968 年宁夏回族自治区成立十周年之际，宁夏人民出版社出版了宁夏第一本诗歌集《飘香的沙枣花》。诗集里所收的诗作大都以诗性的自由抒发和象征手法的适度运用表现诗人的内心感受，客观事物被诗人们赋予了强烈的主观感情，得到了读者的认可。

从 1978 年开始，宁夏诗歌创作呈现出了新气象。在宁夏回族自治区成立二十周年之际，宁夏人民出版社出版了宁夏诗人作品选《光辉永照宁夏川》，收录了当时一些主要诗人的优秀之作。同时，也为取得突出成绩的诗人肖川、吴淮生、秦中吟分别出版了诗集《塞上春潮》《塞上山水》《飘香的黄土》。

宁夏诗人或站在西北黄土地上放歌时代春潮，或从往昔苦难的岁月当中撷取温暖人心的细节，于追忆中深切体会土地和人民的宽广胸怀。现实主义是这一时期诗歌的主流，在对历史的反思和对新时代的由衷赞美中，诗人们共同谱写着新时期宁夏文学的多彩华章。高深、吴淮生、秦中吟等都焕发出了青春活力，在艺术上开始了新的探索。新时期出现的诗人肖川、刘国尧、屈文焜、马乐群、贾长厚、王庆、杨少青等，创作手法日趋多样化，创作也更为成熟。

从宁夏走出的军旅诗人雷抒雁、乔良、邓海南等在全国都产生了一定的影响。雷抒雁（1942—2014），陕西泾阳人。毕业于西北大学中文系。1968年至1972年在宁夏某部队农场锻炼，后任部队宣传干事。他视宁夏为第二故乡，写了不少讴歌宁夏的作品。他早期的诗集《春神》就是宁夏人民出版社出版的，诗作《父母之河》写宁夏的黄河。乔良（1955—），山西忻县人，祖籍河南。曾在宁夏服役，后考入中国作协鲁迅文学院，插班转入北京大学中文系就读。诗作发表于《朔方》《诗刊》《人民文学》等。邓海南（1955—），江苏泰兴人。曾在宁夏军区担任卫生员。1974年开始发表作品于《朔方》《诗刊》等。出版诗集《青山的恋歌》《机器与雕像》。

新中国成立，尤其是自治区成立以来，李震杰、朱红兵、吴淮生、王世兴、高深、秦中吟等诗人为代表，活跃在宁夏诗坛。

李震杰（1921—1995），笔名李羽、穆芷，湖南长沙人。1938年在广西桂平参加抗日救亡工作，加入学生军，后任报纸编辑。20世纪50年代初毕业于中国人民大学俄语系，任俄文经济翻译。1958年为支援宁夏建设调到银川，曾任《宁夏日报》文艺编辑，宁夏作家协会秘书长、副主席、名誉主席，中国作家协会会员。1939年在桂平《诗刊》《浔州日报》发表讴歌抗日战争的新诗。出版散文集《老凤新声》《把勺把子交给自己人》《李震杰诗文选》等。

李震杰的文学生涯始于抗日战争爆发时期，他用手中的笔倾诉着民族的苦难，在那铁血激战、炮火硝烟的危难岁月中，李震杰始终没有放下呐喊、呼号的笔。1938年长沙大火之后，李震杰毅然离家，辗转来到了被称作西南抗战文化中心的桂林。在那里，他仍在为抗战高歌，但他歌唱的音调里，于高亢之中多了悲壮，激越之中有了沉郁。孜孜不倦地讴歌光明与真理，始终是李震杰诗歌的主旋律。抗战时期，李震杰同全国人民一样历尽苦难与坎坷。他在北平加入中华全国文艺协会北平分会，在诗人张光年等人的影响下，李震杰在北平《人民文艺》等刊物发表作品，抨击黑暗。《春》就是他这个时期的代表作品。诗人摄取了北方早春春寒料峭的大自然景色，先是通过形态、光线、色彩、声音，抒写了北方早春原野的阴冷、荒凉和凄切，继而又用乐观的口吻传达着"温暖的信息"："我听见了，河流上／冰块碎裂的声音／我听见了，愤怒的树林／树枝在风中撞击／冰雪跌落在地上的声音。"人民必胜的预言在象征性的诗句中得到了恰当的表现。

李震杰青年时代所抒写的诗歌，大多运用了象征的艺术手法，这给他的诗作在意象之中增强了含蓄的弹性美，使诗的容量远远超出所记录的生活本身。新时期以来，年近六旬的李震杰曾这样写道："解冻的河流／夺回被禁锢的歌喉，／跳跃着，欢唱着／奔腾向远方；／冬眠的草木／抖掉身上的冰霜，／把绿色的眼睛／微笑地舒张。"（《春曲》）由此可见，李震杰新时期的诗，与他青年时期的诗作相比，除了那澎湃的热情依然如故外，更多了几分深沉。其朴素的风格、哲理的意蕴，使他的诗达到了新的境界。

李震杰站在反思历史的峰峦上，俯瞰生活，讴歌真理，其诗作具有强烈的批判意识、忧患意识和哲学力量。《祭》与《古庙三题》就是其中的代表作。《祭》是李震杰献给宁夏张志新式的朱守忠的一曲赞歌。这是一曲动人心魄的礼赞正义与真理的正气歌。"你犯了法——／因为维护了正义；／你判了罪——／因为说出了真理"，紧接着一句反问"虽然你关进了监狱，／铁镣岂能锁住正义？"一句感叹："虽然你已经被枪杀，／但刀枪杀不死真理！"这一问一叹，犹如两发连射的炮弹，炸裂开来，达到震撼心灵的效果。之后诗人运用饱蘸深情的笔墨，把那不朽的灵魂一点点雕琢出来，造成感情波澜的跌宕之势，对英烈的热爱、敬仰之情充溢其间。诗人以其深刻的理性之光，烛照着人们的灵魂，向历史与社会提出自己的思考，引发读者对世界与人生进入哲学领域的思考。作者在整首诗的节奏处理上，张弛有度，使其与感情的抒发结合得颇为和谐。阅读整首诗，就好像在倾听一首正义与真理的交响曲：一时慷慨悲壮，一时哀婉幽凄，一时又深沉低吟，在变换的节奏中，用情感的浪花不断拍打着人们的审美感知。《古庙三题》较之《祭》，在对历史流程的俯瞰中多了一些含蓄与简洁，更多了一些思辨的色彩，诗的哲理意境又上了一层。这组诗中，作者借神鬼之题表达了自己对于社会、历史的哲学思考及见解。在《玉帝像》中，丰富与简洁的艺术统一，更多地体现在作者对表面的威严与实质的平凡、虔诚的膜拜与可笑的愚昧之间，充满哲理的精练抒写之中。《古庙三题》给人一种从容、超逸的气韵，这一审美境界的抵达，除了诗人对生活的深刻认识之外，也是其诗歌艺术已臻完美的体现。

李震杰还写了不少表露自己对生活意义执着追求的诗歌。这些诗歌中既有热情严肃的言志诗，比如《人生的考卷》，又有诙谐幽默，反映诗人日常生活、工作的作品，比如《春天》《晨》等。然而不论这些诗歌风格如何，它们所反映出的对生活的态度都是积极的，这种态度又都是以他对光明和真理的不倦追求为底蕴的。

20世纪50年代，李震杰响应号召从北京来到银川，在《宁夏日报》文艺编辑的岗位上工作了二十二年。在他的辛勤辅导下，雷抒雁、邓海南、乔良、肖川、吴淮生、秦中吟、刘国尧等一个个诗人从宁夏走向全国。高嵩曾这样评论："二十多年来，他生产的主要不是诗，而是诗人。"①

朱红兵（1922—2002），原名朱衡彬，山东陵县人。1940年投奔延安参加革命，学习于青年干部训练班、鲁迅艺术学院文学系。曾任宁夏作家协会主席，宁夏文联党组书记、主席。1940年开始发表诗作于《大众习作》《草叶》《解放日报》等。著有长篇叙事诗《沙原牧歌》，与李季、姚以壮合著长诗《银川曲》。

创作于20世纪40年代的《我是农民的儿子》《劳动歌唱》等诗作是他这一时期的代表作品。数十年中，这位"身体内流动着农民的血液"的战士，转战于祖国的大西北，后又将自己生命及思想的根须深深扎入宁夏这片神奇的土地。社会主义建设的壮阔场面，给了诗人以丰富的思想营养；宁夏平原上、山崖间淳朴悠扬的民歌小曲，又充实了他的艺术储藏。于是《我是一块制好的砖》《兰州散歌》等一组组真挚、朴素的诗，便从他的心灵深处飞出。

新中国成立初期，社会主义建设的交响乐章在祖国大地轰然奏响，朱红兵所创作的作品充满了对新生活欢快的歌唱。新的世界、新的生活、新的情感在他的诗作中绘成了一幅幅乐观、明朗的画卷。"哪个精心的工匠，／将银花雕满树枝、树干？／也许是皑皑的梨花怒放开绽，／难道温暖的春风早已越过雪山？"（《凌霜》）仿佛出现了一个粉妆玉砌的神话世界，美不胜收，令人目不暇接。王国维曾说："一切景语皆情语也。"诗人对祖国充满挚爱，因而赋予大自然以灵性，诗中的梦幻世界正是诗人心灵对现实世界的折光。

1960年，朱红兵利用业余时间创作长篇叙事诗《沙原牧歌》。他长期在三边根据地生活，结识了一大批像王夫、秀兰这样质朴、善良、坚强、勇敢

①高嵩．生产诗人的人［N］．新消息报，2006-10-10.

的贫苦农民。诗人对这些普通的人民群众怀着深厚的感情，为他们真诚地尽情歌唱。王夫自幼丧母，受到秀兰母女的真诚关怀。"一排排沙柳根连根，／他两人并坐身挨身，／糠干粮虽少哥的心，／掏出来两人一半分。／／吃一口干粮谈一谈心，／是甜是苦两人尝。／山头上下雨山沟里流，／合唱个小曲解忧伤。"在这里，诗人将他们的故事置于波澜壮阔的人民革命斗争大背景之中来描绘，赞颂了他们投身革命的精神以及王夫与秀兰对美满爱情的坚贞和追求。在技法上，《沙原牧歌》采用浪漫主义的表现手法，赋予主人公王夫与秀兰以理想的光彩。同时，还大量使用了比兴手法，使得诗歌具有浓郁的乡土气息，增加了诗歌的生活气息和生活情趣，使人物的生活、思想、感情和诗歌摹写的环境达成了和谐统一。《沙原牧歌》融宁夏大调、陕北信天游等流传三边一带的民歌于一体，以宁夏民歌七言四句为主，其间又错落使用信天游八言，在基本一致的句型上求得变化，造成了跌宕起伏的效果。我们可以感到长诗博采民歌、戏曲、说唱语言以及群众口头语言的精华，化而用之，创造出一种刚健、清新、生动、活泼，富于生活气息和地方特色的诗的语言。抒情状物，十分生动传神，这是长诗在语言运用上最成功的地方。

朱红兵用自己那质朴的歌，真诚地为他所热爱的祖国与人民歌唱，这是他几十年来所遵循的创作原则。也许他的作品多了些天真和单纯，有些图解政策的嫌疑，以致影响了其艺术和美学价值的实现，但他毕竟以自己的真诚与努力创作了许多可供人们认识鉴赏的艺术形象，而这些艺术形象在宁夏诗歌史上留下了光彩。

吴淮生（1929— ），安徽泾县人。1958 年从北京师范大学毕业后，被分配到宁夏当老师。历任《朔方》编辑部副主任、宁夏作家协会副主席、宁夏少数民族文学讲习所常务副所长、宁夏文联文艺理论研究室主任等。一级作家，宁夏诗词学会名誉会长，中华诗词学会名誉理事，中国作家协会会员。1945 年开始发表作品，出版诗集《塞上山水》《新声旧调集》《吴淮生诗词选》等。诗作荣获宁夏第一届文艺评奖一等奖，个人荣获"宁夏有突出贡献专家"称号，享受国务院政府特殊津贴。

吴淮生从少年时期就开始诗歌创作。写于 1945 年的《卖艺的人》是他最早的新诗，全诗以一个少年的视觉，写出了生活在社会底层的人们所遭受的苦难和普通劳动者的艰辛，他的诗一开始就贴近现实生活。在《光明篇·灯》中，诗人写道："刺破一室的黑暗／多么明亮的记忆啊／一粒火／照亮着黑夜的影子／更照亮摸索着的里程。"在黎明的前夜，他期盼着、抗争着，终于迎来了新中国成立的曙光，他也以满腔的热情投入到了新的学习和生活当中。

1957 年开始写古体诗词。"文化大革命"后吴淮生虽已人到中年，但他激情勃发，压抑了许久的创作热情奔涌而出。他关心祖国的建设与发展，写下了《致宁夏》等充满着火热生活激情的华章。他的足迹遍布名山大川，留下了《衡阳雁痕》《云南诗痕》等赞颂壮美山河的诗篇。他感情细腻，写了不少饱含着亲情的诗作，如《我和女儿》《儿女情》《银婚曲》等，读来十分亲切，让人动容。他为人谦逊、交游较广，写了一部分富有感情色彩的送别诗和题赠诗。吴淮生出生于皖南，对这片土地怀有深厚的感情，皖南又是当年新四军军部所在地，那"战地黄花分外香"的情景令多少热血青年向往。吴淮生以游客的身份"小憩"旁观，有感而发，以前后对比的手法先设想，后反问，给出答案。

吴淮生的诗作有其独特的创作风格，既有浪漫主义的吟诵，又有现实主义的高唱；既有对祖国壮美山河的歌颂，又有对异域风光的描绘；既有对工作、生活了五十多年的塞上江南饱含真情的赞美与倾诉，又有对故乡皖南青山绿水深深的眷恋与思念。他的诗大多简洁明快，反映事物的本质，在虚实之中给读者留有联想回味的余地。在艺术手法上大多以情寓景，以景写情，构成诗的意境，洋溢着浪漫主义与现实主义相结合的鲜明色彩。

吴淮生青年时代倾情新文学，勤奋耕耘，为新诗的发展作出了贡献，但他对古体诗词情有独钟，他为继承和创新优秀文化不遗余力，成绩斐然。不论新声还是古调，都是他的最爱。在寂寞的创作路途中，吴淮生始终保持着一种平衡，竭力寻求新体诗与古诗词之间的共通之处，根据题材、内容的需要，赋予不同的体裁，使它们各展风采，在美学的层面上达到一致。

王世兴（1930—2018 ），宁夏银川人。1944 年考入宁夏师范简师，1948 年考入兰州师范高师。他在学生时代就对我国古典文学作品有着较为广泛的涉猎，培养了他的文学素养。1951 年考入西北艺术学院，正式踏入了文艺的大门。1954 年毕业后被分配到甘肃文化局工作，后调入群众艺术馆工作。1958 年自治区成立，他从甘肃调回宁夏，先后在宁夏文联《宁夏文艺》编辑部从事文艺创作和民间文学的搜集、整理、研究、编辑工作。1971 年，调宁夏人民出版社担任文艺编辑。1980 年调宁夏群众艺术馆担任馆长兼《宁夏群众文艺》编辑部主编。1984 年 7 月在宁夏文联第三届文学艺术工作者代表大会上被选为宁夏文联副主席。半个世纪以来，他一边搜集、整理、研究民间文学，一边积累素材，从事文艺创作，先后在《宁夏日报》《光明日报》《朔方》等报刊上发表了众多群众喜闻乐见的文艺作品。其长诗《莲花滩》荣获第一届全国少数民族文学创作奖骏马奖。

王世兴除写戏剧、曲艺外，还创作发表了大量的诗歌。1958 年，他编辑出版了《回族歌谣》，这本书当时在全国产生了一定影响。不久，在宁夏人民出版社出版的《宁夏民间歌曲资料》上、下两辑中，有他搜集、整理并填词的民歌一百六十余首。上海文艺出版社出版的《中国民歌选》，选登了他搜集、整理的民歌四十余首。同时，他还撰写了《花儿简介》《宁夏民歌简介》《宁夏道情的推陈出新》等研究民间文学的理论文章。在诗歌创作中，他灵活地采用"花儿"等民歌形式，把思想内容与民间艺术形式有机地结合起来，通过对一草一木、一山一水的咏唱，抒发了他对党、对祖国、对家乡的热爱之情。

王世兴创作的民歌体长诗《莲花滩》，全诗由前言和四节组成，共两百多行。取材于作者所熟悉和热爱的农村生活，诗人运用前呼后应，比喻、排比的修辞的手法，具体生动、有血有肉地刻画了一个被压迫、被奴役的放羊娃马尔三的形象。诗人在诗中写道："如今莲花滩／百花齐争艳／羊群像河云／飘上九重天／如今马尔三／又当劳模范／选他当代表／红花戴胸前。"表达了诗人对幸福生活的赞美和无限向往。在《莲花滩》这首民歌体长诗中，诗人匠心独具，用人们喜闻乐见的民歌体语言，塑造了马尔三这样一个勤劳、俭朴、高尚、无私、善良而又不断进取的人物形象，达到了外在美和内心美的统一，成为他诗歌创作中的一个里程碑。

王世兴熟悉群众生活，善于从"花儿"等民歌中吸取营养，并能从当地的习俗、语言特点、历史故事出发，采用群众喜闻乐见的"花儿"等艺术形式，抒人民之情，叙人民之事。因此，他的诗朴素自然，语言通俗、简洁、生动，具有很强的乡土气息和浓厚的民族特色，富有教育意义。

高深（1935—2017），本名高世森，笔名竹人，辽宁岫岩人。毕业于中国作家协会文学讲习所第六期。曾任《宁夏日报》副主任，宁夏文联副秘书长，《朔方》主编，宁夏作家协会副主席，锦州市文联党组书记、主席，辽宁省文联委员，辽宁省作家协会顾问。一级作家。中国少数民族作家学会副会长，中国作家协会名誉委员等。1952 年开始发表作品，出版诗集《路漫漫》《大西北放歌》《大漠之恋》《苦歌》《寻找自己》等。其中《大漠之恋》《寻找自己》分别荣获全国第四届、第五届少数民族文学奖骏马奖。

高深的文学生涯，起步于 20 世纪 50 年代初期，从十六岁在东北《劳动日报》上发表处女作《天上的星星数不完》开始，怀着创造新生活的无比激情和对新中国狂热的爱恋走上文学创作的道路。新社会的一切，在年轻诗人的眼里都是那么美好。他热情歌唱延边朝鲜族在新中国成立后新的生活、新的风貌、新的爱情。在《午夜的朝霞》《红光》《雪》等诗中，通过"自我"抒发了时代之情。20世纪60年代，高深到《宁夏日报》从事采编工作，因而能有机会到全区各地采访，接触到劳动人民，触发诗人的灵感，于是写下了一些歌唱新生活的诗篇。《人逢喜事精神爽》塑造了一个爱国老汉的新人形象；《猎人的儿子》反映父子两代猎人的不同命运；《过草原》是诗人于1963年秋在革命传统地盐池，用诗句勾勒的一幅令人悦目的新草原风情画。诗人有意改变自己散文化的语言风格，试探继承古典诗词的语言传统，读来颇具韵味。20世纪70年代，高深发表的诗作超过了前二十年的总和。他灵感的触须，有时伸向革命老区"民工用身体铸成一道铁壁铜墙"的抗洪前线上（《雨后的黎明》）；有时伸向"万支彩笔难描述"的"战旗似火胜桃花，／炮声如雷震山谷"的水利工地（《春满六盘山》）；有时伸向"在海拔三千米的山腰，／斜挂着一条羊肠小道，／一直通向云雾深处，／通向钩在月牙上的气象哨"（《贺兰山上气象哨》）……诗人的触须，像无形的电波，伸向广袤的大地和苍穹，探索生活的底蕴。

纵观高深这一时期的诗歌创作，有一个共同点，就是叙事与抒情的结合，外界客观的事与诗人主观的情的有机统一。在他的诗歌里，我们感受到一颗真诚火热的赤子之心在跳动、在呼唤、在憧憬。他把人生的哲理和一些重大的社会问题熔铸到自己诗的形象之中，明显地表现出一种深邃、凝练的新风格。《青春》一诗不仅仅是诗人个人青春的回忆，诗中的"我"是时代的投影，是时代的回音壁，也是心灵的反光镜。高深始终在努力表现中华民族所具有的美德，把共性融于个性之中加以歌颂，没有个人的哀怨和阴暗的自我表现，有的是完整新鲜的艺术形式和明亮的色彩。

高深的诗歌创作更加稳健和成熟。"生活给你一个真理／只有和土地结合／只有与阳光相爱／才能放射出全部能耐……／——只要扎进泥土／就有灿烂的生命／就有辉煌的未来"（《北方的雨》），表现出诗人对"雨"的歌颂和对黑土地的热爱。"无论如何／有信仰就有行为标准／不要把人生视为一次炼狱／不要在香火的弥漫中沉沦"（《爱在其中》），蕴含着羽化人心的人生哲思。"诗歌是自由的儿子人民的儿子是精神支柱／是人类的呼吸命运的呐喊民族的旗鼓……／诗歌是生活的慈母／诗歌是人生的严父"（《诗歌》），可以看作诗人对自己诗歌创作的高度总结。

从高深的诗中我们不难看出，他的诗基调昂奋而明快，感情真挚而深沉，构思独特而精巧，音韵婉转而谐趣，表现手法多变而灵活，语言自然流畅而精美，叙事与抒情相结合，构成了高深民族化创作的独特风格。

张贤亮（1936—2014 ），虽以小说作品闻名世界，但他首先是一位诗人。1957 年，他在《延河》第 7 期发表了长诗《大风歌》。《诗刊》于 2002 年 6 月上半月刊再次刊发了《大风歌》。从诗歌的审美角度来看，《大风歌》的诗性语言，使我们感受到二十一岁的诗人张贤亮，年轻的心灵带着生机盎然和空灵气华，对当时的中国充满了新鲜的憧憬和期待的意绪。在第一节中，"我"就是风，"那无边的林海被我激起一片狂涛／那平静的山川被我掀得地动山摇／看呀！那些枯枝烂叶在我面前仓皇逃退／那些陈旧的楼阁被我吹得摇摇欲坠／我把贫穷像老树似的拔起／我把阴暗像流云似的吹飞／我正以我所夹带的沙石黄土／把一切腐朽的东西埋进坟墓"。这是拔地而起的新生力量，也是排山倒海的无穷气概，更是诗人内心爆发的呐喊。第二节："大风呀！／让你那滚滚滔滔的雷似的声响／让你那澎湃着的浪与浪冲击的音调／让你那强有力的和声去宣布／新的时代来临了！／需要新的生活方式！／需要新的战斗姿态！"寄托大风宣布一个新的时代，一种新的生活方式。可是大风吹过，时代依旧，只是诗人超前了几十年。

张贤亮晚年创作了七十多首古体诗词。他的古体诗词更多的是一种人生的豪情和沉思，有雄怀、波澜和沉吟，也有舒张、自负和孤独；有侠骨柔肠、壮心不老、豪情不已，也有凭吊感慨、冷眼看世、即景赋诗。他悟透人生而感慨人生，悟出禅意而道出从容；他重情重义、动情感怀、以诗自喻，书写回顾与展望。这些作品或疏放旷达，或深沉凝思，或洒脱自在，都能对人生、现实和生活作出判断，对未来寄予期盼，诗情浓郁，不拘小节，大有李白之遗风。因为他的创作技巧并不复杂，绝大多数诗词都采用的是直抒胸臆的手法。如《吟牛》："羸骨何甘卧老村，几番飞雪沐精神。一昂头角迎风去，顶起人间万顷春。"《题竹》："山里青青立一丛，风霜雨雪看如空。平生自负凌云节，不在千花万木中。"[1]

秦中吟（1936—2014 ），本名秦克温，宁夏平罗人。毕业于陕西师范学院中文系。曾任中学教师、银川市文化馆创作员、《宁夏日报》高级编辑、宁夏诗词学会会长、中华诗词学会顾问、《夏风》诗刊主编，中国作家协会会员等。出版《飘香的黄土》《爬格者的情思》《秦中吟抒情诗选》等。诗作荣获宁夏第一届、第二届文艺评奖二等奖，第四届、第五届优秀奖（不分等）、一等奖，个人享受自治区政府特殊津贴。

1951 年，当秦中吟还是一位稚气未脱的少年时，就在《宁夏日报》副刊《宁

---

①张贤亮.张贤亮诗词选［M］.银川：宁夏人民出版社，2015.

夏川》发表了处女作。从此，在长达六十多年的时间长河中，秦中吟一直在曲折的创作道路上艰苦跋涉，留下了属于自己的或深或浅的脚印。秦中吟一边搞创作，一边搞评论，坚持两手抓，其成就主要体现在诗歌创作方面。秦中吟的创作前期主要以新诗为主，后期主要以古体诗词为主，兼及小说、散文、杂文、戏剧等，在每个领域都有所表现。

秦中吟曾在《我与诗歌》中写道："我全力讴歌生我养我的黄土地，和黄土地一样忠实质朴的黄肤色人民，以及我的祖国母亲。"诗人的这种心迹，从他的笔名秦中吟和自号宗白就可以看出。"黄河向太阳铺平波涛／亮出最纯正的颜色／像我值得骄傲的黄肤色／清晰的肌理可数可摸。"这是秦中吟的诗，一颗忧国忧民的心，写出这样细腻而又让人难忘的诗。吴淮生在《黄土之恋与拥抱时代的同向轨迹——论秦克温的诗》[1]中说："秦中吟是黄土的儿子，因为黄土高原孕育了诗人，也孕育了他的诗。""黄土不仅粘在他的肌肤和衣襟上，也浸染着他的灵魂。"

秦中吟淡泊处世，生活俭朴，素以耿直著称，他有一首诗，名为《直辩》："人如果在压力下弯腰曲背／只能像古猿一样痛苦地爬行／就这样，我理解了直，爱上了直人／直是人性的合金钢制成的炮筒／是真理的防风林。"诗人向来胸襟开阔，光明磊落，坦诚待人，此诗可以看作诗人的自况，也可看作是诗人人格的一种写照。是的，他是最有个性特色的诗人，他的诗是"直人直诗"。他喜欢用直率的方式表达自己的思想感情，但不排斥含蓄和蕴藉的作品。

秦中吟的诗达到了思想真、语言真，情与景、意与境的融合，是诗人"直"的自然天性的流露，体现了诗人追求自由、奋发向上的人生观。而这一执着求真的精神，始终贯穿于他的生活和创作中，达到了人品与诗品的统一。高嵩在《匍匐在慈母般的前套平原上——秦克温诗断议》中说："他的诗不像屡了奶的水，那么迷离，那么氤氲；他的诗像黄河之水，带着西北高原的土腥气。他的诗也如银川白酒，能把一种热辣辣的感觉送进你的胃口里去，只要你慢慢饮啜，有时也会感到朦胧的微醺。"[2]九叶派著名诗人唐祈先生对秦中吟的诗评价道："诗如其人，您的诗质朴、诚恳、亲切，仿佛塞上的泥土，散发出泥土的芬芳。"[3]其实，秦中吟的诗就是沙枣花一样飘香的黄土。

---

①吴淮生，王枝忠.宁夏当代作家论［M］，银川：宁夏人民出版社，1988.
②高嵩.匍匐在慈母般的前套平原上——秦克温诗断议［J］.朔方，1986（3）.
③张铎.塞上潮音［M］.银川：宁夏人民出版社，2007.

1988 年宁夏诗词学会成立，尤其是 1995 年全国第八届中华诗词研讨会在银川召开，自此，秦中吟把诗歌创作的重点转向了古体诗词，成为新边塞诗的倡导者和代表诗人。

秦中吟在创作诗歌的同时，又将笔触伸进文学批评领域。宁夏大学教授朱东兀先生曾指出："他的研究，表现比较突出的是旗帜鲜明，另外是有的放矢，论证的逻辑性比较强，说理也较透彻。"[①]秦中吟提出的新诗"要多样化，不要单调"，诗歌"要化而不失本调"，这些论述立意高远，思想深刻，对诗歌发展均产生了一定的影响。他提倡当代诗词要"向新诗借鉴、学习"。他认为传统诗词"格律过于严格，意象符号及语言外壳的老化，不利于表现现代生活和人们日益丰富的思想感情"，必须"根据现代社会生活的要求和现代汉语的特点，建设当代诗词"，即"使传统诗词现代化"。美学家、文艺评论家严昭柱评价道："他的这些见解和诗事活动，为推动中华诗词走向繁荣起到了积极作用。"[②]秦中吟的理论观点得到我国文艺理论家公木、郑伯农、丁国成、杨金亭等先生的大力支持和充分肯定。

这一时期活跃在宁夏诗坛上的诗人还有王亚凡、姚以壮、刘和芳、路展、杨克兴、高琨、张涧、万里鹏、马乐群、丁文、贾长厚等。他们的创作从思想内容到艺术风格的发展上，都具有重要意义。

王亚凡（1914—1961），原名正雅，河南内乡人。20 世纪 30 年代开始发表作品。1939 年后在剧团从事抗日救亡活动，担任过演员、导演、剧团负责人，中国作家协会副秘书长等。1960 年年底下放宁夏农业第一线，他写下了来到宁夏的感受："我要去遥远的塞北，／老红军把他的草鞋送给我，／他们那里山高又落雪，／无敌的草鞋会唱无畏的歌。／／困难把大家拧在一条绳上，／友爱却在心里飞翔，／不要以为友爱尽是温情，／对缺点的批评犹如闪动的火光。"（《友爱》）但他在宁夏的时间很短，于 1961 年 1 月 8 日在灵武逝世，葬于灵武县烈士陵园。作家出版社于 1962 年出版了他的诗集《王亚凡诗抄》。

姚以壮（1926—1973），陕西靖边人。曾任陕甘宁边区靖边完小校长，《三边报》记者，宁夏日报社编辑室主任、副总编、总编，自治区党委政策研究室主任，宁夏文联副主席，中国作家协会会员等。姚以壮前期写民歌体新诗，如"翻一架山又一架山，／山山不断响牧鞭。／／越一道岭又一道岭，／岭岭

①秦克温.秦克温文学评论集［M］.银川：宁夏人民出版社，1993.
②秦中吟.诗论新编［M］.北京：中国文化出版社，2008.

相连绕白云。//人都说罗山赛天高，/羊群如云在天上飘"（《罗山不老松·引子》）。与朱红兵合著、经李季修改的说唱式长诗《银川曲》于1958年由北京通俗文艺出版社出版。"文化大革命"后，姚以壮做的第一件事就是深入生活，先后在泾源山区、阿拉善牧区、灵武农村体验生活，可积劳成疾，一病不起。"问尔泾水几多源，陇山深处有白泉。高陵一失千古恨，可叹清流志不坚。"（《再问泾河》）这是他深入生活的真实写照。

刘和芳（1927—2019），笔名河帆，安徽安庆人。1951年毕业于大夏大学经济系，后入复旦大学中文系进修。中国作家协会会员，中国鲁迅研究学会会员，中国现代文学研究会会员。1958年调到宁夏，参与筹建宁夏人民出版社，主持组建少儿读物编辑组。曾任文学编辑、少儿读物编辑组组长，《女作家》副主编等。1943年开始发表作品，诗作荣获宁夏第三届文艺评奖二等奖，个人荣获宁夏人民出版社五十年特殊贡献奖。出版诗文集《回眸》、儿童文学作品《幼学童话百篇》。诗歌《我愿做一棵小草》其实是作者的自况："我愿做一棵小草/冒着风雪，顶破冻土/用生命的绿/向人们发出春的呼号……我愿做一棵小草/假如明天我将死去/就死在大地母亲的怀抱/用不灭的信念告别冬天/催发来年的春潮。"这首诗为读者塑造了"一棵小草"的艺术形象，让人过目不忘。其实，这是一首托物言志之作，全诗明写小草，但更是写人，写人的追求和抱负，是一曲无私奉献者的颂歌。

路展（1928—2017），以儿童文学著称，但他的诗歌创作也颇具特色。如《羊皮筏子》："小筏子像锦上飞梭，/织出了工农联盟美景一幅。"这是一首纯粹的田园风景诗。诗人走访塞上江南之黄河，以诗意化的笔调表现了黄河上羊皮筏子运送货物的过程，让读者感到塞上江南处处充满诗意。这首诗层次分明，有远景也有近景，有特写也有写意，有动亦有静，二者交错，读者无须想象，诗意化的塞上江南就令人神往。

杨克兴（1935—2016），河南虞城人。曾任河南省虞城县店集区政府秘书、《黄河建设》实习编辑、宁夏电力工业局党委宣传处处长、宁夏电力文协副主席，中国作家协会会员等。出版诗集《三百萃编》《与光同行》（合集）、《夕阳碎影》等。杨克兴擅长短诗，如《激浪》："飘荡的是黄金/浮动的是白银/波光粼粼的是万家灯火/映红晚归的是牧歌。"全诗只有四句，读来很像绝句，语言优美，语意深沉，为读者描绘了一幅牧归图，表达了作者的欣赏和热爱之情。又如《飘带》："九曲黄河/是哪位天使遗落的飘带/从天上飘飘洒洒地飞来/一端缠住月亮/一端在高原上跳动/挂满云彩和涛声。"全诗在艺术上的特点是以联想而行文。看到九曲黄河，想到的"是哪位天使遗落的飘带"，紧接着"一端缠住月亮／一端在高原上跳动"，想象大胆，新意迭出，有回肠荡气之势，诗人也把情感顺理成章地推向了高潮，使诗的力度和容量大为扩充，令人感叹。

高琨（1936—2013），宁夏固原人。1951 年入伍，1955 年转业至西海固歌舞团。多年来倾心于"花儿"的研究与创作，"花儿"作品发表于《诗刊》《朔方》《共产党人》等，出版《红牡丹》《绿牡丹》《黑牡丹》等。诗作荣获宁夏第一届文艺评奖二等奖。作为民歌的一种形式，"花儿"向来以抒情见长。如《花蝶起舞》："韭菜的叶叶绿着哩，／灯盏花闪亮着哩；／想你着想得心颤哩，／今儿个要见个面哩。"这就是典型的抒情"花儿"。作者先言他物以起兴，然后引起所咏之词，且兴中有比，既微妙又委婉，很好地突显了抒情主人公的思想感情。由于作者运用了比兴的手法，尽量让形象说话，从而使"花儿"清新蕴藉、耐人寻味。高琨力争使自己的"花儿"将叙事、描写、抒情有机地结合起来，拓宽了"花儿"的艺术天地。尤其是在传统"花儿"一首四句的基础上，根据内容表达的需要，将"花儿"发展到十几行，甚至数十行，使"花儿"能够反映更加丰富多彩的生活。此外，传统"花儿"大都七八字一句，比较整齐，但显得拘谨，甚至有些呆板。而高琨的"花儿"有三四个字一句的，也有七八个字一句的，长短不一，节奏感强，字数灵活，不拘一格，便于歌唱，又能表情达意，更适合内容需要和时代要求。故而高琨创作的"花儿"是"花儿"王国的"自由诗"，为"花儿"的个体创作提供了有益的尝试。

张涧（1937—　），笔名姚剑，山东金乡人。毕业于中国人民大学新闻系。1951 年参加工作，历任中央统战部干事、北京大学中文系新闻专业学员、《宁夏日报》文艺部主任等。高级编辑，中国作家协会会员。1954 年开始发表作品，出版诗集《人生谁不老》、散文集《多情的秋天》等。张涧文学创作的成就是多方面的，他写小说、散文、诗歌，也写歌词。虽说散文成就最高，但他是以写诗歌开始自己的文学创作生涯的，也是一个有着鲜明艺术个性的诗人。黄建新认为，张涧的诗"感觉精微，诗思敏捷，意象清拔"，"并且具有实感与空灵相结合的特色"[①]。

万里鹏（1938—　），原名陈琢如，浙江杭州人。毕业于山东工学院。历任煤校教师、宁夏人民出版社编辑、宁夏文史馆馆员等。中国作家协会会员。

---

①黄建新.宁夏当代作家论［M］//吴淮生，王枝忠.面对历史的思索——简论张涧的创作.银川：宁夏人民出版社，1988.

出版诗集《喷泉》。诗作荣获宁夏第一届、第三届文艺评奖三等奖、二等奖，《大家》红河文学奖等。万里鹏自幼喜爱文学，1956 年上中学时就和一同学合作写出一百八十八行的长诗《龙和鸡》，发表在《东海》创刊号上。万里鹏 1959 年来到宁夏，在煤校教书。不久，被下放煤矿当了一名采煤工。1964 年在《人民文学》第 9 期发表诗歌《瞧儿子》，这首诗后来选入宁夏新诗选集《光辉永照宁夏川》。万里鹏"是宁夏诗坛的一位具有理性思考特色的诗人"[①]。《午夜的悲剧》写火山爆发，尽管庞贝城的市民"手里还举着一尊神"，然而"神灵保佑不了他们／滚烫的砾石将他们击倒"。作者对人生的思考力透纸背，达到了理性和感性的和谐统一。诗中没有慷慨激昂的抒情，但有震撼心灵的艺术魅力。

马乐群（1939—），山东济宁人。1959 年毕业于新疆工学院矿山机电系。历任宁夏电机厂生产科长、银川市文联《新月》编辑等。二级作家，中国作家协会会员。1956 年开始发表作品。出版诗集《沙丘·马队》，报告文学集《激流真情》等。诗作荣获宁夏第三届、第四届、第五届文艺评奖二等奖、优秀奖（不分等）、二等奖，个人荣获银川市文学艺术突出贡献奖。塞上江南的山山水水激发着诗人劳动、创造的热情，塞上的淳朴深情孕育出诗人如虹的诗章，促成了诗人奔涌诗情的喷发。恰恰就是这片土地上的民风民俗，成了诗人诗歌创作的切入点。在《爱弹吉他的车工》等抒写工厂生活和劳动场面的诗歌中，有工厂沸腾的旋律，有劳动、奉献的快乐，更有生活、创造者绚丽的憧憬与梦想。在这些诗篇中，诗人的笔豪放、潇洒，处处洋溢着劳动创造的自豪。他对民间文化的理性把握、透视与理解，表现出诗人强烈的使命意识，展示出诗人独特的诗歌审美意蕴。

丁文（1939—），本名丁文庆，北京人。毕业于北京师范大学，历任固原师范教师、固原师专校长、西北第二民族学院（现北方民族大学）副院长等。诗作发表于《朔方》《人民文学》等。出版诗文集《两山集》。诗作荣获宁夏第三届、第四届文艺评奖二等奖、优秀奖（不分等）。丁文的诗作现代色彩较浓，如《沙中小憩》，写跋涉中的小憩，采用了象征的手法，使写进诗中的自然意象都沾染了诗人的主观情感色彩，而"当起身迈步的刹那，／芳草一片展现在天涯"则暗示诗人对国家和民族命运的哲理性思考。又如《灯光》："这春夜的灯光，绞成丝缕，／能牵回迷惘而失去的岁月？／这灯

---

① 刘贻清，马东震. 艰难的展翅——论万里鹏的诗［M］// 吴淮生，王枝忠. 宁夏当代作家论. 银川：宁夏人民出版社，1988.

光的春夜，化为春水，／让前辈播下的种子茁壮萌生！／春夜是一幕哑剧，／灯光似独白琅琅有声，／紫帷幕落下仍响着最后一句：／明天要有一个不迟到的黎明！"这首诗就是一首托物言志的抒情诗，借物抒情，托物言志，通过描写具体事物的特性来抒发诗人自己的感情。诗人选择第一人称与灯光絮语的方式，盛赞了"灯光"这个人格化的高洁形象，同时也袒露了诗人自己的情怀，表达了诗人放下包袱、勇于奉献的人生态度。

贾长厚（1940—2017），笔名贾曼、秦庚，辽宁大连人。1960年参加工作，曾就职于大连机床厂、银川长城机床厂；曾任《朔方》编辑部诗歌编辑，副编审，中国作家协会会员等。1961年开始发表作品，出版诗集《海恋》。诗作荣获宁夏第一届、第二届文艺评奖二等奖，第四届、第五届文艺评奖优秀奖（不分等）、三等奖。在某种意义上讲，是大海把他送进了诗的大门。长期在大海边生活，贾长厚的一首首富有生活气息的海之恋歌，独特而又迷人。他从工厂来到了《朔方》编辑部，成了一名诗歌编辑，也成了一位知名诗人。他的视野开阔了，主张诗歌关注人生和社会。如《车窗凭眺》："视线放得很远很广／思路开得很宽很长／看见什么了，是后倒的电杆／是急闪的桥梁还是那倒退的飞鸟／旋转的村庄？／不。不是那浮泛的景象／只有那远方迷茫的地平线／随着思绪一起摇荡……"一首不到十行的小诗，凝聚了诗人多少感触和对人生的感悟。诚如高嵩在《诗格与人格的交辉——论贾长厚》[①]中所言："一种属于人的东西，充当着全体信息，给它以形质，以境界，以刺激力，以韵味。"这些诗句，不仅有较浓的人情味，有力的硬度，而且有美的光泽，有鲜明的个性。

第二节　继承边塞诗传统的西部诗歌

20世纪80年代初，关于"朦胧诗"的争论尚未平息，身处我国西部地区的诗人，因地域、选材、主题和艺术风格的相近而被称为"新边塞诗"，具有雄浑、豪放、苍茫、大气的美学特征，是对我国古典"边塞诗"的继承与发展。1982年3月，新疆大学中文系就"新边塞诗"召开了规模较大的学术讨论会，并编选了包括不同历史时期的《边塞新诗选》。《飞天》《当代文艺思潮》《朔方》《绿风》《中国西部文学》《青海湖》等刊物，在推动"新边塞诗"的发展上起到积极的作用。宁夏新边塞诗的主要倡导者和实践者是

---

①高嵩.诗格与人格的交辉——论贾长厚［J］.朔方，1988（11）.

诗人秦中吟和肖川，一是古体诗，一是现代诗。《绿风》诗刊1986年专门开辟了《西部坐标系》栏目，集中刊发了肖川等十五位西部诗人的作品和评论文章，肖川也被《绿风》诗刊聘为编委。宁夏的新边塞诗具有豪放、阳刚的主体风格，同时又散发着沙枣花和马兰花浓郁的清香。后来，西部各省区的诗人大都逐渐倾向采用"西部诗歌"这一名称。宁夏列入"西部诗歌"的诗人有肖川、刘国尧、杨少青、屈文焜、马钰、王景韩、王庆、蔡锦启、赵福辰、何克俭等。这些诗人的创作，有的有较强的社会政治意识，作品主要反映新时期人民寻求奋起的精神折光；有的表现为对自然与历史的宏观把握，在写实或直抒胸臆的基础上，更多地采用自由体形式，形成浑厚、古朴、奇崛的风格。

肖川（1944— ），本名赵福顺，辽宁沈阳人，祖籍河北深县。1959年随父母支宁，1963年应征入伍，1968年复员到工厂。历任《朔方》编辑、编辑部主任、常务副主编，宁夏文联副主席，宁夏作家协会副主席，自治区政协委员，中国作家协会全委会委员，宁夏诗歌学会名誉会长等。编审。诗作发表于《诗刊》《人民文学》《上海文学》等，作品入选《中国新文艺大系》等，出版诗集《塞上春潮》《黑火炬》《肖川歌词集》《肖川诗选》等。诗作荣获宁夏第一届、第二届文艺评奖一等奖，中央电视台少儿MTV金奖等，个人荣获宁夏知识分子专业技术工作突出贡献奖。

肖川对塞上的关注，使他的诗像黄河一样宽广，如黄土地一样浑厚。诗人自认为五七言、民歌体、长短句、小令体、自由体等可以自如应用，但又意犹未尽。在这些很工稳的诗行中，他就像在塞上江南的条田中劳作一样，放不开手脚，于是在茫然之中他怀着一种忐忑不安的心情，想构造一个超越塞上江南的新天地。《中年的船，没有港湾……》被收入1983年出版的《中国新诗年编》，是肖川的代表作之一。至此，我们感知到了一个实实在在的肖川，他把许多东西纠集在一起，救世、殉道、忧患、希冀等。"我不想用固定的套数筑'风格'的金字塔，只要是便于抒情，五七言、长短句、半格律体、自由体都是我的建筑群，在多种形式中安排构思，深化主题，体现我的气骨。"①

肖川在塞上奔波，他找到的不只是诗，塞上还为他打开了心灵的一扇扇窗户。塞上这块历史悠久而又贫瘠荒凉的土地，深深地影响了肖川。在诗人全方位的跃动中，塞上的一草一木都是一个诱人的世界，都是耐人寻味的审

①张铎．塞上潮音［M］．银川：宁夏人民出版社，2007．

美对象。"精美的青铜造型与西北之风采一起出土，／拭去岁月的斑锈，／无价之宝和无穷潜力／同时发出诱人的光。／一切都不是幻想。／金川、龙羊峡、柴达木、准噶尔／连同昆仑石、天山雪／都走进蓝图，／开发，终于在西部找到重心，找到未来的希望。"（《这巍巍山这沉沉瀚海这厚厚荒壤》）从诗里涌流出来的自信心和自豪感，给诗作涂上了一层现代的鲜明色彩，更为重要的是，从这些浑然天成的奇崛的诗句中，升发出一种豪放、壮观的崇高美。这种高古的美学价值，不仅拓宽了当代诗歌的美学领域，而且集中体现了这个时代的变革运动以及与其相适应的时代风尚和美学风范。然而，在大潮之后沉思着的诗人，觉得大西北不"只是雄性的粗犷与亢奋"。由于写实写意的水乳交融，以及那种超脱性寓意的暗示，肖川的西部诗《至少有一半是女人》的抒写真正成为一种多层次的含蓄隽永的艺术形象。诚然，西部的历史有一半是女人书写的，岂止一半，这是一种不能用抽象的数字统计的无私奉献。肖川表面看似乎在讴歌女性，其实是通过这个具象的展现，旨在构成一个和大自然本身一样深邃繁复的艺术世界。雄性的西部"至少有一半是女人"，这种客观的写实，目的是超越写意的高峰。这里宣泄的不仅仅是诗人的一种认识，更为重要的是诗人把握世界的魅力以及那种从宏观角度审视人类的魅力。"忽有汲水的山姑／一挑陶罐圆滚滚若双毂，／那女子仿佛步辇车而下。／沟底，半月泉被舀瓢搅乱的宝石光／倏地就息了。只见耳环如初星／随她羝羊状沉沉地爬坡。"（《那女子住在墨染的塬上》）肖川的西部诗从宏观世界对人类意志的探索，转到了从具象领域对人类意志的问津。这首诗就是这种转折的结晶。作者把自己刚触及物象时那种新鲜而又强烈，但又处于游移不定的印象、体验及意念，即潜意识的冲动，迅速捕捉，化而为诗。由于这些情绪在诉诸形象时，已被理性之网过滤了，所以这种原始的新鲜而又令人兴奋的无意识的感觉，所隐隐张扬的是一种丰富复杂的、全方位的，可以令读者根据自己的生活经验作出多种解释的人生信息流。这样的诗比《至少一半是女人》更加丰厚，耐人寻味。甚至，肖川还想在现代诗潮与古文化的交汇点上寻找自我、把握自我。在《为什么不歌唱羊呢》中，诗人以羊作为抒写的媒介，羊沉淀着诗人的生活体验和人生感受，倾注了诗人的哲学观念和时代的风采。羊，这个富有张力的客观物象，比它本身具有更丰腴、深刻的启迪性。"马，卷起那多狼烟"，"羊，造福于人类"，这里聚合着诗人复杂的人生经验和长期郁积的情绪以及对生活中某种缺憾急欲改变的心态。羊，是引导我们思考民族过去与未来的媒介。

　　作为新边塞诗的倡导者，进而成长为西部诗的代表诗人，肖川经历了20

世纪 80 年代轰轰烈烈的时代变革。同样，一位真诚的诗人在一个特定时期的一段感情历程，正是这个时代的折光。

周政保在《理想与期待的幻觉——肖川诗集〈黑火炬〉印象》[1]中认为，就西部诗而言，肖川当属于"中间地带"的诗人，他的诗创造所体现的"质"，极其自然地沟通了两代诗人的艺术精神。他所走过的生活道路，种种精神的洗礼给他留下了复杂丰富的人生体验——对于他及其创造的诗，过去与现在都很重要。在诗集《黑火炬》中，过去与现在拥有双重的意义："既存留着过去的痕迹，也体现着今天的旋律。既感悟过去，也领略现在，历史与现实的交错出现及相互启示，造就了诗情诗意的艺术分量。肖川是一位充满了期待感的理想主义者。他的理想是什么？或他所期待的是什么？诗集《黑火炬》将会留下一个交织着痛苦与憧憬的答案。特别是那种对于历史与现实的沉重反思，虽免不了弥漫起几缕沉郁与悲凉，但总的感情走向却是对于生存景况的积极肯定，如那首《黑火炬》所感慨的：'随地壳骚动而沉陷。/因憋闷于无名压而潜心聚力。/侏罗纪的青春树已是今日黑火炬了。'从痛苦的落寞中感悟到存在的喜悦与豪迈，从苍凉的精神风景中引申出现实的蓬勃生机与灿烂前程，这就是肖川及其诗集《黑火炬》的艺术品格或诗情诗意的韵律。"

杨梓认为《黑火炬》是肖川的代表作，也是他诗歌创作的巅峰之作。诗集虽薄，但底蕴厚重，结构宏大，气势磅礴，意象奇崛，语言独特，风格迥异。在西部广阔的大背景下，透过语言的表象而深入到西部的内里，真正地把握了西部开拓进取、勇于创造的精神实质，并在诗艺上达到了"通透"的境界。无论在宁夏，还是在西部，抑或是在全国，《黑火炬》都是里程碑式的作品，是西部诗歌的重要硕果，其放射出的独一无二的诗性光芒，必然照耀着一代年轻诗人茁壮成长。

2014 年，《肖川诗选》作为"塞上文艺名家书系"工程中的一种结集出版，精选了肖川各个时期的代表性作品。瓦楞草在《浅析肖川诗歌的表现形式和现实主义》[2]中评论道：肖川的诗将独特的现实主义风格和艺术感受为一体，对早期宁夏诗坛产生了重要影响。肖川在创作中不断探索，对于诗歌的审美发生了很大变化。从他诗歌呈现的独特感受以及对中西诗艺的融合消化中，可以发现其独具匠心的创造力。这使他的诗更具感染力和想象力，无论是情感体系还是艺术表现体系都更加成熟，并且越发符合读者的审美情趣。肖川

---

①周政保.理想与期待的幻觉——肖川诗集《黑火炬》印象［J］.朔方，1992（7）.
②瓦楞草.浅析肖川诗歌的表现形式和现实主义［J］.朔方，2014（10）.

的诗歌作品，除少数在精神上或表现手法上出现过浪漫主义因素，大部分诗歌抒叙语言简明，努力再现生活，强调现实性和日常性，具有鲜明的现实主义特征。诗人根据生活体验，结合塞上特有的地域风貌，歌唱生存的意义和生活的本真，思想观点积极向上，这一点尤其难能可贵。

杨少青（1944—），宁夏同心人。1965 年参加工作，历任宁夏越剧团办公室主任兼编剧、宁夏文化艺术中心常务副主任、宁夏文联秘书长、民进宁夏区委会驻会副主委、宁夏文史研究馆馆长等。一级作家，中国作家协会会员。1973 年开始发表作品，出版长诗集《预海英杰》《阿依舍》，诗集《大西北放歌》等。作品荣获宁夏第三届、第四届文艺评奖二等奖、优秀奖（不分等），全国第五届少数民族文学创作奖骏马奖。

杨少青是一位勤于耕耘的诗人，他从小生长在"花儿"之乡，耳濡目染，非常熟悉"花儿"的形式与特点。他把"花儿"这种民间文学形式融入自己的诗歌创作中，以独特的方式找到了自己诗歌创作上的突破口。1977 年，他的第一首"花儿"体诗歌《喜庆的日子到了》在《宁夏日报》副刊发表。之后，他创作了大量抒情"花儿"体诗歌，发表于宁夏区内外报刊上。

杨少青的"花儿"体抒情诗，具有明显的民族特色。语言上以四句、六句为主，三句间或出现。结构上既遵守传统"花儿"中七字句、八字句、九字句和十字句的规格，又有大胆创新和突破。作品主要以歌颂本民族的风土人情、歌颂大西北、歌颂时代为主。诗人在《放歌大西北》"'花儿'群"之一中写道："昂起了头来挺直了腰／穿一身翠嫩的绿袍／腰缠着玉带顶花冠／好风采，天姿国娇／晴空里飞过南去的雁／田地里冒出了青苗／山根里马兰戏清风／山顶上铁电杆踩上了高跷／一缕缕雨丝织绿绦／好指望在网中闪耀／绿色的相思金色的梦／丰收果孕育在春晓。"诗人把对家乡的爱恋之情倾注于"六盘春晓"的描绘之中，六盘山在一缕缕雨丝织的网里，"绿色的相思"在做着一个"金色的梦"，既富动态又得神韵。诗人以饱满的热情，放歌大西北，情不自禁地吟唱："金凤凰起舞百鸟鸣／万花开／大喜的日子（哈）来临／六盘擂鼓（哟）群山应／宁夏川喜浪（哈）奔腾／各族兄弟笑盈盈／放歌喉／'花儿'（哈）漫上了彩云。"（《鲜花美酒迎亲人》）抒发了诗人看到改革开放以来家乡乃至大西北翻天覆地变化的喜悦之情。

"花儿"以抒情见长，短小精悍，多用来表达劳动人民内心的思想感情和纯真美好的爱情。而叙事诗，则是一种以诗的形式来刻画人物、描述故事的文学体裁。杨少青的"花儿"叙事长诗根据作品内容的需要适当延长了篇幅，增强并提高了叙事性及表现力，成功地塑造了不同类型的典型形象。表现历史上的重大事件和有影响的杰出人物，是杨少青"花儿"叙事诗所开掘的一个重要方面。两千多行的长诗《预海英杰》以西北"花儿"的形式，运用革命现实主义和革命浪漫主义相结合的艺术表现手法，形象地再现了马和福烈士光辉的一生，突出表现了马和福参加革命直至壮烈献身的英雄事迹。

杨少青的叙事长诗《火红的山丹丹》，是一部情节淡化、以抒情为主的长篇叙事诗，以"山丹丹红了"为引子，写出了"大山的女儿像大山，麦丽艳抓起了羊鞭，农家女赛过男子汉，高中生挑起了重担"。诗人紧紧抓住主人公麦丽艳在改革开放中，依靠党的好政策，由一个"牧羊女"到"女状元"，最后创业成为女经理的致富历程，塑造了一个美丽、聪慧、坚忍、倔强的妇女新形象。

无论是抒情短诗，抑或是叙事长诗，抒情都是它们的基本特征。杨少青在运用"花儿"的基本形式叙事状物、塑造典型人物的同时，紧紧地抓住"花儿"长于抒情的特点，把一腔热情倾注笔端，塑造出丰满的人物形象。在语言艺术上，他善于从传统民歌中汲取有益的营养，继承并发扬了"花儿饶比兴"的优良传统，熟练地运用了夸张、拟人、设喻等修辞手法，增强了作品的表现力和感染力。

刘国尧（1947— ），江苏南京人。毕业于宁夏大学中文系。1967年参加工作。历任西北轴承厂技术员、宁夏大学中文系教师、宁夏作家协会秘书长、海南出版社副总编辑等。中国作家协会会员。出版诗集《山丹又红了》《爱的旋律》《国尧诗选》。诗作荣获宁夏第一届、第二届、第三届文艺评奖二等奖、一等奖、优秀奖（不分等），庄重文文学奖。

刘国尧于1972年发表作品，但真正引起诗界关注的是被收入诗刊社编《1949—1979诗选》的《一号宿舍》。"等你拿起了锤，学会了锯，掌握了锉，／就要有勇气去否定！去探索！／别学我，别学我的师傅，别学我师傅的师傅，／只是把发烫的汗珠奉献给贫困的祖国。"（《别学我，新来的徒弟》）中国诗歌的守护神谢冕先生曾这样评论刘国尧的诗："在已是登上月球的时代，只会以古老的工具重复师傅传下的动作，无论这动作是何等的娴熟，这种观念的无止境的坚持的确具有悲剧性质。可喜的是，一代人已经觉醒，他们开始否定，而否定意味着前进。"[1]刘国尧睁大眼睛注视着现实生活中的人，用自己的心去感悟他们。然后又去塑造他们，因此他的诗富有浓郁的生活气息，既朴实又生动。如《红灯，多亮了半分钟》，写西北某新城的交通警察在车

①谢冕.论诗［M］.西宁：青海人民出版社，1986.

流高峰期，为保护一位残废老人安全走过人行道，让红灯多亮了半分钟的"一件小事"。

大西北广袤而又寂寥，大西北人富有而又贫穷。"粗制的海碗／盛满西部汉子的倜傥风流／和广袤里圆圆的落日碰响。"（《西部汉子和酒》）自然的冷漠无情，反而锤炼了他们倔强的个性。尽管立在戈壁，孤独地望着浑圆的落日，用辣的烈酒慰藉自己。"酒后的赤诚／挺立西部汉子坦坦荡荡的雕像。"大西北的人就是这样一群刚烈的顶天立地的男子汉。

刘国尧是一个现实主义诗人，他从来就没有停止过对生活的思考，只是手法比以前更丰富了，情感比先前更深沉了，诗境比以前更深邃了。如发表在《诗刊》上并为人称道的《网兜里的面包》。这首诗的好处，除了上述的均衡而外，还在于诗人相当单纯地把握了丰富。诗人抓住一位讲师网兜里的"一叠讲稿，加上两个面包"抒发感慨。依靠感慨，诗人才能把握带着情绪、带着形象的理性的因子，诗人的思维才能在"这一个"与"这一类"中间完成悟性的穿透。诗人相信，读者一定会跟他一样，盯视着在网兜里陪伴着面包的"一叠讲稿"，心中会产生和面包一样又酸又甜的滋味，一定会记住中国社会主义创业史上这珍贵的一瞬。做生活的歌者真不容易，因为人有尊严，生活更有尊严。刘国尧的诗歌《匹诺曹的长鼻子》表达了他针砭世情的严正态度。刘国尧诗中艺术与生活的距离耐人寻味，一般说来，那距离时远时近而倾向近，若有若无而倾向无。像这几行诗，生活的实感被凝聚，心的实感扑打着彩翼，观照、构思和抒写，与生活保持着无距离的距离。有时候，他抱着生活不放，让自己的心紧紧地贴着生活，任它撞击，任它抚弄，任它揉搓。他又以同样的力量搂抱读者，用他的心紧紧压迫着读者的心。在这方面比较典型的是叙事组诗《自行车上的加座》。这组诗反映的是 20 世纪 80 年代中国"两代人在行进中的跋涉"，是"一具独弦琴，奏出两代人的歌"。从生活上来说，一颗童稚的心在艰难中显示出的成熟，会把大人们的灵智推向懵懂的痛苦。从艺术上来说，这几行诗，将生活的实感写得很足；而由布娃娃、糖果与近视镜之间的感受差所把握的感受和意念的大幅度跌落，以一种无可抗拒的逻辑力量把人们推向爱的痛苦。

刘国尧诗歌风格已经初步形成，诗的任务是把激情变形为审美形式后再去影响读者。刘国尧有时重视生活激情，有时却忽略了对生活激情的艺术变形。诗的艺术手段，与其说是给激情自身以充分的美学意义，不如说是给那些产生激情的"能源"以充分的美学意义。因为只有后者才会使一张张冰冷的脸激动起来，进入审美的观照与体验。刘国尧的诗富有激情，具有比较丰美的艺术层次，他勇敢地培育着多种风格境界，使自己的诗成为西北旷原上根深叶茂、丰盈俊健的大树。

屈文焜（1952—　），笔名史地，宁夏西吉人。曾应征入伍，在部队服役期间就开始发表作品。历任固原地区文联副主席、宁夏大学党委宣传部副部长、宁夏画报社总编辑等。中国作家协会会员。20世纪70年代初开始创作，诗作发表于海内外报刊，入选多种选集。出版《爱与人生》《苦恋》《屈文焜诗选》《花儿美论》等。诗作荣获宁夏第三届文艺评奖二等奖。

屈文焜出生在六盘山"花儿"的故乡，又曾在河湟"花儿"与莲花山"花儿"的发源地工作多年。"可以说，我所走过的每一步路，都是踏着'花儿'的旋律行进的。从那形象、动人的词句，从那苍凉、悠扬的曲调里，我得到了爱与恨的启蒙，我更深切地理解了我的世世代代生活在黄土高原上的父老乡亲们的悲剧命运和痛苦的呼声。"①屈文焜的组诗《我是六盘山农民》中的《阡陌，我的加号》把生活的艰难、人们的憧憬、美满的生活交织在一起，通过具体而可感知的"客观对应物"反映出来，新颖别致。如"把牛车的向往／和马达的希冀"，既有时代气息，又做到含而不露。《山·放羊娃和梦》是用满怀深情的调子唱出的一支颂歌，是诗人以童心的天真谱写的心曲，委婉深沉，一唱三叹，字里行间倾注着深深的情谊。像"小羊咩咩的叫声／和泉水汩汩地流淌"，汇成一支衷曲，潺潺地流入读者的心田。"大山抱着放羊娃／放羊娃搂着小羊"，读来境界开阔，且又情趣盎然。组诗的最后一首《我在故土里歌唱》，是作者献给故乡的一曲倾诉衷肠的慢板，如诉如歌，曲尽其妙。九叶派诗人唐祈评价道："读屈文焜的诗，使人感到一种强烈的时代色彩和开放心态……为大地自由歌唱，为时代谱出新的曲调……使人感到一种真挚、灼热、浓厚的情感，而且写得优美动人。"②

屈文焜写了大量的爱情诗，相信爱情的神奇力量和真实存在，推崇爱情的理想因素。他诗中的爱情类似柏拉图的精神恋爱，纯洁高尚。他赞同"爱情的语言，是崇高的诗篇"。诗人在追求纯洁高尚的爱情时，让理性和感性综合在一起，在理性的作用下，使学者和诗人的双重品质构成半醉半醒的爱的世界。在诗集《苦恋》中，理想的爱在"青春的梦""相思的路""远方的岸"和"苦恋的歌"中弥漫。

屈文焜数十年的诗作带有特定时代的某些印记和痕迹。正如唐祈在《爱

①屈文焜.苦恋·后记［M］.上海：学林出版社，1989.
②唐祈.爱与人生·序［M］.银川：宁夏人民出版社，1988.

与人生》的序中所说的："也有一些力度不足、不够完整的诗，还有待诗人在现代诗的意识、感觉、语言的表现方法上下更多的功夫。"主要是20世纪80年代初期的一些诗歌，受当时流行的过分讲究韵律、音乐美的新格律诗的影响，尽管诗中融入了思想，但语言形式仍显得单调，不够厚重。到20世纪80年代中期，诗人的创作出现了一个高峰，无论是抒情短章或是长诗，都追求诗艺的完美。特别是一些抒情诗，写得短小精致，颇具抒情功力。如《黄河》，全诗仅用八个诗行却完成了这样宏大的题目，回避了对黄河的细节描写，着笔于生命与自然的感应契合，实写诗人感情，虚写黄河。"从天上来从地下来／从秦汉来从唐宋来／／我把全部精力投入奔波之中／奔波着诞生奔波着死亡／奔波着永别奔波着再会／／九曲十八弯的历史／浪打风吹／造就了我的男性之海。"诗人的抒情视野得到拓展，抒情方式也由初期的单一转向多元，创作出了政治抒情性长诗《青春的太阳》。他诗中的意象是中国传统诗学中的意象，注重领悟性、整体性和经验性。因对音乐有着天生的敏感，他的诗又始终追求音乐美，有时甚至不惜牺牲抒情美来突出音乐美。

屈文焜早期强调对真实生活的摹写，之后注重艺术反映生活的真实性，强调诗的功利价值，后又向表现论过渡，强调创作主体在创作活动中的主导地位和情感价值。他由衷地承认"诗是强烈感情的自然流露"，长诗是生命的真正形象，用永恒的真理表现了出来。他侧重现实环境，能够满足人的生活需要、安全需要、归属需要的再现论，侧重艺术家较能反映出人的生命本体中的爱的需要、自尊的需要、自我实现的需要的表现论。前者使诗人进入现实的人生艺术之中，后者使诗人进入理想的人生艺术之中。他对抒情形式的重视，是为了以形式的完美来呈现抒情的完美。

马钰（1957—　），宁夏银川人。曾就职于石嘴山日报社，宁夏作家协会会员。1980年开始文学创作，出版散文诗集《爱河·恨河》、诗集《九曲黄河梦》。

1980年，马钰在《宁夏日报》发表了第一首诗歌，全诗只有四行："人挥瓦刀干劲大，／灰斗里面把汗洒；／眨眼又搭两层架，／人人争着摘彩霞。"这首诗读来有点顺口溜和打油诗的味道，但就这首诗的发表，激发了马钰诗歌创作的冲动。后来，他又发表了《纳五结婚了》《考核》《新生》等二十多首诗作，或反映农村新变化，或歌颂工厂新面貌……在诗中，他自豪地说："我，一个工人的儿子／一个在黄河和贺兰山的抚育下／成长起来的强健的儿子／一个伴着沙枣树长大／憨厚淳朴的工人／一个热爱家乡、热恋生活／同样，也热恋工厂的创造者的子孙。"这种率真、单纯激情的抒发，使马钰初期诗歌创作显得缺乏内涵和沉稳。

马钰的早期诗歌《沙枣树的群雕》等作品取材于塞上景物或普通的生活场面，写得格调明朗、清灵秀逸。马钰诗歌创作的转折点在1986年。1986年7月至11月，马钰只身考察黄河，收集、整理了大量的第一手资料，亲身感受了黄河流域各地的风土人情和民俗民风，创作和发表了几十首考察黄河的组诗，被称为"黄河诗人"。诗人在《九曲黄河梦——考察黄河组诗之一》中写了"纯洁的梦""浑浊的梦""凝重的梦""蓝色的梦"四个章节。诗人从纯洁的梦想出发，真正开始了一次认真的探索。黄河在这里不仅仅作为历史的形态而存在，而是超越了具体的时空、具象的形态升华为一种人类追求美、追求理想的象征。诗人摆脱了具象的束缚，沉浸于历史长河中，达到对人类命运的整体的反思，由此诗风大变，走向雄浑、浪漫、阔大。同时变化的还有诗的句式和语言的运用。复沓的长句逐渐成为诗歌的主要句式，词语的尖新冷峭与意象的幽深共同构成一种动荡不安的阅读情境，可以明显看出作者对西方再借主义诗歌的学习和借鉴。[①]

当诗人从《六月河，孩子河》的情影里获得生命力繁盛的启示后，黄土高原跋涉的河的子孙，龙的传人们"是怎样的剽悍／又是怎样的温顺"进入他的视野，"远景的山影／近景的树林连同脚下的野草／高悬的天体／低垂的荫凉连同放飞的思绪／被太阳患有永恒单相思的烈吻掠去"。诗人的激情渐渐冷却，沉思代替了呐喊。"一个河风狂舞的夜晚孕育了一次大胆的冒险／你用过分的温柔过量的烧酒醉翻了男人／拿起火铳像男人抚摸自己一样抚摸枪身……从此男人们再谈起猎枪的尊严／你什么也不说只是和姐妹们暗暗窃笑／为男人们的愚蠢而笑为女人们跨过枪身而笑／我却为伟大的这一步醉了。"（《遥远的岸》）这种隐喻反讽的评判，使女人挣脱了"千年的礼教"和"水上人家的古训"，像男人一样扛着猎枪、背着猎物、背着骄傲"上岸"。"抒情视点的开放，审美主体的肃穆，使诗人的思维空间得到多向的拓展。"[②]

马钰还创作了像《老人·葡萄》《少女·桃花》《孩子·风车》《红梅·樱桃及其他》等灵动、抒情的诗。无论是粗犷的还是婉约的，他都多层次立体地注视着生活在黄河岸边的形形色色的人物和民族的命运，把个性生命放到时代和群体的潮流中去把握和展现。正如导夫在《裂变中的圃限与缺憾——评〈躁动的古河湾〉》中所言："基于以上的粗浅的认识，我们完全可以而且有充分的理由来证明马钰的诗已开始自觉地冲破单一诗歌艺术构造的影响，

①郎伟.负重的文学［M］.银川：宁夏人民出版社，2002.
②荆竹.在蝉蜕、裂变中梳理羽毛——论马钰诗歌审美意象的嬗变［J］.朔方，1989（2）.

以较强的艺术感染力逐步走向立体化和多极化，并以他的诗歌创作实践朝着追求阳刚之美这一艺术境界而迈进。"①

　　王景韩（1943— ），山东日照人，曾任银川市作家协会副主席兼秘书长。20世纪60年代开始创作，诗作发表于《绿风》《朔方》等刊物。出版诗集《寂旅》。诗作荣获宁夏第五届文艺评奖三等奖。王景韩对生活和人生的洞察，显示着一个诗人的自由、良知和达观的生活态度，诗之于他，更像是一种理性的思考。如《季节的相思》："秋的帷幕垂落／仍有深刻的阳光照耀／苦乐／向冬季迈着同一步伐／有一段季节的相思／已等不及越过冬季／在早霜的枝头绽放／不肯凋谢。"早霜在枝头绽放，宛如"季节的相思""不肯凋谢"。在象征性意象的流转组接中，达成了质感的美的"定格"，其中浓郁的诗意闪耀，对人生本质的参悟，被处理得内敛、经济，又让人感到诗所铸成的理趣与感觉的平衡，增添了智慧与空灵之气。

　　王庆（1949— ），曾任《宁夏日报》副刊编辑。1971年开始创作，诗作发表于《星星》《朔方》《青春》《宁夏日报》等。出版诗集《红月亮》。诗作荣获宁夏第一届、第三届、第五届文艺评奖二等奖，第四届优秀奖（不分等）。王庆的诗具有独到的感受、贴切的形象以及深沉的思想。他笔下的艺术形象是很有分量的，在感性的形象中，情感与哲理达到了诗的化合。他用诗显示了自己丰富多彩的内心世界和感情生活，从而形成了浑厚、深沉、凝重的艺术风格。如《农家的旗帜》，作者以一串串红辣椒这一独特新颖的意象来展现深沉的思想意念，于平凡的景物中，凝铸了诗人自己神圣的感情。又如《雪雨》，作品通篇像是作者絮语，娓娓道来，显得既朴素又亲近，给"雪雨"写形摹状，赋予"雪雨"鲜活的精神特征，达到了内象与外象的和谐。事实上，王庆的诗歌不但注重感受的真实、敏感和艺术细节的把握，而且注重意象的营构和感情的蕴藉。虽说一首诗往往只留下一个意象或一种意境，但作者尽量把自己的思想感情与读者融为一体，形成诗人自己鲜明独特的美学风格和艺术精神。

　　蔡锦启（1949— ），上海人，成长于宁夏固原。曾就职于六盘山水泥厂。诗作荣获宁夏第一届文艺评奖一等奖。蔡锦启的创作视觉多倾向具体质感的"此在"世界，执着人生，关注现实。诗人在《雁来了》中写道："我要把水库装点得更加秀美，／好让你映照美丽的倩影。／我要把责任田耕耘得更加丰腴，／好让你感到满意、称心……我要把果林修剪得更加整齐，／让芬

①导夫.裂变中的囿限与缺憾——评《躁动的古河湾》[J].民族文学，1989（9）.

芳的花香伴你进入甜蜜的梦境！／是的，这里还有光秃秃的荒山，／可我们已决定'退耕还林'……"这首诗发表于《朔方》1981年第5期，诗中所写的正是西海固，那时就决定退耕还林，可实际呢？在敛静、节制而低抑的词语中，不难窥见诗人对现实明显而坚忍的介入意识，且把诗的空间渲染得清新、跳脱，而诗人执着的求索精神，仍然具体、实在而又感人，充满向上的力量。

何克俭（1952— ），笔名沈思，宁夏吴忠人。历任《宁夏群众文艺》编辑、《通俗文艺家》主编、宁夏人民出版社总编室主任、宁夏民间文艺家协会副主席、宁夏文史馆馆员等，中国作家协会会员。出版诗集《新月恋》，与人合著《宁夏古诗选注》等。诗作荣获宁夏第三届文艺评奖二等奖；个人荣获1999年宁夏出版系统"先进工作者"称号、2007年度宁夏"德艺双馨"文艺工作者称号。正如他在《写出地方特色来》一文中所说的："离开了对我们的生活的地方特点的观察和研究，我们的作品就没有根，如随风转蓬，堕入模仿和因袭的混乱。有志于文学的严肃的作家，应当认真地从我们所熟悉的地方景物和风俗民情中发掘题材，从自己的脚下开出远行的路。"①何克俭正是抓住了富有地方色彩的民族特点，通过诗歌意象、地理空间和通俗清新的语言，创作出了一首首有别于他人的诗歌作品。

赵福辰（1952—2015），辽宁沈阳人，祖籍河北深县。1974年开始创作，诗作发表于众多报刊，荣获宁夏第三届、第四届、第五届文艺评奖二等奖、优秀奖（不分等）、三等奖。赵福辰在体验转化方式和话语方式上的独立性，使其在题材、情感与手法方面，形成了自己的艺术风格。《暮归》："响鞭圆圆地拴住了夕阳／心事沿着弯弯曲曲的田野小道／追赶迷路的驼铃／晚霞压低了踮着脚的小草／一缕炊烟听到草原深处热汗淋淋的蹄音。"诗人抽取了语句之间的逻辑关联，造成了巨大的寓意空白，追求一种玄远与神秘的启示意义和奇异的语言效果。后期的作品借鉴了西方现代派诗歌的某些技法，诸如直觉、通感等表达方法，但从意象的外观形式到意象的深层内涵，却是东方式的，有着鲜明的中国文化特征。诗人舍弃了语言的直白与感情的一览无余，似乎更喜欢那些奇异的、带有玄学意味的词汇，这使他的诗歌充满了朦胧色彩。

与西部诗歌有关的诗人还有井笑泉、王维堡、何新南、马中骥、陈葆梁、征明万、韩长征、薛建民、万宝琛、胡大雷、尚和平、沙新、民冰等。沙新擅长在政治抒情诗的天地中施展才能，他的《祖国，请为他们记功》《我骄

①王峰.纵横写不尽一个"情"字——评何克俭的《新月恋》[J].朔方，1995（10）.

傲我是人民记者》《我歌颂这样的补丁》等诗表现出他对时代精神有准确的把握，诗人胸腔中迸发出来的火热之情，借助诗歌形象产生了强大的艺术感染力。他的《祖国，请为他们记功》也因此荣获全国少数民族创作骏马奖。民冰的诗短小精悍，节奏感强，至今笔耕不辍，出版诗集《乡情·友谊》《岁月的划痕》。

这个群体明显的特征是以西部为背景，创作了不少或雄浑、或苍凉、或壮美的西部诗歌，大都具有较强的独立的文化精神；他们也创作了不少贴近生活的作品，抒发人生感慨。他们尽管不同程度地受到过现代主义艺术的影响，但以现实主义创作手法为主，辅之以浪漫主义。大部分作品以直抒胸臆见长，而往往失之于直白；以全盘托出为主，未给读者留下再创作的空间。

第三节　回到诗歌本身的个体化倾向

20世纪80年代的诗歌创作，呈现出强烈的艺术革新趋势。诗歌成了诗人艺术实验的对象，成了诗人探索世界、发现生活和情感抒发的方式，更重视对人的情感、内心世界的揭示。他们以强烈的个性意识出发去寻求、探索与此相适应的艺术感受和传递方式，从而打破了长久笼罩诗坛的单一化倾向，呈现出诗歌创作上多样化并立的格局。从诗歌运动与诗歌潮流的状况看，这一阶段不断出现新的分化与组合，使整个诗坛呈现出令人眼花缭乱的"无序"状态。

宁夏诗坛之所以引人注目，也在于有一批个性特色较为鲜明的诗人。他们虽然对诗歌界的潮起潮落较为关注，但很少为时尚所左右。他们大都主体意识较强，并且具有独立的文化品格，各自循着自己的审美趋向，创作着艺术个性鲜明的作品，主要表现为对寻找自我的重视、对个性价值的肯定。代表诗人有罗飞、李云峰、骆英、葛林、柳风、尹乔、白昌万、段怀颖、罗存仁、黄金龙、李劲松、马志恒等。这些诗人有的侧重于从外部世界的感受中表现心灵，有的偏重从内在的情绪体验中展示自我，当然更多的则是从主观与客体的交融中创造艺术个性和艺术风格。他们的诗不是单一的平面，而是一个立体的结构，形成了沉郁、奔放、隽永的诗风。

罗飞（1925—2016），本名杭行，江苏东台人。1943年因战争辍学，开始发表作品。曾任宁夏人民出版社编辑、《女作家》主编。编审，中国作家协会会员等。出版诗集《银杏树》《红石竹花》。诗作荣获宁夏第三届、第四届文艺评奖二等奖、优秀奖（不分等），第五届、第六届文艺评奖一等奖。

罗飞的诗语言精练、感情真挚,诚如高嵩所言:"是冻结的热,是冷凝的火。"罗飞诗作的凝练之美,不单单表现在炼字、炼句上,更为重要的是善于选择典型细节,提炼有内涵的生活片段,以点带面。《你的泪花》就集中体现了这个特点:"终于等来了/那慢慢渗出的/温润的亮光/你的嘴唇微微翕动/像默默地咀嚼着什么/不是声音打破沉寂/是那眼神屈曲的光/让我听到了/你心底的波澜。"这首诗,是诗人和曾卓于1990年秋去医院探望胡风之后所作。作者选择了胡风的泪花,折射出了太多的内容。二十多年的苦难、重逢后的喜悦以及岁月难得复返等,这一切都凝聚在这一滴泪花中。

罗飞的诗充分尊重读者的参与,使诗作显得凝练而又含蓄。在《让我聆听她的歌唱》中,诗人先从"银川的雨"着笔,又从感觉出发,写自己的心情。用形象说话,中间又留下大片空白,是这首诗的典型特点。罗飞的诗关于"火"的意象颇多,其实他的诗就是"火的抒情""心的歌唱"。这种凝练、深沉、强烈而又真挚的抒情个性,有别于其他诗人。诗人为什么神往火、迷恋火、渴求火,是"因为我经历过/太多的暗夜","因为我被寒冷/浸泡得太久",故"一星萤火/都弥足珍爱"。这是"燃烧的思想,带火的诗行"。在罗飞的诗作里,那种作为诗的生命和灵魂的感情,全部发自诗人的肺腑,是诗人生命的一种表现形式。

罗飞写了许多诸如《眼睛》《肖邦》《不朽的遗产》《生命的小草》的诗歌。写青岛医学院教授沈福彭的诗作《人的标本》被收入诗刊社编的《1982年诗选》:"不要骨灰/不要土坟/不要墓碑/不要铭文/用一副骨架/总结跋涉的一生……钙——使铁骨铮铮/磷——会爆发火花/百年千年在光明中永生。"自然而又质朴,有情有韵更有光彩。这是"一颗燃烧的心",正在"呼唤早春奔放的热情"。"诗人要打开赤诚的胸膛/要喷发透明的诗行"(《我的辩护》),直抒胸臆,虚实相生,这既是火的抒情,又是光的赞歌,更是"人的标本"。

在罗飞的诗作中,那种自然朴素而又凝练的诗句,既有他对人生的独到感受及艺术化表现,又与时代、人民之情息息相关。他似乎不屑于追求所谓的"自我表现",要说他有"自我表现"之处,那是他以"小我"更好地折射"大我"之情。最能体现诗人凝练的创作特色和时代风采的诗作无疑莫过于《银杏树》。一棵生长在山间的银杏树"树冠茂密/而枝头曲曲弯弯",何以至此,是因为"当它刚从石缝中/探出柔嫩的枝条/有多少石头把它阻拦","让不规则的年轮/盘进勤苦的身子/让沸腾的灵感/化为葱密的叶片/小手般的叶片/全都昂然向上,哦/这是感激太阳的恩惠/这是继续无畏的攀援"。这首诗与曾卓的《悬崖边的树》完全可以媲美，是反映从那个特殊年代走过来的人之心态的代表性作品，是一笔"不朽的遗产"。罗飞是一位严谨的诗人，创作量不大。他在诗集《银杏树》后记中写道："与银杏树的'生长缓慢'有些暗合。"其原因是诗人对自己要求太高。他曾说："不要轻佻地接近诗，读和写都应如此。"著名诗人绿原点评罗飞的诗时曾说："其宁拙毋俗的非凡气质迄今犹非一般趋时者可及。"①

罗飞是一个向往春天，追求太阳的诗人。闵杭生在《诗人的精神之旅——读〈红石竹花〉》②中认为，罗飞从艺术获得灵感，汲取比喻，借题发挥，抒发情感，评说人生。在罗飞的诗里，人生是艺术的精髓，艺术又提纯了人生。诗，对罗飞而言不仅是他对人生的认识，也是他对人生的艺术提纯。在提纯的过程中，他净化了自己。事、理、情、趣四项，他更重情、理，而较少关注趣味——他的趣味尽在情、理之中；人生世相是他诗的血肉，情与理是气韵，气韵充实，才血脉流畅，四肢灵动，才见出精神，见出灵魂。著名诗人绿原说罗飞以"理念的题格入诗"，以"论辩方式显示和推进自己的激情"，精辟地说出了罗飞诗歌以情与理为生命、为灵魂、为驱动力的特点。《红石竹花》中的每一首诗，我们几乎都可以感受到为诗人的理性思辨所鼓荡的感情波澜之回环递进。罗飞从艺术中发现诗，也把诗铸成真正的艺术——熔铸了哲学与美的艺术，从而把思想提高到哲理的高度。是的，罗飞的诗是新时期理性精神的反映，是诗人精神之旅的一个阶段，也是时代精神的一个侧面。现在看来，罗飞的部分诗作因被政治、时代、理性所局限，从而使其超越时空的艺术生命力受到影响。

李云峰（1945— ），陕西勉县人。曾上山下乡，后就职于《六盘山》编辑部、银川晚报社。诗作发表于多家报刊。

李云峰的诗注重形象的营造，忠实于自己的感受，显得清新而又朴实。他于1980年发表在《宁夏日报》的《相会》等两首诗是其较早的作品。其中《红花》是这样写的："红花，开得多么鲜艳，／像一团火，灼灼闪闪。／仿佛要从光荣榜上跃出，／去融冰化雪，引来新绿一片……我知道，他年红花也会枯萎，／淡淡地，甚至牵不动一瞥流连／但是，我却要说，／它们曾经装扮过明媚的春天。"光荣榜上的红花在作者笔下活了起来，仿佛具有人的灵性。由"红花"的鲜艳联想到火，由火又想到"融冰化雪，引来新绿"，令人从形象中不仅感到了美，而且体会到了榜样的力量。但青春是短暂的，

①罗飞.银杏树［M］.银川：宁夏人民出版社，1985.
②闵杭生.诗人的精神之旅——读《红石竹花》［J］.宁夏大学学报，2000（4）.

生命是有限的。诗人刚开始创作时，就充分尊重艺术规律。他总是根据自己的气质和个性，吸收自己所需的养料，形成自己独有的艺术特色。如《小城，有一伙年轻的司机》，诗人写汽车司机的献身精神，是地道的李云峰式的"拘谨但勇于献身"的方式。正是这种热烈而又不放纵的"拘谨"，铸成了诗人特有的艺术个性，使他的诗作清新凝练而又含蓄。李云峰的诗歌创作大体说来是忠实于生活的。这不止是诗人的作品拥抱了我们轰轰烈烈的现实生活，更重要的是诗人忠实于自己的生活感受，善于再现现实生活给予他的馈赠。无论他的诗清新也好，凝重也罢，他都努力使自己的诗根植于现实生活的土壤，但也有例外，如《回忆》："回忆是一种高度／从这个高度跳下去／一切过程都变得清晰／风来了就有雨　雨过了天就晴……阳光拒绝从这里走进去／看透的却永远无法拾取。"这首诗有个明显的变化，就是由凝重变得空灵，给人一种"山回路转不见君"的感觉，给读者留下了深刻的印象，令人回味，令人难忘。这是具有现代意识的诗人对人的价值、人的尊严、人的创造力的热情呼唤。又如《大森林》："走进大森林　以不同于前人的方式……走进大森林　走进我们最初的摇篮／做一个梦　结局从很远的地方／注视着我们。"以前诗人追求情景交融，现在则把情感融化在形象中，且浓缩之后又以"静"出之，因而让人感觉是空灵的，甚至让人捉摸不定。这似乎和唐代诗人王维的山水诗一脉相承，但又有区别。李云峰之静在于入世，悦情悦心，天地为庐。在这里，李云峰的静乃极动，动乃极静。何以至此，是因为诗人对世事人生有了更深的体验，动静之于他，是一种有意味的形式。他的诗也不是"山回路转不见君"，没有了信息，仔细揣摩，仍会发现那"雪上空留马行处"的踪迹。李云峰的这种写法突破了摹山绘水的格局，具有创新的意义。

　　骆英（1956— ），本名黄怒波，宁夏银川人。曾在银川四中上学，在银川通贵乡插队。毕业于北京大学中文系。曾在中宣部任职，后创建中坤投资集团并任董事长。宁夏诗歌学会名誉会长，北京大学中国新诗研究院副院长，中国诗歌学会会长，中国作家协会会员。1976年开始诗歌创作，出版诗集《不要再爱我》《落英集》《7+2登山日记》《骆英诗选》等十余部和小说集《蓝太阳》等。作品被译为英、法、德、日、韩、蒙古、土耳其等多国文字。

　　骆英的诗清新自然，语言简洁，内涵丰富，不仅有个人化信息，而且与"我"所处的时代、社会、文化、地域及民族特点等密切相关。其诗不仅能够反映时代的方方面面、个人的生命历程、民族的精神谱系、地域文化的影像等，而且是中国社会特定历史阶段的多棱镜，更是知识青年历史的多面镜。骆英的诗不仅仅是"越来越浓，以至于终有一日会痛哭失声"的"21世纪的乡愁"，更是对历史的反思，是对现代性困境的思考，也是游子"一息尚存的向上的核心价值和美学志趣"①。这种感悟的穿透力来自抒情主人公心灵和情感的力量。诗人不仅完成了个人的精神梳理，而且针对当下对现实或生活关注度减弱的情况，作出自己的思考，"最重要的是让我们由此回到简单、纯真、善良和平和"。

骆英的《知青日记及后记》，首先是用鲜活的口语写诗，具有鲜明的地域特点。诗中常常引用"不对劲""不检点""麦垛"等地方特色鲜明的词语或短语，使诗作呈现出一种粗犷的原生态之美，乡土味浓厚。喜欢用叠词与象声词，常常有一种对偶句和相对整齐的排比句式，善用比喻与拟人，节奏时快时慢。其次是采用情节、细节刻画人物。诗人致力于微观叙述，凝神于细微感触，在细节性的描述中勾勒出生活的真相，通过对事件或事情的讲述，衬托出生命在其中艰难的成长过程。在《张钢》一诗中，"他说拖拉机颠坏了腰阴天有点酸痛"，正因为张钢有这个切肤感受，所以"半路上他从麦场上扔上来几捆麦草／说坐着舒服"。这个小小的细节，不但前后照应，而且使"张钢"这个艺术形象呼之欲出，生动感人。诗人在快节奏与冷抒情的奏鸣中，表现自己对人生的感悟，这是爱的记忆的复苏，是对人生的至诚礼赞。为了看美丽的段小妹，"有一天　我从城里带回一架老式相机／她不得不站在我的镜头之前／终于我能够眯着眼看清她美丽的脸／我还说这种相机好用但是对焦太难／在她快要流泪的时候我终于按下快门／黑白照片中她的痛苦和不安更令人爱怜"。骆英的诗始终明快而又朴素，味在笔外，意在诗外，给读者留下了广阔的想象空间和回味余地。骆英是自由的、执着的、乐观的，有着很强的求新求变的意识。正因为如此，他的诗有自己的特色，是一种具有明显风格的现代诗，在最没有诗意的时代寻求诗意。正如骆英在《中国新诗需要重新出发》②访谈中表达了自己的观点，让诗歌回到诗歌艺术本身来，正确处理与时代的关系、生活的关系、个人的关系。在进行诗歌创作的时候，尽可能地回到母语的怀抱，用民族的意象、隐喻方式，对节奏和押韵的要求等方面都要考虑传统。

贺绍俊在《骆英：诗歌的无理数》③中认为，骆英的诗是一种充满着主体性的诗，他在诗歌中建构起了一个比较完整的主体世界。骆英的主体世界是

---

①骆英.知青日记及后记［M］.北京：人民文学出版社，2012.
②骆英.中国新诗需要重新出发［J］.博览群书，2012（1）.
③贺绍俊.骆英：诗歌的无理数［N］.文艺报，2014-3-21.

非常个人化的，通过两种不同的途径来证明其主体性存在：一类是通过智慧来证明，一类是通过情感来证明。他的《哲学批判》似乎是在比较诗歌与哲学的优劣。"概念在一列火车疾驶而来时被碾死了"，言外之意，哲学虽然是智慧的抽象，却还要依附于客观世界。在变幻莫测的客观世界面前，哲学的概念"只是一个弱小的词"，"一切的词就是这样死烂后再生的"。当主体性再生时，客体的"一切的马"却失踪了。在《飞翔的哲学》里，骆英深化了这一层意思，他说："好吧让我坐在我的语言上飞翔／既然我谋杀过许许多多的词语。""谋杀过许许多多的词语"，这是骆英证明自己主体性的方式，这种方式看似非常暴力，但唯其如此，才能达到决绝的境地。

耿占春在《为微物之神而歌——读骆英〈水·魅〉》[1]中认为，诗人力图保留着事物与其表象未明朗的象征意义，保留着事物的状况与人类生存状况之间的未被揭示的象征关联。事物是其自身，又保留着一种微暗的象征力量。事物组成了一个未被确定其范围与功能的意义漩涡，不停地转换、消解、重构，直至抵达其强烈的预言状态，直至产生其释疑与解答，直至一个预言重新出现。而整个《水·魅》对事物及其表象的繁复描述，对逐渐苏醒的感知层次的描写，就像诗人在不断推迟着的一个判断，不断延搁说出的预见和决心。这是在《小兔子》和《第九夜》中被怀疑的信念，被嘲讽被搁置的信念：赞美、感动和爱。

骆英的诗处处渗透着对整个人生的一种很深的感悟，具有一种形而上的味道，并富于哲理性。骆英诗歌的精神向度始终是关注现实、关注生活的。他通过主人公的叙述展开对自我感情的抒写与对难忘生活的回忆，仿佛让我们回到了那个久违的年代，感受到一种激动，体验到一种可贵，这就是精神烛照的作用。这样的生活选择，要保持独立的诗歌品质，就更需要付出艰辛的努力。诗人在保持现在与过去多重对话的基础上，进行重建诗意栖息的精神家园，让人充满敬意。骆英的诗歌创作题材、内容、手法都十分繁复，十几部诗集风格迥异。《小兔子》是一种充满忧思的近乎哲学表达的文本；《第九夜》是对时代的色情化与性事的讽刺性描写；《7+2登山日记》是他登上世界九大高峰及探险南北极常与死神擦肩而过的经历；《知青日记及后记》实写了知青期间的诸多朋友以及许多有趣而难以磨灭的往事；《水·魅》写了在时间近于停顿的状态下，一个物的世界在展开，一种隐微知觉在开始，一种意识状态在苏醒。

骆英还是一个阅历丰富、世事洞明、胸怀宽广、眼光高远的成功企业家，

---

①耿占春. 为微物之神而歌——读骆英《水·魅》［J］. 朔方，2013（2）.

他不仅喜欢写诗，而且喜欢探险，他是中国诗人中唯一一位完成世界七大峰登顶和南北极探险的诗人。他是一个不同身份之间差异性较大，且非常热爱生活的人。

葛林（1955— ），河南夏邑人。毕业于宁夏教育学院中文系。历任《黄河文学》编辑、银川市文学院院长、宁夏诗歌学会名誉副会长等。一级作家，中国作家协会会员。1980年开始发表诗作于《朔方》《绿风》等，出版诗集《年轻的太阳谷》、长篇小说《漂亮女人》、中短篇小说集《大气炜黄》等。诗作荣获宁夏第五届文艺评奖二等奖。

葛林的诗歌，往往以一个故事，或一个形象为背景，以实带虚，虚实相生，在终极的意义上给人以情感的冲击与审美感应。诗人作品中那种真挚的热情、敏锐的感受、奇特的想象，在一定程度上受到了浪漫主义的影响。他的诗把生活中听到的、见到的、触到的一切，以精练传神的笔墨，精心织就一幅"人物画"，且具有典型性，有其独到的审美价值。《年轻的太阳谷》以它的象征意义完成了葛林诗歌世界的一个美学命题。这个世界以情感的典型化塑造抒情人物，诗人的情感世界、精神世界在现实主义的创作原则指导下，呈现出具体的、可感的艺术形象。事实上，这也是葛林诗歌一直坚持的审美走向，比如《种树的人》："沿着一条绿化带／种树人一路走去／最终是他把自己的一条腿／也当作了一棵树种在高原上了／而当他把另一棵树当作腿走回家乡时／娘已过世了。"叙事风格明显，具有小说化倾向。"当他把另一棵树当作腿走回家乡时／娘已过世了"，给诗带来了画外之音和韵外之致。诗句有一种内在的律动，读着它，你会感到一种庄严的使命感在体内涌动，不能自已。对种树的人该如何评价，是诗人的思考，也是诗人留给读者的思索。

柳风（1956— ），本名刘警忠，宁夏中宁人。曾任中宁文联《红枸杞》编辑。现居北京，任《好诗选读》主编，《中国当代诗人词家代表作大观》编委，《左诗苑》诗刊副主编。1980年开始创作，诗作发表于《朔方》《诗刊》《文学家》等，入选《诗选刊》《当代精英诗人三百家》《中国当代诗歌选本》等。出版诗集《开花季节》。

柳风于1982年10月参加"塞上诗会"，1983年加入宁夏作家协会。在《文苑》1983年第1期发表《柳风的诗》（十五首），同期刊发了吴淮生的评论《白杨树怎样才能挺拔——读柳风的诗》。在《朔方》1984年第10期《青年诗人作品与评介》栏目发表了长诗《开拓者》（两首），同期刊发了秦庚的评论《一株迎着春风的新柳——读青年农民诗人柳风的诗》，受到广泛好评。柳风早期的诗尚显单薄，而后期的诗作就较为厚重，也很耐读。如《爹的恩情》：

"小时候　我吃好的　爹吃差的／上学后　我穿新的　爹穿旧的／成了家　我住的是新房　爹住的是旧房／现在　我在城里　爹在乡下／我睡的是弹簧床　爹枕的是黄沙岗／那个陪着老爹抽烟的月亮　我实在没处安放。"他的诗语言朴素，手法写实，几乎全是白描，但感情真挚，催人泪下。由此可见，情真才可能有诗，诗也才可能动人。又如《身不由己》全是写实，也用了一些现代手法，诸如"满头的风霜""失魂落魄的雪"等，但感情仍是真挚的，力透纸背。诗人不仅透过生活中的自然景象挖掘其中的诗意，而且把事物的思想深度形象地展示在读者面前，令人动容。又如《喊叫水》全诗不事修饰，语言平白如话，诗句之间的跳跃也不大，一切是那么自然，那么深情，抒发了诗人对故乡"别是一番滋味在心头"的情愫，显得特别动人。柳风的诗作，从所处理的题材和艺术方法上看，带有明显的现实主义特征。

尹乔（1959—2003），本名马占云，宁夏海原人。1983年毕业于宁夏大学数学系。曾用笔名左侧统，后期写诗坚持用"尹乔"做笔名，其原因不得而知。

尹乔是一个孤傲的诗人。他的作品集取名《骨箫》，是他发表在《朔方》2003年第2期上的一组诗的诗名，其中一首诗也叫《骨箫》："演奏大厅／突然走来一位音乐王子／他说，我已丢失了自己的箫／其他任何乐器都不适合于我／他尖叫着　谁　谁／敢献出骨头／大厅立刻陷入沉寂／王子环视一周／断骨为箫，鼓腮劲吹／其声清澈悠扬，其血奔涌翻腾／奏毕，王子倒地身亡／骨箫的余韵在血泊中回响。"从这位"断骨为箫"的王子身上，我们不难看到一位作家对艺术的决绝追求。他用丰富的想象，把"骨"和"箫"本不相关的两个意象连接在一起，创造出一个惊心动魄的诗歌场景，不但使他的文字"其声悠扬，其血奔涌"，而且也体现出作者"断骨为箫"的精神向度。

在散文和小说创作日渐成熟的时候，他华丽转身闯入了诗歌界，表现出全新的创造之力。诗人的触须沿着春天的种子无限蔓延，把西海固大地与人类的命运和自然界联系起来，营造了宏大的诗歌气场。杨梓在选编《宁夏诗歌选》时又读了尹乔的诗，却过去了十年，不禁感慨万千，写下《尹乔：一滴星星的泪》[①]，认为尹乔的诗是"在痛苦决绝之中努力绽放的预言之花，五光十色，非常绚丽。如一把在白雪里淬火的剑，发出撕心裂肺的脆响。这种脆响，正是一颗星星哭泣的声音，是一个灵魂的如泣如诉——诉说着对土地、家乡、民族的挚爱之情，倾吐着对贫瘠、干旱和缺水的生存大地的无尽忧伤。

①杨梓．尹乔．一滴星星的泪［N］．新消息报，2014-1-27.

他的诗充满了血性与骨感、果决与孤傲、不羁与恣意，诗人自身的形象傲世挺立；他的诗不拘一格，随意写就，了无雕痕，闪耀着灵性的七彩之光"。

李劲松（1949— ），宁夏贺兰人。当过教师、警察、法官。发表诗作于多家报刊，出版诗集《岁月河》。李劲松的诗有一种别样的塞上风情和不失活泼而亲切的生活味，读来让人感到清新而亲切。如《泥土的歌》："我爱泥土，我曾在泥土里打滚／我爱闻泥土的味道／因为那里有乳汁的清醇／小时候，攀树时划破了腿／妈妈捏了一撮土敷在伤口上／止住了流出的血……"这些诗句完全是口语化的语言，如果不用诗的形式，就完全是一般的陈述句，而作者就是用这样的诗句表达了一种带有别趣与童稚的情感。这种情感看似简单，其实并不简单，它是深厚而又有韵味的。

马志恒（1954— ），宁夏盐池人。1980年开始发表诗作于多家报刊，荣获宁夏第七届文艺评奖二等奖。马志恒懂得诗歌语言的简约魅力，也深知情感的节制与诗歌韵味的重要，如《在湖边》："天空有一颗星／你说：那是我温柔的心／天空有两颗星／你说：那是我明亮的眼睛／水里映着一颗星／我说：是你偷去的那颗心／水里映着两颗星／我说：是眼睛在寻找丢了的心。"语言朴素简练到极致，且一唱三叹，韵味悠远。写情感，非常真挚，又不失含蓄韵味。

白昌万（1955— ），四川开江人。宁夏诗歌学会会员，宁夏作家协会会员。1977年开始创作，诗作发表于《宁夏青年报》《朔方》《新月》等，荣获兰州军区第二届文艺作品评选二等奖，个人被银川市政府记二等功一次。白昌万的诗写得从容和自信。这份从容与自信既来自诗人的生活体验，也来自诗人对当地风土人情的了然于心与掌握其中。如《雪花》："那一天你在我的屋檐歌唱／滴答滴答，我想捧着你／捧你到心上／却捧着故乡的雨，雨中的故乡……"写微妙的感情，干净利落。全诗意象纷呈，语言质朴无华，却韵味浓厚，给人想象空间。尤其是在这首诗中，时空的变化有一种特别的力量，既是直击人心的力量，又是亲和的力量。

段怀颖（1957—2019 ），宁夏灵武人。历任灵武县交通局局长、宁夏文联办公室副主任、自治区党委宣传部副巡视员、宁夏诗歌学会名誉副会长等。1980年以来发表诗作于《朔方》《诗刊》《星星》等。出版诗集《蓦然回首》《时光里的寂静》。作品荣获宁夏第五届、第八届文艺评奖三等奖。段怀颖的诗凝练且富有知性，将丰富的情感和经验升华为知性，诗人正是借助于知性成分的有力渗透，使其诗歌超越出一般诗歌止于抒情描绘的表层，而上升到哲学的高度。"母亲说我们吃了向日葵会长得很高／走到哪里也有阳光照在身上／我也学会了种向日葵／从那时起梦里总是亮堂堂的。"丰富的人生经验成就了诗人，因而写出这么质朴而又感人的诗。

罗存仁（1958— ），宁夏西吉人。曾就职于宁夏环保厅。诗作发表于多家报刊，出版诗集《西吉月》。罗存仁善于将点滴的民俗元素吸纳入诗，意境似童谣般单纯朴素，给人以新奇感。如《山丹花儿》："从情哥哥的心肝肝里／冒出来的　从尕妹妹的酒窝窝里／流出来的　从蓝布衫衫的纽扣扣里／掉出来的　从娘老子的打骂声里／长出来的……"从这首诗中可以看出，诗歌完全使用了"花儿"的形式，由于作者对西海固土语、民俗的熟悉，写来给人以水到渠成之感。罗存仁充分利用民歌的质朴，语言率性，似冲口而出，非常具有感染力。

黄金龙（1959— ），宁夏吴忠人。曾就职于巴浪湖农场。宁夏作家协会会员。诗歌、评论等发表于多家报刊。在黄金龙浓重抒情的文字中，以自身强烈的想象力引发读者诗意的想象。如《一双熟悉的手》："我只知道有一双手一样的犁铧伸进土地里／伸进潮润润的棉袄里／伸进土地的骨头里／伸进鞭子一样抽打的吆喝里／不知道他有没有闲工夫端详一下自己的那双手……"写作手法从单一抒情到抒情、叙事、议论的多样性转化，画面摄取和诗作结构从平面到立体的深入，以及直面自身经验和深入思考的痕迹，乃至散文化的变化，必然产生多重阅读感受。

在宁夏属于这一群体的诗人还有薛秀兰、冯海泉、刘秀凡、钱守桐、乔良、邓海南、陈幼京、民冰、何英俊、田为民、高玉虎、李宗武、王天亮、周占忠等，这个群体的诗人感应客观关照自身，竭力表现对社会、人生的体验，追求对人生的感悟和反思。这些诗人的人生经历大都比较曲折，但爱祖国、爱人民的赤子之心未变，一如既往地笔耕不辍。

对诗歌创作的个性、独创性的重视，使宁夏新诗的风格朝着多样化方向发展。这种多样化，根源于不同诗人的诗歌观念和艺术方法的多元状态。诗不仅仅是对客观现象的忠实摹写，诗人独特的气质、感受和发现生活的能力，也是保证诗获得成功的前提条件。当然，诗人以一个普通人出现，真实表现普通人的感情世界，也有不容忽视的价值。从诗的取材范围看，对感情世界的表现成为一时之潮流，人的内心活动，人与人的关系，对人自身与生活环境的认识，对于民族传统精神的追寻等，都成为诗人的表现对象。总之，宁夏现代诗经历了从无到有、从零星的民歌体到全面展开的西部诗歌，再到个性化的五彩缤纷，为宁夏60后诗人的集体崛起奠定了坚实的基础。

第四节　古体诗词创作队伍亟待壮大

中国是一个诗歌的王国。从《诗经》到楚辞，再到唐诗宋词元曲，多少脍炙人口的古典诗词千古传诵。新文化运动以来，与现代诗一道并行，由溪流到江河，奔涌的浪潮一浪高过一浪。和全国一样，宁夏的古体诗词创作也经历了一个曲折的发展过程。从新中国成立到自治区成立，宁夏创作古体诗词的诗人较少，只有罗雪樵、贾朴堂、赵庚、吴淮生、秦中吟、彭锡瑞、吴宗渊等。他们大多是支宁的知识分子，有着良好的古典文学素养，也有宁夏本地成长起来的文学爱好者。改革开放为宁夏古体诗词的复兴带来了前所未有的机遇，诗词创作者日渐增多。

1985年，塞风诗社成立，石天任社长，朱红兵、吴红兵、贾朴堂、肖维章、吴淮生、秦中吟为副社长。宁夏诗词队伍壮大，诗词创作也日渐繁荣。1988年，宁夏诗词学会成立，张源任会长，石天、朱红兵、秦中吟（兼秘书长）、吴淮生（兼副秘书长）任副会长。诗词学会的成立为培养诗词文学人才、繁荣宁夏诗词创作、宣传塞上文化发挥了不可替代的作用。

1995年9月，宁夏诗词学会与银川市政府联合承办了全国第八届中华诗词研讨会，国内外一百多名专家、诗人参加了会议，对"边塞诗与爱国主义"进行了研讨。会后由秦中吟编辑出版了《重振边塞雄风》《中华当代边塞诗词精选》。这次会议标志着新边塞诗派的崛起。宁夏地处边塞，前有古人留下的不朽诗篇，后有新时期古体诗人的不懈努力，尤其是本土一些诗人的作品，在继承前人的基础上又有所创新发展，在国内产生影响，为宁夏赢得了荣誉。

新世纪之初，宁夏诗词学会组织出版大型诗词集《西部大开发诗词大典》，走在了全国诗词创作的前列。其中秦中吟、崔永庆、吴淮生、邢思颙、崔正陵、黄正元、沙俊清、刘剑虹、李玉民、熊秀英、张嵩等十一人的作品入选《诗刊》（2004年11月上半月刊），这是宁夏古体诗人作品第一次集中亮相国刊。由此，宁夏古体诗人的作品频频亮相国家级刊物，并在全国性大赛上多次获奖。作品内容也丰富多样，显露出激扬飞动、顿挫刚劲的气势，既有对传统诗词的传承，又有与时俱进的时代特色。一些作品虽以感事抒怀、咏物寄意为主，但脱离了完全个人化的浅唱低吟，题材广泛、意境开阔，既歌唱塞上的新生事物，又赞美神州大地的可喜变化，彰显时代风采。

在宁夏的诗词创作中，涌现出了一批优秀诗人，他们为新时期宁夏的诗词繁荣作出了重要贡献。他们中有的已经去世，但诗名长存，令人难忘；有的年事已高，但仍笔耕不辍，使人感动；一些中青年诗人创作精力旺盛，已成为宁夏诗坛的主力军。

吴淮生（1929— ），文学基础扎实，诗词功底深厚。他写新诗也写古体诗词，亦写文学评论，三者互补，颇有建树，是宁夏文学界的前辈。他的诗词作品多以表现宁夏山川风物、名胜古迹以及亲情友情为题，内容广泛，思想深刻，语言凝练，风格典雅，是20世纪80年代宁夏最早走向区外，在全国较有影响的古体诗人。吴淮生的古体诗词不仅种类多、数量大，而且题材广、水平高。《我国第一颗人造地球卫星升空》《题固原·海原扬水工程》《抗洪斗争赞》等就是他的代表作。思乡在古今诗词中也是一个永恒的主题。《故乡行》《回乡偶书》《秋思》《思乡》《乡情》以及以故乡的一些人和事创作的诗词占有一定的篇幅。吴淮生身在塞上，情系故土，时时都牵挂着家乡的山山水水，思念着那里的一草一木。这种牵挂和思念是一种爱的具体体现。"天际归来拭目新，万千气象更何因？弋江期有经纶手，待绣家乡处处春。"（《故乡行之赠家乡县委领导同志》）诗中更多的是希望，希望把自己的家乡建设得更加美好。处处是春，美如锦绣，是真情流露，也是真诚祝福。吴淮生的古体诗词讲求声律，注重用词，合辙押韵，章法严密，在继承中又有创新，内容多有变化，因而有较高的艺术水准。不论是诗还是词，都追求开阔的意境，很有韵味，达到了"意在笔先，神余言外"的高度。步毛泽东韵写三门峡的一组词作大气磅礴、想象丰富，堪称力作。其诗词集《吴淮生诗词选》是《旧调新声》的增版，颇能代表宁夏诗词创作的水平。诗人已至耄耋之年，仍笔耕不辍，堪称塞上诗坛的一株常青藤。

崔正陵（1935— ），江苏盐城人。1957年上海二师毕业，1958年支宁来银。长期从事中学教育，同时坚持诗词创作，是宁夏比较成熟且有成就的诗人之一。曾任中学高级教师、宁夏诗词学会副会长、《夏风》诗刊副主编。七律《景德镇瓷》曾获全国性奖项。三十多年来，先后在宁夏区内外二十余家报刊上发表诗词作品数百首，其中不少作品被海内外多种诗词选本收录。代表作有七绝《赠银川绿化大队》《西湖三墓》《景德瓷》，七律《过明孝陵》《青铜峡》《七十回眸》等。纵观崔正陵的诗词作品，内容丰富，题材多样，严于格律，精于结构，语言清新流畅，凝练简约，意蕴深沉。他尤长于七绝，往往构思精巧，言约意丰，颇富韵味。其诗风刚正、情深。自传体长诗《平仄人生》基本上用七绝写成，颇见功力。该书的修订本，从内容到形式更臻于完美。诗人熟练地运用七绝联章的方式，抒写其八十年的沧桑经历，力图通过个人命运的展现来反映一个时代的特征，艺术上有一定创新。该书的特点一是唯真唯实，爱所当爱，憎所当憎，无浮词泛语，更无阿谀取容之词；二是生活面广阔，思想感情浓烈，往往意新语工，得前人所未到，颇见功力；三是严守格律，熟练运用起承转合，注重炼字、炼句、炼意。《平仄人生》的探索和追求，是作者对当代宁夏诗词创作的突出贡献。

秦中吟（1936—2014），出版古体诗集《朔方吟草》《塞上新咏》《攀登兰山》，以及《秦克温文学评论集》《诗的理论与批评》《诗论新篇》等十余部。诗词作品曾获艾青杯奖、全国诗歌节奖、毛泽东一百周年诞辰全国诗歌征文奖等。秦中吟是土生土长的宁夏诗人，20世纪60年代开始诗词创作，其诗讲究构思，以现代汉语为基础，多吸收生活化口语入诗，多方面表现塞上山川文物、田园风光及风土人情，自觉地把新诗意象、象征、通感白描等表现手法运用于诗词，追求豪放阳刚之美，形成了清新淡远、语言朴素流畅的风格。秦中吟《晨过胜金关》运用白描的手法，勾勒出了胜金关一带的壮丽景色，语言平白如话，通俗易懂，豪情满纸，余味深长。此词从古写到今，视野开阔，遒劲有力，曲折有致，雄浑沉挚。正如诗人《冬日闻驼铃》尾联云："豪情来笔底，任我写春秋。"这首词也是秦中吟新边塞诗的代表作之一。在创作古体诗词方面，诗人努力学习并运用意象、象征、通感、时空交错等表现手法，不断加强诗词的时代感、形象性，使之空灵有致，意趣盎然。他的大量诗词作品，尤其是《贺兰雪》《塞上路》《扯旗山咏》《慈母泪》四首长诗是中华诗坛的重要收获。秦中吟的诗词作品植根民间、关注民生，反映人民疾苦，有很强的现实色彩。但他同时又是一个浪漫主义诗人，他歌唱宁夏的山川之美、河岳之美，宁夏的热土留下了他辛勤的足迹，也留下了他灿烂的诗词华章。他在宁夏诗词学会初创时期担任副会长兼秘书长，后任会长兼《夏风》主编。1990年主编出版诗词集《塞上龙吟》，填补了宁夏诗词出版的空白，反映了新时期以来宁夏改革开放、社会主义现代化新成就，热情歌颂了宁夏的壮丽山河及淳朴浓郁的风俗民情，初步显示了宁夏诗词豪放阳刚之美的艺术特色。他主编的《当代诗咏宁夏》《当代中华诗词精选》《中国西部开发诗词大典》《中华诗词文库·宁夏诗词卷》等十四部诗词集突出了鲜明的西部特色，是我国当代西部诗创作的重要成果。秦中吟扎根塞上，倡导和积极实践西部诗，被评论家称为中国"新边塞诗"的领军人物。

沙俊清（1937— ），辽宁北镇人。历任石嘴山市计委副主任。宁夏诗词学会副会长，宁夏诗词学会顾问，宁夏楹联学会名誉会长，中国楹联学会名誉理事等。创作楹联两千多副，近年来创作古体诗歌，发表于《朔方》等。出版《青山集》《青山集续》等。"天作穹庐鸥作客；海为碧野浪为花。"

（《大海》）"半环虹影，全借艳阳飞异彩；十里瀑声，且听白水起惊雷。"（《咏黄果树瀑布》）"与冰雪相亲，疏影横斜藏傲骨；同松竹做伴，繁花璀璨笑寒风。"（《咏梅》）这是楹联，其实亦诗，而且是对仗工整、音调和谐、凝练至极、境界不凡的诗。"银满山中玉满塘，梅花遥伴稻花香。漫天飘得鹅毛落，一片飞花一粒粮"（《喜雪》）；"黄莺唱曲唤新苗，紫燕衔泥补旧巢。雪化冰消园草绿，小松当比去年高。"（《喜春》）"春来塞上未为迟，红绽桃花绿映池。贪看满园春色好，鹊登杨柳最高枝。"（《小园之春》）这是其诗，语言优美，色彩缤纷，韵味十足，意境深远。

刘剑虹（1941— ），宁夏中宁人。宁夏大学中文系毕业，多年从教从政，退休后从事诗词创作，时间虽短，但早已崭露头角。宁夏诗词学会顾问、中华诗词学会会员。出版诗词集《剑如虹》《塞苑流韵》等。七律《任长霞》获"塞上清风"全国廉政诗词大赛二等奖。擅长诗词艺术的研究、探索与创作，注重深入实际，感悟人生，其作品多以凝练的笔墨，烘托出深邃的意境和宽广的情韵。诗风简洁犀利，想象奇特新颖；文字工整，质朴明达，情事合一，情理互现，熔思想和艺术于一炉，富有哲理和感染力，具有鲜明的个性。诗作或达观，或悲壮，或凄婉，或哀怨；在表达上或含蓄，或形象，或深沉。无论是谋篇布局还是遣词造句，都显示出其深厚的艺术功力，实现了景致与情怀、现实与历史的和谐统一。在创作实践中，他依据自己创作的宝贵经验，撰写了多篇具有一定学术研究价值的诗论，突显了诗人对生活的深入观察和艺术把握。

崔永庆（1942— ），宁夏中卫人。1962年毕业于宁夏大学农学系。青年时代写作新诗，中年后写诗词，孜孜不倦，常有出新之作。宁夏诗词学会顾问、中华诗词学会会员。出版诗集《绿野春秋》《秋悦平畴》《流苏集》《雪泥集》等。诗作入选多种选本，多次在全国性和宁夏诗词大赛中获奖。因长期在农业战线工作，积淀了对农村和农民的深厚感情，故近一半的诗作都是反映农业、农村和农民生产生活的巨大变化，热情讴歌社会主义新农村改革与发展的辉煌成就。他的诗风朴素真切，发乎自我，通向人心。他把艺术之根深扎于人民之中，一颗向真、向善、向美的诗心贴近人民大众。他的诗熔铸了中国古典诗词的凝练、隽永、典雅和现代诗词的清新、活泼、明丽，成为宁夏诗坛上一道风姿独异、不可多得的靓丽风景。近年来他将艺术触角伸入官场和人生体验，关注时事，老辣独到，创作多用生活化口语，朴素自然，不乏情趣、理趣，一些作品达到了情与理的和谐统一。他一直主张和坚持应以普通话的音韵为标准的白话写作格律诗词，提倡现代口语入诗。他所创作的古体诗，都使用新声新韵。

邓万（1942—　），宁夏永宁人。1966 年毕业于宁夏大学汉语言文学系。历任宁夏诗词学会会长、宁夏诗词学会顾问等，中华诗词学会会员。出版诗集《履痕韵语》。邓万有较高的文学修养和深厚生活积淀，诗词创作虽然起步晚，但起点颇高；作品数量虽少，但风格典雅、庄重，创作看好。诗人生活在宁夏，成长在宁夏，他对家乡四季景色的变化有亲身体验，垂髫居所、同伴鬓衰、车流、鲜花、风沙、碱滩、湖泊、泉水的变化都化为发自内心的诗句，形象贴切，充满生活气息。诗人的一些作品通过抚今追昔，进行时空对比，表现了他对大时代变革的把握，具有强烈的感恩思想和时代特色。诗人聪颖敏感，语出于心，句出于情，作品艺术性较强。诗集《履痕韵语》既可见其多年来心灵之旅的履痕，又可观其诗词创作的发展轨迹，语言清新，颇富韵味。

项宗西（1947—　），笔名宗西，浙江乐清人。历任自治区党委常委、自治区政协主席等。宁夏诗词学会名誉会长，中华诗词学会顾问，中国作家协会会员。出版诗词自选集《春色秋光》、诗文集《霁月清风集》《疏影清浅集》等。项宗西 20 世纪 60 年代作为知识青年上山下乡从杭州来到宁夏，从此深深扎根于斯，视宁夏为第二故乡。部分诗词作品先后在宁夏、浙江等地的报刊发表，具有一定的社会影响。他的诗作少而精，但注重形象思维，结构严谨，语言清雅，意境高远，兼有西北的雄浑豪放和江南的细腻柔情，情感真挚。往往因情设境，境由心生，笔力细腻，精妙传神，优美与雄壮兼得，显示了他作诗为文的功力和文化素质。以自选诗集《春色秋光》为例，其中突出的一个艺术特点，就是把"春色""秋光"相互交织、映衬、超越时空，在抒写江南的诗中常常嵌入歌唱塞上的诗句，在描绘塞上的词里又时时不忘填上怀念江南的妙语。虽然这种感情是复杂的，但也是炽热的，更是真挚的。因为在诗人的心目中两个故乡是同等的重要，不分彼此，都给予他人生成长的丰富营养。诗人以诗词寄托情愫，感时怀事，布景造境，铺叙爱意，热忱地表达他对故乡的痴情。这不仅仅是一种艺术的创造，更是一种情与爱的投入。他的诗作语言质朴而豪迈，境界高远而情切，常能把对江南的怀念与北国的感怀巧妙地融合在一起，效果出奇，内容出新，深得古诗写法之妙。其作品不乏婉约之韵，但以豪放为主，更具乐观主义精神，继承了盛唐边塞诗雄奇豪迈的诗风，而且在探索中进一步拓宽了诗的题材，融入了全新的社会生活内容，为当代新边塞诗的兴起、发展、壮大起到了积极的助推作用，是豪放与婉约兼得的诗人。[①]正如著名评

---

①张嵩.春花开故乡　秋月照塞上——读项宗西诗词自选集《春色秋光》有感［J］.朔方，
　2012（7）.

论家郑伯农在《春色秋光》的序中所言："他有丰富的生活阅历和诗词素养，更难能可贵的是，有大视野、大胸襟。写起诗来不矫揉造作，不故弄玄虚，用的是古典的艺术形式，说的是当代人的话语，倾吐的是当代人的心声。所以，自然而然具有鲜明的时代特征。"

张嵩（1963— ），宁夏诗词学会副会长兼秘书长，《夏风》诗刊常务副主编，宁夏作家协会主席团委员，宁夏文史馆研究员，中华诗词学会常务理事，中国作家协会会员等。少年时代即开始诗词创作，发表作品近千首（篇），作品入选四十余种选集，出版《遥远的岸》《散落的羽片》《渐行渐远集》《诗化留痕》等作品集。诗作多次荣获宁夏区内外各种奖项。"张嵩兼写新诗、诗词、评论，鉴赏写作水平较高，富有才情，由于他长期生活在宁夏南部山区固原，作品多表现六盘山区的发展变化及其山水风物，具有豪放阳刚之气。"①长篇古风《六盘山颂》荣获"塞上江南·神奇宁夏"全国旅游诗词大赛一等奖。"作品以优美的文字不仅写出了六盘山的崇高俊美，也给人以历史沧桑感和时代使命感。"②古风《重读〈清贫〉有感》荣获"塞上清风"全国廉政诗词大赛一等奖。诗作通过对方志敏七十年前所作《清贫》一文的深情解读，"歌颂了烈士'愈是清贫志愈坚'的崇高精神境界，进而批判了灯红酒绿、纸醉金迷、形形色色的腐败之风。作品立意高远，思想深刻，激情澎湃，感人肺腑。全篇描写酣畅淋漓，歌颂情深，批判腐败深刻有力，闪烁着思想的光彩"③。张嵩擅长律绝，兼及古风。前者追及盛唐，意境为先，构思奇巧，富于哲理，工于对仗；后者以歌行体见长，语言考究，一韵到底，于平常处见新奇。张铎在其诗词集《渐行渐远集》的序中认为，张嵩是一个写景的好手，也善于造境。张嵩的诗词中有关故乡风物及行旅的诗篇，除了具有一定的感情内容，也善于描写自然景物。张嵩很善于运用不同的表现手法，恰到好处地把人物的精神世界展现出来。这不但使他笔下的一个个人物血肉丰满，而且诗人的情志也因此得到很好的表现，即忧国情怀尽寄其中。

以上是当代宁夏诗词界的几位代表性诗人，为宁夏诗词的繁荣作出了贡献。还有女诗人熊品莲、熊秀莲、闫云霞，她们的作品清香典雅；马志凤、白林中、海军，他们的作品情真意切。

---

①秦中吟．宁夏诗词创作的历史现状及走向［J］．宁夏诗词通讯，2007（7）.

②秦中吟．"塞上江南·神奇宁夏"全国旅游诗词大赛作品集·序言［M］．北京：中国文化出版社，2010.

③秦中吟．"塞上清风"全国廉政诗词大赛作品集·序言［M］．北京：中国文化出版社，2007.

熊品莲（1933— ），女，字寒塘，湖南临澧人。宁夏诗词学会顾问，中华诗词学会会员。自幼深受潇湘文化熏陶，酷爱诗词。1952年中学毕业后随家人来到宁夏，并深深地爱上这片她笔下常常吟诵的土地。她的诗词创作题材丰厚、广泛，既赞颂自然美、山河美、人情美、风物美，又关注历史变迁、政治文明、社会进步。写作手法多样，体裁多有变化，兼容性较强，既有古风、近体律绝，也有长短句词和曲联；内容上既借景抒情，托物言志，又直抒胸怀，义理融情。比较而言她的五言律绝更显得心应手，语言较为简练、老到、含蓄。她的诗词就是她心灵的感应和情感历程的真实记录。其代表作品《荷塘观鱼》《晨燕》《五律二首》《寄远十首》《七律二首》《重九抒怀》，词《喜迁莺》《玉楼春》《鹧鸪天·梦难成》《长相思》，曲《双调·拔不断》等，皆以爱情为主题，情真意切，思绪绵绵，如莲之清香，沁人肺腑。

熊秀英（1943— ），女，河北涿州人。曾任宁夏诗词学会副会长、中华诗词学会会员。作品见于《中华诗词》《诗刊》等多家刊物。诗人善于借景抒情，描写山水田园、自然风光和亲情的诗朴素自然。其诗作感情浓烈，含蓄婉转，既清新直率，又英姿勃发，富有节气。善于缘情写景，长于创造有我之境，作品始终荡漾着浪漫的气息。如一诗《初春》："草木经风各自新，桃花先占一枝春。柳丝也解人间意，长蔓悠悠牵客心。"张铎认为："诗人写春，先从风写起，而这风是'吹面不寒杨柳风'，是贺知章笔下'似剪刀'的风。在这样的和风吹拂下，草木各自新。此处之'新'乃词类活用，着一'新'字，使万物充满了生机，尽得风流。诗人写桃花，先占一枝春，是形似，是画工，即画得像。而写柳丝长蔓牵客心，是神似，是化工，即写出了精神。"

闫云霞（1953— ），女，宁夏中卫人。东北大学毕业，高级工程师。曾就职于中卫铁厂、科委，建行宁夏分行等单位。《中国当代散曲》编委、宁夏诗词学会副会长、《夏风》副主编。中华诗词学会会员、中国散曲研究会会员。她学诗虽晚，但聪慧虚心，勤于探索，可谓后来者居上。其作品感情细腻、洒脱，柔中有刚，在散曲创作方面颇有成就，且在国内产生一定影响，是宁夏散曲创作的带头人，曾四次参加中国散曲学术研讨会，并向大会提交学术论文，得到与会者的好评。部分作品入选《雄浑贺兰·多彩银川》《黄河金岸诗歌节诗选》《华夏诗词奖获奖作品集》《中国诗词年鉴（2012年）》等。出版诗词曲集《云霞韵语》《沙坡头咏怀》。其代表作有《黄河金岸十二咏之河畔新居》《〈中吕·山坡羊〉退休感怀》等。词曲作品善于将世俗生活诗化、雅化，其作品是真实生活的写照和反映，语言朴实，接近口语，富有曲味。吴淮生在诗集《云霞韵语》的序中认为，《〈正宫·双鸳鸯〉缘思情闲》

"是散曲重头兼独木桥体，连写四遍，感情越写越深；同用一韵，感情也越唱越激越"。

马志凤（1937— ），河北大厂人。宁夏诗词学会顾问，中华诗词学会会员。1958 年由北京回民学院毕业支边来到宁夏，长期在中学从事语文教学。文学素养高，有一定的传统诗词基础。五十多年中，他视宁夏为故乡，深深眷恋。他在《新天府畅游》中写道："夏日晴川一色新，无边原野绿如茵。悉听座下驰高速，不禁心中叹美辰。塞北神游扬子畔，江南景赏大河滨。纵横八面观奇幻，尽享古今风物淳。"发自内心地赞颂塞上新变化，意高韵远，语言明快，有情有景，情景交融，而且遵从格律，手法严谨。《凤城民族团结碑落成》《移民开发区》《感吾妻》等，对语言、风格、特点、情感、特定环境等都能很好地把握，往往是从大处落笔，意在笔先，艺术效果明显，读之令人神往。

白林中（1953— ），宁夏银川人。宁夏诗词学会副会长，中华诗词学会会员。他自幼喜爱诗词，三十多年来创作不辍。其部分诗词作品被收入多部大型诗选集，出版《白林中诗词》《白林中诗词（第二卷）》。其诗地域特色鲜明，贴近生活，气息浓烈，而且语言流畅，音调和谐，既有传统的白描和比兴手法，又采用现代诗的隐喻与通感等方法，或数种方法并用于一首之中，意象奇绝，想象独特。他在创作上继承了前人的传统和方法，因而他写出的作品不仅有特立独行之感，而且在艺术上有所突破。如《咏莲》一首："连天碧叶画中翩，绿碎风翻倩影旋。玉臂入泥仍素净，仙葩出水更娇妍。轻姿冉冉凌空舞，华盖亭亭御浪喧。淡雅清幽非自好，一尘不染沁人间。"仙姿洁净，风格高标，诗人襟怀，证见于此。

海军（1956— ），宁夏固原人。毕业于宁夏大学政治系。曾任宁夏新闻出版广电局副局长、巡视员等。宁夏诗词学会常务理事、中华诗词学会会员。出版诗集《旅痕吟草》。他热爱文学艺术事业，善作诗词，钟情书法。发表诗歌、散文作品近三百首（篇），歌词曾获宁夏第七届文艺评奖三等奖。其诗歌以古体诗最为擅长，现代新诗也有涉猎。他创作的古体诗充分体现出对社会事件及现实生活的关注，对时代脉搏的触摸，对家乡变迁的礼赞，对历史人事的感喟。有豪情也有悲悯，善于抒情咏怀，胸襟开阔，文气浩荡。有古风雅韵、高洁精神和独特的人生感悟，作品中对自我情感的咏叹很少，而对民之维艰咏唱的大气朴实之风较多。一些作品尤其透着别致的意趣和诚心的祝福，表现出诗人的自由性情和坦荡胸怀，不溺于技法，不偏于旁门，颇有歌词之韵，体现出汉语的语意之美。

不同时期，宁夏涌现出一大批古体诗词创作者，王其桢、彭锡瑞、苑仲淑、周毓峰、李增林、魏康宁、丁玉芳、段庆林、闫立岭、马翚等诗人的诗词创作各有特点，各具风采，共同促进了宁夏诗词的发展与繁荣。

石天（1916—1993），山东郓城人。历任宁夏京剧院院长，宁夏文教厅副厅长，宁夏文联党组书记、主席、名誉主席，宁夏诗词学会常务副会长等。出版《石天剧作选》。

张源（1917—1993），河南孟州人。曾任《甘肃日报》副总编辑，《宁夏日报》总编辑，自治区党委宣传部副部长、部长，自治区政协副主席，宁夏诗词学会首任会长等。出版《张源诗词集》。是宁夏诗词学会创立时期的主要领导人。

王拾遗（1917—2006），辽宁辽阳人。历任宁夏大学教授、宁夏作家协会副主席、宁夏文学学会会长、宁夏诗词学会顾问等。出版《白居易论》《元稹传》等。是宁夏从事诗词研究的著名学者。

高锐（1919—　），山东莱阳人。历任兰州军区副司令员兼宁夏军区司令员、自治区党委第二书记、解放军红叶诗社社长等，少将。出版《行吟集》《居吟集》等。

王其桢（1920—2001），河北元氏人。先后在宁夏文教厅、宁夏人民出版社工作，曾任宁夏诗词学会常务理事、顾问等。出版诗词集《紫塞驼铃》，记录了诗人跋涉塞上的坎坷经历和情感历程。其诗品如人品一样厚道崇高，韵味如驼铃一样悠扬。写给妻子的组诗情真意切、十分感人。

丁毅民（1921—2009），山东沂水人。曾任自治区政府副主席、自治区人大常委会副主任、宁夏诗词学会名誉会长等。出版《丁毅民诗词选集》等。

刘沧（1921—　），山西吉县人。曾在宁夏军区工作，曾任宁夏诗词学会顾问，中华诗词学会会员。刘沧是一名抗战老兵，其诗风豪放，情感爱憎分明。出版诗集《晚晴吟》。

林锋（1925—　），广东揭阳人。黄埔军校第四分校十九期学员，宁夏黄埔军校同学会副会长，中华诗词学会会员，曾任宁夏诗词学会顾问。出版《林锋诗选》。

焦达人（1925—1998），陕西宝鸡人。长期在宁夏南部山区任教，曾任宁夏彭阳县政协文史委副主任等。是新时期宁夏南部从事诗词创作较早的诗人。

王祖旦（1925—2003），山西兴县人。历任宁夏民盟区委员会主委、宁夏社会主义学院院长、宁夏诗词学会顾问等职。出版《斐然诗集》。

彭锡瑞（1926—1997），湖南桃江人。曾为宁夏诗词学会理事、中华诗词学会会员等。诗作主要讴歌新中国、新宁夏的建设，作品贴近时代、贴近现实社会生活，文字厚重而苍劲，格律考究严谨。与胡清荷合著诗词集《湖海诗情录》。

李萌（1926— ），安徽临泉人。曾任宁夏日报社记者、编辑、主任，主任编辑，宁夏诗词学会顾问，中华诗词学会会员等。是宁夏诗词学会创立初期的知名诗人。

苑仲淑（1927—2004），女，河北安平人。曾为宁夏诗词学会常务理事、中华诗词学会会员等。诗作多歌颂社会主义现实生活，政治热情饱满。一些描写亲情、友情的诗味道醇厚、感人至深。诗词集《秋叶篇》具有一定影响。

周毓峰（1928—2016），湖南益阳人。1949年参军来宁，1998年回原籍。曾为中华诗词学会会员、宁夏诗词学会副会长等。其前期作品大多反映宁夏建设，也有自己从军的体验、感受。古风长歌《塞上行》反映了一代知识分子的沧桑命运、百折不挠的意志，透视时代的巨变，具有较强的思想性和艺术性，是当代豪放壮美的边塞诗的代表作品。

张程九（1928—2016），安徽泗县人。曾任中华诗词学会会员、宁夏诗词学会副会长等。出版《晚晴室吟草》《雁韵鹅声》等诗词集。作品题材广泛，气象万千，诗笔所向，触及社会各个层面。曾在宁夏老年大学担任诗词教员，培养众多学员，为宁夏诗词事业作出了贡献。

张苏黎（1928— ），河南固始人。宁夏武警总队副师职离休干部，曾任宁夏诗词学会顾问。出版《冰白诗词选集》。

王慧君（1929— ），河北鹿泉人。曾在"三北"防护林建设局工作。曾为宁夏诗词学会名誉理事。中华诗词学会会员。

陶玲（1930— ），女，浙江绍兴人。曾在天津三联书店、人民文学出版社工作，后调至宁夏银川任中学英语教师。曾任宁夏诗词学会名誉常务理事等。中华诗词学会会员。出版诗集《晚荷集》。诗作多从心灵流出，创作颇具才思，语言质朴，感情真挚。

唐麓君（1931— ），湖南零陵人。治沙专家，长期从事治沙工程建设。曾任宁夏诗词学会副会长等，被称为"大漠诗人"。出版诗词集《麓君吟草》等，主编《沙海诗林》系列丛书。诗风浪漫，像沙生植物般淳朴自然。

王文景（1932—2012），宁夏平罗人。曾为宁夏诗词学会名誉理事、中华诗词学会会员等。五十多年笔耕不息，诗词严守格律，笔力遒劲，表现新农村建设的田园诗有声有色，在诗词创作方面扶持和带动了不少新人。

杨石英（1933— ），女，湖南邵东人。曾参加抗美援朝，转业后在宁夏地方企业工作。曾任银川西夏诗社社长、宁夏诗词学会顾问、中华诗词学会会员。著有诗集《秋韵》等。作品多带有军旅色彩，诗风豪放，境界脱俗，语言凝练苍劲，格调高昂。

李增林（1935— ），北京人。历任西北第二民族学院院长、自治区政协副主席、中华诗词学会会员、宁夏诗词学会顾问等。出版《离骚通解》等。诗作立意宏大，境界高远，贴近现实，关注国计民生，诗风典雅，语句凝练。其《红豆吟》韵味浓郁、情意缠绵，堪称精品。

杜桂林（1936— ），河北滦南人。1962年毕业于北京大学中文系。曾执教于宁夏大学中文系，退休后在宁夏老年大学讲授诗词，为宁夏诗词事业的发展作出了积极努力。其诗词集《秋风》题材广泛，意境开阔，讲求格律，达到一定的艺术水准。

任登全（1936— ），宁夏平罗人。曾任平罗诗词学会会长。宁夏诗词学会顾问、中华诗词学会会员。长期从事教育工作，知识面较宽，参与意识强，勤于写作，诗艺日渐提高。七律《卢沟桥》概括准确，荣获由毛泽东诗词研究会主办的中华魂诗赛三等奖，是宁夏纪念抗日战争七十周年的力作。长期从事基层诗教工作，为平罗县诗词发展作出了重要贡献。出版《诗韵春秋》等。

黄正元（1944— ），宁夏银川人。曾任中华诗词学会理事、宁夏诗词学会副会长。宁夏诗词学会顾问。多年从事林业工作，熟悉六盘山区林业生活。诗情饱满，贴近实际，具有浓厚的地域特色。代表作《六盘山长征纪念亭》《世纪钟》在艺术创作上有一定探索和创新。出版诗词集《七彩年轮》。

李贵明（1946—2014 ），河北威县人。曾任中华诗词学会会员、宁夏诗词学会副秘书长。长期从事地质勘测工作，有较深厚的文化积淀，作品大开大合，气势豪迈。几首《咏秋》典雅含蓄，颇有韵味。

魏康宁（1948— ），陕西咸阳人。曾任宁夏纪委副书记、自治区党委巡视组组长等。宁夏诗词学会会长，《夏风》诗刊主编。其作品写实性较强，关注重大题材，贴近生活，倾情民生。组诗《隆德马社火》等诗作格调高昂，语言铿锵，具有鲜明的时代风格，是新时期边塞诗的力作。

薛建民（1948— ），宁夏中宁人。曾任神华宁煤集团原宣传部部长、宁夏诗词学会常务理事、宁夏毛泽东诗词研究会常务副会长等。多年从事理论宣传，业余创作新诗并兼写古体诗词。诗作朴实清新、生活气息浓厚，有很强的现实色彩，真诚感人。著有多部诗文集。

丁玉芳（1952— ），女，陕西户县人。宁夏诗词学会常务理事、副秘书长。曾在《中国诗人》《古风》《千千》《国学论坛》等著名网站发表大量诗作。《五古·故居怀感》《月下恩》《四季风》《叹金陵》等诗词入选《中国诗人网站诗歌精选》等。诗风明朗、张扬，是宁夏网络诗人的代表。

李玉民（1954—），宁夏中宁人。曾任宁夏煤业集团公司副总工程师。宁夏诗词学会副会长。专攻词作，集中表现煤炭行业，热情有如煤炭燃烧，富有时代气息，文采斐然，真情感人。出版词集《心旅四十载》。

邓成龙（1955—），四川三台人。宁夏诗词学会副会长、宁夏毛泽东诗词研究会副会长。其诗词作品格调高昂、意气豪迈，语言质朴。古风作品如行云流水，娓娓道来，颇见功力。出版《诗词吟赏集》。

潘万虎（1957—），宁夏中卫人。曾任宁夏地质局副局长，宁夏诗词学会顾问。其诗词作品内容丰富，境界广阔，关心时事，倾注现实，情景错落有致，语言朴实无华却充满真情，是近年宁夏旧体诗坛高产诗人之一。

段庆林（1963—），宁夏平罗人。宁夏社会科学院副院长，经济学研究学者。宁夏诗词学会副会长。所作诗词曲语言鲜活，平实质朴，接近口语，生活气息较浓。作品多有创新，风趣幽默，每有出彩力作，令人耳目一新。出版古体诗词曲集《念珠集》。

闫立岭（1966—），河北清苑人。宁夏诗词学会副会长。在从事核工业勘察之余进行诗词创作。作品构思严谨，讲求格律，诗风明丽，注重意象，一些诗词作品达到较高的艺术水平。曾获"中国·宁夏黄河金岸诗词赋联大赛"优秀奖。出版《雪海梅河诗文集》。

马翠（1969—），女，山东郓城人。主任医师。宁夏诗词学会常务理事、副秘书长，是近年涌现出的有创作实力的女诗人。诗词作品清丽婉转、纤巧灵动，律绝多抒感慨，不乏佳作，词令每有怀思，寄托深远，颇得古意却常常出新，奇而不俗，雅致有度，有一定的创作潜质。

出生于宁夏西吉县的诗人马建国，虽生活拮据，但钟爱诗词创作，其住房四壁贴满了他的诗词。其作品朴实无华，却有震撼力，大多都是对宁南山区农村生活的真实写照。女诗人杜枚同样生长于宁夏南部的固原，受历史文化的影响，喜爱诗词，诗风含蓄婉丽，古意盎然，虽有唐宋遗韵但又寄情于现实，意蕴深远。余秀玲的诗词隽永明快，善于借古喻今，寓意深刻，热心诗词事业，为人执着。侯玉红的诗作充满生活情趣，深受古诗词意境的影响，设境奇妙，语言独特，自成一格。许金平是一位年轻有为的书画家，诗词作品虽不多，但如其书其画绚烂多姿、光彩闪动。

总而言之，宁夏的古体诗词创作在继承祖国优秀传统文化的基础上，扎根塞上沃土，紧跟时代步伐，敢于探索进取，不断推陈出新，已成为宁夏文艺百花园地一簇鲜艳的花朵。宁夏古体诗词创作的群体已经形成，更需要树立精品意识，打破藩篱，形成独特风格，为宁夏诗词的丰富和发展作出独有的贡献。

古体诗词是塞上及宁夏诗歌主要的组成部分，在宁夏诗歌发展史上占有重要的地位。新中国成立以来，现代诗适应时代变迁、社会生活、语言环境的要求，发展尤其迅猛。新世纪以来，尽管从事古体诗词创作的诗人众多，但在"出诗人，出诗作"方面有几个突出的问题值得深思。在诗人方面，宁夏大部分诗人是赋闲而吟旧体，如同养花遛鸟，未下"两句三年得"之功。尤其是青年诗人青黄不接，能写古体诗词的60后、70后诗人已是屈指可数。在诗作方面，宁夏现代诗经历了政治抒情诗、民歌加古典诗词、西部诗歌、个体化创作、日常性写作等不断发展，而宁夏古体诗词创作还在高举"新边塞"的旗帜，这势必会影响古体诗词的多样化发展。同时，宁夏古体诗词的个体化倾向并不明显，而应时应景之作倒是数量众多。所以，针对从事古体诗词创作的宁夏诗人而言，人格独立和思想自由则显得尤为重要。

第五节　独具诗美意味的 60 后诗人

中国 60 后诗人之于 40 后、50 后与 70 后、80 后诗人，是现代诗发展阵容最强、派系最多、成就最高的中坚力量。他们在"后朦胧诗"时代占据了中国诗坛不可撼动的地位，为现代诗的继往开来作出了卓越贡献。60 后诗人受过良好的教育，继承中国优秀传统文化，又受翻译诗的较大影响，他们身上既有传统与先锋的并存，又有中西文化思潮的融合。60 后诗人突出强调诗歌的自主性，将对日常经验的关注和诗艺的自觉联系起来，在诗歌艺术的探索上丰盈、准确、成熟，使现代诗呈现出百花竞放的繁荣局面。

宁夏 60 后诗人总体上继承传统诗歌精神，注重批判现实主义、历史抒怀的浪漫主义、都市日常写实的审美倾向。沉潜于对象内部，并力争寻求外在与自我心灵之间的契合度，是其总体特征。为了分析论述方便，现将 60 后诗人分为三个方面：一是在全国产生一定影响的诗人；二是在全国性及省级报刊发表过大量作品，并始终坚持诗歌创作的诗人；三是因工作、生活等原因转战其他领域，同样颇有成就的诗人。

宁夏 60 后诗人在全国的诗歌大背景下从事创作，他们经历相似，阵容整齐，人数较多，所以其作品大多表现的是对生存环境的忧思和对精神家园的追求，具有豪迈、劲健、旷达、悲慨、壮美、质感等特点，并且日益显示出沉静、淡泊、内向的潜质。①但他们与其他地方60后诗人的区别在于，在心灵失去根基之后，在寻求精神力量支撑的无果之后，在前行中无奈地又哀伤回眸落日下的村庄——精神的归属之地，显示出了批判现实主义的精神传统。一方面，他们生长于黄土高原，灵魂深处镌刻着农民的情感，深知生的艰辛与沉重；另一方面，他们对鲁迅文学精神的认同已成为一种深刻的精神映照，始终坚持直面现实并且充满忧患意识，因而面对日新月异的社会，他们不至于迷失自己而流向私语化的靡靡之音。而这一审视现实的气质，又使他们的诗作普遍具有理想主义特征，具体表现为对"实写"和"史诗"的追求。"实写"在此不是诗人以史诗的篇幅反映了宏大的社会现实，而是透过现实对未知世界的表达和预见，既体现了史的严谨，又彰显了诗的灵动。

从诗歌地理学认同的角度来讲，宁夏60后诗人大致可以分为两大类：西海固诗群和川区诗群。

西海固诗群是围绕六盘山和黄土高原这一区域进行创作的诗人群体，他们相对独立地行走于六盘山的周围，坚持本土化的写作立场，弘扬民族文化，继承了中国古典诗词创作的优秀传统，并对西方现代主义和魔幻现实主义的创作手法有所借鉴，写出了大量既有较深的思想内涵又有较高艺术价值的诗作。这在全球化经济浪潮的冲击之下，显得更有特点和意义。概括来说，西海固的诗歌呈现出本土化、民族化和传统化三大特点。②尽管海原县在行政上划归中卫市，但诗人的创作倾向仍属西海固诗歌。他们在诗艺上各具个性，但在价值期许上几乎见证了从"朦胧诗"至今"村落终结"的整个乡村社会变革过程，对过去的挽歌、缅怀也罢，对今天的伤感、忧患也罢，都渗透着浓重的人文主义关照情怀，也大写了这个时代给西北边远地区乡村世界带来的巨大创伤。

川区诗群是围绕贺兰山和河套平原这一区域进行创作的诗人群体，他们敢于打破经营多年的创作模式，打破业已形成的风格，对西方现代主义和后现代主义创作手法有所借鉴，似乎一直在寻找一条最适合自己的创作之道。比如贾羽的诗由流畅到艰涩，由清新到沉重，由浅显到深刻，其间他在喜此伤彼的两难抉择中经历了怎样的阵痛，他的诗具有心境化、民间化、口语化倾向。③而一批诗人先后从西海固调到银，为川区诗歌带来了活力。他们视野较

①杨梓.宁夏青年诗歌创作简论［J］.宁夏大学学报，2007（6）.
②杨梓.西海固诗歌刍议［J］.宁夏大学学报，2002（5）.
③杨梓.宁夏青年诗歌创作简论［J］.宁夏大学学报，2007（6）.

为开阔，接受新生事物较为容易，敢于尝试新的创作方式。其诗相对于西海固诗歌所特有的焦虑在慢慢减少，较之前显得恬静了许多。

这不仅是两地文化属性的差别，一是深受中原传统文化的影响，一是移民文化的互相融合，更是两地不同乡村境况的写实主义表现。他们在南北两端，构成了宁夏诗坛的两股强大势力，也不时撬动着西北乃至整个中国诗坛向西北移动，与西部诗歌一道成为中国诗歌的主流之一。

关于历史抒情诗，在宁夏诗人中最突出的当属杨梓和邱新荣。杨梓出生于固原，十八岁考学到银川，一直在银川工作生活，但固原编辑的诗选都收录了他的诗，所以他属于哪个诗群似乎都可以。邱新荣属于川区诗群，迄今为止所写的历史抒情诗，总括在"大风歌"的总标题下，共计出版有二十多部，无论写人写事还是写物，究其实质，诗人实则是以一种批判现实主义的态度，以史为鉴或以史为镜是其处理一切历史材料的经纬和枢纽，着眼于微观物象，下笔却成宏观批判，这是杨梓与邱新荣诗学选择的区别。

当然，除了地理、历史的类别而外，宁夏 60 后诗人中，还有为数不少的诗人倾向都市日常人生和个体心灵的细微波动上。对日常人生的关注，从审美风格上来看带有后现代文化色彩，诗句轻逸而灵动，需要以审丑、审恶、审假的思维来读，因此大的方面可看作对现代都市病的表征。但这一类诗歌有时会流于琐碎与无聊，有点"失去象征的世界"（耿占春语）的不足。对个体心灵抒写主要集中于 60 后女诗人，她们注重直觉呈现，诗句也多婉约哀伤，在日常生活的缝隙中表达诗人脱俗的理想追求，在如梦如幻的理想世界中又多夹带流俗的现实议程。与全国前沿女性主义诗歌表达相比，宁夏 60 后女诗人的女性意识并不缺乏，但缺乏的是观照、审视当下生活的"主义"。

尽管如此，宁夏 60 后诗人的创作成就，仍然是宁夏现代诗具有诗美意味和研究价值的一支强劲力量，他们集体创造的这几个强悍诗美写作维面，即使放到西北乃至全国来衡量，无论诗语修辞、主题掘进、价值输出，还是个体精神气质、主体性体验感知以及对时代变化的哲学观照与审视，他们中的许多人都堪称一流。他们娴熟而周正的审美情趣，深入而富有的地域民间文化特色的经验组织，继承并发扬中国古典诗词的优良传统，尤其是每个诗人的创作风格迥然不同，有理由成为宁夏、西北乃至全国今后诗歌发展的新经验。

宁夏 60 后诗人在全国产生一定影响的诗人有李春俊、虎西山、杨森君、梦也、杨梓、牛红旗、冯雄、杨云才、王怀凌、张联、雪舟、单永珍等。

李春俊（1961— ），曾用笔名李淳之，甘肃平凉人。1982 年毕业于西北民族学院汉语系。先后在甘肃省平凉地区行署民委、平凉日报社任职。1985

年至 1992 年在宁夏文联《朔方》编辑部工作。1992 年调往深圳宝安区工作。广东作家协会会员，深圳市宝安区文联副主席，宝安作家协会主席。1980 年开始发表诗歌作品。1986 年参加第二届全国青年创作会议。出版诗集《西北诗篇或者深圳歌谣》《抵达之谜》《喜马拉雅以北》、长篇小说《谁比谁坏》、中篇小说集《深圳的城里城外》等。

在李春俊的诗集《西北诗篇或者深圳歌谣》和《抵达之谜》中，相当一部分都是写大西北的，即便是写深圳或其他地方的诗，也时不时透出对大西北的魂牵梦萦。比如看到深圳下了一场大雨，他就想到了西北干旱的黄土高原："多么浪费／以西北人的心情看这场暴雨／痛心而惋惜……下雨的时候总想／自己是那遮天蔽日的云／把这雨水接住／飘到西北黄土高原／下一场透雨。"这首《伫立在暴雨中的深圳街头》，诗人在潜意识里"把对大西北的牵挂情不自禁地流露出来，使一场暴雨在痛心和惋惜中有了温度"①。李春俊的诗充盈着江南雨，有一股柔韧的温暖，也深藏着北方情结，有"西北风"的味道，还有一点小小的忧伤。"一树紫红的梨／如小小的心脏／被绿叶子藏着／叶子太小／总是藏不住／那些美丽的心脏／活泼地在风里起伏。"(《石舒清家的后院》) 这里蕴藏着诗人丰富的情感，读来使人悄然动容，感怀颇深。诗人身在南方，精神却始终游走在北方，把最美的"愿望"藏在心里，"点燃了十个手指"，烈焰浓情溢于言表。

透过《真相》，人们仿佛看到"远离高塬之前……我是不可挪动的树／我的枝叶承接着灵魂的泪水／我们仰望时／却没有你的眼睛／……实际上，我坚持在别处／是一柄走动的双刃剑／一次次割伤黑暗／也一次次割伤自己／这真相储放在蓝天之上／亲爱的同胞无从觉察"。诗人从大西北到深圳，像一柄"走动的双刃剑"，"一次次割伤自己"，用灵魂承接着不能觉察的泪水，用诗歌抒写着生命的抵达。由西北到深圳，由深圳到西北，再到西部，诗人把目光投向了《慕士塔格峰新月之夜》《卡拉库里湖》《玉龙喀什河》，"万丈红尘"从他"脚边漂远"。这注定了诗人的魂"是不可挪动的树"，诗人的心却横跨南北，紧贴着地面飞翔。

《喜马拉雅以北》是一部描述中国藏地自然之美、人文之美的诗集。作者历时十多年，前后数十次行走于中国西藏、青海、甘肃、四川、云南等地，在世界屋脊上，完成了属于诗人自己的中国自然诗歌之旅。诗人心怀谦卑与敬畏，体察自然的美好、人民的高贵、精神的丰饶，诗行跳动着一颗赤子之

① 石舒清. 守护心叶——读李春俊《西北诗篇或者深圳歌谣》[J]. 朔方，2011（1）.

心——简单、辽阔、干净、温暖，常常信手拈来，却又特立独行。

著名评论家谢有顺评价道："李春俊与大自然中繁衍生息的风物人文，有一种深切简明、天然质朴的关系。他纯直温暖的诗歌意蕴和辽远包容的人文情怀，充分展示出他作为大自然之子的谦卑、宽阔、安静、丰饶。这些闪烁在《诗经》和唐诗里的气质，使这部诗集成为诚恳而充满暖意的汉诗文本，从而和当下喧嚣的世事、孤冷的人心，形成一种别有意味的对照。"

虎西山（1961—　），宁夏隆德人。曾任固原师范教师、宁夏师范学院艺术系主任等。宁夏诗歌学会名誉副会长，中国作家协会会员。1985年开始诗歌创作，诗作发表于《诗刊》《星星》《十月》等，入选《诗刊·中国新诗选刊》等。出版诗集《远处的山》。诗作荣获宁夏第六届文艺评奖二等奖。

虎西山是宁夏60后诗人中抒写人性美、乡土美、乡情美的重要诗人，同时贫弱的现实乡村又使诗人的怀乡含有太多的苦涩。乡土的温馨与宁静给了诗人丰富的诗歌养分，也成就了诗人的创作。他的诗秉承传统诗歌写意、点染的手法，而且每首诗都能成为一幅乡村田园画。正如诗人所言："当我们向其他民族学习的时候，万不可妄自菲薄，把自己民族的东西丢掉。中华民族有五千年的历史，我们没有理由不自豪，更没有理由不自信。"

虎西山对古典主义和乡土写作的坚守，寄托其对乡情的眷恋和对乡村生活中的人性美、人情美、自然美的赞颂。白军胜在《论虎西山诗歌的乡村情感》[1]中认为，虎西山的乡土诗歌，不但对家乡的老百姓和母性乡土进行了细腻的描绘，而且在他的诗歌中还有对普通人命运的深情关注，如《爆米花的老人》《修鞋的人》《乞丐》《猎人》《铁匠》《种葡萄的老人》等。这些普通人，有些生活在城市，有些生活在山里，虎西山深情地关注他们的生活与命运。这些普通人仍然是农民，环境并不能改变他们的生存状态。他们离开村子，去城里寻找生计，他们仍然是"永远忙碌着／甚至顾不上吐掉嘴里／那半截已熄灭的烟头"（《修鞋的人》）。农民勤劳淳朴的性格在他们的血液里永远流淌着，勤劳是他们的本分，"雪还没有融化／春天还没有来／小城里的孩子／就已经看见爆米花的老人／出现在街上"（《爆米花的老人》）。诗人以写实的笔调，以现实主义的风格，面对人生，深情地关注普通人的命运，描写他们的生活。

虎西山追求神韵与意趣，空灵而宁静，是具有当代意识的新山水田园诗。杨梓在《宁夏青年诗歌创作简论》[2]中把虎西山列入传统化创作倾向的代表诗

---

①白军胜.论虎西山诗歌的乡村情感［J］.朔方，1998（7）.
②杨梓.宁夏青年诗歌创作简论［J］.宁夏大学学报，2007（6）.

人，认为虎西山深受中国古典诗词的润泽，深得其中三昧。他的诗简约而朴素，依稀可感陶渊明、谢灵运的明白流畅、兴味隽永的遗风；他的诗淡雅而老到，因为淡雅可以营造远境，而老到则是有一点仙风道骨的味道，促人揣摩他"作诗无古今，唯造平淡难"的良苦用心。虎西山的诗风谈不上深刻浑厚，但也清逸高远，猛觉有韵味在其中，细一思索又不尽然。这种顿悟常在、凝思则无、只可意会、难以言说的镜外之象，正是诗禅一体的韵味。虎西山笔法的老到源于一种隐于山野的道家袖风，明明感到他有技艺运行其间，却难觅其迹。《高原看云》是一首较好的诗，暂且不管前面如何铺叙，就看这几句："曾经的大起大落／已然变得轻松／变得婉转——／只有心里头装得住风雨／才能欣赏一种云彩的平淡。"已使该诗挺拔了许多，写出了沧桑之感，袒露出一种宽广的胸怀，营造出一片博大的气象，由个体的人生经验出发而达到普遍认同的彼岸，这是诗的奥秘所在。《礼佛》可以说是虎西山写得最有味道的一首诗，尤其是最后一节："佛啊　请原谅／我是一个俗人／太阳底下的影子／能短　能长。"正因为承认"我"是一个俗人，才恰恰有了超凡脱俗的可能；每个人都有一个家，但离家出走了，并且越走越远。如何寻找本我，在前行中回归，是诗人和诗歌共同面对的难题之一。

杨森君（1962—），笔名杨迈，宁夏灵武人。就职于灵武教育局。宁夏作家协会理事，宁夏诗歌学会副会长，中国作家协会会员。20世纪80年代中期开始诗歌创作，诗作发表于《诗刊》《人民文学》《新大陆》等海内外期刊，入选众多选本及《诗选刊》年度大展。诗歌《父亲老了》被国际文凭组织中文最终考试试卷采用。出版诗集《梦是唯一的行李》《上色的草图》《午后的镜子》，中英文诗集《砂之塔》等。诗作荣获宁夏第五届、第六届文艺评奖一等奖，《飞天（1985—1995）》诗歌一等奖。参加诗刊社第七届"青春回眸"、第四届中国诗歌节、第四届青海湖国际诗歌节。

杨森君是个有着潮流意识的诗人。他选择了一条与稳健、传统的宁夏诗坛的整体诗风不同的道路，才得以成就他"个色"的特征。

与60后宁夏主流诗人所追求的超验、崇高、抒情诗风不同，杨森君的诗歌充满了人间的烟火气息，世俗化、日常化，有着强烈的私人化体验。杨森君的诗接近日常生活，以直叙入诗，以紧贴生活的方式来感悟生活，从一个普通生活者或存在者的视角去感悟生活，或探寻生活的理趣，或惊现现象背后的哲思，或再现生活本身。杨森君从开始诗歌创作就有意探索日常生活中的理趣与哲思，这主要体现在一系列短诗中。诗人通过直觉体悟日常生活中不经意间的诗意，进而传达一种理趣与哲思。如《成功者》："有人砍倒了／

一棵树／然后，骑在树身上／说／我终于爬上这棵树了。"如《喻一种爱的方式》："一颗优秀的果子／因为怀疑它有虫子／你我层层地削／削到最后／没有虫子／果子也没有了。"如《毕业送别》："车窗下／许多手伸过来／手握着谁的手／看不清／但我知道／有一双手始终没有伸过来。"只是生活本身状态的捕捉，可触可感，不动声色而意义全出。很多读者也从中读出了古典诗歌的意味，如同罗伯·格里耶所说："世界并不无意义也不有意义，它存在着，如此而已。"生活本身可能就包含了意义，生活现象本身也可能就是意义。理解生活，从生活中感悟意义也可能获得大不同的意义。杨森君如同一只蹁跹在日常生活中的白蝴蝶，不厌其烦地反复捕捉着生活的细节与表象。比如《习惯》："马，比风跑得快／但，马／在风里／跑。"台湾诗人罗门评论道："虽然全诗才十二个字，但透过'象征'与'超现实'的暗示与原发性所产生由微观到巨视的放大镜头上，竟看到人类生命存在的一个永远无法突破的氛围与一个带着宿命性的无可奈何的存在模式。"又说杨森君的诗"都很短，但意味深长，读起来，只一点点，但一点就通，一通就悟，一悟，诗与生命便一同走进暗示的无限世界"①。

　　爱情是杨森君诗歌的另外一个重要主题。他的爱情诗同样是他对日常生活的体验。诗歌中总会频繁出现如肖琦素、杜蓓蓓、给 Ker、SP、网友天蝎蝴蝶等女性，以及如卡萨布兰卡歌厅、魔力盛典迪厅、鹤鸣山庄、名典咖啡屋等休闲场所。诗人曾坦言，这些都是生活中真实存在的人物与场景。正如他拒绝虚假和伪崇高一样，他选择体验生活。杨森君的爱情诗迎合了今天城市生活的主色调，一边回味着"爱情来临时的钻心的喜悦或疼痛"，一边却低语着"我其实多么不信"。同时，其爱情诗追求"这么快／我忘掉了谁／这么快／我爱上了谁"的城市灯红酒绿式的快感爱情。这种猎获式的爱情，都是诗人对日常生活的真实体验，不虚张声势，也不痛哭流涕，更无须绝望与悲悯，因为生活本来如此。白军胜概括出杨森君的诗歌特点是重形象思维、逻辑思维和理趣，其诗很少用意象，大部分都是直叙一种道理或现象，让欣赏者感知和想象，然后再去形象地填补。但他也指出："由于篇幅短小，这就不可能摄取更大的生活场景、哲学深度和广度，不能够多层次地表现一种人生。"②总之，杨森君的创作是宁夏 60 后诗人创作同声合唱中的异调，体现了宁夏诗歌的丰富性。

①杨森翔. 杨森君——中国当代诗坛的一位重要诗人［J］. 朔方，2008（8）.
②白军胜. 论杨森君诗歌哲学背景下的审美形象［J］. 朔方，1998（7）.

杨森君后期创作转向西域，从心象化到地域化。他的《西域诗篇》列入中国作协 2006 年重点作品扶持项目。杨献平认为，杨森君的西域诗歌更注重内心感觉，地理只是诗歌的依托，而不再是终极，更不是构成诗歌特色的主要基因，而且从更大程度上具备了神性和共性的光辉。"在这里，书写者只是一个灵魂漫游者，写出了一个人与一个地域，乃至他们与周遭生物的关系。杨森君是一个能够很好把握个人、内心、物象、世界和灵魂要求与精神向度种种事物内在关系的好诗人，他的诗歌在某种程度上显示了一个诗人于文字之中的超群素质。"[1]

杨森君是宁夏诗坛的重要诗人，除了创作之外，他在灵武大泉小学策划创办了宁夏作家作品陈列馆，对提升学生的文学兴趣、培养学生的文学审美有着重要而实际的意义。他选编了灵武现代诗选《安放倒影的湖泊》[2]，收录了灵武二十多位诗人的力作，为灵武诗歌发展和宁夏诗歌繁荣作出了积极的努力。

梦也（1962— ），本名赵建银，宁夏海原人。历任中学教师，《朔方》编辑、副主编等。宁夏文学艺术院编辑，一级作家，宁夏诗歌学会副会长，宁夏作家协会主席团委员，中国作家协会会员。20 世纪 80 年代开始文学创作，散文、诗歌等作品发表于《十月》《人民文学》《诗刊》等，入选《诗选刊》《中国诗歌精选》《中国诗选》等选刊选本。出版诗集《祖厉河谷的风》《大豆开花》，中短篇小说集《羊的月亮》、长篇小说《秘密与童话》等。诗作荣获宁夏第七届、第八届文艺评奖二等奖、一等奖。

梦也的诗歌创作可以以 2003 年为界分为两个阶段。2003 年之前，梦也喜欢通过捕捉事物瞬息的感觉、印象，构筑一种扑朔迷离、若隐若现的幻象，其诗歌充满了迷雾般的色彩，又喜欢选用午后、早晨、三月、生活、寂静、爱等抽象的事物为抒写的对象，造成了其诗歌的神秘感。梦也的诗歌往往情思与景物处于一种黏着状态，但不是古典诗歌所谓的"景中有情，情中有景"，而是给所有的景物与情思笼上一层主观的面纱，但其中的意味是模糊的，意义是不能明确的，往往要透过诗歌零散随意的语言去把握他的零散的心态，探寻其非完整的意义。梦也这一时期的作品大多呈现出一种虚幻空灵的状态。杨梓在《宁夏青年诗歌创作简论》[3]中认为，梦也的诗空灵而随意，由简洁而散谈，以虚为实，化情思为景物是其主要的创作路径，结构的松散使得语言

①杨献平 . 杨森君的诗歌之塔——读杨森君诗集《砂之塔》［J］. 朔方，2007（7）.
②杨森君 . 安放倒影的湖泊［M］. 北京：中国文联出版社，2010.
③杨梓 . 宁夏青年诗歌创作简论［J］. 宁夏大学学报，2007（6）.

更加随意。梦也属于王国维所言的那种"主观之诗人",其诗的感觉方式不是把握事物的内在关系,而是反复地感觉自我,不断地开掘内心世界。他似乎把自己编织于一个笼子中,诗是他发出的呼救而触及外界事物的回声。他不用触景生情或者借景抒情的手法,而是情思先行,化情思为景物,寻找相互对应的意象和语言,常用秋天的景象来承载其悲凉伤感的心境,用时间概念来展开他流动的情绪。在梦也的诗集《祖厉河谷的风》中,《霍拉尔山口》是一首不错的诗,在怀念来自"山口"的风雪时对"山口"的景致予以虚拟,对曾有而今无法寻觅的纯洁予以凭吊,从而使诗意深刻了许多,较浓的理性色彩也使该诗别具一格。《凸现》写得较美,虽只是一个想象,一个梦中的幻景,缺乏真实的力量,但给人一种直觉与认知统一的美感。由于他在创作上的心象物化,大多呈现出一种虚幻空灵的状态,趋向于散文化,从而符合了他的心性。

白草在《接近神秘幽暗的中心——读梦也诗集〈祖厉河谷的风〉》[1]中认为,梦也写生命与死亡,是从小处看去,从不同的角度观察、体会,从草原上丰草深处的一具马的尸骸上,从天空中一只飞鸟的影子中,从屋外吹过的风声中,从一个老人低垂的头颅上,他都感受到生与死的细微秘密。梦也在他的诗中创造了一个别具一格的天地,就像一个"秘密花园"……在这一处秘密的幽暗花园中,我们见识了诗人创造出的各种生物,同样也佩服他那异乎寻常的想象力。对于一个诗人来说,想象力源于无滞碍无偏见的胸怀和悲悯感恩的心肠。在梦也的诗集中,这类诗歌相当多,也是他最成功的作品。

杨献平认为,梦也的诗歌一直遵循着一种自己的内心方向、个体经验和精神要求,且在表现形式和诗歌的肌理脉络上有着一致的唯美倾向。这使得梦也的诗歌写作在很大程度上区别于同一地域的诗人诗作。他的诗句具有很强的黏合力和亲和力,且在不动声色之间,准确捕捉事物瞬间的巨大诗意。[2]石舒清在《祖厉河谷的风》的跋中说:"梦也的诗在一定程度上更属于一种神秘体验和精神历险。"概括了梦也的诗歌创作精神。

2003年之后,梦也的诗风开始发生转变,这部分诗结集为《大豆开花》,仅从诗集名称上就能看出诗人面对诗歌的态度,贴近生活、贴近自然。正如诗人所言:"我的写作是一个下降的过程,是从虚幻的高蹈落向实地,由此我才懂得了谦卑的表达。"梦也这一时期的诗歌,开始从神秘而虚幻的梦幻

---

① 白草. 接近神秘幽暗的中心——读梦也诗集《祖厉河谷的风》[J]. 朔方,2005(2).
② 杨献平. 内心的风声——读梦也诗集《祖厉河谷的风》[J]. 六盘山,2009(2).

抒写转入日常化表达。诗风开始从繁复、多变的幻象转入对平实的日常生活现象的捕捉。这次转变是梦也自我表达的另一种尝试，当然这种尝试对诗人来说是另一种挑战——如何使日常生活焕发出深刻的意义，如何使日常语言充满诗意？当然，这是诗歌的日常化、私语化表达所面临的共同问题，比如"一棵树正在落叶／叶子堆在根部／／有一天／这些叶子也会散开／远远地逃离母体／／这就是说树木懂得剥离／懂得以减少获得宁静"（《无题》）。梦也后期的诗歌由于对日常化表达的选择，使得其诗显得轻灵而明秀，抒发情感而蕴含思索。

杨梓（1963— ），宁夏固原人。历任《青年生活导报》编辑部主任、《朔方》副主编、宁夏诗歌学会会长、中国诗歌学会理事等。宁夏文学艺术院院长，《朔方》主编，一级作家，宁夏诗歌学会名誉会长，宁夏作家协会副主席，自治区政协委员，中国文艺评论家协会会员，中国作家协会会员。1986年开始文学创作，一万多行诗作发表于海内外报刊，作品专辑刊发于《诗刊》《绿风》《诗歌月刊》《西部》等，入选百余种选刊选本。出版《杨梓诗集》《西夏史诗》《骊歌十二行》《塔海之望》。《西夏史诗》被列入中国作家协会2004年度重点作品项目。诗作荣获宁夏第五届、第六届、第七届文艺评奖一等奖，被译为英、法、塞尔维亚等文。个人入选国家百千万人才工程，曾参加诗刊社第十五届"青春诗会"和第九届"青春回眸"，第二届、第三届中国诗歌节，第三届青海湖国际诗歌节，第四十九届塞尔维亚国际诗人聚会等。主编《宁夏诗歌选》《宁夏诗歌选》等三十六部。

杨梓的诗歌创作大体分为三个阶段：第一阶段是1986年至1993年，作品收入《杨梓诗集》；第二阶段是1994年至2000年，作品收入《西夏》（上卷），2001年至2006年作品与修订的《西夏》（上卷）收入《西夏史诗》；第三阶段是2007年至2012年，作品收入《骊歌十二行》。他大致是六七年出版一本诗集的创作速度。

杨梓学医，写诗很晚，1986年9月开始写诗，即发表于《宁夏青年报》，从此走上诗歌创作之路。杨梓在注重艺术修炼的同时，追求"形而上"的思想高度，他一直在寻找一种诗的信仰。诗人常常把个体生命置于广袤无际的天地与永恒无垠的时间中去冥思苦索，透露出对宇宙人生的超然态度与达观心绪。"杨梓受李商隐等中国古典诗人注重暗示、跳脱的艺术传统的影响，又学习了西方现代诗歌的艺术技巧，因而既深具古典韵致，又极富现代色彩。"①

①丁帆.中国西部现代文学史［M］.北京：人民文学出版社，2004.

杨梓坚守诗歌的抒情传统，正如刘昕华在《西部诗歌创作的新变——沈苇、杨梓诗歌阅读印象》中所言："从沈苇、杨梓的创作中，我们仍能感悟到其前代诗歌的精魂尚存：那就是守住诗歌的抒情本质——这正是西部诗歌的魅力所在。"①

对爱情温婉缠绵的抒情是《杨梓诗集》的另一特点。诗人如少年维特，动情地为绿蒂唱着纯洁、动人、大胆的情歌。爱和诗构成诗人的生命，激发他长期漂泊的情感，使他的心灵得到满足和改善，得到快乐和净化。同时，在《杨梓诗集》的"野黄昏"中，他写了《鹰》《雁》《乌鸦》《龙》《虎》《狗》等不少的动物诗，显示了一个有着忧患意识的诗人的悲悯情怀，通过象征的光辉和比喻的闪耀，来唤起人类的良知。诗人与其说在写动物，不如说在用手术刀解剖人类，解剖那些被物质淹没下的卑琐灵魂。

1995年，杨梓的创作进入井喷期和飞跃期，是因为获得了一次探索史诗性创作的契机。"这个英雄时代的已沉没的光辉使人有必要用诗来表现它和纪念它。"（黑格尔语）于是，杨梓写出了"这扇神秘的大门已经关闭／那扇神秘的大门即将洞开"，为历史、现实、梦想设计了一条路径，开始了长达十年的《西夏史诗》创作历程。对以感性和天赋支撑的抒情诗人来说这是神祇的眷顾，荷马、但丁、歌德如此，屈原、杨炼、海子都无不走向表现时代和民族历史的史诗道路。"英雄不仅创造了历史，而且是真善美的化身。他们的身上洋溢着一种'原初的纯净的质朴的'神性彩色和生命张力。诗中焕发着母性光辉的始祖董拉、尚武而又热爱和平的骁将山遇惟亮等，都极富美学张力。诗人对之进行了热情的讴歌，因而史诗所阐述的是一种更富美学内涵的英雄主义。"②深重的思索，沉郁的情愫，激愤的笔墨，以西部大地的历史画面为背景，用人类学"厚描"写作方法使史诗既摆脱了时空的框架，又更为灵动且不失时序纹理地展现了历史文化，更深入地挖掘了历史背后的人文内涵。

杨梓后期的一部抒情短诗集《骊歌十二行》，是诗人"回归古典、回归自然、回归内心"诗学主张的具体践行，也展现了杨梓诗歌多样性的一面。诗集由三百多首十二行体诗组成，分为四卷，即《以梦为乡》《独在异乡》《空手还乡》《四处皆乡》。这应是人生历程的诗化，颇有禅意——年少时胸怀梦想，长大后闯荡世界，一番拼搏后空手还乡，彻悟之后四处皆乡。此"乡"并非乡村，

①刘昕华.西部诗歌创作的新变——沈苇、杨梓诗歌阅读印象［J］.唐都学刊，2003（3）.
②丁帆.中国西部现代文学史［M］.北京：人民文学出版社，2004.

而是心灵的家园，所以人生不论成功与否，在精神上而言皆为"空手"或者"四处"。诗人以十二行诗的形式回归古典，探寻诗歌本质；因对现实不满回归大自然，走向审美境界；而回归内心，构筑精神之乡，是在不断地向真向善向美之中抵达天人合一的境界。

杨梓是宁夏诗歌界跨世纪的领军人物，参加"青春诗会"，在《诗刊》发表作品专辑，作品列入中国作协重点作品项目，进入《中国西部现代文学史》，入选国家百千万人才工程，成为高校研究对象等率先走向全国。他的诗从文体到语言都力求多变，时而悲壮慷慨，时而冷静如石；时而凝重深邃，时而灵秀淡雅；时而至情至性，时而心如止水。他是一个追求多变、善于尝试、勇于探索的诗人。他形成了自己的创作观点，并实践于创作，还为宁夏诗人写了不少评论和序言，如他对宁夏诗歌的"西海固板块"和"川区板块"的分法，对宁夏中青年诗人创作倾向的归纳等。同时，杨梓力推宁夏诗人、热心扶持诗歌新秀，在《朔方》责编并主持刊发过他们的大量作品和个人专辑；在作协全程参与黄河金岸诗歌节，编辑《黄河诗金岸》，策划并主持召开诗人作品研讨会。2013年端午节，他当选为宁夏诗歌学会会长，编辑《朔方》2016年第9期"宁夏青年诗人作品专号"，主编《宁夏诗歌史》《宁夏诗歌选》以及虎西山《远处的山》等学会会员诗集十三部，为宁夏诗人走出西部、走向全国作出积极努力。

牛红旗（1963—），本名牛宏岐，宁夏固原人。宁夏作家协会理事，中国作家协会会员。诗作发表于《青年文学》《十月》《诗刊》等，入选部分年度选本。出版诗集《地面》。诗作荣获宁夏第八届文艺评奖三等奖。参加第二十一届鲁迅文学院高研班。

风格的美在于明晰而不流于平淡，排除掉许多人为非词语本身所具有的意义，而找到词语的本意明晰地写出来，就等于找到了好诗，这样的理念源于牛红旗这样的自觉意识。因此，牛红旗的诗虽然也写乡村世界，但并不狭隘。《我的牛》中的诗人与牛，由起初的挥鞭奴役到后来的相知相惜，"我，放下鞭子／牛，驮起垛子／我知道牛宁可流汗，不受鄙夷"，而"它知道我向往大海里的心事／犁沟里的浪花／一浪一浪拍打我的脚趾"。《宁远之地》的故事清远飘逸，像秋天的果实一样，繁盛丰盈。读者随着质朴清新的笔触一步步领略了果实的润泽和清香，果园的静谧和幽远。在《河套周末》中，在黄河与落日，朝霞与晚霞这样盛大的意象中，蝴蝶、蜜蜂与摇曳的芦花就显得微小，但集于一首诗中却有大有小，细密而不失开阔。《姐姐》："姐姐嫁给了西边／嫁妆卷走我——／干净的衬衫，鬼脸／好吃的荞面搅团／

方便的字词典／留下的东西很难看／写秃的笔尖，屋子黑暗／邻居对她的埋怨／大年三十饺子里的一分钱／后来，姐姐寄来包裹／寄来自己摘棉纺织的被单／寄来几颗咸鸡蛋／寄来她们全家福。"整首诗是质朴的意识流动，却在简明的呈现中显出了深长的诗意。

王武军认为，牛红旗诗歌所凭借的，是他对本土的眷恋和感伤，同时，他的诗歌视野又是面向西部的、深入土地的，诗人试图更多地、更深地观察体悟这个世界。细品《地面》这部诗集，无论从物象到意象，从意象至情感，诗人都力求用亲切朴素的语言，不遗余力地提炼出人生最接近阳光的那一部分。[①]是的，牛红旗的高原旅行系列诗多是在外的观景之感。观看风景之时，诗人总会被景观背后的历史故事牵引在历史纵横捭阖的长河里，或细细书写，或吟咏感叹。

冯雄（1964— ），宁夏海原人。宁夏六盘山高级中学办公室主任，宁夏诗歌学会副会长，中国作家协会会员。1986年开始发表文学作品，在《人民文学》《十月》《诗刊》《诗歌报》《绿风》《雨花》《朔方》《散文诗》等报刊发表作品四百余首（篇）。作品《青草谣》入选《2000年度中国诗歌精选》，作品多次入选各种文学选本。出版诗集《诗意大地》。诗作荣获宁夏第五届、第六届文艺评奖三等奖、二等奖。

冯雄的诗歌，一方面关注地域现实，如《谁的苍凉是大地的苍凉》《西海固悲怆八行》（六首）、《大荒，一九九五》（组诗）等，向西海固恶劣的自然环境发出控诉与呼喊，这部分诗作有着撼人心魄的现实力量，可与王怀凌的诗歌遥相呼应；另一方面在吟唱自然、人生的一切凄厉与温馨、辛酸与无奈、空旷与惶惑，这部分成为冯雄诗歌的主要内容。

在宁夏诗人中，冯雄是一个并不多产，但追求精致的诗人，他的诗有着多种发展的可能性。他善于学习"朦胧诗"，运用多种意象来抒情的丰富与复杂，又善于运用古典诗歌写意、造景的笔法构筑景象。在冯雄的诗中往往看到多幅画面构筑的一个忧伤而写意的复杂场景。由于采用多个基调一致的意象来写意抒情，多个意象之间又构成了一种空白感。诗人选用了朦胧、陌生化的词语表现法来捕捉意象，这就构成了感伤、忧郁的诗歌基调。

杨梓认为，冯雄的诗敏感而精致，感悟双手与泥土之间的独特关系，在现实的火炉里烧制出流光溢彩的陶器，当属冯雄苦心构筑的精品工程。冯雄的几首诗与天堂有关，是否可以说冯雄在追求人生的另一种境界。在对待境

---

①牛红旗.疼痛与唤醒——西海固诗歌简述［M］//王军武.疼痛与唤醒.银川：阳光出版社，2014.

界上，中西方有着很大的不同。中国由道德走向审美，力求达到天人合一，认为美既根源于自然，符合于自然，又超越于自然。与其说冯雄刻意追求的心灵家园是天堂，不如说诗歌已成为他灵魂的栖息地。在他的诗里，充盈着虔诚、执着和救赎的力量，正是这种力量使他"在不断的飞翔中／等待幸福的莅临"，"是我把黎明交到你的手上／如何鼓掌／才能把隔夜的露珠叫醒"（《早祷》）。其诗的语言有一点神化的迹象，即使诗歌毫无意义，仅读语言，就已让人有一种愉悦之感。

因此，冯雄是古典的，也是现代的；是传统的，也是朦胧的。但是，冯雄的朦胧因作者选择意象时，总是注意了意象之间整体性的特征，也就避免了生涩难懂的弊端。冯雄为理想中流光溢彩的精神世界做着努力，但是由于缺乏较为深刻的哲思关照，那些精致的语言仅止于"用词语说出我的疼痛"。

杨云才（1965— ），宁夏灵武人。宁夏大学研究中心研究员。中国少数民族作家协会会员，中国少数民族文学学会会员。已发表文学评论、诗歌等作品百余万字。出版诗集《西部和她正年轻》和文学评论集《逃避或反叛》。组诗《大西北恋歌》荣获第三届全国少数民族文学创作奖骏马奖新人新作奖。1990 年参加全国青年作家代表会议。

杨云才在西北民族学院上学时就开始写诗，1986 年在《诗刊》发表《老教授》，一举成名，是唐祈先生欣赏的学生之一。之后恰逢西部诗歌风起云涌，西部景观便成为杨云才创作的整体背景。在西部诗歌的多声部合唱中，他用歌喉唱着一首首属于自己的《大西北恋歌》。"我的父亲啊／你用血液浇灌了土地／你用生命捍卫了土地／甚至，你就是一片深厚而宽广的土地……／此刻，你们在想什么呢／我土地一样深沉的父亲啊／我父亲一样坚毅的土地。"（《父亲·土地》）在这首诗里，主体与对象在彼此相互塑造中完成了契合，人与自然的距离，不是欣赏与被欣赏、表现与被表现的关系，人成了自然的一部分，自然也体现着自我的追求与价值，呈现人与土地的相依为命、人与自然的苦苦挣扎的悲壮精神。

杨云才的诗"在塑造西北男子汉的同时，也塑造了西北农村妇女的形象。在大西北，女人的悲剧更为残酷"[1]。杨云才的一组《乡村女人的故事》从不同的角度折射出中国传统文化中最古老、最畸形，也是最顽固的壁垒——对女性的占有与蹂躏，感情上遭遇歧视、欺辱和愚弄，洒向人间的爱，竟然也难以收到相应的回报。杨云才在塑造悲剧女性的同时，也塑造了新时期的新

①贾羽. 年轻的西部和年轻的诗——读青年诗人杨云才的诗［J］. 朔方，1988（7）.

一代农村妇女形象。《牛仔裤啊》写了她张扬个性觉醒的理想，她"穿起牛仔裤"，"慌乱了山村所有的目光"，但她更带来了城里人致富的科学，而且"波及了山村所有的情节"。杨云才"对西部女人的这种悲剧意识的剖析，其实也是整个中华民族女性的悲剧命运。当然，伴随着时光的推移，也伴随着西部子民的永无止境的求索与进取，虽然生存的悲剧性早已渗入人的灵魂深处，但人类征服自然的意志是坚定的，追求自由幸福的信念是永恒的"[1]。

在杨云才的诗中，除了悲壮和残酷，还有一种征服的力量。"六盘山啊／是勇士的骏马／呼响的山风是嘶鸣／等待勇士纷纷降临。"（《六盘山，勇士之马》）这种"嘶鸣"在沉滞凝重中洋溢着一种乐观的、自信的征服感；这种"嘶鸣"始终鼓涌着热血的冲动。"升起来，升起来是为了／和天空靠得更近／陷落了，陷落了就能／接近高原的心脏，高原的脉。"（《西北的河》）在他众多的诗里，展现了这种征服、抗争的崇高美感。

纵观杨云才的诗歌创作，有一种成熟而潜在的叙事性结构，有一种高昂的西部格调，有一种不屈服的抗争精神。他把民族精神融入西部背景，以沉稳、静穆乃至悲壮的基调，抒发了大西北人的昨天与今天、痛苦与欢乐、希望与追求，诗的气质高昂，格调优美，时代气息浓郁，充满传奇色彩和迷人的魅力。

王怀凌（1966— ），宁夏固原人。历任固原市原州区清和镇镇长、交通乡镇建设局局长、纪检委副书记、监察委副书记等。宁夏诗歌学会会长，宁夏作家协会主席团委员，中国作家协会会员。1986年开始创作，诗作发表于《诗刊》《十月》《青年文学》等，入选《年度最佳诗歌》《新世纪十年诗选》《星星50年诗选》等。出版诗集《大地清唱》《风吹西海固》《草木春秋》《人到中年》。作品荣获宁夏第五届、第六届、第九届文艺评奖三等奖、三等奖、一等奖，个人荣获《诗选刊》中国2008年度十佳诗人奖。

在宁夏诗人中，将诗歌的笔触真正扎根在西海固地区贫瘠荒凉、十年九旱、风沙肆虐的泥土中的诗人毫无例外当属王怀凌。由于基层工作者的身份，比起那些生活在城市，享受现代化的文明，偶然想念乡村的温暖与惬意，又在刻意妄想乡村的诗人来说，王怀凌的诗歌则是真正的乡村景观和乡村现实。杨梓在《风吹西海固》的序中说："王怀凌走在西海固的大地上，对无云的天空、缺绿的土地和受苦的乡亲，都充满了无尽的忧思，从中显影出一位真正诗人的悲悯情怀，甚至有一点普度众生的宗教迹象。反过来说，诗中的西

---

①白军胜.论杨云才西部诗的美学品格［M］//白军胜.现代诗美论.银川：宁夏人民出版社，2008.

海固或许只是一个侧面，但已在王怀凌的笔下映现出了小草的坚韧、泪水的光泽和土地的神圣。"武淑莲在《游弋在现实与心灵之间的诗人——评王怀凌诗集〈风吹西海固〉》中评论道："《风吹西海固》中的诗意，正是因为超越现实的'目光'而具备着深刻而高贵的品质——我以为也是西部、西海固诗人'精神贵族'的本质。王怀凌的诗透着悲悯也好，温暖也好，西海固乡土中的诗意让人唏嘘和感动。"①

　　苦难，始终是西部每个诗人都无法跨越的诗歌命题，但是选择抒写现实中的苦难，还是臆想中的苦难则是诗人的立场所至。王怀凌则选择了进入现实，介入现场，穿行于西海固的土地上。正是这种穿行，诗人才看见被秋风撕扯着衣衫，每捡起一颗土豆都发出一声呢喃的土头土脑的挖洋芋的女人，以及因承担生活的艰难而不知不觉变老干枯、百病缠身的苦难现实；正是这种穿行，诗人能够在村子里多走几个来回，为留守的孩子和老人壮壮胆；正是这种穿行，诗人才真切地感受到寂寞的老人与荒凉的村落。这类作品占王怀凌诗歌的主要篇幅。王怀凌的诗无论是大笔写景还是细笔着色，都有着撼人心魄的真实性。"王怀凌才是真正意义上的民间诗人。他站在坚实的民间立场上，对西海固的真情实感从内心倾泻而出，投向十年九旱、土地摞荒、沙暴频袭的惨淡家园。"（《风吹西海固·序》）比如其诗《在西海固大地上穿行》："我在西海固大地上穿行，从春到夏／像一个忠实的信徒从庄稼地里归来／追怀遍地植物的尸骸　一言不发／也常忆起乡下的老家　以及跟老家一样的苦难／忘记自己曾是一个乡土诗人／当我要坐下来歇口气的时候，我年轻的头颅／摇曳着一蓬衰草。"

　　王怀凌诗歌的现实感和朴素简洁的表达，受中国古典现实主义叙述传统的影响，同时也与他守望乡土、留恋故土有关。正如他在《风吹西海固》的后记中所言："现在，《风吹西海固》就在你的案头，随意翻开一页，你就可以捕捉到西海固的气息。而我，或许在路上、在会场、在茶楼、在书房、在田间地头……这一切都不重要，重要的是我还在坚守，坚守着内心的纯洁和孤独，坚守着西海固的每一寸光阴。"一方面，他"决绝地将车马的喧嚣、流派的影响以及全球化的同化拒之门外，确立了自己民间情怀和地域文化的立场，从而使他的诗作道法自然地彰显了特色，张扬了个性，袒露了傲骨"（《风吹西海固·序》）；另一方面，他以诗的形式真正诉说着西海固地区的苦难现实。

①武淑莲.游弋在现实与心灵之间的诗人——评王怀凌诗集《风吹西海固》［J］.六盘山，2011（3）.

但苦难可分为两种，一种是环境施加在人身上的浅层次的苦难，另一种是深层次的心灵上的苦难。如何将浅层的苦难上升为一种普遍化的精神层面，从地域而民族、从现实而未来，是所有被一隅生活所限的诗人应当思考的重要时代问题。

张联（1967— ），宁夏盐池人。宁夏诗歌学会理事，宁夏作家协会理事，中国作家协会会员。1992年开始发表作品于国内众多文学报刊，部分作品入选《中国新诗百年大典》《中国当代诗库》《中间代诗全集》等以及部分年度选本。出版诗集《傍晚集》《傍晚的诗》《清晨集》《张联诗精选》等。诗作荣获宁夏第七届、第八届文艺评奖三等奖，部分作品被译为日文。在2010中国汨罗江诗歌节，被评为"首届中国十大农民诗人"。

张联的诗歌以《傍晚》命名的有几百首之多，诗均采用十四行形式，取材于他生活的乡村，从每日的生活中以不同的角度观察和书写傍晚，筛选出诗人张联眼中的傍晚。张联成功地把家乡所在的王乐井乡、小阳沟村周围的风物勾勒出来，种芋种葵，日子漫长；把单调的劳动、晚归的日子记录下来，是纯情自然的书写，像散漫无序而又自然而然的一页页分行日记。诗在语言上既有朴素的原生性，又有淳朴的感染力，不娴熟而朴拙，不油滑而实在，如"那日傍晚／淡淡的一轮橙色的落日／在天边的入口处　逗留／在这几日的阴雨后／青紫紫的云系天空下／我和父亲看着落日的橙色／在村旁的草地上拉着骒儿回去"（《我和父亲看着落日的橙色》）。

瓦楞草在其新浪博客中认为，张联的诗歌具有浓郁的乡村色彩，其特点是浪漫而抒情，语言具有张力和内倾性。诗人往往从个人的情感出发，寻找生活的某种根源。诗歌主体有时是诗人投身其中的情节，有时是诗人熟悉的乡村生活现场，其外化为托出诗人内心的情感，把自我表现的主体展示给读者。张联在作品中构造着乌托邦式的乡村乐园，将诗歌的抒写指向原初而天真、并充满生命活力的乡村世界，构建了宽泛的乡村面貌图景。从回归自然的主题以及富有情调的乡村生活描写中，我们体会到真挚的情感，感受到诗人对生活的向往和追求。

作为城镇化进程中被人们当作安置情感后花园的乡村，在被迫发展的过程中，人们逐渐离开土地。土地的流转使得农民纷纷外出打工，留下的是老弱病残和孤独的空巢，因而张联的原生态乡土诗的价值和意义也将突显。"我们都知道，张联写出来的乡村傍晚是完全消失了的，他固执地反反复复，把并不再存在的景象拿给人们看。那些乡村的诗意傍晚，被他执着地营造出来，甚至我觉得，他不是有意的，张联是被动者，只有那种只存在于诗歌里面的傍晚，才给一个农民以最后的安全感。"①

2004年日本《蓝 BLVE》用日文发表了由赤堀纪子教授翻译的十二首张联诗选。主编燕子、秦岚寄语："居住在中国偏僻乡村一隅的青年乡村诗人张联的新田园诗歌根源于生命的本身、大自然的本身，根源于他灵魂本身处。他简素地生活、简朴地写作，他甘美的抒情诗中渗透着内在生命的浓度与质地。"

张联同题材的创作倾向，优点是主旨集中。问题也在于这种集中所导致的百首如一的同质化倾向。实际上要挽救正在消失的农业文明，仅靠"傍晚"和"清晨"是不够的，时空都显得短暂和狭小，而要达到"一沙一世界"的高度尚需修炼并且彻悟。

雪舟（1968—），本名李存慧，宁夏泾源人。历任泾源县政府办公室主任、文广旅游局局长、水务局局长等。宁夏诗歌学会副会长，宁夏作家协会会员，中国作家协会会员。1988年起在《星星》《诗选刊》《朔方》《青年文学》《中国诗人》《中国诗歌》等刊物发表诗歌作品，诗作入选《新中国成立60年少数民族文学作品选》等选本。出版诗集《雪舟诗选》。

雪舟的诗歌具有明显的出生地的诗性指向。从老龙潭、二龙河、凉殿峡、野荷谷、小南川、胭脂峡、大雪山等诗歌意象中，我们能够看到古老的村庄，感受到泾河源物语……这种"出生地"写作，无疑给宁夏诗歌增添了更加厚重的泥土气息和生命感悟，挖掘出了那些应该记住的和不该遗忘与丢失的东西，把本土性写作与传统、与历史、与当下紧密地结合起来，显示出驾驭语言和开拓意境的能力。在《出生地》一诗中，诗人用标题直接点明了主题："埋在坟院的人 / 并未带走上辈人的恩怨 / 在村里走动的人 / 依旧在受苦受难 / 一个离开出生地的人 / 眼里噙满童年的泪水 / 踏上这条废弃的山路 / 我这棵中年的草啊 / 来年能否在出生地 / 再绿一回。"这里的"出生地"也许是一个小镇，也许是一个深山里的小村庄，也许是西海固的任何一个角落，无论怎样，诗人都将踏着废弃的山路，走回"出生地"。思想更为深刻的是诗人的《信》："在长长的一生，一个人 / 只需写好三封信 / 分别寄给—— / 出生地，亲人 / 还有祖国 / 最后，刻入 / 墓碑。"诗人从本真的出生地泾源，一下子放大到了祖国，在诗的意象转换中提升了诗的高度，由一种"小我"的"出生地"，跨越到了"大我"的"出生地"，突显出他"出生地"写作的精神诉求。

①王小妮.张联的傍晚［J］.文艺争鸣，2005（3）.

杨森君在为《雪舟诗选》所作的序中认为，每个人的心目中都有"一卷河山"，它关乎一个人生命的状态与气息，也关乎一个人艺术创作出发的根基与归宿。雪舟正是抱着他的这"一卷河山"获取了一个他不能取代的视野——他写下的烙印般的诗篇，一再向我们证明，他的写作是有对应物的。这种对应物本身一旦被诗人关注，就变得意义非凡——至少它们在确立了诗意的同时，也获得了人文价值。所以，作为一个忠实于本地万象的诗人，雪舟没有刻意在别处寻找诗意的栖息之所，而是放眼于此，就地取材。读雪舟的诗，能看见他面向的方位，他的去处，他的心思所在；也能看见秋风吹过的苜蓿摇曳于哪一块坡地，隐姓埋名的蒿草静养在哪一片晚霞里。也许，一个诗人命运里的东西早就注定了，就如怀特的天才由他的村庄注定，凡·高的天才由阿尔注定，那么，雪舟恰恰经得起注定带给他的丰富的想象、纯真及自在。他的目光正透过万物的进程与气象，搜寻着诗歌的元素。

　　雪舟的诗歌样态整体上显得温润，在语感与处置语言的方式上更近平和，他醉心于自己叙述的速度、节奏。他在端详，他在构思，他在同声中寻找差异，他在克服可能因过于激烈而破坏了他对所写事物的温存，因而在他的诗歌中，平静、和缓、没有棱角其实是优长。能够想象，在他创作的时候，记忆中的大地是徐徐展开的，山谷、溪流、苦荞、果园、苜蓿草等，都依他的意愿一一呈现。他用诗歌还原故乡的月光、河流、山川、美景以及隐藏在岁月深处的暗伤。透过历史和现实，呈现出诗意盎然的立体的故乡，让我们感受到一种深切的观照和壮美的超越，就像他在《冬天的西峡》这首诗中写道："风没有吹动湖面／却吹动了群山／以及湖面上的大雪／以及一个人眼里的苍茫。"也许，雪舟比很多诗人都提前知道，诗歌不是要表达事物的全部，而是凝视过后让人耿耿于怀的个别细节。

　　单永珍（1969—　），宁夏西吉人。《六盘山》副主编，固原市文联副主席，宁夏诗歌学会副会长，宁夏作家协会理事，中国作家协会会员。20世纪80年代末开始诗歌创作，诗作发表于《诗刊》《十月》《星星》诗刊等，入选多种选本。出版诗集《词语奔跑》《大地行走》《青铜谣》。诗作荣获宁夏第六届、第七届、第八届文艺评奖二等奖。参加诗刊社第二十二届"青春诗会"、鲁迅文学院第七届高级研讨班、全国第六届"青创会"。

　　单永珍凭着直觉，凭着对平凡生活的理解和想象，挖掘出生活中所蕴含的人生哲理。他以一个浪子的形象生活在西海固大地，对酒当歌，成为喧嚣世界里孤独的守望者和疼痛的唤醒者。他在《西海固：落日的标点》一诗中写道："有了爱，才会在乡村的屋檐下梳理忧伤／有了爱，才会在西海固的痛苦里痛苦／怀揣荒凉的人世，对着寂寞的蔬菜／让西海固感知：我有多么爱你／一轮落日供奉着逗号，秋天的西海固／三个换命的兄弟叫土豆、马铃薯和洋芋……"诗人用文字敲打着西海固失色的皮肤，用行走来梳理隐藏在这片土地上的忧伤和痛苦，把那些坚硬的历史和干旱的地理刻在心里。从他的第一部诗集《词语奔跑》到第二部诗集《大地行走》，我们不难看出，从"奔跑"到"行走"，是一个真正属于生命的过程，也是诗人真正走向成熟的过程；其速度越来越慢，但更加贴近地面，精神的向度却越走越高。

单永珍从西海固到宁夏乃至整个西部，时常奔走在戈壁、大漠、草原、雪山之间，大西北的雄浑与苍凉、壮美与神奇、高迥与超拔，深深地融入他的血液里，那些情与景、人与事在他的笔下化为一种尖叫、一种嘶鸣。杨梓在《词语奔跑》的序中认为，单永珍的诗歌创作具有民族化和地域化的双重倾向。地域性就像单永珍的胎记，而在此之后隐藏的是其诗的超越性。单永珍有着广博的民族情怀，因为他的心里装着众多的民族，尤其是人口较少的民族。他还非常敬重裕固族、哈萨克族、东乡族等民族的诗人和文化，时刻关注着他们在现代文明进程中的命运。更让人钦佩的是，他继承了汉语言文学的优良传统，并果敢地维护着汉语文学的纯粹和优良传统的圣洁。

在表现手法上，单永珍的诗具有强健的现实主义诗风。单永珍拥有敏锐的审美直觉，从天空、大地、雪山、草原，到翱翔的苍鹰、低头吃草的羔羊、寺庙里传出的悠远钟声，以及自然界和生活中所蕴含的一切都被他及时捕捉，一粒沙、一棵草、一截残垣，在诗人眼里有了灵魂，闪烁出强健锋利的光芒和丰饶的记忆。王怀凌在单永珍的诗集《大地行走》序中所言："永珍不仅在诗歌作品里始终以一种接近于语言暴力的粗粝和硬朗，不厌其烦地描述着他所感知的西部地域文化所包含的神性、隐秘的精神存在，而且在其散文中也充满了梦幻、灵动的历史与现实。他的痛在骨髓里、心里和生命里，因此，他的作品硬朗尖锐，顿挫感十足，有一种特有的自我生命力迸发出来的野性之美和雄健之美。有本真才有诗美。对于永珍这样一个性情豪放、文风粗犷的人来说，也许行走就是他的宿命，亲自然、接地气、师造化、重感悟是最好的选择。"

沈秀英在《诗歌：一个自我叛变的旅程——单永珍诗歌浅论》[1]中认为，《词语奔跑》呈现了单永珍诗歌成长的历程，唱响了西北的"大风歌"。借着青春的张扬，混合着血性悲怆的思考，构成了单永珍复调式多重韵味的诗歌写作。

①沈秀英.诗歌：一个自我叛变的旅程——单永珍诗歌浅论[J].宁夏师范学院学报,2013(2).

多种声音、多种情怀，既相互交织又相互区别，形成一种复调式对话关系。在《大地行走》中，单永珍再一次自我反思，实现了新的创作转向，形成了自己"奇妙的个人修辞学"。从《词语奔跑》到《大地行走》，单永珍在不断蜕变，诗歌发生质的飞跃，每一次自我叛变都是裂变，一种携带着能量的质的飞跃和改变，使其诗歌具有发展的丰富的可能性。

耿占春认为，什么是西海固这片土地上的隐秘的激情？什么构成了西北大地上活跃的、不朽的灵魂？毫无疑问，单永珍的诗富有想象力地揭示了这一切。他将宗教地理学、民族志、植物传奇、日常生活和个人的游历融为一体，凝聚为一种富有活力的诗歌话语。单永珍诗歌中的事物与表象拥有着独特的文化属性，进而揭示出西海固和整个西北地理空间上的文化特性与宗教地理属性。他的诗充满复杂的语义与隐喻特性，有时在赞美、陶醉之后会以辛辣而善意的反讽语调将之分解，充分显示了单永珍诗歌的现代属性和微妙的自我批判。

牛学智认为，《词语奔跑》推给读者的是一个异质的日常生活世界，或者完全由异质话语构成的意义系统。相比较而言，《大地行走》逻辑性地形成了他的一个新式的诗歌构图——在民间版图上，建构自己"奔跑"之后的意义系统的宏愿。

总之，单永珍是一个把诗歌视为自己信仰和生命的人。他为诗歌快乐而痛苦、忧郁而迷狂，他似乎为诗歌而活着。单永珍正是因为诗而纯粹，诗也正因为有单永珍这样的诗者而纯粹。

宁夏在全国性及省级报刊发表过大量作品的60后诗人还有邱新荣、贾羽、导夫、李建华、张铎、米雍寔、洪立、张记、刘敬东、周彦虎、潘春生、王武军、周鸣、张立、张不狂、李耀斌、岳昌鸿、何武东等。

邱新荣（1960— ），宁夏石嘴山人。历任石嘴山市委宣传部副部长、石嘴山日报社总编辑、宁夏地方志办公室主任、宁夏诗歌学会名誉副会长等。中国地方志学会常务理事，中国年鉴学会常务理事。1982年开始诗歌创作，作品发表于《星星》《绿风》《朔方》等。出版诗集《晃动的风景》《青铜古谣》《脸谱幻影》《长歌短调》等二十多部。

邱新荣从中学时代开始写诗。1995年，他的长诗《大山的儿子》《永远的山杏花》被中央电视台第二套的诗歌配乐朗诵节目搬上银幕。邱新荣的历史抒情诗以历史发展过程中的重要历史事件、历史人物、历史器物为经纬，以批判的思维、丰盈的意蕴和独特的修辞，勾勒了那段尘封已久的诗性世界和它的壮美与奇丑。他试图通过个体之眼，洞察历史被层层遮蔽的秘密，看清现实诡异而迷离的面容，直面那些让人不忍直视的苦难和不幸。他试图通过诗性的语言，复现并建构一种充满原始活力的野性之美与自由精神的图景。在《孙子兵法走出汉简》一诗中写道："《孙子兵法》走出汉简/《孙子兵法》走不出/自己对自己的诘难。"这既是反思又是追问，其中饱含了对生灵涂炭、苍生遭灾的悲悯与同情以及造成这种苦难与灾难原因的思考。再比如"本该是一把金色的镰刀/披挂着太阳的光芒/在绿色的田野里鱼一样游动/结果却投靠了战争/野蛮的寒光和放荡的锋刃/袭击了柔和的鲜血和圆润的生命"（《金戈》），是谁让一把收割庄稼的镰刀，变成"收割"人命的利刃，而又掌握在谁的手里？

邱新荣的诗歌是传统的、直白的、简单的，同时也是苍劲硬朗、慷慨激昂、通脱大气的。关于史诗化写作是一个诗人成长为一个大诗人的重要途径，只是邱新荣的创作似乎快了些、多了些，如果能够慢下来，磨出一部大诗是为期待。2012年9月，"大风起兮——邱新荣诗歌研讨会"在银川举行，可以说是对邱新荣诗歌创作成就进行的一次集中展示和全面总结。

贾羽（1961—），曾用笔名古风、於蒙，北京人，现居银川。宁夏作家协会会员，中国当代少数民族文学研究会理事。1983年毕业于西北民族学院汉语系。曾任宁夏人民出版社编辑室主任等。1981年开始文学创作，出版诗集《北国草》《风起之源》《立体的船舶》等。诗作荣获宁夏第五届文艺评奖二等奖。

贾羽的诗具有鲜明的北方风格和草原特色。他以"北方"和"草原"作为寻找精神家园的切入点，面对北方奇异的自然景色和人文景观，面对沙漠、草原、驼铃、毡房等一系列特有的塞外景物进行书写。贾羽带着诗人特有的情感和语言，艺术触角敏锐而充满激情。在他大量的以"北方"和"草原"为题材的诗歌中，一方面，通过"北方"意象来展示独具个性的粗犷豪放；另一方面，通过"草原"意象来表达一种辽阔、恬静和温情。贾羽的诗充满了对情感的诉求，他献给恩师唐祈教授的诗《怀念》正是这一情感的呼唤，意象跌宕起伏，以情驭物，以象尽意。诗人紧紧抓住"墓碑的冷黑""沙哑的歌音""血色的泪水"这些意象，进入"怀念"的庄严境界和情感的深度。当然，贾羽的诗还有超现实主义的抽象思维。主要体现在诗集《立体的船舶》中，代表作有《遥远的长调——兼赠苍茫的大西北》《旋转的慢板——梦幻致人》《遥远的长调》等。这一时期，尽管贾羽也创作有《永远的九叶》《九曲黄河》等作品，主体却是超现实和立体派风格。

导夫（1961—），本名马春宝，宁夏平罗人。1984年毕业于宁夏大学中文系。

历任宁夏大学期刊中心主任，《宁夏大学学报》常务副主编、编审，宁夏诗歌学会名誉副会长，宁夏文艺评论家协会副主席，中国文艺评论家协会会员，中国作家协会会员。1981年开始文学创作，诗作发表于《朔方》《青海湖》《文学青年》《诗歌月刊》《诗刊》等，入选《诗选刊》。出版《丁鹤年诗歌研究》，诗集《山河之侧》《无言之心》。

导夫的诗霸气而深邃，"没有什么比遥遥相对的重逢更广阔／没有什么比失魂落魄的守望／更能塑造凄风苦雨中的自己"（《空谷临风》），临风之时守望的是被蚕食的精神家园，彰显的是诗人不屈而倔强的个性。导夫的诗风多受中国现代诗的影响，普遍的象征、隐喻等手法也频频出现在其诗的结构组织中，因此他的诗歌总会把"大我"或者群体意识作为抒发的首位对象，而"小我"或微观现实则一般居于次要位置。在"大我"或群体意识的抒发表意中，其主旨通常指向抽象的精神文化感知，如"四顾无岸只能逆流而上／无须以不屈的姿势过多地瞭望／我们没有归期我们只有这样选择／我们无所谓确认行于水中还是泪中／因而我们不可能不这样抗拒／难耐的孤独"（《四顾无岸》）。所以读导夫的诗，主体性形象似乎一直徘徊在现代的宏观启蒙与前期"朦胧诗"的晦涩幽暗地带。其他多数诗篇可以阐释为是对青春懵懂、神秘之爱的曲折表白，对社会现实无意识的透视反而降到了最低或最淡的程度，这样的诗美旨趣在后来"纯诗"写作潮流中多有回声。

李建华（1961— ），甘肃合水人，祖籍河南商丘市。就职于长庆油田公司第九采油厂，现居银川、西安两地。中国作家协会会员。1992年始在《诗刊》《青年文学》《飞天》等发表作品，作品入选《新中国60年文学大系——诗歌精选》《中国新诗240首（1918—2008）》《小学生朗诵诗100首》等。出版诗集《高度与重量》等三部。

他的诗构思精巧，语言简练，转换到位，字里行间喷涌着情感和深思，把生命的体验和内心的感悟结合起来，平静中有喧嚣，无形中有力量。诗人视野比较开阔，目光由宁夏到青海、到西藏、到江南……在广阔的时空，感悟生命的奥义和生活的阵痛。诗人以叙事的风格展现了某种现实的疼痛和无奈，字里行间涌动着一股看似平静而又呼啸的潜流，具有较强的震撼力，其批判精神难能可贵。

歌的认为，李建华诗歌的写作特点，其一是情感细腻丰富，成为他忧郁哀伤的源泉。"你一定很冷，你的坟茔／覆盖着厚厚的积雪／……我孤单的思念／早已根植于你的坟前了／……一轮圆月／把一个声音的旋钮／在夜空中，缓缓地关闭／一片巨大的寂静啊／而我的喃喃细语，一滴滴／渗入了你的墓碑／和你墓碑上的名字。"《思念》写得凄美而深情，散发着地道的乡土风味。"死亡"这个令人联想到黑暗和恐怖的词在这里不是黑色的，而是以雪地和月光为时装，使死的意象也如此美丽。诗的情感凭借简明平淡的语言和单纯的韵律表现出来，不事雕琢而情真意切。其二是在讲究韵律感的同时，注意作品的节奏感和整体感。"那一年，两根琴弦／是一对夫妻／是相依为命的悲凉和辛酸／那一年，阿炳看见了／什么也看不见的黑夜／……那一年，导演说，你要清楚／你现在就是阿炳。"这首《那一年的阿炳》是诗人准确的感觉和自然的联想。"那一年"的反复咏唱，既是韵律的反复，又是情感的深化，使我们明显感觉到了其中交织的辛酸、悲苦和沉重。其三是想象力丰富。"从前，螃蟹是昆虫／不仅跑得快，而且善于飞翔／自从有了一顶帽子……便退缩为带壳的动物／放弃了天空和大地／不再做从前的自己。"用想象之笔描述了螃蟹的蜕化过程。"小女孩大约也很饿／又坐在地上／写几个熟字充饥……一株苦苦菜／里面有声音喊我／叔叔，我不愿在这里面活。"（《挖苦苦菜的小女孩》）诗给人的力感不仅在于指出理想和现实的不和谐造成人的心灵世界经常出现虚脱般的无力感，重要的是诗人在诗的深层隐秘之所透露了诗的本质含义，而现实的描摹和渲染，使作品有了不可替代的批判价值。[1]

张铎（1962— ），本名张树仁，宁夏固原人。历任泾源县委副书记，自治区政协文史和学习委员会副主任等。自治区政协办公厅副主任，宁夏诗歌学会名誉副会长，中华诗词学会会员，中国文艺评论家协会会员，中国作家协会会员。1986年开始发表作品于《朔方》《诗歌月刊》《星星》等，入选《中国诗人自选代表作》《诗国2011年诗典》等。出版散文诗集《春的履历》、诗集《三地书》、评论集《塞上潮音》《塞上涛声》等。

正如他在诗集《三地书》的跋中所言："从清水河到泾河，又从泾河到黄河，这三条河与我水乳交融。从须弥山到六盘山，又从六盘山到贺兰山，这三座山与我生命相依。这三条河、三座山养育了我，我把自己的第一本诗集命名为《三地书》，以示感恩。"张铎的诗有自己独特的构思和认识，如组诗《塞上山水》在平实的描述中，对每段结尾都作了独到精准的总结和认识。张铎诗歌的语言力求自然、简洁，在清朗秀丽中不失厚实的质感，如"青铜色的肩背／倚在金色的麦捆上／丰收的喜气和着热汗／在闪光的脸上流淌／歇一口气 割二十趟／心里浮出一幅画／用金色的麦粒铺成地毯／迎接没过门的新娘"（《春歌》）。还有"觉得很纳闷"，"沉不住气了"这样口语化的

---

[1]歌的.现实的关注者——读李建华的诗歌［J］.文艺报，2009（1）.

句子，是诗的语言，也是一种表达策略，更贴近诗歌对象的日常生活与内心世界。总之，他的诗在乡土、山水、人情之间从容地生长，简洁俊俏的外表下是刚健的骨骼和厚重的人生哲思。另外，在柔软随和的诗歌之外，张铎的主要成就在其评论方面，既有感性真诚的认识，又不失理性厚实的批评锋芒。

米雍衷（1962— ），宁夏灵武人。就职于吴忠供电局。中国电力作家协会会员，宁夏诗歌学会名誉副会长。20世纪80年代中期开始文学创作，在国内多家报刊发表诗歌两百多首，并入选众多选本。出版诗集《喊疼的风》。

米雍衷众多浸淫着爱、痛苦和忧郁的诗篇，是他人生经历的印证。其中有一些回忆其子琪儿的诗，可以看出残酷的生活对诗人心灵的挤压已经达到几近崩溃的边缘，他试图借助诗歌的力量缝合情感的破损部位。杨梓把米雍衷列入心象化创作倾向的诗人，认为他是一个用痛苦酿酒的诗人。米雍衷诗歌创作的意义一方面在于努力将个体内心的痛苦拓展到人性层面，在对爱情进行另一种味道阐释的同时，对人本身亦进行着较为深刻的反思，有着浪漫之后的现实主义倾向；另一方面是米雍衷在诗歌语言上所作出的努力，即语言的硬度，他对"抽象的肉感"已有超越现实的把握能力，让词语自由碰撞并融合，以显示词语本身的力量。米雍衷做人作诗，都有着侠肝义胆、豪放不羁、超凡脱俗之感，但他内心的敏感、纤细和哀婉使他体验到事物的另一面，从而使他的诗呈现出山中有水的柔美、水中有山的奇崛以及山水交融的秀拔。

米雍衷是宁夏诗人中充满诗性张力的诗人，那种决然而突兀、冷峻又不乏热情地散射着哲思的火光，阐释着自己对这个世界的别样认识。其诗语言激烈、叛逆、冷峻、峭拔而富于诗性张力。当然，诗人若能够开阔视野、审视当下，使其诗歌从过分沉溺的个人苦痛中抽离出来，走向更广阔的诗学空间，则善莫大焉。

洪立（1962— ），宁夏吴忠人。宁夏作家协会会员。1983年开始文学创作，作品发表于《朔方》《诗刊》《诗歌月刊》等。出版诗集《露珠上的太阳》。诗作荣获宁夏第八届文艺评奖二等奖。

洪立的诗情感质朴，短小精致，有时往往于平淡中显出脆弱、隐忍的一面。其诗语言简约含蓄，具有扎实的生活体验。洪立写给父母的诗情真意切，感人肺腑。他写父亲："我喝醉的时候／你在后面跟着／但我不知道／你悄悄地用一尊黑影跟着……"（《喝醉的时候父亲跟着我》）他写母亲："那是我的母亲／站在半山上／衣襟里兜着杏子／红红地　闪着／微疼的光……十八年前／把自己栽到风雨里／目送我走出家园……一片杏树都已长大／／我的母亲还站在半山上。"（《杏树》）母亲衣襟里的杏子都长成了杏树，但母亲还站在半山上，一站就是十八年，这里的情感已被洪立抒发到了极致。

洪立的诗像他本人一样朴素，有时还显得笨拙，好像不知道怎样组织语言、怎样分行，而这又恰恰在他随意的排列中显出灵巧，透出诗意，如"一个人背着谷子／另一个人就摊开手掌／掂量着谷子的分量／那种弯腰的姿势／就像下垂的谷穗"（《傍晚》）；再如"看一朵花开得很疼／看一片花红得发晕／／花开得只剩下花了／／在一朵花下／我葬下飞鸟／我想让花也开出飞鸟来／让花也开出鸣叫"（《我多么希望花开得和天空一样》）。与其说这些诗出自一只粗手大脚的男性之手，不如说来自一颗细腻温婉的女性化的心灵。

杨梓在《露珠上的太阳》的序中认为，洪立的诗"质地朴拙而透出灵巧，抒情诚挚且情感浓郁，语言简明又跳脱如兔。如一道黄昏中脉脉含情的目光，在不经意之间轻轻撞击一下我的心灵"。在诗的语言层面，"常常有词语从语言中跳将出来，令人眼前一亮，让人感到惊喜。但这在诗学上还无法归于哪一种手法或技艺，倒令我突然想起一个词'跳脱'，正是'化板滞为跳脱'"。洪立正在努力把握自己与周围世界的关系，并将自己的情感投身其中，又从中跳跃而出。

张记（1962— ），本名张春季，河南方城人。神华宁煤集团员工。石嘴山惠农区作家协会副主席，宁夏作家协会会员。发表诗歌、散文、随笔等，出版诗集《大地深处的回响》《神木谣曲》。

钱守桐在《为有源头活水来——评张记煤炭诗》中认为，"以煤田为骨，以矿工为魂"，这是张记煤炭诗歌的总体概论。诗中的风骨和灵动的根源来自诗人自身的观察和修养。张记用笔雕刻煤层，用心钻探煤田，让煤与人之间撞击出生命的火花。如《翻阅煤壁》："在翻阅煤壁之前／我首先把目光点燃／把骨缝的剑气点亮／巨大的黑暗拥挤如风／褐色的岩体将我包围／从历史的层页里渗出黑血／'嘭'的一声／燃旺人生的信念。"张记观察矿工的每一个细节，都是一首首诗，如《矿工的牙》："最美的意象就属你了／在井下　稍微一张口／眼前就飘着雪花／纯净　清洁　美丽／让我们的语句／都变成叫着的鹅／或奔跑的小白兔……"在煤田黑暗的巷道里，诗的光线不仅能直抒胸臆，而且能把白与黑统一起来。二十多年的痛苦摸索的创作历程，张记的煤炭诗正是抓住煤田特征和一群"黑哥们儿"内在和外在的本质与表象，使得诗情之翼正挟风而上。

刘敬东（1963— ），笔名杰地，宁夏固原人。毕业于固原二中、北京大学生物系。美国分子遗传学博士，现居美国圣路易斯市。1983年开始诗歌创作，诗作发表于《星星》《诗潮》《新大陆》（美国）等。出版诗集《远夜遥唱》

《西檐之歌》。

刘敬东出生于宁夏固原一个偏僻的村庄——峡口,通过锲而不舍的学习,成为美国生物信息和生物系统研究专家,诗歌创作于他纯粹是业余爱好。《远夜遥唱》分为"乡情再咏""若醒似悟""远夜如风""异地探思""南国乡絮"五辑,共收录诗作一百六十六首。诗集中收录的作品大多数是故乡情结的叙述,也有一些即兴创作的感悟之作,以阐释人生的无奈。正如王怀凌在序中所言,这部诗集"无疑是一个远离故土的游子在异国他乡的精神纠结"。

《西檐之歌》是他的第二部诗集,精选了作者近年来创作的诗歌,饱含着作者对故乡的深情,对生活的美好记忆和生活的折射,诗集中除了咏情,更咏物、咏志,文笔细腻,感情真挚,既有"起风的时候,想起荞麦/一大片贴在半山腰的荞麦地/久违了的蜂蜜香味/包围了车马奔劳的大道/正是荞麦花开的时节/你的视野中美好的姑娘们"的柔婉记叙,又有"谁是奔放的野马/你,我,还是万仞峡侧的野花/都曾狂傲,都曾践踏天涯/有时在梦中,有时在梦中人的梦中"的强烈追问。由于成长于中国、生活于美国,刘敬东自然受到两种不同文化的影响,一种无所适从的焦虑便会自然表现于诗作之中,并形成与众不同的思维方式、创作手法和语言风格。

周彦虎(1963—),宁夏西吉人。任教于西吉中学。西吉县文联副主席,宁夏作家协会会员。1982年开始文学创作,诗作发表于众多报刊,入选《宁夏文学作品精选》《生命的重音》等。出版诗集《一壶夕阳》。诗作荣获宁夏第四届、第五届文艺作品评奖二等奖、三等奖。

赵炳庭在《诗歌田园里的守望者——读周彦虎诗歌有感》[1]中认为,周彦虎以西部的自然生态人文景观入诗,以历史文化资料入诗,突显了历史纵深感和家园情结。诗人借助我们身居其中的这块大地,将西部人文精神提升到一个理性的高度,把哲学文化和审美视野拓展到一个较远的境地,营造出诗歌的智性空间,如《山里的风情》《山里的婆娘们》《六盘人》《老吼山歌》和大量的描写古代人物的诗等。这些诗既有独特的生命体验,又有对现实民生的关照;既具备了扎实的语言功底,又不乏娴熟的技巧,达到了西部诗歌所具有的审美特质。进入20世纪90年代,诗人对生活的观察、感受、认识、理解进一步深化,思想和艺术上有了更大的突破和创新,其特点为不管是写景状物、借景抒情,还是直抒胸臆、披露肝胆,都往往有较浓的哲理意味以及对现实的批判、对理想的追求。《绿色的挽歌》从萧瑟苍凉中透出激愤,

----

①赵炳庭.诗歌田园里的守望者——读周彦虎诗歌有感[J].六盘山,2010(2).

体现了诗人对人类生存环境的思考，流露出人类文明对于自然破坏的忧思，使我们看到了一个深怀责任和救赎精神的诗人。

潘春生（1964— ），宁夏同心人。石嘴山市作家协会副主席，宁夏作家协会会员。1988年开始创作，诗作发表于《朔方》《绿风》《星星》等。出版诗集《在农历的筋脉上穿行》。

潘春生与洪立一样，农忙种地，农闲打工，闲暇写诗。潘春生的诗歌多是对漂泊感和思乡的表达以及对田园生活的书写。诗人说："面对乡土／一生的守望不算太长。"（《面对乡土》）他的许多诗歌都与乡土有关，描绘乡村的诗作有一种陶渊明式的轻悠淡远，诗人以竹为朋，以鹤为友，透着孤与洁的品质。《乡土清音》由六个诗篇构成，集中体现了潘春生的自然主义倾向，所写之事，无不与自然相关。潘春生的诗让人一读便觉得这样的诗歌才是最惬意的乡土诗。在这里，对村庄故土弥漫着深切的赞美与感怀，而非城市游子的简单寄托。他的乡土诗让人顿感踏实，原来还有保存如此和谐美好的土地等待着我们的回归。农民的情感，农民常见的生活意象，农民对春的盼望……由诗人珠玉般灵动的表达跃然纸上，这就是所谓民间的智慧。

对传统古典诗词的学习，是偏于一居的宁夏诗人们的共同选择。因对传统文化习性的沿袭和秦汉文化底蕴的沉积，在苍茫的田地之间，在人与自然之间，他们便很容易遥想古人的雄姿与豪情。他们将学诗的触角首先伸向古典诗词的丰富多彩的语言和独到的诗韵，并结合自己的个性气质，形成了自我审美趣味。潘春生就是如此观诗和写诗的，特点在其中，局限也在其中。

王武军（1964— ），宁夏固原人。宁夏诗歌学会副秘书长，中国作家协会会员。2008年开始文学创作，诗歌、评论作品发表于《朔方》《中国诗歌》《诗歌月刊》等，入选《宁夏诗歌选》《中国诗歌21世纪十年精品选编》等。著有诗集《经年的时光》和评论集《疼痛与唤醒》。

王武军对历史文化的考量，对故乡风物的依恋，对生存之痛的担当，让诗人打破了生活原型的局限，表达出情感与理性相融合的生命体验。他以一种"执迷不悟"的独唱，创作了大量的有关老家、村庄和亲情的诗歌。以时光为经，一年十二个月和季节变化构成了诗意的纹理；以地域为纬，各种自然景观和人文景观，各具形态，连缀起繁多的诗意色彩。诗人就这样在天地间行走，在失落中追回，在疑惑中摸索，既打捞美好的缺失，又唤醒人间的疼痛。他的话语方式，是心灵的质朴言述，是自然真实的叙写。他从故乡的泥土开始，再以故乡的泥土结束，寻求精神的回归。

周鸣（1968— ），本名周福琦，宁夏灵武人。历任灵武市委宣传部副部长、银川市金凤区党委常委、银川市广播电视总台台长等。银川市兴庆区区长，宁夏诗歌学会名誉副会长。诗作发表于《人民文学》《诗刊》《星星》等。出版诗集《背后的村庄》。

周鸣的诗很好地继承了中国古典诗学中"抒情"与"言志"精神，注重对事物、人情、世故、风俗，乃至动植物的咏叹和褒扬，他的审美方向也多属于王国维所说的"有我之境"。有时候，即便是"无我之境"，他也能通过千回百转的勾连，转化成"有我之境"，如"一只不知名的小动物／随草丛起伏／一只鸟儿飞过／风刚刚梳过草甸的长发／雨就为满山坡的"花儿"挂起梦幻／我在梦幻中找回自己／孤独的巩乃斯草原啊／竟如此来"（《临巩乃斯草原》）。周鸣大体应算是即情即景、且情且景的浪漫主义者，诗歌也因此多以物我两忘，或天人合一式架构而收束，但略欠审视和批判的视野。

张立（1968—），宁夏灵武人。历任灵武县房地产管理公司基建科科长、灵武市宁东镇党委副书记、灵武市房地产管理局局长等。宁夏作家协会会员。1988年开始发表作品于《人民文学》《诗刊》《绿风》等，入选《中国新人诗集》《时光之轴》等。出版诗集《树的眼睛》《途中的花园》《把岸还给河流》。

张立深受中国现代诗人的影响，他把发现美、表达真、实践善，作为诗歌世界的全部，因而他的诗，虽然多以个体内在生活的感知为对象，但呈现出来的境界，多不是内在性，或者不是个体内心的遭遇。恰恰相反，是以内在来观照外部，于是，梦境、直觉、现实等基本构成了他的诗，如"野蔷薇在水瓶里／呼唤朦胧雾幔里的远山／呓语于幽谷间的一片枝叶／饱含你永世的想象／／是陈年往事／也是一份孤寂／让我无限陷下去"（《野蔷薇》）。好处是，诗无处不阳光，无处不美感；不足是很容易形成写作程式，诗便多有流于浅显和表象的嫌疑。

张不狂（1969—），本名张彬，陕西横山人。就职于神华宁煤集团。宁夏作家协会会员，中国煤矿作家协会理事。作品发表于《诗刊》《诗选刊》《诗歌月刊》《朔方》等报刊，作品入选《宁夏文学作品精选集》等书。出版诗集《红磨坊》《城市与山水之间》《时间的划痕》等。

他的一部分诗歌非常口语化，以平常语写平常事，论平常理，写得恬淡、日常，以反拨诗歌写作中惯常的贵族化情绪和过于空灵以至于空洞的诗性言说。另一部分诗歌是散文化的。在《夜晚袭来之前》这首诗中，作者冒着语义断裂的危险，无论句子语义是否完整都切开转入下一行，使每行字数一致。张不狂还写了狗皮膏药、洗头房、按摩屋、性感的红唇、苍蝇、失踪的宠物、离家出走的孩子、办证广告、贴小广告的电线杆子……这些代表丑和恶的事物，因为他关注的美学范畴不仅仅是美。这些丑和恶是现实丑陋的写真，恶之瘤就长在丑陋生活的边缘，昭示着世界的复杂性。这些令人恶心的、丑陋的、具有不祥意味的意象，昭示着我们生活中的病态、纷乱、混杂、痛苦、忧郁和作者"精神的骚动"，这些意象从另一面展示了生活的本质和真实。在诸多的实验中，张不狂的语言以平实、沉着见长，直陈式居多，不炫耀技巧。语言有质感，因为口语化特征突显，所以直白之余，余味不够绵渺，稍缺弹性。人生的事事物物就在给予与亏欠的跷跷板中，在不平衡中行进，得以维持平衡。张不狂以如此平实自然的语言，表达他自己从日常经验中体味得来的哲理，保持着一颗诗人的正直的心。评论者秦客有一句话说得非常好："他的诗没有写出所谓的语言高度，但写出了诗人深藏的内心高度。"[1]张不狂是一位大胆和自由的诗人，他的诗歌敢于涉猎多个向度进行书写实验。他充分展示了自由诗体的文体功能，以文体形式的自由多变、开放多元，最大限度地满足了自己作为一个现代人心灵的自由度与精神的复杂性抒写，展现了他拥有的诗歌广度和拥抱事物的能力。虽然缺憾的是他在每一个向度上都走得不够深远，但重要的是他一直在探索，他在探索诗歌的底线到底在哪里，似乎每种样式他都要试一试并乐在其中，这就体现了诗人敢于探索、勇于独创的精神。反之，一个缺乏探索精神而自我重复的诗人注定是平庸的。

李耀斌（1969— ），宁夏西吉人。任教于西吉平峰中学。宁夏作家协会会员。作品发表于《诗刊》《飞天》《朔方》等，入选《中国当代青年抒情短诗精粹》。出版诗集《河是水的衣裳》。

李耀斌的诗与美化西海固的诗和西海固颇有号叫色彩的诗不同，他的诗越来越注重微观琐屑，也越来越彰显诗歌本体的作用。他关注的重点是诗歌作为独立的文体，它究竟该怎样结构的问题。在这个意义上，李耀斌其实通过他的诗，为地域文学走出了一条新路。就是不唯现实，也不唯主题，放开诗艺的手脚，大胆地让诗歌先成为诗歌。比如《山里的冬日》："我看雪花 / 我掰指头 / 我心里说 / 再过几天雪就完了 / 那时土地很湿润 / 就有好多芽芽破土而出 / 父亲就会抱着芽芽咧嘴笑 / 我把媳妇搂得很紧 / 村里好几个小伙子 / 又搂上媳妇了。"人们可能更需要在身体的冷暖中体会生命的细微波动——回到身体、回到个体的视野，不再通过自然的浩大来证明自我的渺小，或者不再借自我的弱小表达外界的严酷，这在迄今为止的西海固诗歌史上，李耀斌也许是为数不多的几个诗人之一，具有审美上的革新意义。就整个西

---

①秦客.张彬诗歌阅读印象［J］六盘山，2009（3）.

海固文学框架而言，很难说李耀斌已经意识到文学探讨的对象应该提升到人类这样的高度，但他在有意识地排除已经知道的各路观念和思潮，他的诗从语调、遣词乃至整个结构，都是在写今天的一种人性内涵。难得的幸福中总透着经不起多少分析的脆弱，看起来不堪一击的脆弱中，又仿佛孕育着较大的审美力量。总之，李耀斌的诗从题旨的专注、技巧的用心到美学观上，都溢出西海固文学已有的经验，有新世纪乡土诗歌研究价值的个案特点。

岳昌鸿（1969— ），宁夏平罗人。平罗县文联主席。宁夏诗歌学会理事，宁夏作家协会理事，中国散文诗学会会员。作品发表于《散文诗世界》《朔方》《星星》等。出版散文诗集《桃花一笑》、诗集《尘埃中触动的芬芳》。

岳昌鸿是写作的多面手，他吟咏家园、抒写贺兰、中卫城、平罗城、横城、黄金水岸、长城、黄河圣坛、青铜大峡等，把地理与历史相联系，充满对过去的神往。历史让居住的地方有了一种厚重感，然而"金黄的内容被时光收容"，站在天地之间，"我在塞上瞭望，／前方，无尽的衰草等着天际的一场野火收光"，而"美丽的塞上江南／是我情感的依恋／千年前的那个夜晚，／随风而来的是英雄的无眠。／就着月光，我把你的诗篇翻看"（《贺兰山巅》）。岳昌鸿的诗具有中国传统诗歌的古典韵味，"不管是在诗歌的内容或是形式上都保留了一丝传统文化的痕迹"[1]。他的诗歌"比较独特，总体表现为意境悠远而且宁静、有古典诗歌的意绪、人生的况味、高远的哲理表述，又不乏诗歌的韵律感，读之能给人流畅的节奏感，他提出的内在韵律与当下思考相结合的诗歌创作维度，值得关注"[2]。

何武东（1969— ），宁夏盐池人。宁夏作家协会会员。与友人单晓春共同创办《北方向诗歌论坛》及民刊《北方向》。诗作发表于《朔方》《青春》《诗歌月刊》等，入选《当代青年诗人20家》《中国新诗选》《体验网络》等。出版诗集《纸边界》。

在宁夏60后诗人中，大概何武东算是最具有后现代气质的诗人了。在他的诗中，世界哗哩哗啦变得破碎了，现实也倏忽之间变得陌生了，人也神乎邪乎地变得捉摸不定了。在他的思维组织中，似乎没有什么是中心，也没有什么是值得信赖的，更没有什么是能够依靠一辈子的。唯独可以信赖的是诗人的感觉和在感觉中构想的人和事，也就是说，何武东诗的重心，是对感觉的感觉和对体验的体验。如《孤独，感》："那些孤独的日子／是没有面孔

---

①曾兴. 写在记忆深处［J］. 星星诗刊，2012（12）.
②唐晓渡. 宁夏诗歌的全景［J］. 扬子江诗刊，2012（4）.

的日子 // 球在马路上自己滚动 / 转瞬即是黄昏 // 没有人意识到 / 一只鸟飞着飞着就要去死 // 埋在镜子里的是 / 我披满长发的面孔。"无疑，这是一种奔向极致的诗歌探索之路，它所面对的不单是诗学，更重要的还有神话、历史、哲学，乃至一切人文话语构成的历史。他现在已经意识到了的只是诗学的历史和审美的历史，如果他继续努力，他的诗差不多就能形成一种解构主义力量，类似写作《零档案》时期的于坚那样，成为"元诗"。当然，"元诗"建基于"元历史"的建构，这就考验的不止是诗人的诗才了。目前来看，何武东似乎还未做好准备，在文化的理解上有相对主义或者虚无主义倾向，因而这一路诗歌写作实验，不够自觉。

宁夏 60 后诗人阵容庞大，很多诗人才华横溢，出手不凡，只因工作、生活等原因转战其他领域，但同样取得不凡的成就，如薛刚、权锦虎、张强、阿康、李学智、刘中、丁学明、徐幼平等。

薛刚（1961— ），山东人，1975 年移居宁夏银川。历任宁夏旅游局副局长、宁夏农垦局副局长等。自治区政府副秘书长。1982 年开始创作，诗作发表于《宁夏日报》《朔方》《山东文学》等，荣获宁夏第五届文艺评奖三等奖。出版诗集《薛刚的诗》《塞上放歌》。薛刚现代诗创作的高峰期差不多集中在 20 世纪 80 年代中期至 20 世纪 90 年代中期这一阶段。由于这一时段，中国社会正经历着社会结构的变化，宁夏亦不例外，所以他的诗当可视为时代变迁的记录来读。《乡土》《二牛抬杠》《羊皮筏子》等短诗，就可作如是观。诗人在对客观社会现实的细微体察和客观素描中，心系乡土，心系故园，人道主义情怀加上乡愁，遂成了其诗主要的结构框架，如"渗进我的血管，漫上我的心头 / 冲洗着日夜兼程的疲惫 / 滋润着十年的乡愁 / 只觉得游子的心啊 / 像一颗飘零的麦种 / 又沉落进了乡土温暖的怀抱"（《乡土》）。薛刚古典美的创作倾向，可能会走向古体诗的创作道路。

权锦虎（1962— ），宁夏彭阳人。曾任银川群艺馆办公室主任、银川文化艺术馆创研部主任、《银川文艺》主编等。宁夏作家协会会员。诗作发表于《宁夏青年报》《朔方》《六盘山》等。出版诗集《穿行的树根》。权锦虎是 20 世纪 80 年代中期就已在宁夏成名的诗人。荆竹在权锦虎诗集《穿行的树根》的序中认为，权锦虎的诗长短句都有，富于音律美，那些短句读起来，似有元人小令的味道。他的诗贯穿始终的就是一个"情"字，既是咏物、写景，又是情的外化，特别是那些写大山深处的"山妹子"。他一直追求真实的震撼与诗意的表达，对于现实与诗意之间的处理，常常充满了象征化表达的独特魅力。权锦虎的诗歌，时常因为象征化要素的加入，诗的思想有了光彩，文字也更加明快生动，意象迭出，诗人的精神高度得到了有力的彰显。权锦虎诗歌作品的抒情，是建立在比现实更纯粹、更接近人性的本真上的。一个豪放而又细腻的男子汉，或张扬或内敛，或喜悦或沉思地书写着现实的点滴与生命的感怀，试图将自己每一次心灵的颤动，都完美而深刻地呈现出来。

张强（1963—），宁夏固原人。毕业于宁夏大学中文系。历任《固原日报》编辑部副主任、《宁夏日报》总编室主任等。《法治新报》总编辑，宁夏诗歌学会名誉副会长。大学期间开始创作，诗作发表于多家报刊。主编《20年见证宁夏》《四十七岁才开始》等。张强在大学期间开始写诗，20世纪80年代活跃于宁夏诗坛，后因一直在报社工作，繁忙的编务工作抑制了他诗歌才华的发挥。当所有诗人都在节奏上认真停顿分行时，张强以激情澎湃、令人窒息、散文式的长句诗出场时，便显出了与众不同的独特性，如"三月吻别了二月后从二月的阳台上跳下来大大方方在街上行走／告别滑雪衫的季节三月穿起牛仔裤穿起夹克衫三月真是帅极了／暖融融的阳光真大方慷慨抚摸着梧桐树它给三月带来温柔／百货大楼撩出立体声诱惑三月进去三月在抢购一种美人霜"（《三月，属于女性》）。三月不仅属于女性，而且已拟人化为女性。

阿康（1964—），本名陈小康，宁夏石嘴山人。就职于大武口洗煤厂。宁夏作家协会会员。诗作发表于《朔方》《诗刊》《星星》等。阿康的诗充满了修辞学冲动，也非常注重在具体而微小的诗句、词汇的雕琢中，彰显诗的力道和味道。短诗《草叶》就很有分析的余地。整体来看，整首诗的意境、意象，乃至主旨，其实很微小，但细究其结构组织，几乎每个词、每个句子都用得很饱满，使诗的体验完结于很大的张力之中。其中的原委在于，他具有鲜明而自觉的修辞意识，也颇为讲究汉语本身的韵味和魅力，使他有"到达纯洁需要多少路程／一生，或一瞬／这样的飞翔需要干净的翅膀"的体验。对于别人，这可能会解释为神来之笔，但对于阿康，其实不过是诗句甚至单是词语经营过程的一个自然而然的逻辑结果。由此可见，阿康的确是写得太少了，以至于他的这一套"技法"并没有完全被读者所领会。

李学智（1965—），宁夏灵武人。毕业于宁夏大学历史系。就职于灵武市科技局。宁夏作家协会会员。诗作发表于《诗刊》《诗刊选》《朔方》等。无法考证李学智的诗究竟源自哪个诗派，但从其诗句的禅味，也许可以拉出一个谱系来，比如四川的张新泉、甘肃的李老乡、宁夏的虎西山等。所不同的是，这些诗人大体可以归为新乡土诗人，他们的一词一语一句，讲究禅意的空白；一颦一笑一动作，皆关乎中国古典人文的简洁。李学智则在此基础上略有改写，对其现象世界给予充分的解构和重组，显示出了自觉的现代意识。万物化作了诗人的主体性，诗人的主体性又彰显成了意义的主宰者和阐释者。短诗《桃花》就能说明问题："桃花开的没错，错的是／我看见桃花开了／蝴蝶飞在桃花中没错，错的是／它把花瓣变成自己身体的一部分。"在接连不断的"没错，错的是"式追问中，意义世界的半径不断缩小，价值的强度不断递增。"四月，我居住在桃花里／你别想找到我／你也不是唯一的后退者。"诗成了语言的炼金术，也实现了"集精微而致广大"的中国传统审美目的。

　　刘中（1965—），宁夏银川人。毕业于宁夏大学中文系。历任海原兴仁中学教师、《中国经营报》宁夏记者站记者、银川市人社局监察大队大队长等。宁夏作家协会会员，宁夏诗歌学会名誉副会长。1982年开始发表作品于《朔方》《星星》《诗歌报》等。出版诗集《贺兰山的草帽》。刘中的诗融会了历史、神话、逻辑及史诗传统，他善用想象，也富于想象，使他颇具代表性的诗作因为想象而呈现出了拟史诗结构的完整的乌托邦世界。因而他的诗一方面显得够"大"，比较大气，格局和气度都趋于史诗框架；另一方面，他的诗也讲究"小"，即以小见大、以小见阔、以小见量。有时候，会觉得他的诗有点抽象。尽管如此，刘中具有史诗思维，也写出了颇具史诗气质的《草帽之歌》等优秀作品："巨岩风化　天空弥漫混浊的尘雾／草帽大幅度倾斜／一如游侠纵马荡涤蹄烟／呛鼻的西伯利亚飓风的烟卷／在峡谷的手指间强烈地咳嗽／游侠纵马南北超凡脱俗／草帽的风采卓尔不群／被时间冠带。"诗中的"草帽"可能是贺兰山的另一个形象，而贺兰山就成了宁夏的一顶草帽，"精神的草帽"则是子丑寅卯的时间和"十步之内必有芳草"的命运。

　　丁学明（1965—），宁夏灵武人。银南广告装饰工程公司总经理，宁夏作家协会会员。20世纪80年代开始诗歌创作，出版诗集《横撇竖捺》。丁学明的诗简约、含蓄，叙事风格明显。在丁学明的诗中，抒情形象大多是在生活中有缺陷的或带有悲剧性的人物，如没有儿子的父亲、卖掉卡车的司机、沉湖的姑娘等。诗人不动声色地在一种兼有叙事性的结构中，抒写这些人物的经历，很少带有某种外在激烈的有着偏向性的感情色彩。在不动声色的客观叙事中揭示隐含着不同文化和生活习俗所造就的心理差异，又不动声色地告诉读者是如何导致了一场不可避免的悲剧的发生。诗人一层层揭示生活中所发生的悲剧，在简约含蓄中给人启示：在并不完美的有着缺陷的生活中，如何更用心地去追求完美。较成熟的客观化的叙事结构，最终会达到对人生的多层感悟和思考程度。"毕竟是大方的世界／何必小小地做人。"这大概就是他拥有区别于他人创作特色和个人风格的原因。

徐幼平（1964—1996），宁夏永宁人。毕业于宁夏教育学院中文系。曾任教于永宁增岗中学、望远中学。诗作发表于《宁夏青年报》《朔方》等。徐幼平短暂的歌吟，如同他短暂的生命历程，满怀无边的憧憬而来，盛载千古的遗憾而去。"你说渴　我没有想到／在我为你汲水而离开的片刻／你的容颜开到了美丽的极限／转瞬凝固成千古的遗憾。"这首发表在《朔方》1995 年第 11 期的《昙花》好像已经预示了什么。敏感的直觉、罕有的悟性和精致的诗歌构架，并没能留住这个年轻诗人的生命。从留存不多的诗篇中可以看出，徐幼平的精神气质大概属于那种有才而绝望的类型。徐幼平的人生很短暂，诗的内容却驳杂繁复，尤为突出的是他对世俗美好的不息捕捉，而在追寻的过程中一次次错失良机，或者说是每每阴差阳错的失重感和错位感。因此他的诗勾起了读者对美的向往和对善的迷恋，他的真诚也因饱满的人间世俗味而令人备感伤怀。无论《叶子在中秋离去》，还是《雪莲》等，复沓回环、追问往复的旋律，其实已经形成了徐幼平诗歌某种特有的诗美精神。通过深入的内在性眷顾，已经超越了对具体事物是否圆满的诉求，即超越了对爱情、亲情、友情或世情缺失的呼救，而上升到对生命本身或者说对制约生命自由的因素的诗意诉求，读之令人扼腕，令人喟叹。

宁夏 60 后诗人还有陆占洪、朱安宁、白景森、马春林、孟虎、王跃英、季栋梁、高强、李正宏、刘俊江、白军胜、党学宏、王钟、梁锋、王凤国、郭文斌、陈晓东、王苇青、冰河、樊进中、单晓春等，离开宁夏的诗人有李春俊、殷实、陈继明、张一梦、戴凌云、刘敬东、蔚然、何伟、刘鹏凯等。他们都是宁夏 60 后诗人中的一员，都为宁夏诗歌的繁荣作出了积极的努力。

总之，面对宁夏 60 后诗人及其创作，我们着实感觉到了丰富的欣喜，以及与之很不匹配的评论的苍白。宁夏的文学理论批评一直都在关注小说，而作为宁夏文学重要的一只翅膀——诗歌，其理论批评研究却十分缺乏。宁夏诗歌创作——这里说的主要是作为宁夏诗歌中坚力量的 60 后诗人创作，很少成规模地进入文学理论批评领域，这必然导致这一批诗歌经验被不合时宜地集体遮蔽。宁夏 60 后诗人尚且如此，70 后、80 后诗人更是无人谈论。鉴于此，在书写这一代人的诗歌创作时，为了具体呈现他们的贡献，当然也为了尽量避免遗珠之憾，我们采取了概论、专论和简论相结合的写法，以淡化全国诗歌思潮的冲击，突出宁夏 60 后诗人创作的特点与个性，进而首先在审美实践、价值取向、修辞选择上，弄清楚他们的具体努力。如此，我们的论述，即便偏颇，也是直接面对诗歌作品而发言，努力勾勒出宁夏 60 后诗歌创作的整体性审美形象。

第六节 因被遮蔽而奋力突围的 70 后诗人

在当代文学已经形成的经典化体系中，50 后、60 后作家已经完成了经典化的过程，支撑起了学院文学研究话语体系的生产。但是，"相比与 50 后与 60 后的雄壮强劲的队伍，曾经的战果和攻占的高地，70 后一直战绩平平，没有出现可与之比肩的人物。相比之 80 后的青春锐气，在图书市场所向披靡，70 后也显得形影相吊，自甘寂寞。70 后作家被称之为是在'夹缝'中生长，是被遮蔽的一代。"[①]这种看法只适用于小说，诗歌却不尽如此。

70 后仅仅是一个笼统的代称，其间归类着多种写作：知识分子写作、下半身写作、民间写作、口语化写作等。宁夏 70 后诗人作为全国 70 后诗人的有机组成部分，是其中富有生命力的一脉，其创作也有着多样化的走向，美学追求和艺术实践方法也各有不同，每个诗人都在某一方面形成自己的特色。虽然 70 后诗人诗作风格各有特色，这个群体中的绝大多数诗人还处于不定型的成长过程，远未到盖棺论定的时候，但是我们还是能够概括出其大体的共同特征：内容不重复，语言不晦涩，技术不繁复，行文较安静，突出表现在以下几个方面。

一是警惕全面西化，回归传统。宁夏 70 后诗人作为对传统的反拨，他们在写作中自觉地走向传统。他们在继承中国古典诗歌传统的前提下，密切关注当下的生存现实。大多采用日常语言，简单朴素，摒弃繁复的修辞与技术，探索口语化写作。这一举动让诗歌续接起历史的维度，而不是让诗歌处在现代和后现代的错位中断绝了历史和未来。

二是诗歌"在地性"的形成。宁夏 70 后诗人为打造中国特色的原创性诗歌，自觉不自觉中付出了自己的努力。诗人还从自己的经验感受，从普通百姓的日常生活出发来创作，想从自己的土壤中产生出具有独特性的诗歌。宁夏的诗人们强调了"地域"这一特征，宁夏特有的地理事物、历史渊源成为他们写作的源泉之一，成为诗歌的"新的生长点"。宁夏 70 后诗人的诗歌强调的是生命经验的感受性、地域性、历史与文化之根。这些方面的强调重构了诗歌命运，让诗歌具有"在地"中国、"在地"宁夏的品格。

三是很强的空间感。城市和乡村是他们诗歌中两大并置的物理空间。同时他们也体验到了自身情感的尴尬，认识到自身陷入了身体与灵魂的双重漂

①陈晓明 . 70 代，向后看，向前看，看透文学［J］文艺争鸣，2013（6）.

泊。所以70后是毫无争议的"归乡无路"的一代人。其实故乡并不像他们梦中勾画的一样静态地美丽着，乡村是变化的。我们的诗歌需要面对被撕裂的自然，感受脚下土地的裂变，感受生存于其上的人心的喧嚣，重建诗歌和生活现实的复杂联系，体现诗歌对人生的穿透性意义。遗憾的是，这部分内容被诗人眷恋的眼睛遮蔽了。他们以旁观者的眼光打量城市，会更容易洞悉它的本质，携带着诗人在城市和乡村之间游走中所有的孤独、彷徨和荒凉，让诗歌成为从城市内部生长起来的神话。

四是诗歌写作对历史背景的日渐淡出。70后是具有过渡性质的一代人，他们嗅到了宏大政治的尾声，也最早感知现代、后现代的先声。对他们来说，个人和历史的缝合不像先辈们那么紧密，也不像80后那样松散。所以，70后诗人的身上不再具有浓重的历史意识和历史责任感，历史在他们的诗歌中不占领导地位。诗歌中的"我"不再是高昂的、抽象抒情的、大写的"我"，诗歌变成了脱离历史大叙事后的琐碎叙事，走进了日常生活。从以头顶立地变成以双脚立地，诗歌大多成为作者对日常生活一些微小细节的触动，呈现出碎片化的特征。

宁夏70后诗人有很多，其中的佼佼者有郭静、马永珍、安奇、阿尔、杨建虎、孙志强、谢瑞、刘乐牛、高鹏程、马占祥、泾河、唐荣尧、木耳、杨春礼、保剑君、咸国平、西野、马晓麟等。

郭静（1970— ），宁夏隆德人。就职于隆德县文联。宁夏作家协会会员，宁夏诗歌学会理事。20世纪90年代中期开始发表作品于《朔方》《诗刊》《星星》《中国诗歌》等，入选《2007中国年度诗歌》《中国当代诗库2008》《时代抒情诗选》《西部诗风暴》等。出版诗集《侧面》。

郭静以自己的行动诠释着他的诗歌理念。多年来，他的写作仿佛在一种近乎封闭的状态中进行，用多情的脚板感受着西海固大地的体温，用温暖的文字抚摸着家乡山水的容颜，抒写着对这片养育了自己的乡土的情义。美丽的六盘山、萧关道、沙坡头、水洞沟、黄河、土堡，寄托着人间传奇和艳遇的野狐掌，还有依附于其间充满生命力的鹰隼、麻雀、蚂蚁、沙棘、柠条、枸杞园……他用文字完成了一幅关于西海固的拼图，完成了自己心目中的家园图景，并赋予这诸多的物象以恒久的生命。

他的诗作往往以组诗出现，似乎不这样不足以表达心中汹涌的情感。《行进中的西部》组诗十二首载于《诗神》1998年第3期，《过萧关》组诗六首载于《朔方》2011年2期，《时光的出口》组诗十五首载于《敦煌》2012年卷，《农历光芒》组诗八首载于《黄河文学》2013年第2期、第3期……他的每组诗歌有着大体一致的主题，如《农历光芒》组诗，都是写农历前后的事物：昏鸦、秋雨、清明雨、山野的鸟鸣、菊花、黄油灯、麦芒；《时光的出口》组诗都是对人生的思索：信任、渴望、寻找、命运、出路、时光等。这些组诗中，《过萧关》应该是他最好的作品。诗作铿锵有力，荡气回肠，底气十足。这首组诗吟咏地理风物并关联历史，在地理与历史的缝合处"一路磨砺的剑气与柔情"，安静的心胸中激情猎猎，有时颇有雄奇壮烈之感。他在心灵和血脉中几度复活"鹰"的意象，因为"我看见 一只高翔的鹰／破旧的翅膀下深埋着长风和雷霆"，鹰的雄劲会带来强悍的心灵，充满气势。

组诗在豪放之余也有清爽阴柔的一面，这种清爽阴柔之美展现在郭静少量的诗歌中。清爽莫过于《悬空的果实》一诗："我只看到果实／同好多人一样／我看到她红艳、圆润、越来越丰满／我看到诱人的果香／仿佛裹着丝绸的光芒／穿过一张又一张叶子／照亮了整个果园／风轻吹，她晃动了一下／我的心就咯噔一声／整个夜晚／我就在这种不安和担心中／彻夜未眠。"苹果像女孩，女孩就是一只年轻丰润的苹果，充溢的生命中自有一种果香流荡之美。于是，诗歌成为表达生命和生活最含蓄的文学方式，成为对生命领悟最为清甜的解说。阴柔莫过于《经过野狐掌》一诗。诗人在经过"草木萧萧的野狐掌"时，面对"风吹影动，雾气氤氲"，不由自主地患上"一介书生的软弱和相思"，假想中身不由己地演绎书生与狐仙的故事，"借一片野狐掌的月光"，"倾听的是前世的一段孽缘"，"寻觅的是来生的一场艳遇"。

总之，郭静的主要成就在于组诗。他的组诗饱满充实，有一种厚实的密度，不偏激，不轻浮，满是威严、沉着与稳重。这应该来源于人活得饱满充实，诗人希望"在世上走一遭／和你们当中的大多数一样／尊老爱幼 爱惜粮食和尊严／能追逐阳光也不遮蔽影子。这就值了"。诗歌笔墨干净简洁，一看就知道锤炼过每一字，每一句，凝重有厚度。缺憾在于威严有余，灵性不足，个别地方由于用力过度，缺乏风行水上自然成文的轻松。

马永珍（1970— ），宁夏固原人。1995年到北京昌平长陵学校任教。宁夏作家协会会员，宁夏诗歌学会会员。1990开始发表作品于《民族文学》《星星》《诗刊》《北京文学》《朔方》《诗歌月刊》等。荣获《民族文学》2015年度诗歌奖、第八届"新月"文学奖等。出版诗集《种了一坡又一坡》。

马永珍的诗作吟咏了黄土高原农村的生活，富有明显的地域特色和民族特点。组诗《马老六的难怅》以熟悉的生活场景和真实的劳动场面，再现了一个时代的农民缩影——马老六的欢乐、痛苦、无奈、怅惘等，表现了人与自然、人与万物的交流，弘扬了真善美的心灵，在某种程度上揭示了世界的私密和人性的多姿，加之诗人对方言、民族、"花儿"体的交错运用，全诗充满了浓郁的麦香气息。苏涛认为，马永珍诗歌的温度更多地来自生命内里的呼唤——不得不表达。这在组诗《马老六的难怅》中表现得更为明显。

在《种了一坡又一坡》寄语中，师力斌认为，劳动并不仅是艰辛与繁重的同义词，而且有另外的意思，那就是诗意，是劳动者的自得其乐、乐在其中以及独特的生命体验。牛羊与鹰驴，收割与播种，太阳与星星，这些古老而恒久的事物，其负载抒写的独特历史，在诗中焕发出新鲜的光辉，而这正是诗歌的能量。王怀凌认为，一个背井离乡的人对故乡的热爱是切肤的，诗人把天地、山川、物语、人道、宗教等有机地结合起来，抵达了一个精神核心，使西海固这样一个地理坐标进入精神坐标高度。马永珍以近似于民歌的形式书写现实生活，给人以扑面而来的泥土气息，同时具有强烈的自省意识和现实提醒，语言质朴，在不经意间表达了事物的本质，这就是一个脚踩泥土、仰望星空的诗人的观察和担当。

安奇（1971— ），宁夏中宁人。曾任教于固原一中、银川一中。宁夏教育厅语文教研员、教研室高研部主任，宁夏作家协会会员，宁夏诗歌学会理事。有诗歌、散文、游记等作品发表于《星星》《诗选刊》《朔方》《诗刊》等。

安奇的诗歌有着显著的文人气质，这首先体现在静坐沉思、默然面对世事沧桑的文人形象的自我塑造中。静坐沉思是诗人在诗歌中带给人的最深刻的自我形象，而这是一种典型的文人形象。静坐沉思的姿态——"我静坐在尘埃之内""雪中静坐的行者""肃穆中的额头""我脆裂的而且接近透明的灵魂"；等待的姿态——"这是段清闲而适意的时光　我静坐在／渡头　等待你的船只靠岸／也是等待那一只只的白鹤从天际归来"。文人情趣也在诗歌里大量展示，许多诗歌渗透着古代文人醉酒花间的悠然隐逸：浅酌、独酌、对酌。美酒里，饱含的是浓浓的知己情谊以及"无为在歧路，儿女共沾巾"的文人式感伤。此外"世事无际，人间茫茫"，对自然生命个体命运的关注也是诗人书生气质的重要体现。

安奇的文人情怀还表现在对历史的追思中，行走于大漠荒原，诗人不由得浮想联翩，追思远古。想起贺兰山下的千年古战场，秦长城的明月，戈壁滩上曾经繁盛的丝绸之路。追古抚今，浮云苍狗、沧海桑田的历史之感油然而生，"你的容颜渐渐地老去　隐约在衰败的河谷"。壮怀激烈不再，现在的诗人只是一个行走在沙漠戈壁间的疲惫而困窘的行者，人间一股英雄气还在驰骋纵横，点燃了诗人内心深处的英雄情怀。

对个体命运的关注，是新时期之后受西方思想创作深刻影响的诗人在个人创作中的应有之义,也是衡量一部作品的标准之一。在组诗《三月十九日的世界——写给女儿》中,表现了人类生命的衰亡与承续,表达了面对新生时的狂喜热爱。女儿的诞生,改变了诗人看世界的眼光,一切因为爱而变得美好,充满了温情和希望。诗人的眼睛更看到了荒原大漠中狂放或卑微的生命。《肃南石林》中诗人热情讴歌、赞美历经"狂风中的暴雨和冰雪洗礼粗粝狰狞的生命":寒冷的荒野中,诗人凝视着锋利的石林,体味着它们在风化雨淋中的"千年之痛"。在对边塞景色的描写中,诗人注入了他对生命过程的哲学思考,透射着强烈的自然和生命意识。大漠中的生命,呈现出荒凉中的勃勃生机,以狂野的力量存在于空旷浩瀚的大地。

安奇的诗歌语言,是较为正式的书面语言。这是由他豪放大气、悲壮苍凉的整体诗风所决定的。诗人擅长在壮阔沧桑的西北景象中抒发怀古之情,表达自己对于宇宙苍生及个体生命的关切。因此,诗歌语言端庄严肃,洋溢着浓浓的文人气息。边塞情怀携带着古代文人的多愁善感,让安奇成为行走于大漠间的一介书生,文人气质也成为安奇边塞诗歌最突出的个人气质。

安奇的诗续接着中国古典诗歌的优秀传统,对此杨梓在安奇诗集《野园集》的封底评价道:"安奇的《野园集》具有古典化的创作倾向,继承了中国古典诗词的优秀传统,如抒情、想象、意境、韵味等本质的元素。尤其是在结构上继承了古典诗词主流的情景结构,用现代汉语写出具有古典意味的诗作,或者说欲在现代汉诗与古典诗词之间架起一座传承的桥梁。当所有的诗人都在采用情事结构,细节化或情节化叙事,而以意象为主的抒情诗《野园集》,便是中国古典诗词的直接延伸;当所有弄潮的小叙事诗成为一种现象,而以情境为主的《野园集》便会显出与汉诗本身有关的意义。"

阿尔(1972—),本名张涛,河南唐河人。就职于宁夏日报社。银川市诗歌学会会长,宁夏作家协会副秘书长,宁夏诗歌学会副会长。1986年开始诗歌创作,出版诗集《里尔克的公园》《银川史记》,随笔集《秘境之旅》,主编和策划《中国先锋诗丛》《中国当代风景诗选》。1991年创办宁夏第一个诗社——"吉卜赛人"诗社,2001年创办宁夏第一个诗歌民刊《原音》和宁夏原音文化艺术网。曾参与策划银川大地诗会、第一届和第二届中国银川诗歌节、2009中国70后诗歌论坛暨银川诗会等活动。20世纪80年代开始写诗,受20世纪80年代文化思潮的影响,尤其是崔健的摇滚音乐、北岛的诗歌、外国现代派以及海子的诗歌等,让他明白了"诗歌有时候真的意味着一切"(《阿尔创作谈》)。

在诗歌哲学上,阿尔具有存在主义倾向,受"存在先于本质"的启发,他提出了"诗歌的地理是先于诗人的存在"的观点,并致力于"诗歌地理性"写作。他的诗学观点可以归纳为以下几点:一是"生活所在"与"诗人所在"共享同一的"诗歌地理空间";二是"现实"与"真实",在很大意义上指的是"存在";三是认为"诗歌地理性"写作是接近于现实、接近于真实的个人写作;四是"诗歌地理性"写作是一种自由的、敞开的、表达式的诗歌写作。

阿尔强调两种诗歌向度:一是用诗歌还原历史的鲜活生命,赓续史诗传统;二是趋于内心的写作。对诗歌地理性的重视,是阿尔区别于其他诗人的一个特征。在作者的诗歌中,尤其对宁夏地理空间的书写,使得诗人带上了明显的地域特质,我们可以以银川为辐射中心,画出阿尔诗歌的地理性空间图,但必须明确的是阿尔的诗歌地理性已经不再是实存地理意义上的空间,而是文学地理空间,两者并不具有一一对应的准确关系。文学地理空间不只是承载、容纳其诗歌艺术审美的意识,其空间本身是诗歌组织形式的有机部分。诗歌地理性是阿尔诗歌理论的集中体现。在具体的实践中,阿尔着力构造属于自己的诗歌地理空间,"构思和建造属于自己的小镇","继续着人类的史诗"。所采用的写作手段是把诗歌与琐碎的日常生活连接起来,从而"把写诗当日子过",以此来实现宏大的史诗诗歌构想。因此,阿尔的诗,是琐碎的、日常的,又是宏大的、史诗的。

阿尔的诗歌地理性写作,在很大程度上拓展了诗歌的表达空间,是诗歌观念对时间维度的连续性建构的放弃,是对历史连续性建构的质疑,也极大地漠视压缩了诗歌的时间性维度,也是诗歌的历史性开始向空间维度开拓,还是诗歌美学的一次转移,应该属于后现代诗学主张的一种形式。阿尔追求的是诗本体,有着诗歌的纯诗化追求,但也没有放弃诗歌的史诗化追求。正因为如此,阿尔的"诗歌地理性"既获得了纯诗品质,又没有放弃其历史负载,从而使得阿尔的诗歌地理性不再是一个外置的概念,而是一个活着的灵魂,保证了阿尔诗歌写作的丰盈和精神品质。在诗歌地理空间与历史维度两极的反向探索上,阿尔依然有很大的书写可能。如果阿尔不是使才负气,而是付出更大的虔敬和耐力,他将会在诗歌之路上走得更远。

杨建虎(1972—),宁夏彭阳人。宁夏文学艺术院综合部主任,宁夏作家协会理事,宁夏诗歌学会理事,中国作家协会会员。1992年开始创作。作品发表于《诗刊》《人民文学》《青年文学》《十月》《星星》《诗潮》等,入选《诗选刊》《青年文摘》等多种文学选本。出版诗集《闪电中的花园》、散文集《时光书》。作品荣获宁夏第九届文艺评奖二等奖。

杨建虎是一位内敛、隐忍的诗人。诗集《闪电中的花园》是对他从事诗歌写作的一次总结。在这本诗集中，杨建虎与美丽、安静、温情签下了一个纯粹的契约。对乡村苦难的呈现，杨建虎很少直接描述、渲染，他更多地关注西海固粗糙生活的另一副面孔：美丽。譬如同是写西海固的干涸，他更喜欢写雨水降落干涸之地的欢喜，于是西海固在他的笔下荒凉得精美起来，这儿的土地、花朵、羊群、青草和姑娘满载着他大片大片的梦想。与其他诗人的沉重不同，他凭借着罗曼蒂克的气质代表了西海固诗歌的另一副面孔，成为这片枯焦的土地上生长出来的会唱歌的鸢尾花。《闪电中的花园》单纯就名称而言，绝不是乡村荒芜的庭院，它带有西方色彩，会让人联想到走廊、花朵、静谧、温暖，这是以小资产者的富足感为前提的，既是物质的又是心灵的富足。雷电之下，花园展现出不同日常的模样，去掉了旧日沉闷的熟悉，显出活泼的模样。即便有了雷声和闪电，也不会产生威胁，不会冲塌家园的温暖，花园里永远的是绿叶、歌声与回忆，这就是闪电花园的全部秘密。

　　杨建虎的诗歌里有一种沉静之气，"像水边的空气／那么宁静的流动、环绕"。他善于把捕捉到的静的意象组合在一起，描摹静的场景：树木河流、青草雨水、雪野云影、微笑梦想。即便写到动的事物，那也是一种令人感觉到静的动："绿色弥漫开来，疯长的青草宁静地延伸。"杨建虎把每首诗歌都处理成淡淡的样子，从不浓墨重彩，即便站在古城墙的遗址上，也没有关于历史兴亡的感想教训，而是选择岁月的寂静。

　　杨建虎选择乡村作为抵御城市的策略，把乡村作为安放心灵的地方。村庄在想象中"弥漫着更加迷人的光芒"，成为不可兼得的乌托邦。这样，杨建虎就把诗歌的一大截留给了乡村，只有一小截留在了城市。他站在城市的中心对诗意的村庄作纸上的回望，于是故乡变成了温暖、亲情、安详、感恩的代名词。诗人在城市与乡村之间游走感到了自身的无力，当来自乡村的羊成为城市里豪华的午餐或晚餐时，吃着羊肉的诗人的确不知道"如何为羊祈祷"。我想这不仅仅是杨建虎个人的问题，而是中国大多数从乡村来到城市的诗人普遍面临的问题。

　　读杨建虎的诗歌就像读 20 世纪 80 年代的明信片，优美、青春、易懂、洋溢着莫名的浅浅哀伤。风格唯美，不以深度取胜而以携带些古典韵味的轻巧见长。杨建虎较多受到中国古典诗词的影响，避开复杂的技巧，采用传统的诗言志手法，进行简单的修辞变换，通过意象向传统回归，携带着传统士大夫文人的情绪和忧伤的格调。缺憾在于似曾相识的古典与婉约，在扩展了他诗歌影响力的同时，也覆盖了他的原创力。需要指出的是，杨建虎出道很早，

《朔方》于 1998 年就推出过他的作品专辑，他的创作已有二十多年，但自始至终都是一种淡淡忧伤的宁静风格。他发表了大量的诗作，但给人印象深刻的却不多。

孙志强（1972—　），宁夏灵武人。历任灵武市委常委、宣传部部长，银川市统计局局长等。银川文化旅游发展有限公司董事长，宁夏作家协会会员，宁夏诗歌学会理事。1988 年开始创作，诗作发表于《飞天》《星星》《诗选刊》等刊物。出版诗集《光阴之穗》。

孙志强的代表作有《今生》和《前世》。其诗歌委婉回转，淡美中带些微微的惆怅："那时候天空一定飞过什么鸟／只是鸟飞的时候你没看／那时候地上一定开过什么花／只是花开的时候你不在。"（《今生》）《前世》则写得意味深长："偶尔想想前世／就会自己对自己说：／我是自己把自己长丑的／我是自己把自己长老的。"今生是前世沿着生命自身的脉络顺延的结果，充满顿悟之后的安之若素。正如诗人邻所说，见不到"论理"的肌理，浑然给人一击。

杨森君在《光阴之穗》寄语中认为，孙志强的诗歌更侧重"志"——他写记忆中的、眼前的、熟悉的、存在过的或存在着的，也就是说，进入孙志强诗歌中的元素，包括人物、事件、自然景观、人文景观等，几乎都能在现实中被一一指认。即使有些东西已经消亡了，但它们的方位还在，关于它们的记忆还在。应该说，孙志强的诗歌更适合未来的人们对前人的追索、考古。这是诗歌作为记载性文本的一个重要功能。孙志强的这种近于憨厚、诙谐、诚实的写法，颠覆了人们对诗歌过于矫情的想象，原来诗歌可以这样平实、稳重、娓娓道来。他给我们提供了一个写作的方向，一种对待事物、描述事物的姿态。这就是忠实自己的所见所闻、自己的感受。在写作者与阅读者之间，孙志强处理得恰到好处——对等、亲近、不卑不亢。这是考验一个诗人自信力的关键，这也是孙志强轻取题材并从容将其结构成诗的能力所在。当然，这同时还得益于孙志强朴素的敏锐以及时光赋予其老练的见解，所以孙志强的诗歌看似浑然天成却不乏艺术驾控，看似不动声色却包含了一个诗人情动于心的默默喧哗。

杨梓在《光阴之穗》寄语中认为，在此不论《光阴之穗》的感悟、抒情、哲思等元素，只谈与语言有关而较为突出的两点，即准确性和可能性。孙志强对语言的准确安置，就是只能用这一个词，换一个词则会变了味道而毫无生气。他追求准确不是要表现什么，而是要让不可言说的东西自己显示出来。是的，尽管汉语字词非常丰富，但总有一些感受、心绪、情境等难以用语言来表述；即使表述也言不尽意，越是言说越是局限。而突破语言的局限性只有少言甚至不言，所以孙志强用简约的语言暗示丰富的意味，以提供语言之外更大的可能性。这种可能性便是诗的灵魂——可以感到却无法言说的意境——闭上双眼默读诗句时出现在眼底的那个场景。

谢瑞（1973— ），宁夏西吉人。现在银川从事出版工作。诗作入选《中国最佳诗歌（2007）》《中国诗典（1978—2008）》《21世纪中国最佳诗歌（2000—2011）》等选本。出版诗集《在路上》《北京路纪事》。策划出版"70后·印象诗系""中国80后诗系""8090后诗系"等图书。参与策划并举办了"2007·中国银川诗歌节"等活动。

谢瑞在银川的二十多年时间里，先后从事过多个职业。2004年开始创作，如果说他在第一部诗集《在路上》中对西北地域属性有些关注的话，到了第二部诗集《北京路纪事》，则有意把叙事的空间转移到城市。他以语言进入银川这个城市的深处，带着一种抵达这个城市隐秘后的忧郁和反思。农村人口大规模地来到城市，他们能够感到生活的不易、工作的压力和内心被约束的烦躁，而这些都被诗人所感知，并使这个城市生长出自己的诗歌。

谢瑞的创作思维是"反截句"的姿态，其诗不是通常意义上个人化、私人化的语言游戏，而是某种群体的或阶层经验的感知凝聚。比如《给一个人的信》，把意象的经营转向了对典型事物的聚焦，可以说是近三十多年来个体的情感经历史，也几乎是一部城市变迁史。谢瑞改善"截句"式生活的措施，就是从密集而精致、空洞而嚎叫的词语修饰中，挤掉臆想的、梦呓的、虚拟的个体的水分，释放久已被迫流放的社会生活。每个人都不可能脱离社会而生存，但阅读每个人的诗却不能不与社会生活划清界限。在这一对悖论中，谢瑞通过拟群体意识的流动，给个体与社会搭建了一座浮桥，以此来呈现一个完整的意义生活流失的城市变迁史，并让我们感到一种诗歌高于社会学、经济学的能量，以及人作为主体性而特有的留恋情愫、反思意识和批判锋芒。所以打通个体与个体、个体与社会变迁之间人为制造的层层壁垒，让诗意更具有思想发问、质疑的气质，才是谢瑞诗作明确而坚定的价值诉求，基本指向个体危机及其救赎的可能性。

总之，谢瑞的诗只能放在当下社会分层中去读，其诗意的张力方可显现，是在对流行诗歌价值的颠覆中一点点彰显出来的。他的诗是对普遍性的忠实与专注，是对汉语表意功能的流畅呈现，是对当下社会分层中个体危机的反复研究。这一切，得益于他对个体感知的艰难论证和确定的价值判断，以及价值判断的从容句式、常用诗语与不表达不足以平息的内心冲动，这也是其结构诗歌的用心之在。

刘乐牛（1973— ），宁夏固原人。宁夏作家协会会员，宁夏诗歌学会理事。1993年开始发表作品于《诗刊》《绿风》《星星》《诗选刊》《扬子江》等，出版诗集《苦涩的甜蜜》《当我再次比喻月亮》《风吹雨打的天堂》。作品荣获宁夏第九届文艺评奖二等奖。

刘乐牛是一位回忆性的诗人，他立在城市的地平线上，对乡村念念不忘。他在每一个细小的事物上都要停留一下，描述一个山村的故事，让人感知他的体温，倾听来自他内心的声音与情感。傍晚时分一大一小一前一后在暮色中回家的羊；炊烟升起的柴门前站着的小男孩，在等待驴车上的远归人带来的水果糖；老院子门口的苜蓿地里奔跑玩耍的兄妹；岁月和生活的变迁，给灯下做针线活的曾经年轻貌美的母亲留下的沧桑变化……作者笔下的山村风景多和童年连在一起，多和亲情与温暖连在一起。过去的故事和情感经过时光的积淀，变得一尘不染，剩下的只有清冽和醇美。

由于初恋在他身体里划下了深深的痕迹，所以他关于初恋的书写有些刻骨铭心。诗歌陪他度过了失恋后的孤苦长夜，给他光的引导，成为他盛放灵魂的容器。刘乐牛的诗歌含有哲理性，其哲理表达心思幽微，带有一种思辨性，体现了诗人心灵的深度。"一匹狼从我的身体里逃了出来／瘦骨嶙峋地走在夜晚／灰色的皮毛／紧裹着从城市的荒凉中借来的破毡／绿幽幽的眼睛／闪着孤独的光／像是在寒风里寻找丢失的血统。""一匹狼"代表人类身体中的野性，人性中原始粗犷的部分，是一种深度的东西，是另一个自己。

从整体上看，刘乐牛的诗歌选材微小，语言简洁干净，显示着别具一格的清新。其诗歌风格总体上属于柔婉一脉，与众不同之处在于对幽微更细致的把握上。刘乐牛一直着意追求幽思的别致，侧重内心对事物不同于常规的辨析上，他让诗歌变成春水流动的声响，成为一片光影之波。即便他想刻意描绘一幅惨烈的图画，从图画中渗出来的都是凄美。他自如地选择适合自己的意象，让诗歌的精灵在行间跳跃。即便写西部，他也一样柔婉。《风吹西部》中的苍鹰、云烟、烧酒、秦腔、长城、丝绸、行走的人等，其中流淌的绝不浑浊的清澈感让一幅豪迈的画面充满哀婉的风情。刘乐牛的幽思别致还表现在比喻的精到幽妙上。他咏物的一些诗作可以担得上"精美"一词，近乎每首诗歌里都有让人难忘的句子，一如灰姑娘的水晶鞋。其中比喻起了很大的作用，一个王尔德式的比喻就可以化腐朽为神奇。他描写一只越飞越远的蝴蝶："越飞越远，修炼成精的一片彩色／在风上运着透明的悬棺／一个艳丽的幻影，弄伤了芳香的春天。"比喻由作者的直觉而来，与心灵相接，有一种天然的通透感。刘乐牛以比喻的形象性、深刻性、陌生性拓展着比喻的广度，创造着与他人不同的"区格"。

总之，诗歌见证、记录了刘乐牛从少年到中年这段岁月中的心路历程。凭借诗神在芸芸众生心中烙有的印记，互不相识的人和人之间可以在心里遥遥致意，辨别对方。所以写诗于刘乐牛而言有着完善生命、参与生命自身构建的功能。他坚守着自己认为该坚守的，担当着自己认为该担当的，诗歌成为他认证自身的重要标志。

高鹏程（1974— ），宁夏固原人，现居浙江宁波。中国作家协会会员。2005 年开始创作，作品发表于《人民文学》《诗刊》《天涯》《星星》等，入选《新中国六十年文学大系》等。个人荣获第三届人民文学新人奖，作品荣获第四届红高粱诗歌奖、第三届国际华文诗歌奖一等奖、两届浙江省优秀文学作品奖等。出版诗集《海边书》《风暴眼》《退潮》等。曾参加诗刊社第二十二届"青春诗会"，就读于鲁迅文学院第二十一期高研班，入选浙江省青年作家人才库。

在新世纪崛起的诗歌群体中，高鹏程诗歌对汉语诗性的挖掘与呈现不仅有语言意识的意义，而且具有个性特征的意义。就诗歌本体而言，高鹏程诗歌对当下诗歌最大的贡献与启示在于其意象的塑造与他对汉语诗歌诗性的探索与实践。"石浦港""县城""博物馆"系列诗歌无不透露出诗人对主体"处境"的质疑与拷问，这也是高鹏程诗歌给当代汉语诗歌在意象上的独特贡献。自黄土高原至海岛之滨，生活环境的变迁带给诗人观照世界方式的巨大变化。同时，也让诗人完成了精神上"异乡人"的身份认领。从物象到意象，从有形到无形，在思想、语言与诗性的探索中完成了"博物馆"从诗歌表述对象到诗歌本体的塑造过程。在"倾听"与"沉溺"中，用博物馆这一意象群落应合了诗对诗人的召唤，在诗语道说的过程中，使汉语诗性得到充分的挖掘与释放。首先，其诗歌汉语诗性建构体现在对语言审美特性与表达功能的"钻研"上，诗人着意挖掘语词的原型并激活其原始意义。其次，面对尘埃博物馆，诗人参悟出宇宙万物的本质，"正是这些灰尘构成了时间以及 / 真正作用于这个世界的神秘力量"（《尘埃博物馆》）；面对泡沫博物馆这个"精微的宇宙"，诗人道出"水，最终消失在了水中"的无痕无迹与归宿。总体来说，"博物馆"系列的思考主要基于"这是否说明，我们此刻……活在未来目光的展览里"的追问和对"我们有限的人生 / 不会比一片碎瓷更光亮 / 也不会比一粒稻种更有价值"的慨叹。

"博物馆"系列诗歌将散落的古老文化符号以语词之线连缀并锦绣成诗，

从物到词，从古至今，从中到西，从有形到无形，从庞大的帝国到精微的泡沫……在对万物做诗语征用的过程中，诗歌主体在诗的、历史的、文化的以及阔大的自然界中驰骋，收放自如。在阔大的诗境与滞重的风格形成的矛盾统一中，诗歌获得了它在整体上的艺术张力。同时，其诗歌也并没有完全坠入虚无或流连于对传统文化根须的品咂或迷失于言辞织体的构建中。在进入和把握住语言的瞬间，真切的生存感受与生命体验使得主体得以"幸存"。①

　　马占祥（1974— ），笔名马茹子，宁夏同心人。同心县文联主席，吴忠市作家协会主席，宁夏诗歌学会秘书长，宁夏作家协会理事，中国作家协会会员。1990年开始文学创作，诗作发表于《诗刊》《星星》《朔方》等，入选《星星50年诗选》《民族文学诗歌选》等。出版诗集《半个城》《去山阿者歌》《西北辞》。诗作荣获宁夏第六届、第八届文艺评奖三等奖、二等奖，第十二届全国少数民族文学创作骏马奖。参加诗刊社第二十八届"青春诗会"、第七届全国青年作家创作会议、鲁迅文学院第十七届高研班。

　　马占祥的诗具有诗歌地理学的概念。他以"半个城"为半径，以庙儿岭、张家井、石塘岭、赵家树村、周家河湾村等这些带有强烈地域色彩的地方为依托，向外延伸，在隐约可见的炊烟里，每一处村落都是诗意的栖居之所。马占祥的诗以一种视频般的镜像摄入方式审视自己至今仍然生活着的土地和村庄，诗人将视野由眼前琐碎平凡的生活场景，延伸到更为广阔的空间维度，以独有的审美方式，捕捉着源自生活流动的韵律。在诗意的镜头转换中，山川河流、自然万物和生活、劳作在这片土地上的人们，交相辉映。诗人站在高处，俯视一切，完成了对自己、对环境、对生活的审视。马占祥显然是一个很个性化的歌手，他不追求曲高和寡的清高，他追求的是情真意切的至爱，哪怕这样的爱是一件琐碎的事情。比如喂小鸡的姐姐、补鞋的师傅、半个城里生活着的匆匆过客，他都能感同身受地和他们朝夕相处在一个小城里。马占祥憨厚地写下了这里原生态的生活感受。

　　诗集《去山阿者歌》的书名应源自陶渊明的"托体共山阿"，其中的"归于林下／隐于山阿"与陶渊明的诗歌精神一脉相承。该集总体上延续了马占祥朴素的写实风格，轻盈流畅，但其感性已是思索之后的感性，其感情已是认知之上的感情。"在散乱大地上，我没有与众不同"，"我才会与自己和解／不在爱和悲喜中过于复杂"，马占祥将"我"放低，是缘于眼界的开阔和境界的提升。山间的树、草、石头、乌鸦、麻雀都被他视为亲友，把身躯交给

①马晓雁.叩问尘埃——高鹏程博物馆诗歌意象及其汉语诗性建构［J］.诗探索，2017（3）.

大地和万物，让精神翱翔于蓝天白云之间，可以说是对"本我"的一次追寻和确认，也是对"我是谁""我来自哪里""我要去哪里"三大哲学命题的诗歌实践。尤其是对中国古典诗词的钻研，值得首肯。从诗集《半个城》到《去山阿者歌》，马占祥朴素而又华丽地完成了诗歌的立体化造型。

马占祥担任同心县文联主席，团结、引领、鼓励了一批文学爱好者从事创作，尤其是一批青年诗人走向宁夏全区乃至全国，为"中国诗歌之乡"的建设作出了积极的努力。

泾河（1976— ），本名兰煜，宁夏泾源人。黄河农村商业银行人力资源部主任，宁夏作家协会会员，宁夏诗歌学会理事。1994 年开始创作，诗作发表于《诗刊》《民族文学》《星星》等，入选《新中国成立六十周年少数民族文学作品选》《星星 50 年诗选》等。出版诗集《绿旗》。诗作荣获宁夏第六届、第七届、第八届文艺评奖三等奖。

泾河从西海固本土出发，一直在寻找一种泾水般洁净、透亮、朴实而又本真的表达方式，而诗歌成为他最好的灵魂出口。泾河的诗，在选材、结构、立意等方面，表达了现实生活和风俗的诸多方面。诗人一直在试图通过一种近似高贵的语言来传递出自己对这个世界的理解。正如杨梓在《绿旗》的序中所言，泾河的诗虔诚而内秀，富于情感，用少女、妹妹、姐姐和母亲等意象，打开情感的灵性世界，于是，诗中的"我"有一些女性化的意味，用一种温柔、害羞、细腻的目光注视着世界，从而使这个原本荒芜的世界有了"晨露洗过的青草"，有了"盛开的苜蓿花"，有了"炸开花苞的洋燕麦"，有了"举着黄金盘子的蒲公英"……尤其是"一万颗羊羔的黑眼睛"同时闪出的一片"蓝天之蓝"，乃至"无蓝之蓝"，谁能否认这里所蛰伏的神性呢？在他的诗中蕴含着一种纯粹的爱的形式——渴念，那种爱，使《树上的绿光》"每一个绿叶子的镜片上都能映出一个刚刚出水的人影来／我想叫一声姐姐，嗓子干涩得说不出话来"；在《一窟清水》中，"一滴清水落地成花，它被自己的花香迷倒又被自己的泪水惊醒，／感觉年轻的内心已长出白发"；在《行走的江河》中，"我怀抱我的女儿蓝天，如同拥抱胸脯起伏的西部江河，我带着女儿蓝天上路，／如同带着行走的江河把我两世的荣辱与梦想化作了一腔清流"。

舒洁认为，阅读泾河的诗歌，让人不止一次联想到泾河、渭河、黄河这几条奔流不息的血脉，是这样的依托，使诗人泾河找到了生命与信仰的依据。他的诗歌仿佛笼罩着淡淡的光芒，他在光芒里，深怀着感动，也深怀着忧伤。他的诗歌具有铁质的精密、水质的柔情、血质的信仰、土质的凝重、云质的飘逸、冰质的冷峻。萦绕在泾河诗歌中的整体旋律是庄严的，他的诗歌语言锋利而洗练，节制而伸延，含蓄而明丽，丰富而蕴藉，柔美而绵长。他将会带给我们越来越多的喜悦，我们对他未来的写作实践满怀期待。

张铎认为，泾河是一个有自己面目的优秀诗人，他的诗就像他本人一样，言贵而内秀，谦和而孤傲，执着而淡定，既有深切的现代意识，又努力飘扬出无法模拟的碧绿。《树上的绿光》《桃色》《三两句》等诗歌就是"绿旗"精神的艺术再现。

诗人在内心深处，把村庄、亲人、树木、窖水、江河、蓝天融为一体，深深地、无以复加地爱着，个体的体验已经超越了诗歌本身；内敛而恣意地抒情，把故乡、亲情和内心的感受紧密地联系起来，让现实和想象无限地延伸；否定世俗的、庸常的和经验的东西，追求心灵的纯净、自由和独立，打开诗歌的天堂之门。这些正是泾河的独创之处。

唐荣尧（1970—　），笔名水尘，甘肃靖远人。银川市文学院院长，宁夏作家协会理事，中国作家协会会员。诗作发表于《星星》《诗歌报》《诗刊》《绿风》等，出版诗集《腾格里之南的幻象》。曾获"中国十大校园诗人""中国十大新星诗人"等称号，荣获中国院校诗歌评论特别贡献奖。诗文作品被翻译成英、日、法等多种文字。参加第三届青海湖国际诗歌节。

唐荣尧写诗只是顺手为之，他主要以旅游散文和演绎古代故事为主。《腾格里之南的幻象》中较少写到村庄，即便涉及村庄，也不是书写故乡，但那个滨河村庄——唐荣尧的故乡，赋予了他和诗歌柔情又豪迈的双重气质。唐荣尧以战刀与花香的方式引领读者穿过人文历史与地理特征独特的西域，在浑厚感中窥见布满尘埃的现实。

刘学军（1971—　），宁夏平罗人。职业导游。银川市诗歌学会秘书长，宁夏作家协会会员，宁夏诗歌学会理事。1993年开始发表作品于《朔方》《绿风》《诗歌月刊》等刊物，出版诗集《虚拟的九十九个夜晚》。刘学军做过很长时间的导游，在四季的轮回中，过着且行且吟的生活。阴郁、尘土、祷告、大雪、乌鸦……这些低沉的词语如缓慢燃烧着的火焰进入他的诗歌之城。那些在大雪中呼唤的嘴唇，那些闪电，那些山峰，那些被赐予地域之名的城市与河流，在刘学军的诗歌里，澎湃不息，这是有风骨的诗歌写作。

木耳（1971—　），本名柳成，宁夏泾源人。银川市作家协会会员，宁夏人力资源协会讲师团成员。发表各类作品三十余万字，作品入选《临风的泥香》等作品集。著有诗集《风语者的脚步》。活跃于自媒体平台。木耳的诗大致可以分为三类：一是写相遇，即与事物和大自然的相遇中发现诗意，怀有敬畏又眷恋不舍，如"尘世太静／我们谁都没有说话／它在饮水／我在走神"（《大寺沟》）；二是写乡愁，在纸上作一深情回望，乡情自然流露，如"大地老了，无精打采／我坐在它的对面／暗自流泪"（《大地》）；三是写现实，满怀悲悯，把目光投向人间百态，如冰箱里那条瞪大眼睛醒着的鱼，"没有呼救，也没有／一滴泪水"（《冰箱》）。木耳的诗短小精悍、语言精练、寓意深长，给人印象深刻。

林混（1972— ），宁夏固原人。就职于固原市原州区文化馆。宁夏作家协会会员。诗文发表于《散文》《天涯》《诗歌月刊》《朔方》《诗选刊》等。林混的诗歌主题是多向度的，生活的辛酸与苦涩、人性的卑微与灰暗、现实的猥琐与丑陋、底层生存的疾苦与无奈等都在其诗歌中得到艺术的呈现。林混的诗歌显示着介入现实的力度和生活的真相："看吧，生活活生生的，没有修饰。"其诗精瘦干练，每行超过十个字的语句非常少见，多数是三五个字或六七个字，直直地排下来，就像一根电线杆。其诗语言自然，内涵深邃。"每天早晨起来洗脸、刷牙、吃饭／床上的被子放着放着／就失去了温度／我感到异常紧张。"（《每天》）整首诗只有短短的四行，给人留下的却是对生命的打量。

杨春礼（1972— ），宁夏灵武人。宁夏作家协会会员，宁夏诗歌学会理事。1994年开始发表诗作，作品散见于《诗歌报》《朔方》《黄河文学》《文艺天地》等刊物。出版诗集《生命是棵树》《树的呓语》。诗人怀揣着"一棵宁静的树"，没有悲悯和悲伤，却像一棵倔强的红柳，体现出乐观、积极向上的精神追求。他将自己羽化为一棵树，有一种处变不惊、安之若素的冷静与豁达。诗人像一棵树一样，坚守在灵州的大地上。回望村庄，轻拂果林，野草湾，有树的呓语，有清亮的月光和温暖的阳光，每一棵树在他的诗中都发出拔节的呐喊和绿色的梦想……从他的两部诗集《生命是棵树》和《树的呓语》中，我们不难看出，诗人的追求从一棵树开始，到另一棵树结束，闪亮着生命的真谛和自然的光芒。

保剑君（1973—2017 ），宁夏贺兰人。宁夏作家协会会员。1990年开始写作，诗歌作品见于《朔方》《民族文学》《星星》《诗歌报月刊》《新大陆》（美国）等报刊。作品入选《宁夏青年作家作品选》《世界华文诗选粹》《中国当代微型文学作品集》。个人被银川市党委、政府评为第三届"最美银川人"。保剑君的大部分诗歌以乡村为背景，将诗歌的视野投放到古朴的村庄和大自然中。他在《韭菜》中"铺开家园的泥土"，在一颗酸杏里寻找青黄的记忆，在一只《萝卜》里将自己的心事深藏，让一朵《苦苦菜》在城市的餐桌上滋润岁月，清晨里看芦花飘荡，黄昏里看"五哥放羊"……所有这一切都与他生活的村庄息息相关，与他独特的心灵感受紧密相连。他用乡村朴素的题材，书写冰清玉洁的诗句。这种平民意识和乡村情结，使他的诗歌拥有了生命的质感和光芒。

咸国平（1975— ），宁夏隆德人。宁夏作家协会会员，中国电力作家协会会员。2004年开始诗歌创作，作品入选《新中国成立六十周年少数民族文学作品选》《宁夏青年作家作品精选集》等选本。出版诗集《风的泪》《游走的风》。行走在故乡塬梁上的咸国平，用心体察生活中每一处细微的诗意，将人生的经历幻化成朴素而简约的文字，真诚地书写亲情的疼痛与温暖、生存的代价与尊严，在持续的勤奋和虔默中努力发出了自己的声音。咸国平的诗歌，是真实感情的流泻，是发自肺腑的心声。正如杨梓在诗集《风的泪》封底所言："咸国平的诗是来自山间的语言，朴实而直呈；也是来自民间的情感，细腻而果敢，而诗意就在风的泪珠之中。"

西野（1976— ），本名张树鹏，宁夏西吉人。就职于银川市西夏区第九小学教育集团。宁夏诗歌学会理事，宁夏作家协会会员。1998年开始创作，诗作发表于《朔方》《星星》《中国诗歌》《诗刊》等。出版诗集《青鱼点灯》。西野有着独特的言说方式，即隐喻思维。"一只白靴子／唤醒疲倦的梦游者""他甩掉子夜的肉身与凡胎／换上了大雪的骨头。"西野灵感中的神性来自他熟悉可感的物象，他诗歌中的神秘主义是对世界的一种隐喻认知方式。他用自己的生命经验勾勒未知，是要表达诗人对世界迥然不同的理解和态度。还有一部分作品透过日常生活来表达自己心底的激流，抒发感情，将平凡的事物流于笔端，化为闪光的诗句，显得意境真切而丰满。时而沉着痛快，时而含蓄蕴藉，时而慷慨高歌，给人以凝重厚实的穿透感和视野感，表现出客体被主体心绪渗透融化，呈现出物我交融的深远意境。

马晓麟（1976— ），本名马小林，笔名斧子，宁夏同心人。宁夏作家协会会员。1998年开始创作，诗作发表于《星星》《民族文学》《朔方》等。出版诗集《野山竹》。马晓麟是一个很好地守护了自己诗性的诗人，他穿行于民生之街、半个之城，混迹于贩夫走卒之中，但对诗歌始终固守着一份执着。他诗歌语言的不刻意、不雕琢中自有一种诗意，给人以清新扑面之感，他所要表述的秘密其实就是简单。"在一条干裂的清水河里／汲水的妹子小心翼翼 红皱的面孔／影响着她带着红晕的青春活力／在消失的半个城归于主命。"（《宁夏以南》）他把土地的干燥、水的缺乏、生活的贫困、无从把握的命运表现得比较恰当。马晓麟的这些诗是真实生活与艺术再造较为完美的结合，显示出一种不轻于表露的张扬和内秀纤弱中的狂热。

此外，宁夏70后诗人还有方石、李俊杰、杨贵峰、马万俊、张家传、张毅、王自安、樊文举、狼保禄、刘天文、马玉明、徐忠杰、海默、倪万军、沈苣欣、张富宝、何强、杨春晖、刘向忠、王永玮、曹兵、马君成、孙存一、马瑞博等。这些70后诗人都丰富着宁夏的诗歌园地。

综上所述，宁夏70后诗人以其自身的实力成为中国当下诗坛不可或缺的力量。这些70后诗人风格迥异，有别于60后诗人的创作风格，不仅壮大了宁夏诗人的队伍，而且使宁夏诗歌创作更加五彩缤纷。

第七节　勇于张扬个性的80后、90后诗人

当80后写作在全国作为一个文学事件被人们热情讨论时，宁夏的80后并没有引起人们的特别关注。除了在民刊《原音》《北方向》《核诗歌》《山城》《西北角》和网络平台"原音文化艺术论坛""宁夏高校写作特别论坛""北方向诗歌论坛"等上有一些出生于20世纪80年代的诗人比较活跃，并在一定范围内产生过一点影响之外，新世纪以来，宁夏80后作家的形象一直比较模糊。

直到2005年，时任副主编杨梓主持在《朔方》第5期刊出了北斗的《宁夏80后写作宣言》（以下简称《宣言》），才突然让人意识到80后写作竟然也和宁夏文学有一些关系。这篇布告式的《宣言》表达了对宁夏80后作者不成队伍的忧虑，因此提出宁夏文学的"新血"运动，招募宁夏的80后写作者解决宁夏文学后继乏人的问题。《朔方》于2010年第11期推出"宁夏80后诗辑"，可以说这是宁夏80后诗人最壮观的一次集体亮相，发表了刘岳、王西平、兰喜喜、许艺、火禾、王佐红、马璟瑞、李兴民、泾芮、田鑫等在内的三十五位80后诗人的一百三十多首作品。随后《朔方》连续发表了瓦楞草的《初探宁夏80后诗歌，兼谈〈朔方〉"80后诗辑"》[1]、姬志海的《风物长宜放眼量——〈朔方〉"宁夏80后诗辑"述评》[2]两篇针对上年度"宁夏80后诗辑"的评论文章。这个出场虽然有点晚，但是他们毕竟已经成长起来。跟五年前的《宣言》相比，他们的写作更加稳健，艺术嗅觉更加敏锐，思想更加成熟。

---

[1] 瓦楞草. 初探宁夏80后诗歌，兼谈《朔方》"80后诗辑" [J].朔方，2011（3）.
[2] 姬志海. 风物长宜放眼量——《朔方》"宁夏80后诗辑"述评 [J].朔方，2011（5-6）.

宁夏80后诗人从2004年至2014年大约十年的时间，终于在宁夏诗坛站稳脚跟，刘岳、王西平、李兴民、张虎强、屈子信、王佐红、秦志龙、李文、陈永强、田鑫等成为宁夏诗坛的重要力量，推动着宁夏诗歌的发展。

刘岳（1980—），宁夏西吉人。宁夏作家协会会员，宁夏诗歌学会理事。2005年开始诗歌写作，诗作发表于《诗刊》《诗潮》《天涯》等。出版诗集《世上》《形体》《真相》。诗作荣获宁夏第八届、第九届文艺评奖三等奖。

刘岳是宁夏80后诗歌阵营中的佼佼者，其诗语言朴素、简洁明快、意象清晰、结构精巧，充满了悲天悯人的情怀，表现出对生命刻骨铭心的体验和感悟。《西海固的水》曾被认为是他的代表作，得到很多赞誉。"一碗水从天堂运来／渴死了祖父／父亲随手递给我／我递给妹妹／妹妹呀，洗净你尘土的脸／出嫁！"杨梓认为这首诗"显示出刘岳对水的深刻理解，这已不是'一碗水'了，而是一种庄重的仪式"。"水"对于生命的意义被充分挖掘出来，最终指向了形而上的精神领域。同时，"世上"对于刘岳而言就好像是他观照世界、社会、人生、命运的视角，是他"看"与"言说"的方式。《世上》中所收录的第一首诗题为《另一种喻示》，"喻示"就好像是对整部诗集主题的提炼和叙述，为整部诗集建构起一种特殊情绪和精神背景，"最空的天空／挂着蔚蓝／最忧伤的脸，我的脸／挂着人间烟尘"是对自我的认识与理解，也是对世界的同情和爱，更是对人类、自然的认识和观照。通过这短短四句诗，主旨得到了概括与阐释。

从《形体》开始，已近而立之年的刘岳放慢了写作速度，更加看重诗的深度和厚度。诗人李南在《形体》序中写道："一个人活在世上有着太多的无奈和艰辛，绝望是每个人的宿命，而诗人尤为敏感。"这时刘岳对生活的体验、对诗歌的认识更深了一层，表现出更为悲壮的情怀。刘岳诗歌的表现领域除了对个人内心世界的抒怀之外，更加开阔、更加深入地触及底层的生活，更加关注平凡琐碎的日常生活以及细微的个人情感。可以说，这时候的刘岳虽然因为《世上》的影响而为人所知，但是他在精神上却更加孤独，甚至有点像生活在青藏高原深处的昌耀，远离人世，在诗歌的领地独自探索。"我向着群峰张开双臂／激情或异常安静／枯死的草木——／／什么／会比一个人荒芜？／／我听着山谷中风的呜咽／平息后的——／另一种强大。"（《纵深》）

近年来，刘岳对自己的诗歌创作始终保持着警惕，也时常反思自己的写作，他说："尽可能不去直抒胸襟了，尽可能地做到沉静、内敛、朴素，千丝万缕而又条分缕细，小而大之，不失为一种进步。"（刘岳新浪博客）由此，可以看出刘岳对自己的写作、对诗歌心怀敬畏，也只有这样，才能真正写出优秀的作品。

王西平（1980—　　），笔名北斗，宁夏西吉人。宁夏作家协会会员，宁夏诗歌学会理事。作品发表于《诗刊》《星星》《诗选刊》《诗歌月刊》《青年文学》等，入选《世界诗歌年鉴2012》《中国诗典（1978—2008）》等。出版诗集《赤裸起步》《西野二拍》（合著）等。个人荣获中国第二十届柔刚诗歌奖新人奖，被《中国诗歌》评为2013年十佳网络诗人。诗作被译为英、日、法等文字。曾参加第四届青海湖国际诗歌节。

王西平的诗歌创作很明显受到西方现代诗歌理论与实践的影响和熏陶。他在诗作中非常善于使用一连串的富于个性特征和暗示性的意象，最终抵达一个不可知的深远所在。正如马拉美所言：“诗在于创造，必须从人类心灵中撷取种种状态、种种具有纯洁性的心灵的闪光，很好地加以歌唱，使之放出光辉来。”①这是一种更具有诗意的美学特征。而王西平的写作则在很大程度上可以看作是对这种美学特征的追求。“水亦躲闪忧伤，流过镰刀的刃主义／大片的麦子开始灼热。乡土的夜莺背负漆黑许久／突然鸣叫，陷入一束塑料的模仿品／……关于睡眠的游吟就此开始／在这里在那里到处操作着气球，在高空携带着洁净的叹息／所有的人，都仰视着黑色的茄柄／和横置在星空的耻骨。”（《忧伤青年》）这显然构成了诗歌的主体意象，而最终指向“忧伤青年”的思维、心理、思想状态，这甚至与乡土、家园无关，是一种隐秘的不可言说的精神哀伤。而且作者采用的修辞和表达技巧都带有明显的西方现代主义的特征，尤其是意象之间的跳跃和对日常逻辑的轻度破坏，使整首诗读起来有一种柔韧的审美弹性。

2012年，王西平凭借组诗《所谓书》荣获第二十届柔刚诗歌奖新人奖，给他的授奖词这样写道：“在80后诗人中，王西平具有较为突出的语言编织能力，他的诗歌紧密、硬朗、繁复，体现出一种冷抒情的现代风格。王西平的诗具有一种鲜明的实验色彩，在一个扁平化的阅读时代，它不仅是对读者耐心的考验，更是对一次性的语言消费的抵抗，从而对日益平庸化的审美和思维惯性实现了一次华丽的阻击，或中断。面对困惑的大众，他是谜语制造者，同时拒绝公布谜底。”这也算是对王西平诗歌创作风格的认同。但是王西平诗歌意象的朦胧性、含义的不确定性和多义性，必然会对诗歌的理解造成很大的困难，或许诗歌就是诗人拒绝或者认同这个世界的主要方式。王西平一

---

①马拉美.关于文学的发展［M］∥伍蠡甫.西方文论选（下卷）.上海：上海译文出版社，1979.

方面试图通过诗歌寻找与世界保持距离的方式，另一方面又希望通过自己的作品实现与世界的沟通。

李兴民（1980—　），宁夏西吉人。宁夏作家协会会员，宁夏诗歌学会理事。作品发表于《六盘山》《黄河文学》《朔方》《中国诗人》等，入选《中国年度诗歌》《诗探索年度诗选》《塞上江南·神奇宁夏》等。出版诗集《放歌西海固》。诗作荣获全国旅游诗词大赛三等奖等。

李兴民的诗歌具有明显的"出生地的诗性指向"（林馥娜语），从"月亮山"到"葫芦河"，到"西海固"，一路唱响着诗人对故乡的恋歌。《放歌西海固》这部诗集中，在肝肠寸断的"花儿"和"父老乡亲"中，我们更能深入地感受到李兴民是一位深入生活、深入民间的诗人。无论地点、时光如何变换，诗人的目光始终紧盯着最底层，面对当下的生存现实并深入其中，挖掘出具有出生地诗歌指向性的精神追求，他用诗歌语言捍卫着他的民间立场，让低处的阳光沉入他的内心，一直沉到我们的良知。正如他的 2011 年度固原市新锐作家获奖词中所言："他睿智、聪颖的目光紧扣生命大地，以抒情笔触叙写了发生在身边的人与事、景与物，深沉并且灵动，让我们的呼吸时而紧张，时而愉悦。他的诗歌，契合了当下诗歌的现实走向，并保持着同步的审美追求。"

张虎强（1980—　），宁夏固原人，就职于黄河农村商业银行。大学期间开始文学创作。诗歌作品发表于《诗刊》《星星》《绿风》等。出版诗集《寂寞深处的风景》。

张虎强在诗作中"固执地强化着一个诗人的精神背景和地理背景"，对"地域性和本土化写作的追求已成为他自觉的美学风尚"①。在诗集《寂寞深处的风景》中有很多诗作都带有明显的地理特征，诗集共包含六个小辑，其中以"西域""西海固"命名的就有两个。在这两个小辑中，几乎所有的作品题目都和"西域""西海固"的某一处地理名称相关。这种强烈的带有地理探寻的诗作受到 20 世纪 90 年代典型的西部诗的影响，并且呈现出一种精神的回归和内省。"我看见了那片湖／无言的忧伤却将我紧紧箍围／那些苍白绝望的生命底色／早已敲响了天堂的钟／我差点失足落水／在明朗的生与死边缘垂死挣扎／真心叩拜苍生／请求神灵的恩惠／在这片荒凉的土地。"（《罗布泊》）这首诗将个人生命的体验、救赎与西部苍茫天地之间的宏大抒情结合起来，试图寻找精神的皈依和灵魂的救赎，这也是很多西部诗人的共同追求。当然，像这样的一些作品虽然在西部精神高地上建构起追寻和探索的形象，但是厚

①单永珍.诗意的河流穿过手掌［J］六盘山，2010（2）.

重的历史感和精神的探寻却未能很好地表现出来。

除此之外，张虎强诗作中还有一些反思历史的作品，虽然历史的印痕并不是非常清晰，但是也能够看到诗人可贵的努力。对历史的重新检视和反思的精神，也正是很多沉溺于当下生活的80后诗人所缺乏的可贵品质。

屈子信（1980—），宁夏西吉人。就职于银川狼智族营销策划有限公司。宁夏作家协会会员，宁夏诗歌学会会员。作品见于《星星》《绿风》《中国诗人》等。出版诗集《一只鸟的非正式报告》。曾获《星星》首届全国农民工诗歌大赛优秀奖。

在宁夏80后诗人的队伍中，屈子信也是一位值得关注的诗人，尤其是诗集《一只鸟的非正式报告》中密集的"鸟"的意象使得这些诗作空灵清新，似乎要展翅飞翔。《鸟的碎语》《鸟的下午茶》《大鸟》《向一只鸟靠近》《借一只鸟的手指》等作品中，"鸟"既是倾诉者又是倾听者，既是自我又是他人。"鸟"构成了多彩丰富、立体多元的世界，这些各式各样的"鸟"所代表的就是诗人心灵与现实的冲突和困惑，因为"鸟"独特的飞翔姿态所指向的可能就是漂泊或者居无定所的日子，这也和诗人的生存状态有关。所以许多关于"鸟"的作品都以城市中逼仄的生存环境作为背景，不论谈爱情、谈生活，还是谈理想，都有一丝淡淡的苦涩，当然也有对美好生活的想象与期待："趁着年轻／我就可以义无反顾地把自己捣碎／然后以流水的形式／涂上美丽的颜色""画一只会飞的鸟／和着我的温度／向另一个方向飞去。"（《画一只鸟》）

屈子信还有一大部分诗歌作品指向故乡，这部分作品的风格和前面论及的作品风格差异很大，比如《时间的墨迹》《怀念父亲》等语言风格沉滞而凝重，但充满张力。《时间的墨迹》共三节，每一节的第一句都是季节、时间、地点，这种类似于日记的写法给人一种沉缓的节奏感，从"深秋"到"深冬"的季节变换表现出诗人对故乡、对父亲的沉痛怀念："深冬。星期二。中午。教室／今天，是腊月十一／是爸爸三周年祭日／我不能回家，给您再添一把土／磕一个头，烧一张纸／但我看到您的笑容／从四年前的信封中跳出来。"（《时间的墨迹》）

王佐红（1981—），宁夏固原人。就职于黄河出版传媒集团。副编审，宁夏作家协会会员，中国文艺评论家协会会员。出版诗集《背负闲云》等。

虽然王佐红从2001年大学时期就开始文学创作，但更多时候他都是以文学评论为主。也正因为较早地介入文学批评和接受了相对比较规范的学术训练的缘故，王佐红的诗歌创作显得沉稳而理性，带有自我探寻和自我表现的审美追求，正如他在诗集自序中所说："我的诗歌，基本上都是在写我自己的心灵、经验、怀疑和困惑，它们是我最真的情怀和精神，是弥漫在我身体里的另一个我。"①显然，王佐红的理论自觉要远远大于写作实践，所以写诗对于他来说更多的是凭借词语回到故乡，找回自我，找到与世界沟通的方式而已。他不以发表和流传为目的的写作总显得比较率真甚至随性，在诗歌的风格和内容方面更加接近宁夏70后的诗人。

2011年出版的诗集《背负闲云》收入了他不同时期的诗歌创作，按作品内容分为"怀念村庄""幽微的心""物景惹人"三辑。这些诗歌简单、闲远、宁静、有味，也能够表现诗人丰富、宁静、纯真的内心世界。细碎微小的事物和情绪容易在王佐红的作品中被拉长放大，从沉淀已久的往事中浮现出来。"我多次回到曾经住过的地方／烧人沟　二中背后　兽医站……那些曾经啊／日渐陌生的地方／会非常熟悉。"（《等待》）很显然，往事就像岁月的刻刀，每一个刻度都对应着诗人曾经的人生轨迹。这种对于人生或者生活轨迹的再现和抒情，似乎成了诗人写作的习惯或者策略，但是这样的写作使得王佐红作品的叙述较为拖沓冗长而且缺乏力量。《十年》长达一百三十多行，对于一首爱情诗而言，这首作品的情感叙事显然是比较饱满的，但是忽略了情感的节制。不过这也是相当一部分80后诗人都无法回避的问题。

秦志龙（1982—　），宁夏泾源人。就职于宁夏文化旅游厅。宁夏作家协会会员。1999年开始发表作品，作品发表于《六盘山》《朔方》《星星》《诗选刊》《民族文学》等。出版诗集《寸草》。

秦志龙的诗源于现实生活，却又不是现实生活的简单再现。他善于把人生的真实体验与深刻的思想意蕴结合起来，通过诗意的构思，创造一种旷达豪迈的风格，表达一种朴素凝重的情感。透过清澈明净的泾河，他把目光投向更为辽阔的黄土高原，真正把自己与家乡、土地、大自然融为一体，一次又一次地陷入一场关于故乡以及生命本身的回归。在《向日葵》一诗中，诗人写道："这是丰收的田野／向日葵在远处向着太阳／它不微笑也不哭泣／他只是一个劲地昂着头颅／／火长满全身／她和松树、夜风、星空／以及我的零碎思想／进行着一场燃烧／这是开花的太阳／没有黑夜／这是真正的花／是一切花的王／只要燃烧／不要休息／／这是不死的青春／今天的一株向日葵／是我的怀念。"正如王怀凌在给他的诗集《寸草》序言中所说："他以坚实温厚的爱，描写山清水秀的泾源，描写苍茫的人生表象和苦涩的生命视域，在对可视、可感、可阅的人间物象，作瞬时的抚慰和留恋后，即延伸到更为

---

①王佐红.背负闲云［M］.银川：阳光出版社，2011.

宽广的心理领域和精神世界。这使得他的作品在平实、简朴的叙述之上增添了隐约的神秘和一种灌注着深层生命体悟的气息。"

李文（1983— ），宁夏海原人。李文从大学毕业之后经历了几年漂泊的时光，随后定居于新疆普泽。诗作发表于《北方作家》《朔方》《黄河文学》等，著有诗集《老车站》。

《老车站》收入的大多数诗作写于那段居无定所的日子。李文有过在最底层谋生的经历，而且"我父亲是民工"，"我弟弟是民工"。农民工，当这些悲凉的身影被城市的尘嚣淹没的时候，任何积极的书写都可能失败。没有在现实的挣扎中吞咽过苦水的人，永远无法体会那种刻骨铭心的感受。在一首题为《庄稼》的作品中，李文写道："当天空不再流泪的时候／父亲就是一株走动的庄稼／眼里写满焦渴，这时候／枯萎的麦苗和消瘦的父亲／都需要一场雨的滋润。"李文的诗作，少有明亮欢快的色彩，即使描写爱情，如在《大个子女生和小个子男生》中，也是"心就打得胸膛痛"的单恋悲情的故事，诗风哀婉迂回，沉郁顿挫。他在《一只鸟》中写道："一只鸟逆风飞／它飞了很久飞了很长的路／风沙中鸟伤痕累累／但它无法停下来／它怕停下来／再也没有飞的勇气和力气／天空不只有风沙／还有冷霜和冰雹。"李文似乎就是那只逆风飞行的鸟，以永远飞翔的姿势与命运作着不屈的抗争。没有人能知道李文诗歌的翅膀在这个"有风沙，还有冷霜和冰雹"的世界能飞多久，飞多远，没有人知道诗人的宿命到底在哪里，但是对于诗歌，沉默往往是最有力的呐喊。

陈永强（1984— ），笔名火禾，宁夏西吉人。就职于固原市烟草专卖局。发表诗作于《朔方》《中国诗歌》等。出版诗集《乡关何处》。

大学期间，陈永强曾经担任校园文学刊物《山城》的主编，有一种近乎天然的对于文字的敏感性。诗集《乡关何处》中收录的第一首诗歌题目为《我是谁家的孩子》，这首诗只有短短四行："我管每一片雪花叫孩子／管每一块大地叫母亲／看着雪花在大地的怀里消融／我不知道管自己叫什么。"故乡还是他乡，城市还是乡村，流离失所的雪花孩子再也不会"消融"在大地母亲的怀里了。一些诗歌表现了叙述者身份的丧失以及对这种身份的寻找："傍晚，路过羊群／我觉得温暖／暂时忘记饥寒和孤独／停止奔波／我多想／悄悄混进羊群／披一身羊毛／一边啃着黄土上的夕阳／一边在牧羊人的歌声中／向家的方向慢腾腾地移动。"（《路过羊群》）这是一个多么让人心酸但温暖的梦想，略带游戏的行为选择和内心的巨大悲怆形成鲜明比照，故乡已经成了一个让人黯然神伤的守望。而"我"成为远离故乡的守望者，成为被他乡遗弃的漂泊者。

诗集《乡关何处》中收录的部分作品，都与不幸的命运有关。一条被吃掉的鱼、在灾难中失去孩子的妈妈和失去妈妈的孩子、街边的老鞋匠、失踪的少女、乞丐、精神病患者、疲惫的打工者、捡垃圾的女孩……这些都是真实存在的，却无人关注。而陈永强对于社会人心的体悟和洞察，在生命的消失和节制的叙述中形成了一种内在的矛盾和张力，从而完成了诗人艺术价值和生命价值的升华和飞跃。对于陈永强来说，诗歌需要在血和火中萃取，需要真正的痛苦来酿造。

田鑫（1985— ），宁夏隆德人。就职于银川晚报社，宁夏作家协会会员。大学时期开始写作，作品发表于《诗刊》《诗选刊》《飞天》《西湖》《绿风》等，入选《中国诗歌精选》《中国年度散文诗选》等。

田鑫善于捕捉那些被匆忙庸碌的人们所遗忘的事物，一枝芦苇、一株蒲公英、一只喜鹊、一只蝴蝶、一艘搁浅的船……这些小小的微不足道的事物让诗人从中发现和感到了它们的存在价值。在《偶遇一只喜鹊》中，诗人对喜鹊落墨较多，但着重写的却不是喜鹊，而是"春天 / 便从它的叫声里 / 开始，一寸一寸爬上 / 它站立过的树梢。/ 那星星点点的绿 / 像它的倔强和小欢喜 / 留在枝头……"而是"我还在原地—— / 看着它，用一小点的黑 / 慢慢将我内心的空虚，填满 / 然后，变淡、消失"。因此"喜鹊"的生物意义已经消失了，取而代之的是作为符号的"喜鹊"，所以诗人才能借此看到春天，填满自己空虚的内心世界。诗人韩作荣在《栏目主持人语》①中评价田鑫诗作时说："一个羞怯的忽而安静、忽而胸中藏着千军万马的诗人，有一颗敏感的诗心，既高阔、深远，又专注且细微，让万物有灵，让大自然融入自己的感受，书写心灵的姿态。如同向日葵一样根植于泥土，又如蒲公英一样头颅装着闪电，沉溺下去也飞得起来。"这种诗意的观照准确地道出了田鑫诗歌创作的基本追求，通过对这些平凡而细微的事物的描写，将自己内心的大世界呈现出来。

田鑫的创作数量并不是很多，但是平静飘逸、淡定朴实的叙述风格总能给人耳目一新的感觉。他善于通过对微小事物的感受与发现，建构起丰富多情的精神高地，或许这是诗人用自己敏感的心灵在和被人们遗忘的世间万物对话的结果。

马泽平（1985— ），宁夏同心人。宁夏作家协会会员，宁夏诗歌学会理事，

---

① 韩作荣. 栏目主持人语［J］. 西湖，2011（1）.

中国作家协会会员。作品发表于《诗刊》《民族文学》《汉诗》《中国诗歌》《朔方》《延河》等。出版诗集《欢歌》。诗作荣获宁夏第九届文艺评奖三等奖。被《中国诗歌》评为 2017 年十佳网络诗人。参加诗刊社第三十五届"青春诗会"。

马泽平迷恋细节甚至多过语言艺术本身，他把细节写作当作自己检验诗歌成功与否的一条硬性标准。细节是生活中的细枝末节，它需要不断被挖掘、被发现，也需要筛选和取舍。情趣化的生活细节，总是能够增加诗歌写作的意趣性，使得诗歌既不显得枯燥乏味，又不至于远离尘世烟火。当然，最为重要的一点可能是没有比细节更能无限趋近他所要求的真实性，哪怕它只是单纯为诗歌艺术性而生的虚构的真实性。

马泽平诗歌中烟火味儿很浓，呈现一种入世者的精神世界，他的身影在诗性语言里，也在《村居一日》《悲观主义》《弥留之际》《印象记》等对人和事物的体认中。生活的温暖或苦涩对诗人的打磨令其沉入或跋涉于关于生的思考之中，比如《物哀诗》《祈求》等诗歌，呈现出对于黑暗或死亡、希望或光明的渴求，以及生命存在本身予以的警觉或回应，也是对现实生存和人的关照。

刘京（1989— ），宁夏灵武人。就职于宁夏交通投资集团。宁夏诗歌学会理事。诗作发表于《北京文学》《山东文学》《新大陆》（美国）等，入选《2012年中国诗歌年鉴》《中国新派诗歌档案 2012 年卷》等。出版诗集《特立迎风》。

刘京的诗总体上显得清纯利落、轻松活泼，语言朴素，节奏紧凑，与其青春色彩互相适宜。但成长的烦恼、美好的记忆、方向的迷惘等自然会流露于他的诗里，哪怕是故作深沉也在所难免。张铎觉得刘京的《同桌》有优秀之作的潜质。"我和同桌一起折星星 / 星星摆满了抽屉 / 我好奇地看着问着 / 她头也不回 / 毕业那天她来了 / 送我一个熊娃娃 / 然后拖着急促的脚步 / 从一座山到另一座山 / 后来我把熊娃娃送给了儿子 / 有一天儿子撕坏了熊娃娃 / 满肚子星星挤了出来 / 我傻傻地看着。"这首诗一波三折，摇曳多姿，把一种人人皆有而又难以言传的美好感情表达得那么逼真传神，令人叹服。细节对诗而言，如果传达出某种既特定又普遍的情感，就实现了其自身的美学价值。

宁夏 80 后诗人还有谢峰、马晓忠、兰喜喜、王新荣、小调、马生智、计生贤、刘国龙、伏志强、春血、高杲、丁壬甲、杨森、张星洋、杨海亮、十画、柳元、乱码、张伟大、马璟瑞、王水清、白军、王恒帅、王强等。从总体上看，宁夏 80 后诗人的诗作主要涉及三个方面。

一是对故乡亲人的抒写。李兴民是其中的代表性诗人，故乡西海固的风物人情皆为他关注的对象，诗歌语言常带有西北"花儿"的风格。屈子信的诗歌感觉准确，语言充满张力，把对故乡亲人的怀念通过简洁、透明、有力的语言表现出来，尤其是《时间的墨迹》采用日记体的方式，寄托他对父亲的哀思。

二是对社会现实的深切关注。他们大多怀着一颗悲悯之心关注现实、体察人生。"我听到了一棵麦子从生到死的过程／我听到一滴汗水烫伤黄土的惨叫／一场持久等待的雨没有来临。"（王强《西海固的土地》）

三是现代化背景下青春的迷茫。女诗人最善于写爱情，写人世间细碎情绪的隐现，青春时代的忧伤与迷茫。比如马晓雁在《爱的哲学》中写到这样一种微妙的无法言说的情绪："近在身旁时才明白什么是无法逾越的距离／不知如何面对只能骄傲地将头抬起／越想忘记越是深刻的想起／说自己坚不可摧时却噙满泪水。"许艺的《阿玫》《唐唐》分别写了两位同样在人生道路上挣扎的青年女子，让人感到那么鲜活、生动和疼痛："秋将要降临，它正在降临／不要惦念我的寒暖／我不说。我受过的苦我都不说／当夜色降临／我的悲伤不是行走在别人的故乡。"人世的漂泊、生命的悲痛、青春时代的伤痕被许艺有力地呈现出来。当然对青春的书写不是女诗人的专利，初入诗坛的马璟瑞便有不俗的表现，如《想你》通过唯美的语言不断渲染思念的情绪，并将其放大定格："想你在另一个城市的天空／小小的一颗心／却装了一个寂寞的城／想你在这孤寂的小城／……一滴泪，是一匹追梦的白驹／在静夜狂奔。"

宁夏80后诗人经过新世纪二十年的努力和成长，距离宁夏诗歌创作的核心越来越近，但他们所受的教育层次不一，其中约有一半诗人受过大学教育；他们遍布各个行业，缺乏后天系统的阅读、训练和熏陶；相当一部分诗人创作仅凭热情，艺术准备不够充分；他们受到网络的影响很大，作品首先或者大多在网络上发表，质量参差不齐等。这里除了天赋，多观察、多读书、多写作、多思考恐怕是宁夏80后诗人主要的课题。

正当80后诗人个性张扬还不够充分之时，宁夏90后诗人已经崭露头角，尤其是马骥文。

马骥文（1990— ），本名马海波，宁夏同心人，清华大学中文系博士在读。宁夏诗歌学会理事，中国作家协会会员。诗作发表于《诗刊》《上海文学》《星星》《中国诗歌》等刊。荣获第六届光华诗歌奖、第三十三届樱花诗歌奖等。出版诗集《唯一与感知者》。参加第九届"星星大学生诗歌夏令营"、诗刊社第三十三届"青春诗会"。

马骥文有自己的诗观，他认为诗是个人的精神图谱。我们每一个人都生活在一个巨大的语言磁场中，我们的形成是在各种引力的漩涡内完成的。这些引力将我们撕裂，并同时带给我们至上的愉悦。如果这是一种觉醒的话，马骥文愿永远处在歌德所说的"个人必须再一次地被毁灭"时的那种纯粹的激情之中。近年来，马骥文诗歌中的写作路径愈加清晰。他对身份的探寻散落又密集地出现在作品中，充满了令人惊喜的地图冒险。而诗人本人依然更新着尚未完成的文本。诗人提出过"同代人"的写作概念，诗作中远甚于他人而向当代敞开的敏感，填补了同代人中较为缺乏的伦理意识，并过早地接近了希尼所说的"诗歌的纠正"。马骥文在《在弥散中对饮或不合时宜的沉思——论同代人的诗歌写作》中认为，身处于 21 世纪的前半叶，同代诗人们已经以他们新鲜又挺拔的诗歌写作中，为当下的汉语新诗的边界进行了更辽阔的拓展。他们的异质性与新鲜感将会极大地丰富当下的诗歌生态或气候，并使当代中国在文化层界变得更加自足与多元。但需要清醒认识的是，同代诗人的写作以及整个百年的新诗仍然存在着不完美的因素，我们仍然需要更加开阔、更加坚实以及更多反思。不过，不完美从另一个视角来看也是一种"完美"，借用史蒂文斯的话说："不完美是我们的天堂。"在这一层面上，同代诗人也因此永远处在探索、精进的炽热之爱中。诗歌朝向未来，而未来的无限性也正朝我们徐徐涌来。

宁夏 90 后诗人石杰林、陈斌、朱喜利、卢三鑫、赵希、王瑞、王晓寒、田进科、海福等，有的已参加工作，有的还在上学，写作质量参差不齐，尚未形成气候，亦无整体风格，但我们充满期待。

第八节　阵容相对滞后的女诗人

宁夏女性诗歌创作相对来说比较滞后，从古代的塞上到元代始名的宁夏，史载的女诗人只有孙氏，名不详，仅知其为延安府知府孙川之女，清朝正红旗汉军武进士、石空寺守备教允文之继妻。婚后一年丈夫去世，孙氏守孝满月，自尽于柩前。入殓时，发现其怀中有诗三首，被中卫县知县黄恩锡收入其编纂的《中卫县志》，并写了小序和跋文。这三首《皇清孙烈妇诗》之一："独羡文丞相，固怀正气歌。成仁兼取义，万古不消磨。"之二："万事伤心可奈何，敢云随分逐时过。课儿尚有一经在，织锦全无半字歌。泪洒北堂云不散，月行东海雾偏多。白头未到君先逝，愿逐英风话五罗。"之三："儿曹勉力习遗经，家世簪缨旧有名。传汝唯希清白吏，河东三凤再齐鸣。"孙氏的这三首诗胸怀正气，成仁取义，质朴坦荡。这既是悼诗，有对夫君的深切怀念，又是遗诗，有对子孙的无限希望。语言简明且富有诗意，尤其是"泪洒北堂云不散，月行东海雾偏多"，意境高远，是为佳句。

20世纪80年代，宁夏女性诗歌才有了起步和发展。这一时期，以刘秀凡、陈幼京、王慧、陈晓燕、范一凤、莲子等为代表的女诗人开始在刊物发表作品。她们的诗歌，保持着较为上乘的质量，从根本上忠实于个人的疼痛与隐私，大胆地表现女性生命的体验，以其自我意识的觉醒和对女性心理的深层挖掘，在宁夏诗坛具有一定的影响。

刘秀凡（1954—），女，宁夏银川人。曾就职于银川毛纺织厂。1983年开始在《朔方》等报刊发表作品。

刘秀凡的诗歌作品多是书写基层的生活，通过自身的经历突显基层人民群众在生活中激昂的斗志。她在《我，重新找到这张课桌》中写道："我，一个织毯女工／一个孩子的妈妈，带着双重责任／重新找到这张熟悉又陌生的课桌／在这张课桌上，我曾经计算过／经纬线和巡回线的长度，梭声和机声的比例／毛纤与色调的搭配，光泽与弯卷的特色。"诗人十分注重构思与叙述的策略，用诗性语言呈现基层生活，挖掘和表现人物的内心，触摸基层的脉动。刘秀凡在创作中没有停留在只将社会基层生活影印般誊写的层面，而是更大限度地提升人的精气神，从而形成一种积极的氛围。刘秀凡的诗歌无时不在彰显女性意识。男女之争，就像两种力量的冲突和撕扯。她在《带电的女人》中写道："我们是带电的女人／在男人的热恋中／我们不再是只能燃烧一次的火柴梗／我们可以像珠穆朗玛峰一样爆发深厚伟力。"刘秀凡在诗歌中对于女性在社会中的重要性一再强调，可以解释为女性试图冲破性别重围的自我救赎和反抗。正是这种有违传统的自由观念和独立精神，使其诗歌具有不脱离时代，又高出时代规定性的洒脱情怀，它的意义在于唤醒传统观念里沉睡的人们。生存价值问题也是刘秀凡诗歌的核心命题。她的诗歌是对基层女性人群认识自己的引导与召唤，亦为存在的勘探者。

陈幼京（1955—1984），女，北京人。1971年在杭州向阳中学毕业后，十六岁的陈幼京背负行囊远离京城，到内蒙古生产建设兵团劳动锻炼。1977年，她离开内蒙古到宁夏永宁县插队，从此与这片热土结下了不解之缘。1978年，她鼓起勇气走进改变命运的考场，考入宁夏大学中文系。大学毕业后，她被分配到宁夏作家协会工作，随后又调至文艺报社任编辑、记者。

陈幼京在大学时就开始创作，后在《朔方》等报刊发表诗作。她以清新的笔调，如雨后春笋般饱满的激情，极力表达对于生活的无限深情和渴望。

她在《序诗》里写道："我离开天堂时／上帝给我一支灵魂的笔／我来人世间／大地给我一张生命的纸／于是泪和血合成了墨汁／于是笔便在纸上写成了字／我把我化作了它／又把它献给了你。"陈幼京在诗歌创作中擅长托物寄情，总能借助有限的诗歌语言抒发内心的情感，在《朔方情思》中，她抒写宁夏大地缤纷的色彩，以饱满的情怀写下对于这片土地的深情。同时，她的诗歌也折射出特定环境下个人的生存状态，如《雾》："爱你的说你深沉／说你含蓄而自成一体／厌你的说你迷离／说你朦胧而不成体统／然而在大自然里／总得给你留个位置／既然谁也无法消灭你／那就有你存在的意义。"这是一首平淡却颇见功力的诗，是对自然之物存在的必要性的呈现，将最难呈现的"雾"以举重若轻的形式呈现了出来。诗人生存在特定的时代，这首诗映射出生命存在的状态。陈幼京也写过执着热烈的爱情诗："浪花在海湾里徜徉／爱上了礁石那顽固而粗糙的形象／……她一头扑进礁石的怀里／坚硬的礁石立刻撞碎了浪花姑娘。"（《浪花姑娘》）纯洁热烈的爱情与粗粝冷漠的现实碰撞，爱情的执着化为一串串爱的泪珠，这是悲剧性的爱情结局，却充分体现了女诗人完全不同的对待爱情勇敢而坦诚的情怀。在陈幼京的《朔方情思》中，殷红的爱、黑紫的恨、淡黄色的欢乐、深蓝色的坚强、灰白色的失望和透明的哀伤，变成金色的希望与得到满足的绿色，纷呈的色彩与感情的呼应关系丰富而饱满，是诗人用生命之笔写下的对于这片土地的深情。

王慧（1967—），女，宁夏吴忠人。就职于吴忠市政协。主编《吴忠文史资料》。宁夏作家协会会员。1987年开始创作，诗作发表于二十多家报刊，入选多种选集。著有诗集《白光》。

王慧诗歌中的想象力不仅仅体现在对景物、场景的想象，更重要的是遣词造句的想象力。同一种心情，不一样的词语运用，情绪就增添了一种不一样的韵味。王慧的诗歌读来让人觉得温暖而又心疼，与别人保持冷静的距离，拥有可以看到自己心灵的空间。王慧的诗歌寂静、辽阔，就像她自己所描述的蓝色的诗，忧郁而清澈，像她自己在依恋的时光中，安然如初。王慧的诗，包裹了一层蓝色的糖衣，初尝是一种酸甜，而后是满嘴的香甜，最后消失得不见踪影，徒留一种忧伤。《蓝色的诗》（组诗）被赋予了一种忧郁的蓝色；《城市的夜晚》如同爱人的模样，打动人心；《梨树下的风声》如雨的清凉，有穿透大地的力量；《在放着松叶的小山上》（组诗）如夜复一夜强烈延长的眷恋。在取材上，王慧的诗歌没有脱离女性诗歌写作那种惯用的小事物、小意象，可她对一切外在的自然现象具有特殊的感知能力，她的诗歌承袭了现代诗歌改造古代诗歌意象的传统，让人看到获得现代性的意象嬗变的轨迹，这使她的诗歌在同时期宁夏女性诗歌群中具有独特的亮点，比如"白色纱窗是房屋的秘密／在秘密后面窥视／幻觉般出没的人……从天边走过／看到云彩慢慢靠拢／候鸟飞过的划痕／深深嵌进她水纹细密的双眸"（《将离的纱窗》）。王慧诗歌创造的意象，具有生动性和空间感，不仅在读者脑海勾勒了一个三维立体的画面，而且提供了一个鲜明生动的形象模式。诗人在创作中不断地积累自然的印象，加以吸收和重塑，转化为一种浮云流水般的情绪，从而令人感受她诗歌语言处于近乎无意识状态下的忘我及融为自然的主题。王慧能将深沉的感情与深邃的思想融合得浑然天成，在她怀念母亲的组诗《在放着松叶的小山上》中，用以传情达意的语言较为朴实而少有雕饰，但饱含无限深情，打动人心，比如"我可以听见，你走出幽深和静谧／迈着细碎的步子／黑暗中，碰到了空气／我可以看见，你身上复杂的病／如你未说出口的话／弯曲的痛苦，笔直的一生／和缓慢而快速的飞行"（《一张旧照片》）。由此可见，王慧总能在描述对象的真实性与赋予描述对象某种变形的想象能力之间达到巧妙的平衡，令人物、事件和情景笼罩了一层理想的色彩和情绪化的气氛，其诗的灵动和巧妙足显写作的功底。

范一凤（1960— ），女，宁夏银川人。曾在银川市第一人民医院工作，后移居英国。1984年开始创作，作品发表于《宁夏青年报》《通俗文艺家》《朔方》等报刊。出版诗集《五月风》。

或许是因为之前在医院工作的缘故，在范一凤的诗歌中，随处可见的是对于个人成长经历和个人命运的关注。"一个皎洁的夜晚／我凝视你悒郁的眼睛／第一次读懂了这双眸中／凝聚着的经历和情感／是生活的惊涛骇浪／在你童年的礁石上／刻下了一道道褶皱。"（《爱，从这里流出》）诗人只愿陪伴这双"眼睛"，和它一起去体验接下来路途中的快乐与辛酸。读范一凤的诗，不用过多留意，便可在诗歌中发现自己的影子，找到和自己相同或相似的部分。诗人用一种生活化的语言描写、记录她的生活经历，而这也正是我们每一个人都经历过的或正在经历的。范一凤是我们身边的普通人，她真心实意地记下了一个人的点点滴滴，这既让人感受到神通意洽，又让人感受到生命应有的坚强、勇敢和自信。

莲子（1968— ），女，本名焦雪莲，宁夏中卫人。当过老师，现居北京。出版诗集《单人牢房》等。

莲子的诗歌含蓄委婉，将表达的意图藏在形象中，让读者自己展开想象，思而得之。"好消息有一张可疑的面孔／它诓我款待过太多的门铃／它真的来了／我却无动于衷／它已是不受欢迎的客人。"（《好消息》）"一个字是一个固执的浪头／叩击我无歌的白天／一句话是一条骚动的小河／流进我迷乱的夜晚／所有的故事都储在心底的海洋／再加一滴就会漫上岸滩。"（《读信》）读莲子的诗，可以感受到女性特殊的心理体验营造了她诗歌独特的意象构造和思维逻辑。诗人通过内心的自白表达了自己的情绪或观点，以独一无二的语言方式对自身和世界进行关照，在诗中寻找灵魂的栖居。

20 世纪 90 年代，陈晓燕、李壮萍、唐晴、羽萱等是活跃的女诗人代表，她们的作品不乏不让须眉的优秀之作，为宁夏诗歌注入了新的活力。新世纪以来，又涌现出了瓦楞草、胡琴、常越、林一木、查文瑾等一批女诗人。她们是盛开于塞上大地的梅花，只因为能思敢想，才有了傲视冰雪的品格、尊严和力量。她们写诗，也被诗所写，缘于诗歌而提升了她们的人生境界——平时多沉默，凌寒自芳菲。《宁夏文艺评论·2017 年卷》集中刊发了以上九位女诗人的评论文章，称她们为"塞上九朵梅"。

陈晓燕（1966—　），女，笔名梦西、梦羽，宁夏银川人。宁夏作家协会会员，中国作家协会会员。1987 年开始发表作品于《朔方》《黄河文学》《民族文学》《诗刊》等，作品入选《女性爱情诗抄》《中国翰园碑林诗词集萃》《新中国成立六十周年少数民族文学作品选》等。诗作荣获宁夏第五届、第八届文艺评奖三等奖。出版诗集《西部的太阳》《灵魂的岸》。

陈晓燕是一名在宁夏土生土长的女诗人，她立足于脚下的土地，从女性视角出发抒写着对生活的独特感受和个性领悟，她始终保持着坚定的信念和不轻言放弃的决心。陈晓燕始终将自己置于自然之中，安静地思考人生和世界，放下小我，用心去体会大自然无私的恩赐。黄河、沙坡头、羊皮筏子、戈壁，自然成就了诗人，诗人感恩着自然。陈晓燕是一个热爱生活的人，更是一个善于发现生活的人，她用朴实无华的语言记录生活中被我们忽略的事情和事物，讲述着一个个充满浓浓的生活气息的故事，讲述着一个个关于爱和希望的故事，提醒我们常回头看看，不忘初心，不负本真。

诗人高深在诗集《西部的太阳》的序中说："当我读了《西部的太阳》中一百多首诗以后，顿时兴奋起来，诗歌的魔力仍吸引着一些人的精神高地，并保持它极大的诱惑力。"正如高深所说，能够与读者进行较好的深层交流，其最根本一点，不在于诗人写了什么，而在于诗人重视或着力对生活作出历史的人文的开掘，在于强化和加重了一种批判精神。陈晓燕把西部的地域文化，用男性的笔调大度地勾勒展现、挖掘延伸，在诗集第一辑"西部拥有开花的太阳"中尤其强烈。读这部分诗歌，我们似乎忘记了她是位女诗人。"辽阔得没有一丝缠绕／天与地竞相坦荡。"（《大西北》）"来来去去的游子像

我一样 / 唱那'花儿'寂寞时的歌。"(《宁夏》）这种高调的诗歌如同火焰，从一位女性诗歌写作者的笔下燃起，看不出女性写作的痕迹，只有对地域文化的强烈共鸣。这种不可回避的精神再现是发自内心的强大回归，也是固守家园的本能呼喊。作者深爱着这里，把自己融入其中，也把读者拉回这里，诗歌的精神显示出现实的力量。

《西部的太阳》最突出的是西部特点。诗人以敏锐的触觉，对西部特有的事物，进行诗意的描绘和抒写，那些在常人眼里的小花小草，却是西部精神的一种象征，比如向日葵、红柳、沙枣树、酸枣等，都与西部有着千丝万缕的联系。在这种联系里，诗人敞开胸怀，把对西部的热爱，对西部的憧憬一一铺展开来，向读者推开了一扇西部风景画的大门。陈晓燕后期的创作具有宁夏本土化和民族化倾向，如《爱伊河畔》："塞上江南。你旖旎的风姿 / 属于水，属于湖，属于河，属于七十二连湖的 / 传说和神话。"描绘了塞上江南的美景，充满爱恋和赞叹之情。

李壮萍（1968— ），女，宁夏中卫人。就职于宁夏广播电视总台。宁夏作家协会理事，宁夏诗歌学会副会长，中国作家协会会员。1988 年开始发表作品于《朔方》《星星》《诗选刊》《诗刊》《诗歌月刊》《中西诗歌》等，入选《中国当代微型文学作品选》《宁夏青年作家作品精选》《中国年度优秀诗歌 2011 卷》《中国诗歌排行榜》等。出版诗集《对面是一把空椅子》《放在能看见的地方》。诗作荣获宁夏第八届文艺评奖三等奖。

李壮萍写诗早，一写就是不间断的二十多年。她每年写的和发的都不多，是一种不为名利的细水长流的自由式创作。《对面是一把空椅子》是她从事创作以来二十年的诗作选集，从写作手法上来讲，既有传统的借景抒情、借物咏怀、意象碰撞、跨越时空，又有后现代的消解意义、内在呈现等。从语言上来讲，整体上是清新的，让人感到一种来自民间的类似于油菜花的芬芳，但也有来自城市的牡丹气息。从结构上来讲，是一本松弛散漫的诗集，并散发着一种休闲的韵味，似乎要在不经意之间道出一些诗一样的内心秘密。在大片的宁静中偶尔透出一种清亮的独唱之调，在貌似轻松的语言之后，实际上隐藏着一颗苦苦思索的心。诗人在描述事物、抒写生活、坦露心迹的同时，也始终在感受着、思考着、觉悟着，并由此感悟"人生如登山，不同的高度，有不同的境界"(《后记》）。比如"这个季节　空白只为一个人 / 有生命力地活着 // 并不是所有的空白都能长到秋天 / 不过　即使空白结几枚酸涩的苦果 / 也使生活阳光般明媚"(《空白》），心怀阳光，苦果也是人生的希望。

谭延桐在李壮萍的诗集《放在能看见的地方》序中认为，无论做什么，理念在先，李壮萍无疑是悟了这个内涵的。悟了便去一一落实，既落实到自己的骨头和血液里，又落实到自己的思想和文字中。顺着李壮萍的生命理念和文学理念，目睹她心灵的表情和诗歌的神情。这双重的表情，无疑是自然的、怡然的，给人以真实、丰富的感觉。诗歌要写出新意是有难度的，要写得大气对于一个女诗人来说更有难度。李壮萍迎难而上，向难度写作挑战，并且写得软硬兼有、柔情与激情俱在，有一股无形的力量，比如"走在路上 / 就有一些想法产生 / 这些想法 / 原先藏在什么地方 / 这时像鱼一样浮到水面上来 / 为的是让我看见它们 / 由此　路程开始生动 / 我一步一步走下去 / 这些想法就伴随我 / 把前方的路延长 / 直到又有一些想法产生"（《有一些想法在路上产生》）。这首诗平静、舒缓、随意、天然、质朴、清新，一条路由一些想法串起，由一些想法生动起来。典型的意识流式写法，散淡而传神，在具体中写出了共相，在个别中反映了普遍。

李壮萍在对待诗歌上是善良而谦逊的，她一再承认自己的卑微，并以悲悯之心观察事物，从而在人文关怀的层面上完成诗性的跨越。李壮萍在努力创造着，努力使诗作具有与众不同的特质，在轻描淡写之间显示出只属于她自己的风格。

唐晴（1969—　），女，四川南部人。曾任固原二中教师、宁夏人民出版社副总编辑等。现任阳光出版社社长，总编辑。编审，宁夏作家协会会员，宁夏诗歌学会副会长，中国诗歌学会会员。诗作发表于《十月》《诗刊》《星星》《绿风》等。出版诗集《嘿！我还活着》《花，年年会开》，文集《突围》，专著《编辑工作ABC》，主编图书三十多部。

从四川南部到宁夏，唐晴的诗歌中有一种流浪者的气质，显示了出走与回归的强烈矛盾感。"一百次　我离开家 / 披着风的衣裳 / 从心灵边缘出发……流浪过九十九道山川 / 漂泊成了浪子。"（《漂泊者》）在流浪的旅途中，诗人与诗歌一起成了"漂泊者"。诗歌中洋溢着悲怆，诗人肩负着亲人的期盼，只能无视伤口而孤独行走，旅途的艰辛只能凭借坚强的意念来抵抗。唐晴愿意流浪，渴望自由，因为她向往无垠广阔的天地；可是作为一个女人，她同样向往安定，渴望一个温暖的依靠，她眷恋着亲人和故乡。唐晴的诗歌就是这样矛盾，却直达读者的内心。

安奇在《嘿！我还活着》的序中认为，唐晴诗歌中桀骜的意象塑造出不屈的形象，孤立决绝，不像是女子的手笔。一个坚守在命运地界的行者，依然陷入一个寻找的主题，对自我的不信任导致对自我价值的追寻，"不明的风陷我于苍茫时分 / 黑鸟群凄厉的呼叫 / 似一把长剑插入我空洞的体内"。

与当代女性的写作相比，对唐晴而言，似乎有一些更强烈的切肤之痛展现在对生命的体验当中，她的感受超越了个人。

单永珍在《虚无现实中的灵魂救赎》[1]中认为，近二十年的西海固生活是唐晴诗歌创作的基本元素。特别是对她这个历史专业科班出身的写作者而言，在她的眼中和笔下，西海固是长城、烽燧、古堡、断剑、丝绸之路、战场以及隐忍的血，这些遍布骨髓的意象通过她个人化的叙述呈现出一种别样的诗意，她仿佛不经意间就颠覆了历史本来的虚幻和厚重。"漫卷过战旗的西风／舞我长发　舞我灵魂／舞我如高翔之鹰／舞我于千年的风云。"（《六盘山巅》）在这里，那个长发飘逸的抒情主人公似乎沿着时光的隧道完成了一次情感的回溯，接通了一个现代女子与曾经生活在西海固大地上的那些匈奴、古代女子的情感共鸣。因此，这种贯穿千年的吟唱不仅仅是抒情主体的吟唱，更多的是生命相融后灵魂深处的激情流露。这种诗意的延伸在更多的作品中表现得更为充分，比如"在我水灵灵的视线之外／大风中绿衣绿裤的匈奴女子侧身而立／飞扬长发半掩着酡红的面庞"（《胭脂峡》）。

唐晴写人的诗也很独特，比如"在我内心　一直期待着我的儿子／在他快乐的童年和洒满阳光的少年时期／有一天挂了彩回到家里／让我看到他温和善良的性格里／还有倔强和勇敢的品质"（《第一次打架归来的儿子》）。母爱不是以安慰和呵护的方式呈现，而是反其道而行之，让人赞叹。"落难的王，逃亡／不是放弃自己的权力……落难的王只需要两个结局／不是战死／就是辉煌地杀回去。"（《落难的王》）对于落难的王而言，环境是存在的，但环境根本不是问题，虽然身处蛮荒之地，内心仍然烈焰熊熊，雄心壮志的奋斗无非是最好的结果和最坏的结局。还有"温暖的雨丝唤醒了我的记忆／走在蒙蒙细雨里／我就是一片新长出的叶子／在您爱怜的目光里轻轻摇曳"（《母亲》）以及"黑夜也无法阻挡，父亲坚毅的目光／击落了一只又一只黑乌鸦盘旋的翅膀／我已经长大，即或独自行走／心中仍有一团温暖的火光"（《父亲》）等，写得干净利索，又情真意切。唐晴的流浪人生、历史学识、刚强个性、内心柔情成就了她的为人与为诗，其诗阳刚而豪放、果敢而有力、情深而简明，毫不逊色于男性诗人，在宁夏诗坛独树一帜。

羽萱（1969— ），女，本名唐君，曾用笔名唐珺，宁夏中宁人。就职于宁夏劳动就业服务局。宁夏作家协会会员，宁夏诗歌学会理事。高中时开始创作，自此从未停笔。出版诗集《梦中的红嫁衣》《守望飞翔》，与古越合

————————
①单永珍.虚无现实中的灵魂救赎［N］.文艺报，2008-11-15.

著长篇小说《金羊毛》《菊花醉》《大黄吟》。诗集荣获宁夏第五届文艺评奖二等奖。

诗人潇潇在《守望飞翔》的序中认为，一个热情、善感、傲然的公主，一个低调、忧郁、孤独的美女诗人，一个和蔼、宽容、慈爱的好母亲，这些自我形象是立体的，伫立于诗人对心情的委婉描述、对爱情和亲情的纯真抒写之中。"阅读羽萱的《守望飞翔》，我看见一个美丽单纯而气质优雅、但历经伤害又坚韧向前的女诗人，她戴着太阳镜、穿着运动鞋向银川的贺兰山攀登而上。在此，不仅是诗人登高望远，而且是与圣者一般的'山风'相约。这里的'山风'既是在高处的、形而上的，又是可触摸的、温暖的。而'事情'和'东西'是抽象的，是属于她个人的生命之谜，是难以解释或者猜测的，但是富有张力和意味。"羽萱的诗语言质朴，她只是将掏心窝子的话娓娓道来，仿佛只说给她爱的和爱她的人，具有很强的个性化或私人化色彩。羽萱的诗宁静、清澈，像一眼汩汩冒出的清泉，透明、甘美、沁香。

羽萱在《罹难的小草》中写道："我只是一棵瘦弱的小草／还做着太阳与风的梦呢……如果我能安然挺过／那么我会更加的感恩　好好地生长／即使没有一双目光投向我／即使一生听不到一句赞扬。"小草的呢喃是关于太阳和天堂的梦想，对于生命的感恩，不在意他人的关注与评价，这是真正的草芥之思，但充满了淡然与平和的生命魅力。比如"仅仅两日的游历／却让贺兰山的风／掳去了心魄／归来后／城市的一切／都变得似是而非／……继续任城市的喧嚣困扰／继续让红尘的烦恼捆绑／而一个梦／已经深深根植——做一名／贺兰山的儿女／让孤独漂泊的灵魂／从此找到幸福的归宿"（《魂系贺兰山》）。在这里，羽萱用她的真情和智慧，有感而发，写出了一种真实的心态，将心灵的体验提高到了一个审美的高度。她用细腻的情感和特有的艺术感悟，将情、意、象融合，营造出一种纯净的语言境界，充分体现了语言的活性。如"就这样穿过人流穿过车流／只向着太阳升起的地方／和伊甸园的方向／让笑弥漫成超越岁月的甜蜜／成为内心城堡中高贵的公主"（《爱和花香》）。从这里，我们发现了一个建立于岁月之上的城堡，认识了一个似乎与世隔绝的公主。羽萱在《往回走的人》中写道："虽然也穿着很现代的衣服／却无人知道我是往回走的人／一直向着那遥远的古代／踽踽行进。"形式的现代、精神的执守和向古典的回归，希望穿越时空隧道回到遥远的古代，找到属于自己的精神原乡。

还有写故乡、童年、亲情、友人等的诗篇，实际上都是在写一个诗人的满怀情意。羽萱的诗情感真挚，每一首诗都来自她敏感而深情的内心，每一首诗都因她内心城堡公主式的高贵、率直、孤傲，而具有了与众不同的品质。

瓦楞草（1970— ），女，本名于洪琴，吉林柳河人。宁夏诗歌学会副秘书长。2008 年开始发表作品于《中国诗人》《朔方》《扬子江》等，作品入选《中国当代风景诗选》《黄河诗金岸》《潮》等，同时创作诗评、散文、传记等。出版诗集《词语的碎片》。

瓦楞草的诗具有玄思、理性、性别趋向不明显等特点，常借助物象反映人的意识活动。"拉开窗帘 / 你进来占据了屋子 / 把我拥入体内 / 我因此年轻了 / 我的中年 / 每当拉开窗帘 / 你从夜空落下向我靠近 / 并借影子裸出身形 / 我并不惊讶 / 多年间 / 我们如此相融。"这首名为《月光》的短诗可见其诗歌的风格和特色。再如"也许，在片刻自我消灭后 / 我睁开眼睛死而复生 / 在复生前，我与树同亡 / ……它的灵魂注入 / 我的脚，我的眉毛，我的眼睛，我的心 / ……我们合二为一 / 好吧，树 / 就这样活下去"（《我和树》），角度独特，写人的生命和树的生命同生共死，是物我合一的状态。

《词语的碎片》由一些灵感的片段缀合而成，灵性的小生物，忠诚卫士般的树木，陪伴她度过了一些漫长而无助的时光，使诗人对天地万物的感念得到了升华。曾经"水洞沟诸神开始播种 / 冥想穿不透年久失修的历史"（《旧石器》），但是眼前，父亲靠在老树下乘凉的形象，母亲向灶下添一把柴的身影，仍然是回忆里最亲切的画面。她对生活、对世界保持独特的视角和独立的看法，坚守属于诗人的申述权限——"阳光里有个思想在悬浮"，这是《词语的碎片》融入诗歌大众视野和而不同的地方。

杨森君在其诗集《词语的碎片》的序中认为，写作诗歌的能力其实就是一个诗人想象与组织想象的能力。这个能力直接印证写作者本人与所要描述的事物之间非同寻常的联系——注视与被注视，感受与被感受。物我相待，执其共通，直至形成一首首既有物在又涵盖了作者智慧的作品。瓦楞草的诗歌提供给我们的正是这样的范本。

瓦楞草的诗歌，以近处的力量与腾起的广阔，使我们感受到诗歌的魅力，诗歌是如何使一个人的精神具有了高蹈的澄明，和暗中逼近我们的那些不足以用语言和绘画符号等艺术手段传达的，能够使我们上升和飞行的造梦者的天堂，即便只是一瞬，灵魂便可安好。这也正如瓦楞草在诗中所写："美无须长久 / 有那么一瞬间足够。"（《献给天地的圣者》）

"没有谁在枕边等我醒来"，这是瓦楞草的一句诗。这句诗所形成的张力，令人抚额生怜。像所有性情的诗人一样，瓦楞草的良善之心、悲悯之情几乎贯穿在她的大部分诗歌里。这不仅是她为人的基础，而且是她为诗的一个准线。

看到一棵枯死的树时，"这棵树死了，我局促不安"；看到一棵树孤零零地伫立在旷野上，"我们合二为一，好吧／树，就这样活下去"；她与文友别离之际，"是的，我们都健忘／我们早已学会了用健忘掩饰不能流露的伤"。诸如此类动情怀柔的诗句，建构了瓦楞草与世间对望的苍凉的一面，也折射出了她内心中柔软深情的一面。自始至终，她都有所担待——她常用一种小型的孤独支撑起更为宏大的孤独本身。也许，这就是一个诗人有别于常人之处，她敏于物动于心，悄悄地承担，默默地搭建，直至以文本的样式，画出她思绪的轨迹。

胡琴（1973— ），女。宁夏固原人。就职于宁夏日报报业集团。宁夏作家协会会员，宁夏诗歌学会理事。1995年开始发表诗作于《朔方》《星星》《诗歌月刊》《雨花》等。作品入选《中国诗萃》《当代爱情诗选》《生命的重音》等选本。出版诗集《开花的手指》。

1995年大专毕业后，胡琴到六盘山脚下的什字镇税务所做会计，这期间积蓄多年的诗情迸发，开始诗歌创作。诗人在自己的诗歌世界中，构建了一个只属于她自己的童话宫殿，任她随意奔跑，自由飞翔。"这个霜浓如昼的冬夜／我梦到一面青铜神镜散射着蓝色的灵光／将我深藏心事的心脏雕成花蕾的形状……我能从容转身，不喊疼痛／前半生，我用一缕初白的发遮挡前尘。"（《梦境之一》）奇幻的梦境让诗人内心充满了光、花瓣、色彩、美妙的音乐和打开心灵的舞蹈，从容以白发遮挡了过往的历史，从青春过渡为衰老，这种碎片式拼贴的方式写作梦境是恰到好处的呈现方式。"寂寞的灯光／从静脉血管流出／暖在掌心／成了针的眼睛……看到了一掌开满鲜花的指头／恰是她深深爱着的那个男子／牵过她的那只左手。"（《开花的指头》）诗人在写已经失落的爱情和曾被深爱之人牵过的"左手"，用艺术变形的手法，让一只"左手"开满鲜花来特异呈现，新颖别致。读胡琴的诗，会让读者陷入深深的怀念和回忆中，那些我们曾经也拥有并且发誓会珍藏到永远的美好，都被岁月磨平了棱角，失去了色彩。胡琴用纯真的语言让我们擦亮被世俗蒙蔽的双眼，重新找回属于我们自己的那一处心灵港湾。

在胡琴诗中的女性意识里总潜藏着忧郁和困惑。作为心灵的呈现，她的诗很大程度上流露出复杂的内心状态。在现实生活中，女性心理不仅要承受来自客观世界的风霜雨雪，而且要承受更多来自男权的困惑和隔膜。面对重重压榨，女性意识中的苦难体验和不安全感弥漫开来。这种苦难和不安来源于女性对自身命运的困惑和对未来前程的莫测，诗人胡琴亦是如此。她在诗歌中试图表现一种复杂的关怀，即在这种具有个人性的经验中触摸到一种普遍性的现实意义，并在渗透于诗人的主体意识中，抒写着生命慈悲的篇章。

对于胡琴的诗歌，舒洁在《开花的手指》的序文中认为："在我还算广泛的诗歌阅读记忆里，我觉得，林雪的诗歌已经从精神层面超越了时下这个繁芜的时代。而胡琴的诗歌，也让我看到了相同的品质，这就是尊严。胡琴是一个懂得借助纯粹的诗歌语言实现灵魂倾吐的诗人，纵观她的诗歌，我没有看到哪怕一个不洁不雅的字，这是诗人的，也是诗歌的尊严。"杨梓认为，胡琴的诗细腻而明净，细腻源自女性的直觉，对个人体验的认识而使具象、词语和情思达到直接融合，从微小之中透出一种向上的力量；而明净则是让人远近就能看见的那种乱山堆雪的景致，尽管落了些许生活的灰尘，但不能遮蔽天堂之雪的纯白。

在胡琴的诗中，我们可以感到一个新时代女性对独立不懈追求的魅力。虽然一度沉浸在自己营造的温馨舒适的童话世界中，但她深知生活不是花前月下，便勇敢地挺身而出，去战胜一切艰难险阻，并保持自己的尊严，没有畏惧，没有退缩，一步步地用实力成全了自己。

常越（1973— ），女，笔名影儿、云薇，宁夏石嘴山人。三级作家，石嘴山市作家协会副主席兼秘书长，宁夏诗歌学会理事，宁夏作家协会理事，中国诗歌学会会员，中国作家协会会员。1990 年开始发表作品，一度中断，诗作发表于《绿风》《朔方》《西部》《诗歌月刊》《诗刊》《中国诗歌》等。出版诗集《风缘》。诗作荣获宁夏第九届文艺评奖三等奖。

常越的诗想象大胆、意象丰富、语言别致，令人耳目一新。"我听见牵牛花和向日葵的告别／仿佛雨停了，就会赶路／我的耳朵里慢慢长出一棵树／春去秋来，一些汗水和忧郁／留在远山的小溪旁。"（《我听见》）"我"听见自己的声音、雨声、牵牛花和向日葵告别的声音，这真实世界存在的虚幻之音，而我耳朵里长出的树，恰恰是最虚幻的，正是无声的岁月和遥远的过往的漫漫记忆，让人获得超越现实而不同寻常的审美感受。"如何寻觅万物之中的我并不重要／我已在要与不要之间轻轻穿过／就像风穿过十字路口／此刻，哪怕是大风天降／吹散我所有的幻想女。"（《风和幻想》）不在意自己的存在，心与幻想之物随风飘舞，只要有风吹过，梦想的种子就会散播四方，弥散宇宙，呈现出了"青山得去且归去"的高雅人格与心理状态。

常越深受古典诗词的影响，其诗蕴含着古典意境之美的况味。"倘若一个古典女子／步履轻盈，在樱树下／在一架古琴前／一簇簇的粉，一瓣瓣地落／／柔软的夜，无声的雨／琴弦的悲欢跳跃于指间／我走过木桥，站在不远处／收拢江南的伞。"（《樱花醉》）这是一首"如梦令"，也是一幅水墨山水画，诗人用画面和声音描绘江南雨季樱花树下的古典情愫，令人心醉。比如"真想醉眠于芍药花旁"，"溪头浣纱女"，"转身走向灯火阑珊处"，"没有长亭，不见古道，也无瘦马"等，无不显示着她是一个有着古典情怀并心怀感恩的诗人。

王琳琳认为，诗人细腻而柔软的内心在《风缘》中尽显无遗。生活中的琐碎小事都是她诗歌描绘的对象，都经过她敏感而具有洞察力的内心，无论是优雅的姿态还是平凡的生活状态，从形而上的"琴弦""茶香""独舞""书画"写到形而下的"买菜""吃饭"，她的观察细致入微，深情投入，为人间烟火赋予了诗意。在这些小情怀中，我们又看到了一位热爱生活、乐观向上的女诗人。

《青藏梦想》（十八首）和《走向贺兰山》（十八首）是诗集《风缘》中很有分量的作品。前者是诗人前往青藏高原的一次朝圣，是语言活动的一次历险，是对前期的创作的一次突破。"洁白的哈达献给大地匍匐的信仰／铺天盖地的长跪，从转经筒里跳出九个太阳／天葬时的沉默，山鹰的锋芒毕露／擦亮了白昼里的点点磷光。"（《距天最近的泪水》）后者是诗人深入贺兰山的一次修炼，是置身困境的一次感悟，是人生境界的一次提升。"眼里有了光明，四面望去都是晴天／心里有了山泉，滋润的不仅是草木／并与泉水一道流回大海。"（《挥别》）不管是亲历还是虚拟，从知道到懂得，从领会到践行，常越已经超越了一个女性诗人的情怀，可能正是缘于"常越性格倔强，淘气胆大，像个男孩子一样长大"（《风缘·序：一生最亲密的情缘》）。

在瓦楞草看来，常越的诗集《风缘》让我们看到其超越女性自身的一面和回归内心的另一面，令其诗歌带有双性话语的创作倾向。当常越在诗歌的语言、语境中化身，进行无性别写作时，她是想从灵魂、生命、诗歌艺术上超越性别、超越角色。事实上也是这样，诗人只有超越了自身才能触及人类意识的共同点和深度，更加理想化地理解和把握诗歌语言的世界，使其作品开阔、高远和闪光。

林一木（1978—），女，本名郑建鸿，宁夏固原人，祖籍陕西岐山，就职于中国银行。宁夏作家协会理事，宁夏诗歌学会理事，中国金融作家协会会员。作品发表于《人民文学》《诗刊》《诗歌月刊》等，入选《诗选刊》和多个诗歌年度选本。出版诗集《不止于孤独》《在时光之前》。诗作荣获宁夏第八届文艺评奖三等奖、《朔方》首届文学奖，个人荣获银川市文艺工作特殊贡献奖。

林一木在诗歌创作中注重挖掘语言潜在的魅力，重视取材，强调结构之美。杨献平在《以深情，以善意——林一木诗歌欣赏》中认为："读林一木的诗歌，我蓦然觉得，这是一种将情感嵌于骨头乃至灵魂的诗歌写作，情感深沉而不动声色，意蕴丰厚且简朴从容。应当说，这种诗歌写作是秉承传统，又融汇了西方意识和技术的。从字里行间，我觉察到的是一种涌动的情感力量，柔和平静的诗句之下，是潜流在地下的呼啸，是岩浆的暗中运作，给人一种欲爆而敛的情感力量和阅读效果。"[1]白草在《林一木和她的诗》中评论道："林一木的诗写得真实、感人，它表达出了一种纯粹的爱；因此亦唤醒了我们内心深处那点珍贵的、非功利的激情，这是一种与美、艺术、理想等相关的激情，是一种被工业化、资本化、消费化要联手消灭掉的激情；当它被诗人唤醒时，我们充满感动。"[2]

林一木的《第二次看桃花》不是写桃花极盛之时的妖娆，而是写其残败时的容颜，"像必然开败的花朵，我决定承接／这个季节带给我们最深的悲伤／而抬起头，我却什么也没有看见"，低头是与残败桃花的对峙，是哀悼、是怜惜，接受人如桃花的命运似乎是最深的悲伤，但更让人扼腕叹息的是，抬起头来，似乎生命的凋零很快就会被漠视和遗忘。用无力之笔恰有力之锋，令人赞叹。林一木在《贺兰山雨》中写道："一座山站在历史的弦上如泣如诉／整个大地都在轻微地晃动／……正解与误解都是命运／它知道，雨的后面是无边的贺兰山／贺兰山后面是无边的雨。"松林是画师，山因雨的存在而充满了悲戚的动感，但诗人对山雨和贺兰山的无限融合充满了包容和豁达的接受之态，这也是对于命运豁达的接受态度。在同一诗人的两首不同诗作中，对桃花凋零的漠视和遗忘，与对山对雨的接受，形成了强烈的反差和张力，让人对生命及命运的不确定性和确定性充满了感慨和深思。"没有谁，比一个贺兰山下的土著／更懂得沉默的含义。"我们虽然可以破解他们天书般的文字，却再也无法找到这个民族沉默千年的后人，这是无法言说的哀痛。

林一木的诗往往于不经意间给人突然的触动，她写了不少爱情诗。她的诗好像在对某人倾诉，实际上那个人并不存在，所以与其说她爱着具体的个人，不如说她爱着"爱"本身，那是一种广大无边而不死永存的"本体"。个人死了，但爱活着。林一木的诗写得真实感人，表达出了一种纯粹的爱，但也不仅仅写具象的、感性的爱，其后还存在着一种抽象和玄思，这使作品有了分量。

①杨献平.以深情，以善意——林一木诗歌欣赏［J］.黄河文学，2007（12）.
②白草.林一木和她的诗［J］.六盘山，2009（3）.

融具象与玄思为一体，乃是殊难达到的境界，林一木的诗作渐趋此境。

查文瑾（1978— ），女，宁夏灵武人。就职于银川市公安局车管所。宁夏作家协会会员，宁夏诗歌学会理事。1997 年开始发表作品于《诗选刊》《民族文学》《朔方》《黄河文学》等报刊。作品入选《宁夏文学作品精选》《宁夏青年作家作品精选》《时光之轴》《临风的泥香》等。出版诗集《纯棉》《天大的事春天再说》。诗作荣获宁夏第九届文艺评奖三等奖。

查文瑾的短诗所包含的生命本质很有力量，比如"不管世界是冷是热 / 亲爱的，我们都务必抱紧自己 / 抱紧自己就是给别人一个可以想念的天空 / 要知道在这不咸不淡的人间 / 叶子绿出灵魂的时候 / 更多的人都回不到自己的身体里面"（《微光》）。光的大小来源于内心，光的呼吸在我们的呼吸中，在个体存在的孤独的今生。"没有什么美比得上这个欲雪欲雨的夜晚 / 一切的疯都呼之欲出 / 又绝望成一地即将空茫的雪。"（《写给空茫》）此诗以疯狂写安静，真正的疯狂是雪静静地落下，给树披上雪装的声音，而这声音恰恰是无声的，这种感觉的敏锐具有无法消弭的生命力量。

查文瑾的诗总体上温婉忧伤、精致隽永。她善于捕捉并赋予身边的事物以诗性，比如竹子、桃花、红柳、玉兰、菊花、黄叶等花草，蚂蚁、燕子等虫鸟，雪和月、晴与雨、白与夜、秋寒与春风等自然现象，给一滴水、一棵草、一朵花以生命和思想，织就"纯棉"的经和纬。诗人赋予凡间每一样事物以诗性，简短的语句蕴含了较大的力量，意象简单却能量很大，语言朴实却韵味悠长，带给人绵延不绝的隽永。诗眼的无意布局却恰到好处，更显示出诗人不凡的功底。尤其是哲学精神的如影随形，使她的诗达到"万物与我为一，天地与我共生"的哲学意境。

牛学智在《查文瑾诗歌的知识女性与为诗姿态》[1]中认为，在《天大的事春天再说》里，查文瑾研究的是人如何获得内在性的生活以及获得了内在性生活会变成什么样一类问题。部分诗作有颓废的意味，可颓废之下实际蕴藏着尖锐的拷问，因此颓废当中又有内敛和凌厉。而在寻觅的过程中，慢慢地，眼里开始有了别人，有了底层社会，甚至有了弱势群体。这就构建起了一种确切的我与世界的关系，这便是查文瑾的"安放自我"，即对自己所处世界关系的裁决。而裁决是对"噪音"和"废品"的处理利用，也就是说，她通过写作，在选择性拒绝中，得到了意义感。确定而犹豫，矛盾而自信，这既

①牛学智 . 查文瑾诗歌的知识女性与为诗姿态［M］// 杨梓 . 宁夏文艺评论 2017 年卷 . 银川：宁夏人民出版社，2017.

是现代性的，又是现代性中的女性主义的。女性主义者的天性在于以夜莺似的警觉，防御一切可能的伤害，然而又要求其清醒而理性地处理几乎所有陈规，这便导致其自信的同时又不得不身陷重重矛盾之中。"都说这个冬天会很暖／可我还是隐隐听到了风的凛冽／你不知道，为了御寒保暖／我一不小心服下了整个秋天／现在急需漫长的冬眠／消释这过多的繁华和萧瑟／／不要喊不要叫／要知道，入梦的人／不是说叫就能叫醒的／除非你能喊来春风／或者你就是春风。"查文瑾自我、敏感、细腻、睿智、倔强，并试图追求诗域的宽阔、开放、厚重、批判等气质，其诗歌的思想性、丰富性一直在不断地拓展。

宁夏的女诗人还有聂秀霞、王江辉、李爱莲、朱敏、念小丫、周瑞霞、郭玛、许艺等。她们丰富了塞上的诗歌园地，有的出手不凡，有的转向其他领域。

聂秀霞（1964—），女，笔名雪儿，宁夏隆德人。中国散文诗研究会会员。1989年开始文学创作，诗作入选中国女子博客作品精选集《心灵的灯》。著有诗集《灵之鸽》《雪之魂》。曾参加中国社会科学院文学研究所举办的首届中国文学现状与发展暨创作研讨会。聂秀霞的诗歌具有古典诗词的韵味，古典语言和意象是她诗歌美学的主要特征，围绕此范畴，其诗歌语言的抒写倾向生命的体验系统。"矜持的月亮／裙纱裹身／碎步穿越历史的河流／婀娜于谁家窗口／纤手卷帘／翘首西风暗渡／试问秋／可否描出当初的温柔。"（《试问秋》）其诗歌语言超越了具体有限的物象、事件和场景，达到虚与实、显与隐的统一，从而达到了一种情致悠长、空灵透彻、直觉圆融的艺术境界。聂秀霞诗歌的古典化倾向，尤其是语言的古典意味浓厚，这在宁夏诗人中较为独特，是值得大胆走下去的一条创作之道。

王江辉（1973—），女，宁夏银川人。就职于宁夏大学。1992年开始诗歌创作，作品见于《十月》《青年文学》《北京文学》等。出版诗集《水墨时光》。诗作荣获宁夏第七届文艺评奖三等奖。王江辉的诗恬静而温暖，还有淡淡的叹息。她的诗歌语言质朴，没有意象的渲染却能铺就浓浓的思绪氛围，例如"在普陀的夜里听雨／当钟磬想起／我忽然知道了／为什么普陀的雨／可以改变大海的颜色／为什么普陀的雨／一旦落进我的心里／就让我想起远方的母亲"（《普陀的雨》）。在诗人眼里，那些沉默的琉璃瓦、那些无语无言的浮雕、那些遗落在岁月的底片、那些寂寞的篝火、那些一起仰望的苍穹等，都是温暖的记忆，都化作诗人一声声温暖的叹息，在书页间来回飘荡，流连忘返。

李爱莲（1974—），女，宁夏西吉人。宁夏作家协会会员，中国诗歌学会会员，中国作家协会会员，现居北京。作品散见于《诗刊》《诗选刊》《飞天》《六盘山》《人民艺术》等，入选《中国诗歌排行榜》《中国年度优秀诗歌》等。

出版诗歌合集《六闲集》。诗评家兼诗人杨志学认为，李爱莲的诗新颖内敛，常常有自己的角度和语言表达方式，语言简练，意蕴较深，比如《雪》："在贺兰山蓬勃生长／雪的处世之道就是永不妥协／不朽的人类／对这个稀薄得可怕的冰的空气一无所知。"她的诗歌注重意象、隐喻和跳跃性，读后能给人留下较深印象和回味余地。她的一些诗作还在一定程度上体现了明显的女性意识，值得人们关注。《诗选刊》原主编简明生前也认为，李爱莲常常把个人独特的体验融入诗里，因而具有丰富的、对立的甚至是激烈的诗歌感性，转化成言词纯净的诗歌文本，如《盛开的山丹花邀请我了》："我仰望天上的星星／看着它们为你绽放光芒／许个愿，让我的心凝固／你的手里攥着最后的阳光／时间一步步前行／我纵身跳进你的河流。"她用细致的笔触、真实的语言呈现失去亲人的悲痛，渴望时光倒流，穿越生命的河流，再次和亲人重逢。

朱敏（1978—），女，诗作发表于《宁夏日报》《诗潮》《诗选刊》等。出版诗集《青铜铸造》。在朱敏诗歌中，意境的创造从来都是追求无限时空、形而上的超越，而不是仅仅停留于意象的表面，如《菊花茶》："水说／在摄氏100度沸腾／只是为了迎接菊花的到来／菊花说／在水中不停飞旋／只是为了生命的第二次绽放／茶杯说／静默不语／只是为了全心体验一场缠绵悱恻的爱情。"朱敏的诗歌擅长借助隐喻巧妙托出想要表达的意图，能够激发读者主动接受诗人意欲表达的内容，自然，这也取决于读者具有的领悟力。

念小丫（1978—），女，本名丁月琴，宁夏同心人，宁夏作家协会会员。作品发表于《扬子江》《草堂》《飞天》《诗歌月刊》《星星》《诗潮》《汉诗》《中国诗歌》等，入选多种年选。当诗歌普遍从庸凡的日常中打捞和压榨诗性之时，念小丫诗歌的世界相对显得广博。她的诗歌中有一个伸展出所有触须呼应天地万物的生灵主体。我们置身万物的序列之中，说出它们，也让它们说出她。念小丫以现代性伦理唤醒了被划进过往时代的事物，并赋予它们新的生机。"回来了。行李包装满风／阳光跟从我，左边是土豆，右边是玉米……土豆花开了，白色站在绿色之上。"（《风吹土豆花》）那些曾经卑微的事物在她的诗歌中成为一个令人耳目一新的世界，仿佛童话，为宁夏文学带来了新鲜的气息。

周瑞霞（1978—），女，宁夏同心人。就职于同心县医疗保障局。宁夏作家协会会员，宁夏诗歌学会会员。作品发表于《诗刊》《中国诗歌》《扬子江》《朔方》《六盘山》等。周瑞霞的诗歌短小精炼，从细小处入手，着力于自我认知、自我剖析、自我提炼。她用细腻的文笔和真挚的情感书写日常生活中的所见、所感、所思。一块石头、一膛炉火、一声雁鸣、一行脚印、一阵风等，这些平常的事物都能成为她书写的对象，升华为她精神的寄托。

郭玛（1980— ），女，新疆布尔津人。中国少数民族作家学会会员，中国诗歌学会会员。现居银川。诗作发表于《绿风》《飞天》《六盘山》《朔方》《黄河文学》等。诗作荣获《朔方》文学新人奖、《六盘山》首届文学新人奖。郭玛的诗歌中对生活的理解、对心灵的抚慰、对黎明的期许，奠定了她对人生与世界的根本态度。《当一朵雪花紧挨着另一朵雪花》，就是两颗脆弱而又晶莹剔透的心之间的互相慰藉。岁月中有多少奔波流离，就有多少相聚的喜悦和分别的悲伤，在某个瞬间，那个刹那间的幸福可能就是瞬间饱满的生活。《我认识那棵树》，这异乡的落日，这里有着悲伤的情怀，一位永远站在时光对面的姑娘，也许会幻化为一缕皎洁的月光，将那棵孤独的荒原上的树揽在怀中。

许艺（1983— ），女，诗作发表于《黄河文学》《朔方》《绿风》等，入选《诗选刊》等。许艺的诗紧贴现实，小说化倾向明显。"我只是个被驱逐出原乡的土著／将沿途捡来的谷种与花籽／一颗颗串起挂上脖颈／让它们跟随我走向无边无际的前方／……它们将从一根绳索开始发芽／长成金黄和大红的花环／从此后不再悲伤。"（《途中的花环》）这些谷种与花籽就是诗人远离故乡沿途捡拾起来的思念和希望的种子，带着它们前行内心才会踏实，只要有雨水，它们就会沿着思乡的绳索，长成色彩绚丽的花环。

20世纪70年代中期至今，宁夏女性诗人50后和60后有薛秀兰、李爱子、肖屏、储春兰、张廷珍、魏萍、郝雪峰、李岩、赵晓宁等，70后有紫艺、武碧君、李俊英、孙立萍、吴玲、赵爱东、锁桂英、孙志梅、安文彩、马晓燕、刘莉萍、李向菊等，80后有马晓雁、杨燕、杜玛丽、马玉文、米拉等，90后有朱喜利、赵希、王瑞、王晓寒等。她们在国内文学报刊发表诗歌，诗作各有特色，以繁花似锦的姿态亮相诗坛，成为推动宁夏女性诗歌发展不可或缺的力量。

综上所述，宁夏女性诗歌群体的写作，以生存起点或感受为基础，虽然诗歌语言的表达不是很深刻，但能够贴切地传达隐秘、曲折、细腻的心理活动，呈现出女性诗歌特有的情绪和意识。其诗歌总体上蕴含着动人的旋律，注重渲染个性化意境，或托出坦然的自白，或强调个体的尊严与捍卫，或呈现敏锐的感觉和自我情感活动的自省，给人以美的启迪和享受。她们大多都写过情感真挚的爱情诗，在直觉、细腻、温婉等方面都优于男性诗人，突显女性的内心世界，是宁夏女性诗人通过诗歌彰显自身价值的一种表现。

第九节　宁夏新边塞诗研讨会

2016 年 11 月 25 日，为认真贯彻落实习近平总书记关于文艺工作的重要讲话精神，进一步推动宁夏诗歌的发展和繁荣，由自治区政协文史和学习委员会、宁夏文史馆、宁夏社会科学院、宁夏社科联、宁夏文联等单位或部门联合举办"宁夏新边塞诗研讨会"。左宏阁对宁夏新边塞诗进行了综合论述，唐晴、段庆林、于永森和闫立岭针对以古体诗词创作为主的秦中吟、项宗西、吴淮生和张嵩的作品进行评论；王武军、安奇、许峰和张富宝针对以现代诗创作为主的肖川、骆英、杨梓和杨森君的作品进行评论。

左宏阁认为，宁夏新边塞诗的内容与唐代到清代的边塞诗既有联系又有区别，明显体现出地域特点、时代风貌、民族风情，是宁夏文学乃至全国文学宝库中不可或缺的珍贵财富，主要有塞上古风的哲思、历史文化印记的咏叹、农耕文化与游牧文化碰撞的浅吟、象征意蕴的情感解读。另外，还有塞上今日风土人情的描绘、塞上景物的描写以及个性情感的抒发等，使得新边塞诗更加丰富多彩。当然，诗词中还有一些有待提高之处：一是雄壮有余、浑融不足；二是粗犷豪迈，但欠缺细腻；三是生产建设内容偏少，主观情绪抒发偏多。

唐晴认为，秦中吟作为西部田园诗和新边塞诗的倡导者，具有鲜明的个性色彩。秦中吟的作品有六个主要特点：一是匍匐在黄土地上，聆听生活的心跳，书写栖居的诗意；二是雄浑大气话沧桑，娓娓道来说家常，形成独特的诗性；三是以出世的眼光，写入世的诗歌，构建诗人的灵魂；四是师古不法古，新词新意表心声，成为时代的歌者；五是秦中吟的诗词吸收现实生活中新鲜的词汇和民间口语、俗语等，形成富有时代感、具有自己独特"诗家语"的当代诗词；六是秦中吟的诗短小但具有内涵，能在读者心中飞翔。

段庆林认为，项宗西诗词以七律、七绝和词为主，有少量五言诗，大都以塞上为题，是重要的新边塞诗人。他的诗词有三个基本特点：一是对人文精神和典雅审美的追求，境界质朴，精神崇高；二是诗的境界是情趣与意象的融合；三是语言自然清新，感情饱满，韵味浓厚，很少用典，如《水调歌头·送友之沪》，全诗雄浑豪放，是一首优秀的送别诗，《渔歌子·春芳咏》《鹧鸪天·咏梅》等，语言清新绮丽。

于永森认为，吴淮生是享誉塞上的诗坛老前辈。从整体上看，其诗词创作所涉及的内容较为广泛，主要分为六大类别：山水吟唱、感怀言志、咏叹历史、乡情之思、情感人生和酬唱寄赠。总体来看，其诗词具有较高的艺术水平，也具有相当的个人艺术特色，感情真挚，情怀高远，格律工稳，意境独到，个别作品呈现出不错的韵味。

闫立岭认为，张嵩是一位从黄土地上成长起来的诗人，作品带有豪放的边塞号角的声音，带有浓厚的黄土的味道，阅读其作令人精神振奋。张嵩三十多年间创作的旧体诗有五言、七言，有绝句、律诗，有古风体短诗，有歌行体长诗。其诗以成熟的技巧、优美的韵律、凝练的语言、充沛的感情和丰富的意象，高度集中地表现了诗人的精神世界和社会生活的景象。其诗从形式的建筑美、韵律的音乐美和语言的古典美，反映了自然的物境美、感情的情境美和思想的意境美，即从内心世界出发，抒发了对理想世界的热烈追求，表现出热情、奔放、瑰丽、夸张的浪漫主义浓烈色彩；同时，又从现实世界中来，反映了忧国忧民的思想情怀，表现出细腻、冷静、客观、真实的现实主义价值取向。

王武军认为，肖川是宁夏著名诗人，也是中国诗坛上的一员骁将。肖川诗歌真实地展现了特定时期宁夏乃至整个西部广阔的社会现实和地域特征，形象地将一代人的生活付诸笔端，表现出个体生命在社会现实和自然环境中的抗争、奋发、创造与追求，具有雄浑、旷达、豪放、劲健的西部特质。诗是人的主体精神，在肖川塑造的"西部大汉"身上得到了集中体现，勇于开拓、勇于献身、勇于抗争的男性精神在此表现得淋漓尽致。正是因为有这种精神，西部才有开拓的可能，西部才有建设的未来。他们的男性精神，使西部更加苍健、更加崇高，彰显出肖川苍凉而雄健的诗风。

安奇认为，骆英诗集《水·魅》中的诗歌世界呈现出两个层面上的意义：表象及表象之后的隐喻。也就是说，表象的世界实际上来自诗人对生活的直观感受，这些感受都是非常细小的点，有着梦幻，有着迷幻，有着触景生情，有着不可言说的秘密，更重要的是这些诗歌透过对自然情景的描绘隐喻了一个人生的世界。我们需要将自然界的事物看作诗人对人世的一个比拟或者一个比喻，需要将喻体转换为本体，进一步看到事情的真相。拒绝还是接受，这是《水·魅》诗歌文本中贯穿的线索。通过《水·魅》去看《知青日记及后记》对生存感觉的记忆，就更加真切了。从总体上看，两部仿佛毫不搭界的作品，因为"拒绝或者接受"这样一个概念而显得完整，颇有哲学意义的高度。

许峰认为，进入丁帆主编的《中国西部现代文学史》的宁夏诗人只有杨梓，而且仅仅是以杨梓在 20 世纪 90 年代的诗歌成就来进行考量的，这足以证明杨梓作为西部"第三代诗人"在西部诗坛的分量。杨梓创作的诗集有《杨梓诗集》《西夏史诗》《骊歌十二行》，可以说，每一部诗集，杨梓总是在试图践行"摆脱主义"，实现"我的创作"。杨梓之所以在西部诗坛占有重要地位，在于杨梓诗歌体现出来的价值是一种创造，他的诗歌在每一个阶段都在努力摆脱他人和自己的创作经验。

张富宝认为，杨森君的诗无疑具有很高的辨识度和鲜明独特的个性风格，他的诗早已超逸出地域性的阈限而具有更普遍的价值。杨森君有近乎偏执的浪漫主义的抒情倾向，但他的诗在形式的表达和诗意的凝练上却是深得古典主义之神韵与现代主义之精髓。由此，杨森君的抒情是节制的、内敛的、沉静的，他的抒情是祛除了矫情与滥情的真情，是蕴含着哲学意味的抒情，是包含着艺术理性的抒情。

对以古体诗词创作为主的秦中吟、项宗西、吴淮生、张嵩和以现代诗创作为主的肖川、骆英、杨梓、杨森君八位诗人，以"宁夏新边塞诗研讨会"的形式进行研讨，足以说明这八位诗人是当代宁夏70年来的代表诗人。

总体来说，宁夏诗人的诗作，大都有自己独特的风格且差异性较大，这丰富了宁夏诗歌。但个别诗人在创作上出现自我重复的现象，缺乏突破和创新，尤其在语言和语境上有模式化的倾向，这或许与宁夏的地域性有关，一方面宁夏地处西部，诗人的创作大都与经济没有多大关系，同样与全国的诗潮也关系不大；另一方面宁夏地处西部，又无形地遮蔽了诗人的视野。所以，关键在于，要坚守诗歌这块净土，必须打破自我封闭的格局；要坚持本地化，必须摆脱地域的束缚；要坚守民族化，必须学习其他民族的优秀文化遗产；要坚守传统化，必须掌握现代诗歌创作手法。这是宁夏诗人的出路之一。

卷二

散文

导论

相对沉寂，努力求新

梳理宁夏散文的历史不能不简述宁夏文学，而宁夏文学的发展又和移民有着千丝万缕的联系。古代，宁夏地处边疆，秦始皇一统天下，在塞上设立北地郡、安定郡，派兵屯守，修渠引黄，充分利用了黄河的水资源。南北朝时期，北周灭南朝列国，将大批江南人迁到灵武一带，令习惯在水乡泽国的江南人在塞北安居乐业，种桑植麻。此后，历朝历代沿袭了这一传统。宁夏地处祖国西北，处于历代王朝的边疆地带，因此，文学上总体呈现出军旅题材文章多、应用文较多、文学作品少的边地文学特色。宁夏古代散文以论说文为主。明清时期产生了一些优秀散文，具有一定的文学价值。明代论说文成果丰厚，清代论说文注重理趣。

记载宁夏的碑记文最早可追溯到唐朝吕温的《三受降城碑铭》，宋代有柳世雄的《打刺赤碑记》，这是中原王朝的文人对古代宁夏地区的记录。元朝的碑记文较少，其中武德将军，开城州达鲁花赤·忽都鲁沙《灵湫记》是一篇有价值的碑记文。明代碑记文呈现喷薄的态势，不仅总量大，而且单个作家作品多，颇有一些优秀作品传世。

目前留存下来的宁夏本地人或长期留驻此地的官员所作的墓志铭，有二十多篇，体现了边地文学的特色。唐朝主要有赵恒的《大唐故左领军卫大将军慕容口口君志铭并序》，宋朝有王渐《宋故董府君墓志铭》，明朝有管律《大明诰封恭人钱母张氏墓志铭》《明明威将军钱公合葬施恭人墓志铭》《皇明明威将军指挥金事钱公墓志铭》等。清隆德知县郭亮的《曹协戎墓表》，讲述了曹进安一生的几大事迹；固原人李蕴华的《马提督墓铭》，从忠、义两个角度讲述了马维衍的生平；固原知州王学伊的《三代节孝墓表》，记叙了马进祥的祖母、母亲、嫂子的贞烈事迹；中卫知县王树枏的《马振威将军神道碑铭》，讲述了振威将军马福禄的事迹。

宁夏文学中古代序跋成就较高，可分为景观文学序、地方志序和其他序文。主要围绕宁夏新旧八景和宁夏古代地方志作序，叙述了宁夏及境内各地政权建制的变迁，是重要的历史资料。

宁夏文学中的古近代文章，既有骈体文的特点，又有一些散文的风格。如明代《端午宴集丽景园诗序》，记述朱栴与僚属聚会丽景园的情景。明代胡侍模仿《诗经》"颂"的形式，写了一首四言诗，其前边的序言用骈体文写成，富有文采。清代俞益谟之子俞汝钦的《峡口禹王庙记》，作者引经据典，思路纵横古今，开阔流畅，为人称道。明清文人常常把辞赋、骈文的写作手法运用到文章中，拓展了散文的范围。

描写宁夏的赋作可以追溯到汉代班彪的《北征赋》："释余马于彭阳兮，且弭节而自思……隮高平而周揽，望山谷之嵯峨。"其中的彭阳、安定、高平都是今宁夏固原境内的地名。班彪以后，描写宁夏的赋作直到明代才较突出，虽数量不多，但质量颇高，主要有曹琏的《形胜赋》、娄奎的《朔方风俗赋》等。薛瑄的《黄河赋》、文在中的《观宇篇巨赋略》等，是骚体赋的代表。明朝多大赋，体现了对汉赋传统的继承。"文必秦汉，诗必盛唐"，这也许是受了明前后七子复古的影响。清代辞赋则篇幅短小、体制灵活多样，题材亦有所扩大。

新中国成立之前的宁夏文学，除了诗歌，还有部分广义的散文。1958年自治区成立，一批又一批来自全国各地的文艺工作者响应国家开发和建设大西北的号召来到宁夏，为宁夏文学发展注入血液，增添了活力，宁夏散文也随之兴起。宁夏散文的创作成就不及小说和诗歌，在宁夏文坛不占主流地位。在这种历史的统照下，宁夏散文始终以沉寂之姿努力地寻求新的发展前景，综合分析其兴起和发展可分为三个阶段。

20世纪50年代末至1976年是宁夏散文的兴起阶段。这期间文人们的创作主要以诗歌、民间文学、通俗小说为主，只有少部分文人的创作涉及散文。

1976年到20世纪末，宁夏散文进入第二阶段。这期间摆脱桎梏的中国文学迎来新生，宁夏文学有了全新的面貌和发展，宁夏散文由涓涓细流汇成一条大河，开始呈现恢宏的气场，突显西部地域人文精神以及民族个性，并以独特的内涵揭示宁夏的人与自然、社会巨大而深邃的思想内涵和生命的张力。

宁夏散文的艺术生命力在创作队伍、作品数量、审美拓展上顺应时代需求，形成了异彩纷呈的局面，这时已有部分作家出版了个人文集，1978 年，《宁夏日报》记者冯并出版散文集《不落的琴声》。1980 年，宁夏开始举办文学艺术评奖。散文作为文学的一个独立门类参与评奖，在第一届评奖中共有二十三位作者的散文分别获得一等奖、二等奖、三等奖，之后此项评奖活动延续下去，进一步促进了宁夏散文的繁荣。1984 年，吴淮生的散文《回乡散记》获中央电视台、中央人民广播电台等单位联合举办的"我爱祖国山河美"游记文学征文奖；1988 年 8 月，宁夏作协分会和宁夏人民广播电台文艺部联合举办的"宁夏，可爱的家乡"散文征文评奖揭晓，张贤亮等十位作家作品获奖。此间活跃于宁夏文坛的丁一波、江汗青、张泂、吴淮生、高耀山、冯剑华、于秀兰、杨森翔、冯并、朱正安、莫叹等作家的散文呈现出如下特点。一是体现散文基本品格的真实与真诚，这类散文以叙写日常生活场景或作者个人的故事为主，表达丰富的内心世界，如江汗青的《我的爱人——爱我的人》、杨森翔的《柳下驰思》、吴淮生的《我和银川》等；二是文章借古抒怀，以古遗迹的审美为主，如于秀兰的《天安门与蒯祥》、杨森翔的《秦渠漫话》、冯并的《梧桐滩的传奇》等；三是创作主体着重体现地域文化的审美，如丁一波的《哈大妈的盖碗茶》、张泂的《楼》等。

1990 年，文学刊物《朔方》（原《宁夏文艺》）开辟栏目"作品小辑""散文特辑"刊发散文，宁夏散文发展势不可当。吴淮生、许乐江、张泂、张贤亮、高耀山、于秀兰、拜学英等大批作家纷纷出版散文集；马钰、戴文烈、刘岳华、屈文焜、杨克兴等出版散文诗集。1992 年，宁夏杂文协会成立，为宁夏本土杂文作家及文学爱好者提供了交流、展示的平台，主要成员有马河、季栋梁、闵生裕、张不狂、邢魁学等。冯剑华大量散文面见读者，其在《人民文学》发表了《遥远的泸沽湖》《鹊雀为邻》，其中，《遥远的泸沽湖》被收入《中国散文精品》。杨天林、梦也、韩聆、朱世忠、拜学英等一批出生于 20 世纪60 年代的作家在散文创作方面也有了一定的建树。这期间受国内普遍的散文热影响，宁夏散文存在着带有共性的话语倾向：一是侧重学识、思想与智慧的自主表达；二是侧重意象营造的诗情与诗意外化；三是呈现出个性化的生活叙事和客观传神的描写，以及思想张力与精神的极致追慕。

宁夏散文的第三阶段是 2001 年至今。进入新世纪，随着网络的介入，多样化的阅读和审美冲击着人们的生活，也为宁夏散文的自由创作提供了广阔的平台和空间，散文家们的写作更加突显性灵、心灵和风格，散文书籍的出版也呈现出市场化和商业性的趋势。由于社会文化转型的需要，在消费文化背景下，宁夏散文以其独特的精神风貌和艺术特征在文学领域产生较大的影响。这期间，宁夏文坛活跃的散文作家除了少部分 20 世纪 50 年代以及之前出生的作家外，主要以 60 后、70 后、80 后作家为主。其中，具有代表性的有 60 后作家季栋梁的散文集《和木头说话》入围 2004 年度鲁迅文学奖，散文单篇《生命的节日》和《夏日原野上的追赶》入选中学语文教材；郭文斌《永远的堡子》获第二届冰心散文奖，其电视散文《西部娃》获中国广播电影电视部特别奖；高丽君的散文集《在低处在云端》获第六届冰心散文奖；彦妮的散文《那时花开》获得冰心儿童文学新作奖。值得关注的是 70 后、80 后作家哑弦、程耀东、李义、张毅静、唐荣尧、王正儒、刘汉斌等的散文，继承了传统散文的闲适、独抒性灵，文字雅洁少雕饰，行云流水般诠释了文人审美化的生存方式，呈现出对于社会，对于人和自然万物兴衰枯荣的思索。2001 年之后的散文，从创作手法上说，有写实，也有写虚；有近距离透视社会，也有远景式呈现大地万物，逐渐形成了良性的、丰富多彩和生机勃勃的散文生态。正如作家石一宁在《西部文学的一道风景线》一文中所说："多元性和丰富性体现着青年作家们拓展散文的表现空间、探索散文艺术的可能性的持续和艰苦努力，证明着宁夏文学的活力，同时也揭示了宁夏文学的潜力，预示了宁夏文学的乐观的发展前景。"①

①石一宁.西部文学的一道风景线［N］.文艺报，2006-8-31.

第一章

古近现代：论说为主，兼顾其他

"夫文本同而末异，盖奏议宜雅，书论宜理，铭诔尚实，诗赋欲丽。"随着文学的自觉，人们对文体的认识越来越精细，并且不断地相互融合。"诗和赋的区别本来是很明显的：诗者缘情，赋者体物；诗不忌简，赋不厌繁；诗之妙在内敛，赋之妙在铺陈；诗之用在寄兴，赋之用在炫博。但魏晋以后赋吸取了诗的特点，抒情小赋兴盛起来，这是赋的诗化；而在初唐，诗又反过来吸取赋的特点，出现了诗的赋化现象。"①其他文体也是如此，所以，中国现代文学史在评论文体时，基本上按文体大类分析，像曹丕所说的奏议、书论、铭诔都归入散文之中，以区别于诗、词、曲、赋、戏曲、小说等文体。

因地域特征，宁夏文学总体呈现出边地文学的特色，体现在军事题材文章多，应用文较多，文学作品少。辞赋方面，虽然借着宁夏独特的大漠风光、黄河景象，亦颇有传世价值，然数量极少。明清时期产生了一些优秀的散文，包含军事、园林、历史等题材。其中园林题材精品较多，如管律《宁夏边墙按》《宁夏屯役按》、王时中《后乐园传》、杨守礼《知止轩说》，继承了中国士大夫心忧天下的传统情怀，又透露出文人苦中作乐、追求闲适生活的情调。现根据宁夏古代、近代散文实际，从论说文、碑记文、墓志铭、序跋、骈文、辞赋六个方面予以简述。

（一）论说文精辟透彻

宁夏古代、近代散文以论说文为主，针对古代、近代宁夏的历史、地理、

---

① 林庚. 唐诗综论 [M]. 北京：人民文学出版社，1987.

人文等现实情况进行分析，对历史进行反思，对现实进行剖析，有理有据，针对性强，以宁夏本地作家或者来宁夏任职的官员作品为研究对象。依此标准，宁夏古代散文最早应在宋代。宁夏明清文人多为地方官吏，他们为官之时极力推行自己的政治主张、治理理念。所以，宁夏明清散文中论说文成果突出。其中明代论说文成果丰厚，清代论说文注重理趣。主要有以下这些作家。

管律，字芸庄，或作应韶，宁夏中卫人，明代宁夏名儒，出身官宦世家。其父管珣，曾任职庆府承奉司，时与宁夏巡抚韩文交往甚深。管律天资聪慧，幼承父教，诵阅读书，勤奋备至，学优于庠序，正德十一年（1516）丙子科中举人，正德辛巳科（1521）中进士，曾任职庆府长史司，官至刑科给事中。从《宁夏边墙按》《宁夏屯役按》两篇文章，可以看出作者很有军事才能。前者论述了摆边（即派遣军人沿着边界的沟垒驻守，人力非常分散、薄弱，并不利于军事防守）的五种弊端，从而证明其不可行。后者用对比法，虏由少渐多，兵由多渐少，引出了屯田的主题，指出民力不足以供养兵力的事实，阐明了因边防弱，国人被夷狄掳掠后而受到重用，反过来危害国家的道理，论证了屯田的重要性。

王时中，字道夫，山东黄县人。弘治三年（1490）中进士。正德十二年（1517）以右金都御史身份巡抚宁夏，官至兵部尚书。《后乐园传》表达了自己苦中作乐的情怀，先说自己临危受命来到塞上，劳苦多病。操劳三四年后物阜民丰，才在后乐园中拥有闲暇时光，可以闲适而游，末尾寄托了对国运的颂赞。文章继承了范仲淹《岳阳楼记》中"先天下之忧而忧，后天下之乐而乐"的观念，表现了胸怀天下安危的士大夫情怀。其中"无逸而逸，何惔何怡，何华何夷，何荣辱得丧，咸置于襟腹之外"一句，表明了心迹。文章末尾附有歌谣，如"命童子歌曰：……"这自然是文章的一种体式，同时也体现了作者有意通过歌谣的形式来传播文学作品，以达到宣传自己、移风易俗的目的。

杨守礼（？—1555），山西蒲州人。正德六年（1511）进士，曾任湖广佥事，叙州通判，右副都御史巡抚，四川、河南参政等职。嘉靖十八年（1539）秋任宁夏巡抚。到任后，整肃边防，修筑贺兰山赤木口，并有志于恢复北路镇远关、黑山营重防。次年冬，以功升右都御史总督陕西三边军务。在明代历任宁夏巡抚的官员中，他是一位受到宁夏地方父老高度赞扬的巡抚，尤其是他修筑赤木口关墙，可谓是"利益于宁夏之大者无逾于此"。其《知止轩说》，介绍了知止轩的筹建、地理位置、结构和布局以及知止轩得名的由来。知止中含有居安思危、保家卫国的情怀。"止"大体上有三重含义：一是止忧，能解除驻防边地的各种忧苦之情；二是止乐，警示自己要居安思危，不可耽于享乐；三是止机，止息了求功名利禄的机心，老于边地，忠心驻守。边地的官员，始终有战事之忧，因而用"知止"以自警，忧不可极，乐不可纵，不汲汲于富贵，老于此亭、此水可也，暗含着守卫边地至死方终的决心。这是很有哲理意味的一篇散文，人生世间，把握好一个"止"字，必会有所成就。文章条理清晰，说理透彻，语言简洁流畅，富有韵味。

胡汝砺（1465—1510），字良弼，号竹岩、竹山，宁夏左屯卫人。明朝大臣。胡家从胡雄起，经历胡琏、胡汝砺、胡侍，四代都是宁夏名儒学人。曾任户部左侍郎、都察院右副都御史、兵部左侍郎、都察院佥都御史。正德五年（1510），被破格任命为兵部尚书。胡汝砺在官场中上升速度之快，授任职权之重，在明朝的历史上是很少有的，史家们以"早达"和"骤贵"来形容他的官运。只是胡汝砺命薄，离世于上任途中。胡汝砺曾投靠过祸国殃民的宦党首恶刘瑾，但他得志时间不长，未做多少坏事，所以仍然被后人以孝子、孝臣和名儒称道。他在文史方面造诣较深，一生勤于笔耕，颇有建树，为家乡人民留下了一部内容丰富、学术价值很高的《弘治宁夏新志》。他还著有《竹岩集》数卷（已佚）。宁夏人民为了表彰胡汝砺在文史方面的成绩，还把他列入乡贤受祀的行列。他总结历史兴衰的教训，阐扬本区的军事地位，目的在于"阅兹以往之际，用注将来之思，庶几保厥盛而不堕，则亿载可一时矣"，论证缜密、有理有据、言简意赅、耐人寻味。其论文具有较高的史料价值，同时作者以史为鉴的精神也是值得学习的。

胡侍（1492—1553），字奉之，号濛溪，宁夏卫人，胡汝砺之子，明朝进士。历任刑部员外郎，官至鸿胪寺右少卿。时人称其"胸罗星斗之文，落笔而烟云满纸。腹蕴经史之奥，纵谈而古今悬河"。胡侍一生勤于读书和写作，"族称豹变之资"，堪称一代著名文人雅士。自云"颇有嗜书之癖"。家中大量"勤搜遍括"的藏书，胡侍择而采之，自谦"虽非探之龙颔，颇均剖之蚌腹，概以博弈，良已勤矣"。其传之于世的著作有《蒙豁集》三集、《续卷》一卷、《墅谈》二卷、《真珠船》八卷、《清凉经》一卷。

冯清，别号濯庵，浙江余姚人，顺天府籍。弘治癸丑（1493）进士。明武宗正德七年（1512）以右佥都御史巡抚宁夏。正德九年（1514）夏，升户部侍郎兼都察院左佥都御史，总督三边军务。其《冰玉堂》运用了唐代王昌龄《芙蓉楼送辛渐》中"一片冰心在玉壶"的典故，叙述了冰玉堂得名的由来，表明了自己重实德而不事虚名的品质，提出要"宪度斯清，法令斯行……敢告同志，聪听是倾"，以冰玉象征自己公正不阿的品质，同时也希望以此警戒同僚下属。

清代论说文较多，注重理趣，但与明代相比，文学价值较低。

张金城，直隶渤海人，任宁夏知府。清乾隆四十五年（1780）主修并刻印了《乾隆宁夏府志》。全书共二十二卷，分别记述了政治、地理、文化、人物、经济、历史等多方面的内容，虽大多只是平实的记叙，读来却精彩纷呈。其中尤以记述皇帝诏书、碑文等事的卷一"恩纶纪"，记述地理环境和经济的卷二、卷三、卷四"地理"，卷七"田赋"，卷八"源流"，以及记述著名人物的卷十三至十五等最有文献参考价值。他在《乾隆宁夏府志》中对"宁夏八景"进行了新的筛选，改为"朔方八景"，即山屏晚翠、河带晴光、古塔凌霄、长渠流润、西桥柳色、南麓果园、连湖渔歌、高台梵刹。清代的"朔方八景"，对明代"宁夏八景"有继承也有扬弃，较为集中地概括了宁夏的景色，比较符合宁夏府的历史文化实际。文人们也纷纷题咏，写下了不少赞颂"朔方八景"的组诗。

俞益谟（1653—1713），康熙四十八年（1709）九月，他与湖南巡抚赵申乔发生矛盾，惹怒康熙，被停职审查。俞益谟回到宁夏广武营家中，成为一名普通老百姓。他一边读书，一边整修水利、举办义学、主修乡志等，成为名传千古的历史人物。俞益谟撰修《康熙朔方广武志》深为世人称道。该书翔实地反映了广武的地理风貌和屯田戍守的特点，也详尽记述了俞氏一门的"文武功德"，成为了解宁夏古代文化、经济、政治等方面极有价值的史料之一。俞益谟"平生不蓄私囊"，有"乐施乐育之义"，热心家乡的公益事业，"瞻顾邻里乡党，浚渠设塾，在在有记"。广武营人民为了纪念这位为家乡带来骄傲和帮助的名人，特在城中建立牌坊，上有康熙皇帝御书钦赐的"焜耀虎符"四个大字，还在牛首山专为他修建"青铜君祠"。其《两义君传》赞美张宏猷"急友之难"和朱云章"衔友之恩"，二人的义举值得后人礼赞。

近代论说文注重实用，以训德、励志、劝农、守边等题材居多，且有很强的应用价值。

张蔚丰，光绪十九年（1893），曾作为贡生监工修建隆德县城东门外的"峰台书院"。其《合学恭送训导金公德教文》，赞颂了夫子金公的品学俱高。"言师，而品与学寓矣"，主张教育人应先品行后学问，歌颂了夫子对隆德清风化雨般的影响。他还有《隆属南乡士民恭送邑令潘公德政文》《合学为前邑令卢公修建生祠文》等作品。

王学伊，字聘三，山西文水县人。光绪甲午科（1894）进士，光绪三十一年（1905）任固原直隶州知州。任内兴学劝农，禁赌戒烟。历时两年，修纂《固原州志》十二本。民国二年（1912），升泾原道尹。《劝种树株示》反映出清代固原官吏重视生态环境治理，且有具体可行的奖惩措施。

张逢泰（1883—？），字子平，宁夏化平人。1921年3月，当选为国会第三届众议员初选议员。后任化平县劝学所所长、教育局局长、国民党甘肃省政府咨议，1935年任化平县文献委员会委员长，编纂《化平县志》。

刘颖斋，固原人。其《杨博好延老兵防边要论》采用比兴的手法开篇，用治病求医师、构室聘大匠的道理，说明要想守好边防，就需要洞悉情形、深明厉害之老兵。

白凤至，固原人。儒生。其《八德训》四字韵文，读起来音韵铿锵，以儒家孝悌忠信礼义廉耻的道德准则训诫后生。

王正常，宁夏中卫人。《魏莐宣传》讲述魏相臣坚守抗贼的故事，突出他"为民生谋，深且远矣"的品质。

（二）碑记文纪实生动

碑是刻上文字纪念事业、功勋或作为标记的石头。记是古代的一种文体，可以记人事、山川名胜、器物建筑等，故又称"杂记"，碑和记合在一起就是刻在碑上的记事文章。

记载宁夏的碑记文最早可追溯到唐朝，有吕温《三受降城碑铭》。宋代柳世雄《打刺赤碑记》，有"秋闰八月，与夏人分画界"的记载。这些都是中原王朝的文人对古代宁夏地区的记录，虽不属于宁夏文学，但也可以作为研究宁夏文学的参考。

宁夏碑记文可谓明清两朝最兴盛的文体，这说明宁夏地区人文的发展，自明朝始兴盛。因各方面建设开始完善，学堂、寺庙、公署、园林建成之后都需要立碑纪念，或者留下一些资料，这是碑记文兴盛的一个原因。宋时宁夏地区已很繁荣，从仅有的两篇碑记文中可以看出佛教的兴盛，但汉文创作流传不多。元朝不重视文治，尽管宁夏地区人烟繁盛，但文治真正开始兴盛始自明朝。碑记作为一种较为实用的文体，按题材可分为寺庙碑记、学堂碑记、题名碑记和其他碑记，从中可以观盛衰、察风俗。

宋时承建的承天寺塔即今天的西塔，仍矗立在银川城市的中心，历经千年而风采依旧。

元朝的碑记文较少。武德将军，开城州达鲁花赤·忽都鲁沙的《灵湫记》是一篇有价值的碑记文，文中记载了隆德灵湫池始于春秋时，至元代仍表现出神异的特征。其中，作者为民祈雨成功的记载，表现出作者对灵湫池的赞美之情，同时表现出作者爱民亲民的为官之道。

明代碑记文呈现喷薄的态势，不仅总量大，而且单个作家作品多，也颇有一些优秀作品传世。如朱栴的《宜秋楼记》、唐龙的《兵备道题名记》、楚书的《按察司创建碑》、管律的《汉寿亭侯壮谬关公祠碑》、胡汝砺的《汉寿亭侯新庙碑记》、张泰的《固原州增修庙学记后》、崔让的《永通桥记》等，都值得研究。

朱栴（1378—1438），编纂《宣德宁夏志》。朱栴作为宁夏著名的古代历史文化名人，他"好学有文""好古博雅，学问宏深，长于诗文和书法"，对明代宁夏的政治、军事、经济、历史、文化等方面的发展，都有一定的影响。其《宜秋楼记》首段讲明了建楼的时间、地址、环境、得名，通过主客问答，自然过渡到"宜秋"二字的微言大义。"由是而观，楼之有补于政教多矣，名之'宜秋'，不亦宜乎？"宜秋，即此楼适合秋天登览，了解民情，从而解民之忧。登楼四望，难免会有忧乐之情。庄稼丰收，人民安乐，则"勤政恤刑，慎终如始"。灾害多，民生艰，则"省躬自责，弭天之灾"。文章指出，登楼不仅是游览风光，更是为了"乐人之乐，忧人之忧"。《夏城城隍神应梦记》，借城隍神之口说因果报应之事，"告予以人之罪福所致，俾世人知所趋避"。

唐龙（1477—1546），字虞佐，号渔石，兰溪人。著有《易经大旨》《群忠录》《黔南集》《江右集》《关中集》《晋阳集》《淮阳集》。今存《渔石集》四卷，《四库总目》行于世。《兵备道题名记》，其中一段论述尤为恰切："人皆曰：'险在地而不在人，重在人而不在地。'斯固也。抑人重则地得其险，而金汤足恃；不重则地失其险，天堑剑阁非我有矣。"

楚书，字国宝，宁夏左屯卫人。明朝大臣。嘉靖二年（1523）进士。初任兵部主事。嘉靖十二年（1533），大同镇驻军哗变，楚书督饷来到大同，他不顾自身安危，只身进城，深入到乱兵营中，"谕慰之，且言用兵非朝廷意，众皆望阙呼万岁"。一场边塞动乱宣告平息。楚书为此建立首功，被提升为太仆寺少卿。嘉靖二十一年（1542）被免职回到宁夏，从此默默而终。楚书能文能武，其诗文基本上已经失传，仅有一篇《按察司创建碑》幸存。《按察司创建碑》的精彩之笔是"成天下事，必先有定见，有定力，而后可与有为也"的论述。

管律，明代人。其流传作品多为碑记，据粗略统计，有十篇之多，这在文风并不兴盛的宁夏地区，已经较为罕见。管律的碑记文，特色之一是总能于文首或文末提出精彩有启发的观点，使文章摆脱了一般碑记散文的程式化和枯燥乏味，具有可读性。《重修公署碑》介绍了明初以同姓制约异姓、以异姓制约同姓的边防策略。其中"中原之喻，犹堂寝焉；边围之喻，犹垣户焉。垣户克谨，堂寝斯安，固理也，亦势也"，比喻很深刻。《演武教场重建碑》提出了"夫天下之事，义当为者常成于同而败于异。是故恒患乎立异而厌同也"。《汉寿亭侯壮缪关公祠碑》叙述了关羽的生平、关公祠的建造。文章中的"夫忠义之士，萃天地之正气以生者。天地之气，运行不息，与四时流通；而忠义之士，名垂不朽，与天地久长"。气势充足，豪壮奔放，读来令人动容。《城铁柱泉碑》记叙了在铁柱泉附近建城的原因、经过，建成后对巩固边防产生的巨大效益和连带影响，论述严密，说理清晰，是一篇很好的碑志散文。《杨公志学去思碑记》塑造了一个出仕为民的宁夏巡抚杨志学的高尚形象，他在位时为宁夏人削减了赋税，民生好转。作者也借此论述了治本于农、固本强基的观点，固本的核心是减税利农。《东号记》记叙了吴公为宁夏巡抚时，兴建学校，选拔杰出的人才，专门加以训导，补给日常生活费用，以激励学子安心求学的事迹。作者的写作目的亦在教诫诸生在深思好学之外，还要反求诸心，更要付诸实践。《城隍庙重修碑》提出对神灵的"敬信"远胜于奉送祭品，有一定的进步意义。其他作品有《牛首寺碑记》《中卫文庙重修碑》《都察院续题名碑》。

王时中，明代宁夏巡抚。其创作《儒学题名碑》的缘起，是因为宁夏地处西北，为历代王朝的边地，人文之盛，始自明朝，所以将忠臣良将铭刻石上，以表来世。其中发人深省的是作者提出的"有实斯有名"的观点，即有美善的德行，才能垂名于后世，不无教诫意义。

张嘉谟（1472—1533），字舜卿，号城南，宁夏卫人。明弘治十五年（1502）进士，历授兵部武选司主事、车驾司员外郎，是宁夏的一位重要文人，其碑记散文艺术成就较高。作品主要有《重修儒学记》《后乐园记》《名贤祠记》《帅府题名碑》《太监宅题名碑》和《按察司题名碑》等。《后乐园记》是一篇颇有哲理意味的散文，主要记叙了作为边防大臣，时刻要有生于忧患的意识，末尾寄托了对国运的颂赞。作者对"先忧后乐"的道理体察至深，表达亦发人深省。"故忧者，乐之本；乐者，忧之渐。忧而后乐，其乐乃乐。不忧而先乐，与一于乐而不忧者，皆非也。岂能久于乐而不废乎哉？""呜呼！有为于前，无为于后；不劳于始，不逸于终……是忧乐之情，人皆有之。顾人之所以后先好尚者何如，而贤不肖之分皆自兹始矣。"显然，这种观念自范仲淹提出，已经成为文人的一种共识，一种自我勉励的方法。《帅府题名碑》主要介绍了宁夏作为边防之地的重要性、边防策略和军事体制，从而指出宁夏现今面临的困境，故而刻碑题名，激励教导后人。同时指出没有功劳而沽名钓誉者，纵然题名亦无用处。文章句式灵活多变，运用得当，四、五、六三段主要介绍抚边将领的功绩，约几十人，一句话概括一个人的主要事迹。这种内容的罗列很容易写得单调乏味，而作者四变句式，避免了平淡机械的复述，使同一句式之间的重复，不同句式之间的交替，形成一种错落有致又整齐划一的音韵上的美感，如"徐公真，深入漠北，而俘获为多；马公鉴，败走论卜，而威震西疆……王公俶之谦谨有为，柳公升之坐销变故……若夫增置斥隘者，史公钊也；用兵无失者，张公泰也……继此则骁勇者，沐公英；严重者，周公玉……"《按察司题名碑》指出了宁夏边防存在的各种弊端，并希望在职者有所补救。作为一个生长于斯的宁夏人，作者对家国有着深沉的责任感，文辞恳切、风清气正，百年之后，读者依然会被他的真诚所打动。

朱平斋，宁夏庆王府丰林王。其《重修忠义武安王庙记》通过关羽的忠义事迹来感发百姓，激起其道德上的自觉。"正以使边人之登斯庙也，有以兴起其奋激之心，若何而为忠，若何而为义，若何而踵躅古人，若何而遗馨百世。所谓劝人心，振风教而纲维世道者，岂浅浅哉。"

黄嘉善（1549—1624），字惟尚，号梓山，墨城人。明万历二十九年（1601），任宁夏巡抚兼都察院右金都御史。他抚夏十年，功著边陲，烽火不惊，宁夏立祠祀之。黄嘉善著有《抚夏奏议》《总督奏议》《大司马奏议》《见山楼诗草》。其《涟漪轩记》是宁夏历史上为数不多的优秀写景散文，作者抒发时光流逝、物我变迁的感慨，叙述了涟漪轩的地理位置，并阐明原址上曾建有杨守礼命名的知止轩。文章的重点在于作者对涟漪轩周遭风景的描写，"既而散步掉楔之下，极目堤岸之秒，则百亩一镜，天水一碧，摇荡游氛，沉浸倒景；每冷风徐徐，渡水而至，辄飘然欲羽。乃登舟进楫，浮游中央，溯回四际。时见菱菰藻荇，茂密参差，戏鸥泳鳞，飞跃上下。而绕岸绿树，婀娜翳郁，咸如拱揖而劝绿醑，环向而送清阴者已"。点睛之笔则在对"涟漪"二字的解释上。"涟漪"二字取自《诗经·魏风·伐檀》。其文曰："坎坎伐檀兮，置之河之干兮。河水清且涟猗。不稼不穑，胡取禾三百廛兮？不狩不猎，胡瞻尔庭有县貆兮？彼君子兮，不素餐兮。"讽刺统治者的不劳而获，作者反其意而用之，表示自己当尽职尽责，在其位，谋其政，为边地作出贡献。只有在尽心公事之暇，力济民生之后，才能安心享受生活之乐，亦不汲汲于功名富贵，只求无愧于心，只求人生自在。

刘震元，宁夏中卫人。《香山三蓬记》，三蓬即沙蓬、水蓬、绵蓬，均是灾年难民们的重要食物。作者没有详细描摹、渲染灾民的困苦，而是平淡从容地叙述三蓬如何食用，食用后有何后果，从侧面叙说民生的艰难，不言艰难而艰难备至，实在是一种高明的写法。文章平淡中寓曲折，闲适中含艰辛。

杨时宁（1537—1609），字子安，号小林，河南样符人。明隆庆二年（1568）进士。明万历二十年（1592），杨时宁治兵固原，因镇压宁夏副总兵哱拜勾结蒙古贵族发动"壬辰事变"而升为宁夏巡抚。其《重修武庙记》中的武庙在这场事变中被焚毁，叛乱被平，重新修复。《都察院题名记》则历数都察院题名的原因，表明自己的志向。从古到今，旁征博引，文笔优美。

李贲，明代宁夏人。其《重修牛首寺碑记》介绍了牛首寺风景之胜、香火之旺，地震毁坏之后重修的经过。其中描写寺庙山景的两段，尤为精彩："仁风清而纤尘不到，月上而石砌玉明。慈云出而峰峦增翠，法雨过而冈阜重青。盘旋百折，上拟登天。遥望四瞻，下临无地。""熙熙然，山与物而其适；怡怡然，人与我而相忘。不谓苦寒绝塞之边方，乃有一带烟霞之娱景。"

杨寿《重修牛首山寺佛阁记》其中的一段"若不拔地，若涌掀空欲飞。月碧交辉，栾栌互映，龙蟠夭矫之状，鹏运扶摇之风，可以截汉排虚，迎风承露"，较为精彩。明代宁夏碑记文还有潘九龄《鸣沙州重修城隍庙碑记》《霍公冀去思碑记》、王继祖《汪文辉去思碑记》、张九思《王崇古祠堂记》、霍冀《杨王二公祠记》、张九德《新筑灵州河堤碑记》、张应台《王现湃记》《鸣沙州重修安庆寺碑记》等。

清代碑记文数量较多，质量颇高。从文学性来看，当首推俞益谟《适可园记》。"适可"的含义非常丰富，包含顺应自然、天人合一的思想，如"适有泑，可小沼；适有水，可修鳞。适因高就下，可为壑为陵"。"适可"亦即无适而不可的意思，表达作者随遇而安的心理，体现了一种洒脱的情怀，如"适而雨渐可听，适而风凉可乘；适而夕阳留照，适而霁旭初升……适醉而醉，适醒而醒。既有所适，自有所存，随遇而足，此之谓适可主人"。读这样的文章可以怡养情性，感悟其中蕴含的人生哲学、生命道理。人的一生漫长而短暂，生活境遇时高时低，重要的是一种处变不惊、随遇而安的心胸，境随心转，使人生的体验、生活的境况处于良性的状态，这也就是作者要告诉我们的道理。这篇文章确在碑记文中别具一格者，语言清新优美，意境娴雅淡泊，摆脱了一般建筑类碑记叙述建造缘起经过得名的俗套，通篇俱是作者对自己超然自适生活的描写，形式新颖，并将此类文体的必然程序暗含其中，读来令人齿颊生香。作者还有《重修广武观夫子庙碑记》《重修牛首山正顶说法台并制藏经碑记》。

罗森，清代宁夏灵州人。其《吕祖庙碑记》以灵动飞跃之笔叙述了吕洞宾的事迹，写出了吕祖的仙风道骨。然其中明心见性、本来面目是禅宗六祖慧能《坛经》中的重要概念，可见，清朝时禅道融合已经很深。文章艺术性高，可读性强。

胡纪馍，中卫县知县。其《泾水真源记》通过实地踏勘，理清了泾水的源头以及流域状况，证明了泾清渭浊的事实，纠正了经书笺注人的谬误。文章语言清新自然，简明流畅，颇似《水经注》的文风，描述清晰，泾水的源流面貌宛如目前。新异之处在于结尾处的五首七言诗，概括了前面叙述的主要事实，可以说是文章结构上的创新之处。

曾麟绶，清代化平厅通判。其《泾源记》探究泾水的源头，间写风景，运笔自然优美，如行云流水，是一篇不错的地理散文。"邃谷深崖，源源有本，涓涓不绝，流为江河。天下事，本深而末茂，形大而声宏，类如斯也。"从泾水探源中悟出人生哲理，发人深省，乃全篇之警句也。

近代碑记文不多，特点也不明显。

王学伊，其《重修玉虚宫碑记》正文皆为四言，工整肃穆，显示对神灵的尊重。篇末"曰"后的内容采用骚体句式，形式较为新颖，是近代较少的一篇韵文碑记。因楚辞亦是楚地祭神的民歌，因而末尾迎神祝祷的部分采用楚辞句式和词汇，风格亦与楚辞接近，显得古朴厚重，庄重肃穆。另还有一篇《创建固原中学堂记》。

钮大绅，固原州知州，其《东门外石坊记略》中记述的牌坊匾额和对联较有意味，阳面题额"觉路宏开"，阴面曰"引申有借"。联云："作镇东邦推永奠，遐通上界极高瞻。"又联云："相看肤寸云千里，遍咏优沾雨万家。"

宁夏碑记文还有清代固原城守营参将杨麒《建立大校场碑记略》、固原提督杨遇春《捐廉生息资助六营义学碑记》等。

（三）墓志铭歌功颂德

墓志铭是一种悼念性的文章，由志和铭两部分组成。志多用散文撰写，叙述逝者的姓名、籍贯、生平事略；铭则用韵文概括全篇，主要是对逝者一生的评价。宁夏古代墓志铭数量较少，可读性不强，原因大概就在于墓志铭隐恶扬善的特点。这样的文章，作者很难有什么发挥，大体不过将墓主人的生平事迹说一番。目前留存下来的宁夏本地人士或长期留驻此地的官员所作的墓志铭有二十多篇。主要有唐朝赵恒《大唐故左领军卫大将军慕容口口君志铭并序》，宋朝王渐《宋故董府君墓志铭》，明朝管律《大明诰封恭人钱母张氏墓志铭》《明明威将军钱公合葬施恭人墓志铭》《皇明明威将军指挥佥事钱公墓志铭》、王业《明武德将军龙泉王公墓志铭》、李徵《明寿阳何靖王夫人丁氏墓志铭》、马应麟《明武略将军固原千户张公墓志铭》等，清朝陈钰《先岳父常公墓碑记》、李蕴华《李公府君暨德配李母余老太君墓志》《马老太封翁墓志》《马太翁墓志》等。

清隆德县知县郭亮《曹协戎墓表》，讲述了曹进安一生的几大事迹，灭西秦寇、训练精兵、赈济灾民，语言简洁生动，墓主人的形象呼之欲出。固原人李蕴华《马提督墓铭》，从忠义两个角度记述了马维衍的生平。

近代固原州知州王学伊《三代节孝墓表》，记叙了马进祥的祖母、母亲、嫂子的贞烈事迹，以及她们的善言懿行对马进祥后来奋勇杀寇、捐资兴办义学、乐善好施的影响。事迹真实生动，正是清末动乱时期一个家族的血泪史，有很强的感染力，可弥补正史的不足。中卫县知县王树楠《马振威将军神道碑铭》，讲述了振威将军马福禄的事迹。他遭逢义和团运动等，最终在与英军作战中中弹身亡，可谓民族英雄。

（四）序和跋文采飞扬

序文和跋文，或为作者陈述著作的主旨或经过，或是他人对著作的介绍。宁夏古代序跋成就还是比较高的，可分为景观文学序、地方志序和其他序文。

1. 景观文学序

陈德武，江苏镇江人，明初流寓宁夏。其《宁夏旧八景诗序》，以作序之名，对"宁夏八景"作了一些介绍，有黑水故城、夏台秋草、黄沙古渡、长塔钟声、官桥柳色、贺兰晴雪、良田晚照、汉渠春水。后来运用想象的手法，将景物今昔进行了对比，之后得出了"俯仰今古，得不足恃，失不为耻"的观点，表现了一种旷达、辽远的历史观，充满了怀古的情调。最后，表达了希望"宁夏八景"能够得到记载并永久流传的美好愿望。

刘天和（1479—1546），字养和，号松石，湖广麻城人。明正德三年（1508）进士。嘉靖十九年（1540），刘天和抗击自贺兰山、凉州一带进犯中原的蒙古贵族吉囊，因功被朝廷加封太子太保，不久又被任命为兵部尚书、提督团营。其《西征纪行诗图序》讲述了正德、嘉靖年间，吐鲁番侵扰边境，朝廷派大司马晋溪王公经略边事，他采用和战并用的策略，一方面安抚戎狄，一方面强兵固城，加强军事防御，既展示了大国的诚信柔远风范，又在武力上震慑了戎狄，使之真心归附。大司马抚边期间的诗作汇成一集，刘天和作序，于是有了这篇文章。

刘思唐，明代宁夏人。其《筹边录序》记述了明朝太平已久，武备松弛，士人耽于享乐，忽视了宁夏边防的重要性这一现状；对比之下赞美了杨公"见高而识远举世以为不足忧者，公独以为深忧"的高远见识，歌颂了他"以身为西北长城"的安边之力。

黄图安（？—1659），其《续题宁夏八景》，为宁夏新增加了藩府名园、承天塔影、南楼秋色、泮池巍阁、霜台清露、南塘雨霁、黑宝浮屠、土塔名刹八个景观。

张金城，清代宁夏知府。其《改定朔方八景》将宁夏八景修订为山屏晚翠、河带晴光、古塔凌霄、长渠流润、西桥柳色、南麓果园、连湖渔歌、高台梵刹。"灵州八景"包含宁河胜览、晏湖远眺、牛首飞霞、龙泉喷玉、高桥春柳、滴水秋梧、青峡晓影、黄沙夕照。

黄恩锡，字素庵，云南永兆府人。清乾隆十七年（1752）进士。曾任甘肃碾伯知县、宁夏中卫知县、礼部主事兼则例馆纂修。其《中卫各景考并序》，最难能可贵的一点是作者对其中的很多景点，都能亲身考证，讲解详细，使景象如在眼前。这些景点有青铜禹迹、河津雁字、香岩登览、星渠柳翠、羚羊松风、官桥新水、牛首慈云、黄河泛舟、石空灯火、暖泉春涨、黑山晴雪、炭山夜照。

2. 地方志序

宁夏古代地方志序以简要的语言，叙述了宁夏及境内各地政权建制的变迁，是重要的历史资料，从序跋中可以看出，地方志的编纂，虽然只是书写某个特定地理环境中的建制、人物、风俗，却是从整个教化礼乐的想法中对材料进行删选。修志者相信，详细的收集与归类不是目的，推敲地方书写背后的意义世界才是其主旨，对意义的追索，一开始就寄寓在修志者心中。修志者也相信书中的"先贤懿绩"等符合封建道德的行为，可以为时人所效法，可以备后来者学习。例如明代宁夏巡抚杨应聘，其《朔方新志序》，就提出修方志，表彰忠义孝贞的事迹，有利于风俗教化。"览斯志也，臣可劝于忠，子可劝于孝，士可劝于义，妇可劝于贞。斯固崔公檄修之意，而杨君文字足以发之。"同时，作为文本的方志，为人们创造了重要的认知环境，提供了日常生活中的风俗习惯，构建了大同社会的理想，彰显了名流们所揭示的意义世界等。

明朝时期，方志或有损毁，或已经不符合宁夏的实际情况，地方长官到任后，也无法以之作为执政的依据，因而经历了几次方志的重修编纂工作。明代宁夏庆靖王朱栴八世孙朱永斋《重刻宁夏志序》，明代宁夏巡抚王珣《宁夏新志序》，明代宁夏人胡汝砺《宁夏新志后序》，明代宁夏巡抚杨守礼《重修宁夏新志序》都有记载。尤其是管律《重修宁夏新志后序》提出了修志的几点要求："志也者，志夫古以鉴乎今也，志夫今以诏乎来也……夫志四方者尚简，简贵弗遗；志一方者尚详，详贵弗冗。"龚文选《纂修朔方新志檄文》

提出："驱胡剿叛，荡平之烈不磨。忠孝节义之伦，芳名宜著；逆恶诡随之辈，秽迹宜彰。虽或有得失之分，皆可备劝惩之助。"明代督理宁夏河西兵粮事务赵可教《朔方新志后跋》提出方志的修纂"其关系风教岂小补哉"。

清代，固原等处兵备道刘澜《隆德县志序》提出："以是知邑乘之纂修，岂徒录纪袭旧牒，将以兴厘观新政。"清代隆德县拔贡董炜勋《隆德县志跋》认为"其于正人心，敦化理，计深且远也"。其他地方志序还有很多，此处不一一列举。

3. 其他序文

刘得炯，宁夏中卫人。其《重刻关学编序》阐述了理学的重要，继而指出《关学编》的作者、内容、重刻的原因以及新本的变化。

王全臣，字仲山，湖北安陆府人。康熙三十三年（1694）进士。曾任宁夏府水利同知。任职期间，勤于务职，均粮免赋，为宁夏的水利事业做了许多益事。其《解氏家谱书后》讲述了从明至清解氏一族的忠烈事迹，以文英、文俊二人为主，文俊第三子正是清代宁夏的翰林解震泰。

解震泰，宁夏人。翰林。其《文昌社序》开篇点题，提到了人们祭祀文昌星的传统，指出了其中一些迷信虚妄的成分，之后深入阐明了文昌星由将星到司禄之神，渐渐求科名者皆祭祀的历史。接着介绍了文昌阁的地理位置和自然环境，"宝塔拱其北，明湖映其南，曲河东环，翠兰西障"，迁客骚人吟咏流连于此也就不足为奇。最后提到了祭祀文昌星的活动，"夫祠而奉之，神之道也；敬而远之，人之道也"，表明了自己对于祭祀的态度。

李清和，宁夏人。廪生，从戎积功升游击将军，加副将衔，官至西宁都司。幼有神童之誉，工书法。其《重修宁夏武当山寿佛寺募序》讲述了寿佛寺中佛像的神异事件，石呼负我、沙上涌泉、回乱像失、乱后像回等几个事件贯穿起建寺的缘起、经过，寺庙的格局以及乱后的重修等历史现状。

（五）骈文

宁夏古近代文章中，仍有一些学习骈文的写作手法，既有骈体文的特点，又有散文的风格。如明代朱栴《端午宴集丽景园诗序》，记述朱栴与僚属聚会丽景园的情景，论文效仿王羲之的《兰亭集序》和王勃的《滕王阁序》，"暮春三月，羲之有兰亭曲水之文；序属九秋，王勃有滕王高阁之记。酒阑日暮，请效前修"。全文用骈体文写成，文笔优美。明代胡侍《铁柱泉颂》模仿《诗经》"颂"的形式，写了一首四言诗，前边的序言用骈体文写成，富有文采。序文讲述了铁柱泉作为沙漠边地稀有水源的重要军事价值，以及在此建城守卫的缘由、经过和结果，阐明了不战而屈人之兵的思想。

清代俞益谟之子俞汝钦《峡口禹王庙记》,通篇采用骈文的手法,句式工整,两两对仗,描写青铜峡的地势、大禹王的功绩、禹王庙的状况以及修建后的光景。作者引经据典,思路纵横古今,开阔流畅,为人称道。

在明清乃至近代文人的作品中,也常常把辞赋、骈文的写作手法运用到文章中,拓展了散文的范围。

(六)辞赋

辞赋,是韵散相间的一种文学样式,由楚辞衍化而来。如班固《两都赋序》所言:"赋者,古诗之流也。"但它又不同于诗歌,晋代陆机在《文赋》中对诗赋有这样的阐释:"诗缘情而绮靡,赋体物而浏亮。"意即诗主抒情而要文笔华美,赋主叙事而要文笔通畅。赋的发展演变大概经历了战国时期的骚赋、汉代的汉赋、魏晋时期的抒情小赋、两晋南北朝时期的骈赋、唐代的律赋、唐宋时期的文赋等不同阶段。每一个时代赋的变化都有其自身的特点,但总体上都是韵文散文相间,以四言六言句式为主。

描写宁夏的赋作可以追溯到汉代班彪的《北征赋》,其中有"释余马于彭阳兮,且弭节而自思","越安定以容与兮,遵长城之弥漫","陟高平而周揽,望山谷之嵯峨"。这里所说的彭阳、安定、高平都是今宁夏固原境内的地名,说明班彪的《北征赋》写的是其征讨北方"戎王"。

班彪以后,描写宁夏的赋作直到明代才较突出,数量不多,质量颇高。主要有曹琏《形胜赋》、娄奎《朔方风俗赋》等。薛瑄《黄河赋》、文在中《观宇篇巨赋略》等,是骚体赋的代表。从作者的生平看,明朝赋作者或为外乡人或生平不可考,难以确定属宁夏文学。

曹琏,字廷器,永兴人。明宣德四年(1429)以诗中乡试第一。初任四川嘉定州学正,荐擢河南提学佥事,迁陕西按察副使等。他生平豁达,有识量,所到之处皆有作品流传。其《形胜赋》将宁夏地区与江南作对比,直言宁夏的风光"不减江南之佳致者也",实则还是体现了王朝中心地区的主体意识。赋中提到了贺兰山、黄沙古渡等宁夏自古有名的景点,描写简练、生动、传神。

娄奎,其《朔方风俗赋》模拟汉大赋采用虚拟角色对话的体制结构,"敢藉解嘲,篇中居士等名,即亡是公意云,然事皆实录者",即证明了这一点。文章的主体是玄虚居士,客体是文子、阶华两先生。先生每到一处,必然造访有识之士,这次到了塞上,找到了居士,于是这篇赋就以主客问答的方式展开。谈到宁夏建制变迁的历史及其山、其水、其物产、其鸟兽、其宫室、其人、其俗。到此,宁夏已经让文子倾倒,叹曰:"美哉!边陲若此者罕矣。"居士觉得这还不算什么,又向他们讲述了明代宁夏八景。这时文子依旧感叹,然而阶华不以为然，贬宁夏为蛮荒之地，贬夏人为蛮夷之人。于是居士和阶华展开辩论，最终"华先生语塞，敝罔靡徙，举手诺诺，引文子辞行，色有余怍。居士拂尘容与飘飘乎，若御凭虚之鹤"。文章在艺术方面融合了汉大赋的体制结构，骈文句式、散文句式、兮字句错综复杂，各有妙用。

黎暹，其《武勇祠赋》歌颂为国捐躯之烈士"后天地而长存"，"璧玉不以破碎而易其刚兮，日月不以剥蚀而亏其圆"。《忠义赋》也是歌颂武勇侯的作品，描写关陕一带作乱，武勇侯临危受命，芟夷贼辈的经过。体裁接近骈文，基本对仗且押韵，讲究平仄的交替变化，因而读起来音调铿锵。声情的营造也十分成功，长短句交错，随内容而变，形成参差错落又有秩序规律的节奏美。描写武勇侯进军的场面，多用三四字的短句，节奏快，气势急，声音的安排很好地表现了行军的气势。

严格意义上来说，到清朝，才有真正的宁夏文人或到宁夏为官的文人写作的赋作。不过清代的辞赋较短小，更多地糅合了文的写作特点。主要有俞汝钦《都可观赋》、王翰《屋渠渠行·银川书院落成赋》、岳钟仙《河津雁字赋》《春耕赋》等。

俞汝钦，康熙三十八年（1699）武科举人。他编辑刊刻《广武志》，建立广武义学堂，鼎建青铜峡神禹洞殿宇，整修庆远桥，颇有一些诗文传世。广武营东郊有俞氏庄园等产业，名宝田庄。康熙五十六年（1717），俞汝钦建宝田庄门楼，题额为"都可观"，并作《都可观赋》。《都可观赋》根据登楼远眺所见之景象来结构全篇。

王翰，清代宁夏人。其《屋渠渠行·银川书院落成赋》是一篇诗体赋，借鉴继承了南北朝诗化赋的特点，基本上通篇押韵，类似一首杂言诗，或者说是歌行体。这样的体裁有利于口诵，音韵铿锵，节奏鲜明，体现了作者不落俗套、开拓赋体的精神。其中一些句子清丽高远，很有诗歌的意境，如"落花游丝春昼静，清霜老树秋容舒"。书院环境的优美，正有利于学子们排除外面世界的干扰，安心读书。

岳钟仙，清代宁夏平罗人。作有《河津雁字赋》《春耕赋》，前者由对黄河的赞颂引出年年渡河而去来的候雁，以羊祜山边碣画、曹娥江上碑文、虫书、鸟迹、王右军书、张旭书法来比拟雁字，其文想象如云烟之缥缈，落笔似长川之奔腾。

明代宁夏作为边地，开发还很不足，到清代、近代时人文才有所发展。明朝多大赋，体现了对汉赋传统的继承。这也许是受了明前后七子复古的影响。清代、近代辞赋则篇幅短小，体制灵活多样，题材亦有所扩大。

总之，从唐代开始直到近代，宁夏文学中的散文成就较为突出，但还不能与诗歌媲美。既有说理透彻、逻辑严谨的论说文，又有文笔优美、声情并茂的碑记文，更有引人入胜的序跋文，骈文、辞赋亦为之添彩。古代和近代的宁夏散文、韵文在整个中华传统文化中可圈可点，它们记录了宁夏士子的雄心壮志、慷慨悲歌，记录了宁夏的山山水水、风土人情，记录了宁夏发展变化的点点滴滴。它们是文学作品，也是历史印记，值得我们去品味、去解读。

第二章

当代：宁夏散文波澜起伏

第一节　来自生活的社会人生体悟

新中国成立后，新的时代风貌为散文创作注入了不竭的动力。20 世纪五六十年代的中国文坛，散文相对活跃，涌现了很多知名的散文家。名噪一时的作品大致突出了三个方面：一是批评时弊的杂文，二是揭露社会问题的特写，三是异常活跃的抒情散文。在这样的文学背景下，伴随着国家致力于边疆建设的热潮，宁夏散文的兴起水到渠成。

1958 年自治区成立，大批文艺工作者支援宁夏建设，他们与本地作家一起百花齐放。他们的作品一方面多以赞颂社会主义建设成就为主，突出时代特征，却缺乏艺术的精心营构；另一方面题材有所扩展，观念、主题、风格等呈现出新的变化。总的来说，这一时期的作品取材于生活，或表达对社会、人生的体悟，或由身边的景与物、人与事出发，率性抒发一时的感受，小到滴水片石，大至宇宙万象，无不可以成为描写吟咏的对象。在这些作家队伍中，吴淮生、张涧脱颖而出，具有代表性。他们聚焦底层人民的生存状态，从自身生命体验出发书写宁夏，怀念家乡，展现心灵史的特点在散文家群体中独树一帜。江汗青、张贤亮、王庆同、丁一波等一批作家在这个时期相继出现在文海星空，建立起属于自己的艺术风格。他们的创作同样突出了生命意识的多维呈现、文化意识以及审美意识的传达，使宁夏散文的魅力及审美取向在文学领域迅速崛起，推动了宁夏散文的发展。

吴淮生（1929— ），曾任中国散文学会理事。出版散文集《梦里青山》《人世沧桑谁识》《思濂庐散文》等。其散文荣获宁夏第一届、第三届、第四届文艺评奖二等奖、一等奖、优秀奖，散文集荣获宁夏第五届、第七届文艺评奖一等奖、二等奖。

吴淮生写古体诗词、现代诗、散文、文学评论，是宁夏创作时间长、创作门类多、发表作品量大的作家。1945年春，吴淮生处女作散文《黄昏》在《泾县报》上发表。1954年，他考入北京师范大学中文系时已经发表散文作品六十余篇；1955年，在《北京日报》《中学生》上发表作品。1956年，任北京师范大学《蓓蕾》文学月刊编委；1958年，大学毕业分配到宁夏工业学校担任语文教员；1959年，在《宁夏日报》上发表散文《五四，我想起了天安门》，引起《宁夏日报》文艺编辑哈宽贵、李震杰的注意。1959年到1966年，他在宁夏共发表诗歌、散文和文艺评论等六十多篇。1977年以后，在《人民日报》《解放军文艺》《文学报》《清明》等报刊上发表作品。20世纪70年代末期至今，他在全国报刊发表作品共一千多篇。

吴淮生从文的经历颇为丰富，从旧社会到新中国，他的很多散文洋溢着激情，题材也比较宽泛，不但呈现南北差异的多元文化，还突出了宁夏地域风貌和对建设者的书写。他的散文力求反映时代生活和真实传达时代精神，融合了对生活的挖掘、发现和思考。唐骥在《吟唱着时代的赞歌——吴淮生和他的创作》①一文中，将吴淮生的散文创作归纳为第一个阶段是新中国成立前的学生时代，写下了《黄昏》《星海恋》《遥寄》《午夜》等，字里行间带有稚气，却是以青年人特有的敏锐观察社会、思考人生，这一时期可谓是其散文创作的序曲；第二个阶段是大学毕业后到宁夏工作直至"文化大革命"前，这期间散文作品不多，如《五四，我想起天安门》《遥寄北京》等散文回顾了中国人民艰苦奋斗的历程，描绘了新中国壮丽宏伟的图景，讴歌了在废墟瓦砾上重建家园的英雄精神，还有如《银川曲》等歌颂第二故乡宁夏的文章；第三阶段是党的十一届三中全会以来，是吴淮生散文的成熟期，也是代表作品的出现期，数量上多于以往，而且质量也高，出现了可以代替诗歌成为其文学创作主流的态势。其中，描写作者家乡皖南山乡的散文感情十分真挚，如《梦里青山》《螺蛳坑的奇遇》《江南春雨》《回乡记》等都是情文并茂的优美散文；还有讴歌宁夏壮美山川，表现塞上江南独特风貌，歌颂建设边疆普通劳动者的文章，如《六盘山寄语》《塔》《我和银川》《绿色的星》等都是抒写宁夏山川的重要散文。《我和银川》这篇散文，作家站在艺术的某种高度，把重点放在表现自己这个外乡人对银川的一往情深上，文中的塞

①唐骥.吟唱着时代的赞歌——吴淮生和他的创作［M］∥吴淮生，王枝忠.宁夏当代作家论［M］.银川：宁夏人民出版社，1988.

上风情具有强烈的时代气息。

除了描写第二故乡宁夏，吴淮生也抒写故乡皖南。在《江南春雨》中，雾里青山有一种朦胧的美，雨后的山村则是另一种清新的美；《在心灵录音带上》一文记录了新四军挺进敌后，挥戈杀敌的英雄事迹，也录下了皖南事变的枪声；《没有人的名字》则谱写了山民与抗日战士血肉相连的革命情谊。这些革命斗争的英雄事迹和古老的神话传说，与秀丽的山山水水交织在一起，使作品内容深厚而又丰富多彩。同时，吴淮生也致力于对祖国秀美壮丽河山日新月异变化的描写。如《永不凋谢的攀枝花》一文向读者展现了金沙江畔钢城攀枝花灿烂的钢花铁水；《五光十色的回忆》描绘了深圳迅猛发展和绚丽多姿的南国风貌；《浪花裹住的记忆——访海洋岛散记》抒发了访问大连一座小岛的见闻，让读者饱览水色天光，感受到守岛官兵艰苦奋斗及乐观向上的精神；《明日黄花拾峨眉》再现了峨眉山的秀丽神奇。这些文章组成了一支动人的交响乐，每个音符都迸发出作家对生活的热爱与奋进的精神，富有感染力。

此外，散文《千磨万击还坚韧》讴歌了宁夏的建设者，其中有基层农村干部，他们饱经风霜，几经摔打，任凭风云变幻，不变的是他们建设新农村的初衷。他们在"四化"建设中更像是一团火，散发着无穷的热量。《绿色的星》描写了从四面八方会聚到塞上的知识分子，他们在这里扎根、成长，给沙漠带来春色，在无边的沙漠中筑起绿色长堤，让流沙止步，让火车畅通无阻，成为世界上治沙的范例。《银婚曲》描写默默无闻，长期坚守在平凡岗位上的知识分子，从青年、中年到老年都在为建设宁夏贡献力量。吴淮生笔下这些平凡建设者的生活像一首朴素的诗，时代的责任感使他们任劳任怨，国家和人民的命运与他们紧紧相连。《五光十色的回忆》通过丰富的想象、形象的比喻，运用有形有色的语言，使描绘的景物生动具体、色彩斑斓。《绿色的母亲》语言委婉含蓄，如梦如幻，轻如薄雾，引人联想。当作者登上高山，看到从黄河引来的渠水流进了干渴的高原，就用质朴的语言赞美渠水是绿色的母亲，真挚的抒情和精细的文笔使这篇散文具有轻柔细腻的风格。

冬梧在《追随时代的足迹——吴淮生散文近作述评》一文中指出："欢呼歌颂，浅唱低吟，嬉笑怒骂皆成文章，在这方面来说，吴淮生的散文还可以开拓更为广阔的艺术天地。他的作品主要是歌颂光明，写美景、好人、好事，即使触及一些黑暗，也是放在过去的背景上，为的是衬托现在。虽然这种写法也无可非议，也不能强为悲歌或怒吼，但就反映生活的广度上说，有一些局限。"①

张涧（1937— ），1951 年参加工作。曾任宁夏日报社编辑部主任等。1954 年开始发表作品于《天津日报》《北京晚报》等。出版散文集《多情的秋天》。散文和散文集荣获宁夏第三届、第四届、第五届文艺评奖一等奖、优秀奖（不分等）、二等奖。

张涧作品发表的活跃期在 20 世纪八九十年代，散文作品数量不多却质量很高，在宁夏文坛具有一定影响力。黄建新认为，张涧的散文有生活、诗意和哲理。他把对人生的体验、对社会的责任感和对未来的期望熔于一炉，形成了沉郁婉约、质朴自然的独特风格。散文《楼》在为读者输送银川楼多了、楼高了、楼美了这样的信息时，使用的语言很透亮，他把经过设计的描写层次置于富有乐感的轻盈旋律中，使读者感受到情韵的波动和色彩的闪耀。作品通过"楼"显示出其中的"人"。作家热爱生活，感受身边的事物，因此文笔也触摸在银川的楼群之上。他的情感如文章所写："在每一座平地而起的新楼上，仿佛同我有一种至亲的关系……那便是它们寄托着我的一份心血，一缕爱情。"在《沙枣寄情》中，他对沙枣进行了人格化和诗意化处理，传达心里的寄托，沙枣象征着一种崇高的献身精神，给读者留下深远的回味。在《雨声·雨情》中，他用绮丽的想象描绘了生命的多姿多彩的画卷，展示了雨中不同时期、不同地点、不同人的丰富生活，对于生活的热爱洋溢在字里行间，调动读者的情绪去感受优美的意境，从而产生无穷的遐想。散文《雪国》："在我心境上映出了风云无数……我觉得自己那种对雪一般纯洁的深爱。"这一切蕴含着漫长的人生感受，雪作为一种人格的抽象物，成了他道德上和美学上恪守的一种尺度。②

荆竹认为，张涧的散文无论写自己还是写别人，写山川或写风物，叙事或抒情，实际上都是有意无意之间在写他自己，表明自己的思想、观点、性格与爱好等。在散文集《多情的秋天》中，这样的例子比比皆是，他以风趣、幽默的笔调，描写一些看来是个人和日常生活的琐事，其实里面都富含着生活的哲理，显示了他的人生态度。张涧的散文在审美特征上有独到之处，那就是一种平易自然、简洁朴素的美。这当然是对张涧散文艺术的一种把握和判断，是比较贴近张涧散文艺术的情状。张涧散文创作在审美特征上更多表

①冬梧.追随时代的足迹——吴淮生散文近作述评［J］.朔方，1985（5）.
②黄建新.面对历史的思索——简论张涧的创作［M］//吴淮生，王枝忠.宁夏当代作家论［M］.银川：宁夏人民出版社，1988.

现心灵化的自然美和自然美的心灵化，呈现出一种优雅、宁静、平和的和谐美的外观形式。他的不少篇目描绘的都是那些平凡无奇的日常生活图景，但文章中的生活气息和生活情趣盎然而生，鲜活而具现。①

张涧散文的情感是真实的，他将生活中的"我"与散文中的"我"融合在一起，他的散文中透露着他生活的痕迹和情感脉搏的震动。如《又到中年》《记者生涯》等篇章中的"我"就是他自己的形象；《游泳哲语》《过年细事》等则是写他同事以及女儿之间的情感关系；《山影》《走雪》《我的大漠》中，张涧以极其简练的文字借物言志，信手拈来，毫无雕痕，自有使人震撼的力量。应该说，山水自然的美、风土人情的美、现实人生的美构成了张涧散文之美的重要内容和形式。

张涧的散文也呈现出诗化的倾向，这和他诗人的身份有关。他的散文表现出诗美的流向，首先是诗的情绪和节奏。作家在生活经验的基础上，直接从个人情绪出发而进入创作过程，并随着情绪的扬抑升沉去写人叙事、绘景状物，对印象、感觉、联想、想象加以缀合，从而表现内心的张弛与节奏，诗情放纵于文中，如《这样的爱》《琐忆点点》《那边下了雨》等表现出刹那萌动的诗情。其次是他的部分散文采用了诗的跳跃式结构，如在《重回京华》《津门忆》中，为一些著名的胡同、街道等赋予特殊的人格——或兄长、或哥哥、或引路人……诗一般想象的轨迹消融在文章的脉动与回旋之中，完全突破了时间与空间的限制，以主体交叉的流动结构代替线性的平面时空结构，使散文获得了诗结构的自由。张涧这些散文有内在的逻辑性、顺序性和整体性，这种结构产生的心理机制，是他心理深层结构的剖白和情感流动的冲击力。

江汗青（1927—2014），本名江孝祚，重庆人。1946年高中毕业于重庆南开中学，1949年到天津日报社工作，1969年冬随其妻刘敦容以天津支宁医务人员家属身份来到宁夏西吉县白崖公社劳动改造。1979年到宁夏大学工作，组织参与了《宁夏大学学报》的创刊。散文荣获宁夏第一届、第五届文艺评奖一等奖、二等奖。

江汗青的散文、游记多见于20世纪八九十年代宁夏乃至国内的文学刊物。他关注现实社会和生活，文章很大一部分以回忆的视角关注社会底层，通过朴素的现实主义叙述方式反映新中国成立前后社会转型中人民的艰辛与苦难、收获与悲喜。在《铭记9·3》中，他以经历者的身份讲述人们在抗战胜利后心中的喜悦。在《团泊洼边忆旧》中，他在天津南郊想起诗人郭小川，充满

①荆竹.寻觅在艺术的王国——论张涧的散文创作特性［J］.朔方，1992（10）.

了感慨："这次故地重游，不由得想起他。可是，当年我多次从这里经过，只能以同病相怜的心情，朝田野中那一片土平房望望，我知道那里有不少跟我一样的人，在虚度年华……"

江汗青不缺少底层生活经验，其颇为波折和苦难的个人经历深深嵌入记忆。当他站在底层生活，带着审视的目光来描写底层社会生活时，是真正走进了底层人的内心，突显了底层人的精神面貌，并透过苦难发现底层的人性之光。他秉承独特的创作理念，将饱含人性关怀的笔触伸向现实生活，使其散文呈现出生命的悲壮与高贵的精神向度，具有强烈而鲜明的艺术特色。《我的家，在东北松花江上》一文里，江汗青在抒发同学友情的同时，描写了底层人物陈长春从新中国成立前到新中国成立后，从国内到国外的一些经历。如《我们不是司马懿——解放北平城的一个真实故事》一文，他以自身经历为切入点，描写了北平解放之初的一些场景。这些文章具有人文关怀精神，不仅向读者展示旧社会生活的苦难，还叙写抗争的精神和跳出底层生活后对其反观的感受。江汗青的散文具有浓厚的生命意识，字里行间没有过多的渲染，语境呈现出平实化，情感却指向生命存在的高度。在《改梅》一文里，江汗青通过对家庭琐碎生活的描述，将改梅这一人物鲜活的形象呈现在读者面前："别看是个姑娘，红炉前，她也抢起大锤，叮叮当当干上一气；有谁欺侮到她头上，动起拳头来，她也不含糊。""未来的婆婆教她数学，她跟你貌合神离，终日学不进去。"

此外，江汗青的游记对于地域风情、人事风物的描写也是写实化。在《延安归来》这一组游记中，他如实描述了去延安一路上的所见所闻，通过《延安归来》《枣园》《杨家岭》《王家坪》《南泥湾》《柳儿沟》《清凉山》《烈士陵园》《市街巡礼》九篇游记构成延安精神的核心，将地域文化的审美化为灵魂栖息地。同时，他呼吁人与自然平等共生的景象，并从自我生命体验中突显个体生命存在和物我和谐、人文关怀等现代意识。

张贤亮（1936—2014），其散文气象宏阔，见识非凡。1986年出版散文集《飞越欧罗巴》，1990年出版《边缘小品》《小说编余》《追求智慧》《小说中国》，2008年出版《中国文人的另一种思路》《张贤亮散文精选集》等。

张贤亮的散文作品从数量上说，并不是很多，共有八本，除了《飞越欧罗巴》以及长篇文学性政论随笔《小说中国》外，其他几本集子内容上多有重复。虽然写得不多，却是量少质优。所论话题包括文学、文化、政治、社会、经济等诸多领域，视野宽阔，见解新颖，同时，又流露出个人的真性情，读后令人觉得亲切有味，启示良多。

1984 年 3 月 19 日至 4 月 26 日，张贤亮随中国作家代表团赴瑞典、丹麦、挪威三国访问，回国后在一次座谈会上专门讲述了此次经历。他坦率地说道，二十多天的访问收获很大，"胜过读了两年书"，并计划写一部十多万字的系列游记，这就是随后陆续发表、最终结集出版的《飞越欧罗巴》。其主题及意旨用张贤亮的话概括，即"文化的充分交流和吸收，还需要生活方式的某种程度的接近"，"东西方文化之间，应该是既有吸收，又有排斥的，不然便谈不上是交流"，"所以，从根本上说来，东方智慧的精神和西方科学本质上是协调的。东方与西方共同构成了人类的整体文化"。张贤亮在散文中呈现政治、经济、文化等方面的实践经验与深刻感想，切中肯綮，发人深省。他的散文尽情适性，而且理性在握地书写了他的哲学思想，以及对当代中国的观察和思考，表达了参与社会变革异乎寻常的热望。张贤亮散文内容很多与政治、经济有关，也有游记、生活感悟、创作杂谈和对中国文化的思考。其散文秉承一贯的反思智慧，老辣凝练的文字既倾注了对文学的热爱与探索，也浓缩了生活中的种种情怀与感悟，更有对自己乃至国人寻根情怀的深入分析。

　　张贤亮是一位在行文风格上别具韵味的作家，他的散文与他的小说一样，笔调里少不了流露出一种"张贤亮式"的揶揄。在质朴寻常的风趣中，深藏着历经沧桑才酿得出的醇厚的苦涩。在《张贤亮散文精选集》第一章"故乡行"中，当作家以自己童年和家庭为素材创作时，总把故乡作为描述的背景，用以表达远离故土客居他乡的无限情怀。他写道："虽然在各种表格上的籍贯栏里，一直填的是'江苏盱眙'，可是'盱眙'究竟是什么样子我毫无印象。"在第七章"父子篇"中，他通过一个小情节的描写，将父子情刻画得惟妙惟肖："儿子再三叮嘱：每个家长都要去的！那神情一扫平时的幼稚，十分严肃而郑重。在他那个世界，这个会无疑相当于联合国大会，是一项大事。我说，好，我一定去。那么你去不去呢？他说，老师只叫你们，我要在家做作业。看来，这还是一次'背靠背'的会呢。"张贤亮的散文涵盖生活、创作、文化等多方面的叙事和记录，其丰富的人生经历，强烈的精英意识，在文中十分突显，他以直白又深刻的语言方式写下了风雨人生几十载的切身感悟，使读者在与其文章近距离接触时感受到源自他个人的非凡气场和光华。

　　王庆同（1936— ），江苏南京人，祖籍浙江嵊县。曾任宁夏大学教授。出版散文集《岁月风雨——半个西北人》《边外九年》《青山六年》《毕竟东流去》等。散文荣获宁夏第三届、第四届文艺评奖二等奖、优秀奖（不分等）。

　　1958 年，王庆同毕业于北京大学新闻专业，志愿到宁夏工作。当时正值《宁夏日报》创刊，他便成为《宁夏日报》的记者、编辑。怀着献身宁夏新闻事业的志向，他满腔热情地投入了他所钟爱的工作。孰料，1963年被安排到单位农场劳动改造。"文化大革命"后迁到盐池县农村。1983年宁夏大学开办新闻专业，他被遴选为新闻学教师，时年已经四十七岁。

王庆同的散文以倒叙、纪实等表现手法呈现自己过去的生活，散文集《边外九年》《青山六年》具有小说塑造人物，散文抒情，议论、通讯忠于事实的特点。他的作品民俗浓郁，生活经历曲折，文字语言朴实，具有鲜明的时代特色和独特的地方特色，读来真实有味，令人感叹唏嘘，深长思之。散文集《边外九年》中，《"见鬼"记》一文里农民张玉清的形象和《墙根鼠踪遍布，看那爪印，个头不小》一文中郭登明的形象，突显出农民特有的淳朴厚道和鲜明的个性。诸多的细节描写，展现了特定时期塞外山村农民独特的丰富多彩的生活风貌，读来饶有兴味，有身临其境之感。如《如果我想逃跑，那是绝好的机会》中的描写："忽见前面几股炊烟升起。再往前走，冒出一处两处树梢。等到零零星星的土房进入视线的时候，归圈牲口的嗷嗷声、羊只的咩咩声，清晰可闻。啊，原来在沙漠深处藏着一个小庄子。"在《边外九年》中，王庆同没有完全按时间顺序来叙写生活，而是按事件形成一个个小故事，使生活浓缩和突兀，并融入激情和诙谐幽默，把自身的喜怒哀乐展现得淋漓尽致。他的回忆录形式的散文记录了生活的诚实态度和精妙手笔，生动地反映出一个风华正茂的知识青年的改变过程。

《边外九年》《青山六年》两部作品不仅记录了特殊时代人们的生存方式、心理活动和精神状况，也呈现了数十年后自己对那个时期的反思。邓万在《边外九年》一书的序中说："正是有了长期的生活揉搓和灵与肉的痛苦洗礼，才使作者写出如此令人嗟叹的作品来。"他指出，王庆同以历史老人的姿态来审视这段令他刻骨铭心的经历。从书中看到的是客观、正直和宽厚，没有私怨和报复。王庆同理性地对待那段伤痛的历史和那时的人和事。在触及历史伤疤的时候，会充满复杂的情感；战胜自我，需要理智和勇气，他的难能可贵之处，就在于做到了这点，委实让人肃然起敬。

丁一波（1938— ），笔名沙波，宁夏平罗人。曾任中学教导主任、文化馆编辑、石嘴山市民间文艺家协会主席等，宁夏民间文艺家协会理事，中国少数民族作家协会会员。出版散文集《盖碗茶》等。散文荣获全国第一届少数民族文学创作奖。

1958年，丁一波开始散文创作，20世纪60年代起活跃于宁夏文坛。他的文学创作情系家乡，不仅呈现宁夏民间风情的原汁原味，而且表现出他对身边事物细致的观察和挖掘。宁夏的自然风物、乡俗民情、历史遗迹等给予丁一波文化素养的熏陶和感染，逐渐形成他最基本的地域文化心理素质，继而浸入其散文之中。他的散文主要展示出独特的、气韵生动的人物画面与场景画面，给人以直观之感，或勾画出一种情调，一种氛围，让读者产生身临其境的感觉，以增强逼真的审美效应。自然，其体现于散文作品中的地域文化特色，无论是环境还是人物或其他因素，都是经过他的生活体验、选择、加工、提炼的结果。宁夏风土人情与丁一波的生命存在着交织，因此他的地域文化知识的积累和敏锐感受力、理解力等就成为其散文创作特色形成的关键。

丁一波的散文大多属于叙事性散文，以记事记人为其主要内容，人物又是他极力表现的对象。他对这些人物的描写不是哗众取宠地添加奇光异彩，以刺激人们猎奇的心理，而是要通过这些人物表现中华民族的优秀品质、传统文化以及风情习俗，因此笔触非常具体生动，具有可感性、可视性，容易使人产生共识效应。

丁一波在数十年的创作中，从事民俗研究，对地方饮食、地方特产情有独钟，每遇选题总是一丝不苟，严谨对待，查阅资料，博览群书，功夫到家。

从以上叙述中可见，吴淮生、张涧、江汗青、张贤亮、王庆同、丁一波等作家的散文，结构上呈现出多文体融合的特性，具有跨文体的包容性，题材选取上很多以地域风情、人生感悟、建设气象为着力点，艺术构思简洁、明晰。作家们借景抒情、托物言志，将歌颂、反思、感悟放大到文学创作中，体现出独特的文学审美与创作模式，成为宁夏散文史上靓丽的一隅，为散文发展作出了较大的贡献。

除上述作家外，以散文创作进入宁夏文学视线的还有程造之、李震杰、哈宽贵、吴音、高深、秦中吟、戈悟觉、高树榆、郑正、虞期湘、张武、何光汉、张光全等，他们有的著有散文集，有的散文作品在文艺评奖中获奖，但因主要以创作诗歌、小说、剧本、文学评论、儿童文学等为主，其他文体作品的成就更高于散文，使其散文相对来说没有得到广泛关注。如李震杰虽然著有两部散文集《老凤新声》《把勺把子交给自己人》，却因诗歌作品在宁夏文坛影响较大，以致读者忽略了他的散文作品；再如高深的写作以诗歌、小说为主，1957 年 3 月，其发表在《宁夏日报》的散文《劝夫》被译成英文、捷克文，但因其散文数量颇少，读者更认可他诗人的身份。程造之、哈宽贵、吴音、秦中吟、戈悟觉、高树榆、虞期湘、张武、何光汉、张光全等的情况也是如此。

综合来说，从宁夏散文刚刚兴起的 20 世纪 50 年代直至世纪之交，这些生于 20 世纪二三十年代的散文家从自身情感出发，在不同时代的社会背景下从自然、文化的审美视角出发，描写地域风情和文化社会生活，文章具有生命意识、理性精神及浪漫主义情怀，蕴含丰厚，成为宁夏文学的坚固基石。纵观这些作家的散文，可见宁夏历史进程中散文家们经历和见证的社会生活，也可以感受到在社会转型中他们思想变化的新气象。

第二节　价值取向和艺术追求的独特表现

20 世纪 80 年代的中国散文创作主体对散文本体意识的自觉性增强，作家们更注重散文的审美存在，把表现自我内心的丰富生活作为散文的终极审美，曾一度出现"散文热""随笔热"。伴随这种现象的出现，国内很多学者、作家都创作了大量的散文、随笔。这些作品多呈现历史与现实与社会的文化交融，有较强的思想性，内容多以理性和思辨为主。此外，还有作家注重塑造散文自身的文化与哲学品格，更深刻地表现现代人对于现实和历史的思考。2001 年以后的散文以富有创意的审美境界和更高的人文关怀成为揭示社会现实、揭示人性深度的新叙事、新所指，艺术本体趋于多样化，出现文化散文、闲适散文、女性散文、风情散文、新生代散文等诸多派别，它们均从不同角度和侧面印证了散文话语意义的多样化和有效性。

在国内散文百花齐放环境的影响下，宁夏出生于 20 世纪四五十年代的散文家逐渐成长，成为宁夏散文创作的中坚力量。这些散文家在 20 世纪 80 年代经历了改革开放的飞速发展，并在世纪之交的十几年当中见证了商品经济的腾飞和数字信息化时代的到来，他们独特的生命历程在散文创作中表现为价值取向和艺术追求的独特性。他们的散文视角延伸到整个社会、历史、文化和人的精神领域，以丰富的情感体验和审美姿态思考人生、人性乃至社会问题，执着构筑精神的家园。

其中，具有代表性的作家有许乐江、冯剑华。前者的散文承袭传统文化的精髓，在散文表达探索和实践方面突出了对于文化意蕴的寻找和对于传统人物、文化精髓的新解；后者的散文突显女性化思维，重抒情、重审美，用文字叙说生命的体验与感悟。高耀山、杨森翔、冯并、朱正安、于秀兰、马青、袁俊生、莫叹、杨天林、左侧统等作家，他们的作品呈现着互不雷同的艺术风格和个性。与生于 20 世纪二三十年代的作家相比，他们的作品摒弃了范式及其定于一尊的风格，取而代之的是百花齐放或争奇斗艳。这些作家的作品在宁夏有一定的影响力，也拥有一大批读者群，他们以自由抒写性灵的文体构筑着宁夏文学璀璨的风景，用文字解读着时代和人生，将个人的自省与民族的反思结合，将个人批判与社会批判结合，使作品具有思想性和文化价值，这无疑对宁夏散文创作起到了推动作用。

许乐江（1942— ），笔名若水，山东高唐人。宁夏作家协会会员，中国散文学会会员。出版散文集《大风·宇宙的壮歌》《大漠夕阳》《绿草集》《清风集》《居闲清歌》等。散文荣获宁夏第五届文艺评奖三等奖。

许乐江军旅生涯近二十载，转业后"多为案牍公文所累，离文学甚远，遥望堂奥之神圣，只有感叹的份儿，绝不敢涉足。近年才在几个文友的鼓劲下，动笔写点散文。我觉得此种所好，贤于博弈游戏，可养人心智，故而坚持为之"（《大风·宇宙的壮歌·跋》）。

许乐江精读古文，受到传统文学语言表达形式的影响，作品常有文言文和白话文混合使用的现象，用字遣词别具韵味，形容词用得尤为脱俗，作品中引用古文佳句的例子也比比皆是，并且能够将古文中的知识巧妙地化用，娴熟自然地融进文章里。他别具一格的文风，使文章从古典美学中生发而来，达到特别的美学意境。

许乐江散文主题和题材的扩展主要突出了对山水古迹文化意蕴的寻找，对传统人物、文化精髓的新解，对茶文化的点滴感悟，以及对字画、戏曲、器物等观后的抒怀。其中，以游记形式记录自然景观和山水古迹的作品，多侧重个人感情的抒发或以自我表现为主线，但关注的焦点最后总是落在自然景观背后沉淀的文化内涵上。他的笔锋触及与历史文化、社会风俗等相关的领域，他试图通过这种渠道获得寻找自然文化古意的新方式，也有自己的创造性，就是将文化与自然风貌及其虚拟的具体情境切入本应就实的散文记叙中，颇有韵致。散文集《大风·宇宙的壮歌》"分游踪、抒怀篇、随想篇、人物篇，自然各有千秋，而我则更偏爱他的那组旅游散文。游记，是散文品种的一个重要组成部分，古今中外的不少文人墨客曾留下很多脍炙人口的千古绝唱。其写景，状物，抒情，均达到登峰造极的境界。正由于此，使不少作者对其望而却步，而乐江却能从中汲取其表现技巧，而不重蹈覆辙"[①]。这部散文集中《贺兰故垒》《楼观台怀古》《武当山感怀》《我读沙湖》等文章均有独到之处。许乐江把历史、文化及自身的感怀巧妙地融为一体，他重视游记文章的文化含量和山水对人的启迪，更极乐于宁夏山川之秀，大漠之旷，视大

---

①朱梦夕.塞上觅得知音在［J］.朔方，1994（8）.

自然的景物为享不完的清福，所以歌颂之。在《大漠夕阳》一文里，许乐江观察到塞上夕阳西下时"丽手西天，若垂宇宙，壮美之中亦有些悲凉……"不禁于内心慨然感叹，"磋乎！安和贤朋于暮色中睹此景物乎"。在《大河之上多奇景》一文里，许乐江写道："夕阳下，只我一人。古塔前，只我一人……古塔在夕阳中格外灿烂，塔顶的铜饰闪闪烁烁，显得有些灵气。古塔面河而背山，这气势凝重得像哲人阅世般的肃穆。"把古塔写得惟妙惟肖。此外，许乐江在河津览胜处眺望黄河时，有"大河曲折数千里，奔腾到此。在流淌的沧桑岁月中，让人回忆苍凉；在重叠的沉积岁月中，让人品顺其沉浮。江河万古，大浪淘沙"这样的描写，使文章充满了诱惑和魅力。他还写到青铜峡似金龙腾滚，势不可当，之后笔锋又转到"在河滩淤泥中，意外地觅到一块五彩斑斓的鹅卵石，润滑至极，光彩夺目，扣之则声如青铜。托在掌上细看，与意想之中可得九曲黄河天然之趣"，对着"石上的彩色纹络凝神而思。恍惚地觉得这是几千年前的先哲赐予的微雕书卷"。能写出这样精彩的段落需要丰厚的文化底蕴。

许乐江散文具有学者特质的美学风格，他以学者的胸怀与气度，进行着散文新理论的探索，在继承传统的基础上致力于散文创新。在他的作品中，对于中国古人价值的评价和描述，如记述历史人物事件的《孔子的生活色彩》《范蠡"守时"的启示》《吕端"大事不糊涂"》《读魏其武安侯列传札记》等文章，多突出古人的良知和品格，从而显现他们存在的价值，突出了对于传统人物、文化精髓的新解。他笔下的这些人物多具有高贵且苦闷的灵魂，富有才华和个性，生命力受到挤压或摧残，可是恶劣的环境没有令他们折服。许乐江通过对这些古人命运的展示，使读者了解到中国的文明史是一部饱经风霜和深重而曲折的文明史。他的这些历史散文别具一格，善于在文字中一步步将读者带入文化意识的河流，启迪哲思，引发情致。此外，诠释历史经典的散文《欣慕晏子》《闲花落地》《读史散议》《读箴记言》等，在一定程度上表现古代社会文化的风貌和作家的感悟等丰富的文化内涵，这些作品贯穿着许乐江思想的痕迹和走向。高耀山认为，许乐江的作品文辞典雅，韵味天成，字里行间融入了古典与现代，糅合了老子的无为，孔子的中庸，庄子的逍遥，墨子的非攻，更多是当今的和谐。历史文化散文，是以历史文化为承载和对象的特殊的散文，必须以史实为前提、为依据、为参照，必须在文学叙事中兼顾相关的问题，辨析与史事考证。否则，这类作品就很容易成为没有基础的沙滩楼阁。许乐江深谙此道，他的历史文化散文尽管自由驰骋，纵横捭阖，却不是信马由缰，随心所欲，而是收放自如，言必有据。①

许乐江散文在以茶为题材的基础上追求深层次的神韵、气韵，向寓意赋神方面拓展，将人生阅历以及文化修养作为内在依托，体现他基于中国文化，特别是茶文化的艺术观和价值观。

此外，许乐江还有一些抒发日常生活点滴，描写文朋好友及观看戏曲、字画等的感悟的作品，如《白头吟》《生活的感觉》《王公海云记》《闲看红楼话鼙儿》《闲说琴师高月波》等，突显其日常生活和与人交往的痕迹。深受传统文化影响的许乐江总在这些作品中透露出深厚的中国传统文化底蕴，描写的生活情趣富有韵味。此类文章取材于生活细节，在思考中品味生活，以平淡闲适的笔调于字里行间流露出美的人和事，充满了个人的小情调，意蕴不凡，呈现他的人生态度和价值取向。

冯剑华（1950— ），女，安徽太和人。历任《朔方》编辑、副主编、常务副主编、主编，宁夏作家协会副主席，宁夏文联副主席，自治区政协常委，自治区政府参事，中国作家协会全委会委员等。编审，中国作家协会会员。1968 年参加工作，1971 年应征入伍，1977 年毕业于复旦大学中文系。其文学创作以散文为主，出版散文集《冯剑华文选》。散文荣获宁夏第一届、第四届文艺评奖二等奖、优秀奖（不分等），第五届、第七届文艺评奖一等奖。

20 世纪 90 年代，冯剑华发表了大量的散文作品，在宁夏文坛乃至国内文坛产生了一定的影响。散文发表于《朔方》《文艺报》《人民文学》《人民日报》《中国作家》《十月》《美文》《爱情的故事》《故乡人物》《遥远的泸沽湖》《喊叫水》《散文六题》《西北二题》等，被《散文选刊》《散文·海外版》转载，入选《语文与教学》《中国散文精品》和冰心文学奖《千花集》等。这些作品被大量转载，也使她的知名度逐渐扩大。

冯剑华笔下不同性格的人物有自己独特的语言习惯，因此人物形象就显得十分突出，既具有独特而鲜明的个性，又能反映一定的社会本质。她的散文中出现的一些小人物，如《山花朵朵——献给边疆的女战士》一文中的放映员、守机员、卫生员以及《故乡人物》中的大嘴爷爷、乞学者、三姑娘等，身上无不展现鲜明的时代特征。这些人物在散文中没名没姓，呈现出"旧年"人物印象。如通过《走过花季》描写的特殊年代的一个中学生，透视出整整一代中学生的不幸以及他们"失学"的孤独和忧伤，给人淡淡的惆怅。冯剑华不着重刻画人物性格形成的历史，而是在较小的空间范畴之内展示人物的

①高耀山 . 等闲拈华章［N］. 华兴时报（文艺副刊），2013–12–23.

历史性格命运，由此使读者获得一种远远超过某些小说中典型人物所引起的美感。

冯剑华的散文突显了自然万物强大的生命力以及生命存在的高贵和美丽，作品洋溢着人性的本真和精神生命的强大。她将生命的体验逐渐内心化而形成自觉意识，融入创作中，使其散文突出生命的真实与美感。如《遥远的泸沽湖》一文呈现出的美感与时代的审美要求是一致的，她在作品中无意于专注叙事，而是宁静舒缓，着力于精神的张扬，为读者展开了一个横向的当代生活画面，并能够使这些丰满起来的画面以各种美的意象引导阅读者的感觉，包括视觉、听觉、触觉等物理感觉以及由此引起的心里感觉，甚至包括幻觉。荆竹认为，冯剑华熟悉宁夏的一草一木，南华山的峭劲和黄灌平原的旷达以及超拔与坦荡赋予她艺术气质和情感，赋予她散文创作的动力。在写作过程中，她对熟悉的吟咏对象有较深的感知度，因而切入任何一个角度都能够如鱼得水，自由腾挪，并能借助散文语言表达探索的途径，描景画像，抒情写意，使得散文意境恢宏，漫溢浓郁的抒情色彩。她的作品使我们在陈旧中看到新生，在附俗中看到深致，在沉痛中感到欣慰，在轻松的会意之中引起深沉的思索……她的散文体现出一种超越的意志，那是一种大江东去、决不回头的意志。冯剑华散文的语言简洁、空灵、淡雅、清澄、和谐、明朗，每个句子的色彩、色调、气味、音乐性都十分讲究。[①]

冯剑华散文能够用其丰富温暖的情思抓住读者的心，其中重要的一点是文章包含的众多意象实际上都突出了她心目中那个理想的人格，因此她的文章成为塑造理想人格血肉肌体的细胞与生命，这种颇具情感定向思维的聚合力决定了她散文创作的统一性和连贯性，是艺术力量的所在。玉儿在《情味·诗意·哲理——读冯剑华的〈儿子弹琴我唱歌〉》一文中这样评价："发挥奇妙的想象来创造诗意"，"运用新颖的比喻来增强作品的诗意"，"善于选取富有诗意的细节"[②]。冯剑华在创作中将传统单一的抒情模式转化为多向度的抒情方式，增强了散文的表现力，并且在表现情味时很讲究技巧。《儿子弹琴我唱歌》一文中的情味表现出这样两个特点：一是细节。比如写儿子中午弹琴的一段，文字不多，但情味浓郁，有层次感，细腻入微，真切感人。二是含蓄。冯剑华把浓郁的情感藏在朴素而简洁的字里行间，不一抒胸臆一吐无余，因此作品情味就显得含蓄耐人寻味。文章从富有情味的浅唱到灵魂

①荆竹.艺术传达方式的心灵沟通——冯剑华散文论［J］.朔方，1998（8）.
②玉儿.情味·诗意·哲理——读冯剑华的《儿子弹琴我唱歌》［J］.语文教学与研究，1990（12）.

深处的低吟，整篇贯穿对于情的理解，一定程度上超越了时空，她所关注的不再是人与人之间的阻隔，而是人性的爱和美，通过这种升华，完成了散文这一体裁平素难以企及的使命——塑造了亲切感人，可望可及，充满爱的人物性格与形象。

冯剑华的很多散文在布局谋篇、表现手法上有一定的规律，文章的抒情一般是以某种感情为线索来组织和安排材料，或借人抒怀，或托物言志，或借景抒情。有些文章开头采用了中心句或关键句，它们是理解散文主旨的钥匙，如《爱情故事》中《邮包》一篇的开端："在她如花的年龄时，她不知道什么是爱。"《月牙儿》一篇的开端："没有得到的，才是最美的。"这些都是以中心句直接点明主题，形成散文的文眼，整篇文章开头和结尾呼应，也不断抒发这个主题。《鹊雀为邻》的价值在于营造了一种罕见的气氛，构建了一个博大的内部空间——恰在于主题的不确定性，是一篇上升到哲理性诗学层面的散文。

《爱情故事》中的《邮包》写一个女孩子在如花的年龄时，老是收到一个男孩子寄来的邮包，里面是书、画、水果糖、手帕、花生米。女孩子退回了邮包，只留下了那方手帕。"她一直说不清，当年，她为什么退回了邮包，却单单留下了那方手帕。"这一笔就在于透与不透、似与不似之间。接着，作家继续娓娓叙来，当这个女孩子年近不惑："她才明白，年轻时，她曾经不经意地丢掉了什么。"到底"丢掉了什么"，是爱情吗？恐怕不是，真是说不清、道不明，也无法比喻。

针对《爱情故事》，吴淮生认为，说是一组，总共不过五千来字，每篇却都包含了主人公从青年到中年二十几年的跨度。艺术概括力不能说不强，作者以女性细腻的感应神经、敏锐的心灵触角和中年作家的人生体验，传达出爱情长链上各个环节的况味。《月牙儿》是对没有成功之爱的回想；《潭》显示着花好月圆后的平静；《情殇》则是好梦的悲剧惊痖。作家多侧面地对爱情进行了审美的观照，如散文《山花朵朵》以及《煤城树》《矿山路》等，正如《爱情故事》中说的那样，冯剑华在其创作的"豆蔻年华"时期，在少的是色彩、多的是苍凉的西北高原，看到的却是大山腹地创造出的并不缺少美的世界，因此给读者以美的滋润，这位作家的作品并不算很多，美感却与日俱增，艺术境界也随着人生经历的积累而不断升华，少了稚嫩气，多了深沉感。①

---

①吴淮生.除去巫山不是云——冯剑华《爱情故事》赏析［M］//吴淮生.吴淮生诗文选.银川：宁夏人民出版社，2015.

尤其需要指出的是，冯剑华专写散文，数量不多，质量很高，是宁夏散文界的领军人物，只是她把主要的精力献给了文学编辑事业。她1974年到《朔方》编辑部工作，从编辑、副主编、常务副主编、主编到宁夏文联副主席，几乎一直在从事编辑工作。只要看到谁出版了新书，谁发表了好作品，她就请评论家给写篇文章。她关注着别人的书，而她自己直到退休也没有出版一部散文集。为了把宁夏青年作家推向全国，她主持《朔方》推出青年作家作品专号、市县作品专辑和个人作品专辑。尤其是以第5期、第6期合刊形式推出的"宁夏青年作家作品专号"，在全国独树一帜，引起广泛关注，且每期都有数篇作品被转载。她邀请全国著名的作家、诗人、评论家和编辑家来宁讲学，并与宁夏青年作家广泛接触。她主持召开西部笔会、座谈会和研讨会等，这些都难以计数。1999年到2009年，宁夏文学经历了从"三棵树"到"文学林"的全国亮相，《朔方》创造了继推出张贤亮之后的第二次辉煌，先后荣获宁夏优秀期刊及一级期刊、中国期刊方阵双效期刊、国家期刊奖百种重点期刊、北方十佳期刊、新中国六十年有影响力的期刊等多项荣誉。"这十年宁夏文学的硕果，离不开冯老师一手的培育、浇灌、呵护。三十多年来，她是一个园丁，辛勤培育着宁夏的文学之林；她是一位大姐，小心呵护着宁夏的青年作家；她是一位家长，精心缝制着一件件华美的嫁衣。她把自己的青春、心血和才华毫无保留地奉献给了宁夏的文学事业。"①

高耀山（1943—　），笔名一光，甘肃环县人。1971年参加工作，历任宁夏盐池县大水坑公社党委秘书，盐池县志办公室副主任，银川市文联副主席、主席，《黄河文学》主编等。编审，中国作家协会会员。出版散文集《沙光山影》《黄土绿叶》《热爱大地》《真诚的记录》。散文集荣获宁夏第五届文艺评奖一等奖。

高耀山1969年开始发表作品，写作以小说、散文为主。高耀山在散文中注重人物细节的捕捉和感情的抒发，生动传神的细节描写使其文章富有感染力，能够最大限度地调动读者的情感，使读者产生共鸣。如《华山归来》中，作家这样勾勒挑瓦工的肖像，"四十开外年纪，穿着简单得不能再简单：坎肩、裤衩、麻鞋。粗实的体格，黝黑的肌肤"；在《笔当盛世千花发》中，他笔下的爷爷"将毛笔泡进水碗，然后给了袖头掐着墨锭，在砚台里轻轻地研起来，一圈又一圈地转着"；在《红事》中，写姑娘"绰约风姿，红颜皓齿秀发，

①杨梓.梨花催白头，与人做嫁衣——冯剑华文选［M］//冯剑华.冯剑华文选.银川：阳光出版社，2014.

水灵灵的眼睛，楚楚动人。不是仙女胜似仙女"。一个个传神的细节，使文本具有血肉和神采，在揭示人物性格特征的作用上于细微处见精神，符合人物的特点和个性，符合现实生活的实际，能突出人物的神韵，能够展示人物的精神风貌和深化文章的主题。

高耀山还擅长捕捉人物的某个相关的侧面，自由地抒发自身的感受、体验、情绪，将现实生活激起的情感注入对人物的描写上，由此倾注自身的主观情感和意绪。散文集《沙光山影》倾注了作家一腔诚挚的黄土之情和山水之意，给人以朴实凝重之感，比较真实地抒写了一个饱经风霜的西北汉子对那片生他养他的黄土地深沉的爱，叙述了他蓄积多年的所见所闻和所思所感。既有作家自豪的夸耀，又有深沉的思考；既有他由衷的赞美颂扬，又有他白玉微瑕式的揭露批评。

高耀山的散文《下棋》《山里的集》《牧羊》颇具庄周的"三籁"精神。《下棋》当属"人籁"系列，作者以下棋走火入魔为主题，将"我"的棋道半通、输棋无礼和悔棋成习一一列举，有自嘲、自贬、自责，也有对一个棋迷从外观到内心的解析。读后可以感觉到作者谙熟棋路，感情异常真挚和投入。通观全文，无深刻和令人拍案叫绝处，直到最后与侄儿小鹏对弈败北，揭露了"用心躁也"是"臭棋"之根源，让读者闻到了人间的烟火气。《山里的集》写得土气十足、尘土飞扬，甚至集上的人声与喧闹、欢畅与繁华、买卖与交易也全被作者一股脑儿地移入字里行间，真有几分"地籁"的意思。《牧羊》是一首抒情诗、山水画，通篇展示了一种宁静与和谐，天与地，地与人，老汉与少年，人类与羊群，历史与未来，迢递的岁月和明媚的现实，包括白昼与黑夜，晚霞与星斗，一组组画面的对比，一缕缕感觉的袭扰，一团团印象的交织，使《牧羊》传导出难能可贵的"天籁"之声。①

高耀山散文究其所表现的现实，显然更重在他者或者在以"民族—国家"为核心的宏大叙事中，所谓天籁只是呈现了一个未能潜藏未来的现在而已。《沙光山影》《黄土绿叶》，包括高洪波评论的《下棋》《山里的集》《牧羊》三个单篇，"我"非此即彼的清醒的判断基本成了他散文的一个思维模式。比如《山里的集》经《朔方》发表后，被《散文选刊》转载，该篇堪称超拔之作。然而，多了个尾巴，夕阳西下人群散去，带走了一天的嘈杂和浮躁，人们"都各自从生活的物质的精神的方面得到了慰藉和滋润"。高洪波的结论是："这句话富有哲理和时代特色，实际上，高耀山在漫不经心中聪

---

①高洪波.追求天籁——读高耀山的散文［J］.朔方，1992（4）.

明地显示了改革开放以来山里乡镇的巨大变化。"在今天则要说，正因为它，使这篇本应该具备混沌状态的作品有的是缺陷美而不是艺术的空白美。"我"的角色反倒不是来承担价值的判断，而应更多地回到个人的内部，关注个人在强大的现实面前所应有的生命意识。《沙光山影》或者《黄土绿叶》就不会仅是"真实地记录作家所见所闻，所感所思"的现实史，可能更具昭示未来的精神价值，毕竟后者更堪担当文学的使命。①

　　杨森翔（1945—　），别名羊羽，宁夏灵武人。历任银南地区文联副主席、《吴忠日报》总编辑、吴忠市人大常委会副主任等。编审，中国散文学会会员。1977年开始业余文学创作，发表各类作品一百五十余万字。著有《荒原的呼唤》《城市记忆》《思与在》（上、下卷）等。散文荣获宁夏第一届、第三届、第四届文艺评奖三等奖、二等奖、优秀奖（不分等）。

　　杨森翔擅写历史文化散文，他的文章称得上是一方地域的人文地理小百科。他多以风物志的创作形式发掘宁夏古老深厚的文化之根，文中人与景呈现出一种蒙太奇的组合，看似不经意的走马观花，实则在历史探究方面下足了功夫，字里行间情景交融，浸透了他对于宁夏的热爱。《城市记忆》是一部关于古灵州历史地理方面的研究最详尽的著作，用诗一般的语言撰写，并且使用了大量古代诗词作品、民间传说，读来朗朗上口，特别引人入胜。②

　　风物志这种介绍风土人情、名胜古迹的家乡散文，很容易写得平淡寡味，落于俗套。而杨森翔的这类散文，透过那一幅幅绚丽多彩、变幻多姿的画面，使我们加深了对宁夏的认识，激发了我们把家乡建设得更加美好的豪情。杨森翔的散文力求旨远、意新、情真，颇具浓郁的乡土味，在主题的提炼和表达上下了功夫。比如《镇河塔记》和《铁柱泉记》同属游记体，用的都是今昔对比的手法，给读者的感受却迥然不同。《镇河塔记》描绘镇河塔的雄伟风姿，叙述镇河塔的沧桑变化，这是一般风物志的写法。可是，作者的行文并没有停留在这里，而是通过塔下那色彩鲜明、日新月异的画面展现了时代的变异，文章借古衬今，托物言志，歌颂了时代，让古迹有了青春的活力。《铁柱泉记》主题开掘较深，昔日的铁柱泉边景色明媚，今日的铁柱泉边沙丘连片，山草稀疏。作家通过铁柱泉昔盛今衰的对比给人以启示，其中深刻的哲理令人深思。《秦渠漫话》始终围绕着秦渠的秀丽风光，来龙去脉，今昔变化，于清淡自然、平易近人的笔调中深含着一条真理，就是只有社会主义才能救

①牛学智.动荡的文本——宁夏散文家散评［J］.朔方，2005（1）.
②白述礼.吴忠历史研究的一座丰碑——喜读杨森翔《城市记忆》有感［N］.吴忠日报，2008-4-17.

中国，秦渠才能为人民作出更大贡献。围绕这个主题杨森翔既有粗线条的勾勒，又有精雕细刻的描绘。他的作品既是动人的文学描写，又穿插了有关的历史知识，时而记叙，时而抒情，如话家常令人耳目一新。江涌对杨森翔散文总结道："在行文中能注意正确处理文史结合这个问题。古人云：言而无文，行之不远。在森翔同志的笔下，恰到好处的典故传说，琳琅满目的古代诗文，都给文章增色不少，犹如串联在感情红线上的颗颗珍珠，一经点染，便熠熠闪光。"[①]

冯并（1945— ），笔名塞原，河北阳原人。曾任《宁夏日报》编辑、国家经济体制改革委员会副秘书长、中国企业家协会执行副会长、《经济日报》总编辑等。出版散文集《不落的琴声》《即铭随笔》《经济随笔》等。散文荣获宁夏第一届文艺评奖一等奖。

冯并 20 世纪 70 年代活跃于宁夏文坛，其散文以主体生命意识的多维呈现抒写心灵的独语，在现实的流寓中探索精神的家园，为宁夏文坛注入了活力。冯并于 1979 年进入中国社会科学院研究生院学习，离开宁夏。在《宁夏日报》工作期间，抒写基层人和事的经历，不断刷新他的审美体验，在摸索中逐渐提高了自身的多种素养，因此在创作上独有建树，其散文具有呈现独特的视野和寻找人类精神家园的共通性。散文集《不落的琴声》中，作家以诗情画意的笔触抒写了腾格里沙漠的养蜂林、吉兰泰盐湖晶莹的盐花、贺兰山下的养鹿场、梧桐滩的传奇等，具有浓郁的民族色彩和生活气息。他的散文可以让读者感受到塞外江南的景色之美，还会看到草原、沙漠、戈壁发生的翻天覆地的变化，以及人类改造大自然、建设新生活的精神面貌。他笔下描绘的景色和人物生动而富有诗意，如《红玉雕》中的雕刻家哈斯巴根，《蜜》中的养蜂老人达尼嘎，《不落的琴声》中的马头琴手央日布，《金色的马鹿》中的鹿工吉日格勒，《烽火台》中的老哨兵范凯额吉等。这些人对国家和对自己的工作怀有深厚的感情，他们的思想闪烁着新生活的光辉。冯并总是善于以优美抒情的笔触，巧妙地把思想寓于生动的形象之中，从而深刻地反映时代本质的美。

冯并的散文将叙事与抒情完美融合在一起，使之具有塞外牧歌情调，闪烁着魅人的地域色彩，充满诗意的生活激情和鲜明的时代气息。《琴声》虽然全文不到三千字，却对老马头琴手央日布的一生作了生动的艺术概括，先由牧童和马头琴的传说开始，继而转到央日布的《新走马曲》，从那雄浑深

①江涌.旨远·意新·情真——读杨森翔的风物志［J］.朔方，1982（7）.

沉、跌宕回婉的琴声中激起读者丰富的联想。冯并写生活的变化、人的变化，实际上是在写一个民族的新生和变化，诗意地抒写了蒙古族群众在新的时代飞腾奔驰的图景。

冯并散文简练质朴，但也不排斥绮丽风华、色彩浓丽，这就要求作品既色彩缤纷、枝繁叶茂又不芜杂累赘、板滞和琐碎。冯并的散文《蜜》《摘星星的人》《烽火台》等都是色彩明丽、诗意盎然的佳作。其笔下的草原、沙漠五光十色，绚丽多彩，带有传奇色彩，冯并的描述宛如油画般呈现在读者面前。他叙事写人笔墨酣畅，饱含激情，给事物增添了一层诗意的帷幕。冯并的散文形散神不散，看似信笔而书，侃侃而谈，实则因意遣词，如《大治1号》《梧桐滩传奇》《哥日乐和他的马头琴》等，看似铺叙太多，其实具有精巧的艺术构思和对生活素材的精心剪裁与巧妙布局。郭超认为，生活是文艺创作的源泉，散文的诗意是冯并对生活形象思维的概括和结晶，冯并的散文是"深入生活底层'铺彩擒文'的结晶，它使我们听到生活的喧响，看到我们时代新人欢乐的音容笑貌，并具有鲜明的民族情调和地域色彩，这是非常可贵的"①。

张怀武（1945—　　），宁夏平罗人。历任自治区党委宣传部副部长，宁夏广播电影电视局党组书记、厅长，自治区政协文史和学习委员会主任，宁夏文史馆馆员等。发表学术论文二十余篇，出版散文随笔集《今日方知我是我》，主编《历史名人与宁夏》等，监制四十集电视连续剧《贺兰雪》。

张怀武退休后每日潜心向学，读书作文，于2013年出版了《今日方知我是我》。仅此书名，非顿悟不会想到，也不会采用，正如"饥来吃饭困来眠"一样，这是一种由复杂抵达简单的境界。书中文章大致可分为说历史、说知识、说现实三类。他将有关的历史过程、典故、诗词、轶闻等有序铺开，让读者徜徉在历史的长河中，并与现实互相观照。他在文章里说："在文明进步的今天，我们不能否认孝道在构建和睦家庭、和谐社会中的积极作用，但也不能以弘扬中国传统文化为名，不加分析，用荒诞和虚幻不实来教化世人。"作者在《如诗的老年时代》《醒世箴言》《善待自己，享受生活》《优哉游哉》《盛世危言》等文章中表达的对于生命意义、老年人的伟大和悲哀、适度追求与幸福感把握、真正的经济强国之道等问题的思考，都是对现实问题的剖析，导向积极，令人深思。综合起来看，张怀武的文章还具有以下特点：一是动静结合，《今日方知我是我》中多数文章都是动态材料与静态材料的

①郭超．琴声嘹亮诗意浓——读散文集《不落的琴声》［J］．宁夏文艺，1979（4）．

结合，使得文章既有生动性，又有丰富性；二是虚实联姻，与具体事例相结合，使务虚往往能一针见血，提高了文章的说服力；三是首尾别致，多数文章以具体材料开头，迅速入题，抓住读者，结尾则别具一格，画龙点睛；四是雅俗共赏，文章具有与作者修养相匹配的严肃稳重，但也可以感到作者一颗年轻的心。

李正声（1947— ），本名李振声，浙江宁波人。曾在固原地区六盘山林业局、固原地委宣传部工作，曾任固原地区文联常务副主席。1991年调回浙江宁波，先后任宁波市委宣传部正处级调研员、宁波市新闻出版局局长兼宁波出版社社长、宁波日报报业集团副总编兼宁波出版社社长等。连任两届宁波市作家协会副主席。

李正声1958年10月随母亲支边从上海到宁夏固原，在宁夏求学工作三十三年。1980年开始在《宁夏日报》《朔方》《六盘山》等发表文学作品，仅在宁夏期间发表各类作品共计五十余篇四十余万字。李正声的文学创作涉猎小说、散文、杂文、评论等，但主要以散文为主。他的散文主要以西海固的人、事、物为题材，在波澜不惊中娓娓道来，他的作品像西海固的风情画，人物叙事耐人寻味。在《杜先生》一文中，他把"杜先生"写得活灵活现，既幽默风趣又充满生活气息，再现了林场工人的真实生活。在《毛驴新传》一文中，作者写刘老汉养驴的故事，在赞美毛驴忍辱负重的同时，也赞美了六盘山下农民勤劳善良、待人忠厚的品格。《心碑》写出了作者对母亲的怀念，《西海固之恋》道出了浓浓的西海固情结。他的散文突出主体在场的描述，直面现实，深入内心，结构严谨，独具个性。透过现实与历史，让我们触摸到了远去的岁月，感悟到了生命的重量。

朱正安（1948— ），上海人，曾就职于银川市供电局。曾任宁夏作家协会理事、银川市作家协会副主席。1975年开始文学创作，有散文、小说等。出版散文集《反哺集》《反刍集》等。

朱正安1993年出版小说集《南笛北弦》，引起宁夏文坛的关注。1999年第一部散文集《反哺集》由人民日报出版社出版。这部作品集由"感悟录""隔靴搔痒""山水和故人"三辑构成，文章浸透着自由的思想和人格的表现，叙述贴近人性，大胆展示个人情思与独立品格。作品用质朴本色而又诚挚真切的语言，讲述了摇撼过情感与灵魂世界、珍藏在作者心底的人和事。《反哺集》倾注了朱正安强烈的真情，大体可分为忧国忧民之情和亲人故友之情这两方面。忧国忧民之情令读者看到一颗赤诚之心在跃动，唯有真情所在才能发现社会现象背后的问题，敢于直言，把真情和直言结合起来更能体现文人的一种思考。朱正安深得明代公安派"三袁"的"独抒性灵，不拘格套，非从自己胸臆流出，不肯下笔"之要旨，但又注重透视社会生活，走的是一条让正统散文由中心到边缘、非正统散文由边缘到中心，打破传统散文格局的随感、闲话、独语式的自由之路。《反哺集》中的部分作品似乎是在悟道，如《狄更斯的"梯子"和我的路》表达了成就事业要靠自立，《街上流行皮夹克》表达了要保持个人风格，《我爱无名山水》表达了心静品高天地才阔，《马四羊杂碎》表达了酒香不怕巷子深，《"区骂"何时休》表达了要从现在做起，从自己做起等中心思想。

第二部散文集《反刍集》由人民日报出版社出版。这部文集在文体把握上突出了散文应有的特点，既有真情，又不同于情胜于理、非诗非文的作品，通过叙事、议论说明事理，阐述意义，杂文的特点很鲜明，有思想，语言也犀利。《反刍集》的成就在于坚持了现实主义创作原则，一定程度上达到了帮助读者认识历史、现实生活、人生百态的作用和一定的审美作用。不足处在于认识和审美都还未达到应有的高度，也即对"反刍"之物消化不够，刍而不细，虽提出了问题，但探索不够。如对孔子，就缺乏一分为二的态度，又如回西湖引起的美的生成说法也欠确切。《反刍集》这部作品的命名诚如自序中所说："牛羊骆驼吃了草要反刍……面对五光十色、应接不暇的世间万物，我们是应该反刍的，因为反刍可以帮助我们消化，使我们对所见所闻有所梳理和鉴别，然后'透过现象看本质'，方可达到世事洞明的结果。"这是此书的宗旨，也是作者实在的态度和书的品格。

于秀兰（1950— ），女，笔名兰溪，宁夏西吉人。曾任《宁夏政协报》编辑、记者，《黄河文学》副主编等。副编审，中国作家协会会员。1979年开始文学创作，出版散文集《芳草落英》《兰亭心雨》。有散文、散文集荣获宁夏第四届、第五届文艺评奖优秀奖（不分等）、二等奖。

于秀兰是一位执着于生活、充满热情的女作家。她长期生活在宁夏这块美丽的大地上，多年来，她用深沉而又独特的文学眼光，冷静地谛视人生；用自己女性的心灵来透视世界，探索真善美之所在；又用女性的美学笔调诉说女性的痛苦、追求和理解。女性的命运、女性的生活和女性问题，都是于秀兰独特的视角出发点。生活在宁夏这块黄土地上的妇女，她们勤劳、善良，但她们的命运又是那样的艰难，她们在现实生活的困厄、自我的沉浮、爱情的坎坷等无不牵动着于秀兰的心弦。于是，于秀兰用特有的、细腻而委婉的、饱蘸感情的笔，在她们命运的扉页上写下感慨、悲叹、呼唤和思考。

《芳草落英》一书中的部分散文作品就表现出作者对于女性命运的关注

和探索。如《愈来愈浓的绿云》《适应》《晓色润新绿》《品画》《喜悦》《妈妈的朋友》等作品凝聚着于秀兰对当今女性问题的诸多思考。其中，散文《芳草落英》中的倚琴在"文化大革命"中为了保护自己心爱的人，独自肩负着沉重的精神十字架，忍受着感情的磨难、名誉的毁坏、生活的困顿以及精神的摧残，但她无私地奉献出自己的一切。于秀兰心目中的女性已不再把个人命运的沉浮、感情的哀乐视为重点，而是把自己的命运倾注到事业、祖国、人类身上，她对女性命运的切肤之感和深思熟虑，使其自然地选取了妇女生活作为抒写对象。当她走出昔日的传统意识而获得较为现代的观念时，其散文达到了一个新的境界和深度，寻找女性失落的自我、呼唤女性的独立人格成为其散文作品突显的主题。

散文集《兰亭心雨》收录其作品一百三十篇，从题材上可分为四类：一是抒写乡土情深，有以写景物为主的散文和随笔，如《故乡的夏》《故乡的雾》等；二是感念亲友，涉及父亲、母亲、兄妹、儿女、友人，如《父亲》《母亲的魅力》《不会当婆婆》《心灵的朋友》等；三是观景抒怀，描述生活情趣，如《品茗》《夕阳》《细雨》等；四是感悟生活，如《咸菜的滋味》《营造快乐》《习惯的诱惑》等。

严龙宁（1950— ），宁夏石嘴山人。曾就职于神华宁煤集团宣传部。散文《醪酒飘香》荣获宁夏第七届文艺评奖三等奖。

严龙宁的家乡是在黄河岸边一个古朴的小镇上。家乡的偏僻、古朴、敦厚甚至粗陋，不仅给了他流在这里人们血液中的胆气与豪气，而且给了他一种文学思想上的力度和厚度。特别是当他远离家乡来到贺兰山深处的煤矿时，家乡的容颜，家乡的小村小巷，皆化作美丽的追忆与感怀，故乡的形象在他的心中，便漫延成一片令人感到温馨与美好的精神故园。

作家以一种超脱的创作心态，情深意长地向人们诉说着他童年的生活世界，童年的心灵情景，童年的生存梦想。《河畔听涛》《在歌声中成长》《小巷情思》《洒满阳光的小路》《仰望五星红旗》《河边蛙鸣》《我的老师》等篇章，皆从不同角度向我们描绘了他童年的乐园。当然，严龙宁散文中的这种"故乡情结"并非仅仅停留在对故乡美好的童年生活的追忆上。对故乡的眷恋，既诱发了他对历史的反思，同时也激发了他对现代意识的渴求。他的大量散文，一方面在向人们展示着故乡美丽而艰辛的历史；另一方面又在向人们描绘着故乡蓬勃激荡的今天。这主要是和严龙宁这位朴实的生活型作家的内在精神气质有关。严龙宁一方面挖掘和表现了李老汉制作醪酒时身上所凝聚的原始底色的强悍的生命力（《醪酒飘香》）；另一方面又挖掘和表现着时代变革的主旋律在周老师身上的最终鸣响（《我的老师》）。这两种美构成了支撑普通人从历史走向今天的精神骨架。目睹着塞上山乡人民热情的创造和不倦的追求，严龙宁情运笔端，一展故乡风采，把一些山川村镇鲜活的生活画面嵌进当下宏大的时代景观中，如《小巷情思》《城市奏鸣曲》《湖的魅力》，表现出强烈的时代特色与透明的人的生存意向。

如果说鲁迅写于20世纪二三十年代弥漫着"感伤的故乡风"的乡土作品，表现的是对积淀着历史尘垢的乡土批判的情感，那么可以说，严龙宁的乡土散文正继续和发扬着鲁迅之遗风。他作品中表现出的炽热的"恋乡情结"，并没有妨碍他毫不留情地展示着他所偏爱的乡土，由历史惰性带来的破败的容颜："一条坎坷不平的黄泥小路像一条带子向小巷深处蜿蜒，路两旁是一幢幢低矮的旧式平房，土坯垒成，黄泥抹墙，一扇扇油漆斑驳的院门关闭着，显露出一种陈旧贫困无奈的样子。"（《小巷情思》）此时，作家眼中的乡土乡情，呈现出它的另一面，小巷没有现代文明的气息，日复一日地迎送着每一个黎明与黄昏。作家以象征的手法，揭示出古老乡村的真实处境。作家通过他的散文创作，不仅表现了要对故乡沉睡的自然荒原的开发，而且还旨在厉声呼唤对故乡精神荒原的开发。这两个题旨的焊接，正构成了严龙宁乡土散文强烈文化意识的精神内质，其基本特征，即体现了一种对故乡热土的挚爱，此种恋乡情结与作家的时代使命感之叠合，大大拓宽了他散文创作的美学天地。在21世纪，能在苍凉与惶惑中，在绝望与躁动中，追求价值与意义的作家，才有可能真正趋近散文的终极方向。客观而言，作家能否开辟这种可能并最终成就其所是，尚在期待中。①

李成福（1950—2014），宁夏海原人。曾任中学语文教师、地方志编辑、《六盘山》副主编，民盟固原市直总支委员等。宁夏作家协会会员。20世纪80年代初学习文学创作，发表作品五十余万字，有少量作品入编选本或获各级奖项。策划出版《生命的重音》《西海固文学丛书》《文联十年》等书籍。出版作品集《北坡堂存稿》。屈文焜在为其所作的序中说："从《北坡堂存稿》中可以看出，成福其实堪称'杂家'。"如果我们单纯从文学角度来评说，也许并不能真正理解他。他有丰富的知识积累和扎实的文字功底，善于运用各种文体写作，可以说古今兼用、信手拈来，传、序、文、记、论、书、赋、说、铭、对联以及散文、诗歌、社火词等，无所不能。

马青（1952—　），女，浙江杭州人。1958年随父母支边来到宁夏，先后

①荆竹.精神的守望与乡村叙事——严龙宁散文创作论［J］.黄河文学，2010（8）.

就职于清河机械厂、宁夏图书馆、宁夏文联等。曾任宁夏民间文艺家协会副主席、中国民俗学会理事，中国少数民族文学协会理事等。副编审。1982年起开始文学创作并发表作品。出版散文集《北方的心》。作品荣获宁夏第五届、第六届文艺评奖二等奖、三等奖，个人荣获中国文联首届"德艺双馨"会员称号。

马青创作的散文大都收在《北方的心》中，感念亲人、回忆故友、游历采风、生活记趣均成为她散文涉猎的题材。虽则题材各异，但情和趣构成了马青散文的独特品格。

杨慧娟认为，马青在"亲情回旋"中记取了外婆、父亲、母亲等亲人的生活琐忆，字里行间流露着深情。在马青笔下，塑造了幼年经历多舛却乐观开朗、睿智敏捷、爱好读书，为儿女分忧解难的外婆形象（《外婆》）；通过一条红裙子的命运，诉说了三代女性成长的生存环境与时代变迁，突显了作家对母亲在特殊年代里那种生存智慧的赞赏（《妈妈的红裙子》）。在马青散文中，形象塑造最丰满、倾注感情最多的无疑是书写父亲的篇目。在《永远的镜子》《一段尘封的回忆》《心香一瓣慰英魂》等篇目中，我们看到了一个有才华、有抱负、在政治生涯中饱尝艰辛却仍对党充满感情的清廉正直的共产党人形象，同时也看到了一个儒雅博学、爱家爱子女、平易朴素的慈父形象。马青在散文中也写到了朋友情，有与同道中人偶遇会面的美好记忆（《道是有缘》），也有对以文神交的已故作家的欣赏之情（《怀念王小波》），更有对情深意切的熟悉文友的小记，如《"绿色女人"调式》《最熟悉你的身影》《我说李唯》等。马青在这些散文中娓娓叙说，从点滴小事中写出了其友其人，也让读者感受到了一份"君子之交"的绵长情意。马青散文中另一种令人动容之"情"在于她对故乡家园的热爱之情。马青生于西子湖畔，却在塞北长大，对于故乡，马青在《北方的心》中有这样的描述："虽然来自南方，但我还是喜欢北方。我喜欢北方的大，北方的憨，北方的粗犷和北方的豪壮。"在《我的小城》中，她坦言："比起高楼摩天、霓虹闪烁的大都市，我们的小城虽不繁华，也不富有，但是我爱她。"

除了用"情"之深外，马青散文的另一大特点就是"趣"味横生。《墙上的风景》一文中，作家在斗室之中安上了挂画线，遂将卷成筒藏在柜中的爱画一一挂上墙独自欣赏，"原来，逝去的岁月和风景都是可以收藏于墙的"，作者如是感慨。从小小挂画之线想到收藏岁月风景，此乃马青散文之真"趣"所在。马青散文之"趣"还体现在作家对音乐之酷爱与游历山水之情趣上。散文集《北方的心》中专辟版块名曰"音乐之声"，抒写的就是作家自幼热爱音乐与音乐结缘的一腔挚情，而大明湖、伊塞克湖、西湖、苏州园林、烟台的海也都留下了作者流连忘返的足迹，并在作家善于欣赏和发现美的心中长久存留。除此之外，名字、文字、幼时伙伴、餐桌上的黄瓜，马青也信手拈来入文，以小见大，写得趣味十足。

袁俊生（1952— ），曾名袁百刚，宁夏平罗人。先后就职于贺兰县文化馆、贺兰县司法局、贺兰县委政法委员会。贺兰县作家协会名誉主席，宁夏作家协会会员，中国少数民族作家协会会员，中国民间文艺家协会会员。1979年在《宁夏日报》发表处女作，著有《西域之旅》《融融民情在九州》《解读张贤亮》《贺兰史话》《贺兰美食文化大观》等。散文《西域之旅》荣获宁夏第七届文艺评奖三等奖。20世纪80年代，主编《贺兰民间故事》《贺兰民间歌谣》《贺兰文学作品选》共计一百余万字，荣获自治区政府"金凤凰奖"，被银川市党委、政府分别于1984年记二等功、1988年记一等功。

袁俊生的代表性作品集《西域之旅》创作于2003年，是一部日记体散文集。该书叙述生动、语言朴实、图文并茂、可读性强。2003年年初，他和妻子骑自行车从宁夏出发，穿越河西走廊开始新疆之旅，行程六千五百多公里，足迹遍布新疆七十二个县市，沿途记下新疆的民俗风情和所见所闻，形成了十五万字的笔记。书中详细记载了旅途中的地形地貌、山川河流、城市乡村、名胜古迹、历史沿革、民俗风情、经济建设、文化设施、衣食住行等，包括每天的气温变化，以及对沿途景物、风土人情和建筑等的考证和评论。涉及政治、经济、文化、历史、建筑、规划、旅游、生物、环保、雕塑等多个领域和学科。这些笔记粗看是传统意义上客观的记录和叙述行旅见闻的行走散文，或曰"游记"，但是袁俊生不满足于将沿途见闻、景点风光、史传逸事粗糙糅合，而是将旅程中的见闻感触融入心灵，以独具的慧眼、自由的视角，表达人与自然、人与城市、人与人之间的广泛联系，富有较强的艺术感染力和穿透力。

总体来说，袁俊生散文追求文化本体性审美，其中包括文化趣味、文化气质和修辞的经营。杨希圣说："我像品一杯美酒一样品着《西域之旅》，越品越有滋味。文如其人，品文实际上是在阅人。我觉得我已经读懂了作者，俊生同志对事业对自己都有高度的责任感，令人敬佩。而这一切，源于他有一颗赤诚的心。"[1]

魏锦（1952— ），宁夏吴忠人。历任吴忠市教育局局长、吴忠市委常委、吴忠市作家协会主席等。宁夏作家协会会员。1982年开始文学创作，迄今发

①杨希圣.追寻者的足迹——品袁俊生的《西域之旅》［J］.黄河文学，2007（4）.

表各类文学作品八十余万字，出版散文集《走向冰川》《梦萦乡河》《让鞭子从风中抽过》《在屋脊上行走》。散文、散文集分别荣获宁夏第七届、第八届文艺评奖三等奖。

魏锦的散文数量很大，其四部散文集均出版于 2000 年后，可见这期间他进行着大量的写作。魏锦是一个有着长期底层生活经验的作家。他出身于农家，从小经历过生活的艰辛与磨难。成人之后又长期奔波于基层，对普通群众的生活几乎烂熟于心。更为可贵的是，魏锦由艰苦生活所培育的人民情怀和意识并没有改变。他写小人物能抓住塑造人物的根脉。

郎伟认为，魏锦真实地书写了一些小人物的生活与命运，在对其坎坷境遇的描写中，饱含着深深的同情。如《树也有情》描写了一个正直无私全身心投入绿化事业的基层干部的遭遇，温情当中有忧思；《代价》则通过讲述民办教师王焯的不幸命运，对生活当中的不公平现象作了相当敏锐的审视与批判；《杂碎大嫂》使读者于吴忠街头一个卖羊杂碎的大嫂身上看到了诚信在生活当中的重要意义；《调动》则通过细心书写个人经历，深情地怀念着过去那些年的明朗和单纯。

魏锦写亲情折射出亲人的高尚和平凡。他的散文《舅母》《教诲无言》《祭母文》《悔》《父亲的善良》《奶奶的岁月》《舅舅的心劲》等，记录了作为普通劳动者的生活历程，集中彰显了存在于他们身上的勤劳、朴实、善良、宽厚、慈爱、刚强等闪烁着动人光彩的传统美德，并通过亲情的书写来讴歌充溢于底层生活的美好情怀。魏锦的山水游记，渗透着对大自然或异域他乡敏锐的感受和观察。他的散文《火石寨的色彩》《沙坡头的足音》《日月潭的水，阿里山的云》《行走在世界屋脊》《金沙湾的魅力》《沙湖的眼睛》能把握所写景致的物态，用细腻的笔触简洁准确地把它们描写出来，可谓精简细腻，形容如画，将情感渗透抒写山水的文字，抒发所感所想，寓情于景，情景交融。

郎伟在《质朴而温暖的光芒——读魏锦散文集〈梦萦乡河〉和〈让鞭子从风中抽过〉》一文中评价他的两组散文《地球那边的色彩》和《美洲时日》时说，两组散文分别记录了魏锦访问澳大利亚、新西兰和美国的见闻与思索，作家在对异域生活的描述当中，发现借鉴着他山之石，无论社会面貌的呈现还是他国文明程度的展示，皆是触景生情，令人浮想联翩。[①]

魏锦在散文写作当中注重"小我"的抒写，以小见大，突显生命在社会

---

①郎伟.质朴而温暖的光芒——读魏锦散文集《梦萦乡河》和《让鞭子从风中抽过》〔J〕.朔方，2010（1）.

群体之中的存在，但从整体来看，个别散文围绕一个说理中心，罗列材料过多，难免有冗杂之嫌。

杨森林（1956— ），宁夏中宁人。童年在宁夏南部山区度过。1979 年毕业于宁夏大学中文系。曾在中宁中学、宁夏电视台、自治区党委宣传部新闻处工作，曾任《宁夏画报》总编辑、宁夏人民出版社事业发展部主任等。1978 年开始发表作品，相继出版《〈文心雕龙〉与新闻写作》《梦系朔方》《七彩人生》《笑问客从何处来——访德前后日记》和《黄土高原的"花儿"》等作品集。作品多次获奖。

杨森林在中宁中学任教期间，正是改革开放的起始阶段，一切都在孕育着变革，他坐在昏暗的灯光下，不停地写作、读书。他最钟情《史记》《文心雕龙》《资治通鉴》。1983 年，杨森林调到宁夏广播电台当记者，他发表了众多值得称道的消息、通讯、特写、调查报告及报告文学作品，引起了社会各界的广泛关注。他把潜心研究过的《文心雕龙》巧妙地结合在漫谈新闻写作中，写出了他的第一部作品《〈文心雕龙〉与新闻写作》。这部新闻理论专著是他的"发轫"之作，成为大学新闻专业的参考教材。左民安曾评价此书说："杨森林以提高新闻写作质量增强新闻社会效益为目的，对现代新闻写作如何向古代优秀理论名著《文心雕龙》吸取营养问题，作了比较系统的探讨……文笔清新，深入浅出，读者读了该书之后，会得到多方面的启迪。"

1998 年 5 月，杨森林应邀到德国参加哥廷根大学和汉堡大学举办的中国传统文化讲座。回国后，他撰写并出版了长篇纪实作品《笑问客从何处来——访德前后日记》，该日记近似一部长篇小说。作者认为，无论是东方还是西方，真诚、善良、宽容、慷慨、勇敢是人们所共同推崇的。2004 年，他的民俗作品集《黄土高原的"花儿"》出版。他以深厚的生活功底和大气从容的笔法，形象地描绘了黄土高原上特有的、流传了数千年的、正在消亡和已经消亡了的人情和故事，读来倍感亲切而又大开眼界，具有很高的文化价值，体现出一种永恒的民族精神。

杨森林的散文可大致归纳为两大类：一类是抒发真情实感的纯情散文，另一类是记叙那些存在的甚或是已经消失或正在消失的民俗散文。两者犹如两把犀利的飞刀，轮番在手中交替挥舞，解剖人生，令人目不暇接。他的纯情散文多以白描见长，其刻画细腻程度、环境气氛渲染、时令风景描绘均近似小说。笔锋围绕人物展开，使活灵活现的人物形象突兀于眼前。从杨森林的民俗散文《背坑》《放马》《旱烟锅》《黄河上的羊皮筏》等来看，不难读出他对这块黄土地的痴情与挚爱。即使他远涉重洋赴德国参加学术交流会议，念念不忘的还是宁夏，他讲授的最受外国人欢迎的课题，依然是黄土高原神奇而又令人着迷的民俗，从而引发了众多外国朋友来中国的热情。①

莫叹（1957— ），本名王景彦，河北河间人。1972 年随父迁居宁夏石嘴山。1976 年高中毕业后下乡务农。1979 年回城参加工作，曾做过记者、编辑。莫叹中学时代开始发表作品于《小读者》《聪明泉》《朔方》《人民文学》《民族文学》《青年文学》等报刊，有作品被《散文·海外版》转载。散文荣获宁夏第六届文艺评奖三等奖。

莫叹的散文主要是叙事性和抒情性的小品文。其作品的题材可分为两个系列。其一是以描写个人生活、表现亲情为主的散文，具有浓厚的人情味。这部分散文是片段情思的回忆和抒写。他置身于旧事的发掘之中，昔日难以忘怀的生活在其笔下如山间溪流般汩汩淙淙。莫叹抒发感情的文笔，能给读者带来一种细泉般的温情，他善于在绵绵密密的抒情里，轻巧地插入场景的描绘、人物的刻画或哲理的思索，使文章一波三折，摇曳多姿。代表作品有《陈旧的村庄》《散文四题》《黄昏的粮囤》等。其二是以描写自然景物为主的借景抒情的散文。这部分散文的语言基调清新、自然和典雅，又总是在景物描写中体现出某种哲理。如在《夜是一块生锈的铁》中，他写道："温馨地看着向我走来的母亲，我感到夜晚这块生锈的铁正在开出艳丽的花朵，而且芳香四溢。"在《遥远的雪》中，他写道："我知道我挡不住雪的离去，雪注定要走。有来就有去，谁也不会占据这个世界提供给我们的位置，哪怕是精美的雪，该消失的时候就要消失，这是自然法则，可顺应不可违背。"在《一地蓝莓》中，他写道："一个人独享美丽，美丽就会枯萎，众人享受美丽，美丽就会蔓延繁荣。"这部分散文朴素缜密、清隽沉郁，语言洗练，文笔清丽，具有鲜明的艺术韵味，宛如流水的思绪引导读者进入静思默想的境界，并在由景引发的感触中体味作者纤细而敏感的内心。这些文字流露着人生的感慨和思考，同时也透露着渴求进取、把握时间和生命的积极意义，文章的思想内涵得到了升华。

《原野上的坟墓》写了一种记忆，生命在记忆中复活，与其说是生命的再现，毋宁说那就是渐被遗忘着的最为脆弱的部分，情感的诡异之处在于，于一种追求中，可能面对得最多的是虚无。这不是一篇文章的结束，相反它是开始。莫叹感觉到题材的压力，并企图用系列的容量来解决这些难题，如《散文四题》以系列容量面世，但其中《粉墨登场的生命》一文中已经有的生命意识，

①王维堡．七彩人生走秀笔——杨森林散文散论［J］．朔方，2002（4）．

与另外三篇《雪是一种玻璃》《河畔论酒》《大漠日出》所承担的正好相悖，甚至继续展开的那种痛苦的信息被中断了。

牛学智认为，莫叹散文呈现生命的孱弱以及触目惊心，然而更重要的是不公平。生与死不乏诗意，即所谓的"诗意的栖居"。但这些生命却是大和深的，直接说正因其微不足道，才在我们眼皮底下堂而皇之地逃遁了。某种程度上说，莫叹写就的灵感、激情、小情、小调，索性就是李敬泽所谓的"到此一游"，是"在路上"。散文所关注的最终也应回归生活的大海，生命的整体。①

杨天林（1959—　），宁夏盐池人。宁夏大学理学博士，教授，硕士研究生导师，中国作家协会会员。多篇作品被多家报刊转载、选录和翻译介绍到英国、美国、日本、韩国、澳大利亚、俄罗斯等国以及中国香港和台湾等地区。出版《游牧宁夏》《史前生命》《远去的文明》《文明的历程》《古代文明史》（上、下册）等。散文荣获宁夏第六届、第七届、第八届文艺评奖二等奖。

杨天林文化散文系列丛书《史前生命》《远去的文明》《游牧宁夏》从生命起源到古国文明，从长江、黄河到两河流域，从古代到贺兰山岩画，横跨七大洲，纵越四大洋，无不包容。作者站在历史角度，立足人文观点，追溯人类自身发展进程。以史料为基础，进行科学系统的分类，勾勒出清晰的人类文明轮廓谱系，理清了进化序列的基本线索，把文明的断章尽可能补缀完整，给读者打开了全新的阅读视野。

《史前生命》是文化散文。作者对生命历史及其荣衰进行科学解读，强调了自然情结，展示了生命的宏大体系和存在本质，体现了文学性、思想性和科学性的和谐统一。作者以时间序列为坐标轴，以生命演化为主要线索，以地质变迁为主体背景，以散文化的表达为主要风格，对生命历史及其荣衰进行精细解读，渗透着作者的诗性感悟、哲理沉思和科学精神。让读者沿时光之河溯流而上，追寻生命起源的历程，展示被时间淹没的废墟之下曾经涌动的生命火种，在时空里保持着永恒的运动"伤痕"——万物相互依存又相生相克。

《远去的文明》从茹毛饮血、钻燧取火写起，发现了人类生命历程的分水岭。作者从自然地理环境、政治经济、宗教哲学、文化艺术等方面进行解析，引导读者深入了解每一种文明产生的历史渊源、现实条件，以及必然性与偶然性、沿袭与传承、繁荣与消亡等蕴藏于文明内里的史实，透过催生文明的种种现象，从中探寻不同区域文明发展的本质属性与个性特征。作者从历史

---

①牛学智.动荡的文本——宁夏散文家散评［J］.朔方，2005（1）.

的高度审视远去的文明，以真实淳朴的风格，书写古代人类艰辛的生活、思想、情绪，是为了从中发现我们未来的必经之路。

《游牧宁夏》中，作者触摸贺兰山生命的脉搏，从宁夏出发，"贺兰山永远具有一种冷色调，一种随时都会被生命的喧声感染但又不轻易被人们所感知的几何图示。它始终以那种平静悠然的存在屹立在遥远天边的一隅"。

总之，杨天林在散文的表达上充满感悟和想象。杨天林对湮灭在时空之下的历史遗迹进行人文灌注，叙述史实充满感情和想象，为落寞的历史遗迹点燃生命的焰火，让历史不再是沉寂的历史，而是鲜活的当代史。

左侧统（1959—2003），本名马占云，后用尹乔为笔名发表诗作，宁夏海原人。发表了大量的散文、小说作品。《朔方》曾推出他的作品专辑——《骨箫》（组诗）、《雪地之魂》（长诗）、《潜在的话语》（散文八题）、《诗的入口》（创作谈）。去世一年后出版散文集《骨箫》。

左侧统不同于西海固其他作家具有浓厚的苦难情结，他更多的是激励与反思，同时还有充裕的诗意表达。在《晨曲》中，马有录怀着对生活的希望与感念，一边辛勤劳作，一边感受温暖的阳光。

左侧统试图将西海固本地化的人事、风物、事理等都展示在他的文本中。他不纠结于苦，而是用激励的方式鼓励自己前行的人生，诗人的情怀在他的散文中有着充分的呈现。他的创作个性独特，理性多于感性，抽象多于形象，他试图用哲学的方式解决心中的疑惑。

左侧统很早就认为西海固文学"就创作而言，说穿了是一个生命升华的过程。它隐含众多人类的劳动信息，不断受到其哺育，也是在这个意义上，创作不单纯是一项个体生命的行为，它是人类生命运动和进化的一种方式，是个体生命对人类生命的一种报答"[①]。他的哲学思考，使得他敏锐地发现了这一点。左侧统始终用理性思考引导感性，使得他的认知超越了当时许多本地作家。

左侧统作为西海固作家的代表之一，虽然英年早逝，但是他对故乡人文生态的认识超越了许多本地一味迷恋于赞扬的作家。他充满了反思，他清醒、清晰，毕竟在 20 世纪 50 年代出生的人中受过高等教育的不多，所以他有高度，视野开阔，能够看到一般人看不到的生态，他显然试图以科学的方式思维、用文学的方式表达。

从如上生于 20 世纪四五十年代作家的介绍中可见，他们的散文包罗万象，

①左侧统.创作谈［J］.朔方，1997（4）.

展开了扩容之态；他们的文学视野一直在关注着人的存在、人的发展以及人与环境的关系等问题，他们散文创作的主旨立足于在生命个体存在中找到思想阐释的最佳形式，寻找现代人的灵魂安妥之地。他们写出了对于人生、社会的哲学思考，对人性在喧嚣、浮躁社会里逐渐消亡的反思，呈现了生活经验抒写的感性表达。他们使主体意识透过灵动的文字得到延伸，为散文立足于宁夏文坛奠定了坚实的基础。

除上述散文家外，出生于 20 世纪四五十年代写过散文的作家、诗人，还有肖川、陈育宁、贾长厚、魏若华、都沛、徐兴亚、张海晏、火仲舫、查舜、屈文焜、李振声、张建忠、段怀颖、张锦、吴国清、陈勇等，他们的写作环境处在社会意识形态宽松的氛围里，因此创作显现出多样化，体现了散文回归现实，抒发个体生命体验，重新找回个人价值的时代风尚。他们中个别优秀的散文在宁夏文艺评奖中获奖，但他们多是有着小说家、诗人、评论家、学者等多重身份，散文在他们的创作中处于次要地位，与他们的主要文体作品相比较弱，影响力不及。

综合来说，宁夏散文作家的创作，20 世纪 80 年代前，主要表现为致力于写实求真的传统延续和回归；20 世纪 80 年代中期，他们的创作受到现代主义思潮的冲击，与学者散文、自我抒情散文、通俗散文并存；20 世纪 90 年代乃至 2000 年以后，散文艺术手法和创作风格多样化，形成多种散文形态共存的多元对话，在表现手法上、文体结构上也呈现出多样融合的特性，以其包容性，多层次、多角度突显了宁夏地域文化的精神特质，从而体现了散文的精神向度的艺术表达。

值得一提的是，新时期从事散文创作的作家们，在较为自由宽松的时代氛围中重现丰富的文化个性，在新旧体制交替更换和发展时期承载着历史的责任感和使命感，从传统文化和外国文学中汲取着有益的滋养，他们坚持求新求变，求真求美，拓宽题材，增强了社会人生的哲理思辨，适应市场经济的发展，使宁夏散文走向多样化。

然而，将这一时期的宁夏散文作品放在国内散文群体之中会发现相对薄弱和滞后。作为一种文体，宁夏诗歌与小说自新中国成立以来，一直处于不断革新的状态，观念与文体总在超越传统和自身，而散文相对稳定，一直处于既定模式之中，难有根本性超越。薄弱之处主要表现在以下五个方面：其一，表现为落俗，即文章为迎合某种需要以一种应景的姿态出现，从而缺乏独特的生命感受和体验；其二，自娱性较强，叙事、写人或托物托景抒怀，缺乏个人独特而富有审美张力的内心情感和个性；其三，作家们在创作中缺少理性牵引，丧失了散文可贵的知性光芒，导致自我情感在散文里无节制宣泄；其四，通过隐逸闲适的散文远离现实社会，寄情山水，以闲为美，作品中虽然突显了传统文化素养的丰厚，体现出哲学释道思想，却不乏落入俗套，拒绝体现对于社会的关怀，在闲适中逐渐失去本真；其五，少数作家力图以量多取胜，但散文的思想内涵苍白无力，缺乏精心打造，勉强为文。

毋庸讳言，宁夏这一时期的散文处在逐渐发展的进程里，难免瑕疵，却在纵向上对优秀传统文化有所汲取，在横向上对国内其他省份散文有所吸收与融会，为宁夏散文的发展打下了坚实的基础。

第三节　作品地域性——是特点也是局限

新时期的中国散文，属于一种边缘文体，参与者众多，良莠不齐，一拥而上，大家都在写，但缺乏大家，也缺乏大作。很多散文作品是诗人和小说家的闲情逸致，是他们对诗歌和小说素材边角料的有效处理。专门从事散文创作却因这一文体过于宽泛、不能过分虚拟而局限了作品的高度，同时也局限了散文作家的思维。呈现出来的文本缺乏思想的深度和艺术的高度，达不到对人类命运的深切关怀和对现实境遇的深刻揭示，缺乏研究的难度和挑战，偶然露面的评论也只是人情层面的文章而已。

新时期散文发展相对滞后。散文的创作一直处于既定模式之中，难有根本性超越。散文概念和理论的模糊性、复杂性和不确定性使得散文可供参照的理论不足，研究者和创作者普遍经验不足。新世纪以来的散文主力基本上是以 60 后和 70 后为主的作家群体。60 后作家大多数接受了高等教育或者进一步学习深造，知识结构合理，视野较为开阔。他们受到 20 世纪 80 年代西方现代主义思潮的影响，创作初期注重艺术形式的实验探索，他们随着经历的丰富、思考的深入，以一种饱含忧患意识的笔触关注思考着改革开放以来中国的命运变迁。他们有着相对厚实的社会现实经验，对中国社会现实苦难有着关切与表达，温暖与唯美是他们的主要特色，作品中的人生沧桑感鲜明，社会责任感强烈。他们把握住改革开放的良机来发展自己，进而取得了不凡的成就，成为文学界的中流砥柱。宁夏的散文创作弱于诗歌和小说，专写散文者更少。60 后代表作家有薛青峰、张廷珍、梦也、韩聆、朱世忠、王治平、王锋、季栋梁、拜学英、马宇桢、杨银娣、牛红旗、杨风军、郭文斌、李方、赵炳鑫、彦妮、古原、莲子等人。

散文是一个综合文体，易写却难工，因此需要文学素质的多重互补，如诗歌的韵律和节奏、小说的故事和情节，还需要哲学的互助和精神的感悟，这样才能达到思想的深度和人性的悲悯。同时，散文还需要借助于历史和文化的力量，使其辩证、客观，能够开阔人们的视野，能够承受时光的刻蚀而不褪色。宁夏60后散文作家，既处在中国改革开放的大环境中，具有这个特殊时代的文化特质，同时又在宁夏这个经济相对欠发达的环境中成长，深受优秀传统文化的影响，这是地域局限也是地域特点。

　　薛青峰（1960—），青海玉树人。宁夏理工学院副教授，石嘴山市作家协会副主席，石嘴山市文艺评论家协会主席，中国散文家协会会员。出版散文集《被雨淋湿的眼泪》《回家的门》《艺文舟楫》《沙湖奇景》。散文荣获宁夏第五届、第七届文艺评奖三等奖、二等奖。

　　薛青峰为人低调，不事张扬。他的创作以人生体验为主，在文本中呈现理性多于感性，以他的《被雨淋湿的眼泪》为例，我们能够看到多重角色中的人生体验，充满亲情，感受着生活带来的点点滴滴，以真实的情感打动读者。《回家的门》等文本充满了对民间生活情状的切实观察和感受，从生存的机遇看到人生不大不小的格局。他的文本中小我多于大我，底层设定多于高远地看待世界，在文本的细节表述上，又能够从细节中展现世象万千。从民情到风物，从存在到价值的判断、人生意义的理解，从表象向背后的世界进行较为深入的挖掘，于是他的作品中就有诙谐幽默，悲伤无奈中多一些期盼，在看到人心的同时，对人性的信任或放弃，多少可以说是有着"穿透表象直达人类情感的悲悯意识"的高度。

　　薛青峰的散文特点表现在选题立意、视野上，有着梯度的增高，有着逐层叠加的气度；在语言艺术上，以小情致和趣味去挖掘其中带有普遍意义的感情及思想，试图从小的角度、小的方向上寻找到大家的气息，而这也正是他形成自己风格的一个表征，构成了他散文创作的特点。薛青峰散文的主题和视角的选择，能贴近生活，贴近大众的本质、本真，从底层获得灵感和文本的细节，并以这些素材来呈现自己的思想。他写世俗生活，写民间存在，写基层小人物，清洁工、学生、民工、乞丐、留守儿童、卖瓜的、裁缝、修自行车的师傅、拎着一根葱的女人……他以真实的底层生活作为观察的角度，作为思想的呈现点，尽管有些思想不是很成熟，或者说自己也不知道潜藏在这些人物背后的人生现象或意义是什么，但是他敢于表达，使其散文创作在关注现实这个层面上走在了许多作家的前面，成为一种散文现象。

　　薛青峰的散文主题从亲情延伸到底层，从家庭的挣扎写到自己的挫折磨难，如何参军、如何转业、书店被烧、被抢等，将痛苦的记忆逐一呈现，于是就有了震撼人心的力量。如果薛青峰的散文能从个人的痛苦中解脱出来，那么他就能看到人间万象：人世间的模样才是真实的模样，个人不过是大的痛苦中的个体，个体的意义带有普遍意义的时候也就是薛青峰散文作品成熟的标志。

薛青峰散文的语言在情致与趣味上有着一定的功力，能够比较恰当地呈现出他体察生活的能力和对生活的感悟。《温暖的庄稼》里"种地，就是和土地说话，和植物说话"，这样的句子已经带有了诗意，"诗人与农民在本质上是一样的，他们都对大地上朴素的物质生活抱有感恩"，这样的句子直接呈现着他对人生价值的判断。《辣椒坐汽车》一文善于捕捉生活细节，并将其呈现为灵动的文字。《回家的门》四组散文很独特，很有意味。从《选择卑微》开始，他的散文风格发生变化，有了意趣。薛青峰的散文试图赋予生命以新的意义和价值，于是关注现实，超越自我，向真正的为文之路前行，努力而低调地前行。

张廷珍（1960— ），女，宁夏石嘴山人。就职于神华宁煤集团，宁夏作家协会会员。出版诗集《倾听》、散文集《野史的味道》等。

《野史的味道》分为六辑："野史的味道""文学的温度""别人的表情""疼痛的文字""今夜只有戈壁""老资的眼神"。封面下有一段小字，那是她写野史的剖白："读几千年以前的事，恍然是在读天书，说历史总有惊人的相似之处，仿佛是读自己，读一点书是有好处的，看一点历史也有必要，如何从历史中回到眼前，尽管只是方寸之间的事，可是依稀觉得走了几千年，这就是历史的魅力所在。"张廷珍文字的气韵和引人入胜处，在于其识见的宽宏与思维触觉的独特，在于其文字气韵流动中的灵动与明快，在于其文字跋涉中隐含着的爱与痛。第一辑"野史的味道"，以历史人物的经历或传奇或杜撰为线索为故事，或帝王将相，或谋士能臣，或风流才子，或团队朋友。智慧和谋略，纷争和手段，人性的幽微与苍茫，处处闪烁着视角之奇特、智慧之光烛和洞察之深刻。借他人酒杯，浇自己块垒，更是作者后记中所说"读史让自己有了往后看的第三只眼"。这一辑是作者最用心力和最花心思的一辑，也是作者陷于某种困境或遇到生活中某种障碍时，集中自己积攒的才情笔力而后凝成的文字，有着宽宏的视角与深远的思维触觉，因此文字中平添了历史的厚重感和思想深度，多了份对事物理解的洞察。

爱的温暖与疼痛是张廷珍散文最深最亮的元素，也是她创作意象中着意表现的部分，如《我的手机整夜为你开着》《青岛的城堡》等表现亲情、友情、故乡的文字；如对足球、对文坛那种哀其不幸怒其不争的酣畅淋漓，让读者解恨和痛快。但文字背后，是蕴含着的爱，如《蛇胆川贝》中说她长期买彩票，买彩票的主要心愿是给家乡村里六十五岁以上的老人每人每月三十元生活费，让他们买点油盐米面，这里有种爱的温润，更是一种人性的高贵和悲悯。可是乡邻为了点小利益，不惜砍掉家乡的沙枣林，损毁故乡的风水，让她无限愤懑和惆怅，几十年的改革发展，依旧未解决物质贫困，更解决不了被物欲玷污了的人心。这种愤懑和无力感，沉痛得让人惆怅，却感同身受。

张廷珍有独特的思维和崭新的视角，她将人物的活动轨迹与中国社会形态和人们的思想状况相联系，看起来信手拈来，说东道西，实际具有思想内涵和艺术感染力。她散文里洋溢着文字气韵的灵动与明快，畅达到位，她善用短句，文字活泼，张力十足，能引人边读边思考。她在《堕落的文坛》一文中说："坚守自己的精神家园，保持文人的做人原则，哪怕有天大的难处，也要守住文人的底线。堕落是一件十分可怕的事，尤其对于文人。"

梦也（1962— ），出版散文集《感动着我的世界》。散文《感动着我的世界》荣获宁夏第六届文艺评奖二等奖。

梦也的散文总是趋向于快乐，但不是单纯意义上的快乐，是包含了忘我和幸运在内的广义上的快乐。对快乐的追求，已使梦也在一定广度上幻化了自己，又在一定的深度上隐入了自己，使得他接近于现实又消弭于现实之中。他的散文就像树根深深地扎入地下，体验到大地深处那种无限延伸的浓重的黑暗之潮，他以一种独特的切入角度创作自己的散文，充分显示出一个作家的创作实力和创作风格。梦也在《时间的重量》里谈他如何从幻想降落到现实的过程。这种过程就像是一条大河，在远处轰鸣，波光潋滟。当他走到大河面前时，只见一条几近干涸的河床。这种裸露出来的部分就是文学的真实吗？但这粗糙的部分正是生活中真实的一面。这就是时间的重量。正是经历了时间的打磨，梦也开始写自己的记忆，对故乡的人和事的记忆，没有变得高深，而是变得越来越谦卑。

散文集《感动着我的世界》是"后散文文丛"之一，是被遮蔽在媒体散文后面的散文。本集收录梦也散文二十三篇，大部分篇幅较长，一部分由短章构成。梦也并不看重什么流派，只是迎合了自己的心灵，这些文章是基于对故乡、亲人以及对自己所感受到的世界的热爱和吟诵。其特点是，景物描写清晰可感，感情表达真挚自然，对土地和生活的热爱贯穿始终。他的创作没有脱离西海固的土地，其《废园》《大自然的灵光》《风中消失的云片》《我所仰慕的另一种生命》《忧郁的单色调》等散文，张扬着西海固不屈的血性和精神风骨，是描写中国西部自然环境、人生感悟和苦难生活的范例，也是宣泄自然意识、触摸生活细节和凝聚生命体验的西部吟唱，构成了天高地远的黄土高原上一道亮丽的风景线。

系列散文《生命中的小事情》描写的是生活在社会底层的人如何奔波在生命的边缘地带，对人世间的岁月风霜的感受。在这些散文里，生活的艰辛随处可见。他对苦难人生的描述，都是过去岁月的真实记忆。他所描写的也都是一些最平常不过的人，正是这些人的身上体现出来的平凡和朴实，给我们展示了生活在最底层的普通人民的实际状况。梦也写景叙事的散文，是从身边的一山一水、一草一木写起，从生活在那片土地上的小人物身上着墨。他在创作时，内心深处一定是苍凉的，笔下流露出了民间最本真的一面。在梦也散文中，充满着一股浓浓的亲情，自然真实，打动人心。在本质上，梦也是个诗人，他的散文在写景的时候充满了诗人的气质和梦幻，流露出忧郁和感伤色彩。在梦也的散文中，有对美好自然的讴歌，有对生命意识的体验，也有对生存环境的描写。其一点一滴所揭示给我们的，是作者深切的忧患意识，有对生命意识的拷问，也有对普通人群的关注。

梦也在散文方面倾注了大量心血和汗水，给读者构筑了宏大而真实的背景。在寻常的事件和现象中，他总是有自己独特的发现和心灵感悟，带给读者强烈的共鸣。对梦也来说，"西海固"不只是一个充满故乡情结的地域概念，它的背后更多地牵动着的是一个有着古老根系的族群，连接着黄土高原的深厚，寄托着作家内心深处的牵挂，释放着千百年来人世间最普通的情感，承载着梦也的底层价值观，也承载着他对人类精神、文化、民族前途和国家未来的深切关注，以及他的人生信念和对艺术形式的不懈追求。

韩聆（1962— ），宁夏彭阳人。教师，彭阳政协第七届、第八届常委，宁夏作家协会会员。作品入选《宁夏文学作品精选》《文化四季·别让生命太为难》《中国西部散文百家》等，荣登 2004 年中国散文年度排行榜。出版散文集《边缘情感》《简静与沉浸》，纪实文学集《是太阳，不是调色板》。散文集、散文荣获宁夏第六届、第七届文艺评奖二等奖、三等奖。

韩聆的散文比较澄净，一般不大会关注物质世界的纷纷扰扰，更多的是以精神世界的各种感受来沉入内心世界的深处去挖掘自我的价值，所以他的散文处于尴尬和自由的两难境地，他善于从纷扰的世间、黄土高原的深处，寻找一种真诚、自由、清淡的表达方式来描绘自己所认知的世界。

他早期的散文集《边缘情感》弥漫着感伤和诗情。他更多的眷恋在土地、乡村以及生活在那里的人和事，对父母、亲人的感念，对懵懂的情感有着执着的感念，于是就反映在他对都市的质疑，但绝不是厌倦，而是有着试图脱离故土束缚的想法，也有着不可分开的执着。他的散文里呈现了倔强、温情、忧郁、真性等情绪，而且这种情绪弥漫、延伸，综合交汇使得他的作品越来越具有力量，因为他从简单看到了世界的复杂，又试图从复杂回到简单。

散文集《简静与沉浸》是他的知性和心性结合得非常好的作品。这部散文集的情感张力比较好，在文本上有着积极的扩张，冲破了以前的散文状态，在选材与思想上有着极大的进步。同时，这部散文集在文化指向上有着进一步的突破。能够从大的视野去落脚，从细节看到更加细微的地方，于是情感温润，有着疏朗和包容的力量。文字干净、细密，呈现了精神亮度，在很大程度上超越了西海固的散文作家，同时文采丰赡，有着哲学一般的思考。

韩聆的散文创作主题大多是对乡土文学的追求，他试图从简单的乡土生活看到更多的纷繁，试图从家乡的生活中寻找到更加炫美的生活认知。这样的寻找，使得他看到了更多的和谐——亲情、友情，并试图用这些现象来淡化被艰辛的生活弄得筋疲力尽的农人们的忧伤。当他发觉这种手法带来的不足时，他索性将真实呈现，将镰刀磨得更加锋利，去收割人生、人性。收割以后他又有呈现，有分析。

韩聆的乡土散文更多的是在写故乡彭阳，他忠实于彭阳人介于农村与城市之间的生活状态，如《女人，窑洞》。他既寄托于守望乡土，又试图去批判城市，却又无法把握真正的城市生活，于是审慎地展望着未来，从忧思与疑虑中寻找乡土文化的缺憾，同时也寻求着乡土思想资源带来的对原始生命意义的诚挚问候。与此同时，他也试图去批判乡土文化中的怯懦带来的与高速发展的世界之间的隔阂。这些试图，显示出他在无法完全认同的乡村和城市之间的游离。

韩聆的文风安静，细缕入微，充满哲学和美学特质，如《经历一栽古木》。韩聆在散文创作上有自己的风格，他的散文既不是学者型的散文，又不是小说家的散文，而是以自己的带有一定诗化色彩的语言娓娓道来，澄净也干练，美好也痛苦，这和他的性格特点颇为一致。他忧郁的性格，内敛的色彩，缺少敢于直面的精神，却又在自己的文本中努力拼搏，丰富的情感使得他善于在作品中塑造心灵备受创伤的人。他重视对文章题目的精心锤炼，有着中学语文教师的色彩，作品题目像诗，像哲学命题，或含蓄典雅，或浸润真实，时尚却又不失厚朴。

韩聆早期的散文《边缘情感》中，更多显现的是从学生到工作期间种种的经历。由于对世界看得不是很懂，他经常用自我的理解去替代社会的作用，同时也充满了孩子气，这也是他在农民与市民之间还没有形成自我的定位，造成思想高度不足的又一原因。韩聆更注重事物更内里的那部分，喜欢文学优雅与高贵的那一面，在他的眼里文学是一种生命的素质，而非其他。

朱世忠（1962—2010），宁夏固原人。曾任固原民族师范学校团委书记、学生科科长、副校长，《共产党人》杂志社副社长，宁夏新闻出版局办公室副主任、主任，宁夏期刊协会会长等。副编审。出版杂文集《朝着空气射击》、散文集《秋天开花的梨树》《朱世忠文存》（上、下册）。曾被授予全国新长征突击手、全区综合治理先进个人、宁夏青联首届突出贡献奖和宁夏宣传文化系统先进工作者等荣誉称号。

朱世忠善于从童年的记忆和体验中撷取小的故事，从中看到童年时代阳光而又自由的生活。童年的玩伴，童年的故事，童年时代的田间地头，正是他快乐的源泉。他对童年的追忆饱含亲切和诚挚，只要一写到童年，他文笔就变得灵动、自由，文中传达出来的就是开心和快乐，几乎在刹那间就回到了童年，忘记了在现实生活中的压力。朱世忠也能够窥探真实的人性，叙写人情的温暖，彰显人性的美好。《秋天开花的梨树》就是典型的例子。这篇散文，通过一株虽处逆境却倔强生长并开花结果的梨树，来象征家乡人顽强的生存品质。他的杂文中更多的是揭露人性的黑暗一面。

朱世忠较为著名的一篇散文《孤独西海固》，曾被许多选集收录。这篇文章写出了西海固的人情物事，写出了西海固独有的孤绝与顽强，可以说这有着一定的力量。对西海固的这种开掘方式，是西海固许多作家惯用的方式，但是朱世忠的认识是比较到位的，这也和他作为固原民族师范学校管理者的身份及西海固人的身份契合，让他呈现了不同于一般散文作者看世间人生的方式。

朱世忠也擅长写亲情，例如《节目》《倚门望归》等篇目。通过与亲人之间的温情，写出诗意，回到真实而又朴素的生活，在美好的、寂静的、诗意的温情中寻找让人感动的诚挚。每当写亲情主题，就显出他情感的丰富细腻，看得到他创作技法的娴熟圆润。这种亲情文字是他文字中最温暖的美好的部分。

朱世忠还有一部分散文写对人类文化、命运的追索与反思。例如《生长着的声音》《王圆录与蚊子》《"一根筋"是一种境界》是对历史传统的反思，大多带有杂文的特征、笔法，行文结构、语言特征都和杂文的方式一致，虽然有力量，却削弱了他带有温情意味、诗情意味的散文的力量。

整体看来，朱世忠的散文闪现光彩，因为敏锐，有力量，感情丰富，能不断地创作出让人眼前为之一亮的散文,但他英年早逝,还没有写出鸿篇巨制,颇为遗憾。

王治平(1962—),宁夏泾源人。20 世纪 80 年代毕业于固原师范专科学校中文系。宁夏发展改革委经济动员办公室专职副主任。宁夏作家协会会员。有近百篇作品发表于《民族文学》《朔方》《黄河文学》《固原日报》等报刊,入选《新中国成立六十周年少数民族文学作品选散文卷》《宁夏文学作品选》等。出版散文集《路上的记忆》,并荣获宁夏第八届文艺评奖三等奖。

《路上的记忆》收集了王治平多年在报刊上发表过的四十一篇散文,分成"故园云天""山河履痕""学海撷英"三辑,融入了作者人生早期的经历,并借用杜甫"大哉乾坤内,吾道长悠悠"解释自己的人生际遇。第一辑"故园云天",记录了作者在泾源成长、生活、工作的经历;第二辑"山河履痕"是作者从家乡出来时留下的记忆,是他十余年间游览与交游的往来之作,信笔潇洒,有所感而写;第三辑为学术作品。

王治平的散文对先烈先贤大德、革命传统的缅怀颂扬,是这个阶段的散文作家所不能及的亮点,他的视野超过了当时只是关注地域文化生活的散文作者。他的作品《琼海之魂》《走近大师》《读青藤书屋》,写红色娘子军,写朱自清,写徐渭,都有特色、有新意、有独到的真切感受,是不可多得的弘扬革命传统精神与人文主义传统的好文章。

整体来说,王治平的散文语言潇洒自如,气度不凡。内容中多以纪实为主,也有思绪浓浓、感情奔放的作品。例如作家写凉天峡这处名胜古迹的《凉天峡》《秋风凉天峡》,据史传、传说去想象并摹写成吉思汗及其遗迹,能够把写景、抒情、议论熔于一炉,艺术手法多样,行文不拘一格,且把怀古隐含在长风秋水中,有别样一种飘逸之美。

王治平的散文语言还有一大特点,袁伯诚认为:"一是大量运用泾源人特有的陕西方言,使文章富有鲜明的地方乡土色彩,但是这种方言的'野'是经过作者'文'的加工提炼的,整个《记忆》的语言都很讲究辞藻的修饰,但又无虚浮骈骊,可以说是文富而词丽,辞藻的华美与哲理的充盈得到了完美地结合。"[1]

王锋(1962—),宁夏吴忠人。宁夏大学教授,国家级百千万人才工程人选。出版《丝绸之路与西部旅游资源特色优势研究》《解读波斯》等。作品集荣获宁夏第八届文艺评奖二等奖。

[1]袁伯诚.大哉乾坤内,吾道长悠悠——王治平《路上的记忆》读后[J].黄河文学,2007(5).

《解读波斯：一位中国学者的伊朗之旅》是作者的游记类散文集，记录了旅途中的所见所闻。作者用务实的眼光解析了伊朗丰富的文化历史。他从自己的亲身感受出发，站在 21 世纪人类文化走向的大背景中，全面考证了我国的历史和现状，以独特的视角、生动流畅的笔触，对我国的历史、文化、经济、政治等方面进行了较为全面、系统的研究与介绍，并侧重对鲜为人知的伊朗社会现象作了多角度、多层面的综合考察和研究。书中大量富有感染力的图片，生动形象地展示了伊朗独具特色的自然风光、风土人情、名胜古迹，是一部融学术性、知识性、客观性、纪实性、可读性于一炉的拓荒之作。

季栋梁（1963—），散文被《新华文摘》《散文·海外版》《散文选刊》等转载，并入选中国文学年度排行榜、年度最佳散文等各种选本。散文《生命的节日》和《夏日原野上的追赶》分别入选中学语文教材。出版散文集《和木头说话》《人口手》《从会漏的路上回来》《苍山远日暮》等。散文、散文集荣获宁夏第六届、第七届文艺评奖一等奖。

季栋梁的散文带有儒雅的气质，这和他作为西部汉子的形象颇有些不一致。他的散文不是一挥而就，而是通过一篇篇、一组组，慢慢地浸润。从家乡的田野、生活写起，每一个点滴都带有自我生活的认知，有着故事性，有着对历史的独特见解，有着对细节的自我品咂，有着散文的意趣，有着哲学的高度，这使得他的散文呈现出宽广的创作领域。也因为他小说家的视角，使得他的散文品味超出许多以抒情为主的散文作者。对读者而言他的散文可读性较强，阅读乐趣体验十足。

《走进西海固》这组散文，从土地写起，祖祖辈辈生活的习惯，对人对物的情感态度，使得地域最大化地呈现了风貌、人情，有着地域的就是世界的特色。他写"328"，也就是三轮摩托作为交通工具在生活中的种种乐趣，有着小说家的笔法，故事的展现又是真正意义上的散文，真实不虚构，自然而然。季栋梁的散文有着人文观，有着深沉的忧思，他对西海固缺水的现实的描绘，人生状态的描写，生动真实。

富有个性的语言，甚至生化出诗歌的意境。他对西海固景物的描写，沟沿上，牛、羊、驴、马、骡，葫芦一样挂满了沟壁，它们啃食着干硬得扎嘴的青草。这些情景正是西海固焦渴干涸的真实。有人说读季栋梁的散文，文字中隐藏着诗心，明净、透亮。他写西海固天空中的飞鸟带来的生动气息，写蚂蚁在大地上的忙碌，写二胡，写人物，种种类型，都是在写自己的诗心，写自己认识到的世界从卑微处生长，在荒凉处蔓生，一颗颗，一丛丛，一篇篇，最后终于把自己要歌唱的西海固的真实写了出来。

季栋梁不仅仅独守着西海固，他的眼光也开始从西海固蔓生出去，投射到自己看到的更广阔的世界，向着更西，到甘肃，到新疆，眼界一开，收获巨大。同时，也开始探讨名家曾探讨的问题，见解上甚至有所超越。当他把目光投向江南，就从作品中生发出温润的诗情，润泽亦美好。"那吴侬软语，那尾音轻轻地娓娓地窃窃地柔柔地道来，不像北方人出口飞沙走石，天落冰雹，噼里啪啦，气壮山河，有时扔出一句话来，能把地砸个坑。吴语我听不懂，却爱听，像是鸟的语言，抑扬顿挫得颇有情致，无法形容其妙"，带着诗情，有着比较，有着不解。

季栋梁的散文语言富有诗性，富于故事性，生动于情节，有着聪慧、机敏、诡秘与幽默，其散文的高超境界源自他看世界的方式。

拜学英（1963— ），宁夏泾源人。历任泾源县委组织部副部长，西吉县委常委、宣传部部长，中卫市文联主席，宁夏科协科普部、学会部部长等。中国作家协会会员。作品发表于《朔方》《六盘山》等。出版短篇小说集《虔诚》，散文集《六盘雾中行》《青山绿水话泾源》《心迹履痕》《域外走笔》，长篇报告文学《世纪末的行动》，政论散记《睁眼看苏南》等。长篇报告文学和散文荣获宁夏第六届、第七届文艺评奖三等奖、二等奖。1998年，他的事迹被宁夏电视台拍制成专题节目《业余作家拜学英》，在宁夏回族自治区成立四十周年大庆前夕播出。

散文集《六盘雾中行》于1997年由中国华侨出版社出版，计九十篇近二十万字，受到了评论界的关注与好评。2000年，他撰写的三十万字长篇报告文学《世纪末的行动》由宁夏人民出版社出版发行，这是他在工作之余撰写的反映扶贫帮困、山乡变化的又一部力作。

拜学英是一个创作上的"多面手"，在小说、散文、诗歌、报告文学、学术研究上都有所建树。即便如此，每种文体的创作，都打上了拜学英式的创作印记，因为无论他的散文还是小说，都在彰显着他对家乡、对生活、对大自然、对一切美好事物不断追求的热爱之情。拜学英的散文能够从历史中寻找和挖掘出创作的要点，通过对淹没在历史长河中的事件进行挖掘，寻找到潜藏其中的意义。他的探讨思考，对事件的陈述清晰，分析准确。他的散文选题依然是通过对家乡的自然景观、历史沿袭、文化传承等方面落笔抒写，家乡景物深深触动散文的笔调，带有抒情诗化的特征，深情缅怀的人物也因这片土地带有浓郁的情感。

他的散文在语言的力量上控制较好，不蔓不枝，叙述精确，评价到位。冷静描绘和叙述也是他的语言特征，尤其是他的环境描写，寥寥数语，就把环境准确描绘出来，干净利落，又准确细致。对事件的叙述与抒情两相结合，张力自然呈现。

马宇桢（1964— ），出版散文集《故事边缘》，荣获宁夏第六届文艺评奖一等奖。

马宇桢的散文有着比较浓重的审美理想。在他的散文集《故事边缘》中可以看到他的散文大多是写人生际遇、世事难测、山川风貌、人情世故等，他以亲身经历作为创作的素材，因而带有强烈的真实感，这种真实感使得他不断地寻找自己的人生道路，同时也选择了创作方式。这种创作方式必须不断地考量人生的价值、人性的意义，因为每一个创作对象都是他对自我人生价值作出的衡量。所以他的创作有着历史的广度，同时他站在时代的高度去面对生活的繁复，进行对景、对人、对物的思考，最终所有面对都是面对真实的自己。

马宇桢的散文，有三重境界。面对人生是一重境界，看到的都是人生的真实，高山、海洋、家庭、人生，都在具体生活之中，需要面对不能解脱，各种滋味都得自我琢磨。面对内心是第二重境界，以我之眼看我内心，这是作者直面内心时的反思和琢磨。第三重境界是面对自我认识的世界，用自己的语言写出人生的智慧、哲学的思考。他的文字有着多种意趣，刚劲、绵软、端庄、诙谐、简单、复杂等多种组合，在他的散文中都有呈现。最重要的是他的散文正是借助这样的笔法，将面对的诱惑或者坚守等都表达了出来。例如他怀念自己的老师"九叶派"诗人之一唐祈先生，传递出的做人的要求，使得作者清晰地认识到自己的不足。他没有选择回避，而是把这种遗憾和批评清楚地表达出来，以便随时对自己有个提醒，有个教训，真切地表达了作者对唐祈先生的敬佩、事情发生后内心的自责以及对先生人格的赞叹。其他如《父子之间》《在往事中漂流》《盛夏日记》《校园民谣》等文本，无一不是以自己的人生经历来写自我的成长。爱情的力量，生活的真实，趣味的力量，被人捉弄的细节，无一不是在见证着一个成长的历程。

马宇桢的散文还有一个比较重要的方向：关注人类命运，进而深入思考困境中的出路。这种思考也可能促使他选择了不同于一般散文作者的人生道路，促使自己在人的价值和意义上有着更多的体现。他的博学多识、刻苦勤劳、超越自我，使得他的作品眼界开阔，境界宏大，思考通达。他的散文语言比较有力量，故事讲述清晰，思辨深刻，他不大选择过于纯粹的抒情方式，而是更多地以形象来写抽象，这也使得他的散文语言不够光滑。

杨银娣（1963— ），女，宁夏银川人。曾任银川电视台制片人、编导，银川广播电台文学编辑等。现居北京。中国作家协会会员，中国纪录片协会会员，世界青年文学艺术界联合会会员。出版《行走在天路》《我的巴康汉子》《我愿为你饮尽那份孤独》《远行让我销魂》等。

2002年开始，杨银娣只身驾车游历四方。2004年至2007年，她曾多次穿越青藏线、川藏线、滇藏线、新藏线，详尽地记录了西藏的美丽，拍摄了大量珍贵的图片。她游走于世界各国，钟爱西部的沧桑与荒凉，独立探寻世界的精彩，自由撰写未知的故事。杨银娣的散文纪实性很强，写旅途所见所闻，以夸张的手法渲染、构思、书写，同时也会从人性的角度进行挖掘和解析，然后再重构，所以她的作品普遍拥有强烈的"现代性"。既想要构建人与自然的和谐，却又无法达成这样的和谐，对人性的反思超越一般的常态，但又过于拔高人的精神性，甚至把欲望归结到纯粹的精神层面。

杨银娣有着强烈的美学意识，她试图用随意行走的方式探寻一切可能的偶遇，并试图用这种方式超越肉体的力量达到精神的高度，例如她写旅途、写寂寞、写偶遇等，才华横溢，文笔优美，颇有诗境。但是往往因为文字与思想之间的脱节，文字的张力显得不足。她的文字随意，与生活之间的契合度反而较高，这也恰能体现出她的不拘一格。她的自由散漫，带有游离和浪漫的性格，用她的话来说，就是"我只想这样生活"。朴素真实的回答，傲然独立，桀骜不驯。"无限风光在险峰。一个人向往远方，并付诸行动，以亲为的方式寻找远方。剑马求不得，狂歌走天涯。杨银娣只身天涯，俨然行者，令人敬佩。在芸芸红裙中，一个放逐自己的女人，活得如此有滋有味，这本身大概就是一道风景。"（《远行让我销魂》）

牛红旗（1963— ），出版《失守的城堡》（上、下册）。其散文主要是对历史人文地理的探索，通过对西海固地区各种堡寨古遗存的走访，以文、诗、图的方式，来表达他对历史的关注与热爱。他用镜头记录下残垣颓壁，同时配以文字，对失落的文明进行追寻和守望。意义在于为民族保存某些历史记忆，以便寻找到过往的印证，所以他的探寻颇有价值。在人文性上他通过对城堡历史、对家族历史、对村落或部族历史的认知，进行思考，试图唤醒古老的记忆，同时对某些当地文化现象进行批评，如《西吉平峰田堡》一文中对部分人的浮躁心理和功利情绪的反思。

通过《失守的城堡》，作者完成了自己的成长，对自己深感困惑的现象，对某一段历史的记忆，对历史文化内涵的淹没等，构造了自己人生见识的高地。这是一部比较有分量的书，但是由于各类文体汇聚，淹没了许多价值，如果单纯以记叙和思考来行文，形成散文文本，倒是既具有历史价值又具有文化意义的。

杨风军（1964—），宁夏固原人。《六盘山》主编，固原市文联主席，宁夏作家协会主席团委员，中国作家协会会员。出版散文集《封存的记忆》。散文荣获宁夏第七届文艺评奖三等奖。

杨风军的散文与西海固其他作家的散文一样，他们的文学理念是，越是地域的就越是世界的。以西海固的人、事、物为中心进行创作，所以他们笔耕不辍，竭力关注，努力提升。杨风军散文创作的主要对象，落笔都在故乡、故土、故人上，但这种过度对故乡岁月的关注，使他的作品浸润于乡土的温厚、平和之中，因而缺乏看向外部世界的力量。他的散文整体看来文风较为朴实，是对生活经历的回忆和描写，也擅长于写人记事，较为真诚，也有些许反思。他的散文有较为浓重的"西海固乡土文学"痕迹，城市化的生活虽有涉及，但是依然采用自己对农村生活的印象进行表达，例如《一捆带露的白菜》。总之，无论是写乡思乡情乡韵，写对大地感恩膜拜，还是对自己修为的反思考量，都显现出他作品的强烈的地域性。这正是西海固作家们的普遍创作态度。

郭文斌（1966—），出版散文集《空信封》《守岁》《寻找安详》等。作品荣获冰心散文奖。

郭文斌的散文视野比较开阔，关注范围比较广泛，有对中国传统文化的解读，例如他写中国传统节日，属于较早关注到传统文化的作家。他试图通过自己对传统文化的解读，对传统文化进行弘扬。他的作品拥有人文观照，创作目标清晰，对表达的主题主旨有着直接的体现。

散文集《守岁》，更是把他的散文创作理念和创作意图，用传统文化作为创作要旨进行有意识呈现。可以说，郭文斌是较早走出以怀念故土的方式进行乡土文学创作的作家。他看到了与传统不一致的地方，从而开始呼唤读者重视对传统文化的学习，并从中汲取一些思想，成为在现实社会中安身立命的方式，也期望年轻一代学习这种思考方式和生活方式。他所认同的是每一个人从安身立命做起，建立和谐的个人小家庭、社会大家庭的生存方式的观念，并把这种观念在文本中直接呈现出来，带有劝谏的意味。

《守岁》中《永远的堡子》《点灯时分》《一片荞地》都在写陪伴母亲走过她最后一段人生路程，文笔细腻，感情诚挚，将自己的泪水、痛苦、不舍、孝心、怀念等沉重的感情，如涓涓细流，缓缓道出。更重要的是，作者写母亲不仅仅是自己的思念，而是通过自己的思绪试图唤醒对传统文化中孝道的恪守。《守岁》《清明不是节日》《静是一种回家的方式》《给，是天地精神》这些篇目，试图以古人的方式去探索和认知时间与空间的哲学认知。于是在文本中探讨了欲求对生活的意义，试图看透快乐幸福之间的关系，会不会形成疏离和清净。他也探讨"守是感恩，守是幸福"的理念，探讨缓慢前行的生活方式是否对飞速发展的社会具有作用。且不管是否会给人们的心灵予以安慰，"守、静、给"这样的传统精神是否与现实关联，作者都进行了详尽的分析，并探讨可能带来的意义。

郭文斌的散文也有自己对人生的理解而产生的感受。他通过自己的文字重新梳理了天、地、人三者的关系，带有道家文化中对三者之间关系的辨析色彩，期望无为安宁，岁月静好，人生安详，生命和谐。这样的创作主旨从他的散文中直接体现出来，颇受在困境中的读者的青睐，这从《寻找安详》一书即可看出。丁帆主编的《中国现代西部文学史》认为："郭文斌的散文让我们透过一个个美丽的心灵断桥和爱情伤口走进或失之交臂或尘封已久或习焉不察的生命秘密和感情隐私之中，于一种神意的欢欣和诗意的忧伤中把味生命的花开花落。"这种提法意味颇为深长。郭文斌的散文创作贴近大众，思路清晰，语言朴实，意蕴深长，受到很多读者的喜爱。

李方（1966—），宁夏固原人。《六盘山》副主编，宁夏作家协会会员。作品发表于《朔方》《飞天》《中国作家》《安徽文学》等，多篇作品转载、转播或入选文学作品集。出版长篇文化随笔《一个人的电影史》。作品荣获《黄河文学》双年奖三等奖、首届孙犁散文奖。

《一个人的电影史》是一部非常好的长篇文化随笔。一是选材好。写什么与怎么写同样重要，好的选材意味着创作成功了大半。二是写法新颖别致，不拘一格。不只是局限于写所看的电影，他还总是随着兴之所至，情不自禁地就宕开一笔，由银幕内到银幕外，写看电影的人，写看电影的过程与背景，写看完电影后的余绪与余响，写一部电影给观影者带来的不切实际的遐想和令人惊讶的狂欢。三是写出了一代人的重要经历和深刻记忆。四是撮要采华、提炼精准。针对每部电影，作者都有一个"一句话剧情"提示，或让人点头频频，或使人会心一笑，觉得真是道出了作品中最为核心的东西。如《地雷战》写人民从战争中学会了战争，最终赢得了战争；《我们村里的年轻人》写激情年代里年轻人的劳动与爱情；《李双双》写小两口闹矛盾，早上闹了晚上好。五是资料汇集。每部作品前都有一份相关的电影海报，是彩色片还是黑白片，是宽银幕还是非宽银幕，哪个厂子几时拍的，编剧、导演、主演是谁等都写得清楚，可供查询。六是寓意丰足，引人深想。其中一些篇目或片段，是可以写成小说的。比如他写到每每看过战争片后，孩子们都会行动起来做一种游戏，即将孩子们一一分作官、兵、捉、贼四种，然而世事难料，忽然官就不知什么原因，竟然被贼掀翻了弄败了，这时候官贼之间就得互换身份。这很有深味，是值得再创作的。[①]

郭宁（1966— ），宁夏西吉人。历任西吉县文联主席、固原市文联副主席等。固原市文体广电局副局长，中国作家协会会员。出版长篇游记《如梦西域》，主编《中国文学之乡·西吉》。

源于小时候对《西游记》的阅读，郭宁"对西域有了梦一般的向往"。《如梦西域》假游记之探觅、感受的第一人称视角，原生态地呈现了西域大地的亘古神秘、雄浑阔旷与异风奇俗。全书分为"西域篇""新疆篇""敦煌篇"三辑，作者于洋洋二十余万言间，努力发现并拷问祖祖辈辈生息于西域这方疆土上的生灵万姓的民族心灵密码与文化积淀。文字素朴，蕴含真诚，是一部非西域人眼观西域的真实摄记。对那些神往西域而又不得亲历的读者无疑是一次声色俱备的完全解说与向导，也为研究西域的某些地理文化形成提供了真实资料。

古往今来，旅有所思，而游非皆有所记。同样的景观，一千双眼睛有一千个发现。作者在《后记》中说："是许许多多的人而不是少数人，对西藏充满了向往，充满了神幻。观其美丽绝伦的风景，就会发出由衷的惊叹；听其充满神秘色彩的传说和习俗，总有种难以理清的神幻。去了西藏，每一个蒙落了尘埃的心灵都能获得一种神赐般的大洗涤……也许新疆的美丽，风景是呈其形的，而民歌是显其神的。新疆的民歌之所以脍炙人口，是因为新疆的民歌里渗入了一个民族的基因。天酷热，地葱绿，瓜香甜，人热情……我想，新疆那美丽的风情和那个性张扬的维吾尔族古丽，会让你永生难忘。去感受一下，王洛宾是怎样写出那么多好歌的，到新疆就会明白了……纵然敦煌深居大漠戈壁，但那里是世界文化的宝藏地，纵然一个道士掀开了敦煌的伤痛史，我们还是从现存的壁画中能感受到先人们的聪明和智慧来。到了敦煌，我们就会感到一无所知，浅薄如纸、渺小至极……"

再丰富再深刻的感触和思想，不外化成文字是无法安心的，而外化的过程无疑又是一次精神上的西域之旅。在写这些文字的那两个月，作者好像生活在虚幻中，生活在梦里，那西藏的蓝天、空气，新疆的葡萄、坎儿井的清水，敦煌的壁画和金黄色的沙子……都时时萦绕在他的心扉，驱使他着魔般不分昼夜去完成他的写作。他的写作是带着他自由飞翔的心，去和观察对象相知、相识、浸融，他已作为其中的一部分，娓娓诉说，仿佛呢喃呓语。

①石舒清.读一本书的理由——关于李方的《一个人的电影史》[J].六盘山，2016（3）.

赵炳鑫（1967— ），出版散文随笔集《不可碰触的年华》，散文评论集《孤独落地的声音》，学术随笔集《哲学深处的漫步》。

赵炳鑫的散文创作可以说全部与西海固有关。在苦难中跋涉的沉重和顽强是其散文的主题。情感真诚炽热、语言纯净质朴、心灵体验细腻是其散文较鲜明的特点。赵炳鑫散文多为抒情写意、咏志遣怀类型的作品。作品数量不多，创作比较成熟。对西海固挥之不去的眷恋和忧伤，对现代都市心理上的疏离与逃避，使赵炳鑫的散文弥漫着一种感伤的气息。他的散文擅长写乡村生活，并与都市生活形成反差。赵炳鑫自称是"城市边缘人"，他审视自我的方式使自己有了"诗意的栖居"。复杂的人生况味、温馨的乡土记忆、顽强的山里人秉性成为其作品丰富的内涵底蕴，使那些孤愁离绪甚至风花雪月都透露出一份深沉和凝重。

赵炳鑫的哲学随笔，写得洋洋洒洒，灼见不乏，使人有种别样之意趣。《哲学深处的漫步》立足于时代，依凭哲思，着力思考，充分展示情怀与创作，潜心在理论构建上，消解谬误。主体部分有扎实丰富的史料文献，但不是历史研究；有精妙的细节与情景，但不是小说；有节制的逻辑运演推理，但不是学术专著；有人物形象，但不是传记；编织出一种既是散文又是理论的互文性很强的文本。作者用西方两千六百多年以来五十余位经典先哲的形象谱系，构筑了一部散文式的西方哲学简史；用四十多篇文章所叙述的西方哲学史上的思想者形象谱系，让我们看到了一代代西方哲人之间精神、思想的传承与延续，以及他们相互间的认同、质疑、批判、辩驳。

彦妮（1967— ），本名张彦忠，宁夏海原人。宁夏作家协会理事，中国散文学会会员，中国作家协会会员。1992年开始发表作品于《青年文学》《雨花》《青年作家》《朔方》《山东文学》等，被《散文选刊》《意林》转载。出版长篇小说《出息》、散文集《那时花开》。散文荣获宁夏第七届、第八届文艺评奖二等奖、三等奖。

彦妮的笔调别具一格，文字给人留下一种疼痛感，《我的报刊亭》就是一例。作者以街头为叙述视角，讲述百态人生，描述天气寒冷，更描绘人心的寒冷。人心的善良和同情成为形形色色、大大小小的行骗者的无言的道具。其散文多表现生活的正能量，多是对美好人性的歌颂。像《我的报刊亭》这样聚焦生活中的丑恶现象、晾晒生存窘境的文章还真是少见。许多作家绕过农民的苦难和乡村的凋敝，一味地书写乡村田园式的温暖，与心灵无关。还有那种稳妥安详的温馨回忆是职业化的抒情，也与心灵无关。彦妮的打工生活记忆是当下农民工的生活状态，没有慰藉可言。散文养护心灵，是送给生活的鲜花，同时，也揭开生活的伤疤。所以在取材上，李林荣认为，展现在这些作品中的语篇风格和精神内涵，几乎没有可以归并于一的显著相似点。但在各自不同的面向上，它们都同样沿着从惯常的生活经验表层中发掘隐含的疑问、惶惑和纠结的情思轨迹，尽力于修辞的洗练、叙述的明快、细节的精当、旨趣的精辟。[①]

彦妮的很多文章都在描写生活在这座城市里的那些小人物，并把他们指向一个共同的命题——可怜之人必有可恨之处。他用散文写故事，却像小说一样不可思议，甚至令人感觉荒诞滑稽。彦妮的散文往往站在底层，并采用底层视角对人性的真实进行把握。这样的视角使他的作品不会出现道德高地上的斥责，也表现不了一些知识分子那样对社会现实的鞭挞，而只是一种白描化、客观化的呈现。这正是一个生活在城市底层的创作者一种最无助的诉语，饱含着对生命的同情和对善良的守护。彦妮的散文中也有一些关于生和死的命题，这会使人对只在心中一角却还未能实现的理想产生焦虑，因而从另一角度揭示了现实的无情和思考的沉重。彦妮的文笔散发着浓郁的乡土气息、生活情趣和抒情色彩，有时婉约清新，有时高亢奔放，可以感到他苦中作乐、故作风趣的无可奈何。这种无奈也正是彦妮区别于其他散文作家之处，也是他散文创作的一种风格。

古原（1968— ），其散文集《西海固情节》分为"山里的花儿开""放牧心灵""西海固我的家"三辑，共收录了六十八篇散文。这些作品散见于《民族文学》《朔方》《黄河文学》《六盘山》等，大都为千字文。在西海固这片因干旱闻名的土地上，作者努力在日常生活中发现诗意，表达温暖。山花、雨水、积雪、艰难生存的状态，都是他笔下描摹的对象。在《西海固，我的家》中，作家写道："我和那山里沟里洼里的农民一样，也生活在这里的一块黄土高坡上，根扎在厚实的黄土里，承担着责任，抓挖着光阴，教育着孩子，祈求着平安，企盼着雨水，不顾衣衫褴褛，但求心灵洁净。"古原对西海固的一山一水、一草一木、一人一事，都充满着挚爱，平铺直叙，有感而发。"云台山的荞麦花开得正好……坐在高处，就面对了一个巨大的花盆。"（《山里的花儿开》）"我是不愿意在白雪茫茫的冬天，几筷子将小小的一碟腌韭菜一下子吃光的，而是将它摆在桌子的正中，坐在桌子周围的人从不同的方向看着，吃着自己的饭，让那碟腌韭菜在每个人的心中绿着。"（《白雪覆盖的村庄》）在《桥镇的女人们》中，他概括了西海固妇女的一生，辛勤劳作，

---

①李林荣.从谦卑和宽广中显现力量——2014年散文创作态势综述［J］.文艺评论,2015(7).

任劳任怨。构思精巧，语言简洁，细节把握准确。

阳光成为《西海固情节》里最常见的意象，在《看看庄稼》里，"在庄稼和我的头上，是离得很近的太阳，是照耀青麦成为金黄颜色的太阳"。作者这份朴素而美好的希望是阳光带来的，同雨雪带给西海固人民的感受是一样的。此外，这部散文集的另一重要意象是月亮，在《黄土墙上的月亮》一文中，"月亮很圆很亮，土墙显得黄灿灿的"，"土墙在月亮的光辉里，显出了黄铜般的颜色"，"月光洁净、慈祥，如同我的去世了的祖母外祖母的脸"。月亮作为具有民族象征与隐喻的审美意象，它是高洁的，在文学作品里更是一种对苦难的冷静关照，月亮维系的是这个民族的精神寄托，所以她自然也包含着作者深切的盼望。[1]

古原的散文风格稳定，一般都在千字左右，但营造的氛围感十足，寥寥数笔就能够将人、事、物写得清清楚楚。这和他记者的身份密不可分。他性格内敛，善于观察，细心品味，不事张扬，对创作对象把握准确，创作目标异常清晰。古原常常把一种美好的情感融入目力所及的那些事物中，纯净明朗，诗意盎然。那些散发着泥土芬芳的句子，像一曲曲撩人心扉的慢板，清澈而滋味悠长地走入你的心底，使人迷醉。

莲子（1968— ），女，出版散文集《西域的忧伤》《宁静的盛宴》《活着走着爱着》、报告文学《余纯顺孤身徒步中国纪实》，创作电影文学剧本《中国故事》等。

《西域的忧伤》是中国电影出版社"新青年文丛"中的一本。第一部分是记录 1998 年夏天，莲子独自在新疆旅行的经历，被命名为"西域的忧伤"；第二部分"游牧的书桌"，收录的是莲子早年的一些路上随笔；第三部分"精神细粮"则是非常有批判和思辨意识的文字；第四部分"童年恋情"，写生命中最初的关于苦难的一系列记忆。作品记录生动，语言流畅，写人记事，反思展望等，有着天马行空的自由，有着女性视角的觉醒。《宁静的盛宴》很难对其作出文体命名，这是一部十分奇特的作品，有真实的人物，有想象的场景，有叙述者并不在场时被述对象的真实体验，也有所有主人公同时出现时不可思议的生活方式。手法高超，思路线索复杂，对人性的揭示始终掩藏在迷雾之后，使读者在迷惑与期待中追寻。

《活着走着爱着》是她的带有自传性质的随笔集，记录了她看到的风景，融入的风情，经历的风雪，但最终是对生命的理解，对浪迹天涯的感伤。这

①马婷，李苏 . 苦难的诗意表达：读古原散文集《西海固情节》［J］. 六盘山，2014（5）.

部作品在"从村庄到城市""从胡同到旷野""从作文到做人"的过程中，挖到跟生命有关的"宝藏"。如果说《西域的忧伤》里还有着甜蜜美好的期待，有着小姑娘的心性，《活着走着爱着》则是在关于乡野、故土、叛逆、流浪、旅行、爱情和信仰的故事中试图去追寻博爱和生命的真谛。

在散文领域取得一定成绩的宁夏60后作家还有咸国平、吕言、吴全礼、鲁兴华、包作军、吟泠、李翔宇等。

第四节　新一代作家的多样化倾向

70后作家成长所处的年代，正是我国改革开放转型时期，这一时期各类文艺思潮涌动，各种社会矛盾纷繁，民众处于一个激动、迷惘、选择、起步的大环境中，这给70后作家的成长带来了很多值得思考和磨砺之机，但也被遮蔽一时。但他们在60后作家焦虑的影响下，不浮躁，不矫情，不虚妄，冷观现实，静心创作，作品也就自然而然地打上了明显的时代和现实生活的烙印。70后代表作家有阿舍、唐荣尧、程耀东、哑弦、李义、高丽君、林混、陈莉莉、史振亚、李振娟等，他们不仅在散文创作上成绩突出，在职业生涯中同样取得了不俗的成绩。

阿舍（1971—　），本名杨咏，女，新疆尉犁人。1993年毕业于西北第二民族学院中文系。宁夏文学艺术院媒体部主任，一级作家，宁夏作家协会理事，中国作家协会会员。宁夏70后散文创作的领军人物。出版散文集《白蝴蝶，黑蝴蝶》《撞痕》等。作品荣获2004年第五届"PSI—新语丝"网络文学一等奖，《民族文学》年度奖（三次），十月文学奖，宁夏第九届文艺评奖一等奖等。个人被授予第三批"塞上文化名家"称号，入选宁夏第三批文化艺术领军人才培养工程。

阿舍的散文思辨色彩较重，深度探究历史与现实下的个体命运，在行文方面善于将内容与形式进行紧密结合。阿舍的散文有着强烈的探寻意识，她不会去对地域风情和民俗节庆进行描写，她关心现代人的精神状态，关心人性与灵魂的轻与重。

阿舍是一个渴望在散文领域有所建树的散文家，她经常会提出一些具有扁平化的问题，直接指向散文创作的要害之处，例如"叙述主体的在场性"，"生命、灵魂、情感、思想以及精神的在场性"。阿舍在文章《散文严厉的内在性》[①]中

---

①阿舍.散文严厉的内在性［N］.文艺报，2016-2-22.

认为，散文做不到像诗歌那样凝结时空、最大限度地借助语言以及最低程度地使用叙事，也不能像小说一样腾云驾雾任意寻找代言者。即使是那些带有虚构性质的散文，叙述主体也得站在文本的聚光灯下"现身说法"；即使是重解历史与神话，展现的也是叙述主体的逻辑、想象和思辨。叙述主体的在场性就像一根绳子，将创作者紧紧缚在散文文本之内，缚在叙述之内。在此文本内，创作者不能闪避，不能退场，他必须正面迎击叙述所遇见的每一个人、每一件事物、每一个细节，他必须表态和发声。散文要在数个身份与现场间来回穿梭，面对和解决由其察知和发现的一切"有"和"无"。在散文文本内，一切只能依靠叙述主体自身完成，而躲开或者退场就不是散文创作。阿舍认为这种"无处可藏"的特性，可称为散文"严厉的内在性"，正是它考验着散文创作的品质和持续性。我们也据此认识到阿舍的散文观，显然超越了一般仅仅将眼光投向本地乡村，也超越了那些试图将个人的人生观、价值观通过散文文本灌输给读者的做法。

阿舍的散文观里，把这些"严厉的内在性"做了总结，主要是"你要写什么"的问题，包括当你写完早年的经历，当你写完小感觉小情趣，当你写完乡村和亲人，当你直接的生命经验越来越琐碎无聊，当你思想和情感越来越苍白，当你对社会的牢骚和看法不过是一堆喧嚣的泡沫，当时代变革向你迎面走来你却举棋不定焦躁抑郁等，面对这些，你要写什么。当然，在这一切写什么之后，还有一个怎么写的技术问题。散文的技术难度在哪里，你尝试过多少，失败多少，建树多少，这一系列问题，折磨着也考验着每一位优秀的散文创作者。事实已经说明，能够冲出这种"严厉的内在性"的作品才有可能成为真正意义上的好散文。

绝大程度上，"严厉的内在性"考验的是散文创作者的生命能量——不能止歇的思考、发现、情感、想象、智识和勇气，考察的是创作者站在严峻复杂的阔大现实和历史面前本真的立场与选择。因此，生命能量的充沛与否直接显现着散文的品质与力量。优秀的散文创作者对此一定心领神会，不管他多么机智而优雅高亢地说出自己，他都无法在散文中掩饰自己生命能量在某一处的短缺、平庸和夸饰。而如何汲取能够贯通自然与艺术的生命能量，优秀的创作者一定各有其道。

阿舍的散文向着"严厉的内在性"的方向进行，她正是一位愿意朝着这个难度和高度向前冲击的散文家，她似乎看到了前景，使她所渴求的持续上升状态具备了可能性。正是如此，阿舍的散文多采自故乡记忆与生活日常，但这些生存经验又是经过炼金熔炉冶炼后的结晶，有作为思想者的透彻省察及直面存在的勇毅果敢。阿舍的散文自信、冷静、松弛，优秀且成熟。她没有自觉站位，分类自己的身份，她纵横捭阖，挥洒自如，作品数量大、质量高。阿舍无法被定位和模仿，使得她的作品大多不同凡响。阿舍的散文集《撞痕》中的十五篇散文作品，有着丰沛而出神入化的联想和想象力，她对司空见惯的凡俗人生力透纸背又毫不泛滥的质疑与解构，其精彩筋道的语言，使平常的人物和故事都充满了文学的魅力，使平常的风景呈现出陌生而异样的美。

在散文《我不知道我是谁》中，阿舍以点带面，以自身的个体体验，层层呈现出多民族融合的人们，因自身独特的文化而感受到的孤单、彷徨、焦灼等心理，重新召唤出我们对世界真善美的珍惜和虔敬。

《山鬼》曾获得《民族文学》2011年度散文奖，仅从篇幅上来说，就非常考验作者的叙述能力。阅读此文，仿佛是在诡异的迷宫里进行了一场梦幻之旅，作者精心设置的意象，使这场梦幻之旅充满神奇魅惑。脱胎于希腊神话的长篇散文《致阿喀索斯》，阿舍以女神厄科这个一往情深的暗恋者的口吻抒情叙事、深情款款、一气呵成，各种意象密集繁茂，情感表达细腻婉转，语言的繁密性得到了极大开放，情感也得到了极致宣泄。读者从中感受到了久违的神话之美、爱情之美、生命之美、诗性之美、灵魂之美。

阿舍的散文没有迎合大众审美趣味及阅读习惯。她的散文创作在积极地思索和审视世界。她放弃了传统模式叙写散文，用想象的方法构成整个叙述。以历史与文学的想象互相架构，观察记录，斟酌深思，语言自然奔涌，精准而犀利，揭示人生的精神疼痛及悬浮无依的情感困境。读过阿舍的散文后，当我们再次面对蝴蝶、沙漠、戈壁、河流、云海、山川时，会感受到全然陌生而又别有启悟的感念。饱含着作家阿舍心灵发现与精神寓意的散文篇章既有小说家的诚实，又兼具思想者的智性，因此，阿舍的散文精致耐读，令人过目难忘。

唐荣尧（1970— ），出版散文集《宁夏之书》《青海之书》《内蒙古之书》《人文黄河》《大河远上》《贺兰山》等。散文荣获宁夏第八届文艺评奖二等奖，个人荣获中国人文地理创作杰出贡献奖和第六届"中国当代徐霞客"称号。

唐荣尧的创作，反复求助于田野调查，打开个人眼界，这使他的局限得到了更新和补充，也有了更加丰富的社会内容和明确的文化价值取向，从而建立了一种积极的文化秩序。所以，虽然他的书大体属于历史范畴，但因为人文诉求有别，很好地克服了创作的同质化问题。

唐荣尧的实证主义创作与不断把对象陌生化的实践，扩展了主体性经验，完善了主体性世界。他写《贺兰山》时，贺兰山的历史、地理、人文，便成了他既有主体性经验的镜子。只有打破自我认知局限，才能理想地进入到贺兰山的文化实质层面。他写《大河远上》时，读者阅读的不再是唐荣尧的自我世界，而是黄河子语——海、湖、渠、淖、泊、湾及其话语方式和人文习惯，也会让人联想到为什么只有"花儿"、秦腔、信天游、黄河号子、唢呐、大秧歌等，才是黄河的声音。

牛学智在《对创作同质化的克服与摈弃》一文中认为，唐荣尧的创作包括写青海的《青海之书》，写青海湖的《一滴圣蓝青海湖》，写黄河的《大河远上》，写贺兰山的《贺兰山》，都视野宏大、结构讲究、语言灵动，预定的目标明确。整体来看，唐荣尧的创作有明显的文化传统主义倾向，这集中体现在他几乎每部书的框架结构上。有时候最珍贵的追问，或许恰恰应该在对象世界结束或从事物终结的地方开始。如果以文化现代性思想衡量，结束的地方、终结的事物，是不是已通过其他方式转化成别的形式了？而这个其他新生的方式，虽然有时并不显性存在，但其中是不是孕育着人们新的诉求和价值期许？无论确有，或确无，作为理性思考的创作者，都不宜用道德感伤的方式来看待对象世界，如果这样看待了，那反而是思想的贫乏。[1]总之，唐荣尧创作的启示意义值得进一步阐发。因为这不是一个人的创作或风格研究问题，而是关系到今后怎样研究或创作的问题。

程耀东（1970— ），宁夏固原人。作品发表于《人民文学》《儿童文学》《山东文学》《四川文学》《湖南文学》等，被《读者》《散文选刊》《散文·海外版》转载，入选散文年度选本。散文荣获宁夏第七届、第八届文艺评奖三等奖，《人民文学》征文二等奖。出版散文集《在大地上过完一生》《大地温暖》。

刘衍青在《悲悯情怀下的根脉记忆与个体书写》一文中，为程耀东散文集《在大地上过完一生》定下了一个基调：程耀东和许多西海固人一样，童年、少年时期在一个小村庄里度过，村庄便刻在他们的记忆深处，如同沈从文的湘西，无论走多远、在哪里，村庄如乡愁，永远都在那里等着。《爱着我的西坡洼》以独特的视角，饱满的记事，对西坡洼进行了由内到外、由近到远的全景象描述。由于用材取舍有度，叙述跌宕起伏，在欣慰、慨叹、惋惜和怀念等交错情感的烘托下，写出了离开家乡后深刻的体悟："一片土地，有过炊烟，有过火焰，有过人声，有过庄稼，有过院落，有过坟冢，便成了故乡。"与之相似的还有《儿时的村庄》《你不能忘却的村庄》《阳光下的村庄》等。在这部散文集里，他的创作视角始终是向下的，他用简笔勾勒出多组人物群

①牛学智.对创作同质化的克服与摈弃［N］.光明日报，2017-6-21.

像：村里的农民、"文化大革命"中的冤屈者、城里的打工者等。农民是他最为熟悉的人群之一，他用简笔画的形式，速写出他们生之多面与死之凄凉。

王芳在《文化的乡愁与记忆的追问》一文中认为，程耀东坚持以"大地"为自己的作品集命名，可见其个性化的质朴与执着。他相信哺育他长大的土地，热爱目送他出发的故乡，那个历史上的兵家必争之处，边陲之地——固原，在他眼里，充满了历史与现实交织的魅力。即使可以选择一个更讨巧的标题来吸引眼球，他也无法放弃他的挚爱，那是他一生用笔去守护之所，也是他曾经远离而一直在渴望回归的地方，那是失去了的岁月，永远处在沦陷与重建的悖论之中。他以把书命名为"大地"的方式祭奠过往，也以内里的文字作着留住记忆的尝试。在这种情绪的指挥下，《在大地上过完一生》以一种庞杂而又清晰的方式呈现出纯粹的情感，并准确地为他的散文进行了定位。

程耀东能敞开心扉，直面大众，直面自己，他也有这样的勇气和能力。正如作者在文集自序中说："我们一生或许不了解自己的内心，与自己的内心作着持久的抗争，一旦我们了解了自己的内心，也就了解了这个繁杂的世界。"从程耀东的散文来看，命运似乎从来没有眷顾过他，即使在生活最为困顿的时候，顶多也只是抱怨着前行，仅凭这一点，他已经具备了优秀创作者最基本的素质，那就是优良的品质与真诚的灵魂。

《在大地上过完一生》作为散文集，表达了剪不断的乡愁，保留了对记忆的追问，是一个灵动而丰富的生命上下求索的结晶。全书并不完美，庞杂缺乏纯粹，也写得太满，低估了读者的想象力。

哑弦（1971— ），女，本名陈迎光，宁夏青铜峡人。毕业于宁夏大学中文系，就职于某央企。宁夏作家协会会员。1988年开始发表作品于《宁夏青年报》《朔方》等，作品入选《散文选刊》《散文·海外版》《读者》《2004年中国散文诗精选》《宁夏文学作品精选》《宁夏青年作家作品精选·散文卷》等。散文荣获宁夏第七届、第八届文艺评奖二等奖、三等奖。

哑弦的散文，情感把握准确，体悟细致入微，呈现细腻灵动，思想较为独特，具有哲学意味，文本富有诗意，语言简洁明快，整体呈现出冷静节制、淳朴自然、不事修饰的特点。她的创作对象涉及范围比较宽广，视野较为开阔，境界较为深远。其散文不同于宁夏大多数散文作者将目光投向乡村生活，眷恋故土，而是以积极的方式探索并融入城市，指向生活和情感的方向。

哑弦的散文在语言上与新文化运动后国人对语言运用的主张较为一致，从表意上来说通俗明晓，不含糊；从语法上讲句式准确，结构完整。可以从她的各类作品中看到，以《暴马丁香》《编织冬天》《孩子成长中的老师》

等文本为例，都具备此类特征。将抽象的感受具象化的表达是哑弦散文的一种力量，例如《音乐四题》，如何通过音乐实现文字的转换，考量的是作者的文字转换能力，在动情与动心的纠缠中合二为一。哑弦的散文语言以轻柔灵动为内核，不事张扬，细腻贴切，温软细语，几乎所有的篇目都烙上了这样的印迹。从表达的主题上来讲，哑弦的散文在情感上拥有缠绵细致的特点，例如《寻找神灯》，此类型的文本，一般都表达比较缠绵悱恻的爱情感受，写人记事能够看出原故事对作者的影响之大，以至于从文本中透露出自己的人生理念与思考追求。哑弦还擅长从回忆中提取最为悱恻的一幕，以便还原内心最初对美的感受。《紫罗兰》一文通过童年时期对美的懵懂的理解，试图反思时代给人的成长带来的扼杀和本性中对美好事物追求的对抗，因此这类文章里还饱含着诚挚的反思。也许是由于女性视角的原因，作者并不是将创伤完全恶化，写成声色俱厉的批判性文章，更多的是从中寻找美的萌芽，并浇水修剪，与自己一同成长。

哑弦的散文思想以诚挚深刻为呈现，例如《彼时光影》《孩子成长中的老师》《幽微三题》《给自己9分59秒》《六弄咖啡馆》《沁沁民谣》等，都是以真实的情感故事记录来表达自己对生活的理解和体悟，以对细小的生活故事理解感受的方式来呈现宏大主题。当然也有不求空间辽远但问真心一片的文章，也能够从生活的细节中体味美妙一瞬，例如《墨韵二题》等。

哑弦上高中时就发表作品，虽数量不多，但每篇都有精品意识。近几年少见她的散文，可能是因为工作，也可能是转向其他领域。

李义（1971— ），宁夏西吉人。就职于西吉县文联，负责《葫芦河》的编辑工作。宁夏作家协会会员，中国作家协会会员。散文发表于《六盘山》《朔方》等，作品被《散文选刊》转载，入选《2003年度中国散文诗精选》。散文荣获宁夏第七届文艺评奖三等奖。

李义用他所熟悉的方言，从方言的一抑一扬的顿挫起伏中，抠出背后潜藏的那个人影来。这样一来，无疑等于说该散文就是"小情小调"，就是"故乡人故乡事"。李义在门里门外的跳跃腾挪中，真正表达的是汉字如何才能留住那份心情，甚至他考虑的是熟悉的方言能不能尽快地在其出声的刹那间，敞开尽可能长的"历史"，将其揉碎，然后聆听，再从牵连而出的生活细节中读出田园牧歌。

李义的散文在意义层面上似乎格外注重个体的妙悟、思考，因此情感往往处在打开又立即合上的冷凝状态。在语义层面比较钟情于语词本身的重叠和往复吟咏造成的张力感，于是细细品读他的作品，总有些说不清楚但一定能感觉得到的"意味"在里面。李义不让笔下的人物展开自己的心灵，也不允许笔下的风物，哪怕是一木一草迅速长大。李义散文是不计"时间"的，他是在写时间，因为时间的距离才使他一次次地反观他笔下的对象，可是他本能地又把对象的时间打断了。

牛学智认为，李义的散文自然先要"看"，眼睛看也罢，心灵看也罢，知识看也罢。李义散文强调的是一种静止，它要取消时间的那种紧迫感、或者人面对时间的那种莫名的焦虑感；让门里门外的那种轻柔的旋律慢慢袭上心头，然后深入并且体会。《日子对日记没有说再见》一类的散文，继续写下去可能要面临至少两方面的难堪：其一是越写越"小"，小智慧、小情调、小结构、小意思、小世界，郁达夫的一叶知秋、一粒沙中见世界说得非常好，前提是你必须先得做一回"叶"，做一回"沙"。"小"的根本局限在于趣味、味道，沉溺于趣味、味道，可能偶有智慧，但不见得就一定能出现思想。其二是妙悟、哲理，本质上属于"年轻"心情，年轻总容易对习见的事物抱有强烈的新鲜感。所谓灵感、感觉、情绪、状态都是年轻的诗学特征，但这些特征在它呈现之初，基本上都是以牺牲它本来的厚重为代价，简化的东西可以瞬间得到，复杂的内涵一般还需要慢慢积淀和缓缓甚至朴拙的流淌。①

高丽君（1971—），女，宁夏固原人。任教于固原五中。宁夏作家协会会员，中国散文学会会员。散文作品发表于《朔方》《东方散文》《宁夏日报》《六盘山》等，入选《中国当代文学作品精选100家》《文学西海固》《云蔚六盘》。出版散文集《让心灵摇曳如风》《在低处在云端》。作品荣获第六届冰心散文奖、首届林非散文奖等。《在低处在云端》精选阅读感受和生活体悟等方面的文章五十五篇，分为"文字之旅""倾听乡音""远行足印""他们她们"四辑。这四辑分别将作家对读书的感悟、对乡村的叙述、对旅行的体察、对亲情的呼唤进行归纳整理，以精美的语言展现了作家的沉静和质朴。散文《姑父和他的规矩》主要记录了那些生活在底层的人们，他们虽然尝尽了生存的艰难，受尽了生活的屈辱，但他们依然坚守着一些东西，比如对真善美的追求，对良知道义的传承，对为人之本的恪守，对生活的热爱执着与包容理解。事实上，他们才是永远值得大写特写的。

林混（1972—），散文发表于《散文》《天涯》《朔方》《散文·海外版》等，荣获宁夏第八届文艺评奖三等奖。林混散文创作量并不大，语言比较流畅，写真实生活，选题多以生活经历为主，写身边的人和事，写自己的成长经历，

①牛学智.忘记时间的李义——谈李义的散文［J］.六盘山，2007（2）.

以及自己的人生感受。《六盘山文化丛书·散文卷》选了林混的两篇散文，评语是"由于对诗歌的喜爱，对文字的孜孜以求，林混的散文总有种刻意的构思充盈其中。思维的不确定和意象的不明朗使其语言极具破坏性。对传统思维的颠覆和自由不羁的思绪使其散文有了难得一见的怪诞"。

陈莉莉（1972— ），女，陕西凤翔人。中国电力作家协会会员，中国作家协会会员，《读者》签约作家。作品发表于《朔方》《黄河文学》《文艺报》等，被《散文选刊》转载，入选《散文选刊创刊30年精选集》。出版散文集《单纯的味道》《空月子》。陈莉莉的散文大多以亲情和爱情为主，文笔清新、情感内敛、思虑透彻，蕴含着较深的文化素养。对人性的见微知著，很轻易就打动了读者。《生命中那些难忘的眼神》是其代表作。文章捕捉了人生中那些最难忘、最具有代表性的事情："父亲在我结婚、生子时那一闪而过的复杂"眼神、儿子"清亮亮的充满爱的眼神"和一个初坠情网的少年的眼神——含情脉脉又欲语还休的眼神。这篇散文受到读者的普遍喜爱，许多网站进行了转载，有些教育类网站把它作为范文向学生们推荐，甚至选为高三语文阅读理解训练篇目。

史振亚（1973— ），笔名二郎亚哥，宁夏灵武人。先后就职于吴忠市委宣传部、自治区党委政策研究室、宁夏林业厅等。作品发表于《中国法制报》《黄河文学》《宁夏日报》等。出版散文集《心灵界限》。史振亚的散文传统、朴实、浑厚，他的散文作品一部分是写乡村生活的，整体上呈现出的沧桑感，显示出凄美与迷人的一面。另外一部分是文化随笔，作者将自己的思想触及历史的烟尘，从沧桑的世界看去，逐步看清人生的意义，这部分作品视野开阔，语言苍劲有力，思想深沉厚重。史振亚的散文语言弹性十足，不同主题的散文采用不同的语言，写乡村，朴实、生活化，到处都是农村的影子，词汇、主题等都非常符合；写城市，则充满了张力，形成细节和故事；写文化，历史烟尘、历史沧桑、充满压抑与冲突，试图寻找到解决问题的方式。

李振娟（1974— ），女，宁夏中卫人。曾就职于青铜峡铝厂。作品发表于《朔方》《散文百家》《黄河文学》《飞天》等，被《散文选刊》转载，入选《散文百家十年精选》等。出版散文集《月亮的回音》。散文荣获宁夏第八届文艺评奖三等奖、2010年度中国散文年会评选二等奖。李振娟的散文仿若丰盈美丽的梦，她的散文语言朴素而富于哲理性，行文结构有着较好的布局，有着强烈的诗意描绘，多以白描的手法进行文本叙述。散文《供销社》从少女时代对供销社的回忆写起，记录了那个时代的生活点滴，描述形象，阐述精辟，对过去的时代、生活、变化和趋势作了细致的描绘。以《供销社》为例，我们可以看到，她的散文不仅仅是对那个时代进行描绘，更是一种对生命历程里的感情唤醒，从而进入更深层的思考。时代之中，洪流之中，我们变了哪些，哪些又被很好地保留了下来。通过《供销社》，可以看出李振娟的散文创作有思考反省的力量，她有意识关注民生，关注社会，关注社会发展进程。可以说李振娟的散文里呈现了社会责任，而这也正是她的散文的价值所在。

李敏（1976— ），女，宁夏海原人。就职于《六盘山》编辑部。宁夏作家协会会员。出版散文集《背面》。采写的固原文艺界十佳人物在《六盘山》刊物的《非虚构》栏目刊发。参与编辑出版《六盘山文化丛书》《六盘山民间故事》《她在丛中笑》《云蔚六盘》《文学固原丛书》等书籍。所编发作品多次被《散文选刊》《散文·海外版》《特别关注》选载。散文作品《有瀑如斯》获六盘山旅游杯全国诗文征文大赛二等奖。曾获固原市"新锐作家"称号。火会亮这样评价李敏的散文：清澈如溪的文字，淡淡美丽的遐思，作为女性写作者，李敏以其自然清雅的笔触勾勒生命家园中的风土习俗，人情世相，其间有思考，有感悟，有渗透肌肤的故乡恩赐，更为重要的是，儿女情长、家长里短也会筑垒属于自己的散文宝塔。

张雪晴（1977— ），笔名方圆，女，宁夏银川人。1999 年毕业于中国人民大学法学院。1993 年起在报刊发表文章，出版随笔集《一心不乱》。深耕出版发行业二十年，近年来致力于全民阅读推广工作，是宣传文化战线的一名专家型干部。作为家学渊源的学子，张雪晴受到了良好的教育。她的作品清新活泼，富有生活气息。《歌声与微笑》开篇写国贸地铁站深，国贸大厦高，对比鲜明，给读者留下了深刻的印象。这时，隐约传来一阵沙哑的歌声，原来是一个红发男孩和一个黑发男孩在唱歌。由于"我的心被简单清纯的声音触动"，后来到北京又去地铁站听他们唱歌。从城东找到城西，又从城西找到城东，功夫不负有心人，终于找到了。在地上铺了一张纸，静静地听了一首又一首歌，不得不走了，回首时，"男孩们冲我微笑，那笑容里有多年未见的清澈"。全文不仅笔触细腻、空灵飞动，而且色彩浓郁、情感真挚。整篇文章不动声色的叙述，也有家学的因子，只不过她的文笔轻巧灵动，诚如作者所言"简单清纯"些罢了。总之，张雪晴从容中见凝重，明丽中见朴素，感性中见理性，均能够立新意，清新蕴藉，耐人寻味。读她的文章，给人的感觉是轻松的，愉悦的，然而又是令人深思的，这在宁夏的作家中是不多见的。①

①张铎.朴素与明丽——读张怀武、张雪晴父女的散文随笔［N］.华兴时报，2015-4-30.

宁夏70后散文创作突出的还有张毅静、张涛、杨建虎、安奇、樊文举、赵爱东、马君成等，他们以写诗为主，兼写散文，张涛出版了《秘境之旅》，杨建虎出版了《时光书》。孙海翔、殷高、瑶草、火霞、王玉玺、董永红、陈丽娟等以写小说为主兼写散文。岑国义、刘向忠、赵玉林、李正甫、苏小桃、余海堂、蒯陟文、王雁林、杨晓燕、张银江、余成、马忠华、李振文、马俊生、苟大乾等，似乎专写散文，但都存在着博有余而专不足，他们所面临的问题却是十分简单——选择。

　　宁夏80后作家在散文领域取得成就的有王正儒、马慧娟、刘汉斌、田鑫等，还有王西平，出版了《野味难寻》；马晓雁，出版了《深寒》；马晓忠，出版了《乡路》；张虎强，出版了《入梦的爱与痛》；马金莲，创作散文《半夜清风吹故乡》等。

　　王正儒（1980—　），宁夏同心人。毕业于宁夏大学，博士研究生。历任宁夏大学副教授、宁夏文化厅副厅长、固原市委常委等。发表散文随笔于《朔方》《人民文学》等，入选《三十年散文观止》《文学中国》《散文选刊》《中国年度最佳散文》等。出版学术著作《公用事业改革的经济学分析》《民间宁夏》等。主编《文学固原》（二十四卷）等。散文荣获宁夏第八届文艺评奖一等奖。

　　王正儒的散文《拒绝遗忘》试图告诉我们怎样才能记住历史，他采用了对比手法来看他人是如何记忆历史的。欧洲用欧洲的方法，美国用美国的理念，那么中国该如何记住自己的历史，进而让他人也明白中国曾经经历了什么。这篇散文给我们提供了一份有力量的样本。回想起二战，欧洲经历了血腥残暴，犹太人经历了灭顶之灾，王正儒从这里入手，发现问题所在，中国该如何向世界说明日本人的暴行。在波兰的奥斯威辛小镇，四十多个国家元首会聚，用犹太教的仪式积淀着过往的苦难，那么其他民族的苦难该如何被忆起？作者抛出的这个问题犹如一个重磅炸弹，迅速使文本呈现出一个激起千重浪的力量。作者写道："然而，在各种各样的纪念活动中吉卜赛人的苦难要么被一笔带过，要么根本不提！还有被遗忘的1937年发生在中国大地上的南京暴行！"引出华裔女作家张纯如的《被遗忘的大屠杀》，并通过纵横之比，来重新看待历史，寻找历史迷雾里的真相，进一步表达作者对日本军国主义的痛恨，对张纯如的敬佩之情。作者梳理历史，也梳理张纯如的生平，将张纯如的精神境界逐一展开，将她庞杂的工作予以梳理展示，让读者看到一个有着良知的人，如何鼓足勇气与黑暗历史搏斗，当所有的细节都被挖掘出来，真相的残忍才会被真正的牢记。

王正儒的散文最有力量的地方就在于，在揭示了一层悲哀之后，还要继续寻找解决问题的方法，他探索用什么样的方式将历史牢牢记住：仪式感，真实记录，还是勇敢的精神，还是唤醒人性中爱的力量，愿意为一个民族承受时代的力量。他的散文文本不长，但是探索的问题一直是中国人长久的心结，如何解开这个心结，恐怕还是要对历史进行深度挖掘，绝不遗忘，否则就是背叛。这篇文章构架清晰，肌肉有力，张力十足，最主要的是爱国主义的精神在文本中始终贯彻，因着对历史及历史文献的熟知，使得他的行文自如。语言简洁有力，描述准确，批判到位，对引文的细致梳理，使得文本真实可靠，有着学术一般的典范。可见作者是下了一番功夫，将自己想要表达的、批判的、完成的理念，都准确地陈述出来，令人深思。

马慧娟（1980—　），笔名溪风，女，宁夏泾源人。2000年迁居于红寺堡开发区。全国人大代表，中国作家协会会员，鲁迅文学院第三十七届中青年高研班学员。2010年开始创作，作品发表于《黄河文学》《朔方》等，被称为"拇指作家"。出版《溪风絮语》《走出黑眼湾》等。

《走出黑眼湾》真实地记录了移民搬迁的脱贫故事，读后可使人触摸到中国农民最深沉的坚守与渴望。书里有对故土的眷恋，对贫困的挣扎，对未来的彷徨，亦有获得新生的喜悦。马慧娟从千万搬迁移民中采撷了十多个故事，通过他们的亲身经历、悲欢离合，讲述中国农民扶贫搬迁背后的琐碎、无奈、碰撞和惊喜。比如她写1983年第一个搬离黑眼湾的高万仓，抱着看热闹的心态搬出了大山，却没想到这一去就再也不想回来；写当年因为兄弟众多，只背了一床被子到芦草洼的马万成，如今已成了小有名气的老板；写连续三年高考失利的马慧宁，在找妻子回家的路上也找到了自己的出路。在她的讲述里，最后一个搬离黑眼湾的老人，如今最常念叨的一句话就是后悔搬迟了。通过这些乡亲之口，她说出了中国农民憨厚朴实、百折不挠、与命运抗争的精神和力量。

刘汉斌（1982—　），宁夏西吉人，现居银川市贺兰县。宁夏作家协会会员，中国作家协会会员，鲁迅文学院第二十届高研班学员。散文发表于《青年文学》《文艺报》《散文》《北京文学》等三百余篇，被《散文选刊》《散文·海外版》《读者》《语文报》等转载。荣获2012年冰心儿童文学新作奖、国际森林年全国征文大赛特等奖、宁夏第八届文艺评奖三等奖等。植物系列散文集《草木和恩典》入选《21世纪文学之星丛书·2014年卷》并出版。

张守仁为《草木和恩典》写了《品格独特的植物散文》序文，其中提到，刘汉斌迄今为止写的近三百篇植物系列散文，基本都是在写与土地、土地上的植物相依为命的故事。作为新一代的农民,刘汉斌有文化、懂技术,对庄稼、种子了如指掌。他在耕耘,也在观察、思考和研究。白天在田间干活,夜晚潜心研究农业书籍,把实践经验提升到理论的高度,然后再指导自己的农耕实践。观察种子生长,记录植物成长,保护植物免受伤害,这一切都成为他散文的素材。刘汉斌基于真实的现代农业生活,使得他的作品充满了现实和理想的现代化农业,并自觉地超越了小农经济意识。

刘汉斌热爱植物,诗意栖居,将生活与创作较为完美地融合在一起,使其创作与生活和谐一致。他对植物种子的发芽、长叶、壮根、开花、结穗、灌浆、成熟,以及种族繁衍、传宗接代的生命过程,有着仔细的研究和体察。他把草木写得活灵活现,个性鲜明,色味不同,各有特点。他从"种性"上悟到"人性",通过植物想到了人生,并探讨种性和人性之间的共性。他认为人应该像植物种子那样,对大地怀有一种天然的、本能的亲切感。种子的意义就是人生的意义,这是具有哲学意味的观点。生活与创作呼应,文本与内心相通,"诗意的栖居"便在他的实践中得到充分的印证,并且具有了洗涤心灵的力量。

当刘汉斌把每一种普通的庄稼,视作重要人物的时候,他就化身成为植物的代言人、庄稼的贴心人,他的农耕生活不再是农夫生活,而是乐此不疲地照顾植物,创作与土地有关的作品,这应该说具有了一定的境界。他的作品里有着对农耕的尊重,对每一种草木的珍惜,这使他的作品有了专家的底色和深度,有了区别于他者的独特之处和精神气质。当大家自以为才华横溢、什么文体都在写时,刘汉斌只在一个地方打一口深井、打到水从井里自流出来时,其创作就越是显示出鹤立鸡群的意义。

田鑫(1985—),宁夏隆德人。就职于银川晚报社。作品发表于《朔方》《散文》《青年文学》《美文》《雨花》《鸭绿江》等,被《散文选刊》《散文·海外版》《青年文摘》等转载,并入选《散文2015精选集》《2016中国年度散文》等年度选本。散文集《大地知道谁来过》入选中国作协"21世纪文学之星丛书",由作家出版社出版。

《朔方》为田鑫刊发作品小辑,是对其实现了诗歌到散文华丽转身的肯定。田鑫的散文依然是写西部乡村的苦难,记述村庄里的那些人和事。一个莫名其妙的果园主,种进土里的妈妈,不会结果的姐姐,扛着铁锹的陌路人,还有在他身边走过的狗、牛、驴、鸡,这一切都承载着作者童年的记忆和人生的启蒙,就像血液在他的身体里和心灵中流淌,又如梦魇一样难以摆脱。田鑫用儿童的视角、诗人的眼界、社会学家的观察、西北"花儿"式的语言,写下了一个村庄的存在和一个孩子的成长。从中可以感受到对整个村子深情的思念，也可以体会到一个孩子成长的孤寂。虽然生活中充满了新奇、调皮、恶作剧，但孤单和无助填满了玩乐以外的寂寞时光。由此引发读者思索，对当下乡村空心化的一种担忧。田鑫也在进行新的尝试，面对乡村这个古老话题，他在寻找一种独特的表达方式。但如何开阔视野，拓展艺术空间，突破宁夏作家群体宁静淡泊的风格，是一个值得深思的课题。[1]

新世纪以来，中国的散文由文学的外围向中心地位移动，逐渐向文学的中坚力量靠拢。纵观宁夏散文作家，尽管他们的成就不能与诗歌和小说相提并论，但仍然是宁夏文学中不可或缺的组成部分，而且经过宁夏散文作家的努力，地位有了一定的提升。这主要呈现在宁夏散文作家的创作主题上，大约有如下几点。

一是宁夏散文开始有了文化散文的意味。这种创作现象的出现，即意味着宁夏散文有了继承与深化，甚至进行专门的文化散文创作。宁夏文化散文以自我观照的方式去发现生活的文化内涵，并试图寻找包含一个民族乃至人类共同的情感追求和审美意趣，以突破某些散文思想高度不足的问题，使得宁夏散文有了一定的突破力量。

二是宁夏散文作者对人性、人情进行了一定的开掘。这虽值得肯定，但背景大多是过去的乡村生活，试图通过童年的回忆，找回丢失于城市生活中的坦诚和简单。但现实的农村早已发生翻天覆地的变化，城市化进程已是世界潮流，所以，散文作家仍需要直面现实的勇气和力量。人心向善是大部分散文作家的共同趋向，但愿能以此来解决城乡的二元结构问题，并使笔下的人物生活真实化。

三是宁夏散文比较依恋中国传统文化。只是还停留在引用的层面，缺乏深入研究，当然难辨精华与糟粕，也就不能形成批评。我们继承中国传统文化一定是优秀传统文化，而绝非"人不为己，天诛地灭"（人不修炼自己）、"无毒不丈夫"（无度不丈夫）这样的以讹传讹。对传统农耕文化的过多依赖，实际上就是保守，甚至僵化，对信息科技的抵触或者疏离，这更局限了宁夏散文的健康发展。

四是宁夏散文创作大多都遵循短小精悍的传统。只有阿舍在改变这种面貌，创作了篇幅较长、容量较大的"大散文"，成为宁夏70后散文创作的领军人物。

①闫宏伟.略谈田鑫近期的散文创作［J］.朔方，2017（11）.

总之，中国新世纪散文在总体格局上仍未脱离中国文化散文的传统，但在广度与深度上显然有较大的开拓与深化空间。宁夏散文也在这条道路上努力前行，勇于探索，已有明显的突破迹象。

第五节　独处一隅的散文诗创作

散文诗作为独立的文学样式，流行于19世纪中叶，法国诗人波德莱尔让世人注意到"小散文诗"这个名词和介于诗歌与散文之间的这种体裁。在我国，散文诗的流行和外国散文诗的译介相关。1915年至1918年，《中华小说界》《新青年》先后登载了刘半农所译屠格涅夫的四首散文诗，这是外国散文诗作品的最早译介。之后，国内一部分诗人，如胡适、刘半农、沈尹默等受到西方散文诗的影响开始热衷于这种体裁的创作，冰心、穆木天、徐志摩等很多新诗人也是通过写散文诗走上新诗坛。鲁迅的《野草》被称为中国第一部散文诗集，但这部作品并非全是散文诗，有的只能归入散文或杂文。出现这种体裁混乱的原因是中国散文诗在当时尚属文体的草创阶段，还没有建立起散文诗的规范。1920年以后，读者渐渐从报刊上认识了更多的散文诗写作者，如郭沫若、瞿秋白、徐玉诺、徐雉、汪静之、郑振铎等。国内第一次散文诗创作热潮始于20世纪50年代，代表性人物有郭沫若、柯蓝，他们的散文诗以形式多样、题材广泛在当时极有影响。第二次散文诗的创作热潮出现在20世纪80年代中后期和20世纪90年代初期，国内涌现出刘再复等优秀散文诗作家和王光明等散文诗理论家。

这时候，受大环境影响，宁夏也有一些诗人作家开始散文诗创作，但并没有出现兴旺繁荣的景象。总体来说，部分诗人作家都是兼写散文诗，是其他创作之余的闲情逸致，参与写作的人数、作品数量均不多，当然影响到质量。一部分诗人不愿意降低创作难度而写散文诗，一部分散文作家觉得文体不够正统不愿为之，而专写散文诗的作家尚未在全国形成影响，也就起不到领军人物的作用，所以宁夏的散文诗就像独处一隅的马兰花静静绽放，没有达到引人关注的程度。宁夏散文诗的代表性人物只有王维堡和王跃英。王维堡的散文诗刚柔并存，带给读者两种不同的审美感受；王跃英的两部散文诗集以故乡系列、高原系列、吊庄系列、荒原系列、爱情系列诠释诗歌审美的深度和广度，使读者在其多元性和丰富性的散文诗中看到他的创造力和文学实力。

王维堡（1942—），山西交城人。1947年迁居银川，1985年调到宁夏人民广播电台任文学编辑。出版长篇小说《郎家巷子》，荣获宁夏第六届文艺评奖三等奖。

王维堡的散文诗带给读者两种不同的美学性格：刚与柔。阳刚之美的根本特点在于对立和冲突。它以主体与客体对抗为基本美学特征，它是一种较难接受的美，这种美的获得，常常使人有种惊心动魄的、振奋激荡的审美感受。表现在社会生活中，这种阳刚之美便是一种崇高的美。这种崇高美也只有在对立和冲突的斗争中才能展现出来。长篇散文诗《望春风》中那种不可遏止的、一泻千里的态势就是放在改革这一新事物与旧事物的强大冲突和对立中表现的；他的《大峡谷》《火炬树》等，也能给读者带来对立和冲突的震撼力量，始终弥漫着阳刚之气。

王维堡呈现阴柔之美的散文诗也很有特色。如《花朵与旗帜》一诗中，他看到"宽阔的鼓楼广场上，四周，竖起了一排排广告牌"，联想到广告牌是花朵，是旗帜。他写道："古老的鼓楼呵，昂起了苍劲的头颅，眯着迟钝的眼睛，微笑了，倾心注视——那淡绿色的，是徐徐吹来的春风么？／那猩红色的，是浓缩了火红岁月么？／那金黄色的，是宣告收获时的成熟么？／那绛紫色的，是开拓者深沉的回忆与期待么？"正是通过猩红色、淡绿色、金黄色和绛紫色等色彩的想象，我们才看到了诗人眼中色彩斑斓的祖国，才感觉到诗人在色彩中寄托的深厚感情。在改革开放中，诗人期盼着"让祖国母亲，矫健地迈上新的台阶"。

此外，《云南的云》整首诗色彩绚丽，想象丰富。运用色彩的搭配与组合，调动起读者的视觉和知觉，产生了层次美与和谐美。诗中，红艳艳、绿茸茸、黄灿灿等色彩相互对比，达到了色彩之间的和谐和情感内容的统一；《山色》运用色彩这一艺术元素，通过想象在读者脑中唤起视觉画面，这种画面只不过是一种浅层形象。他还通过视觉效果表现深层的立体形象，这一形象以抒情视角的变换和交叉迭现，形成了读者欣赏时的多视角。

王维堡散文诗拾撷意象的方式，诗体的建构，选取质感语言的习惯，叙述与抒情相统一的描写方法及其内在的情感表述特征等方面，都值得研究。其作品明显的优点是辞藻华丽，词汇丰富，运用大量的铺陈排比，使诗句气势起伏变化多端。然而，就是这种优点，也为他的散文诗创作带来了不利的因素，如有些词语堆积繁杂，有些词语因过分地挑选而造成不自然的造作等，这种失误当然也是不可避免的。①

王跃英（1963— ），陕西蓝田人。毕业于宁夏大学中文系。就职于石嘴

---

①白军胜.阴柔与阳刚的和谐统一：论王维堡散文诗的美学性格［J］.朔方，1995（11）.

山市政协，宁夏作家协会会员，中外散文诗学会理事。1982年开始发表作品，作品入选《中国散文诗百年经典》《散文诗的新生代》《宁夏诗歌选》等选本。出版散文诗集《走向故乡》《人在高原》。

王跃英大学时期开始在《宁夏日报》《朔方》等报刊发表作品，成为活跃在校园的文学青年。二十三岁时加入了宁夏作家协会，成为省级作协会员。二十六岁时，他的第一部散文诗集《走向故乡》由广西民族出版社出版。他的散文诗，突出形象思维的表达，具有"赋、比、兴"修辞方法的写作倾向。在手法和技巧上，有写实的，近距离透视对象的作品；也有写虚的，远景式地呈现的诗句，比如其两部散文集中的故乡系列、高原系列、吊庄系列、荒原系列、爱情系列等都具有一定的审美深度和广度，使读者看到他以多元性和丰富性的散文诗证明着自身的文学活力和实力。

王跃英的作品具有感性的一面，在《通向故乡的汽车上》一诗中，他把"我"比作一粒麦子："哦，坐在驰向故乡的客车上，我多像一粒麦子，跳跃在故乡之母的大簸箕里。"形象而生动，流淌着对故土、对宁夏壮美山河的热恋和自豪，具有浓厚的乡土情，也彰显了他柔软的内心世界。

王跃英对散文诗的理性思索是有系统的，其基本命题是他的人生观。如他在《向往雪原》里的表述："没有生的勇气，不要到这里来；没有死的勇气，不要到这里来；没有笑的勇气，不要到这里来；没有哭的勇气，不要到这里来。""向往雪原，意味着向往痛苦和磨难，而没有痛苦和折磨，又怎有生命的灿烂？"无不呈现一种理性的思索，诗句的架构也具有积极向上的意境和范畴。①

王跃英的散文集《走向故乡》《人在高原》地域特色十分突显，读者可以从其作品中感受到宁夏风情和文化特征。他的创作没有局限于某一地域的抒怀，而是以超越的方式将脚下的立足点作为原始根基，向读者展示诗人对于生活、自然以及生命和宁夏这个古老、充满灵性地域的热爱。

此外，宁夏还有一些散文诗作者，如马钰作品多取材于塞上景物或普通的生活场面，写得格调明朗、清灵秀逸；刘岳华作品记录残疾女青年恋爱、婚姻及家庭生活的境遇，揭示了诗人对于美好爱情的渴望和对真善美的执着追求；岳昌鸿作品贴近自然、贴近土地，触摸人的生存肌理，是真性情的流露；杨建虎的散文诗可圈可点，是散文诗坛一股充满活力的激流；李晓园的作品有所突破，引起宁夏文坛关注。

---

①秦庚.由"感觉"想到的——致青年诗人王跃英［J］.朔方，1989（11）.

马钰（1957— ），散文诗集《爱河？恨河？》，突显抒情和对于生命本体的认识，当物象与诗人的情感契合，他便用主体感情去同化客观对象，把自己的情感移到外物上。例如，他在《你没有来》一诗中这样宣泄情绪："翻阅一张写满惆怅的车票，我默默地安慰自己失落的情绪，你会走进我守望的峡谷么？""这时的天空是灰色的，没有朝霞为我送行。"诗句留有空白使人联想，一种落寞的情绪溢于言表。

刘岳华（1962—2012），出版散文诗集《维纳斯星座》，荣获宁夏第一届文艺评奖三等奖。刘岳华虽身有残疾，但自强不息，她不断通过文学作品向世人展示才华。她的写作虽然不以散文诗为主，却不妨碍其作品光芒四射。其散文诗集《维纳斯星座》较为生活化，属于自传式诗集，收录散文诗七百四十多首，主要记录残疾女青年的恋爱、婚姻及家庭生活的境遇，揭示了诗人对于美好爱情的渴望和对真善美的执着追求。

对此，人之初有这样的评价："这部散文诗不同于一般的诗情，它散发出一股野朴的清香，诗中的残疾女子既是生理上的弱者，又是生活中的强者，既平凡又聪慧。她的爱经历了时间的考验、感情风暴的冲击、逾越了客观障碍而得到升华。诗中充满生活情趣和人性美，给人以不同寻常的美感。"[1]

木易说："读完刘岳华的散文诗集《维纳斯星座》，我真有'今日听君歌一曲，暂凭杯酒长精神'式的振奋与陶醉，我竟一下子恢复了对诗的信心。毕竟，不是每一首诗都是矫情的，不是每一个诗人都在诗的大门之外徘徊，刘岳华不就是一个真诚的歌者吗？从生命之河中汩汩淌出的歌永远不会枯竭，它永远有着不可抗拒的艺术魅力。"[2]

岳昌鸿（1969— ），出版散文诗集《桃花一笑》。该书有"麦香·春水""醉歌田园""感恩季节""行走的花朵""绢上的牡丹""桃花笑"六辑，作品朴素真挚，充满灵性之美，又以清新淳朴的韵味令读者叹服。作品整体流露自然之风，具有极强的抒情效果和表现力。同时，这部作品彰显了岳昌鸿所具备的对于社会、对于自然、对于亲情、对于人性等方面的认知。他的作品《乡村的集市》《沙枣花》《父亲的七月》《荷锄》等，描述的物象皆是庞大世界的"小景象"，却能使读者感受到其满怀深情贴近自然，贴近土地，触摸人的生存肌理，叩响岁月褶皱遗存的真性情流露。此外，岳昌鸿的散文

①人之初.敞开真善美的心灵——读刘岳华散文诗《维纳斯星座》[J].宁夏大学学报，1993（4）.
②木易.一部呕心沥血的诗体自传——浅评刘岳华散文诗集《维纳斯星座》[J].宁夏社会科学，1998（1）.

诗写景叙事，不是停留在叙述的表象，而是向纵深拓展，增加了诗文的可读性，如《遥望历史》《西厢》《帝王、帝王，风中飞扬》等，充满古典韵味，读来回味无穷。

杨建虎（1972— ），其散文诗作品不多，但因较为突出引起国内散文诗界的关注。例如《在西部的一个小镇上》的诗句："在西部的一个小镇上，我活着。西部雄浑苍凉的黄土高原接纳我脆弱的灵魂，辽阔的视野使我在茫茫苍穹下怀着一种对人类的终极关怀，思考生命和存在本身。"①该诗具有散文诗的美学特质，意境深远，语言优美、情感浓烈。作为诗人，杨建虎视角独特，因此他的作品更为突显审美。如他在散文诗《最后的村庄》《清晨的第一缕阳光》《活在西海固》《泾源走笔》《父亲的秦腔》《母亲的菜园》等中，以开阔灵动的笔触，怀念西海固的村庄，记录那里的阳光，仰望赖以生存的天空，用真切的情感书写他对生活的感悟和对生命的认知，并借助笔下的物象，如时间、生命、春天、山塬、窑洞、羊群、飞鸟、家园等，自由抒发对于宁夏大地的情感以及时光流逝中个人内心的情绪。从作品质量上来说，他的散文诗可圈可点，可谓文坛一股充满活力的激流。

李晓园（1985— ），笔名梦南飞，女，宁夏平罗人。中外散文诗协会会员。作品见于《散文诗世界》《散文诗》等。出版散文诗集《飘香的梦影》。该集突显宁夏的自然风貌和民族风情，涵盖亲情、友情、爱情、风光、历史等，构思新颖，内涵丰富，具有一定的文学价值和艺术特色。她有驾驭历史题材的能力，又展示出女性作者的特色，如《1937，战栗的南京》；她抒写情感的散文诗语言优美，情感细腻，如《神奇的美丽，美丽的神奇》《黄河落日，辉煌的赞歌》《星海明月，梦中的婚礼》等。李晓园的散文诗无论在题旨、内容、篇幅上都有所突破和创新。

除上述诗人，还有戴文烈、张铎、郑正、常惠琴、高玉虎、张记、禹红霞、梁锋、于秀兰、张廷珍、马丽华、王西平、赵爱东等众多诗人作家的散文诗作品见于报刊或网络。在散文诗集出版方面，戴文烈有《古峡涛声》，张铎有《春的履历》，梁锋有《伴你走河湾》等。2018 年出版的《宁夏散文诗选》选编了宁夏百名作家、诗人不同时期发表的散文诗作品，为宁夏散文诗创作发展的研究提供了资料，这足以证明宁夏写过散文诗的作者为数不少。虽然作品数量还未形成阵势和气候，但这些散文诗异彩纷呈，无论是浪漫主义的作品，还是现实主义的作品，抑或是具有现代知性的作品都是心灵之花，

①杨建虎.在西部的一个小镇上［J］.散文诗，2009（11）.

吐露芬芳。

第六节　紧扣时代脉搏的杂文创作

杂文是散文的一种，是直接而迅速地反映社会事变或社会倾向的一种文艺性论文，以短小、活泼、锋利为特点，内容广泛，形式多样，有关社会生活、文化动态以及政治事变的杂感、杂谈、杂论、随笔，都属于杂文。中国现代杂文从新文化运动开始，五四时期，许多革命家、思想家、文学家开始创作杂文。其中，最杰出的首推鲁迅，他是开创一代杂文新风的大家。宁夏杂文从 20 世纪 80 年代开始活跃。这一时期，实事求是、解放思想成为新时期文学复苏与发展的原动力，而五四时期形成的人文主义精神、人道主义思想以及西方现代主义人学思想成为新时期中国文学发展的理论资源，也同样成为宁夏杂文产生并兴盛的思想背景。

20 世纪 80 年代到 21 世纪以来的三十多年，宁夏本土作家的创作日益活跃兴盛，在小说、诗歌、散文，特别是杂文的创作上，都呈现了积极的形态，取得了可贵的成就。宁夏作家的创作为此一时期轰轰烈烈的思想解放与改革开放的社会实践进行着文学的论证，宁夏杂文更是风生水起，成绩斐然。宁夏杂文作家来自各行各业，他们善于从时代大潮中撷取题材，从各个角度和层次反映现实生活和历史发展的脚步，时而在史料典籍中涉笔成趣，时而从历史的高度烛隐洞幽，时而就现实问题慷慨陈词。这些杂文紧扣时代脉搏，以审美创造的文学形式，超越了社会政治层面，突入历史与文化深处，在一定程度上对国人的民间生存和民族性格进行了文化学的思考和探索。正是老中青几代杂文作家的相承共耕，使宁夏杂文呈现出勃勃生机。

宁夏杂文作家群体的兴起与宁夏杂文学会的组织团结不可分割。1993年宁夏杂文学会组织出版了《宁夏杂文集》，选录四十三位杂文作者共一百一十七篇作品。这是 1958 年到 1993 年，宁夏杂文创作三十多年的第一次总结展示。之后吴宣文于 1993 年年底出版个人杂文集《凤城夜话》。这两本杂文集作为滥觞之作开宁夏杂文先河，引领了宁夏杂文创作的先声。宁夏杂文创作肇始于 20 世纪 80 年代，随着思想解放的深入，宁夏各报刊开始刊发杂文，宁夏的杂文创作开始升温。《宁夏日报》创办了副刊《社会生活》，为发挥杂文的舆论监督功能，《社会生活》版开设了《社会随笔》栏目。《银川晚报》开设了《凤城夜话》栏目，专门刊发杂文。后来，《宁夏法制报》《宁夏公安报》《宁夏煤炭报》相继开设杂文栏目，以暮远、邢魁学、马河等人的创作为主体，开创了宁夏杂文一个全新的历史时期。此后，宁夏杂文家纷纷出版个人杂文集。宁夏杂文学会先后为学会会员出版了数量可观的作家合集、个人文集和系列丛书，除上文提及的《宁夏杂文集》（1993），还有《宁夏杂文作品选》（1995），《美丽的谎言也是谎言》（2007），《杂文：宁夏十人集》（2007），《思想的地桩——宁夏杂文新人作品选》（2008），《女或有所思——宁夏女性杂文作品集》（2010），《朱世忠文存》（2010，上、下卷），《西北望——第25届全国杂文学会联谊会年会作品选》（2011），《朱世忠怀念集》（2012），《2013：宁夏杂文十人集》（2013），《思志——宁夏杂文20年撷拾》（2015）等。另外，还出版了《二十一世纪宁夏杂文丛书》（2008，十册），《第三极：二十一世纪宁夏杂文丛书》（2010，十册），《枕边小品丛书》（2011，十册），《湖畔随笔丛书》（2012，九册）等多套丛书。

吴宣文（1948— ），笔名轩文，浙江遂昌人，在杭州长大。1965年9月以下乡知青身份来到宁夏永宁县插队落户从事生产劳动，后担任公社党委书记、永宁县委书记、中共银川市委副书记、宁夏人民出版社社长等，宁夏杂文学会第一届会长。出版个人文集《凤城夜话》，主编出版《宁夏杂文集》。

在永宁下乡二十年后，吴宣文走上了领导岗位，因工作需要和个人爱好，开始陆续创作发表各类作品。20世纪90年代初，时任银川市委副书记的吴宣文已在工作之余发表百余篇杂文、散文、政论等，使其无论是行政管理方面的才能还是创作方面的成就都走在宁夏作家的前列。吴宣文在1988年即参与创办《银川晚报》，1988年7月1日创刊时开设《凤城夜话》杂文专栏，他本人和毛弋、王庆同、钱蒙年等常常在此发表文章。1992年春天，在吴宣文等人的倡议组织下，成立了宁夏杂文学会，以团结鼓励杂文作者。学会成立后，吴宣文即组织会员精心编辑《宁夏杂文集》，经过半年的收集编选，该文集于1993年5月由宁夏人民出版社出版，这是自治区成立以来的第一部杂文集。该年年底，吴宣文的个人杂文集《凤城夜话》也由宁夏人民出版社出版，这是宁夏第一本个人杂文集。命名为《凤城夜话》自然是受到《燕山夜话》的鼓舞和影响。已是市领导和杂文学会会长的吴宣文，充分将写作与服务于经济建设的精神文明宣传工作紧密结合，真切体现了一名领导干部在20世纪90年代经济改革浪潮中的求知与探索。

《凤城夜话》分三辑，第一辑是杂文，主题为观念更新和精神文明，称为"求新篇；第二辑是论文、短评，目的在于倡导通过改革的途径，剥除一些表面上风光热烈实际却脱离现实的事物，让实事求是的决策、脚踏实地的行动、实实在在的成效更多，称为"求实篇"；第三辑是随笔、散文、序跋等，表达了对真、善、美理性追求的渴望，称为"求美篇"。虽然作为政务工作和宣传需要，有些文章是零星的偶感、实录和随想，谈不上文学性和理论性，有单调、平直之感，但求真、求实、求美的真诚文风贯穿了这部朴素的文集始终。"求新、求实、求美"是《凤城夜话》的主线和灵魂。

吴宣文的杂文比较喜欢围绕同一个主题，借不同事件从不同角度来充分探讨一个问题，比如就"精神文明"这一话题，他会从"精神文明杂谈之一"到"精神文明杂谈之九"，共连续创作九篇文章来说明精神文明的重要性。比如在《杂谈之一》中，从当时热播的电视剧《渴望》谈起，强调在精神文明建设过程中，必须处理好树立时代精神与弘扬传统美德的关系，强调把民族传统美德同时代精神结合，在社会主义新的经济基础和改革开放新形势下再创造。吴宣文杂文"求新"求的是观念之革新，"求实"求的是工作作风的实事求是、真抓实干，创作文风的真诚朴实，"求美"求的是城市之美、自然之美、生活之美、人生之美。

王庆同（1936— ），是宁夏新闻界的元老，是宁夏新闻教育事业的奠基人之一，于20世纪80年代初期进入宁夏大学参与创办该校新闻专业。王庆同发表的第一篇杂文是1957年发表于《读书月报》的《小人国与大人国所见》。大学毕业工作后在《宁夏日报》上发表了一些杂文杂谈，后来被迫中断。直到20世纪80年代又开始在宁夏各大报刊零散发表杂文，《宁夏杂文集》选辑了其中三篇，《岁月风雨》收录了其中一部分，20世纪90年代中期退休后至今的二十多年间，他的杂文写作因专栏化而进入新的创作巅峰，后结集出版为《话一段》和《好了集》。近半个世纪，除了在盐池县工作和宁夏大学授课，王庆同还创作了一千七百多篇杂文、时评、杂感。这上千篇杂文时评随感，见证了一个时代人的荣辱浮沉，一个时期社会的滞钝和发展。王庆同作为一名新闻人，以自己的文字观察、瞭望、考量，记载了半个多世纪的社会历史和人的历史。受北京大学新闻专业严格训练的王庆同素喜书写短文章，发小言论，这自然是新闻报道的时效性和报纸专栏版面字数的客观需要，也是作者几十年的主观选择。从20世纪80年代末的《银川晚报》到2004年以来的《现代生活报》《宁夏法治报》专栏文章都是千字内的小文章，多数三五百字，虽然短小，却字字珠玑，微言大义。言其微，一是表其文章短小，二是表其言语含蓄微妙，却饱含精深切要的生活义理和人生感悟。

王庆同重要的杂文代表作《好了集》分为六辑，近六十万字。第一辑"今日声音"选自作者在《宁夏法治报》开设的《今日声音》言论专栏（笔名乙丁）的文章共一百五十三篇，约为该专栏全部文章的四分之一；第二辑"思之存之"

是对故人和往事的回忆散文；第三辑"读书笔记"是读书生活的缩影；第四辑"读朱镕基"是读《朱镕基讲话实录》的随感，曾在《中卫日报》连载；第五辑"红楼杂感"是作者从社会、历史的角度议《红楼梦》的短文，这些短文曾载于《华兴时报》《新消息报》《新闻老兵》等；第六辑"我与盐池"收录作者回忆在盐池县劳动、工作十七年的散文，其中《边外九年》是 2002 年由中国文联出版社出版的《边外九年》一书的主要内容。

王庆同具有贴近现实生活、贴近底层民众的视角，只是在新的时代环境和文明法治逐步完善的进程中，把笔墨聚集于法治和制度层面。这固然与《宁夏法治报》的普法宣传教育、法制规章完善的需要不可分割，但更与作者敏锐的洞察力、高屋建瓴的全局意识有关。其作品同样体现着深深的人道主义关怀精神，他从不同角度观照人的存在，反思人性，无数次将视角投向动物，有的借动物说事，有的以动物说理，更多以动物性来说人性。

邢魁学（1946— ），陕西岐山人。1961 年从军，1968 年转业到银川橡胶厂，成为一名企业管理人员。由于天性好书，后来更是一发不可收，创作了上百篇极具思想深度的杂文。作品入选杂文集《美丽的谎言也是谎言》《杂文：宁夏十人集》《思志——宁夏杂文 20 年作品撷拾》等，出版杂文集《穿越文化戈壁》《坐看云起》。

无论邢魁学的杂文题材如何变化，其审视和批判的对象总是落在文化上，从生活的话题对中国传统文化潜藏的弊病进行深刻而透彻的剖析。从人类精神生活而言，文化则无孔不入地左右着人类对社会、对自我、对人生的体悟、感触和知解。邢魁学多变的杂文题材离不开他对生活的观察和对人生的思考，不论是他的第一本杂文集《穿越文化戈壁》，还是第二本杂文集《坐看云起》，都渗透着作者本人浓厚的文化情怀和温情的人道关怀。作为一位普通的企业职工，他始终保持清醒的头脑，以一位知识分子的良知和历史责任感，感悟人生，洞察社会，俯瞰芸芸众生，并不断以沉稳犀利的笔锋鞭挞陋习，抒发着对国家对社会的满腔深情厚谊。他虽然没有接受过正规的大学教育，但几十年来坚持自学，坚持写作，博览群书，好学不倦，继承鲁迅杂文的写作传统，直面人生，直面社会。虽然《穿越文化戈壁》收录的是他 20 世纪八九十年代的早期作品，但丝毫没有时代的隔膜，究其原因，多因为他的杂文立意谋篇从传统文化切入，又从多种角度观察剖析，旁征博引，举一反三，相互印证。他的杂文中对文化的批判始终是精髓，无论涉及何主题，最终都会回到对文化的审视和反思。从《穿越文化戈壁》到《坐看云起》，作者始终坚持由探究人性幽微升华至国民性批判，正如大部分杂文家所做的一样，在《国民性之一斑》等文中，言简意赅地探讨了国民性的概念，并结合现实事例批评了国人崇洋媚外、好大喜功等特性。邢魁学在杂文写作的审美言说中表现了自由的精神。他对生活的细致描写，乐观知足，情趣盎然，超越了简单的针砭和批评，一种关乎道德超越的自由意志让读者读起来感到轻松、达观并且优美，大约只有在现实的道德自觉之上才会有平和而宽容的自由意识，才可能升华为亲切的现实情怀和精神自我。

牛愚（1948— ），本名杨泉麓。1968 年应征入伍。1987 年毕业于宁夏工学院管理工程系工业企业管理专业。历任宁夏军区政治部组织处处长、银川军分区政治部主任、青海省军区海北军分区政委、宁夏军区政治部副主任、宁夏国防教育办公室主任等。出版杂文集《扬清集》。

通过作家的思想和语言，弘扬新风正气，通达社情民意，引导社会热点舆论，疏导公众情绪，加强舆论监督，为构建和谐社会良好的思想舆论氛围，尽可能剔除黑暗、阴影、丑恶，让公平、正义、善良保留于人间，激浊扬清，这也正是《扬清集》的初衷。

和众多的杂文作家一样，牛愚的杂文也是多议论新闻事件，讽刺腐败作秀行为，鞭挞丑恶灵魂，关心百姓疾苦等，反映了作者对现实社会人生的关注，对国家民族命运的关心和忧虑，对时代文化的责任和担当。牛愚的杂文问题针对性非常强，而且往往从自己的切身感受出发，就具体事件展开分析和批评，细细品味，确实有一种激浊扬清的大境界。《扫黑除恶必须打击"保护伞"》《加强对党政"一把手"的监督》等许多文章，论说精辟，说理透彻，揭开了表面上的虚伪，直指问题的核心，让读者明辨是非，体现出作者的知识和明理。他的观点和批评的内容也多反映在题目中，比如《效率不应该以生命为代价》《群众是反腐败的英雄》《社会矛盾宜解不宜结》等，这反映出他对一些问题迅速准确的判断和批评的创作心态。牛愚怀着对规范的建设之爱心评析着社会事件，情绪激动，观点鲜明，价值取向明确，批评到位。

荆竹（1953— ），杂文随笔写作，涉及范围广，所论问题多，大体分为现实社会时评、文艺杂评与人文学术随笔等几个方面。他性情率真而元气充沛。读其杂文随笔，会被其中蕴含的精神力量所打动。荆竹把杂文随笔当作生命力的激荡，呈现文化个性的张扬。通过荆竹的杂文随笔，读者可以领略到他对中国思想文化病痛的发掘，对中国文化精神的认识及对于中国文人的期待。他写了大量社会时评杂文，尤其大量关于中国文化的思考，如《文化——人的第二生命》《古老文化的新生之路在哪里？》《秤上的文化与文化里的秤》《孤独的自白——现代文化的困惑与迷惘》《谈文化的创新》等。他执着地认为，文化是人的第二生命，尤其学者，一定要具有文化学术生命，这是除了自然生命外的第二生命。荆竹具有深厚的美学素养，他对美与审美相关的探讨颇有说服力，思考并结合美学理论问题写了大量的杂文随笔，如《忧伤的灵魂》《张扬主体精神与自我个性》《经典的缺失》《精神家园在哪里》《歌德的原发性情感暴发》《卡夫卡的中国文学情结》《马尔克斯的文学姿态》《灵魂深处的"打击"》等。

荆竹对中国文坛乃至人类精神境况的关怀及其理论视野的开阔是走在前列的。其杂文随笔的主题紧紧围绕20世纪中国知识分子人文学术传统来进行，这在很大程度上再现了知识分子群体的精神历程。在1997年后的三五年间，荆竹创作了《读〈冯友兰选集〉》《读〈吴宓与陈寅恪〉》《顾准的思想遗产》《顾颉刚与胡适》《熊十力与马一浮》《钱穆的朋友》《钱穆的文化学术生命》等关于近现代学者随笔。作者以冷峻的理性和充沛的人文意识关注近现代乃至身边的学者、作家，体现了作者强烈的文化批判意识和理性审视的态度，显示出民族文化再创造的艰难历程，也彰显了文化创造者的思想性格和精神历程。

牛撇捺（1957—），本名朱昌平，甘肃皋兰人。毕业于兰州大学历史系。历任自治区党委宣传部副部长、宁夏电视台台长、宁夏新闻出版局局长、宁夏新闻广电局党组书记，宁夏社科联副主席、宁夏记者协会副主席、宁夏杂文学会会长、自治区政协常委等。副研究员，中国作家协会会员。出版《中国人的宰一刀》《中国人生气了》《中国人的精神世界》《意识荒草》《冒烟的石头》《拟谏官文化》《犹抱琵琶》《谁能牵猫散步》《针尖上跳舞》《枕着唐诗梦游》《倒提笤帚》《半睡半醒》《蒙眼摸象》等十余部杂文著作。2012年，《牛撇捺文集》八卷本出版，包括《民族情怀》《中国精神》《意识荒草》《犹抱琵琶》《历史碎片》《倒提笤帚》《昨夜西风》和《文化尊严》。

除了创作方面颇有建树，牛撇捺还是宁夏杂文活动的领导者、组织者，是宁夏杂文作家的发现者、培养者。牛撇捺于1992年担任宁夏杂文学会副会长，2006年担任会长，2017年卸任。担任会长期间，团结组织鼓励杂文学会作家创作、交流、出版文集的行为，影响和造就了一批区域杂文作家。他和朱世忠、于小龙、杜再良、白景森、闵生裕等一道尽情挥洒着他们的创作才情，也纷纷以宁夏杂文文坛领袖身份行组织玉成之功，团结集聚着一个文艺圈，构成一股特殊的文学力量，繁荣了西北边陲的一方文学园地。

暮远（1957—），本名杨钊，笔名山人、山狼，宁夏同心人。历任宁夏监察厅办公室副主任，宁夏总工会党组副书记、常务副主席，宁夏杂文学会副会长等。宁夏作家协会会员。迄今发表杂文、随笔、散文四百余篇。1987

年就开始杂文创作，作品入选《中国青年杂文选》《全国中青年杂文征文选粹》《中国文坛新人集》。出版杂文集《夜行者独语》《告诉我们真的历史》《文明的成长》等。

暮远在20世纪80年代末开始杂文创作，是宁夏杂文作者中在全国性杂文报刊上发表杂文最多的一位，尤其在《杂文报》征文获得一等奖后很快蜚声区内外，其创作实力不同凡响。暮远的杂文创作集中在20世纪90年代，他极为重视民主建设、反腐倡廉、法治建设等重大社会现实问题，且识见独特，立意高远，剖析深刻，不是停留在表面社会现象浮光掠影的机械再现上。他的文章有深刻揭露政治腐败之根源的，如《腐败现象起因别解》《反腐败与监督机制》；有为民族和社会文明的成长担忧的，如《文明的成长》《谈劝酒》；有为教育中存在的问题和不合理现象奋力呐喊的，如《我们的责任》《不仅是孩子们怎么活的问题》；有对现实生活弊端和人性的劣根性报以愤慨和痛惜的，如《呼唤不再呼唤的爱心》《麻将桌上皆"君子"》。暮远的杂文之深刻在于他不仅只关注现象的表层，而且会追根溯源，对问题进行深入的探究，让人印象深刻且发人深省。他的杂文内容涉及不少关于教育的话题，如《说"父范"》《再说"父范"》《再穷不能穷教育》《家政的情形》《"教育"质疑》《不仅是孩子怎么活的问题》《教鞭》《我们的责任》《教师的地位》等。这些文章通过揭示教育中存在的不合理现象，以小见大，表面上虽触及的是当下的教育问题，实质上将矛头直指政界的一些丑陋现象。

暮远杂文深切关注着人才问题，要提高一个国家的文明程度，人才问题不容忽略，举贤者、人才环境以及人自身的努力缺一不可。优秀人才只是国民中的一部分，真正形成国家文明富强的是整个国民素质的提高，这包含政治文明、法制完善、文化建设，以及国民素质的整体提高等。提高国民素质是一项伟大的工程，需要国民共同努力，因而也是作家在文章中反复提及的问题。在暮远笔下，《素质的标牌》《解放思想与人的素质》《文明的野蛮》《关于解放思想》《文明的成长》《民主是人的素质的体现》等通常从各个方面来探讨国民素质问题，作者以知识分子的赤诚表达着国家政通人和、文明成长的殷切希望。

朱世忠（1962—2010），笔名实钟，2002年开始杂文创作。其创作生涯大体上可分为前后两个十年。第一个十年，即20世纪90年代创作的是议论世事、感悟人生而且充满睿智和幽默的小品散文。他曾经创作了五十多篇以《生活感悟》《多维视角》《缺色少味》《不一样的观点》等为代表的小品杂文。这些小品文短小犀利，率意而谈，每篇寥寥数百字，语言幽默俏皮，富有含蓄的讽刺意味。这些杂感颇具"语丝文体"之风，为后来杂文的成熟奠定了丰厚的创作基础。2002年后，即为第二个十年。随着生活阅历的增加，朱世忠创作有了一个相对明显的转型，即从议论、感悟式的小品文转向了自觉的杂文创作。

促使朱世忠孜孜不倦地坚持杂文创作的，既有对现实问题的热忱关注，对社会批评、文明批评的主观期待，又有发自良心与道义担当的认知焦虑、道德焦虑和情感困惑。他的杂文里一些涉及国家民族前途的主要问题也被深刻而冷静地提出，并受到认真思考。这些问题，包括对社会观念的反思，对民族命运的警醒，反复呈现在文章中。作者在反思新的历史时期对社会、对公众的认识，反思对知识分子历史责任的理解，也反思社会批判、道德承诺与文学写作的关系。这些看似朴实平淡的文字，暗含着深刻的意蕴，也彰显着作者的一片赤子之心和知识分子的清醒和洞明。对时代现状和自身处境的反省也促使作者对现实和前景充满诸多疑虑，这是一种为人为文的温厚谦逊，但也可能是其杂文集取名《朝着空气射击》潜在的心理暗示。然而也正是在这样的不断否定和扬弃之间，朱世忠更多的是通过杂文来检讨民族文化、文学传统存在的缺失，检讨杂文作家、诗人、行政工作者等作为人类生存处境和精神处境的关切者，其自身的精神独立性和建立在深广文化背景上的精神高度的问题。

马河（1963—　），本名俫勇，笔名野田、白墨，宁夏银川人。1985年毕业于西北政法大学法律系法律专业。历任《宁夏公安报》主编，宁夏公安厅宣传处处长、纪委副书记、经济犯罪侦查总队总队长，宁夏司法厅副厅长，宁夏杂文学会副会长等。出版杂文集《不敢做青天》《指甲里的沙粒》《穿过针眼的骆驼》。

法律系科班出身的马河毕业后一直在公安机关工作，特定的教育背景和个体身份及特殊的工作经历、人生阅历决定了他有别于一般杂文作者的杂文取材，几十年孜孜不倦地读书写作又决定了他知识分子的言说立场和文人情怀。《不敢做青天》和《指甲里的沙粒》两部杂文集除了对生活现象的调侃和讽刺，更多手笔则是着力在对警界腐败现象的鞭挞和批判。《不敢做青天》中"警察篇"收入警界题材文章二十一篇，《指甲里的沙粒》"警界随想集"收入该题材文章十三篇。博览群书的作者以崇高的社会良知呈现着自我的文化个性和精神意趣，作者以一名文人知识分子的睿智眼光和人民警察的赤胆忠心审视剖析社会弊端，尤其是自己谙熟而普通大众鲜知领域存在的问题，以冷静、科学、客观的笔触挖掘文化历史。

马河的生活离不开读书，马河的杂文也离不开阅读，在已出版的三本杂文集中，都有专门的读书专辑，《不敢做青天》有"读书篇"，收录三十篇有关读书的随笔杂感文章；《指甲里的沙粒》的"楷墨房集"，以其书斋名"楷墨房"为辑名，收录此类文章十九篇；"翻书架"则是《穿过针眼的骆驼》的一辑，收文十四篇。这类杂文有的是读书笔记、书评杂感，如《〈废都〉与废书》《读帕金森的〈官场病〉》《罗伯特·达尔的〈论民主〉》；有读书、买书的随想，如《书店寻梦》《买书人的渴望》《关于读书》《再谈读书》《精品图书让人望而却步》《关于书的对话》《翻书偶得》《出书之虞》；有作家文人杂感，如《不该被冷落的文学家》《巴山鬼才魏明伦》《略说邢魁学》《老舍先生的最后声音》《人生孤独的散步者》等。作者主张"宽容人性的缺点"，也坚持"做人的道德"，呼吁大家"像追求真理一样追求语言"。本质上作者尊崇并坚守的是"独立精神，自由思想"，这不但是他的处世格言，也是他写杂文的根本要旨。马河的杂文创作充分吸收以胡适、鲁迅为代表的"五四"文学丰厚的文化营养，继承了20世纪八九十年代思想交汇时代更替的文化财富，以穿透现实的思想洞察力和无畏无私、仗义执言的批判冲击力，践行着"独立精神，自由思想"的文化人格。他为警察、为百姓秉笔直书，也在读书思考、文人知识分子灵魂剖析方面独抒己见，彰显了独立思考的文化自觉意识、沉郁顿挫发自内心良知的忧患意识和诚挚、率意又含蓄蕴藉的艺术情思。

闵生裕（1970— ），笔名乙人、生鱼、牧野，宁夏盐池人。历任自治区党委宣传部办公室副主任、理论处副处长、宣传教育处副处长、文艺处处长等。宁夏作家协会理事，宁夏硬笔书法家协会副主席兼秘书长，中国文艺评论家协会会员，中国硬笔书协组联部委员。出版杂文集《拒绝庄严》《都市牧羊》《一个人的批判》《浮生三侃》《操练自己》，读书评论集《书香醉我》，乡土散文集《闵庄烟火》。

闵生裕的《拒绝庄严》《都市牧羊》收录比较丰富，杂文、读书笔记、闲情随笔等皆有。之后就有意识地突出杂文集的整体风格，如《一个人的批判》侧重文化随笔，尤其是关于知识分子的杂文随笔；《浮生三侃》主要是谈艺术、谈女人、谈足球；《操练自己》则是比较纯粹的杂文。随着阅历的增长、阅读的积累和对自己持续不断的"操练"，闵生裕杂文已逐渐形成遒劲犀利、幽默诙谐、率性不羁的风格。在宁夏青年杂文家中，闵生裕的勤奋无人能右，近十年来他的创作几乎从未停歇。闵生裕的杂文针对性极强，针对社会上发生的事，快速反应，一事一议或几事一议，有些文章有时政评论的味道。闵生裕对现实生活的敏感与干预，使其杂文青春勃发，豪气四溢。2008年前后，闵生裕对中国知识分子进行了深度思考，付诸文字即为《二十一世纪宁夏杂文丛书》之一的《一个人的批判》，收入这一杂文集的《烟蒸文人》《酒泡的文人》《钱眼中的文人》《烟花巷中的文人》《官场中的文人》《文人眼中的文人》《文人的洁癖》等，探讨了文人与烟、酒、银子、做官等之间惟妙惟肖的关系。

闵生裕的文章出手不凡，大气磅礴，字里行间透着胆气、正气、豪气和勇气。他的杂文引经据典，文采飞扬，那是他博览群书的见证，也是他独立思考和感悟的见证。他的系列历史杂文、文人杂感和读书札记无不闪烁着智慧的光芒。其遒劲犀利的笔风、幽默诙谐的语言、激情飞扬的情感、率性不羁的表达在宁夏作家中可圈可点。

此外，季栋梁的《左手功名 右手美人》、谢薇的《裙边八卦》、包作军的《杯中窥人》、王学江的《路边的刺玫》、徐向红的《走马看黄花》、胡荣强的《灯下漫笔》、陈志扬的《一根稻草的力量》等，以及岳昌鸿《尘埃中触动的芬芳》中"悟沧桑水"一辑、郭可峻《行走的声音》中"千愚之得"一辑等作品都是宁夏杂文这方热土上不可缺少的一笔。

2008 年，宁夏杂文学会选编出版了《思想的地桩——宁夏杂文新人作品选》，文集收录了马江驰、马自军、王佐红、孙海强、查文瑾、蔡炜等四十多位作者的上百篇作品。2010 年，宁夏第一本女性杂文集《女或有所思——宁夏女性杂文作品集》出版。该书收录谢薇、方圆、张廷珍、罗蕾莱、李雅芬、曹海英、莲子、党艳红、月理朵等三十位女作者的九十篇作品，这些作者有编辑记者、有专栏作家，也有工人、医生、公务员、教师等，兼顾了各个层面，她们以女性的视角观察社会，感悟人生，思考问题，有杂文随笔，有时政评论，有娱乐评论，更多的是人生杂感和闲情随笔。2013 年，宁夏杂文学会又编选出版了《思志——宁夏杂文 20 年作品撷拾》，分别收录了宁夏杂文学会同人1992 年到 2005 年和 2006 年到 2014 年的部分杂文精品。从为宁夏杂文事业作出奠基工作的第一任会长吴宣文，到宁夏杂文学会创业初期的骨干力量，如牛撇捺、暮远、邢魁学、杜再良、朱世忠、季栋梁等，再到青年一代的闵生裕、岳昌鸿、保建国、张不狂、张贺等的作品都有选登，这也是对宁夏杂文近二十年来创作的总结和检阅。

作为批判社会现实、启蒙教化民众的重要文体，杂文始终没有放弃对现实性的追求。宁夏的杂文作家也同样紧切时代脉搏，观照现实人生，牛撇捺、王庆同、暮远、马河等作家以持续的创作发挥他们一贯的视野宏远、思想深刻、运笔从容自若的写作特色，在大多数人司空见惯的日常事件中挖掘着文化思维的深度和建言献策的现实可能性。邢魁学、牛愚、荆竹等作家老当益壮，笔力不减。"江山代有才人出"，新生代作家在杂文学会的倡导组织下逐步登上历史舞台，以闵生裕、张不狂、陈志扬等为代表的青年一代作家捷足先登，出手迅猛，谢薇、徐向红、张廷珍等女作家们则在各自的思考路径和杂文写作上不让须眉。宁夏的杂文批评和研究开始起步，渐成气候。这些杂文作者和研究者们怀着对社会现实深情的关注和对民族未来命运的憧憬，以明朗高亢、鲜明嘹亮的声音，进行着尖锐的社会政治批判和温厚的世态嘲讽，他们结合具体的社会现实，注重人生体验的感情投射，体现了鲜明的文化批判倾向和成熟的讽刺艺术手法。

小说

导论

从一棵绿化树到郁郁葱葱的文学林

一部宁夏古代诗歌史基本上代表了宁夏古代文学史。一些优秀的散文产生于明清时期，以论说文为主。而宁夏明清时期的小说尚无史载，近代小说也难寻其迹，直到新中国成立，宁夏小说才开始孕育并且萌芽。自治区成立前后，一批青年作家和文学青年从祖国的大江南北先后来到宁夏，为塞上大地播种了小说的种子。作家程造之、哈宽贵均于1958年调到宁夏日报社，发表了许多较有影响的短篇小说，如程造之的《野渡》《雪天与老人》，哈宽贵的《金子》《夏桂》等。他们是宁夏小说创作的拓荒者，也是奠基者，更是培育者，为了宁夏文学的苗圃，他们付出了心血和汗水、青春与才华。

经过20世纪六七十年代的积淀，张贤亮重返文坛。他的小说《四封信》《四十三次快车》《霜重色愈浓》《吉普赛人》先后被《宁夏文艺》于1979年第1期、第2期、第3期、第5期在头条位置推出，《在这样的春天里》《邢老汉和狗的故事》《灵与肉》被《宁夏文艺》1980年第1期、第2期、第9期继续力推。短篇小说《灵与肉》旋即荣获全国优秀短篇小说奖，并被拍摄为电影《牧马人》，轰动了中国文坛。《肖尔布拉克》（短篇）、《绿化树》（中篇）又分别于1983年、1984年荣获全国优秀中短篇小说奖。当时，著名评论家阎纲说，宁夏文坛开始了人才辈出的新时期，其显著标志便是"宁夏出了个张贤亮"。

戈悟觉在新时期以来发表了四十多篇小说，如《客人》《遥远》《夏天的经历》《她和她的女友》等中短篇小说。尤其是《夏天的经历》发表于《人民文学》1982年第2期，赢得一片赞誉。戈悟觉在几届宁夏文艺评奖中获得重要奖项，许多作品被介绍到国外。张武在全国报刊陆续发表了几十个短篇和多部中篇小说，《看"点"日记》《三叔》《瓜王轶事》《渡口人家》等短篇小说，均在社会上产生过较大的影响，并获得宁夏文艺评奖一、二等奖。他们代表了宁夏小说新的创作实力、创作水准和创作高度，掀起了宁夏文学创作的第一个高潮。

20世纪80年代中后期，张贤亮、戈悟觉、张武这三位在全国具有影响的作家，基本上代表了宁夏小说早期发展的主要趋向，成为当时宁夏小说创作的领军人物。在张贤亮的影响下，南台、李唯、杨仁山、张冀雪、马知遥、查舜、高耀山、马中骥、马治中、王洲贵、翟辰恩、郑柯、郑正、都沛等一批中青年作家相继加入，汇成汹涌澎湃的一条大河，呈现出异常活跃的态势，壮大了宁夏小说的创作队伍，共同推动着宁夏文学的繁荣发展。

20世纪90年代到21世纪初，短篇小说是宁夏青年作家的拳头产品。这些作品以塞上大地和民族文化为底色，在全国引起了批评家和读者的注目，《人民文学》《上海文学》《中国作家》《民族文学》《当代》《收获》《清明》等重要期刊，以及《小说选刊》《小说月报》《新华文摘》等选刊也对这些作品开始另眼相看。自2003年《十月》开设一年《文学宁夏》专栏以来，宁夏文学创作出现蓬勃发展的新局面。石舒清、陈继明、金瓯"三棵树"，季栋梁、漠月、张学东"新三棵树"，马宇桢、郭文斌、李进祥、了一容、张九鹏、平原、韩银梅、马金莲等小说群体，与杨梓、梦也等诗人，以及郎伟、张铎等评论家一起构成了郁郁葱葱的"文学林"，掀起了宁夏文学创作的第二个高潮。其标志是2006年7月6日，中国作家协会、自治区党委宣传部、宁夏文联在北京召开宁夏青年作家作品研讨会，这是宁夏青年作家群首次在北京集体亮相。

在此前后，50后作家查舜、王佩飞、陈勇等仍在稳扎稳打、平稳推进；60后作家升玄、火会亮、古原、古越、吟泠等已不再零打碎敲；70后作家张学东转战长篇，且硕果累累；80后作家马金莲、许艺出手不凡，频频获奖。石舒清、郭文斌、马金莲荣获鲁迅文学奖，一大批中青年作家先后获得骏马奖、《小说选刊》百花奖、《小说月报》奖、十月文学奖、人民文学奖、上海文学奖、庄重文文学奖、"五个一工程"奖、茅盾文学新人奖等。几十篇（部）作品被译介到国外。几代宁夏作家，包括诗人和评论家，在21世纪继续钻研、辛勤笔耕、不断奉献，共同形成了海内外颇具影响的宁夏文学郁郁葱葱的"文学林"。

我们也要面对一个现实，即这个"文学林"里，品种众多，不乏高大粗壮之树，而能够结出"茅盾文学奖"的大树成为众所期待。宁夏的长篇小说创作始于20世纪60年代。程造之的长篇小说《黄浦春潮》于1960年由新文艺出版社出版，开了宁夏长篇小说创作的先河。女作家亢彩屏描写20世纪60年代初期大学生活的《马兰草》（1980），也是宁夏较早的长篇小说。张贤亮的《男人的风格》（1983）、《男人的一半是女人》（1985）、《习惯死亡》（1989）

等长篇小说的出版促进了宁夏文学的繁荣。进入 20 世纪 90 年代，宁夏长篇小说创作人数剧增，数量攀升。张贤亮的《我的菩提树》（1994 年），张武的《涡漩》（1996），南台的《一朝县令》（1996），高耀山的《风尘岁月》（1998）、《激荡岁月》（2000），马剑龙的《白地》（1999）等相继出版。2000 年，宁夏为长篇小说创作开通了"金骆驼丛书"绿色通道，长篇小说创作逐渐进入一个活跃期，已出版四辑十一部长篇作品。其中马知遥《亚瑟爷和他的家族》荣获全国第七届少数民族文学创作骏马奖，王维堡《郎家巷子》荣获宁夏第六届文艺评奖三等奖。经过老、中、青三代作家的不懈努力和辛勤耕耘，宁夏文学在中国文坛的地位得到了极大的提高，赢得了全社会的敬意。

新世纪以来，高嵩的长篇历史小说《马嵬驿》，张武的《红运》，南台的《废话艺术家》《只好当官》，古越、羽萱的《金羊毛》《菊花醉》，吴江的《咀嚼荒谬》，升玄的《徒步穿梭》，艾琳的《金色指甲》，秦克温的《梅花开了杏花红》，高耀山的《烟火人家》，马濯华的《碧血 1940——绥西抗战往事》等，还有查舜的《青春绝版》《月亮是夜晚的一点明白》《局》，火仲舫三卷本长篇小说《花旦》先后出版。宁夏青年作家群是长篇小说创作的主力军，出现了陈继明的《一人一个天堂》，石舒清的《底片》，郭文斌的《农历》，季栋梁的《奔命》《上庄记》《胭脂巷》，李进祥的《孤独成双》《拯救者》，张学东的《西北往事》《妙音鸟》《超低空滑翔》《人脉》，阿舍的《乌孙》，升玄的《徒步穿梭》《无量谷》，马金莲的《马兰花开》，火会亮的《开场》等长篇小说共计七十多部。这在数量上超越了 20 世纪的各个时期，而质量上能否超越"好大一棵树"尚需要时间的长河予以淘洗，需要一个经典化的历程。

2018 年 12 月 20 日，由中国作家协会和自治区党委宣传部主办、宁夏文联承办的中国文学的宁夏现象研讨会在北京召开。"文学宁夏丛书"（二十卷）由作家出版社重点推出。马金莲《1987 年的浆水和酸菜》荣获第七届鲁迅文学奖。这些是宁夏文学创作的新成就。

宁夏文学在中国当代文学版图上占据着独特位置。从"绿化树"到"三棵树"再到"文学林"，呈现出万木同春、花开满园的可喜局面。宁夏作家这样一个群体，代表着宁夏一种人文精神，一种积极向上的精神标志。要科学看待、客观解读、总结反思中国文学的宁夏现象，从"四大四小"的宁夏文学现象中探寻文学发展的客观规律，为推动中国文学发展提供有益的借鉴。

总之，宁夏小说创作相对于诗歌、散文和评论而言，不论从作品数量、质量，还是荣获国家级奖项、在全国的影响等方面，都具领先地位，是宁夏文学成就的重要代表。

第一章

新时期：地域性、民族性和现代性互相交织

第一节　宁夏出了个张贤亮

　　宁夏文学在中国文坛开始引人注目，始于改革开放之后的新时期。其新格局首先在于宁夏老、中、青三代作家相继推出品位不俗的作品。20 世纪 70 年代末和 80 年代初，历尽人生磨难而重归文坛的张贤亮，以其饱经沧桑和忧患之后的慷慨悲歌，征服了大江南北的万千读者。

　　张贤亮（1936—2014），江苏南京人，祖籍安徽盱眙（1955 年由安徽划归江苏）。1955 年从北京移居宁夏，先当农民后任教员。1957 年因发表诗歌《大风歌》被划为"右派分子"，押送农场"劳动改造"长达二十二年。党的十一届三中全会后，张贤亮重新执笔创作。历任宁夏文联第三届至第五届主席，宁夏作家协会第三届至第五届主席，宁夏文联名誉主席，宁夏作家协会名誉主席，中国文联委员，中国作家协会第四届至第七届主席团委员，全国政协第六届至第十届委员。《灵与肉》《肖尔布拉克》《绿化树》分别荣获 1980 年、1983 年、1984 年全国中短篇小说优秀奖。《牧马人》《黑炮事件》《肖尔布拉克》《龙种》《异想天开》《我们是世界》《男人的风格》《老人与狗》《河的子孙》九部小说被改编成电影搬上银幕。个人荣获"宁夏有特殊贡献的知识分子"称号，被评为"中国文化产业十大杰出人物"，享受国务院政府特殊津贴。作品被译成三十多种文字在世界各国发行，在国际上具有广泛影响。

　　张贤亮是新时期文学中一个重要的、具有开拓性意义的作家。他曾经是一个诗人，诗歌创作是他的一次出色、出众的文学预演。二十年后，张贤亮小说中表现出的美学风格在创作于 1957 年后收入《张贤亮选集》中的三首诗

歌中已初见端倪：星空、静夜、土地和槐花散发着香气，于此氛围和前景上，则是一个不眠的年轻人内心世界巨大的不安、激动、向往、求变，动态与静态相宜，柔美与雄壮相成。一种难以抑制的弥漫的生命，汩汩涌涌，不择而出，在长短有序、张弛合度的诗歌节奏中，化为"强有力的和声"，令人血脉贲张。这种充满生命力度的美学风格，后来更为完美地体现在《河的子孙》《绿化树》等中篇小说中。

　　1979 年，《宁夏文艺》分别于第 1 期、第 2 期、第 3 期、第 5 期在头条位置推出张贤亮的小说《四封信》《四十三次快车》《霜重色愈浓》《吉普赛人》。其中，《四封信》的发表是张贤亮再次走上文学道路的起点。次年，《宁夏文艺》分别于第 1 期、第 2 期继续力推张贤亮小说《在这样的春天里》（与邵振国合写）、《邢老汉和狗的故事》。1980 年 4 月，《宁夏文艺》更名为《朔方》，同年 9 月，《朔方》又一次在头条位置推出张贤亮的短篇小说《灵与肉》，旋即获得全国优秀短篇小说奖，并由著名编剧李准改编、著名导演谢晋拍摄为电影《牧马人》在全国上映，取得空前的上座率，张贤亮的小说一时间洛阳纸贵。从《四封信》到《邢老汉和狗的故事》，再到《灵与肉》，正是从《朔方》开始，张贤亮这个饱经风霜、浴火重生的诗人，走上腾飞之路，不仅奠定了自己在中国文坛的坚实地位，而且成为享誉世界的作家。张贤亮是中国新时期以来的重要作家之一。

　　《灵与肉》对张贤亮来说具有重大意义，尤其是改编为电影《牧马人》后，让张贤亮声名鹊起，四海皆知。《邢老汉和狗的故事》的问世，则标志着张贤亮二十多年的艺术感受力再度恢复和强化。在某种意义上讲，这篇小说是作家艺术上的真正的起点。李泽厚在论及"第五代作家"时，曾指出："第五代知识者在这种强大的思想改造面前，便完全消失了自己。他们只有两种事可干，一是歌颂，二是忏悔。"《灵与肉》既有歌颂，又有忏悔。以此为界，张贤亮作品分为两个走向：一是以中篇小说《龙种》、长篇小说《男人的风格》为代表的改革小说；二是以中篇小说《土牢情话》《河的子孙》为代表的反思小说。1983 年的《肖尔布拉克》又将歌颂和忏悔合二为一，其结果便是中篇小说《绿化树》《男人的一半是女人》的震撼面世。这两部作品由于作家直接的切肤感受而演绎出来的理性占据了主导地位，从而使这两部作品容纳了冷峻而深沉的内涵，同时展现了一个时代比较真实的风貌以及真正属于作家个性的独特的艺术品格。当然，如果一篇小说中只有个人化的信息，而与自己所生活的时代、社会、文化、地域与民族等没有关系，那其生命力也许是相当有限的。许多人只看见《绿化树》里的改造与性爱主题，但李泽厚从哲学、宗教、道德等角度出发，认为《绿化树》给人的感觉是"复杂而真实的"，"从作品本身给人的审美感受和艺术味道的特征着眼"，是"对那原始、质朴、粗犷、富有生命力的阔大的美的歌颂"①，肯定了《绿化树》的主旨及精神。由此可见，张贤亮的美学风格其来有自，一以贯之，二十多年的苦难折磨，并没有伤及其内在生命元气。孙犁读了《绿化树》之后，对张贤亮有极高的评价："作者的经历、常识，文学的修养，对事业的严肃性，都是当前不可多得的"，描写马缨花的那一节，"用笔自是不凡"。孙犁并且注意到，1984 年一年中他读到的三部小说，皆描写了寡妇形象，《绿化树》中的马缨花即为其中之一，原因则在于，"这是和长期以来，在带有浓重封建色彩的农村生活里，寡妇所处的社会地位，她们生活的特殊困难，她们为了适应这种地位所锻炼成的性格特点，吸引了我们的作家。作家们都用同情的、近乎人道主义的态度去描写了她们"②。

张贤亮的清醒，还表现在对自己文学实绩以及文学史上的地位，有非常清楚的认识。在《小说中国》一书中，他谈到了新时期文学，亦可视为对自己创作的一个定位："70 年代末期 80 年代初期，中国作家曾是风云一时、万众瞩目的人物……不过是作家们说了人民群众想说又不敢说的话罢了。中国作家在拨乱反正及改变中国社会面貌方面起了巨大作用，有力地配合了思想解放运动，推动了中国的进步。"

众所周知，张贤亮的人文底蕴深厚，内在视野很开阔，所以他是一个洞明世事、心胸宽广、眼光高远的作家。尤其值得一提的是，他对政治哲学涉猎较多，他的作品有一种"与时俱进"的特点。《绿化树》《男人的一半是女人》等小说，以中国当代文学前所未有的深度，正面展开了"灵与肉"的搏斗及自我搏斗。他站在当下去审视世界与历史，他给予读者的就是以现代的太阳重新照亮世界，使读者享受到一种属于自己的时代美感。毋庸讳言，他的小说不仅仅是一种生存的关怀，更重要的是一种生命的关怀。更多的时候，他把这两种关怀都纳入笔下。张贤亮对于"宏大"事物的关注，则延展了他的视域，以致他的作品几乎触及了当代所有现实问题。浓烈的"问题意识"，在当时被视为英雄主义的时代担当，是人的生存、人的发现、人的潜能发挥和人的自我实现等普遍的精神思考。正因为如此，才使他的作品具有了振聋发聩的艺术力量和思想力量。梦见自己又无端被捉进了劳改队，中篇小说《无

---

①李泽厚 . 走我自己的路［M］. 上海：生活·读书·新知三联书店，1986：96-97.
②孙犁 . 老荒集［M］. 北京：人民文学出版社，2012：76-77.

法苏醒》记录的就是这种梦境和忧虑；长篇小说《习惯死亡》中，对此种恐惧的描写达到了极致，"还你一个血窟窿"绝不仅仅是叙事艺术上的符号和象征，那其实也是一种喑哑的、绝望的呼喊。或许我们应该由此重新认识张贤亮早期的几部小说，如中篇小说《龙种》，类似于一幅国营农场改革的蓝图；长篇小说《男人的风格》则近似于一份中小城市改革及规划提案。这两部热情有余、文学性不足的作品，却是作家真诚然而又过于急切地奉献给社会的礼物——改变现状、改革社会，是避免重蹈历史错误的有效途径。在他有意识地、强烈地写出相当于建议、规划、蓝图等理念化的文字时，无意中也"写出生活的壮丽和丰富多彩，写出人民群众内在的健康的理性和浓烈的感情"，而后者至今仍然能够以其清新、质朴、向上的气息，打动我们的心。

参与性的文学观念，是以损伤文学性为代价的。这不仅是张贤亮的局限，也是他们那一代人的局限。这种局限，让人尊敬。对此学者许子东表现了充分的同情和理解，在《张贤亮笔下的"畸形屈辱感"》一文中，他写道，自己并不欣赏章永璘在劫难中所表现出来的"畸形屈辱感"，但他感谢张贤亮"写出"了知识分子表现出来的这种"畸形屈辱感"。张贤亮把一段令人难堪的历史，真实地记录了下来，真是一种力量。正因为如此，仅仅写了一代人生活、情感的张贤亮的作品，至今仍然打动着几代读者的心。①

莱辛说："一切与性格无关的东西，作家都可以置之不顾。对于作家来说，只有性格是神圣的，加强性格，鲜明地表现性格，是作家在表现人物特征的过程中最当着力用笔之处。"莱辛的看法，对于以塑造人物形象为主体的小说是成立的。人物性格的塑造，确实是小说创作的真正难点，也是小说的价值所在。张贤亮的小说刻画了同代人的形象，传达出了同代人痛苦的心声，具体地说，通过章永璘等人物形象，反映了他们那一代所谓出身资产阶级家庭的知识分子，真诚地接受思想改造，于改造过程中产生一种"原罪"感，痛苦反省，用力忏悔，意欲漂白知识分子身份，进而融入工农群体之中。读过张贤亮的作品，我们都会对《绿化树》中的马缨花、章永璘，《男人的一半是女人》中的黄香久，《灵与肉》中的许灵均、李秀芝，《河的子孙》中的魏天贵，《土牢情话》中的乔安萍等艺术形象产生深刻印象。这些艺术形象都不是单一色的，作为社会的人，他们的心灵世界是极其复杂、极其丰富的。鲁迅认为《红楼梦》的美学价值就在于打破了"叙好人完全是好，叙坏人完全是坏"的传统格局。张贤亮在塑造人物性格时，重在表现人物的内心

①许子东.呐喊与流言［M］.上海：上海文艺出版社，2004：147–148.

世界。他获得的最大成就在于为当代小说人物画廊贡献了一系列光彩夺目的人物形象，如许灵均、李秀芝、章永璘、马缨花、黄香久、魏天贵、海喜喜等，他们的音容笑貌，明显地反映着那个时代的风云变幻，有着强烈的时代特色。那些栩栩如生的人物形象，与塞上的风土人情、山川景物一起，长久地留在我们的记忆里。其中女性形象更是令人难以忘怀。张贤亮说，从她们身上，他深刻体会到了"中华民族的坚韧性、顽强的苦斗精神和对生活的挚爱"，在不管多么艰难的条件下，"她们从来不灭绝自己对幸福的追求，尽可能地使自己悲剧性的生活变为喜剧……她们并不妖娆美丽，她们从不炫耀自己，而她们绿色的群体却使大地春意盎然"①。一个像他那样处于厄运中的知识分子，应从她们身上汲取精神的力量。事实上，张贤亮写得出色、成功的也多是寡妇形象，包括那些被诱骗失身、独自带着儿女生活的女性，如陕北女人（《邢老汉和狗的故事》）、穆玉珊（《龙种》）、乔安萍（《土牢情话》）、上海女知青（《肖尔布拉克》）、韩玉梅（《河的子孙》）、马缨花（《绿化树》）、黄香久（《男人的一半是女人》）、白彦花（《青春期》）等。如果说，在欧洲文学史上，是巴尔扎克首先发现了四十岁的女性，那么不妨说，在当代中国文学史上，是张贤亮首先发现了寡妇形象。

　　文学使用现实语言，但又消解现实语言转化生成为文学语言。转化的过程就是克服语言的抽象性，使其具象化、意象化，从而表达审美体验。张贤亮是诗人出身，他曾说："文学的核心，文学的精髓，并不是小说，不是散文，更不是杂文，而是诗。从事文学创作的人如果他首先不是一个诗人，那么他写的任何其他文学体裁都不会写好。"②故而，他的小说有一种诗的氛围、诗的情调、诗的境界，画面感很强，常常给人一种身临其境之感。《绿化树》中关于"饥饿"和"馍馍上的美丽指纹"的描写，令人印象深刻。这种艺术感觉对世界的把握既是直观的，又是本质的。张贤亮企图在细节性的描述中托出生活的真相，托出生命在其中艰难的成长过程。这不是创作在经历了不断调整后的自觉选择，而是在时代宽松的背景下，一种真诚的言说，是一种在时代的荒凉之后，向爱的靠近。他唤起艰难岁月中温暖的记忆。其实，艺术感觉就是一种历史的产物。如在《一亿陆》中描写贺兰山的一段："太阳已落山。司机告诉他们那座山叫'贺兰山'。贺兰山在没入山后的太阳的余光中晶莹透明，不像是条山脉，却如同平铺在地面上起伏绵延的黛青色的云。

①张贤亮.张贤亮选集（第一卷）［M］.天津：百花文艺出版社，1995：199.
②张贤亮.好个诗情画意［M］//张贤亮.边缘小品.西安：陕西人民出版社，1995.

在他们眼前耸立着两座古城堡。古城堡巍然屹立的黄土墙，被紫红色霞光的余晖照耀，像巨大的闪烁着五色斑斓的黄色玉石。墙体上被岁月侵蚀的剥落瘢痕，竟如鬼斧神工刻出的雕花。更令他们惊喜的是，在两座古城堡之间，是一大片盛开的向日葵。每朵金色的向日葵花都朝向他们走来的方向，像有情感的生灵在晚风中摇曳。"这段描写立刻让人联想到《河的子孙》开头部分太阳落在人面峰背后，魏天贵赶着毛驴车进入河岸古道上的情景，一样出色的、令人难以忘却的美景描写。三十多年过去了，张贤亮的才华依旧、未见衰歇。

张贤亮是一个大气的作家，此种阔大气象源自他早年充分的文学准备、他的非同寻常的天赋，尤其是他对个人二十多年来苦难经历的不间断省思，这一切综合并最终形成一种文学气象。张贤亮也是一个具有世界性视野和眼光的作家，不单是马克思主义哲学为他提供了一种资源，以之为观察、反思、剖析的视角，他也将个人命运与民族、与祖国紧紧地联系在一起，站在一个他人难以企及的高度；在同代作家中，很难找出第二个人像他那样于文学出道之前即已精熟地掌握了一种哲学理论。张贤亮更是一个清醒的作家。在为英国《卫报》所作的文章《参与、逃避和超越》中，他对当代中国文学作了一个基本的判断——所谓当代文学，"全是参与型的知识分子作家的作品"[1]。在开始创作小说时，张贤亮多次谈到自己并不想做一个为艺术而艺术的作家，而是把文学创作当作参与社会变革的一种方式；个人痛苦的经历，让他确立了带有功利性的文学观念：文学离不开政治，作家应该首先是一个"改革家"，推动社会进步，共同创造能够让艺术繁荣良性的社会环境，否则，"便没有什么文学家存在的余地"。今天更为年轻的一代作家和读者，很难理解张贤亮所说的"社会参与"，更难理解张贤亮把个人创作当成对抗"左"的思想倾向的一种方式。1983年至1984年，正当他写作中篇小说《绿化树》时，社会上传来了种种谣言，如说要批评电影《牧马人》，要从他的作品中"专门寻找精神污染"等。这反而激起了作家"理智上的义愤"："我正是要在这一切中写出生活的壮丽和丰富多彩，写出人民群众内在的健康的理性和浓烈的感情，写出马克思著作的伟大感召力，写出社会主义事业不管经历多么艰难坎坷也会胜利的必然性来。"[2]

张贤亮的文学创作留下了两个较大的缺憾：一是计划中的九部系列中篇

①张贤亮. 追求智慧 [M]. 北京：中国华侨出版社，1998：214.
②张贤亮. 小说编余 [M]. 银川：宁夏人民出版社，1996：97-98.

小说，半途而废，成了文学史上的"半部书"；二是长篇小说《一亿陆》发表后，无声无息，毫无反响。这两个缺憾，犹如两个谜。

总标题"唯物论者的启示录"下的九部系列中篇小说，是张贤亮20世纪80年代的一个宏大的创作计划，1985年出版第一部，名为《感情的历程——唯物论者的启示录》，收录《初吻》《绿化树》和《男人的一半是女人》。严格说来，《初吻》仅是一个短篇，写童年事，与其他两部体例不合，属凑数之作。1989年出版的长篇小说《习惯死亡》，从性质上说，应属九部中篇小说系列之一，但并未在标题上注明，说明作家已经放弃了系列创作计划。虽然张贤亮本人没有留下只言片语，解释其中缘故，但小说本身还是有一些蛛丝马迹可寻，焦点或许在于当时就引发争议的"红地毯"描写。《绿化树》结尾拖了一个光明的尾巴，受尽磨难的章永璘苦尽甘来，庄严地踏上了"红地毯"。李泽厚认为这一节描写是一个"败笔"；王蒙的看法则要温和一些，他说结尾的描写见出作家"笔有得色"，虽也反映了张贤亮的"坦直与可爱"，"很少装腔作势"的性格，但"毕竟是俗"。[1]

对这些批评或建议，张贤亮一笑置之，且表现得相当固执。他倒是很奇怪：竟然没有人能理解这是非常重要的一笔，因为，在他看来，"走上红地毯"不仅仅标志着主人公个人命运的改变，更是整个中国社会全面改变的"象征"。

2009年张贤亮发表长篇小说《一亿陆》，原为中篇规模，后来拉长为一个长篇。实际上，从创作轨迹上看，这个长篇原来的名字应该叫《钱歌》。虽然作家采取了一种写作策略，将王草根与陆姐之间所谓的"精子大战"作为叙述主线，但金钱及其威力才是真正的主题。这的确是一个值得分析的文本：它准确、逼真地摹写了当时社会现实的一面——金钱关系决定人际关系。金钱一路高歌，收购尊严，收购灵魂，收购一切；金钱可以操控女人，可以操控男人，甚至完全可以操控文化。然而，整个文本总是缺了一些什么，而且缺的是最重要的东西：缺少了批判意味，缺少一个章永璘那样的思索者、分析者，冷眼观照浮世人间。王蒙说，张贤亮是一个非常有代表性的现实主义作家，他能写出"严峻的事实"。可是，在这里，他近乎照相式地或自然主义地详写了诸多"事实"，事实诚然足矣，"严峻"则远为不够。

张贤亮本身即是一个矛盾，他是一个充满矛盾的传统。张贤亮留下了不少的缺憾，他是一个有缺憾的大师。但是，他完成了自己。在这雄浑而秀丽的塞上江南，"宁夏出了个张贤亮"；又因其不凡的创作成就和社会影响力，

①王蒙.王蒙自传·大块文章（第二部）[M].广州：花城出版社，2007：24.

张贤亮成为"文学大树"和"宁夏名片"，并带动宁夏文学有了跨越式的发展。

第二节　一批作家相继加入而跨越世纪

在张贤亮的影响和带领下，一批中青年作家也相继加入，汇成汹涌澎湃的一条大河，呈现出异常活跃的态势，壮大了宁夏小说的创作队伍，共同推动着宁夏文学的繁荣和发展。戈悟觉、马知遥、张武、南台、查舜、张冀雪、李唯、王佩飞等成为宁夏文坛从20世纪跨越到21世纪的代表作家。

戈悟觉（1937— ），浙江温州人。曾就读于北京大学中文系和中国人民大学新闻系。1959年大学毕业后支援大西北建设，到宁夏工作。历任《宁夏日报》特派记者、文艺部负责人，宁夏文联副主席，宁夏作家协会副主席，宁夏对外交流协会副会长，自治区政协常委等。自治区党委、政府授予他突出贡献奖，享受国务院政府特殊津贴。1995年调回温州，任温州电视大学党委书记。教授，中国作家协会会员，中国报告文学学会副会长，温州市政府文化顾问。1955年开始发表作品，作品荣获全国优秀电视剧剧本奖、十月文学奖、人民文学奖、《小说界》奖、上海丑牛电影文学奖等二十余种省级以上奖项。

戈悟觉在《宁夏文艺》1961年第1期上发表了小说处女作《喜事》，旋即被中央人民广播电台作为文学节目配乐播出，全国十七个省台转播。在当时，作为一个记者利用业余时间搞创作，无疑是"不安心工作"的典型，受到各种责难是不可避免的，戈悟觉随即停止了文学创作。直到1979年，戈悟觉发表了他新时期的第一篇作品，参与了时代的共鸣。之后，戈悟觉进入小说创作的高产期，他以短篇小说为主，凭借近二十年记者工作经验的积累，多侧面地呈现出时代面貌和时代精神。

戈悟觉有着改革开放初期的乐观精神，又有着对20世纪50年代文学的继承和新闻化写作的习惯，1985年前后表现在作品中的观念发生了转变，蛰伏于作家个性中的某些因子为新时代、新思想所引燃。此后数十年来，戈悟觉出版了《记者和她的故事》《夏天的经历》《金色的小鹿》《她和她的女友》《岁月和人》五部中短篇小说集和报告文学集，编写了《我在十六岁的时候》《夏天的经历》《从前我们也年轻》《笑容》《今日来古渡口》五部影视文学剧本。此外，还撰写了大量散文、杂文、评论等，约五百万字。他的小说和影视文学剧本不仅为当代文坛所瞩目，并且被介绍到国外。小说《夏天的经历》由熊猫丛书介绍到英美，并被收入美国国际文化交流出版公司编选的《国际短篇小说选》。戈悟觉1983年曾被法国指名邀请参加中法文化交流。根据自己同名小说改编的电视剧《夏天的经历》，在法国播出后引起较大反响，法国评论界认为是"中国电视剧走向世界的开端"。此后北欧等七个国家也相继购买了该剧的播映权。1984年该电视剧又应邀参加了美国国际电视剧展览。

戈悟觉及时反映时代脉搏的跳动，因而使作品具有鲜明的时代特色。《雨夜钟声》《记者和她的故事》《客人》《邻居》《故乡月明》等是他重新拿起笔后的早期作品，在内容上，它们都触及了刚刚过去不久的"文化大革命"，描写了十年中人民的苦难、心灵的创伤以及种种不正常的生活现象。这一批作品和同时期席卷中国文坛的"伤痕文学"潮流以及与之交错的反思文学潮流是相吻合的。当然，戈悟觉作品鲜明的时代特色还表现在他的创作紧紧追随着生活前进的脚步，及时地开拓新的题材领域，提炼新的主题。在《蔚蓝的池水》《马龙来访》《妻子》《春夜》《筵席曲》《从前去过的地方》《缔造友谊吧，人们》等篇章中，作者把伤痕推到了远景的位置上，着意刻画和歌颂了新时期人们为事业、为振兴中华而顽强拼搏的精神。这些作品较深刻地反映了党的十一届三中全会所开辟的中国人民历史命运新阶段的生活斗争图景。在《蔚蓝的池水》中，王龙不计前嫌，不计私人恩怨，精心培养曾迫害过他的工宣队员李宝全的女儿小香。王龙这种为中国游泳事业的起飞而忘我拼搏的精神，标志着人与人关系的重新组合，也是新时期为中华腾飞而拼搏的中华儿女的写照。当了四十年大队支书的马龙冒着铺天盖地的大雪来县委"走后门"，请一位专家去指导科学养牛（《马龙来访》），生动地反映出农村生活的深刻变化和农民群众思想上的新的追求——他们正在摆脱保守的、封闭状态的生活方式，而将生产生活纳入现代科学文明之光照耀的轨道。

但是，戈悟觉的作品仍然显示出了自己的特色，就是他并不着重再现那鲜血淋淋的场面，而注意表现在那段历史曲折中潜藏于人民之中的积极健康的力量，表现这种力量与邪恶势力的抗争，从而使人们感到，即使在浩劫的日子里，在痛苦的呻吟之中，仍然有不屈，仍然有希望。作者并不着意去揭露贾洪斌的肆虐和任俊田的苦难，而只是抓住山洪即将暴发这一事件，让它像一块试金石，检验出卑劣者的丑恶嘴脸与高尚者的光明心胸。

《夏天的经历》发表于《人民文学》1982年第2期，被称为"具有真正文学意识的作品"。这个短篇获得评论界的一致好评，除了艺术上的因素外，其重要原因乃在于作家在作品中传达出了他对生活的独特感受，就是普遍存在于普通人之中的善良美好的人性和人情。这人性和人情，使我们感受到了人间的温暖和生活的美好。虽然世俗的物质欲望污染了不少人的心灵，但梅青所代表的淳朴、美好、高尚的至性至情人格，是永远也不会从人类生活中消失的。要善于去发现、去感受，这就要求作家首先要有一个胸怀真善美的心灵，所以放眼望去，我们的生活始终与美好关联。《夏天的经历》让梅青、杨娜、莎莎爸爸在自然的对比中，显示出不做作的、自然的人性美。这是戈悟觉"时代感应该自然存在"的美学主张的体现，也是作家创作个性的体现。《请你谅解》描写了一个优秀射击运动员在获得成功后的内心波澜，提出了一个人们较少注意到的贡献与道德的矛盾问题。人们有时为了贡献，不得不作出一些道德上的牺牲，比如说点假话，对不喜欢的人勉强表示出虔敬等。张幼惠在记者招待会后那种微妙、朦胧、似有难言之隐的心态，正是这种矛盾冲突的反映。《秋天的经历》写一个离休后的市长，自己拿出资金，去和个体户合伙卖羊肉泡馍所引起的冲突。这个冲突所提出的问题是一个当过官的人，在他离职以后，能不能重新回到老百姓的队伍中去，像一个普通老百姓一样的生活？这是中国干部队伍面临的一个重大考验。在这个考验的背后，是封建特权思想、等级观念与人民主体思想的冲突。一个干部体制改革中的重大矛盾，就这样被戈悟觉不动声色地提了出来。其他如《女作家》中所反映的女性事业与家庭的矛盾，《她和她的女友》中所反映的先进人物被世俗观念所困扰的矛盾，《今日来古渡口》中现代化大生产与小生产者利益、意识的冲突，《漂流》中所揭示的知识分子在世俗之风中不得不随波逐流的现象，《那种奇怪的感觉》中对历史的反思和对极"左"思想的批判等，都是戈悟觉独到的发现。

总之，戈悟觉把记者的特质表现得十分突出，又让作家的足迹走遍塞上大地，深入各行各业，塑造了一批有血有肉的积极向上的普通劳动者。一方面，作家揭示问题，思想解放刻不容缓。如《记者和她的故事》中朴实的铁姑娘被改造得教条僵化；《她和她的女友》中写到凡俗生活中精神的颓唐，人们对"先进"的复杂心态；《漂流》续写莫刚的人生，面对形式主义和层级制度的消耗令人无奈等。另一方面，作家将自己的乐观精神贯穿于作品，使众多人物具有积极向上的品格。如《客人》中的编辑不顾惜身体超负荷改稿，专门利人，毫不利己；《独臂队长》终于战胜了情感和私心，决定顺应人心推行改革；《宴席》中关玉梅性情三变，生产积极性与社会主义美德同步回归；《小河日夜流》中的水文观测员在岗位上尽职尽责。赶超世界先进水平的理想令人斗志昂扬，激动着科研工作者（《一生中的四天》），也激动着体育运动员（《蔚蓝的池水》）等。所以，戈悟觉的作品被骆宾基命名为"当代的革命现实主义"①有其道理。戈悟觉是宁夏20世纪小说创作的领军人物之一，他致力于用作品回答"什么是我们社会主义祖国的80年代，我们的人民是怎样从废墟中站了起来，抖擞精神，迈开双腿……"②这尤为重要，也难能可贵，更是戈悟觉作品的意义——让经历苦难的人们看到生活的希望。现当代文坛是一个群星灿烂的星空，戈悟觉以其独特的光芒，为这一灿烂的星空增添了异彩。

马知遥（1937—），本名马明春，湖北沔阳人。1964年毕业于中央民族学院艺术系。曾任宁夏展览馆美工、业务副科长，自治区政协委员，宁夏文史馆馆员，宁夏文联专业作家等。一级作家，中国作家协会会员。1979年开始发表作品。出版短篇小说《黄米干饭》《静静的月亮山》、长篇小说《亚瑟爷和他的家族》以及《马知遥文画选》等。小说荣获宁夏第二届、第四届、第五届文艺评奖优秀奖（不分等）、优秀奖（不分等）、一等奖，第七届全国少数民族文学创作骏马奖。

马知遥虽也画画，但以小说创作为主。他的小说《业余社员轶事》《老烈》等已显露出他从地域文化入手来把握人物深层心理的意味。这是他小说创作一个较为鲜明的特点。翻开他的作品，《诱惑》《搭伙》《四月的河滩》《三七》等，地域文化的浓烈色彩和浑身渗透地域文化基因的人物扑面而来。地域文化存在于一切物质和精神活动之中，生活在其间的人类群体既受制于地域文化的影响和束缚，又随着生产方式的变化丰富创造着地域文化。由于地域不同，人们的风俗习惯、语言举止、人际关系、道德规范、心理气质、饮食服饰等也就不同。地域文化既像一条河向前发展，又像一个湖相对稳定。生活于塞上大地的人们难以摆脱地域文化的包围，那么只能接受，因此从外化到内在不能不留下千百年来深深镌刻的痕迹。文学不仅要描写外化现象，而且要努力表现人物内在的深层心理。从马知遥的作品中，我们可以看到这种勤奋努力的结果，其人物眉眼分明、形神逼真。作为一个作家，马知遥渴望从一个高层次描写地域文化对人们深层心理的影响，这不是主观愿望就能奏效的，这取决于作家深广的生活感受。只有在塞上这块厚土上，探求地域文化表现和流变的轨迹，融于广大人民的心灵海洋中，研究人们的深层心理，才会有更大的收获。

石舒清在《马知遥老师印象》中说："我觉得，在我周围的作家里，知

①骆宾基. 从前去过的地方·序［M］.上海：上海文艺出版社，1982.
②戈悟觉. 文学的职责［J］.朔方，1983（4）.

遥老师就是最好看的人。"石舒清的这段话，提供了一个走进马知遥文学世界的很有意思的角度。若论作为作家的马知遥，他的作品异于其他作家最显著的地方，就是他粗犷刚烈的文风。无论是中短篇小说，还是长篇小说《亚瑟爷和他的家族》，其中他一以贯之的文风的关键词就是"力量"和"硬气"。

马知遥是历史感与时代感都极为强烈的作家，他一方面对那段特殊的历史时期保持着思索，另一方面又关照着他所生活的这个时代。此外，马知遥的文学语言洗练、质朴，有速度，因而很耐读，在老一辈作家中属于语言修养很高的作家。

张武（1938— ），笔名金川，甘肃渭源人。1957 年毕业于甘肃省临洮农校动物饲养专业。曾任自治区党委组织部、宣传部、办公厅干部，宁夏文联办公室主任、党组副书记、副主席及秘书长，中国作家协会全委会委员，宁夏作家协会副主席。中国作家协会会员，一级作家，享受国务院政府特殊津贴。1961 年开始发表作品。出版长篇小说《罗马饭店》《涡旋》《红运》，短篇小说集《炕头作家外传》《潇潇春雨》《黄昏梦》，中篇小说集《新闻天地》《风流小镇》，散文集《张武散文集》《行路集》等。《罗马饭店》获宁夏第二届"五个一工程"奖，中篇小说《看"点"日记》荣获宁夏文艺评奖一等奖，短篇小说《瓜王轶事》《红豆草》分别荣获宁夏第二届、第四届文艺评奖小说奖（不分等）。

善于描写农村生活是张武的一个显著特点。从 1961 年发表《刘师傅》起，到 1965 年年底发表《练》，张武在五年的时间里就写作并发表了十来篇反映农村生活的短篇小说。这些作品有他所熟悉的吃苦耐劳的羊把式，有一心为集体的妇女队长，有决心扎根农村的回乡知识青年等。尽管这些作品在艺术上还不够成熟，但读来令人感到清新可喜，带有泥土气味。在《一串铃》（1962）中，通过一个外号叫"面耳朵"的回乡青年夸自己当妇女队长的妻子如何能干，刻画了一个令人可亲可敬的农村妇女形象；在《两个羊把式》（1963）中，描写了两个性格迥然不同的羊把式：一个"厚厚实实，不声不响"，一个"精细灵通，能说会道"。作者用对比的手法歌颂了前者办事认真、维护集体利益的作风，善意地批评了后者投机取巧、自私自利的行为。《转》（1963）像人物素描，借助主人公在晚饭后看似漫无目的地转悠闲逛时遇上的几件小事，勾勒了一位医术高明的老兽医助人为乐、关心集体的可敬形象。

1964 年 4 月以后，他发表的《新来的女售货员》《红梅和山虎》《练》三篇小说，技巧有所长进，开始注重人物性格的刻画、悬念的设置、情节的安排，篇幅也相应变长了。《红梅和山虎》可以说是他早期作品中最好的一篇。

小说通过一个下乡干部"我"的耳闻目睹，描写了一对互相倾慕的男女青年在工作、学习、生活上的互相帮助和互相关心，热情讴歌了他们积极向上的精神风貌。张武以《一串铃》《两个羊把式》《转》《红梅和山虎》等佳作崭露头角，引起文坛的注意。1965年年底，他参加了在北京举行的全国青年业余文学创作积极分子大会。

1965年以后，张武被迫停笔。1979年，张武重新发表作品，他的《选举新队委的时候》《处长的难处》《看"点"日记》，被《人民文学》分别在第3期、第11期、第12期刊载，这无疑给他以极大的鼓励，也坚定了他创作的信心。从此，一发而不可收。张武先后出版的《炕头作家外传》《潇潇春雨》和《黄昏梦》收录了他这一时期的大部分作品。

综观张武新时期的小说创作，反映农村题材的作品占了很大比重。他遵循现实主义创作方法，敏锐地反映当时的社会生活，具有很强的时代精神。《瓜王轶事》是张武的一篇力作。在这个短篇中，作家描写了一个自产自销的瓜农王保生。这个在常乐镇丁字街口摆瓜摊的老汉，看似狡黠，实则厚道本分，做生意"与人为善，童叟无欺"。因为"瓜王"种的瓜好，又会做生意，在市场上很有竞争力。"瓜王"除了高超的切瓜本领、干净卫生的瓜摊、别致动听的吆喝声，还有一件招徕顾客的洋玩意儿——三洋牌录音机，专放当地农民喜欢的秦腔。小小录音机对刻画"瓜王"、渲染时代气氛起了重要作用。是的，"瓜王"本身就是时代的幸运儿，他是新时期落实各项农村经济政策、发展农村多种经营之后走上商品经济舞台的。从"瓜王"别致动听的"五大牙子，杀开了也"的吆喝中，透露出商品经济在我国农村得到复苏并将发展繁荣的喜人信息。这篇小说写得很有生活情趣，通篇充溢着诙谐幽默的情调，充分显示了张武的幽默感，也把"瓜王"刻画得栩栩如生，把现实的真实和理想的真实结合起来，从而在艺术上达到审美的境界。

张武的幽默表现为一种善意的嘲讽、温和的批评、适度的宽容。在《看"点"日记》《处长的难处》等作品中，作家把冷峻的现实主义与淡化的艺术表现方法结合起来，把善意的嘲讽与喜剧的场面结合起来，将讽刺寓于幽默之中，让讽刺的对象自我表演、自我暴露，揭示其在冠冕堂皇的名义下所掩藏着的卑劣行径。我们从这些讽刺之作中，可以感到作家追求真理、渴望改革的拳拳之忱。张武小说朴实平易的风格，包括地方色彩和幽默情调这两个特色，无不借助于语言的描绘才得以体现。

"大湾生产队发生了一件轰动人心的大事：下台六年的老队长陈冬生，又重新'复辟'当了队长。而且这次当选还是他毛遂自荐，至于群众举手投票倒是后来的事。这个新闻如同外国总统竞选中在野党获胜似的，具有爆炸性。"（《没记性的人》）这是叙述语言的例子，作家用夸张的语调叙述陈冬生重新当队长的消息引起的反响，"复辟"一词大词小用，比喻也带夸张，意在引起读者阅读的兴趣。叙述中，有时采用多种修辞手法来突出事物的特点，增添语言的情趣。"王大妈……严密地监视着仅有八分地的瓜田，以防有什么'小二流子'侵犯边境，掠夺胜利果实"，"王保生一改事事随和，跟着老婆屁股转的脾气，尊严起来，坚持独立自主，按他自己的既定方针办，不让老伴有半点干扰"，大词小用，造成语言的谐趣。"还不待祖母发话，那孙子就像一个玻璃球似的，滴溜溜滚到王保生的瓜摊上。"（《瓜王轶事》）比喻形象生动，令人赞赏。"几根稀稀拉拉的黄胡子，好像荒地里的胡麻，老是那么长，不见有任何兴旺发达的迹象。"（《三叔》）胡麻是宁夏农村常见的油料作物，随手拈来用以形容胡子，幽默风趣且具乡土气息。

对人物的肖像描写，张武爱用喜剧的手法夸张其某种特点，比如对"瓜王"和"炕头作家"的肖像描写就很有特色。对讽刺对象如《处长的难处》中的史处长、《微笑着的脸》中的何广源、《求实》中的两个外调人员，一般用漫画夸张笔法予以勾勒，饶有嘲笑讽刺的意味。

张武创作上的优势是有两套"拳路"。他熟悉机关生活，从而写出《看"点"日记》《庭训》《处长的难处》等受到读者欢迎的作品；他又了解农村生活，因而写下《瓜王轶事》《潇潇春雨》《外路女婿》《渡口人家》等小说。张武的作品，无论是反映机关生活，还是描写农村的人和事，都具有浓郁的西北地方特色，洋溢着泥土的气息。从他的作品中，可以感受到西北地域的开阔、黄河宁夏段的雄浑，也可以领略到沙坡头的绮丽风光，盐池、中卫等地牧区的风貌和宁夏南部山区的贫穷与变化、落后与发展、闭塞与开放。作家善于通过对凡人小事的抒写，展示普通人闪光的心灵。张武坚信生活中光明面是主要的，就像白天多于夜晚；人与人之间的关系总是美好部分占有优势，不管是自然属性还是社会属性。

张武以人物形象与语言的乡土味、故事情节有头有尾的传统艺术方法赢得了读者，特别是农村读者。张武是宁夏文坛值得记忆和可圈可点的人物，是宁夏20世纪乡土作家的代表，也是宁夏20世纪小说创作的领军人物之一。

南台（1945— ），本名王雄，宁夏海原人。1968年毕业于宁夏大学。曾任海原县委办公室秘书，宁夏粮食局干部，宁夏人民出版社文艺编辑室副主任、总编室主任，宁夏作家协会副主席等。编审，中国作家协会会员。自1981年在《朔方》上发表第一篇小说《曹家凹的总统》以来，已发表数百万字的作品。《一份招工名单》荣获宁夏第四届文艺评奖小说奖（不分等），被《小说选刊》转载，并被天津电视台改编成电视剧《风》。后来，自治区党委宣传部又在部办刊物《宣传工作》上转载此文，推荐给全区领导干部阅读。他的中篇小说代表作《离婚》在《当代》发表后，被《中篇小说选刊》选载，后被台湾海风出版社选中并出版。南台后来致力于长篇小说的创作，其中讽刺性喜剧小说《一朝县令》、幽默性喜剧小说《只好当官》、戏赞性喜剧小说《废话艺术家》，先后分别荣获宁夏第五届、第七届文艺评奖一等奖、第八届文艺评奖二等奖。

张贤亮在为南台的第一部短篇小说集《女人和小镇》作序时曾说，南台的作品是老实人的老实文学。是的，南台是老实人这毫无疑问，但透过他"老实文学"的表象，潜藏着一颗独具的匠心。南台有着自己的追求，他恪守现实主义创作方法，冷静地观察生活，平静地反映人生。中篇小说《老庄谷阿蛋》叙述了古老村庄的凡人小事，描绘了一幅具有地方特色的风俗画。他似乎无意反映改革时期各种错综复杂的矛盾，只是讲了一个普通农民一生平淡无奇的故事。他正是通过阿蛋这个人物在新时期微妙的心理变化，鸟瞰了传统文化对人物的影响，极"左"路线对人物的毒害，显示了纷繁复杂的生活内容，从而让人们深深体会到传统文化因子和主人公精神世界非同一般的关系，以及机械生产方式与生活方式沿袭相传所积淀的习性，怎样在培育人物自身勤劳、善良、诚实这些优良品性的同时，还铸造着人的愚昧、保守、僵化的另一面，形象地说明了改革的意义，不仅是经济的、物质的，也应该是人自身的改造和重铸。

南台的第一部长篇小说《一朝县令》以西北黄土高原上一个偏僻小县——水泉县为背景，通过政治、经济、文化的视角，真实地再现了20世纪70年代末期那段特定历史年代的生活图景，具有很强的政治学和社会学上的认识功能，甚至具有某种启示性或预示性意义。如果说《老庄谷阿蛋》中的阿蛋为"剪掉了辫子的阿Q"，那么南台的第二部中篇小说《离婚》中，通过主人公二十五年没有离成婚这件事，让我们深深地体会到，之所以有阿蛋式的人物，原来是社会环境在起作用，是那个特定的环境塑造了那样的人物。反观《一朝县令》，我们便对出现吕翠儿式典型人物的原因有了更进一步的了解。简单说，就是大环境与小气候的关系。在南台的一系列小说中，环境描写始终占有一个重要的地位，环境和人的相辅相成构成了作品的主要矛盾和主要情节基础。在这里，环境不单单指自然环境，而是指人物所处的政治、经济环境。相反地，作品中的人物却没有多大的独立性，例如《一朝县令》中，多数人物形象必须紧密结合他们各自生存的环境来理解，否则便失去了意义。

当然，环境描写不能像中国古典戏剧中的道具一样，仅起一种交代物质背景的作用，它主要是揭示由人组成的特定思想关系，创造一种氛围，让读者受到感染，用心灵体察到这个环境的性质和作用。

实际上，南台的小说着重表现的是思想环境对人物心灵造成的影响，一般开始于主人公与外部环境的冲突，然后展示人物性格的发展变化，最后完成环境对人物性格的扭曲或者变形，让我们体会到思想环境的本质，从而产生改变环境的强烈愿望。南台的作品，不论是短篇、中篇还是长篇，都蕴蓄着一种深沉的思想力量。它与那些思想贫乏，仅靠小情趣、小摆设，抑或顾影自怜的作品不可同日而语。短篇《一份招工名单》所暴露的官场经，令人拍案叫绝；中篇《老庄谷阿蛋》《离婚》等，对那种沉闷的社会环境的描写，常常让人感受到一种心灵的悸动；《一朝县令》中关于"只琢磨人不琢磨事"的政治斗争刻画，令人感到愤怒。南台在小说中对特定时期社会现象和问题的症结，作了深入的观察和思考。在作品中，我们深深地体会到，由于当时社会问题的复杂性和艰巨性，改革不仅是"人治"和"法治"的问题，更需要政治、经济、思想、文化等各方面的广泛呼应和准备，是一个社会系统工程。

《一朝县令》1995 年被中宣部列为全国"三大件"重点选题之一，1996 年由北岳文艺出版社出版，是当年北岳文艺出版社"大槐树丛书"中的打头之作。此书一经出版便好评如潮，不仅宁夏的各路媒体争相品评，《文艺报》《文学报》《小说选刊》（长篇小说增刊）等，也都发表了评介文章。该书还获得当年山西省晋版图书一等奖。银川晚报做过一次调查，1998 年 1 月，银川地区畅销书排行榜，《一朝县令》位列第三。

著名评论家高嵩在宁夏召开的研讨会上说："《一朝县令》以巨大的社会激情，揭示了不应如此的生活，它的全景式描写使它成为人们认识生活、研究中国当代社会和当代历史的一部带有专题意义的教科书。它的成功，使它在西北文学现实主义传统中毫无愧色地进入《创业史》《平凡的世界》《白鹿原》的行列。"

1998 年 5 月 20 日，北岳文艺出版社与中国作家协会创研部联合在北京召开了"大槐树丛书"作品研讨会，包括雷达、曾镇南、蔡葵在内的十几位著名评论家把百分之九十的发言给了《一朝县令》。他们认为这部作品弥补了中国现代文学长篇巨作缺少喜剧作品的缺憾，评价它不仅创造出了一批极具个性、非常生动的人物，更难得的是，还写出了这些人物之间错综复杂的关系，这些社会关系真是让人惊心动魄。它是写了中国的人生，写了中国的一种生存状态。在雷达看来，"《一朝县令》使人联想到俄国喜剧大师果戈理的《钦差大臣》和《死魂灵》"。

2002年夏，花城出版社推出了南台的又一部长篇小说《只好当官》。这一部以"笑"为核心的喜剧小说，写一个不学无术的草包高举，什么都干不了，只好当官，每捅一个娄子就升一级，每升一级就闹出许多笑话。最后，这个靠联姻发家的混混儿，终于走完了其"成在女人，败在女人"的一生。小说笑话不断，但在不断的笑料中揭开了官场上好人办坏事的情景。语言风趣调侃，情节滑稽，讽刺幽默随处可见，读来轻松喜悦，读后颇多感慨。已有媒体将该作与《儒林外史》和《围城》相提并论。世界缺少喜剧作品，中国更是如此，鲁迅先生说，中国小说史上，"有名而几乎唯一的是《儒林外史》"。《围城》之后，南台为填补这一空白作出了积极的努力。

完全由段子构成的戏赞性喜剧长篇小说《废话艺术家》，是我国小说创作的一大创举，也是填补空白之作。生活中，上司刁难，同事摩擦，下属造反，爱人误会，是人生四大难题，怎样应对？硬碰硬，注定是无休止的战争，而废话却能缓冲。"废话艺术家"王三丰的办法就是用废话来化解，这也显示出东方文化的博大精深：正直做人，智慧做事；以柔克刚，仁者无敌。

南台的创作方向非常明确，他主攻喜剧小说，填补喜剧小说领域的空白，并使作品趣味性、思想性、艺术性相统一。南台以幽默通俗的语言、深刻的作品内涵、娴熟的艺术手法形成自己与众不同的创作风格，在中国文坛独树一帜。

查舜（1950—　），宁夏灵武人。当过农民、工人、小学教师、县文化馆创作员。毕业于宁夏教育学院中文系，曾到鲁迅文学院、北京大学作家班学习。历任宁夏文联副主席、宁夏作家协会副主席、自治区政协委员、全国青联委员等。一级作家，中国作家协会会员。享受国务院政府特殊津贴。1973年开始发表作品。作品发表于众多报刊并入选众多选刊选本。著有长篇小说《青春绝版》《月亮是夜晚的一点明白》《局》，中短篇小说集《拯救羞涩》，散文集《我本是条汉子》等。电视剧《月照梨花湾》（编剧）在中央电视台多次播出。作品荣获宁夏第五届、第六届文艺评奖一等奖、二等奖，全国少数民族文学创作骏马奖，曾获1991年度庄重文文学奖。

查舜的第一篇小说《果园里的孩子》发表于《宁夏日报》，被宁夏人民广播电台播放。成功的开端，使他增强了进行文艺创作的信心，接着又发表了《云云》《新花》等儿童文学作品。后来，他转入教育战线，当了十年教师，上了宁夏教育学院，被任命为七年制学校校长，成为全国青联委员。工作环境的改变，并没有使他放弃文学创作。对家乡的热爱，使他将目光投向了黄河岸边、东山脚下的古老乡村，写出了较早反映民族生活的中篇小说《月照梨花湾》，形象地展示了人民群众纯洁的心灵，深情地歌颂了他们美好的品德。这部作品，讲述的是一个爱情的故事，通过主人公内心感情的波澜变化，表现了各族群众善良、纯洁、美好的道德情怀和无私忘我的奉献精神。同时，也反映了时代浪潮对青年心灵的冲击，以及他们对现代科学文化的渴望、对新生活精神境界的追求。纳素娟被小说塑造成真实丰满、有血有肉的妇女形象。由于出身和生活环境的限制，她的所作所为，带有传统观念和传统道德色彩。丁玉清是新一代受过高等教育的青年，对知识的追求、对新天地的向往是他思想的主流，但他在追求新思想的同时，并没有丢失本民族固有的传统美德。因为他深深知道，在他成功的身后，有妻子纳素娟多少无私的奉献、多少心血的浇灌。因此，当妻子自惭形秽时，他并未因双方地位、知识、思想境界的差距而嫌弃她，而是热情地鼓励她，耐心地帮助她，坚定地回到了她的身边。在丁玉清的身上，新的文化观念和民族古老的传统美德有机地结合了起来，从而展示了青年一代在向新生活迈进时独特而美好的情怀，讴歌了真诚纯洁的爱情。丁玉清这个人物在新世纪文学中是很少见的，他的人生经历是许许多多受到多样文化冲撞的青年的代表，遭遇了种种困难和艰辛，经受了心灵磨砺，但最终实现了自我的超越。作者塑造丁玉清这个人物是满怀激情的，丁玉清对爱情、人生的体味体现的是作者对生命的思考。

除此之外，查舜还有意改变艺术表现手法，创作了《绿管演奏会》《花手村的人们》《蓝绿色的光圈里边是金色和银色的梦》等象征寓意小说。这些作品，虽然带有比较强烈的抽象色彩，大多以民族生活为背景，通过夸张、变形、怪诞的艺术手法，表达了他对民族生活的哲理思考，同样也渗透着他强烈的民族感情。查舜的小说饱含深情，然而又是朴素真诚的。虽然采用了一些现代西方小说的技法，但基本上还是中国传统风格。作品不以宏伟的结构、曲折的故事取宠，却以细腻的笔调、传神的写照见长。

长篇小说《青春绝版》是一部激荡着一代人生命热情，飘荡着沧桑岁月回声，呈现西北边地风情的长篇小说。半个世纪以前的黄河岸边，正是洞房花烛夜的喜庆时刻，一对新婚夫妇却遭到意想不到的人生劫难，从此，乐文村、林淑虹、扎木苏、李启先、海耀来、吴玉成等人物的命运，就在环环相扣的故事情节和意味深长的人生际遇中一一展开。在作者细腻传神的描述和酣畅淋漓的倾吐中，我们感受到的是人生命运的复杂叵测、人性善恶的殊死搏杀，体会到的是对于人生奥秘的深切感悟和不尽思索。往日的故事早已被历史巧妙地定格，然而，作品中鲜活灵动的人物与画面，却给我们留下了难以忘怀的审美愉悦，以及关于如何把握、施展人生机遇和抱负的共鸣与启示。

长篇小说《月亮是夜晚的一点明白》是一部寻觅青春诗情、带有浓厚抒情气质的小说，是作家对青春韶华的人生感悟和深情怀念，是作家经历岁月的磨炼而对过往年代的认真梳理和独特品位。小说涉及20世纪50年代和80年代的时代氛围和社会精神面貌。因为是带着无法忘却的理想和激情，也因为是书写人生最美好的青春故事，所以其清新明朗的基调贯穿全书，使主人公的情感在屡屡经受苦难之时，因有青春的情感和韵律相伴，让这种动人的基调更具有一种无形的力量。

总之，查舜四十多年的文学创作，一步一个脚印，一步一个台阶，辛勤笔耕，勇于创新，坚持立场，敢于突破，为宁夏文学，甚至是为中国文学提供了可供研究的独特文本。

张冀雪（1951—2007），女，河北广平人。1968年赴宁夏吴忠立新公社插队，1989年毕业于西北大学中文系。曾为银南地区文工团专业创作员，宁夏人民出版社文艺编辑，鲁迅文学院作家班学员，兰州军区战斗话剧团创作员，兰州军区政治部创作室专业作家，西安陆军学院教授，中国作家协会会员。1976年开始发表作品。著有中篇小说《新麦地》，小说《牧羊人全根老爹和他的宝贝儿子》。出版小说集《青绿之想》《黑荞麦》《兵士之舞》，长篇小说《紫色海》《将军戈壁》等。小说《春天》《我在甘草铺的时候》《她和她的孩子》荣获宁夏第一届、第二届、第四届文艺评奖二等奖、小说奖（不分等）。《驮队明天出发》荣获甘肃省庆祝新中国成立四十周年飞天文艺奖，《黑荞麦》荣获1995年甘肃省文学作品优秀奖。

张冀雪曾走过一段坎坷不平的人生道路，有过痛苦而辛酸的生活体验。她是河北人，在宁夏长大。童年时，因父亲被错划为"右派分子"使她受到歧视，幼小的心灵过早地笼罩上阴影。母亲是产科大夫，经常出诊在外。年幼的她，时常一个人在医院的小树林里，看着天上的白云，听着小溪的流水，让她养成了丰富细腻的感情。她上学较早，九岁时就读过《红楼梦》《武松》《野火春风斗古城》等名作，这使她喜爱上了文学。高中毕业后，她插过队，当过民办教师、工人、图书管理员、演员，兼搞创作，生活和思考为她之后的文学创作奠定了基础。孤独惨淡的童年和成年后个人生活的不幸，造成她孤僻清高的性格，使她的创作具有深沉、凝重之感。

1978年，她的短篇小说《春天》发表于《朔方》。1980年，她加入宁夏作家协会，从此走上文坛，主要致力于短篇小说创作，先后发表了《我在甘草铺的时候》《在白雪覆盖的大地上》《清清的小溪流》《她和她的孩子》

等。这些作品注重情节，线条清晰明朗，人物个性较为鲜明，透露着作者对笔下人物的情感和对生活的强烈感受，但因生活底蕴较浅，艺术手法较单调，尚属创作的初期阶段。

她到鲁迅文学院作家班学习，是真正的雪中送炭，对她开阔眼界、提高创作水平起到了关键的作用。作为一名女作家，张冀雪的大部分小说主要展示的是女性眼光观照下的社会生活，并在其中渗透着自己深沉而细腻的情感，同时也梳理着她的心灵。张冀雪善于描写性格倔强、执着于事业的知识女性的情感和心灵，这是男性作家难以企及之处。《她和她的孩子》抒写了有追求、有理想的女子，面对社会竞争的压力，不得不抛弃生活中和情感上许多难以割舍的东西，超越出个人和家庭的局限，以求得全面自我发展的心路。张冀雪笔下的知识女性，在社会赋予她们不公正的地位上，仍然和男性一样承担着生活和事业的重负，作品也明确地表现了女性对自我的自信——要用自强不息的奋斗来实现自身存在的价值。张冀雪还满怀深情地描写了深受封建势力和传统观念束缚、长期处于屈辱地位的普通劳动妇女，对她们的命运际遇和自身解放的迫切问题予以深刻揭示和大胆表现。《夜雾，还没有散去》中的女人，丈夫去世，为了生存，带着女儿又组成新的家庭。虽然现在的丈夫知道她能干、辛苦，但因不能生养，就对她另眼相看。特别是当丈夫赌博输钱之后，竟将她打得离家出走，后又不得不回来。这说明西北农村妇女的沉重命运，她们摆脱不了对丈夫的依附和人们已形成的世俗观念，只能含辛茹苦，忍辱苟活。

张冀雪作品的可贵之处还在于，她不仅反映归女的苦难，而且提出了妇女自我意识的觉醒问题。《我在甘草铺的时候》写了落后山区封建包办买卖婚姻"换头亲"。改改的父母为了给儿子娶亲，竟逼女儿嫁给大自己十几岁、离过婚、平日抽烟喝酒又耍赌的陌生男人。改改虽很痛苦，想去上告，但一想到父母之命，只得违心依从。母亲虽心疼女儿，但也只好说："婚姻的事，在咱们这里，祖辈子就是这样的呀。"庄子上的人对改改的痛苦视而不见，却对办了多少桌酒席、请了多少大队干部、新娘有几套嫁妆等津津乐道。作者将笔触及文化心理的因袭积淀和民族观念的深层意识中，在同情和理解之外，主要表现出对女性自我轻视的焦虑，提出妇女自我意识的觉醒。

张冀雪生长在西北，对这片土地有着特殊的情感。她从作家的良知出发，为贫穷落后的山区而歌哭。在《活水》中，她没有把焦距对准南部贫困山区的农民吊庄迁移后的幸福生活，而是写吊庄之前他们困惑、迷惘和渴望的复杂心理及老庄子的贫穷。那里的人们，当黄风卷着沙子朝他们劈头盖脸刮来时，只是木然地摇摇头，抖落掉身上的沙土，然后大张着嘴，痴痴地一动不动，"像一截截烧枯了的树桩子"。张冀雪以现代人的意识写西部人的命运，她注重人的现代化心理，探索从传统人向现代人的转变。没有这样的转变、改造和更新，民族现代化的进程就永远无望。

在宁夏作家中，张冀雪非常注意作品的语言美。她调动各种感觉，融会了音乐、美术、诗歌等多种修养，使她的语言首先具有诗一样的含蓄美。如"一只小鸟，在乳白色的厚厚的雾中飞啊飞，那里是一片混沌、一片迷蒙。它使劲儿地扑扇着那在阳光下仿佛半透明的翅膀，它要在那一片混沌与迷蒙中寻找那个诱人的辽阔"（《生的路程》）。其次是绘画般的色彩美。如"冰是淡淡的青灰色，看得清冻在冰层里的黑褐色的芦苇和枯黄的柴草"，"风把黄褐色的浮土均匀地撒在冻得坚实的冰层上"（《生的路程》）。又如"月亮周围，暗蓝色的天空淡淡地摊抹着些许青白的云絮"，"路旁青杨柳树上那一面是银白色，一面是暗绿色的树叶儿"（《夜雾，还没有散去》）。这些多彩的色块，使读者得到了艺术的享受。而动和静、远与近的结合又使她的作品富有韵律美。如"天际那一片雪花和一片雪花之间几乎是没有什么间隙了。那雪仿佛就那么凝住在空中了，就那么在空中悬浮着"（《生的路程》）。这一动一静的描写是感觉的语言。又如远与近的描写："月光下，一切都变得遥远了，那树、那房、那井台、那院墙……都仿佛是剪出来的纸样儿。"（《夜雾，还没有散去》）"那青砖小院像是那么高呢，又像是那么遥远呢，在雪夜里简直像是童话里的东西似的。"（《生的路程》）这很像电影的艺术手法，镜头由近到远，不仅有立体感，而且使观者的视线更加开阔。在音乐手法的运用上，《夜雾，还没有散去》《生的路程》通篇给人抑扬顿挫的感觉，流动着音乐的旋律。另外，张冀雪小说的叙述语言口语化亦较明显。《回家的路》中写道："他就成了一座不断朝前移去的麦垛子，一座山疙瘩，一堆傻乎乎的洋芋蛋。"乡土气较浓，极富表现力。

作家如何对待历史、社会、人生、命运等，决定他对审美客体总的态度和总的倾向；作家如何对待艺术，决定他作品总的构成和总的风貌。张冀雪把自己的一颗心贴在最带土味的普通百姓特别是普通妇女身上，把她们从空幻的神界还原到真实的人界，丝丝缕缕地揭示她们，特别是她们的历史命运和心灵结构的变化。她让自己成为她们的器官，饱满地、全方位地感悟她们的环境，也感悟她们自身。比如《活水》，写的是无水区农民的"吊庄"，故事十分简单。一个汉子，一个女人，一个叫崽羔的男孩儿，一辆毛拉车，一条曲折颠簸的山路，一个小店，一股活水，一块不知道名字的新地。

张冀雪的小说《回家的路》，写一个男人陪同老婆出外看病时的路上之事。一个背着案板、铁锅和粮食的男人，一个拄着树枝的女人，一条不知所在又不知所终的路和女人絮叨不完的一个莫名其妙的梦。在幻境的神秘气氛中，那个"家"和他们离开的"家"，是被作家主体意识用形象手段抽象出来的东西，它指的是人生的希冀、心的归宿。那女人的"病"也是一种抽象，是一个女人希望摆脱的负重的命运。那"梦"和那"路"是对立地统一在命运里的东西。张冀雪的部分作品有着象征主义的色彩。正如高嵩所说："从现实主义的路上走近象征主义的篱笆，跨进一只脚去，在那里掐回一朵迷蒙的小花，插在了自己头上。这朵迷蒙的小花还挺受看，只是不免有些颓然。我希望冀雪把那只脚抽回来，至少不要陷溺。"①

李唯（1953— ），山东沂水人，1976 年毕业于复旦大学中文系。历任《朔方》编辑、小说组长、副主编，宁夏作家协会副主席，天津电视台电视剧制作中心副主任，天津电影家协会副主席，天津文学院签约作家等。中国电影文学创作委员会委员，中国作家协会会员。1971 年开始发表作品。著有短篇《五号油田在山里》《道歉》等，中篇《远方来的青海客》《腐败分子潘长水》《看着我的眼睛》《跟我的前妻谈恋爱》等。著有电视剧剧本《这一刻如此辉煌》《作家和他的朋友》等，编剧《黑炮事件》《美丽的大脚》《谁说我不在乎》《坐庄》《泥鳅也是鱼》等。作品荣获庄重文文学奖，《小说月报》百花奖，上海市优秀中长篇小说奖，"五个一工程"奖，全国优秀电影剧本奖，电影金鸡奖、华表奖，夏衍电影文学奖，电视飞天奖等。

中篇《远方来的青海客》着重叙写了侯氏父子为实现登上电影艺术殿堂的美梦，进行了锲而不舍的努力，展示了作家对中华民族拼搏奋进精神的弘扬，对当前电影艺术界多种变化的多重忧虑，对文学艺术趋向的深沉思考，对人生价值的明确判断。作家把侯生禄放在万难忍受的境遇里进行灵与肉的磨炼，写出了人的灵魂、道德、情感和复杂性格，写出了人物心理内部矛盾运动的过程——自我分化，自我克服，自我统一的运动过程。在侯生禄性格的深层里存在着道德与缺德、明朗与阴暗、崇高与卑微、灵魂与肉体、美善与丑恶的对立因素，这些因素交织融化，便形成了性格的真实、丰富和深邃。②

中篇小说《看着我的眼睛》通篇充满了正义之气、昂扬之情，人物血肉

①高嵩.感觉的魔魇——读张冀雪的四个短篇小说［M］// 高嵩.高嵩文艺论评选.银川：宁夏人民出版社，2016.
②解怀福，李学明.对人物心灵世界的深层透视［J］.朔方，1989（9）.

丰满、使人欲哭无泪。故事主人公安民警肖海亮爱上了市委书记的女儿刘娅，这时却有一个女孩指控他强奸了她，其原因就在于他与那个强奸她的罪犯长得一样，肖海亮陷入了万劫不复的深渊，开始寻找真正罪犯的艰苦历程。女友刘娅也真切地爱他、信他、救他，甚至不惜牺牲自己的名节与操守。故事到结尾，全社会都加入到帮助肖海亮洗刷冤情、寻找真凶的行列，罪犯找到了，结果却出乎所有人的想象，"看着我的眼睛"成为整个故事的点睛之笔。

李唯多年来执着关注反腐题材，他的《腐败分子潘长水》描写部队转业干部在权欲追求中走向腐败的过程，《坏分子张守信和李朴》讲述小公务员嫖妓被公安局抓获的故事，而中篇小说《暗杀刘青山张子善》以开国第一反贪大案为题材，以国民党特务暗杀刘青山、张子善未遂的故事，揭示出共产党高级干部走向腐败堕落的全过程。以上三部作品构成了李唯的"反腐三部曲"，独特的反讽视角、细腻的心理描写、诙谐的叙事语调，是李唯小说的鲜明特色。其中，《暗杀刘青山张子善》是2014年老舍文学奖获奖作品，是一部有着较大影响的作品。评论家李建军惊呼：李唯是个被低估的作家！

李唯在《创作谈》中说："一个农民，像割麦骟猪那样去揽活挣钱，去执行一项暗杀。这是一个十分生活化的角度。像写农民进城打工一样，农民像进城打工那样去杀人，而且杀的不是一般的人，我自己想想都有意思。"作家精心描摹人物的心理活动，在人物朴拙而机智的作为中，使作品充满了戏剧性。虽然小说具有反腐倡廉的政治色彩，作家却以诙谐的叙事语调展开，反讽的、调侃的、戏谑的语调，读来令人忍俊不禁。刘婉香准备在吃饭时暗杀，共产党吃饭不再官兵一致蹲在地上一块儿吃了，他给上级报告说："报告长官，共产党进城以后，刘青山和张子善这俩孙子开始变了，吃饭要人伺候，还要叫人来唱。吃得也好，尽是肉，菜里头油也大，香，隔老远都能闻到味儿，比过去的地主都阔。过去共产党的长官很好杀，现在不好杀了，像刘张他们这样的领导都腐败了，他们要是不腐败这次就死定了，是腐败保护了他们……"进城改变了作风，腐败妨碍了暗杀，小说于戏谑中现真相，调侃中见实情。李唯借刘青山、张子善贪污案写故事，以农民特务刘婉香的暗杀经历展开叙写，写出了人物的不同性格：黑胖倪科长的贪婪俗气，粗猛刘青山的病态义气，文气张子善的放荡傲气，黑糙刘婉香的朴素机智。小说以反讽的视角，借开国第一反贪大案，突出了反腐倡廉的重要性，组成一副生动谐趣的反腐镜像。

李唯的长篇小说《坐庄》在一定程度上反映了中国股市内幕，便于广大股民更充分地认识股市。《坐庄》由两条主要情节线构成：一是以肖可雄为主角的某证券公司操盘手，又称庄家，在股市运作过程中，勾结股东暗箱操作，利用各种手段拉高股价又打压股价，从而坑害股民，牟取暴利；二是以王局长为首的证管局，对证券公司实行监管的同时，查处违规操作、打击黑幕交易、清除恶意炒作。两条情节线之间辅以两条轻盈的爱情线，几条线索纵横交错，张弛有序，贯穿始终。整部作品结构严谨，脉络清晰。全书情节曲折，人物命运跌宕起伏，具有很强的可读性，加之采用了诸多的影视创作手法，富有节奏感和动作感。着力刻画了肖可雄这个年轻的"金融骄子"较为丰满的人物形象，他聪明、果断，敢作敢为，又自私、卑鄙，冷酷无情，在利欲的驱使下，为达到目的而不择手段，最终成为命运的牺牲品，这在当下，具有一定的艺术感染力和警示意义。

李唯既是优秀的作家，又是出色的剧作家。他在小说创作中会自然考虑到作品向影视衍生的可能。《跟我的前妻谈恋爱》被拍成电视剧、电影，又改编为话剧，就是因为小说本身就具备影视最基本的元素——戏剧性。一对夫妻离婚后，见面免不了还保留着婚姻存续期间的那些小吵小闹，相互挑剔，但也存续着只有夫妻间才会有的一些微妙关怀。两人为了让过去的生活尽快成为历史，极力开展着新的感情生活，可越是处心积虑地剔除对方，反而将两人的生活拉得更近。

李唯在影视圈的赫赫大名似乎已经超越了文学圈，就是因为多部由他编剧的电影、电视作品观后印象深刻，记忆犹在。

王佩飞（1954— ），笔名金杯，江苏泗洪人。灵武市作家协会主席，银川文学院签约作家，中国作家协会会员。1977 年开始发表作品。出版短篇小说集《我心中的苦恼向谁说》《王佩飞微型小说选》，中短篇小说集《血融》《日子的味道》，长篇小说《塬上》《儒仁的图腾》《高宅》。作品入选《小说月报》《小说选刊》《2008 中国年度短篇小说》等选刊选本，部分作品被译成英文介绍到国外。作品荣获宁夏第七届、第八届文艺作品评奖三等奖、一等奖，《草原》文学奖，广东第四届期刊优秀作品评奖一等奖，首届贺兰山文艺奖小说一等奖，《黄河文学》双年奖等。

王佩飞创作开始于 20 世纪 70 年代，因为工作的缘故一度停笔。20 世纪末期又开始创作，他似乎要把人生的经历全部变成文字。中篇《日子的味道》荣获宁夏第八届文艺作品评奖一等奖。正因为这个中篇，王佩飞走到了宁夏小说创作的前沿，2011 年以此为书名，出版了中短篇小说集。

在《日子的味道》中，刻画了一些从黄土塬上走来的小人物，如柳婶、山菊、留根、福娃。柳婶和留根的父亲结合以后对留根的苛刻，山菊和留根结婚以后不顾弟妹年幼闹着分家过日子，福娃对哥嫂冷嘲热讽，他们每个人身上都有着人性的缺陷。在黄土塬上的乡村，似乎不存在与生俱来的完美人性，但因为生活的纠葛使他们从缺陷中认识自己、认识对方，最后在他者和自我之间架设起一道对话的桥梁。世界之大，至少给柳婶、德昌这些老人们保留了安身立命之地，人心之大，至少给人性之美腾出居住的空间。小说在叙述上存在于毫无节制和粗线条之间的把握不定，但其对琐碎而温馨生活的叙述和对苦难的略带感伤的理解态度，又使小说有了令人心动的地方。

以《日子的味道》为名结集的中短篇小说集，前一部分，作家从黄土塬农民们的视角出发，沿用他们的习惯口语，采用线性结构和平面叙述的手法，真实展现了西部黄土塬浓郁的乡土情结、风情画面，语言具有质感和语感，在追求语言结构的营造上作了尝试。后一部分大多是写故乡洪泽湖的，作家年少时在此度过。洪泽湖是自古以来就藏龙卧虎的地方，蕴藏着丰富的文化传统，流传着许多动人的民间传说和逸闻趣事。耳濡目染中，作家接触了三教九流的人物，经历了许多难以忘怀的事情，从中汲取了丰富的营养，在不知不觉中成为他以故乡为源泉的创作背景。

《儒仁的图腾》是一部具有纪实风格、文史品格的作品。以20世纪三四十年代发生在作家故乡江苏泗洪地区的许多历史事件为背景，以淮阴侯韩信之后人——广宁堂创始者韩孝甫及其子孙为依托，融纪实、虚构、传奇于一体，巧妙而精彩地谋篇布局，编织故事，塑造人物，成就了一部洋洋三十五万余言鲜活生动的厚重之作。广宁堂的名字，韩孝甫及其子儒仁、儒义、儒礼、儒厚等的命名，均暗含了孔子的仁义礼智信，忠孝悌勤俭；从广宁堂悬壶济世，治病救人的种种义举善行，我们看到中华医药医术的博大精深，中华医德的博爱大慈；从主人公韩儒仁的大智若愚，运筹帷幄，谦恭礼让，体现了仁义忍让、以柔克刚等中国传统文化的智慧，主人公以积极入世的态度修身、齐家、治国、平天下，体现了儒家的担当精神。后来，韩儒仁在中共洪泽湖地下党组织的帮助下，巧设"鸿门宴"，以"凤凰壶"为幌子，制伏了高铸九、高桥等匪顽敌酋，消灭了高桥的日军特遣队，携广宁堂投身抗日，组成了苏北第一家流动医院——新四军洪泽湖水上医院。

总之，从王佩飞的作品里，不论是西部塬上系列小说，还是洪泽湖系列小说，都能让人感受到作品里蕴含着真善美，充满了对真诚、善良、淳朴的讴歌。对小人物命运的怜悯，对弱势群体的关注，让人感受到一颗悲天悯人的仁爱之心，带给我们一种心灵的温暖与感动。王佩飞擅长讲述平淡无奇却蕴含深意的故事，使读者渐渐走进一个个平凡人物的内心世界，感受人物的善良淳朴或是卑劣邪恶。王佩飞是一个深刻理解苦难的人，所以他的笔端才会带着强烈的人文关怀。他用作家的良知谱写底层群众的生活赞歌，他用时代的色彩描绘人世间的悲欢离合，努力向人们传达出一种超越苦难的情感、温暖和希望。

宁夏早期小说创作的作家还有程造之、哈宽贵、吴江、王洲贵、翟辰恩、蒋振邦、伊布拉英、郑正、那守箴、高耀山、马治中、都沛、杨仁山等。20世纪90年代之后，吴善珍、马濯华、火仲舫、陈勇、李德明、葛林、郑柯、艾琳、王漫西、杨友桐、古越等一批作家的成长，使宁夏文学创作呈现蓬勃发展的景象。

程造之（1914—1986），本名程兆翔，笔名韶紫，上海人。20世纪30年代开始文学创作。1940年初冬参加苏北抗日游击队，曾任新四军三分区政治部《东南晨报》《江海文化》编辑，上海《大公报》编辑。新中国成立后，任上海《新闻日报》编辑，1958年调至宁夏日报社任文艺副刊编辑。曾任宁夏作家协会副主席、名誉主席。著有长篇小说《地下》《沃野》《烽火天涯》《幸福门》《黄浦春潮》，中短篇小说集《草滩上的黄昏月》等。

作为作家，程造之成名于上海孤岛时期。在此期间，程造之创作的两部描述崇明地区农民自卫武装抗战的长篇小说《地下》和《沃野》，给人一种气势雄壮、耳目一新的感觉。《地下》发表于1939年，《地下》的续编《沃野》发表于1941年。两部小说描述了人民抗日势力的壮大与发展，也反映了敌伪内部的重重矛盾，线索复杂，人物繁多，刻画出了老独、关德、钢丝马甲等众多栩栩如生的人物形象，是上海"孤岛文学"时期两部重要的以抗战为题材的作品。新中国成立后，程造之担任上海《新闻日报》记者，在采写新闻稿的同时，不忘文学创作。新中国成立后，由于各个方面的建设突飞猛进，粮食的需求量特别大。如何解决几亿人口的吃饭问题，是摆在共产党人面前的一件大事情。1956年，他以此为背景创作了《幸福门》，塑造了当年人们面对统购统销的形形色色的心理，是为数较少的反映这方面题材的作品。

1958年自治区成立，为了支持宁夏的文化建设，程造之调至银川，担任《宁夏日报》文艺编辑。他除了经常深入第一线采访，为创作小说、报告文学搜集素材，还埋头修改编辑稿件，为培养年轻作者挥洒汗水心血。在他的不懈耕耘下，原本贫瘠荒漠的宁夏文学园地绽放出了希望的文艺之花。1960年新文艺出版社出版其长篇小说《黄浦春潮》，这是宁夏的第一部长篇小说，开了宁夏长篇小说创作的先河。党的十一届三中全会之后，他写出了许多反映现实生活的作品。短篇小说《产假中》，延续了他的一贯写作风格，仍旧描写普通的市民，以西北生活为背景，用他洗练传神的笔，展现了普通人身上的善良、同情、爱心，整篇作品温馨感人。他的小说文笔老练娴熟，结构紧凑，情节紧张有序，富有故事性。

1982年，程造之返回故乡崇明岛，他不顾自己年迈体弱多病，深入国营农场了解情况，体验生活，回宁夏后创作了反映上海知青生活的长篇小说《月上东楼》。1986年，程造之病逝于宁夏，宁夏人民出版社出版了他在宁夏期间创作的中短篇小说集《草滩上的黄昏月》。

哈宽贵（1929—1982），笔名小龙、李敬，江苏南京人。曾任宁夏文联副主席、党组成员，宁夏作家协会副主席。中国作家协会会员。创作短篇小说《金子》《夏桂》《在民主广场上》等，出版特写集《少年游击队员朴金素在前进》（合作）、《江上红灯》《铁牛号拖拉机手》《哈宽贵小说散文选》等。小说荣获宁夏第二届文艺评奖优秀奖（不分等）。

哈宽贵1951年毕业于复旦大学新闻系，并开始发表作品。20世纪50年代，他以亲身经历的斗争生活为题材，创作了短篇小说《在民主广场上》，立即引起了文学界的注意，随后发表一些小说和报告文学。1958年来到宁夏后，他深入群众中，先后创作了短篇小说《金子》《夏桂》《塞上新人》。短篇小说《夏桂》，刻画了妇女夏桂，为了建设社会主义新农村，积极参加劳动，大搞科学种田，埋头苦干，任劳任怨。作家在描写人物时，没有停留在对人物的外表描写上，而是通过揭示夏桂鲜明性格特征的同时，写出了在"大跃进"浪潮的推动下，夏桂冲破束缚，决心参加集体劳动，为改变家乡的落后面貌作出贡献。但是，实现这个愿望是有斗争的。她的丈夫克强对她十分歧视，甚至想抛弃她离家出走。夏桂提议挖渠排碱，种植水稻，二虎等人极力反对。在麦收和摘枸杞的劳力分配上，夏桂和副队长二虎又产生了分歧。面对这些阻力，夏桂都进行了坚决的斗争，但她的斗争方式与众不同。夏桂和对立面人物既不是怒目相持、据理力争，又不是多方启发，谆谆诱导，而是在"从不愿公开争吵"的思想支持下，回避面对面的交锋，咬紧牙关，不怕流汗、流血，只是按照自己的意志默默无闻地劳作着，终于改变了荒滩的面貌，也改变了克强等人对她的看法。

党的十一届三中全会以后，哈宽贵同志在病榻上修改完成了反映上海解放前学生运动的新作《我们的队伍来了》。他来宁夏后，先后在《宁夏日报》和《宁夏文艺》（《朔方》前身）做编审工作，为培养和扶植宁夏作者，特别是少数民族作者的成长付出了辛勤的劳动，对宁夏文学，特别是少数民族文学的发展具有不可磨灭的贡献。

吴江（1932— ），本名吴信孚，笔名秦峰、怀公等，江西上饶人。1950年毕业于江西上饶联合师范学校。曾任上饶县委土改指挥部秘书，小学校长，人民文学出版社总编室秘书，《宁夏日报》记者、编辑，《朔方》编辑部小说评论组组长等。副编审，中国作家协会会员。1950年开始发表作品，发表中短篇小说、散文随笔、评论作品《中途下车》《事情是难办的》《走出无奈》《我和冯雪峰》《并非荒诞的怀念》《未能完成的诉状》等数十万字。出版长篇小说集《咀嚼荒谬》。评论、长篇小说荣获宁夏第四届、第七届文艺评奖优秀奖（不分等）、二等奖。

吴江的自传体小说《咀嚼荒谬》，是一本书写知识分子命运史的小说。这部小说所描述的一切过往的人生故事皆是作者亲身经历而非刻意虚构。在吴江的这部小说中，艺术创造与真实人生显然已经消弭了惯常的界限。妻子竹萍是这部小说当中最让人感动的人物形象之一。她的动人之处在于，在一个漠视甚至仇恨善良的年代，这位温柔而坚强的女性一直以她柔弱的肩膀扛住黑暗的闸门，让美好人性的光辉始终照射在命途多舛的男主人公周围。她拯救了一个陷入灭顶之灾的男人，并使这个男人坚强而自豪地活下来。这种不带任何杂质，没有被任何思想所污染的爱，照亮了人类生存的暗影，为遭受心灵冬天折磨的人们带来企盼已久的温暖抚慰。《咀嚼荒谬》是一本具有浓重自传色彩的长篇小说。书中所涉及的众多人物大半隐去了真名，然而小说所叙述的人生事件却"几乎无一字无来历"。由于讲求亲历性、体验性，这部小说写得朴实、真率、自然、亲切，阅读时常常会使人有身临其境之感。又因为作者是站在今天的时代高度来重新审视过去的生活，加之乐天知命的人生哲学贯穿其中，小说当中时常回荡着一种反讽的调子，这就使得《咀嚼荒谬》在艺术上明显地与"伤痕文学"和"反思文学"区别开来，呈现一种古人所谓的"力全而不苦涩，气足而不怒张"的艺术风貌。

吴江的《老人的话题》系列篇中，有几篇以写老年男女之间的爱情、友谊和彼此真诚交往的题材而见长。比如被誉为姊妹篇的短篇小说《中途下车》和《家庭内外》，尽管主人公的身份发生了变化，故事的情节也迥然不同，但是两篇作品所反映的思想却是一脉相承的，其实质就是要极力揭示出现代社会的一个顽疾——人类情感与世俗观念的巨大反差，以引起社会的疗救。他的小说感情真挚，行文朴素自然，在情感与世俗观念之间的冲突中追求真善美，追求人与人之间真挚的感情，从而揭示出沉甸甸的社会内涵。吴江还写过不少评论，如《生活在召唤我们深入生活》等。

王洲贵（1936— ），陕西子洲人，1948年参军。曾任陕甘宁石油勘探局文艺宣传干部、轻工业研究所宣传干部、宁夏文联专业作家、宁夏作家协会副主席等。二级作家，中国作家协会会员。1956年开始发表作品。发表短篇小说集《情人·仇人·恩人》《山峁峁山圪崂崂》，中篇小说《水与火的交融》《土帽作家》《当兵》等。出版长篇小说《旅长与他的情人》《一个要被逮捕的姑娘》《女间谍的婚礼》《台湾歌女复仇记》，中短篇小说集《粗犷的爱》《新战士和枪》等。小说荣获宁夏第二届、第三届、第五届文艺评奖优秀奖、三等奖、二等奖。

王洲贵的小说创作以1984年为界，大体上分为前后两个时期：前期以《情人·仇人·恩人》短篇小说集为代表，后期以《水与火的交融》和《一个要被逮捕的姑娘》为代表。王洲贵前期小说创作多侧重表现现实生活的"真"和"善"，具有比较明显的功利倾向性。其作品靠近时代，靠近生活和群众，能够及时地回答人们迫切关心的现实问题。但是因计较现实功利，忘记或忽略了从审美的角度去关照生活和人物，从历史的纵深去思考和把握现实，未能从更广阔的文化生活背景和广泛的现实联系中去熔铸较为宽阔的艺术境界。他的后期创作，有效地克服了前期创作存在的不足和缺陷，发生了明显的变化。主要表现在三个方面：其一，由于观察、认识水平和思考、透视能力的提高，他能够从较广阔的生活经历中，捕捉那些具有本质意义的复杂矛盾冲突，并且注意紧扣时代精神、变革要求，努力开掘其深意，然后富有典型性地加以艺术表现。《水与火的交融》就表现了作家敢于有胆有识地从农村变革中最敏感、最尖锐的现象选材，将人物放在历史和现实的交汇点上加以描写，比较充分地展现了现实存在的尖锐冲突，有力地揭示人物内心的复杂矛盾和斗争，这无疑成为他创作上一个明显的突破。之所以把这篇小说作为他后期的代表作，就是因为它标志着王洲贵的审美视点开始由一般的描写现实生活，转入历史地反思极"左"路线给农村经济所带来的长期落后、停滞的状况，给农民所造成的严重精神负担；转入到深入透视现实，只有改革旧的经济体制，大力发展生产力，才能真正走上现代化的富裕之路。与前期相比，他的小说创作主题，具有了较强的时代精神和现代意识，具有了深邃、广阔的思想意义。其二，历史意识的渗入，艺术视野的扩大，审美感知力的提高，必然会促使王洲贵艺术表现形式、方法和技巧的新变。他在坚持现实主义创作原则的同时，探索着吸收现代派的一些艺术形式和技巧，以丰富自己的艺术表现力。在《山峁峁，山圪崂崂》里，他的现实主义明显地流露出某种开放性，作品大胆地突破了前期小说单一、完整、有序、封闭的情节结构，而开始尝试着采取相互穿插、彼此交织，甚至时空颠倒的组织编排方式，较大地增加了作品的生活容量和思想感情的内涵。其三，审美意识的加强和深化，艺术表现形式、方法和技巧的走向开放，势必会推动王洲贵由原来的对现实进行功利的认识、把握，而转向对生活、人物及其历史与现实命运的遭遇进行审美观照。作家在坚持描写现实生活事件和真实人物形象的基础上，更加注重对人物丰富复杂的思想性格、情感心理和精神风貌进行审美把握。这种审美视角的转换，使他的创作给人一种深微、细腻、新颖别致的审美体验。

王洲贵还创作了大量的通俗小说。在通俗小说创作中，王洲贵自觉地注意从现实生活中，从普通人物及其命运遭际里选取素材，然后进行真实、生动的叙述和描写。例如《一个要被逮捕的姑娘》描写的是公安人员侦破一个大盗窃走私团伙的故事。由于侦破小组坚持正确的政策和策略，坚持深入群众、调查研究，坚持教育、启发和感化相结合，因而促使陷入罪恶深渊的维纳姑娘，逐步走上醒悟、悔改的道路，并配合公安人员完成了侦破任务，具有通俗易懂的教育意义。在小说创作中，他尝试着把纯文学的某些东西，恰当地融入通俗文学中，以求深化纯文学，收到雅俗共赏的效果。

翟辰恩（1937— ），宁夏海原人，擅写小说和"花儿"。20世纪六七十年代被誉为"花儿王"。后因病居家不出。小说《榆树岭的光彩》、诗歌《九十九道清波暖》、相声《哈大伯探家》分别荣获宁夏第一届文艺评奖二等奖、三等奖、二等奖。

翟辰恩是六盘山区土生土长的业余作家，他几十年如一日，扎根山区农村，从实际生活出发，用他的"花儿"、演唱、剧本和小说，讴歌山区人民的真实生活，倾吐山区人民的爱和恨。他的作品，满溢着一种朴实而真切的山区特色，这种艺术风格的形成，是和他熟悉山区生活、熟悉山区人民分不开的。《榆树岭的光彩》是翟辰恩小说创作独特风格趋向成熟的标志。在这篇小说中，作者以生动的笔触，通过描写榆树岭上田家院一家人热爱集体，助人为乐，敢于同错误言行作斗争，热情歌颂了具有光荣革命传统的六盘山区人民，描绘了一幅六盘山区丰富多彩的生活。小说的主角田家院的一家之主——田家娃老汉，是一位有着悲惨遭遇和光荣历史的老贫农，是榆树岭上一面"迎着太阳就闪光"的旗帜。旧社会时，他含辛茹苦，中国工农红军路过六盘山时将他从死亡线上救了过来，给他的生命里注入了新的精神力量。新中国成立后，在社会主义革命和建设的斗争中，他耿直无私，热爱集体，助人为乐，敢于同一切歪风邪气作斗争。小说紧紧抓住最能表现田家娃老汉个性的突出特征——骂街。田家娃老汉"从来没担任过干部职务"，却被群众封为"监察主任"。这是由于他爱管闲事、爱骂街挣来的头衔。他骂街骂得非常坚决，骂起来天王老子也劝不住，越拦越要骂；佛的老子神的娘也不饶，连队干部也捎带上一起骂；有空就骂，天天不忘地骂，站到你家门口指名道姓地骂。他骂街的范围也很广，除了为集体的公事儿，谁家的私事他也管，照样骂。男人打了婆姨，婆婆虐待了媳妇，如此等等，都在骂街之列。他的骂街固然坚决和广泛，却有理、有利、有节。只要对方认了错，他也"一笑百事了，和往常一样相处"。小说中，与田家娃老汉的形象相辉映，起互为补充作用的是老红军战士、县委书记徐进。在他身上体现着革命老干部的优秀品质，他是坚持革命路线的老干部的代表。作者对他虽然着墨不多，但给人的印象也是比较鲜明的。口语化语言又使他的小说字里行间透露出一股浓烈的乡土气息，无论是人物语言，还是叙述语言，他都写得朴实逼真，毫不做作。如田家老汉骂干活粗心的人："这个吞碌碡拉石磙子的粗心货，人哄地一时，地哄人一年，工分挣下一背篓有啥用呢……"这些方言土语的运用，突显出翟辰恩小说创作的地方特色。田家院里那镶砌着"大大小小形状各异的瓦片、玻璃制品和陶器家具五颜六色的碎片"的暖窑，那暖窑里贴满五光十色、各样香烟盒的墙壁，还有那"小脚婆婆"抖动着的"银色的盖头"，马莲花送给老徐贴身穿的"防胃凉的围肚"，带在田家老汉身上的闪光的"铜鞋拔"等，这些都反映了六盘山区农村的生活特点、风俗人情，读来令人感到真实生动，构成了翟辰恩小说独特的风格。1980年1月，宁夏对1979年以前的文学艺术作品进行评奖，翟辰恩在第一届评奖中荣获三个奖项，可见他在许多方面具有创作实力。

蒋振邦（1939— ），笔名鱼希水、人之初，宁夏贺兰人。历任《宁夏大学学报》副主编、宁夏高校学报研究会理事、宁夏作家协会理事等。编审，中国作家协会会员。发表各类体裁文学作品一百多万字，有电视剧本《喜从何来》（合作）、中篇小说《在沿河村里》。出版小说选集《情债》《沙湖情缘》，文集《说古论今话道德》《塞上情思》《故园》，长篇纪实《岁月宁大》，论文选《编辑论道》。小说荣获宁夏第二届、第三届、第四届文艺评奖优秀奖（不分等）、二等奖、优秀奖（不分等），个人荣获宁夏第二届出版系统先进个人称号。

在宁夏的业余作家中，蒋振邦是一个勤奋而多产的作家。也许因为他长期生活在农村，他的创作从来没有脱离"三农"，他写农村的事情、写农业的发展、写农民的辛勤和收获、写农民的艰辛和自由、写农民的家长里短喜怒哀乐，还写校园里的男男女女。恰如他自己所说的："每当我开动机器，脑子里就呈现出农村这块生我养我的故土。无论是小说、散文、诗歌，还是报告文学、戏曲、电视剧等，写的大都是农村的人与事。这似乎是我终身还不完的情感债务。"1979 年，蒋振邦发表了小说《队长的金娃娃》。1983 年在《当代》第 4 期头条发表了中篇小说《在沿河村里》。这部中篇小说反映的是 20 世纪 80 年代新农村的新生活，歌颂的是党的十一届三中全会后农村的新人、新事、新风尚，具有浓厚的生活气息和鲜明的地方色彩。作品一开篇就介绍严斗子严清、左撇子邢福一对"名牌"。接着交代了他们的身世、性格、家庭变化以及他们共同具有的强烈的自尊心。之后，小说顺理成章地生发出"邢友山招女婿假戏真做"和"严斗子跺脚——后悔了"的情节，合情合理地展开了"一对名牌"的错综复杂的矛盾冲突。蒋振邦用许多典型细节的描述，活生生的生活现实，冲洗了左撇子、严斗子思想深处的污浊。生产责任制的实现，使沿河村不平静了，严斗子和左撇子更是随着各自政治的兴衰和生活的变化或悲愁或喜悦，他们的一举一动无不蕴含着丰富的政治经济内容，透露着某些新时代的气息。作者对农村生活的真切描写和幽默生动的艺术追求相结合，使小说在同类作品中高出一筹，可以说蒋振邦走的是民族化现实主义乡土文学的路子。

蒋振邦从小就生长在黄河岸边，大学毕业后又在农村基层工作多年，积累了深厚的农村生活素材。他始终笔耕于农村这块肥沃的土地，用他独具风格的语言，写他的农村题材的小说，为我们写出了一个个鲜活的艺术形象。他用自己的整个身心，自己的全部情感拥抱故乡这块土地上的普通农民，写他们的喜怒哀乐，写他们的勤劳善良，写他们与时代紧密相连的前途和命运。蒋振邦不是一个旁观者，他把自己与小说中的人和事交织、熔铸在一起，用自己的血汗去点染党的十一届三中全会以来农村绚丽的图画。所以，他的作品总是从不同角度给人以新鲜的感受，人物鲜活、实在、亲切。蒋振邦从生活中挖掘题材，着力于对生活的概括和提炼，特别是注意把握时代跳动的脉搏，挖掘人物心灵美好的底蕴。《春风》《但道桑麻长》《哈三慌赶会》《酒不醉人人自醉》《沙枣花香五月天》等小说，都从不同角度、不同侧面塑造了各具性格特征的人物，充满了对农民的血肉相连的深沉的爱，显示了源于生活又高于生活的必然结果。在艺术表现手法上，蒋振邦习惯于用传统的白描手法，通过尖锐的矛盾冲突、典型的场景和典型的细节来塑造人物，颇得民间文学的传承，有中国式的艺术情趣和民族化的美学追求。

伊布拉英（1939— ），祖籍新疆塔里木。曾在吴忠市建设银行、北方民族大学工作。发表中短篇小说《一分钱的故事》《田婶》《叛逆者传》《黑洞》《碑》《维纳斯断臂》等，作品荣获宁夏第二届、第三届、第四届文艺评奖优秀奖（不分等）、二等奖、优秀奖（不分等）。

他的短篇小说《田婶》，写了一位普普通通的农家妇女，连她的名字都没有人知道。在大锅饭的影响下，年年受照顾，年年吃不饱。现在推行责任制，她不顾大伯子的警告，表达了自己的意愿，几句平平常常的话，却把"族里的总管一样的人物"大伯子给击败了。大伯子以为这是田婶在报复自己，其实，这是一股不以人们意志为转移的势不可当的潮流。人心思变，人心思改，人心思富，这不是几个人阻止得了的。和《田婶》堪称姊妹篇的《叛逆者传》，是伊布拉英对农村改革不断深入的形象化理解。小说通过马复清30年来的变化，描绘了一幅农村画卷，深沉的主题，把农村改革的趋势揭示给读者。最具代表性的是其中篇小说《碑》。《碑》突出地描写了两个人物：教练闫健勋、老爷爷马银龙，一个是共产党员，一个是群众。作者从现实生活出发，着重写了群众情感中美好淳朴的一面，写了回汉群众的兄弟情谊。无论是篮球教练闫健勋，还是偏僻农村的支部书记或饲养员老爷爷，都具有直率、淳朴、粗犷的共同特点，同时又各具独特的性格和心理状态。这些人物以不同的方式表现得那么热爱党、热爱革命事业、热爱正确执行民族政策的汉族干部。因此，在他的作品中，不仅遵循着马克思主义关于民族问题的正确原则，按照党的民族政策来处理民族题材，更可贵的是渗透着作者对各族人民深切的感情。

郑正（1940—　），本名郑衍顺，笔名关山，安徽萧县人。1959年参加工作，曾任宁夏石嘴山矿务局矿报编辑、石嘴山市作家协会主席、《石嘴山文艺》主编、《煤炭文学》负责人、宁夏作家协会理事、宁夏文联委员等。副编审，中国作家协会会员。1958年开始发表作品，出版长篇小说《中国西部最后一个匪王》，中短篇小说集《郑正小说选》，散文集《风景这边独好》《天高地厚是亲情》，长篇报告文学集《星，从黄土地升起》《宝胜，腾飞的巨龙》等二十多部。小说荣获宁夏第一届、第二届、第三届、第四届、第五届文艺评奖三等奖、优秀奖（不分等）、二等奖、优秀奖（不分等）、三等奖。部分作品被翻译成英、日等文字，有的作品入选中学语文课本。

郑正的中短篇小说，以独特的视觉观察生活，理解生活，进行精心构思，作品无论是在深度还是揭示事物的本质上，都有不同凡响的艺术效果，在读者中留下了深刻的影响。尤其是他的长篇小说《贺兰风云录》是石嘴山地区的第一部长篇小说。中国华侨出版社出版单行本时将其改名为《中国西部最后一个匪王——郭拴子覆灭记》。这部小说先于1983年至1985年在《宁夏群众文艺》连载两年多，2000年又在《吴忠日报》全文连载半年多，在宁夏读者当中产生较大影响。这部小说以宁夏地区解放初期土匪郭拴子的覆灭过程为题材创作。在这部长篇小说中，郑正长于叙事、熟悉民间俗语、善用传统表现手法等创作素养得到了恰如其分的发挥，为人们展示了新中国成立前夕塞上山川的历史斗争画卷，塑造了史铁山团长和战士陈宝良等为解放宁夏而英勇斗争的解放军指战员形象，以及郭拴子、张绪绪、吴国昌等新中国成立前夕盘踞在宁夏、为非作歹的土匪形象。这部作品的突出特点是没有把人物丑化、简单化。比如匪首郭拴子，是小说全力描绘的人物，作者通过郭拴子杀张歧岐、吃人心、活活打死大老婆郭石氏等情节，表现了郭拴子的凶残；又通过佯打李月仙、巧施美人计等情节写出郭拴子的狡诈。与此同时，还通过郭拴子孝敬父母的细节，写出了他性格中人性尚未泯灭的另一侧面。郑正还塑造了不顾个人安危，上贺兰山舌战匪首郭拴子的阿拉善地区工委书记曹动之等正面形象，流畅的叙述语言，浓郁的地方特色，生动的方言土语，衔接巧妙的章回文体等，都使这部小说成为代表郑正创作水准和风格的作品。

那守箴（1942— ），辽宁丹东人。曾在煤矿、宁夏民族艺术研究所工作。编审，曾任中国少数民族作家学会常务理事、中国少数民族戏剧学会宁夏分会副会长等。其话剧、小说、戏剧荣获宁夏第二届、第三届、第四届文艺评奖优秀奖（不分等）、二等奖、优秀奖（不分等），短篇小说《大雪歌》荣获第二届全国少数民族文学创作骏马奖一等奖。

《大雪歌》是一篇反映煤矿工人英勇战斗的好小说。写 20 世纪 60 年代初暂时困难时期的艰苦生活，通过顽强乐观的矿工们为国家分忧，饿着肚子也要拼命干的战斗实绩，唱出了一曲英雄主义、乐观主义的赞歌。小说不仅真实地反映了特定的时代生活，还着重表现了煤矿工人英勇豪迈的献身精神，他们看似粗俗平凡，实则怀着崇高美好的心灵。没有豪言壮语，而是在朴实真切的人与人的关系里，日常而典型的生产活动中，突出了煤矿工人的命运和情操。小说最突出的一点是写了人，写了人的命运和性格，使作品在反映矿工生活的题材方面有了较大的突破。作者在矿上战斗过许多年，生活底子较厚，熟悉和了解自己的弟兄，懂得他们的爱与恨、甜与苦、欢乐与忧愁，因而善于捕捉工作中的闪光点，把干巴巴的井下采煤生活，描绘得生气勃勃、波澜起伏、丰富多彩，极富有生活的诗意和人生的情趣。作者笔下不是"高大全"的英雄人物，而是一个个有血有肉的矿工群像，他们有共性又各具鲜明的个性，不雷同却又都是"特别能战斗"的一员。特别是采煤队长老丘，给人印象更深刻。他粗犷、豪迈、勇敢、能干，他脾气坏，对人粗暴生硬，颇有股冷劲，内心却对弟兄怀有真挚的友爱，生死关头能舍生忘死、勇往直前，不愧是位有胆有识的领班人。作品通过老丘命令李四五脱裤衩，发动大家接济李四五以及带头抢险这三个情节，把他的性格展示得较为丰满鲜明。小说结尾时，老丘在筋疲力尽时怀念家乡的恋人小霞，给这个粗壮的英雄汉添上了一笔内在的柔色，耐人寻味。小说的基调是高昂的，在井下汗与血的搏斗中，揭示了煤矿工人的人性美与心灵美，体现了对人生的探索，展示了人的价值，给人以鼓舞的力量。小说的可贵之处，正在于它的朴实率真，真实地展示矿工们的艰苦生活和他们的内心世界，把某些"井下文学"的素材糅进作品，从而使一些平淡无奇的生活细节闪现出光芒。作品的语言也有明显的矿工特色，无论是作者的叙述和议论，还是矿工的人物语言，都铿锵有力，独具一格，是一种"钢音"，很响亮，有气魄，充分表达了宁夏矿工刚强坚忍的性格。

高耀山（1943—），出版短篇小说集《春播集》，长篇小说《风尘岁月》《激荡岁月》等。小说荣获宁夏第四届、第八届文艺评奖优秀奖（不分等）、二等奖，个人荣获"宁夏十佳编辑"称号。

高耀山小说主要立足于乡土文学。那山、那水、那人、那狗、那树木、那庄稼、那炊烟袅袅的村庄，那流水潺潺的小溪，呈现给读者的是黄河岸边乡村田野的自然色彩和古朴情韵。他的长篇小说《风尘岁月》和《激荡岁月》堪称沉重的人物命运史和色彩斑斓的乡土风情长卷。高耀山生于乡下，长于乡间，虽远离乡下，久居城市，但他乡音未改，乡情依旧。他一直都在勤勉中创作着地地道道的乡土文学。乡间的方圆巨细、发展变化、家长里短、风物山川都是他笔下的内容。特别是庄稼人的生存状态、喜怒哀乐更是支撑他作品的脊梁，他熟悉的这方热土上的春夏秋冬、民俗风情就是他醉心描摹勘探的田地。恰如他自己所言：当我进入文学圈子以后，我的创作兴奋点一直都在故乡、在农民，一拿起笔就想起故乡的风物山水、父老乡亲。那里的传统文化、民情习俗、农民的悲苦忧乐、千矛万盾，以及他们在那方苦焦的土地上的不幸与抗争、挫折与奋斗，搅得他常常夜不能眠……在这种鲜明而热忱的创作心态下，他对作品主旨相关的一些由西北地区父老乡亲世代传承、人所熟知的民俗事象，采取较为直观的方式，细致入微地融入作品的情节和人物的命运当中，使之成为情节和命运不可分割的一部分。《风尘岁月》讲述的是陕甘宁交界的一个"鸡叫听省"的村庄20世纪三四十年代的沉浮变迁。通过原汁原味的传统文化、民俗风情——做满月、过红白喜事、扭秧歌、请"干大"（干爹）、唱酸曲和信天游等的刻意描摹，构成整个作品所展示的古老而恒定的主体。在我国许多民族中间，诞生礼、成年礼、婚礼、葬礼是传承了几十年的"人生四大礼仪"。《风尘岁月》通过对"人生四大礼仪"等各种风俗的客观介绍和形象演示，加深了读者对这方土地深重的历史与灿烂的文明的真切理解，也使得《风尘岁月》本身成为一部风俗小百科。

他的第二部长篇小说《激荡岁月》与《风尘岁月》是姊妹篇，继续了上一篇的故事情节，延续了人物的发展，使情感贯穿一体。写新中国成立以来五六十年的发展变化。小说采用了从背景中推出故事、人物活动带出情节的手法，自然流露，层层递进，环环相套。作家将自己的情感倾注在人物命运里，对生活矛盾的回答，不是悲戚，不是绝望，而是具有一种向上的健康的力量。小说时间跨度二十多年，涵盖了土地改革、合作化、工商业改造、人民公社、"大跃进"等重大历史事件，小说中有名有姓的人物五十多个，主要人物活灵活现、栩栩如生。小说采用传统手法，以引人入胜的故事情节展示高天厚土、风土人情、人文景观、历史地理。我们既能看到农民在合作化道路上的幸福和喜悦，也能感受到其在历次运动中遭受的苦难和折磨。经历过那段岁月的人可以从小说中体会到时光倒流、重温旧梦的亲切，仿佛回到了那个火红的年代，回到了那激荡人心的岁月。他对陕甘宁交界地的民俗民风十分熟悉，小说穿插了八月十五的"献月"，寒食节的"紫锤"，梁满囤打光棍时吃的"搅团"，王宝生吃的"剁面"，不仅强化了地方特色，而且读来亲切自然。"花儿"和"信天游"穿插其中，烘托了艺术气氛，使故事充满了诗的意境。

马治中（1943— ），宁夏吴忠人，专业作家。作品发表于多家报刊，创作小说《带班缉长》《"方"迷新传》《崛起的楼群》《黄河之子》《三代人》等。小说荣获宁夏第四届文艺评奖优秀奖，诗作荣获宁夏第一届、第三届文艺评奖三等奖、二等奖。

从马治中几篇较有代表性的小说作品，如《"方"迷新传》《崛起的楼群》《黄河之子》来看，其营构的故事内容无不建立于叙事的逻辑及情节的完整之上。作者写淳朴的乡民、浓厚的乡俗，而这乡民乡俗是流动的，在流动的生活激流中，我们听到了农民劳动致富后，对精神文明、文化娱乐的美好追求的强烈呼声，侧面描写达到了正面描写的艺术效果。作家写小人物、小事件、小矛盾，行文不俗，趣味高雅，同样不失其美的价值。这就突出地反映出作家在创作原则上的一种诚实的选择，即内容根植于纷繁的现实生活，构思依赖于既成的小说模式。马治中之所以不遗余力地创作，是因为在他的生活中、生命里有许多值得动笔的因素。他在专心于往事营构的同时，巧妙地糅进了现代人的思维与洞察方式，即使是凡人俗事，也在津津乐道中注入作家的思考与理性的光泽。他在表现人生的同时，注意了文学的审美情趣，尽管在此方面的收获还不足以冲淡他营构故事的完整性，但几方面的融合，确已为之丰满着羽翼。在语言方面，马治中作品的突出特点是平易浅白、生动传神，有浓郁的生活气息，形成别具一格的韵味。

都沛（1946— ），本名都兴强，山东牟平人。毕业于西北大学中文系。当过兵团战士、中学语文教师、歌剧演员。历任《朔方》小说编辑、《珠海信息报》常务副主编、《中国作家》事业发展部副主任等。中国作家协会会员。创作中短篇小说《我们连队的嘎西摩多》《不许上井台》《密友》《天堂行》《贺兰山下的传说》《午夜惊魂》等。

在短篇小说《我们连队的嘎西摩多》中，作者通过写知青连队生活，成功地塑造了外号为"嘎西摩多"的黄积德这一人物形象。作品描写黄积德在连队恶霸、流氓头子胡一乐的淫威下，不得不每次为他们唱歌而消遣，以及对黄积德的无视和欺压。黄积德看似是个生活中的弱者，其实，他内心有着善良、正直、乐于助人的精神品格。当"我"的仇家来寻找报复时，他把自己用屈辱挣来的十几盒烟巧妙地拿出来救"我"；在大家都不愿黑夜出去完成连队任务的时候，就把黄积德逼出了队列……黄积德死了，他用他的行为，使流氓头子胡一乐再不打架了，刘成对人说话开始称"您"，连长变得像个老妈妈，连里谁病了谁伤了，他就急得像自己的孩子病了伤了一样，连队的知青们出差或者回北京探亲，都学会了在公共汽车上给弱者让座，整个连队的风气悄悄地变了。大家觉得，自己是人，别人也是人，是人就应该懂得尊重别人，帮助别人，人不能像狼一样地活在世界上。作者最后感叹，积德死了，却"救活"了"我们"。

杨仁山（1947— ），笔名杨学鹏，浙江杭州人。历任《朔方》编辑、小说组组长、编辑部主任，浙江摄影美术出版社社长、总编，浙江人民出版社社长、总编，浙江出版集团副总裁等。中国作家协会会员。1971年开始发表作品。发表中短篇小说《初春》《铁娃和爷爷》《旅途》等，改编电影文学剧本《肖尔布拉克》。短篇小说荣获宁夏第一届、第二届、第三届文艺评奖三等奖、优秀奖（不分等）、二等奖。

1971年在《宁夏日报》发表第一篇短篇小说《一篇讲用稿》，小说描写了知青林燕燕的成长经历；另一篇《"大忙"叔》则是形象生动地描写了一位年交五十、四方脸、大个儿、姓刘名振茂的农村老汉热爱集体，勤奋劳动的生动故事。由于杨仁山的勤奋好学，基本功越来越扎实，后被推荐至复旦大学中文系深造，回宁夏后到《朔方》任小说编辑，编辑了张贤亮《邢老汉和狗》等一批早期作品，还将张贤亮的小说《肖尔布拉克》改编成同名电影。他自己创作了《金枝玉叶》《初春》等一些小说、散文。

他的《旅途》是写女大学生与知青小伙相遇的故事。大学生姑娘的妈妈给她买了一张从上海回太原的车票，她上车前自作主张给在北京的姐姐发了电报，决定乘这趟车直达北京去看望姐姐，然后再从北京转车去太原。可在火车上偏偏遇上死板又厉害的列车长，检票时不管她如何解释就是不允许。就在她要在一个小站下火车之际，是知青小伙子阻拦了她，之后又给她补了票，还把她送到北京站，她姐姐也正好来接。这时，大学生发现她的一只浅灰色的小旅行袋不见了，里面装着妈妈买的好吃的。小伙子拉上大学生又进站去寻找了一遍，结果还是没有找到。当他们重新回到大学生的姐姐跟前时，姐姐正在盘问妹妹，问她在车上结交的是什么人，数落她没有社会经验。小伙子在旅途上见义勇为地帮助了她，他的真诚和热情丝毫不夹杂其他动机，他唯一希望和满足的，仅仅是别人能够理解并信任他那颗真诚的心。人与人的理解与信任仅仅因为一袋食品，这里牵扯到一个沟通问题，可姐姐一通责怪，大学生不知所措，小伙子又不知该说什么，从而使小说急转而下，揭示出姐姐严重的防备心理，并由此使见义勇为的小伙子成了想象中的"坏人"。缺少了与大学生的告别，将大学生来不及对小伙子说声谢谢的内疚和对姐姐言行的抱怨留在小说之后，而且无法弥补，这正是这篇小说的魅力所在。

《魂之曲》以纪实的手法，描写了主人公在 20 世纪 50 年代支援陕甘宁边区建设，带着他在抗美援朝战场上采访的笔记，带着他对西北农民的热爱，深入生活，创作反映人民群众的真实作品。他在山区结交下的几位农民朋友来看他，他们都坐在板凳或床上，就是没一个人去坐那张沙发，他敏锐地感觉到了，像一个孩子发觉自己做了一桩错事那样慌乱不安。多少年过去了，家里就是没一对沙发，在旁人眼里不可理解，但在他的思想上是最大的骄傲。在他积劳成疾去世后，女儿继承他的遗愿，去老区深入生活，表现出一代接着一代支援陕甘宁边区的奉献精神。《湖畔》（《朔方》1985 年第 4 期）描写了一对男女青年在改革浪潮中相互支持、相互鼓励的相恋。关凯虽然有能力，却因为老场长的造谣阻挠，当不了农场场长、不能施展才华，带领农场员工致富，但在小英子的鼓励下，在总部领导的关心下，关凯重拾生活的信心，带着燃烧的激情走向未来的生活和挑战。叙事平静自然，心理描写细腻，看似平静，实则涌动着巨大的力量。

吴善珍（1947—　），女，20 世纪 60 年代上山下乡后，在文艺团体从事音乐工作十六年，后任《朔方》编辑、副主编。二级作家。出版小说集《粉红漆》，小说《香草广场》等。小说荣获宁夏第五届、第六届文艺评奖二等奖、三等奖。

吴善珍曾经在宁夏一座小县城的歌舞团工作和生活多年，这段人生经历给她的心灵留下了深深的烙印。当她走上文坛，这段艺术生涯便当然地成为她最初的选材对象，成为鼓动她的创作激情和想象力的所在。作者在文学的浩渺世界中，追寻生活丰富多彩的行进足迹，在音乐的殿堂里寻求生命的完美。这就是她作品中为什么总有灵动之气的原因。

  小说集《粉红漆》收录了她创作于20世纪80年代至2001年的二十四篇小说。吴善珍热爱艺术，热爱她的大提琴，所以，她最成功的小说是"歌舞团系列"。三万多字的《粉红漆》从传达室墙上黑板那四条擦不掉的粉红漆斜道引出一大篇人物和故事，她把习惯于坐在观众席上的看客请到了后台，引入歌舞团大院。原来那些在舞台上像神仙似的演员并非不食人间烟火，也是陷在人际关系、爱情友谊、晋级提资等众多琐事中不能自拔。团体要生存发展，演员要提高业务水平，歌舞团那紧张又慵懒的气氛，彼此较劲而又整体团结的景象，演员们浪漫又世俗的特性都被她刻画得须发毕肖、入木三分，写尽了一个文艺大院的众生相。作家从演员的角度来审视歌舞团的生活，就如同写自己家的事，流畅自然、生动逼真、亲切动情、富于韵味。《粉红漆》就是吴善珍演员生活的回想曲。构成吴善珍"歌舞团系列小说"的还有《蔡叔叔编的歌》《空视》《北塔轶事》《文之清》《斯特拉女神》等诸多篇章，可以说是她演员生活的真实而艺术的记录。演员是用自己的情感表演来讲述别人的故事，而吴善珍是用笔墨描写演员们的感情生活。这里有青年男女的恋情，有已婚男人对个别女人的想入非非，也有游戏人生、填补空虚的玩世不恭者。小说以对几对男女柏拉图式的、纯情的、世俗的、浪漫的等各不相同的爱情书写，织成了一张网，将作品紧紧网住，使其各部分血脉相连，浑然一体。从题材角度而言，吴善珍的小说创作，大多是以女性为主人公的。在对待小说中的女性世界乃至对待这些女性所面临的环境上，她并不是只停留在一种欣赏或观望层面上，她更多的是从弱势意识、底层意识上去展现平庸虚无的生活，使我们看到，尤其使女性同胞看到弱势的女性所面临的境遇，从而以期改观。

  她的小说，无论从社会层面还是心理或人学层面上讲，都有一种浓浓的审视文化并警醒的意识。尤其对传统的女性所处的文化框架与时代改革而形成的鸿沟，有更多的书写。在大篇幅的创作中，她始终以女性为切入点，并没有只停留在对创伤的抚慰和对不幸的回顾之中，而是把一种希望寄托在自己的女性同胞上。她对她作品中的女性命运如她们自己对自己的命运一样，既充满憧憬又有怅惘，她所要说的，除了力图警示打碎传统的对待女性的文化和女性对待自己的传统文化框架，还有学会自我关照，自我审视，这无疑构成了她创作中别有的一道风景线。她的小说生活气息浓郁，文笔自然圆熟，有精心刻画，有质朴白描，有娓娓道来，一波三折，引人入胜。在对人物深层描写和对人生价值的深层思考中，展现出人性的善与恶、高贵与凡俗。她的小说取材挣脱了女性作家通常的狭窄视角，具有社会和人生的丰富性。

马濯华（1948— ），河北丰南人。1965年到宁夏参加三线建设，视塞上江南为第二故乡。在国有企业当过工人、干部，后调《宁夏青年报》当编辑、记者。宁夏作家协会会员，宁夏文史馆馆员，中国作家协会会员。20世纪80年代发表小说、散文、剧本、报告文学等文学作品二十万字。出版《碧血1940——绥西抗战往事》《喋血1941——绥西抗战往事》。长篇小说获宁夏第八届文艺评奖三等奖。近年来，致力于研究绥西抗战史，发表相关学术论文多篇。

1995年，宁夏电视台播出专题片《恩格贝的见证》，《宁夏日报》《青年生活导报》刊载了"烈士塔"的通讯。马濯华看到后被深深震撼萌发了创作热情，他于2000年开始为创作《碧血1940——绥西抗战往事》做准备，他根据报刊文章、档案文献、调查走访等，形成第一手材料，历时几年写出了这部作品，2008年正式出版。弘扬了西北人民抗日救国的爱国主义精神，同时披露了抗日战争时期，西北军事将领马鸿宾所统率的国民革命军八十一军三十五师之一部于内蒙古自治区包头市南部库布齐沙漠中的恩格贝台地，与数倍于自己的日伪军殊死搏斗的史实。小说细致而生动地描绘了国民革命军中一支驻扎于宁夏的团级建制的部队训练、休整、行军、打仗，直至全军覆没于远离家乡两千里外的恩格贝台地的全过程。更为重要的是，这部作品以生动的笔墨多角度地描画了六十多年前西北各族人民不畏强敌、誓死抵御外侮的历史画卷，是一曲岁月深处的民族悲歌，也是一曲令人感奋的爱国主义和英雄主义的颂歌。

《喋血1941——绥西抗战往事》出版于2016年，这部作品的灵感和激情来自作者对"西军墓"的寻访，缘于一篇关于"西军墓"存在的文章。2010年，马濯华和一名记者前去寻访为烈士扫墓的杨三成老人，当他站在"西军墓"的遗址前，萌生了写一部抗战纪实作品的想法。历时五年，《喋血1941——绥西抗战往事》于纪念抗战胜利七十周年之际完成。这部作品融入了地域叙事、恩仇叙事、日常叙事等一般重大历史军事题材作品少见的叙事策略，把重要历史人物和事件作为全书的精神依托及叙事框架，保证了故事情节的意识形态，保证了这部作品作为重大历史题材惯有的宏大叙事和史诗品格，以及艺术表现力的释放，人物性格、情节冲突、结构层次、人物对话皆在艺术调度下展开，从而避免了一般重大历史题材常见的符号化尴尬。地域叙事、恩仇叙事、日常叙事融入表现真实的同时，也增加了某些非真实的情节，大大增强了该作品的感染力。

马灉华这两部历史小说作品，以真实的历史事件为底本，用心灵的感应和人道主义的胸怀，复活那些埋没在黄沙深处的英雄形象，为他们在抗战胜利中付出的生命和鲜血书写了重重的一笔。

火仲舫（1949— ），笔名钟声，宁夏西吉人。1968 年参加工作，历任固原地区文联副主席、主席，《六盘山》主编，宁夏戏剧家协会副主席，宁夏作家协会副主席等。中国作家协会会员，中国戏剧家协会会员。出版剧本集《凤凰泉》《黄土情》，散文集《西吉风景线》《飞翔的情绪》《奔放的诗旅》，长篇小说《花旦》《土堡风云》《柳毅传奇》《大河东流》《浪子吟》等。散文、小说荣获宁夏第五届、第六届、第七届文艺评奖二等奖、三等奖、二等奖。

就创作体裁而言，火仲舫在小说、散文、诗歌、评论、报告文学、戏剧等体裁均有涉猎，可以说是一位成果丰硕的全能作家。他属于那种典型的大器晚成的作家，在努力经营了数十年的散文和戏剧创作之后，在读者和文学圈内完全未着意的情况下，仿佛是一夜之间，他一口气推出了三卷八十余万字的长篇小说《花旦》，突然以一个成熟的小说家的姿态出现在文坛上，实现了由散文、戏剧作家到小说作家的华丽转身。

长篇小说《花旦》以大西北腹地西海固一个叫红城子的村庄为故事发生地，辐射大半个中国，以一支民间秦腔戏班的活动为经线，以众多民俗活动为纬线，以一代坤伶、艺名为"勾魂娃"的当家花旦齐翠花的命运揭示为主旨，构建小说文本。出场人物众多，情节跌宕，故事感人，气势恢宏，寓意深刻，具有阅读价值和研究价值，被评论界誉为"大西北民俗宝库"。首先，小说真实地勾画了乡土中国最原始最本色的生存状态，艺术地展现了西北农民复杂的生活世界。不难看出，乡土中国的生活状态具有某种原始性。小说也用相当的篇幅描写了乡土社会和民间世界的欢乐。秦腔是黄土地上的心声，只有在高山旷野当中，秦腔才可以吼出西北人的欢乐与哀伤。作者用了不少篇幅描写了红城子戏班唱大戏、玩社火、说仪程的场景，将乡村世界精神的喜色书写得淋漓尽致，既是乡野民俗图，也是最原生态的民间的向往和情感释放。其次，《花旦》向读者艺术地展现了西北地区，特别是宁夏南部的西海固地区极具特色的民情风俗。小说中多次描述了敬神、烧香、求雨、耍社火、说仪程、过端午、送寒衣、过红白喜事等民俗活动，从审美的角度完美解读了西海固地区特殊的人情风俗。最后，《花旦》塑造了一系列有血有肉的人物形象。作品中林林总总一百八十多个出场人物，其形象不同，性格各异。作家始终以对"勾魂娃"齐翠花的描写为主线，同时通过红富贵、红乾仁、张百望、田大勇等诸多人物来渲染和铺垫，大故事套着小故事，长故事连着短故事，一波未平一波又起，使主人公的形象更加生动丰满。《花旦》中深厚的文化意蕴，构成了西海固人生活的特定文化氛围，渗透着人们多种多样的情思，展现出中国西部近现代原生态乡村生活的精神实质。

《土堡风云》这部长篇小说以将台堡会师为背景，再现了当年红军会师的盛大历史画面和当地老百姓无私支援红军的史实。作品通过女主人公冯天香六十年来怀着对红军战士阿祥刻骨铭心的感情，在锲而不舍地寻找感情归宿过程中的所经所历，设置了一个个悬念，在使人感到山重水复疑无路时，却意外地绝路逢生、柳暗花明。作者把文艺的生动创造寓于时代进步的运动之中，以充沛的激情、生动的笔触、优美的旋律、感人的形象，升起更加昂扬的理想风帆，描绘出更加美好的生活蓝图，激励更加坚定的奋进信心，满腔热情地讴歌时代主旋律。《柳毅传奇》这部长篇小说则是作者根据古典小说《柳毅传》改编演绎结构而成的章回影视传奇小说，作品撷取了"柳毅传书"的情节，以现代读者的审美观点，融会贯通了现代理念和审美情趣，构思了大量合乎情理的故事情节，从而使故事更为曲折传奇，内容更加丰富多彩，主题立意更加鲜明。作品与传统的经典剧本相比，结合了现代影视元素，并且是以小说的形式呈现在我们面前，读来具有趣味性，为宁夏文学特别是长篇小说的创作又增添了一份亮色。《浪子吟》这部长篇小说写的是一个集偷、抢、骗、嫖、闹于一身的街头小混混，在经历了人生的诸多历练和风雨后，通过读书和遇到高人指点，良心发现，幡然醒悟，继而浪子回头痛改前非，最终成为一名道德模范的故事。小说的素材取自一位山区青年的成长史，以"一个街头小混混到道德模范，这个转化是如何在矛盾的阵痛中完成的"为主线展开联想、构建小说文本。作品以朴实的笔触，真实地记录这个"浪子"大起大落的人生轨迹，折射了人生百态，揭示了耐人寻味的社会现象，彰显了道德教育的力量。这部纪实性长篇小说不仅发挥了文学的教育功能，更体现出文学对现实的深刻洞察。

陈勇（1951— ），宁夏平罗人。石嘴山市作家协会主席，宁夏作家协会理事，中国作家协会会员。从事文学创作三十余年，出版小说集《黄河静静流淌》《大漠明月》《静土》，长篇小说《养女》《盛宴》等，报告文学集多部。

《神梓》叙述的是两位女性的婚外恋故事。作者把两位女性婚外恋的原因都归之于自己追求的事业得不到丈夫的理解和支持，是封建伦理观念与大男子主义作祟，是他们对自己妻子长期的人格轻慢和身心蹂躏导致了她们逆向的爱情心理。作品的题材是严肃而又意味深长的，同时作者在处理这一题材时对女人也不偏颇，也写了女人自身的缺陷。不单单把原因归结为社会、男人，同时也写了女人自身值得反思的问题。小说从人物的内心世界感受到了传统习俗力量的可怕。这篇小说似乎是写爱情，其实是写社会性的爱情与爱情的社会化，把爱情婚姻问题与社会问题紧紧结合起来，让我们感受到了两个在爱情中挣扎、熬煎、压抑的女性心灵。中国经历了漫长的封建社会时期，有着根深蒂固的世风和难以抵御的偏见。在大喊思想解放的今天，人们也不能不感到"人言可畏"。透过风俗来反映社会的某些本质，虽不及写一个事件来得直接，但由于社会习俗是深入社会成员骨髓的东西，是社会政治、经济、历史、文化融汇一体的结果，故而《神椿》具有生活的厚度与思想的力度。

在《养女》这部长篇小说中，作者以双重地理坐标的故事更迭，用浓重的笔墨讲述了被拐卖少女的离奇遭遇和其养父三次寻女的苦难经历，重点刻画了异地两位父亲的形象，折射出血浓于水的亲情光环。故事情节既流畅又沉重，现实生活既温馨又残酷，社会历史既规整又复杂，将人性的扭曲与背叛，灵魂的高尚与纯净交织在一起，呈现出一幅真实又真挚的审美艺术画卷。如果说《养女》是作家从乡土介入而又回归乡土，写就了人对道义的坚守和对美好人性的渴望，那么《盛宴》则是从乡土介入都市，以"闯入者"的身份来展示都市斑驳陆离的市井百态和人性真相，揭示这个时代人的生存暧昧的一部较为成功的长篇。在这样一个官场、商场、情场相杂糅的现实故事里，去揭示在这个消费当道的时代，金钱权力对人的异化、欲望驱使下的人性真相。作家把批判的锋芒直指当下的社会现实，并把人性的美好和持守不遗余力地给了小说的主人公。陈勇关注现实并由乡村进入城市，拓展了他的写作视界，展示了由乡村进入城市的人的精神裂变。

陈勇担任石嘴山作协主席，多次主持召开文学研讨会，邀请知名作家到当地改稿，为全区乃至全国文坛输送文学人才，值得称赞。

李德明（1951—　），陕西合阳人。1970 年参军，毕业于解放军工程兵指挥学院。曾任参谋、处长、军分区副政委等职，大校军衔。宁夏标准草书研究会常务副会长，宁夏作家协会会员。短篇小说《心灵的回声》、中篇小说《青山作证》荣获宁夏第二届、第五届文艺评奖优秀奖（不分等）、三等奖。

李德明从小非常喜欢文学，由于没有接受过专门学习培训，就摸着石头过河，小说、散文、诗歌、杂文，甚至快板、戏剧，跟着感觉走。后来参加军区组织的一个创作学习班，经张贤亮、杨闻宇等著名作家指点，才以主要精力写小说。他的小说主要以军旅生活为主，比如早期的《我的新上级》，还有后来的《心灵的回声》《青山作证》《三号房间》等。尤其是入选1999年《宁夏文学作品精选（上卷）》的短篇小说《三号房间》，作者以娴熟的笔触写了军营中的文官。作者以军区政治部秘书处处长、作战部训练处处长和军区党委办公室秘书三人写作组为原型，每年快到年底的时候，都要给军区司令部撰写年终工作总结。而撰写年终总结，就得住进军区最好的招待所——南楼，因为是三人写作组，第一年就住进了南楼三号房间，第二年还住南楼三号房间，今年还是三号房间……久而久之，三号房间就成了军区出思想、出典型、出经验、出成果的特殊"车间"，也成了他们借机占小便宜的机会，每次写材料，都住好房子、吃好吃的、喝好喝的，调戏调戏女服务员，还能顺便带家属来洗澡，何乐而不为呢？不但具有很强的生活气息和讽刺意味，而且具有强烈的时代气息。作者通过拥有BP机的叶飞处长和军嫂尹丹兰在日常生活中的所作所为，塑造了改革开放初期的军人和军嫂形象。虽然没有曲折的故事情节，读来却引人入胜，这是他在军旅小说中的有益尝试和突破。

葛林（1954— ），河南夏邑人，1966年随父母迁居西北某军马场。历任银川市文学院院长、银川市作家协会副主席、银川市政协常委、宁夏作家协会理事等。一级作家，中国作家协会会员。1980年开始发表文学作品。前期主要以诗歌创作为主，有童话长诗《无标点快车》，系列组诗《年轻的太阳谷》《鲜花盛开的村庄》等。1993年，葛林开始转向小说创作，中篇小说《红军爷》《快乐人生》《天鹅海》《野杏树》《英俊少年》及短篇小说《未能揭幕的塑像》等，先后被《小说选刊》《小说月报》《小说精选》《作家文摘》等刊转载。出版《年轻的太阳谷》《大气炜黄》《大马群》《谁赶走了我们的树》《开着坦克去唐朝》《在那桃花盛开的地方》等，诗歌、中篇小说荣获宁夏第五届、第六届文艺评奖二等奖、三等奖。

葛林是诗人出身，却在小说创作上取得了不俗的成就。1994年在《山东文学》发表了第一个中篇小说《二球趣事》，1996年在《朔方》又发表了第二个中篇小说《红军爷》，被《小说选刊》选载。此后便有了《天鹅海》《快乐人生》《野杏树》《没能揭幕的塑像》等。他的小说大致可以分为两类：抒情小说和幽默小说。

抒情类小说主要以他的军马场系列中篇小说为主。比如在《红军爷》中，主要写了老红军魏得胜从"三根筋挑着一颗大脑瓜儿"到老年这一生的命运经历，连缀了红军北上抗日、20世纪50年代军队改制为农建师再改为农场等历史片段，满怀热情地抒写了半个多世纪以来的历史变迁。在《大马群》中，作家以野马湖草原牧场和香水等地的乡村为故事中主要情节发展和演绎的舞台背景，描写了叙述者"我""父亲"和白马"玉眼"之间发生的一段美丽而又哀婉的故事。自幼丧母的"我"和"玉眼"一起在野马滩长大，在人与马之间建立了笃厚的情谊。后来，随着时代的变迁，"玉眼"因国家取消了骑兵建制而被送到贫困山区。二十二年后，"我"意外地重新发现了"玉眼"，并了解到这么多年它的悲惨遭际。悲痛之余的"我"，设法将它赎回，并重新送回年迈孤独的"父亲"身边。最后，这野马滩上最后一个牧马人和他的最后一匹白马一起相伴走完了生命中的最后一段岁月。那洋溢在清香翰墨里、纯真而又沾满了丝丝哀愁的情绪，宛如作品中迷散在野马湖原野上淡淡的草香一般沁人心脾。作者用他熟悉的故事、清丽的语言、娴熟的叙事技巧、形象的塑造手法，为我们构筑了一个心灵深处的灵魂之乡。

葛林的幽默类小说不仅关注当代社会生活现象，力图描绘出其全貌，而且试图抓住在其表面繁复变动下的本质，从官场《大气炜黄》、商场《富乐园》，到市民社会《好人世界》，再到乡村世界《大路朝天》《快乐人生》，他的作品基本涉猎了当代社会生活的各个方面，在描写的风格特点上，有一种"冷幽默"和喜剧性的讽刺效果。但这种讽刺不是尖利的、冷峻的，而是一种软讽刺，在温和幽默的调侃中，把一些荒谬、荒唐也即无价值的东西撕开来，让真实的、高尚的东西显现其价值，这是一种轻型的戏剧和讽刺。比如《好人世界》，这篇小说的题目本身就蕴含着某种反讽的意味。一开场，好人春三就被推到前台，露了他的本相：一副不黑不白不长不短不胖不瘦的好面相，心善面软，脸上常常溢着一个笑。于是，这个好人在"好人世界"中发生了一系列"哭笑不得的故事"，通过这些荒诞的故事，得出一个结论：做好人难。然而，《好人世界》中的好人春三并没有因为做了好事挨揍就"吃一堑长一智"，退而保全其身，相反，做好事似乎是他生活中的一部分，乐此不疲。在日常生活中，像春三这样的小人物，地位卑微，人微言轻，他们不一定会在流氓欺负弱者时断喝一声，挺身而出，可他们一定会在力所能及的范围内，帮别人做一些好事，这些好事甚至不值一提。但正是这许许多多小人物的向善行为，涓滴成海，构成了整个社会巨大无形的道德基础，成为正义、良知、善良、品行等得以不断生长并使社会正常运行的良性土壤。在《富人乐园》中，通篇弥漫着一种令人忍俊不禁的喜剧笔调，甚至可以说，这篇作品基本上调动了葛林在讽刺艺术上的一切手段，刻画了一个暴发户形象——过去的一个地主，现在成了企业家。小说在对人物的构思上采撷了民间流传的说法：在乡村，过去的地主或多或少地都埋藏了一些金银珠宝，一旦社会政治处于宽松时期，便发掘出来，作为重做生意的资本。主人公崔治国因其父地主崔三的一坛银圆，走上一条生财发迹之路，成了闻名的企业家，他为自己所盖的一座别墅起名为"富人乐园"，过起了富人的日子。作品中有个细节，极具讽刺效果，就是崔治国在其父去世之后，竟买下了九公山革命烈士公墓的一块地皮，将一个地主和革命烈士葬在一起。地主崔三躺在革命烈士公墓里，这本身就是荒诞不经的，因此作品安排了一个戏剧性的结尾：地主在死人世界里是不得安宁的，那些死去的鬼雄们照样将他当作一个地主来批斗，让他没有"活路"。这里实际上隐含着民间文化中有关鬼神观念的影响，即一个没有积德的人在另一世界中是没有好果子吃的。作品以戏笔描写了这一情节，喜剧性的讽刺效果就出来了。

葛林用一支深情的笔回溯过往的岁月，向人们展示了他生命中的军马场、父辈及童年。题材的独特、描写的宏阔、叙述的细密，字里行间所弥漫的深沉的情感都为其小说创作增色不少。而在表现社会问题的小说题材中，那种大胆的调侃与幽默，表现出他的机智、婉转和从容，具有较为独特的审美价值。

郑柯（1955— ），笔名胡人，浙江衢县人。1971年参加工作。1982年毕业于宁夏大学中文系。历任银川铁路分局中卫机务段电机钳工，《朔方》编辑，宁夏作家协会副主席，宁夏文学艺术院专业作家等。二级作家。出版长篇小说《海盗与黄金》《古幕的秘密》，短篇小说集《战争的故事》等。短篇小说《大大谷》《河套人》荣获《萌芽》文学奖，《天葬》荣获宁夏第三届文艺评奖二等奖。

郑柯的小说有一种粗犷而近于野蛮的情调，突出了西部地域和西部人的灵魂和气质，并造成一种视觉上的荒漠、旷达和热辣的效果。如果要对这些作品进行风格上的确定，说它们是西部风情小说也许更恰当些。一方水土养一方人，也养一方文学。郑柯的《大大谷》里的麦高和尔赤，《大叉子河》里的尤素福和八万老汉，《季节河》里的胡安和"骗货"，《闪乎子人》里的鼻涕浪汤和三眼皮，他们的亲热方式就是不同寻常，让人觉得有一种野性文明的存在。从他的作品中可以看出，西部人开诚布公，又常以侮辱性语言作为亲昵的表示；语言结构短而富有节奏性和形象性，句与句之间常常跳动，注意内在的深层结构；语言颇多感叹，一惊一乍，煞有介事。如果是行文如流水、慢条斯理、咬文嚼字，就不是西部人的语言风格，也就谈不上西部文学的风格了。

当然，我们从郑柯的作品中可以看出，他在构建情境时，注意设计反映西部现状及西部人对此现状的态度。《大大谷》反映西部人和西部沙漠的关系，

《大叉子河》反映现代文明和野性文明的冲突，《季节河》反映新经济制度下的人际关系，《闪乎子人》反映善良和奸巧的相容相斥，《河套人》反映西部人优秀品质和灵魂的震颤。这些东西作为一种存在，使作为背景材料和人物性格得以展示的依托具有了实际意义。它们还是为了服从郑柯的整体构思，即表现西部地区、西部人的特殊情感的特殊表达方式。《河套人》《季节河》《大大谷》《大叉子河》等作品具有中国西部风情、人物性格粗犷、结构精巧等美学特征。他的作品描绘了大漠、黄河、原野、季节河等大西北辽阔壮美的风光，在恢宏的背景上展现人物，塑造了不少粗犷、坚毅、厚实、深沉的中国西部人的形象，找到了艺术追求的落脚点，表现出他的艺术创作灵气和他在创作上坚实而执着的追求。

艾琳（1956—　），女，本名张爱玲。1982年毕业于中国传媒大学。曾任《共产党人》杂志社编审，现任宁夏毛泽东诗词研究会副秘书长。出版散文集《紫丁香》《一个人的风景》《美丽的凤凰城——银川》、长篇小说《金色指甲》《爱伊河畔》等。长篇小说荣获宁夏第七届文艺评奖三等奖。

在宁夏为数不多的女作家中，艾琳饱尝过生活的酸甜苦辣，对生活有着真实切肤的体验，因而对她笔下人物生活的困顿尴尬和精神的抑郁苦闷感同身受。当她把自己的体验在作品中表现出来的时候，那无疑是将自己的一串串跋涉长途的足迹清晰地留在了稿纸上。她用七年的时间，创作了长篇小说《金色指甲》。小说讲述了一伙聪明美丽的北方姑娘在改革开放的大潮中，为了实现人生价值，顶着社会、家庭、地域、文化、风俗习惯等压力，义无反顾地到南方寻梦的曲折故事。着重塑造了三个不同性格、不同命运、不同修养的年轻知识女性，她们有自尊自爱、自重自强、坚忍不屈、屡败屡战、最终事业有成的，有贪图享受、沦为二奶的。女性打工族小说让我们看到了生活在社会底层者令人震惊的一面。《金色指甲》应该定位于都市文学，以都市意识为叙事的明确动机，对城市的感觉、对城市生活状态的把握、对城市某些情调和节奏的明显表现，贯穿着为城市写人，人与城市之间互为表里的生存与依存关系。小说采取几条线索贯穿全篇的结构方式，人物与人物、故事与故事、情节与情节之间在内容上相呼应，在情绪氛围上也有一种内在的、千丝万缕的联系。这种结构比较活泼，便于作家自由抒写感情，同时又易于渲染烘托气氛，使孤立的事件和个人命运具有社会整体的意义。

艾琳的小说语言细腻，优美生动，繁简得当。她追求美文的创造，特别注意在语言的选择运用方面下功夫。她的语言美不是富丽浮华之美，而是清新朴素之美，是符合故事情节和人物身份的自然之美。其艺术触觉总是伸向人生、人心、人性之深处，展现人物百折不挠、永不言败的英雄气概，具有激励读者的艺术力量。

王漫曦（1956—），宁夏海原人。历任《六盘山》编辑部主任、副主编，宁夏电影制片厂编剧等。二级编剧。发表中短篇小说《风雪之夜》《野山情》《包红指甲的女人》《孕花儿》《长子的愤怒》《火飞翔》《乡村 NBA》《来生要做一条鱼》《海原大地震》等，出版长篇散文集《三遇集》、长篇小说《租借生命》《马和福》等。

1980 年，王漫曦在《六盘山文艺》发表了第一篇小说《风雪之夜》，获得了面对现实、面对人民的写实美誉。此后，分别发表在《朔方》上的《野山情》和《包红指甲的女人》等作品，引起宁夏文学界的关注。《野山情》写一个青年妇女偷情的小故事，小说着重在人物心理刻画方面，把男女主人公置于人迹罕至的深山牧场这样一个广阔的自然大背景下，致使人性的自然形态能够得以充分地展示，并以此揭示了西部贫瘠土地上劳动男女缺乏文化生活、精神孤寂的惆怅和烦闷。在雄奇的西部山区，在极其恶劣的自然条件下，也确非人力在一两代人的时间内可能完全改变。但在他的爱情题材小说中，演奏了一曲震撼人心的悲歌，也让人们看到了生活的希望。《包红指甲的女人》同样看似写"偷情"的故事，却反映了一个深刻的社会问题，就是在西海固农村要很多彩礼、包办婚姻的问题。作者讲述了牛牛和秀秀从小青梅竹马、心心相爱，但由于秀秀家要了很多彩礼而逼走了牛牛。当牛牛打工挣够彩礼钱时，秀秀早已成为别人的老婆。这就出现了牛牛和秀秀偷情的场面。这里，看似偷情，其实是牛牛和秀秀对爱情的一种抗争，最后有情人终成眷属。全篇以指甲草为线索，表现出现代农村人，尤其是农村妇女对美好生活的向往。长篇纪实小说《马和福》，主要讲述中国工农红军翻越六盘山后，在宁夏建立的第一个少数民族自治政府——豫海县回民自治政府，主席马和福从一个流浪汉到追求中华民族解放事业而英勇献身的故事。小说成功塑造了马和福由一个农民走上革命道路的英雄形象，描写了红色革命在宁夏波澜壮阔的历史画卷，具有强烈的革命传统教育意义。

纪实小说《海原大地震》展现了海原大地震的人类灾难史。1920 年 12 月 16 日发生的海原大地震是人类有史以来最具毁灭性的大地震之一。但比较系统地、全面地用文学的形式加以记述的，王漫曦的《海原大地震》还是第一部。作者经过深入细致的调查了解，运用了大量的第一手资料，对地震前自然界的某些预兆，甚至是天真烂漫的儿童若有所感的一些歌谣，对地震突如其来发生时人们惶恐万状、无所适从的那种感觉，以及地震发生后世界范围内的反应和人们抗震自救的情况，用小说的手法，进行了详尽的描述。刻画的人物有儿童、老人、地主、县长、盐贩子、读书人等，他用他那惯用的诙谐、幽默的笔法，让人们在沉重中能读出几分辛酸，在辛酸中又能感到几分逼人的凄凉。同时，在这部作品中人们还能领略到 20 世纪初海原的风土人情、生活习俗以及当时社会背景下人民生活的艰难。既有文学的鉴赏性，又有宝贵的史料价值，还对人们有警示教育，这是这部作品的一大特点，也是作者有社会担当责任的一种表现。中篇小说《长子的愤怒》《来生要做一条鱼》，长篇小说《租借生命》等作品，重新审视和考量了黄土高原生命的意义。

杨友桐（1957— ），宁夏泾源人。曾就职于泾源县地方志办公室。宁夏作家协会会员。1982 年毕业于固原师专中文系。1988 年开始发表小说。出版中短篇小说集《别了，故土》，长篇报告文学《相约六盘》等。

教了几十年书的杨友桐，养成了坦诚面对生活的习惯，农村出身的他，深刻体会到农村生活的艰辛，因此，他的作品更多的是对底层农村人生活状态和精神面貌的关注。中篇小说《别了，故土》中的李刚在新的政策下，通过自己的汗水与智慧过上富裕的生活，却招来村支书的忌妒，老支书用尽心思逼迫李刚离开了"贫瘠的故土"，去了吊庄。此时，贫瘠的不仅仅是故土，更是"思想与精神"。《吊庄》揭示出了移民者新的生存困惑：从故土来到吊庄依旧无法摆脱物质的贫困与精神的闭塞，同时，更为移民者愤怒的是吊庄的人在城市人面前成了可怕的另类人群。《隔膜》看似写出了父子之间的隔膜，实际上，作家的着眼点是想表现父子之间的文化差异造成的认知上的隔膜。在他看来，最大的淳朴、善良、厚道来自农村，同样最大的凶恶、残忍、毒辣也来自农村。农村是一个真善美、假恶丑汇聚最集中最典型的地方。所以，在农村题材小说的创作中，我们也就不难看到，杨友桐既写出了《遍地鲜花》这样感人至深充满温暖的作品，同时也写出了《代表》《位置》《一票之谜》《记得当年草上飞》这样揭示人性带有批判气息的佳作。他赋予形象化而又质感的生活语言于朴素的叙事方式，让读者通过客观的人物形象与画面，既感受到丰富的诗意情调，又能体会到作者的情感态度。

古越（1959— ），安徽淮北人。历任西部编剧协会主席、宁夏电影制片厂文学总监、石嘴山市文联副主席等。20 世纪 80 年代开始发表文学作品。话剧作品有《断魂水》《西门庆》《回望列宁》《仁义巷》等。出版长篇历史小说《大清洋买办》三部曲之《金羊毛》《菊花醉》（与羽萱合著）、《大黄吟》（与羽萱合著），《大财神》等。《冯志远》入选"三个一百"原创出版工程，为电影《冯志远》编剧。长篇历史小说荣获宁夏第七届、第八届文艺评奖二等奖、三等奖，宁夏首届文化旅游产品展示会图书类银奖。

《金羊毛》构思奇特巧妙，语言诙谐辛辣，人物形象鲜明，充满了西部的蛮荒气息和野味，同时首次向读者展现了清末洋行买办这一特殊阶层神秘而丰富的生活。全书洋溢着我国西部浓郁的民俗风情，是非常典型的西部小说。作者的功力体现在叙事方面，他善于将错综复杂的事件交代得有条不紊，驾驭题材的能力也很强。作品人物性格迥异，栩栩如生。作者在语言运用上也颇具匠心，淳朴的宁夏方言令人哑然失笑的同时又倍感亲切。《金羊毛》被改编为同名电视剧，由周友朝执导拍摄。

《菊花醉》主要讲述了清朝末年一代中国茶商胡英的荣辱沉浮。从富贵堕落到贫穷，从复仇到释怀，主人公经历了世间的坎坷和内心的折磨。作品以安化黑茶为线索，交织一代茶商的爱恨情仇，在广阔的历史文化背景下，国仇家难，情天恨海，集于一身，从洞庭湖畔到昆仑山下，上演了一幕幕人间罕见的情仇悲喜剧。塑造了一个西部茶叶巨商的全新形象。主人公少年得志，英姿勃发，却屡遭磨难，又痴心不改。全书背景广阔，情节曲折，人物丰满，洋溢着浓郁的西部风情和异域风光，是一部纯粹的、可读性强的西部小说，被有关人士誉为"中国的基督山伯爵"。《菊花醉》后被改编为同名电视剧，由张纪中、胡明凯执导拍摄。

《大黄吟》秉承了作家的一贯风格，厚重、深刻、幽默、辛辣。人物性格鲜明，活灵活现，呼之欲出。情节曲折惊险，一波三折。主要人物形象丰满，浓墨重彩；小人物可笑可爱，寥寥数笔。小说讲述了西北偏远却一度繁荣的肃州小城里，一位幼小立志、历尽磨难、出乎其类而成为一代传奇人物的巾帼英豪，一个为洋人打工的女买办形象——施念慈，令人耳目一新。小说故事悬念迭起，女主人公的命运感情由两条线交织相生、厮磨纠缠，引发出一段惊心动魄、荡气回肠的人间戏剧。一系列恩怨情仇、一串串生死连环、一场场惊险智斗、一次次绝伦商战，在冰冷的祁连山下，在茫茫的戈壁滩上，在广阔的河西走廊，在绵长的丝绸古道，次第展开。《大黄吟》后被改编为同名电视剧。

古越的小说创作与宁夏众多作家的创作不同，当大家以写短篇为主、以上国刊、选刊获奖为荣之际，古越走上了另一条完全自主、职业化倾向、通向市场的文学之路，并向影视延伸。或者说古越在长篇小说创作之前，就已考虑到作品向影视衍生的可能，从而在构思上强化了长篇小说的戏剧性。

1960年以前出生且从事过小说创作的作家还有孙连志、李兴华、艾华、菲音、董炳新、李跃飞、宋友仁、娄天木、闪华、林振强、韩新民、史志俊、朱嘉瀛、张强、姚承秀、杨兴华、杨建设、宁书科、王树华、刘安邦、拾稼、王一峰、吕学修、李乐、高深、金万忠、邹复根、李默零、马中骥、高树榆、徐兴亚、行速、朱正安、高峰、徐福江、齐宝库、丁跃、郭兴、李万成、王维堡、马中骥、万吉晨、张玉秋、娄天木、姚承秀、严龙宁、张永生、莫叹、李治山、施原钰、于伟中等，他们共同为宁夏的小说创作作出了贡献。

　　总之，在张贤亮的影响和带动下，宁夏一大批出生于1960年之前的作家，他们以小说创作为主，形成了宁夏文学滔滔向前的主流。20世纪90年代，宁夏60后作家崭露头角，是对这一优良传统的承继和发扬，并且勇于创新的探索，他们于21世纪初集体亮相于全国文坛，共同延续并推动着宁夏文学不断向前发展。

第二章

新世纪：宁夏文学的第二次辉煌

第一节　郁郁葱葱的文学林

宁夏乃至西部作为一个相对独立的地域文化单元，其地域文化特征相对自觉地进入叙事文学视野，是从全国"重写文学史"思潮和所谓"一体化"受到质疑开始的。这两个强有力的普遍化批评研究思潮使文学多样化局面得以真正打开。文学创作为确保差异性，为获取具体而微的个体化经验，传统文化精神、地域知识、民间价值秩序、民间宗教信仰等便成了"知青文学"之后既衔接"知青文学"又区别于该文学的显著文学特点而存世。不同在于，它们不再像当年的"知青文学"那样，是高于或优于底层民间社会，并以审视、反思底层民间社会的姿态，而是平行于、对等于甚至低于地域知识、地域文化及民俗文化的视角。在这样一个思想背景下，宁夏地域小说叙事一般在宁夏中青年小说家60后的小说世界里。当然，当宁夏地域文化小说形成某种群体力量，乃至小说创作构成某种具有明显辨识度的叙事风格，已有二十多年了。作家们单个发表小说作品，时间应该要更早，大约始于20世纪80年代后期至90年代初期。那时候他们的小说一般发表在区内或其他省办的几家文学刊物和相关报纸上，并没有引起外界过多的关注。但他们当时的写作，就题材而言，似乎已经有了基本方向。大体来说，是传统乡村生活与初见端倪的城市趣味的碰撞，二元对峙的味道比较浓。所谓"欲望"的城市生活，在他们义无反顾的情感笔调下，也一般总是由进城漂泊的年轻女性的失足或堕落来承载。而且这批特殊人群，一旦重返乡村，乡村的宁静也总是被搅得鸡犬不宁。总的来说，这一时期，他们的小说创作，其实还谈不上有什么叙事倾向，不过是社会转型期一种问题表征、意识观念的冲突。

20世纪90年代末至新世纪初，有了石舒清、陈继明、金瓯"三棵树"和季栋梁、漠月、张学东"新三棵树"。年仅三十岁的石舒清以短篇小说《清水里的刀子》获第二届鲁迅文学奖，自此，宁夏短篇小说以其独特的地域性和民族文化底色，在全国引起了批评家和读者的注目。紧接着，《人民文学》《上海文学》《中国作家》《民族文学》《当代》《收获》《清明》等，以及《小说选刊》《小说月报》《新华文摘》等选刊也开始关注宁夏短篇小说。尤其自2003年《十月》开设了一年《文学宁夏》专栏以来，宁夏文学团体开始走向全国。他们几乎不约而同地形成了某种专攻短篇的精粹创作队伍，几乎所有全国性重要文学期刊以及以省为名的文学刊物的重要小说版面，都留下了他们的身影。

新世纪以来，宁夏60后代表作家有漠月、陈继明、季栋梁、郭文斌、李进祥、石舒清。他们创作时间较长，并专注于小说。他们的创作普遍引起了文学批评界的关注，他们的小说作品与作者基本上获得了同等的知名度，他们普遍兼备中短篇小说与长篇小说的驾驭能力。同时，他们有着较为成熟而恒久的小说观，普遍具有烙有鲜明个性的叙事风格、结构特点，已经沉淀并彰显出属于自己的审美取向，普遍具有辩证理解和铭记宁夏本地传统文化与现代文化的眼光。因此，他们能够代表目前宁夏60后小说家的最高水平和一般特征。

漠月（1962— ），本名王月礼，内蒙古阿拉善左旗人。1982年毕业于宁夏大学政治系。历任《朔方》副主编、常务副主编、主编等。一级作家，宁夏作家协会副主席，中国作家协会会员。1986年开始发表作品，出版中短篇小说集《锁阳》《放羊的女人》《遍地香草》，散文集《随意的溪流》等。短篇小说荣获宁夏第六届、第七届文艺评奖一等奖，中国小说学会2001年短篇小说排行榜第一名，《小说选刊》优秀作品奖，十月文学奖等。部分作品被翻译成多种文字。《中国西部现代文学史》对其有专节论述。

漠月的文学创作重点是中短篇小说，可以分为三个阶段。第一阶段，以短篇小说《放羊的女人》《父亲与驼》《锁阳》《湖道》《白狐》《夜走十三道梁》《夏日的草滩》等为代表，时间大概在20世纪90年代后期至21世纪初期。这些小说之所以非常著名，是因为它们一经发表，就被《新华文摘》《小说月报》《小说选刊》《儿童文学选刊》等转载，并收入多种年度选本和其他作品集。这些小说几乎奠定了漠月在小说界的地位。他对中短篇小说，尤其是短篇小说创作的情有独钟，以及富有才情和特色的贡献，也差不多集中在这一阶段。丁帆主编的《中国西部现代文学史》也因此把这类小说定义为"具有灵性的人格化"的新西部乡土小说叙事结构，认为他的作品对"寂寥而神秘"却又离不开文明与愚昧冲突主题的乡土小说的取代，足见其魅力。

漠月的这一类小说也分前后两个段落。前期有《五月沙枣花》《荒地》《挽歌》《小说二题》中的《毡匠》《福子》等，后期有《白狐》《湖道》《放羊的女人》《锁阳》《父亲与驼》《赶羊》《搭车》《草的诗意》等。从小说叙述的角度而言，前后期基本是一致的，都采用的是学生身份的"我"或童年视角的"我"，不管农（牧）民的生活方式怎样——弹羊毛的毡匠，投靠亲戚、寄人篱下的福子，高考落榜失意而外出打工的有雨，等等，他们有一个共同特点：沉默。沉默着劳作，沉默着受苦，沉默着消失，甚至沉默着被人误解，也许这里的沉默还富有极强的传染性和穿透力，于是一个人、一个家庭、一个家族、一个村庄……都陷入一种沉默状态。当然，沉默有主动与被动之分：主动沉默是心中有话要说但就是不愿表达，被动沉默是想要表达而又无从表达或无法表达。漠月笔下农（牧）民的沉默是这两者兼而有之。由于地处边远蛮荒之所，远离城市的文明和喧嚣，他们处于一种普遍的失语境地，与外界的对话和交流可能遭到异常严峻的阻隔。他们在灵魂极度闭抑中相互传递着沉默的内涵，正是这一文本特质也许才帮助读者得出了诗意、温情、和谐的判断，因为它的确没了许多剑拔弩张的外部斗争，没有把惨烈、苦焦的心灵感受写到脸上，似乎真是回到了内心的宁静。在漠月的小说作品中，细心的读者会发现这样一个事实，即几乎不涉及"死亡"这个人生大限，反倒使得作品更加真实可靠，也更具备日常生活的内在逻辑力量，而似浓似淡的"忧伤"却弥漫其间，成为叙述的一种基调。这样的处理，并非作者有意为之。后期作品中的农（牧）民形象，虽然仍旧持续着沉默，但还是明显变得有话了，至少在不得不说之时，他们愿意选择"说"，而且往往是一言九鼎，但这时候他们对于许多要紧的事情的决策很实际，比如获得爱的过程，怎样留住丈夫，如何去证明"美"（《放羊的女人》），或者比如像父亲那样实现自己活着的意义（《父亲与驼》）等，无疑更注重"实践"，即"去做"。正因为这样，当"做"变成支撑生命的主体，再回过头来时蓦然发现，生命的历程上还是给人留下了无多"空"的启迪。类似于这样的细节处理，不仅是作家叙事的需要，还是主题表达中很重要的一部分。

第二阶段，可以把写《老满最后的春天》左右的篇章算在一起，包括《青草如玉》等。概括地说，这是漠月开始变化的一个时期。这个变化最核心的一个信息是，他不再认为城与乡可以单纯地分开，甚至像社会学不遗余力所告知的那样，生活非得非此即彼不可。这一时期，他的小说人物更加纯粹了，也就显得更加有了对生命、生活甚至价值的承担力量。显而易见，独自承担并不畏孤独的人物，是对充满诗意和浪漫色彩的人格化西部乡村的超越。然而，他的这一类小说发表后，无论评论界还是一般读者，反响寥寥。

有关这一点，作者在《老满最后的春天》《挽歌》《青草如玉》中进行了充分的寓言性展示。老满、宗德、宝元老汉是"父亲"的一个延伸。无论是驼倌老满几乎徒劳的坚守以及最终被阉割，还是皮匠宗德孤傲的执拗，以及牧民宝元老汉尴尬的两难处境，从文本的内容结构和内在逻辑上看，都表现了西部特定境遇下，当代农（牧）民的异化现象和自我精神迷失的普遍性问题，或者说是由于内心的被召唤而产生的一种向往，虽然这种"意向"起初还有很大程度的无奈。老满最终还是选择了留守草原牧场：由放丢了一群羊到后来只能与一峰老驼相依为命。某种机缘巧合，老满也有过成为"英雄"而拥有另一种生活的可能，但最终，因为他终究不是"英雄"，在年轻队长的视野里他甚至"早就该死"，然而，却正是老满的主体意识清醒确立之时。不空虚并不是个人独立意义上的精神自足，而是人畜"厮守"、人的身份被注销了的一种释然状态，即人不能成其为人，则自觉下到非人立场，在原始的、未分化的、自在无为的"物"上体验到的一种"平等"和"幸福"。主体精神在这里达到了超世俗的建构，然而，老满势必要付出巨大的代价——以主体精神的被阉割为前提，骟驼就是此境况的寓言性表征。

第三阶段以近几年为范围，漠月在其间发表了一定数量的作品，譬如中篇小说《西部驼娃》《布和收音机》，短篇小说《长歌短哭》《风过无痕》《马儿庄》《树殇》等。其中2013年的《老狐》和2015年的《草青草黄》最为突出。特别是《老狐》，可以算是2013年精神类叙事短篇小说的一个精品。这类叙事的核心难度在于，不能借用精神分析和集体无意识心理分析，更不能省事地不借助情节推动而只写个体心灵遭遇，但内涵仅供作者自己知晓，仅有作者自己能够共鸣。《老狐》在具体情节之后，把重心落在了所有人都可能遭遇的精神难题，即叙写的是一个人从青年到壮年再到老年，精神如何成长乃至于跨过一生中诸多精神疑难的事情。知死而方知生，老汉便是在已被自己穷极一生追赶，并且击毙了的老狐死而复生的幻觉中恍然大悟的。这就清楚了，第二阶段承担或者分担的可见现实生活，到了这一阶段深化到对精神领域的自救。同样地，这一认识实际是《草青草黄》之后的一个补充。这充分说明，漠月的小说有一条自觉的连续性叙事追求，这个可以称之为小说家世界观的东西，在漠月这里，显然呈递进式而存在。

总而言之，第一阶段的诗意，有其特有社会文化语境支持；第二阶段的承担或分担，也适时贡献了某种价值的稳定性；到了第三阶段，以人物为中心，的确矫正了某些流行叙事倾向。但深究起来，近年来全国兴起的社会问题式和社会文化现象式的小说，之所以大多数缺乏进一步分析的理据，不正是因为没有人物命运的深度支持吗？仅此而论，漠月的相对单纯，一定程度的缺乏反倒是对尖锐的社会问题和社会文化现象的深一层凝聚。这样看来，他对人物这个中心一以贯之的、不改初衷的逼近，便多少显得有些孤立无援、自顾不暇。

陈继明（1963— ），甘肃天水人。曾任《朔方》编辑、宁夏文联专业作家、宁夏作家协会副主席等。北京师范大学珠海分校艺术与传播学院教授，中国作家协会会员。出版中短篇小说集《寂静与芬芳》《比飞翔更轻》《北京和尚》，长篇小说《一人一个天堂》《途中的爱情》《百鸟苏醒》《堕落诗》《七步镇》，长篇散文《陈庄的火与土》。作品荣获宁夏第五届、第六届文艺评奖一等奖，首届《中华文学选刊》奖，中国作家出版集团奖，十月文学奖，《小说选刊》百花奖，《中篇小说选刊》奖等。《中国西部现代文学史》对其有专节论述。

大约从书写集体无意识的短篇《月光下的几十个白瓶子》开始，陈继明就引起了主流批评家的注意，雷达在《小说选刊》1997年第3期题为《冰山下的罪恶》一文中专门评价了该短篇。这篇小说中所表现出的精神气质似乎应该是陈继明追求的当然路向。事实上，陈继明的小说背景半是"乡村"半是"城市"，两者之间有明显的一致性：穿行于"乡村"与"城市"之间的弱势者，成了划分他小说主题的一个充足理由，因为弱势者身上更方便判断小说的题材特点。丁帆主编的《中国西部现代文学史》中的观点是一个集中的体现。编写者通过对《寂静与芬芳》的"乡村"小说和《月光下的几十个白瓶子》《城市的雪》《温柔的绑架》《玩健身球的老人》《患幽闭症的女人》等"城市"小说的具体分析，认为其乡土小说是对"转型期西部农村经济秩序和乡土传统道德文明体系的崩溃、乡村人际关系的分崩离析、乡民在金钱诱惑下的人格扭曲和人性异化都有精细的表现"，其都市小说的独特之处就在于，"穿透喧哗都市的表层生存风景，发现和揭示转型时期都市人生中浮躁和抑郁心态所导致的非理性行为，直逼人物内心微妙、复杂的情绪变化与心理冲突，亦称'陈继明式的情绪骚动'，并将之引向对生命存在的揭示与追寻，表现出相当鲜明的心理分析和存在哲理色彩"。人格扭曲、人性异化、心理分析、存在哲理以及具体分析中所使用的心理困境、情绪骚动、自我压抑等，分开来看，这些特点堪称"陈氏情绪"。西部还没有出现真正了解西部作家，特别是西部新生代作家作品的评论文章，他们对陈继明这一代作家的评论仍然不自觉认可的是域外评论家的观点，而域外论者又是以题材的"陌生"介入的，这就使其结论多少带上了先入为主的嫌疑。所谓"乡土文学""转型期的人性嬗变"，就是在这个前提下产生的。正是在这一点上，陈继明重要的创作线索被这样的类型小说淹没了，或者被阐释这种类型小说的理论粗暴地简化了。细读陈继明的某些被有意无意忽略的作品，可以看出他的心理分析并不是自闭式的心理分析，他对人物精神存在性的剖析是严重地介入现实结构，并且其眼光是向外的。或者说，他始终关注的是人物的人性处境、现实处境和历史处境。

陈继明的五部长篇小说，都着力关注人物的现实处境和历史处境，具有批判思想。《一人一个天堂》尤其复杂，作家对麻风病院内麻风病人之间，上级与下级之间，大夫与患者之间，革命者与被革命者之间，爱者与被爱者之间的精雕细刻的描写，显然形成了与社会的巨大张力。

《堕落诗》揭示了社会生态、官场生态、家族企业的历史发展、媒体的"捧杀"等当下老百姓热议的敏感而尖锐的社会问题。"阶级"这个词在小说中出现多次。在中国，已经有三十多年不提阶级了。意识形态的风向标转向民生、温饱、和谐、小康、共同富裕、服务型政府、经济建设。意识形态将阶级隐性化了，新的阶级出现了，不过是换了新称谓而已。农民的儿子华山在一百万现金面前，看到了阶级性，开始冷静地反省爱情与婚姻的关系。当下，多数人生活在雇佣劳动（打工）中，财富悬殊日益增大，繁重的日常生活压力使人处于麻木状态，强大的娱乐消费几乎掏空了人们的思考，掩盖了严峻的社会问题。文学的声音略显微弱，正因为微弱，《堕落诗》的声音就显得惊世骇俗。陈继明通过《堕落诗》表明，没有思考的文化消费，没有思考的劳作，必然潜伏着社会危机。

《七步镇》是对他2013年至2016年创作的一系列中短篇小说主题的一次集中升华。小说写了一个叫东声的作家患有严重回忆症，他穷极所有力量企图解除并治愈回忆症的故事，是典型的自我救赎、自我确认，或者自我怀疑、自我否定又重新自我建构、自我肯定的故事。因为深患回忆症，故事又被划分为回忆症中被回忆也被现实所证明了的、前五十年历史与主人公四处奔走、多方寻求线索证明并逐步解除病症获得自我救赎的后五十年历史。其间被回忆而以幻化形式出现的历史与寻寻觅觅行进的现实空间包括澳门、广东、宁夏、甘肃等地，有荒诞而真实的幻觉世界，有偶然而甜蜜的爱情天地，有惨痛而诡异的战争场面，有温馨但不怎么亲切的故乡。小说的价值诉求大胆而凌厉，不再像《一人一个天堂》《堕落诗》或《途中的爱情》那样，在具体环境中拷问具体人性。《七步镇》的新尝试在于超越具体人性去拷问人性，就是说，作者明确意识到了构成人性的一系列知识、思想、思维和价值、观念、话语的顽固。《七步镇》的自我救赎过程，就是对形塑人性的一系列知识观念的重新定义与建构。这个过程中，理所当然，包括对"道德的存在"的故乡的重新认定，其思想锋芒直指新型城镇化以来个体在流动性、不确定性社会洪流中，如何获得自我定位、自我确认的文化自觉问题。向内看，稳定的东西（比如故乡）一经打破，个体的道德伦理依托在哪里？显然不是重新制造人为幻境来欺骗人，只能依赖于稳定而可靠的社会机制。向外看，撕裂个体精神价值或意义秩序的并非汹涌而来的经济主义浪潮，还有同样甚至更甚于此的话语、思维和观念形态。"我是谁？""我该往哪里去？"被摆上了时代的前沿，问题重大而尖锐、迫切而现实。虽是小说，思想针对性却无比真切。仅此一端，陈继明的小说实际已经超越了起于个体内在性诉求而止于个体潜意识挖掘一类小说的狭隘，也超越了回到传统道德伦理港湾便是精神归宿的文化传统主义小说的肤浅，更雄辩地颠覆了一味乐观拥抱个人主义一类小说的天真与幼稚。

目前，《七步镇》是陈继明文学创作中的一个意外收获，也是目前中国长篇小说创作中的一个另类存在，它的价值估计将被慢慢发现并阐释。但客观衡估一个作家，势必需要综合的和历史的坐标。在陈继明长达三十多年的文学创作道路上，他因写出了文学的多种可能性而被读者、评论家一路看好，同时，他的文学的多种可能性中，仔细分析，的确也有一些固有思维模式。

在整个文化自觉的叙事中，不能不指出的是，陈继明用以参照另一不自觉文化的标尺，不是朴素原始主义文化，如《一人一个天堂》中的蝴蝶谷，就是经过中国世俗化的佛文化，如《堕落诗》中巴兰兰的拜佛，抑或是索性通过极端化处理个体生命的方式来实现。如近年来他的大多数中短篇小说，包括《七步镇》对他所谓故乡是"道德的存在"叙事的那样，既有冷眼旁观式批判，也有热情赞扬与无保留拥抱，对故乡历史人物"硬气"实乃道德叙事的叙事即是如此。这都表明陈继明的文学思想寄托仍旧徘徊在传统农耕文明与现代物质文明之间，还没有建立介入到现代文化秩序内部来审视现代社会稳定的完整的价值理念，因此他的叙事因多多少少带有二元思维的局限而影响其文学思想向更深更远处发展。

季栋梁（1963— ），宁夏灵武人。历任《宁夏日报》编辑、《华兴时报》副总编、自治区政府办公厅参事处调研员等。宁夏作家协会副主席，中国作家协会会员。作品发表于《人民文学》《十月》《中国作家》等刊物，被《小说选刊》《小说月报》《新华文摘》等转载，入选中国小说学会排行榜、中国当代新文学排行榜、中国好书、大众喜爱的三十种图书等榜单。出版短篇小说集《先人种树》《黑夜长于白天》《我与世界的距离》《吼夜》，长篇小说《奔命》《胭脂巷》《上庄记》《野麦垛的春好》《海原书》《苍声》《深风景》《锦绣记》等。小说荣获宁夏第五届、第八届文艺评奖二等奖、一等奖，连续三届荣获《北京文学·中篇小说月报》奖及《小说选刊》奖、《中国作家》奖、《北京文学》奖等，长篇小说《上庄记》荣获"五个一工程"奖。作品被翻译到国外和改编成影视剧。

在宁夏60后小说家中，季栋梁恐怕是创作量最大且涉及文学文体最多的一个高产作家了。三十多年的创作历程中，中短篇小说、长篇小说、报告文学、散文、诗歌等几乎是同时兼顾，数量巨大，成就颇丰，这是不多见的。20世纪90年代初期和中期，是季栋梁诗歌、散文写作的井喷时期，从地方文学综合期刊《朔方》《飞天》《黄河文学》《时代文学》到专门的文学文体刊物《星星诗刊》《绿风》《散文》《散文天地》《散文选刊》等，几乎一路铺开，作品雪片似的满天飞。新世纪之交，随着工作性质的转变，再加之人到中年的淡定与沉着，中短篇小说成了他重要的文体探索与操练。《挣扎》《吼夜》《小事情》《燃烧的红裙子》《奔跑的风景》《对着风说》《钢轨》《积雪岩》《例假案例》《良民李木》，以及《我与世界的距离》《黑夜长于白天》《绑架》《蝴蝶效应》等，均为新世纪第一个十年前后所写，赢得了全国一线理论批评的持续关注与研讨，也频频荣列各种版本的全国年度中短篇小说综述。他提供的小说新质、思想方向和叙事尝试，也构成了一种前沿课题，他所获得的专家首肯与读者青睐、刊物重视，标志着他在中短篇小说叙事艺术上的成熟和对现实世界理解的相对聚焦。

农村基层政治经济腐败，是季栋梁首先关注并深入叙述的一个重要题材。《钢轨》《良民李木》《白衣苍狗》《劫访》《郑元，你好福气》等，是这一主题的突出代表。《钢轨》写的是知识分子良知坚守者、文化坚守者退休老教师孟庄然与当地政府争辩而失败的故事。《良民李木》写老实村民李木与当地派出所所长之间有过节的故事。李木本是本分的农民，但因与当地派出所所长有些过节，所长一直在找李木的麻烦，最后终于被抓了。《白衣苍狗》从梅家"最没吃头"的年夜饭起笔，讲述了作为蛇县县长的主人公史国如何在深谙官场逻辑的省政协副主席——岳父梅志远的一步步训导与安排下，通过将蛇县打造成为全省"西大门"的规划来谋取县委书记一职，最终"一招不慎、满盘皆输"的失败史。

季栋梁这类题材的中短篇小说还有很多,这里不再一一列举。这一类小说,它们的社会学价值恐怕比一些评论已经发现的还要大。合起来,这些小说的片段,实际上构成了至少西北新型城镇化之际的一种普遍基层政治经济现象。而这种特殊现象,是其他寄身在文联、作协或文学刊物等机构或组织的作家不曾熟悉的,也不容易深入叙述的,因而也是单凭个人经验与文学想象无法驾驭得了的。所以,他这一类小说所叙述的并非通常意义的官场小说,而是新型城镇化全面铺开与传统农村社会秩序逐渐瓦解过程中的一种社会灰暗地带,不能单独当作文化、审美、情感、人性问题来理解。

季栋梁的中短篇小说,也不忘对叙事能耐的磨砺,这是他的中短篇小说一经发表马上能得到评论界反应的首要条件。他恰到好处地凝聚了主题而不泛化,巧妙地结构了故事流程而不刻意制造理解的多义性,他开掘这批中短篇小说主题、充实思想、完善审美意味所动用的资源,语言灵动诙谐、人物性格饱满有现实感、情节机智轻巧、叙述角度独特,富于地方文化色彩。还有一批中短篇小说,主要是对环境规定性中西北农村社会人性的审视与铭记,比如《小事情》《吼夜》《燃烧的红裙子》《大地钢琴》等可作如是观。

《小事情》中,太阳地里屠夫阿三和陈树两个农民坐着谈换亲,咸一句淡一句地:阿三的妹妹只有一只眼,陈树要求阿三补足差价;阿三则不服,说陈树的妹妹在后沟里与别的男人亲热过,自家妹妹没有这种劣迹,所以不用找钱;陈树要他举出那男人的姓名,阿三举不出,只好认命;两人开始商讨一只眼睛的补偿,由五百砍到两百五,最后成交,相安无事。作者的确始终在用"小事情"的口吻描述经过,语句也是极为简短的,无非"陈树说""阿三说"之类,简直使读者无法容忍,而正是在这无法容忍中放大了叙事的修辞效果。小说去掉了道德主义的剑拔弩张,也稀释了文化主义的恨铁不成钢,亦分解了人性论者动辄上纲上线的无效哭喊。这种叙事相当低调,只盯住一点要害反复深入,不愿超越任何读者的反应是明智的,也是成熟的。《吼夜》《大地钢琴》分别写两对人双双错位的故事。前者的错位,呈现了女人及两个男人的善;后者的错位,表明了城市中产女性与打工者各自的悲。共同点是,这些寄身在不同阶层的社会边缘人,都是社会分层的后果,他们承担着分层的苦果,他们的人性问题也就已经不是具体的道德伦理和精神文化问题了,是社会整体性危机所致。

季栋梁的长篇小说《奔命》《苍声》《野麦垛的春好》《深风景》《上庄记》《锦绣记》等相继出版,建立了他自觉的社会分层叙事意识和思想诉求,把危机主题推向了一个新的层面。

首先，《上庄记》对西北偏远农村世界现状的感知，严格地说，早已出现在众多社会学和经济学调研报告中了，只不过那些致力于城镇化建设的方法和措施，其结构体例的确没有把农村人的命运和遭际纳入进去。而季栋梁的发现和感知，正好指向了不能或永远无条件城镇化的农村社会到底该怎么办的问题。《上庄记》正是通过下乡扶贫干部的眼睛与脚板，看到了、体验到了新型城镇化所撕扯起来的西北农村社会的普遍而尖锐的问题。局外人读之觉得幽默、风趣，甚至许多农民的生活形态，城市人看过去简直像小品一般，可实际上这正是一种无形的隔膜，这也正是城市生活与城镇化生活、城镇化生活与传统农村生活的不同之处，它的大量存在，表明农民诉求的无助与无奈。

其次，《上庄记》的备受关注，是它于众多已经泛化了的"底层故事"与"文化叙述"中发现了核心价值与突出价值所在。《上庄记》里提出的核心问题和突出价值是农民作为农村社会主体性的问题。种地、收割、上学、致富、造屋、办事，乃至谋求发展等，能否由农民做主呢？在我们的一些宏大规划中，答案好像是否定的。而这些能做主却偏偏做不了主的大小事情，实际成了农村世界及农民本人日复一日变得颓唐、无助、迷茫的根本原因。他们无法确切地感受到改革开放所带来的红利，也无法确切地体验到几乎所有惠民、富民政策的实惠。

最后，《上庄记》讲述了一个时代突出的阶层故事、民族故事和中国故事。《上庄记》其实呼唤的是人们对不沿边不靠海的西部农村社会的关注，不是希望能分到多少"一带一路"及新型城镇化的份额，而是它作为已经成形的"三元社会结构"如何于统一的顶层设计之外，寻求适合其发展的道路的问题。这也是这部作品不单热在文学圈的原因所在，它弥补了社会学与政治经济学的不足，具有饱满而丰富的社会学意义。

在这样的背景上再看季栋梁的长篇小说《锦绣记》，大概只能把它看作是《上庄记》的姊妹篇了。概括来说，《锦绣记》在"怎么写"上，用的是两条主线两个空间、两组人和事交织盘旋推进的结构方法；在"效果怎么样"上，为了避免个人经验过剩和文学规定性话语过剩，只能采取个人确认个人、共同体确认共同体、文学确认文学、文学观念证明文学观念的近亲繁殖、同质化现象。这部长篇小说中他动用了社会学经验和知识，视点人物不再是"外来者""闯入者"的进村入户干部角色，而是采用求职者加记者加作家加探索者身份的大学生角色与人物叙述加叙述人叙述加他人叙述结合的办法，这样就打破了作者叙述、人物叙述或第一人称亲历叙述的单一和自恋，在相互印证、相互结构或建构中，叙事的公信力便形成了。

《锦绣记》之所以超越了《上庄记》，一方面固然源自季栋梁视野的再度打开和对社会学经验的广泛采纳，另一方面则主要是通过人物前后经历的反复佐证，证明了一种普遍而似乎合理的所谓个体内在化生活写作模式。那里有肆意放大的个体意识、潜意识，但没有充分的社会性内容。因此书读见底的时候，思想也见底了，基本不会把读者引向城镇化社会分层的纵深之处，也不会引领读者在社会结构的内层来思索制约小人物命运的瓶颈问题——城镇化如何艰难以及将会如何的问题。从这一角度看，《锦绣记》差不多是近年来填补这一空白题材的一部长篇小说。既去掉了道德哭诉的矫情，也去掉了留恋个体内在性而变得浮肿的现代性内容，裸露了此时此刻的城镇化后果，坚持说"是"，便是它的重要思想。《锦绣记》同样对艺术性非常自觉，并且也达到了叙事上强度感染力的阅读效果。

郭文斌（1966—　），宁夏西吉人。历任《六盘山》编辑、《黄河文学》主编、银川市文联主席等。一级作家，宁夏作家协会主席，宁夏文联副主席，自治区政协文史和学习委员会副主任，中国作家协会全委会委员。出版《大年》《农历》《寻找安详》《郭文斌小说精选》等。央视纪录片《记住乡愁》统筹、撰稿、策划。部分作品被翻译成外文。小说荣获《北京文学》奖、《人民文学》奖、《小说选刊》奖、鲁迅文学奖、茅盾文学奖提名等，个人获得"自治区塞上英才""自治区六十年感动宁夏人物"等荣誉称号，被评为全国宣传文化系统"四个一批"人才，享受国务院政府特殊津贴。

作为西部生命的多情歌者，郭文斌眼神里充满着纯净的期盼，他拒绝用批判的眼光来审视贫穷与苦难，因为在他看来，充满暴戾气的批判实际上是一种非理性的莽举，虽然他不像沈从文那样要努力建造"希腊小庙"来供奉人性，但他同样希望借助文学这种润物细无声的力量来恢复被世俗所浸染过的美好人性。他"笔下的乡土形象是多情的、唯美的、纯净的、感人的"。他的参禅悟道，他对中国传统文化的重拾，他在创作谈与对话中不断征引着折射中国传统文化精髓的故事，以此来表达他对中国传统文化精髓的理解，对汉语表达人生丰富性的理解。这不是一种情怀的简单复制，而是重新理解在西部这样的人文环境中生命的本真状态。这一理解，让郭文斌在传统文化的精髓中找到了汉语写作的自信，郭文斌始终是那个站在西海固的土地上高亢的歌者，他的语言之中和语言之外的底色由此而来。①

①许峰.西部生命的多情歌者：郭文斌创作论［J］.中国作家，2014（17）.

2007 年，《吉祥如意》获第四届鲁迅文学奖，以素朴纯净的语言美和意境美，以涤荡滋养心灵的魅力和纯粹诚挚的祝福性引起文坛注意，让诗化散文化小说强劲回归读者的视野。长篇小说《农历》，延续了《吉祥如意》的风格，更是系统化的深化和升华。郭文斌的小说创作，就单向度线性梳理概括而言，诚如李建军所言，发生了"从简单苍白的'理念化'叙事向淳朴、优美的'诗意化'叙事的转换"[①]。从小说中子诚的父亲，到李北烛、吴子善、程荷锄、徐小帆，再到子莲、水上行，最后到五月和六月的爹，郭文斌将他的心灵和他笔下的人物一起，从疏离俗世到回归俗世，历经一次圆满的修行，载回安和静美的灵魂。

郭文斌的小说是一种描写的艺术，是一种慢的艺术，这是学界已有的定评。但是，这样一种以描写为主的慢的艺术在描绘人物形貌时，恰恰没有多少精雕细刻，人物角色的面容几乎都是模糊的。不管是长篇《农历》，还是小说集《瑜伽》里的篇目几乎都是如此。作者似乎太过于吝啬，主人公"爹"和"娘"这两个人物连名字都未起。《剪刀》更是直截了当，用"男人"和"女人"这样两个称谓讲述故事。以《农历》为代表，郭文斌把与人物相关的风习节俗进行了工笔细描，以空间的铺陈描写扭转了传统的线性时间叙事，时间近乎停滞，仪式感浓厚庄严，程序感有条不紊。在一系列被放大的细节描绘中，诗意如清泉一般，慢慢涌现出来。人物的形象，更确切地说是人物的精神也随之慢慢渗透出来，慢慢丰盈起来，和读者亲近起来，无声地滋养读者的心田，也牢牢地扎下根来。[②]

郭文斌的小说，以《农历》为代表而言，对人性"真善美"的讴歌，对地域风俗浓重且系统性的描绘，空灵人物的勾绘，主人公的儿童设置，文体上明显的散文化诗化特征，孩童叙述视角的广泛采用，纯净清新的语言，温婉隽永的审美格调等，都在不同程度上与现当代文学史上诗化乡土小说的特征有所叠合，这是不争的事实。雷达曾不无感叹地评价道："读完郭文斌的小说让我大吃一惊。没想到还有这么美的短篇小说。没想到还有这么美、这么纯粹、这么含蓄、这么隽永、这么润物细无声的小说。他的小说你要做理论上的概括可能不容易，但是你可以被陶醉。郭文斌的小说感动得我掉泪。郭文斌的作品提供的美学价值，那种罕见的美，尤其是值得我们珍视的。"李敬泽认为，现在的作家像郭文斌这样有自己的人生观，有自己的世界观，

①李建军.混沌的理念与澄明的心境——论郭文斌的短篇小说［J］.文艺争鸣，2008（2）.
②董婕.郭文斌小说的诗意叙事及其意义［J］.南方论坛，2018（6）.

有说法，还有作品，能够知行合一地把个人生活，把写作生涯糅成一块儿，大概还是比较少见的。至于郭文斌所倡导的，他所四处奔走呼号的关于安详的生活、宁静的生活、和谐的生活这样一种人生价值，在我们这个时代也有它特殊的意义。这样写一部《农历》，就小说而言，写得非常漂亮，这个任务本身也确实有难度，写三篇五篇可以，写这么一厚本子，二十四节气差不多都写个遍，这个难度是很大的。既有一致，又有参差，采取这样一种结构方法，本身会让郭文斌花很大的工夫。而且在这其中对于长篇小说的结构方式，对于长篇小说艺术性可能性也作出了新的探索。

郭文斌小说的叙事性探索体现在如下几个方面：一是集体记忆和父亲意象。《农历》的叙事具有一种生动的活泼的召唤结构，具体体现在其集体性特质和父亲意象两个方面。因为小说涉及的主题是关于农历节日，是中华民族共同的文化记忆，是个人经验和集体经验的最大集合体，因此对于农历节日的书写能够最大限度地表达中国人在商品经济和西方文化冲击之下的文化乡愁。郭文斌小说中的父亲意象温和而有力量，他的精神血脉传承自中国传统文化，但他绝不是充满控制欲的权威家长，而是仁者和智者的化身，具有精神父亲的原型特征，而这正好对应着当前人们尤其是年轻人的心灵渴望。二是化用性语言。郭文斌的小说语言借鉴了民间文学的口头性语言艺术，较少使用典雅的书面语，善于化用方言土语和日常生活用语。在《农历》中，人物之间的对话很少使用直接引语，而是将对话糅进叙述语言中变为间接引语，同时和描写、抒情融为一体，体现出一种非常娴熟和自然的小说语言艺术，巧妙穿插其中的春联具有一种原初的神圣性和文字崇拜情结，让祈福纳新通天接地既恭又敬。三是对话性动力。《农历》中五月、六月和父亲的互动和对话所形成的对话性叙事结构使小说形成了一个对话场，体现了郭文斌作为一个具有古典气质的知识分子所秉承的文以载道的大文学理想。

郭文斌的城市题材小说确实融入了作家对人的存在意义上的形而上思考。只不过在《上岛》和《睡在我怀里的茶》这两篇小说中，理念化的表达没有得到澄明情节的有力支持，小说在叙事方式上欠缺故事性。这种不足在《陪木子李去平凉》和《水随天去》中得到改观。《陪木子李去平凉》是一篇文体较为特别的小说，小说正文前面有两个思考题："那玉红于我有意义吗？如果有，那意义何在？如果没有，上帝又为什么让我在那个胡同口看到她？""那玉红于木子李有意义吗？如果有，那意义何在？如果没有，上帝为什么让他从我口里听到她？"这两个思考题追问的是什么？读完了整篇小说，也没有给予明确的回答。

类似《我们心中的雪》一类的小说，在郭文斌的创作中所占比例很少，但这类小说却有着不凡的艺术气质，值得进一步审美分析。首先，小说为我们讲述了一个凄美的爱情挽歌。"我"与杏花儿时两小无猜，一起在雪地里舔雪花，过家家，两情相悦，经历了令人难忘的美好童年。再次邂逅，物是人非，杏花与"我"都有了各自的家庭和生活，从杏花的言谈与外貌中，可知杏花这些年经历了许多生活的辛酸与无奈，那曾经的美好记忆，那段刻骨铭心纯真的爱都让现在的"我"无限惋惜，当"我"接受杏花送我的礼物时，儿时舔雪的意境再现，"心就变成了一个舌头，一个童年伸向天空的舌头，任凭杏花目光的雪花，落下来，落下来"。相爱而不能相守的结局注定成为"我"与杏花那一代人的人生悲剧。其次，小说中"我"与杏花天真无邪的求爱表白与特定时代政治话语的相互交混，产生了一种解构"崇高"的意味。

　　郭文斌是一个不愿面对悲剧的作家，即便是悲剧与苦难，郭文斌也总是要借助于诗意化的语言来弱化悲剧产生的效果。当他的人文关怀进入到日常生活的纹理之中，他的叙事往往形成表面上的温馨，实则透露出生命的悲伤，产生出了一种"含泪的微笑"的效果。小说《剪刀》较为典型地体现出了郭文斌的美学追求。《剪刀》其实是一个悲剧，但是郭文斌在讲述的时候选择了一个有趣的角度，故事是在一个快撑不下的病妻子和丈夫的斗嘴的过程中展开的，夫妻两人的对话掺杂着许多关于性的笑话，从读者接受的角度而言，欣赏这样的对话会觉得有趣，两人的斗嘴听上去像是在说笑话，小说的结尾写道："女人是在儿子放学之前动手的，用的就是那把剪刀。"当读到这句话时，读者就再也不会觉得是笑话了，之前那些诙谐的语气，竟是从一种无可奈何的痛苦心境中发出的。以乐景写哀，更能起到巨大的艺术反差。郭文斌也是一个不愿意控诉不愿意批判的作家，这或许与他的性格有关，他对于乡村的贫困与苦难，没有刻意地渲染和夸大，也没有针对造成苦难与贫困的原因进行追问，更没有对不平等的城乡结构进行批判，有的是他温情地诉说着人间冷暖，礼赞着人性的美好与善良，他遵从着自己的文学感觉，介入到日常生活之中，体谅着人的现代性困境。《开春》是一篇包含着悲观情绪的作品，从侧面揭示出乡土底层小人物的悲苦的生活状貌，作为弱势群体的农民无法把握自己的命运，暴露出基层政治权力与底层老百姓之间关系的断裂，底层老百姓身上依然还有非常浓厚的奴性意识。①

　　眷顾乡土民俗与注重文化寻根，是新世纪以来郭文斌小说创作的另一特

①许峰.西部生命的多情歌者——郭文斌创作论［J］.中国作家，2014（17）.

征。特别是以乡风民俗为主的小说，占有绝对比例，如《大年》《点灯时分》《吉祥如意》《中秋》等；有生老病死、婚丧嫁娶等方面的风俗，如《大生产》《开花的牙》《剪刀》等。

《大年》写的是过年，用童年的视角为我们展现了一个丰富而多彩的过年场景，过年中每一个具体的风俗呈现的都是充满文化记忆的仪式，每一个仪式背后又都渗透着深厚的文化内涵，有着令人叹服的象征意义和隐喻色彩。《大生产》是对婚俗和生养孩子风俗的描写，《开花的牙》是对丧葬风俗作了全面而细致的描写，这两篇小说通过对乡土风俗的再现，呈现出对生命的叩问及其生与死的达观理解。

总而言之，郭文斌的主题先行，并不是为他的文学创作增加思想重量，而是在做"轻"的工作。"轻"是轻松、轻逸乃至轻飘。由郭文斌小说创作可以看出，他恐怕是宁夏作家中受西部传统文化影响最深的一位道德主义者，也是受其制约最甚的一位小说家。之所以如此，其中绝大部分原因可能与他小说的取材息息相关，这一问题只有留待后面探讨了。

李进祥（1968—2019），宁夏同心人。曾在宁夏作家协会工作。一级作家，宁夏作家协会副主席，中国作家协会会员。小说发表于《十月》《民族文学》等，入选《新华文摘》《小说选刊》《小说月报》，全国年度选本、中国短篇小说排行榜等。出版长篇小说《孤独成双》《拯救者》，小说集《换水》《女人的河》等。短篇小说、散文荣获宁夏第八届文艺评奖二等奖、《小说选刊》奖、《飞天》十年文学奖、《黄河文学》奖等，小说集《换水》荣获第十届全国少数民族文学创作骏马奖。作品被译为英、法、韩、希腊等文字。个人荣获宁夏宣传文化系统"四个一批"文艺人才、首批"塞上文化名家"称号、五一劳动奖章。

李进祥的小说多写底层人物在城镇化进程中的心理冲突与对无法挽回渐渐远去的优秀农耕文明秩序的深情回望。首先呈现了清水河畔传统乡土社会在现代化进程中逐渐走向衰败的渐进过程。[1]现代文明以不可阻挡之势高歌猛进，乡土传统的败落是一个必然的过程，但是，大西北千多年来形成的稳固的乡土情感、社会风俗、文化心理，其发展变化绝不会一蹴而就，反而以一种集体无意识的方式，长久地、顽强地在特定的社会文化生态中存在着，并集体性地规约着个体的言行、心态和思想。表面上看，《狗村长》《挂灯》描写的是一个村子里的凡人琐事，反映的却是传统乡土文明在与现代文明碰

---

①张元珂，刘涛.清水河畔的悲悯情怀——李进祥小说创作论［J］.朔方，2014（2）.

撞之后满目疮痍的末世景观。乡村空巢现象、老人现象及房舍颓废、土地荒芜的自然景观，给人留下的印象是触目惊心的，而深入其中的人心、人情及道德伦理的变迁也绝不是那种挽歌式的凭吊、无奈的叹息所能一笔带过的。《挂灯》中的亚瑟爷要在村里挂一盏灯，为此，他费尽周折，亲自选址，往返县城，自费到处找人做旗杆，最后终于如愿以偿。"人心里得有一盏灯"，但是，随着乡村空巢化的不断加剧和乡土文明的进一步颓败，这盏灯到底能带给村民多大程度的温暖呢？《狗村长》堪称新世纪以来"新乡土小说"的典型文本。德成老汉身边的子女及村民大都远走高飞，无暇顾及这位曾经当过村主任的老人，以至于他"病倒第三天了，屋子里还是没有进来一个人"，反而是邻家的一只黄狗来到他的身边，成了与他相处的伙伴。这只被迁入城市居住的马三一家遗弃的大黄狗赶跑了外来偷牛的人、欲对女人行不轨之举的男人，宛然行使了村长的职责。这样的构思及表现，是相当具有反讽性的，从而引发人们深刻的反思。德成老汉的命运、性格、思想及晚年的遭遇是对一代农村人真实命运际遇的高度概括、表现，其村庄的巨大变化是西北地区一个时代发展的历史缩影。这个短篇立足于"小叙事"，着力于"大意识"，即它反映的不单是一个人的遭遇、一个村庄的历史，而是一个时代的记忆和历史性的变化。

李进祥还有一些表现女性情感、心理及日常生活的小说，也为读者所称道。《口弦子奶奶》中的口弦子奶奶和货郎之间若隐若现的情感、时断时续的故事，作为清水河畔众多民间故事的一种，被作者讲述得如歌如泣，悲切凄婉，寓意深远。她和老娃子的结合与恩怨，牛娃子的痴傻与溺亡，口弦子的幽咽与凄伤，宛如一幕充满悲剧色彩的音乐剧，始终在人们心中余音不断，余味回旋。《揎脸》中兰花和菊花之间的过节、恩怨及隐秘的心理秘密，是借"揎脸"的过程逐渐展示出来的。菊花抢走了兰花爱着的男人二根，多少年后，二根被压死在煤窑里。兰花是河湾村有名的揎脸师傅，菊花再次嫁人时，请她给自己揎脸。揎脸后的菊花又成了一个美丽的女人。尽管如此，兰花仍然为当年的事儿耿耿于怀，以至于把眼前菊花再嫁的对象想象为二根了，于是，就出现了最后两段以动作描写表现兰花心理状态的点睛之笔，显示了作者探究人物心理不俗的直觉能力。[①]

另外，当下坚守乡土文化的不易与焦虑，也是李进祥小说创作中非常突出的一个主题。在他笔下，乡民们都是被城市粗暴地推了出来，而其他一些

①李晓伟.苦涩的坚守——论李进祥的小说创作［J］.民族文学研究，2014（1）.

则更是被无情地吞没了。马万山是个老实巴交的农民，有着自己的名字，为了将自己的儿子培养成为"城里人"他放下了锄头进入城中做了屠户，从此成为这座城中无名的一员——"屠户"。他所有的奋斗都只是为了儿子，而这些努力最终只换回了城市对于他的无情吞噬：儿子被牛顶死了。"我把儿子割给你们吃了，我在城里还没有扎站的地方吗？"（《屠户》）这不仅仅是屠户一个人的呼喊，更是千千万万在城市中游荡的"地之子"身影的集合，就算是付出了血的代价，在这个空间中，他们依然是一种无名的存在状态。城市更多的时候是以一种冷漠、无情来吞噬着"地之子"们满怀的希望，以及淳朴的心灵。这块贫瘠却又厚重的土地是李进祥和他笔下的芸芸众生不断的心理旨归，作家以他敏锐的眼光和深厚的人文关怀对这一冲突作了自己深情的打量。

贫瘠又厚实的土地给了乡民们坚忍的生存意志，而强烈的生存欲望也驱动着他们离开乡土，向着想象中的城市去谋取更好的生活。"出走"这一关于奋斗的美丽憧憬被城市的冰冷击碎了，这也只是社会转型浪潮中的一个断片。在这个时代的大背景之下，变化的不仅仅是外在的生活，它也在深刻地影响着人们的心灵世界。乡土在这种现代的冲击之下在溃败，与此同时分崩离析的还有人们的心灵世界。马清与杨洁的"换水"让自己得到了"清洁"，却也留下了作者更深入的思考：除去了外表的创伤，内里的"清洁"又将如何获得？

在对乡村与城市激烈冲突的书写中，隐示的还有作者对于民族的文化传统在现代文明冲击下日渐垂危的忧虑。乡土之上的年轻一辈逐渐在城市中迷失，他们与土地的这种血肉亲情逐渐淡薄，当他们重新返回这片土地时，却又发现他们已然与乡土产生了隔膜。阿丹离开妻子进城务工，却因为一股"绿中透黄、甜中有涩、温润又凉爽"的豆豆的味道焦躁不安，于是丢开一切要一路狂奔回家，然而耐人寻味的是，回家之后他发现往日清澈的清水河已被污染，妻子被乡间痞子欺辱，置身于豆地中。"出走"的闯荡遭遇折戟，"返乡"之后却又温情不再，"回来迟了"点出的正是现代语境下乡土的遭遇，在《一路风雪》《天堂一样的家》《遍地毒蝎》等作品中，作者展现的就是这样一种尴尬。每一个乡村的生命个体都聚焦了李进祥对于大时代背景下乡土命运的忧虑，而他自己则自觉地担任了乡村文明的代言人，在平静的讲述中勉力坚守，尽管这样的坚守多少显得苦涩。[①]

①赵炳鑫.底层的镜像——李进祥小说浅议［N］.宁夏日报，2016-8-24.

平静、深沉，是李进祥小说创作的最直观的风格呈现，而内在的色调则是苦涩与悲悯。他对于乡土的心理旨归使得他的小说有了不一般的厚实与肃穆。他不刻意追求新奇的创作技法，多以一种白描来还原现实生活中底层本真的生命状态，在这种简单之中往往又透出了不一般的深刻来。李进祥对个体生命在城市空间中的生存境况进行了多方面的透视，在这种悲悯的关怀之后，则是他始终"蹚不过的清水河"。可以说，李进祥的书写为当下乡土、底层的经验表达提供了可贵的参考。

目前来看，李进祥的小说创作，其情感感染力多来自两方面：一方面是眷恋传统乡土文化而生的理想道德伦理生活方式方法；另一方面是来自未被城市物质欲望影响的信仰文化及其价值理念。这说明他的文学思想中较少文化现代性的成分，这不是说他坚持的这两种价值观有问题，而是说这两种价值观在他的小说世界中均以一种理想的状态而存在，较少渗透或经现代文化转化。因此，他的小说文化趋向于以"回归""返乡"的方式来处理流动的现代城市生活，但略失于简单。

石舒清（1969—），本名田裕民，宁夏海原人。宁夏文学艺术院专业作家。一级作家，宁夏作家协会名誉主席，宁夏文联副主席，中国作家协会全委会委员。创作以短篇小说为主，出版小说集《苦土》《暗处的力量》《开花的院子》《伏天》《清水里的刀子》《灰袍子》《石舒清小说自选集》，以及长篇小说《底片》等。作品荣获宁夏第五届、第六届文艺评奖特别奖、一等奖，1998—1999年度《小说选刊》奖，第二届鲁迅文学奖，2001年度《中国作家》奖，第七届、第八届十月文学奖，第三届、第六届人民文学奖，第五届、第八届全国少数民族文学奖骏马奖，第十一届庄重文文学奖等。部分作品被译为法、日、俄等文字。

在为石舒清小说集《暗处的力量》所作的序言中，张贤亮这样评价："石舒清非常善于写细微的东西，他的作品中常常充满了诗意和温情。"李敬泽所写的序言则认为，在当代文学中出现与乡土中国全面决裂的背景或趋向中，石舒清却"怀着坚定的自尊书写着'吾土与吾民'，那不仅是一片皲裂的大地，那还是一个精神充盈的价值世界，在天人之际自有不可轻薄的庄重"[①]。这大体能够概括石舒清短篇创作上的一些特点。批评界也开始注意石舒清的短篇创作。学者李洁非在《谈文学的经典性》一文中，于表述他的有关当代文学由"毁典"到重构的预测时，曾将石舒清的作品作为"某种迹象"，以为自

①石舒清.暗处的力量［M］.广州：花山文艺出版社，2001：2-3.

己的观点支撑。李洁非认为，自19世纪以来的中国文学，充斥着毁典的冲动。在现今，破坏的欲望应让位于重构的理智，酒神式的迷狂应被阿波罗的均衡所澄清，"这是我个人的一种预感，尽管未必有明确的依凭（依稀看到某种迹象，例如石舒清的短篇小说）"①。

目前，石舒清的小说作品大多关注并描写西海固民间世界。作家本人与这方养育了他的民间世界有着血肉般的密切关系，他深深地爱恋着这片土地及艰难地生存在这片土地上的人民。在石舒清笔下，因着贫穷和苦难，西海固人更多了一份坚忍。他们坚忍地活着，迎送每日的生计，就像《歇牛》中的马清贵老人，自己支撑着自己的"精神"：十个儿子，要娶十个媳妇，对一个老人来说，这种责任和义务的确构成了一种难以承受的重负。于是，马清贵老人在小说场景中出现了：他赶着一对牛在干旱的土地上犁地，他的思绪也像弯弯曲曲的犁沟一样，不断地延伸。在他的意识图景中，出现了一系列纷乱的景象：干旱、冒烟的土地、庄稼歉收、十个儿子、越来越值钱的还在远方的媳妇、疲倦、委屈、对生活的怀疑等。这些纷乱的意识和念头最后竟"密织成一大片漆黑，无数屁股发着黑亮的小虫子在漆黑里蠕动着"，突然之间就觉得自己的身子没有了，一头栽倒在犁沟里，"像是一件由于天热而脱下来的旧棉袄"。但是，这倒伏下去的身影是坚忍的、倔强的，他对脚下这片干旱而神秘的大地仍然抱着无尽的期望。《虚日》中的姐姐，她在小县城工作，为了自己的智障弟弟，牺牲了青春，充当起母亲的角色。几十年来，往返于县城与农村间，劳心瘁力，以至于死。

从文化精神的角度看，同以发达经济为基础的城市文明一样，西海固也有着自己的价值世界。正如李敬泽所说，这"是一个价值充盈的世界"，其中的人民不仅活得坚忍，就像上述《歇牛》中的马清贵老人，而且也活得"自尊"，比如《牺牲》中的柳进义。在《牺牲》这篇小说中，石舒清写了发生在1973年的一个真实故事，它的背景仍然是西海固人几乎每隔几年就要遇到的旱年。一群孩子饿极了，偷了邻村的豆子，一个瘸腿的少年被抓，当了人质。在两个村庄的农民相互对立到一触即发的场合，少年的父亲柳进义突然从人群中冲出，像"疯子"一样用石块砸死了自己的儿子，然后又疯了一般跑过去跪在儿子身边，如此惨烈的"牺牲"在此刻终于与"尊严"合题。石舒清以冷静的笔调描写了一个极具悲壮意味的主题：在这一刻，这些朴实而又饥

---

①李洁非.谈文学的经典性［M］//白桦.2000中国年度文论选.桂林：漓江出版社，2001：155.

饿的人群已经不是在为庄稼被偷而对立，而是在无意中证明了人不能因为饥饿而放弃为人的尊严。这个主题在《恩典》中再次出现。小说主人公马八斤是一个自食其力的小木匠，虽然家境并不宽裕，但他凭着个人的手艺及勤苦，日子倒也过得安然踏实。可是上面来了一个厅长，要认他这个穷木匠为亲戚，从此便打乱了他平静的生活。妻子竟也变得羞涩起来，儿女们亦兴奋异常，他在家庭中的地位明显地动摇了。从通常意义上说，一介"草民"，遇到如此非同寻常的"恩典"应是极度喜悦，小木匠却产生了一种从未有过的"忧虑愤怒和耻辱感"，他"深觉自己是一片落在湿地上的叶子"，这样的"恩典"无疑是对他个人尊严的严重伤害和侵犯。

民间世界的价值根植于脚下深厚的土地，有它独立的生存秩序和价值准则，体现出自足性和稳定性的特点，用另一种所谓的文明准则来衡量，似难理解这一世界发生的事情。比如《牛头》中的小个子女人，因为烤焦了牛头，挨了丈夫的一顿暴打，当工作组组长钱秀花率众前来为她讨还公道时，这个女人竟矢口否认有挨打之事。如果粗浅地理解，完全可以得出诸如愚昧、落后以及妇女解放等主题，但这与作品的本意是背道而驰的。我们不能抛开一种特殊的背景：在中国历史上的一个特殊时期，饥饿几乎攫住了每一个人，而对一个处在偏远地区的农民来说，能够分到一只牛头，这对一家人来说，是多大的事。而小个子女人却将牛头烤焦了，她自己也吓傻了，在整个挨打的过程中，她的眼里是"说不清的意思"，她只有将头紧紧地抱住，蜷缩成一团……这一细节本身就说明了问题，对着这样一个挨打的女人，你能忍心说她的不吭声、不反抗是愚昧落后吗？而事实上，她的丈夫并非一个凶暴之徒。有意味的是，当工作组和众人散开后，小个子女人竟然有些留恋她刚才站立的地方，而且希望有人能用"另一种眼光"来看她一眼——她为自己的所作所为有些自得。再如《选举》，这篇作品最易使人得出有关民主的主题，它的真正意义却是蕴含在深层结构中，亦即那种呈现稳定性的民间价值。在一次看似荒唐的"选举"中，村民们所关心的并不是村长是否称职，是否廉洁公正，是否代表了民众利益，而是救济粮能不能立即发放到手，至于"选举"，在根本上是与自己无关的。有钱的李志生和心怀私念的刘有财们无论怎样私下密谋、公开"选举"，在村民们看来，不过是在"演戏"而已。这里就有了一个极为深刻的主题：当村民自身的利益得不到保护时，在他们内心的价值世界中，一切外在的东西都可以漠然相待。这就是民间世界，如果不为生存所困扰，这个世界永远会在安宁、平静中运行流转，因为在它的内里，有着恒定的价值准则。在这个世界中生存的普通农民，他们同样拥有一种自我心理调适的能力。无论是在贫穷还是在其他各种压力、痛苦面前，他们都懂得自我调适。《乡村一隅·长歌当哭》中的邻家女人，从一清早开始就不停地哭，哭她的姊妹，而实际上她并没有停止手中的活计。这一行为就是普通农民一种自我倾诉，一种郁闷的释放。在"长歌当哭"中，他们才能像每天穿着新衣裳那样迎送日出而作、日落而息的生计。《果院》里给果院锄草、翻土的女人，独自劳作时，思绪自然流动，说那是一种"意识流"亦无不可。休息时，看着一棵棵果树，虚虚的，犹如幻觉，那些树一瞬间也像走近了，又远去了。这应是劳作久了的意识流动，也是独处时间久了的心理幻觉。石舒清写西海固农村的某些农事活动，有时达到出神入化的境界，如《农事诗》描写"撒粪"的场景，文字飘逸流丽，可谓化腐朽为神奇。

石舒清不是以一个知识分子启蒙者的身份来体察或者俯视这些普通的民众，当然这也并不意味着他放弃了作家自身洞悉、辨析及批判的责任。于准确而真实地描述这一世界时，他把自己隐藏得很深，可他个人的态度是明确的——一种对民间世界价值的细微感知和某种程度的认同。

石舒清擅长写细微的感受、情绪及心理波动等，而又不显琐碎、沉闷，这主要缘于他个人在体验上所达到的深度。现实生活中的石舒清，是一个心性极为敏感的人，他能穿行在各种细微的感受中，又有准确表述这种感受的能力。这已经成为他创作上的一个独具的优势。不妨说，体验的深度，就是石舒清作品文本的深度。

以第一人称为叙事主人公并且直接表现心理变化的文本，最能显示石舒清的这种创作优势。《国道》中的叙事者，在面对那些累得脸都水肿的修路工时，内心承受着巨大的煎熬，他无法迈出看似极为简单的一步：去帮帮他们。叙事者是一个非常善良的人，但"一种自我压抑的性格"而且在任何一个场合都习惯于"做一个跟在人后面干事的人"的经验，使他缺乏勇气在一大片冷漠的人群面前挺身而出，去帮助那些累垮了的戴着红帽子的修路工。初读起来，似乎主题就是讽刺一大片冷漠的"看客"，批判指向国民劣根性，但这仅是表面的印象，作品真正的主题是在对自我深层心理的剖析中，将人性中近乎消极的那一面揭开来。不过，在叙事语调上，并不是剑拔弩张式的，也没有将批判指向那一大群冷漠的人群，而首先是对准自我，将自我作为剖析的对象。

石舒清有不少深度分析心理的作品，在叙事过程中，往往导向人性深处隐藏的种种邪念、魔力以及迫害的欲望等，《暗处的力量》便是这样一部作品。讲述了叙事主人公在某一天突然得了一种"奇怪的病症"，自此变得"胡思乱想，胆怯异常"，即使一个极为熟悉的人进来，主人公也会"陡然地怀疑起那个人的身份，觉得她身上有鬼魅的意味，有不祥和害我的讯息"。从心理学角度看，这是典型的"迫害妄想症"。作品的叙事结构便是主人公心理病变由发病到痊愈的过程，在这样的结构中，又嵌进了另一个故事：某村一个儿子杀死继父的故事，是"故事中的故事"。但是，在叙事主人公心理病变与杀父案之间，究竟存在着一种什么样的关系呢？作品本身的难度以及读者理解的难度也在这里。

"暗处的力量"是理解作品的一个关键词，各局部的细节都由此题目或主题辐射而出。叙事主人公心性敏感，又患"迫害妄想症"，极怕有人迫害他，可此时，那个女人——她的后夫被杀，儿子将被枪决——不合时宜地出现了，这使主人公的精神因受刺激而到了崩溃的边缘。在叙事过程中，这两起事件自然地结合在了一起。作品真正惊心动魄的地方在于：当全村人都去县城看枪决犯人，只剩下叙事者和母亲时，叙事者的内心经受着一种巨大的自我搏斗，当拟想中的枪决时刻来临时，叙事者感觉到那一颗子弹向自己飞来。就小说艺术而言，这是近乎残酷的真实，也是抵达本质的真实。那么，所谓"暗处的力量"就是人性中反常、阴暗的力量。作家以透彻、冷静的笔调，以对叙事者具有深度体验的描写，与人性中的异常力量做了一次惊心动魄的撕裂搏斗。或者亦可说，他和自己做了一次决斗，最后战胜了自己。

《风过林》是非常典型的石舒清式体悟的作品，那应该是他个人实际经验的一次记录。其中当然有对生命和死亡的思考，但主旨表现为两个方面。一是试图修复损坏了的"感知能力"，并且设想假如与自己的儿子同立于星空之下，他们所看到的将是截然不同的景象。这里也反映出作家的焦虑：警惕着不要失去"感知能力"那种原初的饱满和纯粹。二是自我救赎，或许可以说，《风过林》即为一篇忏悔录，其忏悔程度殊为激烈，心灵上展开的纠结搏斗，有如飘风烈焰，欲将自身烧为灰烬。

上述作品在石舒清的创作中是不多见的，却能极好地显示他个人体悟及表现的能力。甚至还可以说，石舒清通过这些体悟式的作品，疗治他自己的精神世界。在这个世界里，存在着两种相反的力量，相互较劲、搏斗，不可开交。

与此相关，石舒清小说多关注小人物的命运，他以从容、朴素、简洁的叙事手法，揭开并描写他们的内心世界，那些看似微尘般不为人所注意的小人物们，原来在承受生活重压的同时，也渴求着关于人的尊严。比如做保姆的阿舍（《阿舍》），比如怀念父亲的尕嘴女人（《尕嘴女人》）等，这些小人物在石舒清作品中至为感人，成为一种群像。

2011 年，石舒清发表了短篇小说《借人头》，作品取材于现代历史文献资料。这显示了石舒清另一种全然不同的风格，表明石舒清开始寻求变化。实际上，这种变化从 20 世纪 90 年代后期就开始了，除继续写作西海固题材小说外，亦逐渐拓宽取材领域，如《列车上》（2002），观察夜行车上一对青年男女隔床拉手，看一眼寻常，多看一眼则激起已逝的温情；《凉咖啡》（2003）则是与往日同学叙旧，毕竟时过境迁，犹如半杯余剩咖啡，寂寞、淡然；《小米媳妇》（2013）又将视角转向自己目见耳闻的城市风情。有计划地创作系列性质的短篇小说，是石舒清寻求变化的一个基本特点，比如"土匪系列"，他已经收集了很多资料，做了充分的准备工作；再如表现合作化时期农村生活的作品，已完成了数篇，与以往作品比较，风格自是大异。当然，这种风格非凭空而出，其来有自，是对他已有风格的拓宽。

在艺术性或美学意蕴上，借用王蒙的说法，石舒清已由单纯、清新发展到深厚、丰富。杜甫"篇终接混茫"所悬置的境界、标准，亦为石舒清所深深服膺。他近年来发表的短篇小说，某种程度上实现着自己的艺术追求。《古今》（2013）是一组短篇，它们将日常生活、民间传说、伦理观念、性禁忌等多个主题融合一处，读后令人心生愉悦之感，可又难以说清。《公冶长》（2014）描写民间文学家孙富生听木匠父子两代人讲述同一个雌性蟒蛇"出轨"的传说。政治运动干扰，使得这个故事被讲述的时间跨度达三十年之久，由此造成结构上的包容性——大主题套着小主题：比起充满活力的、自成系统的民间精神，政治对人的伤害不过一瞬。夫妻一方出轨总要被外人发现，这是民间传说的一个基本类型，但木匠父子二人的"文本"显然并不相同，前者赞同揭发偷情者，后者则指为多事。政治运动、采风、民间传说、情色故事、伦理变迁等在包容性结构中，成就了一个具有层次感且极为丰富的文本。

写得要短，意味需长，这是目前石舒清短篇小说创作的一个追求。而此种深长意味则源自其作品中的文化底蕴。石舒清以创作短篇小说为主，到目前为止，仅发表过一部长篇小说《底片》。这是一部村史，又是一部家史，亦可视为作者童年及少年的生活史。小说以作者故乡为地理背景，于记忆和经验中取材。《底片》中的人和事，在作者此前诸多小说中曾以不同形式和形态出现过，仍然是那个小村庄，活动的也是那样一些人，而长篇小说的形式与结构，重又赋予了它们新的面目。石舒清在短篇小说写作上积累的艺术经验之一，即精雕细琢，在这部长篇中得到了充分的运用。从开篇至终章，这种精致、细微以至奇异的描写，通贯始终。

升玄、马宇桢、杨富国、火会亮、古原、成躞、马剑龙、包作军，女作家韩银梅、刘健彷、马悦、鲁兴华、吟泠等，也在这一大军之中，他们为促进宁夏小说创作的发展功不可没。

升玄（1963—），本名彭生选，陕西定边人。1987年毕业于复旦大学哲学系。历任自治区党委宣传部文艺处副处长、研究室主任、干部处处长，固原市委常委、宣传部部长，自治区党委宣传部副部长，宁夏社会科学院党组书记等。中国作家协会会员。20世纪90年代开始创作，除了发表少量中短篇小说、出版长篇散文《季节的沉思》外，主要是长篇小说创作，出版《徒步穿梭》《无量谷》《越秀峰》《岭上月》等。长篇小说荣获宁夏第七届文艺评奖三等奖。

升玄是典型的官员作家和学者型作家。这决定了他的小说取材更加微观而真切，决定了他小说多思辨的底色。具体到长篇小说写作中，体现为每到虚构与想象的尽头，总能回过头来以考古的严谨姿态化虚构为写实，形成了自己的语言风格和思想风貌，在宁夏中青年作家中显得非常有个性。表现在取材上"移步换景"，不会一门心思面壁虚构故事，总是写他最熟悉最有把握的经验和故事；语言运用上，宁夏盐池方言与西北民间俚俗语、普通话相结合，形成了与他小说世界人物、情节非常吻合的通俗叙述为主的语言特点；审美取向上，是对赵树理、路遥、贾平凹、陈忠实等中西部乡土文学审美的继承，注重民间社会结构变迁牵扯的个体心理波动的描摹，以及由此而引发的人性嬗变乃至异化的审视。几部长篇小说下来，一定程度构成了社会中底层人物命运的整体观照，具有审美上超越特定时代的体验魅力。在思想上，能巧妙结合社会热点问题，有纵深的历史意识，表达作者对社会走向，特别是西北底层社会何去何从的深入思考，越来越具有"社会性"价值而焕发出的新异的思想见地，是深入到基层社会转型内部，对剧烈社会分层中政治腐败问题的典型化叙事，以及对社会热点问题中历史遗留问题的深度关切，令人深思。

《无量谷》是关于当代农村题材的长篇小说，以主人公钟川等特定历史人物命运的跌宕起伏变化为主线，反映西北地区位于三省交界处的某贫困村庄，从"文化大革命"到农村改革这二十年来的独特变化过程。小说既描写家族斗争史，又掺杂情感的纠葛变化，着力反映"无量谷"这个处于狭长沟谷的基本上属于文化原生态的村庄进入时代大潮中的变迁历程，尤其是人物群体进入新时代的心灵及情感演变过程。《徒步穿梭》是一次高密度的对青春情爱岁月的感伤回顾，小说情节跌宕，青春的美丽既有偶然的邂逅又有必然的承担，爱情的内涵既有纯真的憧憬又有世俗的成见。小说写到一个偶然的时候，在烽火台下的山坡底，英英遇见了胡玄。山坡很陡，被一些低矮带刺的荆棘密布着。山羊频繁光顾，它们的踪迹留在山坡上。读者大概不会想到，如此温婉的抒情笔调，竟也能瞬间变成人性及社会痼疾的解剖刀，竟也能瞬间变成谨严而理性的历史考古手法和讥诮调皮的反讽。

《越秀峰》写卓尔婉与丁香婵同为医学院毕业生，同在某医院就业。作家力图聚焦那么一种个体与环境的关系，在这种关系中，读者才会明白理想、信仰一类东西，实际上早已被比这些更强大的东西所揉碎、消解，剩下的只是如何求得基本的生存权的问题。这样的叙事，可不好随便当作一般的官场小说来读，也不便当作通常所谓的"于连式"道德堕落的样本来审视，毋宁说，它是权力无处不在的象征。这与我们兴冲冲大谈特谈"内在性"好像太不合拍了。事实证明，这一种典型现实，正是无数芸芸众生无法伸张其内在性诉求的本质性限制。

《越秀峰》之后，升玄的长篇写作渐渐形成了某种独属于自己的思想表述：一是从自我内在性生活想象转化到社会共同体遭遇的普遍精神疑难问题；二是从共同体的精神疑难、社会结构性存在转化到历史与纪实知识叙述。在文学阅读圈内看来，他的叙述目的似乎完全在僭越小说的虚构性、审美性，但从现实文化迫切问题的角度审视，与其说他在转型，毋宁说最终进入历史文化与现实的对接处，是其一直以来的一个必然关注点，《岭上月》即是如此。

《岭上月》实际上有两条思想线索：一条是在作为本地局外人的历史学学者和作为来自南方大城市的历史学学者的双重"陌生化"角度看过去，素有厚重历史文化的固原，其厚重究竟能为现代化建设今天的固原助什么样的一臂之力的思考；另一条是固原本地历史学学者、现任方志办主任与固原本地资深历史学学者、退休老同志吴老的角度看，固原历史文化与现实的衔接点究竟在哪里的问题。二者互为表里，构成了证明与证伪的叙述张力。当然，在这两条相互纠结又相互争辩，相互结构又相互解构的思想叙述过程中，作者自然而然植入了人之常情的分量并不轻的内容。比如挂职专家原同事苏瑾和固原方志办研究人员樯虹，这两人都分别与挂职专家洪先生有过一些或长或短、剪不断理还乱的情感瓜葛。但这两位女性的出现及其所造成的额外故事，仅在审美层面，难以抵消或者转移文本的主要思想诉求。

回过头来再看那两个主要的思想议题，细心的读者就会发现，《岭上月》其实讲了两个功能作用失败的故事。一个是固原本地历史学者站在本位主义立场叙述的丰富自洽的固原历史文化。从自治周正的古代文化或传统文化秩序角度来看，固原的历史并未断裂，然而，之于现如今固原需着力解决好的大问题而言，固原历史文化非但帮不了什么忙，反而因文化基因的因袭造成人们观念的顽固，主体性的保守，事实已经造成诸多滞后现象。正如书中所说，昔日军事上的优势成了今日发展中的劣势。生成于封闭自足的固原传统社会内部的历史文化，转化不出其他明显的救治功能，因此是失效乃至失败的。另一个是外来历史学者眼里的固原古代文化之于当下固原脱贫攻坚战的失效或失败。文本的叙述证明，无论挂职的洪学者，还是南方大城市来的青年学者，尽管他们不止一次惊讶于固原古代文化的鼎盛、繁荣和绵延，但停留在古代文献记载中的固原古代文化，与如今的固原只有通过现代化的脱贫攻坚、建设完善的现代文化秩序，实在没有必然逻辑关系。这样一个局外视野所看到的固原局限，一再表明，固原只有拥抱现代文化和现代社会机制，方可摆脱长期的停滞状态，而不是把心思放在打造传统文化上。第五十六章专门讲述外来专家与固原本地学者、村民关于窑洞的辩论就很有意味。在本地人看来冬暖夏凉的窑洞，在局外人看来却相当于活人事先入土为安的墓穴。这不单是一个关于居住习惯的证明与证伪，其实还是一个关于要不要、该不该以及如何科学珍视生命的争执。不言而喻，现代化进程中，有着民俗文化遗产保护价值的窑洞，其中所包含的人对传统生活方式的自我确认，并不就等于文化现代性的唯一首选，两者之间的断裂，正指向了文本中局外人叙述的固原故事的失效或失败。

　　总之，在新型城镇化建设中，古代文化包括传统文化该怎样处理，现代文化及其紧随而来的现代社会机制该怎样建立，是升玄《岭上月》叙述的重要着眼点。它的转折，经历了《徒步穿梭》《无量谷》期间个人化内在性的生活想象，也经历了《越秀峰》期间对社会分层及其社会结构性存在的凝视，一直到《岭上月》，作者直视现实热点问题与长效机制建立的关系问题，才趋向于明朗化、精确化。升玄专注于长篇小说的创作，在宁夏似乎还没有其他与他相像的作家集中探索基层社会的各种"遗留"问题，视角切实而微观，少了些许走向时代普遍性的宏阔，尤其是少了自觉内在于社会分层的形象思维与情感模式。

　　马宇桢（1964—　），宁夏泾源人。历任自治区党委宣传部文艺处副处长、处长，宁夏新闻出版局副局长等。自治区党委宣传部副部长，宁夏广播电视局党组书记、局长，宁夏广播电视台党委书记、台长，中国作家协会会员。1982年开始发表作品。短篇小说集《季节深处》入选1996年"21世纪文学之星丛书"，由百花文艺出版社出版。出版散文集《故事边缘》，创作电视剧剧本及电视专题片十余部。短篇小说和散文荣获宁夏第五届、第六届文艺评奖二等奖、一等奖，小说集《季节深处》荣获第六届全国少数民族文学创作骏马奖，电视剧剧本《苦泉纪事》（合作）荣获第七届中宣部"五个一工程"奖，《花儿四季》荣获西北电视剧天马奖优秀编剧奖等。

一个作家的创作水准，不能简单地以创作数量的多少来体现，这一点在马宇桢的小说创作中得到了验证。马宇桢的小说数量不多，却有着特殊的意味和相当的分量，小说的艺术水准也很高。马宇桢的小说，可谓是宁夏小说的异类，无论是题材选择、主题表达、艺术表现形式，都充满着现代气息。《季节深处》是马宇桢的小说作品集，收录到作品集的十篇作品被作者有意地划分为三部分，这三部分如果要提炼出关键词，那分别是理想、现实、寻根。从整体着眼，这部作品集又是一部讲述当代部分青年从迷惘、苦闷走向成熟，进而寻求生命之根的历程。看似相对独立的三部分，其实之间存在着千丝万缕的联系。

一个作家要想真正表现存在，就必须具有对存在的想象力，即精神的想象力。这种精神的想象力，要求作家摆脱对实体存在的过度依赖，具备仰望终极存在的勇气，马宇桢小说的一些篇章有意地做着这种努力。其中值得注意的就是他在构建理想图景时融入了一种现实的荒谬感。这集中体现在《三十岁，一枚金纽扣》《表示存在的第二种方式》中。《三十岁，一枚金纽扣》是一篇讲述理想的故事，小说中的老水手、丁亮和"我"都是大学生，在大学毕业前夕，都有着自己的梦想，都表达了自己对三十岁的期待。老水手希望自己在三十岁踏遍所有的名山名水，丁亮梦想着自己三十岁能成为某某厅的厅长，"我"则希望找个安定的去处当个作家。人生观念和价值观念的不同也预示着他们不同的人生前景。他们在梦想起步的时候，都充满着激情与迷茫、潇洒与苦闷，在追梦的过程中，理想总是悄悄地与荒谬为伴。小说《表示存在的第二种方式》的结尾，"我"不停地写着"让风吹起来吧，让鸟叫起来吧，让我们的天空更加高远吧"，"我"找到了表示存在的第二种方式：理想。马宇桢试图用理想作为精神的想象力来构建人生的图景，可是，作家却不是理想主义的坚守者，他敏锐地意识到，生活本身就是荒谬这一哲学命题，这种内心的纠结体现在小说中就是这两篇小说揭示出的现实生存与想象生存之间的矛盾。小说《玉米街的小林》同样反映这样的问题，这篇小说与其说是反映一个教育问题的小说，不如说是一篇反映存在的理想与存在本质的分离。

对权力的追逐是现实社会欲望图景的集中体现，在权力的诱惑面前，道德与肉体、良知与规范都是可以随意放弃与践踏的。《现实生活》中的王展为了得到想要的权力、地位与女人，不惜出卖自己的上司和朋友。《逃跑或者北方的梦境》中的林林为了赢得处长的位置，甘愿嫁给王书记的残废儿子，可王书记没过几天就退居二线。《季节深处》中的杨胖子公司倒闭后，坦然地去面对朋友和家人。然而失去了金钱就失去了往日的荣耀，不仅朋友瞧不起他，连自己的家人都拒绝他。马宇桢对现实的深刻理解还表现在人的诗意在日常生活消解后的自我逃避与宣泄。《伤心》与《城市之梦》中的陈言与老婆刘红走入婚姻后，发现自己成了"套中人"。进入家庭生活后，陈言每天面对刘红的唠叨、监督与吵架，矛盾激化时甚至要去离婚。最后，陈言还是要回归家庭去面对家庭的日常琐事，在不断地对家庭进行逃离与回归的过程中，马宇桢为我们演绎着现代版的"西西弗斯推石上山"的命运悲剧。

马宇桢笔下的现实故事充满着生存的辛酸与无奈，在现实生活面前，崇高与卑下、纯洁与猥琐、功利与道德交织在一起，构成了一幅充满欲望与苦闷的生活图景。同时，在讲述年轻人逐渐走向成熟的心路历程中，更加趋于理性。

与其他宁夏作家一样，马宇桢也有着寻根情结。但不同的是，马宇桢不像其他许多宁夏乡土作家那样，把自己的家乡作为自己的精神原乡去书写，从精神家园的构筑中寻求精神的慰藉。在他的故土书写中，故土既是难以割舍值得依恋的家园，又是一种不洁的民间形态。在《我阴雨连绵的故土》一文中，讲述的是故土的形成与追忆。在"我"对故土的体验中，认识到了故土于爷爷与父亲的深层内涵，而对于"我"，故土只是意味着一种寻找。这个寻找充满着惆怅、喜悦、痛苦和悲凉。《枪响那一年》是一篇带有历史反思色彩的小说，同时也在另一个层面给读者展现了民间社会的藏污纳垢。马宇桢将故事放置在三年经济困难时期这一非常态的背景中去展开追忆与叙事。历史的苦难只有在被记忆的时候才有可能转化为积极的思想资源。在这段历史情境下，我们看到的是饥饿以及由此而引发的小人物悲惨的命运。作者站在一个批判的立场对根进行审视，同时将这种审视指向了历史。

马宇桢的小说在艺术上多借鉴了现代派的手法，荒诞和魔幻现实主义的手法的运用，使小说充满着新奇感。在具体的场景叙述中，马宇桢运用了蒙太奇的写作手法，不断转化写作的镜头。同时，小说的章节之间借用了后现代主义拼贴的艺术方式，把整个故事讲述得非常自由散漫，使小说在整体的阅读上有一种支离破碎的感觉，但这种看来任意的讲述却是统领在作者的主体情绪之下。此外，小说的叙事语言流畅而富有质感，显示了马宇桢驾驭语言的卓越才能，比喻与通感等修辞手法的运用使小说在语言层面上形成了瑰丽神奇的特点。其独特的叙事方式为宁夏文学成功地增添了某种新质，从而使宁夏文学的艺术形态更加趋向多元和丰富。

杨富国（1964—），笔名文淦，宁夏中卫人。港中旅（宁夏）沙坡头旅游景区有限责任公司副总经理、文化总监，中卫市作家协会主席，宁夏作家协会主席团委员，中国作家协会会员。先后创作并出版长篇小说《风雨沙坡头》《旷世奇缘》，长篇非小说作品《丝绸之路》，国学著作《三个月改变命运》，以及散文、诗词、民间故事达千万字。由其同名小说改编的三十五集电视连续剧《风雨沙坡头》荣获中国首届文化旅游发展贡献金奖、影响中国文化旅游的电视剧金奖。

杨富国于20世纪80年代考入宁夏警校，因得病医治一周无效，看到那么多师生围在床前照顾，他感动得热泪盈眶。后校长将他接回警校，用一根银针治愈了他的病。他饱含深情地写了一封感谢信，并在大会上朗读引起热议，由此开始文学创作，在《宁夏公安》《人民公安》上发表短篇小说《良心的谴责》《感恩的心》《挑战极限》等。他的成名作长篇小说《旷世奇缘》是一部人生血泪史，是一首正义战胜邪恶的悲壮之歌，渗透了他的全部心血。全书共十二部分，五百四十万字。每部既独立成章，又一脉相承。读之既惊心动魄，又觉心灵在惊变中荡涤；掩卷既心潮难平，又久久浮想联翩。澄通教授作序，并评价道："怪人写怪事，怪中有怪，怪怪相异，以怪治怪，怪而不怪。这'怪'中始终贯穿了一个'爱'字。这爱是超越时空、超越生死的。要实现这爱的升华，的确是一个美丽而残忍的过程。"

三十五集电视剧《风雨沙坡头》是他的代表作，2010年2月在沙坡头大漠景区开机，同年由北京电视台首播。

长篇非小说作品《丝绸之路》三部曲《丝路风云》《丝路忠魂》《丝路英杰》是他的延伸作品，由九州出版社出版，一百九十万字，亮相于第二十二届图书博览会，深受读者好评，也引起了影视界的高度关注。目前已将《丝绸之路》改编为四十集电视连续剧剧本，希望能够尽早搬上荧屏。杨富国在阅读和查找八十多种书籍，沿丝绸之路考察、体验后写出《丝绸之路》。小说选取唐玄宗时期丝绸之路在"开元"和"天宝"两个阶段，因屡遭吐蕃、突厥破坏的历史背景，通过大唐励精图治，恢复丝绸之路对外贸易展开一系列戏剧冲突，重点反映大唐与中东国家在政治上怎样对接，经济上怎样交往，文化上怎样交流，全方位反映丝绸北路上的一段段曲折感人的故事，将官道、商道、匪道演绎得淋漓尽致，从另一个侧面反映了大唐如何从盛到衰的历史，值得后人借鉴和深思。

火会亮（1966—），宁夏西吉人。1989年毕业于宁夏大学中文系。历任《固原日报》编委、《朔方》采编室主任、副主编等。宁夏文学艺术院副院长，《朔方》

执行主编。一级作家,宁夏作家协会理事,中国作家协会会员。20世纪90年代初开始发表作品于《朔方》《十月》《中国作家》《时代文学》《山花》《香港文学》等,并被《小说选刊》《小说月报》等转载,作品入选多种作品集。出版短篇小说集《村庄的语言》《叫板》《挂匾》、长篇小说《开场》、散文随笔集《细微的声音》等。小说荣获宁夏第五届、第六届、第七届文艺评奖三等奖。

火会亮在短篇小说集《村庄的语言》和《叫板》中,立足于宁夏本地典型的西海固农村生活,以乡村生活底色铺陈他的文学原野;以细腻的笔触描写乡村历史以及乡村随着时代改变而生成的进化史。一方面,因为西海固是他出生和成长的地方,对这片土地的熟悉和热爱,成为他书写的必然因素;另一方面,写作于他而言,只能写自己熟悉的生活,这是他灵感的源泉,情难自禁。正因为如此,在完成第二部短篇集之后,他意识到了自己的局限,遂命名《叫板》。这并非表面看来在向别人宣战,而是当熟悉的一切带来优越感的同时,也成为强大的阻力。火会亮深刻地觉悟了这种内心的纠结,所以他才向自己"叫板",既自省又自励。

《叫板》依然以乡风民俗作为厚重的底蕴,托起生活里的各种"剧目"。浓郁的乡土风情,给读者,特别是根在西海固农村的读者,提供了熟悉感、安全感、亲近感。一种真切的"老家"氛围,使人不由自主地进入作品的家长里短中,迫切地想了解乡邻们的生活。那些古朴、原始、被岁月很难改变的节奏,似乎拉长了时间的空隙。老人们在路上慢慢地踱步,他们的脸上没有剧烈变化的影子,也看不出大喜大悲的痕迹。这样一种独特而熟悉的人文情怀,在《叫板》中都能深切地感受到。这些作品虽然是小说,但更近乎纪实,人物和他们的故事构成了乡风民俗的灵魂。

《麦黄时节》里的女主人公是个典型的农村媳妇。她照顾公婆和孩子,丈夫去城里打工。麦子黄了,女人和公公下地去收。到了收获的季节,女人的心里反而显得空落落的。打工与收获的矛盾,男人与女人的矛盾,外面的世界与在家时的矛盾,走与守的矛盾构成全部情节的核心。女人是一个干农活的高手。作者没有给女人一个确切的名称,而是直呼女人,让一个普通农村女人的背影,承载了无数同类辛勤劳作的负重。小说里隐于细微处的情感牵动,着实是火会亮小说藏在暗处的魅力。《叫板》是整部作品的重头戏。作者在缓慢的叙述中,隐含着批判与质询,农村与城市对同一出戏《叫板》的理解不同,行为方式更不同。娟娟是一个西部艺术人物的典型形象,她不为世俗所囿,尽管再现天赋的过程中遇到了各种各样的问题和矛盾,但她朴实的原乡风格让她倾听土地的呼唤，唱出自己的歌谣。这类女性形象在《风中絮语》《羞与人言的故事》里都出现了，可见，火会亮在小说中对这些女性形象的情感依赖是很深的，因为她们都生活在他的周围，让他充满感念。《风中絮语》设了一个风中的悬念，在唱"花儿"的农村碎姐和另一个县城有文化的男人之间预设了悬念。从此看出，火会亮小说迂回曲折的情节，在自然的叙述中，又有独具匠心的精巧构思，着实是情景剧，趣味横生，又令人深思。作者不显山不露水，沉稳的力道隐于那些熟悉的人物身上，他相信他们与故乡的土地一样厚实而值得依赖。《冬天的故事》里，写那些淳朴的农村姑娘剪窗花是有灵性的，出嫁之后剪的窗花只是窗花，失却了灵性。因为一种绵长的心绪，情感上的失落或者生活的平淡，渐渐磨平了姑娘内心纯粹的期冀，用一段"花儿"表达心声，细腻地掩饰了所有曾经向往过的美好情景。

《积雪》中的"积雪"是一个暗喻，农村人的面子和尊严全在这较量中暴露无遗。故事情节，矛盾冲突，设置在冬天最寒冷的季节。一是农闲年节，大都是办喜事的时候；二是李旺的决绝抵抗，给整个家族甚至是村庄方圆百里都延伸了余波。李旺的抗婚，实则是对上一代人思想观念和生活秩序的动摇与否定。作者从切身的感受出发，借景喻理，突破厚厚的乡村观念上的"积雪"，不是一件容易的事，他一直在试图寻找打破农家土围墙思想观念束缚的新路径。①

从时序上看，火会亮的小说创作无疑属于"过去式"，其间挽歌与凭吊、伤怀与留恋同在，乡土社会铸就的道德情怀占尽了审美上风。但从叙事的角度打量，其小说世界中几乎每一个有名有姓的人物及其故事，又无不生活在当下，新型城镇化使我们看到了乡村的被打破。这表明，火会亮的文学思想又是超越既定传统乡村文化的，特别是他小说对传统乡村道德伦理具体方式方法失效、失败的叙述，预示了他对成熟现代文化及其价值的拥抱与希冀。只不过要叙事后者反作用于具体个体的能量，的确需要更大的视野和更自觉、更完整的故事。

古原（1968— ），宁夏西吉人。毕业于固原师专中文系、宁夏党校少数民族干部本科班。《固原日报》总编辑，固原市文联副主席，宁夏作家协会会员，中国作家协会会员。1987年开始发表作品于《新月》《六盘山》《朔方》《民族文学》等，作品入选《1992年短篇小说选》《宁夏文学作品精选》《宁夏青年作家中短篇小说精选》《宁夏青年作家作品精选·小说卷》等。出版散

①王军．火会亮小说简论［J］．小说评论，2016（3）．

文集《西海固情节》等。小说、散文荣获宁夏第五届、第六届、第七届文艺评奖三等奖。

他的小说取材以乡土题材为主，小说背景大多取决于"邮票一般大"的"桥镇"，这里民风淳朴，人心向善。勤劳朴实的妇女，慈祥和善的老者，宽敞的麦场，结实的麦垛，一切都像是一幅风俗画一样呈现在世人面前。像许多著名乡土作家一样，"桥镇"成为古原重要的精神原乡，他以深沉真挚的感情，书写着"桥镇"这片土地上的纹理和人世间的沧桑。

对女性生存境遇和命运的深切关注在古原的小说中占有相当大的篇幅，他对其笔下的女性始终抱有同情与怜悯，他写出了她们的不幸、纯洁、善良、无辜和牺牲精神，写出了她们在平凡的生活和世俗中的纯洁和伟大。如《洁白的雪花铺满地》中的海小青，《山顶上的积雪》中的黑女子等。在古原笔下的女性人物系列中，写得最为生动的是老人的形象，这缘于作者本人深刻的情感体验和丰富的情绪记忆。

古原曾在散文《淡灰色的眼珠》中写道："那些朴实的人物和平凡的生活将我的内心一次次照亮，苦涩的日子里，压抑不住的歌声、笑声发自心底，在这个年代，享受现代文明而又心灵苍白的人们，表情僵硬脚步匆匆走过城市的大街，心的深处盛满了什么？"从中可以看出，古原对市场经济对传统乡土带来的冲击及其引发的后果而表现出深深的焦虑和隐忧。作为现代化的都市文明，实质上是一把双刃剑，它既包含着物质的进步和思想的解放，同时又给现代人类带来共同的焦虑。在这样的前提下，乡村牧歌式的情调成为作家重要的心灵归宿。在小说创作中，他试图通过对故土的"离去"和"返乡"两种故事模式来表达他对城市文明的排斥和质疑态度。在《大庄》《麦捆》《窑庄》这几篇小说中，古原让我们在沉默的乡村世界中，听到了逃离的声音。故事中的主人公，在物质利益和现代生活的驱使下，纷纷离开自己的故土，去寻找新的生活方式，留在他们背后的是一片乡村特有的寂静。在他们身上，表现出一种与乡土生活不相兼容的生存观念及其情感认同上的冲突，隐喻化地揭示出现代文明对乡土世界带来的价值理念上的冲击和道德传统的断裂，这正是作者的忧虑所在。同时，作者又彰显出强烈的还乡意识，极力在乡村中寻找精神慰藉，构筑精神家园，从其反面表达出对城市文明的一种厌倦。在小说《回到河西》中，"我"直接道出了这种厌倦之情："这些年里，在城市的高楼上，整天面对着闪烁的电脑，脚踩在铺了瓷砖的水泥地板上，吸收不上地气，人永远是一种忙乎着、浮躁着、焦灼着的状态，对文字的感觉也是越来越迟钝。"字里行间隐忍着作家的批判意识。

古原是一位很早就不用故事情节，而仅凭细节铺陈就把小说写得精彩纷呈的作家。读古原的小说，感觉到他的小说耐读、耐品、耐人寻味。他的小说多生活场景、细节，而少连贯的故事，结构比较松散，有一种散文化的倾向。语言唯美而富有诗意，节制而富有弹性。古原小说艺术最显著的特征就是大量意象的使用，比如阳光、雪、日头、月亮。古原的小说常以淳朴的气息净化着读者的心灵，常以达观的笔墨抒写着人生的坚忍。在舒缓平静的语境中，我们分明体悟到那种生活虽贫瘠但不乏丰饶诗意的诉求，也体悟到小说希冀人心向善、渴望平安的向度。

如今的古原，在小说创作上业已形成自己"质朴纯净"的写作风格，如何在现有的基础上突破超越自己，在自己熟悉的人物和土地上，提升自我对现实土壤的开掘能力，从而化为一种普遍意义上的理性观照，以此增强小说的力度、厚度与深度，这是古原在艺术创作的道路上继续努力的目标，也是西海固乡土文学开拓经纬度的一个选择。①

成躞（1963— ），本名陈彭生，宁夏固原人。毕业于固原师专。曾在《六盘山》《宁夏法制报》工作。短篇小说《哦，那越来越绿的垂柳》《杀狗》分别荣获宁夏第四届、第五届文艺评奖优秀奖（不分等）、二等奖。

成躞的短篇小说《杀狗》以改革开放初期，黄土高原上的小山村为背景，描写了人们在包产到户中刚刚能够填饱肚子而又不甘受穷的窘境。主人翁兴娃在这样一个偏僻的小山村，受穷半辈子，从来没有被人尊重过，虽然四十多岁了，就连三岁的小娃娃见了他也把"兴娃"二字喊得山响，更别说乡村会计、村干部不把他当人看了，就连老婆也看不起他，不情愿的时候，一脚把他踢到炕梢。为了重新找回做人的尊严，他决定"杀狗"，因为，在当时物质条件十分匮乏的情况下，在他们村子，只有杀狗，吃狗肉、喝烧酒，才是真正的男子汉。要杀狗，必须先征得"老婆大人"的同意，而他又是个出了名的怕老婆，老婆不同意，他们家的大黑狗就杀不了，于是，他就拿出"二百五"的勇气，先打服老婆，然后在家门口用皮鞭打狗，打造杀狗的声势。最后，狗杀了，兴娃却瘫在了炕上，鼻歪嘴斜，口齿不清，"杀狗"成了"狗杀"。狗肉却让会计等人美美地下酒吃了。小说情节简单，却充满了悲情色彩。作者围绕"杀狗"，描写了大西北黄土高原上一个普通农民内心的挣扎，兴娃渴望通过"杀狗"找回自己做人的尊严，从而走上发家致富的道路。但又事与愿违，到头来却落个瘫痪在炕，悲情中透出他对现实环境的抗争，他用"杀狗"

---

①许峰，孙纪文.贫瘠土地上的丰饶诗意：古原小说论［J］.六盘山，2011（6）.

的悲情来捍卫自己的尊严，深沉的主题，把农村改革开放初期的现状和改革的趋势揭示给读者。生动的方言土语，流畅的叙述语言，具有浓郁的乡土气息，抒写出自己所熟悉、所理解、所发现的生活，表现出大西北黄土高原上的欢乐与痛苦、激情与思索，传达出对人类生存意识的那种精神探索与心灵寻觅。

成蹊在 20 世纪 80 年代创作势头很好，不知什么原因，后来似乎与小说决然告别。与他相似的还有兰茂林。

马剑龙（1963— ），宁夏同心人。1982 年参加工作。历任同心县文联主席，同心县委党校书记，政协同心县第八届、第九届、第十届委员。在《宁夏日报》《黄河文学》《朔方》等多种报刊发表小说、散文等，出版长篇小说《白地》。《白地》荣获宁夏第六届文艺评奖二等奖。

《白地》是马剑龙 20 世纪 90 年代创作的农村题材的长篇小说，是宁夏人民出版社 1999 年集中推出的系列丛书"宁夏中青年作家文库"之一，展现了宁南山区特有的生存环境。白地的"白"字首先表现在视觉上。黄土地裸露在蒙蒙的阳光中，长年不雨，四季不青，便白了。"白刮刮的一片，迷蒙成瞌睡的颜色。"这是宁夏南部山区的颜色，是黄土高原的颜色，是大西北的颜色。用一个"白"字代表大西北的颜色，也许有些牵强，但作者追求的是一种中国画的神似，是诗化的、心灵化的颜色。一个"白"字，概括了大西北自然环境的恶化，生存条件的恶劣。作者将故事设置于当代急剧变化的社会大背景中，写出了这片土地上波动着的一股异乎寻常的活力，每个人都在为自身命运而不断挣扎，情节的戏剧性进程，使人在阅读中时时处于喘息的紧张与不安中。作者以榆树台村一个单纯的女中学生余京京作为情节主线，连接起纷扰的现实和厚重的历史，这是作品深刻的寓示。京京既不做余、马两家历史怨仇的牺牲品，也不愿成为暴发户"扇风机"（外号）的掌中玩物。性格单纯而丰富的余京京其实也是作者刻意塑造的映照乡村历史和城镇现实的某种理想。马剑龙以传统小说构架的方式，通过叙写一个村庄、一群人在特定历史条件下的躁动、思考，把自己最熟悉的农村生活，包括时代特色、世俗理念、心灵心理、情感品格、传统与发展、落后与进步集中展现在读者面前，较为典型地浓缩了特定时期、特定地点、特定人群的生活和向往、情绪和情趣，将落后地区人民与命运抗争、自强不息的奋斗精神和时代发展紧密联系起来，对鼓舞人心、提振士气，发挥文学艺术文以载道的功能作用，具有一定的代表性意义。

包作军（1967— ），宁夏青铜峡人，就职于青铜峡市人大常委会办公室。宁夏作家协会会员。小说、散文、杂文等作品发表于《芒种》《广西文学》《写作》等，并被《读者》《青年文摘》《微型小说选刊》《小小说选刊》等转载，入选《中国微型小说精选》《中华散文精粹》《震撼大学生的101篇杂文》等。出版小说集《"骆驼"的罗曼史》（合著）、散文集《你是黄河我是沙》等。

包作军的创作态度严肃，他坚守在业余写作这一阵地，无怨无悔地痴爱着文学、眷恋着文学，几乎把工作之余的时间全部奉献给了文学写作事业，追求着文学的理想精神和弘扬正气、鞭挞丑恶的道义原则。《麦子的春天》和《鸡蛋的眼泪》于生活的细微处展现着普通人的崇高品质，两个生活小故事有荡涤灵魂的功效。官风问题，近几年成为老百姓关注的热点问题。《领导要到小站来》《金子啊，金子》等，会让人的心里产生忧愤的情感，不仅会为腐败官员的所作所为愤怒，也会为百姓的见风使舵、蝇营狗苟而忧伤叹息。人类的生活永远呈现着丰富多彩的形态。小小说的长处在于，它总是能够通过对惯常的人生故事的书写，通过对人间社会一鳞一爪的描绘，见出永恒的世态与人情。《井殇》《打芨芨草的父亲》《琵琶行》三篇，都是正视当下、解剖现实的佳作。《井殇》描写打工一族的生活，家破人亡的悲剧背后有着深长的叹息。《打芨芨草的父亲》《琵琶行》以大学生为主人公，无论是"浪子回头"还是灯红酒绿当中的蝴蝶之梦，都表现的是当今大学生生活中向善向美的一面。从创造性的角度来说，包作军的两篇历史题材的小小说《殉葬》和《我是貂蝉》更值得珍视。这两篇从历史深处寻找灵感的作品，显示了作者处理历史的艺术能力，是两篇有深度有技巧的小小说。包作军的另外一篇小小说《无法证明的窃贼》属于侦探类作品，写得周密而老到，颇有智性色彩。

宁夏写过小说或在写小说的60后作家还有拜学英、梦也、马存贤、李方、苏子、吕言、吴全礼、拓兆农、李海潮等，他们都为宁夏的小说创作繁荣作出了积极的努力。宁夏的60后女作家还有韩银梅、刘健彷、马悦、鲁兴华、吟泠等，她们也为宁夏的小说园地增添了别样的色彩。

韩银梅（1961— ），女，宁夏银川人。1993年毕业于宁夏电视大学。1983年参加工作，曾任工商银行宁夏分行职员、银川市作家协会副主席、银川市文联专业作家等。一级作家，中国作家协会会员。1992年开始发表作品。著有长篇小说《一苇可航》，中短篇小说集《我厮守的终结》。小说荣获2005年宁夏第七届文艺评奖二等奖，个人被授予第三批"塞上文化名家"称号。

宁夏文学创作中，韩银梅的小说《我厮守的终结》所代表的都市小说可谓独当一面。在面对市场需求和文学本身创作规律的双重压力下，韩银梅最终把创作目光投向了对普通都市人生的关注，叙述普通的人间生老病死，呈现生命的强悍、委顿与枯败，尤其是对都市女性内心深处的探索，更能体现韩银梅思想的细腻和深刻。在韩银梅创作的小说中，我们看到了女性世界的孤独和离异、忧伤和沉重。她的许多小说中，都表达着人生的忧伤、缺憾和无奈。从半实写半虚写的自传角度，由个人到社会，以小见大，最终达到抒发个人的思考和对整个社会的思考。这样的创作在其早期代表作《我如营盘钱如水》中已现端倪。

韩银梅的小说表达的是女性生命中深邃的生存之痛。短篇小说《洗澡》中老妇人对玻璃碴的恐惧，以及"巨大的肚子"的反复出现，韩银梅通过细腻的心理描写，揭示了老妇人对年老的恐惧和对她面前年轻的女性的害怕，这种题材的小说还有《晚秋》《长命百岁》等。短篇小说《妻子的夏天》揭示了女性人到中年后，由于生活工作压力和青春逝去的烦恼以及缺少男性呵护的现实生活，同时还有女性对青春逝去的无奈。生活的压力最终使她们变得神经质起来，这也是卡夫卡所展示的人性变异的一种体现。这种物质文明的发达对人的挤压，商品和信息时代的快节奏对人性中美好的摧残，虽然多数女性作家都擅长表现，但在韩银梅这里却得到了系统而集中的叙述，这便成了她小说创作的风格与基本价值取向。韩银梅的小说以"个人化"的体验和叙述方式，以特有的女性意识，试图写下人生中的每一个脚印。这些精神脚印大多带着心理的伤痛、矛盾和无奈，甚至青春的损失和名誉的付出。曾被《小说选刊》2004年第4期选载的短篇小说《舞伴》艺术手法相当纯熟，还有短篇小说《爱情故事》等，其女性形象是那么的亲切和感人，她们都是现代都市人生的生活再现，体现着都市女性的心理矛盾和忧伤。中篇小说《我厮守的终结》使韩银梅小说思考的深度大大延伸，小说触及生命中的生存之痛。"我"到终结所厮守的，其实是女性生命中母性的自然流露和永远也无法忘记的对一个生命的愧疚感。在"我"的心中，薛奶奶已经不再是一个不相干的老太婆，而成了"我"保护和照顾的对象，这样的付出既是对先前意外致死人命的赎罪，更是一个女人潜意识中伟大母爱的体现。这样，薛奶奶更像是一个需要"我"照顾的淘气的孩子。

韩银梅的小说是地地道道的城市小说：一无剑拔弩张的道德伦理冲突，二无身份地位乃至经济资本悬殊的对比，三无精神危机所导致的横冲直撞，四无价值错位、自我迷失而来的迷乱与颓废。有的只是平淡且朴素的老去，平常且深刻的无奈，平静且内里掀波澜的对死的恐惧。正因为她把自己内在于城市的生活逻辑化了，她看到体验到描写到的才是平常心的城市，不再是对比后刻意贬抑的或有意拔高的城市。所以，即便她注目于都市妇女家庭生活与恒常伦理持守的篇章并不多，然由于她的集中而深入，反而具有了超越特殊地域文化的宽阔。至于她的这样一种视野，这样一种价值姿态，是小市民文化趣味还是成熟都市文化，还有待于探讨。

刘健彷（1965— ），女，本名刘建芳，宁夏中卫人。中卫市作家协会副主席，宁夏作家协会会员。发表中短篇小说于《朔方》《上海文学》《青年文学》《民族文学》等，出版长篇小说《飘零》《女性烟火》《捕梦网》，出版长篇报告文学《崛起的沙坡头》，合著长篇报告文学《百年梦寻》。小说荣获宁夏第五届文艺评奖三等奖，长篇小说《捕梦网》荣获北方十一省市第九届文艺评奖图书优秀奖。

小说《捕梦网》写"折腰桥"发生了命案，社会方方面面的势力都睁大了焦灼的眼睛，展开了调查和反调查、正义和非正义的斗争。真相背后，到底是谁在操纵生活？女主人公在一个又一个与文本无关的婚姻家庭悲剧故事中拼命"突围"，为爱情宣战，但错综复杂的政治现实让她举步维艰，差点被亲人归入精神病患者之列。行文涉及官场、职场、婚姻家庭，悲剧中闪烁着理想主义爱情的光芒，让读者在阅读的疼痛中思索。

与《飘零》和《女性烟火》相比，《捕梦网》要成熟一些，不完全是信息的堆积，表达的也不完全是纯粹的感性认识。作者在这部小说中关心的是人在世界中的处境，想表达在这个年代，我们所置身的社会就是一张大网，大网套着小网，人们在各种各样的网中挣扎突围，却难以找到出路。她希望现实生活中的人都能在网中捕捉到人生的好梦，就像印第安人挂在窗户上的那个花环。关于这部小说的缺陷，作者检讨了自己理念先行的创作方法，认为自己小说中的人物并不怎么成功，因为行文中强加了个人的一些社会价值观和道德伦理观，导致行文主观色彩过于强烈。牛学智也中肯地提出了其小说创作非此即彼的二元模式，并在两种力量的拉锯战中小说终于终结于前者的预定指向。牛学智建议作者先要突破二元模式，否则难以从根本上解释、整合、感知人的自身。[①]

马悦（1967— ），女，宁夏同心人。就职于吴忠市文联。三级作家，宁夏作家协会理事，中国作家协会会员。初中时在《宁夏日报》发表作品，侧重小说创作，发表于《朔方》《飞天》《民族文学》《北方文学》等。出版小说集《迎着阳光上路》。短篇小说《飞翔的鸟》荣获首届《朔方》文学奖。

马悦的大多数作品是写乡土，是土得掉渣渣的农村小说。《飞翔的鸟》

---

①牛学智，刘健彷.对话：故事、叙事与话语——由长篇小说《捕梦网》创作过程说开去［J］. 朔方. 2012（4）.

对于母性的亲情处理很到位。"老汉望着眼前的呱啦鸡。鸟也胆怯地看着他，它的眼睛里透着一种湿润的东西，一种深深的哀求，这双眼神他曾见过的，令他没有想到的是，二十年后的今天却在一只鸟的身上重现。"文中对当地的腊月初八冻冰的习俗也作了详细的描写，让一些没有经历过山区生活的读者对那些贫困山民的生活多了一份理解和尊重。当然，谁也不愿意回到那曾经过度贫困的生活，但既然生活在这片土地上，就要有勇气揭示生活，歌颂生活，肯定生活，这也正是呕心沥血的写作者努力的方向。[①]

鲁兴华（1967— ），女，宁夏青铜峡人。就职于青铜峡市小坝镇人民政府。宁夏作家协会会员。1997年开始发表小小说、短篇小说、报告文学等百余篇。小小说被《小说选刊》转载。出版小说集《"骆驼"的罗曼史》（合著）、散文集《为你开门》。小小说荣获全国微型小说征文优秀奖、一等奖，短篇小说荣获第二十届、第二十三届梁斌小说奖二等奖、优秀奖。

鲁兴华是一名基层文化工作者，她常年奔波在乡村，作品大部分反映底层社会的人和事，擅长小小说和短篇小说创作，经常选择生活的一个点、一个侧面、一个瞬间进行写作。在对普通人的生活和命运的书写中，张扬着人类精神和情感的美好与善良，批判着人间的不公与邪恶，其写作精神当中充满着正义感和良知情愫、对人间美好事物的歌颂、对社会消极丑恶现象的批判。《一个馍》叙述农民李群报恩的故事。虽然最终谜底揭开，同窗王富当年的慷慨只是移花接木之术，但李群的厚道与滴水之恩当涌泉相报的情怀依然令人感动。她涉及官场的小说有《请客》《送礼》《对门》《策略》等，所写故事都不复杂，只是撷取生活之河里的某一朵浪花，但官场中的风云变幻和百姓的多变心理依然清晰可见。《大辫子》描写两个女孩子学生时代的故事，因为忌妒，梅偷剪了雪的大辫子，使雪成为剧团演员的美梦化为泡影。然而，岁月无法抹掉梅内心的悔恨，她一直生活在自我谴责之中。十年后，当梅、雪重逢，梅哪里能想到：正是她的忌妒才导致了雪的命运的巨大转机。另一篇小小说《"骆驼"的罗曼史》在男青年"骆驼"婚恋史的细致描绘当中，显示出民间社会嫌贫爱富之痼疾，"骆驼"历尽心灵苦难，最终与乡村小学教师琴永结同心。[②]

吟泠（1969— ），女，本名赵峻，宁夏贺兰人。宁夏作家协会会员，中国作家协会会员。出版小说集《歌兰小令》《粉菩萨》。小说荣获宁夏第八

①余海堂. 背负母亲责任的清洁灵魂［J］. 宁夏文艺家，2013（2）.
②郎伟. "骆驼"的罗曼史·前言［M］. 银川：宁夏人民出版社，2007.

届文艺评奖三等奖，个人被银川市授予文艺创作突出贡献奖。

文学之于吟泠，一切只起源于两个字——喜欢，然而这一切也终结于另外两个字——美善。吟泠并不否认人的性情里隐藏着的那个"恶"。在很多时候，她对这个字眼是拒绝排斥的，宁可绕道而行，也不愿哪怕是轻轻一触。小说《花灯》很好地体现了她的理念，处处弥漫着美和善。在吟泠的笔下，花灯的夜晚绚烂而迷乱，爱喜、爱真一双小姐妹的脸颊则是粉嘟嘟、红润润的。人物的内心满溢着浓浓的喜悦和淡淡的伤感，一切美得让人忧伤。小说的人物因为德之馨香也弥漫着自然的芬芳：爱喜在寂寞中自足、孤傲；香兰有着对生的由衷欢喜和对命运安排的坦然承担；爱真美丽又神秘，她活在他人的话语之中，既缺席也在场。整个小说如一幅画、一首诗、一阕歌，一唱三叹。①

吟泠的经历深深影响了她的创作观。自我的卑微和平常让吟泠很难挥洒宏大的叙事方式，所以她总是从小处切入小说，从小处结束小说，试图以小见大、以微知著。吟泠在生活里常看到一个人、一桩事，不论外表显得多么完美或完整，但是某种程度上来说其实都是不圆满的，因着内心深处的这种"不圆满"情结，吟泠笔下的人和事总在圆满中表达出或多或少的不圆满，在不圆满中表达出或隐或显的圆满来，这是她尝试在小说中有意追求的一种色彩与味道，颇类似于张爱玲追求的参差之美。最重要的是吟泠通过小说执着于对"活着永远都比死亡更重要"命题的诗意探寻，即便让"不祥"的意象在小说集中一再出现，但令人惊讶的不是它们发散出的阴冷、惊悚、悲哀的意味，而是那几分温暖、喜庆的味道。

总之，张贤亮等老一辈小说家之后，进入理论批评家研究视野、硕博毕业生论文及一些地域文学史书写的作品，在宁夏大概要数60后小说家最多了。这首先得益于他们的刻苦努力和辛勤付出，同时也与他们年富力强、相对成熟稳健的文学功力分不开。尽管如此，从更高的层次来审视，已经论述的这些小说家们，他们的局限几乎与他们的成绩一样突出。比如，视野不够开阔，批判思想不够自觉，过多地依赖于地域文化传统等，都值得进一步探讨。

第二节　共同背景下的个性化呈现

中国的现代化是从东部向西部一步步扩展的，西部在现代化的程度上总

---

①胡瀚.故园中的诗意寻找与栖居——简析吟泠作品《花灯》兼及其小说创作［J］.黄河文学，2010（5）.

是较之于东部慢了一个节拍，这在某种意义上造成了作家的分层。当棉棉、卫慧、安妮宝贝等人踩着互联网的浪头叱咤风云时，宁夏的70后作家却立足本地，像树一样缓慢生长，寂寞成长，迎着风沙，远离浪潮，以自己的写作活力体现出西部的文学精神。这个小说群体的整体创作倾向是描绘宁夏人文地理，但他们每个人的作品面貌又各具差异，所以宁夏70后、80后作家是在一个共同背景下坚持个性化写作的多样化群体，构成了与中心城市截然不同的写作经验。

20世纪90年代以后，宁夏文学这一群体写作的主流依然是农耕时代文学的延续，具有自然属性、农耕文明、生命经验的特点。因为地处西部，经济欠发达，城市体量偏小，生活节奏较慢，城市文学似乎还处在萌芽状态，至今还没有真正意义上的作品文本，或者说城市文学一直都是宁夏文学的软肋。相反，宁夏所处的位置成就了宁夏文学的另一番景象，70后、80后作家继承了父兄辈的优秀传统，他们的作品像浑厚的塞上大地，不献媚、不时尚、不玩世不恭、不消遣情事，具备了自然、单纯、朴拙的整体风格，为当下浮躁的文坛注入了新鲜的血液。但也应该看到他们的叙事过程中充满焦虑，有一种现实的紧张感和压抑感。当然，这种焦虑具有普遍性，不仅仅是在宁夏乃至西部，也涉及各行各业、各个群体。因为随着城镇化的推进、农耕文明的渐退，这个世界潮流必然浩浩荡荡奔涌向前，作为文学，反映这一普遍性的焦虑也不失为一种挽留性选择。

宁夏70后、80后作家与父兄辈相比，重视文本，也讲究技巧，有强烈的现实感，形成了较为成熟的艺术风格，但与真正的崛起还有较大距离。70后、80后作家在人数上比60后减少一半，比如新老"三棵树"从人数上来讲是四比二。金瓯、张学东、了一容、阿舍、马金莲是在全国有影响的作家，平原、曹海英、张九鹏、穸宇、翠脆生生、许艺取得了不凡的成就。尤其是马金莲和许艺两位80后女作家，均工作生活在固原，写作风格却截然不同，希望她们能成为宁夏80后小说的领军人物。

金瓯（1970— ），本名李金瓯，北京人。1993年毕业于宁夏广播电视大学中文系。曾任《图书馆理论与实践》副主编。就职于宁夏作家协会。一级作家，宁夏作家协会副主席，中国作家协会会员。宁夏"三棵树"之一，鲁迅文学院首届高研班学员。1992年开始发表作品。出版中短篇小说集《鸡蛋的眼泪》《潮湿的火焰》。作品荣获宁夏第六届、第七届文艺作品评奖二等奖，第七届全国少数民族文学创作骏马奖。

金瓯的"出息"以《前面的路》这篇小说的发表为标志。据说这篇小说先是给了老师陈继明，陈继明又把它推荐给了《人民文学》的李敬泽，李敬泽回信说"我很喜欢"这篇小说，从此金瓯"受到了外界关注"，频频亮相《人民文学》，发表中篇小说《鸡蛋的眼泪》、短篇小说《铁皮》等。《小说选刊》也在这个时候看到了他，选登了他发表在《朔方》上的《刀锋与伤口》。

金瓯以短篇小说创作为主，是宁夏"三棵树"中最有先锋精神的一位，受西方文学影响深厚，他的作品面貌非常现代。2000年6月，在北京举办的西部有风景，宁夏三棵树——"陈继明、石舒清、金瓯作品讨论会"上，一些评论者认为他的作品有深刻的全球化背景。金瓯西方文学的底子最初受到他就读的电大作家班老师陈继明的影响，他跟着班主任陈继明学习《文学概论》《基础写作》。此时金瓯开始接触并浸染于海明威、福克纳、塞林格等，并直接师承这些美国作家文字的辛辣和幽默。还对萨特、昆德拉、艾特玛托夫、托妮·莫里森、塞林格、卡夫卡等有所钻研，金瓯对他们的作品总是津津乐道，并且有着自己的体会。金瓯谈论最多的除了美国作家，便是摇滚、朋克。金瓯是他那伙摇滚哥们中看上去最不摇滚的一个，但金瓯是他们中的核心成员。①

金瓯说："写小说让我学会了胡扯，也知道了胡扯的乐趣，但小说毕竟不全是胡扯，还得搞出点名堂来，而这种名堂就又让我陷入了对'钱'是哪儿来的追问中。"②从对"钱"从哪里来这个问题追问的烦恼中，金瓯学会了写小说，这是让人感觉耳目一新的写作原因，不崇高却现实。正是在这种烦恼中"仓促"上阵写作，一些问题往往是在写作中或者写作后提出来，这种在混沌中的求索才可能是金瓯写作的意义。于是，金瓯坐下来，拿起笔，开始书写，他在写作中渐渐地发现了一个陌生的自己、再一个陌生的自己，从自己当中找出一个又一个差别、一个又一个他者，这种自我的发掘无止无尽，让他好奇，同时又让他恐惧。好奇和恐惧也并非无止无尽。而是必然有一天会终止这种无止无尽，不是因为挖到了无限之根，而是作家已经没有力量再挖下去，因为疲累、怯懦、没有勇气而停工。所以在金瓯的定义里，写作是一种无效的自我挖掘。写作既然无效但还要写作，因为他的动力是一种朋克精神，是他所认为的真正的朋克精神。于是，金瓯为自己找到了一个写作的理由——一种冲动。在金瓯这里，真正的朋克精神是早期的朋克精神，因为一个成名的朋克会被固化，成为"对社会不满，不是为了改变社会而是为了

---

① 陈继明."出息"的金瓯［J］.朔方，2000（11）.
② 金瓯.小说的乐趣（创作谈）［J］.朔方，2003（9）.

超越社会"公认的社会角色，丧失真正的朋克精神。早期的朋克，"喃喃自语，充满骄傲，不知疲倦地走来走去，想找到点什么可又不知道要找什么，甚至不知道自己希望碰着什么，怀着感激，怀着慈悲，怀着丧失了对象的爱，生活，生活，再生活，没有结局"。这是一种无可名状却永远昂扬向上、走在路上的状态，而"作品是我们的怪胎"①。

金瓯从1992年开始创作，他笔下的主人公多是学生和青年知识分子，他们的身上都或多或少地带有一种朋克精神。他们处于常规世界边缘，却并不认为自己游离于常规世界之外；他们带点玩世不恭，却决不颓废；他们有时候可能干一点坏事，但绝无害于他人或社会；他们也有失意沮丧的时候，却不自我掩饰。②《前面的路》是一个关于人在路上的故事，他们疲惫孤独，他们衣衫褴褛，他们走错路，但他们有一种真正的自由精神，对远方有着不灭的渴望，他们的神经是如此强韧，以至于他们能把泪化作酒，把所有的困顿坎坷化作嘶哑的、惊人的大笑。陈继明认为，这是一种狂放的，甚至是残酷的"喜剧精神"。这种"喜剧精神"让金瓯笔下的主人公们从来不干正经事、不说正经话，金瓯像提防小偷一样提防"正经"。③《鸡蛋的眼泪》在郎伟的眼里就是一篇远离"正经"格调的特殊小说。这篇小说采用多重叙事视角，题旨颇有几分朦胧和晦涩，主人公嘀咕、"蒋勇是'长不大'的"，而小说中的几只鸡，大公鸡、母鸡黑黄等却有着跟蒋勇妈妈一样成熟的智力，甚至有点老谋深算的味道。主人公的低智商化，家禽的人类化、高智商化，以反讽的色彩让古老的童话经验变得可疑。④

金瓯有着自己较为自觉的艺术追求。他的作品数量并不多，写作速度不是很快，但是每一篇都是用心打磨的。白草在《漫谈金瓯的小说》一文中分析了金瓯在艺术构想上的苦心经营，认为金瓯注意从文学大师的艺术世界中汲取丰富的营养，寻求可资借鉴的叙述方式及技巧。白草分析了金瓯的短篇小说《出息》，认为它非常明显地借鉴了福克纳长篇小说《喧哗与骚动》中的写作手法，这从一个方面表明了金瓯在艺术探索上所作的努力。白草认为金瓯在艺术上的自觉追求，不单是为了写出形式上小巧玲珑的作品，通过结合《鸡蛋的眼泪》一文进行分析，抽绎出金瓯可能的更高的目标——通过小说来透视世界，或者说从本体的高度来把握世界。白草认为金瓯在对种种冲

---

① 金瓯.我和我的愚蠢（创作谈）[J]朔方，2000（11）.
② 白草.漫谈金瓯的小说[J].朔方，2000（10）.
③ 陈继明."出息"的金瓯[J].朔方，2000（11）.
④ 郎伟.世俗风景里的童话——读金瓯小说新作《鸡蛋的眼泪》[J].朔方，2000（7）.

突的描写中，作品出现了一些荒诞的且接近本质的意味。①由此出发，金瓯小说的语言是一种充满表达乐趣、富有张力、强烈风格化的语言。

总之，金瓯的小说解构了常规世界那种烂熟性以及看似充满了意义而实际上毫无意义的形式，在自己的小说文本中建立起别样世界。由于他的作品在叙事功能上有一种直接的凸现效果，也就是陌生化及戏剧化效果，让我们在阅读中，首先感到了某种扑面而来的奇特性。

其实金瓯小说的内涵虽有一些先锋特色，但金瓯同其他宁夏70后作家一样，无法走出西部本地具体的生存环境和人文环境。在这点上李敬泽的观点很到位，李敬泽把宁夏"三棵树"定位为立足于本地的"新生代"。"即使看上去最有先锋精神写得很现代的金瓯，也有极其富于本地精神的体验，他和我们所熟悉的上海以及北京的所谓'新新人类'是大不相同的，我觉得我甚至可以在他的作品中感受到那极大的，甚至是极其苛刻生存限度下的先锋精神和反叛精神。"②也就是说对当下经验所构筑出的那种焦虑，那种精神上的不协调，在金瓯身上揭示得非常充分。我们可以看到陈福民所谓的全球化的曲折影响，也可以看到我们在前面指出的在现代化进程中西部的焦虑、压抑，以及这种西部焦虑、压抑的中国意义。

张学东（1972— ），宁夏吴忠人。曾任《朔方》副主编。宁夏文学艺术院编辑，宁夏作家协会副主席，自治区政协委员，中国作家协会会员，一级作家。宁夏"新三棵树"之一。作品发表于《人民文学》《十月》《当代》《上海文学》等，被《新华文摘》《小说选刊》《小说月报》《中篇小说选刊》等转载，入选中国年度优秀小说选本，荣登小说排行榜等。出版中短篇小说集八部、长篇小说六部。作品荣获宁夏第七届文艺作品评奖一等奖、《中国作家》《上海文学》《北京文学·中篇小说月报》等期刊奖。作品被译介到俄罗斯、美国、加拿大、日本等国。

1999年张学东在《朔方》上发表处女作《蚂蚁搬家》，之后以"井喷"的姿态进入创作的丰产期。他以"三级跳"的方式在小说的短篇、中篇、长篇领域三管齐下，并硕果累累。张学东因此成为宁夏作家群中一位勤奋、多产、质优的作家。代表作有短篇《喷雾器》《送一个人上路》《跪乳时期的羊》，中篇《坚硬的夏麦》《父亲的婚事》，长篇《西北往事》《妙音鸟》《超低

---

①白草.漫谈金瓯的小说［J］.朔方，2000（10）.

②李敬泽.西部有风景，宁夏三棵树——"陈继明、石舒清、金瓯、作品讨论会"纪要［J］.
　　朔方，2000（8）.

空滑翔》《人脉》《尾》等。

相对于宁夏其他 70 后作家，张学东的独特之处在于，他同时笔涉乡村和城镇，在反映城市现实生活领域有新突破，有效地突破了地域特征的限制，避免了写作上可能的雷同。由于写作空间的拓展，题材也随之多样化，犯罪心理、农民工、公务员、落后地区教育、贫困生问题、底层官员等都有所涉足，张学东在各种题材中游走，展示了自己开阔的写作视野和较强的写作把握能力。他不断探讨写作新的可能性，不断给读者带来惊喜。

张学东的笔下有两幅笔墨：一幅是关于青春的叙事，常常涉及成长主题，平实的笔调中带有抒情性，蕴含着几许感伤、迷惘、苦涩和甜蜜，细致绵密中展示了他创作中最动人的才情部分；一幅是迫近当下的写实性笔墨，张学东真正体会到作家与现实之间的关系，我们被现实生活无时无刻逼近，无处可逃，不能再退，只有直面现实生活的种种坚硬，《超低空滑翔》和《人脉》就是此类作品。

无论是青春叙事还是成人叙事，张学东所表现的生活都充满了坚硬和黑暗，这形成了张学东小说的"伤害"主题。评论家汪政认为，在张学东的小说中，杀戮、施虐、暴力、残损与死亡是常见的主题、情节、细节或意象，张学东对这个世界的理解，即伤害在这个世界上无时不在、无处不在。通过对伤害细致的书写，张学东试图进入到社会与我们的内心，并试图告诉人们威胁与伤害来自何方。通过具体的文本分析，汪政看到这种伤害或者来自权力与体制，或者来自人性深处的黑暗，或者来自人自我意志的丧失，对这方面的探索显示出张学东短篇小说的力量。但张学东笔下的恶总是有边界的，因为一直涌动着温馨柔软的温情，这种温情渗透在文本生命的每一条缝隙里。所以正如汪政所说："只有首先理解了张学东小说中的伤害，才能理解他作品中的救赎与爱，才能理解他绝望中的希望。"①

关于小说创作的艺术，张学东一直保持着清醒的态度，他对待每一篇小说创作，尤其长篇小说创作，都像对待一次攻坚战役。他相信只要面对挑战，勇往直前，每一部作品都有它独特的气息与性格，甚至别开生面。《妙音鸟》里对魔幻现实主义手法的应用，《超低空滑翔》中对新现实主义的尝试，《人脉》中第一人称和第三人称的不断转换跳跃，《尾》里"蜂巢"一样多向延伸的迷宫般的特征等，无不浸透着张学东对写作技巧的重视。张学东受到西方文学的影响，例如在博尔赫斯《小径分岔的花园》中曲径、分岔、布满秘

①汪政.略谈张学东的短篇小说主题［J］.红豆，2007（11）.

密的迷宫写作，霍桑《红字》中的"互文性"写作等。所以，张学东有别于先锋作家，跟宁夏作家一样作品中充满强烈的现实感。他的文字"有着干净、利落和刚硬的力量，扑面而来的往往是一股刚中有柔、朴素却又蕴藉的正气，他的小说让读者再次领略到西部作家特有的宽阔与执着"①。

《送一个人上路》是张学东的一个短篇小说。陈思和以为短篇小说的艺术往往以轻盈巧妙的结构取胜，在一种出其不意的效果中让人获得美的感动与享受，要达到如何厚重的历史容量是一件可遇而不可求的事情。但是张学东的这篇小说"却浑然地达到了这种轻盈短篇结构中寄寓了沉重历史感的典范"，精致的篇幅中包容着较大的社会历史容量。陈思和认为这是张学东的短篇艺术的主要特点，也是他的艺术创作最成功的地方。②贺绍俊很欣赏张学东的短篇小说《喷雾器》，认为这个短篇貌似在以小说的方式为我们写了一份详尽的有关喷雾器的使用说明书，实质是一份关于异化的使用说明书。张学东在不动声色中，用最客观的毫无情感色彩的语言，很细致地将喷雾器的使用方式和杀虫效果一一道来。醉翁之意不在酒，这份使用说明书远远超出了说明书的内容，关键在于喷雾器与人的关系。从主导与被主导的关系分析中，我们"看到了物质—— 一个小小的喷雾器是如何改变人、统治人，甚至吞噬掉人的"③，揭示了商品社会中人依赖商品，并被奴化甚至异化这样一种十分常见的现象。

《西北往事》是张学东的首部长篇小说，也是一部成长小说。小说的叙事时间是一个特殊的历史时期，当拨乱反正的希望来临时，成长中的"我"、蓝丫、哥哥、四娌等人却在艰难而痛苦地实现着生命的蜕变，成长在错位的生存背景中满是生命的伤痛和人性的扭曲。所以《西北往事》中有着对社会和历史的批判，有着对人性扭曲、变形的叩问，有着对生活中冰冷、坚硬部分的深刻体验。吴义勤认为《西北往事》的艺术魅力和感染力在于对"坚冰是如何融化的"这一命题的揭示，文中的温暖、感伤的诗意让张学东成为一位始终对人性保持着信任与信仰的作家，所以绝望的背后，"他总是能给我们出示希望，冷漠总是被温情融化"④。

①张富宝.历史之重、现实之痛与想象的轻逸——读张学东的中短篇小说［N］.文艺报，2015-4-13.
②陈思和.在精致结构中再现历史的沉重——张学东的短篇小说艺术［J］.上海文学，2004（12）.
③贺绍俊.一份关于异化的使用说明书——读张学东短篇小说《喷雾器》［J］.朔方，2007（2）.
④吴义勤.张学东长篇小说《西北往事》坚冰是如何被融化的［N］.文艺报，2007-9-18.

长篇小说《超低空滑翔》发表后，引起较大的波澜。陈晓明对何谓"超低空"与何谓"滑翔"的解读尤其精彩。首先，这个书名暗示了它所描述的生活题材类别；其次，超低空是对白东方生存状态的一种描述，低空状态也试图要飞翔起来；最后，超低空是权力压制的一种情状，人在权力的规训下只能低眉顺眼，臣服于权力，只能处于超低空。超低空又是一个战术名词，是侵入敌方领空所玩弄的一种隐蔽战术，为躲避雷达的跟踪而使用的诡异伎俩。更重要的是，超低空喻示了叙述的姿态和方式，就是张学东始终以不卑不亢的语调讲述自己的故事，始终保持着对自我的低调处理。这样的叙述，贴着原生态生活，把生活的本来面目展示给人们，是对"新写实"传统的光大，在生活最本真的原生态层面，去感受生活的全部意味。而且文本还始终保持着一种温情，保持着内心的温暖和明亮，譬如白东方始终没有怀疑老局长纪清和，对他保留着敬意，那是他对正直与高尚的崇敬。这些温暖和纯净的东西体现了张学东在"超低空"飞翔中始终不肯完全降落的那种坚持。①

2011 年 5 月，张学东的长篇《人脉》首发式暨座谈会在京举行。郎伟认为，《人脉》是一部标志着张学东创作风格转变的重要的长篇小说；陈晓明认为，《人脉》是一次文本探险与精神奉献，张学东是一名潜力不可估量的作家，他在把握社会、人物、小环境和大环境之间的关系上确实非常到位，笔法可谓十分精细；白描认为，《人脉》闪现着中华传统儒家文化光芒，张学东在宁夏作家群中确实有其独特之处；孟繁华认为，《人脉》弥补了当代中国"流浪汉小说"的缺憾，实现了一次小说革命，是一件梦幻般的事情；何向阳认为，《人脉》让叙述人称达到天衣无缝的转换；顾建平认为，《人脉》是一部道德体验的生活化小说，因为作者主要写人、写人性。

长篇《尾》以一个孩子担心自己长出尾巴的细节作为开头，将我们引向现实中那些莫名的恐惧感中。作者要告诉我们的是，哪怕在这庸庸碌碌、平平淡淡的生活里，仍然会有各种莫名的恐惧困扰着你。张学东有意无意地将批判的矛头再次指向整个社会，因其小说详尽地描写了主人公的所作所为、思想境界、心理状况等，故可以看出他们一步一步走向失败，处于困境亦与其本人性格、自身缺点等息息相关。作者如此深入地描写失败者，方写出了人物之所以失败的复杂性，这样的直面现实方有深度。

实际上，不管是处理远逝的历史，还是直面当下的现实，张学东的笔墨都是睿智、冷静而从容的，他以独具个性的文字与丰盈的想象力不断审视与

①陈晓明.超低空的原生态叙事——评张学东的《超低空滑翔》[J].小说评论，2010（3）.

重构个人与时代、历史与现实的复杂关系。正是在对历史与现实的"双向勘探"中，张学东把自己对于现实和历史的独到理解与认识艺术性地表达了出来。他的小说总是呈现出多姿的面貌，叙事方式灵活多变，主题严肃厚重，从中可以清晰看出 70 后作家在风云变幻的时代中的不懈努力与道义责任。①

　　了一容（1976— ），本名张根粹，宁夏西吉人。宁夏文学艺术院编辑部副主任。一级作家，宁夏作家协会理事，中国作家协会会员，鲁迅文学院第三届高研班学员。作品多次被《小说选刊》《北京文学·中篇小说月报》《中华文学选刊》等转载，入选《中国年度最佳小说》《21 世纪中国当代文学书库》等，作品集入选"21 世纪文学之星丛书"。出版中短篇小说集《挂在月光中的铜汤瓶》《去杂楞的路上》和《手掬你直到天亮》等。作品荣获宁夏第六届、第七届、第八届文艺作品评奖三等奖、二等奖、三等奖，第九届全国少数民族文学创作骏马奖，春天文学奖等。部分作品被译成法、日、英等文字。

　　了一容的小说承袭了西海固文学的苦难母题，其创作灵感和相当大部分的创作题材都来源于西海固，记录了西海固人最真切的生存状态。他的《沙沟行》以朴素的语言描写了发生在神秘荒僻的沙沟小山村的故事，贫穷肆无忌惮地侵袭着人的生存，吞噬着人类应有的尊严和理想。小说里写道，当"我"在牛娃子家里吃着"浇注着葱花的浆水面"时，"我"看见"一些孩子光着下身，用双手抱着肚子，其中有两个孩子抬脚看了看我碗里已经不多的面，竟然哇一声哭了"，然后，就有"稍大一点的孩子朝门外推搡哭得汹涌的孩子"。西海固留给了一容童年的深刻印象就是衣不遮体、食不果腹。西海固土地贫瘠，天旱少雨，一年的耕作无法养活一张张靠天吃饭的嘴，于是一些人选择了外出，选择了流浪，甚至是乞讨。他们忍受途中新的苦难，找寻新的生存希望，了一容就是其中一员。了一容的笔也由此荡漾开去，以西海固为中心直面大西北底层人民苦难生活的严酷现实。

　　了一容自身就是个有故事的人。作为一名为了谋生的漂泊者，他曾经流浪过很多地方，足迹从内蒙古到西藏，到新疆，再到云南、青海等，放过羊，后又牧马、淘金，挖过蕨菜和虫草，在饭馆端过盘子，在粮油饲料店当过伙计，给人看过孩子，还在建筑工地抱过砖，种种经历让他九死一生，尤其在青海巴颜喀拉山下，了一容和"沙娃"们冒着零下十几度的严寒为老板淘金的经历让他记忆颇深。他在创作谈《创造与新生》中说，自己"在一座名叫巴颜

　　①张富宝.张学东中短篇小说：双向勘探之中的人性沉思［M］//杨梓.宁夏文艺评论 2017
　　年卷.银川：阳光出版社，2018.

喀拉山的山脚下淘金子。这片戈壁滩在银灰色的天底下展开，一直延伸到目力所及的地方。它太初、洪荒，绵延不断，与现代文明是两个迥然不同的世界。如果在这里长期生活，结果必然会孤独绝望而死。在不得已的情况下，我们陷入了这片无边无际的戈壁，包括我在内的几个沙娃已重病缠身，当时真比沉入海底还要可怕"。他有将近一个月的时间没有跟人讲过一句话，几欲失语，而他"一个很好的同伴最后再也没能活着走出那片世界"①。也正是在那个时候，了一容开始试着用文学的形式默默表达自己经历的一切，文学给了了一容一个创造与新生的开始。

了一容把自己的流浪经历写入小说中。小说主人公经历的苦难和挫折是了一容传奇经历的缩影，其作品也因此带有了传记色彩。因为流浪，其作品的苦难母题也别具冷峻的特色。了一容的这种特殊的人生经历给其小说创作一个强大的支撑，这种别人无法复制的经历一旦作为资源，进入创作，就会给创作带来一种奇幻和神秘的色彩，让了一容的小说区别于西海固其他苦难母题的小说。了一容的小说携带着源自生活本身的震撼，以凌厉的姿态靠近人类生存和人性残酷的一角，把读者带进一个传奇而真实的世界。他通过将流浪深嵌在日常生活中来揭示生活的面貌与生存的本真，从而使他的小说呈现出深峻悲壮的色彩。

在了一容的小说世界里，在辛苦地"活着"之外，小说中的人物始终高扬着一种精神性的追求，使他们不至于在物质的极端苦难中沦陷。正如曹文轩在第三届春天文学奖授奖辞中所说的："了一容向我们呈现的是一个荒凉的世界。但生活于这一世界中的人，他们的精神疆域却是宏大而丰富的。贫瘠的土地上，生长着的却是令人感慨不止的坚忍生命。原始风情、粗粝山水、质朴言语、简陋的生活方式以及独立独行的木讷人格，构成了了一容的小说天下。这个天下几乎是无法摧毁的，犹如那些荒野中的生命生生不息。"

小说《绝境》中一种强烈的生命意志支撑着主人公章哈，使章哈最终活了下来，走出了西大滩："绝境，绝境！人到了绝境中方觉得世上凡是与生命无关的东西都是假的。没有比生命更珍贵的啊！"在小说《挂在月光中的铜汤瓶》中，这种精神性追求化为一种来自信仰的坚忍。小说讲述了一对乞丐母子的故事，年迈的母亲用轮椅推着瘫痪的儿子四处求医、沿街乞讨。她不只忍受着生存的艰难，还要忍受儿子的怪异行为加给她的折磨，她最终以慈爱的坚忍支撑着自己衰老的生命，走过几多寒暑，送走儿子后才结束了自

---

①了一容.创造与新生（创作谈）［J］.朔方，2003（11）.

己的人生。这些人物都是作者所心仪的，在物质和精神的苦难与绝望面前，他们没有沉沦和放弃，而是选择了不屈的抗争。这些人物和了一容本人一样坚信："在生命的旅途中，人的信念是压不垮的。"

了一容本人的坚定信念来自海明威，来自小说《老人与海》。在流浪的途中，他只携带了两本书：一本《新华字典》、一本《老人与海》。当他被生活折磨得难以负重，生命只剩下一种简单的存在，被绝望充满的时候，他就查字典，读《老人与海》，一本字典翻烂了，小说也读完了。了一容在访谈里说："从小学三年级开始读到至今，这本小说我读了不下一千遍。""尤其在我感到孤独、失意、迷茫的时候，就去翻翻《老人与海》，因为它可以给我振作的力量。"①他很是欣赏桑提亚哥，认为桑提亚哥面对外界巨大的压力和厄运打击，面对不可逆转的命运捉弄，虽然在人生的角斗场上失败了，但是他的坚强不屈、勇往直前，甚至视死如归，保持了人的尊严和勇气，彰显着胜利者的气度。桑提亚哥作为一个精神强者的生活信念——"一个人并不是生来要被打败的，你尽可以把他消灭掉，可就是打不败他"，也成为了一容的座右铭。这句话在了一容的生命和创作中烙下了很深的印痕，甚至了一容认为这种"硬汉"精神就是自己民族面对艰难困苦所显示出的坚不可摧的精神，所以了一容在获得第九届骏马奖之后在与胡笑梅的访谈中说了这样一句话："挺住就意味着一切。"

因为了一容的写作直接来自艰难的生活，而且坚持"语言背后才是小说的力量"之所在，小说语言粗糙一点、朴素一点，丝毫不影响什么，所以了一容的写作，很少专门去追求小说的技巧，以一种直率苍劲的文风取胜。其小说语言明快，文字"质朴、刚健、简单、粗粝，孤独、悲怆、倔强、桀骜不驯"②。也正因为如此，面对这种朴拙的叙事艺术，许多评论者对他的创作提出了更高的艺术要求，认为他的艺术修养、艺术感觉还不够，需要坐坐冷板凳，才能达到想要达到的高度。

马金莲（1982— ），女，宁夏西吉人。固原市文联副主席，宁夏作家协会副主席。中国作家协会会员，鲁迅文学院第二十二届高研班学员。2000年开始文学创作，作品以中短篇小说为主，发表于《朔方》《十月》《民族文学》《作品》等，被《小说选刊》《小说月报》《新华文摘》《作品与争鸣》等转载，入选全国性年度文学选本，荣登2013年中国小说学会中篇小说排行榜。出版

①胡笑梅.东乡之子的文学坚守——第九届"骏马奖"得主了一容访谈［J］.朔方，2009（1）.
②汪政.了一容的苦难美学［J］.长江文艺，2006（5）.

中短篇小说集《父亲的雪》《碎媳妇》《难肠》，长篇小说《马兰花开》等。作品荣获首届《朔方》文学奖、宁夏第八届文艺作品评奖二等奖、《民族文学》2010年度小说奖、第十三届精神文明建设"五个一工程"奖、第三届郁达夫小说奖等，短篇小说《1987年的浆水和酸菜》荣获第七届鲁迅文学奖，个人荣获首届"茅盾文学新人奖"等。《碎媳妇》被译为英文。

马金莲是西海固作家群80后作家中最有潜力的一位。马金莲在师范学院毕业后虽然先后换了好多工作，但一直在西吉这块偏僻的土地上工作、生活、写作。宁夏的文学圈在全国都称得上是比较活跃的，经常有各种活动。马金莲似乎都很少参加。对马金莲来说，写作只是心灵的表达。她"一直视写作为很私人的爱好"，"写作是怎样一件事呢! 充满了幻想的兴奋、冲动，思索中的痛苦，现实里的打击; 还有，表达后被掏空的疲惫，用文字难以酣畅淋漓地表达的缺憾"。在马金莲的眼中，"文学不是哗众取宠的东西，真正的文字，是在孤寂中研磨而出的"[1]。在纷纭的人事中，马金莲用心灵思索打动过她的生活细节，打磨出一篇篇如玑的文字。她，成为她所生活的西吉土地上的沉静的歌者。

马金莲的作品里满含着对土地深沉的爱。阅读马金莲的第一部小说集《父亲的雪》时，首先映入眼帘的就是艾青的"为什么我的眼里常含泪水? 因为我对这土地爱得深沉……"这足可以诠释马金莲对西吉这片土地的拳拳深情。她写作灵感的源头就是她最初生活的那个村庄，只要村庄屹立在大地上，生活没有枯竭，她写作的灵感就不会枯竭。

马金莲笔下的这片土地是贫瘠的。这是一个被联合国认定为不适宜人类居住的地方，常年干旱缺水。据说山根下一根小手指头粗的泉水也能孕育山周边十里范围生命的希望。而对作为生命之水的最重要的来源——雨的渴盼，则是生活在这片黄土地上世世代代的人们对温暖生活所有的希冀和向往。《父亲的雪》中的《蝴蝶瓦片》一文就强烈地表达了这种对雨和水的诉求。

《蝴蝶瓦片》是马金莲小说集《父亲的雪》中写得最带有轻灵色彩的一篇小说。"大旱的正午，找一片蝴蝶瓦片，扔进山下的尘埃里，就一定有一场大雨落下。""不知道是谁说的，重要的是及早下一场雨——美丽的雨水。一个女孩对雨的祈求和等待，与一个叫小刀的瘫在轮椅上的四十岁的男人对她没来到这个世上时就开始的等待; 一个村庄的老老少少、动物和庄稼对雨的祈求和等待，与一个叫小刀的瘫在轮椅上的四十岁的男人对村人到来的等

---

①马金莲.父亲的雪·代后记［M］.银川: 阳光出版社，2010.

待，交织在一起，使得这篇小说在贴近地面书写苦难生存的同时，多了一份诗意和轻盈。"马金莲笔下这份难得的诗意和轻盈反衬出了这片土地上对生存这份原始渴望的古老和忧伤。有雨水才有庄稼，而"我们的一生都与这种叫作庄稼的东西有关，是深深的难以割舍的关联"，马金莲唱着一首生存的苦难的歌。

因为缺水而造成的这片土地是贫瘠的。命运处处充满苦难和哀伤。《五月散记》中的四奶最喜欢浪亲戚，每到一处，一浪就是几个月甚或半年。四奶的"浪"不是话家常、闲逛、玩耍，她只是安静地躺着，长时间不动，像一截包在毯子里的干木头。四奶拿一生的操劳换来七十岁后长时间睡死样的休息。她九岁就做了童养媳，年纪轻轻就殁了男人。她把六个儿子抓养大了，媳妇都领上了，儿子半路上却一个接一个无常了，扔下雀儿子一样的一堆孙子。四奶又没年没月地把孙子拉扯大，让孙子也领上媳妇。命运的苦难让四奶平静默然地像一潭不动的令人摸不到心思的深水。面对苦难四奶却如此沉静："她神色平静，声气迟缓，行动稳稳的，什么事也没发生过一样……身后，阳光充满了院子。"（《五月散记》）四奶的平静是一种生命的顽强，跟生活在这片苦难土地上的人们一样从不气馁：他们在暴烈的日头下锄着荒草淹没的瘦弱的庄稼苗；他们殷勤地等待雨水的降临；他们忍受没有粮食的煎熬；他们忍受物质的贫乏；他们忍受精神的困顿，但他们活着，坚强地活着。马金莲唱着的也是一首对苦难生活充满韧性的歌。对生活不气馁的韧性的书写是马金莲献给生活在这片土地上的人们最好的礼赞。

马金莲写作的切入点是族人乡亲们在这土地上的生存。她看到他们的苦难、贫穷和挣扎。她深深地同情他们，理解他们作出的每一点努力和改变"此在"的艰难。她关注现实人生，为这片土地上的人们哀痛歌哭，只希望他们生活得更好些，能下雨，能有粮食，能吃饱，能幸福。她关心人，关心这片土地上的男人女人、有信仰的人、无信仰的人和信仰不同的人的存在，这让马金莲超越了狭隘，获得了更广阔的视角和宽广的胸怀。这一点尤为可贵，正是人的境界决定了作品的高度。

马金莲的语言是单维度的语言，她用来源于脚下土地的质朴语汇、带点学生气的认真叙述赢得了读者的尊重。她的语言带着久不见雨的黄土的味道。她在小说中自然地引入诸多地方方言。例如土块叫"胡基"，惹麻烦叫"惹麻达"，玩通常说成"耍"，管小孩子们叫"碎娃们"，看望亲戚叫"浪亲戚"等。但引入地方方言语汇不是马金莲语言的标志性特色，在西海固成长起来的本地作家，地方的话语资源都会自然地进入他们的文本，只是形成的语言风格各不相同。在他们中间，马金莲小说的语言尤为质朴："摆罢麦子，接着就种胡麻。胡麻也是用耧摆。胡麻种过，轮到了豌豆。豌豆颗粒大，不能用耧摆，用犁种。母亲跟在父亲身后，往耕开的犁沟里撒豆子，从事这项劳动得有一定的经验技术，不是人人能干得了的。我家只有母亲会干，母亲已经撒了十来年的豌豆子了。"（《永远的农事》）。靠着对土地和生存一往情深的细细描摹，积累起深厚的感情，形成张力。马金莲的语言近乎就是直接从西吉土地上长出的小苗苗，认真地一点点铺叙着、延伸着。她的思维不会时时跳跃，她写四奶的浪不是点到即止，而是一点一滴地写她浪的站点、浪的打算、浪的状态、浪的结果……马金莲的不轻盈，归因于这片土地和这片土地上的人生的沉痛忧伤，依靠氤氲在文中的一点点积蓄起来的情感打动人，所以马金莲的文章是紧贴在地面上黏滞的飞翔。

李进祥在为《父亲的雪》所作的序中说："她和萧红一样，都有无法埋没的写作天赋，都有一颗敏感善良的心，有一双童稚纯真的眼睛。也许她能取得萧红一样的文学成就。这也是对她的期盼和祝福。"①

《1987年的浆水和酸菜》从一个孩子的视角切入，述说20世纪80年代西北农村一家人的生活。尽管物质生活比较匮乏，但奶奶以自己的经验，每年精心制作一大缸浆水和酸菜，让日子过得有滋有味。这篇小说犹如一出地方小戏，题材独特而富有地方特色，生活真实而场景温暖有趣，语言朴实而情节单纯感人。马金莲有着令人羡慕的年轻和成就，但也到了独立面对自己的时候，面对内心、精神、阅读、思想、境界等诸多问题，对民族、时代、苦难、群体、个体的理解与反思，以及自我审视与突破、生活素材的取与舍、书写的量与度，都是她下一步需要独立面对的文学课题。希望她在文学这条路上走得稳健、走得更远。

平原（1970— ），笔名木妮，女，宁夏银川人。1992年毕业于中央民族大学中文系汉语言文学系专业。银川市作家协会副主席，宁夏作家协会会员。鲁迅文学院第四届高研班学员。1999年开始发表作品于《朔方》《十月》《中国作家》《青年文学》。出版短篇小说集《镜子里面的舞蹈》《彼岸灯火》。短篇小说《爱人同志》荣获宁夏第六届文艺作品评奖二等奖。

《朔方》在新世纪之初的2001年，首次以第5期、第6期合刊的篇幅力推"宁夏青年作家作品专号"。平原的《爱人同志》就发表于本期，次年荣获1999年至2001年三年一届的宁夏第六届文艺作品评奖二等奖，这是宁夏

---

①李进详.序［M］//马金莲.父亲的雪.银川：阳光出版社，2010.

文学界对平原文学创作的肯定。

平原的小说多书写着现代都市人的真实感受和审美体验，她关注商品时代城市人精神生活的现状，被看成宁夏都市题材小说创作的代表之一。柳楫在《宁夏女作家韩银梅、平原小说创作》一文中对其小说创作有过论述，认为平原的小说在叙述都市青年的心理和情感故事时，写出了现代人所具有的现代病，即青春的荒凉和成人世界的烦恼，以及人在强大的社会面前的渺小，写出了现代生活中人作为一个符号和只能作为一个符号的无奈，其间含有对传统观念的思考和反抗。平原的小说回避宏大的故事叙述，多在细节处寻找张力，用感受和体验建构起叙事的世界，来体现现代人的真实感受和体验。

石舒清在为平原小说集作序时称平原是一种"单纯和自由"的写作，认为她的小说给人某种非正式感，好像她不是在写小说，"而是在写信或者日记，甚至连这个也不是，只是一些随感随笔，虫臂鼠肝，雪泥鸿爪，隐隐显显，若有还无，被一种慢慢絮絮的情绪激活并统摄了起来，就形成了她的小说"。其实是现代小说技巧和思考的大量引入造就了平原小说的这个特点。平原的小说写作娴熟地运用了现代派小说的技巧，她把人物置于都市的空间，展开了纯粹个人化的叙述：故事断裂，情节碎片化，人物拼盘化，情节与场景快速切入、转换，叙述角度不断迁移……再加上人物情绪的渲染，环境氛围的营造，现代都市生活经验的审美体验得以建构起来。平原的小说不恣肆，她在都市的孤独、迷惘、无奈、绝望中寻找着小说表达更多的可能性。

曹海英（1970— ），笔名土豆，女，宁夏石嘴山人。毕业于西北民族大学历史系。宁夏文学艺术院编辑部主任，编审，宁夏作家协会会员，中国作家协会会员，鲁迅文学院第十九届高研班学员。作品发表于《当代小说》《红豆》《朔方》《黄河文学》等，出版短篇小说集《左右左》《私生活》等。作品荣获宁夏第九届文艺评奖三等奖等。

曹海英的小说基本上立足于城市，探究都市人的生存本相和精神世界。许峰在《孤独的灵魂叙事与城市的漫游者——曹海英小说论》一文中，对曹海英的小说探究较为细致全面。他认为曹海英小说的特质在于"取材多伸入到城市生活的脉络里，去勘察生活在城市之中男女之间的生存状态、微妙关系及其精神现象"。曹海英的小说多取材于普通、细碎的日常生活，在琐碎的日常生活中，表现主人公孤独的个人心态。孤独让他们小心翼翼，不敢表达内心的真爱，把自己伪装起来。面对现实的羁绊，他们常常做梦，所以他们往往以城市梦游者的形象出现在城市的喧嚣中。曹海英的小说多"对自我内心生活进行细致探究"，读曹海英的小说，很难有一个很清晰的画面。曹海英力图通过文学语言去还原一个精神的世界而非物质的世界，其写作倚重的不是故事与经验，而是语言与精神。曹海英还善于描写梦境，常常借助梦境去缓解人物内心与现实之间的紧张与冲突，以此来寻求心灵的抚慰。这些城市的梦游者们由于精神空虚，往往在梦境中补偿现实中遭遇到的心理落差和打击，所以"恍惚"似乎成为这些城市梦游者精神层面上的一个重要状态。其实"梦"所投射出来的更多的是现实困境下一种精神慰藉。总之，曹海英把自己的笔头伸向城市的角角落落，描绘城市中的人生百相、人间百态、人情冷暖等。在这里，曹海英发现了一个重要的现象，那就是时间对人的强大的可塑性，芸芸众生随着时间的流逝失去了对生活的诗意想象。这反映了作家对人类存在的一种无奈的认同。

关于曹海英的文字语态，陈继明的评价是："坦然的，更是淡然的，她的全部小说都有细流般的语气。"陈继明认为，正是"这份薄如蝉翼的淡然，让读者有充分的观望空间，也给了事件及人物以基本的尊重"①。而许峰认为，正是这份"薄如蝉翼的淡然"姿态冲淡了曹海英小说因为形而上的思考而带来的理念的沉重。

张九鹏（1973— ），宁夏银川人。宁夏文学艺术院媒体部副主任，二级作家，宁夏作家协会副秘书长，鲁迅文学院第八届高研班学员。作品发表于《朔方》《十月》《青年文学》《雨花》等，出版小说集《子宫中飞翔》、散文集《沙坡头的一粒沙》。

小说《被子弹击中的枪》中人物性格的挖掘很独到。小说里有两位主要人物："我"是一个循规蹈矩、有学历、背景好、胆小、急躁、英俊、虚荣心强的知识分子；奥古是一个胆大、心狠、沉稳、粗俗、仗义、不按规矩办事、不遵守法律的恶人。这两个性格截然相反的人却是"挑担"，小说以两个人在岳父家的影响力的变化为线索，上演了一出极富有戏剧性的心理角逐战。小说成功地把人物性格中正与反，也就是显意识与潜意识两个方面拆解开来，分别赋予"我"和奥古两个人。实际上，"我"与奥古是一个人的两半：每个人都向往文质彬彬，成为君子，但在潜意识里每个人都有欲望，并且基因是绝对自私的，因此每个人或多或少总会表现出奥古的恶来。所以小说中，"我"竭力为奥古开脱罪行，表面上是在救奥古，潜意识里这也是一场自救。②

①陈继明.薄如蝉翼的淡然——《左右左》序［M］.银川：宁夏人民出版社，2008.
②柳楫.等待奇迹发现的过程——宁夏青年作家张九鹏的小说叙事结构［N］.银川晚报，
　2009-7-3.

张九鹏在小说写作上还是很用心的。《小姐晚安》在结尾情节上有"意料之外"的效果。文中的"我"在经历了艰难的挣扎（主要是思想挣扎）后，满心以为找到了又一次爱情，当"我"兴高采烈地来到女孩楼下时，却莫名其妙地成了杀害恋人的"凶手"。《子宫中飞翔》的结局设计得很微妙。当静自然地撩开衣襟，露出母亲的乳房喂养哭泣的"我"的儿子时，是那么从容。此时妻子静静地看着丈夫——"我"，她第一次容忍丈夫当着她的面，目光抵达另一个女人裸露的躯体。而"我"睁大眼睛盯着露出乳房喂小孩的静，从静的脸上"我"看到的是"幸福的微笑，慈祥、温润而宽厚"。此时人间的一切温暖和真情都归于一个字"静"。这些设置让小说具有了一定的张力。总体来说，张九鹏的小说与读者没有距离感。正如陈继明所说，张九鹏小说给他的第一印象是语感好，语言有自己的气味，有一种内在的活力。

穹宇（1973— ），本名李向荣，宁夏彭阳人。《黄河文学》编辑，银川文学院副院长。宁夏作家协会会员，鲁迅文学院第十八届高研班学员。作品发表于《朔方》《人民文学》《山花》《南方文学》等，被《小说选刊》《微型小说选刊》《中外书摘》等转载，入选《2007文学中国》等。出版有小说集《去双喜那儿》。

《去双喜那儿》是"文学银军丛书"之一，可以说这部作品是对爱情和命运的不断解密。金瓯在序中把穹宇塑造的人物李晓宇所面临的世界与聊斋中的狐仙鬼怪世界相比拟，得出魔幻主义与现实象征主义的说法。这种说法其实多少带了些"金瓯式"的调侃作风。李晓宇纯粹是穹宇虚构出来的一个人物，他不仅是作者想象出来的形象，而且是在作品中帮他睁眼看世界的人，他充当了文本直接叙述人的角色。有趣的是这个李晓宇非常的忠厚、老实，他原原本本地讲述了自己经历的一切，包括自己被愚弄、被欺骗的过程，可是这究竟是怎么回事？直到叙述终结，他自己也没弄清楚。但是在文本背后，还有作者这个潜在的叙述人，在他的全知视角下，读者又可以自己分析李晓宇受骗的原因。在这两种叙述视角所形成的张力中，李晓宇所面临的世界自然是荒诞不经，让人啼笑皆非了。这两种视角成功地运用在《去双喜那儿》《自己抽的烟》《镀金时代》等一组文章的故事中，李晓宇的行动看似主动，一次次地出发，一次次地寻找，可最后还是落入别人设计好的圈套中。是谁在把握自己的命运呢？是自己，还是他人？还是我们只不过是一群蒙昧的人类，有一个更高的统治者始终在牵引着我们的行动？这也是穹宇一直在试图解开的密码。穹宇后期转向诗歌写作，诗作发表于《扬子江》诗刊。

许艺（1983— ），女，宁夏隆德人。宁夏文学艺术院编辑，宁夏作家协会会员。作品发表于《上海文学》《朔方》《花城》《大家》《长城》《山花》等。个人荣获《上海文学》短篇小说新人奖、首届《朔方》新人奖等。

许艺的小说题材着眼于农耕文明的乡村生活，但她的小说突破了惯常的田野牧歌风，以倔强的姿态拒绝屈服于既成的乡村写作模式，她试图以自己的方式切入乡村。正像她自己所说："每个人都有自己进入小说的入口。"许艺的小说入口是，对乡村生活进行超现实叙事，这样独特的结合使她在这个大量文学作品涌现的时代里得以脱颖而出。2008 年，许艺在《上海文学》发表小说处女作《逃亡的鸡群》，描写一个精神病患者的乡村生活，荒诞的梦境、迷幻的情节、离奇的意象让人有些猝不及防。"我"病了，因此被送到乡下一个远房亲戚家里养病，结果坠入梦境，做了很多荒唐的梦——公鸡一夜之间就冲天飞起，逃离了栅栏；学校的学生要翻越层层的围墙上厕所或去水房等。小说几乎是在一种懵懂虚幻的思绪中写成的，因而没有加以过多的润饰，几乎是原汁原味的呈现。只是收尾有些莫名草率，给人未完待续之感。小说《男人们》源自许艺的一个梦：有个小孩变成了虫子，大家都跑去看时他又变成了树枝。许艺觉得这个梦挺有味道，就想写。许艺在写作中有意识地避开卡夫卡《变形记》对自己的影响—— 一旦投入到具体的写作，她就完全沉浸在自己的虚构中了。这篇小说写"我"弟弟的一次变形，弟弟变成了一只青虫，又变成了一片茶叶，许艺以出色的叙述掌控力将自己的"变形记"讲得圆融而不造作。在这篇小说中，许艺采用了儿童视角，小说的叙事者声音是准成人的，即非成熟的。依赖这种声音源，许艺表达对人的一种判断：混乱、盲目。许艺依赖着这种叙述的声音，按照她自己的理解，在儿童经验中寻找生长点，是她作为一个小说初学者的本能选择。

许艺小说的另一个特色是，没有刻意地让"地域"参与小说写作。宁夏是一块多元文化融汇之地，许多诗歌和小说创作者们在作品中借助宁夏独特的地理和地域特征创造作品的"区格"。许艺说，她会刻意地规避明确的地域因素，因为她不想让自己的小说和"被宣传"的家乡相撞。她提及家乡是因为家乡在她的生活里，她更愿意小块小块地提供家乡的现场，而不想往它的任何一枚知名标签上靠，比如贫穷、干旱、淳朴。

许艺是踏实的。她并不十分想成为职业作家，因为她觉得最普通的社会职业会把她牢牢地绑在真实的悲喜和琐碎里。如果离了职业，她就像被拔出来的萝卜一样，双脚悬空，大约什么也写不出来了。许艺踏踏实实地生活着，不沉溺也不迷失。对许艺而言，最理想的状态是一直在"需要"写字的状态里，并认真地写着，如果能通过小说无限靠近生活的某个侧面，则是她最大的欢喜。

正因为如此，许艺的小说有一种宁静、幽深和细腻的特质。

宁夏70后、80后作家还有李继林、杨军民、竹青、殷高、瑶草、孙海翔、蒯陟文、王玉玺、卢永、董永红、苏炳鹏、计虹、石也、马强、单小花、朱敏、郭乔、王秀玲、李慧英、陈丽娟、梁红茹等。

李继林（1970—），本名李岩霖，宁夏西吉人。宁夏作家协会会员，中国作家协会会员。作品发表于《朔方》《黄河文学》《六盘山》等，入选《小说选刊》《中国2010年度精短散文选》等。出版作品集《雨水》。

《雨水》分为"岁月有痕""檐外淡烟""遗梦落红""孤独自吟"和"杏林疏雨"五辑，收入多年来创作发表的散文、短篇小说计五十四篇。火会亮作序，对李继林的文学创作进行了系统梳理，对其处在文学创作和救死扶伤间的状态给予肯定。李继林最早写诗，后来转为散文，近年来开始写小说。《雨水》中有对故乡和童年生活的回忆，有对亲人和家乡父老的记述，还有他从医多年的丰富经历。不论是散文还是小说，对当下西北地区社会和农村发展有所关注，蕴含着较为深刻的人生哲理。如《本命年》的主人公老四的生活代表了许多农村家庭面临的窘境，李继林通过文学作品的形式表现出来，这是一个作家应有的责任。作为一名医生，李继林在多篇作品中对乡镇及农村的医院、医生都有记述和反映，对基层的医疗状况及其发展历程也有自己的思考。如《丑儿》，主人公凭借善良、勤快、好学，热心为村民看病、帮忙，受学区聘请在小学任教代课，又被患病严重的老村长推荐担任新一任村长，同时收获了自己的爱情，让人感到温馨。

杨军民（1970—），甘肃泾川人。宁夏作家协会会员。作品发表于《人民日报》《工人日报》《读者》《朔方》《天津文学》《安徽文学》《黄河文学》《都市小说》等，被《长江文艺·好小说》《传奇传记文学选刊》《微型小说选刊》《青年文摘》《杂文选刊》转载。出版小说集《狗叫了一夜》。

杨军民的小说主要以底层小人物日常的爱情、婚姻、家庭生活等为题材，书写他们琐碎的日常生活中的感动、妥协与坚韧。《只想和你唱秦腔》真切地记录了麻女子和老栓子生活中的感动；《好爸爸》描写了离异的单身爸爸与女儿小娜之间的生活片段；《狗叫了一夜》讲了一个农村扶贫的故事，最应该被扶贫的哑巴没有得到扶贫，抓贼行动变成一场大家的帮扶行动；《活菩萨》展示了铁匠厄运连连、被误解和被嘲弄的传奇人生；《照天镜》揭示了传统农业社会向现代工业社会转型时期乡村两代人精神世界所发生的冲突；《九月九，带着老伴去旅行》一方面是为子女奉献了一生的农村父母，值得我们铭记，同时也反映了农村空心化和老龄化的现实问题。杨军民的小说除了展示生活中的温情之外，还描写了生活中矛盾的和解。用细节、以感觉激发读者的想象并获得共鸣，是杨军民小说最可贵的地方。

竹青（1970— ），本名于清海，宁夏泾源人。宁夏作家协会会员。作品发表于《朔方》《六盘山》等。出版中短篇小说集《小城无故事》。这部作品集收录了作者近年来创作的十二篇小说，阅读这些作品，一种强烈的忧患意识萦绕心头。作者性情豪放，感情却丰富细腻。在《早春的蝴蝶》一文中，小主人公顾拜尔关于"不用牛拉马曳奔跑如飞的铁皮房子（汽车）"由奔跑如飞到全村人赶着牛马从泥坑里往上拉的描写，写得细腻幽默，从中折射出了山村的闭塞与落后，也反映了乡村普通百姓的诚实与善良以及小主人公在那个"瓜菜代"年月的悲惨生活。

殷高（1970— ），宁夏固原人。宁夏作家协会会员。作品发表于《黄河文学》《朔方》《六盘山》等。殷高2010年开始短篇小说创作，很快成为宁夏文坛的一匹黑马。其小说多关注农村农民的情情爱爱、家长里短，写得含蓄引人。写传统农村之外一直变化着的农村是殷高小说颇有特色的一部分，他的小说染有快乐的基调，并在嬉笑怒骂中展现着这个时代的斑驳陆离。他用老到且生动鲜活的语言描摹着俗世生活、百态人生和别样风景，表达着他对芸芸众生的悲悯和祝福。

孙海翔（1970— ），宁夏青铜峡人。宁夏作家协会会员。他从始至终在青铜峡这片热土上坚持着他的文学梦想。作品有《水汽迷蒙》《倒行五十里》《绿钻戒》等。初始阶段的写作包括诗歌、散文、小小说、短篇小说，后来逐渐定位为小说写作。2017年3月出版短篇小说集《拳手》，共收入二十八篇短篇小说。2017年11月，《拳手》研讨会在银川举行。这是孙海翔的第一部作品集，是他的新起点。

蒯陟文（1973— ），宁夏银川人。宁夏作家协会会员。短篇小说发表于《朔方》等。他善于"在生活的河床里发现动人景观"，其小说、散文合集《乡村记忆》展现了对西北乡土生活的熟稔与痴情。在与城市生活有意无意地对比中，蒯陟文对乡村生活倾情描绘，他怀念乡村之美好，反思城市之芜杂，借着回忆和思索，寻找自己精神的后花园。

王玉玺（1973— ），宁夏固原人。宁夏作家协会会员。其小说、散文等散见于《文友》《朔方》《山东文学》《读者》《青年文摘》《中篇小说选刊》《延安文学》《散文选刊》《六盘山》等。出版中短篇小说集《失踪》。他一直认为，小说创作需要正义、良知和勇气，而创作对自身的前途和基本利益而言，实际上是一种冒险。王玉玺小说所讲述的故事基本有其真实的生活背景和人物原型，但其本意并不是想让一个个已经从人们记忆中消失的故事再度复现，并成为人们茶余饭后的谈资。他只是想通过故事阐述自己的生活感受和得出的道理，例如作者通过中篇小说《目击者》想要说明的是，任何一种形式的背叛都是冒险，而一次失败的冒险必然要付出沉重的代价。

卢永（1974—　），安徽蚌埠人。就职于宁夏天豹运输有限公司，宁夏作家协会会员。作品发表于《当代》《星星》《朔方》《安徽文学》《美文》《思维与智慧》等。著有中篇小说《流泪的微笑》。卢永喜欢读书，阅读对他来说是一种精神愉悦与思考的过程，在与典籍和中外古今优秀思想的交流中，卢永获得了一种灵魂的安宁与自由。

董永红（1975—　），女，宁夏海原人。就职于青铜峡市人民医院。宁夏作家协会会员。短篇小说发表于《朔方》《雨花》《黄河文学》等。出版长篇小说《风雨有路》《产房》。短篇小说荣获第23届梁斌小说奖优秀奖。《风雨有路》以大西北的一个叫风雨的小村庄为故事背景，以甘守勤一家人在苦难中相互扶持的不懈奋斗历程为主要情节，讲述了在风雨这个曾经美丽的小山村所发生的人和事。通过对风雨村人生百态的描摹，表现了作者对挣扎在生存困境中的底层农民的同情与关怀，同时又表达了西部生态的逐渐恶化对人类生存带来威胁的忧思。文字叙述朴实简洁，苦难中蕴含温情。

苏炳鹏（1976—　），宁夏彭阳人。银川市作家协会秘书长，宁夏作家协会理事。作品发表于《朔方》《人民文学》等，被《小说选刊》等转载，曾获第二十二届梁斌小说奖短篇一等奖、首届贺兰山文艺奖三等奖等。出版短篇小说集《麦忙季节》，长篇小说《冷空》，编导、撰稿大型纪录片《宁夏花儿》十集。苏炳鹏的小说主要以农村题材为主，对现实的思考从一个较低的层面向着更高的层面迈进，不可避免地承担了一些痛苦，也揭示了一种苦难下的抗争。其叙事总是从小处着眼，挖掘人生、命运、善恶的主题，体现出作者构思的巧妙以及较深的文学功底。

计虹（1977—　），女，陕西米脂人。《黄河文学》副主编。副编审，宁夏作家协会会员。小说、散文发表于《广西文学》《朔方》《延河》《绿洲》等，被《散文·海外版》转载。出版短篇小说集《刚需房》。个人荣获第二届"贺兰山文艺奖"编辑一等奖。计虹是文学编辑，在做好编辑工作的同时，创作了《老苟的狗事》《日子像流水》《浮世清欢》《刚需房》《如果疼痛可以开花》等十余部短篇小说。其小说叙述流畅、描写准确、故事生动，大都关注市井百姓此时此地的生活，写他们细微的困惑、焦虑与日常形态，着眼于"当代人"

的主题，写他们在"小时代"的各种遭遇，写出了我们周围那些熟悉的"生活感"与"当下感"。她的态度是同情的、和善的，带着祝福的，她只是一个忠实的呈现者和记录者。

石也（1977— ），宁夏中卫人。《沙坡头》特约小说编辑，宁夏作家协会会员。出版长篇小说《尘事》和短篇小说集《煮命》。《煮命》是石也多年的心血之作。全书共收作品三十四篇，包括《小街一日》《那年那月的一场风雪》《写不好一个女字》等，集中了作者长期以来创作的中短篇小说，抒发了作者对生活的慨叹，生活气息浓厚，老练的文字体现出作者对文字具有较好的把控能力。

马强（1978— ），宁夏西吉人。宁夏作家协会会员。2002年开始小说创作，短篇小说处女作是《老王和黑头羊》。出版小说集《雪落无声》和《门槛》。作为"西海固小说家群"中的一员，他的作品坦然、豁朗、安静、祥和，展现了贫穷之地人们丰富的精神追求。作品字里行间给人一种恻隐之中的勃发、干涸之中的浸润、绝境之中的重生感。在《雪落无声》中他还写到了人性中粗粝的一面，这也与西海固这块干渴焦躁的土地有关，其间隐含着传统的扭曲与几近断裂带来的危机与创痛，发出新旧文化碰撞的金属质音。

单小花（1978— ），女，宁夏西吉人。宁夏作家协会会员。2012年开始，她利用农闲时间从事文学创作，在《葫芦河》《朔方》等发表《欢欢》《那只黑头羊》《桃姐》《怀念母亲》《父亲和牛》等。通过文字，她把自己成年累月淤积的喜怒哀乐与随想写出来，让压抑的心情从不如意的现实境地中解脱出来。

朱敏（1978— ），女，宁夏中宁人。宁夏作家协会会员。《大雨滂沱的城市》《喊城》《爆竹声声》《城市之下》等多篇作品发表于《朔方》《黄河文学》《天津文学》等。微剧本《徐开吉当村官》荣获首届"国土杯"全国微电影文学剧本创作大赛三等奖，电影剧本《枣园素事》荣获2016年夏衍杯创意剧本奖。

梁红茹（1984— ），女，笔名洋芋不洋，宁夏固原人。宁夏作家协会会员。出版长篇小说《百花丛中》。回首青春时代，一段段难忘的校园生活，有爱有恨，令人回味。曾两次荣获省级征文比赛奖，小说《那山 那水 那人》荣获全国青年自由写作大赛二等奖。

总之，宁夏70后、80后的小说作者都发表了一定数量的小说，写得也各有特色。而且在70后和80后的小说写作中出现了一个新趋向——去地域化，这是我们必须注意的。许多西部的诗人小说家都在凭借地域特色创造与他者的区格，但是在以许艺为代表的80后小说家身上，他们开始刻意地规避明确的地域因素，避免简单的被标签化或自我标签化。地理因素在他们的小说里出现只是一种故事的"自然"，他们的文学创作以人、人的共性为出发点，目的在于寻求国内读者甚至全球读者认同他们所追求的是一种"文学的绝对"。

第三节　网络文学：轻松愉快的阅读体验

网络文学是通过网络实现点对面传播的原创文学作品，包括诗歌、散文、小说、影视剧本等。由于发表门槛低或者没有门槛，网络文学作品数量庞大，鱼龙混杂，具有青年性、民间性、大众化、更新快、传播广、阅读群体庞大、不受传统限制等特点，因其溢出传统文化体制之外，成为新时代泛民间文化的一种内容。网络文学发表作品便捷，不再依赖文学报刊传播作品，并促使传统文学报刊传播途径悄然发生变化。同时，具有民间性和大众化的网络作品进入文学视野，颠覆了读者对文学原本的定义和认识，可以说，网络正在改变文学的发展方向。

目前全国约有网络写手千万以上，经常写作、签约的作者突破 250 万，文学网站日更新量突破 1.5 亿字。围绕网络文学 IP，逐步形成了网络文学阅读、出版、影视、游戏、动漫等文化产品立体产业链，形成了独特的文化产业发展模式。在浙江，网络文学发展迅猛，活跃的网络文学作家现有 1000 多人。浙江省网络作家协会成立于 2014 年 1 月，是全国第一家由网络文学创作、评论、编辑和组织工作者自愿结合的省级协会组织。2017 年 4 月，"中国作协网络文学研究院"落户杭州，造就了网络文学的"浙江现象"和网络文学工作的"浙江模式"。

在宁夏，新世纪前后，随着文学网站、论坛、博客、微博等文学书写平台不断涌现，文学写作者及文学爱好者迎来了一个写作者进军网络的时代。宁夏网络文学的作者组成比较复杂，既有常在纸媒发表作品的作家、诗人，又有大量业余文学爱好者。作品既有纯文学形式，又有与纯文学拉开一定距离的大众文学形式。但网络媒介相继兴起，又相继走向衰微。

（一）纯文学对于网络文学的介入和渗透

在宁夏，网络文学在不知不觉间闯入传统期刊和由出版社主持的文学殿堂，虽然有些作品水平较低，但不能否认网络文学为宁夏文坛注入了新活力。新世纪前后，宁夏的诗歌、散文、评论、小说等文学作品开始出现在网络之中，一部分是已经存在的文学作品，另一部分是直接在网上发表的文学作品，还有不少文学作品是在网上发表后又被文学报刊发表。文学报刊与网络文学互相渗透，成为互动的有机体系。

1. 文学论坛

2001 年，宁夏的民刊《原音》和《北方向》在网站创建文学论坛，以达到文友之间的互动交流和扩大民刊稿件征集的广泛性。网络文学论坛的创建带来了文学的民间视野，赋予每个人书写的权利，用大众写作的姿态消融一些固有界限，将文学返回到民间立场。

（1）原音文化艺术论坛

2001 年，由诗人张涛、何武东、臧新宏，画家蒋勇、郑敏，作家李金瓯，摇滚乐手文征、李建宇发起的民刊《吉普赛人》更名为《原音》，同时制作宁夏原音文化艺术网，创建原音文化艺术论坛。该论坛应对《原音》民刊选稿，具有综合性，以诗歌为主，包含散文、短篇小说、评论、摇滚乐及当代先锋艺术，具有一定的泛文化性质。当时正处在宁夏文人及文学爱好者对网络写作初步认识阶段，除部分宁夏写作者经常在此发表作品、互动交流外，也吸引了不少外地诗人及文学爱好者加入其中。从 2003 年 7 月编印的《原音——"硬表现作品集"》来看，宁夏本地收录了阿尔、苏阳、杨森君、文征、臧新宏等人的诗歌作品，张九鹏、李金瓯、韩银梅、牛学智等人的随笔、小说、评论作品，区外收录了苏非舒、晴朗李寒、林溪、管上等人的诗歌作品。由此可见，当时原音文化艺术论坛作为民刊《原音》的选稿基地，得到宁夏以及外地很多诗人和作家的认可和关注。2003 年，《原音》停刊，专注于网络发展，原音文化艺术论坛成为此民刊向网络延伸的平台和基地。

（2）北方向诗歌论坛

创建于 2001 年，创办人何武东、单晓春、喜多狼保禄。论坛分讨论区和作品区两个板块。该论坛的创建为宁夏及国内许多诗歌爱好者提供了发表和交流的平台，宁夏本地活跃的诗人有单晓春、喜多狼保禄、九画、印度阿三、暖暖、王西平；外地活跃的诗人有津渡、李三林、梁积林、康邪、江耶、泽婴、原狐、梦乔、初九、墨人钢、小兰、纳森、沈河等。

除上述文学论坛之外，宁夏陆续创建的文学论坛还有现代诗报选稿论坛、断点论坛、宁夏高校写作特别论坛、清水河诗报选稿论坛、树根文学论坛等。这些文学论坛如雨后春笋般涌现出来，其主要以文学交流为目的，以新写实主义贴近人心，以独特性、前沿性、复杂性、多媒体性带动宁夏网络文学的快速发展。除了本地创建的文学论坛，宁夏的文人和文学爱好者也经常到外地的文学论坛发表作品和进行交流，如何武东及阿尔就是天涯论坛的常客。

宁夏文学论坛的兴起，对促进宁夏诗歌发展具有一定的推动作用。传统媒体给予诗歌展示的空间狭小，而文学论坛刚好提供了一个低门槛的发表平台，让诗歌有了进一步发展。原音文化艺术论坛、北方向诗歌论坛提倡诗歌的平民化写作，把文学的镜头留给民间。然而，就在文学论坛刚刚风生水起之时，博客悄然进入人们的视野，网络时代的快速推陈出新，使得文学论坛开始萧条。宁夏爱好文学创作的人们开始将注意力集中到博客，进入论坛发表作品和交流的人员越来越少，导致宁夏的文学论坛陆续关闭。

2. 博客

1998年国内开始关注这一现象。2002年方兴东和王俊秀起草《博客宣言》，确定了博客的中文名，随后国内第一家博客网站——博客中国网开通；2003年6月，木子美在该网站发表网络日记一炮而红，"博客"一词成为网络热搜；2005年新浪发布公测版，博客开始进入门户时代，同年搜狐博客正式上线；2006年，网易在第三季度推出博客产品。

2006年至2009年，博客风靡一时，宁夏一部分文学写作者在新浪、网易、天涯等博客开辟写作与交流空间，通过博客发表小说、散文、诗歌等作品。作家中，张贤亮的博客发表博文62篇，访问量70余万次；郭文斌的博客发表博文258篇，访问量46万余次；杨银娣的博客发表博文62篇，访问量70余万次；张廷珍的博客发表博文294篇，访问量125万余次；朱世忠的博客发表博文268篇，访问量26万余次；刘汉斌的博客发表博文116篇，访问量9.7万余次；牛学智的博客发表博文300篇，访问量4.6万余次等。诗人中，杨森君的博客发表博文781篇，访问量29万余次；王怀凌的博客发表博文363篇，访问量18万余次；张铎的博客发表博文64篇，访问量8.6万余次；杨建虎的博客发表博文305篇，访问量7.7万余次；单永珍的博客发表博文177篇，访问量6.6万余次等。除宁夏知名作家、诗人在博客发表作品，普通文学爱好者使用博客的例子也比比皆是。

2008年9月，中国语文报刊协会、语文报社、中华语文网联合通过新浪博客举办首届"语文报杯"全国中小学生博客写作大赛，将博客写作的普及化推向一个新高度。2010年后，随着微博、微信、头条等新的互联网产品不断涌现，博客逐渐萧条，阅读量减少，读者也日益减少，使之成为明日黄花。梳理宁夏文学写作者使用博客的历史，发现无论是国内享有名望的作家或诗人张贤亮、石舒清、郭文斌、杨森君、王怀凌等，还是普通的以文学创作为主的博主，所代表的均是能够进行认真写作、深度内容创作的群体。

3. 微信

2011年腾讯公司推出微信，微信朋友圈和公众号逐渐成为文学作品发表

也存在一些局限性。然而，其可深可浅、可俗可雅的文学内容，不断满足广大接受者不同层次的文学需求，推动了全民阅读时代的到来。

（二）网络小说成为网络文学的主力军

国内成立最早的文学网站是1997年美籍华人朱威廉创办的榕树下，韩寒、慕容雪村、宁财神、李寻欢、安妮宝贝、李佳贤、邢育森、蔡骏、今何在、郭敬明等一批作家都曾在此激扬文字。随着网络技术的普及和网络阅读习惯的慢慢养成，普通网民作者的创作热情也逐渐高涨。确切来说，20世纪90年代末至新世纪前后，大部分网络小说以论坛发帖形式进行连载，并且多是小说的游戏之作，具有代表性的是西陆文学网的西陆论坛。当时发表网络小说没有稿费，完全依靠作者本身的创作热情，其发帖数量和注册人数却是中文社区排名第一。2001年，著名网络小说家今何在出版了具有划时代意义的网络小说《悟空传》，这是第一本实体出版的网络小说，引发了国人对网络小说的热情。这期间，天鹰文学、幻剑书盟和起点中文网形成三足鼎立之势（后来演变成起点中文网一家独大的局面），各大文学网站铺天盖地。经过多年发展，到2007年后互联网基本在国内普及，网络小说也随之从萌芽到成长再到成熟，在争议中步步前行。截至2011年，起点中文网、小说阅读网、晋江原创网、红袖添香、潇湘书院等国内文学网站排名进入前十。这时期的文学网站，廉价的网络文学产品符合了中国互联网的经典商业模式，巨大的收益促使资本不断进入网络文学领域，再促进繁荣。

宁夏的网络小说从广义上说，包含所有网络发布和流传的宁夏作者的小说，例如女作家杨银娣经常在新浪博客发布其小说作品，为文友提供网络阅读内容，以达到一种交流和互动。但从网络小说起源的狭义层面上讲，主要是指由网络写手创作并首次在网上发布，进而流传的小说。

宁夏写作者多热衷于传统纸媒小说的发表，对于网络小说写作的接纳时间较晚，2000年前后专门从事网站小说写作的只有赵磊、杨彦鹏、任元弟等，寥寥无几。2010年后，随着国内网络写手阵营逐渐扩大，宁夏参与网络小说写作的队伍逐渐壮大，并保持着旺盛的活力，这时期出现的网络小说写作者有张德龙、丁琳、陈逍宇、丁雪、李艳、马玉文、蔡启东、杨军、吴茜、马丽华、闫凯、查磊、赵春梅、李敏、刘学军、胡莉君、余欣阳、任元弟、杨梦璐等。宁夏的网络小说风格自由，题材不限，发表阅读方式都较为简单，大致分为玄幻、奇幻、灵异、武侠、仙侠、同人、都市、言情、历史、游戏、军事、探案等题材。其中，张德龙、杨军、丁琳、陈逍宇面对网络小说迅速发展，读者对作品要求愈来愈苛刻，流水账般的小说淡出读者视线等问题，明确了故事情节丰富、文笔优美、感情真挚的创作路线，并将网络小说与影视剧编写紧密结合，成为宁夏网络作家中的亮点。

张德龙（1966— ），笔名山村沙漠，宁夏盐池人。宁夏盐池县史志办副主任，宁夏作家协会会员，鲁迅文学院第十二届网络文学班学员。张德龙生于盐池县惠安堡镇萌城村，自幼喜欢听老人讲故事，尤其是1935年左右家乡发生过的萌城战役、山城堡战役等，2010年他开始文学创作，先后在铁血网和阿里文学发表《活着》《血火忠诚》《血海深仇》《决不饶恕》《静静的诺言》《喋血宝藏》等长篇小说500余万字。代表作品《活着》是一部42万字的抗战题材小说，描写了抗战时期太行山区的一个小山村，大喜、铁锤等主要人物从自发反抗到有组织反抗，打鬼子、锄汉奸，保家卫国的故事。2010年，张德龙患脑瘤在家休养期间，开始构思、创作此书，并将文字上传到铁血网，得到了众多网友的热捧，获得200多万的点击量。其间，浙江一家影视公司主动上门，要求购买《活着》的版权，该作品经影视公司改编后，拍摄为50集电视连续剧《太行英雄传》，并于2017年3月在北京、湖北、天津等地方电视台播出，同年6月在央视电视剧频道每天三集连播，获得了较高的收视率。

杨军（1969— ），笔名黄河谣，宁夏银川人。就职于宁夏灵武市委党校，宁夏作家协会理事，宁夏作协网络文学委员会副主任，鲁迅文学院第八届网络文学班学员。1999年，杨军创办个人文学网站"黄河谣"，2004年停办。2013年开始网络文学创作，500余万字的文学作品先后签约搜狐、网易、阿里公司。代表作《大夏宝藏》共5部，300多万字，集奇幻、冒险、喜剧、悬疑于一身。主要讲述男主角顾耽在一次外出游玩时无意间拍到一张带有神秘图案的照片，由此离奇事件开始发生，开启了宝藏的秘密。这部作品2014年参加中国第二届网络文学大奖赛，荣获长篇小说奖。2017年11月，由《大夏宝藏》第一部改编的24集同名电视剧、网剧拍摄完毕。2018年4月，在第二届网影盛典和"第八届北京国际电影节·相关活动"上，网剧《大夏宝藏》荣获中国第二届网络文学大奖赛长篇小说奖、2018最受关注网络剧奖。此外，2016年，杨军的长篇小说《灵州会盟》入选银川市重点文艺作品扶持项目，于2017年7月出版。2017年，100多万字的网络长篇小说《大荒至尊》签约阿里文学。

丁琳（1992— ），笔名安木木、木家二爷、叶幽幽等，女，宁夏永宁人。就职于宁夏超阅文化传媒有限公司，宁夏作家协会会员。作品有《天才宝宝迷糊妈》《废材邪妃：棋控九霄》等。丁琳自幼喜爱写作，曾有作品见于《小龙人报》等儿童文学报刊。2010年年初，开始接触网络小说写作，2012年至

2013年，在小说阅读网用笔名木家二爷创作了《天才宝宝迷糊妈》《废材邪妃：棋控九霄》等作品，并获得新书榜第二名的成绩。2014年，在红薯网用笔名安木木创作《追妻999天：狼性总裁请矜持》，全本55万字，总点击量250多万。2016年至今，签约上海阅文集团云起书院，用笔名叶幽幽创作小说《重生异能商女：军少，别乱撩》《重生1992：萌妻要上天》，累计250万字。2017年与宁夏枫林电影公司合作创作的剧本《荒野求生之72小时》（暂定名）《荒野求生之龙门客栈》（暂定名）已拍摄完毕，进入后期剪辑阶段。2018年7月，被聘入宁夏超阅文化传媒有限公司。目前正在连载作品《军宠蜜爱：重生最强天后》（现已更新43万字），累计点击163万。

陈逍宇（1996—），笔名板栗熊，女，宁夏银川人。作品有《凤血霓裳》《梦里有人》《多幸运遇到你》等。2010年开始触网写作，文笔细腻，小说作品具有较鲜明生动的形象，也具有一定的思想内涵。她对人物、对故事、对环境摒弃了琐屑的"流水账"模式，抓住有意味的素材，渗透自己的思想情感，使作品能与读者产生共鸣，受到读者欢迎。2013年在纵横网连载2部长篇小说《凤血霓裳》《临窗别之清兰花》，获得了较好的点击量，促进了她的创作热情，从此一发不可收。2016年，她将17万字的作品《凤囚凰》改编成25集电视剧剧本；2017年将12万字的作品《跳跃生命线》改编成17集电视剧剧本；2018年出售19万字的网络推理小说《留白》、75万字的悬疑小说《梦里有人》给TVB影视发行方；与爱奇艺网站签约新书《多幸运遇到你》。陈逍宇逐渐在网络小说写作中站稳脚跟，也在宁夏网络写手中脱颖而出。

上述网络小说作家将故事的戏剧性和曲折性扩大，使主角处在各种矛盾与困境中一步步地成长，不用隐喻和跳跃，亦不用读者猜测，而是将所有的故事过程如实地、慢慢地展示给读者，把读者带到愉悦阅读的体验之中。与文学期刊上发表的小说相比，网络小说故事性强，结构简单，人物形象类型化，人生体验含量与艺术底蕴含量相对较低，更注重娱乐性。这些作家以平民化的气息进入大众视野，对于传统文学的颠覆和创作者空间的扩张以及电视剧的改编，对提升作品知名度，推动宁夏网络文学发展具有重要意义。

在我国，网络文学影视化改编已在1997年拉开序幕。当年在台南大学的猫咪乐园BBS电子布告栏上，连载发表一部名为《第一次的亲密接触》的小说，悄然席卷了所有的华文论坛社区。这部小说出版不久即被改编为同名电影，拉开了网络IP影视化改编的序幕。值得关注的是，网络小说与影视联盟，经济市场的诱惑和干扰，也促使网络文学染上了浓厚的商业气息，其负面影响是不顾文学意义的市场化行为，让网络文学明显地带上了浮躁的气息。

随着时间的推移，网络文学逐渐被网络小说占据主要阵营，网络小说阅读平台如雨后春笋般成长，人们通过网上充值购买阅读网络小说作品，解决了网络文学发展中所需要的经济基础，但经济利益也导致作者的写作重数量而轻质量，大部分网络写手写作的目的就是赚钱，致使大多数网络小说成为快餐文学，情节冗长，结构混乱，充满功利性，缺少文学性，很难被文坛认同。2010年后，网络小说作者迅速走向了小白化和低龄化，并且辐射全国。从宁夏网络作家队伍来看，亦是90后占很高比例。宁夏从事网络小说写作的70后至80后作者不多，只有刘学军、高彬彬、吴茜、赵春梅、马丽华、闫凯、苁林、赵磊等。

刘学军（1971—　），笔名空信封，宁夏平罗人。宁夏作家协会会员，宁夏诗歌学会理事。1993年开始文学创作，以诗歌为主，2014年触网从事网络小说写作。刘学军酷爱历史，一直对明太祖朱元璋第十六子——庆靖王朱栴在宁夏生活的历史十分感兴趣，多年来收集了丰富的史料，为创作打下了基础。2014年他签约网易云阅读，开始创作长篇历史军事题材小说《大明十六爷》。这部小说以某大学"明史研究所"研究员林宇穿越到明朝，化身朱元璋的第十六皇子庆王朱栴为主线，讲述了少年皇子朱栴看穿后宫冷暖、玩转市井、熄灭宫斗成为王爷，游走于大明皇宫和诸位皇兄之间，斥奸逆、护纲纪、戍守藩镇，助两代帝王守土开疆，成就大明霸业的故事。

高彬彬（1979—　），笔名翠脆生生，女，现居宁夏银川。宁夏作家协会会员。出版《嗨，我们到公园看猴子去吧！》《两个人的江湖》《我们忘了，爱在婚前》等。高彬彬的小说主题是情感与婚姻，其婚恋小说以最强的社会现实性彻底颠覆了传统婚恋小说那悲观消极的靡靡之音，开创了残酷现实生存环境中的婚姻新观念。小说《嗨，我们到公园看猴子去吧！》讲述男女主人公相恋的故事；《我们忘了，爱在婚前》叙述适婚男女在家庭的压力下被迫结婚，由此引发质问：没有爱情的婚姻能坚持多久？而被迫进入婚姻的人该何去何从？小说《两个人的江湖》中，作者通过小说叙述质询爱情是死于未成眷属的遗憾，还是死于终成眷属的厌倦。在这些小说描写中，作者融入现代女性意识，以一个独立女性的笃定、自省与鲜亮烛照婚恋问题。此外，高彬彬还有小说《非你不嫁》《斗婚》《恋上相亲狂》《婚里婚外，情归何处》见于网络。

吴茜（1981—　），笔名红歌，女，宁夏银川人。宁夏作家协会会员。作品有《弃妃难弃》《小心，有肥女出没》《女将军的男戏子》《皇帝，你个二货！》等。吴茜迈入网络文学行业至今已有6个年头，一共完结9本书，共计600余万字，其小说一般以古代社会生活为背景，擅长虚构市井生活以及宫廷的明争暗斗。2013 年，在起点网站连载小说《弃妃难弃》，在创世中文网连载小说《小心，有肥女出没》《渣夫调教手册》，在晋江文学城连载小说《女将军的男戏子》《皇帝，你个二货！》。2014 年，在小说阅读网连载小说《惑妃，朕宠定了！》。2015 年至 2017 年，先后在云起书院连载小说《杀手毒妃：王爷药别停》《上神妖娆：魔君，请看招！》。2018 年，在海草中文网连载小说《皇叔，来谋个反呗！》，目前这本书正在漫画改编中。

赵春梅（1984— ），女，笔名叶歌、掌阅二星，宁夏银川人。作品有《强势宠爱：大叔染指小甜心》《天价婚宠：霸情帝少爱不够》等。2014 年开始在掌阅小说网发表作品，目前已创作近 800 万字，曾在掌阅女频热销榜排名前十。代表作现代言情长篇小说《强势宠爱：大叔染指小甜心》，全文 500 万字，被评定为掌阅 V 级书。小说主要表现都市生活、豪门恩怨。女主角身世之谜贯穿始终，以凸显男女感性为主线，人物塑造丰满、鲜活，整篇小说有意安排曲折的故事情节以达到高潮迭起的效果，结构套路化，是典型的深受青年读者喜爱的甜宠风格小说。此外，其作品《天价婚宠：霸情帝少爱不够》全文 240 万字，有书粉 14 万；新书《千亿甜妻：总裁老公你好棒》正在火热连载。

马丽华（1985— ），笔名青椒豆腐、小院煮酒，宁夏银川人。鲁迅文学院第九届网络文学班学员。作品有《天才圣手》《超能狂神》《逍遥小村医》等。2013 年入驻看书网，连载小说《天才圣手》，稳居畅销周榜与月榜前十。2015 年，小说《超能狂神》开始在看书网连载，该书以都市普通青年的生活与奋斗为主线，讲述了男女主人公的爱恨情仇，故事情节具有网络小说的大众性和普遍性。有声版正在制作中，漫画已经于腾讯动漫正式连载，获得一些读者的喜爱。2018 年与酷匠阅读网签约，创作都市仙侠题材小说《逍遥小村医》，读者反映良好，已连载 130 万字。同年，该书签约看书网。

闫凯（1986— ），笔名九翅乌鸦、云开、君如水，宁夏平罗人。宁夏作家协会会员。作品有《重生之圣人系统》《惊天武祖》《霸武战神》等。2014 年 10 月开始创作，小说题材以玄幻为主。第一部作品《重生之圣人系统》160 万字，发表于创世中文网。第二部作品《惊天武祖》是其代表作，全书玄幻色彩浓烈，在创世中文网发表后，荣获 2015 星创奖征文三等奖。该书讲述少年楚惊天家族被灭孤身逃亡，又被好友、兄弟逼下火山，不料因祸得福，解开绝世至宝"天妒塔"的奥秘。此外，他还在创世中文网发表了 74 万字的《霸武战神》以及正在连载的《第一圣祖》，均受到读者好评。

苏林（1986— ），原名马玉文，笔名半笺清墨，女，宁夏人。宁夏作家协会会员。作品有《慕锦情深》《大婚晚成：律师大人惹不得》《红妆十里千骑归》等。小说以言情为主，故事中缠绵不断的情愫凸显了人物的内心情感。2013 年，在言情小说吧网发表 38 万字的民国宅斗题材小说《慕锦情深》，故事以民国乱世为背景，讲述冷慕锦与薛家二爷的故事。2015 年，在时阅文学网发表 56 万字的都市职业言情小说《大婚晚成：律师大人惹不得》，讲述了女服装设计师与男律师分手，十年后重逢的爱恨纠葛。2016 年，在掌阅文学网发表 70 万字小说《红妆十里千骑归》，讲述了有着多重身份的公主与弈国当朝太子之间的儿女情长。2017 年，在爱奇艺文学网发表小说《爱妃，上房揭瓦》，讲述了女匠人与皇子之间的故事。

赵磊（1988— ），笔名我本疯狂，湖南东安人。宁夏超阅文化传媒有限公司董事长，宁夏作家协会理事，宁夏作协网络文学委员会副主任，中国作家协会会员，中国文联"第三期全国新文艺拔尖人才高级研修班"学员。作品有《超级强者》《极品狂少》《一世兵王》等。《一世兵王》获 2018 年度"百强作品"、第三届橙瓜网络文学"百强大神"等荣誉。2006 年开始从事网络文学创作，文笔清新，想象力丰富，多凸显热血、爱国等感人的题材，创作作品 2000 余万字，《极品狂少》《一世兵王》《超级强者》均为漫画改编，网络总点击数亿，长期进入小说百度风云搜索榜前五十。2014 年，以网络作家身份接受《人民日报》专访。2017 年，参加团中央和中国作协联合举办的首期井冈山青年网络作家培训班、鲁迅文学院第十二届网络文学班。2018 年 5 月，入驻签约杭州中国网络文学村，创立"我本疯狂"工作室。其作品参加第八次全国青年作家创作会议，担任掌阅文学"全民阅读、文化筑梦"全国公益活动特聘作家。

上述几位 70 后、80 后网络作家的作品参差不齐，有的因受传统文学熏陶，文化素养较高，小说语言、结构都具有一定的文学性；有的为了契合网络文学的商业化价值而形成一种网络小说专有的写作特征和行文方式，增强了阅读的娱乐性，但削弱了文学性。宁夏还有李敏、丁雪、余欣阳、马凤恩、胡莉君、张银、任元弟、杨彦鹏、蔡启东、丁琳、查磊、鲁赞赞等 90 后网络作家，他们目前成为宁夏网络作者的主力军。

李敏（1990— ），女，笔名娆熙兮、玫音、妖娆阁主，宁夏石嘴山人。曾任石嘴山市大武口区星海镇临湖村党支部副书记，现就职于宁夏超阅文化传媒有限公司。2014 年至 2017 年，与云起书院签约，发表了《至尊太子妃：倾城乱天下》《重生倾世妃：皇上躺好》《俏萌御兽妃：傲娇凤王，抱》三部长篇小说，累计 230 万字。2017 年至 2018 年，在阿里文学网发表《宠妃当道：殿下，娶不娶？》《秀色小娘子：这个农女有点香》两部小说，累计170万字。2018年，在品阅文学网发表87万字小说《帝国总裁俏甜妻》。其小说作品多以脱离现实生活的豪门、古代皇家帝国为背景主线，以故事曲折、情感纠葛不断作为吸引读者的手段，其中不乏精彩片段，同时也具有网络小说惯有的繁琐、章节缺乏表现力的弊端。

丁雪（1990— ），笔名冰绡、寻曦大人，女，宁夏银川人。就职于宁夏超阅文化传媒有限公司。2010年，丁雪触网开始在云起书院、小说阅读网发表小说，目前发表长篇小说《后宫陌妃传》《萌妻要修仙，魔皇求放过！》，累计创作逾500万字，作品曾获小说阅读网特工征文一等奖。其中《后宫陌妃传》是一部凸显宫廷斗争的小说，共404个章节，故事突出国恨情仇、后宫争宠，具有网络小说典型的情感一波三折、人物宦海沉浮的框架模式；《萌妻要修仙，魔皇求放过！》属灵异小说范畴，讲述一个女子与蓬莱修仙学院院长正邪之争的故事，该书故事结构相对松散和随意，以新奇、冒险吸引读者进入作家描述的脱离现实的魔性空间。

余欣阳（1990— ），笔名瑜鱼儿，女，宁夏吴忠人。2017年开始网络小说写作，至今完成143万字。其代表作《我看到了你的死亡》是探案小说，讲述了有被害妄想症的少年与刑警队长一起探案发生的故事。创作过程中，余欣阳多方搜索查阅刑侦探案资料，力求小说中运用破案手法，涉及的化学知识、物理学知识、心理学知识以及法律知识都有可靠的依据，不是凭空而谈、泛泛而论。一丝不苟的精神使其作品获得好评。2017年，这部小说参加起点网都市职场刑侦题材征文活动，获得优秀奖。

李艳（1990— ），笔名楠木夭夭、三月桃夭，女，宁夏银川人。2011年开始陆续在红袖添香、潇湘书院、阿里文学、云起书院写作。《绝世妖妃：第一女幻师》180余万字，讲述云荼在亲妹妹和未婚夫背叛的情况下，引爆飞机玉石俱焚后发生的魂归异世、前去复仇的故事；《公主复仇日常》190万余字，讲述了骄纵跋扈的刁蛮公主与羸弱少年未婚夫的恩怨纠葛。李艳的网络小说以灵异、复仇、情爱为故事支撑点，章节的构思大部分脱离现实生活，符合一部分青春期男女读者热衷空想、追求自由的心理，属于典型的网络文学迎合读者的模式。

杨梦璐（1991— ），笔名火炎焱燚，女，宁夏银川人，现居杭州。2011年开始写作，小说《重生初中校园：豪门逆转女王》55万字发表于云起书院。该作品围绕校园、豪门展开叙述，故事中有意在女主角身上安置"学渣""肥婆"等标签，之后沿着剧情发展开始反转之路。作者通过叙述，巧妙安排女主角重生校园，逆袭成女神，安排了豪门亲爹、富二代未婚夫等人物，用以衬托女主角的逆袭，整篇小说具有校园文学的青春之风，但叙述章节略显散乱，衔接不够紧密，从人物励志的故事中可见写作者不甘平庸的心理。

马凤恩（1991— ），笔名荆棘里的独火星、风月血殇，宁夏人。作品有《网王之最强反派》《武侠之魔教教主》《网王之绝代妖才》《国民粉丝》等。飞卢中文网和起点中文网签约作家。小说风格具有同人、武侠等类型，力求通过小说中的人物角色，体现人世间的悲欢离合、成功与失败。其代表作品同人小说《网王之最强反派》塑造的主角不是高大上的光明形象，而是千夫所指的最强反派；武侠小说《武侠之魔教教主》讲述了普通的落魄公子成为称霸江湖的魔道巨擘的故事。马凤恩擅长在写作中颠覆正常思维，天马行空，为读者构造不同的世界和江湖，其作品具有小众化的特点，以别样的视角表达自身对世界的不同理解。

胡莉君（1991— ），笔名唐无忧宁，女，宁夏石嘴山人。作品有《军婚诱爱：老公，快来》《军门强婚：楚爷宠妻上天》《秦爷，你家老婆是重生的》等。2016年，在云起书院发表第一部言情小说《军婚诱爱：老公，快来》，总篇238万字。小说建立在架空世界的背景中，主要讲述了有着军人身份的男主角意外与女主角相遇后展开的一系列缠绵悱恻的爱情故事。2017年，第二部言情小说《军门强婚：楚爷宠妻上天》出炉，总篇111万字，男主角同样为军人。但与《军婚诱爱：老公，快来》不同的是，故事加入玄幻元素，使得女主角的宠物金毛犬拥有人的思维，增加了一些趣味性。2018年，第三部言情小说《秦爷，你家老婆是重生的》总篇38万字，以女主角重生为主线，凸出了玄幻的主题色彩。

张银（1991— ），笔名神秘砖家，宁夏人。作品有《神仙职业技术学院》。2017年4月开始在起点中文网连载仙侠小说《神仙职业技术学院》。该书以玄妙、新奇吸引读者眼球，将传统神话中的太上老君、如来老佛、玉皇大帝等人物与炼丹教授、哲学专家、荣誉校长合二为一，形成古与今、神与人混搭的荒诞模式，任由想象自由驰骋。张银还有三部未完结的小说作品，其中2018年8月在起点中文网创作的小说《身在魔营心在仙》，目前完成28万字；在飞卢小说网创作的《玄幻都市之万界棺材铺》，目前完成97万字，《灵魂摆渡之4号便利店》目前完成56万字，均在连载中。

任元弟（1992— ），笔名紫云君主，宁夏彭阳人。作品有《暴君之老子是吕布》《大唐之绝世皇帝》《清末之崛起》《最强仙庭》《万界最强皇帝》等。自幼喜欢阅读小说，《三国演义》《封神榜》《西游记》等文学经典为其构建故事的脉络和框架打下了基础。2017年进入网络文学作者行列，在飞卢小说网、起点中文网、创世中文网实践创作之路，完结小说两部，分别是《暴君之老子是吕布》26万字和《清末之崛起》52万字。连载中的小说有三部：《大唐之绝世皇帝》《最强仙庭》《万界最强皇帝》。上述小说创作中，任元弟采用网络小说惯用的穿越、奇幻、灵异、仙侠等表现模式，力图通过网络书写，建立一个与现实有着关联又完全独立神秘的世界，获得了一定阅读者的支持。

杨彦鹏（1992— ），笔名纯洁无双，宁夏人。作品有《暴力猿王》《极品美女联盟》《撞鬼就变强》等。杨彦鹏的玄幻小说以玄学为基础，以形而上的观念思维为主导，进行超自然力量的小说叙述，尤其以强调超自然的魔法为特色。2009年，与起点中文网签约完成第一本玄幻小说《暴力猿王》，完本80多万字。同期在华夏墨香、飞跃中文网等网站完成300万字买断文。2015年，签约掌阅文学旗下趣阅中文网，创作《极品美女联盟》。2016年后，在飞卢中文网创作小说三部，其中《都市之我有超能力》和《万界之超级农场》已完成，收获不少书粉。《撞鬼就变强》正在火热连载中。

蔡启东（1992— ），笔名诸葛婉君，宁夏西吉人。宁夏作家协会会员。作品有《怎么又是天谴圈》《我的宠物是BOSS》等。2018年3月开始在起点中文网创作《怎么又是天谴圈》，共197万字。故事内容凸显游戏常见的探险、雨林、雪地、黑夜、激战等模式套路，占据游戏分类热销榜、月票榜前十。他在起点中文网的另一部连载小说《我的宠物是BOSS》依旧走游戏异界路线，讲述主人公梦见与落魄青年为伍，共同在孤山与矮人并肩作战驱逐恶龙，与白精灵抗击兽人，一梦百年，醒来后落魄青年成了圣城之主、人类之王，主人公则重新站在百年前亲手建立的家园之中。目前，该小说已完成42万字，阅读点击数达230多万，参加了2018起点游戏脑洞风暴征文赛。

查磊（1997— ），笔名萌帅少年、追梦少年、青石公子，宁夏灵武人。作品有《神级系统之末世狂兵》《超级养殖户》等。大学期间，签约北京点众科技旗下松鼠阅读网，创作小说两部。《神级系统之末世狂兵》80万字，描写末日降临，自然发生异变，主人公获得神奇系统能力，带领人类战胜异变生物、创造新家园的故事；《超级养殖户》60万字，为乡村题材，描写主人公意外获得神奇的系统能力，拥有变异的鱼塘、变异的鸡舍等，让自家产的农副产品变得鲜美可口，利用这些走上发家致富之路的故事。此外，查磊还在南京红薯中文网签约发表小说《花都透视圣医》，在塔读文学小说网连载小说《都市全能王者》，都获得了读者的认可。

鲁赞赞（1998—　），笔名一梦行万古、烟行、一梦觉冬夏、花雪、天清。宁夏石嘴山人，就读于宁夏葡萄酒与防沙治沙学院。作品有《争皇纪》《都市狂帝》《绝版之荣耀系统》《花都邪帝》等。2015年，成为华夏中文网网编，其网络文学创作也由此拉开序幕。同年8月，他在起点中文网用笔名一梦行万古连载《争皇纪》。2016年，入驻看书网，成为网编组长。同年，在掌中文学网发布《都市狂帝》。2017年，在创世中文网发布《绝版之荣耀系统》，在起点中文网发布《大果仙》，在阿里文学用笔名花雪发布《花都邪帝》，都获得了很高的阅读点击量。2018年，在创世中文网发布《大人救命呀》，在掌中文学发布新书《邪气逼人》，均显示出其创作的才华和能力。此外，鲁赞赞还有网文《小神怼系统》《神级系统》《微信红包》《医仙无双》《太清至尊》等见于网络。

　　宁夏从事网络小说写作的还有宋彦多（1996—　），笔名小喵星人，女，宁夏银川人，有未完结作品《棺人，请抱紧我》《传奇之若是前生未有缘》；陈富山（1996—　），笔名沉梦，宁夏海原人，有未完结作品《面具》《末世·世界被游戏化》；高旭平（1998—　），笔名岸里澜、流亡将军，宁夏海原人，就读于中国矿业大学银川学院人文社科系，有未完结小说《赤血绝道》《逐恒》。

　　从宁夏90后网络作家的作品现状分析，一部分受到传统文学熏陶，具备一定文化素养和文学性；另一部分属于大众文学范畴，从迎合读者口味出发，以脱离现实、架空社会生活为基础，写作套路化，和在纸媒上发表的小说相比，思想深度浅显，具有快餐文化的缺点和特性。查阅这些作家的作品阅读量，可以看到，尽管如此，他们的作品还是依靠网络巨大的影响力成为流行文化的支流，对宁夏传统文学造成一定冲击。

　　纵观宁夏网络小说，其中不乏吸引人的故事、设置巧妙的悬念、紧张曲折的情节以及充满个性魅力的主人公。其中，仙侠小说架起幻想的桥梁，凡人成仙成神、各种秘籍法宝等，从中不难见到我国古代神魔小说的影子；都市言情小说多是才子佳人或英雄美人的模式；穿越小说的主人公回到虚拟历史中展开人生体验。这些故事场景虽然是虚拟的，但所刻画人物的精气神却是当下。一部分网络小说采用的故事套路也是通俗小说模式的有效运用，符合读者阅读心理。然而，不容忽视的是，受商业利益的驱使，网络小说快速更新，作者常常为减少难度借用套路，致使跟风、同质化倾向严重。众所周知，网络小说与一般的传统小说形式不同，它以较宽泛的文体容纳仙侠、玄幻、游戏、都市、探案、灵异等多种类型模式，可以说，传统小说不能包含和容忍的小说形式都可以出现在网络小说里，为读者开辟阅读新气象。然而，网络小说写作门槛很低，不需要编辑层层把关就可以直接面对读者，致使文化修养不高的作者大量涌入，从而制约了网络小说的质量提升。

网络小说有别于传统小说，它对娱乐性和消遣性的过度倡导一直受到质疑，但在某种程度上满足了广大读者的需要。在宁夏，进军阅读市场的网络小说作品质量参差不齐。有些作品思想性、文学性较强，可圈可点；有些作品主题浅薄、内容庞杂、忽视生活、语言粗糙等。诚然，谈论宁夏网络小说的不足并不是对其全盘否定，而是要探讨其明显不足及存在的问题，指出良性发展的方向。存在即合理，关键在引导。

总而言之，宁夏文学有着深厚的土壤，也有着奔流的环境。宁夏作家把文学当成自己的生命、寄托和信仰，当成自己跟这个世界联系的最佳方式，以其独特的地域特色、民族特点和文化特征，创作了大量优秀的小说作品，在中国文学版图上占有重要的位置。但是，宁夏作家如何突破传统性的固有框架，如何突破过于静态化的写作模式，如何在地方性和世界性之间建立联系，如何格局更大一些、眼界更宽一些、境界更高一些，如何充满激情、胸怀野心，将全新的活力融进作品，不断进行创作，都要进行深入思考。尤其是宁夏文学评论界要对宁夏小说今后的发展进行深入研究，对作品不可一味肯定和褒奖，而要敢于批评并指出作家的局限和不足，更要站在全国乃至世界的高度对作家的文学创作进行引导。

卷四

文学研究与批评

导论

文学研究与批评的在场建构

新中国成立以来，尤其是自治区的成立，让宁夏地域文化和现代文学发展进入一个新阶段。宁夏文学研究与文学批评不仅与宁夏地区作家的文学创作同步，而且也反映了宁夏地域文化的现代性建构和文学研究的学术性积累。

文学与社会发展之间是辩证统一的关系，与人们日常生活的疏离和纠结，都是文学存在的本真形态。宁夏盐池、同心、西吉等革命老区，是宁夏现代文学的奠基场域，从李季的叙事长诗《王贵与李香香》、张贤亮的小说爬梳文学的现代性地域显现，既表征着新中国文学两个时代的文学风向，又表现出宁夏文学被引导和被鼓励的显著特征。

与新中国文学的发展几乎同步，宁夏作家的创作与批评在社会主义建设的进程中日益活跃。1958年以来涌现出一批关注、研究和讨论宁夏作家创作的文学编辑和作家型批评家，以吴淮生为代表，也包括许多默默奉献的报刊老编辑。改革开放初期，高嵩以张贤亮为重心的文学批评位于宁夏文学批评的高峰，田美玲的《张贤亮小说创作》更是一种学术的自觉探究。宁夏文学批评的重要参与者都尝试了有关张贤亮文学创作的批评研讨。宁夏旧体诗词的创作和批评也格外活跃，以秦中吟为代表的诗词实践探讨和理论辨析，丰富了宁夏文学批评园地的多元共生景象。从地域建构的互补性来说，20世纪90年代以来，西海固是文学重镇，宁夏的文学艺术家大半来自这里。与此相对照，银北地区的文学复苏比较早，其文学批评的积累更为丰厚。刘贻清、秦中吟、陈文坚、郎业成、导夫等人，都是重视宁夏文学批评和地域文学研究的学者和作家。牛学智从一个中小学教师成长为宁夏最新锐的实力派批评家。他的批评不是来自西海固的诗意抒情，而是来自银北文化的现代性和工业化语境。若从批评之专业和行文之矜持来说，崔宝国是不多的钟情散文批评而涉猎各种文体评论的评论家，张光全是默默研究写作和散文理论的教授，杨森翔是对整个银南地区文学产生较大影响的散文家和文史专家，荆竹因学术求索和审美趣味的高远成为宁夏文学研究领域继李镜如、高嵩之后的第三位美学理论家。如果强调在场的建构，丁朝君与哈若蕙的文学批评同样应该得到尊敬，她们的批评热情来自女性的美好性情和对诗意人生的积极追求，她们的评论文章也带着别样的视角。其他如李凝祥、武淑莲、马梅萍、瓦楞草、王晓静、马晓雁、田燕等，亦是如此。

黄土高原和黄河流域是中华文明的发源地之一，宁夏地处祖国西北，自古属秦陕要道，西通西域，北连大漠，人文历史久远。汉唐许多政治、军事活动就在这片土地上发生，唐朝边塞诗更是久负盛名。现代文化发展的重要标志是文艺创作及其批评的审美建构，1958年自治区成立以来，包括文学在内的各项文化事业获得空前发展，文学创作成就斐然，从事大学人文学科的学者从学术研究出发，对文学的繁荣和发展亦多有贡献，如王十仪、李增林、袁伯诚、刘绍智、张廷杰、张迎胜、崔宝国、孟悦朴、梁祖萍、郎伟、黄学军、钟正平、吕莹、武淑莲、李生滨、刘衍青、郭艳华、杨学娟、张富宝等。尤其是各级文联、作协系统的作家型评论家及时跟进，重视实践、肯定成绩，直接促进了宁夏文学的健康发展，如吴淮生、高嵩、杨森翔、慕岳、杨继国、荆竹、哈若蕙、高耀山、余光慧、杨梓、张九鹏等。除此之外，不少热爱文学评论和研究的专家、学者，他们建构起宁夏文学批评的第三个方面，他们从各自的阅读视角加强了宁夏文学在场的批评建构。

进入新世纪，文学批评与研究的藩篱屡拆，清规糜荡。要而言之，郎伟在宁夏地域文学批评方面用力颇多，贡献有目共睹，主要是对60后作家和张学东等人的小说研读，其次是各种个人文集的序评撰写，其文笔流畅而严谨。紧随其路径的杨慧娟、马梅萍、许峰等成为专门研讨民族文化和地域文学的后起之秀。钟正平、武淑莲、倪万军等是以宁夏师范学院为核心力量的西海固文学批评群体，他们形成了各自的批评风格，在文学研究和地域文学批评方面的实力不可小觑。诗歌评论方面，张铎和杨梓引领了不同的风格。张铎从刘绍智的文学课堂上感受到文学批评的魅力，他吟诵朝夕只爱诗，与张嵩、王武军等成为白话新诗和古体诗词批评双栖的批评群体，开宁夏地区古体诗词审美精读的风气。杨梓在新世纪宁夏诗歌发展的地位，除了其创作的影响，还有对宁夏诗歌的整体批评，他试图以传统的诗学范畴建构现代诗歌批评的维度。白军胜从"现代诗美学"的阐发呼应杨梓的努力，瓦楞草在解构其理论想象的诗歌漫评中补充了两位的不足。不可否认，白草选择性地关注中国现当代作家和宁夏作家，对他们的文本进行细读，这是一种近乎苛刻的文字校勘式的考量，烛照细微，析论精当。紧贴着文本和作品语言的，还有老作家高耀山和郎业成，他们客观地对待批评对象和阅读文本，批评真诚质朴，是另一种值得尊敬的地域文学守护者。宁夏地域文学风生水起的批评现场，没有牛学智的强势介入，就会少了许多批评的锋芒和前沿理论的探索。赵炳鑫具有哲学背景的作品阐述和张富宝吸纳文艺美学新理论的批评实践成为宁夏地域文学批评的接读者。李生滨进入宁夏地域文学研究领域，是因参与"宁夏青年作家群研究"课题，以学院派的资料建设和个案研究形成了总体的研究著述，影响了王佐红、田燕、姬志海、田鑫、李亮、王丹等人的文学趣味。尤其是王佐红、田燕两位，各自形成了低调且独具特色的批评风格。如此多方面的努力，进一步增强了宁夏作家和诗人自我批评的审美自觉。在所有文学研究者的发掘与梳理之下，中华诗教传统、审美情趣、人文精神在宁夏这片土地上蕴藏、绵延和发展，并滋润着人民群众的心灵，助力共建文明、和谐、美好的新时代。

第一章

古代文学研究成果显著

第一节　宁夏大学领军古代文学研究

　　1985 年 7 月，启功先生以"九三学社"中央领导人的身份来宁考察，任教于宁夏大学的学生有幸作陪。他们是研究先秦两汉文学的专家李增林，古汉语专家、宁夏大学副校长刘世俊，现代文学专家阎承尧，文艺理论专家李镜如，美学专家梁诚，外国文学专家郭雪六，当代文学研究专家陈学兰等，都毕业于北京师范大学。简言之，1958 年自治区成立以来聚集形成的这一"黄金一代"学术群体，既是宁夏大学中文系的建系元老，又是宁夏古代文学研究的开拓者和奠基者。唐代文学研究专家唐骧、清代文学研究专家裴世俊以及张海滨、张迎胜、张廷杰、丁生俊、王茂福、许兴宝、导夫、王永、白政民、许兴宝、梁祖萍、李淑兰、孙纪文、丁峰山、杨学娟等，宁夏大学三代鼎承的古代文学研究在宁夏区内外学术界获得赞誉。

　　王十仪（1917—2007），笔名王拾遗，辽宁辽阳人。曾任中学语文教师，宁夏大学中文系教授、系主任，宁夏文联委员，宁夏作家协会副主席，宁夏文学学会会长，中国唐代学会理事，中国水浒研究学会理事，白居易研究学会顾问，薛涛研究学会顾问，中国作家协会会员等。作品《元稹传》荣获宁夏社会科学优秀成果二等奖。

　　王十仪 1950 年毕业于华北大学中文系，1958 年响应国家号召来宁夏支教。1978 年宁夏大学文学院开始招收第一届研究生，王十仪成为宁夏大学最早的硕士研究生导师。1940 年开始发表作品，出版长篇小说《奔赴祖国》，中篇小说《麦穗黄了》，长诗《忆松花江》，专著《白居易研究》《白居易》《白居易生活系年》，传记文学《白居易传》，评论《元稹论稿》等。其重要的论文收入 2001 年出版的《横山斋文稿》一书。李树江、谢保国代序的长篇评述《一代风骚多寄托，十分沉实见精神——王十仪其人其文》，全面介绍和肯定了王十仪一生的学术追求和文学研究成果。

1954 年由上海文艺联合出版社出版的《白居易研究》由《白居易生平事迹考略》《试论白居易思想的发展》和《白居易的创作精神与创作态度》三篇文章构成，繁体字，竖排，以作家的行为和经历探讨其创作。《白居易》主要考察白居易的一生事迹，九节文字概述其人生的九个阶段，包括一个"余论"，是基本完备的白居易传。奠定王十仪学术基础的是《白居易生活系年》，1981 年由宁夏人民出版社出版。此作以年谱的形式，考订了白居易的生平、行事、思想、交游等各个方面。写法上，以适用为主，不追求"大而全"。材料来源主要是白居易本人的诗歌和文章，佐以有关史籍和其他同时期作家的诗作，以说明问题为主，不事旁征博引。书后附有《白居易简要年表》，条目清晰，易于检索。1983 年由陕西人民出版社出版的《白居易传》，与《白居易生活系年》为姊妹篇。《白居易生活系年》专事考证，虽无旁征博引，但也不避巨细，务使白居易生平毫发毕现；《白居易传》则大处着墨，把白居易的一生划分为几个时期，叙述其主要事迹、思想变迁，兼对白居易主要诗作加以分析，意在用更清晰的线条勾勒出白居易的形象。这部著作所依据的材料也是以白居易创作的诗文为主，旁及其他。这两部专著都是王十仪在 20 世纪 50 年代著述的基础上进一步研究的成果，同时订正了他以前著述的疏漏，内容也更加翔实。

1985 年宁夏人民出版社出版了《元稹传》，全书共九章，附有《元稹生平简要年表》。写法一如《白居易传》，其九章，分别是"贫困而激愤的童年""结托萧娘只在诗""锋芒初试的左拾遗""无私的监察御史""江陵谪居""通州司马""三个月的宰相""浙东七年""鄂州暴逝"。书前有代序《元稹其人》，从政治思想和诗歌成就两方面对元稹作了较为深入的分析。此外，王十仪尚有论文多篇，如《元稹生平考略》《论元白之争》《元白评值琐议》等。他的《说王维的边塞诗》《李商隐〈无题〉诗探微》等，代表了他在元、白以外的研究成果。

1994 年由陕西人民出版社出版的《元稹论稿》分析"元稹的文学见解"较为细致。其中《读元稹的〈伤悼诗〉》对元稹现存四十八首悼亡诗所作时间和悼亡之人逐一做了考证，认为《连昌宫词》是元稹十四年暮春经连昌宫时作，主旨是"讽喻宪宗"，否定了陈寅恪的说法。陈寅恪在《读连昌宫词质疑》一文中认为"《连昌宫词》非作者经过其地之作，而为依题悬拟之作"，从诗意又可以看出来"此诗实成于元和十三年暮春。"

王十仪是宁夏古典文学研究的领军者，曾出任宁夏文学学会第一任会长，在古代文学研究，特别是白居易、元稹等研究方面颇有影响。经他培养的李树江、张迎胜、何克俭等，后来都成为宁夏地域文学研究的中坚力量。

李增林（1935—），北京人。祖籍河北武邑。历任宁夏大学中文系主任，西北第二民族学院首任院长、教授，自治区政协常委兼教文卫体委员会副主任，自治区政协副主席，宁夏文学学会会长，宁夏作家协会顾问，宁夏社会科学（届）联合会顾问，中国比较文学学会理事，中国少数民族比较文学学会副会长等。主要著作有《古代寓言与故事注评》《〈离骚〉通解》《关于〈诗经〉》《世界最早的爱国抒情诗人屈原》《〈易经〉文学性探微》（与宿岢岚合著）、《墨子和〈墨子〉一书》等。主要论文有《关于〈诗经〉》《〈墨子·公输〉析解》《谈谈我国的上古神话——以〈女娲补天〉〈精卫填海〉为例》等，这三篇文章分别荣获宁夏第一届、第三届、第四届文艺评奖三等奖、二等奖、优秀奖（不分等）。

李增林1958年毕业于北京师范大学中文系，后到宁夏大学任教。1959年至1961年在山东大学中文系研究生班进修，师从高亨、陆侃如、萧涤非教授，攻读先秦两汉文学。李增林严于治学，勤于著述，其成果主要集中在先秦、《诗经》和屈原等上古文学研究范畴。代表作《〈离骚〉通解》分上、中、下三卷，对《离骚》不仅进行了字词的训释，而且进行了字不离词、词不离句、句不离诗节的段落和篇章的疏通讲解，同时也兼及思想内容和艺术手法的简略评析，首次注解了《屈原小传》和《屈原外传》。《离骚通解》是新中国成立以来在《离骚》研究中篇幅最长、论释最丰、信息量大的一部专著。书名中的"通解"含义有三：其一，对《离骚》字句章节、段落和篇章进行疏通讲解，同时也兼及思想内容和艺术手法的简略评析，尽量避免断章取义或望文生义，此"通解"有"统解"和贯通之解的意思；其二，对《离骚》进行通俗、通畅的解析，为了便于青年读者阅读，训释的语言力求通俗易懂，解析力求深入浅出，并增加"今译"部分，同时对一些疑难、重点问题存疑讨论，起抛砖引玉之作用；其三，尽力博采所识所见之古今善说，不敢掠美皆注明出处，力戒主观偏颇，争取客观求实，查考引文比较翔实，可见用功之深和探求之殷。

《古代寓言与故事注评》既奠定了其个人的学术基础，又是宁夏古代文学研究方面较早的开拓之作。该书选材于自先秦到清代以来的群书，包括寓言、历史故事、文学故事等，对所选作品进行了校刊、断句、注释，并有今译和评说。

选择标准是从实际出发、重视调查研究且文质并茂的短小文言作品，有"选材广泛而精当，注释与译文亦确切、扼要，评说更是深刻中肯"之誉。因此，其"故事"研究的视野非常开阔。他与张鸿才合作的《民间故事的交流与交流的民间故事》是"对印度民间故事集《五卷书》、民间故事集《一千零一夜》、中国藏族文学《说不完的故事》、蒙文版《说不完的故事》四部书中的若干典范作品做了比较研究，初步探讨了四部书在内容和形式上的相近现象"，从一个特定的叙述视角说明了文化交融和民族发展的历史渊源，进而考证了中华文明与世界文化基因的辩证关系。《谈谈我国的上古神话——以〈女娲补天〉〈精卫填海〉为例》客观地分析上古神话，从故事情节较为完整的叙事性散文、构思与想象、情节描绘、人物以及凸显主人公精神品格和神化能力的衬托手法等方面分析了文本。这些人类童年的产物，虽然其写作还处在不自觉的阶段，然而它对我们研究文学史的发展，对我们今天的创作均有极大的意义。此后，李增林还在现代文学研究和宁夏地域文学批评方面有所贡献。

刘世俊（1936— ），天津人。曾任宁夏大学中文系主任、副校长、教授、硕士研究生导师，《宁夏大学学报》（社会科学版）主编，宁夏语言文字工作委员会副主任，宁夏语言学会名誉会长，宁夏高教学会秘书长等。1980年代以来出版专著四部，发表论文三十多篇。其中多篇文章被中国人民大学报刊复印资料等刊物转载。著述《评清代小说家的字词观》获宁夏社会科学评奖论文一等奖，《语言美讲话》获宁夏优秀成果著作二等奖，《旋磨白露写新诗》获宁夏第一届文艺评奖二等奖。个人荣获宁夏大学创校荣誉纪念奖，享受国务院政府特殊津贴。

刘世俊1958年毕业于北京师范大学中国语言文学系，后分配到宁夏大学任教。主要从事汉语史的教学与研究工作，先后讲授古代汉语、汉语研究史略、训诂学等课程。20世纪80年代以来出版专著四部，发表论文三十余篇，其中多篇文章被中国人民大学报刊复印资料等刊物转载。《语言美讲话》对语言的审美进行了阐述，《旋磨白露写新诗》讨论肯定了传统审美与现代新诗之间的借鉴关系。刘世俊从古典文学文本深入的语言研究，奠定了宁夏大学古代汉语与文字学硕士学位点的学术基础。

唐骥（1939— ），北京人。曾任宁夏大学中文系古代文学教授、硕士研究生导师。1961年毕业于北京师范大学中文系，1978年考取宁夏大学中文系研究生，毕业后留校从事教学工作。《浅谈人物语言》荣获宁夏第一届文艺评奖二等奖。唐骥工作勤奋踏实，治学严谨，主要从事唐宋文学和宁夏古代文学的研究。从两汉杂史杂传体志怪小说细读批评到鲁迅与唐宋传奇研究之考察，多有辨析与发微。从发表的论文来看，唐骥主要致力于欧阳修研究。《系乎治乱之文——欧阳修散文管窥》（以下简称《管窥》）认为欧阳修在其中年并未因官爵的升迁而逐渐倾向保守，他与王安石有着不同的变法策略，其诗文是当时变法文学的杰出代表。《〈醉翁亭记〉是反映作者失意心情的作品吗？》一文的基本思路与《管窥》一致。《欧诗在北宋诗文革新中的地位》指出，欧阳修的诗歌创作和他的散文创作内容相近，宋诗真正的开创者不是梅尧臣而是欧阳修，从文坛地位、诗歌内容和形式诸方面看，欧阳修是当时诗坛上领袖群伦的人物。《疏隽开子瞻——欧阳修词管窥》和《桨声花影中的欣悦和忧愤——欧阳修〈采桑子〉词》等文对欧词中涉及政治的作品进行了探讨，认为欧词在惜春伤别的婉约格调中寄托着变法斗争的一些感慨。唐骥关于欧阳修研究的论文还有《欧阳修的教育主张》《陈尧咨其人和欧阳修的卖油翁》《事信言文——欧阳修的文学主张》《关于欧阳修的几首艳词》等，从这些文章中，可以窥见唐骥文学研究的专业特色和学术功底。

张海滨（1939— ），曾任银川大学副校长、教授，退休后于1999年参与创办银川大学。其论文《苏轼〈与滕达道书〉系年主旨探讨》否定了《与滕达道书》写于元丰八年说，提出并论证了元丰六年说，主旨是劝滕达道箴言，以免忧患愈深。此信是研究苏轼黄州时期政治思想的重要资料，颇有研究价值。与此文相关联的是《读苏轼〈卜算子·黄州定惠院寓居作〉——苏轼黄州时期思想初探》，他认为这个时期，苏轼思想感情的基调是悲苦、抑郁而不平的，但他的基本政治思想并未改变。张海滨的《张先与苏轼》探讨了苏轼之所以始于熙宁五年填词，是因为张先的缘故。在北宋词风的转变中，张先晚年作了可贵的尝试，对苏轼产生了不可低估的影响。《痛饮从来别有肠——东坡〈中秋词〉探微》从当时苏轼的思想实际、具体写作背景和词的整体艺术形象方面对《中秋词》进行了研究和分析，并且涉及此词在宋词发展史上的意义。《子美、东坡同赋〈石屏〉诗之比较研究》从立意、结构、语言、手法等诸方面，分析了两诗的异同及北宋诗人对豪放风格的认识过程，并探讨了苏轼诗词创作的美学追求和北宋美学方面的变化。《论苏轼岭海时期的思想与创作》指出，这个时期是苏轼思想和艺术上的成熟期，讨论了这一时期苏轼形象对后世产生的影响。

裴世俊（1942— ），山西平遥人。曾任宁夏大学中文系主任、古代文学学科带头人、硕士生导师。1964年毕业于宁夏大学中文系，1978年考取宁夏大学中文系研究生，毕业后留校工作。1983年从苏州大学毕业，取得博士学位。1994年调到山东师范大学。其主要研究方向是明清诗文，尤其是清代诗学。

裴世俊在宁夏期间完成《钱谦益诗歌研究》《吴梅村诗歌创作探析》，分别于1991年和1994年由宁夏人民出版社出版。裴世俊的《融铸唐宋，诗成一家》详细论述了钱谦益诗歌的艺术特色，认为他广泛汲取前人诗歌创作精华，成为一家。《投笔集初议》论述了钱谦益强烈的反清思想和他学习杜甫得其精髓的诗歌艺术成果。《钱谦益清代影响发微》论证了钱谦益诗歌主张和诗作本身对清代诗歌发展所产生的巨大作用和不可磨灭的功绩。《钱谦益降清悔恨述实》和《由来聚散属篇章——论黄宗羲怀友诗》都探讨了钱谦益的大节问题，澄清了学界对钱谦益的某些偏见。《吴梅村诗歌创作探析》是继《钱谦益诗歌研究》之后对明末清初诗人的研究专著，全书共计十四节，大致可以分为三个部分："梅村体"的艺术价值、诗人悲剧人格和悲剧精神的艺术风格、诗人的文学史地位。这本书不同于以往重视吴梅村"诗史"的现实主义诗歌的研究，而是从其灵魂悲歌的角度对吴梅村的诗歌和历史地位进行了分析，尤其对其"忏悔悲歌"的分析，观点新颖。

张迎胜（1944—），山东昌邑人。曾任宁夏大学中文系教授。1967年毕业于宁夏大学中文系，1981年毕业于宁夏大学古代文学研究生班。在民族文化研究方面取得了优异成绩。参与《中国少数民族文学作品选》选编，与刘世俊、丁生俊合作选编《萨都剌诗选》，与丁生俊主编的《回族古代文学史》及专著《西夏文化概论》得到了专家、学者的好评，两书均荣获宁夏社会科学优秀著作奖。他的代表作《元代回族作家》系统评述了中国元代回族文学家，是中国少数民族文学研究的重要成果。该书语言简明质朴，论述条理清晰。

张廷杰（1946—），宁夏同心人。曾任宁夏大学中文系教授。1981年毕业于宁夏大学，硕士研究生，师从王十仪先生。主要研究方向为宋词及宋代文学。先后发表学术论文二十余篇。《论南宋词学审美之变异》荣获宁夏第五届文艺评奖三等奖。出版专著《宋词艺术论》。该专著不乏新意，也不失深度，分为上下两篇，共九章，又细化为三十二节分类论说。上篇是宋词艺术发展论，共三章：第一章是宋词艺术技巧，对呼应、对偶、章法、炼字和点染等技巧进行了阐释；第二章是词体审美论，对宋词词体的审美特征进行具体说明，并在每节之后加以总体论述，比如在"词体审美内外观"一节中，先是解释了外在形式美和内在蕴含美，然后又通过"词体美学风格的认识与把握"对词体的美学风格进行了评述；第三章是发展流变论，讨论了北宋前期词风在继承中发展和南宋词学审美的发展变异。下篇是宋词作家论，对柳永、苏轼、李清照和辛弃疾进行了评论，通过阐述他们对词的发展所产生的巨大而深远影响以及他们作品的文学价值对宋代词学进行框架构建，也对宋代初期和宋代中后期这两个时期的代表词人做了评论，使宋代词风的脉络和结构更加完整。全书整体偏向理论，又在理论阐述之中引经据典，根据宋词的发展加以论述，将各种艺术技巧、审美视角和词人的作用给予专门评述。此外，张廷杰教授还专门对辽宋夏战事诗进行研究，是独辟蹊径的学术探索，颇有价值。

丁生俊（1946—），河南孟州人。曾任宁夏大学中文系教授。1969 年毕业于宁夏大学中文系，后留校工作，先从事古代汉语教学工作，后从事书法教学工作。他的专著《丁鹤年》分六个部分对丁鹤年的一生做了细致的记录与叙说，记载颇为详尽，于 1984 年荣获宁夏社科优秀成果三等奖。他所编著的《丁鹤年诗辑注》注释详略有度，取优弃劣，释词阐意详备妥帖。

王茂福（1950—），宁夏中宁人。曾任宁夏大学中文系教授。1978 年考入北京大学中文系，1982 年毕业到宁夏大学中文系从事中国古典文学的教学与研究工作。2002 年调入温州大学人文学院，继续从事中国古代文学的教学与研究。曾致力于汉魏六朝辞赋、唐诗、明清文言小说和地方文史的研究。在《文史》《文献》《文艺研究》《明清小说研究》等刊物发表学术论文四十多篇。出版《汉魏六朝名赋诗译》《皮陆诗传》两部专著。作品曾获宁夏社会科学优秀成果二等奖等。《汉魏六朝名赋诗译》一书解说精到，以绝妙的诗家手笔，将其译为现代人喜闻乐见的诗歌形式。同时，书中还配有八幅精美的彩色绘画，艳丽与清雅调和。

许兴宝（1959—），内蒙古鄂尔多斯人。曾任宁夏大学中文系教授、自治区政协委员、新世纪学术技术带头人，苏州科技大学教授。先后毕业于内蒙古师范大学、陕西师范大学、四川大学，文学博士。专注于唐宋词研究，发表学术论文七十多篇，出版专著《唐宋人物意象研究》（合著）、《唐宋词名句考论》《春江花月夜——宋词主体意识研究》《人物意象研究：唐诗宋词的另一种关注》《宋词的文学属性研究》《宋词的文化诠释》等八部。《唐宋词名句考论》是对名句所作的周详的考论，全书由六章组成，分别对十七位词人的二十一首词中的名句进行考论，对每一句的分析都翔实有据，也结合词人同一时期的其他词作及同一时期其他词人的词作来对本句进行佐证。通过内证与旁证，以名句考论存在问题的广泛性，扩大研究的辐射面。在大量材料的和谐重组中，提炼出立场鲜明的理论话语，见出文史考证和文学理论双重考量的特别努力。

导夫（1961—），《丁鹤年诗歌研究》是中国文学史上第一部研究丁鹤年诗歌的专书，荣获宁夏第九届社会科学优秀成果三等奖。《丁鹤年诗歌研究》

概述丁鹤年诗歌的思想内容，认为其相当丰富而又复杂："既有忧国忧民思想的吐露和抒发，又有政治理论的受挫、破灭后愁苦的叹息；既有对统治阶级的深刻揭露、抨击，又有对行将灭亡和已经灭亡的封建王朝的怀恋与回顾；既有对广大下层劳动人民处境的忧虑、同情，又有对所谓太平之象的抒写和赞颂。"从主体思想、情感结构和诗歌美学等专业角度分析和总结了丁鹤年诗歌的主题思想倾向和美学意义，为之后研究丁鹤年和少数民族文学乃至研究整个中国文学史提供了资料，具有较高的学术价值和文献价值。

王永（1964—），宁夏永宁人。宁夏大学中文系教授、硕士研究生导师。先后毕业于北京师范大学、西北师范大学，获文学学士、文学硕士和文学博士学位。发表学术论文《钱钟书的李贺诗歌批评》《司马迁的民族观及其根源与价值》《商颂十二篇原貌索引》《魏晋文学批评视角的转移及其意义》等十余篇。出版著作《〈盐铁论〉研究》，该书从文体学的视角出发，透视其文本的结构特色及其所呈现的赋体、戏剧与小说化特征，进而结合其文本语言与零星呈现的文学思想，以期深层次阐释该书哲学、政治、经济、历史、民族、文学等诸多方面自在与潜在的多元文化内涵。

梁祖萍（1965—），女，甘肃兰州人。北京师范大学博士。任教于宁夏大学中文系。从事中国古代文学及文学批评的教学和研究工作，主要研究方向为魏晋南北朝隋唐五代文学、宁夏古代文学等。其《从〈文心雕龙·丽辞〉看刘勰所推崇的骈文》一文认为，骈文是中国古代文学独有的一种文体，盛行于六朝时期。骈文的最大特点是讲求骈偶对仗。骈偶作为汉语独有的一种表达方式，与汉民族的思维方式和汉语的特点密切相关。《文心雕龙·丽辞》专论文章的骈偶属对，刘勰推崇自然成对、迭用奇偶、情文并茂的骈文，反对盲目追求形式的平庸之作。《知文之难甚于为文之难——刘勰〈文心雕龙·知音〉篇文学鉴赏论》认为，刘勰在《文心雕龙·知音》篇中借"知音"一词比喻文学鉴赏中作者与读者之间的心领神会，探讨文学鉴赏的问题。刘勰用大半的篇幅论述文学鉴赏之难，并从"知实难逢"和"音实难知"两方面分析原因，提出了文学鉴赏必备的素质和基础，为文学鉴赏作出创造性的探索，为我们探索具有我国民族特点的诗文鉴赏的理论和方法提供了极好的借鉴。

孙纪文（1967—），山东泰安人。曾任宁夏大学科技处副处长、人文学院教授、硕士研究生导师，现为西南民族大学文学与新闻传播学院教授。先后毕业于陕西师范大学、宁夏大学和福建师范大学，获文学学士、文学硕士和文学博士学位，西北师范大学博士。在各种学术刊物发表论文六十多篇，出版《淮南子研究》《王士禛诗学研究》《清代文学探赜集》《新时期宁夏小说评论史》（与许峰、王佐红合著）。《淮南子研究》是在其博士论文基础上修改完成的专著，旨在表明《淮南子》中的那些立足于先秦、汉初文化而构成的颇具包容精神的经学、史学、哲学、文学、神话学的文本内容，需要我们以历史的和逻辑的心态理解它们，感受它们在文化建构中的真正含意。对理论的探讨和视野的开阔，形成了孙纪文文学研究贯通传统与现代的学术追求，在古代文论诗学和现代文学批评诸方面皆有较为扎实的研讨积累。

白政民（1968—　），陕西西安人。曾在宁夏大学人文学院中文系任教，现为咸阳师范学院文学与传播学院副教授、学术带头人。先后毕业于宁夏大学、陕西师范大学，分别获得文学硕士和文学博士学位。1999年被评为副教授，同年被聘为宁夏大学中文系中国古代文学硕士研究生导师。专著《黄庭坚诗歌研究》荣获宁夏第八届社科优秀成果三等奖。此书对黄庭坚的生平、思想、诗歌理论、艺术渊源和诗风转变等进行了全面系统的研究。全书分为五章共十八节，在严谨细密的资料爬梳中，从黄庭坚的家世生平讲起，讨论了他诗歌创作的主题取向、诗歌理论，分析了他诗歌的艺术渊源和诗风演变，最后总结研究了他诗歌的艺术特征。

丁峰山（1971—　），陕西定边人。福建师范大学文学博士，宁夏大学人文学院教授、硕士研究生导师。2015年曾在台湾慈济大学宗教与人文研究所做访问学者。发表学术论文《被遮蔽的"说部英雄"——论何海鸣短篇倡门小说的意义》《〈泪珠缘〉及其续写与近代小说的走势刍议》《1907—1911年"时事报"系列报纸与近代小说》《明清性爱小说序跋及评点叙论》《中国古代小说概念及类型辨析》《宋代小说在中国小说史上历史地位的重新估价》等十多篇。出版专著《近现代狭邪小说演变的转型意义研究》。此书描述分析了近现代狭邪小说的主题思想、人物塑造、情节结构、叙事模式等基本要素以及由古典范式转变为现代范式的演化路径和嬗变特色，进而揭示论证了近现代小说在小说观念、创作内涵、形式体制、语言模式、传播方式、作家队伍、读者群体等构成要素上的调整过程和原因，从而得出传统社会向现代社会转型的时代总主题是推动包括狭邪小说在内的所有文学向现代迈进的根本推动力量的结论，为进一步探讨古今文学关系问题提供了一个细部实证层面的例证和思路。

江汗青（1927—2014），与韩培基合著的《郭沫若与杜甫》[1]一文中，就学界对杜甫的评价阐述了他们自己的看法，认为任意贬低杜甫的做法是不正

---

①江汗青，韩培基.郭沫若与杜甫［J］.宁夏大学学报，1980（2）.

确的。这篇文章荣获宁夏第三届文艺评奖二等奖。韩培基还发表过《长恨歌其恨何其长》《对红楼梦研究的殷切希望》和《金瓶梅的时代性》等文章。这是《宁夏大学学报》编辑部的学术成果展现，旁证了20世纪80年代宁夏地区学术蒸蒸日上的活跃景象。

饶恒久，宁夏盐池人，宁夏大学中文系硕士，西北师范大学文学博士。他潜心研读《国语》《左传》《尚书》，主攻史传文学，兼通先秦诸子之学。2002年起任中国石油大学人文社科部教授。国家级安全培训师。

李淑兰，宁夏中卫人，北京师范大学硕士，宁夏大学人文学院教授，主要研究方向为明清文学。发表论文《明清拟话本中的贞节烈女形象类型探析》等。

梅国宏，宁夏大学人文学院古代文学副教授，发表论文《都市文化视域中的宋词研究》等。

总之，古代文学研究主要以我国先秦至晚清古典文学为研究对象，包括作家诗人、文学作品、各种文体、文学流派、文学现象、文学理论批评等内容。宁夏的古代文学研究始于自治区成立，也始于宁夏大学。1978年，在著名学者王十仪先生的主持下，宁夏大学中国古代文学专业开始面向全国公开招收硕士研究生。这是宁夏大学第一个硕士学位点。现设有先秦两汉文学研究、魏晋隋唐文学研究、宋元文学研究、明清文学研究、古代文学理论五个方向，既有相对独立的分期研究，又有互相贯通的完整体系。

第二节　其他领域古代文学研究各显特点

宁夏大学在中国古代文学研究与批评方面占有重要地位，不仅涌现出领军人物，而且阵容强大、队伍整齐，形成阶梯，为古代文学研究与批评作出了突出贡献。同时，宁夏师范学院、北方民族大学、宁夏文联、宁夏社会科学院等院所在古代文学研究方面虽分散但方向一致，同样取得了显著的成就。如研究司马迁的袁伯诚，以古典文学研究成名的高嵩，研究文言小说和白话小说的南矩容、刘绍智，研究明清文学的王枝忠，研究唐诗宋词的高明泉、许兴宝，研究宋词的张金桐、于永森，研究《文心雕龙》的王毓红、赵耀锋，还有王引萍、刘衍青、郭艳霞等，都发表或出版了重要论著。

袁伯诚（1934—2007），山东即墨人。1950年进入军事干部学校，1956年考入北京师范大学中文系，1961年被分配到宁夏西吉县中学任教，1972年后，先后到兴隆中学、杨茂小学、下堡小学、将台中学任教。1978年到固原师专任教，1988年调至青岛师专（现青岛大学）任教。在固原工作期间，治学严谨、著述颇丰，对西海固文人、作家和固原师专学者群的影响较大，为固原教育和文化事业作出了积极贡献。

袁伯诚自幼受到良好的启蒙教育，在北京师范大学学习期间，师从李长之、启功等大家。撰有论文数百篇，出版《司马光大传》《资治通鉴胡注发微及纠谬》《先秦大文学史》（参编）、《中国学习思想史》《中国学习思想通史》《蛮触斋诗选》等专著，还撰有《唐太宗传》《司马迁与〈史记〉》《庄子研究》《蛮触斋宗教论集》等著作。对《庄子》《离骚》《史记》有精研，晚年著有《中国学习思想通史》《蛮触斋诗文集》。《新华文摘》《光明日报》《文史知识》《中国史研究》《中国史研究动态》《高等学校文科学报文摘》等曾对其相关文章和学术观点做过转载，并有高度评价。

袁伯诚虽潜心庄子等先秦诸子研究，但发表的学术成果主要集中于司马迁，如《试论司马迁的"发愤著书"说对讽谕文学理论的影响》《试论司马迁"发愤著书"说对叛逆文学理论的影响》《司马迁"发愤著书"说的理论意义——论"愤"在文学创作中的作用》等文章，集中讨论了司马迁的"发愤著书"说。他指出，"发愤著书"说是司马迁文学思想的核心，它既是我们研究《史记》的思想与艺术的"钥匙"，又是我们研究中国封建社会中进步文学家和作品的锐利的理论武器。《中国学习思想通史》立足于中华民族传统的思维方式和治学，打破目前学科、专业的壁垒，融会贯通，吸收、融摄人文社会科学和自然科学诸多相关领域的各种知识，对中国学习思想发展的轨迹、特点和规律进行了深入、细致的论述。袁伯诚以海纳百川的胸怀和气势，超越门派观念，摆脱师法、家法的局限，兼收并蓄，博采众长，志在追求历史真实和学术真理。在论述中国学习思想的发展进程时，无论是儒家、道家，还是古文家、今文家、汉学家、宋学家等，只要他们对学习思想的发展作出过自己的贡献，书中都为其树碑立传，并加以认真总结和客观评价。

袁伯诚还著有诗歌散文作品两百多万字，风骨卓绝，豪迈矫健，尤长于古体诗词，信手拈来，出口成韵。他的书法，不拘绳墨，狂放畅达，自成一体。

高嵩（1936—2013），河北阜城人。曾任银川市文联副主席，宁夏文联理论研究室主任、研究员，宁夏作家协会副主席，自治区政协常委，中国作家协会会员，中国敦煌吐鲁番学会理事等。1960年毕业于西北大学中文系。发表论文《论丁玲人格》《邵燕祥诗断议》《毛琦诗断议》《诗论》等。出版《李白杜甫诗选译》《敦煌唐人诗集残卷考释》《岩画中的文字和文字中的历史》《大麦地岩画——夏朝档案》等。《从〈北征〉看赋的方法》《宁夏新诗点评》《狂泻的性灵》分别荣获宁夏第一届、第三届、第四届文艺评奖三等奖、一等奖、优秀奖（不分等），长篇小说《马嵬驿》荣获宁夏第六届文艺评奖一等奖，《敦煌唐人诗集残卷考释》《张贤亮小说论》分别荣获宁夏社科优秀成果二等、三等奖。个人两次被银川市授予文艺创作一等功。在古典文学研究、张贤亮小说研究与宁夏地域文学研究、文艺批评与贺兰山岩画研究等领域都有杰出成果。

从文学研究的理论批评出发，高嵩影响最大的是张贤亮小说研究，但却以古典文学研究成名。《敦煌唐人诗集残卷考释》（以下简称《考释》）由注释、作品系年表、字句补正、作者生平管窥、文学价值、地名考略、作者押解路线图说、史实考略等几个部分组成，还有一篇《据马云奇〈怀素师草书歌〉再考怀素生年》，并附有舒学刊出《敦煌唐人诗集残卷》时的前言，以不忘王有三先生之后舒学的整理功劳。《考释》除了翻检史志考证之功，著者还于1980年赴青海湖东侧及河西走廊的武威、张掖两地进行实地考察，就《残卷》中一些地名的位置进行踏勘和调查。虽是诗集残卷，但高嵩总结了它的文学价值：一是朴素自然，是真的灵性，是真的歌哭；二是真实的笔触，留下西部绝无仅有的画卷；三是白描、比兴、宏厚宏阔，有大唐遗韵，又通俗浅易，不管从艺术特色还是描写的内容来看都具有一定的价值。曾有人对《残卷》作过整理，但严肃认真的深入研究则从高嵩开始，故此书出版后立刻受到敦煌学界的重视，高嵩在学界开始有了影响。

诗与艺术，特别是中国古典美学的现代性阐释，在高嵩的思考写作中有独特的发微。《高嵩文艺评论选》第一辑"文艺理论"，可能是其一生美学修养的结晶，也是贯穿于其所有学术活动和文艺批评的理论"红线"。高嵩曾发表《风骨论—— 一种悟性的典型论》，后改名为《风骨论——中国古典现实主义文学的典型论》。这篇文章是在中国古典现实主义文学的典型论中讨论风骨，认为"骨"是典型事义的抽象，"风"是典型情绪的抽象，"风骨"即主体化情绪之内里充满志气。这篇宏论是在中国古代文论和西方美学思想的交会点上研究风骨的内涵，对《文心雕龙》部分内容作了别开生面的理论阐释。此文可以与他为弘征《司空图〈诗品〉今译·简析·附例》所作的序一起参读。他在序中指出，历来关于《诗品》的聚讼，其实在一个"悟"字，而"悟"是一种既不同于纯粹直感，又不同于纯粹理性的思维形式，是"形象的抽象"。高嵩对文学作品追求一种"悟性的解读"，这是他文学研究与评论的特色。

南矩容（1937—2012），宁夏隆德人。曾任固原师专中文系副主任、教授，1961年毕业于陕西师范大学中文系。1980年调到固原师专，长期主讲中国古典文学，侧重明清文学研究。发表《试论贾母》《一条突不破的人生闭合之路》

等论文四十多篇。其中多篇被中国人民大学复印报刊资料《中国古代近人文学研究》转载。专著有《〈金瓶梅〉与晚明社会经济》，该著作忠实于文本，采用细读、纵横比较的方法解析文本，问题意识强烈，能够独辟蹊径、别开生面，有许多创见性观点。南矩容兼顾文言小说和白话小说研究，其文言小说研究以《聊斋志异》为主。《借男女之真情，发名教之伪药——论〈聊斋〉中青年男女对"名教"的叛逆》一文认为，蒲松龄站在时代思潮的行列，成功塑造了一系列具有初步民主主义思想倾向的青年男女形象，猛烈抨击了纲常名教、程朱理学，鲜明地反映了新兴市民阶级的思想。《借庄抒孤愤，作境穷神奸——浅谈蒲松龄寓言作品之一》详细分析了《聊斋志异》的寓言作品，并指出就其寓言的艺术特色来看，多得益于《庄子》，体现了蒲松龄对《庄子》的批判继承关系。《简谈〈聊斋〉短篇小说的情节结构》对《聊斋志异》的情节结构作了细致的分析，指出了其独特之处。《从狐鬼形象看〈聊斋〉对〈水浒〉的借鉴》通过比较研究，分析了蒲松龄继承文学传统的一个侧面。其白话小说研究有《试论贾母》，文章详细地分析了《红楼梦》中的贾母形象，认为就整个封建家族中的正统人物来看，她是牵制两条主线（一条是宝、黛、钗的爱情婚姻悲剧，另一条是王熙凤理家的悲剧）的一位关键人物。其他如《就备与表的对照看〈三国演义〉的思想内容》《〈西游记〉"以真反理"三维观》等，研究视角都非常新颖，论证严密。

刘绍智（1941—2017），北京人。曾任宁夏教育学院教授。1965年被分配到宁夏农建十三师一团二连务农。曾在兰州军区生产建设兵团农建十三师宣传队工作，后又调回老二连、山上三连、老六连劳动并放过羊。1976年年底，经时任农建十三师副参谋长马英亮力荐，抽调到宁夏教育学院，教授明清史，研究红学。刘绍智的研究涉及小说、诗、词、散文和古代文论等各个领域，包括现当代文学，主要致力于白话小说的研究。发表论文《〈聊斋志异〉与浪漫主义创作方法》《〈聊斋志异〉喜剧性特征初探》《也谈〈红楼梦〉八十回后的原稿》《〈荡寇志〉的接受障碍》《愤世绝俗写花案——评〈女开科传〉》《元人小令的特色》等多篇。其《试论西门庆》，提出西门庆的形象是货币经济不能顺利沿着资本主义方向前进的商人兼高利贷者的艺术形象。《金瓶梅作者的心态》一文指出，《金瓶梅》是作者心态的对应物，它表现出理性评价和形象体系的错位，作者既对儒家传统道德认同，又对人的感性欲求认同，这就使人物形象留下了"二律背反"的印痕。刘绍智还有一些围绕《三国演义》进行研究的论文，如《〈三国演义〉的反历史主义》《〈三国演义〉的虚与实》《毛宗岗论历史小说的特点》《接受中的〈三国演义〉》

《胡适的〈三国演义〉研究》等。这些文章都从不同角度揭示了《三国演义》的内容和艺术特点，强调了虚构是《三国演义》成功的最重要条件，并从接受美学的角度研究了《三国演义》在不同时期所呈现的不同面貌。

王枝忠（1944— ），福建长乐人。历任《宁夏社会科学》编辑部副主任，宁夏社会科学院哲学研究所副所长，福州大学中文系主任、教授，《三国演义》学会理事，福建省古典文学学会理事，《福州大学学报》编委，福建省政协委员，福建省文史馆馆员等。中国作家协会会员。1970 年毕业于北京大学中文系，1978 年考取宁夏大学古代文学研究生。曾被日本冈山大学文学部聘为外籍教授，赴日讲学两年。1971 年开始发表文章，出版专著《蒲松龄论集》《古典小说考论》《汉魏六朝小说史》《搜神记·搜神后记》等。合作主编《宁夏作家创作论》《宁夏文学十年》《国际聊斋研究论文集》等。发表译著《蒲松龄传》《中国人和日本人》《张学良与中国》（合著）等四部。

《蒲松龄论集》有如下几个方面的内容：一是考据类，关于蒲松龄的民族归属问题，如《〈蒲松龄先世为回回说〉质疑》；关于蒲松龄初馆的问题，如《关于蒲松龄生平经历的几点考订》《蒲松龄杂考》；关于陈淑卿的问题，如《对〈蒲松龄和陈淑卿〉的几点商榷》《陈淑卿决非蒲松龄的第二位夫人》；关于《聊斋志异》撰写时间的问题，如《关于〈聊斋志异〉的成书年代》《〈聊斋志异〉是按写作先后编次的吗》；关于校勘的问题，如《三会本〈聊斋志异〉会校中的一个错误》等。二是内容和艺术的研究，如《试论〈聊斋志异〉批判科举制度的历史意义》《也谈〈聊斋志异〉的民族思想》《〈聊斋志异〉的有神论思想》《新的题材·新的思想·新的写法》《努力锤炼个性化的人物语言》《〈聊斋志异〉艺术描写二题》等。三是蒲松龄的创作动力问题，如《清初的文字狱和蒲松龄谈狐说鬼》《试论〈聊斋志异〉的成功条件》《从文言小说的写实传统看〈聊斋志异〉的创作思想》等。此外，还有从文言小说演变过程来把握《聊斋志异》的论文，如《志怪·传奇·志异》；《蒲松龄研究面面观》则是对蒲松龄及其《聊斋志异》研究之综合考察而阐发己见。

除文言小说外，王枝忠还旁及白话小说的研究，如《诸葛亮：传统文化心理的产物》《生子当如孙仲谋》《曾论"五虎将"》《明末著名的通俗小说家凌濛初及其〈拍案惊奇〉》等。还有译作，如《蒲松龄传》节译、《〈聊斋志异〉里的医术与巫术》《关于〈聊斋志异〉的会话》等。从宁夏文学七十年来说，王枝忠 20 世纪 80 年代专门研究蒲松龄及其《聊斋志异》，多篇论文被中国人民大学复印报刊资料全文转载，在国内外学术界产生较大反响。

高明泉（1953—），宁夏西吉人。曾任宁夏师范学院文学院党总支书记、院长、教授。1979 年毕业于宁夏大学，主要研究方向为中国古代文学和唐诗宋词。在《固原师专学报》《宁夏社会科学》《宁夏大学学报》《西北师范大学学报》等发表学术论文三十多篇。出版专著《宋词管窥》《唐诗管窥》《五七言杏村草稿，注解》。2001 年主持完成固原师专科研项目"宋诗基本特征研究"。《宋词管窥》荣获 2006 年宁夏高校优秀教材奖、宁夏第十届优秀社科成果二等奖。这是一部关于宋词研究的专著。全书共由通论篇、作家篇、风格篇等五个部分组成，通过对词作的背景、缘由和词人创作心理过程的解读，对名家名作进行分析、解读和鉴赏。这部著作资料翔实、论述比较扎实。《唐诗管窥》以唐代社会历史发展线索为主线，通过对唐代诗人创作心路历程的探究，展示诗人的创作成就和诗意人生；通过对唐代诗歌创作艺术特质的评鉴，展示唐诗的流变脉络和艺术个性。全书分为上、下两编，共二十章，上编"唐代诗人研究"，先对十八位诗人和中唐诗人群做了评论，又对唐代各个时期的重要诗人做了简明扼要的介绍，着重体现了他们在唐诗创作上的巨大成就以及对后世诗人创作的深远影响，并对他们的优秀诗篇进行赏析，使读者深入了解诗人创作的艺术特色和思想情感；下编"唐诗专题研究"，对唐初应制诗、岑参诗歌"奇""丽"风格成因、李白《梦游天姥吟留别》与陆游《梦从大驾亲征》比较，唐代女性创作和白居易《长恨歌》的风情主题进行研究论述，侧面反映唐代诗歌的繁华与瑰丽。这两部著作是他在长期的教学工作和研究中积累而成的唐诗宋词研究专著，分别挖掘出宋词和唐诗独特的美学特征，融入自己细致的审美感悟和读书思考。

左宏阁（1960—），女，辽宁建昌人。历任北方民族大学文学与新闻传播学院教授、硕士研究生导师，国家民委中国古代文学重点学科负责人，中国民主同盟宁夏区委会常委，中国少数民族文学学会常务理事，中国民族文学史料学会理事等。中国文艺评论家协会会员。有论文发表于《西南民族大学学报》《北方民族大学学报》《宁夏文艺评论》等，参与《宁夏诗歌史》撰稿。2010 年以前主要研究中国古代文学中的文学流派、边塞诗，如论文《文学流派始点鉴识》《建安文学儒家内质简论》等，并针对中国古代文学中的相关问题，结合教学进行研究。2010 年以后，转向研究宁夏古今诗文，主要从宏观角度对历代宁夏诗文进行梳理研究，探讨宁夏古代文学的发展脉络、总体特征，以及诗文中反映的宁夏古代民族关系、风土人情等，并以贺兰山为中心进行辐射性研究。在《宁夏文学中的诗意贺兰》一文中，左宏阁从历代文人歌咏贺兰山的诗词中，分析人们对贺兰山的关注度，诗词中对历史文化印记的咏叹、对农耕文化与游牧文化碰撞交融的浅吟、对贺兰山具有象征意蕴的情感解读，角度新颖，分析恰切。在《张贤亮诗词中的情感分析》一文中，她主要从张贤亮古典诗词情感表达方面做了详细论述，点面结合，通俗流畅。左宏阁除上述作品外，还有《古代文学镜像中呈现的宁夏民族关系》《镜像与民族：古典诗词中的贺兰山》《古代：塞上诗词中的雄浑与秀丽》等文章，紧紧围绕宁夏诗词进行分析与解读，对宁夏古典诗词的继承与发展，有一定的借鉴作用。

王引萍（1962— ），女，陕西彬县人。北方民族大学教授。1981年至1988年在西北大学本硕连读，获得文学硕士学位。从事明清小说研究，发表论文二十多篇。2007年出版专著《明清小说女性研究》。作者在大量的文本细读中辨析思考，从文化层面触及文学深层的女性意识和男权思想，具有历史和现实文化理解的双重意义；在传统研究方法的基础上，运用女性主义的批评方法，带着女性的自我体验，就明清小说中的女性形象、妇女观及女性生活的状况等进行深入分析；通过女性形象在小说叙事中的演变，探讨了近代女性社会地位和女性意识觉醒的艰难途程，烛照人性和生活的各个层面。

张金桐（1963— ），河北故城人。河北经贸大学教授。1986年毕业于固原师专中文系，留校任教，主讲古代文学等课程。后到南开大学中文系攻读博士学位。他发表于《固原师专学报》的一系列文章，探讨了李清照及其他词人的创作。《"怎一个愁字了得"——读李清照的〈醉花阴〉和〈声声慢〉》一文，以李清照的两首词为中心探讨了她南渡前后词的不同风格。《略论李清照词的意境》指出，李清照以一个女性的细腻与敏感，把女性特有的感情、心理提炼为艺术形象，把既明白清新又含蓄隽永的语言写进词篇，创造了一种明丽深远的意境。张金桐的研究还涉及其他词人，如《周姜词风格差异性及成因浅探》《柳永词的变革意识》，也有对宋词具有规律性的东西进行探索的，如《试论宋词多"闺"音》《宋词美学特质臆想》等。

王毓红（1966— ），女，安徽芜湖人。1985年毕业于宁夏大学中文系，分配到固原师专任教，中国社会科学院文学研究所博士毕业后在宁夏大学工作，后调广东外语外贸大学，主讲文学理论等课程。长期潜心于中西文艺学、文学和岩画学研究。公开发表学术论文七十余篇，出版学术专著四部。《跨文化翻译和研究：〈文心雕龙〉在英语世界流播历史》一文中认为，20世纪初至今，《文心雕龙》在英语世界流播的历史已逾百年，跨文化翻译和研究是其突出内容。美国各大高校及研究机构是它主要的流播范围，他们以原创性或开创性的翻译和研究开辟并建构了《文心雕龙》在英语世界流播的历史，增进了以《文心雕龙》为代表的中国古典文论与西方文论之间的对话和理解。《主体间诗学：美国跨文化〈文心雕龙〉研究的特质》一文讨论美国跨文化《文心雕龙》研究，体现出来的是一种主体间诗学。研究者在世界艺术理论平台上把它视作另外一个话语主体，并基于一些共同的基本因素，主要采取边译边释的话语方式，以另一主体的方式与其进行平等对话。双方话语之间真正的意义和交织，不仅在于他们之间存在着某种同源性和类似性，而且在于它们之间的比较，亦即发现每个传统内相对于另一个传统的差异性，其最终目的和意义是理解而非判断对方。

刘衍青（1971— ），女，甘肃庆阳人。宁夏师范学院文学院院长，教授、硕士研究生导师，中国红楼梦学会会员。1995年毕业于陕西师范大学中文系，2005年陕西师范大学中文系硕士研究生毕业，2015年上海大学文学院博士研究生毕业。长期从事《红楼梦》与明清小说研究，出版专著两部，在《红楼梦学刊》《蒲松龄研究》《西北师范大学学报》《宁夏社会科学》《四川戏剧》等刊物发表学术论文五十多篇。《明清小说的生命立场》一书主要以明清时期的经典长篇小说《水浒传》《金瓶梅》《聊斋志异》《红楼梦》等为研究对象，剖析这些小说中所蕴含的生命意识，揭示明清经典小说对个体生命的尊严与独立性的肯定经历了一个漫长而艰难的历程——由质疑、反思儒家思想所推崇的仕途经济、家国意识、伦理道德，到尝试改良，直至最终批判、否定的艰难历程。《红楼梦戏剧研究》一书以翔实的文献梳理，较为全面地述评《红楼梦》戏剧作品，补充和纠正了前人的疏漏与讹误。全书分为八章，戏曲部分着重其多元文化特征、人物形象嬗变及"红楼戏"演出研究，并延展至《红楼梦》唱片的研究；话剧部分着重主题新变、艺术手法和赵清阁话剧个案分析。作者在掌握丰富资料的基础上，对《红楼梦》戏剧作品作出了深入的理论分析，如对陈钟麟《红楼梦传奇》的批评，对徐进越剧《红楼梦》的评析，对赵清阁《红楼梦》话剧的论析等，深中肯綮，卓有识见，为《红楼梦》当代编创提供了可资借鉴的经验。

于永森（1977— ），山东平度人。曾在宁夏师范学院文学院任教，现在聊城大学任教。汉语言文学专业自考本科毕业，后考入山东师范大学文学院，获美学硕士、文学博士学位，主要从事诗词曲学的研究。在《山东文学》《周易研究》《船山学刊》《宁夏师范学院学报》等发表论文十多篇。出版专著《诗词曲学谈艺录》《诸二十四诗品》《稼轩词选笺评》等六部。多年来，一直专注于新时代的理论创造，提出并系统、逻辑建构了"神味说"诗学理论，并将其延展到文艺领域。在传统诗学的现代发微中颇有心得，不失古雅的诗意审美情怀追求。

　　赵耀锋（1977— ），甘肃庆阳人。文学博士，任教于宁夏师范学院文学院。主要从事中国古代文学的教学和研究。赵耀锋深受董家平教授的影响，主攻两汉魏晋文学研究。因深受董家平教授的影响，主攻两汉魏晋文学研究。专著《〈文心雕龙〉研究》规范地从刘勰的文学观入手，从作家论、文体论、创作论和批评论等方面研究解读中国文论经典《文心雕龙》。《论佛学对〈文心雕龙〉的影响》一文考论佛学思想对刘勰《文心雕龙》一书产生的巨大影响，使其具有严密的思维方式、博大的理论体系、卓越的思想内容，且能在文论史上独步千古。《论建安风骨的嬗变》经细致梳理，认为"建安风骨"这一文学现象经历了形成、式微、复兴三个发展阶段，在不同的发展阶段体现出了不同的风貌与特点。专著《〈文心雕龙〉研究》规范地从刘勰的文学观入手，从作家论、文体论、创作论和批评论等方面研究解读了中国文论经典《文心雕龙》。

　　郭艳华（1978— ），女，宁夏贺兰人。博士，北方民族大学文学与新闻传播学院副院长。2011 年进入陕西师范大学中国文学博士后流动站。主要从事古代文学的教学与研究工作，研究方向是古代民族关系格局、古代政治制度、士人心态与文学关系。著有《杨万里文学思想研究》，主编《宋辽金元文学》。在《齐鲁学刊》《北方论丛》《文艺评论》《宁夏社会科学》等刊物发表学术论文三十多篇，主持国家社科基金项目"宋夏战争与北宋文学"。著作《杨万里文学思想研究》，史料翔实、考论精细，将杨万里置于宋代理学、心学和诗学的交汇点上，结合当时动荡的政治环境、宋代理学及党争对其心态的影响，深入其哲学思想和文学思想内部，探究其文学思想由产生、成熟到转向的演进过程，指出其诗学风貌、品格、特征及其作品在古代中国诗学史上所占的地位，是一部学术性很强的著作。《杨万里文学思想研究》不仅对杨万里文学思想研究有较高的参考价值，对研究古代中国文学史也起到助推作用。

　　综上所述，宁夏古代文学研究与批评力量主要集中于高校，不管是对先秦两汉时期文学进行全面、系统的观照，还是对魏晋隋唐时期的文学创作主体、作品内容、语言艺术、思想流派等方面进行研究；不管是从宋元明清文学入手，揭示中国文学发展的规律和特点，还是对专书、专论、诗话、词话、书信、序跋等古代文论的理论形态进行探讨，都取得了显著的成就，部分成果处于全国领先地位。老一辈学者韩培基、王十仪、南矩容、袁伯诚、高嵩、江汗青、刘绍智的先后离世，但他们为我们留下了无比珍贵的文学遗产。不少学者，如裴世俊、饶恒久、王茂福、王枝忠、张金桐、许兴宝、白政民、王毓红、孙纪文等先后调离宁夏，宁夏古代文学研究与批评高层次人才出现了严峻的青黄不接现象。十年树木，百年树人。怎样培养人才、留住人才，怎样优化环境、吸引人才，都是宁夏亟待解决的问题。

第二章

现代文学与世界文学研究力量强大

第一节　现代文学研究代代坚守

宁夏地区现代文学研究的奠基者是朱东兀、陈学兰、阎承尧、李镜如等人，开拓者是汪宗元、丁文庆、慕岳、魏若华等人。他们一起奠基并建构了良好的学术氛围，与从事古代文学研究的王十仪、李增林等人共同构成了宁夏文学研究的强势力量。改革开放之后，百废待兴，学术活跃，中国现代文学研究会成立，丁文庆、张衍芸、李生滨先后成为宁夏代表理事。在现代文学研究的园地里，鲁迅研究是显学，朱东兀、李镜如、慕岳、潘自强、华世鑫等人都发表过重要的论文。孟悦朴、张鸿才、武淑莲等人的郁达夫研究，高嵩、田美琳、刘贻清等人的张贤亮研究，郎伟、钟正平等人的孙犁研究，杨继国、白草等人的民族文学研究，朱东兀、李生滨、田燕等人的郭沫若及"京派"研究，白军胜的现代诗歌美学探讨，张衍芸、孟悦朴、魏兰等人的女作家研究，郎伟的20世纪90年代小说研究，都值得肯定。从南北学术力量的分布来说，慕岳、丁文庆、张光全是固原师专中国现代文学学科发展的奠基者，第二代主要是钟正平、武淑莲、徐安辉等60后学者。宁夏大学现代文学研究已历三代，朱东兀、阎承尧等为师长，田美琳、张衍芸、陈国威等为承传，郎伟、魏兰、李生滨等是新世纪以来的中坚力量。从宁夏总体发展来说，在宁夏大学现代文学研究的学术群体的积累之外，继宁夏师范学院学术力量崛起之后，北方民族大学的学术力量也不可忽视。在李增林、丁文庆、林涛等人之外，还有张鸿才、刘茂海、吕颖等，后起之秀如周清叶、马慧茹、钱文霞、郭艳、乌兰其木格等，她们以民族文学、女性文学和宁夏地域文学为主要方向，正在形成新的群体力量。

朱东兀（1928—2010），笔名冬梧、佟石等，重庆人。曾任宁夏大学中文系现当代文学教研室主任、教授、硕士研究生导师。主要从事中国现代文学研究，为宁夏的文学评论事业作出了贡献。

朱东兀1958年毕业于北京师范大学毕业后分配到宁夏。1981年发表《〈阿Q正传〉散论》，可以代表朱东兀现代文学研究的影响和成就。在文章中朱东兀首先肯定《阿Q正传》是新文学创作的丰碑，认为《阿Q正传》发表六十年以来沧海桑田、世事巨变，但是作品所揭示的许多问题，一直闪耀着真理的光芒。文章非常细致地谈道：一是阿Q精神的社会意义。阿Q的性格是复杂的，有反映农民本质的一面，如勤劳、质朴，要求革命来改善处境，也沾上一些游手好闲之徒的狡猾，如欺软怕硬等。另外，还受封建思想的毒害，以致痛恶革命、排斥异端、重男女之大防等。然而，在他性格上表现最突出的还是阿Q精神，自重自负、自轻自贱、自宽自解、自欺欺人等。这种病态的阿Q精神，不仅只存在于落后的农民之中，还深刻地反映了许多人的弱点。朱东兀认为，鲁迅在这里笼统地把这个病症视为所有国民的劣根性是不妥当的，但是阿Q精神的高度概括，却为许多事实所证明。阿Q精神仍然是一面镜子照出我们一些人身上的污垢。二是恋爱悲剧的深刻内容。朱东兀认为，阿Q的恋爱悲剧，既是个人的悲剧，又是社会的悲剧。三是阿Q革命的重大启示。朱东兀指出，如何解释阿Q革命的必然性，如何理解阿Q的革命，仍然是值得研究的问题。鲁迅笔下描写阿Q的革命，正是从生活实际出发，既不忽视阿Q这类农民的革命要求，看到他们是中国革命的重要力量，又不夸大这种革命性，掩饰其存在的问题。四是辛亥革命的沉痛教训。朱东兀分析认为，辛亥革命失败的原因在鲁迅的《阿Q正传》中有了形象而深刻的反映。由于领导辛亥革命的资产阶级先天不足，他们不可能提出彻底反帝反封建的革命纲领。辛亥革命胜利后，又由于许多敌对分子和投机分子混进革命队伍，无形中解除了革命的武装，也就不可能采取补救的办法，根据形势的需要，重新提出革命的纲领或贯彻一条革命的路线，以致辛亥革命的胜利就伴随着失败。《阿Q正传》中的旧知县、把总、举人老爷等封建阶级的代表人物，本来是革命的对象，但都摇身一变，成了革命的领导，掌握了革命后的政权、兵权，他们在革命的名义下为所欲为，继续进行旧的封建统治。革命后的监牢里，关押着的仍然是祖父欠了地主陈租的农民，而要求革命的阿Q，则成了老把总这类革命党用作枪毙示众的材料。如此严正而细致的批评讨论，我们今天仍然可以拿来作为文学课堂的参考。朱东兀作为学院派教授，分析文本的细致功夫和熟悉20世纪中国的"知人论世"的才学，支撑着他重视现代经典作家和宁夏最新创作的研究路径，他与阎承尧、李镜如、陈学兰等培养了田美琳、张衍芸、陈国威、孟悦朴、徐安辉、武淑莲等第二代宁夏现代文学研究骨干。

阎承尧（1936— ），天津人。1958 年毕业于北京师范大学，毕业分配到宁夏。曾任宁夏大学中文系副教授，1980 年代调至天津师范学院，主要从事现代文学研究。其主要论文有《论鲁迅早期关于建设精神文明的主张》和《略论郁达夫文艺观的形成与发展》等。前者虽然在社会历史批评的话语里阐发，但对鲁迅"掊物质而张灵明，任个人而排众数"进行了深入的解读，因而认为，鲁迅"非物质"和"重个人"的思想和尼采的主张有着不同的内涵。其讨论张贤亮创作的《黄河东流去——评中篇小说〈河的子孙〉》一文，述学与评论语言简洁流畅，分析文本的能力卓尔不群。最后赞誉道："《河的子孙》是张贤亮献给母亲黄河的一曲沉实有力的颂歌。崇高的使命感和对艺术的忠诚，使作者又唱出一首撼动人心的激越歌声。"这篇文章荣获宁夏第四届文艺评奖优秀奖（不分等）。

张鸿才（1938—2017），山东淄博人。曾任陕西省重点科研课题延安文艺研究课题组组长、《延安文艺研究》副主编等，教授。1955 年参加工作，先后在银川运输公司、甘肃省戏曲学校、西北师范大学外国语文系俄罗斯语言文学专业、西藏民族学院语文系、陕西省社会科学院文学研究所、西北第二民族学院中文系工作、学习、任教。作品荣获宁夏第六届文艺评奖二等奖。

张鸿才的研究重点是延安文艺思想，代表作是《论延安文艺的本质特征》，此后形成《延安文艺论稿》一书。首先，他强调和论述"以辩证唯物主义与历史唯物主义的世界观和方法论为指导思想观察并反映现实，这是延安文艺的一个本质特征，也是无产阶级革命文艺之前的所有文艺不可能具有的特质"。其次，《在延安文艺座谈会上的讲话》中阐述的工农兵方向、文艺与生活、文艺与政治的关系问题有一个共同的旨归：要求文艺家关注现实、关注当前的政治变动、关注人民大众的解放事业，宣传集体主义、爱国主义和共产主义思想，高度强调文艺作品的思想教育作用。延安文艺的另一个本质特征，是文艺作品和人民大众的革命斗争生活血肉相连。毛泽东遵循文艺的普遍规律，回答新时代对文艺的要求，揭示出了无产阶级革命文艺的特殊规律。他从文艺与生活的辩证的审美关系出发，提出了文艺为人民大众服务的方向；又通过辩证的解决文艺与生活的审美关系，阐明了文艺创作的基本规律，指出文艺应当如何为人民大众服务。因此，从思想史和美学史来总括延安文艺的历史价值，断定"延安文艺特具的崇高美的总体美学品格的形成，是马克思主义美学思想在中国革命根据地得以实践的结果；而延安文艺崇高美的总体美学品格及其表现形态，对马克思主义美学思想的不断丰富和进一步发展，无疑会起到巨大的推动作用"。张鸿才的研究从宁夏地域学术的发展来说，填补了现代文学研究领域 20 世纪 40 年代文学和解放区文艺研究的空白。

丁文庆（1939—　），笔名丁文，北京人。历任固原师专校长、西北第二民族学院副院长、宁夏作家协会理事、中国现代文学研究会理事、全国师专研究会副理事长等。出版《两山集》。

丁文庆 1960 年北京师范大学中文系毕业，分配至宁夏工作。年轻时喜欢诗歌创作，有作品发表。先后在固原师范、固原师专、西北第二民族学院任教四十年。丁文庆是宁夏研究中国现代文学最早的专家之一。虽因地域和时代的限制，只有七八篇论文发表，但已经显现了其纯真的学术追求。首先，丁文庆中国现代文学专业教学和研究的重镇是鲁迅。七篇文学论文中，三篇讨论鲁迅。1981 年发表的《向"病态社会的不幸的人们"告别——试论鲁迅笔下民众的群像》，虽免不了社会批判的时代意识，但能够从启蒙民众的意义上分析认识鲁迅《呐喊》《彷徨》小说作品的现实主义品质，颇有见地。1984 年写作发表的《试论鲁迅的"国民性思想"》，从更开阔的历史视角考察鲁迅的"国民性思想"，借助马克思主义思想，分析透彻，显示了扎实的专业水平。1995 年写作的《久违的温文尔雅——梁实秋散文论》与《不熄的爱国诗魂——浅论闻一多的诗》呼应，代表了丁文庆现代文学研究论的最高水平。其次，诗人丁文庆对诗歌的研究情有独钟。《不熄的爱国诗魂——浅论闻一多的诗》，从闻一多珍视中华民族悠久的历史文化传统入手，细致讨论了闻一多表现爱国情怀的主要诗篇，这也是作者自己赤子情怀的一种印证。在 1982 年的《有关诗的思绪》中，丁文庆重新审视诗的抒情特色和艺术本质，强调诗对人的精神、情感和心灵的作用，呼唤优秀的诗人和作品的出现。同年写作的《新诗的复兴——新时期诗歌创作的回顾》，可以看出丁文庆文学研究的敏感和执着，特别是对现代文学和白话新诗的学术观照。丁文庆立足诗歌创作的文学研究，形成了鲁迅、新月两大家和新诗研究的鲜明特色，也奠定了宁夏地区中国现代文学研究的坚实基础。《两山集》不仅收录他的评论文章、新诗和散文，而且有大量的杂诗，记录言行和怀念朋友，真挚的抒情映照生命的乐观，形成朴实坦诚的审美追求。

魏若华（1942—　），原名魏荣华，河北交河人。曾任中卫县教育局中学语文教研员、县史志办公室主任，特级教师，宁夏作家协会理事，中国作家协会会员等。出版论著《鲁迅与他的老师》《鲁海拾零》《沧浪集》《中卫教育志》等。《三人行》《明史笔记》系作者涉猎文史的两本新作。曾获省部级优秀成果奖六项。

魏若华 1964 年毕业于宁夏大学中文系。1973 年开始发表作品。《鲁迅和他的老师》以《鲁迅先生的光和热》为代序，着重谈了鲁迅同青年的关系，表达了对鲁迅先生的感激与敬慕之情。这部作品是 20 世纪 80 年代伴随全国学术恢复和鲁迅研究的热潮而产生的宝贵成果，是宁夏地区鲁迅生平和思想研究的优秀著作。

宁夏学人重视鲁迅研究与 1978 年科学大会之后全国兴起的学术热潮有关。1981 年鲁迅诞生一百周年纪念大会在宁夏举办，不仅由五十三名委员组成纪念委员会，而且专门组成九人的学术讨论领导小组，由王十仪、李震杰、高嵩主编，于 1981 年 11 月 6 日编成《鲁迅诞生一百周年纪念文集》。该文集选辑学术讨论会文章二十三篇，从不同角度对鲁迅的思想和文学创作进行了多方位的探讨。

张衍芸（1946— ），女，宁夏人。曾任宁夏大学中文系现当代文学教研室主任。中国现代文学研究会理事等、中国茅盾研究会理事。作品荣获宁夏第六届、第七届文艺评奖二等奖、三等奖。

1967 年宁夏大学中文系毕业后留校任教。张衍芸重点从事鲁迅、茅盾、叶紫等五四作家的研究。其代表论文《茅盾论文学民族化》和论文集《茅盾与民间文艺》对茅盾的创作思想进行了研究。2000 年以后，她特别注重五四女作家的生平史料和创作特色的研究，专门开设了"五四女作家研究"专题课，发表了不少女作家生平考证与作品研读相结合的评论文章。从《幽草寸心集》来看，她结合自己的专业教学，还完成了三篇研究张爱玲和萧红小说的文章。首先，她对小说集《传奇》的悲剧意识进行综合讨论，然后又专门撰文分析曹七巧这个典型的女性悲剧形象。其次，从"生的坚强，死的挣扎"来把握《生死场》的格调，充分深入文本叙事，简洁而细致地讨论了萧红的小说创作。除茅盾专论外，现代作家论是张衍芸现代文学研究的基础所在。《鲁迅作品中的几个女性形象》是女性阅读的自觉认同，是她 20 世纪 80 年代学术起步的严谨之作。同样，《〈呐喊〉〈彷徨〉的讽刺艺术》一文，在文本细读的训练中涵养了她作为文学教授的专业基本功。使张衍芸的研究逐步走向成熟的是茅盾专题研究和现代女作家研究。《鲁迅与中国现代女作家》是《茅盾与中国现代女作家》的姐妹篇，从中可以看出她研究的主要路向。她坚守自己的研究领域，认真打磨每一篇文章，形成了自己看似狭窄却很纯粹的学术路径，值得今天的研究者借鉴和学习。

刘茂海（1952— ），上海人。曾任北方民族大学学报编辑部副编审、宁夏高校学报研究会理事等。毕业于陕西师范大学中文系。研究领域以小说研究为主，涉及近代小说《金瓶梅》和宁夏作家查舜的小说创作，主要成就集中于郁达夫的专题研究。论文《对郁达夫小说感伤情绪与颓废色彩的重新思考》、专著《是颓废还是辉煌——郁达夫作品的思想艺术》分别荣获宁夏第六届、第七届文艺评奖三等奖、二等奖。这本书相比其他研究郁达夫的书籍和文章，对郁达夫作品中积极的一面评述得更加充分、更加突出。他在研究郁达夫的小说、散文和诗歌的基础上，将研究范围扩大到了对郁达夫的传记、杂文、文艺理论以及译著等文体的探讨和研究，并通过这些探讨和研究尽可能地展现郁达夫作品在思想上、艺术上的整体面貌。他对郁达夫研究的文章在学界产生了良好的反响。

孟悦朴（1955— ），女，河北馆陶人。曾任宁夏大学人文学院副院长、国际教育学院院长等。《男权大厦的结构者与解构者》和《告别亚瑟爷》分别荣获宁夏第五届、第七届文艺评奖二等奖、三等奖，《感伤的行旅》荣获宁夏大学科研成果二等奖。

孟悦朴 1958 年随父母到宁夏，1977 年考入宁夏大学中文系，1993 年硕士毕业于复旦大学。主要从事中国现当代文学和对外汉语教学与研究，也积极参与宁夏地域作家的许多研讨活动。她从女性视角对五四作家的研究颇见功力。在《理性的光辉与浪漫的风采——鲁迅、郭沫若女性观比较》一文中，她站在女性的角度分析鲁迅与郭沫若的女性观，细微地体会着鲁迅的冷静、沉着与郭沫若的浪漫、狂放，在差异中辨析并认识两者的女性观对中国妇女解放运动产生的价值和意义，这是对两个个体不同女性观的对比评论。《"感伤的旅行"——郁达夫的女性观》则是对郁达夫矛盾性格和矛盾女性观的分析。郁达夫对待女性，一方面追求个性解放、赞美与肯定女性，另一方面确又残存传统封建的性别意识。郁达夫在女性面前所取的诚挚、感伤的弱者姿态，无疑是一种崭新的姿态。在那个女性备受歧视的年代，郁达夫的女性观具有积极意义。孟悦朴以《卢梭传》中罗曼·罗兰对卢梭的描述来表达对郁达夫认识自我的敬意，认为郁达夫兼有天才和病症的原因主要由于他的自我主义。他在"暗室"中工作，除正确地遵循他所见到的几条有标记的路线外，更无其他艺术。这样的认识和论述来自其代表作《男权大厦的结构者与解构者——郁达夫小说中女性和男性解读》。此文从女性批评和女性主义理论视角深入而细致地研究了郁达夫的创作和女性意识。"赞美"的解读和"同情"的含义两节阐释解读尤为精彩。在多年的学术研究中，孟悦朴还应李树江先生邀约，曾经准备过宁夏文学史的研究整理工作。对刘国尧、肖川诗歌的评论，启发影响了赵炳鑫、孙纪文、李生滨等后来者的地域文学研究。

魏兰（1963—2019），女，北京人。宁夏大学人文学院中文系教授。发表《宁夏"城市文学"缺失现象浅论》等学术论文二十余篇，出版专著《挤过缝隙的魂灵——60年代女作家小说印象》等。

魏兰主要从事现当代文学研究、女性文学研究，特别是对女性作家的研究和女性视角的批评，延续了张衍芸、孟悦朴等宁夏大学中国现代文学研究重视女性作家创作的传统。她主讲当代文学、新时期女性文学等课程。新世纪以来，她结合"女性文学研究"专题课，对60后女作家群进行一系列个案研究，在此基础上形成的专著《挤过缝隙的魂灵——60年代女作家小说印象》，是近二十年宁夏文坛和学界出版的优秀学术著作。该著首先在以《风雨中的美丽——多姿多彩的女性文学创作》为题的绪论中，以历史为线，向读者展示了从传说中的大禹时期一直到当代的女性文学创作，梳理了丰富多彩的女性文学悠久的历史，强调了女性文学的重要性。作者以十二个专章分析了十二位女作家的个性创作及叙事特色，在充分研究和肯定60后女作家创作成就的过程中，灵动地凸显了20世纪90年代中国女性文学创作的成就。当然，在冷静面对女性文学创作繁华的同时，她也对女性文学的发展有所质疑和困惑。这部著作还附录其他60后女作家的创作简况，以作者小传的形式评价了这些女作家的主要成就，对每个人的代表作作了介绍和分析点评。魏兰对文学研究界女性作家创作的"个性化写作"和"女权主义"等跨世纪讨论的热点问题，也阐发了自己的独特看法和认识。

王岩森（1965— ），宁夏盐池人。宁夏大学人文学院副院长、教授，中国写作学会理事。1986年毕业于华东师范大学中文系。主要从事中国当代杂文与文化研究。出版《游弋于历史与现实之间：1978—2000年中国杂文专题研究》《"香花"与"毒草"：1955—1957年中国杂文档案》。论文《世纪末的杂言》、专著《游弋于历史与现实之间：1978—2000年中国杂文专题研究》分别荣获宁夏第六届、第七届文艺评奖二等奖。《游弋于历史与现实之间：1978—2000年中国杂文专题研究》共六章三十二节，分别是1978年至2000年中国杂文创作的发展历程、基本主题、存在问题、作者类型、个案研究以及余论。对1978年至2000年中国杂文创作的发展历程，从思想解放的先声写到了世纪末的杂言；对1987年至2000年杂文创作的主题进行说明，从六个主题分别阐述了这一时期的杂文创作；对这一时期杂文创作存在问题的评论，提出了杂文创作题材雷同化的倾向日益严重，缺乏精品意识和创新意识，借助于事实、真理、逻辑之外的力量进行"批判"的做法仍未彻底根除，一些杂文作者缺乏一种开阔的胸襟和深邃的目光，批判意识还不够强等问题。在对这一时期杂文创作的作者类型介绍中，对作家杂文和学者杂文进行说明；在个案研究中，对邵燕祥、陈四益、魏明伦、王小波、牛撇捺这五人的杂文进行了分析研究；在余论一章中，作者以一个学者的角度，对王小波的杂文进行了评论，对网络杂文这种样式和杂文作品关注底层等问题进行了探讨。这本书通过对主要类型和主要作家的研究，为这一时期的杂文创作作了较为细致的分析。

徐安辉（1965— ），宁夏固原人。宁夏师范学院文学院副院长、教授。1989 年毕业于宁夏大学中文系。主要研究中国现代文学和西海固作家。有论文《像阳光一样盛开：独特的乡村叙事》《文化批判视野下的人性解构》《冲突的意义——玉秀悲意蕴的文化学分析》《人性本真的诗意描写和审美关照——郭文斌短篇小说〈吉祥如意〉探析》等发表于《文艺报》《宁夏社会科学》《青海师专学报》《名作欣赏》等。其中《人性本真的诗意描写和审美观照》荣获宁夏第八届文艺评奖三等奖。《人性本真的诗意描写和审美观照》对郭文斌《吉祥如意》进行探析，其行文的婉转流利和文本诗意的精彩辨析都很出彩，真诚坦率而又含蓄隽永。

李生滨（1966— ），青海海东人。文学博士，曾任教于宁夏大学。西北师范大学文学院教授，中国现代文学研究会，中国鲁迅研究会，中国郭沫若研究会，中国当代文学研究会理事，中国文艺评论家协会会员。发表文学批评与研究文章九十多篇。出版学术专著《雕虫文学集》《沈从文与京派文人的魅力》《远去的背影——朱自清及其诗学研究》（合著）、《晚清思想文化与鲁迅——兼论其小说杂家的文化个性》等六部。主持并完成自治区政协文史委委托项目《宁夏文学六十年（1958—2018）》，主持国家社科基金项目"西部五省区当代汉语诗研究"。专著《沈从文与京派文人的魅力》荣获宁夏第八届文艺评奖一等奖，《审美批评与个案研究：当代宁夏文学论稿》（与田燕合著）荣获第二届银川市贺兰山文艺评奖成就奖、第十六届中国当代文学研究优秀成果奖。

李生滨主要从事中国近现代文学和中国 20 世纪乡土文学与西部文学研究，从对现代文学的历史回顾和当代文学的敏锐前瞻中把握社会文化思潮的变迁，探究中国现当代文学发展的规律和渊源。他以朴实的问学理念和审美的批评眼光，对百年中国文学进行严谨的批评阅读和审视反思，从而建构了一个审美个体对中国文学独立理解的话语系统，并真实地呈现了他多年坚守的民间立场、审美精神和内在的诗意情怀。

　　李生滨的学术研究主要分为三个方面：一是开阔的学术视野与文本细读。他对中国现代文学的发生渊源以及当代部分作家的作品与创作进行独立的批评认识和审美分析，或泛论中国现代文学渊源发生的历史文化背景，或观照文学的主体性活动，提出"性情说"，或从第一手材料出发，辨析阐发中国当代传记作品"实、真、奇、伟"的写作要求，或从"京派"批评的文本分析进行作家作品的专门讨论，或与当代作家对谈交流，其多元的视角把握和敏锐的情感领悟，使论文说理不仅视野开阔，而且多了一份文学观照的审美精神和内在情怀。二是史料、性情、审美兼具的"京派"研究。在"京派"研究现状的基石上，对鲁迅、郭沫若、沈从文等现代作家的研究有着强烈的审美意识和人本关怀，不仅史料和理论阐释双重结合，而且涉及的史料范围广泛。三是文艺启蒙思潮中的鲁迅研究。在其博士论文基础上修订出版的《晚清思想文化与鲁迅——兼论其小说杂家的文化个性》中，最大限度地呈现了鲁迅之所以成为启蒙文学家的历史背景和文化语境。他在中国近代史发展的文化背景上，认识鲁迅启蒙思想和文化个性形成的具体人生轨迹，并从鲁迅的启蒙思想、人文精神和文学创作及中国小说的研究等诸多方面，进一步认识鲁迅思想文化个性形成及发展的动态过程。《孔乙己》[①]的文本细读，既是其三十年阅读、研究鲁迅的生命感悟，又是对传统与现代之间知识分子心理情感的深层解读。

　　武淑莲（1966—　），女，宁夏固原人。宁夏师范学院研究生处处长、教授，中国现代文学研究会会员。在《宁夏社会科学》《名作欣赏》《宁夏师范学院学报》《宁夏大学学报》等发表学术论文六十多篇，出版文学评论集《心灵探寻与乡土诗意——中国现当代文学的个案考量》。

　　武淑莲1990年毕业于宁夏大学中文系，2003年毕业于陕西师范大学，获文学硕士学位。2007年公派赴澳大利亚国立大学进行"高等教育行政管理"研修。武淑莲主要从事中国现代文学和西部地域文学研究，以现代文学研究为重心，也热情关注宁夏，特别是西海固作家的最新创作成果。其文学研究和批评文章结集为《心灵探寻与乡土诗意——中国现当代文学的个案考量》。本书主要是对作家苦闷期创作进行研究以及对文学治疗作用进行理论探讨，就语言和文字对人精神的影响和治愈进行了理论分析，也有对其他文学理论的研究，如现代主义文学的创作母题等进行分析。对现代部分作家作品的评

①李生滨.孔乙己［J］.鲁迅研究月刊，2017（7）.

析，如沈从文的《边城》、郭沫若的《星空》等，带有非常明显的心理研究的倾向，但主要方向还是作者熟悉的作家苦闷时期的创作，如对许地山和丰子恺期间创作中体现的宗教情怀等的研究，涉及的作家有沈从文、许地山、丰子恺、郭沫若、庐隐、萧红、张爱玲、郁达夫、徐志摩九人；对鲁迅作品的启蒙思想及其无意识批判的当代意义进行了讨论，也有对鲁迅苦闷期创作及文学治疗作用的论述。她从人文情怀的角度对铁凝、余秋雨、莲子等人的创作进行了评论，其中既有历史的视角，又有女性的观点，还有独特的文化悲悯感。从宁夏文学的乡土性出发展开评论，以石舒清的《暗处的力量》《黄昏》、郭文斌的《开花的牙》、了一容的《一朵花儿》《历途命感》为切入点，对宁夏作家创作倾向展开研究，对宁夏作家的创作倾向也有着较为深刻的认识。此外，还有对宁夏作家散文集的评论，这些评论既是审美的又是诗意的，如阎庆生在序中所言"在文学中融入艺术直觉和诗性表达"。

宁夏地区从事 20 世纪中国文学研究非学院派的学者还有荆竹、杨怀中、马金宝、白草、王锋、马梅萍等。

第二节　世界文学与比较文学研究成果不断

宁夏文学研究与批评中，在中西之间出入的是李镜如、高嵩、荆竹等，古典文学研究比较方面是前面提到的张国安，在具体的批评实践中理论借鉴最多的是牛学智、赵炳鑫、许峰、张富宝等人，但真正从事世界文学与比较文学研究的人不多，有成果和影响的更少。回溯七十年宁夏现代文学研究，不同路径上获得研究成果的俞灏东、赵明、胡笑瑛等，可以代表三个时期的宁夏世界文学与比较文学研究。前辈学者俞灏东从翻译研究深入观照亚非拉文学和苏联文学，在学界影响巨大；赵明教授从五四新文学与世界文学关系建构自己的学术路径颇有心得；胡笑瑛博士从外语学习进入英美文学研究，有不少新的成果；宁夏大学黄学军教授和杨克敏博士已经发表的世界文学与比较文学研究论文富有学理，尤其是对文本的理解和理论思潮的把握，在宁夏是比较文学专业的研究成果，也是立足高校文学教育的学术坚守。

俞灏东（1924—　），本名俞萍，俞琴、俞殷莱是与妻子杨秀琴共同的笔名，宁夏灵武人。曾任宁夏大学教研室主任、教授，宁夏作家协会理事，宁夏翻译工作者协会会长，中国翻译工作者协会理事，全国高校东方文学研究会副会长、顾问，中国作家协会会员等。参加编写《中国大百科全书·外国文学卷》部分条目，所编《东方文学简史》荣获国家教委教材二等奖，《东方文学名著讲话》荣获五个自治区图书一等奖。享受国务院政府特殊津贴，被评为国家级有突出贡献专家，2002 年中国翻译工作者协会授予其"中国资深翻译家"称号。

俞灏东 1949 年毕业于北京师范大学历史系，曾在北京中央外事学校、北京俄法调干学习，后在《俄语教学研究》杂志社、《人民中国》杂志社、外交部情报司工作。1952 年开始发表作品。1961 调到宁夏大学。俞灏东翻译和合作翻译的作品有《人民的意志》《和平的胜利》《在新中国的三十天》《鲍果雷波夫》《列宁斯大林青年团》《苏联对外政策的总路线》《苏联外文简史》《我是怎样成为宇航员的》《赫鲁晓夫下台内幕》等。编写和合作编写的作品有《亚非拉文学作品选》（五册）、《外国文学简编》（亚非部分）、《东方文学简史》《苏联文学史略》《外国文学史》（亚非部分）、《外国文学史纲》《东方文学辞典》《东方文学名著鉴赏大辞典》《世界文学名著导读》等。

俞灏东的论文《威廉·莎士比亚的故事》是宁夏文坛最早介绍莎士比亚创作及生平的文章。1982 年，编选一套五册《亚非拉文学作品选》作为宁夏大学内部教材；1983 年，参加编写的《外国文学简编》由中国人民大学出版社出版；1985 年，参编的《东方文学简史》被列入七五文科教材计划，由北京出版社出版；与何乃英编选的《东方文学作品选》（上下册）被列入七五文科教材计划，由北京出版社出版；1986 年，参加主编的《苏联文学简史》由宁夏人民出版社出版。1983 年和 1985 年暑期，应教育部邀请，为教育部在承德和大连举办的全国高等学校教师东方文学讲习班授课，主要讲非洲文学，特别是西亚北非文学。在宁夏文学批评与研究领域，唯有王十仪的学术影响可以与其比肩。俞灏东一生传奇而辉煌的翻译与比较文学研究成就，有待进一步研究。

郭雪六（1936—　），女，福建人。曾为宁夏大学中文系教授、硕士研究生导师。1958 年毕业于北京师范大学中国语言文学系，毕业后到宁夏大学任教，主讲外国文学。发表论文《略谈心理描写》《高尔基早期浪漫主义作品的思想倾向》《漫谈普希金的童话诗》《十九世纪俄罗斯文学中"多余人"的形象》《法国文苑中的奇葩——〈巴黎的秘密〉》《评谢尔顿的通俗小说》等，观点明晰，论述得当，逻辑严谨，语言简练。个人荣获宁夏大学创校荣誉纪念奖。

惠继东（1958—　），甘肃镇原人。曾任宁夏大学人文学院教授。发表学术论文五十多篇，出版专著《19 世纪俄国作家笔下的小人物形象新探》和译著《喜爱祖国》《金黄秋天——中亚东干族著名诗人黑亚·兰阿洪诺夫诗集》《中亚东干文学评论》等。主持国家社科基金项目和宁夏哲学社科规划项目等科研课题多项，科研成果荣获宁夏第十三届社科优秀成果奖二等奖。

　　惠继东主要从事俄罗斯文学、东干文学批评和东干文学翻译的教学与研究工作。主持国家社科基金项目"东干文学批评形态研究"，在俄语东干文学批评和东干语文学批评基础上，引入汉语东干文学批评，形成了三足鼎立的批评格局，是东干文学研究的一个突破。2014年出版的《19世纪俄国作家笔下的小人物形象新探》，以19世纪俄国作家普希金、果戈理、陀思妥耶夫斯基和契诃夫笔下的小人物形象为研究对象，深入探讨小人物形象蕴含的为俄国社会世俗化提供价值依持的精神源泉——人本主义价值理念。他认为小人物形象的人本主义价值理念是在19世纪俄国社会经历巨大变革和西欧启蒙思想的双重影响下诞生的，继承了人本主义传统中对现实的批判和超越精神，表现了19世纪俄罗斯现实主义文学在审美领域对现实的审视关系。小人物形象所表达的人本主义精神追寻理念，不仅仅是对时代、社会进行反思的结果，同时也是对小人物本身进行反思的结果，体现了人本主义追寻的深层意蕴。该著作的学术贡献直接体现为站在俄罗斯民族现代化进程的大视野中，全面、系统、多角度地对小人物形象予以深度审视，并且以专著的形式予以呈现。

　　赵明（1963— ），宁夏海原人。宁夏大学教授、人事处处长、人文学院比较文学与世界文学学位点负责人，教育部高等学校中国语言文学学科教学指导委员会委员，中国高等教育学会外国文学专业委员会理事。发表学术论文二十余篇，出版学术专著两部。论文和专著荣获宁夏社科优秀成果二等奖两次、三等奖一次，宁夏文艺评奖一等奖两次，全国高校外国文学优秀科研成果奖一次，宁夏教学成果二等奖两次，宁夏大学教学成果二等奖两次等。

　　赵明主要在俄罗斯文学研究方面颇有建树，其获奖论文《托尔斯泰、屠格涅夫、契诃夫——20世纪中国文学接受俄国文学的三种模式》就是从俄罗斯文学研读来观照20世纪中国文学的发生和发展，是一种比较文学的影响批评专论，以此对中国五四文学的现代性有了别样的思考，是"历史的文学与文学的历史"。他在《上帝的天国可否建立在人间——论托尔斯泰精神探索的二重性和悲剧价值》一文中，探讨了托尔斯泰在其精神探索中的矛盾及其价值。后来，他将诸多学术成果积累形成《历史的文学与文学的历史——五四文学传统与俄罗斯文学》一书。此书共有六章，分别是五四新文学的"前夜"背景、"文学革命"的诞生方式与逻辑图景、五四文学传统的内质与张力、中俄文学关系的发生学意义、历史夹缝中的五四小说家与俄国文学、中俄文学关系的影响范式与接受模式。如对五四文学传统的认识，包括文学变革的内力与外力、五四文学传统的生成与延展以及其共时性与历时性，对中俄文学关系进行了发生学意义的讨论，并对俄国文学进行了简要分析。在面临"拿来主义"与"他者"视野的文学新现实下，表达了中国文学在五四文学革命中"求新声"的愿望与实践，并在最后提出俄国文学是中国新文学建设范本的观点。他对五四小说家与俄国文学进行了讨论，并将二者的关系形象地比喻为"猫爪子底下唱歌的夜莺"，对五四时期文学创作历史愿望、文学审美和小说功能的问题一一进行探讨，把"问题小说"向乡土与写实的发展最终到浪漫与抒情的表达这一历史和文学的过程作了比较分析。论述中俄文学关系的影响范式与接受模式时，对俄国文学的范式作了论述。最后以"历史的终结与文学的起点"为结语，借以抒发对中俄文学关系历史的评论。该书借鉴中国现代文学研究和比较文学研究的方法，在评述五四时期中俄文学关系的过程中，深入辨析了"历史的文学"与"文学的历史"，对非文学机制导致文学本质空疏的弊端进行了反思。

黄学军（1967— ），重庆南川人。宁夏大学人文学院教授。在《中国图书评论》《宁夏社会科学》等发表《游魂无处归》《论古典主义与浪漫主义的分野》等学术论文十多篇，参与《当代女性主义文学批评》等三部学术专著的翻译工作。1991 年毕业于北京大学中文系，主要从事比较文学与外国文学的教学和研究工作，曾主持并完成了宁夏大学科研课题"欧洲浪漫主义文学理论研究"，在专业的教学研讨和学术积累中对外国经典作品进行细微解读，是新时期宁夏学界在世界文学与比较文学研究领域视野开阔的学者。

胡笑瑛（1974— ），女，宁夏西吉人。宁夏大学外国语学院教授。发表学术论文三十多篇，出版学术专著三部。

胡笑瑛 1994 年毕业于宁夏大学英语系，后留校任教。取得西北师范大学外国语学院英美文学硕士学位、南开大学文学院世界文学与比较文学博士学位。主要研究方向为非裔美国黑人女性文学，在西北地区外国文学研究领域有一定的影响。《不能忘记的故事——托尼·莫里森〈宠儿〉的艺术世界》的研究对象托尼·莫里森，是世界文学史上第一位荣获诺贝尔文学奖的黑人女性作家。《传统中的传统——左拉·尼尔·赫斯顿长篇小说研究》研究对象是赫斯顿，被称为"美国黑人女性文学之母"。除去文学上的成就，赫斯顿还是一位人类学家、民俗学家、记者、行动主义者、新非洲宗教传统的促进者。《非裔美国黑人女性文学传统研究》则通过研究 20 世纪美国文学中颇具影响的五位非裔美国黑人女性代表作家左拉·尼尔·赫斯顿、玛雅·安吉洛、艾丽斯·沃克、托尼·莫里森和格洛丽亚·内勒，来追溯非裔美国黑人女性文学传统，重点将 20 世纪非裔美国黑人女性作家群体作为研究对象，把她们从历史背景中凸显出来，从横向和纵向两个维度发掘美国黑人女性的写作传统，为美国黑人女性文学研究提供了新视角、新方向、新方法。

俞灏东的亚非拉文学、俄罗斯文学研究以及美国非裔黑人女作家研究，也部分说明了宁夏文学研究所具有的世界文化的开放性和学术的前沿性追求。新时期世界文学之作家作品论，如方石《谈〈威尼斯商人〉中的悲剧因素》、夏南《性格美——试从伦理美学的角度浅析〈简·爱〉艺术形象》、焦凤珍《〈漫步遐想录〉初探》、郭雪六《法国文苑中的奇葩——〈巴黎的秘密〉》、郎业成《简论〈阿霞〉的爱情悲剧》、蔡申《初恋中的齐娜伊达》、沈洪泉《浅谈川端康成〈古都〉中的虚无思想》、于凤艳《爱欲与死亡——沈从文与川端康成小说情节模式浅析》《中岛敦小说中的梦境与逃离》等，都有较为深入的文本细读分析。比较文学研究理论讨论方面，有徐扬尚《比较文学与文学关系》、李方平《中西审美比较》等。而经典作品具体创作的比较，有张安国《试论莎士比亚和关汉卿的戏剧创作》、丁亚平《新文学价值意识、艺术思维和审美组织的历史选择——论茅盾对托尔斯泰的接受》等。殊为难得的是，蔡申、东炎等还翻译了国外中国文学研究的一些成果，这在宁夏文学研究中，也是鲜见的学术尝试。蔡申节译吉川幸次郎《中国文学的特点》，载于《宁夏教育学院学报》1987年第2期。东炎译中岛利郎《刘铁云研究在日本》，载于《固原师专学报》1990年第4期；译樽本照雄《刘铁云和日本人》载于《宁夏教育学院学报》1991年第1期。另外，北方民族大学林涛、宁夏大学惠继东和赵晓佳，以古老而鲜活的东干语研究沟通了与俄罗斯等国语言文学的联系与文化交流。这些都是对世界文化与文学研究中历史资源的借鉴，也是宁夏文学研究和学术积累中比较有特色的开拓。

第三章

宁夏文学批评异军突起

　　1958 年自治区成立，是时《宁夏日报》和《宁夏文艺》发表新诗、散文、小说等作品，偶尔也会配发评论文章。1978 年以前，优秀作品比较少，文学批评更是屡弱。宁夏大学中文系早期的学者虽不乏学养和批评精神，却因极"左"思想的规约，很难开展独立的审美批评和学术研究。从现有的资料来看，在 1958 年至 1966 年的文学活动中，批评的主要形式首先就是文学座谈会和文学报告会，目的是解决文学创作的常识性问题，以促进基层文学爱好者写作水平的提高。从吴淮生、蒋振邦等人的回忆来看，主要是宁夏文联筹备过程中组织了一些文学讲座和座谈会，指导并鼓励文学爱好者进行业余创作。这种活动大多围绕《群众文艺》和《宁夏日报》副刊举办。其次是文学纪念活动，最典型的是高尔基的纪念活动和鲁迅的纪念研讨。20 世纪 50 年代末至20 世纪 80 年代初是宁夏文学真正的发轫时期，但文艺批评的力量依旧薄弱。如宁夏第一届文艺评奖的获奖文章，除古典诗文欣赏之外，没有涉及文学评论。20 世纪 80 年代张贤亮小说的评说及争议，以宁夏区外作家和批评家的文章为主，区内批评家是高嵩，他率先成就了自己的"张贤亮研究"。1984 年 4 月，宁夏文联文艺理论研究室成立，吴淮生担任主任，接编宁夏文联内刊《文艺通讯》《文艺学习参考》。《文艺通讯》是文艺理论内刊，后更名为《塞上文谈》，1994 年更名为《塞上文谭》，成为综合性内刊。1987 年因经费不足而停刊，共计出刊五十期，高嵩、荆竹先后担任主任。20 世纪 90 年代，在文联、作协、理论研究室组织的文艺研讨活动基础上，宁夏文学批评逐步与宁夏作家的创作一起活跃起来。

　　宁夏文学批评出现多元景象，是老中青三代作家的创作出现交汇而繁荣推进的几十年，特别是进入新世纪以来，从宁夏文学批评与研究总体状况来看，批评研究的力量多集中于宁夏高校和宁夏社会科学院等学术单位，如丁朝君、哈若蕙、郎伟、钟正平、武淑莲、李生滨、白草、牛学智、张富宝、许峰等。西海固作家群体的崛起，占据了新世纪宁夏文学创作半壁江山。与此相呼应，宁夏师范学院成为区内文学研究与批评的活跃之地，在慕岳、丁文庆、张光全、朱世忠等人之后，接力者有钟正平、高明泉、武淑莲、徐安辉、虎维尧、王兴文、倪万军、马晓雁、高传峰等，形成西海固文学批评与宁夏文学研究的重要力量。在宁夏文学批评的最新发展中，宁夏社会科学院白草、牛学智、许峰和自治区党校赵炳鑫等，形成了一个具有理论探索意识的批评群体。

文学创作和文学批评是文艺事业的车之两轮、鸟之双翼。文学评论引导人民群众甄别美丑，潜移默化地影响民众的价值判断和审美追求，树立中国特色社会主义共同理想正确的世界观、人生观、价值观，不断增强社会主义先进文化的吸引力和感召力。宁夏文学创作和批评虽进入新时代，但对宁夏优秀文学作品的评论明显滞后，文学评论人才也出现了青黄不接的现象。文学评论机构和阵地的缺乏，长期以来成为宁夏文学事业发展的瓶颈，严重影响宁夏文学事业的繁荣发展。

文艺评论工作，根本在人才，关键在阵地。根据调研，宁夏文艺人才出现了逐代递减一半的严峻现状，文学评论人才青黄不接，艺术评论人才寥若晨星。2006年12月，在宁夏文联文艺理论研究室的基础上，并入专业作家组，成立了宁夏文学艺术院。该院围绕宁夏文联"出作品，出人才"中心工作，以"培扶人才，编研作品"为职能，于2014年举办了文艺评论研修班，针对宁夏文艺评论现状，为有志于文艺评论的人才提供一个新起点。同时恢复停刊近二十年的文艺评论内刊《塞上文谭》，以《朔方》增刊的形式推出一期《文艺评论专号》，推出评论班学员许峰和王艳的个人作品专辑，这是宁夏第一次公开出版发行的文艺评论专号。2015年至2017年，宁夏文学艺术院连续三年编辑出版《宁夏文艺评论》，为繁荣宁夏文艺理论评论工作作出了积极的努力。在宁夏文联的领导下，文学艺术院积极筹备，于2017年12月9日成立了宁夏文艺评论家协会，郎伟当选主席，马春宝、白草、杨开飞、杨新林、邹荣当选副主席，聘请尹旭、荆竹为名誉主席，任命王晓静为秘书长。2018年初，宁夏文学艺术院将《宁夏文艺评论》交给新成立的宁夏文艺评论家协会编辑。随后，宁夏文学艺术院在不增加编制的情况下，加挂了宁夏文艺理论研究室和宁夏文艺网络信息中心两块牌子。

2018年5月16日，宁夏文联首期文艺评论人才培训班在银川举办，其间召开了"中国文学的宁夏现象"专题研讨会。与会的区内外作家、评论家认为，宁夏历史文化悠久，文学资源丰富，宁夏作家既坚守文学的地域性和民族性，又对文学的艺术表达进行不懈探索，宁静而内省，难而不畏，正是对文学高地的坚守，升华了当代文学的精神含量，也为讲述中国故事提供了独特经验。同时，对宁夏文学未来发展提出建议：对主体精神再发现，不可忽视对现代性的追求，避免同质化；关注深刻的社会结构性变化，准确捕捉真实而复杂的生活本质，而不被碎片化的表象化的感受所遮蔽。走进新时代的宁夏文学和宁夏作家，在坚持地域性和民族性写作的同时，要更加保持清醒的认识，不断拓宽视野，提升思想境界，坚持以人民为中心的创作导向，回到中国化的具体历史语境与话语场中，紧跟时代潮流，贴近现实生活，创作出更多经得起时间考验、深受人民群众喜爱的优秀作品。

为庆祝宁夏回族自治区成立六十周年，进一步繁荣宁夏的文学事业，加强与全国文学的交流，2018 年 12 月 20 日，"中国文学的宁夏现象研讨会"在北京召开。中国作家协会党组成员、副主席、书记处书记李敬泽指出，宁夏文学是我国多民族文学中独具特色、生机勃勃的一支力量，有必要总结宁夏文学七十年繁荣发展的经验。同时，宁夏作家在新时代应该有大的心胸，心怀社会历史的澎湃的巨大发展，反映现实，写出这个时代的精神风貌，塑造出体现时代发展方向的新人。自治区党委常委、宣传部部长赵永清指出，要科学看待、客观解读、总结反思中国文学的宁夏现象，宁夏文学现象中的"四小四大"，即小省区、大文学，小短篇、大成绩，小草根、大能量，小作品、大情怀，要从中探寻文学发展的客观规律，为推动中国文学发展提供有益借鉴。党的十八大以来，宁夏文学取得了一些成绩，但与一些文学大省还有距离，有高原、缺高峰的现象依然存在，需要宁夏的广大作家勇于面对重大任务和挑战，用自己手中的笔书写这个伟大的时代。与会评论家就宁夏文学的创作特征和宁夏作家作品的独特品质，进行了学术研讨并一致认为，文学在讲好中国故事、弘扬中国精神、凝聚中国力量中发挥了重要作用，宁夏文学作为中国文学的一支重要力量，展示了宁夏文学突出的特色和特有的现象。"沉舟侧畔千帆过"，宁夏文学批评与研究已呈现百舸争流的良好态势。

第一节　宁夏文学批评的开拓与耕耘

岁月峥嵘，筚路蓝缕，宁夏第一届文艺评奖荣获文艺理论与评论奖的作者，多是文艺编辑。杨建国、陈兴起和李唯等人的获奖文章，都是从编辑的角度进行思考和评说。1990年上半年召开"笔谈社会主义文学"讨论会，撰文的有吴淮生、张武、木子、刘贻清、尹旭、荆竹、王景韩、孟悦朴、导夫等。同年，为进一步推动马克思主义文艺理论研究的发展，加强对文艺家及其作品的研究和评论，组织了宁夏首届文艺理论征文。经评论家、编辑家、作家组成的评委会评选，评选出获奖评论文章十六篇。一等奖：潘自强《浮躁中的审美选择》、李镜如《人民是文艺工作者的母亲》、刘绍智《文学语言散论》三篇；二等奖：秦克温《"百花齐放、百家争鸣"方针的独特美学价值》、荆竹《论马克思的文艺批评观》、崔宝国《于幽静处听心泉》、田伟《从低洼的沼泽地里走出来》等五篇；三等奖：屈文焜《关于文学本体特征的思考》、张弛《谈西部民族民间音乐的异向发展》、马宇桢《认同及其限制》、刘光宇《不甘沉沦的灵魂》、解怀福《来自山区家族的苦情与沉思》、丁朝君《人性的另一面》、蔡申《黄河与大地》、秦庚《生活之树常青》八篇。

宁夏文学批评的早期努力，主要体现在文艺报刊文学评论文章的刊发和《宁夏文学十年》《当代宁夏作家论》等评论集的出版中。正是这些积极有效的组织和措施，推动了宁夏文学批评与创作的互动，使宁夏文学创作显得活跃而葱茏，也出现了大量聚焦宁夏本地作家作品的评论文章和评论集。

（一）文学批评开拓者

宁夏现代文学发展七十年来，文学批评与研讨的开拓，首先要归功于宁夏文联、宁夏作协、理论研究室，特别是文学报刊和文艺出版的编辑们。从《宁夏日报》文艺副刊到《塞上文谭》，从《宁夏文艺》到《朔方》，从《新月》到《黄河文学》，以及《六盘山》等文艺报刊，还有各市县文学内刊、出版社的文艺编辑，如杨仁山、汪宗元、虞期湘、吴江、何光汉、潘自强、冯剑华、杨森翔、高耀山等，都具有很高的文学批评和鉴赏能力，对宁夏文学的批评研讨影响深远。如吴江，曾任《朔方》编辑部小说评论组组长等，评论作品《生活在召唤我们深入生活》荣获宁夏第四届文艺评奖优秀奖（不分等），从编辑的眼光非常细致地评析了高深的中篇小说《军人魂》，行文求实而质朴。还有布鲁南，曾任宁夏人民出版社编辑、文艺编辑室主任，在宁夏文艺的编辑、出版和批评等方面认真耕耘、默默奉献，其古典文学评论《试析关于隐居、纵酒的元代散曲》荣获宁夏第四届文艺评奖优秀奖（不分等）。

刘贻清（1928—2006），字钟沅，湖南沅陵人。曾任宁夏文学学会常务理事、毛泽东诗词研究会会员、中国延安文艺学会会员、中国文联出版社特邀编审、大众文艺出版社特邀编审、中国大众文艺学会常务理事等。以解放区文学研究和左翼文艺批评著称。《征程漫漫求索不已》荣获宁夏第四届文艺评奖优秀奖（不分等）。

刘贻清 1944 年开始发表作品。曾在南京、上海当过记者、编辑，1958
年到宁夏石嘴山工作。主要评论文章收入《金戈集》，以对新时期以来我国
文艺政策的体会和文艺问题的思考为主。一是学习毛泽东同志《在延安文艺
座谈会上的讲话》和《邓小平论文艺》的体会，并对这些讲话有着自己独特
深刻的体会。主要的观点有塑造社会主义新人形象是时代的要求、现实主义
必将战胜现代主义的挑战、坚持毛泽东文艺批评思想等，也论述了社会主义
初级阶段的文学艺术和建设中国特色社会主义新文艺等。从主题鲜明的文章
中基本上可以了解到作者的社会主义文艺观。二是文艺杂谈，也是从侧面表
达了作者的文艺观。三是对作家作品的评论，其中有对鲁迅、张贤亮、蒋振邦、
井笑泉等人的作品评论，还有一篇关于电影文学剧本《牧马人》的评论。全
书政治理论的思考批判明显强于具体的批评讨论，尤其是对张贤亮作品的批
评驳斥极为强烈，按朱子奇《序》的标题所言，充盈着"评论家的清醒和勇气"。

吴淮生（1928— ），曾任宁夏文联文艺理论研究室主任、《塞上文谈》
主编等。出版《思濂庐文学论稿选》等。文学论文荣获宁夏纪念毛泽东诞辰
一百周年文学评论一等奖。

吴淮生 1945 年开始发表作品。长期参与《朔方》、宁夏作协、理论研
究室的领导和刊物编辑工作，非常注重文学批评和理论探讨。1999 年出版的
《宁夏文学作品精选》评论卷的首篇就是吴淮生的《关于文学本体论的哲学
思考——兼评〈哲学对"再现论"的全盘否定〉及其续作》。其重要的评论
文章收入《思廉庐文学论稿选》。早年评论写作的代表作是《关于文学本体
论的哲学思考》，具有较深的马克思主义哲学内涵，从现实主义和马克思主
义文学批评立场严肃讨论，认为所谓"再现"，就是指用艺术形象图画式地
再现社会生活，是创作主体运用能动的反映论在对生活进行审美观照过程中
传达主体的意识即思想感情。从能动的反映论来看，"再现"是"表现"的
基础和前提，两者又相辅相成。"表现"附丽于"再现"，又升华自"再现"。
他为《宁夏文学十年》专门撰写的《宁夏近十年文学评略》，从"简约的历
史回顾"入手，对新时期早期宁夏小说、诗歌、儿童文学、文学评论和文学
研究进行了概述与点评。可以看出其视野的开阔，不仅显示出他对宁夏文坛
与文学研究状况的熟悉，而且有一种批评家最可贵的包容精神。吴淮生退休
之后更以热情诚朴的文笔，撰写发表有关宁夏作家作品的评论文章三十多篇，
显示了他对宁夏文学的关爱，也保持了他文学观照现实人生的纯文学立场。

吴淮生针对《宁夏诗歌选》《宁夏诗歌史》的出版，第一时间撰写评论，

认为《宁夏诗歌选》是由众多的诗章汇集而成的宁夏史诗，是多民族并立的诗存。这表现了主其事者客观、公正、中立的编选倾向，唯好作品是选，不以自己的喜爱与否存废。这种选家和史家的正确编选态度，是值得赞赏的。吴淮生认为《宁夏诗歌史》对散乱无序的宁夏古今诗歌进行了纵横交织的梳理。纵的方面，撰述者将从《诗经》到 21 世纪初约三千年间有关宁夏的诗歌和宁夏本地的诗歌状况，根据各阶段宁夏诗歌的实况作了详略不等的评述，从而构建了宁夏诗歌发展脉络系统和诗史的基本框架。横的方面，重点梳理当代，文本多节并立，对五光十色的宁夏当代新诗作了横向穿透而又缜密深邃的阐释。

李镜如（1933— ），河北元氏人。曾任宁夏大学中文系文艺理论教研室主任、教授，宁夏作家协会理事，毛泽东思想研究会会员等。发表八十多篇文艺批评文章。《学习周总理关于文艺评论的思想》荣获宁夏第一届文艺评奖二等奖，与田美琳合写的《也谈〈灵与肉〉》荣获宁夏第三届文艺评奖二等奖，《张贤亮小说的美学追求》荣获宁夏第四届文艺评奖论文奖（不分等）。

李镜如 1958 年毕业于北京师范大学中文系，毕业后分配到宁夏大学中文系工作。批评文章主要是对文艺理论与范畴的讨论，更多的是对现代作家和宁夏地域文学的研究，思路清晰，论述严谨，语言朴实。1983 年发表的《论典型性格的个性特征》认为以个别表现一般、特殊体现普遍、偶然展示必然、局部显示整体，是文艺创作的基本特点和规律。因此艺术创作重视并突出艺术典型鲜明的个性特征，从现实入手，以实际生活为基础，加以夸张和改造，放大情感，突出矛盾，用强烈、尖锐、鲜明、生动的个性引起读者的共鸣，与广泛、深刻的共性有机结合，形成辩证统一的关系。还有《论想象》《艺术典型断想》《漫谈形象思维》《马克思论文艺的莎士比亚化》《高尔基谈文学语言》《塑造鲜明生动的人物性格》《论鲁迅小说的现实意义》《深入生活，扎根群众》《论文艺与政治》等以及多篇以鲁迅作品为蓝本的理论范畴探讨，都是他注重理论思辨的显现。《文艺创作中的客观与主观》一文中辨析文艺创作的客体就是客观存在着的现实生活，文艺创作要投身到人民的生活中去，深入、贴切地把握时代精神和人民的要求愿望，揭示人民丰富高尚的精神世界，以现实题材为文艺创作的基础和源泉，广泛深刻地把握创作客体对象。文学作品都是作家创造精神的成果。所谓创造，也包含了作家自身的主观意识、世界观、思想感情、爱好兴趣和创作手法，这些无不影响着其笔下的作品。故文学创作的过程中主观与客观缺一不可，它们互相关联又矛盾统一，将主观与客观积极能动地结合起来，文学创作才能获得预期的效果。

这种严实的理论奠定了李镜如文学批评平实、客观、冷静和注重现实生活的稳健风格。

高嵩（1936—2013），宁夏老一辈批评家中才情饱满的大家，学术研究涉及古典文学、敦煌学和贺兰山岩画等领域，还对张贤亮小说创作进行整体研究。因其古典文学和文艺理论的深厚修养，在宁夏文学研究和批评领域显现出很强的审美批判力，对宁夏文艺和文学批评，尤其对当代诗人和宁夏诗人的批评非常广泛，显现了相当的审美才情。

高嵩追踪评论吴淮生、罗飞、秦克温、刘国尧、贾长厚等老辈诗人的创作，也一一点评很多年轻人的诗歌作品。这些评论和点评包含了古典诗歌的审美涵养，也贯穿着中西古今交融的诗学理论。如《评罗飞的诗二题》，知人论世，评罗飞的诗，首先了解罗飞写诗的原因和过程。《你的泪花》《土地对雪花这样说》是罗飞为悼念胡风而作，分析重点是深沉的情感。解读罗飞的咏史诗《花的象征》《文明的诘问》，重视内涵的理解。在此基础上以艺术比照的分析，肯定罗飞诗歌的表现力及其柔和温暖的艺术风格。《美与善的颂歌——谈吴淮生新诗近作》从诗人营造的意境、用词的准确性以及想象力等方面进行点评，认为吴淮生的诗善于抓住生活中细小的事情，融入自己的情感，细腻而感人。吴淮生的诗简洁、单纯又明白，却也有不少朦胧象征的个性化的抒情意蕴。《匍匐在慈母般的前套平原上——秦克温诗断议》对秦克温的诗歌具有很感性化的认识，认为秦克温的诗"直又不直"，是其鲜明的特色，虽然也用象征、比兴、借代，也追求意蕴，但表达感情直接畅达。《在旋动的空心球体力——论刘国尧诗歌创作》总体评价刘国尧的诗歌表现了对生活真诚的参与意识，把握生活的主流，热情拥抱生活，表现人生之美。同时，高嵩认为刘国尧诗歌的缺点是"浮"，表现在立意、选材、构思和情绪处理上，抒情太宽泛缺少分析性。《诗歌与人格的交辉——谈论贾长厚》从贾长厚的为人可信，肯定其诗歌的真实而有音韵感和画面感，认为其诗歌总的特点是质朴的单纯，单纯的外表下凝聚着个人的感触和人生感悟。

高嵩《宁夏新诗点评——在"塞上诗会"上的发言》是对宁夏诗歌点评的重要文章，点评了马乐群的《我和朝霞一齐走进车间》、赵福辰的《少女》、罗飞的《人的标本》、李震杰的《古庙三题》、肖川的《乡恋》（三首）、贾长厚的《帆的风格》、吴淮生的《飞过桂林上空》、高深的《鹿回头》、马静的《雪天》、陈幼京的《无题》、王庆的《宇宙之恋》、秦中吟的《唱给毛驴》、刘国尧的《别学我，新来的徒弟》、丁文的《愿望》、屈文焜的《我是六盘山的农民》、万里鹏的《兔子的悲剧》，认为"是一篇随读随写的手记"。这篇文章既客观评介了宁夏20世纪80年代初涌现出来的较为优秀的诗作，又为宁夏诗歌评论起到了领军和带头作用。

高嵩的批评还特别重视七月派诗人和当代西部诗人。有两篇文章专门讨论绿原的诗歌，认为其诗歌与其说是诗歌还不如说是诗人的抗争，诗人人格的彰显。《献身者的美学——鲁藜诗断议》用他一贯的品评诗歌方法，以人论诗，赞赏鲁藜的诗歌意境阔大，常常能让复杂的社会感受通过情绪的抽象简单化地显现。《人与诗——深沉的脚窝——牛汉诗断议》认为读牛汉的诗，是在读他的生命。牛汉的诗歌让人看到了其艺术信念和生活信念。高嵩没有直接批评牛汉的诗歌，而是采用对比的手法，与绿原、艾青等诗人加以对比。因此，高嵩浑融而又清晰地指出牛汉诗歌在艺术表现方面，语言干净，境界浑朴，诗人善于隐藏痛苦，自然形成"含泪的笑"似的幽默。高嵩以灵敏的观察力与感悟力，对具体作品作细致分析，尤其擅长对比的方法，在对比中辨析诗人的艺术特色。在七月派诗人之外，高嵩对老诗人贺敬之充满敬意。在《从绣花的笼子里走出来——贺敬之诗断议》一文中，他仔细辨析革命诗人如火的诗情，认为革命理想使得贺敬之的诗歌充满丰盈情节的血肉，经过洗练的晶莹的语句，审美的创作"从绣花的笼子里"破茧而出，抒情的特色鲜活而充实。对《青海高原的歌鸟——白渔诗断议》，高嵩用青海的另一位诗人昌耀与白渔对比，认为白渔将自己所有的情感都融入故乡，主观情怀与客体境界的渗透与融合，豪放犷莽又小巧轻盈，而昌耀是"大山的囚徒"，神奇高原景观化作诗人倔强的抒情。作为学者的高嵩，其诗评颇具个人特色，他从不人云亦云，珍视从自己内心深处流出来的真实文学感受。

秦克温（1936—2014），笔名秦中吟，出版文学论评集《秦克温文学论评集》《诗的理论与批评》《诗论新篇》等。

秦克温在写现代诗、古体诗词之余也写评论、报告文学、杂文、歌词等。新时期以来，他结合我国文艺的实际，写了一系列文论、诗论。他理论功底较为扎实，在文艺评论和文学创作中，一以贯之地坚持"诗言志"的传统，其根本观点和主要思想是要牢固树立毛泽东思想在我国文艺中的指导地位，文艺要为人民服务、为社会主义服务，讴歌社会主义新人，走民族化道路。《秦克温文学论评集》主要论及毛泽东诗词的艺术特色和文艺思想，思辨20世纪90年代初期文艺观念之嬗变，评论以诗歌作品为主。一切文艺为现实和政治服务的思想来自毛泽东的文艺思想，特别是对《在延安文艺座谈会上的讲话》的细读和阐发非常充分、细致和严谨。正如杨柄在《秦克温文学论评集》的序中所言："秦克温同志还从美学上对毛泽东同志的文艺理论著作和诗词创作进行了研究。"

秦克温将"新边塞诗"引入中华诗词范围，并弘扬光大。他坚持一切从实际出发，抓住了宁夏地处边塞这一特点而大力推进新边塞诗的研究和创作。1995年秋，以继承和发扬边塞诗传统、反映和讴歌新边塞为议题，在银川召开了全国第八届中华诗词研讨会。秦克温是这次大会的组织者，他在大会上作了《总结边塞诗的创作经验，促进当代中华诗词健康发展》的主题发言，回顾了我国新边塞诗的创作成就和风格特色，呼吁加强新边塞诗的创作和理论研究。他将具有使命意识、豪放风格和地方特色的新边塞诗作为大会主题，为新边塞诗提供了理论武器，带动了全国各地对新边塞诗的研究和创作。

秦克温退休以后，将主要精力投入到宁夏诗词学会的事务中。在主编《夏风》诗刊的同时，出版《塞上龙吟》《当代诗人咏宁夏》《中华当代边塞诗词精选》等诗词选集。他积极广泛联系，组织诗人深入工厂、矿山、军营、学校、企业、农业科研单位等第一线，采风创作。秦克温对宁夏诗词创作、研究的发展发挥了无可替代的作用。

汪宗元（1937—　），笔名黎平、琼源，江苏苏州人。曾任宁夏大学教师，《宁夏文艺》编辑，《文学自由谈》编辑、副主编等。中国作家协会会员。论文荣获宁夏第一届、第三届文艺评奖一等奖、二等奖，《试谈小小说的美学》荣获1984年天津市文艺评论优秀作品奖。

汪宗元毕业于北京大学中文系，1951年开始发表作品。表现汪宗元早期学术倾向的是《鲁迅论〈红楼梦〉》和对冯骥才小说《神鞭》的解读，这两篇文章显示了他马克思文艺理论的修养和"知人论世"的研究能力。《试谈张武小说的艺术风格》一文文笔流畅，对张武小说的乡土特色以及诙谐幽默的喜剧色彩进行了细致的批评分析，认为"张武小说的明朗，主要体现在对社会主义新人新事的热情赞美之中。汪宗元的早期作品以写新人为主，经过二十年来的风风雨雨，他对新人的挚爱有增无减，然而，他近作中的新人显然有了更新的特征，显得更厚实、更光彩"。他在理解包容的评说中总结道，社会主义文艺塑造的新人不应该再是那种高大完美的"英雄"，也不应是一个模式的人物，而应是脚踏实地的在新时期进程中向前迈进的普通人，他们或许有这样那样的弱点，但是他们扎根于人民的土壤里。他强调文学呼唤真正的批评，文学也呼唤独立的精神品格。

何光汉（1938—　），北京人。曾任宁夏人民出版社编辑、文艺编辑室主任、总编室主任兼总编辑助理。编审，宁夏作家协会会员，中国少数民族作家学会会员。作品有诗歌、散文和评论，荣获宁夏第一届、第三届、第四届文艺评奖三等奖、二等奖和优秀奖（不分等）。

何光汉 1958 年毕业于沈阳制药工业学校，分配到银川制药厂工作。1967 年毕业于宁夏大学中文系。1972 年调入宁夏人民出版社。获奖论文《"把每个细胞都化作音符"——读高深的诗歌新作》评论诗人高深的诗，特别是诗人新时期的诗歌创作，提出与先前质朴、明快的特点有别，诗人新时期的作品思想日趋深刻，题材逐渐扩展，笔力变得雄浑，艺术探求更为自觉。作品充满着热爱党、热爱祖国、热爱人民的思想感情，洋溢着革命乐观主义的精神，闪耀着理想的光辉。他也客观地指出诗人个别诗作有不足之处，或失之于浅露，或议论较多，致使形象性受到削弱。这是对诗人高深比较早、比较深入的批评文章。另外，何光汉也对宁夏另一位优秀诗人肖川的创作进行了及时的评论。《"做击水的人，唱奋进的歌"——评肖川的诗歌新作》一文，评价这个参过军、当过工人的诗歌作者在粉碎"四人帮"后，题材方面有所扩大，在思想深度上有新的开掘。何光汉总结肖川的诗歌创作有较大的突破和提高，无论内容和形式都有新的探求和创新。文集《珍藏的记忆》收录讨论高深、肖川诗歌和张贤亮小说《灵与肉》等的评论十多篇。温和细致、严谨认真是其批评的风格。

马东震（1938— ），河北唐县人。1957 年毕业于银川师范学校，后函授于中国文化书院中外比较文化研究班。从事中学语文教学、教研工作多年。1986 年起专事编辑工作，曾任《宁夏教育学院学报》副主编。多年来坚持业余笔耕，编著有《寸心集》《教坛偶语》《春泥集》，合著有《中学语文教材法》《塞上春秋》《西北风情大观》《学习导论》，参编有《中国游记鉴赏辞典》《中国古代文学家传略》《爱国主义诗词赏析》《语文教法词典》《教育诊断》等。诗歌《校园短章》荣获宁夏第三届文艺评奖二等奖。

马东震既写教育教学论文、散文、诗歌，又写文学评论。他的文学评论涉及范围很广。他对张贤亮《河的子孙》的评论道，作者采取主人公在百里行程中回忆往事的方法，成功地塑造了魏天贵、郝三、贺立德等有血有肉的人物形象，特别是对魏天贵的刻画，作者饱含激情的笔触，多侧面、多层次地刻画了这个饱经风霜、淳朴善良的农村基层干部的复杂性格。他对作家杨少青的"花儿"评价道：他以"花儿"为形式创作的长诗，与结集在《大西北放歌》中的六十多首"花儿"抒情篇和五部"花儿"体叙事诗，是近年来"花儿"蓬勃繁荣期的重要收获。他对万里鹏的诗歌评论窥其精微。对井笑泉的诗歌则是阐述了诗人对传统民族形式的继承和突破。在对刘国尧的评论中，他着重评其艺术特色，因其激情跳荡而称之为"多情的琴弦"。特别是他的学诗札记《诗美丛谈》一文，将诗歌之美归纳为"豪壮之美""婉柔之美""含蓄之美""哲理之美"，列举了辛弃疾、文天祥、陆游、王安石等古代著名诗人的诗作，旁征博引，论述有力有味，足以说明他扎实的古典文学功底。马东震的评论文章观点明确、阐述到位、文情并茂、亲切自然，具有很强的针对性和现实性。

（二）张贤亮现象研究

宁夏文学创作与批评的标杆始终是张贤亮及其小说的评论研究。个人与时代、整体与局部、当下与过往，存在辩证的必然的紧张关系，在宁夏当代文学批评和研究的历程中，张贤亮是一个始终被关注的名字，形成了宁夏文学批评和中国当代文学研究的"张贤亮现象"。换句话说，在有关西北风情的小说叙事中，柳青之外，张贤亮独特的小说成了新的坚实存在。

对《灵与肉》褒贬不一的评说以及改编成电影《牧马人》而延续的争议，是新时期早期中国当代文学批评转型的重大事件，也引发了文学与现实、文学与政治等诸多问题的讨论。《爱国主义的赞歌——丁玲等评〈灵与肉〉》，收录了老作家丁玲和评论家唐达成（唐挚）、阎纲、胡德培、西来、孙永旺（沐阳）等人的评论，还有三篇张贤亮有关《灵与肉》的创作谈。1982年再版时又收入《牧马人的灵与肉》一文，此文说明电影《牧马人》与《灵与肉》的关系。丁玲在《一首爱国主义的赞歌》中以自己的生活体验理解张贤亮笔下的许灵均，认为他"跨过了这个极限，他没有厌世悲观，他活下来了，成了一个强者"。唐挚《质朴的美的开掘——漫评张贤亮〈灵与肉〉》认为作者通过人生的曲折与悲欢，追求质朴的境界，开掘质朴的美，赞颂质朴的生活态度，揭示了蕴蓄在我们民族之中的强大的心灵美、性格美和境界美。阎纲《〈灵与肉〉和张贤亮》影响较大，开篇就惊叹"宁夏出了个张贤亮"！他在总体的论说中肯定《灵与肉》深化了现实主义的艺术表现力，情感忧愤深广，如从黑暗中举起一个火把，真实地描写现实社会中人与人之间的关系，其基调充满对祖国的爱。《男人的一半是女人》发表后，与《绿化树》一起引起的争议非常复杂，深化了对伤痕文学和文学本体论的批评探讨，其意义已经超越了具体文本或者评说张贤亮本人的范畴。

新时期伤痕文学与反思文学的研究绕不过张贤亮，至今公开发表的研究评论文章数以千计。毋庸置疑，宁夏文学或者说当代文学的批评与研究，张贤亮及其创作是极为重要的批评研究对象。在张贤亮小说创作的高潮时期，许多作家和批评家给予极大关注，有关争论和褒贬的各种讨论中，及时而深入地讨论研究张贤亮早期小说创作现象的是高嵩先生。在银川举办的"张贤亮小说系列讲座"总题目为《脱毛之隼在长天搏击》，结集出版《张贤亮小说论》。此书主要从创作论和风格论两个方面多角度地探讨张贤亮小说创作引发的文学现象。绪论部分主要讲了张贤亮及其作品的价值、思想和主题，论者从不同的专题切入张贤亮1985年之前的小说创作，进行了大胆的剖析。《张贤亮小说论》一是怀着一种文学渴望，运用文学理论的武器发现了张贤亮小说的存在价值，并分析了张贤亮小说的独特魅力；二是浓厚的对话情结，即作者希望与张贤亮形成对话关系，并借此搭起有益于理解小说的桥梁；三是结合地域色彩，解释了张贤亮小说风格形成的原因。① 张贤亮去世后，白草2018年推出了苦心孤诣之作《张贤亮的文学世界》，对张贤亮的创作背景和具体作品作了全面考察。

陈文坚（1933—1998），浙江余姚人。1951年参军，1956年转业，后调到宁夏工作。1979年到石嘴山文联工作。曾任上海古籍出版社助理编辑、《贺兰山》编辑部负责人、石嘴山市委党校工会主席、《党校学报》常务副主编、宁夏作家协会理事等。发表理论文章五十多万字，作品多次获奖。出版《陈文坚文论选》。《陈文坚文论选》收录作品十九篇，其中十一篇文学评论中有五篇是评论张贤亮作品的。曾向农在序文中谈道，陈文坚的文学评论文笔犀利，语言晓畅，言辞中肯，思想深邃，常常有不同于他人的见解。他之所以青睐张贤亮作品的主要原因：一是张贤亮前期的作品确有较高的思想性和艺术性，二是张贤亮作品的主人公多是具有精神气象和艺术修养的知识分子。张贤亮笔下的这些人物走过的道路与陈文坚的经历颇为相似，其批评自然多了切身体验的理解和反思。

田美琳（1939— ），女，河南荥阳人。曾为宁夏大学中文系教授。中国当代文学研究会会员。1963年毕业于宁夏大学中文系。1980年在北京大学中文系研修中国当代文学一年。在《宁夏大学学报》《现当代文学研究》等发表学术论文三十多篇。主要作品有《张贤亮主要生活创作年表》《诗美源于生活》《毛泽东论文艺民族化问题》《鲁迅小说的悲剧特色》《张贤亮小说语言的诗意美》等。论文荣获宁夏论文评奖二等奖，专著《张贤亮小说创作》荣获宁夏第五届文艺评奖三等奖。

宁夏批评家的评论大多涉及张贤亮的作品评论，正如现代文学研究绕不开研究鲁迅一样。张贤亮代表了宁夏现当代文学的高峰，也吸引着批评家的才情展示，也可以说正是高嵩等人的批评扩大了张贤亮小说创作的影响力，

---

① 孙纪文，许峰，王佐红 . 新时期宁夏小说评论史［M］. 银川：阳光出版社，2015.

但全面细读张贤亮新时期小说作品的学者是田美琳。1985年，李镜如、田美琳编选《张贤亮谈创作》。1998年，田美琳的研究专著《张贤亮小说创作》由宁夏人民出版社出版，这也是较早出现的全面探讨张贤亮文学创作的学术著作，全书三十万字，共十章，全面概括、评论了张贤亮二十年小说创作的思想成就、西部地方特色以及语言特点等。相对高嵩恣肆开阔的批评议论，田美琳的研究是一种更精细的规范阅读和文本分析。

现代文学以小说为主流文体，张贤亮小说的评论带动了整个宁夏文学批评的兴盛与活跃。除每年发表的学术文章和硕博论文选题之外，孙纪文、许峰、王佐红合著的《新时期宁夏小说批评史》是对张贤亮、石舒清、郭文斌等宁夏作家小说评论的再讨论，也是一种独辟蹊径的文体讨论和文论总结。简而言之，高嵩、刘贻清、刘绍智等不少前辈评论家热诚地近距离地研讨过张贤亮小说创作的得失，郎伟、白草、牛学智等也精心诚恳地研读过张贤亮的小说佳作，考量文本，发抒各自的心得，如白草的《张贤亮的文学世界》。张贤亮是宁夏文学最大的光荣，也挑战着宁夏文学批评与研究的深度和高度。

（三）文学批评耕耘者

对张贤亮作品的研究尚在继续，相信会有更多的研究成果。同时，对其他作家的批评也是色彩缤纷，小说、诗歌、散文、评论等文体也结出丰硕的果实。

刘绍智（1941—2017），除研究古代文学外，还发表过许多关于宁夏文学研究和个案批评的文章。他曾以"弗名"为笔名，可见其品格之端倪。首先，批评的批评，方见本色当行。《漫谈张铎的文学评论》认为张铎评论的对象有两个特点：一是青年作者居多，二是山区作者居多。这使张铎的评论具有难以替代的价值。张铎对山区的深厚感情，使他从山区作家的作品中体验出许多细微而独特的东西。这些体验一旦化成理性的评论文字，就立即显示出评论的独特性。张铎没有停止追求，坚持寻求人类美好的东西。这样一种可贵执着的感情，成为他写评论的巨大动力。刘绍智认为张铎的"评论在理论水平上的表现是多方面的，他不仅从内容方面进行深刻的剖析，从而显示出他锐利的眼光，而且还能从结构布局、语言、形象塑造、意境创造等各方面入手进行分析。这不单是换个角度的问题，它本身就是个理论视野的问题"。"好的评论其实也是一种创作，读一篇好的评论也是一种精神享受。张铎的评论就是艺术品，耐人咀嚼，耐人寻味……张铎虽也创作诗歌、散文，但他更突出的还是评论，而且是很有特色的评论。"在《"生活的苦恋者"——刘国尧诗歌创作论》①一文中，刘绍智评论刘国尧的诗歌创作，知人论诗，指出了刘国尧诗歌的独特性，认为如果要从刘国尧几百首丰富多彩的诗作中品味出一个基调，那么就可以用他的组诗《永不失落的童年》中的"希冀着甜美的种子／孕育出流光滴翠的蜜果"这两行诗句来表达。从刘国尧的诗歌创作历程看，可以说他是一位地道的西部诗人，他的全部诗作可归属于"西部文学"。对于大西北，诗人突出了地理环境、自然灾害给西部人带来的不幸。如《不，我不是旅游者》所描绘的雪暴"冲塌桥梁，捏断了南北土地的脉搏"，沙暴"卷走驼队，埋葬了一家三代的欢乐"。的确，地理环境、自然条件在人的生活中起着重要作用。地域开放性与心理结构的严重封闭给西部人留下了沉重的心理负担，而这正是刘国尧诗歌有待于开拓的一个很大领域。从以上两例，就可以了解明清文学专家刘绍智介入宁夏文学批评现场的精彩表现。

慕岳（1943— ），宁夏固原人。历任固原师专校长、宁夏文联副主席等。1965 年毕业于宁夏大学中文系，他当过教师，学术基础是文学理论和现代文学研究。与李镜如共同主编宁夏四家高校专业教材《文学概论》。20 世纪 70 年代开始发表文学理论和文学评论文章，累计逾百篇。其规范的学术论文当属早期完成的代表作《鲁迅小说的悲剧美》。文章从鲁迅的悲剧艺术观及艺术实践两方面进行论述，认为鲁迅是继王国维、蔡元培、胡适，对西方以亚里士多德、黑格尔为代表的悲剧艺术理论进行研究，而且鲁迅站在更高的思想台阶上对悲剧艺术理论作出科学概括，树立了自己的悲剧艺术观。在鲁迅的小说艺术中，他的悲剧艺术观得到充分体现，鲁迅小说的悲剧美是鲁迅小说所反映的时代、鲁迅世界观和审美理想的反映。慕岳从固原师专调到宁夏文联工作期间，在各种文学研讨活动中，对宁夏作家的创作多有批评和鼓励，尤其是对西海固作家的创作关注推介更多。

郎业成（1944— ），辽宁沈阳人。曾任《贺兰山》栏目编辑、《煤炭文学》副主编等。宁夏作家协会会员，宁夏文艺评论家协会会员，中国散文学会会员，中国楹联学会会员。出版《石嘴山诗论》《石嘴山小说散文论》，选编《金声玉振——宁夏煤炭诗选》，主编《宁夏散文诗选》等文学作品集。郎业成从文学创作的实践走向文学评论，曾评论过张贤亮、戈悟觉、张武、蒋振邦等人的小说创作。2015 年以后，以研究评论石嘴山市地方文学为重心。其《石嘴山诗论》《石嘴山小说散文论》两部文学评论集涵盖了石嘴山市主要诗人、作家发表的诗歌、散文，以及长篇、中篇、短篇小说，给予较为全面、具体

①刘绍智．"在活的苦恋者"——刘国尧诗歌创作论［J］．宁夏社会科学，1988（2）．

而翔实的评介，对研究石嘴山市文学发展及创作起到了促进作用。

杨森翔（1945— ），宁夏灵武人。历任银南地区文联副主席、《文苑》主编、《吴忠日报》总编辑、吴忠市人大常委会副主任等。编审，宁夏文史馆馆员，中国作家协会会员。作品有《荒原的呼唤》《吴忠与灵州》（合著）、《朔方夜谭》《风雷激荡的岁月》《韵语编年》《历代诗词咏吴忠》等。《通俗现象探源》荣获宁夏第五届文艺评奖二等奖。

杨森翔 1970 年毕业于北京师范大学历史系，是一位学养深厚、行文朴实的文学批评家。他文史兼通，他的文学批评具有学术研究的多方面积淀。他批评的出发点是灵武的作家，他关注吴忠地区文学的总体发展，进而批评和肯定宁夏作家的优秀创作。《西部文学的存在理由与发展前景》一文探讨并希望文学的历史传统和文艺的当代性能够在西部生活的发展中得到较好的结合，作家个人的优势、地区优势和民族优势能够同时得到发挥。"西部文学"不仅是以地域和题材来划分的文学流派，而且是以是否具有西部风骨、西部美来界定的。作为一个崭新的文学现象，西部文学的基本美学特征是它所独具的西部精神。杨森翔进一步阐述："中国的西部精神首先是一种继承的、而不是创制的精神。悠久的历史和光辉灿烂的古代文化使中国的西部文明远远高于美国当年的西部文明，是一种宝贵的精神财富。这里的人们就是靠着它而保持了代代相因的凝重、沉稳、质朴的品格，它有尊奉祖先、重人伦而轻实利的传统，拥有历史的绵延感，不为世俗的变迁所动。"其批评自信的旨归"没有理论支持的文学运动，不可能是一个自觉的、持久的文学运动"。可以看出，杨森翔的批评既有学理的依据，又有文化的自觉批判。

《查舜的个人经历对其创作的影响》是杨森翔文学批评的精心之作，是一篇"知人论世"的总结性评论文章，体现了他学理深厚、行文朴实的批评特色。全文以"查舜的个人生活经历造就了他作品异于他人的特殊品质"为出发点，在全面考察查舜创作的过程中，肯定作家"在独特审美形象和文化精神的诗意书写中建构了丰盈的文学价值世界"。《杨森君：中国当代诗坛的一位重要诗人》以传统诗学批评的界定"意、力、技、气"来辨析论说杨森君的"个色"表现，是对杨森君诗歌创作的最高评介。《西部文学的存在理由与发展前景》《张贤亮的"新发现"》等扎实稳健的评述，可以印证杨森翔几十年如一日的批评热情，可以感受其开阔大气的批评风格。

李树江（1946—2006），宁夏平罗人。1966 年参加工作，1975 年毕业于宁夏大学中文系。1972 年开始发表作品，长期从事文学研究。出版专著，主编、合编论集与资料二十多部。主持拍摄了《青青马兰草》等电视专题片多部，荣获"五个一工程"奖。个人荣获全国五一劳动奖章，享受国务院政府特殊津贴。

崔宝国（1949— ），陕西人。1982 年毕业于陕西师范大学中文系，1988 年获取东北师范大学文学硕士学位。曾任宁夏大学中文系写作和文秘教研室主任，教授。主编、参编或参与撰写《基础写作》《公共关系写作》《阅读与写作》《写作训练教程》等，出版专著《看山集》。《五味生活七色阳光——读贾平凹的〈五味巷〉》荣获宁夏第五届文艺评奖二等奖。

崔宝国 1982 年毕业于陕西师范大学中文系，1988 年获取东北师范大学文学硕士学位。支撑崔宝国开展文学批评的，一是充盈的诗意情怀，二是生活的深切体味。从生活中磨砺出来的审美性情涵养了他文学批评的本真底色。其《看山集》是一本当代文学的评论集，按所收内容分为散文评、小说评、戏剧评、诗歌评、报告文学评和作家论六个部分，每个部分一个主题。评论者以新颖的观点、独特的见解对这些作品作了客观公正的评论，有助于读者深入透彻地理解这些作品中的内涵。评论对象既有名家名作，也有初出茅庐的新人新作，对戏剧的评论也是不拘题材和时间所限，视野开阔。这本书不仅是对作家作品的评论，而且有文艺理论思考和批评。在每一部分的开头，都有一至三篇文体研究和理论思辨的文章，如《散文的"神韵"说》《漫话小说的诗意》。之后对散文的概念及创作作了描述和界定，对散文作品中的意境和思想进行评价，如将邹志安的《黄土》评价为"写出中国老一辈农民的灵魂"。对小说这种文体阐发了自己的审美向往，即关注小说创作中的诗意，对传统的生命和故土的考量较重，评论对象及评论方式围绕乡土和日常的情感展开，如评李春俊的《亲人》。以《根，就在那片黄土上》为正题，也是批评的切入点。在戏剧评中，开篇对戏剧的散文化作了分析，然后对剧本《汉宫秋》中的爱国思想和电视剧《远方来的青海客》进行评论，将其中蕴含的思想力量加以对比和分析，并就其在现实中的巨大影响作了介绍。在诗歌评中，对宁夏诗人刘国尧、屈文焜、万里鹏、秦中吟及其他诗人一一进行评说，特别强调这些诗人作品中流动着的"宁夏川的生命力量"。在作家论中，对"鲁迅思想与作品中的个性主义"和杜勃罗留波夫文学批评中的人道主义分别论述，主要是对这两位作家所具有的思想与个性精神，较为深入地考量、辨析和肯定。

崔宝国在宁夏文学批评中涉及的作家和作品的范围比较开阔，其评论看似闲庭信步，行文及其内在的自我要求却很严谨。崔宝国的批评立场一贯如此，能够保持清醒的距离而不失批评的尊严。

丁朝君（1949— ），女，宁夏银川人。曾任职于宁夏社会科学院。宁夏作家协会会员，中国图书评论学会会员，中国报告文学学会会员。出版《当代宁夏作家论》《爱我所爱》。《转型期都市青年的生存写照》荣获宁夏第五届文艺评奖三等奖，个人被国家民委、全国妇联授予"优秀妇女"称号。

丁朝君对宁夏文学的关注更多，批评涉及的作家横跨老、中、青三代。张贤亮、张武、戈悟觉、何克俭、于秀兰、蒋振邦、冯剑华、余光慧、哈若蕙、南台、马乐群、高耀山等一系列宁夏作家都在她的批评视野里，还有查舜、季栋梁、拜学英、马宇桢等作家，新世纪涌现出来的作家，特别是陈晓燕、马丽华、石舒清、平原等女作家等。丁朝君的文学批评，一是20世纪八九十年代文学景观和宁夏文学的批评观照；二是理性超越情感的批评突围，在文学评论中的主体性显现，借用她自己的感悟来说，"人，不能超越自己的位置去按遐想建构自己的生活"；三是"知人论世"的批评方法与开放的理论借鉴。这从评论海容小说集《远山》的尝试开始，贯穿于丁朝君三十多年的评论创作中。她的这些评论文章大多收入《爱我所爱》。这本文集的主体部分是"文苑探幽"，收入四十多篇谈艺论文的评论文章。

丁朝君最早关注的批评对象是20世纪80年代的小说创作。《拙朴、白描中的批判锋芒》评论南台的小说集《女人和小镇》，认为南台这部小说集里的作品"没有在小说中借助人物长吁短叹……他只是将发生在平凡大地上的平凡人和事直接呈现出来，以一种局外人的冷漠口吻叙述这些人和事"。这与她在《当代宁夏作家论》里探讨南台长篇小说的评说形成对照，她见证了南台从短篇小说到长篇小说的创作历程，对南台小说亦庄亦谐的叙事风格有充分的把握。对马宇桢文学创作的跟踪批评，也是丁朝君作家论的典型案例。《心灵的探索》是在《宁夏文坛六马散论》的基础上，对马宇桢小说较为深入的再批评，她很好地把握了其风格和追求，认为"马宇桢在艺术的莽原孜孜追求，他的艺术触角首先指向人，指向个体生命。从激越、亢奋、追求到悲壮的低沉，到孤独的内心煎熬，深刻蕴藏着的生命力在忧伤、郁闷的孤独之中具有强烈的共振魅力"。总之，丁朝君的文学批评涉及宁夏文学发展的方方面面，体现了其文学批评中深深植根于宁夏本地文学这一特点。

潘自强（1950—），笔名达奇，宁夏银川人。历任《朔方》副主编、主编，珠海音像出版社社长、总编辑等。《像他们那样生活》《生活是不能回避的》《文学，应该讲究格调》分别荣获宁夏第一届、第三届文艺评奖二等奖、第四届文艺评奖优秀奖（不分等）。

潘自强1976年毕业于复旦大学中文系文学评论专业，毕业后分配到《宁夏文艺》担任编辑，在宁夏工作十六年。1992年调到珠海，从事与编辑、出版、发行有关的职业。《像他们那样生活》是潘自强编辑稿件时受触动感想的欣喜之作。他直言张贤亮小说《霜重色愈浓》以四个现代化的生活为题材，歌颂了新的人物、新的思想，打动了人们的心灵，是一篇比较好的作品。首先讨论其人物形象的成功塑造，其次肯定《霜重色愈浓》在艺术上也是有一定特色的，还指出《霜重色愈浓》不是完美无瑕的，认为作者只注意了人物的共性描写，而忽视了对不同人物的个性刻画；主观情感和思想投入过多，个别地方的描写、议论显得表露殆尽，没有给读者留下充分思考和回想的余地；在结构上也不够精练。其代表作《塞上无处不飞花——回顾我区近两年来的文学创作》全面论述了党的十一届三中全会以后短短两年时间里宁夏文学创作的繁荣局面，推出了两代作家，点评了重要作品，认为这两年间活跃在全区的作家大致可分两类：一类是著名老作家，他们不遗余力地耕耘文坛，创作颇丰；一类是年富力强、精力充沛的文坛新秀，代表了宁夏文学的未来。还点评了戈悟觉的《马龙来访》、张武的《看点日记》、张贤亮的《灵与肉》《邢老汉和狗的故事》《土牢情话》、李邦禹和冯剑华的报告文学《为真理而斗争》。潘自强出手快，评说老到，讲究格调，是宁夏文学评论的行家，颇有影响。

杨继国（1952— ），宁夏吴忠人。历任自治区党委宣传部文艺处处长，宁夏文联副主席、党组书记兼主席，宁夏文史研究馆党组书记兼馆长，自治区政府参事等。中国摄影家协会会员，中国民间文艺家协会副主席、顾问，中国作家协会少数民族文学委员会委员。出版《杨继国评论集》《六盘山社火》《高原行迹》《走进西海固》《探秘三江源》等。作品荣获第四届全国少数民族文学奖骏马奖，首届中国民间文艺山花奖，第三届全国当代少数民族文学研究优秀成果一等奖，第九届中国民间文艺山花奖，宁夏第八届文艺作品评奖特别奖、一等奖，宁夏第十三届哲学社会科学评奖著作类一等奖。个人荣获宁夏第九届文艺评奖突出贡献奖等。

杨继国1976年毕业于复旦大学中文系文学评论专业，回到宁夏后开始文学批评，其文学评论高峰时期的文章多数收入1996年出版的《杨继国评论集》。他的文学研究侧重于民族文学理论和民族作家创作的具体探讨，在新时期中国文学良好发展的语境中，对民族文学与民族作家创作作了大量的客观评述。他的文学评论，不仅是对作家作品的分析理解，而且是对民族文化理论的丰富与发展。学术的文化视野和与时俱进的时代精神，是杨继国从事文学批评和研究的两个坐标。他试图从整个现代文学的建设反思文学研究和批评的重大思想问题。这种文化的自觉反思和贴近社会现实的学术精神，使杨继国的文学批评和研究有了质实的追求和宏阔的气象。

何克俭（1952— ），笔名沈思，宁夏吴忠人。在区内外报刊发表文艺评论文章五十多篇。评论《民谣可以观风知政》荣获宁夏第四届文艺评奖优秀奖（不分等），他与杨继国合作主编的《宁夏民俗大观》荣获 2008 年国家民间文艺山花奖，2010 年荣获中国民间文艺家协会中国民间文学集成贡献奖。

何克俭 1972 年开始发表作品，主要成就在民族民间文学研究领域，其评论文章以对话的方式，形成一个问答的语境，有点类似于柏拉图的美学讨论和孔子的论语。从《黑骏马》《北方的河》等作品的比照议论中，对作家"那种火热的激情和诗一样的语言"给予肯定，但就其小说越来越晦涩的特点也提出了质疑。主要从西海固地域性特色等方面，具体讨论了作品的内涵和情感。议论平实，语言生动，在诸多"批评腔"十足的评论文章中，确实让人耳目一新。

荆竹（1953— ），本名王金柱，宁夏贺兰人，祖籍山西灵石。历任《宁夏日报》文艺编辑、《宁夏青年报》副总编辑、宁夏文联文艺理论研究室主任、宁夏文学艺术院院长、宁夏作家协会副主席，宁夏文联副主席等。研究员，宁夏文史馆馆员，中国作家协会会员，中国文艺评论家协会会员。出版文艺美学专著《智慧与觉醒》《追求真善美》《学术的双峰》《精神的雕像》《荆竹文艺论评选》等。评论和专著《相轻与相亲》《人本质的理论和文学的关系》《智慧与觉醒》《论审美体验与艺术踪迹》分别荣获宁夏第一届、第四届宁夏文艺评奖二等奖、优秀奖（不分等），第五届、第六届宁夏文艺评奖一等奖。

荆竹 1977 年毕业于复旦大学中文系文学评论专业，1972 年开始发表作品。荆竹对小说、诗歌、散文等都有较为系统和专业的批评。如果说高嵩有艺术批判力，那么荆竹就是挑战学术难度和理论难度的批评家。因对美学的挚爱，加上真挚的学术情怀，辩证思维的特征贯穿在其说理论学的所有文章中。杨森翔认为荆竹的《学术的双峰》达到了双重的"读与写的和谐"。读《学术的双峰》，首先感到的是沉甸甸的学术分量。这不仅指其厚度，而且指其选题、深度、意旨和为此而耗费的心血。《学术的双峰》所研究的对象是王国维和陈寅恪，从准备、写作到正式出版，历时二十多年，正是尼采所说的"心血之作"。"读与写的和谐"这个特点还体现在荆竹的身上。二十多年来，荆竹读完了所能搜集到的有关陈寅恪、王国维的文献资料不下百种，约千万字，即便不能说是"巨细靡遗"，也可以说是"所剩无几"。他在阅读千万字的基础上，写出了三十万字的《学术的双峰》，这对从事研究的学者来说叫作严谨。在研究方法上，他也如其研究对象一样，重考证、重比较、重甄别，在"准确、全面、完整"上下功夫。在孜孜以求的探寻中，抵达学术的本真。"故，在陈寅恪看来，只有熟悉了解和认识中古历史与文化，才能更好地把握中国文化学术发展之脉络，才能更全面而深刻地理解全部中国文化学术发展之进程，为后世中国文化学术之发展提供借鉴。只有站在中古这一文化学术峰巅，才有高远宏大之境界，才能有海纳百川之宽大胸襟，发现华夏民族文化学术的发展之路。这恐怕是陈寅恪选择中古史作为自己的研究路径之真正动因。"荆竹就是用这种看似"最原始"却是最先进的"实证研究的方法"，通过对王国维、陈寅恪所有著作深入细致的分析，寻找到了王、陈各自心灵的"起点"和"思想的逻辑"，以显示王、陈"永恒而普遍之精神价值"，超越了一般所谓的真实，达到了一种更高程度的内在的也是一种历史和哲学的真实。《学术的双峰》所体现出来的这种"读与写的和谐"及严谨的学术态度和学术品格，为宁夏文化学术界提供了可资借鉴的模本。

在诗歌评论上，荆竹高屋建瓴，一针见血，既成理论体系，又中肯到位。在《在蝉蜕、裂变中梳理羽毛——论马钰诗歌审美意象的嬗变》中，荆竹认为马钰以"黄河诗"确立了自己的地位，抒发历经灾难之后的民族革新的愿望。同时，荆竹对马钰的"黄河诗"进行了批评，认为"黄河诗"表现出来的雄浑只是执着于现实的表层现象，狂躁的情感的迸发忽略了复杂情绪的渲染，悲壮也多是涂上了一种英雄开拓艰难的主观色调。诗的物化形体越来越臃肿，意象堆积，美感效应除了给人一种情感的低沉之外，意蕴的飘逸却难以觅得，表现了诗人审美主体抒情方式上的缺陷。马钰对肃穆美的追求，将抒情视点与现实拉开的尝试，试图在这种审美距离之间取得超脱，但尚有距离。荆竹希望马钰能够独立地对全部现存的人类社会生活进行透视、提升，愿马钰能够再多一点思考和探险的胆量，使诗美艺术的追求有一股强劲的纵深感，走向更高的层次。

在《海恋与诗人之魂——贾长厚诗集〈海恋〉漫论》中，荆竹认为《海恋》一些奶声奶气的诗句，蕴含着儿歌童谣的韵味，显示了贾长厚诗歌创作的乖巧和可爱，有童声歌唱的天然美，属于人类一种特有的诗情，有着恒久的光彩与价值。贾长厚的创作属于新的现实主义，无论是诗的内容或是艺术方法都在这个规范之内，"贾长厚诗中的形象的突出点是鲜明性和稳定性"，"其基本的特征是：以最诚实的目光和执着的热情拥抱大海与沙漠，用崇高的理想与审美感知，对观察和意识到的社会内容，通过自己的审美经验进行个性的反映"。同时，荆竹也指出贾长厚与其他诗人一样不可避免地存在某些不足，主要是深入探索不够。

理论的掘进或者说偏嗜，在荆竹文艺批评初期文章中已露端倪。《论两种小说美学模态——兼及宁夏新时期小说的宏观考察》是收入《宁夏文学十年》专辑的文章，除了高嵩之外，唯有荆竹的文章是从小说的文体批评和"小说美学运动的动力结构"切入小说的理论批评，由此来评价宁夏作家，从顺应型模态怎样上升到冲突性小说的动力结构形态，这是从内在的根本嬗变揭示新时期宁夏作家的创作的突破，发他人所未发之见解，确实令人眼前一亮，让当时的作家和文学批评者耳目一新。可以说，理论批评的自我挑战贯穿在荆竹所有的作家和文本批评中，更是基于这种理论挑战和文本细读的宏文，使其评论有一种雄奇之气。如《杨梓诗歌意味造型论》《〈西夏史诗〉初论：史诗精神与灵魂意志的高度统一》，对杨梓早期诗歌创作和《西夏史诗》从理论的高度进行了全面而深刻的诗学评论，认为杨梓的诗关于意味的创造和充满了音乐的节奏与旋律是其明显的两个美学特征。通过意象的惨淡经营，通过主导意象、重复意象、逆变意象、伴随意象的设置来创造意味造型，是杨梓诗歌创作的基本走向，也是他诗歌意味寓意透射的基本路径。同时，以有效的传导产生映照力来透射诗歌作品的意味寓意，是杨梓意味造型营构中常用的方式之一。

哈若蕙（1955— ），女，北京人，祖籍江苏南京。历任宁夏广播电视大学副教授、文法系主任，宁夏人民出版社副社长，《朔方》主编，宁夏文联副主席、巡视员，编审，中国作家协会全国委员会委员，第八届茅盾文学奖、第十届中国少数民族文学骏马奖评委等。宁夏作家协会顾问，宁夏朗诵艺术学会主席，中国作家协会会员。先后发表《灵魂的告白——卢梭〈忏悔录〉与巴金〈随想录〉比较谈》《现代文学历史分期之我见》《一个失去平衡的世界——庐隐悲剧创作初探》《一枝红杏出墙来——宁夏新时期女性文学浅议》等论文三十多篇。出版文艺评论集《一片冰心》，主编《艺术鉴赏概要》《少数民族文学创作培训班作品集》（宁夏卷）、《首届〈朔方〉文学奖入围作品集》等。撰稿有电视片《清洁的文字，芬芳的情怀》等。论文荣获宁夏第三届、第五届社会科学评奖优秀成果三等奖，编辑的图书荣获第十三届、第十四届中国图书奖，首届"三个一百"原创出版工程奖，首届中华优秀出版物（论文）奖。个人入选宁夏"313工程"，被授予第五届全国优秀中青年编辑（图书）称号，享受自治区政府特殊津贴，获得宁夏五一劳动奖章。

哈若蕙1982年从华东师范大学中文系毕业后返回第二故乡宁夏，长期从事文学教学、图书出版及文学组织工作。其著作《一片冰心》里除"中外文学管窥""艺术随谈""编辑心语"外，还以"塞上文情"为分辑收入二十一篇评论宁夏作家作品的文章。这些文章大多完成于20世纪八九十年代，是她在大学任教时期广泛参与宁夏文学活动，关注宁夏作家创作的阶段性成果。

在这些文章中，作者以独具的眼力、优美的语言，分析总结了宁夏作家创作的优长得失。她凭借着敏锐的艺术直觉把握作家的性情，诸如宁静致远的石舒清，波澜不惊的陈继明，清新婉曲的刘岳华，素朴深情的阿耀，身姿不凡的郑柯，诗情画意的吴淮生等，均能从她批评的字里行间体会到他们跳动的人格力量和性情之美。李健吾曾说："批评并不像我们通常想象的那样简单，更不是老板出钱买的那类书评。它有自己的尊严，犹如任何一种艺术具有尊严，正因为批评不是别的，也只是一种独立的艺术，有它自己的宇宙，有它自己深厚的人性作为根据。一个真正的批评家，犹如一个真正的艺术家。"既然批评是艺术，那么就是一种积极的精神创造活动，其间涌动着批评家主体独立的审美感悟与发现，涵纳着批评家个体介入生活的价值判断，因此她的许多批评文章都是审美言说的美文。在艺术观照上她相对更加重视直觉，因而显得不拘一格。这些评论文章融入了哈若蕙自己对生活和艺术的领悟，时有独到的见解。比如她比较吴淮生的散文和诗歌，一个好似"峰峦叠翠、秀雅迷人，抒不尽、道不完的"赤子情怀，另一个则宛若"款款移步于这峰回路转的"小径之上，在一派芳馨馥郁的抒情之中，仿若"泉水般潺潺流动的心灵之歌"。在她的评论文章里，像这样充满诗情的譬喻俯拾即是。诗情的想象如缤纷的花语，似彩锦般铺天盖地而来。在评论杨云才诗集《西部和她正年轻》的批评文章《年轻的诗心》中，评其"西部歌曲"是"剽悍暴烈的"马，是"热烈奔放的"黄河号子，舒展出生活的浓浓的诗意。其中，《黄昏中的望夫石》《主题正好》展示了艰难岁月中那一抹亮色以及对漫漫人生路的昭示，她巧妙地抓住了这一精髓并赋予诗评以微妙的人性表达。

哈若蕙在新世纪之初的十年，潜心图书出版，以另一种方式关注着宁夏作家与中国作家在文坛上的绽放，策划推出了包括宁夏作家在内的许多有关学术文化和文学的图书。2009 年至 2015 年哈若蕙在宁夏文联负责宁夏文学组织工作时期，亦以更加积极的状态参与到宁夏文学和新时期中国文学事业之中。在广泛联系培养作家，主持《朔方》工作，推动宁夏文学事业发展之余，她还写下了一些兼具评论与纪实特色的文字，如《瘦尽灯花又一宵——第八届茅盾文学奖评奖日记摘抄》《走进"茅奖"祝福文学》（新华社专访）、《春色满园关不住　百般红紫斗芳菲——专访第十届全国少数民族文学创作骏马奖评委哈若蕙、郎伟》（新华社专访）等，在这些文字中，仍然可以看到哈若蕙所具备的文学批评家的素质与审美感知。

哈若蕙深深感恩生活的馈赠，使她能够始终从事自己所热爱的文学艺术工作。她做文学批评，也涉猎散文随笔的写作，她的笔下留下了文坛行步的美好瞬间，如《润园内访季老》《"人的花朵"之歌——〈梅志文集〉出版小记》《飞越喜马拉雅——出访尼泊尔、印度纪行》《亮丽的红飘带——中国作家重走长征路（红二十五军）主题采访笔记》等，也记录了亲情与友谊，如《姨》《挥手，就是永别》《西行笔记》《断章》等，还饶有情致地写下了她参与译制配音和朗诵艺术的场景与心得，如《走进艾米——美国故事片〈谁的责任〉译制配音手记》《八月的风——〈战火中的夜莺〉音乐诗歌朗诵晚会札记》等。可以说，哈若蕙不仅将文学与写作当作一种热爱的事业，而且将其作为抚慰心灵的一种特殊方式。在对文学和艺术不懈的追求中，她为自己的事业和生活营造了诗意唯美的精神家园。

周占忠（1958— ），笔名原野，宁夏同心人。中学高级教师。宁夏作家协会会员，中国诗歌学会会员，中国校园作家协会会员。《文学鉴赏与心理》荣获宁夏第六届文艺评奖三等奖。该书分为"文学鉴赏与心理""古代诗歌的艺术鉴赏""现代诗歌的艺术鉴赏""现代散文的艺术鉴赏""新时期小说艺术的思维拓展""新时期小说的文化引论""略说西方现代派文学""略说文学批评流派"八个专题，分别讨论了诗歌、散文、小说等文学文体的批评阅读方法、鉴赏过程，并且介绍了文学思潮和流派。高嵩在为他所作的序中指出："这本书最大的优点，是把中学生和其他有幸的读者带入国内外现代文学的前沿。这一点对作家来说也是有益的。"在宁夏比较偏远的基层人文教育工作中产生这样的著作，值得肯定。

第二节　以文体为主的宁夏文学批评

宁夏地处祖国西北，具有鲜明的地域特色、民族特点、文化特征。宁夏作家得益于这片土地的孕育、滋养和成就，其朴实的生活经历和历史记忆，独特的生命感悟和言说方式，形成了纯正、质朴、安静的文学品格，在全国的文学版图上独具一格。

（一）以小说为主的文学评论

宁夏文学从一棵"绿化树"到"三棵树"再到"新三棵树"，形成郁郁葱葱的"文学林"。文学批评也随之发展繁荣，尤其是新世纪以来，不论是从事文学评论的作者，还是刊发的评论文章都显著增加，为宁夏文学的第三次高峰付出了心血。

郎伟（1962— ），浙江富阳人。北京大学文学硕士。曾任宁夏大学人文学院院长、宁夏师范学院副院长等。宁夏大学副校长、二级教授，博士研究生导师，中国现当代文学学术带头人，宁夏文艺评论家协会主席，宁夏文联副主席，宁夏文史研究馆馆员，中国作家协会会员，中国当代文学研究会理事等。在《文学理论与批评》《小说评论》《小说选刊》《民族文学》《上海文学》《朔方》《光明日报》《文艺报》《文学报》等发表文学评论一百多篇。出版《负重的文学》《写作是为时代作证》《欲望年代的文学守护》《写作的孤独和文学的丰满》等。作品荣获全国第八届少数民族文学创作骏马奖，宁夏社科优秀成果奖一等奖、二等奖，四次荣获宁夏文艺评奖一等奖。曾主持完成国家社会科学基金项目"宁夏青年作家群研究"。

1984年、1991年先后毕业于北京大学中文系中国现当代文学专业，取得文学学士、硕士学位。《负重的文学》是郎伟的第一本文学评论选集，收入四十七篇文章。这本评论集中大多数是对新时期以来宁夏文学创作现象及作家作品的研究文章，作者用开阔的研究视野、精确的参照对比对宁夏文学作了勾勒和描绘。他把宁夏文学大致分为三个部分：一是对新时期作家作品的评论，如对孙犁新时期散文创作及其具有时代眼光的审视和小说家的笔触作了分析，对中国当代文学的文学现象的研究，如《觉醒与回顾：近二十年中国文学的简单回顾》与《20世纪中国文学的两个侧面：改造灵魂与眼含泪水》，以知识分子和教育者的眼光审视和研究中国当代文学；二是对宁夏作家作品的评论，如对陈继明、石舒清、季栋梁、金瓯、漠月等人及其作品，以及对宁夏"苦土上的岁月与人生"式的写作进行了评论，对《朔方》也有许多特殊的视角与整体上的分析；三是对关于宁夏地域的文学关照，如"宁夏的孤独"与"宁夏有天下人"，用历史和社会文化的眼光去观察，用文学的笔触去表达。郎伟对文学的态度是"负重"式的，带有深沉的责任感。

《写作是为时代作证》是郎伟的第二本文学评论集，收录了五年间的文学评论文章。比较第一本，这本评论集对文章的选取更加自由与灵活，视野更加开阔，思维更加敏锐。本书也分为三个部分，其中"宁夏文学的风景"是对宁夏文学现象及宁夏作家作品的研究，而且对新涌现的宁夏作家也给予关注；"旧典新书"是对现当代名家名作的重新阅读，对张贤亮、张爱玲、钱理群等人的作品及文章作了评析；"写在光影世界的边上"是对电影及电视剧的评论，将影视作品的感悟通过文学的视野来进行审视与评论，又蕴含着历史的眼光。郎伟的评论随着宁夏文学的发展而出名，他对文学的体验和评论更加广阔。

《欲望年代的文学守护》是郎伟的第三本文学评论集，主要收入2008年以来写作和发表的文章七十一篇，分为三辑；一是中国文学观察，是对当代中国文学现象和现当代优秀作家及作品的评论；二是宁夏文学解读，是对前两部评论集的一个扩展与延伸，他对宁夏文学发展的眼光更加独到与深刻，与全国少数民族文学发展的批评结合起来，扩展了文学批评关注的领域，同时追踪宁夏作家作品的及时评论，评论的内容和形式更为多样和丰富；三是来自论坛的声音，所选文章是郎伟所作的学术讲座的底稿和一部分发言稿，是对时代风气的观察，也是对青年学子关于理想主义与读书实践的指引。

许峰从西部最为活跃的评论家、寂寞的守望者、体验式的审美批评与汉语的敬畏之心三个方面总结了郎伟文学批评的特色。在文学评论这个寂寞的行业中，郎伟一如既往地走在时代的前沿，长期对中国当代文坛与宁夏文学进行跟踪，笔耕不辍，百万余字的文学评论足见他几十年来对文学评论事业的执着与热情。郎伟是寂寞的守望者，又是执着的坚守者。二十多年的文学批评生涯，逐步形成郎伟较为成熟的批评观，他的评论文章不是"新批评"所要求的那种脱离社会固守文本的批评，而是要追求积极干预生活的现实姿态。他没有把文学看作是一个独立的个体，在他看来，文学作品应该是一个社会的产物，对作品的解读不能仅仅停留在作品的"内部研究"，而是要兼济"外部研究"。他评论一个作家的重要作品时，总是先要介绍一下作家的基本概况，这不是为了介绍而介绍，而是为这些作家描绘一幅幅逼真的肖像，勾勒出这些作家的性格特征，从而为准确了解他们的作品做好铺垫。《漠夜深处的动人诗情——读漠月的小说》，开头就把漠月的性格特征、出生环境和人生经历文学化地交代了一下，为下一步评论漠月的小说做了很好的铺垫。因此，郎伟的文学批评是一种审美体验式的批评，他力图将文学批评写得鲜活与从容。在表达的过程中，他追求一种渗透着哲思的简洁明快的叙事风格，与其说是一种语言的节制，不如说是一种情感的节制。在对宁夏作家进行评论时，他对石舒清、漠月、张学东等这些全国知名作家进行追踪研究，同时依然用一种虔诚之心为宁夏其他作家的作品作序或者撰写评论，他会积极挖掘这些作家独特的创作个性。对宁夏文学如此礼赞和厚爱，并不是因为"近水楼台"，而是经过比较发现，宁夏文学的水平，尤其是中短篇小说的创作水平确实居于全国中上水平。作为宁夏文学的护航者，郎伟对于宁夏小说创作主体的群体性命名逐渐在学界产生重要影响。

更为质朴简洁地道出郎伟评论风格的是武淑莲。她说郎伟的评论既严谨，又把握适度，更有高度。郎伟的《偏远的宁夏与渐成气候的"宁军"》《新世纪前后中国文学版图中的"宁夏板块"》《宁夏青年作家群的写作困扰》等一系列有建树的评论发表于全国性期刊，为宁夏文学以及"三棵树""文学林"等得到全国文坛的接受和认可作出了积极的努力，而且是在世界文学、中国文学、中国近代文学、中国现当代文学、中国少数民族历史及文学的背景下，审视研究偏居一隅的宁夏文学。武淑莲认为，郎伟评论文章的语言表达优美、准确明晰，散发着独有的语言魅力。他所写的评论，标题的文学性很强，而且几乎都有正标题和副标题。正标题是文学化的标题，概括他要评论作品的特色，一方面源于他的文学才华和高超的概括与提炼能力；另一方面则表现出他认真对待、打磨、斟酌文字的态度和学者风范。在当下批评话语普遍过度的时潮中，郎伟的评论大多的学理依据是中国古典文学理论和中国近现代文学思潮与理论，尤其对中国古典小说的民族传统和中国乡土小说的艺术传统很是熟悉。西方文学思潮理论及西方现代文学批评方法，在他只是一个参考，或是评论分析时对比的背景。因此他的批评风格是中国式话语，并没有中国评论界"失语"式的西方流行批评方法。

钟正平（1963— ），宁夏固原人。宁夏师范学院副院长，宁夏作家协会副主席，中国文艺评论家协会会员。出版评论集《文学的触须》《知秋集》《文字的味道》。论文《苦土上的岁月与人生》《世纪末文学现象个案反刍——茅盾文学奖二题》分别荣获宁夏第五届、第六届文艺评奖二等奖，《雪晴塞上》荣获宁夏第七届文艺评奖三等奖。

钟正平20世纪90年代以来倾心宁夏文学，特别是西海固文学的学术观照。《知秋集》是他从事中国现当代文学教学和研究近二十年的心得和成果，是研究和评论西海固文学的重要著作。在各方支持与西海固作家的共同努力下，西海固文学已经形成一定的气候，钟正平的研究不仅展现在促进西海固文学的发展上，而且体现在推动西海固文学走向全国的进程上。他首先从历史视角切入西海固这一地域，审视西海固文学产生的土壤，从学术角度对西海固文学的含义进行解释，阐述其历史、风格、思想和现状，从地域历史、作家群体、期刊发展和创作现状等方面作了进一步说明，并给予西海固文学蓬勃发展的希冀。他指出西海固文学发展危机的六大因素，希望各位西海固作家以充沛的热情继续坚持创作，避免西海固文学昙花一现。在他看来，一定要维护西海固文学，因为维护西海固文学的概念不仅是维护西海固社会来之不易的一张精神名片和一面文化旗帜，而且是在维护文学自身的规律和尊严。这本集子中有对西海固重要作家及其作品集、代表作品的评论，比如对石舒清的《苦土》《逝水》《背景》中"苦土"意蕴、精神生命和尊严意识的评论，对郭文斌散文集《空信封》中情爱精神和生命精神的评论，以及对具有西海固文学色彩的季栋梁、王文清、李东东、马吉福等人的创作评论。

钟正平以坚实的中国现代文学专业学养和开阔的中外文艺的批评视野，聚焦西海固文学的研究与评论，对西海固文学的历史、创作和发展不仅认识清晰，而且对存在的问题了然于胸。他从希望和诚勉两方面对作家创作表达了看法，在更为长久的时期内，以才情批评的散文化文笔和偏重创作实践的驱动力，在宁夏文学研究和西海固文学批评中发挥着不可低估的作用。这是一种审美批评焕发的人文情怀与主体精神的特别契合，也是西海固文学乡土抒情与叙事的精神内核。

李生滨（1966—　），2005 年开始"宁夏青年作家群研究"，发表宁夏文学评论三十多篇，最终形成专著《审美批评与个案研究：当代宁夏文学论稿》。这部专著将当代宁夏文学置于中国当代文学、西部文学背景中考察，以当代宁夏文学史的框架构筑体例和章节，全书除引论外，分为总论、小说、诗歌、杂文各一编，共十六章。总论部分是《宁夏文学研究的理论梳理》，结合文学思潮、社会变迁、文化心理、个人成长，尤其深入探究知识分子的启蒙担当与使命，文学与社会的互动。论述后乡土时代，宁夏文学在乡土诗意与现代性冲突之间，书写人性，把握社会变迁，反思现代性，承传历史文化，追逐诗意栖居的理想，为全书设立了理论和精神的双重标杆。小说研究部分以宁夏文学领军人物张贤亮的创作为肇始，涉及 20 世纪 80 年代、20 世纪 90 年代及当下最有影响的小说作家，特别涉及女性作家的独特成就。在研究某个具体作家时纵向梳理也横向把握。诗歌研究部分着重代际相传，突出更有影响的 60 后和新生代作家，从塞上诗人群不同风格的创作辨析地域文学的个性风采。杂文研究部分从五四以来百年杂文的视野导入讨论，对重点的作家和文集——细读评说。李生滨带着内心的遗憾与疼痛，评述宁夏文学"坚守乡土的文学守望，也说明了宁夏本地作家与传统文化血脉相连的内在渊源，现代性审美追求在人文关怀的意义上必须沟通历史。中国大地上最后一块乡土疼痛的文学表现完成的时候，也就意味着现代文化力量的最终普及"。武淑莲认为这是一部"知人论世"的新批评论专著，对作家作品的批评建立在对作者的熟悉和对作品的审美细读上。《审美批评与个案研究：当代宁夏文学论稿》以作家作品为重点，将史论与个案研究结合，集文学史、文本细读、审美批评于一体。吕颖认为该书"对当代宁夏文学研究具有重要意义"。真正可以见证李生滨深入宁夏文学发展现场而把握学术和审美维度的文本建构，是在上述著作基础上经过一年多田野普查而倾注心血撰写的《宁夏文学六十年（1958—2018）》。高耀山认为："这是一本精彩的文学档案，也是一项颇费'脚力、眼力、脑力、笔力'的学术工程。"此专著是以史料文献为根基的断代史编著，在文学生态与文学史论相结合的创新建构中，立体地展现了宁夏回族自治区成立六十年来文学发展的多元镜像和历史风貌。

武淑莲（1966—　），研究涉及西海固乃至整个宁夏的文学批评活动。当然，其批评更为随性，也更有一种散文化之美，即便是学报刊发的规范文章，也是文采清新、率真质实。在诸多的西海固作家批评之外，武淑莲关注到宁夏批评家的生态，对牛学智、赵炳鑫、倪万军、王晓静、王佐红等评论者的文章、著作细读品评，多恳切之褒扬。2017年撰写的两篇评论之评论《地域文学的审美研究——评李生滨主撰的〈审美批评与个案研究：当代宁夏文学论稿〉》和《优美而智性的文字——评郎伟〈孤独的写作与丰满的文学——宁夏当代文学创作论〉》，能够说明她对宁夏文学批评与研究状况的熟悉。这不止是才情、热情就能成就的事，更需要多年的跟踪积累和深厚的文学功底。正如她称赞郎伟所言："郎伟的批评勇气来自扎实而丰富的知识体系，来自对宁夏文学创作的自信，更来自一个批评家对作品的呵护与对文学尊严的捍卫。"她亦是如此，一册《心灵探寻与乡土诗意》，数十篇才情文章，现代作家的人文情怀，乡土作家的日常悲悯，在女性温婉知性的文字解读中得以呈现。

白草（1967—　），本名李有智，宁夏海原人。南京大学文学博士，宁夏社会科学院研究员。出版《宁夏当代文学十四家》《张贤亮的文学世界》等。研究论文荣获宁夏第六届、第七届文艺评奖二等奖、三等奖。

白草之文学批评最为突出的特点，是烛照细节而发微。在这种烛照中，发现作品的精微和不足，显示了理性的研究态度。他在精细深入的阅读中，对张承志的文学创作有独到而深刻的批评解读。从他发表在《黄河文学》的系列"读书笔记"中，可管窥其文本细读的精微。当然，在阅读的沉静中批评的重点始终指向张贤亮和宁夏本地作家的小说创作，也涉及宁夏当下诗人们的作品。他十多年阅读审视的研究视界已纳入宁夏优秀的作家和诗人。

白草的阅读非常细致和冷静，但他从来没有放弃建构中国当代文学批评的大视野。其《形态各异的三棵树——读"宁夏三棵树"丛书》一文，将"三棵树"作为一个整体进行对比研究，指出"他们的共同背景是都立足于西部的人文环境及现实土壤，其相异之处则在于各自独特的创作个性和创作风格——陈继明的文风是冷静的、客观的；石舒清非常善于写细微的东西，作品常常充满了诗意和温情；金瓯的笔调则是强悍的、激越的"。《对民间的同情性叙说》认为石舒清小说的叙事方式表现出的特点就是同情和理解，亦即对民间生活价值和精神的平等体察及述说。还有《他们是一道风景——关于"宁夏三棵树"》，进一步细致评说了他们的艺术审美价值。宁静致远，白草在长期的批评积累中形成了《张贤亮的文学世界》一书，虽然没有深入的细读阐释和理论关照，但就张贤亮作品创作背景的考察，特别是对文本细节与作者生活的"索隐"考证很见功夫。这是就张贤亮所有作品结合实证考据而批评阅读的精细之著述。

白草在《宁夏少数民族作家七人志》一文中，认为石舒清、李进祥、了一容、马金莲、平原、阿舍、曹海英的创作实绩甚为突出，在文体、叙事、想象等诸多方面，几位作家的写作风格不尽一致、各有千秋。这也表明，评价、判断一个少数民族作家的标准首先应该是文学标准，而非其民族身份，尽管少数民族生活题材本身所裹挟的新鲜气息往往会使人耳目一新、眼前一亮，但这些民俗风情无论有多么特殊，都须经过一个充分的文学化过程，成为文本系统的一部分。打动读者心灵的不是所谓特殊的、自在的生活，而是被创造出来的、被呈现出来的生活形式。

白草在《宁夏文学：家国情怀、传统文化与生命倾诉》一文中，认为强烈的爱国意识，对优秀传统文化的信念以及对苦难的书写，正是张贤亮贡献给当代宁夏文学的一笔珍宝。南台长篇小说《一朝县令》延续了张贤亮作品中的改革主题。查舜中篇小说《月照梨花湾》印证了传统美德的力量。石舒清描写西海固地区民间生活的作品一直为人称道，其深厚的传统文化修养和对汉语文学那种如生命般的分外珍惜，形成了他短篇小说的审美追求。郭文斌小说则以优美的抒情笔调，演绎了代表着传统中华文化的诸种节日、风俗。已离开宁夏多年的陈继明，长于在从容之中体验急遽变化的社会心理，且多以题材的尖新取胜，而他对家乡人事的书写，似乎又别具一副笔墨，舒缓有致，亲切有味。李进祥注视着各色小人物，千年如斯的清水河知悉他们的心声和秘密，那是一种向上的力，生生不息。马金莲笔下时时闪现的"1980 年"这一重要关键词往往被忽略了——日子依旧辛苦，改革的大力终究惠及乡民，他们的笑声中有发自心底的欢快和明朗。季栋梁更多地关注了那些进城务工的乡民，尤其是留守家乡的妇女老前。漠月几十年来只写他记忆中美丽的草原，他小心翼翼地守护着那里的一草一木，哪怕城市化进程带来了化解不开的苦涩，也难掩一种清新的香气。了一容小说多取材于自身放牧、淘金、打工等经历，他自述描写苦难就是为了凸显真善美。张学东以书写儿童世界而知名，渐次将目光转向广阔的社会生活。金瓯描写年轻人友情及面对陌生世界极度不安的小说，令人印象深刻。在这个小说美学谱系里，还有韩银梅、阿舍、平原、曹海英、许艺、马慧娟等，她们的作品充满了浓郁的生活气息，展现了新时代积极向上的态度。

宁夏诗歌创作于低调、沉静之中，追求汉语的纯美精粹。杨梓将数百年前的古人一把拉到当下，拷问其蛮荒生命之下的人性。梦也则低吟着"月下／我的北方／马腹空了／马颈断了"，与"大豆开花"呼喊成一片汹涌的海洋，展示北方之苍凉与热烈。杨森君于智慧玄思中指点"马／比风跑得快／可马／在风里跑"，寻常意象组合中寓含意味，深谙间离效果之三昧。林一木则在诗的现代形式中咀嚼个体焦虑，低回不已。

在白草看来，深沉的家国情怀，对优秀传统文化的坚守，苦难中积极向上的力量，多少可标示出宁夏文学的基本风格。正如他所说，宁夏文学始终与祖国的命运紧密联系，也始终与时代同行，与人民同心，形成引人注目的宁夏文学现象，丰富了中国当代文学的景致。

王晓静（1966— ），女，宁夏同心人。宁夏文艺评论家协会秘书长，中国文艺评论家协会会员。评论作品发表于《朔方》《六盘山》等，出版评论集《梦断乡心又一程》《落花有意染衣袖》。曾参加中国文联中青年评论家高级研修班学习。

《梦断乡心又一程》分为"作家与作品""学术与批评""诗歌与诗人"三辑，视野较为开阔，对现当代名家作品多有涉猎，如鲁迅、老舍、沈从文、汪曾祺、张爱玲、庐隐、龙应台等的作品。她的评论基本上是读后感的形式。她或许在不经意间将我们带入宁夏文学的发展图景之中，显示出宁夏本地评论家的乡土情怀，平和温暖使她的文章多了几分亲和力。对宁夏作家作品的阐释解读是其重点，无论是新时期宁夏文学的开拓者和领军者张贤亮，还是中青年代表作家石舒清、郭文斌、漠月等，她都有所关注。如对张学东《绿芭蕉》的品读，细细读来，才发现作者以他的敏感，更多地感应着社会潮流，再现不同人们的生活。作者的写作不受限于故乡和记忆，打破了诸多束缚，让心灵和思想不断深入民众最低洼的区域，和他们一同感受生活的跌宕起伏、不为人知的辛酸和心灵被城市碰撞而留下的伤痛。王晓静对宁夏诗人的最新创作也关注较多，对宁夏诗坛的"弄潮儿"杨梓、梦也、单水珍、马占样等，都予以评介。

《落花有意染衣袖》这部文艺评论集内容更丰富，也涉及多个研究领域。举凡文艺思潮、诗歌旨趣、散文笔法、小说意味、绘画形式、书法骨气、摄影构图、学术简评等，都成为书中的有机组成部分。运笔行文，谈不上深刻，也令人耳目一新。评论的对象有西部著名的作家和艺术家，也有宁夏本地的诗人及其创作。当然，也如郎伟和孙纪文在序里嘉勉之语，在文字之灵性、细腻、抒情化、浸透爱意的前提下，笔力再深沉一些，尤其对个别文学作品中潜在的局促成分、琐屑成分乃至守成成分加以揭示，并阐释其背后的成因，无疑更有益于批评力量的彰显和理论高度的建构。

赵炳鑫（1967— ），宁夏西吉人。《宁夏党校校报》副总编，自治区政协文史专员，中国作家协会会员，中国文艺评论家协会会员。作品散见于《光明日报》《文艺报》《文学报》《中国艺术报》《散文世界》《名作欣赏》《散文百家》《文艺新观察》等。出版评论集《孤独落地的声音》《批评的现代性维度》。荣获《人民文学》2016 年"近作短评"金奖。

陈继明认为，赵炳鑫的文学批评自成一格，既不学院又不江湖，在品格和气象上，都令人耳目一新。赵炳鑫总是把文学放在一个大的背景下去观察，却能删繁就简，直指问题的根本。从哲学随笔的写作和思考介入文学评论，社会化存在的人的文体和文化批判自然成为其理论的着力点。借用牛学智的解读：第一，经过西方哲学的系统训练和对当代中国底层者"孤独"的谛听，他深感名义上的现代社会及其文化与主体性实际上在半封建化半宗法化之间的尴尬存在；第二，经过"误读式""过度阐释式"文本细读，他无非想给作家主体性和作品世界注入某种可谓超重思想负荷，期望评论对象在不断的流转和传阅中，让更多读者意识到现代性的必要性；第三，西方现代哲学即是西方现代民主社会文化的集中反映，它之于当代中国社会及其文化，本来存在一种从外部冲击到内部消化转化的过程，即通常所说的"濡化"问题。无奈之处是，这个"濡化"，现在正被一批话语权的执掌者所异化。诚如上面提到的那样，终极意义的"濡化"无疑应该指向现代社会机制的建立和人的现代化的重构。不巧的是，在一片"过剩的现代性""反思的现代性"声中，我们的现代性好像非但古已有之，而且大有过剩之势。赵炳鑫的出现无疑提升了西部批评的境界，给西部一味传统主义、地方和少数民族族群知识批评的单调色调涂上了别样的颜色，显得扎眼而质地凌厉。武淑莲认为，赵炳鑫的批评填补了宁夏文学批评哲学背景的某种缺失。当然，其对文本的过度阐释和现代性的前瞻性启蒙，不知宁夏作家能否理解他的衷心所在。孟悦朴也对赵炳鑫乡土情怀与哲学阅读相结合的随笔批评极为赞赏，认为其评说宁夏作家的字里行间多了深层的忧伤和殷切的期望。

牛学智（1973— ），宁夏西吉人。宁夏社会科学院文化研究所所长、研究员，宁夏作家协会理事，中国当代文学研究会理事，中国少数民族文学学会理事，中国作家协会会员，中国文艺评论家协会会员。先后在《文学评论》《文艺理论研究》《小说评论》《南方文坛》《当代作家评论》《当代文坛》《文艺报》等发表学术论文约一百万字。出版《寻找批评的灵魂》《世纪之交的文学思考》《当代批评的众神肖像》《当代批评的本土话语审视》《当代社会分层与流行文学价值批判》《文化现代性批评视野》《话语构建与现象批判》《文化现代性与宁夏地域文学》等著作。评论作品荣获中国文联第四届文学评论三等奖、宁夏社会科学成果奖文学理论批评论文一等奖和著作二等奖、宁夏文学艺术评奖三等奖等。入选宁夏哲学社会科学领域"领军人才"培养工程，享受自治区政府特殊津贴，荣获第二届茅盾文学新人奖、宁夏宣传文化系统"四个一批"人才等荣誉。

牛学智先后毕业于固原民族师范学校、宁夏大学中文系。1990年开始发表作品，2000年开始致力于文学批评。牛学智主要从事中国当代文学及理论批评精神等方向的研究。无论对生活的理解还是对文学的体验，都敏锐多思，时有独到之处。他能够进入作家主体和文本的内部，由个别作家作品的生发而抵达宏观性的思考之岸。他对文学神圣感的卫护、对文学价值的坚守、对作品中人文内涵和道德精神的善于挖掘，使得他的评论文字与市场保持了距离，与狭隘的直接的功利主义也保持了距离。他对西部文学精神有着独特的理解和阐发，他的批评具有比较热切鲜明的"现实性"，其思想的含量与脚下的生活、与生活着的现实血肉相连。同时，他的目光所及不局限于一个地区，而是全国的文学创作。他的文学批评有几个鲜明的特点：相对宽阔的批评视野、鲜明的问题意识、犀利透辟的人物精神分析。

貌似边缘的牛学智从来也不曾离开过真正意义上的文学中心，他一直以来都在以一种严肃认真的姿态，在一种边缘化的文学批评位置上，对真正的精神意义与艺术意义上的文学中心问题进行着独到深入的思考与论述。《寻找批评的灵魂》《世纪之交的文学思考》等批评论著，集中体现了他近十年对文学理论的宏观梳理，以及以作家个案研究为突破口，对新时期以来当代中国文学思潮的个性化思考。在《世纪之交的文学思考》一书中，他俯瞰式地对世纪之交的中国文学面貌作出自己的归纳和梳理。《寻找批评的灵魂》一书大概可以分为两类，即宏观和微观。关乎前者的枝理与关乎后者的研究被分别编进"文化视野与文学批评""文学细读与批评的灵魂"两编之中。这样，宏大与细小相互呼应而互为表里，不仅显示出牛学智的创作原则，而且折射出他的治学精神。《文化现代性批评视野》一书由三部分、三组系列文章或对话组成，该书以随笔化形式、灵动活泼的思想交锋语言研究了在"文化现代性"价值尺度下，全国一线文化思潮动态和宁夏文学的具体处境，是一部系统分析和批评当前文化文学思潮的学术论著。该书以其广阔的研究视野，给中国当代文学批评界提供了一个新视角，同时也是宁夏文学研究的一个重要收获。《话语构建与现象批判》分为"批评话语构建""文体类型审视"与"思潮现象批判"三个部分。作者在批判性分析中发现了中国当代批评界的误区和盲点，体现出一种更接近真实批评意图的理论眼光，创造了富于洞见的独特批评话语，清扫了既有文学批评战场。

牛学智写过大量的诗歌评论。关于西海固诗歌，他认为，虽不能妄言第一首写西海固的诗就与"苦难"有瓜葛，但至少写西海固离不开苦难，基本成了评判西海固诗歌的一个诗学标准。在"家园"或"还乡"的背景上来谈西海固诗歌中的家园意识，哲学层面的家园诗并没有出现。某种程度上说，这些被提升的西海固精神背后，还隐含了诗人们潜在的自卑感：他们不是通过正视现实的贫乏、通过平民自身的努力来回应现实的困顿，而是把诗歌理想寄托于自造的英雄神话上。精神家园便只有在自恋的迷雾中产生冥想或梦呓，而并非清醒时代的"忧心者"。牛学智对西海固诗歌的创作态势产生了质疑，进行了有高度且委婉的批评。他认为，重新找回今天可能存在着的西海固内容，离不开西海固的象征和象征的西海固，即剥去西海固事物遮蔽物和存在的附生物，如古典韵致、田园情绪、集体幻想、神话原型、隐匿人格等，让具体、细节、坚实的事物回到它本来的位置，让那些长期被文化象征、文化符号遮蔽、隐藏着的在暗处的部分显现出来——它既不高尚，又不卑下；它不像什么，它就是它自己；它存在着，如此而已。

牛学智诗评见长的地方在于把诗歌评论提升到了理论层面。他归纳了单永珍和杨建虎诗歌的共性：必要的歌唱和批判。杨建虎诗里表露了他比较稳定的"荒原情结"以及充沛的歌者情绪。相比之下，单永珍的诗却富于鲜血和批判，是"大风歌"的风格，"大风吹灭了乡下的灯盏／也吹灭了秋天里陈酿的爱情"（《大风歌》）。他认为张联的诗集《傍晚集》是一部傍晚时分的乡土诗，一是它过于恬静、过于满足；二是它的骚动还处在狭隘的功利和对物质不足的反叛上。或许当下社会转型期农民未曾明确觉察到但势必要来的——只有超载物质满足欲才能最终探测农民心灵的真实焦渴。他认为阿尔不停地怀疑自己，"我将像煮熟鸭子一样煮熟自己"（《我将……》），如果"在场"的深入不是经历一次次否定中苦熬的抵达，那便是退回去的田园牧歌或躲避到自我的后花园里吟唱残余的青春期伤感。阿尔的立场仿佛是就事体而写作，但这个事体存在于生命现象的内部，他也依赖一种个人经验，但比"私人"更广义。他认为马占祥的《河畔》突出表征了诗人的某种抉择：一是谨慎地告别"意象"，并在打碎又重建的"传统候选概念"中掘取自然万象的神秘意味；二是审视地把诗人内心世界置于"天下"这个带有古人思维方式的空间视野中去。这组诗因创新而有了新的表意迹象——它挑战了现有诗歌评价的标准，无疑是有价值的写作探索。牛学智显示的主要还是归纳、阐述、怀疑、批判、提出问题的能力，体现了他理论思考的深度和广度。他诗歌批评的另一特色体现在阅读的紧张感，他敢于批评、勇于批评、批评到位，能"戳疼"诗人隐藏的不足，他摒弃了近因效应所产生的作用。他基于多年研究社会学和文化学的知识背景，将诗歌放在社会文化的大背景下观照，在理论的高度，以宽泛的视域，尖锐地指出了宁夏诗人在诗歌创作上的局限性和纠偏的方向性。

李建军认为："作为成绩斐然的学者化的批评家，牛学智业已成为一个不容忽视的存在。自觉的批评意识，强烈的现实感，严肃的求实态度，这些，是他鲜明的个性特点。"赵炳鑫认为，牛学智是一位在全国享有盛誉的批评家。他的文学批评着眼于对文学本质实现的呼唤，以跨学科的知识修炼，打破了在既有的文学之内言说文学的批评规定性，把文学批评话语从传统拉回当下特定消费社会的语境之中，从而"衡估批评话语"的有效性，展示一种"杂语"式的文学理论视野，在"思想言说"的高度，进行人文精神的再思考，从个人理论实践的自发阶段上升到理论探索的自觉阶段，理论的原创性与探索精神，在大多数批评家的文字中的确少见。

倪万军（1976— ），宁夏固原人。宁夏师范学院副教授，西海固文学研究所所长。评论作品发表于《朔方》《中国文艺评论》等。个人专辑《1980年代的固原文学：启蒙与选择》《1990年代的固原文学：续接与突破》刊发于《宁夏文艺评论·2017年卷》。出版《叙述的困境——宁夏文学观察》。

倪万军是西海固文学批评者中年轻的代表，他在宁夏师范学院执教十多年，一直孜孜不倦地研读经典，评说西海固作家和宁夏文学之得失，形成著作《叙述的困境——宁夏文学观察》。王岩森在该书的序中写道："为什么在万军的评论文字中，往往会按捺不住地对宁夏，特别是西海固文学流露出深深的忧虑，以至于多少影响了整体文风的平和、纯粹与温婉。"因为过于靠近的热情变成焦虑，使自己的写作思考处于冰与火的煎熬与淬炼之中。倪万军是最为精细地阅读并关注宁夏作家诗人创作的批评家，他不惜时间和精力在构筑自己的批评之围城。马晓雁在《史学骨架与诗性肌质——倪万军〈叙事的困境——宁夏文学观察〉评论集阅读笔记》一文中认为，确实可以看出倪万军立足西海固作家阅读而观察宁夏文学的焦虑，因而多了认真执拗的议论和评说。

倪万军诗歌评论总体关注的重心是西海固诗人的作品。在《从故土家园到诗歌地理》一文中，他认为在西海固写诗，不能忽视诗人那种纯粹的诗歌理想和精神，那种饱满的情绪和高扬的写作姿态。在困顿低落的现实生活面前，诗歌成了拯救生命的水和粮食。他们大多数是为自己写作，细节的感受、现实的描摹、情感的流露，无一不打上了深深的生活烙印。西海固地区诗人的写作都是在自然状态下发生的，这就在很大程度上保证了诗风的多样性和丰富性，保持了诗歌的纯净和高尚以及诗人内心的安静。有时候只有一个安静的写作者才能创作出优秀的作品，如果现在没有，那么就需要我们耐心等待。正是这份宁静淡泊、自然拙朴的写作姿态使得宁夏诗歌的发展呈现出一种良好的状态，正是这种坚守和隐忍无意间造就了当下西海固诗歌创作相对繁荣的局面。在深夜孤独的沉思中，只有一棵草的颤抖、一只小鸟的哀鸣、一只羊的眼泪被轰然作响的世界淹没时，他们写下了一行行珍贵的句子，或许那并不是诗，那只是一个凡人的灵魂和良知在那一瞬间被唤醒，与真正的世界发生了碰撞。

张富宝（1976— ），宁夏彭阳人。宁夏大学人文学院副教授、文艺理论教研室主任，宁夏作家协会会员，中华美学学会会员。在《朔方》《宁夏文艺评论》《宁夏大学学报》《名作欣赏》《宁夏社会科学》等刊物发表文学作品、学术论文三十多篇。主要从事文艺美学、当代审美文化与宁夏文学研究，主讲文学概论、美学原理、文艺理论专题研究等课程。主持并完成自治区级课题一项，在研国家社科基金项目（西部项目）一项、省部级项目三项。

近年关于宁夏本地文学批评，发表最多的是宁夏小说作家作品的细读评论，尤其是对张学东、李进祥、郭文斌等人小说的叙事解读和专业阐释，在宁夏评论界具有独特之处。如《关切生存之痛，聆听向善之音——读张学东长篇小说〈妙音鸟〉》《坚硬的疼痛与柔软的温情——张学东中篇小说简论》《在诗意与幽暗之间穿越——张学东短篇小说论》《归乡之路上的幸福与安详——读郭文斌的〈吉祥如意〉》等，皆有独到发微，其新锐的见解和理论的辨析，对当下宁夏文学批评具有积极的建构意义。《宁夏文艺评论·2016年卷》收入了张富宝的《文艺美学：问题焦虑与自我突破》《文学语言：特征、观念与书写》《读张学东小说〈小幻想曲〉〈裸夜〉》《读许艺小说〈逃离的鸡群〉〈游园〉》几篇文章，所占篇幅达二十一页，可见对其文学评论创作的肯定。

他还关注诗歌，对杨森君诗歌的解读显示了良好的感悟能力，认为杨森君的诗无疑具有很高的辨识度和鲜明独特的个性风格，其诗早已超逸出地域性的阈限而具有了更普遍的价值。他认为杨森君有近乎偏执的浪漫主义的抒情倾向，但他的抒情是节制的、内敛的、沉静的，他的抒情是祛除了矫情与滥情的真情，是蕴含着哲学意味的抒情，是包含着艺术理性的抒情。同时，他在"心的岁月"微信公众号的评论推送中，为宁夏当下活跃的诗人建立了一个资料库。

王佐红（1981— ），宁夏固原人。先后毕业于宁夏大学人文学院中文系，中国人民大学艺术学院，从事文学编辑和图书出版工作。在《作品与争鸣》《宁夏社会科学》《宁夏大学学报》《星星诗刊》《朔方》等刊物发表文学作品多篇。出版诗集《背负闲云》，评论集《精神诗意的唯美表达》等，主编《编辑的文》。

《新时期宁夏小说评论史》力求从多方位的视角，通过纵向联系和横向比较的方式，对20世纪80年代以来宁夏小说评论史的流脉、发展以及当代文学批评史的建构意义做深入研究和阐释，研究张贤亮小说评论、"三棵树"小说评论、"新三棵树"小说评论及其他小说评论。王佐红对乡土文学，对西海固和宁夏作家情有独钟，文学评论集《精神诗意的唯美表达》的上半部分"阅读与批评"，二十多篇文章以西海固作家和诗人的创作为主要对象，辨析讨论不仅客观、真挚、严谨，也蕴含了细致的审美体验和生活感悟；下半部分"编辑与欣赏"，大多是作者从事编辑工作时对自己责编或者同事责编的图书的评介文字。《零度梦想》收入了《现代乡土文学的艰难守望》《别开生面以及多种可能——小说集〈大年〉简论》《一部富有文学感觉的批评著作——简评李生滨先生的〈雕虫问学集〉》《心意的克制弥漫与理想书写——杨建虎诗歌阅读札记》《我批故我在》五篇文学评论。王佐红有一颗年轻、忧郁、多思、纯净的心，文字充满诗意和随性，又颇见锐利的思想锋芒。李生滨在该书的序中说，他的写作从心灵出发，文字也清浅，也深厚，是一本懂得静默、祭奠青春的书。王佐红尊重每一个作者的精神成果，其书评形成了平易谦和的行文风格，也体现了当下文字工作者的敬业精神。文如其人，王佐红评论文章最显著的特色是诚恳质朴，却也不失诗意的唯美表达。

马晓雁（1980— ），女，宁夏隆德人，任教于宁夏师范学院。评论见于《电影文学》《长城》《野草》《诗探索》《星星》《朔方》《浙江作家》《六盘山》等。近年来，马晓雁在诗歌、小说、散文与评论等方面都有精进，其评论也涉及小说、诗歌、电影等多个方面。总体而言，文学创作给马晓雁丰富的创作实践经验与感受，因此，在评论方面，她灵动诗意的文字不仅能够从作品的内容层、叙事层入手解析作品，而且能够在创作技巧、方法方面归纳经验指出不足，从而给读者、作者以及评论者们提供相对立体丰富而又切中肯綮的品鉴。马晓雁的评论始于小说，又扩展到电影领域，具有个人风格的评论成形于其诗歌评论之中。比如《中年以后：个人境遇与生存图像——王怀凌诗集〈草木春秋〉评析》《到灯塔去——高鹏程"海洋"系列诗歌阅读笔记》

等，眼光独到，文笔优美，富有意味，见微知著。重要的是，她既坚持了学院派的客观公正，又张扬了创作者的自由心性。马晓雁始终认为评论最好具备一定的创作实践经验，要写出对读者、作者和批评者都有意义的评论文字，评论也要避免搬运概念的"公式"式书写。在批评中，她也实践着自己的认识。

兰喜喜（1980— ），宁夏泾源人。银川市文联编辑。在《小说评论》《西南大学学报》《创作与评论》《东莞文艺批评》等刊物发表作品二十多万字。宁夏第九届、第十届青年联合会委员。出版长篇小说《零度青春》。

兰喜喜的评论主要以余华、北村、彭学明、曾明了为主，兼论宁夏作家郭文斌、杨银娣、张廷珍等人的作品。他在余华的小说评论里说，余华作为20世纪80年代先锋文学的代表，《活着》无疑是余华20世纪90年代最为成功的作品之一，小说所关注的现实在余华那里与前期是有所不同的。如果说余华前期的作品还关注现实的话，只能说他所关注的是现实本身，而并非文学所承担的"现实"。他说郭文斌的《寻找安详》是一条回家的路，安详是一个民族最大的生命力。如果一个人的内心力量不够强大，是写不出这样一本书的。北村创作了一系列具有"北村风格"的先验小说，这些小说与其说是对"虚妄现实"的控诉，还不如说是对"人的自私与谎言"的讽刺。曾明了的写作是"道德大于历史叙述的写作，是同情多于激情的写作"，她的小说充满了对人性的悲悯和对大自然的无限关照感。当然，宁夏文坛以男性作家为主，对女性文学的研究一直处于缺失状态。与同时代国内其他女性作家相比，莲子、张廷珍、杨银娣等"新女性"的写作晚了很多，她们的笔调和步伐也散漫了不少，但她们以一种温情的方式给宁夏相对寂寞的文坛带来新的气息。张廷珍《野史的味道》在解构历史伤痛的同时抛给我们一个较大的惊喜。杨银娣的《我的康巴汉子》致力于打破现代男权社会的那种不合理的婚姻家庭规范，重新建立一种新的自由、平等、民主的"女性观念"社会。凡此种种，表明兰喜喜正在深入文学评论的内里，寻找一条适合自己的文艺批评之路。

田燕（1981— ），女，宁夏中宁人。曾为宁夏人民教育出版社编辑。在《名作欣赏》《宁夏社会科学》《宁夏大学学报》《朔方》等刊物发表文艺评论、专业书评等二十多篇。出版文集《归去来集》《雁鸣九皋——宁夏杂文创作述评》《远去的背影：朱自清及其诗学研究》（合著）。作品荣获第十六届中国当代文学研究优秀成果奖。

在散文随笔的创作之外，田燕崇尚古典诗学的审美批评。在《归去来集》最后一辑序跋和随笔中，她谈艺论文，显示了良好的文字功底和审美情思。

在近十年的编辑工作和文艺理论研读写作中，她与李生滨合作完成《审美批评与个案研究：当代宁夏文学论稿》，于 2017 年出版个人专著《雁鸣九皋——宁夏杂文创作述评》。此书资料收集详尽，结合现实和文本的评述详略得当，可见其用心宁夏地域文学研究的文笔才情。较为成熟的作家论，不论是借助历史视野的知人论世，还是"以意逆志"探求文本内里，多了自觉的现代思想和关照现实的人文期冀。

许峰（1983— ），山东东营人。博士，宁夏社会科学院助理研究员。宁夏文艺评论家协会理事，中国文艺评论家协会会员，中国少数民族文学学会会员。在《小说评论》《中国作家》《江苏师范大学学报》《宁夏社会科学》《宁夏大学学报》《名作欣赏》《光明日报》《文艺报》《朔方》等刊物发表学术论文五十多篇。出版《新时期宁夏小说评论史》（合著）。主持国家哲学社会规划课题项目、宁夏哲学规划课题青年项目、宁夏教育厅重点课题各一项。论文获宁夏第十三届社科评奖三等奖，《新时期以来回族文学批评研究》列入中国作协 2016 年度少数民族文学重点作品扶持项目。

许峰主要从事现当代文学、宁夏文学研究，与牛学智、赵炳鑫互为犄角，形成一个群体。虽是年轻的一翼，却既有文本海量阅读的比较视野，又有理论探析的敏锐思考。尤其是对宁夏作家存在的诸多问题，有不少严谨而深入的冷静反思和警醒。可以说，许峰坚持用良好的专业态度，保持了对当代文艺批评前沿问题的关注，这使其批评既有的放矢，又能纵横把握而理性定位研究对象。

在《文化守成中的宁夏长篇小说》一文中，许峰认为，纵观近二十年的宁夏长篇小说，其整体思维仍是对西部乡土文化立场的坚守，文化守成依然明显。这表现为以下几点：一是民族宗教情感的强烈认同；二是将乡土世界作为精神归属地；三是从道德层面对城市文明进行批判；四是对传统道德文化的继承与坚守。正是基于这样的事实与认识，作为西部文学重要组成部分的宁夏长篇小说的创作在总体上仍没有触及现代性最为隐忧的部分，地域经验羁绊的痕迹仍然十分明显。如何让个人经验与民族属性所形成的叙事进入更为广阔的时代视域是宁夏长篇小说日后亟待解决的难题，要不然，仅仅依靠个人经验去把握时代脉搏不但草率而且极容易失真。为什么宁夏的长篇小说不能像中短篇小说一样引起中国当代文坛的关注？其中原因恐怕是宁夏作家普遍存在的个人修养与文学积累不足的问题，未能准确把握时代的脉搏与社会的本质，表达不出当下社会群体鲜活的生存感受与精神追求。

许峰还介入诗歌评论，在《西北大地上的歌者——单永珍诗歌论》一文中，认为单永珍是一位典型意义上的西部诗人，用自己不懈的努力和对诗歌创作执着的精神，创作了大量优秀的诗歌。《词语奔跑》《大地行走》两部诗集集中体现了单永珍在诗歌创作上的艺术成就，单永珍把他那遒劲并且充满激情的笔触伸向了西北大地的历史与现实，他身体力行，背着行囊游历大西北的大山大河，充分享受这样的过程，在与大自然的精神结合之中，孕育出他心中完美的诗歌。

许峰认为杨梓的创作有意地去避开"新边塞诗"的群体化写作状态，追求一种诗歌创作的多样化。杨梓的每一部诗集，总试图在践行"摆脱主义"，实现"我的创作"。

许峰是宁夏文学评论界的后起之秀，论文思考深入，逻辑严谨，论述得当，语言流畅。《朔方》2014 年增刊推出许峰的个人作品专辑，刊发了《民族性表达的焦虑与研究导向的问题》《文化守成中的宁夏长篇小说》《"抗日剧"的娱乐化与雷同化》《文学批评要肩负起祛魅的重担》（创作谈）。2015 年，他被宁夏文学艺术院评为优秀学员。

乌兰其木格（1983—），女，内蒙古赤峰人。博士，任教于北方民族大学，主要研究中国现当代文学和新媒体文学。宁夏作家协会理事，中国作家协会会员。曾在《文艺报》《北方民族大学学报》《山东文学》《海南师范大学学报》《朔方》等刊物发表学术论文十多篇。参与多项省部级及校级科研项目，参编《中国现代文学史资料汇编》等。评论集《喧哗中的谛听》入选 2018 年度"中国少数民族文学之星"丛书。

在《从秋瑾到芈月：女性历史叙事中的性别建构》一文中，乌兰其木格认为"新历史主义"女性书写探寻的是渐进式的性别觉醒之路，网络文学中的"女尊文"与"女权文"则表露出狂飙突进式的性别革命意图。通过芈月这一人物形象，清洗了历史强行涂抹在女性面容上的厚重油彩，反抗了正史对女性作用的消解与改写。芈月不让须眉、力挽狂澜的政治才能以及她毕生争取自尊独立的人格觉醒，预示着女性不但获得了历史，而且是推动历史进步、创造崭新历史的力量主体。

关于网络文学，她认为网络文学中的青春书写流露出人生态度的媚俗性和妥协性，真正的文学从来不是梦幻和欲望层面上的泥足深陷，网络文学中的青春叙事应彰显出不糊涂、不逃避的蓬勃力量，借助媒介变革的东风，重新审视中国文学的观念与路径，书写出我们时代强悍浩大而又英勇不屈的青春故事。

（二）以诗歌为主的文学评论

韩长征（1947—　），1982年毕业于宁夏大学中文系。曾任自治区政府办公厅副巡视员。高级经济师，宁夏易学研究会常务副会长，宁夏诗词学会顾问，宁夏文史馆研究员，中国国学文化研究会名誉会长。出版《雪晴塞上》（二卷）。《雪晴塞上·诗论卷》荣获宁夏第八届文艺评奖三等奖。

韩长征从自己的创作实践涉猎诗歌评论，闲暇之余进行诗歌创作和诗歌评论。《雪晴塞上·诗论卷》收录二十三篇评论，第一部分重点论析了老一辈无产阶级革命家毛泽东、董必武在宁夏写下的光辉诗篇，探索评议了一些宁夏诗人创作的富有时代精神和地方特色的塞上诗章，探讨和研究了当代诗歌对中国古典诗词、民歌以及有关外国诗歌的有益借鉴，还有对岳飞《满江红》的考辨；第二部分以试论"西部诗词"的内涵、特点及审美取向开始，对肖川、秦中吟、崔永庆和权锦虎等人的诗歌进行了赏析，并就诗作不足的地方提出了自己的观点。此外，还有一些读诗札记和文艺笔记。这本书立意高远，多歌颂民族精神雄浑澎湃的一面及人民精神面貌向上的一面。

张铎（1962—　），其评论以诗歌为主，《塞上潮音》收录三十篇诗歌评论。他的诗歌评论相对宽泛，罗飞、肖川、秦中吟、高琨、虎西山、王怀凌、冯雄、杨建虎等的诗歌和"花儿"都诸一品评。在诗文评论部分，不仅分析了诗中大量运用"大山""泥土""花儿"等意象的情感内涵，而且结合诗人在诗中呈现的具体语境进行了分析。张铎在文艺的短评中驾轻就熟，不止深入作品的具体内容，甚至逐字逐句地细读赏析，可以想象他读诗的耐心和细致。这本书主要分析了罗飞、肖川的诗，还有高琨等人的诗，作者都通过概括主要特征的方式进行了评析。此部分后面也有作者对宁夏某一具体诗文刊物或栏目的总体评论，如《读1997年〈六盘山〉诗歌专号》，在精细深挚的赏析过程中，也对那些华而不实、矫揉造作的诗作提出了批评。在散文评论部分，作者先评论了重要作家，如吴淮生和郭文斌等人的散文创作，然后是文集和专号的评论。这一部分以褒奖为主，用"笑着""真挚""正气""风采""新"等词语评价散文作品和作家。以作者的生活经历入手，进而分析情感产生的原因，或者对其情感进行评价，多以艺术手法的角度具体分析作品。在小说评论部分，作者分析了五位作家的小说作品，以一半文墨着重对南台的四篇小说进行了评论，而对石舒清、郭文斌和火会亮的评论就稍显不足。刘绍智也在这本书的序中指出："张铎对山区的深厚情感，使他对山区作家的作品体验出许多细微而独特的东西来。这些体验一旦化成理性的评论文字，就立即显示出评论的独特性。"

《塞上涛声》是张铎的文学评论集《塞上潮音》的姊妹篇，全书收录了作者近年来创作和发表的四十多篇评论文章，共六辑。这六辑分为三个部分：一是对古体诗词的评论，二是对现代新诗的评论，三是对小说、散文和文学评论的评论。在第一部分，张铎对宁夏作家创作的古典诗词细读评论，多以赏析为主，有独特的历史视角和思想认识，对诗词创作背景有着详细的介绍和精准把握。在第二部分，作者以评论张贤亮的《大风歌》为开头，以"新的时代，新的赞歌"展现宁夏新诗创作的新风貌。这一部分以诗人为中心，围绕诗人的经历，结合诗人作品概括其主要的艺术特色。此部分的价值在于具体展示了近几年宁夏诗坛上各位作家的最新动向和创作成就。

　　张铎的审美批评主要表现在对作品的细读上，如《读项宗西同志的〈京西初冬〉》《读杜晓明的〈东湖梅岭〉》《读单永珍的诗》《读雪舟的诗》《读漠月的小说》，都显现了批评家缜密而细致的诠释能力。精细之上是视野的开阔，这在《重读毛泽东同志〈清平乐·六盘山〉》《抒写地域而歌咏民族的宁夏诗歌》和《新的时代　新的赞歌——读张贤亮的〈大风歌〉》等文章中显现充分。不论是在人类的精神活动中探讨毛泽东词的艺术感染力，还是在新诗的大传统中定位张贤亮作品的意义价值，都有着古今贯通的历史眼光。在东西诗学交汇的当下，诗人张铎将中国注重感悟的诗学特色与注重理性分析的西学理论结合起来，在具体的评说中，更多地体现了中华民族的美学资源和诗学理论。

　　《塞上潮音》和《塞上涛声》两本评论集在很大程度上展现了宁夏作家在新时期以来的创作特色，虽然大多以单篇的形式对作家个人或单篇作品进行了评论，但也体现了各个作家之间的联系，多了艺术创作特色的共性阐释和总括。张铎的诗歌评论短小精致，篇篇有分量，给人以沉甸甸的感觉，突出的特色在于文本细读，对诗歌本身细腻的感受和体悟。而评论的对象大多是西海固中青年诗人的诗作，为西海固诗歌占据宁夏的半壁江山，为宁夏诗歌走向全国作出了较大的贡献。

　　另外，张铎执笔《宁夏诗歌史》导论部分，为《朔方》2016年第9期"宁夏青年诗人作品专号"撰写《宁夏青年诗歌的边塞特征与农裔气质》点评文章。其批评以细致、真切和审美鉴赏为主要特点。

　　杨梓（1963—　），在《朔方》《宁夏大学学报》《诗探索》《新文学评论》等发表诗评、诗歌序跋十多万字。

　　杨梓在诗歌创作的同时，还写了不少诗评。因为他首先是诗人，而后才是诗评家，所以他评诗是从诗的本身出发，感性地把握诗的本质成分，理性地总括诗人的创作特点。他的诗评主要有以下三个方面：一是诗论。《诗的碎片，扔掉而又拾起》，这是他发表最早的诗论或者创作谈，主要是他对诗的认识，对诗本质的把握。他对"占山为王"的诗坛予以拒绝，因而彰显了一个诗人应有的傲骨和独立的品格。从《诗经》到塞上文学，杨梓继承了中国古典诗歌传统，注重发掘地域文化特色，因此他的诗论既回顾——推崇古典诗词，又展望——把握艺术生命力。《骊歌十二行》中的《汉诗：世界诗歌的中心》（代序）和《讲稿或诗歌创作浅释》（代跋）是他重要的两篇诗论。在《汉诗：世界诗歌的中心》一文中，他认为汉语具有诗性语言的禀性，或者说汉字和汉语本身就具有诗意，而英文诉诸理性，具有科学性语言的特质。"不是中国诗歌要走向世界，而是中国诗歌本来就是世界的中心，尤其是古典诗词为世界树立了高不可攀的标杆，这是由于汉语的特点和诗歌的本性所决定的。"杨梓是诗人，提出了汉诗是"世界诗歌的中心"这样充满豪情的论断，为中国诗歌在世界诗歌版图上予以定位，为中国诗人在创作上提供自信心的支撑。《讲稿或诗歌创作浅释》主要谈论什么是诗歌本质的部分。比如他谈《感觉》，"只有敏锐的感觉才能发现平凡生活中不凡的诗情画意"；他谈《感悟》，"觉悟低者自私为己，觉悟高者无私为众……诗人要有觉悟，其觉悟的高度决定其境界的高度，也决定其诗作的品位"；他谈《想象》，"想象是脆弱的，它的天敌就是经验"；他谈《抒情》，认为抒情与叙述就是行云和流水，"抒情是情感的弥漫，叙述是事件的流动"；他谈《独创》，"大诗人的作品可以阅读，但仅仅是让作品点燃我们的想象，而我们创作时，绝对要让大诗人站在一边，不要挡住我们的诗作接受自身光芒的照耀"；他谈《时间》，认为"在时间的意义上，必须站在人类未来的巅峰俯视现在，为众人指明精神前行的方向，并且持久地慰藉人们的心灵"。这些观点深入地阐明了他的诗歌理论，既要有传统文化的底蕴，又要具备开阔的现代眼光。二是诗评。《宁夏青年诗人创作漫评》是新世纪之初他对宁夏青年诗人创作的总体性梳理和评价，他同时对地域诗歌创作予以关注，如《西海固诗歌刍议》。他选取代表性的中青年诗人，突出他们某个方面的典型倾向，从中窥探宁夏中青年诗人的创作规律。对宁夏诗歌整体性的批评，他也占有领先地位。三是序言。杨梓为泾河诗集《绿旗》、单永珍诗集《词语奔跑》、王怀凌诗集《风吹西海固》、马占祥诗集《半个城》、洪立诗集《露珠上的太阳》分别作序：《虔敬与曲呈》《风行与豹吼》《掩痛与默述》《苦守与祖现》《诚抒与跳脱》，从序言名称上可以感受到杨梓诗评的风格具有系统性，对诗集的梳理、归纳、评论饱含着对诗歌的热情和对诗人的呵护。他说："诗歌已流在我们的血液里，并成为我们继续生活的精神寄托，成为我们每天可以不写诗，但每天不能不思考的生活方式。"

无论是表述他的诗歌理念，还是品诗作序，杨梓都体现了他作为诗人的敏感与率真、关怀和激励，他为推动宁夏诗歌走出地域的局限，在全国诗歌界争取一席之地作出了积极的努力。

张嵩（1963— ），出版评论集《诗化留痕》。张嵩一方面执着于诗文创作实践，同时留心琢磨宁夏诗词创作的批评鉴赏，形成诸多品评宁夏当代诗词作者作品的评论文章，2016年结集为《诗化留痕》。张嵩既有诗的感觉又有诗的理论，在从事现代诗、古体诗词和散文创作的实践中形成对诗词、对文学、对艺术的较深体会和独到见解，高扬"宁夏新边塞诗"的旗帜，评论"宁夏新边塞诗"。

张嵩对宁夏诗词创作的评论，主要以读后感、诗集序和创作谈的形式进行简评、点评和论述。在读后感中，张嵩先后评论了吴淮生、项宗西、张贤亮、李东东、邹慧萍等诗人的作品。在诗集序中，张嵩先后给崔永庆、李玉民、邓成龙、郭生有、天唐、胡秉平等人的诗词集作了序。在创作谈中，《时代呼唤优秀的诗词作品》《搭建精神的家园》《高扬宁夏"新边塞诗"的旗帜》等文章，结合自己和当前宁夏诗词创作的实际，发表了自己独到的见解。他认为，文学作品的创作只有植根于时代，与时代同行才能彰显出其存在的价值，否则就会成为无源之水、无本之木而失去生命力。诗人只有走出书斋，直面现实，创作出的作品才会有生活气息。在《诗词的前途》一文中，张嵩更进一步强调文艺批评的重要性，诗词创作同样也需要理论指导和文学批评，离开了理论和批评，诗词创作就很难提高，就上升不到一个高的文学层面。他的这些观点和倡导既精又廉的文风，营造良好的舆论导向，对文学艺术创作具有借鉴意义。张嵩以旧体诗词为重点的批评，严谨、认真而细致，形成极为朴实的风格。

王武军（1964— ），出版评论集《疼痛与唤醒》，参与撰写《宁夏诗歌史》。评论集《疼痛与唤醒》第一辑、第三辑以对宁夏诗人的批评为主，第二辑是对区外诗人的评说，第四辑是有关小说、散文的评析文章。王武军着眼于"疼痛"，对王怀凌、单永珍、杨建虎、牛红旗这四位诗人的个性特点进行了辨析与探究。认为王怀凌诗歌语言质朴、有意境，抒写紧贴着生活，直面现实的呐喊和疼痛形成其审美的内在特质。单永珍敢做敢当，看似粗犷豪放却善于思考，在豪放的行走中寻求诗意，有一种强烈的疼痛和孤独。杨建虎表现了一种浅唱低吟的疼痛，在对西海固风物的关注里对现实、对人生进行思考，让优美的意境深处充满忧伤和疼痛。牛红旗执着地守望着西海固的城堡和疼痛，以自己特有的声音，紧贴地面，吟唱出了一首首有良知而又不媚俗的诗作。

王武军对雪舟、林混、李兴民、刘天文等诗人的诗作也作了细致的品评，总括性地指出西海固诗歌的特点：一是出生地的诗性指向，二是凸显出民族性和宗教性，三是注重内在的良知良能。其实就是乡土特色的诗意情怀和精神内涵以及乡土失落的良善本真和自我悲悯。《疼痛与唤醒——西海固诗歌简述》试图概括西海固诗人创作的一些基本特征，肯定西海固大地上诗人与诗歌的纯真关系，形象地解释诗歌是西海固大地上粒粒充满灵性的种子，诗人们扮演了双重角色，既是捕猎者又是播种者。诗歌是要有疼痛感的，一个诗人的疼痛，首先应该从故乡的泥土开始，再到故乡的泥土终结。日常的疼痛里无法感受诗意，倒是诗意里充满疼痛的感伤。这是王武军作为诗人兼诗评家的独特体验，且有践行的批评印证。

白军胜（1965— ），笔名阿白、甚甚，宁夏固原人，祖籍甘肃清水。课程与教学论博士，曾就职于北京师范大学亚太国际教育培训中心，曾任宁夏诗歌学会名誉副会长。出版评论集《现代诗美论》。

白军胜先后毕业于固原师专、宁夏教育学院、北京师范大学、上海师范大学。20世纪90年代开始，白军胜的诗歌评论频频在《朔方》发表，对宁夏诗人的作品进行了广泛而深入的评论。白军胜挖掘出诗人根植乡土的审美情感，借"韭菜、红辣椒、玉米秆、粮食、面灯、扁担等"这些具体物象寄托乡土情感、思想依托和文化心态，深情关注普通人的命运。从上可以看出，白军胜诗歌评论擅长个性化特色把握和剖析。《现代诗美论》共三辑，收入三十五篇文章。第一辑十六篇，分别讨论了肖川、杨云才、李云峰、屈文焜、马乐群、万里鹏、秦中吟、贾长厚、贾羽、葛林、杨梓、杨森君、戴凌云、冯雄、虎西山的诗和王维堡的散文诗。第二辑"诗歌本体论"有十一篇探讨诗歌理论的文章，主要是新诗批评研修的小论文。第三辑"诗作漫评"是对诗集和诗选本的评说，讨论了刘国尧、王庆、吴淮生、杨克兴等诗人的作品。从宁夏教育学院的进修学习开始，白军胜诗歌评论的热情洋溢在字里行间。带着读书和诗歌评论的热情，白军胜参加了西南师范大学中国新诗研究中心"新诗文体学"研究生班的学习，其间受吕进的诗学理论影响比较多。他将肖川放在西部诗人的背景上评说，从历史意识、生命意识和宇宙意识等方面具体解析肖川作品内涵。《论杨云才西部诗的美学品质》依然是从西部诗的热潮中评说，从"悲慨基调和沉重的内在精神"切入具体的讨论，从至真世界、至善世界、至美世界的塑造三方面，分析了杨云才诗歌中体现出的美学品格。

《论屈文焜诗歌的意象组合与审美情感的构筑》认为因为诗人研究"花儿"，懂得音乐，"在他的诗歌中音乐素质特强，这对意象的选择和审美情感的建构也起一定的作用。读屈文焜的诗歌，感到传统的继承和民歌借鉴对其创作影响较深"。《论万里鹏诗歌的造境艺术》首先从"纯净拙朴、简远高逸的物境之美"分析，其次从"自然溢露、象征隐蔽的情境之美"分析，认为诗人是自觉的追求。《论秦中吟 20 世纪 90 年代诗歌的审美价值取向》认为"他的诗更多注重现实人生，唱时代之歌，抒民族之情，强化了自己的使命意识，确立新的生命意识，站在哲学的高度，在现实人生中认识生命的实质与走向。"《论贾长厚诗歌的情感形态》总结了"直露式审美情感、意象式审美情感、反向式审美情感、象征式审美情感、多维向审美情感这五种表现方式"。《论贾羽诗歌意象的表述特征》"以直觉定情调，表现心灵感受"，"以意象为中心，表达隐蔽情感"，"以情感为基调，表述流动之美"。《论葛林诗歌的审美倾向》，认为葛林"常用的手法还是直抒胸臆，具有直率、流畅的特征"。《论杨梓诗歌的感悟世界》认为"读杨梓的诗，你的血脉里会时时流动着微颤的生灵般神秘的回响"。《论杨森君诗歌哲学背景下的审美形象》认为杨森君的哲学阅读影响其诗歌"在形象思维与逻辑思维的交叉中表现一种心态或者理趣；在辩证的过程中寻找诗寻找人性、寻找自我或一切"。《论戴凌云诗歌的视角表现艺术》认为美术专业出身的诗人，特别善于开辟新视角而在诗歌中发掘新的感知。《论冯雄诗歌空白艺术的审美选择》从情感空白、语言空白分析了冯雄诗歌的创作特色。《论虎西山诗歌的乡村情感》认为虎西山诗歌中有物的崇拜、情的渴望、人的颂扬，这与其深厚的乡村情感有关。《论王维堡散文诗的美学性格》从绮丽清奇、婉转蕴藉的阴柔之美和恢弘豪放、气势磅礴的阳刚之美细读分析其作品，前者以《云南的云》为代表，后者以《我久久仰望你，长城》为代表。第三辑是对第一辑宁夏诗人评说的补充。《拒绝似水柔情——读王庆诗集〈红月亮〉随想》强调了其抒写西部景观的特色。《一路行，一路吟——读吴淮生诗集〈漂泊的云〉有感》从诗人精神情感的理解去读吴淮生《漂泊的云》。

20 世纪 90 年代，白军胜集中阅读宁夏诗人的作品——细读批评，为宁夏文学批评作出了积极的努力。可惜的是，白军胜像宁夏文学批评界的一颗流星，划过天空，便不见其光，也不闻其声。

瓦楞草（1970— ），本名于洪琴，女，宁夏文艺评论家协会理事。在《宁夏大学学报》《朔方》《星星》《六盘山》等刊物发表评论作品近二十万字，在《宁夏文艺评论·2015 年卷》发表个人作品专辑。

2009 年，瓦楞草在诗歌创作的同时介入诗歌评论，先后对外省诗人、本地诗人的作品进行过专门的诗学研究及评论，她站在审视的高度对宁夏诗歌的美学、地域特征、发展方向等方面进行阐述，如《初探宁夏 80 后诗歌，兼谈〈朔方〉80 后诗辑》，对宁夏 80 后诗歌现状以及制约宁夏 80 后诗歌发展的因素进行了论述；《以〈宁夏诗歌选〉为例浅析宁夏诗歌的几个方面》，评析了宁夏诗歌对于民歌的借鉴与吸纳，对于历史的介入和追溯，对于古诗词美感和表现手法的承接，以及对怀乡、乡土和乡村的抒情等。

瓦楞草在诗歌评论中注重诗歌美学的分析与探究，认为诗歌美学关系到诗歌的优劣。其文《单永珍诗歌美学综述》收录于单永珍诗集《大地行走》中，文章从宗教意识与象征思维、形象思维与现实性、动物意象的分析解读几个方面，论述了单永珍的诗歌美学特征。《诗歌叙抒的魅力——〈西夏史诗〉解析》，通过与《格萨尔王传》的对比，对杨梓的代表作《西夏史诗》进行深入的诗歌美学分析与探究，指出该作品具有群像塑造与个体独异、神秘主义的广泛运用、浪漫主义的具体呈现等几个特点。《诗塞上云集第二辑：以人为中心的多层次抒情》一文以三万多字的篇幅，通过六个章节评述了导夫、刘中、西野、常越、朱敏的诗集，认为导夫《山河之侧》是具有时代特征的诗歌文本，刘中《贺兰山的草帽》彰显了对于物象的诠释与浸染，西野《青鱼点灯》呈现着神秘与浪漫的抒情，常越《风缘》淡化或彰显女性意识，朱敏《青铜铸造》浸透阴柔之美。除上述代表作品，她的《浅论宁夏诗歌史》《构建精神高地的价值与追求——浅谈冯剑华散文》《肖川诗歌论》《杨森君诗歌论》《〈大风歌〉：一首诗的命运》《宁夏诗歌地域性突出的三个方面》等文章，以严谨之风和居高临远的审视角度，为其活跃于宁夏文艺评论舞台奠定了基础，对推动宁夏诗歌前行起到了促进作用。

安奇（1971— ），参与《宁夏诗歌史》撰写。其《品诗四十八首》对吴淮生、马占祥、林一木、周佳丽等三十位诗人的四十八首诗进行品评。安奇认为张立的《三行》一诗最值得玩味，"哪一夜最长 / 哪一夜就是月亮 / 被泪水淹没的部分"一个带有无限时光的想象和硕大空间中的寂静，淹没了忧伤。张立聪明地"运用了一个诗人的虚构擅长"，把自己的诗歌扩展到一个空阔的地方，又像是"一个落魄的情种"，在无限的时光中等待那个还没有来到的姑娘。"当然我个人很喜欢把他的诗歌放到爱情的语境中去品味，看风景的姑娘站在远处，而他悄悄地看着人家。"安奇在《导夫〈山河之侧〉：俯视山河苍茫》一文中，认为从诗歌的本身来看，诗人选取的角度即是超离尘世的，以绝高的角度来看世界，群峰之上，黄土之上，地球之上，太阳之上，可以归纳为时间和空间之上，历史与现实之间，奔流的想象与时间之河都容纳在黄河两岸，看到永恒，看到辽远，看到妩媚。种种姿态，尽皆入眼，旋律的涌起，天使观世界，人生知未来，悲伤潇洒，失败成功，一切都是"你证明但也被证明着／你征服但也被征服着"，充分呈现了诗人的预见性与警觉性。

沈秀英（1973— ），女，山东莱州人。文学博士，宁夏大学人文学院副教授。在《民族文学研究》《当代作家评论》《文艺评论》《宁夏社会科学》《黑龙江社会科学》《名作欣赏》《宁夏大学学报》等刊物发表论文、评论作品多篇。

沈秀英主要从事中国当代文学批评和地方文学研究，对宁夏文学的评论包括小说和诗歌两个方面，近年来侧重诗歌评论。参与《宁夏诗歌史》的撰写，承担"70后诗人：因被遮蔽而奋力突围"一节的编撰。该节把宁夏70后诗人放在宽阔的全球化语境中，察看其诗歌特征：警惕全面西化，不过分搬运西方资源，在承继古典诗歌传统的前提下，密切关注生存现实；强调地域特征，宁夏特有的地理事物、历史渊源成为诗歌写作新的生长点，这让诗歌具有"在地"中国、"在地"宁夏的品格；对地域特征的重视，诗人们产生了自己的诗歌地理学，城市和乡村作为诗歌中两大并置的物理空间，让他们的写作呈现出很强的空间感。《单永珍诗歌论析》对单永珍两部诗集《词语奔跑》和《大地行走》进行论析，阐述了单永珍在诗歌之路上一路创新、不断超越自我的特点，认为其诗歌发展有着无限丰富的可能性。在《浅论高琨"花儿"诗歌的特色》一文中，指出高琨以传统的形式讴歌新时代，称赞高琨是一位特立独行的"花儿"诗人。《历史伤痕中的"灵"与"肉"》主要聚焦张贤亮小说"灵"与"肉"的内涵问题，指出《灵与肉》建构了张贤亮小说"灵"与"肉"二元对立的最初模式，认为这一模式在此后的小说中因撕裂对立感的加强而演变出复杂的多个面向。《西吉土地上沉静的歌者——马金莲》认为马金莲是西海固作家群80后小说家中最有潜力的一位，她的小说语言朴素，关注现实人生和生存的苦难，对脚下土地深沉的爱让她成为这片贫瘠的土地上沉静的歌者。

沈秀英用真诚的批评文字为宁夏文学研究添砖加瓦，我们期待她在宁夏文学研究方面有更深的发展。

纵观宁夏现代文学批评与研究七十年，王十仪在学术上对宁夏文坛影响深远，高嵩和荆竹不断探索，成为文艺理论批评大家，李镜如朴实而深具文学理论修养。1958年以来，投入宁夏作家作品研究和评论的人不少，热情无私地投入文本细读的批评家代表是吴淮生、丁朝君、郎伟和张铎。杨梓是宁夏文艺批评和诗歌研讨的组织者，李生滨是整体观照宁夏文学60年的后来者。吕颖对宁夏女性诗歌进行研究，作品有《新时期以来宁夏女性诗歌纵览》《李壮萍诗歌中的哲理意蕴及女性存在意识》。薛青峰《90年代宁夏诗歌书写的日常化趋向》《新媒体时代：追寻散文写作的难度》，火东霞《西海固诗歌研究》《试论乡土文学视域下的西海固诗歌》等都是文学研究与批评的成果。解怀福、张福华、房继农、严英秀、马君成、贺彬、王琳琳、李亮、陈莉莉、杨风银、杨慧娟等都撰写过评论文章，尤其是年轻一代研究者的参与，让我们看到宁夏文学批评界新的希望。

儿童文学与纪实文学

导论

重新整装出发，期待春色满园

宁夏文学在古代主要是诗歌，其次是大概念意义上的散文，小说和评论基本上都在新中国成立之后才发展起来，儿童文学和纪实文学也是同样。梳理宁夏文学的发展脉络，小说后来居上，与诗歌一起成为宁夏文学的两个翅膀，而散文、评论、儿童文学和纪实文学都相对较弱。

从世界儿童文学现代性内涵而言，是欧洲文艺复兴和启蒙运动的产物，也是对人的本质再认识的产物。中国儿童文学的现代肇始，与晚清和五四启蒙思潮紧密相关。20 世纪上半叶，在中西文化的交融中，鲁迅、周作人、叶圣陶、朱自清、冰心、丰子恺、张天翼等先驱奠定了儿童文学深厚的人文情怀。新中国成立以来，儿童文学被赋予新的品格，1955 年 9 月 16 日《人民日报》刊发《大量创作、出版、发行儿童读物》的社论。同年 11 月 18 日，中国作家协会发出了"关于发展少年儿童文学"的指示。至今，新中国儿童文学已经走过了七十年不平凡的道路，有曲折也有收获。

潺潺溪流，宁夏儿童文学同样走过了不平凡的七十年。安徒生在《光荣的荆棘路》中说："光荣的荆棘路看起来像环绕着地球的一条灿烂的光带。只有幸运的人才被送到这条带上行走。"1949 年至 1979 年的三十年，各种不可抗拒的原因干扰制约着中国当代文学的发展，这期间宁夏地区从事儿童文学创作的主要作家只有路展。他 1960 年在《人民文学》上发表第一篇童话《小铁脑壳遇险记》。1961 年，路展调到宁夏，成为宁夏儿童文学的领军人物，其《小苹果树请医生》荣获第二届全国少年儿童文艺创作评奖三等奖。

1980 年 1 月，中国作家协会成立儿童文学委员会，推举严文井任主任委员。同年 10 月，文化部宣布成立"文化部少年儿童文化艺术委员会"，宁夏文艺界也积极响应。除路展之外，刘和芳、吴音等编辑、作家积极投入儿童文学创作，时有优秀作品发表并获奖。随着文艺创作的春天的到来，儿童文学"突破了'教育工具论'的束缚，确认了儿童文学具有多元的价值功能和美学特征，提升了作家的使命意识与人文关怀"。中国作家协会设立了儿童文学奖，促使宁夏掀起了儿童文学的一个小热潮。路展《雁翅下的星光》荣获首届全国优秀儿童文学奖之中篇童话奖，宁夏作家都兴强、吴善珍、王晨、王宝三等，各自创作了富有情趣的儿童文学作品。

20 世纪 90 年代，就宁夏儿童文学而言，值得肯定的是吴音的儿童文艺批评和李银泮的乡土系列创作。吴音在儿童散文创作之外发表了不少关注儿童发展和成长的社会时评，在《从孩子们看〈潜影〉时被惊吓说起》《请把精品电影奉献给孩子》《在孩子们心里播下爱的种子——推荐日本童话集〈木马的小白船〉》等文章中，她主张潜移默化地在孩子心中种下爱的种子。李银泮生活在西海固，他的大多创作于 20 世纪 90 年代的故事和作品，对乡村孩子们生存和教育状况进行了真实的关照。从宁夏跨世纪儿童文学创作来说，还有作家王景彦，笔名莫叹、毛毛虫，发表过小说、散文、诗歌、童话等多种作品。刘岳华也是宁夏比较重要的儿童文学作家之一，从《小马车》再到最后的"小魔女"系列，她擅长在家庭关系与儿童天性的结合中构筑故事。

改革开放以来，经济发展带动了文化的丰富，"一个多重文化背景下的多元共荣的儿童文学新格局在这样的语境下逐步形成，进入新世纪显得更为生动清晰"。在宁夏，从事儿童文学创作的队伍同样比 20 世纪 90 年代更为开放和多元，既有专门从事儿童文学创作的刘岳华、赵华等的新追求，又有部分跨界作家，如郭文斌、刘汉斌、马金莲等乡土诗意的特别书写。2019 年《文艺报》回顾新中国七十年儿童文学，其中提到了宁夏作家马金莲的《数星星的孩子》和赵华的《大漠寻星人》《疯狂的外星人》等优秀作品。尤其是赵华成为新世纪宁夏儿童文学的领军人物，2014 年他创作的长篇系列科幻小说《亚特兰蒂斯四号》出版，标志着其创作进入高潮，先后荣获冰心儿童文学新作奖、冰心儿童图书奖、首届读友杯少儿类型文学大赛二等奖、首届大白鲸世界杯原创幻想儿童文学奖三等奖等。《大漠寻星人》荣获 2017 年第十届全国优秀儿童文学奖科幻文学奖。国内各出版社出版的赵华作品（集）就有二十三种之多。2019 年苏梅在《文艺报》发表评论，认为赵华的作品"总有光明和希望伴随"。王泉根等批评者认为，赵华是一个具备多样化写作风格与技巧的作家。赵华的作品还蕴含人性自由和万物平等的观念，其科幻小说和童话是一种诗意的幻想与遨游。选择儿童文学是赵华的幸事，而坚持为孩子写作，育人与醒世并举，需要和梦想同行。

20世纪五六十年代，纪实文学已是中国文学的重要组成部分，特别是魏巍、丁洪、赵实等作家，对英雄人物以及社会主义建设中的各类模范人物的抒写，开启了纪实文学的新篇章，为读者提供了丰富的精神食粮。

相比而言，宁夏纪实文学发展相对缓慢，直到20世纪80年代才如雨后春笋般出现在读者视线里。这一时期，江汗青《梅国桢博士》，以语言的通俗、连贯紧密的章节表现了梅国桢的传奇；戈觉悟的报告文学集《金色的小鹿》，其中《归来》描写主人公严纪彤、王柏玲的事迹，是一代人生命轨迹的缩写，具有鲜明的时代精神和强烈的现实感；严光星《高原的旋风》是作家在深入采访、深入开掘、历经四年完成的报告文学集。

20世纪90年代，宁夏纪实文学从不同角度呈现了宁夏建设中的强者之音。余光慧作品体现了作家独立思考的个人风格，她对改革开放以来，紧跟时代步伐的社会人物予以关注，先后出版报告文学集《强者的纪年》《创造平等》；杨兆兴的报告文学《沙坡头·世界奇迹》是对人类征服自然奇迹的赞歌，充分抒写宁夏人与自然抗争、人进沙退、创造绿洲的不凡历程；张贤亮的《挽狂澜》再现了1998年抗洪抢险一线的真实镜头，凸显了大灾大难面前一个国家以人为本的救灾意识以及灾区人民和抗洪战士面临生死抉择的人生观、价值观；还有魏若华《鲁海拾零》、李凝祥《意笃菊海六十年》、虞期湘《晚霞映红了一片绿洲》、陈葆粱《警惕吸毒》等作品备受瞩目。都沛于1997年出版《中国国际赛车纪实》则填补了国内赛车领域没有长篇纪实文学的空白。

新世纪以来，余光慧的长篇报告文学《跟踪何阳案件》在《中国作家》发表后震动文坛。李德明的历史题材纪实文学撰写备受关注，他的长篇军事专著《红军西征》《解放宁夏》主要以宁夏为背景，采用小故事引出大事件的形式分篇记录，连缀成宏大的历史军事篇章；刘志海出版《边陲胡杨》《铁血铸魂》《西部刀锋》，通过追踪式的描述，真实地再现了中国西北边塞官兵能吃苦、能战斗、能奉献的崇高革命精神；马青出版的两部纪实文学作品受到文艺界好评，其中《插队的故事》抒写知青生活，《绝艺芳华》描写宁夏京剧团著名女武生艺术家俞鉴的传奇人生；胡斌的长篇报告文学《宁东》以西部开发为题材，详述宁东开发、建设和发展的过程。

总之，宁夏纪实文学能够抵达现实，并接通时代脉搏，引领读者获得启示，在涉猎范围上具有广度和深度，不乏气势磅礴的描述，但又不失抒情的灵性，人物性格鲜明，凸显时代精神，又具有文学的故事性。

走进新时代，全国非虚构作品的繁荣已是有目共睹，而宁夏还在观望，即使涌现出来的非虚构作品也被划入散文的范畴。宁夏纪实文学的现状，不论是作家还是作品，都有待于重振精神，再次出发。同样，儿童文学方面也存在后继乏人的现状。所以，不奢望宁夏涌出专门从事非虚构文学和儿童文学专门的创作人员，只希望诗人作家对此有所兼顾，已是宁夏非虚构文学和儿童文学之幸，期待百花齐放春满园。

第一章

永葆童心的儿童文学

　　世界儿童文学现代性的发生和发展，是欧洲文艺复兴和启蒙运动的产物，是对人的本质的再认识。中国儿童文学的现代肇始，与晚清和五四启蒙思潮紧密相关。

　　宁夏儿童文学是中国儿童文学的组成部分，也是宁夏文学发展的重要部分。文学发展的道路与时代始终保持着密切联系，文学发展的不同历史阶段又存在着紧密的承续关系。1949 年至 1976 年近三十年时间，宁夏儿童文学发展比较缓慢，人才缺乏，唯有路展在儿童文学创作上一枝独秀。1978 年，儿童文学创作一事被提上日程。1980 年，中国作家协会成立儿童文学委员会，推举严文井任主任委员；同年六一前夕，第二次全国少年儿童文艺创作评奖（1954—1979）在北京举行；同年 10 月，文化部宣布成立"文化部少年儿童文化艺术委员会"。这些重要举措是国家在最高层面上对儿童文学发展的重视，宁夏文艺界开始有了响应。1983 年第 6 期《朔方》在《卷前丝语》中率先提出："精神文明建设首先要注重从少年儿童抓起。这就和儿童文学有直接的关系……首先需要重视、巩固、发展儿童文学创作队伍。我们刊物从今年开始，注意用一定篇幅发表儿童文学作品，本期又集中发表了一批包括各种样式的儿童文学，都具有一定质量。而其中绝大部分是本区作者的作品。可以预料，我区的儿童文学创作与成人文学创作一样，是大有发展前途的。只要我们认真播种、耕耘，就一定会有丰硕的收获。"《朔方》同期推出《给孩子们的礼物》。1984 年第 6 期又刊发《儿童文学专辑》，都是宁夏儿童文学发展史上不可忽视的重要举措。

　　这一时期，不少作家开始积极投入儿童文学创作。刘和芳与陈伯吹合作，于 1983 年出版了适合幼龄儿童及其父母阅读的《幼学童话百篇》。路展继续用心创作儿童文学，时有优秀作品发表并获奖。从事编辑工作的吴音，既注重儿童文学散文的创作，又写了一些关注青少年教育成长问题的社会时评。其他作家也在《朔方》发表了不少儿童文学作品。

20 世纪 90 年代，随着改革开放的深入和市场化经济的冲击，儿童文学的发展既面临危机又面临挑战。对宁夏儿童文学而言，值得肯定的是，吴音的儿童文学评论和李银泮的一系列创作。从全国儿童文学的发展与流变来说，表现儿童的成长和科幻主题成为新世纪以来儿童文学创作的主流。新世纪以后，宁夏从事儿童文学创作的队伍比 20 世纪 90 年代有所增多，既有从事儿童文学写作的作家刘岳华、赵华等，也有部分作品介入儿童文学领域的作家刘汉斌、马金莲等。其中，赵华科幻小说《大漠寻星人》获得第十届全国儿童文学奖，刘汉斌的植物散文《花季》荣获"2012 年冰心儿童文学新作奖"。

在宁夏儿童文学的发展历程中，涌现了不少从事或兼及儿童文学创作的作家，有路展、吴音、王宝三、王晨、周玲、汪有权、吴善珍、笑穆、陈寒露、都沛、高耀山、姚承秀等中老年作家，有刘岳华、李银泮、赵华、刘汉斌等后起之秀，还有高深、漠月、马金莲等作品涉及儿童文学的作家。如高深晚年创作的《猎人的儿子》，描写了一个复仇的故事：父亲被黑熊杀死，儿子决心报仇，在发现黑熊怀孕时想起了自己族里恪守的不能猎杀怀孕野兽的祖训，在杀父之仇与祖训之间，儿子选择了放生黑熊母子。漠月《夏日的草滩》，也是富有生活情趣的清新之作。

路展（1928—2017），本名路福增，河北丰润人。1948 年肄业于北平中国大学经济系。1949 年参加革命工作，曾任华北大学文工团员，《人民文学》编辑及诗歌组副组长，《宁夏文艺》编辑，《朔方》主编，编审等。1950 年开始发表作品，出版短篇小说集《白脖鸽子》，短篇童话集《小鹿银点点》《路展童话选》等。童话《小青蛙的话》荣获宁夏第四届文艺评奖优秀奖（不分等），童话《小苹果树请医生》荣获全国少儿文艺创作奖三等奖，《雁翅下的星光》荣获全国首届优秀儿童文学奖。个人荣获全国文学期刊编辑荣誉奖，享受国务院政府特殊津贴。

20 世纪 60 年代，路展与刘和芳、吴音等老一辈作家支援宁夏建设。编辑工作之余，从事文学创作，逐渐倾向儿童文学。路展的第一篇童话是 1960 年在《人民文学》上发表的《小铁脑壳遇险记》。这篇作品的发表，增强了他写童话的兴趣。之后，他发表作品十多篇，包括四篇童话。这对 20 世纪 60 年代的宁夏文学来说显得弥足珍贵。"当时我的想法很简单，只是希望用新的健康的故事代替旧的东西，使孩子们不但得到娱乐和美的享受，同时受到良好的品德教育。"① "文化大革命"期间，路展因过度劳累导致支气管破裂，由于无法得到有效治疗，便"跑路"到内蒙古阿拉善左旗一位牧民家里养伤。因此，路展作品内容只有两个方面：一是少年成长叙事，二是西北多民族地区的生活风情。因干旱酷热的地理环境使然，他还多了生态意识，以相当篇幅的作品来表达他对于现实生态环境遭到破坏的忧虑。

综观路展的儿童文学创作，童年记忆与生活遭遇是他创作的灵感源泉。《路展童话选》共收作品十四篇，在他的笔下，无论是小狗、小猫，还是百灵鸟、小鹿，抑或是白杨树、杏树，都有了灵性，它们的名字也都简单、可爱。比如给小松鼠起名为小火星、小星星、金门帘，给小白杨树取名大嗓门、乐不够，极富生活气息。不论内容繁简，故事和情节都比较曲折有趣，如《猫三彩》中通过巧合的方式，使坏老鼠与投机倒把分子一起得到应有的惩罚；《动物园里的新闻》设计白猴子雪雪先失踪后救人的方式给读者以惊喜；《雁翅下的星光》更是以跌宕起伏的情节，生动讲述小熬劳如何经过加木苏的精心抚养和严格训练成为"雁群的骄傲"的故事。故事难免惯常的夸张、离奇和巧合，但童话的叙述仍具有逻辑性，符合客观世界的规律。如《林中竞赛》讲的是森林中动物准备竞赛大会的故事，这就要求故事有始有终，构成完整的逻辑链条，并符合幼童对世界的认知。

路展童话的另一大特点是游戏性，同时包含了教育意义。童话在一定程度上可以看作是纸上的游戏，要符合儿童的心理和天性。如《小淘气求学》中的主人公小淘气，其表现便如顽皮的孩童一般，他在向老青蛙学习的过程中不停地闯祸、胡闹，在游戏和故事中陪伴孩子成长。路展童话主人公的成长过程大致分为两种：一种是主人公经历复杂多样的坎坷经历，在成长的道路上不断得到周围人的助力，战胜邪恶，最终成功，如《百灵歌》《林中竞赛》《雁翅下的星光》等；另一种是主人公初入歧途，被拯救后悔过自省，最终明白道理，如《小铁脑壳遇险记》《绿色的战歌》《小淘气求学》《小金毛》等。教育主义儿童文学观在世界上都是历史悠久并有着巨大的影响，路展也倾向教育主义。在《路展童话选》中不少作品都有着明确的教育目的，如《小铁脑壳遇险记》教育儿童不要出风头，学会辨别善恶；《猫三彩》告诫儿童恶人终会受到惩罚；《绿色的战歌》一是教育儿童要保护环境，二是教育他

①路展.我是怎样喜欢上儿童文学的——兼谈童话《雁翅下的星光》的写作［J］.朔方，1982（7）.

们向最艰苦的地方贡献自己的力量;《小苹果树请医生》属于科普类幼儿童话,以简洁的叙事告诉儿童啄木鸟能够给树治病的道理;《小鹿银点点》教育儿童在面对危险时要勇敢;《小金毛》则告诫儿童不能骄傲,同时也告诫父母不能溺爱孩子。这些作品简单通俗,可读性强,童话里表现的优良品质和道德品格对儿童的成长大有裨益。

此外,路展的童话作品中有一部分带有反思文学的意味,如《雁翅下的星光》《百灵歌》《割尾巴的故事》等。《百灵歌》以百灵鸟比喻支援西部的知识分子,讲的是一家老少两代"百灵鸟"的命运和遭遇,委婉地写出老一代"百灵鸟"的悲惨命运,并将希望寄托于下一代。相较于同时期的其他作品,路展的童话创作没有太过激烈的言辞和十分深刻的思想,另外,因童话本身需要单纯的情感,反思的意义可能有所减弱,但仍具有慰藉疗救心灵的效果。《雁翅下的星光》写得扣人心弦,它又像童话,又像小说,介于童话和小说之间。高尔基说过,文学是人学,童话在善良、正直、美好等品质之外,更为深刻的恰恰是教育青少年懂得现实存在黑暗、丑恶的力量,要勇敢地面对复杂的现实,要战胜困难和强敌。生活的真实和复杂造就了这篇优秀的童话。

路展的儿童文学创作为宁夏儿童文学奠定了基础。他的作品以童话的形式呈现,兼具幻想性与游戏性,同时具有通俗易懂、教育惩戒的意义。因为生活在西北地区,他的作品里多了对荒瘠的地理风貌和热忱的草原人民的真切描写,在历经各种风波之后,他的部分作品也具有了伤痕反思的色彩。时至今日,再次阅读路展的童话作品,不能不承认其作品存在时代的缺陷。但路展的儿童文学创作对当代宁夏文学的贡献是不可磨灭的,具有里程碑式的意义。

吴音(1930—),女,辽宁营口人,祖籍浙江乌镇。1951年在上海市抗美援朝分会及上海市中苏友好协会从事宣传工作。1956年就读于上海复旦大学新闻系。历任《宁夏日报》编辑、记者,宁夏人民出版社美术少儿编辑室编辑、主任等。出版《真诚的言说》。儿童短篇小说《兵兵的心事》荣获宁夏第四届文艺评奖优秀奖(不分等)。

由于工作的经历,吴音的创作以散文和评论为主,表达生活的乐观情感,坚持爱与美的追求。她的儿童散文强调以美的内涵给小读者美的熏陶。如《兵兵的心事》,吴音以稚子般的情感去描写自己儿子与校长张敏女士的那份纯真的友谊。兵兵是一个粗心的孩子,却对小动物、小植物有着天然的亲近,在张敏校长领导的花卉小组中是积极分子。由于兵兵父亲身体不好,兵兵不得不转学来到银川,但是在随后的两年里"这孩子许多事忘了,竟还一直惦记着他的张敏老师"①。原来，兵兵的心事便是张敏老师要求他改掉粗心的毛病。因此，兵兵不仅努力改掉了粗心的毛病，还给张敏老师写信，张敏老师也回信给兵兵。这是生活中一件很平常的事情，但吴音敏感地抓住师生间良好的关系帮助孩子健康成长的主题，给我们美好而温情的情感教育。还有描写亲情的散文《爸爸的苦恼》，心疼儿子的父亲认为孩子不应小小年纪就做那么多家庭作业，承担如此重的学业压力，但儿子表现得十分懂事。在父亲让他抄答案尽快完成作业时，孩子却拒绝弄虚作假。父亲在劝儿子入睡后的内心独白让这个家庭日常的小插曲显得温情无比。

作家纯真的文学理想奠定了其儿童散文的情感底色。吴音从小爱文学，中学时发表过诗歌、散文和童话。同时，吴音在儿童文学写作中表现出与生俱来的女性特有的情愫，其作品始终关注青少年儿童的成长，重视家庭关系对孩子身心健康的影响。吴音出生时正值东三省沦陷，少小生活在国破民乱、飘零动荡的战争年代，青年时期则因为一系列的政治运动不得不从富庶的江南来到偏远贫瘠的大西北，她的前半生已然经历了人生的大起大落。中年又逢丈夫哈宽贵因病不幸离世，此时女儿十八岁、儿子十岁。在艰难的条件下，吴音以一个江南女子的瘦弱身躯支撑着家庭和工作，给了一双儿女良好的教育。尽管生活艰辛，但在她的散文中却不见诉苦的哀怨之声，字里行间流淌的仍然是人间温情。

此外，吴音在儿童散文创作之外还发表了不少关注儿童发展和成长的社会时评，体现了知识分子的仁者情怀："生活的磨砺，锻造了吴音先生棱角分明的性格，也分明塑造了她对人间美好事物的格外敏感和对人间假、恶、丑的强烈憎恶。"②

在《赶紧补上这一课》中，"看着被折得遍体鳞伤的玫瑰花、沙枣树，感叹现在有太多的人不讲文明，特别是影响孩子"（《真诚的言说》）。吴音认为社会上成人的恶劣行为已经影响到了青少年儿童身心健康和成长。吴音通过一次座谈会了解到来自偏远的、贫困的基层业余儿童文学作家存在生活和创作上的困难后，发出了"帮帮他们"的呐喊。《从孩子们看〈潜影〉时被惊吓说起》，批评了当时儿童音像制品市场的乱象；《请把精品电影奉献给孩子》分别从当时的社会现状以及解决的方法两方面表达了自己的观点；

①吴音.真诚的言说［M］.银川：宁夏人民出版社，2007.
②郎伟.时代面影，仁者情怀［M］//吴音.真诚的言说［M］.银川：宁夏人民出版社，2007.

评论《在孩子们心里播下爱的种子——推荐日本童话集〈木马的小白船〉》则再次表达出吴音的儿童文学主张——通过阅读有关情感教育的作品，潜移默化地在孩子心中种下爱的种子。

十五岁时，她给好友写了一首小诗，诗的内容可以看作是吴音从事儿童文学的态度和不变的初心。她在诗中写道："梦花一片／我幻想着这样的国度／那里没有悲惨阴森虚伪和忌妒／没有凶狠的狐狸也没有怯懦的白兔／只有天真的孩子们白纱似的轻翼／在花丛中翱 翔／那里的太阳照得格外亮／那里的人们没有迟滞的梦呓／只有爽朗的笑……"（《真诚的言说·后记》）正是这种纯真美好的想象和情感成就了其儿童文学方面的建树。

王宝三（1944— ），黑龙江哈尔滨人。毕业于北京广播学院新闻系。1970年分配到宁夏人民广播电台，历任记者、编辑、新闻部副主任、副台长等，高级编辑。编辑制作的儿童节目《时间老人的期待》荣获1983年全国广播系统优秀儿童节目一等奖，童话《有个叫小瑶瑶的小姑娘》、儿童短篇小说《兰兰和他的妈妈》荣获宁夏第三届、第四届文艺评奖一等奖、优秀奖（不分等）。

《兰兰和他的妈妈》留意到孩子的心灵伤痕问题。讲述小学二年级的兰兰，为给从汽车前跑过去而出了车祸的虎宁写慰问信，妈妈不仅支持他，还带着兰兰去送慰问信。故事很单纯，同学之间的友谊也很单纯，母女之间的情感几乎没有波澜。是妈妈每晚都要加班，培养了兰兰的独立能力。在人物塑造和语言上较有特点。如写虎宁："这孩子，淘得出了圈儿！他闲不住，天生的火烧屁股，机灵得像个猴儿精。他有几样拿手好戏：叠个纸帽儿，在帽檐上别排回形针，就当上大官了，叉着腰向小同学们训话，神气得没法说。大家唱歌的时候，他手指间夹一根竹棍儿，甩着头发，真像个乐队指挥……"兰兰："放了学，书包一挂，先提水。缸里的水总是漂漂溜溜的；她扫的院子，你累疼了眼睛，也找不着一根柴棍棍。爸爸到外地出差去了，她知道妈妈忙，赶在妈妈下班以前，捅炉子、拣大米、择菜，做好各种准备工作。"这也从一个方面折射出20世纪80年代初的工作生活情况。

都沛（1946— ），儿童文学《胜似春光》荣获宁夏第三届文艺评奖二等奖。《钢轨上的小黑点》是新时期早期比较有代表性的优秀作品，重点描写了初中一年级学生冀铖的成长故事。从富有传奇色彩的日常生活的情景描写体现了一个优秀少年的正直和要强。小说中有少年英雄情结的主人公冀铖，在与同伴玩游戏的过程中因为"不怕死的英雄行为"逼停了正在行驶的火车。在学校处理这次事故的过程中，冀铖与司徒华诚老师结下了深厚的师生情谊。随后通过冀铖与好友崔小峰，还有司徒老师一起在乡村小河里捉鱼，又一起探望残疾小姑娘，以及参加全县中小学文艺会演等活动，充分塑造了冀铖乐于助人、善良热情的个性精神。整部作品描写比较生动，富有想象力，善于穿插故事情节，乡村的美丽风物与孩童的顽皮善良形成了生动的相互映照的情景画面。尤其是西北小乡村的宁静安逸与西南边陲的炮火连天也完成了地理空间的接连，小说本身张弛有度的描写也深入地从乡村少年的各种心理活动和英雄梦想中展示了时代的主旋律，是叙述比较生动的优秀之作。

吴善珍（1947— ），《蔡叔叔编的歌儿》荣获宁夏第三届文艺评奖二等奖。《蔡叔叔编的歌儿》是说乐队在排练柴可夫斯基的《天鹅湖》，可大家没有精神，直犯困，"陈指挥"高高地举起那根小细棍，在空中停了半响，扔到了谱台上，这时，装竖琴的大箱子忽然打开了，变出一个八九岁的男孩，文工团成了杂技团，小孩说他不偷东西，只是来听"蔡叔叔"编的歌儿，他听了几天了，他也不知道怎么个好听，他听这个歌儿，就好像到了一个好地方，心里可高兴呢。一个插曲之后，从头排练《如歌的行板》，"蔡叔叔"编的歌儿又奏起来了，这是一次全神贯注的演出。排练厅好像变成了那个神话里的大湖，雾气迷蒙，清凉极了，竖琴拨响了，是一阵阵细碎的浪花；小提琴弓沙沙抖动，那是湖面上吹过的轻风。乐手们觉得自己变得很小很小，小得像湖边那个小孩，他正藏在湖边的茂密草丛里，偷偷地远望一群群忽隐忽现的小天鹅。那些天鹅真白，飞起来又多么好看。

吴善珍曾在文工团工作十六年，长期受到音乐的耳濡目染，作品自然会描写演员们的感情生活，并充满音乐的律动与神韵。《蔡叔叔编的歌儿》关键是具有小说的元素或者说是戏剧性。一是大箱子变出孩子来，二是柴可夫斯基与蔡叔叔，三是通过孩子对经典音乐进行阐释，就是把孩子带到一个好地方。这些虽很浅显，但使音乐有了形象，好听就是审美。

李银泮（1961— ），宁夏隆德人。1982年毕业于固原师专中文系。当过中学教师、新闻干事、文化馆创作员等。中国作家协会会员。20世纪80年代开始儿童文学创作。著有《塬上的日头》《同饮渝河水》《夏日险遇》《朦胧年华》和渝河系列作品《山道·少女·牛贩子》《六盘山川的少男少女们》等。长篇儿童小说《夏日险遇》荣获宁夏第五届文艺评奖三等奖。

李银泮的儿童文学作品大多创作于20世纪90年代，以他熟悉的乡村生活为背景。出版于1996年的"少年绝境自救故事系列丛书"之《夏日遇险》是李银泮与一百位小读者合力完成的一部作品。讲述了一个名为三娃的放牛娃，为追回丢失的黄犍牛来到陌生的城市，在经历了劫持、拐卖、残害等之后成功返乡的故事。小说以六盘山周围的城镇和乡村为背景，成功刻画了三娃、小顺子、笑面佛、马建五等人物形象。小说语言流畅通俗，故事情节张弛有度。小说不但以现实的眼光关照青少年的安全问题，而且也关注着偏远贫困乡村里青少年的受教育问题。

在李银泮的渝河系列作品中，出版于 1997 年的《山道·少女·牛贩子》和出版于 1998 年的《同饮渝河水》，同样延续了作者面对贫困乡村里孩子们落后的教育与艰难的生存状况时的深刻反思与人性烛照。《山道·少女·牛贩子》所收二十篇作品从多方面展示了乡村贫困背景下少年儿童的生存百态。《583 秘密行动》讲述了孩子们因为好心误杀了史老师的爱犬后心中不安，在得到史老师原谅后一起"护送"史老师下班的故事。《最后一封信》展示了孩子们对去世的杨老师的难过与不舍，表现了乡村孩子内心的单纯和美好。《山道·少女·牛贩子》刻画了一位辍学的孩子因偷盗别人的牲畜进行倒卖被抓的故事。《黄土塬上的少男少女们》中，则写了一个名叫吕岩的孩子辍学混迹于社会败坏少女贞节的故事。《岔路口》《渝河魂》诉说了乡村少年对于教育的渴望。《圣地最后的捍卫者》《村魂》则主要描写了乡村孩子在乡村大人丧失人性情况下的童心纯真的坚守和反抗。

在《同饮渝河水》中，李银泮聚焦城乡之间的贫富差距，赞扬了乡村孩子积极向上、直面苦难人生的乐观精神。小说的主线围绕城乡少年的一次冲突，讲述了以曹琦为代表的城市少年与以李军为代表的乡村少年在暑假期间一次捡垃圾的过程中发生了"投石互殴式的群体冲突"，随后双方以一种"不打不相识"的方式在老师的干预下化解了冲突。故事的副线则发生在一对名为白佳佳与玫瑰的女孩之间，二人本是亲姐妹，由于特定时代下计划生育的原因，玫瑰不得不被亲生父母送到乡下，两人在前文提到的冲突中偶然相见，随后引发了一系列关于认亲的故事。不仅立体描写少年儿童生活，特定地域生活的呈现还增强了小说的现实意义。

李银泮悲悯脚下的土地和苦难中成长的孩子，不但体现了对生活的敏锐洞察和人道主义精神，更重要的是触碰了时代和生活的痛点。他是生活在六盘山下描写少年儿童生活最优秀的乡土小说作家。

刘岳华（1962—2012），女，笔名丽娘，宁夏石嘴山人。十七岁发表第一篇散文《生命的火花》，荣获宁夏第一届文艺评奖三等奖。有中短篇小说、散文、诗歌、报告文学、评论等发表于《宁夏日报》《朔方》《西北军事文学》《飞天》等。出版散文诗集《维纳斯星座》、长篇小说《金苹果》、童话《小马车》，具有代表性的是校园小说"小魔女"系列。

刘岳华短暂又精彩的五十年人生之路，可以看作一条与命运抗争的荆棘之路，却也充满了鲜花与掌声。1983年，二十一岁的刘岳华受到团中央的表彰。1992年，张贤亮在给其散文诗集《维纳斯星座》作序时，称她作品的最大特色就是充满着爱意，鼓励她化烦恼为菩提。1997年，宁夏作协、《朔方》编辑部等单位联合为她举办了"刘岳华儿童文学作品研讨会"。

刘岳华的文学创作经历了一个明显的转向，早期她以女性文学为主，后来转向儿童文学。其代表作"小魔女"系列丛书共有《小魔女与溜溜球》《失踪的大胖》《大青蛙之战》《猫妈妈与小狐狸》《二蛋的武校》五本，分别在山东临沂与宁夏银川两地完成创作。就创作形式而言，作品融合了科幻、魔幻等多种因素，丛书并未呈现出一种整体的风格，可以看作刘岳华对这类校园小说的一种探索。她认为少年儿童是国家的未来和希望，学校、社会、家长不仅要关心孩子文化课的学习，更要注重培养其健康的心态和良好的心理素质。为少年儿童提供优秀的精神读物，是包括她在内的每一名作家义不容辞的责任。

《二蛋的武校》讲述了一名来自农村的孩子进城上学的故事。这部童话将视角落在二蛋的成长经历上，故事情节连贯紧凑，作品紧紧抓住二蛋心理的变化和二蛋一家人之间的亲情关系，细腻地写出了二蛋在成长过程中自责、内疚、不安以及父子、母子在面对因经济困难时发生的一系列矛盾冲突。这些出彩的描写得益于刘岳华作为女性自身对情感的细腻把握和来自她自身的一些生活经验。同样出彩的还有描写动物与人类关系的《猫妈妈和小狐狸》。这一系列的故事都体现了刘岳华对家庭生活的热爱和对亲情的重视。

《小魔女与溜溜球》《大胖的失踪》《大青蛙之战》三部小说则是刘岳华想象力的体现。《小魔女与溜溜球》讲述了小魔女偶然遇到具有神奇力量的溜溜球，并借助溜溜球神奇魔力的故事。《大胖的失踪》则表现了金钱腐蚀人性，由于"狗宝"带来的重大利益，导致一个黑衣女人疯狂地搜寻"狗宝"，而大胖不幸踏入这个漩涡，随即演变成一个众人拯救大胖的故事。《大青蛙之战》讲述了一个疯狂博士进行青蛙基因改造的故事，作者借此反思了科技与人性的关系。

对刘岳华的创作，哈若蕙这样评价："我读了刘岳华的《小马车》非常感动。我仿佛一下子走进了童年。那种欢愉的、美好的童年的感觉我好久好久没有找到了。我仿佛随着主人公丽丽小姐走进一个又一个全新的境界。在作家清新、流畅，并且十分东方化的叙说中，我们感到了美好、善良、友爱、勇敢等人间品格。"①

从《小马车》再到最后的"小魔女"系列，刘岳华擅长的是在家庭和儿童故事的结合中构筑故事，饱含对爱与美的追求。不可否认，"小魔女"系列也存在人物设定与故事情节出现脱节，以及涉及科幻题材时相关知识缺乏等缺陷。但乐观精神和人间真情，还有爱与美，构成了刘岳华儿童文学作品饱满的内涵，富有较强的感染力。

赵华（1976— ），宁夏石嘴山人。1997年毕业于银川师专中文系。先后在石嘴山电视台、宁夏有线电视台当记者。从新世纪开始，发表儿童散文诗、童话多篇，其中《童话王国》等入选《21世纪中国文学大系2004年儿童文学》《成长的书香——科幻卷》《2008年中国儿童文学精选》《2008年最值得小学生珍藏的100篇童话》等。出版童话集《恐龙时代的脚印》《天使小笨鸡》《恐龙密码》，科幻小说集《苏姗的小熊》，长篇科幻小说《南纬十六点三度》《开元通宝》《魔血》、"亚特兰蒂斯四号系列""赵华温情少年科幻小说系列"等。作品荣获冰心儿童文学新作奖、冰心儿童图书奖，科幻作品《大漠寻星人》荣获第十届全国优秀儿童文学奖。

赵华童心未泯，挚爱科幻和童话创作。他少年时代对儿童故事书就格外渴望，几乎成为一种难以克服的心理情结。赵华的儿童文学作品分为科幻小说和科幻童话两大类。他的科幻小说包括《魔血》、"亚特兰蒂斯四号系列"和"赵华温情少年科幻小说系列"，或回忆温暖动人的亲情友情，或赞颂人的诚实、守信的美好品质，或以外星人、动物的奇幻经历来透视人类对待地球环境的种种不当之处，并且预示了灾难性的后果，给人警示。他的科幻童话有《爱菲尔棒棒糖》《波江座晶体》和"光光头赵华童话系列"，主要描绘简单却感人的人际关系，在这些作品中人与人之间没有猜忌，没有攻击，而是细小温暖的互相信任、关怀。根据他的创作年表和作品特色，可以将其创作分为三个阶段：第一阶段为2002年至2008年，这是他创作生涯的初创期，大多以儿童散文诗和短篇童话为主；第二阶段为2008年到2012年，这是他的发展期，主要是创作、出版童话集，并有多部作品获奖；第三阶段为从2012年开始，赵华进入创作生涯的一个高峰时期，出版多部长篇儿童科幻小说。

赵华坚持他的儿童文学创作，是寄予了一种对现代社会人的完整人格的追求。曹文轩曾这样表达他对文学作品的艺术追求："小说又要做得美……儿

①方龙.让童话的翅膀飞翔——刘岳华儿童文学作品研讨会纪要［J］.朔方，1997（4）.

童文学尤其是要做得美；我对美很在意。是的，我很在意，并且有一种近乎偏执的向往和追求。"①赵华的童话总体上给人一种美感，环境美，人心美，温暖朴素的爱在字里行间汩汩流动。他的科幻小说则是将科幻与人文关怀相结合，用唯美的笔触、雅俗结合的语言，抒写出或是带有浓重民族情怀追忆历史，或是担忧人类未来，或是呼唤美好人情人性的作品。长篇科幻小说"亚特兰蒂斯四号系列"分为六部，分别是《云族部落》《亚特兰蒂斯四号》《末世危机》《爱因斯坦切片》《彗星公主》《匈奴王复活》，六部作品具有几个相同点：将动物拟人化，且作为主角，叙写了它们为拯救自己的生存地域所历经的一系列奇幻故事；每一部都是承上启下，延续上一个故事的结尾作为新故事的开始，首尾呼应，环环相扣。赵华用丰富奇特的想象、曲折有趣的故事情节和鲜明立体的形象，书写了各种不同的动物面临世界末日时的悲凉与辛酸、奋力拯救栖息地的艰辛和执着，表达出对忽视生态环境保护、贪婪攫取地球资源和恶意发动战争的人类深深的隐忧。作品在描写中弥漫着生存危机的恐慌、绝望和虚无，充斥着不同物种对食物、资源和权力争夺的欲望，映射着人性的贪婪和卑鄙。人类似乎已经忘记了：地球只有一个，大自然只有一个，我们保护好它就是保护我们人类自己。作者将人和动物置于平等甚至低于动物的地位，以其他动物视角称人为"人类猴子"，将人类大量制造核武器、发动战争等一系列破坏环境、自取灭亡的行为，从侧面做了发人深省的描绘。借上了年纪的狐猴拉齐曼德拉瓦之口对人类讽刺和控诉："那些又自私又冷酷的人类猴子为了自己过得舒服，把整个世界都变得乌烟瘴气。他们先是将全球变暖，紧接着又把空气污染成一团糟……他们生有两条腿，却懒得自己走路，整天开着汽车窜来窜去。""亚特兰蒂斯四号系列"将科幻与人文关怀二者结合起来，用悲悯之心看待动物与人类、自然与地球，充满求善求美的追求。

此外，赵华作品中流露出对中国优秀传统文化、道德价值观念的认同，非常重视对儿童的爱国情怀和民族意识的教育。抗战题材作品《魔血》属于首批八部"烽火燎原"原创少年小说作品之一，采用儿童小说的艺术形式来对抗战这段中华民族史进行书写，对当下少年儿童寄予殷切希望，与他们一起来面对这段历史，来反思这场全民族的灾难，加倍珍惜和平。在《开元通宝》中有对中国人、中华民族的赞美，"中国人曾经在高山险谷上修建过万里长城，是坚韧不拔最吃苦耐劳的民族"，还有关于中国人传统的生死观的探讨，"生

---

①曹文轩.曹文轩文集［M］.北京：作家出版社，2003.

死一念之间，壮志未酬该当如何"，还有善恶观念的探讨，正所谓"积恶余殃，积善余庆。怜贫惜老，天必佑之"，还探讨了文明的问题、文明的特征、文明与野蛮的区别、文明是不是先进物种对弱小物种的野蛮剥夺过程等一系列值得深思的问题。

朱光潜曾说，艺术家既要有匠人的手腕又要有诗人的心灵。赵华的儿童文学作品中充满了丰富的想象和奇特的幻想，形成各种曲折有致的故事情节，而夸张和讽刺艺术手法的运用则增强了其作品的艺术魅力。儿童文学就是要让儿童喜看、能够看得津津有味，并且可以理解体会。赵华的童话故事里，不乏生动的艺术形象和风趣的语言。叙述中还穿插了很多歇后语、俗语，并且引用了很多古今中外的诗歌，使得作品语言俏皮活泼，故事叙述灵动轻快。赵华曾在访谈中说道："作为一个儿童文学作者，有三个方面一定要做到：第一要有爱心，作品里面一定要有悲天悯人的善心、爱心；第二要有非常舒服的想象力；第三一定要有与生俱来的幽默感，无论描写的是苦闷还是快乐，都要有幽默感。"其实，赵华的作品还蕴含人性自由和万物平等的天人合一观念。李生滨曾这样评价："在万物和自我的悲悯中坚守儿童文学创作，光光头赵华既是单纯的也是唯美的，其科幻小说和童话是一种诗意的幻想。"

第十届全国优秀儿童文学奖授奖词这样写道："赵华的《大漠寻星人》在时空与文明的错置和叠加中抵达人性深处的温暖。这部作品表明：未来不仅向着科学技术敞开，未来更向着瑰丽的想象和人的无限可能性敞开。这次获得全国优秀儿童文学奖无疑是对他这么多年坚持为儿童写作一次最好的褒奖和肯定。"

赵华的其他作品也深入少年儿童的情感世界，表现他们纯真、善良的美好品质。《小灰遇狐记》中对动物们行为的描写对幼龄儿童具有一定的教育意义。

刘汉斌（1982— ）的植物系列散文是触及自然和生命奥妙的文学作品，在朴素的文学性描写中具有人类的普遍意识。《花季》这篇散文以我们耳熟能详的植物——豌豆为主线，描写了在月色如水的乡村夜晚，贪玩的孩子们聚集在田埂上捕捉飞鸟的欢腾场景，充满了田园牧歌式的情调，为读者构建了一个充满欢乐和生机的乡村世界，具有一种自觉的文体意识，从而树立了一种自觉的价值观，表达出敬畏、感恩、良知、温情等情怀。

总体来看，宁夏早期儿童文学作家，来自区外的作家占据主力。来自河北唐山的路展、浙江乌镇的吴音、安徽安庆的刘和芳、辽宁岫岩的高深、山东牟平的都沛、江苏苏州的吴善珍等中老年作家，他们或以支援宁夏建设等原因来到宁夏，促进了西部和边远地区的教育工作和文化启蒙。改革开放以来，特别是开发大西北的政策倾斜促进了地域文化发展，宁夏本地儿童文学作家开始涌现。李银泮出生于宁夏隆德，陈晓燕出生于宁夏银川，赵华、刘岳华出生于宁夏石嘴山，刘汉斌出生于宁夏西吉。大量本土作家的涌现促进了当代宁夏儿童文学的发展。

第二章

人物事件的纪实文学

    宁夏纪实文学作为中国纪实文学的一个支脉，也不例外受大环境大气候影响，所以，说起宁夏纪实文学，就要先谈谈中国纪实文学的一些概况。从20世纪30年代中后期到新中国成立前，中国纪实文学已经十分成熟，夏衍《包身工》、萧乾《流民图》、宋之《1936年春在太原》、胡愈之《莫斯科印象记》、林克多《苏联见闻录》、戈公振《东北到苏联》等艺术性强、风格各异的作品相继问世。

    从抗战爆发到新中国成立前，战争不断，人民生活苦不堪言，客观上为纪实题材提供了丰富的内容，使纪实性作品活跃于当时文坛。范长江《卢沟桥畔》反映国民党军队的作战，姚雪垠《战地书简》凸显了人民自发的抗日高涨情绪，黄钢《上海一日》为读者了解沦陷后的上海奉献珍贵的资料，周而复《诺尔曼·白求恩片断》塑造了白求恩的光辉形象。

    新中国成立后，纪实性作品多以反映社会生活、新闻人物或重大事件为主。20世纪五六十年代，英雄人物是引人注目的题材，涌现出许多影响巨大的作品，如魏巍从朝鲜战场归来后所著报告文学《谁是最可爱的人》，丁洪、赵实、董晓华所著的《真正的战士——董存瑞的故事》等。对社会主义建设中涌现出来的各种英模人物的特写，也成了一个时代高奏的凯歌，雷锋、焦裕禄、王进喜等的模范事迹和共产主义精神的纪实性作品成为鼓舞人心的精神食粮。之后，纪实文学受政治大气候的影响，经历了一段曲折。改革开放后，中国进入现代经济、科技高速发展的新阶段，纪实文学在经济、文化、科技浪潮的冲击下更加富有活力，涌现了一大批优秀作品，如徐迟《哥德巴赫猜想》、黄宗英《大雁情》、陈祖芬《祖国高于一切》、柯岩《船长》、赵瑜《强国梦》、鲁光《中国姑娘》等，让报告文学这一文体的自足性、自立性逐步形成和完善，确立其不可动摇的文学地位，使其成为一种堪与诗歌、小说、散文、戏剧比肩的重要文体。

受国内大环境影响，宁夏20世纪80年代至今，纪实文学作品风起云涌，如雨后春笋般陆续进入读者的视野。作家们贴近生活，紧跟现实，追随时代的脚步，不断拓展创作题材，有影响的作品层出不穷。如《梅国桢博士》以人物事迹为素材，表现了海归梅国桢博士充满传奇的人生；《挽狂澜》再现1998年抗洪抢险一线的真实镜头，凸显大灾大难面前，国家和人民经历的抉择和考验；《归来》描写农艺师严纪彤、王柏玲夫妇献身宁夏建设的故事；《沙坡头·世界奇迹》以治沙为主题，是对人类与自然抗争的讴歌；《创造平等》反映中国西部失学女童的社会问题，并由这一教育问题生发对于妇女平等问题的思索等。书写宁夏纪实文学的主要作家有江汗青、张贤亮、戈悟觉、杨兆兴、李德明、余光慧、严光星等。

江汗青（1927—2014），《梅国桢博士》《改正前后》荣获宁夏第六届、第七届文艺评奖二等奖。

报告文学《梅国桢博士》是江汗青的一部纪实力作。该作品选取了宁夏医学院肺科教授梅国桢博士的事迹作为书写题材。梅国桢是宁夏最早的海归博士，他的经历充满传奇色彩。擅长讲故事的江汗青在尊重客观事实的基础上，通过一定的艺术加工使读者看到一个医者仁心、为患者筑起生命健康屏障、活灵活现、有血有肉的梅国桢，以此弘扬砥砺奋进的时代精神。

美国霍普金斯大学毕业回国的梅博士，潜心肺病的研究和治疗。他有漂亮的美籍妻子和两个儿子，可是为赴国难，被迫离婚。梅博士先在上海伯特利医院工作，随后来到安徽芜湖弋矶山医院，经历过"七七事变"，南京大屠杀发生后积极救治被日本鬼子伤害的百姓。抗战时期，参加新运第六医疗队赶赴前线救治伤员，运送抗战救护物资。随新运第八医疗队到过赣州，按中国红十字会指示，在塔下寺建重伤医院。随中国远征军远赴缅甸，成为抗日战场的战地医生。新中国成立后梅国桢博士离开上海红十字会医院，支援西部建设来到宁夏，在宁夏医学院从事影像教学，举办了宁夏第一个影像学习班，培养影像医师。凸显了梅博士作为一个好医生，在抗战烽火岁月里到前线去，像白求恩那样工作战斗，和平年代为宁夏医学贡献力量，可谓历经战争洗礼与和平建设等不同历史时期的实践考验，为中国的医学事业、宁夏的医学发展和肺病医治作出巨大的贡献与牺牲。梅博士在宁夏部分作为贯通全篇的重点，凸显其在教学中以为宁夏培养医学人才为主，立足于宁夏，服务于宁夏，扎根于宁夏。

《梅国桢博士》刻画了梅国桢光辉传奇的形象。江汗青通过一个个故事的连缀，组成具有历史、人物、事件的复杂社会生活影像。他秉承独特的创作理念，将饱含人性关怀的笔触伸向现实生活，文章既没有过多强调"纪实"，因此没有材料简单的堆积与索然无味之感；也没有过多抒情、无病呻吟和过度议论、过度解读，而是精准地把握报告文学中实与虚的适度使用。其一，在细节描写上，江汗青对人物挖掘深入，细节充实，使文章主题丰满；其二，对于梅国桢心理的描写细致入微，生动感人；其三，文章适当的抒情，比如人物的一颦一笑、一个叹息等恰到好处，使整篇文章人物形象丰满立体，故事情节波澜起伏，使读者感受到作品的温度、深度和力度。

《梅国桢博士》语言通俗，章节连贯紧密，既表现了梅国桢具有传奇的一面，又突出了他作为普通人的一些纠结心理。这部长篇报告文学显著的特点在于宏观意识下对书写对象的整体把握，江汗青在对梅国桢的具体事迹的描述中，以开阔的视界和全局的观念，从"小事件"引入"大故事"，其主体性和思想性，能够抵达现实，并接通时代脉搏，引领读者获得启示。较之一般的纪实作品，这篇文章在历史的涉猎范围上具有广度和深度，人物性格突出，不仅突出时代的新闻性，更具有纪实文学的故事性，可谓声情并茂，有滋有味。

张贤亮（1936—2014），《挽狂澜》是宁夏纪实文学中具有代表性的作品之一，这篇文章摘自于作家张贤亮 1998 年 8 月在洞庭湖的采访笔记，全文通过"天威不可测""各种因素将中国人逼到一条窄胡同""将人的生命高举到第一位""社会主义好"四个章节再现 1998 年抗洪抢险一线的真实镜头。文章凸显大灾大难面前，一个国家以人为本的救灾意识和灾区人及抗洪战士面临的生死选择和经过这场考验，对人生观、价值观的新认识。张贤亮用纪实的方式描写这段自然灾难，受到广泛关注。相比作家其他的文学作品，这篇文章具备受众性和瞩目性，饱含才情和质感，彰显作家对于人的生存的思考和反思。

《挽狂澜》第一节、第二节抛砖引玉，为凸显抗洪抢险这一惊心动魄的主题，作家先是提到 20 世纪末的 1998 年，全球性躁动不安，语言尽显诙谐，如"唯一的超级大国美国被一个漂亮女人和众多恐怖分子闹得六神无主"，"俄罗斯政坛因经济濒临崩溃如同咆哮大海上的一叶扁舟"，"起自去年的东南亚金融危机向北席卷波及日本，暴露出经济大国种种经济问题；被称为欧洲火药桶的地区总噯噯冒烟，波黑还没完全平息又出了个科索沃"，"绅士的大英帝国总不能用绅士风度解决北爱尔兰问题,弄得炸弹竟在伦敦街头爆炸"等,使读者意识到地球一直不是一个平安无事的地球,在其他国家面临这样或那样的麻烦时,上苍没有放过地处东方的中国大地。首先"5月新疆居然发了洪水,连我所在的宁夏也山洪暴发,使数千人失去家园",之后"从7月开始,南自珠江北至黑龙江嫩江松花江,大半个中国忽然间泡在水里"。在这样严峻的形势下,国家的决策者,"向灾区军民发出'严防死守'的号召"。作家列举古代"为政之道在于治水"的中国传统政治思想,分析在以人为本的"严防死守"的大局观背后,分洪这一事实使国家和人民财产遭到的损失和牺牲。在这两节中,作家突出救灾的根本是人的生存,突出决策者的人性观和大局观。

《挽狂澜》后两节描写了灾后亲见的灾区景象和灾难来临时军民一心共渡难关的感人事迹,如"为营救这位女教师,冲锋舟翻了三条,军地领导忙了三天,连将军也亲自驾舟了","李长志在此之前已救出过一千多名群众,被誉为'救护神'","安造大堤刚刚决口,最早是纺织厂附近的人跑来搭救自己困在里面的至亲好友,但那需花钱雇人去救。解放军来了,冒着生命危险营救任何一个群众"等。另外,作品还呈现受灾后,社会主义制度对于人民生命财产和利益的极力维护和保障,以及人们积极乐观地重建家园的精神,如"料想不到的是安置灾民的大堤上竟然形成了'商业一条街',烟酒茶糖饮料针头线脑打气补胎个体医生等帐篷小店,与帐篷学校配合起来,很像个小市镇,不能不令人佩服中国人随遇而安的生活本领","我以为灾民没有外流大概是被封锁了,到了大堤才知道政府不但让他们自由流动还动员他们去投亲靠友。问他们为什么不去?都回答靠亲友还不如靠政府,吃政府的饭不用看脸色","村干部对我说,谁比较富裕谁就比较积极,'不用喊,上堤跑得跟兔子一样快'"等。

《挽狂澜》全篇正能量十足,处处闪烁着人性的光辉,这篇报告文学给读者带来的视角掺杂着作家个人的认知,真实的信息披露,冷静的分析和思考,没有额外的极度煽情。弘扬了突发灾难面前,人的不放弃、不抛弃,使读者看到自救者不易,施救者从容投身险境,坦然面临考验。虽然灾难令人恐惧,罹难使人悲伤,但是,经过恐惧和悲伤洗礼的生命必定会更顽强。当大自然以无情的方式制造一系列伤及人的生命和财产的灾难,折锋于正锐时,平静的生活被打破,以往一些看起来平淡无奇的人在灾难面前凸显出可贵和不凡的一面,如熠熠生辉的宝石,挽狂澜于既倒,为他人带来生的希望,让世人看到了生命伟大的恒久光芒。

戈觉悟(1937—),曾任中国报告文学学会副会长。报告文学集《金色的小鹿》荣获宁夏第一届文艺评奖二等奖。戈觉悟的报告文学题材广泛，农艺师、残疾女青年、舞蹈家、剧作家、画家、治沙人、老党员、劳动模范等都成为他笔下描写的对象，这些人物来自各行各业，具有创新性。新事物新思想新气象，汇集到一起，展现出改革开放初期一些改革家的创造和苦干实干精神，以及国家发展、人民生活改善的美好前景。他选择的题材一般以社会生活中典型、突出的人物为主，写作的旨意突出光辉的形象，无论篇幅大小长短，都能够挖掘出平凡生活中的不平凡意义，通过浅显、平实的描述，再现人物深沉的思想感情和其境遇的深邃意蕴。

出版于1984年的报告文学集《金色的小鹿》，包含戈觉悟1979年至1983年的报告文学作品十二篇，其中《归来》获宁夏第一届文艺评奖二等奖。这篇报告文学分五个章节，描写农艺师严纪彤、王柏玲夫妇献身宁夏建设的故事。这对夫妻于20世纪50年代从南京农业学院畜牧兽医系毕业后服从分配来到宁夏，为宁夏建设与发展奉献着力量。在《金色的小鹿》的自序中，戈觉悟说，他的报告文学素材源于自己"所见所闻和激情的真实记录"。他在《归来》中这样描述："天天是一把尺子、一杆秤，捉猪、摸猪，拌饲料、打针。岁月、青春、生命，是在猪圈里消失流逝的。苦、脏、累，环境的艰苦，工作的辛劳，生活的单调，他们全无怨言。这就是中国的知识分子。"该文主人公严纪彤、王柏玲的事迹是一代人生命轨迹的缩写，具有鲜明的时代精神和强烈的现实感。作家在讴歌描写对象的同时推出"人只有献身于社会，才能找到生命的意义，体现个人的价值"这样的主题思想。

《金色的小鹿》中其他作品也各有千秋，如《她有一双青春的翅膀》描写了宁夏身残志坚的散文作家刘岳华不平凡的人生和创作历程，表现这位女作家对生活的热爱，对美的执着追求和向命运挑战的精神；《笑声》记录全国劳动模范银川市纺织厂挡车工臧青爱岗敬业，努力提高技能，成为棉花纺织能手的故事；《金色的小鹿》中描写青年舞蹈家蒋齐对于艺术的执着热爱和追求；《乐莫乐乎新相知》描写青年剧作家沙叶新一心扑在话剧创作上，为写剧本呕心沥血的故事；《骑自行车的人》塑造了共产党员李建北爱岗敬业，四十几年每天往返三十多里路上班的事迹；《沙坡鸣钟》记述了沙坡头治沙人与恶劣环境抗争，使沙漠变绿洲的故事；《唱一支她和他的歌》描写亢彩屏辗转病榻十八年，丈夫汤宜庄不离不弃，支持她带病写作，写成三十八万字长篇小说《马兰草》的事迹。这些作品组成了作家笔下的"英雄谱"，他们在不同的工作岗位，以不同的方式书写着大西北开发的历史。他们身上闪烁着光辉，没有轰轰烈烈的壮举，却实实在在根植在生活的土壤中，具有崇高的献身精神，反映出广泛真实的社会图景。戈悟觉注重把自己对于生活、对于客观世界的感受传递给读者，并将真实生动的艺术描述与恰当的议论、抒情结合起来，从而加强了报告文学的艺术感染力，使作品在简洁、清丽的描写里交融着人物的痛苦与欢乐，使人物形象丰满有生机，充满对于美好生活的向往，彰显人物的励志和对于理想的追求，彰显时代风貌和人们积极向上的思想精神。有关场景的描写借鉴了小说的一些技法，其诗化的叙述语言、生动感人的情节设置呈现立体感十足的画面和浓重的诗情画意，创造了完美、和谐、动人的报告文学的艺术境界。

陈学兰认为，人的任务就在于从生活中找到自己的位置，为自己所生存的时代写下后人可能无法寻觅出的字迹，完成自身历史创造的同时，也创造着历史。戈觉悟对于生命价值的哲理性思考正是他作品的意蕴所在，无数生命个体的奉献汇合，构成开拓大西北的历史灿烂篇章，这正是作家对于生活进行审美思考时所达到的深度。他在为西部英雄造像时，注意把握人物与时代环境的联系，把其描述的人物放在时代历史的背景下考察时，会感受到人物性格的深刻内容与时代意识的投影。

杨兆兴（1949— ），笔名沙垣，宁夏中卫人。历任《宁夏日报》记者、编辑、专刊部副主任，宁夏报纸副刊研究会副会长，宁夏诗词学会秘书长等。中国作家协会会员。1982年开始发表文学作品，出版长篇报告文学《沙坡头·世界奇迹》，纪实文学《黑色备忘录》《无花的蔷薇》《拯救生命之树》。《沙坡头·世界奇迹》荣获宁夏第五届文艺评奖一等奖。

杨兆兴具有代表性的纪实性作品当属长篇报告文学《沙坡头·世界奇迹》。这部作品是对人类治沙奇迹的赞歌。宁夏中卫的沙坡头位于腾格里沙漠南面与黄河接壤的一片沙地平台上，面对黄河，背靠沙漠，它曾经名不见经传，只是一片沉默在西北黄河边上的沙地。20世纪50年代，包兰铁路的建设路线在几经选择后确定从这里通过，为了避免铁路在通车后被流沙侵袭毁坏，人们想出了一个虽简单却十分有效的治沙方法，用麦草织成的方格扎在沙地上，网住了沙的流动，守住了铁路的平安，麦草方格从此名闻天下，沙坡头开始被世人所知。杨兆兴选择治沙工程作为报告文学题材，正是被投身治沙工程的人们那种甘愿长年累月默默付出的精神所打动，认识到这个题材特殊的社会价值和文学价值。尽管报告文学《沙坡头·世界奇迹》所写的不全是新奇的信息，但是，通篇气贯长虹，阅读者仍旧会被治沙人与自然抗争、建造一片绿洲付出的智慧和汗水打动。

《沙坡头·世界奇迹》开篇，杨兆兴引用培根的"超越自然的奇迹，总是在对厄运的抗争中出现的"。这句话不仅凸显一种面对恶劣环境反驳与抗争的精神，而且是对这篇报告文学的诠释。文章除了对沙坡头治沙产生的震惊世界的奇迹感到自豪，笔锋更侧重甘愿付出的精神。文章中，读者可以了解到地处腾格里沙漠边缘的沙坡头曾经的沙漠总面积差不多占中卫总面积的五分之一，新中国成立时，这里的沙漠以惊人的速度逼迫人退，压埋侵蚀良田沟渠。治沙前，由于风沙肆虐，庄稼、房屋受灾，吃饭时碗里都是沙子，当地人的生存环境更是恶劣。多数治沙人世代生活在这里，懂得治沙的重要性，面对自然带来的严酷挑战和考验，治沙人迎难而上，一场生态战在无垠的瀚海戈壁延伸开来，有的治沙者一干就是几十年，他们用青春和汗水换来绿洲，也是沙漠变绿洲的见证者。这篇文章还让读者了解到治沙工作的艰辛，在治沙实践中，治沙人经过不懈努力和探索，发明了多项治沙技术，其中"麦草方格"就是实现治沙奇迹的法宝之一。治沙人运用智慧固定住沙土，并通过在麦草方格里播种草籽、树籽，让绿色生命扎根沙漠。在经年累月间，扎下草方格的沙地上长满了植被，金色沙海翻起了绿色波澜，确保了人们不受风沙袭扰，确保了包兰铁路畅通无阻。

李炳银这样评价：杨兆兴选择沙坡头治沙工程作为自己长篇报告文学的题材，或许是因为自己自小就亲身感受了这里沙漠对人们的狂暴与侵害；或许是他被许多投身治沙工程的人们的精神行为所感动。这里的成功是人类在与自然的搏斗中的一次小小的胜利，可它却创造了历史的、世界的奇迹。杨兆兴写《沙坡头·世界奇迹》是感知过去而动之于目前，他着眼于现实报告的过程中，由于题材对象的特殊性而使自己的作品隐含着一种细小不灭的历史之光，使作品在某种意义上超越了现实而走入了历史。这种现象虽然是文学伴随着历史奇迹的出现而产生，可离开这种文学的伴随，奇迹也难免有种孤独、冷落和悲哀。因此，杨兆兴的作品无论对文学还是对历史，都有着某种特殊贡献。这篇报告文学无疑具备了现时性，但现时性不等同于现实性，现实性是历史的延伸，是明天的历史，而杨兆兴文章凸显的现时性是飘动的风、过眼的云。紧密参与现实，是报告文学的使命和职责。①

李德明（1951— ），陕西合阳人。1970 年参军，后毕业于解放军工程兵指挥学院。曾任参谋、处长、军分区副政委等职。大校军衔，宁夏作家协会会员。出版《红军西征》《解放宁夏》。

李德明擅长历史题材的纪实文学撰写。他的长篇军事纪实文学作品《红

①李炳银.大汉边沿的文学绿洲——读报告文学《沙坡头：世界奇迹》[J].朔方，1991（4）.

军西征》主要以宁夏为描写背景地，采用小故事引出大事件的形式分篇记录，连缀成宏大的历史军事篇章。书中短文标题醒目，如《七营反击战》《邓小平在七里营镇》《乘胜挥戈克盐池》《飞兵包围下马关》《韦州之战》《红城水反击战》《解放王家团庄》等，每篇内容不同，长短不一。每篇故事情节有一定联系，又是独立的故事，不具有连贯性，通过这种以点带面的方式记录了红军西征在宁夏境内发生的一个个真实又鲜为人知的故事。李德明通过《彭德怀在吊堡子》《一幅缎幛》《祁家堡子的标语》《给水窑站岗》等文章凸显了军民鱼水之情，翔实的材料经过巧妙的艺术塑造，一个个栩栩如生的人物、一段段生动形象的往事活灵活现地展现在读者面前，刷新了读者对纪实文学的认识，令看似枯燥的军事历史题材文章显得生动、丰盈和充实。

李德明撰写《红军西征》历时数年，行程万里，曾先后采访刘伯承、聂荣臻、杨成武、萧克、廖汉生、李贞、陈昌奉等数十位老一辈革命家，收集到很多珍贵史料。从这个角度上说，《红军西征》具备史学研究参考价值，又具有思想性、艺术性和可读性等特点，算得上是当代军事纪实文学作品中一部佳作。

李德明的长篇纪实文学《解放宁夏》于2017年出版，全书三十余万字，二十四个章节，以宁夏解放战争为中心线索，用历史和文学相结合的手法集中再现了解放宁夏、人民新生的历史往事。重点描述了任山河战役、解放中宁、金积之战、攻克吴忠、签订和平协议、接管银川、解放阿拉善、贺兰山剿匪等重要史事，讴歌了那些为了革命事业、为了宁夏人民幸福生活而牺牲的革命先烈们，再现了彭德怀、杨得志、曾思玉等老一辈革命家坚毅的个人品质、无畏的革命英雄主义和高超的指挥艺术。同时，也将马鸿逵等国民党政要人物反动的本质暴露无遗。

从写作的角度来说，讲述历史的准确性是《解放宁夏》的主要特征之一。为客观、真实、生动地再现那段宁夏解放的惊天动地、波澜壮阔的历史，李德明秉承严谨、细致、负责和用心的创作理念，以高超的写作技艺抓住读者的目光，在谋篇布局上采用层层推进式，从开篇的《进军大西北》到结尾的《贺兰山大剿匪》，严格按照时间的先后顺序和事件的进展安排章节，这种水到渠成的写作方式，增强了作品的张力，强化了情节的感召力，令读者感受到了文献的价值和文学艺术的魅力。

《解放宁夏》是一部史学知识丰富缜密，军事知识有研究价值，具有斗争史诗和心灵史诗融合特点的纪实作品，它为读者拨开了历史的迷雾，让读者窥见了历史的复杂与生动，并且注重实证，广泛征引了各种稀见的资料，使得书中人物有血有肉，值得有识之士、有心之人一读。这部作品不仅描写战争，还把战争作为主线，以点、线、面相结合的手法，全方位多角度地铺开解放宁夏时期的时局，以及战争背景下各个人物的命运。如《挺进六盘山》《二马斗法》《挥师宁夏》等，读者可以从其章节中感受到故事情节的通俗易懂，引人入胜。与传统晦涩难懂的史书不同，对于作品中的历史性，作家一方面通过文学真实地还原，一方面防止语言的失真，突出文学性，又较真据实地写人叙事。这部作品场景生动、人物丰满，从战场的前线到后方，仿佛架着镜头进行直拍一般，让读者有身临其境的感觉。

余光慧（1951— ），女，广西人，祖籍湖北孝感。历任宁夏作家协会秘书长、副主席，宁夏文联基金会理事长、副巡视员，中国报告文学学会理事等。一级作家，中国作家协会会员。出版《强者的纪年》《创造平等》《跟踪何阳案件》《余光慧文学作品选》。报告文学作品荣获宁夏第五届、第六届文艺评奖一等奖，全国第六届教育期刊优秀作品一等奖，全国首届少年儿童题材"华特奖"二等奖，《人民文学》报告文学征文优秀奖。撰稿四集电视专题片《春蕾》荣获中国广电学会专题社教类三等奖、宁夏"五个一工程"奖。

余光慧于1984年调入宁夏作家协会工作，先后后发表了《长城的子孙》《西洋归来的学子》《大风起兮云飞扬》《强者的纪年》《青年角斗士》等报告文学，这些作品初步显示了她开阔的视野和敏锐的观察力。1991年出版第一部报告文学集《强者的纪年》，体现了作家独立思考的个人风格，对改革开放以来，紧跟时代步伐的社会人物进行关注，作品延伸到宁夏医疗发展、毛纺厂等企业转型、市场物价上涨等社会各方面日新月异的变化，突出了报告文学的时代性，也为宁夏政治经济文化发展提供了可借鉴的文本。

1999年出版报告文学集《创造平等》，其中，中篇报告文学《创造平等》原载于《中国作家》1995年第5期，为写这部作品，余光慧走访宁夏南部山区贫困村庄，调查了女童失学的问题，发现了非常严峻的农村社会现实，如同心县石塘岭小学四年级以上没有一名女生，西吉夏寨村不知自己姓名如何写的女孩穆雪花，没有上过学的女孩王金花，呼喊着"我要读书"的马小玲，"拒绝出嫁"的冯家姐妹等。呼吁人们关注西部失学女童的命运，为她们的教育成长伸出援助之手，并得出相应的结论：教育一个男孩子，只培养了一个人，而教育一个女孩子，则关系到一个家庭，让一代女孩接受教育，将会影响整个民族未来的素质。由此生发对妇女平等、经济独立、精神解放等一系列问题的深刻思考，是对中国乃至世界欠发达地区，妇女儿童未来命运与权益的迫切追问。为推动这个严峻问题的解决，余光慧又继续为电视台撰稿，推出了四集电视专题片《春蕾》。

郎伟认为，《创造平等》反映中国西部众多贫困和落后失学女童的社会问题，不难看出，以这样的视角来描写中国西部，描写中国妇女的现实命运，取材上无疑显示了独特性，更使我们感受深刻的是某种在女性作家的创作中颇为难得的大视野和深度理性的思维，成为这部报告文学的精神支点，并使作品向思想和艺术的大境界卓有成效地挺进。①

2000 年，长篇报告文学作品《跟踪何阳案件》在《中国作家》发表，并由宁夏人民出版社出版后震动文坛，《作家文摘》《中华工商》等国内十多家报刊转载、连载。上海电视台并就此作品邀请余光慧进行专访报道。作品中的何阳从工厂技术员，成为靠出卖点子发财致富的知识分子的典型代表，短短几年便有了"中国策划第一人"之誉。当何阳因涉嫌诈骗在银川被警方拘留时，在全国引起极大反响。为写好这一尖锐题材，余光慧数月跟踪采访，使与何阳案有关的诸多事实浮出水面。文章中，何阳这个人物命运的急剧变化，传递出中国经济社会发展中许多不容忽视的信息。余光慧选取了这个热门的题材撰写，并试图通过对这一现象的深刻剖析，引起人们警惕社会变革中存在的一些迅速致富的手段和方式。

吴淮生、马星认为，余光慧以多彩的笔触，报告了"点子大王"何阳涉嫌诈骗的全过程，全景式地观照和描述了这一案件的全貌以及与此有关的方方面面的问题，揭示了何阳崛起和陨落的社会背景和个人因素，展现了在市场经济和金融机制尚未充分发育完善条件下的我国某些社会现象的画面。这篇报告文学采用的生活素材，或来自作家的采访实录，或源自作品中人物的书信、案卷、文件、票据，可以说没有一字无来历，没有半点水分，特别是本书以第一人称来写，写作者的亲历，作者本人就是作品中事件和人物的见证人，读起来更有真实感。②

严光星（1954—　　），宁夏中宁人。曾在复旦大学作家班就读。历任中宁县团委书记、《青年生活导报》总编辑、宁夏文学艺术院专业作家等。一级作家。出版报告文学集《就业风景线》《高原的旋风》《张贤亮出卖荒凉的故事》等。报告文学集荣获宁夏第五届、第六届文艺评奖三等奖。

《高原的旋风》出版于 20 世纪 80 年代末。在这部作品中，严光星采取把描写对象引出浅表层"框架楼"打开思路，宏观了解描写对象，选择有价

---

①郎伟.负重的文学：承诺与忧患——读余光慧报告文学集《创造平等》［J］.黄河文学，2000（1）.

②吴淮生，马星.略谈《跟踪何阳案件》的艺术特征［J］.黄河文学，2001（6）.

值的情节建成"半成品楼",深入采访、深入开掘,建成一座"文学成品楼"的创作思路,历经四年采访,完成此书。严光星描述:采访养鱼专业户马家骏时,两次到乡政府协助为其办贷款;在北京开会采访全国边陲优秀人物张思源、景春玲夫妇时,给他们的孩子当过"保姆";采写青年军医杨仓良,为其爱人的工作四处奔波了半年;采访张建忠的家办工厂,发动银川的全部亲戚为其义务推销产品。他这样做,是觉得报告文学作家首先要有同情心,有助人为乐精神,有社会责任感。①

严光星的长篇纪实作品《就业风景线》真实再现塞上人物创业就业故事。在中国经济转型以及变迁中,失业是不可避免的产物,历史与现实、客观与主观等诸多矛盾交织在一起,形成一个难解的链。作家通过这部长篇彰显和抒写人物自我价值的实现以及所创造的社会价值。这部作品融合了小说、散文、新闻报道等文种的语言因素而形成了自己新的语言特征,作家不是简单地推出社会现实问题,而是通过叙述向读者传递一种洞穿社会现实本质的思想力量。在写作手法上,严光星采用画面感极强的叙述,形成一种直观形象,每一组形象跳跃性地衔接在一起,以抒情性的叙述将枯燥的故事人物变得神采飞扬。

《张贤亮出卖荒凉的故事》出版于20世纪90年代末,是严光星具有代表性的纪实作品。该书通过十三篇报告文学,生动再现张贤亮、杨森翔、白启鸿、王德俊、曹中、边福祥、张少军、刘阳生、董晶晶等宁夏人物不平凡的人生轨迹,可谓是大视觉、多维化的文学书写,作家笔下人物充满激情和上进的生命音符,总是让读者眼睛一亮。语言魅力独特,故事情节张力十足,让读者感受到人物光鲜外表下坎坷曲折的不凡人生经历。其中,《张贤亮出卖荒凉的故事》通过"从羊鞭和书本上跳跃出灵感""用生命和声誉给影视城作抵押""出卖荒凉的大收获"等标题段落抒写张贤亮创建镇北堡西部影视城的故事;《杨森翔的文化世界》通过"创办《文苑》和《吴忠日报》的第一功臣""义务扶持作家的第一良师""拒俗创作的第一雅笔""对杨森翔现象的第一猜想"等标题段落呈现杨森翔为人、为文充满正能量的师表形象;《白启鸿的行医梦》通过"在故乡的怀抱里萌发行医梦""求学练功,勇战病魔""总结十字经,掌握三绝迹""出国行医,让传统医学走向世界""倡导自疗,推行康复操"等标题段落展现了白启鸿钻研医学、掌握绝技、造福患者的行医故事。此外,这部书中《中国阿信王德俊》《曹中的信仰之旅》《边福祥的心灵独白》《"锅炉王子"张少军》《刘阳生走过的路》《凤城少女董晶晶》等报告文学中的人物,

①严光星.旋转的文学世界——报告文学集《高原的旋风》创作札记[J].朔方,1989(10).

大多具有把自己的命运和国家的命运连在一起的矢志不渝的信念，自觉地承担起自己的历史使命与社会责任，脚踏实地，保持勇于创新的精神，从而积极地弘扬了时代精神风貌。作家以朴实无华的语言，坦诚地讲述人物的故事和事件，缩短了读者与篇中人物的距离。严光星把语言作为抒写的主要工具，和各种人物的生活现象一起构成了作品的材料，用理智和饱满的情感诠释了报告文学的四大特性：真实性、现实性、艺术性、理性精神。

上述作家在创作中贴近描写原型，贴近社会生活，具有新闻特写、调查报告、史传典籍等纪实性的特征。另外，还有虞期湘、魏若华、李凝祥、陈葆梁、马青、刘志海、胡斌、杨贵峰等作家，他们的纪实文学作品呈现出社会万象和人生百态，其中的社会事件、人物写真、生活琐事、个人境遇与读者声息相通，艺术水平上也有了新的突破，取得了令人注目的成就。

虞期湘（1938— ），女，笔名肖冰、郁香，湖南新宁人。1959年毕业于兰州大学中文系，历任《朔方》编辑、副主编、常务副主编，宁夏文联委员，宁夏作家协会副主席等。编审，中国作家协会会员。1957年开始发表作品，报告文学《神圣的事业》《晚霞映红了一片绿洲》分别荣获宁夏第二届、第五届文艺评奖三等奖、二等奖。个人荣获中国作协颁发的编辑荣誉证书。

虞期湘的纪实作品中，《晚霞映红了一片绿洲》是有影响的作品。该文以宁夏伊信中学创办两周年为时间背景，突出百年大计、教育为本的主题，通过"一个老师的心事""顺利的开头""艰难的历程""深深的爱心"四个章节书写了退休教师景崇灿创办宁夏伊信中学，以及两年中该校的教学故事。这篇文章的开篇《一个老师的心事》采用报告文学常用的抛砖引玉的写法，引出由于我国实行九年义务教育，初中毕业后一部分孩子因为考不上高中徘徊在校门之外，景崇灿原为银川九中老师，从事教育工作三十三年，看到这样的状况想办一所学校，"把这些国家未能录取的学生吸收过来，让他们再次能有受教育的机会，为他们的成长，提供一个较好的机会"。虞期湘在这个章节中突出文章主人公景崇灿的焦虑，孩子是祖国的未来，是社会主义的建设者和接班人，面对那些稚嫩的面孔和求知若渴的目光，这位退休教师有着博大的情怀，心中装着理想和信念，装着孩子们的未来。第二、第三章节通过描写景崇灿顺利筹资办学及学校创办后遇到的种种困难彰显教育是一种情怀，也是一种责任的主题。其中，文章第二节显得水到渠成和风平浪静，景崇灿找到一家信托投资公司的总经理希望合作办学，得到的答复是："要提高民族干部的素质，必须从教育入手，您的想法很好，这是为社会做一件大好事啊！我们公司全力支持你们。"然而，第三节却有了一个巨大的波澜，将读者目光聚焦到办学初始的烂摊子上，虞期湘描述的伊信中学创办最初的现状："不仅大多数是落榜生，有的甚至没念完初中，已失学几年流浪社会，甚至有因打群架被公安机关拘留过""开学后进行了一次数学、英语、语文的摸底测验，及格率仅占 6.3%，最差的三门平均分为 26 分。"先在读者眼前呈现出一个个困难和障碍，随后作者有意推出该校几名优秀的教师刘国安、孟继慧、孙香罗、罗敦贞等，描写他们为提高学生成绩，以仁爱之心关心学生，以过人的教学技能、教学态度投入到教育事业之中的事迹，使读者看到事在人为，只要辛勤努力，园丁一定能够培育出祖国的花朵。第四个章节紧张的节奏放缓，通过描写宁夏伊信中学学生前后变化，体现一种水到渠成的成就感，如有学生"经过一年的学习，上课遵守纪律、认真听讲，成绩不断有提高。更重要的是他思想有飞跃的转变"，"伊信中学得了个跳高第二名和'精神文明'奖，全校很受鼓舞。同学们都说要不是有校长的鼓励，怕是什么也得不上"等。虞期湘的《晚霞映红了一片绿洲》始终围绕教师使命的神圣，使读者意识到教育连着人的命运，也连着民族和人类的命运。

魏若华（1942— ），其《鲁海拾零》荣获宁夏第五届文艺评奖二等奖。《鲁海拾零》是魏若华纪实文学代表性作品，全书三十九万字，分为"趣闻""轶事""背影""足迹""补白"五大部分，计五百余则。每则数百字，长短不一，但独自成篇，选材新颖，史料丰富而翔实，是以青少年为主要阅读对象的读物。鲁迅作为革命家、思想家和文学家，在当时一直是反动势力和封建文化的抗争者，他推动中国革命文学，介绍西方进步文化，在读者中产生重要影响。这部作品中，魏若华客观而真实地还原了生动的、具有人性化的鲁迅，从不同的视角探究并展示鲁迅生活时代的风貌和他的战斗生活、精神风采。该书叙述中夹杂着作家具有个人情绪的抒情和议论，使文章妙趣横生。书中收录不少珍闻逸事、笑话掌故，令人深思和回味，语言通俗浅显，适合大众读者阅读。

在《鲁海拾零》中，魏若华对关于鲁迅的故事采取了新探索和新尝试。此前关于鲁迅的著作都是以传记形式由童年写到老年，而魏若华则打破这一形式和顺序，创新书的构架，将鲁迅一生的事迹、著作、言论、思想等分五个部分来写。他的文章以小见大，通过《"一文不名"之时》《按规矩付款》《回敬"看门之犬"》等精悍短小的文章将鲁迅倔强的性格，刚毅的品格，有情有义、有血有肉的形象刻画得入木三分。这些文章充满真情实感，没有特意的抒情，但读者能够从字里行间感受到作家注入的情感。

马蹄疾认为，以点滴小事着眼，是这部作品的特色，魏若华能够捕捉细微的素材，如在《也是"一件小事"》中，他把鲁迅日记中"以茶叶一囊授内山君，为施茶之用"这话，排铺成鲁迅借用内山书店热闹市区，为过往路人施茶的故事，从而生动形象地反映了鲁迅乐善好施以及奉行人道主义的侧影。此外，平铺直叙、不加渲染是《鲁海拾零》的基本特色。魏若华不但是一位治学严谨的教师，还是一位具有辨史能力的业余的鲁迅研究者，这部作品的资料来源于鲁迅作品集、鲁迅同时代人的回忆录等材料，光是搜集就耗去魏若华十余年光景。作家本着去伪存真的写作原则，不加以拔高和美化，更不歪曲事实和贬损，使读者看到一个真实的鲁迅，这种浪里淘沙的精神值得学习。同时，马蹄疾也认为《鲁海拾零》存在一定缺欠和不足，这部书的"补白"中70篇文章没有必要单立一项，可以加到其他四部分当中，因为"补白"二字实在不能与其他四部分的题目并列。①

李凝祥（1945—　），女，河北束鹿人。1966年毕业于宁夏大学中文系。历任宁夏人民广播电台主任编辑、宁夏民族艺术研究所副所长、宁夏艺术集成办公室主任、自治区政协委员等。享受国务院政府特殊津贴。出版纪实文学作品《绿色情结》《银川情韵》。长篇报告文学《意笃菊海六十年》荣获第五届宁夏文艺评奖二等奖。

《意笃菊海六十年》是李凝祥纪实文学中社会影响较大的一部作品，曾受到文学界的一致好评。这篇报告文学真实生动地记录了殷元和从艺六十年的经历。殷元和为宁夏京剧表演艺术家，早年入富连成元字科，天资聪颖，花脸、文丑、武丑均擅长，人物刻画得也很细腻，后专做导演，1958年随中国京剧院四团来宁夏组建宁夏京剧院。1996年，在时任宁夏大学副校长刘世俊的建议下，殷元和邀请李凝祥撰写报告文学《意笃菊海六十年》，记录自己从艺历程，当年作品分四部分陆续发表，在宁夏影响很大。《意笃菊海六十年》文学性较强，它以现实中的人物殷元和为描写对象，撰写的人物和事件力求真实不虚构。在体现殷元和京剧生涯的局部细节上，运用一些想象或艺术加工，但这种处理又符合被描写人物的性格和生活的特定逻辑。将重点放在描写殷元和义无反顾支援宁夏，从1958年组建宁夏京剧团到1996年四十年的不凡经历上。李凝祥通过添加相关的戏目故事，如导演《杜鹃山》《红娘子》《赛驼以后》《月难园》等戏，表演《钟馗嫁妹》《三岔口》《醉打山门》等戏，刻画了殷元和较为鲜明的人物形象，读者可以通过此文了解殷元和的艺术人生。值得一提的是，这篇报告文学除了语言生动，故事情节一波三折，

①马蹄疾.编写鲁迅故事书的新尝试——评《鲁海拾零》［J］.中国图书评论，1994（3）.

通篇具有强烈的艺术感染力外，还记录了殷元和对于戏剧理论的见地，如"手要千变，动而不乱"，"耳要灵敏，敏而不馋"，"眼要灵活，活而不散"，"心要丰满，满而不编"，"身要松弛，松而不软"等，向读者呈现作为文艺兵的殷元和。李凝祥在戏曲表演上深入钻研，对基本功具有独特的见解和认识，突出了人物的艺术情怀和在特定环境下的性格与思想感情。

陈葆梁（1945— ），北京人。先后就职于同心文化馆、吴忠市文联等单位。出版纪实文学《警惕吸毒》，荣获宁夏第五届文艺评奖二等奖。

《警惕吸毒》出版于1998年。通过三大篇章向读者呈现吸毒、贩毒给人的健康、家庭以及社会带来的危害，是一部警世之作。为了撰文，陈葆梁深入吸毒人员出现的场所、戒毒所等地搜寻第一手材料，并与吸毒人员深切恳谈，采集了大量信息，成全了这部书的丰富性和真实性。扩大了毒品危害的宣传，增强了读者防毒拒毒意识，在毒品预防教育上具有重大的社会效应。这部作品的上篇《瘾君子们》收录短文十一篇，呈现吸毒者在自我毁灭的同时，迫害家庭，使家庭陷入经济破产、亲属离散，甚至家破人亡的困难境地。如《小镇毒民》中，作家记录采访时发现塞上小镇有个"野外烟馆"，吸毒者最大的二十三岁，最小的十七岁，他们几进戒毒所，返回社会后又故态复萌给家庭和社会造成危害；《吐云吐雾的"小皇帝"》描写独生子雷儿在溺爱中长大，因吸毒日久造成了神经系统疾病和性功能衰退的事实；《可怕的第一口》描写一个风华正茂的高考落榜青年，因为情绪低落染上毒品，从此不能自拔，陷入"白色的陷阱"。中篇《毒物笼罩的亡灵》收录短文九篇，真实记录了吸毒导致身体疾病，缩短了人的生存时间，甚至葬送了生命的悲惨教训。在《瘾君子，你在自杀》《哭坟》《老爹忘了藏起那根绳》《过把瘾就死》《他才十七岁呵》等文章里，陈葆梁以客观的事实呈现吸毒者难以忍受毒瘾发作的巨大痛苦，采取自伤、自残甚至自杀的方式摆脱毒瘾发作的残酷事实。下篇《罪孽的海洛因》通过《毒枭黑大》《吸毒与犯罪》《世界性瘟疫》《陷阱——"免费供应"》等文章指出贩毒已成为全球性问题，毒品犯罪加剧诱发了各种违法犯罪活动，扰乱了社会治安，给社会安定带来巨大威胁。

《警惕吸毒》语言直白，表述上力求以事实为依据，接近新闻报道。这部作品虽然从新闻体裁中脱颖而出，具有一定的文学性，是直击社会现实问题的文体，但缺乏一定的思想性，更接近于文学化的新闻特写。这部书成功之处在于呈现毒品危害社会的残酷事实，引发思考禁毒的重要性。它作为一种摒弃抒情的文学样本，积极参与到净化社会环境的激情和责任感中，读者可以通过警惕吸毒这个话题提高自身对于毒品的正确认识，从而产生对于这一社会问题的理性思考。

都沛(1946—),出版长篇报告文学《中国十大富豪》《中国国际赛车纪实》《七品官沉浮记》《调查古井贡》(合著)。

都沛较有影响力的纪实作品当属《中国国际赛车纪实》和《调查古井贡》(合著)。《中国国际赛车纪实》1997 年由珠海出版社出版,是一部描写我国赛车和赛车场的长篇报告文学,填补了国内赛车领域没有长篇纪实文学的空白。赛车运动是集人、车为一体的综合较量,不仅是车手个人技艺、意志和胆量的竞争,同时也是汽车设计、产品质量的角逐,体现人与科技最完美的结合。这部作品对我国的赛车运动进行了翔实的描写。作家在创作时以赛车运动的赛事为依托,对收集的图片和文字资料进行加工,以叙事纪实为主,以报告赛车及赛车场为己任,使读者通过文章了解赛车运动在我国的发展详情。《调查古井贡》是都沛与杨小凡合作完成的长篇报告文学,全书三十余万字,《中国作家》杂志 1999 年第 6 期专刊推出,2000 年出版。该作品通过《古井贡探寻》《这块牌子》《都是我们的敌人》《一个大人物的由来》《反观王效金》《与古井人在一起》等十个篇幅描写了王效金作为古井贡酒的企业掌门人,带领古井酒厂一路高歌猛进,使古井酒业跃升为中国知名企业的事迹。这部作品在人物对话与环境的描写上大量运用了散文和小说的一些技巧,因此场景充实,人物丰满。作家在还原真实性的基础上,将关注的目光投放在古井贡的企业形象塑造和企业领导人王效金个人价值的肯定上,并通过一些关联的事件和社会生活细节的描写,使整部作品具有文学性,达到较高的审美层次。

马青(1952—),出版《插队的故事》《绝艺芳华——女武生俞鉴》。《绝艺芳华》荣获宁夏第八届文艺评奖二等奖,个人荣获中国文联首届"德艺双馨"会员称号。

《插队的故事》被列入宁夏中青年作家文库,是宁夏第一部写知青生活的长篇纪实作品。在作家笔下,人物基本上都是美好和真实的,故事也是善意和真诚的。从审美角度来看,作家舍弃了作品的艺术性,突出了真性情,这恰恰是这部长篇纪实作品最高层次的美学追求,"但《插队的故事》依然无法摆脱此前'知青文学'的惯常意绪:怀念乡土。与 20 世纪 80 年代出现的'怀念与回归'主题的'知青'小说的含蓄委婉、意在言外相比,马青《插队的故事》因了文体的特殊,而显现得更加直抒胸臆"[1]。马青的《插队的故事》,无论

---

① 郎伟.负重的文学 [M].银川:宁夏人民出版社,2002:290.

是作家在后记中的自述，还是评论家的点评，都从不同侧面反映出这部作品所描写的宁夏 20 世纪 60 年代末到 20 世纪 70 年代初期的一些社会现状，以及人们生存所处的时代背景和现实意义。上山下乡的一大批知识青年，作为群体中的个体，没有自主选择的机会，而是被动接受，他们经受过血与火的考验，也磨砺了意志。《插队的故事》基本以个人生活经历为基础，不乏浓郁的抒情色彩，真情、真诚、真挚组成了写作的个性化风格。这部作品写于 20 世纪 90 年代后期，与故事发生年代时隔近三十年之久。作家通过回忆当时的情景，复原生活真实，过滤了困难与疼痛，自然带着不同程度的美化色彩，这正符合作者题在扉页上的初衷："谨以此作，献给往昔岁月中有着共同经历、患难与共的朋友。"这部作品以知青的经历和对知青生活的不同认识，见证了中国社会 20 世纪 60 年代末至 70 年代初，整整波及一代人生存与命运的变迁。荆竹评价，马青所著的《插队的故事》以朴实细腻的笔触，真实地描述了那个特殊年代的一段知青生活，是"一部长篇纪实文学，由若干短篇组成，虽然短篇均能独立成篇，但从整体看仍有某种内在的联系；它以纪实的形式对那一代人的命运、生活、情感、思想、彼此关系，进行了细致的写意式的勾勒和较为逼真的一种历史重构。作为一个从那个时代的过来人，我不能不为这种真实性所震动"①。

马青的另一部纪实作品《绝艺芳华》是宁夏京剧团著名女武生艺术家俞鉴的个人传记，该书分上、下两篇，介绍了京剧界女武生俞鉴的人生历程。通过《少小结戏缘》《拜师上海滩》《"老四团"赫赫声名，寻梦想踏遍塞上》《从初演猴戏到"女猴王"》《心中只有戏和观众》等文章连贯性书写了俞鉴从青少年时期的学艺到退休后的生活及演艺生涯，展现出一代女武生在人生道路上、成长过程中的不平凡经历，让读者看到了一位艺术家既是普通人，又以艺术为生命追求，顽强拼搏，非同寻常的境界。在《绝艺芳华》中，马青完全摒弃自我，以艺术家俞鉴的生活履历为中心，几乎看不到作者的主观感情，却能从中感受到作者对艺术家的敬重和赞美。这部作品以真诚为底色，以朴素为追求，达到了平淡中韵味深长的效果。

刘志海（1955— ），笔名晨旭，山东烟台人。1971 年毕业于烟台市福山县第二十二中学。1973 年应征入伍。吴忠市作家协会副主席，中国作家协会会员。1995 年开始发表作品，出版《边陲胡杨》《铁血铸魂》《西部刀锋》。作品荣获宁夏第七届文艺评奖三等奖、兰州军区昆仑文艺奖、第九届共青团

---

①荆竹.芸芸众生可"入史"——《插队的故事》读后漫笔［J］.朔方，2000（9）.

中央精神文明建设"五个一工程"奖，个人荣获宁夏文联"德艺双馨"荣誉称号。

刘志海具有代表性的纪实文学作品《西部刀锋》三十多万字，由《血染边防线》《英雄走四方》《转战戈壁滩》《锻造尖刀兵》《挺进无人区》《穿越腾格里》《远征救人质》《极限砺精兵》等十一部分组成，场面宏大，情景生动。重点对西部战区某快反大队的沿革变化和发展进程实施追踪式描述，真实地再现了中国西北边塞官兵能吃苦、能战斗、能奉献的崇高革命精神。采用白描手法，追踪式记录，寓论于事件，寓情于现实。

孙华伟认为，刘志海以创作为支撑，以创作为动力，在创作中焕发出无限热情，这也是他创造生命奇迹的精神源泉。第一，《西部刀锋》这部作品有一个亲切的"军"字。作品第一章有这么一段描写："同志们！摆在我们大家面前的任务是：通过我和你们的身躯，从这里再开辟一条新通道，力争让全连战友们住进山洞，想办法躲过这场灾难。大家有没有决心？"话音刚落，前来参加开辟通路的二十名官兵，异口同声地回答："有！"通过这些描写有助于我们真实地体验当代军人的风貌。这毫不犹豫的回答，再次证实了生在新中国、长在红旗下的当代青年战士，始终没有忘记革命老前辈的重托和厚望。第二，这部作品有一个深刻的"真"字。文学艺术讲究来源于生活，高于生活。刘志海在这部纪实文学里，提倡真实。如文中写道："不好，杨建平有危险！见状不妙，指导员张新奎一面从战友手中夺过机枪，一面对副指导员孙令辉说：'不要管我，赶快组织大家把伤员和战士遗体都带走，一定要躲开燃烧地带和地雷陷阱！'"这是边境作战的真人真事，再现了战争年代我军官兵的战争场景，是一段刻骨铭心的历史记忆。通过真实的场景描写，引导读者勿忘过去、珍惜现在的幸福生活。第三，这部作品有一个动人的"情"字。人是感情动物，动人感人之处不外乎一个"情"字。在描写情感方面，作者有自己的独到之处，由事及人，借事写人，明则说事，实则写人，从而让读者在阅读中获得一种厚实的情感。第四，这部作品有一个珍贵的"爱"字。作家眼中，这是一种最珍贵的爱、最无私的爱。干部爱战士、战士爱父母，这份战友之爱、亲情之爱，亦是人间大爱。第五，这部作品有一个成功的"导"字。有关"导"字的词语很多，教导、开导、导向等，就是指引、引导的意思。要做到这个"导"字是很不容易的。应该说，刘志海做到了这一点。①

此外，《边陲胡杨》《铁血铸魂》两部纪实作品也得到广泛关注。《边

---

① 孙华伟.冷的边塞热的血——感悟刘志海及其《西部刀锋》［J］.朔方，2006（4）.

睡胡杨》以军旅生活为背景描写东北籍战士高远与上海籍战士凡亚入伍来到内蒙古边防部队后成长的故事。值得一提的是，书中描写了高远回家探亲，不顾父母及亲朋好友的劝告，执意留在边防一线，体现了他扎根边防志不移的崇高信念和献身边防不言悔的高尚情操，令人心生敬意。《铁血铸魂》讲述中国人民志愿军战士赴朝作战，用血肉和生命书写人生篇章，人物个性化、场景直观化、细节动态化、布局立体化，是纵观形象化的军事纪实题材型版本。

胡斌（1974— ），宁夏固原人。1998 年毕业于宁夏大学历史系。先后在惠农县政府办公室、石嘴山市委办公室、自治区党委宣传部等单位工作。1990 年开始发表文学作品。出版长篇报告文学《宁东》，作品荣获宁夏第八届文艺评奖一等奖。

《宁东》是以西部开发为题材的长篇报告文学，共十一章，通过《探索撬动宁夏跨越式发展的支点》《真正的黄金宝地》《决策宁夏"一号工程"》《风生水起大宁东》《巧借外力唱大风》等章节详述宁东作为国务院批准的国家重点开发区、国家重要的大型煤炭生产基地、"西电东送"火电基地、煤化工产业基地和循环经济示范区的建设和发展过程。以宽阔的视角全景式反映 21 世纪初宁夏跨越式发展，勾勒出西部大开发热潮中，自治区党委、政府以宽阔的视野看发展、求发展、谋发展的气势与胸怀，详细记录了宁夏建设者们在决策推行宁东能源化工基地的过程中大智、大勇、大谋的创业之歌。

《宁东》可谓是一部印在纸张上的宁夏经济发展的宣传片和纪录片。在这部作品中，读者可以了解宁东能源化工基地范围覆盖银川、吴忠和灵武、盐池、同心、红寺堡等县（区）；这片基地怎样通过建设和发展成为宁夏煤、水、土等资源的核心地带和富聚区；它作为宁夏举全区之力开发建设的"一号工程"，又是怎样承担着建设宁夏、富裕宁夏的历史责任。还可以通过《羊场湾煤矿——创造宁夏煤炭工业奇迹》《鸭子荡水库——水权转换引发西部节水革命》《马莲台电厂——开凿"西电东送"的北部通道》等大篇章中的短文，感受作家对宁夏跨越式发展的宏大主题和宁东能源基地建设者们充满激情和正能量的讴歌。

这部报告文学作品不乏具有气势的描述，又不失抒情灵性的描写，如在《横空出世中华龙》《刀耕火种水洞沟》《旌旗猎猎古灵州》等文章中，胡斌对远古历史的抒写采用由远到近、又由近到远的镜头推拉式写法。以《横空出世中华龙》为例，作家在此文中先记述"当初的湖泊消失了，骸骨在地下深处演化成化石，化石又随着地壳沧海桑田的活动被渐渐抬升"，随后转到"2004 年 12 月初的一天……他马上意识到这可能是动物化石"，镜头由远到近。之后，又从发掘现场，"化石埋藏范围不断扩大，从化石不大的露头延伸到 15 米长范围"，延伸到远古历史"至于是草食动物还是食肉性动物，更是无法确定，只能根据该种动物对食物的要求判定，现今磁窑堡及周边地区在那个时期植被比较好，温度比较温暖潮湿"，镜头由近到远。胡斌源于史而又不拘泥于史的灵动抒写，使读者从考古遗迹和想象中剥开历史迷雾，找到塞上大地来自历史深处的呼吸，听到它复活的心跳，被作家复述和还原历史面目时的想象和激情征服，让逝去的事物成为活的历史，或者说成为现实人生的镜像。

杨贵峰（1973— ），宁夏灵武人。就职于灵武市教育体育局。宁夏诗歌学会理事，宁夏作家协会会员，中国诗歌学会会员，中国作家协会会员。作品发表于《朔方》《黄河文学》《中国报告文学》《诗刊》《诗选刊》《文艺报》等。出版文学作品集《走在乡愁的路上》、长篇叙事诗《心恋如歌》、诗文集《诗意塞上》、长篇报告文学《奔跑的绿洲》，合著散文诗歌集《故乡的年轮》。特邀编辑《生命是棵树》《弯弯的月亮》《马家寨子》等。作品荣获第二届贺兰山文艺奖报告文学一等奖、宁夏第九届文艺奖纪实作品二等奖。

杨贵峰写诗也写纪实文学作品，其诗抒写秀美山河，表达出对家乡故土的深深眷恋。他用文学记录身边的人和事，长篇报告文学《奔跑的绿洲》于 2016 年入选中国多民族文学丛书，由作家出版社出版。该书描写了灵武防沙治沙和生态建设成就，讲述了白芨滩治沙职工从事治沙造林和生态建设事业所取得的巨大成就和感人事迹。杨贵峰将诗歌语言运用到纪实文学的创作中，并形成自己的创作特点。

除以上作家外，20 世纪 80 年代，冯剑华、李邦禹《为真理而斗争》，姜琳《爱之光》，张晓敏、徐兴亚《心中充满了爱》，冯琦《无边际的绿毯》；20 世纪 90 年代，何新南《变色交响的曲》，吴国清《禁毒风云》、韩聆《吴志胜的世界》，张莹《一个修脚人的情怀》，齐勤《以笔为旗，以心为墨》；2001 年以后，张树林和范宗兴《回汉支队》，张若冰《我的岁月我的歌》，拜学英《世纪末的行动》，火仲舫《在生与死的瞬间》，张九鹏《张贤亮笑谈人生》，杨少青《绿叶对根的情意》，郭可峻《宁夏话剧团"大篷车"之路》等作品均在文学界产生一定影响，并在宁夏文艺评奖中获奖，但这些作家纪实作品整体数量不多，犹如闪光的珍珠静静沉潜于宁夏纪实文学发展进程的长河。

纵观中国纪实文学可以看到，纪实文学融合了多种文体的特质，新闻性是它的核心，既忠实地描写生活，又艺术地塑造鲜明的典范，呈现虚构特质。

因此，它自诞生之日起就面临着传统文学意义上的两难选择。宁夏纪实文学作为中国纪实文学这棵大树的枝丫，存在的问题也是共性的。因此，未来宁夏纪实文学在真实呈现社会全景、人生百态，描述事件和人物的同时，如何不失去文学性的审美才是至关重要和值得思考的。

附录

附录一

百花逐梦——宁夏文艺六十年巡礼（上）

　　黄河九曲滚滚来，宁夏文艺六十载，千树写意谱华章，百花逐梦呈异彩。来自五湖四海、大江南北的文艺工作者，扎根塞上，像贺兰山一样坚定不移，像黄河水一样奔流不息，像马兰花一样迎风怒放，像园丁一样无私奉献，他们有智慧有才情、敢担当敢创新，经过六十年的风雨洗礼，成为党和人民可以信赖、能够依靠的文艺力量。

　　文运同国运相牵，文脉同国脉相连，实现中华民族伟大复兴，是一场震古烁今的伟大事业，需要坚忍不拔的伟大精神，也需要振奋人心的伟大作品。广大文艺工作者，要牢记使命，牢记职责，不忘初心，继续前进，同党和人民一道，努力筑就中华民族伟大复兴 时代的文艺高峰！

　　宁夏回族自治区成立六十年来，宁夏各族人民在党中央的亲切关怀和坚强领导下，经济社会发展取得了举世瞩目的成就，城乡面貌发生了翻天覆地的变化，文学艺术事业成绩斐然。党的十八大以来，全区广大文艺工作者，积极投身于实现"两个一百年"奋斗目标、实现中华民族伟大复兴中国梦与实干兴宁的火热实践中，倾情服务人民，倾心创作精品，与时代同行，与人民同心。

　　[访谈]杨洪涛（宁夏文联主席）：

　　宁夏文艺工作者的身上蕴含着一种可贵的精神，这就是无怨无悔，无私奉献。宁夏文联成立以来，全区广大文艺工作者在党的领导下，坚持"二为"方向、"双百"方针，在艰苦的条件下，努力耕耘，辛勤实践，创作了一大批优秀的文艺作品，深情讴歌了我国改革开放的发展历程，生动描写了宁夏各族人民的生活，充分展示了生活当中源远流长的真善美情愫，浓墨重彩地描画了宁夏人民奋斗拼搏的心灵图景。同时，文艺家们大力培养文艺人才，甘当人梯，愿做嫁衣，使一批有朝气、有潜力、敢创造的优秀文艺人才得以涌现，逐步成为宁夏文艺创作的中坚力量。

在文学方面，20 世纪 80 年代初，历尽人生磨难的张贤亮，以其饱经沧桑之后的慷慨悲歌重返文坛，他的中短篇小说三次荣获全国优秀小说奖，并搬上银幕和荧屏。一批中青年作家佳作迭出，共同推动着宁夏文学的发展。

在艺术方面，积极参与梅花奖、金钟奖、荷花奖、兰亭奖、金鸡百花奖、华表奖、牡丹奖、山花奖等奖项评比，并频频获奖，不仅为宁夏艺术事业赢得了荣誉，也为宁夏文化发展繁荣作出了积极的贡献。

1958 年 10 月，宁夏回族自治区成立；同年 12 月，宁夏回族自治区文学艺术工作者联合会（以下简称宁夏文联）筹备委员会第一次会议，在自治区党委会议室举行。

几张桌椅，一些简单的办公用品，文联开始走上了宁夏文学艺术事业发展的探索之路。1959 年 5 月，综合性省级文艺期刊《群众文艺》公开发行，1960 年更名为《宁夏文艺》。1961 年 3 月，第一届文学艺术工作者代表会议召开，宁夏文联正式成立，内设文学组、戏剧组、音乐组、美术组，负责开展各文艺门类的日常工作。

宁夏文联办公场所由最初的银川文化大院，几经搬迁，于 1987 年 11 月 1 日迁入位于银川市文化东街 59 号的文联办公大楼。

1993 年召开宁夏文联第四届文学艺术工作者代表会议，宁夏文联将个人会员制改为团体会员制，并由"文学艺术工作者联合会"改为"文学艺术界联合会"。

[访谈] 李庆跃（著名摄影家）：

这个文联呢，刚开始啊，那个时候地方也比较简陋，因为发展呢也不是那么快，就是逐步的发展。开始的时候啊，就是有摄影家协会、美术家协会、戏剧家协会，还有书法家协会，这几家协会。以后逐步发展到杂技协会，民研，就是民间艺术协会，还有影视剧协会。

宁夏文联成立，成为党和政府联系文艺工作者的桥梁和纽带，成为推动文艺事业发展的重要力量，成为广大文艺工作者的温馨之家。

文学是艺术的基础，宁夏文学在宁夏文艺领域占有重要地位，张贤亮是宁夏文学的领军人物、亮丽名片，他被誉为宁夏文学的一棵大树。

1955 年，张贤亮与家人来到宁夏京星农牧场，开始了诗歌创作，用饱蘸情感的笔触书写这片土地。他说："宁夏的空阔、粗犷、奔放、原始的裸露美，竟使我不知不觉地喜欢上了它。"

1979 年，《宁夏文艺》连续在头条推出张贤亮的小说《四封信》《四十三次快车》和《霜重色愈浓》。1980 年 4 月，《宁夏文艺》更名为《朔方》，同年 9 月，《朔方》又一次在头条推出张贤亮的短篇小说《灵与肉》，并荣获全国优秀短篇小说奖，1982 年被改编为电影《牧马人》，成为家喻户晓的经典之作。1983 年的《肖尔布拉克》和 1984 年的《绿化树》先后获得全国优秀小说奖，奠定了张贤亮在中国文坛的地位。

"宁夏出了个张贤亮"，正是从《朔方》开始，这位饱经风霜、历经沧桑的作家，从塞上大地腾飞而起，享誉世界。

[访谈] 马知遥（著名作家）：

我觉得宁夏人的优点，就是很认真的、很朴实的在表现生活，受这种浮躁的干扰比较小，都很勤奋，很认真，但是它的局限性在于作品的立意和主题提炼的不够，还有就是认真打磨成精品，打磨成经典，他们可能没有更在意，现在他们就是基本上满足于约稿，或者是在《人民文学》发表，在《当代》发表，在《十月》发表，在《上海文学》发表。就说他们现在可能没有很努力地、很认真地研究一下，我要得诺贝尔奖，我要得奥斯卡奖，没有在这方面去考虑，所以我觉得在这一点上，宁夏的作家，是有他的思想局限的，但是我相信宁夏会有文学的爆炸出现。

从党的十一届三中全会到 20 世纪 90 年代初，宁夏的文学事业迅猛发展。

张贤亮从宁夏出发，走向中国和世界文坛。随后，张武、戈悟觉、路展、高深、高嵩、吴淮生、肖川、罗飞、秦中吟、郑正、李唯、马知遥、南台、杨少青、杨继国、冯剑华、余光慧、荆竹、查舜等作家也创作出了一批精品力作，形成宁夏文学的第一次高峰。

[访谈] 郎伟（宁夏文联副主席、宁夏文艺评论家协会主席）：

我们自治区成立了六十周年，宁夏文学也走过了六十年的历程，这六十年的历程我觉得可以分三个阶段，第一个阶段是 1958 年到 1978 年，这叫改革开放之前的宁夏文学，这个阶段的宁夏文学呢，在全国可能有一些影响力，但是影响力不大。第二个阶段是 1978 年到 1990 年，这一时期是宁夏文学在中国文坛有非常大的声响，又取得了非常好的知名度和美誉度的时期。第三个阶段呢，是 20 世纪 90 年代初期到新世纪，到现在，这差不多二十年的历程呢，又是宁夏文学一个辉煌的历程。这一阶段的宁夏文学涌现出了大量的青年作家，尤其是宁夏青年作家群的崛起，是中国文坛的一件大事，像我们的所谓"三棵树""新三棵树"，以这些作家为代表的宁夏青年作家群呢，以自己非常出色的创作，在中国文坛又创造了一个宁夏文学的奇迹。

《朔方》作为省级文学月刊，见证了宁夏文学不断繁荣兴盛、作家不断涌现的辉煌成就，《朔方》的办刊史也是宁夏当代文学的发展史。《朔方》先后荣获中国期刊方阵双效期刊、国家期刊奖百种重点期刊、中国北方十佳期刊、新中国六十年有影响力的期刊，为宁夏文学走向全国乃至世界，发挥了不可替代的作用。

冯剑华是宁夏文学从寂静走向芬芳的见证人，更是有力的推动者。

[**访谈**] **冯剑华**（宁夏文联原副主席、《朔方》原主编）：

《朔方》这个刊物是和自治区的成立同时诞生的，就是自治区成立以后，紧跟着《朔方》就创办了这么一个刊物，主要就是发现本地作家、培养本地作家，然后建立起本地作家的队伍来，作为我们《朔方》来说呢，就是通过这个平台，再把本地的作家向全国推出去。

1979年3月6日，宁夏文联第一届第三次全委会宣布成立中国作家协会宁夏分会。选举主席朱红兵，副主席王十仪、吴淮生、哈宽贵、程造之，秘书长李震杰，副秘书长张武、高深。

[**访谈**] **余光慧**（宁夏作家协会原副主席）：

宁夏作协的工作，主要目的就是为所有的会员、为所有的宁夏的作家，联络他们、协调他们、服务他们，有个平台推荐他们的作品，有更多的作者出了很多的作品，有更多的群众看他的作品，繁荣我们宁夏的创作。

1998年开始，自治区党委宣传部和宁夏文联共同实施了长篇小说"金骆驼丛书"和"新绿丛书"的创作与出版工程，激发了宁夏作家的创作热情，促进了宁夏文学的创作和发展。

中国作协两次在北京举办的"宁夏青年作家作品研讨会"，宁夏文联、作协、《朔方》编辑部举办四届"西部笔会"，宁夏青年作家集体亮相中国文坛。

东风吹开花千树，无边风景时时新。进入新世纪，宁夏文学继续前行，从"绿化树"到"三棵树""新三棵树"，形成郁郁葱葱的"文学林"。石舒清、郭文斌、马金莲获得鲁迅文学奖；季栋梁、马金莲获得中宣部"五个一工程"奖；查舜、马知遥、金瓯、郎伟、了一容、李进祥、马金莲等二十位作家获得全国少数民族文学创作骏马奖；赵华获得全国优秀儿童文学奖；陈继明、石舒清、漠月、张学东、李进祥、阿舍、了一容等作家获得庄重文学奖、人民文学奖、民族文学奖、《小说选刊》奖、十月文学奖、中国作家奖、北京文学奖等重要奖项，多人次荣登中国小说学会年度排行榜。牛学智、刘汉斌等青年作家的作品集入选"21世纪文学之星丛书"；杨梓、单永珍、马占祥、马骥文、马泽平五名诗人参加诗刊社"青春诗会"；四十多部作品入选中国作协重点作品扶持项目。

[访谈] **石舒清**（宁夏文联副主席、宁夏作家协会名誉主席）：

我这个写作跟土地、跟自己的故乡关系是非常密切的，现在我要回头看的话，我的写作百分之九十、百分之九十五都是写自己那一块的。三沙河就是我的村子的名字，这个村子里的一些人、一些事我都写过，因为我写的就是村子里的事情、写的就是村子里面的人，几十年过去了，一些人、一些事情难以磨灭、难以忘怀，它肯定是有原因的，它肯定是有价值的。

宁夏作家将文学之根深深扎进了这片大地和生活之中，用热血和汗水书写着人民的生活和命运。

[访谈] **郭文斌**（宁夏文联副主席、宁夏作家协会主席）：

在作协的发展里面，我也给他们提出来，我说应该从价值观的构建、人才的培养、阵地的建设，就是双出，出人才、出作品方面做一些长远规划。宁夏作家不急功近利，基本上做到了没有被市场奴隶、也没有被金钱奴隶，宁夏作家把文学作为完成他们人格的手段，实现他们的生命价值的手段，完成他们的生命理想的手段。

宁夏地处祖国西北，具有鲜明的地域特色、民族特点、文化特征。宁夏作家得益于这片土地的孕育、滋养和成就，其朴实的生活经历和历史记忆，独特的生命感悟和言说方式，形成了纯正、质朴、安静的文学品格，在全国的文学版图上独具一格。

正如鲁迅先生说过："现在的文学也一样，有地方色彩的，倒容易成为世界的，即为别国所注意。" 银川是自治区的首府，政治、经济、文化中心，聚集了一批创作实力较强的作家。由银川市文联主办的《黄河文学》，培养了一批本地作家。

[访谈]高耀山（银川市文联原主席）：

银川市有一个文学创作室，现在叫文学院，也有些搞专业创作的人，最早的有马乐群、王景韩、何新南这些人。后来呢，有到这个文学院的，有葛林、韩银梅、唐荣尧，有这么一批人。所以说银川市有个《黄河文学》，它也团结了一些人。

石嘴山位于宁夏北部、贺兰山麓，是一座美丽的工业之城、移民之城、山水之城、文明之城，其经济、人文、社会的发展历程，形成了开放包容、兼收并蓄的文化特性。

[访谈]陈勇（石嘴山作家协会主席）：

石嘴山精神还是一个艰苦创业精神、五湖四海的精神，石嘴山的文学创作，最早可以追溯到20世纪50年代，50年代有一批来自五湖四海的人，来了以后就发展煤炭事业，他们那个时候最早搞了一个石嘴山市文学社，后来叫文学创作组，除了写煤炭以外，还要表现煤炭生活。

黄河由中卫进入宁夏，流经吴忠、青铜峡、灵武，形成卫宁平原，是塞上江南的精华地带。涌现出魏若华、杨森翔、王佩飞、侯凤章、马占祥、刘乐牛、杨森君、杨富国、马慧娟等一批优秀作家。

在吴忠市红寺堡区，有一名普普通通的农村妇女，名叫马慧娟。农忙之余，她用文字记录着田间地头的生活。作为全国人大代表，在十三届全国人大一次会议上，马慧娟给李克强总理送上了一幅"民族团结一家亲"的剪纸。

[访谈]马慧娟（宁夏青年作家）：

我也没有把写作去当成一种职业，因为我一直觉得，人只有在把生活的问题解决了之后，才能去谈梦想，才能更好地去实现梦想，所以一直以来，我一边去积极种地打工、积极生活，然后在这个之余，把我一天的感悟和我所看到的，我周围的搭档姐妹们身上的一些优点，把它们写下来。你的写作必须是有血有肉丰满的，是一种生活的常态，让别人从你的文章中，看到生活就是这个样子，然后才能去引起共鸣。

固原是丝绸之路上的重要节点，历史文化名城。以西吉、海原、固原为代表的西海固地区是国家集中连片的贫困地区，而西海固文学成为宁夏文学的半壁江山，创刊于1982年的《六盘山》文学期刊功不可没。西吉县被授予中国首个"文学之乡"，文学成为这片土地上最好的庄稼。

年近半百的马建国，是西强县吉祥镇团结村地地道道的农民，他在门板和墙壁上"发表"作品，用古体诗词表达他的情感。

[访谈] 马建国（西吉诗人）：

我是1998年看了《红楼梦》以后，感觉很多诗词里面写的那些句子，好像就是我自己心中要抒发的那种感情一样，我当时就想，我其实也能写几首诗词，把我心中的话也展示出来，总感觉诗词现在已经成为我生命中的一部分。

对于马建国而言，文学赋予他生命别样的意义。出生于西吉的80后女作家马金莲，同样因为文学，书写着自己的生活，领悟着生命的意义。

[访谈] 马金莲（宁夏作家协会副主席）：

我特别荣幸选择了文学，它真的是一个很好的东西，它让我在阅读大量书籍的同时，也有一个表达的出口。我是2000年开始写作的，坚持到现在就18年了。坚持这么多年，有时候当然也很苦很累，但是我不后悔，它带给我的乐趣也是很多很多的。尤其是夜深人静的时候，一个人在文字里面，就好像把很多很多的人和很多很多的事儿、很多很多的情绪情感都用文字一点一点地还原出来、表达出来，然后在眼前栩栩如生地呈现。就觉得好像自己在和好多难忘的人在对话，在那些事情里面徘徊，就觉得写作是挺幸福的一件事儿。

西吉不仅走出了郭文斌、马金莲，还涌现出了火仲舫、屈文焜、单永珍、赵炳鑫、牛学智、了一容、王西平、火会亮、古原等作家。

2016年，中国作家协会"文学照亮生活"全民公益大讲堂在西吉启动。铁凝主席出席并担任首讲，她在会上说："西吉是中国文学宝贵的粮仓。西吉人脸上是有光彩的，那是受了文学滋养的明亮色彩。"

继"文学之乡"后，同心县又被授予"诗歌之乡"。在同心，以杨少青、李进祥、马占祥、马悦、马骥文为代表的作家、诗人群，他们在革命文化浸润的大地上，饱蘸生活的原色，抒写富有生命意义的诗篇。

[访谈] 李进祥（宁夏作家协会副主席）：

谈宁夏文学实际上也是包括宁夏文学的各个门类，小说、散文、诗歌这些共同组成宁夏文学。在宁夏呢，小说也是个大头，一个方面是小说作家比较多，小说作家取得的成就也比较大，比如说张贤亮，获得三次全国短篇小说、中篇小说奖，这几近奠定了宁夏小说的地位，再后来的石舒清、郭文斌获得鲁迅文学奖，也是小说，后来还有许多作家获得骏马奖，也基本上是小说，所以从获奖的这个情况看呢，宁夏小说就显得强一些。实际上宁夏的诗歌也不弱，写诗歌的人应该说在宁夏比写小说的人还要多，一些人的水平呢，在西部、在咱们中国也是有一定影响的，诗歌也还是比较强的。

"西海固文学现象"的发生，宁夏青年作家的崛起，中国"文学之乡""诗歌之乡"落地宁夏，是"深入生活，扎根人民"的具体实践，也是文学"点亮生命，照亮生活"的生动诠释，更是对宁夏六十年文学创作成就的充分肯定。

党的十八大以来，在习近平总书记关于文艺工作重要讲话的指引下，宁夏文学事业走进新的时代，呈现亮丽风景，取得骄人成绩，文学力作不断推出，文学新人不断涌现，文学基础不断夯实，文学土壤更加丰沃。区级作协会员由五百多人发展到一千多人，国家级会员由五十多人增加到八十八人，二百多名基层作家参加鲁迅文学院高研班、民族班学习，成为推动宁夏文学事业发展的生力军。据统计，宁夏作家近年来出版长篇小说一百多部，发表中短篇小说三千多篇、散文诗歌五千多篇（首）。很多作品入选《新华文摘》《小说选刊》《小说月报》《散文选刊》《散文·海外版》《诗选刊》等全国性选刊，进入全国年度选本和全国年度排行榜，部分作品被翻译成多种文字推介到国外。

文学具有启迪思想、温润心灵、陶冶人生、引领价值的重要作用，文学是铸造灵魂的工程，作家是灵魂的工程师。

[访谈] 季栋梁（宁夏作家协会副主席）：

任何一个作家，他的写作，从人性的角度来讲，它都是正能量的，但是在写作的过程中，他可能选择从侧面，甚至从阴暗面来写，但核心都是正能量的，就是我们所说的社会主义核心价值观，他脱离不了这个东西。你写出来的每一篇作品都有人去读，对读者产生什么样的影响，就是你对这个社会有，比如说教化，甚至有指引、有引领的这种作用。

为加大文艺人才培养力度，加强文艺理论研究和文艺批评，2006 年成立了宁夏文学艺术院，现已形成培训班、研修班、高研班三个层次的文艺人才培养机制。2017 年 12 月成立的宁夏文艺评论家协会，成为引导创作、提高审美、引领风尚的重要力量。

[访谈] 杨梓（宁夏作家协会副主席、文学艺术院院长）：

宁夏文学艺术院的目标是要办成一个文艺新秀的摇篮，中青年人才的加油站，中老年文艺家的大本营。院里现在基本就形成了一个培训班、研修班、高研班三个层次的人才培养机制。我们下一步要打造一个品牌，就是"三多一推"。一个是多层次，就是从层次上要拉开，办各种层次的班；再一个就是多专业，有摄影的，有美术的，有诗歌的，有散文的，这是多门类；还有一个是多形式，就是各种办班形式。

[访谈]李敬泽（中国作家协会党组成员、副主席、书记处书记）：

宁夏虽然是一个不大的，在我们的省区里边，它是一个小的自治区，但实际上我觉得它的文化空间是非常大的，它能够包容，它也能够催生这么多面貌各异的，赋予色彩缤纷的这样的文学创作，我觉得这是特别可贵的。也就是说，一方面是它的广阔，是它的空间的包容；另一方面，也存在着一种专注于本土的、本地的，这种经验和传统的这样的一种艺术冲动，我觉得这是很好的。当你把这片土地的故事，把这片土地上的人民的故事，如此深切而如此丰沛地讲述出来的话，那你就是在讲述中国故事。而且也正是因此，在我们这片大地上，每个地方的人都如此深情地讲自己的故事，讲自己这片土地的故事的时候，中国的故事才会变得这么丰富，这么美好，这么缤纷多彩。在这个意义上说，我们是完全可以期待宁夏产生很多好的作品和好的作家，实际上它也确实产生了很多好的作品和好的作家。所以我想对于现在这个时代的宁夏作家来讲，我们回顾过去，回顾自治区成立60年来的历史，那么其实重要的是要从过去获得启示和获得继续前行的力量。我想宁夏文学的真正的新的高峰还在前面，我们完全可以期待会有这样的高峰出现。但是我们也完全相信这个高峰也不是轻易得到的，不是轻易达到的，需要我们这个时代的作家付出极为艰辛的努力，希望他们加油。

回顾六十年，宁夏作家继承和发扬中华优秀传统文化，自觉担负起讴歌人民、鼓舞心灵、憧憬未来的神圣职责。走进新时代，宁夏作家将坚定文化自信，弘扬社会主义核心价值观，坚持以人民为中心的创作导向，创作出无愧于时代，无愧于人民，无愧于历史的优秀作品，宁夏文学必将再次腾飞，创造更大辉煌。

（总策划：郑歌平、崔晓华；策划：杨洪涛、樊虹、庾君、雷忠、刘伟、李宁华；监制：雷忠；统筹：王雪峰、张春荣、漠月、宋琰、杨梓、闫宏伟；撰稿：杨梓、漠月、李进祥、梦也；资料统筹：马武君、叶梓）

附录二

宁夏文艺发展的重要力量和显著成就（上）

宁夏文联

宁夏回族自治区文学艺术界联合会，简称宁夏文联，是中国共产党领导的由自治区级各文艺家协会，各市、县（区）文联，各行（产）业文联组成的人民团体，是党和政府联系文艺工作者的桥梁和纽带，是繁荣社会主义文艺事业与发展社会主义先进文化的重要力量，是中国文联的团体会员。

在自治区党委、政府的亲切关怀下，在中国文联的协调指导下，在全区各族人民的热情支持下，宁夏文联团结全区广大文艺工作者，认真贯彻落实党的文艺方针政策，与党同心同德，与人民同呼吸，与时代共命运，从小到大，由弱变强，在繁荣发展社会主义文艺事业，建设社会主义先进文化中，充分发挥了自己的作用。宁夏文联以"出人才、出作品"为己任，通过组织文艺工作者深入生活，组织开展经常性的理论学习、创作研讨、作品展示、文艺评奖和培训研修、对外交流等多种形式的文艺活动，加强人才培养，推动文艺创作。多年来，在全区文学艺术工作者的共同努力和奋斗下，涌现出一大批优秀文学艺术人才，创作出了许多人民群众喜闻乐见的优秀作品，为宁夏的建设发展作出了积极的贡献。宁夏文联认真履行"团结引导、联络协调、服务管理、自律维权"的职能，加强对基层文联、文艺团体和新文艺群体的工作指导，充分发挥在行业建设中的主导作用，保持与全区广大文艺工作者的密切联系，努力改善他们的创作条件，依法维护他们的合法权益，推动了文艺事业的健康发展。

一、文代会

1950 年 5 月，宁夏省文联筹备委员会成立。主任吴坚；副主任余林、罗雪樵；秘书陈杰。

1952 年宁夏省文联同省文化局合署办公。

1954 年 8 月，甘肃、宁夏两省合并，宁夏省建制撤销，宁夏省文联筹备委员会亦撤销。联合办公室主任朱红兵；副主任丁成。

1958 年 12 月，宁夏文学艺术工作者联合会筹备委员会成立，主任李微冬；副主任石天、姚以壮、马若、朱红兵。

1961 年 3 月宁夏文联第一届文学艺术工作者代表大会召开，宣告宁夏回族自治区文学艺术界联合会正式成立。设立了文学组、戏剧组、音乐组、美术组，负责开展各文艺门类的工作。下设办公室、《群众文艺》编辑部、通讯联络部等部，共有工作人员 15 人。委员有力群、丁光明、王十仪等 41 人，主任江云；副主任石天、姚以壮、马若、朱红兵。

1980 年 5 月 16 日，第二届文代会召开。正式成立了中国作协、中国戏协、中国音协、中国舞协、中国美协、中国摄协、中国书协宁夏分会，宁夏民间文艺研究会和宁夏曲艺杂技工作者协会筹备组。银川市、石嘴山市、银南地区、固原地区建立了文联和文艺协会。全区会员 600 多名，全国会员 30 多名，出席代表 377 名。选举主席石天；副主席袁宗杰、马若、朱红兵、杨韧、哈宽贵、李鸣盛；秘书长杨韧（兼）。党组书记石天；副书记袁宗杰；成员马若、朱红兵、杨韧、哈宽贵。

1984 年 7 月 27 日，第三届文代会召开。全区会员 1442 名，全国会员 165 名，出席代表 450 名，选举名誉主席石天；顾问李鸣盛；主席朱红兵；副主席张贤亮、王世兴、马桂芬、潘振声、张武、殷元和、杨锡琳、戈悟觉；秘书长张武（兼）。党组书记朱红兵；副书记张武；成员谢荣、高奋。1986 年 5 月，第三届二次全委会召开，选举名誉主席朱红兵；主席张贤亮；副主席杨锡琳、王世兴、潘振声、张武、马桂芬、殷元和、米寿世、戈悟觉；秘书长陈葆泉；党组书记杨锡琳；副书记贾灏；成员张贤亮、梁自新、陈葆泉。

1993 年 2 月 24 日，第四届文代会召开。将个人会员制改为团体会员制，"文学艺术工作者联合会"改为"文学艺术界联合会"。全区会员 2310 名，全国会员 300 多名，出席代表 171 名，选举主席张贤亮；副主席谭积洪、杨继国、张武、戈悟觉、马桂芬、米寿世、张少山、陈葆泉、王志洪；秘书长杨少青。党组书记谭积洪；成员张贤亮、杨继国、梁自新。

1998 年 12 月 2 日，第五届文代会召开。全区会员 2562 名，全国会员 341 名，出席代表 265 名，选举主席张贤亮；副主席杨继国、慕岳、赵福顺（肖川）、马桂芬、王志洪、查舜、李爱华、田裕民（石舒清）；秘书长余光慧。党组书记杨继国；成员张贤亮、慕岳、赵福顺、郭刚。

2003 年 12 月 29 日，第六届文代会召开。名誉主席张贤亮；主席杨继国；副主席林稚阳、冯明、郭刚、王金柱、田裕民（石舒清）、冯剑华、吴善璋、沈德志、查舜、柳萍；秘书长马学礼；党组书记杨继国；成员林稚阳、冯明、郭刚、马学礼。2007 年 10 月 11 日，杨继国调任宁夏文史研究馆馆长；郑歌平任党组书记、建议主席；冯剑华任副主席；余光慧任宁夏作协副主席。2007 年 11 月 29 日，第六届五次全委会，选举文联主席郑歌平。

2011 年 4 月，第七届文代会召开。选举名誉主席张贤亮、郭刚、吴善璋；主席郑歌平；副主席哈若蕙、胡建国、刘伟、宋鸣、马学礼、王金柱、田裕民（石舒清）、杨洪涛、杨继国、陈长祥、柳萍、徐明智；秘书长马学礼；党组书记郑歌平；成员哈若蕙、胡建国、刘伟、马学礼。2013 年 7 月 30 日，第七届四次全委会召开，增补庾君为文联秘书长。2015 年 1 月 30 日，第七届六次全委会召开，哈若蕙退休；胡建国工作调动；增补文联委员、副主席苏保伟。2015 年 8 月 28 日，宁夏文联第七届七次全委会召开，增补文联委员、副主席樊虹；任命党组成员庾君。2015 年 11 月 13 日，第七届八次全委会召开，增补文联副主席杨宏峰，并任党组副书记。2017 年 10 月，崔晓华任党组书记。

2018 年 1 月 16 日，第八届文代会召开。选举名誉主席郑歌平、柳萍、郭刚、吴善璋；主席杨洪涛（兼）；副主席崔晓华、樊虹、庾君、雷忠；兼职副主席王雪峰、田裕民（石舒清）、刘京、张春荣、范晋国、郎伟、郭文斌；秘书长庾君（兼）。党组书记崔晓华；成员樊虹、庾君、雷忠。

目前，宁夏文联下设作家协会、戏剧家协会、音乐家协会、舞蹈家协会、美术家协会、摄影家协会、书法家协会、民间文艺家协会、曲艺杂技家协会、电影电视家协会和文艺评论家协会等 11 个文艺家协会；各市、县（区）以及各行（产）业文联 23 个会员团体；以及办公室、组织联络部、行业管理与维权部（文艺志愿服务中心）、人事部（机关党委）、宁夏文学艺术院（《朔方》编辑部）5 个部室院。现有会员 6900 多名，其中国家级会员 924 名，在职人员 70 名。

二、重要文学活动

2000 年 6 月 22 日，《人民文学》杂志社、《小说选刊》杂志社、自治区党委宣传部、宁夏文联、《朔方》编辑部联合在北京召开"宁夏青年作家陈继明、石舒清、金瓯作品讨论会"。中国作协书记处书记陈昌本、张锲、王巨才、

宁夏文学史

558

陈建功、郑伯农、吉狄马加;《文艺报》主编金坚范,副主编贺绍俊、王山;《人民文学》主编程树榛,副主编肖复兴、韩作荣,编辑部主任李敬泽,编辑杨泥、程绍武;《小说选刊》主编冯立三,编辑冯敏、崔艾真;《民族文学》副主编艾克拜尔;鲁迅文学院副院长胡平;雷达、牛玉秋、李洁非、孟繁华、白烨、何志云、马相武、吴秉杰、陈福民等评论家;宁夏文联党组书记、《朔方》主编杨继国;宁夏文联主席张贤亮;《朔方》常务副主编冯剑华;自治区党委宣传部文艺处副处长彭生选;陈继明、石舒清、金瓯等出席会议。研讨会由《人民文学》副主编肖复兴主持,他首先向大家介绍了三位作者陈继明、石舒清、金瓯,研讨会称他们为"宁夏三棵树"。

2002年5月10日,自治区党委宣传部、宁夏文联、《中国作家》杂志社、《人民文学》杂志社、《小说选刊》杂志社、《文艺报》社、《朔方》编辑部联合在北京召开"宁夏青年作家小说作品研讨会"。中国作协党组副书记王巨才;党组成员、书记处书记高洪波;《中国作家》常务副主编杨匡满,副主编何建明、杨志广;《人民文学》副主编李敬泽、原常务副主编崔道怡;《小说选刊》副主编付活、副社长葛笑政、编辑部主任冯敏;《文艺报》副总编辑贺绍俊、副刊主任冯秋子;鲁迅文学院院长雷抒雁、副院长白描;《诗刊》常务副主编叶延滨;牛玉秋、白烨、张志忠、林为进、李建军等评论家;自治区党委宣传部副部长马汉文;宁夏文联党组书记、《朔方》主编杨继国;宁夏文联主席张贤亮;《朔方》常务副主编冯剑华等出席会议。会议由杨志广和冯剑华共同主持。冯剑华向大家介绍了与会的宁夏青年作家陈继明、石舒清、金瓯、季栋梁、漠月、张学东、郭文斌、平原等近年来的小说创作情况。

2007年7月6日,中国作家协会、自治区党委宣传部、宁夏文联联合在中国现代文学馆召开"宁夏青年作家作品研讨会"。中国作协党组书记、副主席金炳华, 自治区党委常委、宣传部部长李东东出席会议并作重要讲话。中国作协党组副书记、书记处书记张健,党组成员、书记处书记高洪波;中宣部文艺局理论文学处处长梁鸿鹰;雷达、崔道怡、吴秉杰、韩作荣、胡平、雷抒雁、陈晓明、孟繁华、贺绍俊、白烨、陈福民、蒋巍、李敬泽、杨志广、白描、冯敏、张陵、阎晶明、彭学明、李建军、陈东捷、牛玉秋、石一宁等作家、评论家;自治区党委宣传部副部长张克洪等出席会议。宁夏文联党组书记、主席杨继国在会上讲话。宁夏文联副主席、宁夏作协常务副主席冯剑华向与会者介绍了宁夏青年作家的创作情况。宁夏文联副主席冯明,宁夏作协副主席余光慧、陈继明、郎伟、郭文斌、金瓯、季栋梁、杨梓、漠月、梦也、张学东、了一容、平原等宁夏作家、评论家参加会议。中国作协副主席、书记处书记陈建功主持研讨会。

2011 年 6 月 16 日，由自治区党委宣传部、中国作家协会《诗刊》社、宁夏文联等九家单位联合举办，以"诗意宁夏·感恩黄河"为主题的"中国·宁夏首届黄河金岸诗歌节"在银川启动。来自黄河流域的 32 位诗人和 16 位宁夏诗人一起参加了为期四天的采风活动。9 月 23 日，"首届黄河金岸诗歌节鸿派国际青年诗会"在银川举行，来自美国、瑞典、墨西哥、伊朗、印度以及全国各地的 20 多位诗人与会，当晚举办了宁夏首届黄河金岸诗歌节鸿派国际青年会颁奖典礼。10 月 15 日，初评评委对"首届黄河金岸诗歌节"征集的 748 份、4000 多首（篇）来稿进行了初选、分选、排名三个环节的公正评选。终评评委对"首届黄河金岸诗歌节"初评的优秀诗作进行了审读、讨论、投票等环节的公正评比，对初评优秀诗作的顺序予以调整，确定了 43 组获奖诗作。其中一等奖 3 组，二等奖 10 组，三等奖 30 组。11 月 9 日，"长河诗岸——首届黄河金岸诗歌节颁奖晚会"在宁夏人民会堂隆重举行。著名作家、诗人艾克拜尔·米吉提、雷抒雁、彭学明、商震等嘉宾到会祝贺。刘诚、刘涛、凸凹、敕勒川、大卫等获奖诗人到会领奖。11 月 10 日，以"现代语境下黄河主题诗歌创作的意义""宁夏地域诗歌的特点与发展"为主题的诗歌峰会在北方民族大学举办。哈若蕙、艾克拜尔·米吉提、高岳林先后讲话。杨梓介绍了宁夏中青年诗人的创作倾向，雷抒雁回忆了在宁夏工作生活的情景。商震、李自国、刘诚、刘涛、凸凹、敕勒川、高旭旺等先后发言。峰会由《世界文学》副主编高兴主持。11 月 11 日，"首届黄河金岸诗歌节雷抒雁诗歌朗诵会"在宁夏大学音乐学院举办，尤艳茹、赵利宁、哈若蕙等与宁夏大学、北方民族大学师生一同欣赏了诗歌朗诵会。雷抒雁亲临现场，并为现场观众签名。

2011 年 10 月 10 日，中华文学基金会、宁夏文联、宁夏作协授予西吉县"中国文学之乡"称号。2011 年，"中国文学之乡"荣获感动宁夏集体称号。

2017 年 10 月 13 日，同心县被中国诗歌学会授予"中国诗歌之乡"称号，这是全国第十三个、宁夏第一个获得该称号的县。

2018 年 12 月 20 日，由中国作家协会和自治区党委宣传部主办，中国作协创研部、宁夏文联承办的"中国文学的宁夏现象研讨会"在北京召开。中国作协党组成员、副主席、书记处书记李敬泽，自治区党委常委、宣传部部长赵永清出席会议并讲话。叶梅、包明德、李建军、梁鸿鹰、李少君、杨晓升、孔令燕、胡友笋等作家、评论家、报刊主编等出席会议。"文学宁夏"丛书代表郎伟、漠月、杨梓、钟正平、李进祥、马金莲、张学东，以及宁夏作家代表吕颖、彦妮、马慧娟、康鹏飞、赵磊、马骥文等参加会议。研讨会由中国作协创研部主任何向阳主持。同时举办了作家出版社出版的"文学宁夏"丛书（二十部）首发式，李敬泽、赵永清向中国现代文学馆、鲁迅文学院赠送"文学宁夏"丛书。

2020年9月，原州区被中国诗歌学会授予"中国诗歌之乡"，是全国第十八个，是宁夏继同心之后的第二个诗歌之乡。

三、编辑出版

（一）文学作品选

《飘香的沙枣花》，宁夏人民出版社，1968年。

《光辉永照宁夏川》，宁夏人民出版社，1978年。

《宁夏文学作品精选》（小说上、下卷，散文卷，诗歌卷，评论卷），宁夏人民出版社，1999年。

《宁夏青年作家作品精选》（小说上、下卷，散文卷，诗歌卷，评论卷），宁夏人民出版社，2006年。

《宁夏文学精品丛书》（小说上、下卷，散文卷，诗歌卷），宁夏人民出版社，2008年。

《宁夏作家作品选》（上、下卷），宁夏人民出版社，2015年。

（二）金骆驼丛书

第一辑：马知遥《亚瑟爷和他的家族》，王维堡《郎家巷子》，杨梓《西夏》（上卷），宁夏人民出版社，2000年。

第二辑：升玄《徒步穿梭》、艾琳《金色指甲》，宁夏人民出版社，2002年。

第三辑：毛毛虫《高高的月亮树》、齐宝库《大山作证》、牛复奎《宋辽夏演义》，宁夏人民出版社，2002年。

第四辑：张武《红运》、吴江《咀嚼荒谬》、焦艳华《紊乱》、赵宗民《西北狼》，宁夏人民出版社，2004年。

第五辑：荆竹《学术的双峰》、马濯华《碧血1940：绥西抗战往事》、溪桥《跳出陷阱》、张玉秋《家事》，宁夏人民出版社，2008年。

（三）霜叶红丛书

《石天剧作选》《李震杰诗文选》，宁夏人民出版社，2006年。

（四）塞上文艺名家书系

第一辑：《肖川诗选》《冯剑华文选》，阳光出版社，2014年。

第二辑：《路展童话选》《吴淮生诗文选》《张贤亮诗词选》，宁夏人民出版社，2015年。

第三辑：《曾杏绯国画选》《高嵩文艺评论选》《马知遥文画选》，宁夏人民出版社，2016年。

第四辑：《荆竹文艺论评选》、杨继国《朔方文札》，宁夏人民出版社，2017年、2018年。

第五辑：《余光慧文学作品选》《哈若蕙作品选》，阳光出版社，2020年。

（五）《朔方》文学奖

《首届〈朔方〉文学奖入围作品集（2011—2013）》，宁夏人民出版社，2015年。

《第二届〈朔方〉文学奖入围作品集（2014—2015）》，中国文联出版社，2018年。

《第三届〈朔方〉文学奖入围作品集（2016—2017）》，阳光出版社，2018年。

（六）宁夏文艺评论年卷

《宁夏文艺评论》（2015年卷），宁夏人民出版社，2015年。

《宁夏文艺评论》（2016年卷），宁夏人民出版社，2016年。

《宁夏文艺评论》（2017年卷），宁夏人民出版社，2017年。

《宁夏文艺评论》（2018卷上、下册），阳光出版社，2018年。

《宁夏文艺评论》（2019卷上、下册），阳光出版社，2019年。

（七）诗宁夏双璧

《宁夏诗歌史》，阳光出版社，2015年。

《宁夏诗歌选》（上、下册），阳光出版社，2015年。

《宁夏诗歌选》（2013—2018），阳光出版社，2018年。

（八）诗塞上云集

第一辑：虎西山《远处的山》、洪立《露珠上的太阳》、王怀凌《草木春秋》、雪舟《雪舟诗选》、郭静《侧面》、瓦楞草《词语的碎片》、安奇《野园集》、孙志强《光阴之穗》，宁夏人民出版社，2014年。

第二辑：导夫《山河之侧》、刘中《贺兰山的草帽》、常越《风缘》、西野《青鱼点灯》、朱敏《青铜铸造》，宁夏人民出版社，2016年。

（九）文学宁夏丛书

石舒清《眼欢喜》、郭文斌《我们心中的雪》、季栋梁《行行重行行》、漠月《父亲与驼》、金瓯《一条鱼的战争》、李进祥《换骨》、张学东《蛇吻》、了一容《嘉依娜》、马金莲《头戴刺玫花的男人》、阿舍《核桃里的歌声》、赵华《稻草人》、杨梓《塔海之望》、杨森君《西域诗篇》、单永珍《篝火人间》、马占祥《山歌行》、钟正平《知秋集》、梦也《在一座大山的下面》、郎伟《守护风沙中的一盏灯》、白草《张贤亮的文学世界》、牛学智《话语构建与现象批判》20 部，作家出版社，2018 年。

（十）其他文学书籍

《黄河诗金岸——首届中国·宁夏黄河金岸诗歌节诗选》，阳光出版社，
2012 年。

《长河浩荡——纪念抗战胜利七十周年楹联诗词作品选》，宁夏人民出
版社，2015 年。

《稻花香里——宁夏文学艺术院学员作品选》，阳光出版社，2018 年。

《保剑君诗文集》，宁夏人民出版社，2018 年。

（十一）艺术书籍

《中国歌谣集成·宁夏卷》《中国谚语集成·宁夏卷》《中国民间故事
集成·宁夏卷》，中国 ISBN 中心出版，1996 年、1998 年、1999 年。

《宁夏美术书法作品集》，宁夏人民出版社，1998 年。

《摄影艺术论丛》，宁夏人民出版社，2001 年。

《中国当代摄影家丛书·宁夏卷》，宁夏人民出版社，2004 年。

《颂歌唱宁夏》，宁夏人民出版社，2005 年。

《首届中国西部书法篆刻展览作品集》，宁夏人民出版社，2007 年。

《胡介文书法作品集》，宁夏人民出版社，2007 年。

《宁夏剪纸》，宁夏人民出版社，2016 年。

《放歌新时代——宁夏歌曲集》，中国文联出版社，2018 年。

《乐理文韵——宁夏音乐文学文论选集》，宁夏人民出版社，2018 年。

《马知遥风景油画选》，阳光出版社，2019 年。

宁夏文联所属文学部门

《朔方》编辑部　宁夏文联下属公益事业单位，具体编辑出版《朔方》
文学月刊。设有主编一人，副主编二人，采编室、通联室和办公室三个部室。
2020 年 7 月，宁夏文联深化改革，将《朔方》编辑并入文学艺术院。

《朔方》文学月刊始终坚持文艺为人民服务、为社会主义服务，坚持百
花齐放、百家争鸣，自觉培育和践行社会主义核心价值观，为繁荣宁夏文学
事业贡献力量。《朔方》始终立足宁夏，面向全国，放眼世界，反映时代，
服务人民，记载历史，以"出人才、出作品"为办刊宗旨，以"力举作家，
力推作品"为己任。

（一）沿革

《朔方》前身是《群众文艺》，由宁夏文联筹委会创刊于1959年5月16日，4开小报，半月一期。

1960年1月改为月刊，7月更名为《宁夏文艺》。

1962年下半年改为季刊。

1963年1月改为双月刊。

1964年年底在全国性文艺整风中停刊。

1974年复刊，为双月刊，开辟《新苗》栏目，第5期推出"诗歌专号"。

1975年，第3期刊发"儿童文学特辑"。

1976年，第2期刊发"小说特辑"；第4期刊发"曲艺特辑"。

1977年，开辟《火热的第一线》栏目。

1978年，第4期刊发"短篇小说特辑"，首次刊发"宁夏风物志征文"。

1979年，《宁夏文艺》第1期、第2期、第3期、第5期头条位置刊发张贤亮短篇小说《四封信》《四十三次快车》《霜重色愈浓》《吉普赛人》。

1980年，改为月刊，第1期、第2期头条位置刊发张贤亮短篇小说《在这样的春天里》（与邵振国合写）《邢老汉和狗的故事》；第4期更名为《朔方》；第9期头条位置刊发张贤亮短篇小说《灵与肉》。

1981年，《朔方》将期刊页码增加到80页。第1期刊发"银北诗会"；第2期刊发"新人诗页"；第3期刊发"本区新人新作小说特辑"；第6期刊发"农村小说特辑"。

1982年8月，《朔方》编辑部与中国作家协会宁夏分会在银川召开"塞上诗会"。

1983年，开设"本区作家与作品评介小辑"，第7期推出"民族作家专号"。

1984年，第3期推出"女作者专号"。

1985年，从第9期开始，开设"宁夏作家论"。

1986年9月，与中国作家协会宁夏分会联合举办的"宁夏四地区（市）文学大奖赛"评选揭晓。

1987年，第1期、第2期刊发"宁夏少数民族文学讲习所学员作品选辑"。

1988年，第10期推出"宁夏作品专号"。

1989年，第5期、第11期推出"诗歌专号"。

1990年，第3期推出"出刊200期纪念专号"。

1991年4月，与中国作家协会宁夏分会、文艺理论研究室联合召开"宁夏新诗、小说研讨会"。

1992 年，第 10 期刊发"'中房杯'微型报告文学征文获奖作品选"。

1993 年，第 9 期刊发"宁夏回族自治区成立三十五周年专辑"。

1994 年，第 9 期刊发"民族作家散文专辑"。

1995 年，第 3 期刊发"青年小说家新作"。2 月，召开"青年小说家座谈会"。

1996 年，第 7 期刊发"宁夏小说创作八人谈"；第 8 期刊发"宁夏文联采风团作品特辑""宁夏散文创作八人谈"。

1997 年，10 月，承办"贯彻十五大精神，繁荣文学创作作者座谈会"；12 月，召开"青年作家改稿会"。

1998 年，第 3 期刊发"女作家作品特辑"；第 4 期推出"青年作家专号"；第 9 期推出"庆祝自治区成立四十周年专号"；第 12 期刊发"宁夏第五次代表大会特辑"。

1999 年，新开《名家新作》《西部作家》《今日作家》《批评与思考》等栏目。第 5 期刊发"70 年代出生作家特辑"；第 10 期推出"庆祝新中国成立五十周年、宁夏解放五十周年专号"。5 月召开"70 年代出生作家座谈会"；8 月召开"第一届西部作家笔会"。

2000 年，第 5 期推出"西部作家专号"；第 7 期刊发"'5·23'采风特辑"；第 11 期刊发"'宁夏三棵树'陈继明、石舒清、金瓯作品特辑"。6 月，在北京承办"宁夏青年作家陈继明、石舒清、金瓯作品讨论会"；7 月，在银川承办"第二届西部作家笔会、全区中短篇小说优秀分子座谈会"。

2001 年，第 5 期、第 6 期推出"全区青年作家专号"。1 月，在银川承办"郭文斌、火会亮、李方、了一容作品研讨会"；4 月，在银川召开"全区青年作家创作研讨会"；6 月，在固原召开"西海固诗会"；11 月，在银川召开"庆祝宁夏文联成立四十周年暨《朔方》创刊四十周年座谈会"。

2002 年，第 1 期刊发"《朔方》创刊四十周年纪念专辑"；第 5 期、第 6 期推出"全区青年作家专号"。5 月，在北京承办"宁夏青年作家小说研讨会"；9 月，在银川承办"全区青年作家创作研讨会"，其间举办"'宁夏新三棵树'季栋梁、漠月、张学东作品研讨会"。

2003 年，《朔方》改为大 16 开本，开辟《每期一家》等栏目。第 5 期、第 6 期推出"全区青年作家专号"；第 7 期刊发"宁夏诗歌新人"专辑。第 1 期、第 2 期、第 3 期、第 7 期、第 8 期、第 9 期、第 10 期、第 11 期、第 12 期《每期一家》刊发石舒清、尹乔、陈继明、季栋梁、漠月、金瓯、张学东、了一容、火会亮作品专辑；开设专栏，除第 5 期、第 6 期合刊外，全年刊发荆竹的研究文章。8月，在银川召开"第三届西部作家笔会"；10月，在银川召开"西部文学创作座谈会"。

2004年，第1期刊发"21世纪文学之星丛书入选者特辑"；第2期刊发"自治区六届文代会专辑"；第5期、第6期推出"全区青年作家专号"。第1期、第4期、第7期、第8期、第9期、第10期、第11期、第12期《每期一家》刊发杨梓、葛林、但及、王怀凌、梦也、韩聆、虎西山、九鹏作品专辑。《专栏》除第3期、第5期、第6期合刊外，全年刊发荆竹的研究文章。

2005年，第1期开辟《校园80后》《新星一族》《非确定》栏目。《每期一家》改为《本期一家》，第2期、第3期、第4期、第5期、第8期、第9期、第10期、第11期刊发杨森君、韩银梅、周晓豆、杨天林、牛学智、洪立、李方、泾河作品专辑；增刊刊发"宁夏电力文学作品特辑"。《朔方》荣获第三届国家期刊奖百种重点期刊。

2006年，第5期、第6期合刊推出"宁夏青年作家作品专号"；第8期刊发"宁夏青年作家作品研讨会特辑""宁夏文学新人作品专辑"；第10期刊发"宁夏公安作者作品专辑"；第11期刊发"西吉县文学作品专辑"。第4期、第9期、第12期《本期一家》刊发王族、杨建虎、罗进贵作品专辑。7月，"宁夏青年作家作品研讨会"在中国现代文学馆召开，本刊主编冯剑华，副主编杨梓、漠月，编辑梦也、张学东、了一容参加研讨会；在泾源承办"中国西部首届六盘山诗会"。8月，在银川承办"文学宁夏"座谈会暨第四届西部笔会；10月，在银川协办"贺兰山·第二十二届青春诗会"。

2007年，第1期刊发特稿《雨·天话语——张贤亮与余秋雨、易中天的对话》；第3期推出"女作家作品专号"；第5期、第6期合刊推出"宁夏青年作家作品专号"；第9期刊发"上海首届研究生班作品小辑"；第10期刊发"宁夏文学新人作品特辑"；第11期《本期一家》刊发马金莲作品专辑。

2008年，开辟《宁夏五十年》栏目，全年刊发反映宁夏回族自治区成立五十年来辉煌成就的报告文学。开辟《鲁迅文学奖获得者新作》栏目。第6期刊发纪念改革开放30年专稿——张贤亮《一切从人的解放开始》；第7期刊发"抗震救灾众志成城特辑"；第9期刊发"庆祝自治区成立五十周年特辑"；第10期刊发特稿《张贤亮旧体诗词选》（30首）；第11期推出"西北电力文学专号"。

2009年，《朔方》改为16开本，页码增加到120页。第4期推出"宁夏青年作家专号"；第5期推出"《朔方》创刊五十周年纪念专号"；第9期刊发"固原市作品专辑"；第10期刊发"庆祝新中国成立六十周年特辑"；第1期、第2期、第11期《本期一家》刊发李进祥、王佩飞、林一木作品专辑。4月，在银川承办"宁夏青年作家创作座谈会"；9月，举办《朔方》（鸣翠湖）新锐笔会。《朔方》原发作品《吼夜》荣获首届"茅台杯"《小说选刊》年度大奖，并入列该年度中国小说学会短篇小说排行榜。《朔方》荣获中国北方十佳期刊奖。

2010年，开辟《全国文学奖获得者新作》栏目，全年刊发荣获鲁迅文学奖作家的小说、散文、诗歌、访谈、创作谈等最新作品。第3期推出"宁夏女作家作品专号"；第5期、第6期推出"宁夏青年作家作品专号"；第4期刊发"泾源县作家作品专辑"；第9期刊发"石嘴山市作家作品专辑"；第11期刊发"宁夏80后诗辑"；第12期刊发特稿《宁夏的名片——张贤亮与宁夏文化》、"彭阳县作家作品专辑"。第1期、第2期、第4期、第7期、第8期、第10期、第11期、第12期《本期一家》刊发单永珍、冯雄、安奇、阿舍、马占祥、马金莲、李壮萍、黄忠龙作品专辑。

2011年，第1期推出"《朔方》出刊500期纪念特辑"；第2期刊发"西部大开发，宁夏新跨越诗歌大赛专辑"；第3期推出"女作家作品专号"；第4期刊发"第二届日中韩东亚文学论坛特辑"；第5期、第6期推出"宁夏青年作家作品专号"；第7期刊发"庆祝建党九十周年作品专辑"；第10期刊发"纪念辛亥革命一百周年特辑"；第11期推出"西吉籍作家作品专号"。第1期、第4期、第7期、第8期《本期一家》刊发吟泠、杨子、张不狂、李少军作品专辑。

2012年，开辟《古体诗词》《新译作》《纪实》栏目。第5期、第6期推出"宁夏青年作家作品专号"；第7期刊发"吴忠市作家作品小辑"；第11期刊发特稿"文学名家看西吉"；第9期、第11期《本期一家》刊发陈继明、吟泠作品专辑；第12期刊发"宁夏大学人文学院作品小辑"。3月，举办庆"三八"宁夏女作家座谈会；5月，纪念《在延安文艺座谈会上的讲话》发表七十周年，承办宁夏基层文学会议；11月，召开《朔方》改版座谈会。《朔方》原发作品《飞翔的鸟》荣获《小说选刊》双年奖。

2013年，第3期刊发"悼念诗人雷抒雁特辑"；第6期、第7期推出"宁夏'60后'作家作品专号"；第8期推出"宁夏'70后'作家作品专号"；第9期刊发"诗坛一瞥——纪念辛笛特辑"；第10期刊发洪梅香、敏玉林散文小辑；第2期、第3期、第4期、第10期《本期一家》刊发骆英、杜晓明、季栋梁、赵华作品专辑；第11期刊发"宁夏文学艺术院第一期研修班作品专辑"；增刊推出"鲁迅文学院第六期少数民族文学创作培训班学员作品专号"。

2014年，第3期刊发"同心县作家作品特辑"；第8期刊发"散文随笔特辑";第 9 期刊发"首届《朔方》文学奖特辑";第 2 期、第 4 期、第 6 期、第 7 期、第 10 期《本期一家》刊发朱山坡、王颖、张嵩、李学辉、刘汉斌作品专辑;第 11 期推出"张贤亮纪念专号(珍藏本)";第 12 期刊发"《学习习近平在文艺工作座谈会上讲话》笔谈";增刊推出宁夏文学艺术院编辑的"宁夏文艺评论"专号,其中有第 2 期研修班评论作品。9 月,举办《朔方》创刊五十五周年座谈会,首届《朔方》(2011—2013)文学奖揭晓,并在镇北堡西部影视城举办颁奖仪式。

2015 年,第 1 期刊发"首届《朔方》文学奖获得者新作联展";第 2 期、第 4 期、第 6 期、第 8 期《本期一家》刊发李元胜、陈然、牛红旗、吴克敬的作品专辑;第 7 期、第 8 期刊发"宁夏文学艺术院第三期研修班诗歌小辑";第 9 期刊发"纪念中国人民抗日战争胜利七十周年特辑";第 11 期刊发"中卫市作家作品辑"。12 月,《朔方》成为全国文学报刊联盟理事单位。

2016 年,第 1 期刊发特稿《张贤亮:文学与西部大地》;第 3 期推出"女作家专号";第 7 期刊发铁凝讲稿《文学照亮生活》和"怀念陈忠实先生"特辑;第 8 期推出"小说专号",刊发张贤亮遗作《张贤亮:怎样写小说》;第 9 期推出"宁夏青年诗人作品专号",其中《本期一家》刊发马占祥、林一木、刘岳、王西平的诗歌专辑;第 1 期、第 2 期、第 4 期、第 5 期、第 10 期《本期一家》刊发马金莲、薛青峰、刘键彷、杨森君、周李立、李少君作品专辑;第 11 期刊发"宁夏文学艺术院第四期研修班散文作品专辑"。1 月,开通"文学朔方"微信公众号;3 月,"文学朔方"位列宁夏新媒体排行文化榜榜首;5 月,"《朔方》进校园"启动仪式在宁夏大学举行;10 月,第二届《朔方》(2014—2015)文学奖揭晓,出版《第二届〈朔方〉文学奖(2014—2015)入围作品集》;12 月,"'一带一路'发展战略中的宁夏多民族文学创作研讨会"在北京举行。《朔方》原发作品《归去来兮》入选中国小说学会 2016 年度短篇小说排行榜。

2017 年,第 2 期推出"诗人专号";第 3 期推出"宁夏女作家专号";第 4 期刊发电影文学剧本《枣园纪事》;第 8 期推出"短篇小说专号";第 9 期刊发纪念张贤亮特稿《张贤亮的文学观念》及其原作《夕阳》;第 10 期刊发"迎接十九大散文、诗歌主题征文获奖作品选辑"。第 2 期、第 4 期、第 5 期、第 9 期、第 11 期《本期一家》刊发林莽、刘益善、刘年、白远志、周立民、陈莉莉、田鑫作品专辑。3 月,"今日《朔方》与宁夏文学"座谈会在宁夏大学举办;4 月,"走近编辑·书写变迁·个人成长"座谈会在宁夏师范学院举办;9 月,《朔方》诗词奖揭晓。

2018年，《朔方》将页码增加到176页，为纪念《朔方》创刊六十周年，开辟《我与〈朔方〉》栏目。第4期推出"固原专号"；第1期、第4期《本期一家》刊发季栋梁、李继林作品专辑；第7期刊发特稿《宁夏文学走进新时代——中国文学的宁夏现象专题研讨会发言摘要》；第9期刊发"喜迎宁夏回族自治区成立六十周年荣光杯主题征文获奖作品选辑"；第10期刊发"石嘴山市作品辑"。7月，第三届《朔方》（2016—2017）文学奖揭晓，出版《第三届〈朔方〉文学奖（2016—2017）入围作品集》，举办"宁夏文学现象——塞上散文诗专题研讨会"。9月，原发作品《箍缸》《长城，或者城中长城》《献血者》获第二十七届"东丽杯"全国孙犁散文。

2019年，第1期刊发特稿《在新时代新起点上，实现宁夏文学新突破新跨越》；第3期推出"女作家专号"；第5期推出"《朔方》创刊六十周年纪念专号"；第6期刊发"宁夏散文诗小辑"；第7期推出"《朔方》改稿班学员作品专号"；第10期刊发"庆祝新中国成立七十周年特辑"、特稿《栉风沐雨砥砺行，绿树繁花文学林——〈朔方〉创刊六十周年座谈会纪要》；第12期刊发"宁夏文联第十期文学、评论研修班作品专辑"；第1期、第10期、第11期、第12期《本期一家》刊发高丽君、泾河、王心军、计虹作品专辑。6月，举办《朔方》创刊六十周年改稿班；8月，《朔方》入选2019年北京国际图书博览会（BIBF）"庆祝新中国成立七十周年精品期刊展"；9月，举办"纪念《朔方》创刊六十周年座谈会"和"《朔方》60年文学会"。

（二）编辑出版

编辑出版三届《朔方》文学奖入围作品集。

（三）编辑人员

历任编辑部负责人梁文若；编辑部主任李颖、哈宽贵，副主任高奋；名誉主编张贤亮、杨继国、郑歌平、崔晓华；主编李微冬、江云、路福增（路展）、高深、王世兴、潘自强、杨继国、冯剑华、哈若蕙、漠月、雷忠、杨梓；常务副主编潘自强、虞期湘、赵福顺（肖川）、冯剑华、漠月；副主编石天、马若、朱红兵、吴淮生、虞期湘、赵福顺（肖川）、李唯、冯剑华、吴善珍、杨梓、漠月、梦也、张学东、火会亮；编辑姚以壮、石天、梅文秋、李兴华、王毓仁、史行舟、范海涛、曾杏绯、王亚仑、丁冲、龚之方、张凤珠、赵孟祥、贝瑛仁、杨韧、郭崇玫、汪宗元、杨仁山、林楠、郭印川、胡正伟、贾长厚、都沛、吴江、李春俊、柳仰东、王东义、郑柯、郭震乾、杜娟、陈继明、石舒清、王军、了一容、陆阁丽、曹海英、杨建虎、许艺等。

（四）荣誉

《朔方》编辑部：1995 年宁夏出版系统先进集体；2012 年全区宣传思想文化工作先进集体。

《朔方》：宁夏社科期刊质量评估：1999 年优秀期刊，2004 年一级期刊第一名，2008 年优秀期刊；2001 年中国期刊方阵双效期刊；2005 年第三届国家期刊奖百种重点期刊奖；2009 年中国北方十佳期刊奖，新中国 60 年有影响力的期刊；2019 年北京国际图书博览会（BIBF）"庆祝新中国成立七十周年精品期刊"。

原刊于《朔方》2004 年第 9 期的李浩小说《将军的部队》荣获 2007 年第四届鲁迅文学奖。

1983 年宁夏第三届文艺评奖耕耘奖：主编路展。

1983 年宁夏长期从事社会科学工作奖：副主编虞期湘。

1983 年宁夏知识分子专业技术工作突出贡献奖：副主编肖川。

1987 年中国作家协会"文学编辑"：主编路展、副主编虞期湘。

1999 年宁夏十佳编辑奖：常务副主编冯剑华。

2004 年宁夏"313 人才工程"：副主编漠月。

2008 年宁夏期刊领军人物奖：主编冯剑华；优秀编辑奖：杨梓、漠月、梦也、张学东。

国家百千万人才工程：2008 年副主编杨梓；2012 年副主编张学东。

2015 年宁夏宣传文化系统"四个一批"人才、2016 年自治区政府特殊津贴、2017 年"塞上文化名家"、2019 年宁夏哲学社会科学和文化艺术领军人才：副主编张学东。

宁夏作家协会　简称宁夏作协，是中国共产党领导的由全区作家和文学工作者组成的专业性人民团体，是党和政府联系文学界的桥梁和纽带，是繁荣社会主义文学事业与发展社会主义先进文化的重要力量，是中国作家协会和宁夏文联的团体会员。现有会员 1154 名，中国作家协会会员 99 名。

（一）作代会

1961 年 3 月，第一届文学艺术工作者代表大会召开，宁夏文联正式成立，内设文学组，负责开展日常工作。

1979 年 3 月 6 日，由宁夏文联第一届第三次全委扩大会议文学组代行代表大会职权，宣布成立中国作家协会宁夏分会。选举理事 21 名，吴淮生为驻会理事。后发展会员 50 名。

1980 年 5 月 21 日，中国作家协会宁夏分会第二届代表大会召开，出席会议代表 67 名，选举理事 24 名。主席朱红兵；副主席王十仪、吴淮生、哈宽贵、程造之。届中补选李震杰、路福增（路展）为副主席；秘书长李震杰；副秘书长张武、高深。

1984 年 7 月 28 日，中国作家协会宁夏分会第三届代表大会召开。出席会议代表 78 名，选举理事 18 名。名誉主席朱红兵、李震杰、程造之；顾问王十仪；主席张贤亮；副主席张武、路福增、吴淮生；秘书长刘国尧；副秘书长王洲贵。届中增补理事至 32 名；补选高深、戈悟觉为副主席；增选余光慧为副秘书长、秘书长。

1992 年 12 月 16 日，宁夏作家协会第四届代表大会召开。出席会议代表 77 名，选举理事 38 名。名誉主席朱红兵；主席张贤亮；副主席张武（常务）、戈悟觉、马知遥、张涧、高嵩、赵福顺（肖川）、李唯、虞期湘、王洲贵、查舜、郑柯；秘书长余光慧。届中补选冯剑华为副主席；马宇桢、马星为副秘书长。

1999 年 5 月 13 日，宁夏作家协会第五届会员代表大会召开。出席代表 86 名，选举理事 46 名。名誉主席张武；顾问李增林、董家林；主席张贤亮；副主席马宇桢、王金柱（荆竹）、冯剑华、田裕民（石舒清）、赵福顺、余光慧（驻会）、查舜、南台、高嵩、高耀山、慕岳；秘书长马星。

2004 年 3 月 30 日，宁夏作家协会第六届代表大会召开。出席代表 102 名，选举理事 48 名。名誉主席张贤亮；顾问张武、慕岳、赵福顺；主席田裕民（石舒清）；副主席马宇桢、王雄、王金柱（荆竹）、火仲舫、冯剑华、余光慧（常务）、陈继明、郎伟、查舜、拜学英、郭文斌；秘书长马星；副秘书长闫宏伟。届中马星工作调动，增选秘书长闫宏伟，增补理事张九鹏。

2014 年 12 月 3 日，宁夏作家协会第七届代表大会召开。出席代表 99 名，选举理事 49 名。名誉主席田裕民（石舒清）；顾问冯剑华、余光慧、哈若蕙；主席郭文斌；副主席郎伟、王月礼（漠月）、杨梓、季栋梁、李金瓯、钟正平、李进祥、马金莲；秘书长闫宏伟；副秘书长杨风军、张涛、张九鹏。

2017 年 12 月 12 日，宁夏作家协会第八届代表大会召开。出席代表 100 名，选举理事 55 名。主席郭文斌，副主席马金莲、王月礼（漠月）、闫宏伟、李进祥、李金瓯、杨梓、张学东、季栋梁、赵华、钟正平；主席团委员王怀凌、张嵩、杨风军、杨富国、赵建银（梦也）；名誉主席石舒清；顾问郎伟；秘书长闫宏伟（兼）；副秘书长张涛、张九鹏。

（二）学会和专委会

目前下设两个学会和十个专业委员会：

宁夏诗歌学会：名誉会长骆英、杨梓；会长王怀凌；副会长杨森君、梦也、冯雄、雪舟、李壮萍、唐晴、单永珍、张涛；秘书长马占祥。

宁夏朗诵艺术学会：名誉主席马乐群；主席哈若蕙；常务副主席钱朝晖；副主席卢佳、姚军、张燕、杨凤娥、王琦、黄怡林、张卫东、贾支红、刘大可、王强、曹亮、夏怡雯；秘书长马磊。

小说委员会：顾问查舜、火仲舫；主任石舒清；副主任季栋梁、漠月、王佩飞；秘书长：李进祥。

散文委员会：顾问冯剑华、高耀山；主任郭文斌；副主任段怀颖、杨天林、王正儒；秘书长计虹。

诗歌委员会：顾问肖川；主任杨梓；副主任葛林、梦也、王怀凌；秘书长张涛。

报告文学委员会：顾问余光慧；主任拜学英；副主任胡斌、严光星、唐荣尧；秘书长张九鹏。

文学理论与评论委员会：顾问荆竹；主任郎伟；副主任哈若蕙、钟正平、牛学智；秘书长许峰。

网络文学委员会：主任闫宏伟；副主任我本疯狂（赵磊）、黄河谣、青椒豆腐、乌兰其木格。

散文诗委员会：主任王跃英；副主任王西平、田玉珍、杨建虎、李晓园、张慈丽、禹红霞；秘书长王西平（兼）。

少数民族文学委员会：顾问杨继国、马知遥；主任哈若蕙；副主任金瓯、李进祥、了一容；秘书长马占祥。

女性文学委员会：主任左宏阁；副主任韩银梅、武淑莲、阿舍；秘书长马丽华。

青年文学委员会：主任张学东；副主任马金莲、赵华、查文瑾；秘书长田鑫。

（三）推荐作品

21 世纪文学之星丛书

1994 年卷：石舒清小说集《苦土在》。

1996 年卷：马宇桢小说集《季节深处》。

1998 年卷：陈继明短篇小说集《寂静与芬芳》。

2002 年卷：张学东小说集《跪乳时期的羊》。

2006 年卷：了一容小说集《挂在轮椅上的铜汤瓶》。

2007 年卷：牛学智评论集《思潮中的文学》。

2014 年卷：刘汉斌散文集《草木和恩典》。

2019 年度：田鑫散文集《大地知道谁来过》。

中国少数民族文学之星丛书

2018 年度：李进祥中短篇小说集《生生不息》；乌兰其木格《喧哗中的谛听》。

2019 年度：阿舍《我不知道我是谁》；马占祥诗集《西北辞》。

中国作家协会重点扶持作品项目

2004 年：杨梓长诗《西夏史诗》。

2005 年：张学东长篇小说《超低空滑翔》。

2006 年：查舜长篇小说《激荡生命》；杨森君诗集《西域诗篇》。

2008 年：李义长篇小说《景绿叶》。

2009 年：牛学智《三十年批评地图》。

2010 年：了一容长篇小说《黑窑洞》。

2011 年：李进祥长篇小说《绿叶红花》；牛学智《当前中国文学批评本土话语研究》。

2014 年：查舜长篇小说《田园牧歌》；李治山长篇小说《七十二匠》；许艺报告文学《大地的朗读——西海固和她的老师们》。

2015 年：王佩飞长篇小说《厚土》；季栋梁长篇小说《锦绣记》。

2016 年：钱守桐诗集《红寺堡》。

2019 年：我本疯狂（赵磊）儿童文学《铁骨铮铮》；季栋梁纪实文学《西海固笔记》。

中国作家协会少数民族文学重点作品扶持项目

2013 年：马金莲长篇小说《回族媳妇》；阿舍散文《撞痕》。

2014 年：李进祥小说《拯救者》；马丽华纪实文学《绥西抗战纪实》；杨贵峰报告文学《奔跑的绿洲》。

2015 年：王兴国小说《黄河从咱身边过》；马占祥诗集《去山阿者歌》。

2016 年：马凤鸣小说《天堂来信》；马金莲小说《夜空下的孩子们》；张慈丽小说《西夏秘史》；拜学英散文《大地上的追寻》；许峰《新时期以来回族文学批评研究（1978—2015）》；李有智《张贤亮论》；郎伟《新世纪（2000—2015）宁夏小说创作编年史》。

2017 年：马慧娟小说《罗山脚下的女人们》；冶进海小说《我们的正道》；曹海英小说《离开卡布梁》；单小花小说《磨难的岁月》；阿舍散文《我不知道我是谁》；王学军散文《脚下的歌谣》；苏涛《春雪的筋骨》；乌兰其

木格《当代回族文学书写向度研究》。

2018 年：马强长篇小说《四十八马站》。田晓慧散文《三十六个》；马生智诗集《第五种语言》；牛学智《汉族文化现代性与宁夏少数民族地域文学》。

2019 年：张治乾长篇小说《罗山脚下的枪声》。

（四）组织编辑

组织编辑出版《飘香的沙枣花》《光辉永照宁夏川》《宁夏文学作品精选》《宁夏青年作家作品精选》《宁夏文学精品丛书》《宁夏作家作品选》，金骆驼丛书 16 部，文学宁夏丛书 20 部等。

（五）荣誉

2015 年"塞上文化名家"、宁夏宣传文化系统"四个一批"人才：李进祥。

2018 年宁夏五一劳动奖章、宁夏哲学社会科学和文化艺术领军人才：李进祥。

宁夏文联文艺理论研究室　成立于 1984 年 4 月，主要工作任务是创办文艺理论刊物，研究文艺理论和文艺作品，开展学术研究与交流，组织宁夏文艺理论与批评队伍及其工作，培养青年文学创作人才。1984 年至 2006 年，吴淮生、高嵩、荆竹先后担任主任；曹中、张克勤先后担任副主任；张宏勋、梅文秋担任研究员；陈玲、刘闽、马萍、严光星、张鹏为工作人员。

20 世纪 80 年代，举办过多期文学讲习班。宁夏文联将内部刊物《文艺学习参考》《文艺通讯》划归该室编辑。《文艺学习参考》主要刊登中央关于文艺方面的政策及文艺界领导讲话，以期引导宁夏文艺理论与文艺创作事业发展的正确方向。先后编辑出版 5 期。《文艺通讯》是文艺理论刊物，1986 年更名为《宁夏文艺通讯》，后又更名为《塞上文谈》，1994 再次更名为《塞上文谭》，内容由原来的纯文艺理论刊物调整为综合性刊物。1996 年因经费问题停刊。张宏勋、王世兴、吴淮生、高嵩、荆竹先后担任主编；梅文秋、曹中曾任副主编。

宁夏文学艺术院　成立于 2006 年 12 月 25 日，在文艺理论研究室的基础上并入专业文艺家组建而成，为宁夏文联所属的一类公益事业单位、正处级培训编辑研究机构。2013 年，以"培扶人才，编研作品"为定位，以"独立，高远，独创，致远"为院训，以"真善美爱"为信念。2018 年，加挂"宁夏文艺理论研究室""宁夏文艺网络信息中心"两块牌子，主要职能扩展为"培训文艺人才，签约文艺名家，研究文艺理论，研讨优秀作品，编辑名家书系，采编文艺家报，开发文艺资源，管理网络文艺"八项。2020 年 7 月，《朔方》

并入宁夏文学艺术院，设院长一名，副院长两名，综合部、编辑部、媒体部、研究部四个部室，在原有职能上增加了编辑出版《朔方》文学月刊。

（一）培训人才

基层培训班：2017年3月16日至18日，在同心主办第1期，90多人参加；3月17日至19日，在中宁主办第2期，170多人参加；6月9日至11日，与宁夏青年书法家协会在银川联办第3期书法班，30人参加。2018年3月24日至25日，在大武口主办第4期，180多人参加；3月31日至4月1日，在平罗主办第5期，120多人参加；4月21日至22日，在永宁主办第6期，200多人参加；5月12日至13日，在贺兰主办第7期，100多人参加；5月19日至20日，在银川主办第8期，190人参加；8月29日至31日，与宁夏民协在吴忠联办第9期剪纸班，80人参加。2019年3月8日至10日，在沙坡头主办第10期，130多人参加；3月15日至17日，在灵武主办第11期，140多人参加；3月22日至24日，在青铜峡主办第12期，160多人参加。以上共1590多人参加。

会员培训班：2018年8月10日至12日，在银川举办第1期宁夏文联各协会会员培训班，210多人参加；8月17日至19日，在大武口举办第2期，150多人参加；8月31日至9月2日，在吴忠举办第3期，160多人参加；9月7日至9日，在中卫举办第4期，170多人参加；9月14日至16日，在固原举办第5期，230多人参加。以上共920多人参加。

其他培训班：2019年4月19日至21日，在银川承办首期新文艺群体培训班，60人参加。5月24日至30日，在北京承办基层文联暨协会负责人培训班，50人参加。7月9日、15日、16日、17日、20日，协调支持永宁县举办美术、音乐、戏剧、舞蹈、书法培训班，230多人参加。以上共340多人参加。

改稿班：2019年6月14日至16日，与《朔方》在银川联办第11期《朔方》改稿班，32人参加；10月25日至27日，在固原联办第12期，20人参加。以上共52人参加。

研修班：2013年9月9日至15日，在泾源主办第1期公共班，23人参加。2014年7月7日，在银川主办第2期评论班，27人参加。2015年6月19日至23日，在灵武主办第3期诗歌班，22人参加。2016年8月28日至9月1日，在银川主办第4期散文班，27人参加。2017年5月11日至14日，在银川主办第5期小说班，30人参加。2018年7月28日至30日，在青铜峡主办第6期综合班，33人参加。2019年4月10日至14日，与宁夏美协、书协在银川联办第7期美术、书法班，66人参加，其中美术26人，书法40人；5月22

日至 26 日，与宁夏音协、舞协在银川联办第 8 期音乐、舞蹈班，80 人参加；7 月 26 日至 30 日，与宁夏摄影家协会在中卫联办第 9 期摄影班，31 人参加；9 月 18 日至 22 日，与宁夏作协、评协在银川联办第 10 期文学、评论班，53 人参加，其中文学 34 人，评论 19 人；9 月 24 日至 28 日，与宁夏民协在银川联办第 11 期雕刻班，58 人参加，其中 20 人为艺术学院学生；10 月 24 日至 27 日，与宁夏影视协会在银川联办第 12 期影视班，31 人参加。以上共 481 人参加。

高研班：2017 年 5 月 13 日至 14 日，在银川主办第 1 期综合班，王玉玺、董永红、石也、李振娟、安奇、杨春礼、常越、西野、倪万军、马晓雁、余媛媛、尹建华 12 人参加，由导师带学一年，2018 年 6 月结业；2018 年 7 月 31 日至 8 月 1 日，在青铜峡主办第 2 期综合班，吕言、吴全礼、鲁兴华、卢永、许艺、彦妮、雪舟、羽萱、刘乐牛、胡琴、瓦楞草、马君成、姜郑嘉梓、尹力 14 人参加，由导师带学一年，2019 年 8 月结业；2019 年 3 月 30 日至 31 日，联合宁夏戏剧、音乐、舞蹈、书法、美术、摄影、民间、曲艺杂技、影视 9 个协会承办首期艺术高研班，57 人参加，由导师带学半年，2019 年 10 月结业，名单从略；2019 年 8 月 24 日至 25 日，在银川主办第 3 期文学班，马悦、吟泠、瑶草、朱敏、孙海翔、杨军民、刘汉斌、田鑫、王学军、马泽平、刘京、火东霞 12 人参加，由导师带学一年，于 2020 年 9 月结业。以上共 95 人参加。

（二）编辑作品

《宁夏文艺家》：创刊于 1994 年 5 月，前身为《文学家与企业家》报，对开四版，一月一期，由宁夏作家协会主办。1998 年 4 月更名为《宁夏作家》。1999 年 8 月正式更名为《宁夏文艺家》，由宁夏文联主办，宁夏作家协会编辑、出版、发行。2018 年，由宁夏文联主办，宁夏文学艺术院编辑、出版、发行至今。《宁夏文艺家》自创刊以来，服务区内外广大文艺工作者，策划报道宁夏文艺活动，刊登转载区内外文艺家新作品，彰显宁夏文学艺术新成就，见证梳理宁夏文艺发展脉络，构架宁夏文学艺术家交流的桥梁。历任名誉总编张贤亮、杨继国、郑歌平；编委会主任崔晓华，副主任雷忠；总编辑张武、余光慧、哈若蕙、苏保伟；副总编辑余光慧、杨梓；编辑部主任张九鹏；编辑马星、李进祥、闫宏伟等。《宁夏文艺家》创刊至 2019 年年底共编辑出版发行 262 期，直投范围包括中国文联、中国作家协会；自治区党委、政府、人大、政协；宣传部、组织部；各省市县文联、作协；宁夏文联直属各文学艺术家协会广大会员。

编辑出版"塞上文艺名家书系"五辑十二部，《朔方》2014 年增刊"文艺评论专号"，《宁夏文艺评论》2015年至2017年卷，《稻花香里——宁夏文学艺术院学员作品选》等。

自2015年第1期开始，在《宁夏大学学报》（人文社会科学版）开辟《宁夏文艺研究》专栏并组稿，已刊发30多篇。

2016年年初，组织专家编撰《宁夏文学史》《宁夏艺术史》。

（三）签约文艺家

首期签约长篇小说创作者季栋梁、马金莲，诗歌创作者王怀凌、雪舟，非虚构文学创作者彦妮，网络文学创作者青椒豆腐，剧本创作者王文清，美术创作者朱彪，书法创作者潘志骞，摄影创作者海洋，共十名文艺家，为期两年。

（四）专业创作

宁夏文学艺术院成立前有专业作家马知遥，成立后将专业文艺家组并入，先后有查舜、郑柯、严光星、石舒清、郭佳荣、罗贵荣、李宪加入。

（五）工作人员

历任院长荆竹、杨梓；副院长郭佳荣、李宪、马星、火会亮；创研员李洪义、梦也；编辑张九鹏、陆阁丽、阿舍、叶梓、王嘉俐。

（六）荣誉

2020年宁夏"终身学习品牌项目"："三多一推"文艺人才培养工程。

2020年"塞上文化名家"、宁夏哲学社会科学和文化艺术领军人才：阿舍。

宁夏诗歌学会　成立于2013年端午节，是由宁夏文联主管、宁夏民政厅备案的一级学会，是中国诗歌学会和宁夏文联的团体会员。现有会员135名，其中中国诗歌学会会员12名，理事2名。

（一）诗代会

2013年6月12日，第一届代表大会召开。选举会长杨梓；副会长邱新荣、虎西山、杨森君、张铎、梦也、米雍衷、冯雄、王怀凌、周鸣、单永珍；秘书长雪舟、张涛；副秘书长安奇、马占祥。聘请名誉会长肖川、骆英；名誉副会长葛林、段怀颖、导夫、薛刚、权锦虎、张强、白军胜、丁学明、刘中、杨云才。

2018年5月19日，第二届代表大会召开。杨梓作了五年工作报告和财务报告。选举会长王怀凌；副会长杨森君、梦也、冯雄、雪舟、李壮萍、唐晴、单永珍、张涛；秘书长马占祥；副秘书长王武军、瓦楞草。聘请名誉会长骆英、杨梓；名誉副会长邱新荣、导夫、虎西山、张铎、米雍衷、张强、刘中、周鸣。

（二）《诗原》微刊

2014年12月31日，杨梓在银川主持召开会长团（扩大）会议，总结了《诗原》微刊出刊6期的经验，设置并丰富了微刊栏目，于2015年1月9日正式发刊。《诗原》微刊以"共建精神家园，提高生活品位，丰富心灵世界，提升人生境界"，微刊办成"宁夏诗歌学会公众平台，塞上诗人家园力作展板"。历任主编张铎、冯雄、雪舟；副主编王武军、瓦楞草、刘尔牛、刘京、倪万军、马晓雁；杨梓、张涛、安奇、唐晴、李壮萍、林一木、马占祥、马泽平等参与了组稿、编辑工作，罕莫是《诗原》的最初编辑。至2019年4月8日，共发布213期，因宁夏诗歌学会转为二级学会无法年审停刊。

（三）编辑出版

杨梓组稿编辑学会理事作品，刊发于《诗歌月刊》2013年第10期"宁夏诗人作品专辑"。

杨梓主编出版"诗宁夏双璧"《宁夏诗歌选》（上、下册）（2013—2018），《宁夏诗歌史》；"诗塞上云集"第一辑8部、第二辑5部个人诗集。

杨梓组稿编辑《朔方》2016年第9期"宁夏青年诗人作品专号"。

（四）重要活动

2014年5月15日，"2014·中法诗歌节银川站诗歌朗诵会"在银川举行。法国著名诗人雅克·达拉斯、安德烈·维尔泰，翻译家玛蒂娜·夏尔杜，法国巴黎狄德罗第七大学东亚语文学院中文系副教授徐爽，中国诗歌学会副会长、宁夏诗歌学会名誉会长骆英出席。学会会长团成员及会员参加了朗诵会。

2015年6月20日，"宁夏诗歌丛书研讨会"在银川召开。《中国诗歌》执行主编谢克强、《诗刊》常务副主编商震出席，针对"宁夏诗歌丛书"发表了重要评论，认为八位诗人诗集的出版是宁夏诗坛的重要收获，也是对全国诗坛的一大贡献。《宁夏诗歌选》和《宁夏诗歌史》的编辑出版，"是一部具有创始意义的区域诗歌史"，放在全国层面是第一部从古到今的地方诗歌史，所以《宁夏诗歌史》在全国具有创始和典范意义和价值。张铎对《雪舟诗选》、杨森君对洪立的《露珠上的太阳》、王武军对孙志强的《光阴之穗》、单永珍对瓦楞草的《词语的碎片》、牛学智对虎西山的《远处的山》、瓦楞草对王怀凌的《草木春秋》、王晓静对安奇的《野园集》、火东霞对郭静的《侧面》进行了专题评论；左宏阁、吕颖、李生滨等针对《宁夏诗歌选》和《宁夏诗歌史》发表了评论。

其他文学团体

宁夏诗词学会 成立于 1988 年中秋节。现挂靠自治区政协文化文史和学习委员会，由宁夏社会科学界联合会主管，是中华诗词学会和宁夏社会科学界联合会的团体会员。现有宁夏大学沙枣树诗词学会、银川黄河诗词学会、西夏诗词学会、西夏散曲社、石嘴山诗词学会、平罗诗词学会、中宁诗词学会、萧关诗社等团体会员。现有会员近 400 名，其中中华诗词学会会员 100 名，顾问 1 名，常务理事 1 名。

（一）诗代会

1988 年 8 月，第一届代表大会召开。聘请名誉会长薛宏福、李恽和、丁毅民；选举会长张源；副会长石天、秦中吟、吴淮生；秘书长秦中吟（兼）；副秘书长周毓峰。同年增补副会长刘山。1990 年增补副会长李涌泽。1991 年增补名誉会长梁国英；常务副会长李涌泽。

1994 年 6 月，第二届代表大会召开。选举会长李涌泽；副秘书长宣民庆、黄正元。1995 年增补副会长王邦秀、王文华、周毓峰；1996 年增补副秘书长赵三柱、陶玲。1995 年 5 月 4 日，全国第八届中华诗词研讨会在银川召开。

1997 年 9 月，第三届代表大会召开。聘请名誉会长马启智、刘仲；选举会长邓万；副会长吴淮生、秦克温、王邦秀、王文华、周毓峰、陈宝庆、李萌；常务副会长兼秘书长秦克温；副秘书长韩国昌（常务）、黄正元、杨兆兴、韩星明、陶玲、白林中、丁秉福、谢永贵。正式挂靠宁夏日报社。1998 年聘请名誉会长任启兴、王正伟；增补肖川、唐麓君为副会长。

2002 年 7 月，第四届代表大会召开。聘请名誉会长强锷、李涌泽、邓万、白皋、吴淮生；选举会长秦克温；副会长唐麓君、张程九、赵三柱、黄正元、段庆林、沙俊清、王正华。2003 年增补副会长崔正陵，张嵩为副秘书长。2005 年增补副会长杨森翔、刘剑虹、张嵩，常务副会长黄正元；增补名誉会长任怀祥，副会长杨石英，副秘书长闫云霞、李贵明。2006 年增补副会长何志鉴，常务副秘书长李贵明。

2007 年 8 月，第五届代表大会召开。聘请总名誉会长项宗西、强锷；名誉会长白皋、崔永庆、邓万、徐永富、董家林、李涌泽、吴淮生、杨少青；选举会长秦克温；副会长杨森翔、崔正陵、黄正元、段庆林、刘剑虹、张嵩、杨石英、葛林；秘书长闫云霞，副秘书长李贵明（常务）、熊秀英、李秀明、吴富山。2008 年增补副会长沈华维、闫云霞、张铎，增补秘书长熊秀英，免去秘书长闫云霞。

2015 年 2 月，第六届代表大会召开。聘请名誉会长项宗西；选举会长魏康宁，常务副会长张嵩，副会长闫云霞、张铎、白林中、段庆林、李玉民、闫立岭、邓成龙、左宏阁；秘书长张嵩（兼），副秘书长丁玉芳、祁国平、佐红星、许东君、田兴福。2017 年增补副秘书长马翚、许金平，免去副秘书长佐红星；增补副秘书长王武军。

（二）《夏风》诗刊

前身为《宁夏日报》的诗词专栏，1998 年改为《夏风》诗报，2004 年正式改名为《夏风》内部发行季刊，至 2019 年年底出刊 98 期。原任主编秦中吟，现任主编魏康宁，常务副主编张嵩。

（三）《夏风》微刊

创办于 2018 年 1 月，至 2019 年年底出刊 46 期，增刊 6 期。主编张嵩，副主编马翚、王武军。

（四）编辑出版

《塞上龙吟》，秦克温、杨克兴主编，宁夏人民出版社，1988 年。

《夏风》，张源、石天、秦克温主编，宁夏人民出版社，1991 年。

《当代诗人咏宁夏》，秦中吟主编，宁夏人民出版社，1994 年。

《重振边塞诗风——全国第八届中华诗词研讨会文集》，宁夏诗词学会编，宁夏人民出版社，1996 年。

《沙坡头今古诗词选》，秦中吟主编、杨兆兴副主编，中国华侨出版社，1997 年。

《中华当代边塞诗词精选》，秦中吟主编，宁夏人民出版社，1998 年。

《沙湖之歌》，王文华主编，宁夏人民出版社，2001 年。

《宁夏旅游诗词精选》，秦中吟、吴国伟主编，中国文联出版社，2002 年。

《中国西部开发诗词大典》，秦中吟主编，宁夏人民出版社，2003 年。

《平罗古今诗词选》，任登全主编，宁夏人民出版社，2004 年。

《诗人笔下的泾源》，张树仁主编、王凤笙副主编，宁夏人民出版社，2006 年。

《中华诗词文库·宁夏诗词卷》，秦中吟主编，中国文联出版社，2009 年。

《宁夏新十景诗词集》，蔡国英主编，宁夏人民出版社，2016 年。

《宁夏诗词学会三十年〈夏风〉诗词选》，宁夏诗词学会编，宁夏人民教育出版社，2019 年。

《宁夏诗词学会三十年〈夏风〉评论选》，宁夏诗词学会编，宁夏人民教育出版社，2019 年。

《长渠流韵——"塞上古渠杯"全国诗词大赛作品集》，宁夏诗词学会、自治区水利厅编，阳光出版社，2019 年。

（五）重要活动

2009 年 8 月 15 日，《中华诗词文库·宁夏诗词卷》首发式在银川举行，该书收入古代、近代宁夏的作品近 2600 首。

2016 年 11 月 25 日，"宁夏新边塞诗研讨会"在银川召开。北方民族大学教授左宏阁对宁夏新边塞诗进行了综合论述，评论家唐晴、段庆林、于永森、闫立岭、安奇、王武军、许峰、张富宝分别对秦克温、项宗西、吴淮生、张嵩、骆英（黄怒波）、肖川、杨梓、杨森君等人的诗歌进行了评论；宁夏诗词学会常务副会长张嵩代表诗人作了大会发言。

2017 年 9 月 24 日，宁夏诗词学会系列丛书诗词作品研讨会在银川召开，时任宁夏大学文学院教授李生滨和宁夏社会科学院研究员牛学智分别作了综合评论；十一位评论家分别对十二位诗人的诗词作品集和文学评论集进行了评论。

（六）奖项和荣誉

1997 年宁夏社会科学界先进学会：宁夏诗词学会。

宁夏社会科学界联合会 2006—2008 年度先进学会，2015 年、2017 年全国社科联先进社会组织：宁夏诗词学会。

2001 年全国第二届建安诗词大赛一等奖：秦中吟《鹧鸪天·咏荷——庆澳门回归祖国》。

2003 年中国作家杂志社、中国当代文学艺术研究中心联合组织的中国作家世纪论坛全国作品一等奖：秦中吟长篇自传体小说《梅花开了杏花红》。

2006 年中国画研究院等单位主办"国际华人诗画印艺术大展"金奖：吴淮生诗作《咏》。

2007 年"塞上清风"全国廉政诗词大赛一等奖：张嵩《重读〈清贫〉有感》。

2009 年"塞上江南·神奇宁夏"全国旅游诗词大赛一等奖：张嵩《六盘山颂》。

2012 年第四届华夏诗词奖一等奖：秦中吟歌行体长诗《大漠魂——献给西部治沙人》。

2016 年全国社科联优秀工作者：张嵩。

2015 年、2019 年宁夏文史馆优秀研究员：张嵩。

文学报刊

一、公开发行期刊

《黄河文学》是由银川市文联主办的文学月刊,前身为 1981 年试刊的《银川文艺》,1982 年公开发行文学季刊《新月》,出版发行 21 期,至 1987 年停刊。1992 年,银川市文联再次创办《黄河文学》双月刊,2007 年改为月刊,160 页,已出版 234 期。

(一)沿革

1981 年《新月》创刊,出版了一期创刊号和一期戏剧增刊。

1982 年编辑出版 3 期,主要有《小说》《诗歌》《诗苑新蕾》《海内诗情》《报告文学》《散文》等栏目。

1983 年起,每年编辑出版 4 期。

1986 年,编辑部举办文学讲座一年,由高嵩主讲,先后请王蒙、吴淮生等区内外作家、评论家、诗人讲课。

1987 年编辑出版 2 期,下半年停刊。

1992 年,《新月》编辑部更名《黄河文学》编辑部,《黄河文学》创刊,为双月刊,内部发行。

1994 年 1 月,《黄河文学》双月刊向全国公开发行。主要栏目有《纪实文学》《小说天地》《散文大观》《当代诗人》《诗园撷英》《风流人物》《杂文园圃》《时代报告》《书画影廊》等。

1997 年 8 月,《黄河文学》编辑部与甘肃河州市文联在河州联合举办文学笔会,宁夏、甘肃等省市百余人参加。

1999 年 3 月 11 日,为纪念新中国成立五十周年暨宁夏解放五十周年,编辑部与银川市作协联合召开《黄河文学》"银川专号"征稿座谈会。10 月,将征稿结集出版。

2000 年 7 月,编辑部与银川市作协联合组织贺兰笔会,《黄河文学》于 2000 年第 6 期推出"笔会特辑",刊发此次与会作者的散文、小说、诗歌作品 20 多篇(首)。

2001 年 8 月 13 日,为展示"塞上江南"风采,繁荣文学创作,编辑部与银川市旅游局在银川联合举办首届黄河旅游笔会。10 月 26 日,《黄河文学》与银川市委宣传部、《朔方》编辑部联合举办"西部文学创作暨高嵩长篇小说《马嵬驿》研讨会"。12 月,《黄河文学》以增刊形式推出"宁夏电力文学专号",

并召开增刊发行会。

2002 年主要栏目有《一频道》《走马黄河》《爱情婚姻小说》《散文大观》《玫瑰园》《当代诗人》《域外漫笔》《校园文学》《文苑撷英》《说文谈艺》等。7 月 9 日，举办庆贺《黄河文学》创刊十周年座谈会，鲁迅文学院常务副院长雷抒雁、《中国作家》副主编杨志广、《人民文学》二编室主任李玲修、新疆作协副主席胡尔朴、南京市作协秘书长刘德林等到会祝贺。

2003 年 8 月，与灵武市文联联合举办文学创作笔会，会后《黄河文学》刊发"灵武市作者作品专辑"。

2004 年 3 月，与《小小说选刊》《佛山文艺》《打工族》《青春》四家期刊联合举办"全国小小说征文大赛"。开通《黄河文学》网站，并在国家商标局注册《黄河文学》。

2005 年 6 月 2 日，《黄河文学》首届签约作家举行仪式，与十一名业余和专业作家签约。

2006 年 7 月 11 日，《黄河文学》编辑部与《雪莲》编辑部在青海西宁市联合举办《黄河文学》《雪莲》与全国部分选刊文学交流会。

2007 年《黄河文学》改为月刊。主要栏目有《一频道》《小说》《散文》《记忆》《新散文》《开言》《左岸小说》《黄河论坛》《黄河艺廊》等。第 4 期、第 5 期刊发北隐散文《孔子到底离我们有多远》（上、下），该文后入选 2007 年度中国散文排行榜。

2008 年 3 月 16 日，举办创刊 100 期纪念活动。"文学银军"丛书第一辑出版。第 6 期编辑出版"汶川地震专号"。9 月，参与承办"中秋赏月音乐诗会"。

2009 年，刊发"北京师范大学学生作品专辑""庆祝新中国成立六十周年作品专辑""爱荷华国际写作计划文化探寻项目作家作品专辑"。11 月，新闻出版总署从全国 9800 多家期刊中遴选向全国农家书屋推介期刊 134 种，《黄河文学》作为全国唯一的地市级综合文学期刊入列其中。

2010 年，开辟新栏目《话题·文学的干净》，先后访谈周国平、史铁生、陈建功、张贤亮等著名学者、作家；第 6 期、第 7 期刊发史铁生先生最后的访谈《扶轮问路的哲人》，第 9 期刊发艾玛短篇小说《浮生记》均荣获首届"茅台杯"《小说选刊》年度奖。

2011 年 1 月 6 日，《黄河文学》编辑部筹备并举办了由《天涯》杂志发起的"全国'铁生之夜'烛光追思会银川站"活动。第 4 期至第 7 期开栏刊发"纪念中国共产党建党九十周年及辛亥革命一百周年书美影作品特辑"；开设《走黄河》栏目；第 10 期刊出彭学明长篇散文《娘》，后获"2011 年度华文最佳散文奖"等奖项。

2012 年第 1 期开设新栏目《读书记》《电影记》；第 4 期开设栏目《深阅读》；第 4 期、第 6 期、第 12 期开设《高校作品联展》栏目；6 月，与百花洲文艺出版社合办《在北师大讲诗》首发式及朗诵会，与世界知识产权出版社联合举办"彭学明长篇散文《娘》首发式及读者座谈会"；12 月，与上海大学新闻理论研究中心于 12 月 1 日在上海联合举办"新媒体时代民族文化传承研讨会"。2 月 14 日，《人民日报》刊出《文学期刊：差异性建构文学的共同体》，配图介绍《黄河文学》等十余家刊物。

2013 年第 1 期开设新栏目《新青年阅览室》《农民作者作品小辑》。1 月，与宁夏大学联合举办"《黄河文学》读书会新年座谈会"。12 月，评出首届《黄河文学》双年奖（2012—2013 年度），苏宁、石舒清、阎连科、次仁罗布、林麦琪等 21 位作者获奖。

2014 年第 1 期开设新栏目《中国当代知名散文家新作展》《专栏》。12 月，组织《黄河文学》读书会，与银川市作协联合举办了"银川市女作家作品研讨会"。12 月，《黄河文学》入选全区传统出版单位数字化转型示范单位，启动《黄河文学》"宁夏之美"全国散文征文大赛。

2015 年 1 月，组织《黄河文学》读书会，与银川市作协联合举办"银川市女作家作品研讨会"；第 5 期刊发"宁夏女性散文"专辑；第 10 期、第 11 期刊发诗歌栏目《黄河诗岸·90 后的诗》、第 12 期开设散文栏目《感念》、评论栏目《黄河论坛·宁夏作家作品》。评出第二届《黄河文学》双年奖（2014—2015 年度），王巨才、祝勇、刘亮程、陈应松、王佩飞等 25 位作者获奖。所刊冯杰随笔《北中原民间环保手记》荣获"2015 年度华文最佳散文奖"。

2016 年，开设《宁夏之美》专栏，陆续刊出"《黄河文学》宁夏之美全国散文大赛"获奖作品；开设《专栏》刊出著名作家黄尧《茶花影事》系列随笔。《黄河文学》从第 10 期起进入机场、火车站、银川市所有星级宾馆和重点旅游景区开设的"阅读专柜"。

2017 年，开设专栏《阅·享》及《影像》；第 9 期开设《深阅读》栏目；第 10 期、第 11 期刊发"特稿·'一带一路'媒体合作敦煌论坛专辑"。

2018 年，开设专栏《记住乡愁》《读书记》；第 2 期、第 3 期推出"散文专刊"；第 8 期、第 9 期推出"向好的情怀·宁夏本土作家作品专刊"；第 11 期刊发"新时代 新气象 新作为"全民阅读征文获奖作品专辑。所刊陆春祥随笔《关于天地，关于生死》入选"2017 年中国当代文学最新作品排行榜"。

2019 年，第 2 期、第 3 期推出"散文·诗歌专刊"；第 5 期刊发"农民散文专辑"；第 6 期开设《一个人的银川》栏目；第 9 期、第 10 期推出"庆祝新中国成立七十周年宁夏作家作品专刊"。12 月，与宁夏大学人文学院联合举办第二届"阅读之星"评选暨作家进校园活动。

（二）编辑人员

编辑部历任负责人赵玉如、高嵩；编辑部历任主任郝成功、高耀山、赵玉如；副主任高嵩、范海涛等。历任主编高耀山、郭文斌、闻玉霞；执行主编闻玉霞；副主编于秀兰、郭文斌、闻玉霞、郭红、计虹；编辑郝成功、范海涛、葛林、郭可峻、李向荣、苏炳鹏、徐晓玲、白新茹、杨咏、兰喜喜等。

（三）荣誉

《黄河文学》编辑部：2001 年第三届全区出版系统先进单位。

《黄河文学》：宁夏社刊期刊质量评估：1999 年、2001 年、2008 年优秀期刊；2009 年第三届中国北方优秀期刊；2009—2013 年连续四次被新闻出版总署推介入选全国农家书屋。

2008 年宁夏期刊领军人物、2009 年国务院第五届民族团结进步先进个人、2014 年全国新闻出版行业领军人才、2015 年自治区"塞上英才"、2018 年"自治区 60 年感动宁夏人物"、全国宣传文化系统"四个一批"人才、享受国务院政府特殊津贴：主编郭文斌。

2008 年宁夏期刊优秀编辑、2015 年首届贺兰山文艺奖编辑类一等奖：执行主编闻玉霞。

2010 年首届"茅台杯"《小说选刊》年度排行榜优秀编辑奖：李向荣。

2011 年"乐智杯"首届全国 12+3 微型小说大奖赛优秀编辑奖：编辑苏炳鹏。

2017 年第二届贺兰山文艺奖编辑类一等奖、2019 年银川市学术技术带头人培养工程、2019 年银川市高精尖缺人才：副主编计虹。

2015 年首届贺兰山文艺奖新星奖、2019 年银川市高精尖缺人才：编辑兰喜喜。

《六盘山》是由中共固原市委宣传部主管、固原市文联主办的公开发行的文学双月刊。其前身为创刊于 1982 年的《六盘山文艺》，1984 年公开发行，1985 年更名为《六盘山》，1988 年改为双月刊，2016 年改版，增加页码。《六盘山》自创刊以来以发现、扶持、培养、推荐西海固文学新人为己任，大力推举"西海固作家群"。

（一）沿革

1982 年 7 月出版第 1 期《六盘山文艺》（创刊号），刊有《发刊词》，刊发文艺工作者公约。

1983 年刊发"女作者诗辑""青春摇篮曲""又是一度春风里""花儿与少年""工厂·城市·农村三重奏""离离原上草"等诗歌小辑。

1984 年第 4 期，取消"内部试行"字样，成为公开发行的文学季刊。

1985 年第 1 期，《六盘山文艺》更名为《六盘山》。

1986 年第 3 期，推出"民族作家作品专号"，刊发三十一位民族作家作品，由中国作家协会宁夏分会与固原地区文联联合主办，本期责任编辑高深、吴淮生、高嵩、贾长厚、李正声、屈文焜、任光武、李云峰、王漫曦、陈彭生。

1987 年第 1 期推出"本地作者作品专号"，《老龙潭》栏目为西吉县作品专辑。

1987 年第 4 期推出"民族作家作品专号"，《老龙潭》栏目为泾源县作品专辑。

1988 年改为双月刊，两次合刊推出"通俗文学专号"，刊发"庆祝宁夏回族自治区成立三十周年"小辑。

1989 年第 2 期推出"报告文学小说专号"；第 3 期推出"散文、诗歌专号"。

1990 年第 2 期刊发"女作者专辑"；第 5 期推出"民族作家作品专号"。

1991 年第 6 期刊发"纪念文联成立暨《六盘山》创刊十周年专辑"。

1992 年第 3 期刊发"纪念《在延安文艺座谈会上的讲话》发表五十周年专辑"。

1993 年，第 1 期、第 2 期合刊，第 5 期、第 6 期合刊。

1994 年第 3、第 5 期推出"西吉县文学作品专号""彭阳县文学作品专号"。

1995 年第 1 期刊发"纪念《六盘山》公开发行十周年特稿"。

1996 年第 1 期推出"散文、报告文学专号"；第 2 期推出"诗歌、报告文学专号"；第 3 期推出"固原地区青年作家小说专号"。

1997 年第 1 期刊发"散文专辑"；第 2 期刊发"西海固青年诗人 11 家"和"西海固接力诗人小辑"；第 5 期刊发"小小说专辑"。

1998 年第 1 期刊发西海固作者 30 多篇关于西海固的文学作品；第 4 期开设《西海固文学论坛》栏目；第 6 期刊发"女诗人小辑"。

1999 年第 2 期刊发"西海固第四代实力作者作品小辑"；第 4 期推出"校园文学专号"。

2000 年第 2 期刊发"青年诗人十佳作品"；第 3 期刊发"散文专辑""小小说专辑"。

2001 年第 1 期刊发西海固文学"双十星"作品专辑；第 2 期推出"《六盘山》创刊 100 期纪念专号"；第 3 期刊发"彭阳县小辑"；第 5 期刊发"西

吉县小辑"；第 6 期刊发"女作家小辑"。

2002 年第 1 期刊发"宁夏诗歌联展·吴忠篇"；第 2 期推出"海原县文学作品专号"；第 3 期刊发"宁夏诗歌联展·石嘴山篇"，《新人推介》栏目刊发马金莲小说作品《昔年的隐者》《阳光照彻院子》；第 4 期刊发"泾源专辑"；第 5 期刊发"西吉县新人作品小辑""宁夏诗歌联展·银川篇"；第 6 期刊发"小小说特辑""宁夏诗歌联展·固原篇"。

2003 年第 4 期，《新人推介》栏目刊发撒雨小说作品《开发的日子》《街西头的铺子》。

2004 年第 3 期开设《西部作家作品联动》栏目，刊发甘肃、青海、内蒙古、宁夏四省区代表刊物《阳关》《雪莲》《鹿鸣》《六盘山》杂志推送作品，刊发"西部诗歌高地·新疆篇"。

2005 年第 2 期刊发"女作家小说小辑"；第 5 期刊发"小小说特辑"。

2006 年第 2 期刊发"宁夏高校诗歌大展·固原师专卷"；第 3 期刊发"女作家小说特辑"；第 4 期刊发"宁夏高校诗歌大展·宁夏大学卷"；第 6 期刊发"西吉县文学作品小辑"。

2007 年第 1 期，刊发"《六盘山》创刊二十五周年专辑"；第 4 期刊发"杨友桐小说小辑"。

2008 年全年《名家新作》栏目刊发石舒清《淘书记》，郭文斌《儿子如书》，杨志学、薛亚康《从郭小川到韩东：诗歌传播理念的变迁》，雷达《边地勤奋的思想者》，陈继明《静观与自语》，麦家《既爱情又凄惨》。第 5 期刊发"热烈庆祝宁夏回族自治区成立五十周年特刊"。

2009 年第 1 期至第 6 期开设《宁夏诗歌档案》栏目，先后刊出杨梓、王怀凌、梦也、杨森君、林一木，张彬、马占祥、米雍衷、杨建虎、雪舟、红旗、单永珍 12 位诗人作品。第 3 期、第 6 期刊发"80 后双人散文小辑"；第 5 期刊发"隆德县文学作品小辑"。

2010 年第 1 期至第 6 期，《宁夏诗歌档案》栏目先后刊发安奇、唐晴、周彦虎、张虎强、泾河、李兴民、阿尔、西野、张铎、刘岳、瓦楞草、刘学军 12 位诗人作品。第 1 期刊发"原州区文学作品小辑"。第 5 期刊发"散文随笔女作者作品小辑"；第 6 期刊发"纪念朱世忠先生作品小辑"。

2011 年第 3 期刊发"西海固文学艺术研究会特聘研究员作品小辑"；第 4 期刊发"民族作家作品小辑"；第 5 期刊发"青年作家作品小辑"。

2012 年全年开设《西海固作家档案》栏目。

2013 年全年开设《西海固作家档案》栏目，第 1 期刊发"当代藏族甘南诗歌小辑"。

2014年第5期刊发"石嘴山市作家作品小辑"和"纪念李成福先生作品小辑";第6期刊发"西海固作家作品研讨暨骨干作家培训会小辑"和"贺兰县作家作品小辑"。

2015年第1期刊发"西海固女作者作品小辑";第2期刊发"西海固中青年作家散文小辑";第3期刊发"西海固中青年作家小说小辑";第4期《本刊特稿》栏目，发表郭文斌《安详之路》，"鲁院二十四届高研班学员十人作品展""原州区作品小辑";第5期刊发"西吉县诗歌小辑";第6期刊发"隆泾彭诗歌小辑"。

2016年，《六盘山》改版，由A4国际标准开本改为小16开异型开本，由80页增加到184页。第1期开设《八面风》《古风》《随笔专栏》《乡村物语》《新诗经》《出发》《宁夏诗歌批评巡礼》《文学固原论坛》《非虚构》等栏目。

2017年，第1期至第6期长篇连载李义小说《景绿叶》。

2018年第1期，在原有基础上开设或更名《新叙事》《作家专栏》《新笔记》《青春》《本土写作》等栏目。

2019年第5期刊发"西吉文学作品小辑";第6期推出"宁夏诗歌专号"。

（二）编辑人员

历任主编张学彦、王铎、马吉福、火仲舫、张慎行、尹文博、杨风军；副主编范泰昌、屈文焜、任光武、王漫西、李成福、郭文斌、田治富（特邀）、李方、单永珍、杨风军；责任编辑王漫曦、陈彭生、李云峰、李正声、戴凌云、闻玉霞、李敏、惠渊源等。

《通俗文艺家》是宁夏文化厅主管、宁夏群众艺术馆主办的16开本综合性通俗文学双月刊。前身为1981年公开发行的《宁夏群众文艺》，1987年更名为《通俗文艺家》。设有《大众小说》《纪实文学》《故事荟萃》《说说唱唱》等栏目，刊发小说、诗歌、散文、戏剧等体裁的文学作品。先后刊发《贺子珍与江青》《金山胜迹图失踪之谜》《"特监"之谜》《话说中原"第一偷"》《三记者夜闯KTV》等，所刊文章贴近生活，迎合大众口味，具有知识性、趣味性、故事性等特点。1995年被注销。

《女作家》是宁夏人民出版社创办于1985年的文学季刊，主编罗飞，副主编刘和芳。张抗抗、冰心、王安忆、杨沫、铁凝、柯岩、黄宗英、温小珏等国内知名作家组成编委团队。1985年《女作家》创刊号出版，冰心专门为此写了发刊词。《女作家》内容排序依次为小说、散文、诗歌、评论等，每期刊发20多位作者的作品。宁夏人民出版社于1987年出版《女作家》文学季刊精装合订本，同年终刊。

《宁夏大学学报》（人文社会科学版）是由宁夏大学主办的人文社会科学学术理论性期刊。1979年创刊，至2019年年底出版41卷215期。该刊长期致力于宁夏文学艺术研究，推介了大量研究成果。2015年开辟《宁夏文艺研究》栏目，刊发研究文章40余篇。历任主编刘世俊、吴海鹰、陈育宁、马宗保、郎伟；常务副主编丁礼庆、蒋振邦、东炎、马春宝；编辑人员白天聪、殷靖华、魏树东、吴晓兰、岩宏、王涛、王荣华、芮芳、蒋宇、周永军、李嗣钠、李冬梅等。

《北方民族大学学报》（哲学社会科学版）是由国家民族事务委员会主管、北方民族大学主办的综合性学术理论双月刊。创刊于1989年，至2019年年底，共出版150期，其中刊发民族文学研究、文艺理论文章数十篇。历任主编邱树森、丁文庆、吴建伟、丁明俊、丁万录、闵文义、杨敏、郭郁烈、李俊杰；执行主编冯雪红、杨德亮；副主编张鸿才、陈粹华、吴建伟、田俊忠、冯雪红、谢海涛、杨德亮等。

《宁夏师范学院学报》（社会科学版）是宁夏师范学院主办主管的综合性学术理论月刊。前身为1980年创刊的《固原师专学报》，1989年公开发行，1996年改为双月刊，2007年更名为《宁夏师范学院学报》，2018年改为月刊。栏目有《文学研究》《史学研究》《西北史地》《语言文学》《西部开发》《基础理论与应用基础研究》《科技应用与开发研究》等，出版160多期。曾获首届全国百强社科学报、中国北方优秀期刊等。历任主编华世欣、袁伯诚、杨子仪、国玉经、薛正昌、方建春；编辑王文娟、冯敏、王芬等。

《共产党人》是自治区党委主管主办的机关刊物。2004年，由《当代宁夏》《党风建设》《党建论坛》《共产党人》四刊整合创办，由自治区党委宣传部代管，为半月刊，至2019年年底共出刊382期。"文化·生活"版块设有《朔方言论》《史海钩沉》《沙湖文苑》《画中有话》等栏目。创刊以来先后被评为宁夏优秀期刊、一级期刊和中国北方十佳期刊。历任社长、总编辑张少明、雷兴魁、赵志强；历任副社长、副总编辑田光锋、段怀颖、毛录、付宁生、李志强、王亚兰、张雪晴。

二、市县区文学内刊

《贺兰山》是石嘴山市文联主办的文学双月刊。前身为1982年创办的《石嘴山文苑》，至2019年出刊152期。历任主编马健、姚家树、胡煜泉、马林、雍进成、丁淑萍、王奋勤；副主编高玉虎、郑正、陈勇、马丽华、倪俊峰；编辑马中骥、余小沅、陈文坚、郎业成、薛青峰、常越等。

《吴忠文学》是吴忠市文联主办的文学季刊。前身为1982年创办的《文苑》，至2019年年底出刊138期。历任主编杨森翔、张景、陈葆良、吴国清、郎万海、白少麟、白建国、马娟；编辑洪立、马悦等。

《沙坡头》是中卫市文联主办的文学双月刊。创办于2005年，至2019年年底出刊89期。历任主编拜学英、段振国、董玲、范学灵、李海英、高国通、谈柱；副主编张永生、王俭、张金山、韩鹤仙、麦振江、宋兆璠、马卫民、李玉华；编辑张永生、刘乐牛、李壮萍、孙艳蓉等。

《贺兰》是贺兰县文联主办的文化季刊。创办于2003年，至2019年年底出刊65期。历任主编高志达、孙林森、李炳杰、郭春杰、吴惠霞、张宏荣；副主编保元璋、王琪川、阮雁、张才、王志明；编辑吟泠、赵淑玲、保剑君、苏小桃等。

《永宁文艺》是永宁县文联主办的文艺季刊。前身为2009年创办的文学季刊《塞上回乡》，2007年更名为《永宁文艺》，至2019年年底出刊44期。历任主编解怀福、王洪英、王学东、王建邦等；副主编王洪英、马金成、李明昆、王富荣、贺彬等；编辑解怀福、韩少忠、贺彬等。

《灵州文苑》是灵武市文联主办的文学季刊。创办于2010年，至2019年年年底出刊50期。特邀顾问季栋梁；名誉主编王佩飞；历任主编王学江、郭文秀；副主编俞学保、陈丽娟；编辑陈丽娟、马悦、张琳瑜；特邀编辑杨贵峰、柳元、刘京等。

《平罗文艺》于1972创刊，1983年停刊，刊发各种体裁的作品近2000篇（件），300多万字。蒋振邦曾任编辑。

《塞上》是平罗县文联主办的文学季刊。创办于2005年，至2019年年底出刊42期。历任主编岳昌鸿；副主编高尚忠；编辑冒志文、王鹏、许东君、田文强、白远志、韩晓莉、张月平、任登全、李国祥、王淑萍等。

《石嘴子》是惠农区文联主办的文学季刊。创办于2008年，至2019年年底出刊48期。历任主编范金龙、徐忠杰；编辑潘春生、王登明、樊月凤、黄清海、张记等。

《盐州文苑》是盐池县文联主办的文学季刊。前身为创办于1993年的文学刊物《山水河》，2003年更名为《盐州文苑》，2007年改为半年刊，2010年改为季刊，至2019年年底已出刊52期。历任主编安学军、王金凤、白永刚、张玮、崔明智；副主编侯凤章、王金凤、安学军、高强、白永刚、张玮、侯永琴、张廷强；编辑刘国君、周永祥、郭鹏旭、蒋玉香、李仙、张联、张明晶、彦妮、朱玉娇、王自安、许瑞林、周波、冯永财、郭鹏旭、石杰林等。

《古峡文学》是青铜峡市文联主办的文学季刊。前身为1999年创办的《青铜峡文苑》报，2007年改为文学季刊《古峡文学》，至2019年年底出刊52期。历任主编丁洪山、李志琴；副主编王永峰、陆婧、苏学文；执行编辑陈靖；编辑陆婧、陈靖、赵志强、王莉、杨晔、蔡新生等。

《同心》是同心县文联主办的文学季刊。创办于2007年，至2019年年底出刊51期。历任主编马剑龙、马占祥；副主编海燕、马占祥、李进祥、吴玲；编辑马剑龙、马秀花、刘丽萍、张龙、王晓静、马悦、金学武、王自忠、余海堂、马泽平等。

《罗山文苑》是吴忠市红寺堡区文联主办的文学季刊。创办于2012年，至2019年年底出刊32期。历任主编孙冲任、傅国胜；副主编周国宁、陈伟良、张治乾；编辑张治乾、马义娴、杨立中、李立东、丁燕等。

《葫芦河》是西吉县文联主办的文学季刊。创刊于20世纪80年代，复刊于2007年，至2019年年底出刊47期。历任主编黄继红、袁秉和、任立新、武维东、毛兆平、陈静、樊文举；执行主编郭宁、陈静、李义；副主编李义、周彦虎、柯万昌；编辑马学义、周彦虎、李义、程霞、赵炳庭、李义、伏文翙、寒冰、西野、杨萍、马强、王金全、张琼、郑振忠、李春燕、陈静、刘德飞、何成玉、袁志学、柯万昌、陈永宁、马世梅、胥劲军、康梅、马玉莲等。

《彭阳文学》是彭阳县文联主办的文学季刊。前身为创办于2005年的《彭阳》，2010年更名为《彭阳文学》，至2019年年底出刊53期。历任主编张俊孝、张立君、李志坚、李世明、马文山、杨天峰、马宁；副主编贺诚、燕南访、杜占山、林生库；执行主编韩聆、李向荣、牛德生、吴彩霞、刘天文、文元；编辑韩聆、杨奉宇、牛德生、吴彩霞、刘天文、杨万忠、王付军、王能能、何海燕等。

《原州》是固原市原州区文联主办的文学季刊。创办于2010年，至2019年年底出刊40期。历任主编马明君；副主编王小军、马明葆、何步亮、殷同东；编辑古瑞、殷同东等。

《六盘人家》是隆德县文联主办的文学季刊。创办于2010年，至2019年年底出刊38期。历任主编李志勇、王君宏；副主编郭静；编辑刘萍、刘银石等。

《老龙潭》是泾源县文联主办的文学季刊。创办于2012年，至2019年年底出刊31期。历任主编许正清、张怀文、马红英、李育龙、马宁、邓彦辉；执行主编杨德才、马玲、马义红、于清海；编辑于清海、杨风帆、马义红、郭金贵、秦志龙、李鹏英、于广生、白莹等。

《红枸杞》是中宁县文联主办的文学双月刊。创办于2005年，至2019

年年底出刊 62 期。历任主编朱彦荣、陆岩、王海荣、李鸣；副主编柳风、王玉泉、王晓燕、刘乐牛、吕振宏、陈晓希；编辑张永祥、吕振宏、王晓晴、陈晓希、李海潮、秦中全、白小山、陆岩、王晓晴、陈晓希、朱敏等。

《南华山》是海原县文联主办的文学季刊，创办于 2015 年，至 2019 年年底出刊 20 期。名誉主编石舒清；历任主编马斌、黄泽宁、马彦虎、黄勤、李存福；执行主编李四营、包国成；副主编洪颖、马廉、马海军、刘风贵、胡玉蓉；编辑李四营、杨志云、木雨；特邀编辑罗玉林、田心、魏秀云、白鸽等。

《塞上散文诗》是宁夏散文诗专业委员会主办的散文诗专刊。创办于 2018 年，至 2019 年年底出刊 8 期。主编王跃英；副主编王西平、田玉珍、李晓园、张慈丽、杨建虎、禹红霞。

三、报纸副刊

《宁夏日报》是自治区党委机关报。创刊于 1949 年 11 月 11 日，1954 年 8 月甘肃、宁夏两省合并，于当年 8 月 31 日终刊。宁夏筹备成立回族自治区，《宁夏日报》创办于 1958 年 8 月 1 日。其文艺副刊《六盘山》一般每周刊出一期，以散文、诗歌、杂文、微型小说、文学批评为主，兼及书画作品。李震杰、秦中吟、王庆、季栋梁、张慈丽等曾任副刊编辑。

《神华能源报》是神华能源集团企业报。其前身是创刊于 1970 年 5 月的《红色矿工》，后经《矿工报》《石炭井矿工报》《宁夏煤炭报》《宁夏能源报》五次更名，从一张矿区的油印小报到服务神华集团的企业报。2010 年策划出版《华夏能源报 40 年获奖作品精选》。张廷珍、严龙宁等曾任副刊编辑。

《宁夏法治报》是宁夏日报报业集团主管主办的法治报。其前身为宁夏司法厅于 1982 年创办的《宁夏法制报》，2003 年 12 月由宁夏政法系统专业报划转，更名为《法治新报》，2015 年又更名为《宁夏法治报》。陈烈、成月宁、顾仁泉、王玮、张九阳、张强曾任总编辑；倪慧、何方等曾任副刊编辑。

《宁夏广播电视报》是宁夏广播电视厅主办的报纸。创刊于 1984 年，其副刊注重文学作品质量，提供精短文学佳作。辛飞曾任社长、总编辑；王西平、李岳等曾任副刊编辑。

《现代生活报》是宁夏日报报业集团主办的都市生活类报纸。其前身是《宁夏青年报》，由宁夏团委主办，四开周报，创办于 1985 年 1 月 4 日。1988 年 10 月面向全国独家鼎力举办中国"未来作家"青年文学大奖赛，在全国产生了很大的影响。荆竹任副总编辑，杨梓任副刊编辑。1995 年更名为《青年生活导报》，由陕甘宁三省区团委主办，严光星任总编辑。2003 年 12 月更名为《现代生活报》，张强任总编辑，张涛、倪慧、张雪梅曾任副刊编辑，2012年1月改为《优享生活》杂志。

《新消息报》是宁夏日报报业集团主办的都市报。创刊于2000年1月1日，其文化副刊设有文明履痕、岁月之河、鉴证历史、原野、品书、民谣等版，沙新曾任总编辑；陈继明、石舒清、白草曾兼任文艺副刊《原野》编辑。

《华兴时报》是自治区政协机关报。前身为创刊于2003年的《宁夏政协报》。其副刊专版主要有非常情感、记忆、银川地理、探索、作文、百姓以及各行业文明新风。季栋梁曾任副总编辑，王佩飞曾任副刊编辑。

《固原日报》是固原市委机关报。前身为创办于1957年的《固原州报》，1984年更名为《固原报》，1995年更名为《固原日报》。其副刊在选稿上以本地作者为主，外地作者为辅，一直对时评、散文十分重视，设有《口弦》《我与西海固》《六盘随笔》等栏目。孙熙雍、马玉平、闻希贤、武兴华、古原等曾任总编辑，罗致平、张隽义、张强、何富成、火会亮、杨建虎等曾任副刊编辑。

《银川晚报》是银川日报社主办的综合型都市类报纸。创办于1988年，设置文艺副刊部，1990年又增设综合副刊部，1992年创办报中刊——星期天刊，1994年文艺副刊部并入综合副刊部，2002年设立专刊副刊部，2017年设立专副刊部。该部负责编辑《凤凰副刊》《贺兰山副刊》《文化周刊》《健康周刊》《乐尚周刊》《博物周刊》《老年周刊》等专题性副刊。征明万、陈平、石晓奕、刘瑛、曹海英、刘文静、马金蕊、邓红梅、平原、唐荣尧、蒋亚娟、杨咏（阿舍）、李振文、乔建萍、田鑫等人担任过副刊编辑。

《石嘴山日报》是石嘴山市委机关报。前身为创办于1988年的《石嘴山报》，1997年更名为《石嘴山日报》。其《星海湖副刊》促进了石嘴山市文学发展。2005年创办《星海湖》内刊，编辑出版"星海湖文丛"《时光流影》《新闻故事》《情感家园》《老物件》四卷本。张元善、黄银山、刘彦宁、童建明、张勇、邱新荣曾任总编辑；马钰、江红、孙建宁、哈新军、徐泓、路燕燕等曾任副刊编辑。

《吴忠日报》是吴忠市委机关报。前身为创办于1990年的《银南报》，1998年更名为《吴忠日报》。其副刊力推有关宁夏人文的散文、诗歌等作品，还开设了"杂文苑"，扶持了一批撰写杂文、评论的作者队伍。杨森翔、马云峰、王金等曾任总编辑；马宏萍、马中雪等曾任副刊编辑。

《中卫日报》是中卫市委机关报。创办于2005年，其副刊《沙坡头文苑》《南华山文苑》以刊发当地作者作品为主，并辐射宁夏。段鹏举、宋兆璠、姜美曾任总编辑；孙艳蓉曾任副刊编辑。

《银川日报》是银川市委机关报。2012 年创办，其《天天》副刊注重刊发具有生活气息的诗歌、散文、小小说等文学作品。曾与《银川晚报》共同开展"遇见书——与书相关的事"主题征文活动，激发读者读书和写作的热情。刘文静、唐荣尧、张碧迁、李振文等曾任副刊编辑。

文学成就

一、诗歌

全国少数民族文学创作骏马奖

1980 年第一届二等奖：王世兴长诗《莲花滩》；高深《致诗人》。

1985 年第二届二等奖：沙新《祖国，请为他们记功》。

1989 年第三届新人新作奖：杨云才组诗《大西北恋歌》。

1993 年第四届：高深诗集《大漠恋歌》。

1997 年第五届：杨少青诗集《大西北放歌》。

1999 年第六届：高深诗集《寻找自己》。

2020 年第十二届：马占祥诗集《西北辞》。

宁夏历届文艺评奖（只列部分）

1979 年以前第一届一等奖：肖川《唱在金秋》，吴淮生《不到长城非好汉》，蔡锦启《给大山的通告》。

第二届未评。

1980—1982 年度第三届　荣誉奖：王世兴《莲花滩》（长诗），高深《致诗人》；耕耘奖：李震杰；一等奖：肖川《乡恋》，刘国尧《网兜里的面包》，高深《我梦见》。

1983—1984 年度第四届不分等。

1985—1998 年度第五届　特别奖：杨少青《大西北放歌》；一等奖：罗飞诗集《银杏树》，杨森君诗集《梦是唯一的行李》，杨梓《黄河之曲》，秦中吟诗集《秦中吟抒情诗选》。

1999—2001 年度第六届一等奖：罗飞诗集《红石竹花》，杨梓组诗《回到析支》，杨森君组诗《杨森君诗歌十二首》。

2002—2004 年度第七届一等奖：杨梓组诗《红炉点雪》。

2005—2008 年度第八届一等奖：梦也组诗《梦也的诗》。

2009—2017 年度第九届一等奖：王怀凌诗集《草木春秋》。

诗刊社"青春诗会"

1999 年第十五届，山东聊城，杨梓参加。

2006 年第二十二届，宁夏银川，高鹏程、单永珍参加。

2012 年第二十八届，云南蒙自，马占祥参加。

2017 年第三十三届，甘肃陇南，马骥文参加。

2019 年第三十五届，江西横峰，马泽平参加。

二、散文

全国少数民族文学创作奖骏马奖

1980 年第一届三等奖：丁一波《哈大妈的盖碗子》。

全国电视节目金童奖

2000 年第五届：肖川撰稿、师小农导演、张宁摄像的电视散文《山娃赶山》。

全国少数民族题材电视艺术骏马奖

2000 年第八届儿童题材电视片一等奖：肖川撰稿、师小农导演、张宁摄像的电视散文《山娃赶山》。

宁夏历届文艺评奖（只列部分）

第一届一等奖：江汗青《我的爱人——爱我的人》，冯并《梧桐滩的传奇》。

第二届未评。

第三届　荣誉奖：丁一波《哈大妈的盖碗茶》；一等奖：张涧《楼》，王述民《贺兰山奇闻琐谈》，吴淮生《梦里青山》。

第四届不分等。

第五届一等奖：冯剑华《鹊雀为邻》，吴淮生散文集《梦里青山》，高耀山散文集《沙光山影》。

第六届一等奖：马宇桢《故事边缘》，牛撖掠杂文集《意识荒草》，季栋梁小辑《生命的节日》。

第七届一等奖：冯剑华《西北二题》，季栋梁散文集《和木头说话》。

第八届一等奖：王正儒《拒绝遗忘》。

第九届一等奖：阿舍《我不知道我是谁》。

三、小说

全国优秀小说奖

1980 年：张贤亮短篇小说《灵与肉》。

1983 年：张贤亮短篇小说《肖尔布拉克》。

1983—1984 年：张贤亮中篇小说《绿化树》。

鲁迅文学奖

2001年第二届：石舒清短篇小说《清水里的刀子》。

2007年第四届：郭文斌短篇小说《吉祥如意》。

2018年第七届：马金莲短篇小说《1987年的浆水和酸菜》。

全国"五个一工程"奖

2014年第十三届：马金莲长篇小说《马兰花开》，季栋梁长篇小说《上庄记》。

全国少数民族文学创作骏马奖

1985年第二届　一等奖：高深中篇小说《军人魂》，那守箴短篇小说《大雪歌》；二等奖：查舜中篇《月照梨花湾》。

1997年第五届：石舒清小说集《苦土》。

1999年第六届：马宇桢小说集《季节深处》。

2001年第七届：马知遥长篇小说《亚瑟爷和他的家族》，金瓯小说集《鸡蛋的眼泪》。

2005年第八届：石舒清小说集《伏天》。

2008年第九届：了一容中短篇小说集《挂在月亮上的铜汤瓶》。

2012年第十届：李进祥中短篇小说集《换水》。

2016年第十一届：马金莲中短篇小说集《长河》。

中华文学基金会茅盾文学新人奖

2016年首届：马金莲。

宁夏历届文艺评奖（只列部分）

第一届一等奖：张武《看"点"日记》，戈悟觉《客人》，程造之《潘问渔》，张贤亮《双重色愈浓》。

第二届不分等。

第三届　耕耘奖：李震杰，路展，陈兴起；一等奖：戈悟觉《夏天的经历》。

第四届不分等。

第五届　特别奖：石舒清《苦土》；一等奖：张武中篇小说《单家集能人协会联合会纪实》，南台长篇小说《一朝县令》，陈继明短篇小说《月光下的几十个白瓶子》，马知遥短篇小说《开斋节》，查舜长篇小说《穆斯林的儿女们》。

第六届一等奖：张贤亮中篇小说《青春期》，漠月短篇小说《锁阳》，陈继明短篇小说《一棵树》，石舒清短篇小说《红花绿叶》，高嵩长篇小说《马嵬驿》。

第七届一等奖：张武长篇小说《红运》，南台长篇小说《只好当官》，漠月短篇小说《父亲与驼》，郭文斌短篇小说《大年》，张学东短篇小说《送一个人上路》。

第八届　荣誉奖：石舒清小说集《伏天》，了一容中短篇小说集《挂在月光中的铜汤瓶》，郭文斌短篇小说《吉祥如意》；一等奖：查舜长篇小说《月亮是夜晚的一点明白》，季栋梁短篇小说《小事情》，王佩飞中篇小说《日子的味道》。

第九届一等奖：李进祥长篇小说《拯救者》，韩银梅中篇小说《我们的晚年》。

其他奖项

2019 年第 32 届金鸡奖最佳中小成本故事片奖：根据石舒清小说《表弟》改编的电影《红花绿叶》。

2019 年第 32 届东京国际电影节最佳艺术贡献奖：根据漠月小说《放羊的女人》改编的电影《白云之下》。

2019 年首届印度新德里国际电影节银麻雀奖：根据石舒清小说《表弟》改编的电影《红花绿叶》。

荣誉

自治区"塞上英才"：2013 年石舒清，2015 年郭文斌。

四、文学研究与批评

中国当代文学研究优秀成果奖

2004 年第九届：郎伟评论集《负重的文学》。

全国少数民族文学创作骏马奖

1993 年第四届：杨继国评论集《回族文学与回族文化》。

2005 年第八届：郎伟评论集《负重的文学》。

中华文学基金会茅盾文学新人奖

2017 年第二届：牛学智。

宁夏历届文艺评奖（只列部分）

第一届一等奖空缺。

第二届未评。

第三届一等奖：朱东兀《阿 Q 正传散论》，高嵩《宁夏新诗点评》。

第四届不分等。

第五届一等奖：荆竹评论集《智慧与觉醒》，朗伟《觉醒与成长：近二十年中国文学的简单回顾》，赵明《托尔斯泰、屠格涅夫、契科夫——20

世纪中国文学接受俄国文学的三种模式》。

第六届一等奖：荆竹《论审美体验与艺术踪迹》，郎伟《1995 年以来的文学发展状况考察》，王锋评论集《当代回族文学现象研究》。

第七届一等奖：赵明专著《历史的文学与文学的历史》，郎伟《偏远地区的文学新军》。

第八届　荣誉奖：郎伟评论集《负重的文学》；一等奖：郎伟《宁夏文学艺术事业发展透视》，李生滨《沈从文与京派文人的魅力》。

第九届一等奖：赵炳鑫专著《批评的现代性维度》。

宁夏哲学社会科学优秀成果奖

第十一届一等奖：牛学智专著《世纪之交的文学思考》。

第十三届一等奖：牛学智论文《消费社会、新穷人与文学批评的日常生话语》。

五、儿童文学与纪实文学

全国少年儿童文艺创作奖

1954 — 1979 年度三等奖：路展（路福增）单行本《小苹果树请医生》。

全国优秀儿童文学奖

1980—1985 年度第一届：路展中篇童话《雁翅下的星光》。

2013—2016 年度第十届：赵华科幻作品《大漠寻星人》。

全国儿童广播剧"金猴奖"

1989 年：路展广播剧《猫咪的姑姑和叔叔们》。

宁夏历届文艺评奖（只列部分）

第一届未评。

第二届未评。

第三届　耕耘奖：路展，陈兴起；一等奖：王宝三儿童文学《有个叫小瑶瑶的小姑娘》。

第四届不分等。

第五届一等奖：张贤亮报告文学《挽狂澜》，余光慧报告文学《创造平等》，杨兆兴报告文学《沙坡头·世界奇迹》。

第六届一等奖：余光慧报告文学《跟踪何阳案件》。

第八届一等奖：胡斌报告文学《宁东》。

第九届一等奖：李德明纪实文学《解放宁夏》。

总跋：聚时品文艺，别后忆当年

杨　梓

历久弥新的史志编修，保存了中华民族的精神追求和文明进步，传承了中华民族的历史记忆和文化基因，饱含着为社会主义建设开拓创新、拼搏奋斗、无私奉献的价值取向，为涵养社会主义核心价值观提供了重要的思想道德资源。

为此，我们确定了很高的目标，要秉承司马迁"欲以究天人之际，通古今之变，成一家之言"的理想，坚守史家的尊严、良知和道义，尊史重实，秉笔直书，对文艺家负责，对历史负责，编撰经得起时间检验的文学艺术史。我们满怀对文学艺术的热爱、对历史的敬畏、对文艺家的尊重、对幕后工作者的肯定，并为此积极努力。但在具体编撰《宁夏文学史》《宁夏艺术史》的过程中，遇到各种各样的难题，在此予以简单说明。

缘起。2013年端午节，宁夏诗歌学会成立，我当选会长。同年10月底，我主持成立编委会，启动《宁夏诗歌选》《宁夏诗歌史》"诗宁夏双璧"和会员诗集"诗宁夏云集"编撰出版工程。"诗宁夏双璧"于2015年由阳光出版社出版发行，其中《宁夏诗歌史》是宁夏文学艺术门类中的第一部史书，是一部具有创始意义的区域诗歌史。时任宁夏文联党组书记、主席郑歌平多次跟我交谈，让我组织专家编撰一套宁夏各个门类的文学艺术史，如《宁夏小说史》《宁夏戏剧史》《宁夏美术史》等。经对宁夏文学艺术进行考察研究，发现各个门类的发展并不均衡，有些门类写一部20万字的史书很有难度，还有主要的经费问题，只好予以合并，开始准备工作。2016年年初，经宁夏文联同意，启动了《宁夏文学史》《宁夏艺术史》编撰工程，既有一些开创的意思，也有一些抢救的意味，由我牵头走上一条布满荆棘的曲折之道。

认识。宁夏地处祖国西北、黄河上游，南屏六盘，北峙贺兰。自古以来皆为战略要地，历代政权沿河设障，依山设关，平地筑城，据险扼守，人口流动、地域扩缩和文化交流都非常复杂，尤其是农耕文化与游牧文化的碰撞、交流及融合，使这一区域具有明显的过渡带文化特征。西周时为朔方；秦时为北地郡；汉时属朔方史部；唐时全境属关内道；北宋时期属秦凤路；元时取"夏地安宁"之意，始名"宁夏"；明初在宁夏设府，后改卫；清朝在宁夏设巡抚，后改宁夏府；民国时先后为朔方道、宁夏道、宁夏省。1949年宁夏解放，成立宁夏省；1954年宁夏并入甘肃省；1958年宁夏回族自治区正式成立。由于历史进程中这一区域不断变化，某一时期的区域便失去了地方意义，所以对宁夏始名之前，统称为具有地域空间意义的"塞上"，就是要阐明这一区域的复杂性、开放性和包容性，弘扬千百年来各族人民从祖国各地迁到塞上，像马兰花一样不嫌贫瘠扎下根来、不畏风雨向阳怒放的精神，发掘塞上及宁夏文学艺术坚守本质、汇入主流的特点和抒写地域、歌咏民族的特色，记录这一区域文艺家信心不减、笔耕不辍并逐步成熟而风格多样的创作趋向。

地方文学艺术史是全国文学艺术史的重要组成部分。我们认识到，在时间的意义上，既要以全国高度俯视塞上大地，客观全面地总括塞上及宁夏文学艺术自古至今的发展历程，公正权威地阐述这一区域文学艺术的个性和特点；又要以未来理念俯视现在，眺望历代文艺家走过的道路、总结的经验、留下的教训，从而考察现代文艺家所选择的目标、道路、做法是否正确。既要以地方为基础又要突破地域局限，既有本土特色又具普遍意义，既有民族特点又能反映人类共性，还要以在全国具有影响力的文艺家为支撑，撰写具有地方特色的文学艺术史，从而在全国史书之林占有独具风格的一席之地。

分期。大凡修史首先遇到的问题就是历史分期，尤其是中国的近代、现代和当代问题。中国近代史从1840年鸦片战争到1919年五四运动，是旧民主主义革命阶段。从1919年五四运动到1949年新中国成立，是新民主主义革命阶段，整体是半封建半殖民地社会时期。新中国成立以后是社会主义现代化建设时期。郑振铎于1958年所撰写的《中国文学史的分期问题》中，除了上古期、古代期、中世期外，将鸦片战争到新中国成立分为近代期，新中国成立以后的社会主义建设时期分为现代期。丁帆主编的《中国西部现代文学史》将1900年以后均划为现代。在此，至关重要的是宁夏文学艺术的发展从来都与社会性质的改变有关，所以宁夏文学艺术史的分期，就将鸦片战争之前统归为古代；按照半殖民地半封建的社会性质，将鸦片战争到新中国成立归为近代；新中国成立至今都是现在进行时，所以称为现代。要以"风物长宜放眼量"的前瞻眼光回顾历史、正视现在、展望未来。

但在专家审读过程中，建议使用传统的中国文学史分期。我尊重专家意见，将《宁夏文学史》《宁夏艺术史》的分期确定为：鸦片战争之前统归为古代，依据宁夏文艺实情，鸦片战争至新中国成立合并为近现代，新中国成立至今为当代。

宁夏就像祖国胸前的一枚绿叶，宁夏文学艺术也始终随着中国文学艺术的发展而发展，从枝繁叶茂到硕果累累。新中国成立、自治区成立、改革开放、新世纪都是关键的发展节点，所以在文学艺术史的分期上，先按文学艺术门类分卷，再按古代、近现代、当代分章。有些门类向前延伸到古代，如诗歌、美术、舞蹈等；有些门类是随着现代社会发展而出现的艺术形式，如纪实、摄影、影视等。宁夏文艺取得的成就众目昭彰，但与发达省、市相比尚有差距，所以我们侧重于肯定。的确，宁夏文艺生态还有待于广泛"植树造林"，有待于突破地方局限。郁郁葱葱的文学林、百花争妍的艺术苑，还需栉风沐雨，培根铸魂，不断向下扎根，持续向上成长，所以我们有责任、有义务、有使命当好园丁，呵护祖国西北这一独特区域的绿树繁花。

年代。为了便于论述，以年龄、性别、地域、门类、风格等对文艺家进行划分或归纳，实属无奈之举，但又不得不为之，所以对年代的划分只能使用读者普遍接受的60后、70后、80后这些概念。还有论述文艺家的顺序，除了依据取得成就的先后和大小，基本上以出生之年为序。

撰稿。《宁夏文学史》的撰稿者大多参与过《宁夏诗歌史》的撰写，都是宁夏的文学评论家。但谁能胜任《宁夏艺术史》的撰写？宁夏的现状是全区的艺术家阵容强大，但能梳理艺术家的创作风格和艺术成就、对重大事件和重要艺术家进行评介、形成流畅而又生动的文学叙述的专家屈指可数，也就是说宁夏艺术评论家寥若晨星。2016年年初，经过各协会推荐，多次沟通，确定了二十多位撰稿作者。我将各卷各章协商分配，将撰写原则和具体要求发给诸位撰稿者，请他们于2016年年底完成初稿。

之后多次组织召开文学艺术史撰稿会，统一意见，达成共识，大家一致同意2017年年底全部完成初稿。但有人因事因病退出，有人因忙提供了一堆网上资料，使我陷入非常无助的境地，真有"慢手织回文，几度欲心碎"的感觉。焦急之下，我四处找人，甚至想到区外的评论家，幸亏有人加入，2018年年底基本完成初稿。

文学史由白草、左宏阁、瓦楞草、安奇、田燕、张铎、王武军、牛学智、沈秀英、李生滨主要撰写；安奇从《宁夏诗歌史》改编了诗歌部分，我予以修改、补充和完善；审读后，我请白草加入撰稿。

艺术史由荆竹、于洪琴、庞玉瑛、姜郑嘉梓、余媛媛、杨新林、杨开飞、吴忠、钟亚军、张爽、李国强、解兰、王艳主要撰写；安奇参与了美术、杂技部分的修改；于洪琴最终完成戏剧和音乐部分。

统稿。我对全书的统稿，是在尊重撰稿者劳动成果的前提下，认真细致地统一全书的观点、体例、语言、风格等，使之连贯、完善和整一。我对宁夏文学比较熟悉，但艺术对我而言完全是一个陌生的领域。一是问题太多的，提出修改意见返给撰稿者，很多文稿反复修改四五遍；二是问题不大的，我就抽空修改；三是艺术部分，我只能在其基础上把文字理顺；四是对文稿遗漏的人物进行考证，到图书馆查资料；五是核实资料，有关奖项太多太杂，基本上只保留国家级奖项和宁夏历届文艺评奖，并核实更正届次和等级，其他奖项简略带过。

平时都是抽空统稿，2019年五一前，我征得单位领导同意，到老家集中时间编辑部分文稿。可一到下午就头晕，原来是血压升高，是聪明的身体提示我需要休息。我只好在村子里转上一圈，看看蓝天，听听鸟鸣。我对所有稿件都有修改，逐字逐句地顺过，个别章节未能采用，有些章节改动较大，责任由我承担，成果大家分享。至于统稿的滋味，五味杂陈，不堪回首，不能言说。

审读。2018年，两部史书完成章节的撰稿，统稿、审读都在交叉进行。

文学史中的诗歌卷由赵建银审读；散文卷由王月礼审读；小说卷由李进祥审读；文学研究与批评卷由田裕民审读；儿童文学与纪实文学卷由火会亮审读。李进祥对张贤亮和石舒清部分提出意见，我请白草对他们进行重写，把张贤亮单列一节，其他均按审读意见进行修改。

艺术史中的戏剧卷由石进忠、刘连伦、包鹏程审读；音乐卷由张宗灿、高敏审读；舞蹈卷由张伟、石峰审读；美术卷由王雪峰、王印泉审读；书法卷由郭佳荣、宋琰审读；摄影卷由张春荣、吴建新审读；民间文艺卷由刘伟、徐娟梅审读；曲艺杂技卷由马秀云、姚新宁审读；电影电视卷由王勇、尤峰审读；艺术评论卷由田裕民审读。有些内容由审读专家修改，有些依据审读意见由撰稿者修改完善。

宁夏文联对两部史书高度重视，要求严把质量关，要经得起历史的检验。2019年9月，文联召开党组会，确定了编撰委员会和审读委员会名单。我随即让印厂出了纸样，与电子版一起请各协会组织专家再次审读。文学史经杨继国、余光慧、哈若蕙、郎伟、郭文斌全书审读后，10月7日，由文联副主席雷忠主持召开文学审读会，关于分期、附录、修改标题等，提出意见并充分讨论。艺术史由各协会组织专家再次审读。戏剧卷经柳萍、石小元、王志洪、郭双胜、朱正雄、李丽娟、段雨田等审读，王燕为此做了大量工作；音乐卷经范晋国审读，提出宝贵意见；舞蹈、美术、书法、摄影、民间文艺、曲艺杂技、电影电视等各卷依据审读意见，由撰稿者进行修改。各文艺家协会主席、副主席、秘书长和众多文艺家，以及文联分管协会工作的副主席都参与了审读工作。

2020年10月，文联副主席雷忠对文学史全书、艺术史中的戏剧卷和艺术评论卷，副主席樊虹对艺术史中的音乐、舞蹈、民间文艺、电影电视卷，副主席庚君对艺术史中的美术、书法、摄影、曲艺杂技卷，分别进行审读，严把各个关口。

版权。根据著作权法的相关规定，《宁夏文学史》《宁夏艺术史》编撰工程由宁夏文联批准启动并支付稿酬，由文学艺术院组织二十多位撰稿者分章节撰写，由主编统稿编辑，由专家提出审读意见，所以两部史书的著作权归宁夏文联、撰稿者、主编、审读专家共有。撰稿者不得将《宁夏文学史》《宁夏艺术史》中参与撰写的章节，署名用于报刊发表、书籍收入或者其他项目。

基金。2018年，由阳光出版社申报，《宁夏文学史》《宁夏艺术史》均列入2019年度国家出版基金资助项目，结项时间为2020年。

附录。为庆祝自治区成立六十周年，宁夏文联决定制作一部电视专题片，可前期最基本的脚本出现问题，甚至都无法修改。于是，雷忠副主席把漠月、李进祥、闫宏伟和我，以及制作公司的职员召集到一起，在文联旧楼的三楼会议室，在各协会提供资料的基础上，一边看录像资料，一边写解说词，一字一句精雕细琢。其间除了集思广益，也不乏斗嘴取乐，具体用了多少时间都已忘记。只记得有几个中午，在食堂吃过饭后又上三楼，大家哈欠连天，烟雾弥漫，但也完成了预期目标，剩下几句诗词由我带回继续绞尽脑汁。还有文联很多同仁一起努力，最终完成一万六千多字的专题片脚本《百花逐梦——宁夏文艺六十年巡礼》，是另一种形式的宁夏文艺发展简史，所以附录于后。

宁夏各级党委宣传部、文联、协会、学会、报刊社等，组织举办了各种形式的研讨会、展览、演出、艺术节等，促进了宁夏文艺家与全国文艺家的交流和文艺事业的发展繁荣。宁夏文联举办了九届文艺评奖，肯定成就，激励创作。这对开阔文艺家视野、提高境界、提升创作水平有着不可低估的积极作用。是的，一大批评论家、编辑家、活动组织者，他们辛劳于幕后，任劳任怨，无私奉献；他们一双双有力的大手，把市、县文艺家推到宁夏文艺界，再把宁夏文艺家推向全国，为宁夏文艺事业作出默默无闻而不可磨灭的贡献。

2020年特殊的春节，窗外异常安静，初六之后，我开始整理附录，推翻以前的结构，以"重要力量"和"显著成就"为主，统一格式。我和副院长马星与各协会、各文联、各报刊社不断联系，搜集资料，整理图片，又经相关部门核实，现列于书后。

感谢。五年来，撰写两部从古到今的文学史和艺术史，我们尽力做到客观、全面和公正，但不可能面面俱圆。我们视野有限、能力不足，论述不当和疏漏之处在所难免，还请论述较少或未被论述或未被提及的文艺家见谅。五年来，我们选择了出发就不能停止，面对问题只能迎难而上。尤其是得到文联各位领导的关心和支持，我们终于完成了这一项艰难的任务，为宁夏文艺事业繁荣和地方文化建设尽些绵薄之力。

在此，感谢宁夏文联对《宁夏文学史》《宁夏艺术史》的大力支持，感谢郑歌平主席的重视，感谢崔晓华书记、贺绍俊老师、张德祥老师作序，感谢撰稿者辛勤付出，感谢审读专家提出宝贵意见，感谢各协会组织审读和提供资料，感谢出版社编辑校对和印刷厂排版印刷，感谢能够阅读到此的广大读者，且当资料对待，请不吝指正，以便有待来日予以修订再版。

作赋。2019年5月9日，文联搬迁。之前就受命为此作赋一篇，可我从未写过，便请一位朋友帮忙。在此不便多言，我从头学起，"为迁新办强作赋，初次识得愁滋味"；为一字一词反复推敲，真乃"兵不厌诈，赋不厌改"，于5月19日基本定稿。又因字多，删减一半，此为原版，权作纪念。以另一种形式概括宁夏文艺事业的发展历程，现录如下，视为此跋结语：

塞上大地，鱼米天府，黄河金岸，稻果福乡；天蓝云淡，地灵人杰，山高水长，叶绿花香。塞上江南，雄浑秀丽，历史汤汤，典籍煌煌；浪涛拍岸，诗文流芳，丝路悠远，文化璀璨。

三万年前水洞沟，马啸云端；秦名德水[1]汉延渠，蝉鸣树间[2]。灵州喧腾沙似雪[3]，天赋妙篇；夏地安宁[4]月如霜[5]，风对佳句。女郎临窗茜染衣[6]，枸杞苗畔；祖辈远道泪沾襟，大槐树[7]旁。德赛[8]迎风，扶危救困，携笔从戎；红旗漫卷，保家卫国，齿剑如归。

祖国新立，开辟新纪元；人民当家，创造新寰宇。宁夏立区，日月新又异；百花齐放，山川绿如蓝。支宁人才，面向旭日，扎根泥土——坚定不移如山，叙述艰难历程，讴歌峥嵘岁月；文艺骨干，不畏风雨，无私奉献——奔流不息似河，描绘心灵图景，抒发家国情怀。四块金砖[9]，秦声六盘曙光[10]；四大头牌[11]，京腔林海雪原[12]。儿歌大王[13]，嘀哩嘀哩[14]响彻；大型歌剧，塞上星火[15]燎原。丹青盛景，牡丹栩栩如生[16]；翰墨春秋，松干铮铮若现。

改革开放，宏图大展，长城蜿蜒，古道熙攘。万民同心，步伐一致，胸纳九州，眼眺世界。文艺英才，沐浴阳光，仰苍穹之护佑，依长河之哺育，融会乡村风情，彩绘民族鸿猷；文艺诸家，耕耘戈壁，承雨露之浸润，经大潮之塑造，饱览都市时尚，特写西部壮志。

宁夏出了张贤亮，化腐朽为神奇；塞上有个大篷车，积平凡成奇迹。朔方绿化树，培根铸魂高峰梦；西部三棵树，栉风沐雨文学林。鲁迅之光，骏马追风逐日；文学之乡，庄稼朝阳向上。青春诗会，四野枝繁叶茂；双轮并驰，八荒姹紫嫣红。蒹葭苍苍梅花怒放，花儿声声[17]金钟鸣响；民族乐舞荷花开颜，宁夏坐唱山花烂漫；脉络突显兰亭耀眼，丽景毕现金像夺目；七杰当先版画流光，三套集成金鸡报晓。

嗟夫，一代代伏案编辑，始终不渝，百折不挠，愿做华美嫁衣；一个个幕后英雄，劳苦不辞，坚忍不拔，甘当柔和阶梯。塞上大地也，文艺之沃壤，精神之家园，心灵之洞天福地。

新时代开启伟大事业，新蓝图绘就远大梦想。同步小康，豪情顿生胸间；迈向富强，愿景立呈眼前。百姓生计，心上有新意；民生故事，笔下无闲愁。文以载道，以笔为旗，立潮头而赋诗，记录沧桑变迁；歌以咏志，以梦为马，登高处且引吭，再现河山壮观。踊跃深扎，卧薪尝胆，诚以养德，探骊得珠，同步时代旋律，赋比兴品质淳朴；请缨投笔，锲金镂石，信以修身，衔华佩实，共塑人民魂魄，风雅颂意境深远。宁夏文艺也，情真意切，春花秋硕，云蒸霞蔚。

宁夏文艺，名片精彩——欣欣向荣，千树写意，滔滔向前，百花逐梦。贤能良才，不忘初心，擎文学照亮生活，俯掘民间之浑厚；俊采星驰，不负韶华，藉艺术润泽人生，仰望殿堂之巍峨。建设美丽新宁夏，共圆伟大中国梦。宁夏文学艺术，必将再次腾飞，群星竞相闪耀，谱写灿烂乐章，创造辉煌诗篇！

注释

[1]德水：秦时黄河之名。

[2]蝉鸣树间：出自王昌龄《塞下曲·其一》："蝉鸣桑树间，八月萧关道。"

[3][5]沙似雪，月如霜：出自李益《夜上受降城闻笛》"回乐峰前沙似雪，受降城外月如霜"。

[4]夏地安宁：元时取夏地安宁之意，宁夏始名。

[6]女郎临窗茜染衣：出自马祖常《河西歌效长吉体》："贺兰山下河西地，女郎十八梳高髻。茜根染衣光如霞，却召瞿昙作夫婿。"

[7]大槐树：指明朝山西洪洞县大槐树，大量移民由此来到宁夏。

[8]德赛：指德先生和赛先生，是对民主和科学的形象称谓。

[9]四块金砖：指宁夏秦腔界丁醒民、杨觉民、赵守中、钱森四人。

[10]六盘曙光：指宁夏秦腔剧团代表性剧目《六盘曙光》。

[11]四大头牌：指宁夏京剧界李鸣盛、李丽芳、王吟秋、郭元汾四人。

[12]林海雪原：指宁夏京剧团新编京剧《林海雪原》。

[13]儿歌大王：指著名音乐家潘振声。

[14]嘀哩嘀哩：指潘振声创作的儿歌《嘀哩嘀哩》。

[15]塞上星火：指宁夏歌舞团创作的大型歌剧《塞上星火》。

[16]牡丹栩栩如生：指民族杰出美术家曾杏绯所画牡丹。

[17]花儿声声：指宁夏演艺集团秦腔剧院创作演出的秦腔现代戏《花儿声声》。

2019 年 12 月 22 日冬至
2020 年 11 月 20 日略改

杨梓，1963 年生，宁夏固原人。一级作家。宁夏文学艺术院院长，《朔方》主编，宁夏诗歌学会名誉会长，宁夏作家协会副主席。中国文艺评论家协会会员，中国作家协会会员。出版《杨梓诗集》《西夏史诗》《骊歌十二行》《塔海之望》。诗作获宁夏第五届、第六届、第七届文艺评奖一等奖，被译为英、法、塞尔维亚等文字。个人入选国家"百千万人才工程"。曾参加诗刊社第十五届"青春诗会"和第九届"青春回眸"，第二届、第三届中国诗歌节，第三届青海湖国际诗歌节，第四十九届塞尔维亚国际诗人聚会等。近年来，主编图书三十六部：

"塞上文艺名家"书系：第一辑《肖川诗选》《冯剑华文选》，阳光出版社，2014年；第二辑《路展童话选》《吴淮生诗文选》《张贤亮诗词选》，宁夏人民出版社，2015年；第三辑《曾杏绯国画选》《高嵩文艺评论选》《马知遥文画选》，宁夏人民出版社，2016年；第四辑《荆竹文艺论评选》、《朔方文札》，宁夏人民出版社，2017年、2018年；第五辑《余光慧文学作品选》《哈若蕙作品选》，阳光出版社，2020年；第六辑《张武小说选》《秦中吟诗文选》，阳光出版社，待出。

"诗塞上云集"：第一辑虎西山《远处的山》、洪立《露珠上的太阳》、王怀凌《草木春秋》、雪舟《雪舟诗选》、郭静《侧面》、瓦楞草《词语的碎片》、安奇《野园集》、孙志强《光阴之穗》，宁夏人民出版社，2014年；第二辑导夫《山河之侧》、刘中《贺兰山的草帽》、常越《风缘》、西野《青鱼点灯》、朱敏《青铜铸造》，宁夏人民出版社，2016年。

"诗宁夏双璧"：《宁夏诗歌史》，阳光出版社，2015年。《宁夏诗歌选》（上、下册），阳光出版社，2015年；《宁夏诗歌选》（2013—2018），阳光出版社，2018年.

《宁夏文艺评论》：2015年卷，宁夏人民出版社，2015年；2016年卷，宁夏人民出版社，2016年；2017年卷，宁夏人民出版社，2017年。

学员作品选：《稻花香里——宁夏文学艺术院学员作品选》，阳光出版社，2018年。

国家出版基金项目：《宁夏文学史》《宁夏艺术史》，阳光出版社，2020年。